ESCRITORES BRASILEIROS DO SÉCULO XX

Um Testamento Crítico

LIVROS EDITADOS PELA LETRASELVAGEM

Coleção Gente Pobre (romances):

1. INVENÇÃO DE ONIRA
Sant'Ana Pereira

2. A MULHER, O HOMEM E O CÃO
Nicodemos Sena

3. DEUS DE CAIM
Ricardo Guilherme Dicke

4. O SAL DA TERRA
Caio Porfírio Carneiro

5. GENTE POBRE
Fiodor Dostoievski

6. A MALDIÇÃO DE ONDINA
António Cabrita

7. SELVA TRÁGICA
Hernâni Donato

8. DIÁRIO DE UM MÉDICO LOUCO
Edson Amâncio

Coleção À Margem da História (ensaios/estudos):

1. PEREGRINAÇÕES AMAZÔNICAS
Fábio Lucas

2. ESCRITORES BRASILEIROS DO SÉCULO XX
Nelly Novaes Coelho

Próximos lançamentos:

SOMBRAS SOBRE A TERRA (romance uruguaio)
Francisco "Paco" Espinola

OS VIRA-LATAS DA MADRUGADA (romance brasileiro)
Adelto Gonçalves

OS VENTOS GEMEDORES (romance brasileiro)
Cyro de Mattos

NELLY NOVAES COELHO

ESCRITORES BRASILEIROS DO SÉCULO XX

Um Testamento Crítico

Letraselvagem

Grafia atualizada segundo o Acordo Ortográfico da Língua Portuguesa de 1990, que entrou em vigor no Brasil em 2009

Direitos desta edição reservados à
Associação Cultural Letra*S*elvagem:
Praça Santa Cruz da Exaltação, 21 — Jd. Maria Augusta —
Taubaté-SP/Brasil — CEP 12.080-540. Telefone: (55) (12) 3635-3769.
E-mail: letraselvagem@letraselvagem.com.br
Sítio: www.letraselvagem.com.br

Diagramação: Cesar Neves Filho
Capa: James Cabral Valdana
Preparação de texto e revisão: N. Sena

O logotipo LetraSelvagem *foi idealizado a partir de cerâmica Aruak, padrões utilizados nas bordas dos vasos, compilados por Koch-Grünberg em 1910.*

Coleção À Margem da História
Organizador: Nicodemos Sena

Dados Internacionais de Catalogação na Publicação (CIP)
(Letra*S*elvagem, Taubaté, SP, Brasil)

Coelho, Nelly Novaes, 1922 -
Escritores Brasileiros do Século XX (Um Testamento Crítico)/ Nelly Novaes Coelho.
— Taubaté, SP: Letra*S*elvagem, 2013.
976 p.
1000 exemplares

Inclui cronologia biobibliográfica e índice onomástico.
ISBN 978-85-61123-12-3

1. Literatura brasileira — história e crítica. 2. Literatura brasileira
I. Título. CDD B869.4

SUMÁRIO

Ao Leitor 11
1. ADONIAS FILHO — O forte e seu espaço mágico 15
2. ALAOR BARBOSA — Memórias do nego-dado... A tragicomédia humana 27
3. ANIBAL MACHADO — João Ternura — Um humanista surrealista 38
4. ANTÔNIO DE ALCÂNTARA MACHADO — Brás, Bexiga e Barra Funda .48
5. ANTÔNIO CALLADO — Quarup: Uma nova utopia 54
6. ANTÔNIO JOSÉ DE MOURA
O Realismo pelo avesso ou o universo erotizado 63
7. ANTÔNIO OLAVO PEREIRA — Fio de prumo 73
8. ARIANO SUASSUNA — A pedra do reino: Romance armorial 81
9. ASCENDINO LEITE — A viúva branca — Memorialismo e psicologismo....93
10. ASSIS BRASIL — Consciência e experimentalismo formal 101
11. AUGUSTO FERRAZ
A escritura de Augusto Ferraz e o homem em transformação.........................113
12. AUTRAN DOURADO
Violetas e caracóis: A ordem camuflada sob o labirinto 126
13. BERNARDO ÉLIS — O humanismo trágico 134
14. CAIO PORFÍRIO CARNEIRO
O conto de Caio e os "escuros" da alma humana...143
15. CÂMARA CASCUDO — Canto de Muro — Romance de costumes............151
16. CAMPOS DE CARVALHO
A lua vem da Ásia — Apocalipse ou gênese? 158
17. CORNÉLIO PENA — Fronteira: Os subterrâneos do Eu 169
18. CYRO DOS ANJOS — O amanuense Belmiro 180
19. CYRO DE MATTOS
Revisitando os caminhos da ficção de Cyro de Mattos 189
20. DANIEL PASTURA — A escritura sensorial: 2 relatos circulares 205
21. DEONÍSIO DA SILVA
Teresa: Erotismo e misticismo no labirinto da palavra 213
22. DYONÉLIO MACHADO — Os ratos — Uma Odisseia inglória 221
23. EDILBERTO COUTINHO
Sangue na praça: O jogo de máscaras da Vida 231
24. ÉRICO VERÍSSIMO — Um contador de histórias? 241
25. EVERALDO MOREIRA VÉRAS
A criação literária como realização existencial 252
26. FAUSTO ANTONIO — Exumos — A palavra em busca do absoluto 259
27. FERNANDO SABINO
O encontro marcado — O romance de uma geração 269

28. GRACILIANO RAMOS — O herói problemático na obra Graciliana 278
29. GUIMARÃES ROSA — O demiurgo sertanista 292
30. GUSTAVO CORÇÃO — Lições de abismo 306
31. HAROLDO BRUNO — O romance entre o arcaico e o contemporâneo 315
32. HAROLDO MARANHÃO — O tetraneto del-Rei 321
33. HELENO GODOY — Revisitando As lesmas 330
34. HERBERTO SALES — Os pareceres do tempo: As ideologias sob suspeita 337
35. HERMANN JOSÉ REIPERT
Romance fronteira: Travessa do elefante sem número 349
36. HERMILO BORBA FILHO — Hermilo: um pós-moderno 360
37. HERNÂNI DONATO
Selva trágica — A gesta ervateira no sudoeste mato-grossense 378
38. HILÁRIO TÁCITO
Madame Pommery — Um romance modernista "avant la lettre" 388
39. IGNÁCIO DE LOYOLA BRANDÃO — Zero: Romance pré-histórico 403
40. JOÃO ANTÔNIO — Malagueta, Perus e Bacanaço 413
41. JOÃO UBALDO RIBEIRO
Sargento Getúlio — Uma epopeia trágico-picaresca 427
42. JORGE AMADO — O eterno feminino no universo de Jorge Amado 443
43. JOSÉ AGRIPPINO DE PAULA — Panamérica: Romance ou epopeia? 454
44. JOSÉ ALCIDES PINTO — A trilogia da maldição 471
45. JOSÉ AMÉRICO DE ALMEIDA — A bagaceira: Romance fronteira 485
46. JOSÉ AMÉRICO DE LIMA — Canudos: A maldição dos excluídos 497
47. JOSÉ CÂNDIDO DE CARVALHO
O coronel e o lobisomem: Um novo clássico da Literatura Brasileira 504
48. JOSÉ CONDÉ — Uma ficção em busca da verdade 518
49. JOSÉ GERALDO VIEIRA — Um rapsodo do século XX 526
50. JOSÉ J. VEIGA
Os cavalinhos de platiplanto — Uma fábula de nossos tempos 536
51. JOSÉ LINS DO REGO
Um réquiem para a sociedade patriarcal em naufrágio 551
52. JOSÉ MAURO DE VASCONCELOS
Comunhão existencial homem/natureza 566
53. JOSUÉ MONTELLO — Um mestre do romance 573
54. LIMA BARRETO — O romance agônico/caricatural de Lima Barreto 585
55. LÚCIO CARDOSO — A ficção e a inquietude existencial 598
56. LUIZ VILELA — A palavra no mundo em crise 613
57. MALBA TAHAN — Malba Tahan e o fascínio oriental 626
58. MARCOS REY — As paixões humanas e a desumanizante civilização 631
59. MÁRIO DE ANDRADE — Macunaíma — Raízes míticas da brasilidade 646
60. MÁRIO PALMÉRIO — Do homo ludens ao homo tragicus 663

61. MARQUES REBELO — O húmus carioca do mundo de Marques Rebelo..682
62. MIGUEL JORGE — Uma escritura seminal em tempos de mutação............692
63. MOACYR SCLIAR — O humor e o absurdo na ficção de Moacyr Scliar......706
64. MONTEIRO LOBATO — Lobato: Um dos dínamos da cultura brasileira 717
65. MORA FUENTES — Fábula de um rumo 735
66. MURILO RUBIÃO — O fantástico-absurdo muriliano 751
67. NICODEMOS SENA — A espera do nunca mais — Uma saga amazônica......765
68. OTÁVIO DE FARIA — A tragédia burguesa 774
69. ORLANDO BASTOS — A ficção e a crise do sagrado no mundo moderno.....787
70. OSMAN LINS — O fiel e a pedra 795
71. OSÓRIO ALVES DE CASTRO
Porto calendário: Uma saga do Vale do São Francisco 809
72. OSWALD DE ANDRADE — Réquiem/Sátira da burguesia "Fin de siècle" ...817
73. OSWALDO FRANÇA JÚNIOR — Um olhar sobre a condição humana 833
74. PAULO DANTAS — Paulo Dantas: Leitor de Euclides e de Rosa 844
75. RADUAN NASSAR — A transgressão do interdito e a escrita-de-Deus 852
76. RICARDO GUILHERME DICKE
O salário dos poetas: Romance-soma da condição humana 873
77. RUI MOURÃO — Cidade calabouço: Uma visão carnavalizante 888
78. SAMUEL RAWET — A diáspora do Ser e a escritura onírica 899
79. VICENTE FRANZ CECIM
Ó serdespanto — Viagem a Andara, o livro invisível 919
80. VICTOR GIUDICE — Necrológio — Um realismo pelo avesso 925
81. XAVIER MARQUES — Jana e Joel: Um romance "fin de siècle" 945
Bibliografia 951
Cronologia Biobibliográfica............ 955
Índice Onomástico 959

Toda opção é difícil. Não se confunda a escolha
com o que vem a ter conosco.

ÁLVARO GUERRA

AO LEITOR

Talvez, ao ter nas mãos este livro, uma interrogação poderá lhe ocorrer: "Por que Escritores? Por que Literatura, neste nosso veloz tempo de Imagem, do Espetáculo e das "magias cibernéticas?"

Foram tantas as razões e sem razões que me levaram a reunir neste livro alguns daqueles que, entre nós (ao longo do século recém-findo), eternizaram a Vida através da Palavra e a transformaram em Ficção, que se me torna impossível dar-lhe uma Resposta sucinta e abrangente.

Valho-me, pois, de Palavras ditas/escritas por Grandes Pensadores, que, ao longo do tempo — como "setas orientadoras" —, de alguma forma têm iluminado caminhos ao meu perambular pelo mundo da Cultura e da Literatura. Espero que as citações abaixo lhe mostrem o valor e o poder criador da Palavra — matéria-prima da Literatura, cujo objeto maior é a *condição humana*, expressa de mil e uma formas.

"Cultura não é somente o armazenar de conhecimentos, mas a capacidade *de interrogar o nosso tempo*." (Vergílio Ferreira)

"*Cultura é como a atmosfera*, não se vê, não se apalpa, entretanto é impossível viver fora dela e continuar pertencendo à humanidade." (J. Saramago)

"A Palavra *cria o Real*. O que não é nomeado *não existe*." (J. Lacan)

"Nós somos aquilo que lemos e lemos aquilo que somos". (G. Perissé)

"A crítica não é uma homenagem à verdade do passado, ou à verdade do 'outro', ela é a construção do ininteligível de nosso tempo." (Roland Barthes).

"Ao mundo mergulhado em coisas prosaicas, é preciso dar novamente uma dimensão estética. Qualquer *movimento revolucionário* no futuro vai precisar de *Poesia, de Literatura.*" (Herbert Marcuse)

"A Imaginação, a fantasia — presente nos Mitos e na Literatura — é, acima de tudo, *a atividade criativa*, da qual provêm as respostas para todas as perguntas sobre a Vida: ela constitui *a origem de todas as possibilidades do viver.*" (C. G. Jung)

"Dos mais diversos instrumentos do homem, o mais assombroso é, sem dúvida, o livro. Os demais são extensões de seu corpo. O microscópio, o telescópio são extensões de sua vista; o telefone, da voz; o arado e a espada, extensões de seu braço. Porém *o livro* é outra coisa: *o livro é uma extensão da memória da humanidade*, da imaginação criadora e da vida vivida para além das aparências." (Jorge Luis Borges)

Caro Leitor, espero que as palavras desses Mestres lhe sirvam de guia para entrar no pequeno mundo dos *81 Escritores Brasileiros* (romancistas/contistas/novelistas) que, durante o século XX, deram continuidade à Literatura Brasileira e que fazem parte do projeto de estudos que venho desenvolvendo há mais de quarenta anos através de cursos universitários (Brasil, Portugal e Estados Unidos da América) e de publicações na imprensa e em livros. Autores e livros que a Sorte ou o Acaso puseram em meu caminho e que estão aí adiante à sua espera.

A Autora.

ESCRITORES BRASILEIROS DO SÉCULO XX

Um Testamento Crítico

01. ADONIAS FILHO

O forte e seu espaço mágico[1]

> O grande portão aberto. Jairo o transpõe, Tibiti a seu lado, e o que disse atinge o pátio antes dos próprios pés. A terra escura, o peso do Forte não a esmaga, sustenta as três árvores. Andam, os passos curtos, o sol crescendo, a escadaria de pedra esperando.

E assim, magicamente, vamos penetrando no Forte com Jairo e Tibiti e misteriosamente pedaços de vida vão sendo atirados em nossas mãos. Damiana, Olegário, Michel, o piano, a voz... tudo vai emergindo não se sabe de onde... mas nos penetram e nos dominam. Quem são eles? Que ligação têm com o Forte? E a mágica história vai-se desenovelando, numa explosão de liberdade, como se há muito estivesse contida à nossa espera. E vai crescendo dentro de nós o velho Forte baiano, instalado no alto de um morro, por onde durante três séculos passou toda uma humanidade, povoando-o de sombras, fantasmas e memórias.

Surgindo do Forte, eleva-se o negro Olegário com suas palavras sibilinas e todo um poder sobrenatural no olhar, nos gestos, no andar. "Eu estou dizendo". E à sua sombra, confundida com a do Forte, se trama e se cumpre, com o poder do *fatum*, o espantoso amor de Jairo e de Tibiti, "a dos olhos da cor de ferrugem e de corpo cheirando a alecrim." E, invadindo o romance, imiscuindo-se em tudo, a presença da Bahia com sua terra sofrida, areias, casas, ladeiras, terreiros, bruxedos, saveiros, mar, mistérios, beleza...

Nessa apaixonante história, que Adonias Filho vem de nos contar, reencontramos aquela atmosfera de beleza e densidade trágica que é

---

[1] Fusão de textos publicados in Suplemento Literário/"O Estado de S. Paulo", 20.07.1965, e NNC. *O ensino da literatura*, 1966. (N. da A.)

a marca inconfundível de seus romances, voltamos a imergir naquele espaço mágico (por vezes terrível, de húmus faulkneriano) que rodeia densamente suas personagens, dando-lhes uma profundidade e espessura que vão além daquele contorno visível, configurado pelo relato.

Pujante a força que se desprende do espaço captado pelo olhar de Adonias. Na verdade, as coisas, o ambiente que se espraia nos seus romances não é um simples espaço objetivo e indiferente aos homens, um espaço que vale apenas por seus contornos estéticos ou por sua função de cenário... Longe disso, ali sentimos que o espaço é sofrido, é vivido, ultrapassou sua dimensão telúrica e cresceu em seu valor anímico. É uma força estranha que estaca no limiar do Ser e assiste com um poder imenso à aurora dos gestos. Para esse espaço não nos ocorre outra definição, além de *mágico*...

Em *O forte*, é principalmente a velha fortaleza de pedras que açambarca toda a área espacial. Dela, como que emanam forças ocultas que envolvem Olegário, Jairo e Tibiti... e lhes dão uma profundidade que os projeta no tempo e no espaço absoluto, transcendendo de muito o tempo histórico e o espaço geográfico em que se movem (1ª metade do século XX e Bahia.) Seus gestos e palavras estão prenhes de ecos bíblicos; parece-nos que brotam de criaturas que conheceram a origem do mundo e que experimentaram a vida pela primeira vez. Inegavelmente, essa sensação de começo puro, de augusta e poderosa virgindade, arraigada embora na violência das almas e no solo bárbaro, é das mais fortes que os romances de Adonias provocam em nosso espírito.

Aliás, neste último livro, desaparece a opressiva violência faulkneriana à que o Autor já nos havia acostumado. É verdade que na raiz de seu problema nuclear está ainda um ato de violência (ato que, no fim, Tibiti chega a abençoar); mas já não brota com aquele caráter cruel anterior. O que persiste é o véu de sortilégio e mistério que ilumina os gestos, impedindo, de pronto, de nos apossarmos de sua mais íntima significação.

> Ela caminha sem ver. Jairo ao lado é o guia. O ar os envolve, aquele ar carregado de pó, dono dos espaços. Ele, o Forte, conhece os homens. [...] Nas mãos de Tibiti uma garrafa de vinho e as frutas nas mãos de Jairo.

> Avançam, sem pressa, a porta larga. Entram, põem o vinho e as frutas no chão... [...] Levanta-se a imagem, é Olegário, não saiu do Forte.

Desde as primeiras palavras já um espanto interrogativo nos assalta. Tudo nelas tem o sabor estranho do desconhecido, do inédito, do profético. A sensação que nos vai invadindo é a de que um misterioso e solene rito está para começar; as oferendas ali estão: o vinho e as frutas; o templo já os acolheu... quem será o Deus?

Ainda nada sabemos do que está por detrás das pessoas, das palavras, dos gestos, dos atos... pois tudo nos chega como na realidade cotidiana nos chegam os "outros", que de início apenas nos dão a superfície do "eu" e só depois, aos poucos, nos vão desvendando sua realidade mais íntima. Jairo e Tibiti abruptamente aparecem diante de nós, caminham lentamente...

> [...] o ar os envolve, aquele ar carregado de pó, dono dos espaços vazios. [...] Avançam, sem pressa, a porta larga. [...] O sol possui o corpo de Tibiti. [...] Labareda nos olhos, a janela aberta, Tibiti está vendo. Levanta-se a imagem. [...] Jairo espreita — há o espanto na face — e espera a voz. E, ao surgir, como que desce aos poços, percorre as galerias, chega às torres e ao pátio. Escapa da garganta, não há vento para cortá-la, afunda-se no ar, e eco não se esgota.

Magicamente o relato nos envolve. A voz vai criar um mundo. Nada sabemos dessas criaturas, mal conseguimos apreender, racionalmente, as palavras através das quais elas chegam até nós. As imagens atingem o nosso ser profundo antes de tocar-nos o pensamento lógico.

> — Quem é o senhor?
>
> Foi quando, e como nascendo da terra, o Forte surgiu. As torres talvez os vissem como avô e neto. [...]
>
> — Me chamo Olegário — disse. — Foi aqui cumprindo a pena que conheci o Forte. [...] Sangue e dor, na voz, como em um parto. Grandalhão, os olhos escancarados, a voz era dele.

E os fatos vão subindo à tona, mesclados, ao acaso, obedecendo a um tempo-emoção, brotando de um espaço mágico, impelidos por uma linguagem que parece conter a própria força da vida. As palavras ressoam longamente em nosso íntimo e as imagens que elas criam se tornam nossas. Deitam raízes em nós... é como uma alma poderosa se apossando da nossa. A palavra cria o Ser. Eis a arte de Adonias Filho (o "mago do romance" na precisa definição de Otávio de Faria).

Valendo-se de uma técnica 'sui generis', que muito se aproxima dos processos cinematográficos, com seus *travellings*, *plongées*, *close-ups*, superposições, instantâneos, cortes... Adonias ergue e desenrola a trama de *O forte* como se, na maior parte do relato, ele, narrador, ali não estivesse. Escritor de linhagem faulkneriana, ele deixa falar as coisas por si mesmas, dissimula-se por detrás de suas personagens e tudo nos chega do fundo do passado, como se brotasse realmente do emaranhado das memórias de cada um. Aliás, a memória (recurso estrutural narrativo dos mais explorados na ficção contemporânea) assume nos romances de Adonias um valor de primeira plana — elemento chave de seu estilo. Em raras personagens de ficção encontramos, como nas de Adonias, uma aproximação tão nítida daquela dimensão bíblica, lucidamente analisada por Auerbach:

> Figuras trabajadas tan sólo en aquellos aspectos de importancia para la finalidad de la narración, y el resto permanece oscuro, únicamente los puntos culminantes de la acción están acentuados y los intervalos vacíos, el tiempo y el lugar son inciertos y hay que figurárselos, sentimientos e ideas permanecen mudos y nada más que sugeridos por medias palabras y por el silencio, la totalidad dirigida hacia un fin con alta e ininterrumpida tensión y por lo mismo tanto más unitaria, permanece misteriosa y con trasfondo. (*Mimesis*, 1950)

É predominantemente dentro desse esquema que nos são entregues as personagens adonianas. A contida depuração metafórica, a solene harmonia da frase essencial (enxuta e ao mesmo tempo pejada de ocultas ressonâncias) e principalmente o jogo temporal (responsável pela estrutura narrativa circular que expressa o romance) são alguns dos recursos expressivos que mais decisivamente contribuem para moldar a feição peculiar aos romances de Adonias Filho, sem dúvida um dos desbravadores dos novos caminhos, que o após-guerra foi abrindo em nossa literatura de ficção. Filtrada por esses recursos, aqui, em *O forte*, reencontramos aquela obscura busca existencial que se faz presente no universo da ficção contemporânea, como uma espécie de atmosfera que envolve os acontecimentos. Ou como uma presença ainda imprecisa, sem nítidos contornos, mas já revelando os esforços do ser humano em busca de si mesmo, de sua verdade, de seu destino ou de seu verdadeiro lugar no mundo. Busca agônica de uma abertura para a luz, que o homem vai forçando através de estreitos e difíceis caminhos, como se ele emergisse de um túnel longo, estreito e escuro cuja saída não está ainda de todo desobstruída.

Busca que, em *Servos da morte*, seu romance inaugural (com laivos de tragédia grega), se revela totalmente frustrada, pela fatalidade e loucura que perseguem seus personagens. Loucura e frustração, que continuam presentes em *Memórias de Lázaro* e *Corpo vivo*, romances que se passam na mesma zona interiorana de Ilhéus, e cujo teor dramático se aprofunda, porque a loucura surge como herança de família.

Entretanto, algo mudou entre estes dois últimos romances: insinua-se uma nova confiança na força do indivíduo. Há um enorme abismo entre o gesto final de Alexandre (*Memórias de Lázaro*), suicidando-se no pântano e encerrando, assim, angustiada e esterilmente o seu ciclo vital, e o gesto de Cajango (*Corpo vivo*) desafiando leis e homens empenhados na sua caçada, escapando à forca e mergulhando na serra inexpugnável com a Mulher.

> A terra enrodilhada subindo como a ferir o céu. Nela, tendo a mulher ao lado, Cajango é o primeiro homem a viver. Pedras serão removidas por seus braços fortes. Alertas estarão os seus olhos verdes. Deve ter conhecido a alegria ao transpor o capinzal, sua mão apertando a mão da mulher, cheios de vida os corações batendo.

A busca existencial terminou pelo encontro do amor. A despeito de tudo e de todos os obstáculos... o encontro definitivo se cumpre. Homem e mulher já não estão fechados em si mesmos, isolados como ilhas. Perdidos na serra e apartados dos homens, Cajango e Malva nos dão a antevisão de um mundo que começa com eles, "unidos os corpos que vão gerar outros". E nessa antevisão otimista, o romance se encerra.

Corpo vivo marca, sem dúvida, uma nova dimensão na obra de Adonias Filho: não mais a vida fechada, origem e fim no próprio indivíduo, encarcerado em si mesmo pela violência e barbarismo do meio que o bloqueia, e impotente para amar, mas a vida aberta, o homem abrindo uma picada naquela barreira, rompendo com sangue e sofrimento uma caminhada árdua para espaços mais amplos, através do encontro definitivo com o "outro".

Em *O forte*, essa passagem da solidão para a comunhão aprofunda-se. O que era apenas sugestão transforma-se em realidade concreta, mostrada... Em *Corpo vivo* temos uma estrutura circular perfeita, isto é, a primeira e a última cena do livro se justapõem: dão-nos João Caio e os jagunços ludibriados, ao pé da serra onde sumiu Cajango e a Mulher. João Caio "imagem nos olhos" olha a serra. "João Caio sabe que ali o homem e a mulher encontrarão o ninho." A narrativa prossegue em retrospecto, dividida em 4 partes, desde a trágica meninice de Cajango até levar-nos de novo ao pé da serra do início, com João Caio e os jagunços e a antevisão do mundo que começa para Cajango.

> A serra ressurge, aleijão medonho, um homem e uma mulher, as mãos nas mãos, pisam o chão úmido. As rochas como que se movem, dobrando-se a serra, para recebê-los. Descobrirão as cavernas, examinarão os fossos, encontrarão o ninho.

E o romance para, enquanto prossegue para nós a certeza de que a vida continua infinitamente. Certeza provocada por aquela estrutura que estabelece, insofismavelmente, o ritmo circular, infinito, da vida cósmica, sem princípio nem fim. Essa técnica narrativa em íntima correlação com o essencial, com a dimensão interna do romance, é dos aspectos estilísticos mais importantes no processo criador de Adonias Filho.

Em *O forte* a mesma estrutura circular se repete e provoca a mesma sensação. Porém, aqui, o Romancista amplia a sua visão do futuro, amplia aquela presença de que vimos falando. A cena inicial, em que Jairo e Tibiti pela primeira vez penetram juntos no Forte ("O grande portão aberto, Jairo o transpõe, Tibiti ao seu lado."), volta a repetir-se no fim da segunda parte, depois de um longo e sinuoso retrospecto, quando todos os mistérios nos são desvendados.

> Subiam juntos, Tibiti e ele, os portões surgiram. Ela parecia buscar coragem, agarrava-se ao braço do homem, o cheiro das frutas. Transpuseram o portão, o pátio, a escadaria, o corredor. [...] O sol penetrou para possuir o corpo de Tibiti.

Se o romance houvesse terminado aí, teríamos ficado apenas com a antevisão que nos oferece *Corpo vivo*. Continuando numa 3ª parte, tivemos a amplificação da ideia nuclear: há forças ocultas no espaço, nas coisas que tramam o nosso destino. Restabelecidas as relações com as forças anímicas, o homem rompe a solidão escravizadora do "eu" e atinge o seu ser abissal, a grandeza de sua condição humana e a consciência de que ele é um elo decisivo na misteriosa e eterna corrente do ciclo vital cósmico. Com Jairo e Tibiti, o Forte simboliza essa força anímica. Uma vez cumprida sua missão, podia ser destruído.

> E tudo se fizera — Tibiti nascendo, Olegário matando, o Forte existindo — para aquele encontro, ele e ela, o amor maior que a Bahia. A paz chegará, virá como o bosque, é quase certeza.

Assim, pois, ultrapassando os limites daquela estrutura circular, é atingida, em toda a plenitude, a total significação daquele encontro definitivo. Jairo e Tibiti são o Homem e a Mulher... estão no limiar da criação de um mundo, onde o negro Olegário surgiu como o demiurgo: "Eu estou dizendo". Ele diz e a vida se faz, parecendo-nos ouvir a voz do Gênesis: "No princípio Deus criou o céu e a terra. A terra, porém, estava informe e vazia, e as trevas cobriam a face do abismo, e o Espírito de Deus movia-se sobre as águas. E Deus disse: Faça-se a luz. E a luz se fez." Emergindo do espaço mágico que se evola do Forte, o negro fala.

> Olegário agora, os braços abertos, a Bahia ouve. Ele e o negro, a noite espera, espera, o Forte atrás. [...] — Eu estou dizendo —, a voz de Olegário.

E o relato avança. Aos poucos Jairo e Tibiti emergem do caos, do mistério da vida. Com a poesia instintiva e violenta e pura do primitivo, do original, o mundo começa com eles... A alegria os alcança.

> — Você me domina — ele diz.
>
> É uma confissão. Não há espanto, nem surpresa, ela o sabia. [...] E a voz, que devia ser de um fantasma do Forte, é apenas a voz de Tibiti.
>
> — Eu tenho o menino. [...] Todos serão irmãos. [...] Ele será o irmão de todos.

Superando todos os obstáculos, Jairo e Tibiti têm o Amor que gera a vida... o Amor anímico que presidiu à criação do mundo...

Dados biobibliográficos

Romancista, memorialista, ensaísta, jornalista, tradutor, intelectual atuante no meio cultural de seu tempo, Adonias (Aguiar) Filho nasceu na Fazenda São João/Itajuípe (Bahia), em 27 de novembro de 1915. Filho de fazendeiros, viveu parte da infância na fazenda, cuja memória está presente em vários de seus romances. Como ele próprio disse, quando já consagrado escritor, foi ali em convívio com os trabalhadores do cacau, analfabetos, mas contadores de fabulosas histórias, que sua paixão pela literatura despertou. "A experiência começou na infância quando o romancista, uma criança nas matas do Sul da Bahia, ouvia na voz do povo as estórias da saga do cacau. A vocação devia existir para que, excessivamente interessado, eu selecionasse episódios e personagens no complexo narrativo oral. E se isso aconteceu antes mesmo do aprendizado do alfabeto, a carga oral chegava como uma complementação. E se digo "complementação", é porque se enquadrava no ambiente em torno. E de tal modo a saga se enraizava no ambiente — as matas e a selva — que, para o menino, tudo se fundia num monobloco vivo de homens e acontecimentos." (in "Experiências de um romancista" — SLMG. 09/fev./1974). Sua atração pela Literatura começou, portanto, muito cedo. Mas levaria anos de amadurecimento interior, para que ele se decidisse vir a público com esse "monobloco vivo", transformado em romance. Foram anos de aprendizagem.

Aos sete anos, inicia os estudos no Ateneu Fernando Caldas, em Ilhéus. Em 1928, muda-se para Salvador, como aluno interno do Ginásio Ipiranga, onde foi colega de Jorge Amado. Na pequena biblioteca do colégio, descobre o mundo do romance em obras de Flaubert, Alexandre Dumas, Charles Dickens, Eça de Queirós, Aluísio Azevedo e outros. Tornou-se um leitor voraz. Devido às interrupções dos estudos e voltas para a fazenda, conclui o curso em 1934. Desde cedo, inicia-se no exercício das letras, escrevendo crônicas, contos e artigos para o jornal do colégio. Ainda estudante, colaborou no "Diário de Notícias" e em "O Imparcial" de Salvador. Nessa época, escreveu seu primeiro romance, "Cachaça", mas não o mostrou para ninguém e acabou queimando-o. Torna-se crítico literário no "Diário de Notícias" de Salvador. A partir daí, dedica-se inteiramente ao estudo da Literatura nas vozes dos grandes Mestres (Dostoievski, Kafka, Faulkner...) e descobre a Tragédia Grega, que passa a fazer parte de suas leituras obsessivas. Em 1936, transfere-se para o Rio de Janeiro, passando a militar na imprensa carioca e paulista ("Correio da Manhã", "Cadernos da Hora Presente", "Revista do Brasil", "Pan", etc.). Em 1937, passa a trabalhar como jornalista e crítico literário em "A Manhã", fundado por Cassiano Ricardo. Nessa época, sob o pseudônimo de Djalma Viana — voz polêmica e irônica —, escreveu crônicas panfletárias para o suplemento "Letras e Artes", dirigido por Jorge Lacerda. Em 1944, fundou a Editora Ocidental, de curta duração. Estava-se em meio à II Guerra Mundial. Convocado para o serviço militar, ele volta para Salvador, ficando aquartelado no Forte de São Pedro. (Essa experiência, de convívio com o passado de resistência que permanecera entranhado nas pedras da fortaleza, levou-o mais tarde a escrever *O forte).* De volta ao

Rio, em 1946 estreia como romancista com *Os servos da morte*, romance de húmus trágico e que teve sucesso imediato de crítica. Passa a dirigir a Editora A Noite até 1949.

Em 1950, candidata-se a deputado federal pela Bahia, não sendo eleito. Volta para o Rio de Janeiro e prossegue em suas atividades jornalísticas e produção literária. Em 1954, é nomeado diretor do Instituto Nacional do Teatro, cargo em que permaneceu até 1956 (com pequenas interrupções para dirigir o Instituto Nacional do Livro). Foi diretor da Biblioteca Nacional, presidente da ABI (Associação Brasileira de Imprensa) e do Conselho Federal de Cultura. Em 1957, respondeu pela seção literária A Estante do "Diário de Notícias". Nos anos 1960, duas histórias suas, "Um Anjo Mau" e "O Forte", foram adaptadas para o cinema, sob a direção, respectivamente, de Roberto Santos e Olney São Paulo. Seus romances tiveram excelente repercussão além fronteiras: foram traduzidos para o espanhol, francês, inglês, alemão, japonês e eslovaco.

Em 1965, foi eleito para a Academia Brasileira de Letras, na vaga de Alvaro Moreyra, sendo recebido por Jorge Amado. Em 1975, recebeu o Prêmio Jabuti/Romance da Câmara Brasileira do Livro. Extremamente exigente com sua escrita ficcional, publicou seus romances com largos intervalos entre eles. Depois da estreia com *Os servos da morte* em 1946, só volta a publicar, seis anos depois, *Memórias de Lázaro*. Segundo suas palavras, em entrevista, *Corpo vivo* começou a ser escrito nos anos 1930, juntamente com *Os servos da morte*, mas não chegava à forma definitiva. Acaba por queimar suas primeiras versões, mas a situação e problemática permaneceram em sua memória "como uma constante irremovível" (Edla Van Steen, *Viver e escrever*. 1981). Em 1954, recomeça a escrita de *Corpo vivo*, que só seria finalizado e publicado oito anos depois.

Adonias Filho pertenceu à geração dos que chegaram durante o período de buscas e indecisões da II Guerra (1939-1945). O romance regionalista chegara ao auge e consequente exaustão de sua força original. A literatura começava a ser tocada por novos ventos. A estreia de *Os servos da morte*, em 1946, coincide com a de *Sagarana* do mago Guimarães Rosa e com *O lustre* de Clarice Lispector — ambos escavando, de diferentes formas, os "subterrâneos" do ser humano. Novas necessidades se impunham ao homem do pós-1945, diante do mundo em caos. Impunha-se a necessidade de encontrar uma "ponte" entre o passado (as origens, o inaugural) e o presente (caos em busca de nova ordem), mas projetada para o futuro (o de uma civilização em processo de transformação). Essa ponte teria de ser o homem e seu enigma. O romance de Adonias é impulsionado pela funda consciência da precariedade da condição humana e, ao mesmo tempo, pela busca das *raízes* e do elemento *eterno* que, embora invisível no homem, é o que daria *perenidade* ao que nele é *efêmero*. Daí em seus romances a onipresença de uma espécie de "respiração" densa que lhe dá grandeza humana. Uma "respiração" que lhe viria, em parte, dos grandes trágicos gregos. Aliás, sua afinidade com estes é, por ele, afirmada em entrevista a Danilo Gomes (1978):

> (quanto a influências) direi que ainda hoje tenho os trágicos gregos, sobretudo Sófocles, como leitura obrigatória. Citarei também Shakespeare. E romancistas como Dostoievsky, Tolstoi, Wassermann e Faulkner. A influência literária, aliás, sempre me pareceu uma resultante das afinidades de um escritor com outro escritor.

É essa a linhagem humanista à que pertence a arte de Adonias Filho, nome definitivo na Literatura Brasileira contemporânea. Escritor de invulgar penetração psicológica e de fundas raízes telúricas, Adonias Filho destaca-se no panorama da Ficção Brasileira pela beleza trágica de suas tramas e segura técnica de sua escrita seivosa. Faleceu em 2 de agosto de 1990.

Publicações

Ficção — *Os servos da morte*, 1946; *Memórias de Lázaro*, 1952; *Corpo vivo*, 1962; *O forte*, 1965; *Léguas da promissão*, 1968; *Luanda Beira Bahia*, 1971; *As velhas*, 1975; *O Largo da Palma*, 1981; *Noites sem madrugada*, 1983.
Memorialismo — *Jornal de um escritor*, 1954.
Crítica literária — *Modernos ficcionistas brasileiros I*, 1948, e *II*, 1957; *A fic-*

ção no Brasil, 1968; *Cornélio Pena*, 1960; *O bloqueio cultural*, 1964; *O romance brasileiro de 30,* 1969; *Dicionário crítico do moderno romance brasileiro*, 1970; *Sul da Bahia: chão de cacau,* 1976.
Traduções — *O pântano do diabo* de George Sand, *A família Brontë* de Robert de Iraz, *Gaspar Hauss*, *Golovi e O processo Maurizius* de J. Wassermann.

02. ALAOR BARBOSA

Memórias do nego-dado... A tragicomédia humana[2]

No Mar tanta tormenta, e tanto dano,
Tantas vezes a morte apercebida!
Na terra tanta guerra, tanto engano,
Tanta necessidade avorrecida!
Onde pode acolher-se um fraco humano,
Onde terá segura, a curta vida,
Que não se arme, e se indigne o Céu sereno
Contra um bicho da terra tão pequeno?
(Camões. *Os Lusíadas*, Canto I, 106)

Com essa dolorosa interrogação camoniana, posta na abertura do romance, Alaor Barbosa já antecipa a visão-de-homem e concepção-de-mundo (a do homem-lobo-do-homem) que se fundem nas *Memórias do nego-dado Bertolino d'Abadia*. Labirínticas memórias, guardadas por alguém que sempre empurrado pelo acaso ou pelas circunstâncias (sem nunca entender bem o porquê das coisas), foi participante e testemunha dos aconteceres que se fundem na saga de Imbaúbas, cidade imaginária que eterniza, no mundo da ficção, a provinciana cidade de Morrinhos/Goiás, berço natal do Autor.

Saga memorialista, esta é narrada, não por um herói, mas por um anti-herói, "um bicho da terra", um "fraco humano", um "nego-dado" que aqui adquire a dimensão simbólica da massa anônima sempre dependente dos poderosos. Ou, mais fundamente, símbolo do Eu, que não alcança sua plena realização existencial, devido à indiferença (ou hostilidade) do Outro, que daria legitimidade à sua presença no mundo.

Romance escrito em plena maturidade intelectual/literária do Autor,

[2] Texto inédito. (N. da A.)

Memórias do nego-dado... destaca-se como uma espécie de síntese, não só da sua constante luta pela autoexpressão literária (em meio à desordem estilística reinante no mundo pós II Guerra, época em que ele iniciou a carreira) mas também (ou principalmente) das linhas-de-força interiores que, desde sempre, energizam sua criação. Dentre elas, duas se impõem como fundamentais na idealização e estruturação destas *Memórias do nego-dado...* Seriam elas:

• A funda *consciência da origem* — o pertencer a uma terra, a um espaço primordial: o provinciano Morrinho/Goiás, que (nos rastros de um Macondo de García Márquez ou da Yoknapatawpha de um Faulkner), o Escritor transformou na cidade imaginária de Imbaúbas — cenário de quase toda sua ficção.

• A visceral necessidade do Eu (individualidade humana) em ser reconhecido/aceito/legitimado pelo Outro (seu semelhante) a fim de se sentir realizado, em plenitude (na esfera social e no íntimo existencial).

Escritor cujas raízes permanecem fincadas na terra de origem, Alaor Barbosa está entre os que dão voz ao homem pós-moderno — o do Eu que vive/desvive desencontrado do Outro neste nosso mundo pós-tudo. Se há um fator comum, a identificar a fonte geradora dos dramas, em sua obra, é esse fundo sentimento de rejeição ou não-reconhecimento por parte do Outro.

Profunda necessidade humana que, no âmbito da Psicanálise, Jacques Lacan definiu como impulso básico do ser humano, do Eu que, instintivamente, quer se sentir o "objeto desejante" do Outro e, consequentemente, sentir-se legitimado como ser-no-mundo.

Em *Memórias do nego-dado...* essas duas linhas-de-força se entrelaçam, pois o "proustiano tempo perdido" de Imbaúbas é recuperado pela confusa memória do "nego-dado", testemunha viva dos fatos. E, se no primeiro plano da labiríntica trama memorialista predomina a presença da "terra de origem", a Imbaúbas em seu confuso e duro Jogo Social, seus embustes e lutas pelo Poder; em segundo plano, ecoando na voz do Narrador e em embaralhado moto-contínuo, permanece o fundo sentimento de falência interior do homem comum, simbolizado no "nego-dado", ser desvalido, governado pelo Acaso, inconsciente "valentão" à mercê dos poderosos — mero "peão" ingênuo/conformado, usado como peça indispensável no jogo de xadrez dos "reis" e "rainhas".

É na construção dessa trama romanesca que se destaca o maduro domínio do Autor sobre sua técnica narrativa. Maturidade e domínio que se revelam, principalmente, na estruturação do labiríntico entrelaçamento de dados históricos com as paixões humanas — o jogo dos poderes, vaidades e paixões. Toda essa complexidade, filtrada por um foco narrativo confessional: o do olhar simplório/ressentido de Bertolino d'Abadia, figura picaresca que, embora não chegasse a perceber a real verdade por detrás dos fatos... relata-os com tal empenho, ressentimentos ou paixões, que tudo se torna claro para o leitor, que saiba ler nas entrelinhas.

A História e suas "verdades"

Segundo consta da crônica goiana, Bertolino d'Abadia existiu. Nasceu no início do século XX, em Morrinhos, pequena cidade ao sul do Estado de Goiás. Ali viveu sempre, com breves intervalos, para serviços em outras cidades (Rio de Janeiro, Curitiba, Uberlândia, São Paulo). Muito criança (como tantas outras, negras ou brancas) foi dado pela mãe a uma família de posses, para criá-lo: torna-se "negro-dado", servidor a vida toda. Esperto e trabalhador, viveu sempre servindo aos que detinham o poder, seja em política, seja em riquezas. Tornou-se muito conhecido em seu meio, não só por sua enorme estatura (cerca de 2 metros de altura), mas também por sua fama de valente "jagunço", "braço executor" de poderosos, temido mulherengo e valentão. Quando já velho e em descanso, foi assassinado na porta de sua casa pelo irmão de um homem que anos antes ele assassinara. Segundo o Autor, a escrita destas *Memórias...* levou anos sendo projetada. Em 1973, em Morrinhos, ele teve acesso às informações detalhadas sobre a vida de Bertolino, ligada à cidade e vários acontecimentos históricos. Organizadas as anotações, compôs o núcleo narrativo do romance, mas a estruturação da matéria não lhe surgiu de pronto. As circunstâncias da vida impuseram outros caminhos e, como ele mesmo informa, só vinte e quatro anos depois chegou o momento da escrita: "... mergulhei por inteiro no trabalho. Três meses para estruturar a narrativa e onze trabalhando de manhã à noite, também aos sábados e domingos." (in "Opção Cultural", Goiânia, janeiro de 2001).

Surgia assim o romance, que foi publicado em 1999, e em cuja página de rosto já se anuncia sua pretendida veracidade histórica: logo abaixo do título, *Memórias do nego-dado Bertolino d'Abadia*, inscreve-se a informação: "Anotadas por Rafael Santoro Noronha". Obedecendo a exigências do gênero histórico (registro das fontes, circunstâncias em que os dados chegaram às mãos do historiador, etc.) a narrativa confessional de Bertolino d'Abadia é precedida por dois textos explicativos do como e por que ela chegou às mãos do romancista.

No primeiro texto, "Nota do Depositário e Publicador desta Obra ou Epílogo antecipado", Alaor Barbosa explica as circunstâncias em que o "original datilografado" das memórias de Bertolino lhe chegou às mãos, depois de escrito pelo "ilustre advogado Rafael Santoro Noronha". O original fazia-se acompanhar de explicações sobre a origem das memórias ali anotadas, e com o pedido para que o amigo conseguisse editor para as mesmas. Faz referência ao estilo escolhido e à estruturação adotada, no sentido de "preservar, tanto quanto possível, o processo livre e espontâneo com que Bertolino encadeava as suas recordações."

No segundo texto, "Prólogo do Registrador destas Memórias", Rafael Santoro Noronha registra, com minúcias, a biografia de Bertolino d'Abadia, nessa época já velho, "encafuado dentro de casa", mas de quem ele conseguira o relato minucioso/labiríntico de suas memórias, desde o nascimento. No final do "Prólogo", o "registrador" conclui:

> Ouvindo, em longas conversas pachorrentas, e anotando-as logo após estas memórias autobiográficas de Bertolino d'Abadia, aprendi muito sobre Imbaúbas, sobre Goiás, sobre o Brasil e principalmente sobre o animal Homem.

(Ao terminar a leitura das desordenadas memórias do nego-dado Bertolino d'Abadia, o que fica de realmente contundente para o Leitor é o que ele "aprende" sobre o "animal Homem"... e sua possível/impossível realização no mundo-cão em que lhe foi dado viver...)

A Ficção e suas "mentiras"

O romance tem início *in media res*, com o fato-origem do destino solitário/errante de Bertolino — fato que antecipa o problema-chave da trama romanesca e, em essência, o da própria condição humana: o drama da *rejeição do Eu pelo Outro*, visto como natural, como normal contingência da vida.

> Eu fui um nego-dado. Quê que é? Uai, nego-dado! Um jeito de falar uma coisa que antigamente acontecia. Pai, ou mãe não podia sustentar direito, entregava o filho a uma família com mais recursos — rica ou remediada.

É nesse tom coloquial, dialogante, que Bertolino d'Abadia começa a contar suas memórias a alguém que o ouve, mas nunca se manifesta (tal qual Riobaldo no *Grande sertão: veredas*). Nesse mesmo tom familiar, de "conversa jogada fora", ele vai lembrando de outros negos-dados como ele:

> Teve muitos aqui, antes e depois de mim. Conversando vou lembrar. O Richard Valverde e o Zoroatro da Margarida foram casos um pouco diferentes...

E sua fala descansada, de quem conta algo normal, sem grande importância, vai desfiando nomes e mais nomes de crianças negras ou brancas, que foram dadas a gente importante do lugar e que, como ele, passaram de dono para dono, seguindo o destino "natural" dos rejeitados, como o das folhas que se despregam das árvores e são levadas pelo vento.

É sempre nesse tom de aceitação ingênua/conformada, com os desconformes da vida, que ele vai desfiando, embaralhados, os aconteceres que, ao longo dos anos, ele foi vivendo, sempre às ordens de alguém com poder. Sempre bem aceito pelos "graúdos", por sua valentia ao enfrentar desafetos, ser "braço executor", temido ou odiado por muitos, assediado pelas mulheres casadas e "sérias" (verdadeiras mulheres no cio) ele fez fama de mulherengo. Sem nunca entender bem a razão das coisas, ele entrou para o Tiro-de-Guerra em Goiânia. Depois acabou sendo soldado do Exercito e se viu de repente dando tiros na Revolução Constitucionalista de 1932 em São Paulo.

Gabava-se de ter sido o único, em Imbaúbas, que esteve em guerra e que participou da luta entre policiais e jagunços, em São José do Duro, no Norte de Goiás — episódio sangrento que é tema do romance *O tronco* (1956) de Bernardo Élis. Como soldado, estava no Rio de Janeiro, quando Washington Luís foi deposto pelos militares e Getúlio chegava para assumir o governo.

> Mais de quarenta mil soldados se reuniram em frente ao Palácio da Guerra. Quarenta mil! Para quê? Ninguém me explicou. Eles marcharam no rumo do Palácio do Catete. E acamparam na Praia do Flamengo e na Avenida Beira-Mar. Quando o Getúlio entrou na cidade, à frente da gauchada, eu estava no quartel, feito bobo, quieto, sem saber de nada. (p. 153)

Sempre, sem entender direito o que se passava com ele ou à sua volta, Bertolino foi levando a vida. Chegou a aderir ao Movimento Comunista, entrando para o Partido, fundado em Goiânia. Acabou se envolvendo com "figurões" de outros Estados, mas continuou sendo o "pau mandado" e pobre, enquanto outros lucravam. Até que tudo acabou em nada, com o general Dutra fechando definitivamente o Partido. Levado pelos acasos, Bertolino participou de desavenças entre chefes de partidos políticos (UDN, PSD, ARENA...). Inclusive, viu-se envolvido, como soldado, no conflito entre o Governo Militar e o governo de Goiás, em 1964.

Enfim, as memórias de Bertolino d'Abadia vão-se sucedendo caoticamente, misturando tempos, arrastando acontecimentos, envolvendo dezenas de nomes de políticos, coronéis poderosos ou derrotados, personalidades que, de algum modo, participaram do tempo brasileiro, não só em Goiás como em outros Estados. Serão todos reais? Verdadeiros, como o romance faz crer? Impossível ao Leitor afirmá-lo, sem ter conhecimento da história do Brasil no século XX. Mas isso, em nada importa ao mundo criado pela ficção. Tudo ali, caoticamente transformado em literatura, passou a existir, *a ser verdade*.

Inclusive a original *estratégia estilística* criada pelo Autor, embora fundada numa *invenção*, já se consagrou como *verdade* no mundo da ficção. Ao leitor atento, conhecedor da obra do Autor, não escapou o fato de que "as memórias do nego-dado Bertolino d'Abadia," atribuídas à escuta e anotações feitas pelo "advogado Rafael Santoro Noronha", eram um artifício literário, jocoso e muito bem arquitetado. Pois, de um lado, lançava uma espécie de desafio à memória dos leitores e, de outro, preservava a sua responsabilidade, como autor do romance, quanto a quaisquer possíveis deslizes da verdade histórica, que viessem a ser apontados. A responsabilidade seria de quem ouvira e anotara a falação do Bertolino d'Abadia.

Esse "jogo de disfarces", que desafia o leitor, assenta no personagem Rafael que já surgira em seu primeiro livro, *Cidade do tempo* (1964), e é protagonista da ficção memorialista *Caminhos de Rafael*, publicada em 1995. Personagem que acabou por se revelar um *alter-ego* do Autor. Portanto, o "depositário e publicador" destas memórias do nego-dado é também o seu "registrador" — aquele que as colheu e anotou na fonte. Ambos são uma mesma pessoa, Alaor Barbosa.

Estratégia estilística original, que representa muito mais do que um mero recurso lúdico/estilístico. Por um lado, permite ao Autor total liberdade na criação da escrita, que reproduz a fala do nego-dado, pois o "registrador" das memórias lhe havia pedido para "alterar a forma literária" do texto, que lhe enviara para publicação. Por outro lado, Alaor Barbosa atende a uma das importantes linhas do pensamento pós-moderno: a que *põe em dúvida* a veracidade ou a *verdade absoluta* da História herdada. Uma vez que ela sempre foi escrita por alguém, que "interpretou" os fatos e os transformou em palavras, em escritura, torna-se evidente que, se tivesse sido outro a "interpretar" os fatos, a História seria outra.

Como diz João Ubaldo, na página de abertura de seu extraordinário romance *Viva o povo brasileiro*, "O segredo da Verdade é o seguinte: não existem fatos, só existem histórias."

Viveremos num mundo em que tudo é mentira?

Dados biobibliográficos

Contista, romancista, ensaísta, advogado, jornalista, memorialista, Alaor Barbosa nasceu em Morrinhos (Goiás), em 13 de março de 1940. Fez os primeiros estudos em sua região natal, no Grupo Escolar Pedro Nunes. Prossegue os estudos secundários no Ginásio Senador Hermenegildo de Morais (Morrinhos). Estudante atento ao movimento cultural educativo de sua cidade, foi um dos fundadores do Grêmio Literário do Ginásio dos Padres e do Colégio das Freiras em 1953. Desde cedo atraído pelas letras, torna-se um leitor voraz e um precoce aprendiz de escritor. Aos treze anos tem seus primeiros escritos publicados no Semanário "O Liberal" de Morrinhos, o que o leva a ver no jornalismo uma das metas de futura realização pessoal e profissional.

Em 1955, passa a estudar em Goiânia, no curso clássico do Colégio Estadual. Prossegue esses estudos no Rio de Janeiro, nos colégios Juruna e Rui Barbosa. Em 1956, conclui o curso clássico. Convidado por Assis Brasil, passa a frequentar a redação do Suplemento Literário do "Jornal do Brasil", suplemento que, no momento, se afirmava como o mais influente órgão de difusão das vanguardas literárias que surgiam (concretismo, práxis, neo-concretismo...). Torna-se colaborador do Suplemento, com resenhas e artigos. Em 1959, é contratado como redator comercial e artístico da Rádio Jornal do Brasil. Como colaborador regular do Suplemento do "Jornal do Brasil" e do jornal "Tribuna da Imprensa", publica uma série de contos que mais tarde recolheria em livro. Estudioso da obra lobatiana, publica em livro, nessa ocasião, o estudo *Monteiro Lobato para crianças*.

Em 1961, inicia o curso de Direito na Universidade Católica de Petrópolis. Prossegue intensa atividade jornalística e literária, com a publicação de novos contos em vários suplementos literários da imprensa cariosa. Em 1962, foi diretor de edição da Editora Universitária da UNE (União Nacional dos Estudantes). Por ocasião do Golpe Militar de 1964, por circunstâncias alheias à sua vontade, viu-se envolvido em gestos reacionários ao novo regime e foi obrigado a deixar o Rio de Janeiro.

De volta a Goiás, prossegue o curso de Direito na Universidade Católica de Goiás. É contratado como assessor da diretoria da empresa Metais de Goiás S/A. Nessa ocasião, ainda universitário, estreia como escritor com o livro de contos *Cidade do tempo*, ambientados em sua região natal e de lastro autobiográfico. Vários desses contos foram mais tarde incluídos no volume *Caminhos de Rafael*. Em 1966, concluído o curso acadêmico, volta a Morrinhos, iniciando a carreira de advogado, como solicitador-acadêmico, no escritório de Miguel Frauzinho Pereira. Paralelamente, continua como escritor: publica seu segundo livro de contos, *Picumãs*, matéria de húmus regionalista, mas focada nas surdas paixões humanas que, invisíveis, se desenrolam nas almas, para de repente explodirem em tragédias. Em 1969, transfere-se para Goiânia, onde desenvolve ativa carreira de advogado, durante quinze anos. Em 1970, assume o cargo de diretor jurídico do Banco Agropecuário de Goiás. Em 1971, novo livro de contos: *Campo e noite*, que mais tarde seria reescrito e publicado com o título de *Gente de Imbaúba*. Em 1974, participa da IV Conferência Nacional dos Advogados no Rio de Janeiro. Promove a refundação do Instituto dos Advogados de Goiás. É eleito conselheiro da OAB (Ordem dos Advogados do Brasil), seção de Goiás. Em 1980, publica o romance *O exílio e a glória*, que é lançado também em Lisboa, durante a primeira viagem feita por ele à Europa. Sucedem-se novas publicações, consolidando seu prestígio como escritor. Em 1984, classificado em concurso público, transfere-se para Brasília, para assumir o cargo de procurador autárquico federal, lotado no INCRA (Instituto Nacional de Colonização e Reforma Agrária). Prosseguindo sua formação acadêmica, inscreve-se no curso de pós-graduação da UnB (Universidade de Brasília), para obter o título de Mestre em Literatura Brasileira. Em 1985, por novo concurso de títulos e provas, assume o cargo de assessor legislativo do Senado Federal (onde permanece até a aposentadoria em 1993).

Em 1986, realiza nova viagem de estudos à Europa. De volta, participa, em Belém do Pará, da Conferência Nacional dos Advogados. Em 1991, conclui o Mestrado na UnB e obtém o título de Mestre em Letras.

Com os anos sucedem-se os livros, consolidando sua carreira de escritor: *Caminhos de Rafael* (ficção memorialista, mais tarde reescrita e publicada com o título "A espantosa realidade"), *A morte de Cornélio Tabajara* (romance que recebe o Prêmio Cora Coralina/1997), *Memórias do nego-dado Bertolino d'Abadia* (romance-fusão de ficção e história, um dos grandes sucessos de sua arte ficcional). Desde 1961, vem compondo um diário que, neste limiar do século XXI, atinge cerca de 2.000 páginas. Segundo o autor, terá o título "Diário de um Escritor Brasileiro" e pretende ser, no futuro, "um valioso documento de um período importantíssimo da vida do Brasil." (Entrevista in "Opção Cultural", Goiânia, agosto de 2002).

Em 2008, seu romance *Vasto mundo* recebeu o Prêmio Cidade de Conselheiro Lafaiete/Concurso Literário Internacional. Em 2009, é publicado em Portugal o seu novo romance, *Eu, Peter Porfírio, o maioral*, que recebeu Menção Especial/Prêmio Leya. A apresentação, feita pelo escritor angolano Pepetela, define:

> Recuperando uma linha seguida por alguns grandes autores brasileiros, este livro narrado na primeira pessoa por um 'coronel', que acredita ser bem-intencionado, tem tudo para divertir, no mesmo tempo que dá preciosas indicações sobre os negócios e a vida na época escura da ditadura militar. Uma obra que marca o tempo. Alaor Barbosa está entre os escritores empenhados em revelar, aos brasileiros, muito do Brasil que a maioria desconhece, mas que já faz parte da nossa História (e também da história do homem nestes tempos de transformação).

Publicações

Conto — *Cidade do tempo*, 1964; *Picumãs*, 1966; *Campos e noite*, 1971; *Os rios da coragem*, 1983; *Praça da liberdade*, 1985.
Romance — *O exílio e a glória*, 1980; *A morte de Cornélio Tabajara*, 1998; *Memórias do nego-dado Bertolino d'Abadia*, 1999; *Uma lenda*, 2004; *Vasto mundo*, 2008; *Eu, Peter Porfírio, o maioral*, 2009.
Ficções — (Fusão memória/história), *Caminhos de Rafael*, 1995.
Ensaios e estudos — *Confissões de Goiás*, 1968; *Rui Barbosa: pensamento em ação*, 1975; *A epopeia brasileira ou para ler Guimarães Rosa*, 1981; *Pequena história da literatura goiana*, 1983; *O ficcionista Monteiro Lobato*, 1996; *Um cenáculo na pauliceia*, 2002, e *O romance regionalista brasileiro*, 2006.
Diário — *Meu diário de constituinte*, 1990.
Biografia — *Monteiro Lobato para crianças*, 1960; *O ficcionista Monteiro Lobato*, 1966.
Literatura infantil — *Saci e Romãozinho.*
Coletânea — *Contos e novelas reunidos* (*A espantosa realidade*, *Picumãs*, *Os rios da coragem* e *Gente de Imbaúbas*), 2006.

03. ANIBAL MACHADO

João Ternura
Um humanista surrealista[3]

> Devemos tratar as coisas triviais da vida muito a sério, e todas as coisas sérias da vida, com sincera e estudada trivialidade. (*O. Wilde. The Importance of Being Earnest*, 1895)

Embora sem pertencer à linhagem "wildeana", *João Ternura* (romance-chave da obra de Anibal Machado) revela-se fundamente sintonizado com esse modo "wildeano" de captar/expressar a realidade: tratar como banal/trivial os aconteceres essenciais à realização da Aventura Humana e dar ampla visualidade a aconteceres ocasionais, que em nada alteram a essencialidade do viver.

Romance (?) fragmentado — ora claro, ora sibilino —, que desafia o leitor a atingir seu significado ou problemática central, *João Ternura* (tal como toda a obra do Autor) é, em essência, um obra "datada". Só se entremostra e pode ser atingida em sua essencialidade, quando inserida no momento histórico/cultural em que foi concebida e escrita: primeira metade do século XX, quando o "velho" começara a ser superado pelo "novo". Os alicerces de Ontem ruíam, enquanto os novos estavam ainda sendo engendrados num Hoje fragmentado. Daí *o caos no mundo dos valores e das ideias...* Caos enfrentado por Anibal Machado e sua geração. Caos resultante de um momento histórico de transição e que, em parte, Edgar Morin sintetizou em seu estudo *L'Esprit Du Temps* (1962):

> No começo do século XX, o poder industrial estendeu-se por todo o Globo Terrestre. A colonização da África e a dominação da Ásia chegam

[3] Texto inédito (N. da A.)

> ao seu apogeu. Eis que, nas feiras de amostras e nas máquinas caça-níqueis, começa a Segunda Colonização, *não mais horizontal, mas desta vez vertical*, penetra *na grande reserva que é a alma humana*. A *alma* é a nova África que começa a agitar os circuitos dos cinemas. Um prodigioso sistema nervoso se constituiu no *grande corpo planetário*.

Verdadeiro "radar", captando a rede de forças novas que se cruzavam no "mundo pensante" desse início de século, e impunham uma nova interrogação sobre a alma humana e o mundo à sua volta, Anibal Machado ensaia-se como escritor, empenhado em retê-las em uma nova escritura (nova, não na sintaxe, que continua lógica/linear, mas na sondagem dos novos aspectos da vida).

Já em seu primeiro conto publicado (1925), "O rato, o guarda-livros e o transatlântico", faz-se presente uma das "grandes maravilhas" dos novos tempos: os enormes transatlânticos, que levavam os brasileiros de elite, a visitar a Europa e principalmente Paris. Na jocosa trama, em que o "cais e o transatlântico" conversam, o sonhador "guarda civil" admira o "monstro" (que lhe lembra a catedral da infância); analisa os turistas que chegam de todas as partes do mundo e, finalmente, se perde, seguindo com os olhos "o rato", tripulante retardatário? passageiro anônimo? o último a desembarcar. Como que hipnotizado, segue os movimentos do rato ao pisar em terra firme, e ao mesmo tempo se perde em mil e uma conjecturas acerca da "terra que agora se move sob o signo da Extravagância e cuja influência já desce ao Brasil inocente..." Suas reflexões labirínticas vão se tornando surrealistas, pela mistura de sonho e realidade, "baralhadas em seu espírito cheio de ressonâncias marítimas". E o conto termina com a inesperada internação do guarda no Hospício, "onde ele acordou no dia seguinte, fazendo apreciações sensatas sobre a China... para onde seguia num luxuoso transatlântico em companhia de uma porção de ratos maliciosos..."

Nesse conto de estreia, para além da original/caricatural trama narrativa, ("parente" próximo da velha Comedia Del Arte italiana) o importante a destacar é a natureza da arte, da problemática e estilo, que iriam caracterizar a obra futura do Autor. A problemática central do conto é a "alma" do guarda civil, onde tudo acontece. Quanto à trama, é dado destaque a *fatos casuais*, sem importância na ordem da vida, enquanto o *fato central/essencial* (a *alma*, e a incipiente *loucura* do guarda) é ignorado ou tratado como algo trivial, desimportante, até que no final se desvenda. Já nessa estreia se faz presente a "lição de O. Wilde": dar relevo às "coisas triviais da vida" e tratar, "com trivialidade, as coisas sérias".

É essa a linha dominante em *João Ternura*, romance escrito durante anos e com grandes intervalos entre uma escrita e outra. Na cena de abertura, já se mostra a intencionalidade do Autor: dar relevo ao grande fenômeno, do qual a humanidade depende para continuar existindo: *a gestação de um novo ser.*

> — O meu deve ser para abril.
> — O meu vem vindo por aí... parece até que já conversa comigo.
> — Ah, que medo! A gente nunca sabe se vai morrer...
> — A mim não me importa morrer. Contanto que ele viva e nasça direitinho...

Numa conversa banal, duas mulheres falam sobre o filho que estão esperando. Uma delas dará à luz o menino João Ternura — nome que a mãe escolhera muito antes do nascimento. O romance, portanto, se abre com o Acontecimento Maior do mundo humano: *a gestação/nascimento de um novo ser.* Fenômeno responsável pela continuidade da Humanidade na Terra e sempre ameaçado pelo fantasma da Morte, tão temido pelas gestantes. (Lembremos que, no tempo em que se passa o romance, os antibióticos não haviam sido descobertos e os recém-nascidos morriam facilmente de infecções.)

Uma das linhas-de-força do romance é a identificação desse Fenômeno Humano (a gestação/nascimento) com a Natureza livre. Identificação que se torna evidente, logo no início, no momento em que João Ternura está para nascer. Sua mãe, Liberata, sente as dores:

> Transfigurada, atravessou o pomar. Esquecera o diálogo com a outra mulher. Sentia-se enorme como a Terra. Uma força desconhecida no corpo, uma confiança nova no coração dilatado. Foi-se encaminhando para o

mistério, em direção ao quarto. Ouvia o rumor da fonte, de mistura com o barulho de águas do próprio corpo. As dores de seu ventre distribuíram-se pelas raízes das árvores, pelas pedras... Esqueceu o marido.

Não por acaso, a cena se fecha com a informação, aparentemente banal: "Esqueceu o marido." Nela, já se entremostra a visão de mundo que singulariza o romance — neste, a grande figura-força é a Mulher. E ela, a "onipresente" — a fonte de vida e de energia erótica —, da qual o Homem depende para se realizar existencialmente, como ser atuante no processo da vida. É dentro dessa problemática e/ou visão de mundo, que vai acontecendo a vida de João Ternura.

Desde o momento de seu nascimento, numa noite de Natal, ele torna-se o centro das atenções da família. É em torno de sua chegada na vida que a trama narrativa vai-se desdobrando, ora em tom displicente, ora solene, ora sibilino, acompanhando fragmentariamente a sua entrada no mundo real das coisas e sempre esbarrando, aqui e ali, com mistérios que ele não conseguia decifrar. Trama fragmentada que não seduz o leitor, antes o desnorteia... e o leva a interrogar: quem é João Ternura? Sua infância e adolescência são marcadas por brincadeiras inconsequentes e pela prematura descoberta da Sexualidade, como algo instintivo no ser e que faz parte do Mistério da Existência. Aliás, não é propriamente a sexualidade o "ato sexual" que se mostra essencial, mas algo para além do físico — o Erotismo, a vibração existencial profunda, provocada pela "fusão sexual".

Nessa ordem de ideias, é de se notar que as diferentes mulheres que passam por sua vida — Luizinha, Rita, Marina, Marilene ou Marlene e outras... — são figuras efêmeras, são apenas diferentes "faces" ou corpos de uma só: a da Mulher, fonte de vida, manifestação do Mistério.

Erotismo e sondagem do mistério da existência são as principais linhas de força que atravessam o romance. Ainda menino, João Ternura — moleque inquieto e travesso — é tocado por inocentes sensações eróticas e, quase ao mesmo tempo, descobre que "Deus não existe". Encontra um livro cuja leitura iria abrir um novo caminho em suas relações com o mundo, pois punha em dúvida a origem sagrada do mundo e do homem.

Na última pagina, Deus estava escangalhado.

O livro foi lido debaixo de uma figueira.

O rapazinho saiu feito louco, com a brochura na mão, para dar a notícia.

— Mamãe, este mundo agora vai ser uma pândega!... Não tem Deus, não tem nada. Deus não existe! Vou provar à senhora que Deus não existe, nem nunca existiu. Está aqui o livro. Aliás, eu já desconfiava...

— Me dá aqui essa porcaria, seu bobo. E sai de minha frente antes que te dê uma sova.

Liberata rasgou a brochura. E Ternura sossegou.

Na verdade, João Ternura "não sossegou". Essa descoberta científica/darwiniana (cuja discussão dividiu o meio cultural brasileiro nos primeiros anos do século XX) está patente na trama do romance, como a grande interrogação do Enigma da Existência, cuja resposta só a Fé pode dar. (O próprio Anibal aderiu ao socialismo e ao materialismo, que descartam a Fé como resposta e talvez, como o seu personagem, ele pressentisse, na energia sexual/erótica, a grande fonte criadora do Universo, que se manifestava de diferentes formas no Homem e na Natureza livre.

Romance labiríntico, *João Ternura* resulta do encadeamento de fragmentos, ora banais, presos ao cotidiano sem horizontes, ora enigmáticos, expressos em uma linguagem como que esfumaçada e que, por vezes, lembra a da Jules Romains (uma de suas "sombras tutelares") in *L'ame des hommes*/1904, ao meditar sobre a possível comunhão existente entre os "arquipélagos de solidões", esparsos pelo mundo. João Ternura é um desses solitários, céticos e abúlicos, entregues a interrogações que desembocam no nada...

Escritor de invulgar penetração psicológica e tocado pela visão de mundo de certos humanistas franceses ("unanimistas" como J. Romains), descrentes da religião e que veem "deus" como "um ser vasto e elementar", causa e princípio ao mesmo tempo, Anibal Machado projeta em João Ternura sua própria necessidade de escavar o Mistério e de se sentir submergido na "alma coletiva", o que seu herói apático não chega a conseguir, a não ser em brevíssimos momentos (como o da união erótica/metafísica com Rita no alto do arranha-céu).

Em depoimento sobre a obra de Anibal Machado, Carlos Nejar enfatiza a fusão de prosa e poesia de sua arte:

> Injustamente esquecido, hoje (2007) tornou-se um caso à parte na criação brasileira contemporânea. [...] Passou anos a fio escrevendo o seu romance *João Ternura*, personagem lírico e mítico, mais do que nunca flaubertiano, no sentido de que "O João sou eu". Nele, se procura o prosador e se encontra o poeta; se busca o poeta e se encontra o prosador, tal a harmonia em que esses elementos se combinavam em sua natureza e criação. Tinha o equilíbrio, não se deixando levar pela incontinência modernista, nem se arrojando. Como diz nos seus *Cadernos de João*. "Retira do teu caderno as estridências do grito, se queres que ele tenha mais alcance e ressonância." Mágico, produziu textos curtos magníficos, soberanos. Difícil é aproximá-lo ou compará-lo com alguém, seja Tagore, cujo prosaísmo se dilui, seja aos Poemas em prosa de Charles Baudelaire. [...] O que os vincula é a obsessão da morte, mórbida no francês, e no mineiro, a saúde ou doçura do amor que vence a morte. (in *História da literatura brasileira*, 2007)

Dados biobibliográficos

Contista, romancista, poeta, cronista, conferencista, professor, tradutor, teatrólogo, roteirista de cinema, intelectual de grande presença em seu meio cultural, Anibal Monteiro Machado nasceu em Sabará (MG) em 9 de dezembro de 1894. Em suas raízes familiares, misturavam-se catarinenses, mineiros e pernambucanos, sendo, pelo lado paterno, descendente de negociantes, armadores e pescadores de baleia e, pelo materno, de fazendeiros e proprietários rurais. Passou a infância em Sabará, à beira do Rio das Velhas.

Aprendeu as primeiras letras em casa, com a mãe e a governanta alemã, que lhe ensinou também a fala alemã. Mas não foi desde logo atraído pelas leituras ou pela literatura; seu gênio inquieto e brincalhão não lhe permitia demorar-se muito em determinada atividade de concentração. Seus estudos foram um tanto nômades. Aos doze anos, muda-se para Belo Horizonte (cidade ainda em construção), para estudar, como interno, no Colégio Dom Viçoso, onde permanece pouco tempo. Continua os estudos básicos no Colégio Mineiro e termina-os no famoso Colégio Abílio no Rio de Janeiro, formando-se bacharel em Ciências e Letras. Em 1913, ingressou na Faculdade de Direito de Belo Horizonte; logo mais se transfere para a Escola Livre de Direito do Rio de Janeiro e acaba por terminar o curso superior em Belo Horizonte, em 1918. Durante os estudos de Direito (e em plena I Guerra/1914-18), descobre o fascínio da Literatura dos Grandes Mestres e através deles descobre Paris, a "Cidade Luz", que seria a grande paixão de sua vida (tal como o "caminho de Damasco" o fora para São Paulo). O. M. Carpeaux define sua personalidade como:

> Carioca típico, mineiro atípico: brasileiro ele foi até a medula dos ossos. [...] Mas não fora provinciano. Sabia, tal como o crítico inglês Wilfrid Mellers, que "all modern communities are *cosmopolitan*, When they are not parochial." [...] A capital de seu grande mundo foi mesmo Paris. O homem, com o barrete basco e com a vivacidade da fala e gestos de um marselhês, parecia um *habitué* dos cafés dos Boulevard Saint-Michel, lá onde nasceram as grandes correntes da poesia moderna, do pensamento moderno.

Seduzido pelo mundo da alta literatura e pelas novas formas propostas pelo Surrealismo, o jovem universitário começa a escrever versos, pelo puro prazer de lidar com as palavras. Torna-se um leitor infatigável e de uma curiosidade intelectual sempre alerta.

Em 1919, já casado, nomeado Promotor Público, muda-se para a cidadezinha de Airuoca (MG). Ali prossegue em suas descobertas da Literatura e tentativas de escrita de fragmentados poemas em prosa. Em 1921, volta para Belo Horizonte, como Professor de História Universal, no Ginásio Mineiro. Tocado pelos primeiros ventos da revolução poética que começava a agitar os jovens, solidarizou-se com alguns daqueles que iriam ter grande importância no Movimento Modernista que seria iniciado em São Paulo, em 1922, com a Semana de Arte Moderna. Entusiasmado pela agitação cultural do momento, publica seus poemas em prosa, em revistas e jornais mineiros, com o pseudônimo de Antônio Verde. Torna-se amigo de Carlos Drummond, João Alphonsus, Pedro Nava, Milton Campos, Rodrigo M. F. de Andrade e

Abgar Renault. Passa a colaborar como cronista no "Estado de Minas". Tenta a carreira de advogado, mas desiste.

Em 1923, muda-se para o Rio de Janeiro, nomeado Delegado de Polícia, cargo no qual permanece apenas seis meses. No ano seguinte, é nomeado Promotor Adjunto, mas logo se afasta por lhe faltar vocação para a carreira. Em 1926, iniciou a escrita do romance *João Ternura*, continuando-o fragmentariamente, durante anos, e discutindo-o com a roda de amigos, cujo entusiasmo pela trama, de antemão consagravam o futuro livro como grande sucesso. (Essa antecipada consagração levou-o a desistir de escrevê-lo. Viria a terminá-lo, anos depois, pouco antes de sua morte, em 1964. *João Ternura*, publicado em 1965, sai como "obra póstuma".)

Em 1927, volta à carreira de Professor de Literatura no Colégio D. Pedro II, acumulando esse trabalho com o cargo de Oficial de Gabinete do Ministro da Justiça (Augusto Viana do Castelo), e permanece nessa posição até 1930, vésperas da Revolução getuliana, que iniciaria uma nova era no Brasil: a do Estado Novo.

Paralelamente a essa sucessão de trabalhos, entrega-se às atividades literárias, escrevendo ou participando com entusiasmo dos debates. Empolga-se com o movimento modernista paulista e se engaja no grupo mineiro que introduz a modernidade em Minas. Em 1925, publica seu primeiro conto, "O rato, o guarda-civil e o transatlântico", na revista "Estética", fundada por Sérgio Buarque de Holanda e Prudente de Morais Neto. Participa da fundação da *Revista*, em BH, em 1927. Torna-se amigo de Oswald de Andrade e passa a colaborar com pequenos contos na "Revista de Antropofagia".

Em suas manifestações pró-modernismo, escreve: "Não sabemos definir o que queremos, mas sabermos discernir o que não queremos." Frase que definia a natureza crítica e contestatória do Movimento, em sua recusa absoluta de tudo que fosse herança do patrimônio "passadista: a ênfase oratória, a eloquência, o hieraticismo parnasiano, o culto das rimas ricas, do metro perfeito, linguagem classicizante e lusitanizante..."

Homem de temperamento emotivo, generoso e de uma curiosidade insaciável, era atraído ao mesmo tempo por mil e um interesses. Nunca deu grande importância à própria criação literária, enquanto se empenhava em divulgar o que lhe parecia notável na produção dos outros. Entrega-se, com grande entusiasmo, ás leituras e tertúlias literárias. A partir de 1939, fixando-se definitivamente no Rio de Janeiro, faz de sua casa (Rua Visconde do Pirajá) um salão literário, onde se reuniam intelectuais de diversas áreas, para intermináveis/entusiastas discussões sobre literatura e artes em geral. Fascinado pela cultura francesa, Anibal, ao abrir esse salão literário, sem dúvida teve, como modelo ou exemplo, o grupo fraternal de artistas que, liderados por Jules Romains, se reunia na Abadia de Creteil e difundia o ideal humanista, "unanimista". Defendido pelo Mestre. Segundo Carpeaux:

> (Anibal) foi, para o Brasil, o Colombo de novos continentes poéticos: revelou aos novos o mundo de Apollinaire, Reverdy, Soupault, Supervielle e dos "grandes" do surrealismo: Aragon, Breton, Éluard. [...] Também foram os valores poéticos, que atraíram nosso Anibal na pintura moderna: descobriu-os nas paisagens de Derain, Vlaminck e Dufy, nos santos de Rouault e nos rabinos de Chagall e nos nus de Pascin, nas cores de Matisse, nos contornos do desenho de Picasso, na pintura folclórica de Di Cavalcante e nas *marines* de Pancetti, na arte fantástica de Oswaldo Goeldi. [...] O lado social da arte atraiu-o, principalmente no romance e no conto...

Como profissional, atuou em diferentes esferas de trabalho e cultura, sempre ocupando cargos públicos ligados à Justiça e ao Direito. Em 1944, foi eleito presidente da Associação Brasileira de Escritores e, com Sérgio Milliet, organizou o 1° Congresso Brasileiro de Escritores, realizado em São Paulo em 1945, do qual resultou a "Declaração de Princípios", que defendia a democracia contra o governo ditatorial que vinha de ser instalado por Getúlio Vargas.

Amante do teatro e do cinema, foi não só um frequentador apaixonado, como escreveu ou traduziu inúmeras peças de teatro e roteiros de filmes. Foi membro fundador de grupos teatrais que, a partir dos anos 50, introduziram o experimentalismo no teatro brasileiro: Os Comediantes, Teatro Experimental Negro, Teatro Popular Brasileiro e

Grupo Tablado (fundado por sua filha Maria Clara Machado, em 1953). Entre suas pequenas peças teatrais, destaca-se "O Piano" (extraída da novela do mesmo nome), que recebeu o Prêmio Cláudio de Souza/ Academia Brasileira de Letras-1959. De seu interesse por cinema, surgiu a conferência, "O Cinema e sua influência na vida moderna", publicada em 1941 e que suscitou enorme interesse no meio intelectual. Fez conferências sobre Edgar Allan Poe, Paul Whitman, Teatro elizabetano e outros.

Em 1947, viaja para a Europa, visitando Portugal, Itália, França, Suíça, Polônia, Alemanha e Tchecoslováquia. Em Paris, representou o Brasil no Congresso de Escritores da UNESCO, ocasião em que conheceu Picasso, Paul Éluard e André Gide.

Faleceu aos setenta anos, no Rio de Janeiro, em 20 de janeiro de 1964. Em um de seus depoimentos sobre Anibal Machado e sua obra, M. Cavalcanti Proença enfatiza a dificuldade em classificá-los:

> A sua concepção de arte, como reconstrução, muito mais do que imitação da realidade, é aparente em toda sua obra, caracterizada por um equilíbrio entre imaginação e raciocínio. [...] Embora nacional, até mesmo mineira, a obra de Anibal Machado está embebida de universalismo e, se necessário restringir o conceito, diremos que esse universal vai da claridade francesa à inteligência da latinidade. [...] Homem de seu tempo, tinha a consciência de que a arte não é a pura expressão de uma desordenada fantasia, nem apenas o reflexo de conceitos intelectuais, mas o esforço criador da interação de ambos. Além disso, *o que continua indefinível é* Anibal Machado.

Publicações

João Ternura, 1965
Novela e conto — *Vida Feliz*, 1944; *Histórias reunidas*, 1959; *A morte da porta-estandarte e outras histórias*, 1965.
Ensaio — *ABC das catástrofes e topografia da insônia*, 1951; *Cadernos do João*, 1957; *Goeldi*, 1955.
Poemas em prosa — *Coleção Maldoror*, 1955 (Incluído in *Cadernos do João*, 1957)

04. ANTÔNIO DE ALCÂNTARA MACHADO

Brás, Bexiga e Barra Funda[4]

> Este livro não nasceu livro: nasceu jornal. Estes contos não nasceram contos: nasceram notícias. [...] *Brás, Bexiga e Barra Funda* é o órgão dos ítalo-brasileiros de São Paulo. [...] Como membro da livre imprensa que é, tenta fixar tão somente alguns aspectos da vida trabalhadeira, íntima e quotidiana desses novos mestiços nacionais e nacionalistas. É um jornal. Mais nada. Notícia. Só. Não comenta. Não discute. Não aprofunda. Principalmente não aprofunda. [...] O aspecto ético-social dessa novíssima raça de gigantes encontrará amanhã o seu historiador. [...] *Brás, Bexiga e Barra Funda* não é uma sátira.

Nesse "artigo de fundo", que serve de abertura ao livro, Alcântara Machado sintetiza com lucidez o alvo maior de seu projeto literário: dar visibilidade à vida cotidiana, comum, anônima... daqueles que faziam parte da força-trabalho, geradora do acelerado progresso do São Paulo dos anos vinte. Era na terra paulista que se dava o grande fenômeno de progresso com o nascente movimento industrial e a intensificação do movimento emigratório europeu, pós I Guerra Mundial (1914-18). Japoneses, alemães, portugueses, italianos... emigraram em massa para o Brasil. Em São Paulo, concentrou-se principalmente a grande emigração italiana: força-trabalho que garantiu o sucesso dos audazes projetos industriais da época.

Pertencente à alta sociedade paulistana e convivendo familiarmente com a nova e poderosa classe dos industriais italianos que, para cá, emigraram (e logo transformados em nobres, condes, comendadores, etc.) Alcântara Machado, ao ser impelido a testemunhar o seu tempo, foi atraído pela grande força anônima dos trabalhadores, que transforma-

[4] Texto inédito (N. da A.)

vam os grandes projetos industriais em realidade e progresso. Cronista de seu tempo, A. A. M. foi o primeiro, entre nós, a detectar a grande transformação em processo na sociedade paulistana, com o surgimento da nova classe: a dos ítalo-brasileiros que, aos poucos, lançavam raízes em todos os estratos sociais: desde o do "povinho" ou "ralé" (como eram chamados os pobres) até o dos "aristocratas". Sentiu, nos primeiros, a grande força transformadora, e os foi buscar nos bairros do Brás, Bexiga e Barra Funda, onde a presença imigratória era muito forte, principalmente a dos italianos. Vindos para o Brasil, a partir do momento em que o sistema escravocrata entrava em colapso, substituíram os escravos (libertos pela Abolição de 1888) nas grandes fazendas de café. Com a decadência dos grandes cafeicultores (São Paulo e Minas), a crescente massa migratória foi-se concentrando na zona urbana paulista, onde os imigrantes ricos lançavam raízes de uma nova riqueza: a da Indústria.

Dessa realidade, o que mais interessou ao humanismo de A. A. M. foi o *novo brasileiro* que surgia, descendente dos primeiros imigrantes italianos. Seu foco de análise foi, pois, no *filho do imigrante,* fruto de uma difícil integração social, sem nenhum polimento cultural, obrigado a adotar uma língua que misturava o italiano e o português. Fusão linguística que o Autor transpõe para a sua escrita, criando o pitoresco dialeto ítalo-paulista. Os contos enfeixados em *Brás, Bexiga e Barra Funda* focalizam sempre figuras humanas que existem entre dois mundos: o da Itália de seus pais e avós e o do Brasil onde nasceram e do qual querem fazer parte integrante. Era o fenômeno ítalo-brasileiro em seus inícios e, com o tempo, totalmente integrado na cultura não só paulista, mas brasileira.

Em estilo ágil, linguagem popular bem humorada, numa inteligente/lúdica mistura dos linguajares (intencionalmente beirando a ingenuidade, a esperteza ou a malícia), A. A. M. vai fazendo desfilar conto após conto (retalhos da vida cotidiana) os sonhos de realização de cada um dos personagens — crianças, homens e mulheres que povoavam o cotidiano da época, com suas esperanças, desejos, amores ingênuos ou pecaminosos, cobiça, esperteza, mediocridades... sempre "filtrados" por um olhar jocoso que engana, pois a essência (ou o desenlace) de quase todas as burlescas situações é séria, trágica ou cínica.

No conto de abertura, "Gaetaninho" é o moleque esperto, de periferia, craque no futebol de rua, com "bola de meia" e que tem um sonho: andar de carro. Sua esperança era poder andar em "carro de enterro", única possibilidade de carro, acessível aos pobres. Chega a sonhar com a morte de uma tia doente, para haver enterro na família... entretanto o destino "pregou-lhe uma peça": Gaetaninho morre atropelado por um bonde e, em seu enterro, é ele que vai no carro da frente, no caixão. Entre o jocoso, o trágico e o absurdo, os brevíssimos contos se sucedem, compondo a comédia da vida: "Carmela", a costureirinha leviana que engana o noivo, com o "moço rico"; "Tiro de Guerra nº 35", com as tropelias do malandro Aristodemo Gussiani, desde seus tempos no Grupo Escolar da Barra Funda ("onde aprendeu a roubar com perfeição no jogo de bolinhas"), até ser suspenso do Tiro de Guerra, por ter agredido o "alemãozinho", porque ele estava "escrachando" com a letra, ao cantarem o Hino do Brasil.

Através de um olhar caricato, mas generoso, vão sendo reveladas as figuras humanas que formam o proletariado ou estão à frente do pequeno comércio... a massa da torcida do Palestra Itália Futebol Clube... o barbeiro de "Amor e Sangue"; a menina pobre, "Lisetta" (que sonhava com um ursinho de pelúcia e teve que se contentar com um de lata); os preconceitos da alta sociedade paulista contra o "filho do carcamano" que se apaixona pela aristocrata; o órfão matreiro, Gennarinho, em "Notas Biográficas do Novo Deputado", etc., etc.

Com esses flagrantes, que fixou da vida do operariado e da pequena burguesia paulistana do início do século XX, Alcântara Machado tornou-se o grande intérprete do fenômeno ítalo-brasileiro — a grande alavanca do Progresso que transformou São Paulo na "locomotiva" que abriu caminho para o "trem" do Brasil.

Dados biobibliográficos

Contista, jornalista, cronista, crítico teatral, advogado e intelectual polêmico, Antônio de Alcântara Machado d'Oliveira nasceu em São Paulo em 25 de maio de 1901. Era membro de uma das mais tradicionais famílias paulistas, desde os tempos de D. João VI. Seu bisavô, o brigadeiro José Joaquim Machado d'Oliveira (1790-1867), deputado, historiador, geógrafo, foi presidente de cinco províncias. Seu avô, jurista Brasílio Augusto Machado d'Oliveira (1849-1919) foi tribuno, professor da Faculdade de Direito de São Paulo e Barão da Santa Sé. Seu pai, José de Alcântara Machado d'Oliveira (1875-1941), foi advogado, professor e diretor da Faculdade de Direito, senador, líder político, escritor e membro da Academia Brasileira de Letras e da Academia Paulista de Letras.

Embora de família tão proeminente na política, Alcântara Machado seguiria outros caminhos. Fez seus primeiros estudos no Colégio Stanford e os secundários no Ginásio S. Bento. Em 1919, ingressou na Faculdade de Direito e começou a escrever para a imprensa. Terminou a Faculdade em 1923, e, paralelamente à carreira de advogado, iniciou a carreira de jornalista, como redator do "Jornal do Comércio". Ali, estreia como crítico literário com artigo sobre a *História da Literatura Brasileira* de Artur Mota, publicado na coluna "Vultos e Livros". Sua adesão ao movimento modernista não se deu de imediato. Em 1922, ainda estudante de Direito, esteve presente nas atividades realizadas no Teatro Municipal, durante a Semana de Arte Moderna, e fez parte dos que vaiavam as conferências, impedindo que os oradores fossem ouvidos.

Em 1925, viaja pela Europa e registra suas impressões de viagem no volume *Pathé-Baby*, publicado no ano seguinte, com prefácio de Oswald de Andrade, que ele conhecera em Paris e que o leva a aderir à revolução modernista. Nesse mesmo ano, publicou a revista de caráter modernista, *Terra Roxa... e Outras terras* (com Couto de Barros). No ano seguinte, estreia como escritor, com os contos de *Brás, Bexiga e Barra funda*, pequenos *flashes* da vida cotidiana de imigrantes italianos na São Paulo dos anos 20 que, graças a eles, à força-trabalho que eles representavam, somada a de milhares de outros, imigrantes ou brasileiros, iniciava sua escalada progressista. O livro foi bem recebido pela crítica, que nele reconheceu um novo estilo e um novo tema da prosa brasileira. No rastro do sucesso, em 1928, publica *Laranja da China* que também teve boa acolhida entre os modernistas. Nesse mesmo ano, passa a dirigir (com Raul Bopp) a primeira fase da "Revista de Antropofagia" (criada por Oswald de Andrade). Revista que duraria dez números (até fevereiro de 1929) e representou o mais radical veículo de difusão das ideias e obras modernistas, em sua fase heroica (1922-1930).

Em 1929, publica em livro a monografia *Anchieta na Capitania de São Vicente*, e, a convite de Rodrigo M. F. de Andrade, passa a colaborar nos Diários Associados. Ali publica um substancial estudo sobre a obra do dramaturgo norueguês Henrik Ibsen. Em 1930, passa a assinar a crítica teatral no mesmo jornal. Em 1931, publica na revista "A Ordem" um ensaio sobre seu avô, "Brasílio Machado ou um operário católico". Nesse ano, dirige a "Revista Nova", juntamente com Paulo Prado e Mário de Andrade.

Em 1932, participou da Revolução Constitucionalista, como superintendente da Rádio Record de S. Paulo, utilizando-se o rádio pela primeira vez no Brasil como instrumento de propaganda política. Suas notas e comentários dos movimentos no *front* eram lidos ao microfone pelo jovem estudante de Direito, César Ladeira, que se tornaria um dos mais destacados radialistas brasileiros. No ano seguinte, decide participar da política. Assumiu o cargo de Secretário da Bancada Paulista junto à Assembleia Nacional Constituinte (1933-34) e passa a residir no Rio de Janeiro. Em 1934, assume a direção do "Diário da Noite" e assina a coluna de comentários políticos na primeira página. Foi eleito deputado federal por São Paulo (Partido Constitucionalista) mas não chegou a assumir: o destino o impediu.

Possuindo, no mais alto grau, o senso de paulistanidade, paixão e ternura por S. Paulo, Antônio de Alcântara Machado foi, de certa forma, traído pelo destino. Em uma de suas viagens à Europa, entre 1929 e 1930, ele escreveu em seu "diário de bordo":

> Não quero morrer na Europa. Quero morrer no Brasil, na cidade de S. Paulo, numa manhã bem quente. Eu na manhã bem quente me aprontarei, sairei de casa andando firme, desejarei bom dia aos conhecidos da

> Rua Ana Cintra, entrarei no Largo de Santa Cecília e em frente da igreja, no meio do largo, subirei no refúgio me encostando no lampião verde esgalhado. [...] Eu me sentirei no alto, mas muito no alto. São Paulo então não abandonará seu filho. Com cheiro de gasolina, com fumaça de fábrica, com barulho de bondes, carros, carroças e automóveis, com barulho de vozes, com cheiro de gente, com latidos, cantos, pipilos [...] todos os cheiros e também barulhos da vida, São Paulo encherá o silêncio da morte.

Mas o destino não o atendeu... A morte chegou-lhe inesperadamente, aos 34 anos, no momento em que ele acabara de se mudar para o Rio de Janeiro, levado pela carreira política. No dia 6 de abril de 1935 foi internado com urgência na Casa de Saúde de São Sebastião, para uma operação de apêndice. Sobreveio uma peritonite infecciosa, e ele vem a falecer no dia 14. Foi enterrado em São Paulo, no mausoléu da família, no Cemitério da Consolação. Interrompera-se uma promissora carreira de escritor e, talvez, de político, como seu pai desejava.

Publicações

Crônica — *Pathé Baby* (viagem pela Europa), 1926, e *Cavaquinho e Saxofone*, 1940/post.
Conto — *Brás, Bexiga e Barra Funda*, 1927, e *Laranja da China*, 1928.
Romance — *Mana Maria*, 1936/post.
Ensaio — *Anchieta na Capitania de São Vicente*, 1928. (Prêmio Capistrano de Abreu)

Fontes de consulta

Bosi, Alfredo. *História concisa da literatura brasileira.* SP, Cultrix, 1970.
Machado, Luis Toledo, *Antônio de Alcântara Machado e o Modernismo.* RJ, José Olympio, 1970.

05. ANTÔNIO CALLADO

Quarup — Uma nova utopia?[5]

> Vivos ali só Nando com a lamparina de querosene e Cristo na luz de sua glória. Diante de Cristo a temível balança onde os menores pecados de omissão e de intenção rompiam a linha da fé, deslocando com extravagância o fiel. [...] Momentos de amor-próprio e de respeito humano congelavam em bolsas de chumbo, uma em cada prato retratando vidas que haviam passado por virtuosas quando eram apenas um hirto equilíbrio de abominações. E que o Cristo em glória só julgava ali homens de Deus, que haviam escolhido viver crucificados no travessão daquela balança. [...] Por detrás de sua balança Cristo encarava Nando.

Nessa densa cena de abertura de *Quarup* (o Homem diante do julgamento de Deus), já se faz presente a figura-elo de toda a labiríntica trama novelesca: o jovem padre Nando, rezando na semi-obscuridade do *Ossuário* (caverna-cemitério de frades), todo ele entregue à meditação sobre o Cristo crucificado, sobre o horror ao Pecado e sobre a Morte que traria o castigo da Culpa.

Meditação fechada numa religiosidade fanática/medieval, mais ligada à Morte do que à Vida, e que cria a atmosfera opressiva, logo mais rompida pela inesperada chegada de Levindo, jovem idealista, espírito político-revolucionário, empenhado na luta em defesa dos camponeses, explorados pelo trabalho escravo, imposto pelos donos de terra. Ele vinha de um confronto com soldados, que defendiam a "ordem" dos poderosos, e fora ferido na mão por um tiro.

Com a chegada de Levindo, anuncia-se, metaforicamente, a problemática-eixo do romance (a Ordem Tradicional x Desordem Revolucionária), problemática, cujos fios, Antônio Callado vai emaranhando numa teia narrativa, que se estende por cerca de 500 páginas. Trama

[5] Texto inédito (N. da A.)

narrativa ambientada num tumultuado período histórico brasileiro: o que vai da deterioração do Governo Vargas (Getúlio suicidou-se em agosto de 1954), até a renúncia do presidente Jânio Quadros (abril, 1961) — renúncia que abriu caminho para o longo período de Governo Militar. Com admirável pulso criador, Antônio Callado realiza, em *Quarup*, um extraordinário painel, não só do referido período histórico brasileiro, mas também da revolução na esfera dos valores humanos. Girando em torno de uma problemática extremamente complexa, *Quarup* tem como alvo o nosso mundo em pleno processo de mutação, e envolve três principais esferas de vivências: as do *Sexo*, da *Religião* e da *Política*. Ou melhor, a da recusa ao interdito ao sexo (dogma basilar da religião católica); a do apelo a uma religião iluminadora do Ser (e não castradora) e a do sonho de uma política humanista (que vise o progresso da humanidade através da igualdade de direitos, acessíveis a todas as raças e credos).

Entre as dezenas de personagens (reais ou fictícias) que povoam o romance, Padre Nando se destaca como o "grande guia" ou o grande símbolo do sonhado *processo de transformação do homem*. A partir de sua experiência com os povos indígenas no Alto Xingu (para onde ele foi, obedecendo à ordem de seu superior, Monsenhor Anselmo), tem início a transformação interior do "padre" (aprisionado por uma moral religiosa anacrônica) em um iluminado "amante", um "amador" fervoroso da vida natural/instintiva, cuja essencialidade mais profunda ele acaba por descobrir na Mulher. Ou, definitivamente, na figura radiosa de Francisca (noiva de Levindo, morto em conflito).

Simultaneamente a essa transformação existencial, Nando sofre uma transformação política: foi-lhe decepcionante o convívio, no Alto Xingu, com os vários grupos ou setores (governamentais ou particulares) responsáveis pela preservação dos povos indígenas. Em geral, predominava, em todos eles, a indiferença ou a ausência de real preocupação com a salvaguarda dos nativos, explorados pelos que ali aportavam em busca de riquezas do solo ou natureza primitiva.

Para Nando, entretanto, o convívio com os indígenas, seus costumes, crenças, cultura... foi decisivo. Aos poucos foi provocando sua definitiva transformação: do "padre", prisioneiro do ascetismo e do medo da Culpa, ao "homem", iluminado fruidor da energia erótica do Amor.

Já no título do romance, anuncia-se metaforicamente o processo de transformações que se vão sucedendo ao longo da trama. O termo "Quarup" assume duplo sentido: o do *mito indígena* — crença na ressurreição dos mortos — e o do *ideal civilizador* — crença no futuro grandioso do Brasil, via amadurecimento transformador do brasileiro.

"Kuarup" é dos poucos mitos indígenas que permanecem vivos no Xingu. Trata-se de uma cerimônia ritual, de cunho religioso/intertribal, que foi criada por Mavutsinim — xamã criador dos homens. Segundo a lenda, para impedir que os mortos ficassem para sempre na escuridão da Morte, ele criou um ritual mágico.

Foi ao mato, cortou três toros da madeira "kuaruba", levou-os para o centro da aldeia, onde os fixou em círculo e enfeitou-os com penachos, colares, fios de algodão e braçadeiras de penas de arara. Em certa época do ano, convocava homens e mulheres de todas as tribos da região, para durante toda uma noite cantarem e dançarem em torno dos três "kuarups" e, ao som dos maracás e chocalhos, gritarem continuamente os nomes dos que tinham ido para o Reino da Morte. Ao mesmo tempo em que dançavam e cantavam, iam comendo os peixes, frutas, beijus... colocados em volta dos "kuarups". Antes do amanhecer, os três toros eram carregados até as margens do rio e jogados nas águas, onde retornariam à vida... Por isso, ninguém podia chorar por eles: a Vida sempre venceria a Morte.

É essa "metamorfose" ritual que, simbolicamente, se desenvolve no romance, seja na transformação do padre Nando, ao se "esvaziar" de sua crença religiosa/fanática e se "encher" com outra visão de mundo, essencialmente humana/erótica/revolucionaria. É a substância de Nando que muda, é a sua essência, demonstrada simbolicamente no "kuarup" por ele organizado para resgatar Levindo, da injusta morte... assumindo, ele próprio, a personalidade revolucionária do amigo redivivo.

Romance de invulgar grandeza literária/metafórica, *Quarup* de Antônio Callado ocupa lugar de destaque no panorama da Literatura Brasileira, entre aqueles que vêm escavando o húmus brasílico (em seu estado primitivo ou já transformado em nação civilizada), a fim de compreender as grandezas e misérias de um Brasil gigante — de um lado, carnavalesco, e de outro, um país dolorido, cheio de cicatrizes de ideais abortados na nascente.

Escrito durante os anos 1965-1966 (momento de acelerada crise institucional, instaurada pelo Golpe Militar de 1964), *Quarup*, por um lado, exorciza a incomensurável frustração de um Brasil traído, em seus sonhos de transformação político-social, e por outro escava os "subterrâneos" do homem pós-moderno (pós-Darwin), aquele que, perdendo sua origem sagrada, pergunta por si mesmo. Quem sou eu? Quem é o outro? De onde viemos? Para onde vamos? O que nos cabe fazer aqui? Romance essencialmente complexo, *Quarup*, tal como o simbolismo do título, se constrói sob o signo da transformação, da metamorfose. E se impõe como um desafio ao Leitor, da primeira à última página, pois o significado de sua escritura depende do nível em que a leitura for feita: limitada ao nível histórico/episódico da trama romanesca ou decifrando-a em sua camada simbólica/metafórica.

Em qualquer dos níveis, *Quarup*, para além de seu alto valor literário, afirma-se como precioso documento de época. Complexo universo romanesco que se revela, ao mesmo tempo, como documento de um decisivo momento histórico-político brasileiro (anos 60), e como testemunho do grande questionamento (ainda em processo neste limiar do século XXI) centrado nos valores da Civilização Cristã Ocidental.

Dados biobibliográficos

Grande figura humana e intelectual engajado, romancista, jornalista, repórter, cronista, tradutor, teatrólogo, Antônio Callado nasceu em Niterói/RJ em 26 de janeiro de 1917. Filho de médico e de professora, desde a infância conviveu com livros, cultura e valores humanistas, que formaram a sólida base de sua personalidade.

Ainda estudante de Direito, em 1937 inicia-se no Jornalismo, como repórter e cronista do "Correio da Manhã". Forma-se advogado em

1939, mas prossegue na carreira de jornalista, sua verdadeira vocação. Em 1941, durante a II Guerra Mundial, e em plena Ditadura Vargas, foi para Inglaterra como correspondente de guerra, contratado pelo Serviço Brasileiro da BBC (British Broadcasting Corporation). Chegou a Londres, exatamente, no dia do ataque a Pearl Harbour pelos japoneses (07.12.1941), episódio que levou os Estados Unidos a entrarem na guerra. Em 1944, foi para Paris (logo depois da saída das tropas alemãs) contratado pela Radiodiffusion Française.

Permaneceu na Europa até 1947 quando, de volta ao Brasil, prossegue como jornalista, ligando-se a vários jornais até se fixar no "Correio da Manhã", como redador-chefe (1954-1959). Voltara com uma nova paixão: conhecer o Brasil em sua natureza brasílica autêntica. Esse desejo passa a ser o grande objetivo de suas atividades como jornalista, tal como ele o relata em entrevista a Suênio Campos de Lucena (concedida em 1996, pouco tempo antes de seu falecimento):

> Como todo brasileiro, eu desconhecia meu país. Em Londres, havia um dos maiores sebos do mundo — o Royals —, tinha seis andares de livros estrangeiros. Um andar era só de livros em Português. Lá refiz minha cultura de língua portuguesa. Conheci Guimarães Rosa lá... Li *Sagarana*, por intermédio de José J. Veiga. Quase perdi a respiração! Aquilo foi uma revelação. [...] Li sobre a Amazônia, o Pantanal. Eu só conhecia o Rio de Janeiro, Niterói onde nasci. São Paulo, Recife e Salvador. E olha que eu era um "globe-trotter". [...] Com aquelas leituras que fiz por lá, sobretudo de aventureiros americanos e ingleses, algo começou a fermentar em minha cabeça. Quando cheguei, disparei a conhecer o Brasil. Para ir à Amazônia, que só os americanos e ingleses conheciam, consegui dinheiro e embarquei num tipo de navio, conhecido como "gaiola". (in Suplemento Literário MG. nº 71 "Homenagem a Callado" BH, maio 2001)

Empenhado nesse projeto, ao voltar da Europa, Callado desenvolveu intenso programa de viagens pelo Nordeste e Brasil Central, transformando-as em extraordinárias reportagens que iam revelando, aos brasileiros, um Brasil desconhecido.

Em 1963, decide conhecer o Parque Indígena do Xingu, criado por decreto de Jânio Quadros, em 1961, e que visava preservar a cultura do "índio brabo". Conseguiu auxílio para a viagem ao Xingu, com Assis Chateaubriand (o poderoso dono dos Diários Associados). Viaja num avião Bandeirantes e, em suas andanças pelas terras indígenas, teve como guia o então jovem repórter Von Baumgarten. Entra em contacto com os irmãos Villas-Bôas que, desde o início dos anos 1940, haviam devotado suas vidas à proteção dos índios do Alto Xingu, no Mato Grosso, região Centro-Oeste do Brasil. Viagem, cuja experiência o levaria mais tarde a escrever *Quarup*.

Em 1951, inicia-se como escritor, na área teatral, com peças que tiveram pouca repercussão de crítica e público: *O Fígado de Prometeu* e *Frankel*, nas quais "a dimensão teatral era superada pela literária e reflexões filosóficas" (Temístocles Linhares). Quando ainda na Inglaterra, escrevera um conto, "Blue Prison", publicado numa antologia de autores estrangeiros, *New Writing and Daylight* (London, The Hogarth Press, 1943). Só voltaria ao conto, nos anos 1960, quando já no Brasil. Sua verdadeira arte estaria no romance. Inicia-se como romancista com *Assunção de Salviano*, em 1954, seguido por *Madona de cedro*, romances de húmus religioso, que não tiveram boa repercussão crítica. Prossegue envolvido com o movimento teatral e leva à cena novas peças: *A cidade assassinada* e *O tesouro de Chica da Silva*.

Em 1960, contratado pela Enciclopédia Britânica, dedica-se ao projeto de redação da Enciclopédia Brasileira *Barsa*, publicada em 1963. Voltando ao jornalismo, torna-se o editor do "Jornal do Brasil". Em 1965, interrompe seu trabalho regular como jornalista, para escrever *Quarup*, romance que há anos estava em gestação em seu espírito e que, publicado em 1967, o consagraria como grande descobridor e intérprete de um Brasil desconhecido da maioria urbana. Volta à reportagem, em 1968, dando cobertura às notícias da Guerra do Vietnã, como repórter do "Jornal do Brasil", em Hanói, reportagens que resultaram no livro *Vietnã do Norte*.

Durante o Governo Militar, teve algumas "rusgas" com a censura instaurada no país e das quais saiu ileso, fato que, anos mais tarde, ele comentou no artigo "O dia em que fui julgado por blasfêmia". Isso se dera em 1969, quando foi preso em sua casa e, embora "tratado com cortesia", foi levado para ser interrogado, no Ministério da Guerra, pelo "coronel Agrício Pimentel" que, segundo Callado, viu-se meio aturdido com a missão.

> Confesso que logo depois de iniciado o interrogatório, fiquei um tanto condoído com a árdua missão que cabia ao coronel, que era homem de bom trato e de um apreciável senso de humor. Árdua missão dele porque não havia, no meu dossiê penal, propriamente *atos* contra as autoridades político-militares do país. O pior que eu tinha feito, e isso nos idos de 65, era ter armado, à porta do Hotel Glória, uma estrondosa vaia ao Marechal Castelo Branco, um homem de muito jaquetão e muito respeito à Academia de Letras, uma espécie, pensando bem, de pré-Sarney, ainda que inserido nas Forças Armadas. Vaia essa que eu já expiara, em breve cárcere da Polícia do Exército, e me parecia coisa pouca para alimentar os sombrios ritos de um IPM. (in "O Escritor"/UBE-SP, jul/ago/1987)

Afinal, tudo não passara de um mal-entendido...

Em 1975, aposentando-se do trabalho regular como jornalista, passa a se dedicar em tempo integral à literatura. Seguem-se os romances: *Bar Don Juan* (1971), *Reflexos do baile* (1976) e *Sempreviva* (1976), todos de húmus político, registrando as pulsações da vida brasileira, como verdadeiros sismógrafos das lutas políticas, da repressão e dos dramas existenciais dos personagens, envolvidos nos entrechoques da militância política. Em *Expedição Montaigne* (1982), a trama embrenha-se pelo mundo indígena e seus mitos, mundo ameaçado pelos brancos; trama dramática, filtrada através de uma aguda ótica satírica. Em seus últimos romances, *Concerto carioca* (1985) e *Memórias de Aldenham House* (1989), Callado mistura o seu peculiar "indianismo" e o choque de culturas entre latino-americanos e europeus.

Desde a "explosão" de *Quarup*, os romances que se sucedem alcançam igual repercussão no exterior: foram traduzidos em inglês, espanhol, francês e alemão. Como tradutor, Callado aceita o desafio de verter para o português o grande romance de Gabriel García Márquez, *O Amor nos tempos de cólera*, tradução lançada em 1986 e cujo sucesso se expressa nos 140 mil exemplares vendidos nos primeiros quinze dias.

Quarup foi transformado em novela para TV, roteirizado por Manuel Carlos, e constituiu um novo e duradouro sucesso. Uma das linhas-de-força que atravessam a obra de Antônio Callado é, sem dúvida, a sua paixão pelo "aprendizado de Brasil", a obsessão com a busca do "centro" brasílico e o seu sempre lúcido olhar crítico sobre as utopias de nacionalidade.

Como professor visitante, Callado deu cursos de Literatura Brasileira, em 1974, no Corpus Christ College/Cambridge University (Inglaterra) e na Columbia University (New York). Em março de 1987, participou da cerimônia de abertura do "Salon Du Livre" em Paris, a convite do Ministro da Cultura da França. Em 1988, na Alemanha, participou do evento de lançamento da versão alemã de *Quarup*. Foi eleito para a Academia Brasileira de Letras. Tornou-se membro da The Corpus Association, do Corpus Christi College/Cambridge.

Obra maior, no panorama da Literatura Brasileira, a de Antônio Callado recebeu inúmeros prêmios e homenagens: Prêmio Goethe Institut/RJ-1982; Prêmio Brasília de Literatura/Fundação do Estado do Rio de Janeiro-1986; Prêmio Nestlé/Romance-1988 e Prêmio Moinho Santista/Romance-1996. Seu falecimento, em janeiro de 1997, consternou profundamente o mundo intelectual/cultural brasileiro, mas eternizou-o no Panteon da Literatura Brasileira.

Publicações

Romance — *Assunção de Salviano*, 1954; *A Madona de cedro, 1957*; *Quarup*, 1967; *Bar Don Juan*, 1971; *Reflexos do baile*, 1976; *Sempreviva*, 1981; *Expedição Montaigne*, 1982; *Concerto carioca,* 1985 e *Memórias de Aldenhan House*, 1989.

Conto — *O homem cordial e outras histórias,* 1993; *Contos para um natal brasileiro*, 1996; *Crônica de fim de milênio*, 1997.

Teatro — *O fígado de Prometeu*, 1951; *Frankel*, 1955; *Pedro Mico,1957; O colar de coral, 1957; A cidade assassinada, 1954; O tesouro de Chica da Silva,1959; Uma rede para Iemanjá,1961; Forró no engenho da Cananeia,1964; A*

revolta da cachaça,1983.
Ensaio biográfico — *Retrato de Portinari.*
Reportagem — *Esqueleto na lagoa verde*, 1953; *Entre Deus e a vasilha* (ensaio sobre o problema da reforma agrária no Brasil), 1956; *Os industriais da seca e Os Galileus de Pernambuco*, 1959; *Vietnã do Norte*, 1977; *Passaporte sem carimbo*, 1978.

06. ANTÔNIO JOSÉ DE MOURA

O Realismo pelo Avesso ou o Universo Erotizado[6]

> Se o romance quiser continuar fiel à sua herança realista e dizer como o mundo é realmente, *deverá renunciar a um realismo* que, na medida em que reproduz a fachada, contribui apenas para favorecer a sua função: produzir *ilusão.* (T. Adorno)

Se há romance, entre nós, que está no polo oposto ao do realismo "de fachada", recusado por Adorno, esse é o que vem sendo construído pelo goiano Antônio José de Moura. O universo caricato/erotizado que ele vem criando, há mais de quarenta anos, representa na Literatura Brasileira destes tempos pós-modernos, um dos grandes testemunhos do mundo em mutação em que vivemos: — entre a civilização cristã/liberal herdada, cujos valores de base já se deterioraram, mas cujo Sistema ainda está vigente, e uma Nova Cultura e um Novo Humanismo, que estão em plena gestação, mas ainda longe de se transformarem em Novo Sistema. Daí o caos atual.

Seguir a metamorfose de estilos e linguagens, que singularizam a obra de Moura, é ir reconhecendo (ou descobrindo) a progressiva deterioração dos grandes ideais humanistas de ontem e o consequente desarvoramento do homem diante do caos "globalizado" em que a nossa bela/terrível sociedade mergulhou.

O poeta

Desde adolescente, atuando ativamente como jornalista profissional, Moura estreia como poeta, em 1965, com a coletânea *Quilômetro*

[6] Reformulação do texto publicado in "Opção Cultural". Goiânia, 24 a 30 nov. 1996. (N. da A.)

um. Era o momento em que os ecos das guerras, que se sucediam pelas "sete partidas do mundo", começavam a ser abafados pelo fantástico/progressista/alienador ritmo veloz dos mass-mídia. Esse novo/fantástico meio de comunicação torna-se um dos grandes fatores para aprofundamento do caos de valores em que a Sociedade mergulhara.

Entre nós, ao mesmo tempo em que se iniciava o período escuro do Governo Militar, a criação literária empenha-se em abrir novos caminhos para expressar esse homem-sem-paradigmas. Mas a par dessas novas buscas experimentais, o humanismo ressurge. Renova-se a crença ou ilusão, quanto ao possível poder de intervenção da Palavra do Poeta, no sentido de alertar os homens para os "desconformes" do mundo à sua volta, e para a urgência de se assumirem como forma de resistência à alienação (humana, cultural, política, econômica...). Desde esse primeiro livro, Moura se afirma como uma voz consciente de sua tarefa no mundo: ser testemunha de seu tempo, dar voz aos que não podem falar. Posta na epígrafe de abertura, a voz de Jamil Haddad sintetiza uma das ideias centrais do livro: "Proclamaremos os novos direitos do homem: / todo homem tem direito ao pão, à casa / e à bailarina egípcia."

Na "Profissão de Fé", com que Moura se apresenta, já se anuncia a problemática que energizará toda a sua obra: a revolta contra as desigualdades de vida, impostas aos homens, como destino, *e o direito inalienável de todos à alegria de viver*. Em suas palavras: "Proclamaremos a vida e a poesia / mas sobretudo a poesia transferida / de seu Quartel General de Paris / para o cortiço onde mora Zé do Morro." Poesia que se queria mediadora da voz brasileira do povo, aquela que ninguém ouvia: a do "Zé do Morro, a do poema que correu / da torre de marfim onde se achava, para a vida de Vitorino-Papa-Rabo."

Oscilante entre diferentes soluções estilísticas, essa poesia de estreia é ainda de claro húmus humanista, impregnada de nostalgia pelas perdas que vão minando a vida no dia a dia... Poesia atenta aos desconformes do mundo, mas ainda estruturada pela lógica comum, pela razão cartesiana ainda vigente. (Razão ordenadora que durante o século XX foi sendo desagregada pelos acontecimentos do mundo.)

Seu segundo livro, *Porta sem chave* (1970), desdobra-se nas denúncias da desagregação do mundo, em seus valores de base. Aprofundara-se o envolvimento emocional do poeta, em seu corpo a corpo com a vida, cada vez mais transformada pela expansão da globalização e dos fantásticos mass-mídia. Mas, para além dessa consciência de um mundo que vai afastando os homens dos valores essenciais da vida, permanece no Poeta a Fé na Palavra. O livro se abre e se fecha com uma certeza: "Há gestação de poesia / no sangue de cada coisa."

Entretanto, na contracapa há um "Recado ao leitor": "Espero (estou quase certo disso) que este seja o último delito poético que cometo. [...] Tenciono — etílica promessa vã! — aderir à insensibilidade agressiva dos "mass media". De acordo com os "mass", tentarei crimes mais perfeitos com este aqui: um copo de uísque (viva a América!) a troco de uma lucidez de mil misérias."

O ficcionista

A esse "recado", sucedeu um intervalo de oito anos de silêncio "editorial". Período durante o qual sua visão de mundo alterou-se pela base: a crença humanista deu lugar a um cinismo grotesco, gerado por uma funda revolta contra a hipocrisia das leis, limites, dogmas e virtudes consagradas pela Sociedade... Cânones que castram as forças naturais do homem, transformando-o num simples objeto, manipulado pelas máquinas do poder, em todas as esferas em que elas agem. É com esse espírito que, em 1978 (ano em que foi revogado o AI-5, depois de dez anos de vigência), Moura surge como ficcionista, com os contos *Notícias da terra...* cuja matéria, como o título já índica, denuncia de maneira satírica o sistema ditatorial ainda então vigente no país. Em ritmo acelerado e em linguagem oscilante entre coloquial, pseudamente erudita ou abertamente vulgar, de baixo calão, segue-se uma sequência fragmentada de situações, flashes de incidentes ou acidentes envolvendo indivíduos tolos ou desorientados; burlescos militares pretensamente sádicos, agentes da OVMO (Organização dos Vigilantes de Mil Olhos); mulheres vorazes por sexo, aparentando pureza e fidalguia de caráter; caóticas notícias da imprensa; vulgares traições conjugais, sessões espíritas com mensagens psicografadas; quiprocós ou cenas de "pastelão"... que (meio "*à la* Dos Passos" brasileiro) se passam na fictícia cidade de Bragaltina, clara metáfora da sociedade atual (a que vive das aparências), em uma cidade qualquer, governada por Ditadura. Aderindo à técnica fragmentada da ficção pós-moderna, Moura constrói os contos em "tomadas", segundo a técnica de montagem cinematográfica, mas todas elas montadas aleatoriamente, sem obedecer a um roteiro ordenador. Daí que a possível "ordem" de compreensão fique a cargo do leitor. Lido hoje, em meio à obra já realizada pelo autor, *Notícias da terra* revela-se como uma espécie de "exercício de laboratório" para a elaboração do romance seguinte, *Dias de fogo*, publicado cinco anos depois.

Escrito durante o período final do Governo Militar (1979-1985), *Dias de fogo* dá continuidade à mesma linha de crítica jocosa/chula, tentando neutralizar pela blague o progressivo aviltamento da vida humana, seja pelos poderes despóticos, seja pela dissolução dos costumes, num mundo pós-tudo, que perdeu seus antigos alicerces e paradigmas.

Mas se a problemática continua a mesma, a técnica narrativa mudou. A babélica narrativa anterior, "*à la* Dos Passos", é agora conduzida por uma espécie de "fio de Ariadne", no labirinto dos acontecimentos. Tudo é narrado caoticamente por um *eu-testemunha* dos fatos: o bonachão e fescenino Zanone, caboclo esperto/amoral que, fugindo da "seca do sertão", é levado a enfrentar o "medo da cidade grande" e a criar um "sistema" de vida, malandro/lúdico para sobreviver ao caos cotidiano.

Em *Dias de fogo*, temos a carnavalização do duro período de repressão que marcou fundo a vida brasileira. O eu-narrador, assumido pela caricata figura de Zanone, é o filtro jocoso e deformante que transforma a tragédia em farsa. Romance em linguagem moto-contínuo, em tom coloquial ou acintosamente vulgar, *Dias de fogo* vai registrando anarquicamente a interpenetração de planos em que a vida é vivida, o das aparências e o dos ocultos na alma/mente dos homens. Daí a mistura história/ficção, realidade/fantasia, verdade/mentira, tragédia/

farsa. A prodigiosa imaginação do escritor e sua seivosa fluência verbal arrastam o leitor até o final, mas não o impedem de sentir que essa "mistura" de dados e acontecimentos, que vão trançando a aventura grotesca-pornô de Zanone, resulta de uma arte ainda em busca de seu tônus maior.

Seis anos depois, essa labiríntica técnica narrativa é conduzida com pulso seguro na construção de *Sete léguas de paraíso*. Romance na *linha messiânica*, mas "filtrada" por uma ótica satírica (ou carnavalizadora), ele narra um episódio histórico-lendário (paralelo ao de Canudos com Antônio Conselheiro), passado nos anos 1920, em terras goianas, e protagonizado por uma mulher, Santa Dica (Benedita Cipriano). Uma jovem bela e visionária que, com suas visões e profecias, atraiu multidões de romeiros e retirantes a Lagolândia, onde fundaram a República dos Anjos, comunidade utópica, separatista e rebelde, que acabou sendo dizimada pela força militar, porque ameaçava desequilibrar os poderes vigentes (Igreja, Estado e Sociedade).

O elemento-chave na construção desta *escrita rapsódica* (a que junta dados heterogêneos e resulta em nova estrutura autônoma e ambígua) é o *foco narrativo* escolhido: o do moderno narrador onisciente que, rompendo a "distância épica" (que a consciência tradicional colocava entre narrador e leitor), se faz ouvir como uma voz próxima, polifônica, mas íntima, como que estabelecendo certa *cumplicidade* maliciosa e bem- humorada com o leitor, levando-o a ser observador ativo da trama romanesca.

Essa "cumplicidade maliciosa" (estabelecida entre narrador e leitor) torna-se a *solda* que liga os acontecimentos esparsos na narrativa. E, ao mesmo tempo em que os desvenda *por fora* (os conluios dos poderosos, intermediados pelo Padre Rafael Ortiz; o crescente fluxo de gente em torno da santa vidente, etc., etc.), vai desvelando *por dentro* as verdadeiras e ocultas causas da violenta reação das autoridades contra o arraial e seguidores da Santa Dica. Da mesma forma, no decorrer da leitura, vai-se descobrindo que a *intenção manifesta* do romance (narrar o caso messiânico da santa rebelde) dissimula sua *intenção oculta*: denunciar as artimanhas dos poderosos para manterem, sob seu domínio, os desvalidos da região; a arbitrariedade, o engodo e a total ausência de Justiça, inerentes à engrenagem política. E mais, pôr a nu as vaidades mesquinhas, as invejas, ambições, paixões e ódios que movem os homens.

Essa intenção nuclear da obra do escritor goiano — a denúncia dos perversos "desconcertos do mundo" —, em seu novo romance, *Umbra*, vai-se transfigurar em algo surrealista: romance trágico-picaresco que uma singular voz narrativa nos desafia a decifrar, através de uma confusa massa de dados, onde se misturam desordenadamente olhares e vozes de ambíguas personagens com as de "vultos" universais, com Newton, Dostoievski, Freud, Maigret-Simenon, Lombroso, Shakespeare, Barão de Münchhausen, personagens bíblicos, Mozart, Chopin, *Hitler*, Mussolini, Saci-Prerê, e outros e outros, enredados numa trama novelesca surrealista, *à la* Buñuel com seu cinema da crueldade. Ao percorrer as labirínticas veredas de seu universo fantasmagórico (aparentemente paralelo ao nosso, mas onde as leis da natureza não obedecem à lógica convencional), o leitor vai-se dando conta de que a grande energia motora do mundo é a sexualidade desenfreada, vivida no romance numa dimensão quase escatológica.

Umbra, já pelo título ("sombra", algo que se opõe à luz, à nitidez de contornos) revela sua natureza fugidia, seu realismo às avessas. Desde a primeira frase, o leitor se vê diante do assombro:

> Dois meses e quatorze dias depois de haver enterrado o marido, Luzia Umbra sofreu o mesmo padecimento de alguns anos atrás: *saiu-lhe pela boca o coração*. (grifos nossos)

Depois de anunciar esse absurdo fato, a narrativa se desenvolve em idas e vindas numa trama policialesca, na qual aquele coração saindo pela boca fica esquecido, até retornar mais adiante, com o desvendamento do drama fantástico ou sobrenatural vivido por Luzia — drama que, afinal, não é o motivo central no romance, como seu início nos leva a crer. Aliás, *Umbra* não tem propriamente um motivo central, a partir do qual tudo se justifique. Suas absurdas personagens parecem impulsionadas pelo "ato gratuito" gideano. Sua efabulação parte de um momento de crise que desencadeia outros momentos críticos. Mas, no todo, dificilmente os seus *motivos* podem ser hierarquizados. Qual teria provocado qual? O que se sabe, de imediato, é que o "motivo" desencadeante da trama policialesca é o assassinato de Bráulio Luciano Umbra, cometido publicamente por seu irmão bastardo, Gaspar Medina. É a partir desse acontecimento trágico (que o tom narrativo transforma em quase farsa) que tudo se encadeia na trama, cujo desafio ao leitor não é descobrir o criminoso, mas o *motivo* do crime e o *modo* pelo qual o criminoso seria ou não preso pela polícia.

No estilo labiríntico, barroco e polifônico, que vem se tornando marca do autor, os sucessos vão se desenovelando da massa confusa de dados e, tal qual peças de um quebra-cabeças, exigem que o leitor os vá compondo, peça por peça, para chegar a descobrir a totalidade da tragédia (ou farsa). Totalidade essa que não chegamos a alcançar, pois apesar de nos ser revelado o "nó górdio" da trama (o drama edipiano de Gaspar), muitos outros pontos permanecem obscuros e sem explicação. (Como sem explicação permanece o mistério da existência humana, para o homem pós-moderno).

Estilisticamente, a anterior "cumplicidade maliciosa" com o leitor se torna mais complexa, em virtude da ambiguidade que singulariza o *eu-narrador*. Este é presentificado na trama romanesca como um *eu* que desfruta de total intimidade com os fatos; isto é, testemunha os acontecimentos e os narra como um personagem-observador:

> [...] *nenhum de nós* atinou com a razão, preto no branco, por que um rapaz tão tímido como Gaspar Medina pôde conceber plano de invejar Raskolnikov, para tirar a vida a Bráulio Luciano. Tudo *o que dissemos* na época não ultrapassou o raio das conjeturas, umas bem imaginárias até... (grifos nossos)

Nesse tom descontraído e coloquial (que por vezes se torna denso e tortuoso) esse *eu-narrador* vai tecendo a efabulação e gradativamente demonstrando uma tal *onisciência* (total conhecimento do passado, presente e futuro da cidade e personagens, suas idiossincrasias, segredos, dramas interiores, etc.) que torna inverossímil a possibilidade de que essa fala pertença a *um personagem*, um *eu* individual que, obviamente, tem limites quanto ao conhecer o dentro e fora das realidades. Trata-se, pois, de uma singular *voz narrativa* (espécie de voz demiúrgica) a quem cabe a construção do romance, uma *voz* que fala não mais de fora do caos ali visado, mas misturada a ele; uma *voz* a partir da qual o universo romanesco emerge e nos arrasta pelos seus meandros. Outra fosse a *voz* (ou as perspectivas de visão que seu olhar escolhe), outro seria este romance.

Ao ser desenovelada, a narrativa vai, aos poucos, perdendo seu contorno policialesco e ganhando dimensões insólitas, ora de grotesca *tragédia edipiana* (Gaspar, seu ódio ao pai, suas mulheres e obsessões), cuja violência erótico-sádica cria um clima de pesadelo que, por vezes, resvala para a comicidade "pastelão": ora de *realismo fantástico* (Luiza e seus transes, com o coração saltando pela boca e sendo enterrado "com orações"); ora de novela folhetinesca, mostrando a deterioração das "grandes famílias" de ontem (a "alta linhagem" dos Umbra, que se finda com um bastardo assassino, um filho legítimo assassinado e uma nora estéril, presa do sobrenatural ou da demência e, depois da viuvez, transformada em morta-viva); ora de *fantasia apocalíptica* (que faz lembrar os desregramentos violentos de um Lautréamont, ao mostrar um mundo humano onde só o Mal impera, e no qual Eros está visceralmente ligado a Tanatos); ora de *narrativa mítica*, ao identificar, de certo momento em diante, a tragédia vivida por Gaspar, com a do mítico Édipo e Jocasta. Romance insólito, que pode ser ligado à linhagem dos "malditos", *Umbra* se revela exemplar do "realismo às avessas", que vem marcando a ficção pós-moderna.

Em *Mulheres do Rio* (Prêmio Cidade do Recife/2000), oito narrativas faunescas aprofundam a visão de mundo apocalíptica, que singulariza o universo criado pelo autor. Universo paradoxal, onde se misturam rastros de grandezas universais (em profusas citações eruditas), com a vulgaridade picaresca de homens e mulheres de vidas vazias, fiéis súditos da Erotomania Etílica. Dina, Virgínia, Olalinda e as demais, que perambulam por estas bem humoradas narrativas, são desdobramentos da promíscua Mulher-Sexo que habita a obra do Autor. Em diferentes situações, as "mulheres do rio" surgem, através de um olhar machista, como encarnações da luxúria vulgar; como simples objetos que se oferecem à gula sexual, puramente instintiva. Sexualidade banalizada, reduzida às meras manipulações do sexo, e que é sinal destes tempos de corrosão da antiga grandeza humana — a de quando o homem se supunha "criado por Deus"...

Em seu mais recente livro, *Cenas de amor perdido*, essa visão pícara/ negativa da condição humana (reduzida à pura materialidade) reaparece na figura "fabulosa/verídica" de Biá-Príncipe-Biazulmi, personagem libertina, criada pelo Autor a partir de um tipo caboclo, um "Don Juan dos trópicos", que ele conhecera na adolescência e que era o "terror dos maridos". Adotando a estrutura do antigo romance-folhetim, a arte de Antônio José de Moura desenvolve aqui uma sátira rocambolesca, narrada confusamente por uma fala onisciente que se mistura, entre outras, com as falas de dois "catedráticos", em férias às margens do Araguaia. Em linguagem luxuriosa, permeada de citações eruditas e palavras de baixo calão, o Autor vai se desdobrando em escavações no "barro humano", escravo das "paixões baixas" e, ao mesmo tempo, denunciando metaforicamente (ou nem tanto!) as baixezas e mediocridades da Sociedade e da Política em nossos rincões... Objeto de críticas duras/ácidas e de inequívocos louvores, *Cenas de amor perdido* se impõe como testemunho destes nossos "tempos de cólera", tempos de degradação/diluição de valores...

Escritor da linhagem dos apocalípticos, Moura está entre os que, donos de uma extraordinária erudição literária e domínio da linguagem, optaram pela "escuridão", para denunciar a "ausência de Luz"...

Dados biobibliográficos

Ficcionista, memorialista, poeta, ensaísta, cronista, jornalista, advogado, intelectual atuante no meio cultural goiano, Antônio José de Moura nasceu em Mambaí (GO), em 30 de julho de 1944. Logo após seu nascimento, a família mudou-se para Posse, onde ele fez os primeiros estudos. Aos quinze anos, muda-se para Goiânia, onde se radicou. Formou-se em Contabilidade (Escola Técnica de Comércio de

Campinas, bairro de Goiânia). Cursou a Faculdade de Direito/UFGO, onde se formou advogado em 1970. Jornalista profissional desde a adolescência, trabalhou praticamente em todos os jornais goianos. Foi redator do semanário "Cinco de Março", em Goiânia. Juntamente com Bernardo Élis, foi redator político do Suplemento Literário do jornal "O Popular", desde sua implantação em 1968. Fez parte da diretoria de vários órgãos de classe: Sindicato dos Jornalistas Profissionais no Estado de Goiás, Associação Goiana de Imprensa, Ordem dos Advogados do Brasil-Seção Goiás e União Brasileira de Escritores-Seção Goiás. Estreou como poeta em 1965, com *Quilômetro um*, seguido, cinco anos depois, por *Porta sem chaves*. Nesses livros de estreia, já se anuncia a problemática que iria energizar sua obra de ficção futura: o escavar a realidade, para além das aparências, para expor a possível verdade oculta. Ficção anárquica que, como esponja, absorveu todas as linhas-de-força que se embaralham na visão de mundo pós-moderna e que confirma Antônio José de Moura como uma das insólitas vozes da Literatura Brasileira contemporânea.

Publicações

Poesia — *Quilômetro um*, 1965, e *Porta sem chave*, 1970.
Romance — *Dias de fogo*, 1983; *Sete léguas de paraíso*, 1989, e *Umbra*, 1996.
Conto — *Notícias da terra,* 1978; *Magrinha* (Prêmio Tereza Martim/1999), 2001; *Mulheres do Rio* (Prêmio Cidade do Recife/2000), 2005, e *Cenas de amor perdido*, 2006.

07. ANTÔNIO OLAVO PEREIRA

Fio de prumo[7]

> Sou parte de uma ordem, não uma ordem isolada. [...] Sou uma fração de tempo dotada de substância própria. Fração ordinária, um avo que me confunde com o comum das criaturas. Mas sou parte de alguma coisa.

Eis a nova dimensão do ser humano, que este novo romance de Antônio Olavo Pereira veio trazer à ficção brasileira de linhagem intimista. Aquela que, na esteira de Machado de Assis, chega aos nossos dias, sempre debruçada no drama que se desenrola por detrás das ações, das palavras ou gestos de personagens que se veem envolvidas por uma série de atos imprevistos ou lançadas numa existência, cuja real significação lhes é totalmente vedada.

Dentro da linha evolutiva do romance intimista brasileiro, estudado em sua técnica narrativa e em seu complexo temático, a obra de Antônio Olavo Pereira (*Contramão,* 1949; *Marcoré,* 1957; e *Fio de prumo,* 1965) oferece condições excelentes, como campo de pesquisa na área do romance contemporâneo e ampliação do nosso conhecimento acerca das transformações pelas quais o mundo, e sua escala de valores, está passando.

Enquadra-se ele na linha ficcionista que expressa o processo de uma *evolução interior* (espiritual ou existencial), no sentido de superar o estágio do *homem fechado em sua angústia*, bloqueado pelo não-sentido de um mundo (pós-guerra 45), onde tudo é equívoco, solidão e fatal destruição.

Entre a atmosfera interior, dominante em *Contramão* ou *Marcoré*, e a deste *Fio de prumo*, medeia um abismo que Antônio Olavo transpôs de

[7] Publicado no Supl. Lit. OESP. 06.03.1966 e em *O ensino da literatura.* SP, FTD, 1966. (N. da A.)

um salto. "Salto" não seria bem o termo ajustado ao fenômeno realizado aqui, pois a passagem de uma margem para a outra se deu com a mesma serenidade com que as árvores crescem ou os rios seguem seu curso. Entretanto, o movimento interior que distancia este romance dos dois primeiros é de tal maneira profundo que não nos ocorre outra classificação.

Num ritmo lento, perfeitamente adequado ao *tempo psicológico* do romance, num ritmo despojado da pressa que marca o homem contemporâneo, Antônio Olavo focaliza em *Fio de prumo* a trajetória de uma vida: distendida, primeiro, na ânsia de fugir à morte, depois em busca de sua própria verdade e, finalmente, no "encontro definitivo".

Em meio ao clima regenerador das serras, desenvolve-se a história simples de um rapaz doente; uma história banal com as características de quase todas as que poderiam ser contadas pelos que já viveram o drama dos pulmões afetados. Drama pungente que impregna definitivamente os caminhos daquele que, um dia, se empenhou na reconquista do direito de ser normal: poder olhar.

> O sol em desafio, a cabeça descoberta, o peito exposto, e saber que das feridas cicatrizadas não minaria mais sangue.

Todavia, *Fio de prumo* nos dá mais, muito mais do que o simples registro desse caminhar em busca da saúde; ele nos dá a trajetória de um espírito em busca de sua essência.

Ao seguirmos, passo a passo, a funda emoção que se desprende desse caminhar, notamos desde logo que a intuição nutriz deste romance permanece a mesma que já conhecíamos desde *Contramão* e que vimos dolorosamente vivida em *Marcoré*: o sentimento agudo, permanente, da inutilidade dos esforços do homem para vencer a barreira da incomunicação; a noção da precariedade de nossa posse sobre seres e coisas.

Imerso na secreta e corrosiva atmosfera da descrença em si mesmo e na vida, o herói olaviano da primeira fase (tanto o rapaz solitário de *Contramão*, como o adulto de *Marcoré*) revela a aceitação, entre resignada e perplexa (sem os esgares do desespero), de que tudo é baldado para se ter felicidade; pois tudo que se alcança, fatalmente se perde; tudo acaba ou se destrói... Se o adolescente de *Contramão* não realizou nada do que desejava, no plano das relações humanas, o adulto de *Marcoré*, ao contrário, realizara tudo: amava e era amado, tinha a amizade dos companheiros, o amor de mãe, conhece a alegria de um filho, o respeito da sociedade, onde conquistara o seu "lugar ao sol"... Porém nada disso parece ter contado. No fundo, vemos o mesmo divórcio entre ele e os outros, a mesma sensação de frustração. O que o rapaz solitário de *Contramão* sentia "Nada sabemos uns dos outros. Palavras pouco significam — fazem parte da aparência geral. A alma não se mostra." o adulto de *Marcoré* viveu. Nesses dois primeiros romances, o relacionamento do homem com o mundo confina-se à superfície; não há ligação, seu espaço interior está em ritmo desencontrado com o ritmo das coisas e dos homens que o cercam. Entre ele.e o mundo o desentendimento é abissal. Daí a solidão, o desgaste interior e a falência da vida...

E é no limiar desse mundo fechado que vamos encontrar o adolescente de *Fio de prumo*. Porém, se neste romance ainda permanece latente aquela mesma intuição nutriz, uma outra dimensão se delineia, uma outra reação se mostra, modificando pela base a atitude de sua personagem frente à vida. Aqui o "herói olaviano" já ultrapassa aquela irremediável solidão gerada pela barreira dos gestos e das palavras e revela a lúcida aceitação da "condição humana", com todas as suas fraquezas e limitações; superadas, porém, pela funda consciência da integração do homem numa ordem universal.

Paralelamente a essa evolução temática, *Fio de prumo* denota uma evolução técnica digna de registro; denota um amadurecimento dos *recursos expressivos* que ultrapassa o nível e o equilíbrio à que já chegara a arte de Antônio Olavo, principalmente em *Marcoré*. O tratamento do *tempo* no romance (através de um magnífico ajustamento do *tempo interior* do herói com o *tempo externo* da narrativa); a seleção de personagens *funcionais* que servem de "contraponto" ao herói; o *ângulo de visão* escolhido; a atitude narrativa de *distância temporal* em relação aos acontecimentos; a seleção dos elementos do *espaço* em que se move o herói, são alguns dos elementos estruturais do romance que estão a merecer uma análise detida e que demandariam um longo ensaio.

Um aspecto, porém, nos parece realmente positivo nessa depuração técnica patente em *Fio de prumo*. É o que anulou certa "aresta" visível na estrutura interna de *Marcoré*: a *inverosimilhança psicológica* que surge do meio para o fim do romance. Permitimo-nos, agora, examiná-la a fim de que se torne mais claro o que tentamos assinalar como "enriquecimento" técnico neste último romance. Em *Marcoré*, desenvolvendo-se a narrativa em primeira pessoa e abarcando o longo processo de desencanto de uma vida, o relato deveria necessariamente refletir a mudança *interior* do personagem-narrador e, consequentemente, revelar a alteração da tônica de sua linguagem; mas isso não se dá... seu herói mantém-se uno e imutável até o fim. Analisando, veremos que essa "inverosimilhança" foi causada basicamente por dois fatores técnicos: a escolha do foco narrativo *subjetivo* (ângulo de visão em primeira pessoa), aliado à atitude narrativa de *contemporaneidade* (registro dos fatos paralelamente ao acontecer), sem dúvida uma das mais legítimas tentativas técnicas do romance contemporâneo: a que procura captar o tempo no seu fluir. Tivesse Antônio Olavo adotado o ângulo de visão *onisciente* do narrador tradicional, ou então conservado sua personagem em *distância temporal* (como o fez, por exemplo, Graciliano em *São Bernardo*) e aquele senão desapareceria. Evidentemente, frente à *verdade humana* latente em *Marcoré*, frente à emoção estética que ele transmite ao leitor, poderá parecer bizantinismo crítico a preocupação com este pormenor estrutural. Porém, a verdade é que, diante da segurança técnica com que Antônio Olavo conduziu a narrativa, inclusive em sua *estruturação externa*, pareceu-nos estranho que, no momento, ele não se tivesse apercebido desse pormenor.

Dizemos "no momento", porque em *Fio de prumo* esse óbice foi totalmente suplantado pela mudança do foco narrativo e pela adoção da distância temporal. Abandonando o ângulo de visão subjetiva e evitando a visão onisciente do narrador tradicional, Antônio Olavo adota o que poderíamos chamar de "fusão de focos" (foco externo-subjetivo): transforma-se na voz neutra que narra do *lado de fora* da história, conservando-se, porém, *aderida* ao herói central, de cujo ângulo de visão as coisas passam a ser vistas. Essa perspectiva, pela qual o romance se espraia, aliada à distância temporal dos fatos, em que se coloca o Romancista, são, sem dúvida, os princípios responsáveis pela coesa estrutura que faz de *Fio de prumo* o grande romance que é; um romance que veio destruir a ideia de que a vida é irremediavelmente apenas uma aventura solitária e sem sentido. Acima da técnica e do amadurecimento formal revelados, esse nos parece ser um dos maiores valores de *Fio de prumo*: avançar um passo além das soluções materialistas encontradas até bem pouco pela literatura contemporânea.

E por que sentimos *avanço* na solução espiritualista apontada em *Fio de prumo*? Em que difere ela das que foram encontradas antes por aqueles que também sentiram a grandeza do ser humano caminhando paralelamente à sua fragilidade e precariedade? (Estamos pensando principalmente na linha de um Saint-Exupéry, um Malraux, um Bernanos, um Camus...)

Desprezadas as particularidades diferenciadoras, vemos que aquilo que em todas elas é a reação de quem sente a apaixonada urgência e mesmo a exasperada *necessidade de duração* (e daí orientarem a energia viril do homem para a *ação construtiva*, para o ato criador que perpetuará, *em obras*, a sua passagem pela vida) em Antônio Olavo é a lúcida e serena consciência dessa ineludível *duração*. Daí que, para afirmá-la, o herói de *Fio de prumo* não precise de ações heroicas, forjadas por situações excepcionais (profissões arriscadas, situações de crise, clima de guerra...) e simplesmente se limite a viver dia-a-dia a sua *duração*, porque ela existe, ela lhe pertence, ela é a sua anônima epopeia. "Tenho uma vida e uma liberdade para viver e hei de vivê-las. Eu também sou o tempo, como Geraldinho, D. Zoraide, Alonso, Alcina, os pinheiros da fonte, as raízes dos pessegueiros, os passarinhos de Luís, essa luz dourada que me olha pela vidraça. Tenho uma duração assegurada."

É, pois, essa consciência de não ser algo isolado e gratuito dentro do tempo e da ordem universal, a serena consciência dessa "duração assegurada", aquilo que distancia o "herói olaviano" daquela solução humanista que exigia do homem a exacerbada e eufórica concentração de suas energias para dar um sentido à vida, através de ações e obras que o eternizassem, e assim pudesse ele superar a morte.

Aliás, neste romance, o que importa acima de tudo é a vida e não, a morte. O próprio Deus, ou o princípio criador, que serve de alicerce à concepção de vida nele desenvolvida, distancia-se daquela ideia tão arraigada de um Deus mesclado à morte e necessariamente dependente do culto de uma religião revelada. Serenamente integrado numa ordem cósmica natural, o "herói olaviano" não tem necessidade de "intermediários para a comunicação com Deus". Distante da fé que vive "impregnada da ideia de morte", a sua era, agora, sentida e vivida como um elemento essencial à vida.

Sem grandes gestos, sem grandes obras, ao franquear a fronteira que buscava, ele constrói serenamente a sua vida no dia a dia do homem comum, livre da desesperadora urgência de se afirmar (urgência que estigmatizou o homem contemporâneo). Longe também do niilismo dos que aceitam passivamente a aventura da vida e se deixam levar pela corrente. É importante notarmos ainda que persiste no herói de *Fio de prumo* aquela secreta intuição (que é a pedra básica de *Marcoré*) de que "nenhuma posse definitiva nos é assegurada", de que as nossas conquistas são efêmeras, como efêmera é a nossa passagem pela terra. Contudo a diferença aqui é que o nosso herói aceita essa limitação e dela retira condições para prosseguir: cumprir a sua parte no destino; seguir o seu ciclo vital, pois o dom da vida é uma lei da natureza, é a força mais preciosa que foi concedida ao homem, para que pudesse por momentos participar ativamente do Todo universal. Viver... "Era essa a força maior na natureza humana, obscura, potente."

E é essa força oculta que vemos agir em *Fio de prumo*, desde os primeiros momentos. Pelo autodomínio das fraquezas, dos instintos, das tentações, pela disciplina interior e exterior, pela consciente e solidária participação no plano das relações humanas, o "herói olaviano" emerge do período de conscientização do enigma existencial (período de seu isolamento nas serras) e inicia a construção de sua vida apoiado em três elementos fundamentais: a fé, o amor e o trabalho. Todos eles, realidades que atingem as raízes de seu ser, e não apenas fenômenos de superfície ou atos inconsequentes.

Assim, realiza-se ele no *plano espiritual*, pela pureza consciente, pela comunhão com a ordem universal ("sou parte de uma ordem, não uma ordem isolada."); no *plano afetivo*, pelo encontro com o amor integral da Mulher ("E como o menino e a menina se encontrassem um na memória do outro, o homem e a mulher formaram, não simplesmente um casal, mas um *ser uno e indestrutível*."); e, no *plano social*, pelo trabalho realizador que assume dimensões épicas ("Era bom trabalhar, dava-lhe a sensação definitiva de validez, de normalidade. [...] O trabalho adquiria um sentido heroico, a vida tinha o sabor de uma fruta amadurecida no pé").

Muito significativa é, ainda, a circunstância do *isolamento* que envolve o nosso sereno herói de *Fio de prumo*, durante o período em que ele acaba descobrindo a vida e a si mesmo. A respeito desse isolamento, lembremo-nos de certo paralelismo: os heróis, os profetas, os iluminados... antes de saírem pelo mundo a cumprir sua missão, passaram sempre por um período de solidão, longe da rotina e do bulício da vida comum, a fim de entrarem em comunicação com as forças mais altas e receberem a *mensagem*. "O homem sozinho está mais perto de Deus e das coisas eternas", é o que diz a epígrafe posta na abertura do romance.

Ao fecharmos *Fio de prumo*, sentimos fundamente o longo caminho que ele percorreu. É enorme a distância que medeia entre o triste e solitário rapaz de *Contramão* e este homem tranquilo que encontrou o caminho para "viver além do muro, da superfície". Um homem que pôde optar pelo sentido vertical da vida, na sugestiva imagem que lhe ocorreu ao ver pedreiros assentando tijolos. "Via-os manejarem ora o *nível* ora o *fio de prumo*. Um rastejava, o outro se mantinha na vertical. O pensamento do homem poderia ser conduzido num ou noutro sentido — restava que se optasse. *O mundo seria o nível, Deus o fio de prumo*." Com este seu recente romance, Antônio Olavo ilumina o árduo caminho da conquista interior. "Termômetro" da experiência humana, a arte acusa as febres violentas ou os estados febris... O "descer do mercúrio" acusado por *Fio de prumo* é mais um elemento a nos fazer acreditar que o auge da crise do homem contemporâneo já está passando... o que resta ainda são sequelas, removíveis com o tempo e dependendo das circunstâncias de cada um. O mundo fechado de um homem abúlico, nauseado e solitário, já se abre à luz da comunicação fecunda. Esse será, sem dúvida, o mundo de amanhã a ser construído por todos, é o que *Fio de prumo* nos permite esperar.

Dados biobibliográficos

Antônio Olavo Pereira nasceu em Batatais/SP em 5 de fevereiro de 1913. Fez os estudos primários em escolas particulares. Com a mudança da família para São Paulo (por iniciativa do irmão mais velho, José Olympio), continua os estudos no Liceu Branco e, posteriormente, no Ginásio do Estado. Sua vocação para a literatura manifestou-se desde cedo, seja como leitor voraz, seja como "inventor" de estórias, que passavam de mão em mão entre os colegas de classe. Aos 20 anos, começa a colaborar na revista "O Malho" e passa a trabalhar na Biblioteca Mário de Andrade, sob a direção de Rubens Borba de Morais. Nos anos 40, torna-se funcionário da Livraria José Olympio Editora/SP (de propriedade dos irmãos), no cargo de revisor. Mais tarde se associa aos irmãos na parte diretiva da firma e passa a responder pelo movimento editorial da Ed. José Olympio em São Paulo. Estreia como escritor, em 1949, com *Contramão*, ao qual se seguem os demais títulos. Foi desde sempre bem aceito pela crítica e pelo público leitor. Faleceu em 15 de novembro de 1993.

Publicações

Contramão (Prêmio Fábio Prado/1949); *Marcoré* (Prêmio da Academia Brasileira de Letras/1957); *Fio de prumo*, 1965; e *Uma certa borboleta azul*, 1990.

08. ARIANO SUASSUNA

Romance d'A Pedra do Reino e o Príncipe do Sangue do Vai-e-Volta[8]

> Daqui de cima, no pavimento superior, pela janela gradeada da Cadeia onde estou preso, vejo os arredores da nossa indomável Vila sertaneja. O Sol treme na vista, reluzindo nas pedras mais próximas. Da terra agreste, espinhenta e pedregosa, batida pelo Sol esbraseado, parece desprender-se um sopro ardente, que tanto pode ser o arquejo de gerações e gerações de Cangaceiros, de rudes Beatos e Profetas, assassinados durante anos e anos entre essas pedras selvagens, como pode ser a respiração dessa Fera estranha, a Terra — esta Onça-Parda em cujo dorso habita a Raça piolhosa dos homens. Pode ser, também, a respiração fogosa dessa outra Fera, a Divindade, Onça-Malhada, que é dona da Parda, e que, há milênios, acicata a nossa Raça, puxando-a para o alto, para o Reino e para o Sol.

Nesse longo parágrafo de abertura, Ariano Suassuna sintetiza, metaforicamente, as principais linhas-de-força que se cruzam nas problemáticas — existencial, histórica, folclórica, poética, ficcional, memorialista — que energizam este seu fabuloso e enigmático *Romance d'A Pedra do Reino e o Príncipe do Sangue do Vai-e-volta.*

O eu-que-fala é Dom Pedro Dinis Ferreira Quaderna, "Poeta, humorista, memorialista, bibliotecário da Vila de Taperoá", que resolve relatar os acontecimentos que o levaram à situação em que se encontra: prisioneiro na Cadeia, acusado de um crime que não cometeu. Dali, vê a "Vila Sertaneja" (que será o palco dos aconteceres da trama novelesca). Vê o "Sol" (luz criadora que revelará o "maravilhoso" escondido sob a aparência das realidades rudes/agrestes); lembra das "gerações e gerações de Cangaceiros, Beatos e Profetas assassinados" (o forte/rude/heroico/desvalido povo nordestino, aviltado pelos Poderes ins-

[8] Texto inédito (N. da A.)

tituídos, mas que continua resistindo). Gerações que foram formadas pela conjunção de misteriosas forças criadoras: a da "Fera estranha", que é a *Terra* ("Onça Parda"), com a da "outra Fera" — a da *Divindade* ("Onça Malhada"); e que, por sua vez, é dona da "Parda", a *Morte*, contra a qual o Poeta reage, tentando se perpetuar no tempo, através da arte, da criação literária — o "Reino", iluminado pelo "Sol" — *poder criador* que perpetua, na Obra, a alma dos seres e coisas, destinados a desaparecerem com a Morte.

Se é verdade que, nessa abertura metafórica, já se anunciam as linhas básicas da problemática maior, que energiza o romance, não é menos verdade que o leitor (seduzido por seus enigmas) jamais conseguirá situar-se com clareza, ao longo da caudalosa narrativa, que se desdobra, embaralhada com vivências reais, realidades históricas, aconteceres mágicos e invenções novelescas, ao longo das suas 600 páginas (divididas em 95 folhetos, ilustrados com 26 gravuras) — "epopeia" que, segundo o Autor, exigiu-lhe doze anos (1958-1970) de escavação/elaboração.

Entretanto, tentaremos avançar um pouco mais na leitura. Avançando pelos meandros labirínticos/sedutores da trama folhetinesca vamos descobrindo que, para defender-se da injusta acusação de crime, Dom Pedro Dinis Ferreira Quaderna resolve escrever, para o Corregedor, o Memorial que estamos lendo. Ficamos, assim, sabendo que sua prisão se devia à suspeita de ele ter assassinado seu tio e Padrinho, Dom Sebastião Garcia-Barretto, no mesmo dia em que o seu filho mais moço, Sinésio, "rapaz alumioso", fora raptado sem que ninguém soubesse como, por quem, nem porquê.

O acusado nega veementemente ser o autor do assassinato, que se transformaria num dos grandes enigmas do *Romance d'A Pedra do Reino e o Príncipe do Sangue do Vai-e-volta*, devido às circunstâncias misteriosas em que acontecera. O nobre senhor foi encontrado morto, na torre de sua fazenda "Onça Malhada", onde ele estava fechado por dentro com tranca de ferro na porta e com as janelas fechadas. Em longo diálogo com o seu futuro leitor, o Memorialista indaga a certa altura:

> Como é que meu Padrinho foi degolado num quarto de pesadas paredes sem janelas, cuja porta fora trancada por dentro, por ele mesmo?

> Como foi que os assassinos ali penetraram, sem ter por onde? Como foi que saíram, deixando o quarto trancado por dentro? Quem foram esses assassinos? Como foi que raptaram Sinésio, aquele rapaz alumioso, que concentrava em si as esperanças dos Sertanejos por um Reino de glória, de justiça, de beleza e de grandeza para todos? Bem, não posso avançar nada, porque aí é que está o *nó!* Este *é o centro de enigma e sangue* da minha história." (p. 29)

É em torno desse "nó", desse "enigma", que se desdobra o Memorial escrito por Dom Pedro Dinis Ferreira Quaderna. Ao contrário do que seria esperado de um "memorial", o relato dos fatos não se faz ordenado pela Razão, mas vão sendo registrados, à medida em que afloram à sua memória, entremeados uns nos outros... Daí a labiríntica trama narrativa, em que se fundem arbitrariamente momentos históricos ou míticos, sonhos, evocações, casos políticos, manifestações messiânicas ou fantasmáticas, visões, crueldades, virtudes, traições ou heroísmos, guerras santas... tudo recolhido numa longa e misteriosa rede: a da Vida vivida aquém e além do tempo do calendário, que dá suporte ao Tempo da História.

A fala "memorial" de Dom Pedro Dinis Ferreira Quaderna vai-se desdobrando, ora à moda dos cantadores — vozes populares recolhidas nos folhetos —, ora através de depoimentos históricos-eruditos. Fusão "carnavalesca" de vozes que vão embaralhando, no caudal narrativo, milhentos acontecimentos díspares (históricos, míticos, fantasiosos, memorialistas, trágicos, humorísticos, inverossímeis...).

Embaralhamento que, em essência, para além do sonho de realização de um Brasil autêntico, de raízes sertanejas, oculta a Verdade Maior perseguida pelo Autor: *a lembrança trágica do pai assassinado.* Essa lembrança biográfica/memorialista é o "nervo" ferido, que leva Suassuna a compor o fantástico painel sertanejo (Terra-Homem-História-Política), através da ótica do Maravilhoso poético: *resgatar a memória do pai* que lhe foi roubado — trama de infância que marcou para sempre sua visão de mundo.

Pertencente à linhagem das Novelas de Cavalaria medievais — como *A demanda do Santo Graal* com os Cavaleiros do Rei Artur —,

O Romance d'A Pedra do Reino e o Príncipe do Sangue do Vai-e-volta é, igualmente, uma "busca", uma "Demanda" que visa a restauração/resgate de algo precioso que fora perdido, visando também a fundação de um Reino: o da Realidade Sertaneja do Nordeste, elevada a categoria de autêntico Reino Brasileiro (em lugar do "estrangeirado" Brasil fundado pela Coroa Portuguesa).

Com esta "pedra do Reino", Suassuna sonha com a fundação de uma autêntica "obra da Raça Brasileira": uma obra do pensamento, uma obra que, partindo dos mitos negros e tapuias, forje uma "visão de conhecimento"; "uma visão do mundo, uma visão do homem no mundo, uma visão do homem a braços com o próprio homem." (p. 142)

Em meio ao entrelaçamento dessas duas "demandas" (a do resgate e a da fundação) dá-se uma inesperada alteração na voz narrativa: a fala do Cronista, Dom Pedro Dinis Ferreira Quaderna é, aqui e ali, substituída pela do *Poeta*, Quaderna-Suassuna. É o próprio Autor que entra em seu mundo de ficção e revela ter encontrado a solução para realizar o sonho de resgatar o Pai assassinado: assumir-se Poeta e usar seu poder de criar uma "nova realidade".

> [...] os Cantadores, assim como faziam Fortalezas para os Cangaceiros, construíram também, com palavras e a golpes de versos, Castelos para eles próprios, belos, inacessíveis, amuralhados, onde os donos se isolavam orgulhosamente, coroando-se Reis. [...] *Foi um grande momento em minha vida.* Era a solução para o beco sem saída em que me via*! Era me tornando Cantador que eu poderia reerguer, na pedra do Verso, o Castelo do meu reino,* reinstalando os Quadernas no Trono do Brasil, sem arriscar a garganta e sem me meter em cavalarias. [...] Assim firmou-se para mim a importância definitiva da Poesia, única coisa que, ao mesmo tempo, poderia me tornar Rei sem risco e exaltar minha existência de Decifrador. (p. 68)

"Decifrador" — é como Suassuna se revela, ao escolher o Mito Sebastianista, "para reerguer, na pedra do verso, o Castelo do meu Reino". Ou, na verdade, para realizar a grande metamorfose: *transformar a inglória Morte do Pai numa gloriosa Demanda cavaleiresca.* Através de uma intrincada trama novelesca, o Quaderna-Poeta funde *o dado real* (o

Pai assassinado por inimigos políticos) com *a visão messiânica* (a do Rei português, Dom Sebastião, desaparecido na Batalha de Alcácer-Quibir contra os mouros). Figura histórica do século XVI, Dom Sebastião difundiu-se no imaginário do povo como figura messiânica, a do Encoberto — aquele que um dia voltaria para livrar Portugal do domínio estrangeiro e fundaria o Quinto Império, o da Glória definitiva.

Surgindo em Portugal no século XVI, o Sebastianismo, trazido pelos colonizadores, lançou fundas raízes no Nordeste brasileiro. É esse Mito, que a arte maior de Suassuna escolhe, como pano-de-fundo para realizar a grande metamorfose: transformar a *tragédia real* da morte do Pai, numa *messiânica Demanda* cavaleiresca.

Impossível reduzirmos a uma síntese os intrincados caminhos pelos quais se vai dando a transformação dos dados reais ou históricos em aventuras maravilhosas. Onde os limites entre a Verdade e a Invenção? A História e a Ficção? Quem teria assassinado Dom Pedro Sebastião? Por que seu filho "Sinésio, o Alumiado" desapareceu no mesmo dia em que ele, o pai, foi morto? Haveria alguma relação entre "Sinésio" e o "Donzel, no cavalo branco" que, três anos antes, chegara a Taperoá, integrando uma "estranha cavalgada", da qual ele era "centro, motivo e honra"? Como Dom Pedro Dinis Ferreira Quaderna (Cronista e Poeta) se transformou em Dom Pedro IV, em sua empreitada sebastianista? Etc. etc.

Na verdade, são interrogações inadequadas, pois o *Romance d'A Pedra do Reino e o Príncipe do Sangue do Vai-e-volta* se passa no plano do Maravilhoso, onde a própria História perde seus limites.

No universo ali criado por Suassuna, nada é puro: bom ou mau, Diabo ou Deus, tudo resulta de uma fusão de contrários. Podemos ler nele uma Epopeia de raízes medievais, enxertadas no caos cibernético do nosso tempo... ou uma projeção profética/simbólica do Tempo Futuro no momento/Tempo de Agora...

Enfim, Ariano Suassuna, nesta Demanda labiríntica (tal como o fizeram os cantadores, trovadores, copistas, cronistas, desde as origens do tempo histórico) procurou represar, na escritura folhetinesca, a vida brasileira em processo, apanhada no momento dos aconteceres, pequenos ou grandes, todos igualmente responsáveis pela progressiva/ infindável caminhada da humanidade no tempo.

Dados biobibliográficos

Presença de excepcional força criadora, romancista, poeta, dramaturgo, artista plástico, professor, advogado, figura originalíssima na esfera do Teatro e da Literatura no Nordeste e altamente atuante na política cultural pernambucana, Ariano (Vilar) Suassuna nasceu em 10 de junho de 1927 na Parayba do Norte (hoje João Pessoa), capital do Estado da Paraíba, do qual seu pai, João Suassuna, era governador (1924-1928). Em 1928, com a eleição de João Pessoa como novo governador, a família Suassuna muda-se para a fazenda Acauhan, de sua propriedade, situada no Alto Sertão paraibano, região de origem dos Suassuna. Ali, o menino Ariano recebe sua primeira formação, em contato com a natureza agreste, a criação de gado e em convívio com os sertanejos, violeiros e contadores-de-histórias.

Mas João Suassuna continuara envolvido nas lides políticas, num período de grandes atritos entre as fortes oligarquias nordestinas e o Governo Federal republicano. Com o assassinato, em julho de 1930, do governador João Pessoa, por João Dantas (por motivos passionais e não políticos), João Suassuna (então deputado) foi acusado de cúmplice. Para defender sua honra junto à Câmara dos Deputados, João Suassuna viaja para o Rio de Janeiro, mas logo ao chegar (9 de outubro de 1930) foi assassinado.

Essa tragédia marcou profundamente o menino Ariano (então com três anos de idade), e tornou-se uma espécie de "fenda" irremediável em sua visão de mundo. "Fenda" que, com o tempo, acabaria por se fundir com o húmus de sua energia criadora (fusão do trágico com o cômico: a visão carnavalizante do mundo).

Em 1932, com a terrível seca que assolou a Fazenda Acauhan, a família muda-se para a Fazenda Malhada da Onça, em Taperóa, no Sertão seco, áspero e pedregoso dos Cariris Velhos da Paraíba do Norte. Esse húmus sertanejo fará parte de sua personalidade para sempre. Nessa região sertaneja, passou toda a infância e fez os primeiros estudos. O trauma do assassinato do pai levou-o a abominar a política e despertou-lhe a paixão pelo mundo sertanejo à sua volta. Mundo no qual acaba por descobrir as sementes de uma brasilidade autêntica, que ainda está em gestação e precisa ser conscientizada. Em certa entrevista, ao falar sobre essa sua visão de brasilidade, Suassuna diz:

> Essa busca em mim não foi de um dia para a noite. Custou-me muito esforço [...] Mas tudo se centra na figura de meu pai. [...] A Revolução de 1930 foi, a rigor, um choque entre as forças urbanas e as rurais. Meu pai, João Suassuna, era a figura que liderava na Paraíba as forças rurais, que combatiam as forças urbanas, lideradas por João Pessoa. [...] Fui criado nesse ambiente. Éramos perseguidos pelo governo, por sermos da oposição. [...] Como venceram os liderados por João Pessoa, a História passou a ser a deles. Assim, meu pai e tudo que era rural passaram a encarnar a expressão do mal. [...] Eu fui criado ouvindo esses insultos a meu pai. [...] Como uma espécie de vingança, passei a encarar o rural como bem e o urbano como mal. O que também não era certo, mas até que eu descobrisse isso levou muito tempo. (in "Diário do Nordeste", Fortaleza, 21.07.1996).

Foi, pois, essa circunstância trágica da infância e a consequente convivência com os "contadores de histórias", os "cantadores de cordel", o circo e o teatro de mamulengo que, desde cedo, alimentaram o seu imaginário e sua extraordinária vocação criadora.

Em 1942, a família muda-se para o Recife, onde se radica. Adolescente, ele passa a estudar no Colégio Americano Batista, recebendo formação religiosa protestante (orientação que mais tarde ele rejeita e volta à fé católica da infância). Torna-se um leitor ávido e apaixonado do grande teatro universal e dos grandes clássicos da literatura, que descobria na biblioteca deixada pelo pai, ao mesmo tempo em que absorvia o húmus popular das cantorias nordestinas e as tramas picarescas contadas nos folhetos de cordel. Em várias entrevistas, Suassuna se refere à importância de suas leituras de mestres universais do teatro e da literatura, bem como a de sua convivência com a criação popular, onde estão as raízes da brasilidade.

Em 1945, no Colégio Oswaldo Cruz, torna-se amigo de Francisco Brennand, seu colega de turma, e tem seu primeiro poema publicado por intermédio de Tadeu Rocha. Por influência de Carlos Alberto de Buarque Borges, inicia-se no conhecimento da música erudita e na pintura, arte que mais tarde ele desenvolveria nas chamadas *Iluminogravuras*.

Em 1946, ingressa na Faculdade de Direito do Recife. Forma-se advogado, mas sua vocação era para as Artes. Ainda universitário, organiza (com o poeta Irapuan de Albuquerque) um espetáculo de poesia popular, "Encontro de Cantadores e Violeiros", no Teatro Santa Isabel, considerado, então, o "templo" da cultura de elite do Recife. Essa valorização da cultura popular repercutiu na sociedade, como novidade escandalosa. Reação negativa que só fez fortalecer, em seu espírito, a intuição de que na arte popular, herdeira das tradições, estava a origem de uma identidade brasílica a ser conscientizada/construída. Um dos fundamentos teóricos de sua intuição era o pensamento do sociólogo Gilberto Freyre e sua valorização das tradições luso-brasileiras, como caminho para a construção da autêntica identidade brasileira. Ainda em 1946, conhece Hermilo Borba Filho (escritor pernambucano e grande agitador cultural), que seria seu grande parceiro no enriquecimento do movimento teatral. Juntamente com um grupo de jovens artistas, fundam o Teatro do Estudante de Pernambuco (TEP), inaugurado com a primeira peça escrita por Suassuna: *Uma mulher vestida de sol,* baseada no Romanceiro Popular Nordestino (1947-Prêmio-Concurso Nacional Carlos Magno). Segue-se um período de intensa produção teatral, interrompido em 1950, por razões de saúde. Muda-se por algum tempo para Taperoá. Prossegue escrevendo teatro. Em 1952, volta ao Recife. Durante algum tempo exerce a advocacia. Em 1955, escreve *O auto da compadecida* — peça baseada em três folhetos de cordel: "Enterro do Cachorro", "História do cavalo que defecava dinheiro" e "Castigo da soberba". Esse "auto" se tornou o mais alto sucesso de sua produção teatral, e levaria o seu nome a todos os cantos do Brasil e do exterior.

Em 1956, inicia carreira docente na Universidade Federal de Pernambuco, como professor de estética (cargo que ocupou até sua aposentadoria em 1989). Nessa época, começa a sonhar com o resgate dos mitos medievais, que estariam nas raízes da novelesca popular nordestina, e escreve uma versão brasileira da novela do século XII, *Tristão e Isolda* de Chrétien de Troyes: *A história de amor de Fernando e Isaura* (1957)[9]. Em 1958, começa a escrever o *Romance d' A Pedra do reino*, que terminaria em 1970. Em 1959, com Hermilo Borba Filho, funda o Teatro Popular do Nordeste (TPN) e prossegue com sua produção teatral. Ao mesmo tempo, é levado a participar da política cultural, ocupando sucessivos cargos: presidente do Conselho Federal de Cultura (1967), diretor de Extensão Cultural da UFPE (1969), secretário de Educação e Cultura da Prefeitura Municipal do Recife (1975) e secretário da Cultura do governo de Miguel Arraes (1995).

Em 1970, como diretor de Extensão Cultural da UFPE, lança o Movimento Armorial, que abriu novos caminhos para a criação musical, literária e artística em geral, dentro de um novo ideário: fusão do erudito com o popular ou do arcaico com o moderno, para expressar o que seria a autenticidade brasílica (fusão de contrários, em harmonia caótica). Dentro do mesmo projeto, é criada a Orquestra Armorial, cujo concerto inaugural se dá na Igreja São Pedro dos Clérigos do Recife. Paralelamente é organizada uma Exposição de Artes Plásticas, seguida de outras atividades culturais que reuniram poetas e gravadores, pintores e homens de teatro, ceramistas e bailarinas, num dinâmico projeto cultural. Nesse mesmo ano, Suassuna termina o *Romance d' A Pedra do reino*, publicado em 1971. Romance-monumento, obra ímpar na Literatura Brasileira, foi desde logo consagrado com o Grande Prêmio Nacional de Literatura e, desde então, desafiando a Crítica a decifrar seus labirintos. Entre 1972 e 1974, mantém no "Jornal da Semana" (Recife) uma coluna de crônicas, "Almanaque Armorial do Nordeste". Em 1976, depois de várias reedições de *A Pedra do reino*, lhe dá continuidade com a publicação em folhetins dominicais ("Diário de Pernambuco") de *A história do rei degolado nas caatingas do sertão: Ao sol da onça caetana*. Publicado em livro, em 1977.

---

9 Novela publicada pela Ed. Bagaço em 1945 e apresentada pela Profª Maria de Jesus Evangelista da Univ. Brasília, no XIII Congresso de Teoria e Crítica Literária. Campina Grande, 1996. (N. da A.)

Por volta dos anos 1980, Suassuna passa por uma crise de desencanto, provocado por certas críticas negativas ao substrato mítico-popular de sua arte. Em entrevista ao Suplemento Literário de Minas, explicando porque desistira do teatro e da literatura, declarou:

> Tive a ingenuidade de querer ensinar o Brasil a ser Brasil, a valorizar o que é nosso, através do Movimento Armorial. Nada disso tem sentido numa sociedade consumista, que é capaz de enterrar cachorro em latim para obter lucro. (05.02.1983) (Nessa última afirmação, ele se refere, zombeteiramente, ao cordel *Enterro do cachorro.*)

Mas essa desistência durou pouco — seu gênio criador era indomável. Também desencantado com a crescente distância entre o Brasil real (o do povo) e o Brasil oficial (o da política), envolve-se de maneira absorvente com o jornalismo. Ao mesmo tempo, atende às mil e uma solicitações do mundo intelectual em torno e volta-se para as artes plásticas. Entrega-se à criação de *iluminogravuras* — "arte armorial" que se multiplica em tapeçarias, cerâmicas, ilustração de livros, etc. Participa de exposições de artes plásticas e continua empenhado em difundir a interação de todas as artes, numa nova visão de mundo. No *folder* de uma exposição de iluminogravuras, feita em sua homenagem, ele sintetiza seu ideário brasílico, "armorial":

> [...] tentar unir o texto literário e a imagem, num só emblema, para que a literatura, a tapeçaria, a gravura, a cerâmica e a escultura falem, todas, através das imagens concretas, firmes e brilhantes, verdadeiras insígnias das coisas.

Esse ideário é, em síntese, a fonte-base de sua prodigiosa produção literária e artística. Cabe aqui ressaltar uma curiosidade: inexplicavelmente, sua extensa produção de poesia, realizada nos anos 1950, simultaneamente à do teatro e do romance, permanece praticamente desconhecida do grande público e quase ignorada pela crítica. Entretanto, toda ela, "poesia maior", tem a mesma vibração artística e a mesma problemática, que serve de húmus ao seu espírito criador. Trata-se de lacuna que, em 1999, Carlos Newton Junior procurou preencher com o seu estudo crítico, *O Pai, o Exílio e o Reino — A Poesia Armorial de Ariano Suassuna*, e uma seleção da poesia de Suassuna, *Poemas*. Sem dúvida, a grandeza do teatrólogo e do romancista fez sombra à do poeta, mas é da fusão de todos eles que resulta a grande arte suassuniana.

Entre as homenagens e distinções que têm consagrado a Arte de Ariano Suassuna, destaca-se o Prêmio Jorge Amado de Literatura/2001, instituído pelo governo da Bahia, para obras de influência sobre a cultura brasileira. Destaca-se, ainda, a homenagem prestada pela Rede Globo aos 80 anos do Autor, com a exibição, em junho de 2007, da fantástica minissérie *A Pedra do reino*, em originalíssima adaptação do diretor Luiz Fernando Carvalho.

Em 1990, eleito membro da Academia Brasileira de Letras, em seu discurso de posse, Suassuna revela o motor oculto de toda sua obra: o assassinato de seu pai, João Suassuna:

> Posso dizer que, como escritor, eu sou, de certa forma, aquele mesmo menino que, perdendo o pai assassinado no dia 9 de outubro de 1930, passou o resto da vida tentando protestar contra sua morte através do que faço e do que escrevo, oferecendo-lhe esta precária compensação e, ao mesmo tempo, buscando recuperar sua imagem, através das lembranças, dos depoimentos dos outros, das palavras que o Pai deixou.

Em 2009, Ariano Suassuna foi contemplado com o Grande Prêmio FCW-Ciência e Cultura/Fundação Conrado Wessel.

Publicações

Teatro — *Uma mulher vestida de sol*, 1947; *O desertor de Princesa*, 1948; *Os homens de barro*, 1949; *Auto de João da Cruz*, 1950; *Torturas de um coração*, 1951; *O arco desolado*, 1952; *O castigo da soberba*, 1953; *O rico avarento*, 1954; *O Auto da compadecida*, 1954; *O casamento suspeitoso*, 1957; *O homem da vaca e o poder da fortuna*, 1958; *A pena e a lei*, 1959; *Farsa da boa preguiça*, 1960; *A caseira e a Catarina*, 1962; *O santo e a porca*, 1964; *As conchambranças de Quaderna*, 1988.

Ficção — *Romance d'A Pedra do Reino e O Príncipe do Sangue do Vai-e-volta*, 1971; *História d'o rei degolado nas caatingas do sertão ao sol da Onça Caetana*, 1976; *História de amor de Fernando e Isaura*, 1994.
Poesia — *Ode*, 1955; *O pasto incendiado*, 1945/1970; *Sonetos com mote alheio*, 1982; *Sonetos de Albano Cervonegro* (Álbum manuscrito e ilustrado por iluminogravuras do autor), 1986

(Devido a amplitude e volume da produção do Autor, registramos aqui uma bibliografia selecionada)

09. ASCENDINO LEITE

A viúva branca[10]
Memorialismo e psicologismo

> A primeira vez que a vi não lhe recolhi nenhum dos traços que lhe havia de descobrir depois. Não tinha por que cuidar disso naquele instante e pareceria decerto absurdo que ao tentar a reconstituição desta cena eu a tivesse achado por demais insignificante para deixar de ser percebida.
>
> Nem uma coisa nem outra.

Nessa fala de abertura do romance *A viúva branca*, o eu-narrador já aponta para a ambígua figura de mulher, que seria o eixo dos acontecimentos dramáticos, que logo adiante se desenvolveriam na trama romanesca. Acontecimentos, nos quais ele fora envolvido, como que arrastado pelo destino. Anos passados, ele rememora os fatos, tentando entender o que então vivera.

O tom de incerteza/ambiguidade que marca essas palavras iniciais será a tônica dominante no romance, cuja trama se desenvolve em torno de uma traição conjugal. Traição que seria banal, se não fosse a condição trágica do marido (doente terminal) e a personalidade dúbia da esposa. Figura que o eu-narrador vai mostrando como quase angelical, em sua dedicação atenta/amorosa ao marido doente, mas ao mesmo tempo ambígua. Ambiguidade que o leitor facilmente associa à mulher sedutora, de quem o eu-narrador fala, na cena-prólogo que antecede o primeiro capítulo.

> Tinha caprichos desta ordem:
>
> — Traga-me rosas. Duas rosas vermelhas.

[10] Texto-homenagem aos cinquenta anos do romance de estreia do autor, comemorados no ano de 2002. (N. da A.)

Levei-lhas no dia seguinte.

E o texto prossegue, descrevendo uma frívola/enigmática figura feminina, por quem o eu-narrador se apaixona: a "viúva branca", "vestida de preto", em contraste com a "alvura do rosto". Com essa cena-prólogo, o Autor já antecipa, ao leitor, a natureza da personagem feminina, que seria central no romance: Ângela, cuja aparência angelical, de esposa dedicada, ocultava um caráter volúvel/amoral, sem resquícios de respeito humano. Destaque-se, nesse jogo de verdades/mentiras, realidades/aparências, a arte, o estilo ambíguo/incerto com que o eu-narrador vai rememorando os aconteceres e transformando a personalidade enganosa da mulher, numa espécie de atmosfera, que se infiltra nos fatos e impede que se tenha uma visão segura do que ali se passa.

A viúva branca: Romance memorialista?

Primeiro romance escrito por Ascendino Leite, em plena maturidade de uma ativa carreira jornalística, que começara nos anos 1930, *A viúva branca*, publicado em 1952, surge como uma espécie de amálgama das linhas-de-força que se cruzavam no confuso panorama cultural Pós-Guerra (1945/1956) e que encontraram acolhida no espírito do escritor paraibano. Diretrizes de pensamento que acabaram por definir a natureza de sua visão de homem e de seu estilo literário. Sintetizando, destacamos o psicologismo e o memorialismo como as duas principais posturas de espírito, que não só "sintonizavam" o Escritor com o seu tempo de transição, como se tornaram as diretrizes básicas de toda sua produção literária (notadamente a de sua extensa produção memorialista reunida na coletânea *Jornal Literário*). É lido através dessa ótica histórico/cultural, que o romance adquire sua verdadeira dimensão, como arte e como sintonia com o seu tempo.

Escritor de linhagem humanista, formado pelos grandes mestres do romance europeu e fundamente influenciado pela Psicanálise que então se difundia (com a descoberta do Eu profundo e sua verdade inconsciente), Ascendino Leite é um dos frisantes exemplos da crise de transição, pela qual passava a literatura em meados do século XX: momento de grandes choques de ideias, em meio a uma guerra que terminaria em 1945, com o apocalipse Hiroshima/Nagasaki.

Escritor da geração católica (Tristão de Athayde, Gustavo Corção, Otávio de Faria e outros), Ascendino Leite, embora não-militante, conservou-se fiel à concepção de mundo cristã: a fé na transcendência do ser humano, corpo/espírito, criado por Deus. Concepção de vida que nele se aprofundou, via psicanálise, como obsessiva preocupação com *o próprio eu e sua relação com o mundo*. Dessa instintiva predisposição de espírito deriva a *vocação memorialista*, que se expressa não só em seu extenso Diário, mas também na voz narradora, em seus romances e poesia.

É no âmbito dessa problemática que cabe a pergunta: *A viúva branca* — romance memorialista? A resposta tende a ser afirmativa. Não, porque seja narrador em primeira pessoa, por um *eu* que se declara participante dos fatos (um jovem repórter que se apaixona pela esposa de um amigo doente). Mas porque o próprio Autor o sugere como tal, ao inscrever na abertura do livro (antes da cena-prólogo), o diálogo que ele teria tido com R***, a respeito da intenção deste último, de transformar em romance um caso amoroso vulgar, que ele teria vivido.

Como o "leitor atento" sabe que, na vida real, a inicial R*** designa o "outro", o *alter-ego* do escritor paraibano, a conclusão é evidente: a matéria do romance pertence à memória do Autor, atribuída ao seu *alter-ego*. (Circunstância que em nada altera o valor literário do romance.)

Pelo diálogo, sabe-se, pois, que R*** vivera uma certa "história vulgar" e pretendia transformá-la em romance, como que para resgatar seu verdadeiro valor, pois, como ele diz: "Só a literatura poderá eliminar esse caráter (vulgar)." E em justificativa de seu intento, relembra as palavras de Charles Péguy: "[...] somos uns seres reais, homens reais, assaltados de preocupações, acossados de tempestades, vergastados e relhados para o centro da sociedade moderna emporcalhada." E no final conclui: "Tenho um pensamento para essa aventura pérfida... Vou atribuir-lhe a beleza de que o meu estilo for capaz e colocá-la ao sabor do vento." E isso o Autor realizou.

Quanto à sua *intenção memorialista*, torna-se mais do que evidente no último capítulo, posterior ao desenlace do drama: a morte do amigo e a descoberta da perfídia do Anjo. Esse capítulo final é estruturado em forma de diário, e tem como título "A punição dos equívocos" (Diário de R***). São páginas de louca paixão, revolta e solidão, nas quais se entrelaçam dois planos: um, *o da vida*, o da paixão vivida em loucura, outro, *o da literatura*, o da luta do Escritor com as palavras, para transformar a paixão vivida em ficção.

São muitas as vozes maestras que ecoam no universo da memória criado por Ascendino Leite. Dentre elas, destacamos algumas das mais evidentes: Péguy, nos rastros de Bérgson e Proust: "É a memória que faz toda a profundeza do homem." Memória que se funda na certeza de que é na vivência profunda do Eu que se ocultaria a verdade última do Ser e de seu Estar-no-mundo. Daí o valor criador atribuído à Palavra. André Gide, em *Les nourritures terrestres*: "Nathanael, te ensinarei o fervor. Que a importância esteja no teu olhar e não na coisa olhada." Lição que marca fundo o estilo do escritor paraibano: o *olhar* como "filtro", através do qual o mundo é visto e tornado real, a partir da Palavra que o nomeia.

Dados biobibliográficos

Ficcionista, poeta, memorialista, jornalista, crítico literário, tradutor, Ascendino Leite nasceu em 21 de junho de 1915, em Conceição do Piancó, sertão da Paraíba. Menino, sofreu as agruras da vida sertaneja. Seu aprendizado das letras foi feito ao sabor das circunstâncias. Inicialmente com seu pai, que era funcionário do fisco e professor primário. Desde seu primeiro aprendizado, revelou extraordinária atração pelas leituras — tendência que se aprofundou com o tempo. Mudando-se para João Pessoa, fez os estudos secundários no antigo Liceu Paraibano. Torna-se um assíduo frequentador da Biblioteca Pública e entra em contato com os grandes Mestres da literatura europeia (Balzac, Dostoievski, Péguy, Proust, Gide) que seriam seus "guias" culturais durante toda vida.

Idealista e exaltado, aos quinze anos envolveu-se nas lutas políticas, lideradas pela Aliança Liberal, acabou sendo preso e logo depois liberado. (Esse episódio, anos depois, seria tema de seu romance *A prisão.*) Sua natural inclinação para as Letras leva-o para o jornalismo. Em 1932, começa sua vida na imprensa, como revisor do jornal "O Norte", então dirigido pelo polemista Eudes Barros. Em 1936, fundou o jornal "A Gazeta da Paraíba", da qual se torna redator. Em 1938, muda-se para o Rio de Janeiro, ingressando na imprensa carioca. Mas, por motivo de saúde, volta para João Pessoa. Em 1939, passa a trabalhar no jornal "A União", órgão oficial do Estado. Nesse ano, estreia como crítico literário, publicando a monografia *Estética do Modernismo*, cuja análise provocou a reação negativa de Mario de Andrade. No ano seguinte, muda-se para o Rio Grande do Norte, como funcionário do Recenseamento. Em 1942, volta para João Pessoa, assumindo o cargo de diretor da Imprensa Oficial. Em 1944, transfere-se novamente para o Rio de Janeiro, onde se radicou. Passa a atuar como repórter em alguns dos principais jornais cariocas ("A Manhã", "Diário carioca", "Diário de Notícias"). No período getulista, torna-se repórter político e cronista parlamentar, como auxiliar de Carlos Lacerda — atuante desde a promulgação da Constituinte de 1946 até a transferência da Capital Federal da Guanabara para a Brasília de Juscelino Kubitschek em 21 de abril de 1960.

Em política e em religião, manteve-se independente: combatia a filosofia de Marx (postura que lhe criou sérios problemas com o Partido Comunista) e, ao mesmo tempo (embora fosse católico), criticava certas posições assumidas pela Igreja Católica (ao se imiscuir na política), afirmando-se sempre como humanista, defensor de um socialismo cristão, na linha de pensamento de um Charles Péguy, um dos grandes "guias" da geração católica.

Sob a influência dos "diários íntimos" de grandes vultos da literatura francesa (os *Journals* dos irmãos Goncourt, Gide, Amiel, Mauriac...), inicia um diário, onde anotava suas reflexões sobre leituras e pequenas ocorrências cotidianas, como o convívio com os "companheiros do mesmo ofício", temores e alegrias... Registro memorialista, no qual o *eu* que vê ou vive predomina sobre o que é visto ou vivido. E nesse estilo reconhece-se a lição de Gide em *Les nourritures terrestre*: "Natanael, te ensinarei o fervor. [...] *Que a importância esteja no teu olhar* e não na coisa olhada."

É dessa natureza o diário que Ascendino Leite vem escrevendo através dos anos. Com o tempo tais anotações, que nasceram com objetivo meramente pessoal (o de atender a uma necessidade quase orgânica de se conhecer/firmar como ser humano e como escritor), acabaram adquirindo uma conotação mais ampla: a de testemunhar uma importante época social/política/cultural — a do século XX em crise, visto por um olhar preso às tradições humanistas herdadas, e tentando resistir ao avanço da desordem.

A partir dos anos 1960, tais diários foram sendo publicados, formando a coletânea *Jornal literário*, chegando hoje (2008) a duas dezenas de títulos que se tornaram importante referência para os pesquisadores interessados no evoluir da Cultura e da Literatura brasileira, nesse longo período.

Iniciou-se como romancista com *A viúva branca* (1952), que teve boa repercussão crítica entre os intelectuais. Os romances que se sucedem (*O salto mortal* e *A prisão*) passaram quase despercebidos da crítica em geral. Em 1962, em seguida à crise política de 1961, em que ele se envolvera rumorosamente, lança o romance *O brasileiro*. Romance de análise psicológica e também romance de massa — de denúncia da "servidão da miséria" e dos homens oprimidos pelos poderosos. Mas devido à reação negativa das forças do governo, logo o retira de circulação. Só em 1975 volta a publicá-lo. A Poesia surgiu-lhe tardiamente, quando já octogenário. Poesia que, em essência, revela-se como um desdobramento ou aprofundamento da humana comunhão do Autor com o mundo, com os homens — *comunhão que precisa da Palavra para se confirmar existente*. É na poesia que se expressa amplamente sua visão do Feminino e do Erotismo, como eixo central da existência humana. Visão influenciada pela psicanálise freudiana, mas ainda filtrada pelo "interdito ao sexo", determinado pela religião cristã.

É de se notar que, apesar da ativa presença sempre mantida na imprensa, sua produção como ficcionista, tal como a do poeta, não lograram grande difusão. Muito embora, sua fortuna crítica abranja, hoje, depoimentos de grandes personalidades do nosso meio cultural (Tristão de Thayde, Nereu Corrêa, Josué Montello, Oscar Mendes e outros). Em homenagem aos seus noventa anos, Alice Spindola dedica-lhe o estudo *Na essência, a palavra inteligente* (2005).

Já nonagenário, e de volta à terra natal, Ascendino Leite prosseguiu atento ao que se passava no mundo à sua volta e incansavelmente escrevendo, para sentir-se vivo. Como ele diz em um de seus livros:

> Não escrevo para fazer-me um nome. Deixá-lo, após mim, como os outros deixam coisas. Pensando que serão lembrados, quando não mais poderão fazê-las nem deixá-las.
>
> Escrevo precisamente para carregá-lo comigo — o que fui, o que sou, o que serei.
>
> Pois muito mais me eleva a Eternidade que a aparência fugaz de uma obra comprometida com a relatividade do mundo.

Ascendino Leite partiu para a eternidade em 13 de junho de 2010. Sua obra permanecerá no panorama da Literatura Brasileira como testemunho de vida.

Publicações

Crítica literária — *A estética do modernismo,* 1939; *Notas provincianas*, 1942.
Jornal Literário — *Duração*, 1963; *Passado indefinido,* 1966; *O lucro de Deus*, 1966; *Os dias duvidosos*, 1966; *A velha chama*, 1974; *As coisas feitas*, 1980; *Visões do Cabo Branco,* 1981; *O vigia da tarde*, 1982; *Um ano no outono,* 1983; *Os dias esquecidos,* 1983; *O jogo das ilusões*, 1984; *Os dias memoráveis,* 1988; *O velho Leblon,* 1989; *Euismos*, 1997; *Os pecados finais,* 1997; *Momentos intemporais*, 1998; *Surpresas na partida*, 1999; *As doces vozes do silêncio*, 2000, e *Caracóis na praia*, 2001.
Romance — *A viúva branca*, 1952; *O salto mortal*, 1958; *A prisão*, 1960, e *O brasileiro*, 1962.
Poesia — *Jardim marítimo*, *Visões do vale, Os juízes e O nariz de Cintia* in Po-

esia reunida, 1999; *Por uma saudade azul,* 1999, e *Poemas do fim comum,* 2000. Miscelânea — *Aforismos para o povo instruído*, 1998, e *Vulgata*, 2001. Traduções — *Armância* (Stendhal); *Uma vida* (Maupassant) e *Cartas a uma amiga veneziana* (Rainer Maria Rilke).

10. ASSIS BRASIL

Consciência humanista e experimentalismo formal O romance de Assis Brasil[11]

> Desde sempre, *a imitação do real* (qualquer que seja a forma adotada para representar o mundo) foi a lei determinante do romance. Que o romancista acredite ou não em Deus, que se mostre confiante ou cético quanto ao futuro da humanidade, que celebre ou denuncie as instituições sociais... o seu romance sempre nos conta uma história, torna vivas as personagens, reproduz uma realidade. [...] Mas, a partir do pós-Guerra Fria (1945/1956), os romancistas tomaram consciência do Absurdo do mundo e fizeram desse Absurdo um dogma para a criação do *romance experimental*, que tende a substituir a vida real por palavras vazias. (P. Boisdeffre. *Ou vá le roman?* 1962)

A releitura da obra de Assis Brasil trouxe-nos à lembrança essas palavras do crítico francês, ao reafirmar a tradicional definição de romance como "imitação do real". Reafirmação aparentemente óbvia (pois a vida real é a matéria-prima da ficção), mas que, naquele momento (anos 1950/1960) cabia ser reafirmada, uma vez que os experimentalismos formais, então em voga, tendiam a despojar o romance de seu natural vínculo com a vida real e a transformá-lo num mero espaço de palavras esvaziadas de sentido, sem relações lógicas entre si. Palavras arrastadas umas atrás das outras, num fluxo moto-contínuo desconexo, tal qual a vida pós-tudo se mostrava desconexa, ao perder a lógica e o sentido que a tradição lhe dera.

Não é o caso do experimentalismo formal de Assis Brasil. Em sua arte romanesca se fundem uma consciência essencialmente humanista (amparada por determinadas crenças e verdades) e o imperativo experimentalista (o da nova e ambígua Palavra, agente nomeadora da nova

[11] Texto inédito. (N. da A.)

visão de mundo — a do homem despojado de certezas ou verdades absolutas).

Beira rio beira vida, seu primeiro romance (publicado em 1965), começou a ser escrito no final dos anos 1950, quando a força do grande romance regionalista de 30 já se havia esgotado e a magia da palavra rosiana vinha de descobrir um novo Sertão: o dos "avessos" do homem, em seus encontros/desencontros com a vida. Ao mesmo tempo, os *best-sellers* norte-americanos (Hemingway, Steinbeck, Faulkner... começavam a ser traduzidos entre nós) difundiam uma nova forma romanesca: personagens ambíguas, linguagem narrativa fragmentada, ruptura do tempo linear, substituído pelo tempo confuso da memória, fusão de tempos e espaços distintos; atmosfera opressiva... Como sempre, o romance expressava a "aventura humana". A desarticulação da forma romanesca tradicional resultava do desnorteamento dos humanos, em face do mundo pós-Darwin/pós-guerras — mundo que, despojado de sua lógica fundante e de suas certezas absolutas, naufragava na dúvida, no sem-sentido da vida.

Nessa época, radicado no Rio de Janeiro (já há anos afastado de sua região natal), e atuando como jornalista e como crítico literário, Assis Brasil torna-se uma das vozes mais atentas que, através dos meios de comunicação, iam difundindo os novos caminhos do pensamento culto e da criação literária.

Pela natureza do mundo romanesco, que a certa altura ele começa a construir, fácil é deduzir que, esse cotidiano corpo a corpo com o mundo da nova literatura e com os dramas e problemas de cidade grande, longe de distanciá-lo das suas "raízes" regionais, fortaleceu-as. Tenha sido, ou não, pelo confronto entre a *realidade urbana* vivida à sua volta e a *realidade regional*, que conhecera na infância (ambas igualadas pelos mesmos dramas humanos), o certo é que, em dado momento (conforme declarou em certa entrevista), ao se decidir a escrever um romance, sentiu "necessidade urgente de voltar à sua terra, sua gente, suas raízes, sua angústia primordial". Foi quando nasceu o projeto de *Beira rio beira vida*, romance que levou anos sendo escrito. Nele se fundiram, num estilo 'sui generis', *as verdades do humanista* (empenhado em denunciar ou pôr a nu o eterno drama humano — o da exploração dos fracos pelos poderosos ou o do homem-lobo-do-homem) e *a aventura experimental do estilista* (empenhado em sintonizar sua escritura com as propostas formais, engendradas pelos que expressavam o caos imperante). Ponto de encontro dessas linhas contraditórias, *Beira rio beira vida* não é romance de fácil leitura. Exige o "leitor cúmplice" que, em leituras e releituras, vá compondo o drama que lhe serve de eixo: o das vidas falhadas, seres condenados à marginalização social, que vivem ou desvivem num pequeno povoado à margem do Rio Parnaíba.

O romance tem início com uma cena banal, aparentemente infantil.

> Ao lado estava a caixinha de costura, o novelo de linha, o papel com agulhas — a tesoura enferrujada da avó mal cortava os trapos. Mordia a língua, caprichando, entortava a cabeça, mas acabava rasgando os pedaços de pano. Precisava mandar amolar a tesoura, precisava mandar amolar a tesoura. "Está cheia de dente, um serrote". Há muito tempo pensava em mandar amolar aquele traste.
>
> A boneca Ceci esperava de olhos duros o vestido novo.

Como se lê, alguém estaria tentando cortar certo pano, para costurar um "vestido novo" para a "boneca Ceci". Não o conseguia, devido à "tesoura enferrujada". A narração vai-se desenrolando de maneira confusa; descrevendo "tardes paradas, quando o rio baixava" e alguém "sentava-se na beira do cais, a água no tornozelo", o rio com suas enchentes e secas e "ela nas pedras mornas — o barulho de tudo sem uma identificação precisa". Com o avançar da leitura, vamos descobrindo que a indefinição ou ambiguidade do que ali vai sendo narrado/ descrito, resulta da ambiguidade do foco narrativo. *De quem é a voz* que ali fala? De imediato, sabe-se que não é a de um narrador onisciente (aquele que falava no romance tradicional e que, como um Deus, sabia tudo e tudo explicava ao leitor). Num mundo como o nosso, despojado de certezas e atolado em dúvidas, o romance que o expressa já não comporta a onisciência. Exige um olhar humano — aquele que não alcança o além das aparências, não penetra na verdade última das coisas.

Em *Beira rio...* tudo vai sendo revelado fragmentariamente, através de uma *galeria de vozes*, que ecoam na *memória* de uma figura-eixo: Luiza, mulher envelhecida e já imersa numa quase inconsciência, em relação ao mundo à sua volta. E que, perdida dentro de si, em confusos monólogos interiores ou em diálogos incertos com a filha Mundoca, vai montando o quebra-cabeças dramático, que o leitor é desafiado a decifrar. A este cabe ir aos poucos reconhecendo as vozes, distinguindo quem fala, o lugar de onde fala e suas relações com as demais figuras que perambulam naquele povoado, onde homens e mulheres lutam em vão para se realizarem. Ao avançar da leitura, vai-se revelando um Brasil contraditório onde, paralelamente aos progressistas centros urbanos, permanecem regiões atrasadas, ainda presas a um sistema arcaico (relações humanas de feição feudal, Senhor/servo), embora já tocadas pelo progressismo do consumo-e-lucro (pelo qual tudo e todos se transformam em consumidores ou são consumidos).

Fazendo parte da "raia miúda" que a "sociedade de bem" repudia/tolera/explora quando lhe convém, Luiza (com sua memória oscilante/enevoada e inconsciência da verdadeira dimensão da realidade vivida) é a personagem ideal para pôr a nu o lado perverso da vida ali vivida, entre o rio (por onde a vida, o comércio, o lucro entravam) e a cidade preconceituosa.

"Naquelas tardes paradas", sentada na beira do cais, perdida em suas memórias, Luiza revive a infância assustada, no armazém-pensão-bordel em que vivera com a mãe, Cremilda — mulher da vida, personalidade forte, esperta em sua lida com os homens, mas que acaba enganada por um deles, ficando na miséria. Herdara de um de seus homens (o velho viúvo Santana) um armazém de pilar arroz e torna-se dura e próspera negociante.

> [...] mulher de mistério que negociava como um homem, de calça comprida, argola nas orelhas, autoritária, dando ordens no cais, desafiando Deus e o mundo. [...] As argolas balançavam nas orelhas, os olhos escuros chispavam, os lábios tinham uma expressão de desdém — ela odiava o arroz, o cais, os navios, odiava a filha e o mundo.

É assim que Luiza se lembra da mãe, que nunca lhe quis bem. As lembranças se atropelam: Luiza, menina-moça, tímida e ignorante, com seu amor oculto por Jessé, mas cobiçada pelos homens que frequentavam a "pensão" da mãe, ela acaba cedendo ao seu destino natural de mulher-da-vida. Emprenhada (por quem? Por Nuno, que o rio trouxe e levou? Ou por outro?), Luiza teve Mundoca — menina de mente fraca, quase deficiente, de convívio rude e que, por sua estranheza e arredio, acaba escapando ao destino da mãe e da avó e indo trabalhar por caridade na loja de um dos "ricos" do lugar. No tempo presente do romance, Luiza já envelhecida, quase surda e imersa numa demência mansa, passa as tardes no cais, com a boneca Ceci ao colo, até que Mundoca, ao sair da loja passe para pegá-la.

> As tardes sempre paradas quando o rio baixava, sentava-se na beira do cais, a água no tornozelo, fria e suave, mais tarde a tocar a ponta dos dedos. [...] O rio enchia e secava. [...] O cais lá estava o mesmo, retratado no mesmo barulho de todas as noites: a sineta de um navio-gaiola que partia, o grito de um barqueiro na escuridão do rio — a gargalhada das mulheres, a eternidade de suas vidas se repetindo.

O cais e o sexo

O *cais* (local de entrada e saída para o rio) é a grande presença que atravessa o romance da primeira à última página. E sendo, por natureza, um signo de *movimentação vital* (partida ou chegada da viagem), aqui ele acaba por ser um índice metafórico da *estagnação existencial,* que paralisa a pequena comunidade marcada pelas desigualdades sociais. Desigualdades mantidas com a exploração dos fracos pelos poderosos, dos pobres pelos ricos, das mulheres pelos homens. É pelo *cais* que entra tudo que dá movimento à vida: embarcadiços, marinheiros de água doce, soldados, agregados de pequenas fazendas, mercadorias, homens e mulheres que, de mil formas, movimentam as relações de troca, venda, consumo e lucro... Relações que estão na base de todo progresso social. Porém, no romance, é de se notar que toda *a movimentação de vida e de trocas* que entram pelo cais (com marinheiros, negociantes, arrivistas...) se circunscrevem *à compra e venda do sexo*, ao comércio com as "mulheres da vida". Comércio, esse, permitido pela hipocrisia de uma sociedade fechada, cuja moral se ergue sobre "interditos religiosos" (sexo identificado a pecado), mas que explora o "proibido", como solução às desigualdades socioeconômicas inerentes ao sistema de raiz feudal, que ali se perpetua, em pleno século XX. É essa uma das grandes denúncias camufladas no romance: a da chaga social que é *a exploração do sexo* (a grande fonte de vida), como objeto de compra e venda. Chaga, cuja contundência e gravidade vai além de uma mera conotação moral ou transgressão religiosa, pois atinge *o existencial*. Nulifica o ser interior. Empobrece-o. Nem os de personalidade forte (como Cremilda) escapam dessa força neutralizadora da energia vital.

Luiza personifica esse processo de nulificação da pessoa humana transformada em objeto, incapaz de reação. Numa de suas falas com a filha, ela lembra de suas tímidas revoltas no início, e depois a conformação: "[...] aquelas revoltas se foram aplacando, dando lugar àquela paciência de gente sem destino, sem sorte".

Em comentário ao romance, Fausto Cunha define:

> (*Beira rio beira vida*) é o retrato insolúvel duma comunidade sufocada pelo primitivismo capitalista, um mundo em que a sociedade se estratificou implacavelmente. [...] Não existem vasos comunicantes. [...] Num mundo de horizontes fechados, a miséria passa de pai a filho, de mãe a filha, quem conscientizar a sua desgraça vai sofrer em dobro. (in *Tetralogia Piauiense*, 1979)

Em Luiza, Assis Brasil criou o protótipo do ser que vive inconsciente da real dimensão de sua vida. Daí ser ela a personagem narradora ideal: a que põe a nu a estratificação e injustiça do sistema de valores em que vive, mas sem se dar conta do grau de desumanidade que o fundamenta. Em essência, Luiza é o símbolo da comunidade alienada à que pertence.

O eterno retorno

Em ritmo lento, com cenas e cenas se repetindo, iguais, a narrativa como que se enrola sobre si mesma, mostrando um mundo fechado, sem saída. No título, "beira rio beira vida", já se anuncia, metaforicamente, a estagnação vital à que está condenado aquele núcleo humano. Tal como a "beira" (o cais) barra as águas do rio (para não invadirem o povoado), a vida humana é barrada pelo sistema social fechado. Os seres, ali, estão impedidos de fazerem a "viagem" existencial (tal como a do Ulisses homérico), para se realizarem em plenitude.

Luiza, impedida de realizar a "viagem", permanece sentada na "beira do rio", imersa na mais completa inação, vivendo pela memória enevoada. "Navio" atracado no cais — ser condenado a repetir eternamente os mesmos gestos, a mesma ação...

Sintonizada com o "eterno retorno" ao qual está condenado o drama humano, a *estrutura narrativa* que o expressa faz-se circular — a *cena final* repete fielmente a *cena inicial*: Luiza sentada na beira do rio, com a boneca.

> Ao lado estava a caixinha de costura, o novelo de linha, o papel com agulhas — a tesoura enferrujada da avó mal cortava os trapos. Mordia a língua, caprichado, entortava a cabeça, mas acabava rasgando os pedaços de pano. Precisava mandar amolar a tesoura, precisava amolar a tesoura. "Está cheia de dente, um serrote". Há muito tempo pensava em mandar amolar aquele traste.
>
> A boneca Ceci esperava de olhos duros o vestido novo.

Nesta repetição final, a cena, que lida no início parecera infantil, assume agora uma nova conotação. Metaforicamente, ela revela a alienação existencial em que vivia Luiza (símbolo da comunidade). Sua *relação afetiva* mais funda se dava com uma "boneca" (objeto representativo do humano). *Seu esforço de ação* se reduzia a costurar vestidos para a boneca (a ação essencial de produzir agasalho para o corpo humano, reduz-se em alcance, pois aqui se destina a um ser inanimado). Sua *ação produtora* se vê dificultada (ou impedida) pela insuficiência do instrumento a ser usado (a "tesoura enferrujada", com que devia cortar o pano para depois costurá-lo). Inclusive a ação de "mandar amolar", que se fazia indispensável, ia sendo sempre adiada... E assim, tudo que dependia disso ia sendo postergado.

Mesmo sem intenção de crítica política, Assis Brasil denuncia neste romance (e em toda sua obra posterior) a existência de um Brasil ignorado pelos centros urbanos progressistas, e no qual vivem ou desvivem homens e mulheres condenados à marginalização social, fadados ao fracasso, à não-realização plena como seres humanos, devido à estreiteza do meio e à eterna "lei" do homem-lobo-do-homem.

É nessa linha problemática que se inscreve o universo que Assis Brasil vem construindo, há anos. Em 1999 a publicação de *O sol crucificado* marca o seu centésimo livro, cujo título denuncia, metaforicamente, o dilaceramento, humilhação e fracasso do ser humano em suas mínimas e básicas necessidades ou aspirações. Seus dramas se desenvolvem no dia-a-dia de um Rio de Janeiro sem retoques de "cidade maravilhosa". Cidade dos contrastes, cujo lado escuro é praticamente invisível aos poderosos. Escritor vindo do Nordeste brasileiro — região secularmente explorada pelos poderes constituídos —, Assis Brasil mostra que o descaso pelo povo desvalido é fenômeno encontradiço no Brasil de Sul a Norte... E, ao que parece, o que ajuda a perpetuidade dessa injusta situação é a crença do povo: "É Deus que quis..." Até quando?

Dados biobibliográficos[12]

Romancista, contista, jornalista, atento estudioso das novas técnicas narrativas e crítico literário, Francisco de Assis Almeida Brasil é presença marcante em nosso panorama cultural/literário. Nasceu em Parnaíba (Piauí) em 18 de fevereiro de 1932. Ali viveu até os doze anos, "menino da beira rio, jogador de peladas e caçador de passarinhos, em contato com pescadores e gente simples" — convívio e experiências com a vida livre/instintiva, que o preparou interiormente para, mais tarde, criar o seu universo romanesco.

O caminho para a descoberta da literatura (e das artes em geral) foi-lhe aberto no ambiente familiar. Seu pai era um apaixonado leitor que o

---

[12] Principal fonte: "Síntese biobibliográfica" in *Ciclo do terror*. RJ. Nórdica, 1984. (N. da A.)

levou a descobrir o mundo de aventuras que existia nos livros, como os de Robert Louis Stevenson (*A ilha do tesouro*), de Jonathan Swift (*Viagens de Gulliver*) ou de Daniel Defoe (*Robinson Crusoé*). Sua mãe tocava piano e escrevia pequenas peças musicais que eram representadas no cine-teatro Éden, em benefício da Igreja.

Em 1943, muda-se para Fortaleza (Ceará), onde faz os estudos secundários (curso científico). Torna-se fervoroso leitor dos grandes romances (Charles Dickens, Rousseau, Eça de Queirós, Machado de Assis...) e descobre o romance regionalista brasileiro, então a grande sensação literária (Lins do Rego, Rachel de Queiroz, Graciliano Ramos...). Ainda estudante, com dezessete anos, escreve suas primeiras crônicas para jornais ("Gazeta de Notícias" e "O Radical"). Nelas, registra suas observações acerca da vida dos jangadeiros cearenses. É essa relação com a vida real (tal como é vivida longe dos grandes centros urbanos) que será a matéria-prima que, logo mais, lhe serviria para a construção de seu universo romanesco.

No início de 1950, muda-se para o Rio de Janeiro. Viaja de navio, sozinho, para enfrentar a cidade grande, onde tentaria realizar um ideal: ser escritor. Vai morar numa pensão em Laranjeiras e trabalha como auxiliar de escritório. Testa seus primeiros escritos em concursos literários de revistas e jornais. Em 1954, um de seus contos ganha o Prêmio Nacional do "Jornal de Letras" (dirigido então por Elísio Condé).

No ano seguinte, estreia em livro com *Contos do cotidiano triste*. Nessa época frequenta o curso noturno de Jornalismo da Pontifícia Universidade Católica. Depois de formado (1968), leciona Técnica de Jornal, na Escola de Comunicação da Universidade Federal do Rio de Janeiro. No período de 1975/1976, produziu o programa "A Literatura Brasileira, sua história, seus autores" para o Projeto Minerva-Rádio do Ministério da Educação. Fez parte do Conselho de Literatura do Museu da Imagem e do Som; e do Conselho de Administração da Embrafilmes. É o momento em que os grandes romancistas norte-americanos (Hemingway, Faulkner, Steinbeck...) começam a ser traduzidos no Brasil e difundidos também pelo cinema. É uma nova expressão da vida que esse romance vinha propor. Assis Brasil entrega-se à análise de suas novas técnicas e peculiaridades, que lhe abrem novos caminhos para o exercício da crítica e influiriam em sua própria criação ficcional.

Durante dez anos, o romancista silencia. Afirma-se o jornalista/crítico literário. Em 1956, profissionaliza-se no "Jornal do Brasil" (secretário de redação e colunista literário). Tem início uma ativa carreira como crítico literário, ensaísta, tradutor — atuante em vários órgãos da imprensa ("Diário de Notícias", "Correio da Manhã", "O Globo", revista "O Cruzeiro", "Última Hora"/SP, "O Estado de S. Paulo", "O Minas Gerais", "Correio do Povo"/RS, "O Povo"/Ceará...). Em 1964, passa a assinar a coluna "Literatura Brasileira, hoje" no "Jornal de Letras".

Em 1965, ressurge o romancista, de funda consciência estilística, com *Beira rio beira vida* que, ainda em original, ganhou o Prêmio Nacional Walmap/Paraná. Referindo-se a essa volta ao romance, Assis Brasil, em certa entrevista, revela a intenção maior que o moveu.

> Eu estava na época (1956-1961) afogado no Suplemento Dominical do "Jornal do Brasil", fazendo crítica literária, mas de olho vivo na ficção. Estava pagando na época o que todo intelectual jovem paga como tributo à sua descoberta do mundo: crítico num jornal de projeção, leituras várias e esnobes, contato com inúmeros escritores e acaba esquecendo o principal para um ficcionista: a sua terra, sua gente, suas raízes, sua "angústia" primordial.

Essa "volta às raízes" se deu, pois, com *Beira rio beira vida* que, seguido de outros três, formariam mais tarde a "Tetralogia Piauiense".

Com esse sucesso de estreia, tem início uma das mais fecundas e premiadas produções nos quadros da Literatura Brasileira contemporânea. Dezenas de romances e contos se sucedem e que, com o tempo, foram sendo reeditados e reunidos em ciclos ou séries (Tetralogia Piauiense, Ciclo do Terror, Ciclo Minha Pátria...). A força desse universo vem, sem dúvida, do apaixonado exercício da palavra à que o autor se entregou, visceralmente empenhado em expressar a vida humana, em sua verdade mais elementar e em choque com as forças sociais coercitivas.

Sucedem-se dezenas de romances, contos, ensaios, livros didáticos, antologias poéticas... que se multiplicam no mercado editorial, em sucessivas edições e reedições destinadas a um variado tipo de público. Os concursos e prêmios também se multiplicam: Walmap/Menção Honrosa (*O salto do cavalo cobridor,* 1967; *Ulisses, o sacrifício dos mortos,* 1969; *Deus, o sol, Shakespeare,*1971; *A rebelião dos órfãos,* 1973); Prêmio Joaquim Manuel de Macedo/Secr. Cultura Niterói/1975, Prêmio Clube do Livro/1975, Prêmio Fundação Cultural de Brasília/1979 e outros. No Parecer dado a *Os que bebem como os cães* (Prêmio Walmap Romance/1975), José Cândido de Carvalho, em nome do júri, escreve:

> Aplauso unânime para Assis Brasil, o batalhador do Piauí, a carreira brilhante do escritor [...] que há anos vem encantando os brasileiros com sua lúcida inteligência e o seu claro escrever. Visto assim, sem cartão de visitas, parece arredio, meio sobre o mandacaru. Puro engano [...] Deus colocou em sua lúcida cabeça estas duas qualidades raríssimas: é um dos melhores críticos do Brasil e romancista dos melhores desta nação. Sua "Tetralogia Piauiense", simples como a água e boa como o pão, vai ficar entre o que a inteligência brasileira inventou de melhor nos últimos vinte anos (1955-1975).

Publicações

Romance — Tetralogia Piauiense (*Beira rio beira vida*, 1965; *A filha do meio quilo*, 1966; *O salto do cavalo cobridor*, 1968, e *Pacamão*, 1969); Ciclo do Terror (*Os que bebem como os cães*, 1975; *O aprendizado da morte,* 1978; *Deus, o sol, Shakespeare*, 1976, e *Os crocodilos*, 1980); Ciclo Minha Pátria (*Verdes mares bravios*, 1953; *A volta do herói*, 1974; *A rebelião dos órfãos,* 1975, e *Tiúbe, a mestiça*, 1975); *O Destino da carne*, 1982, e *O sol crucificado*, 1999.
Fábulas brasileiras — *O livro de Judas*, 1970; *Ulisses, o sacrifício dos mortos*, 1970, e *Nassau-sangue e amor nos trópicos*, 1990; *Lobo-Guará, meu amigo*, 1999; *O sábio e o andarilho* (Aventura Amazônica), 1994, e *A sabedoria da floresta*, 1995.
Conto — *Contos do cotidiano triste*, 1955, e *A vida não é real*, 1975.
Ensaio — *Concretismo*: *Literatura em pânico*, 1960; *Cinema e literatura*, 1967; *Faulkner e a técnica do romance*, 1964; *Joyce, o romance como forma*, 1971; *A*

técnica da ficção moderna, 1982, e *Estilos e meios de comunicação*, 1983.
História da literatura — *Graciliano Ramos*, 1969; *João Guimarães Rosa*, 1969; *Clarice Lispector*, 1969; *Adonias Filho*, 1969; *Carlos Drummond de Andrade*, 1971.
Antologia — *A poesia maranhense no século XX*, 1994; *A poesia cearense no século XX*, 1996; *A poesia goiana no século XX*, 1997; *A poesia mineira no século XX*, 1998, e *A poesia baiana no século XX*, 1999.

11. AUGUSTO FERRAZ

A escritura de Augusto Ferraz e o homem em transformação[13]

> Restam outros sistemas fora/ do solar a colonizar./ Ao acabarem todos/ só resta ao homem/ (estará equipado?)/ a dificílima dangerosíssima viagem/ de si a si mesmo: pôr o pé no chão/ do seu coração/ experimentar/ colonizar/ humanizar/ o homem/ descobrindo em suas próprias e inexploradas entranhas/ a perene insuspeitada alegria/ de con-viver. (Carlos Drummond)

Escritor de arte maior, Augusto Ferraz está entre os que, neste limiar do século XXI e diante deste mundo pós-tudo, continuam entregues à escavação de "suas próprias inexploradas entranhas", no sentido drummondiano: o do "homem sem transcendência" — aquele que, perdida sua natureza sagrada ("Deus é morto!", proclamou Nietzsche), e, a despeito de sua fraqueza ou inevitável efemeridade, sente que é dele, é de sua obscura força interior e de sua Palavra, que o mundo e a humanidade dependem, para continuarem existindo e se eternizarem no tempo.

Sua carreira de escritor tem início em plena efervescência cultural dos anos 1970, quando a influência do existencialismo (a "Existência precede a Essência") e a do Novo Humanismo (o Homem e seu Poder criador) se misturam às novas formas do experimentalismo e à redescoberta dos grandes inventores, que haviam surgido no início do século XX. Inventores como Joyce, Kafka, Faulkner, O'Neill, Ionesco, Beckett e outros que, no momento em que surgiram, haviam

[13] Fusão de textos anteriores (esparsos em palestras, prefácios, etc.), escritos sobre a obra do autor. (N. da A.)

sido praticamente ignorados ou incompreendidos, devido ao insólito de suas criações. Redescobertos, a partir da segunda metade do século XX, eles passam a ser os "faróis" a iluminarem os novos e labirínticos atalhos para a invenção literária. Determinar a exata influência, que cada um deles teria exercido sobre a literatura atual, é tarefa impossível, devido ao embaralhamento das ideias que singularizam este nosso tempo pós-moderno. Tempo com o qual a obra de Augusto Ferraz está dramaticamente sintonizada.

O branco fatídico

É sob as "sombras tutelares" do humanismo elegíaco de um Rilke e do lirismo rebelde de um Gide — energizados pelo existencialismo sartriano — que Augusto Ferraz surge como escritor, em 1974, com os contos-fragmentos de *O branco fatídico*. Na escrita ambígua e desafiante ali criada, já se anuncia, não só a natureza experimentalista de sua arte, mas principalmente a problemática ético-existencial que energiza o seu universo fragmentado: a perplexidade do homem diante da Existência concreta do mundo à sua volta, e a certeza de que o conhecimento de sua Essência ou Verdade última lhe permanecerá oculta.

Já no primeiro conto, "O branco fatídico" — que dá título ao volume —, faz-se sentir a visão sartriana do homem-da-náusea — o do repentino estranhamento do homem diante do mundo comum/familiar das coisas que o rodeiam. Tal como o Roquentin sartriano (que repentinamente descobre, com horror, o vazio e a contingência do mundo e dos seres à sua volta e é invadido pela "náusea"), o eu-que-fala em "O branco fatídico" também, de repente, descobre o "homem" perplexo em face do mundo:

> Tudo estava resolvido sobre um imenso branco, onde já não se viam os limites e era praticamente impossível que ele lá estivesse. [...] De repente, ele aparece no meio da sala. Parecia um pouco tonto, talvez de sono, talvez de cansaço [...] Estava um pouco trêmulo. Fechou os olhos e sentiu subitamente um medo; estava só e não sabia como, nem por quê. Mas sentia o quanto as coisas simples eram enormes e o quanto elas estavam distantes.

> [...] Sentia um vazio dentro de si, uma angústia, um desespero, uma espera longa e inútil, uma falta de carinho, enfim, sentia uma falta de si mesmo.

Na linguagem metafórica, peculiar à literatura pós-moderna, a trama narrativa vai revelando, no homem, a crescente consciência (e consequente estranhamento) do sem-sentido das "verdades aparentes" do mundo à sua volta. ("Aparentes" porque despojadas dos "valores absolutos" que ontem as fundamentavam em Verdades).

Visão ambígua do mundo atual, que o Autor metaforiza na *cor branca* — sentido que se anuncia já na primeira frase do conto: "*Tudo estava resolvido sobre um imenso branco*, onde já não se viam mais os limites e era praticamente impossível que ele lá estivesse."

Frase inicial que se desdobra numa linguagem aparentemente cabalística e que o leitor, só através de leituras e releituras, poderá chegar a um determinado sentido (que, sem dúvida, não será o mesmo para todos). Definindo pela *cor branca* o aspecto do mundo atual (em pleno processo de mutação), o Autor aponta simbolicamente para a situação presente: a de uma ordem de valores deteriorados, em meio aos quais uma nova ordem de valores está sendo engendrada, a exigir a conscientização de todos. Lembremos que o "branco" significa tanto a *ausência* como a *soma* de todas as cores. O branco é um valor limite, é cor de passagem, no sentido em que falamos de rito-de-passagem. Como em nosso tempo, estamos ainda no início desse "rito", o homem no conto se vê prisioneiro do espaço negativo, o do "branco fatídico", onde tudo lhe parece estranho, presente e ausente ao mesmo tempo, e por onde ele anda sem destino, "até que avistou um muro e o muro era branco". Além do muro, ele vê a "criança" (que, tal como o "branco", simboliza a potencialidade do ser). Dialogam, riram alegres e o homem, que estava perdido no "branco fatídico", descobriu sua própria verdade: "Ele era a sombra e carregava a noite... por onde tudo era branco." Metaforicamente, nesse jogo de "sombra", "noite" e "branco", se faz presente o *ato de criação*: a palavra do Poeta é apenas a "sombra" do mundo, que está sendo criado no oculto da "noite", no espaço invisível da criação, "branco"...

O conto termina em alegria e leveza... Uma das explicações que o leitor poderia dar a esse final feliz e ambíguo, estaria ainda no Roquentin sartriano que, frustrado em todas suas tentativas de realização interior, solitário ouve sua música predileta, "Some of these days", e conclui que "a música não existe à maneira das coisas, mas pertence ao imaginário; e que só ela e a criação literária poderiam arrancá-lo da náusea."

Todos os demais contos-fragmentos deste *Branco fatídico* giram de mil maneiras em torno dessa verdade: só a *imaginação criadora* (e a energia erótica) levam o humano a ultrapassar o "muro".

Lição para viver

Em seu segundo livro, *Lição para viver* (1981), já não há "muro" à vista. Aprofunda-se a visão do homem animalesco, desumanizado pela miséria, doença, velhice, solidão... O conto de abertura, "Ícone", põe a nu o "homem sem transcendência"... o homem pós-perda de Deus e que de "alma" virou "lama". Dessacralização, que começa pelo título do conto de abertura: "Ícone" (*imagem sagrada* nas igrejas ortodoxas), palavra, cuja conotação religiosa é degradada, ao representar o homem animalesco, o farrapo humano que ali se arrasta e cujo nome, não por acaso, é "Jonas" (nome de um dos Profetas do Velho Testamento). Nome bíblico que reaparece em personagens de outros contos, enfatizando *ad nauseam* a dessacralização do sagrado. Na apresentação do livro, Mário da Silva Brito sintetiza a visão de mundo ali presente.

> Estas ficções de Augusto Ferraz transbordam de seus mínimos enredos e se espraiam sobre os desvãos mais recônditos do homem, cuja devassa é proposta de modo sombrio e impiedoso; e descarnam, de forma contundente, o dilacerante contexto social que envolve os seus personagens, desprotegidos, degradados párias. São fantasmas, sombras, assombrações que pervagam por uma atmosfera trágica, próxima do pesadelo, em meio a ratazanas esfomeadas, baratas sôfregas e cães insubmissos — bichos quase feras, aparentadas dos monstros de Maldoror.

Esse "animalesco" será uma das contundentes presenças no universo de ficção que o Autor vem construindo.

Memória dos condenados

> — *Que século, meu Deus! diziam os ratos*
> *E começavam a roer o edifício.*
> (Carlos Drummond)

É com essa trágica exclamação de Drummond que Augusto Ferraz abre *Memória dos condenados* (1983). E com ela sintetiza a visão de mundo que, desde sempre, determinou a natureza de sua escritura. Ficção absolutamente insólita na Literatura Brasileira, nestes novos contos se mostram com mais evidência a sua natureza apocalíptica e alegórica.

Arrastando em seu fluxo narrativo homens e mulheres aprisionados em um cotidiano repulsivo e animalesco, *Memória dos condenados* se nos revela como um quadro dantesco da condição humana, privada de transcendência e condenada a permanecer em estado de "queda". Ao final de sua leitura, percebe-se que já o título do volume é um índice significativo da experiência existencial em curso nos vários contos. Em essência, o que ali temos é a vida transformada em *memória*; a vida como um câncer, perpetuando-se na estagnação vital, através de homens irremediavelmente condenados à eterna repetição do mesmo esforço selvagem, para dar continuidade à feroz coexistência em que se reduziu o universo.

"Obra aberta" (como poucas em nossa literatura), *Memória dos condenados* resiste a uma fácil e unívoca interpretação. Ao correr de uma primeira leitura, pode aparecer ao leitor como um *registro realista* e violento da tragédia contemporânea — a de um mundo-cão, onde existências infra-humanas fervilham à margem do convívio dito "civilizado". Mas, a partir de certos momentos, parece-nos estar em pleno domínio do *fantástico*. Relembrada em conjunto, sua espessa narrativa assume as proporções de um universo anárquico e escatológico, que lembra as visões proféticas e aterradoras do Apocalipse bíblico.

As personagens que povoam esse universo são, como as de Beckett, *estáticas*. Seres humanos em deterioração, que praticamente não caminham, não se movem para além do espaço ao qual pertencem. Mas, ao contrário das personagens beckettianas, as de A. Ferraz falam pouco ou nada. Seus gestos são mais significativos e importantes que as palavras. Vivem todos, homens ou mulheres, solitários e como que entrincheirados nos estreitos limites de um quarto ou de uma casa vazia, onde fermenta uma vida vegetativa, porém voraz e poderosa.

Aliás, a *voracidade* parece ser o signo mais exato para definirmos as existências larvares e/ou monstruosas que aí se arrastam, presas a um viver repetitivo e sem frestas para uma possível evasão ou ascensão. Homens, mulheres, crianças ou animais ali se entredevoram, como se todo o universo se tivesse transformado em uma desmesurada boca.

Note-se, ainda, que todas as situações humanas, amalgamadas na escritura de Augusto Ferraz, resultam de uma verdadeira *explosão dos limites da normalidade* ou da realidade possível. É essa "explosão da normalidade" que nos leva a interpretar esse universo ficcional como uma assustadora alegoria do nosso mundo-hoje — o mundo infra-humano à que os homens foram reduzidos, pela selvagem luta social que têm que enfrentar para subsistir... um mundo feroz e injusto que o brilho atordoante/fascinante/ilusório das aparências progressistas não deixa enxergar.

Não há dúvida de que Real e Imaginário fundem-se de maneira essencial na invenção literária de Augusto Ferraz: um imaginário delirante (gerado por uma visão escatológica do mundo) e uma escrita poderosa (que poderíamos definir como "bela-horrível") concretizam em matéria literária, e com poética ferocidade, o duplo drama contemporâneo: por um lado, o homem esmagado pela sociedade "consumista", totalmente indiferente à sorte daqueles que alimentam sua voracidade (leia-se, principalmente, o conto que dá título à coletânea); por outro lado, o homem amputado de transcendência e, consequentemente, prisioneiro da animalidade.

Analise-se, por exemplo, o *animalesco* que gera o *sistema metafórico* que permeia todo fluxo narrativo, e ficará evidente a *intenção alegórica* dos contos. É principalmente pela significação simbólica do "bestiário" que aí pulula e pelas circunstâncias em que ele entra em relação com o "humano", que somos levados à fonte de onde fluem as situações dramáticas. Todas elas desenvolvem-se com e através do homem preso às suas necessidades rudimentares ou primárias: sexo/estômago/impulso-de-sobrevivência vital. Daí as *constantes metafóricas* que se movem, avassaladoras, na área do repulsivo, do abjeto ou do monstruoso: caranguejos, escorpiões, aranhas, morcegos, ratazanas, formigas, "criaturas monstruosas"... transformam-se em bocas vorazes a devorarem o homem; ao passo que este devora o próprio corpo ou pedaços da própria casa; o sangue esguicha e inunda tudo; o sexo agiganta-se como algo aterrador ou se identifica com um "pântano suculento"; as criaturas se atolam nos excrementos, suores, urina, vômitos, febres, odores fétidos, podridões...; a estagnação vital vai lentamente apodrecendo tudo ("carne de cera que lhe grudara a alma nos ossos putrefatos"); e a morte não é o nada, nem o mistério após a vida, mas é esta própria vida, triturada pelo vazio ou pelo envelhecimento inexorável.

Esta parece ser a apocalíptica mensagem da ficção de Augusto Ferraz: a total descrença de que o Indivíduo possa romper a poderosa engrenagem do mundo-cão em que hoje estão transformadas as Sociedades organizadas no mundo pós-tudo. Daí a ausência de esperança em seu universo literário e a condenação de suas personagens a uma existência estéril que é, em si mesma, princípio e fim da vida... Terrível condenação que reduziu o Homem a um ser abjeto e infra-humano. Essa atmosfera trágica será substituída, no livro seguinte, por uma inequívoca densidade lírica/existencial.

O pássaro de chumbo

Prosa? Poesia? Prosa/Poesia fragmentada? Em *O pássaro de chumbo* (1990), faz-se ouvir a Voz interior do homem contemporâneo — do criador em busca de uma Ordem, de uma Verdade perdida no caos.

O Escritor/Poeta volta-se para si mesmo, a escavar o seu próprio eu, seu mistério interior, onde se engendra a sua arte, a sua Palavra.

"Pássaro de chumbo" — palavra que se quer alada, mas sente o voo impossível, tal como Virgínia Woolf o sente e o diz, na epígrafe que abre o volume: "O pássaro voa; a flor dança; mas eu ouço sempre o embate monótono das ondas; e a besta acorrentada pateia na praia. Pateia sem parar." Nessa contundente metaforização, denuncia-se o drama existencial do impulso criador frustrado: "besta", "acorrentada" na praia, que ouve as "ondas", mas não consegue imergir no "mar"...

Luta interior para domar, nas palavras, a vivência existencial, indomável, que Clarice Lispector também expressa, na outra epígrafe, posta na abertura, como que a "iluminar" os caminhos do Autor: "A verdade é sempre um contato interior e inexplicável. A minha vida, a mais verdadeira, é irreconhecível, extremamente interior e não tem uma só palavra que a signifique." É nessa linha de busca, que o Eu do poeta dialoga com o Outro — vivência/palavra/revelação do oculto e vai tecendo a rede de fragmentos interrogantes... sem respostas...

A armadilha do capeta

Nos contos de *A armadilha do capeta* (2005) o *homo tragicus* dos livros anteriores como que contracena com o *homo ludens*. A linguagem-denúncia do mundo perverso foi, de certo modo, amenizada por uma certa leveza, quase lúdica, e por uma espécie de ceticismo irônico ou de amargo humor. Entretanto, o mundo-cão (que é o nosso!) continua o mesmo: "sem saída" para a possível realização humana, em plenitude ou grandeza.

Movendo-se com extraordinário à vontade, nas fronteiras entre o humano e o animalesco, o autor volta aqui a romper os limites do verossímil ou do natural e entrar no universo do fantástico. É o caso, por exemplo, de "A Fera do medo", "Formigas no coração" ou "Terra de Node", cujas tramas se iniciam dentro de um cotidiano familiar, aparentemente comum, e aos poucos vão se transformando em situações insólitas que acabam por desembocar no fantástico ou no fantasmagórico: seres humanos que adquirem (ou convivem com) formas animalescas, depois de terem sido feridos no mais profundo de seus seres.

Em outros contos, o fantástico tem raízes na esfera mágica de nosso folclore, como em "O Papangu das mil e uma noites", que nos arrasta, através da alegria solta do Carnaval de Olinda e seus Bonecos, atrás de um misterioso fantoche mascarado, o Papangu, que, atraído por uma linda Odalisca, acaba por aprisioná-la em sua rede de luxúria e total embriaguez dos sentidos. Até que... num final inesperado, o fantástico se nos revela.

A magia do folclore também se infiltra sutilmente num dos mais longos contos (ou novela?) da coletânea: "O Boto do Capibaribe". Neste, o eixo da trama é também a Sexualidade, a Luxúria, a Cobiça... tradicionalmente ligadas ao lendário boto amazônico, o peixe-sedutor que, transformando-se em homem, seduz as moças e as abandona em seguida. (Daí que, nas regiões ribeirinhas do Amazonas, as crianças sem paternidade conhecida sejam chamadas de "filhas do boto".)

A trama novelesca se desenvolve através de um caso de sedução — o de um belo rapaz que cobiça uma bela jovem casada. Um caso que, de início, se mostra como algo banal, comum, mas que aos poucos vai se tornando ambíguo, com a insinuação da estranha presença do lendário *boto*, magicamente aparecendo nas águas do Capibaribe.

A ambiguidade da trama é, sem dúvida, gerada pelo significado folclórico do *boto* — representação alegórica da Sexualidade, vista como uma das grandes forças da Natureza livre, isto é, não coibida por normas ou interditos sociais. É nesse sentido que a trama vai resvalando de um banal caso de sedução ou cobiça, para uma fantástica esfera de instintos à solta, que vão gerando os pecados da vaidade, luxúria, preguiça, inveja, ira, gula...

Oscilando entre os planos da realidade comum e do imaginário, a narrativa chega ao clímax, arrastando o leitor para um universo apocalíptico/escatológico, que é uma das marcas da arte ficcional do autor. No ato final da devoração do cadáver, "celebrado" como um grande festim da vida, sentimos a fusão do *boto* com outra figura lendária, indígena: a do deus-peixe, Ipupiara (das tribos tupis), que matava suas presas com um abraço e, em seguida, devorava-lhes olhos, nariz, pés, mãos e genitálias.

Ficção insólita no panorama da Literatura Brasileira, a que vem sendo criada por Augusto Ferraz, mostra-nos o mundo terrível, onde vive o "homem sem transcendência" que, há bem mais de um século, perambula neste nosso mundo "descentrado", desde que a Ciência destruiu seu centro sagrado. É esse homem despojado de transcendência, reduzido à pura materialidade, que reencontramos também em "O Anjo libertino" ou em "Um Cristo no inferno" ou em "O Homem e sua sombra"... — contos que são terríveis flagrantes de seres fraudados em seus mais legítimos desejos ou direitos humanos. Frustrações tão profundas e deformadoras que só uma ótica apocalíptica poderia expressar. É através dela que Augusto Ferraz vem testemunhando, em ficção/verdade, o nosso tempo-em-mutação...

Sol negro: o labirinto do tempo

> Abro os olhos no meio da noite e o olho da tempestade fecha-se em mim. O caos é brasa de fogueira que se apaga [...] Fecho os olhos no meio da tempestade e contemplo a noite que há em mim.

Nessa frase de abertura, Augusto Ferraz sintetiza metaforicamente a problemática nuclear de *Sol negro*: a aguda consciência de que vivemos num momento de transformações caóticas, entre apocalipses e gêneses. Momento "nel mezzo del camin...", que o título "Sol negro" já anuncia: Sol em seu curso noturno, quando deixa de iluminar uma face do universo para iluminar a outra, luz vedada, oculta. Noite fechada que esconde o dia a romper logo mais. Caos prestes a se transformar em Nova Ordem, pois a "fogueira" da Antiga Ordem já "se apaga, já é brasa". O olhar visionário fecha-se para a "tempestade" e "contempla a noite" dentro de si, escuridão onde o novo dia está sendo engendrado e precisa da Palavra do Poeta para ser pressentido por todos.

Desde seu livro inaugural, sua palavra vem escavando o oculto, onde estariam as respostas, e se expressando numa escritura delirante, registrando com ferocidade uma consciência-de-mundo amputada de esperança, prisioneira da matéria, do animalesco. Neste *Sol negro*, ela se transforma, se desdobra enigmática, como que envolta numa atmosfera solene de ritual. Expressando-se num texto fragmentado, cabalístico, a "escavação" se dá numa espécie de "fenda" no Tempo, num Hoje visto entre o Passado e o Futuro — tempos que se embaralham e permanecem vivos no Tempo Humano, pela ação da Palavra que eterniza o efêmero; assegura a Imortalidade aos mortais.

Tempo, História, Eternidade e seus labirintos se fundem na energia criadora da Palavra, tal como já se anuncia nas epígrafes de abertura, evocando heróis da História Antiga.

> Nunca encontrarás a vida que procuras [...] Quando os deuses criaram os homens, estabeleceram para eles a morte, e guardaram a vida para si. (Fragmento da *Epopeia de Gilgamés,* herói da Epopeia suméria [2.750 a. C.], que, em luta com os deuses, empenhou a vida em busca da Imortalidade.)

> Ó mãe Nut! Abre tuas asas sobre mim como as imperecíveis estrelas! (Inscrição no ataúde de *Tutancâmon*, rei egípcio, que restaurou o culto de Amon em Tebas [séc. XIV a. C.], culto dos mortos/crença na Imortalidade.)

> O Rei Darayawaush anuncia: / tu que em dias futuros / vires esta inscrição, / que eu mandei gravar no rochedo, / e estas figuras humanas — / não apagues nem destruas nada! / Cuida, enquanto tiveres sêmen, / de que sejam conservadas intactas! (*Dario*, rei persa séc. V. a. C.)

Inscrição que Dario deixou eternizada num rochedo, pedindo aos homens futuros que não a apagassem nunca, para que a vida fosse "conservada intacta". Metaforicamente, essa inscrição também aponta para a mortalidade: *a escrita eterniza a vida efêmera dos homens* e preserva seus valores para o futuro.

Está nesse poder da Palavra o grande eixo em torno do qual se desdobra a escrita cabalística de *Sol negro* — verdadeiro desafio ao leitor que, sem as "setas orientadoras" de um enredo, uma trama, se vê perdido no labirinto das palavras... até que possa ir juntando os fragmentos soltos, e decifrando o mosaico por eles formado. Tal como o Poeta pressente o momento ambíguo em que vivemos — o de um *caos* onde está sendo engendrada uma *nova ordem*... — sua escrita se estrutura de maneira ambígua.

Nela se entrecruzam fios da História, de Mitos, ecos bíblicos/eróticos do "Cântico dos Cânticos", a Poesia evocada como musa ("Acordada, teu corpo cintila. É palavra esculpida na pedra, riscada nas águas"); o diálogo constante do escritor com a "outra voz" que se faz ouvir nele ("Teu fantasma rompe as margens do Tempo para me olhar do futuro"); a celebração do execrável ("Decepou as mãos dos mortos, colocou-as na panela e preparou o imaginado guisado, digno de um rei"); a ambiguidade do Eu/Poeta ("Aqui tens minhas mãos vazias. Caladas. Mortas, estão cheias de vida [...] Tuas mãos estão nas minhas. Tuas mãos são as minhas. As minhas mãos não são minhas. Eu não tenho mãos. Sem elas, escrevo, e nas palavras as reconheço.").

Lido através da ótica existencialista heideggeriana, este *Sol negro*, revela que o "homem sem transcendência", o *ser-para-a-morte* que habita a obra primeira do Autor, se transforma em *ser-feito-de-tempo*... O homem-em-transformação.

Dados biobibliográficos

Escritor, advogado, procurador federal e presença atuante na esfera jurídica de sua terra, Augusto José de Souza Ferraz nasceu em Vitória de Santo Antão (PE), em 7 de junho de 1953, quando seu pai, Dr. José Antônio de Souza Ferraz, era Juiz de Direito da Comarca. Terminados os estudos primários, foi aluno do Colégio Torres, preparando-se para os vestibulares de Direito e de História, cujos cursos realizou simultaneamente, na Faculdade de Direito do Recife/Universidade Federal de Pernambuco-UFPE e na Universidade Católica de Pernambuco-UNICAPE. Formou-se em Direito em 04.08.1978 e inicia uma dinâmica carreira jurídica (procurador federal, assessor jurídico do INCRA — Proterra/Funterra, vice-presidente da Comissão Agrária do Estado de Pernambuco, chefe da Procuradoria Regional do INCRA/PE, etc.).

Desde a infância, foi atraído pelas leituras. Adolescente, descobre a Literatura pelas vozes díspares de Edgar Rice Burroughs (série Tarzan), de John Milton (*Paraíso perdido*), passando por Goethe (*Fausto*), Dante (veredas do Paraíso, Purgatório e Inferno), Fernando Pessoa, Manuel Bandeira, Drummond e outros grandes mestres da literatura universal, com os quais passou a conviver. Em depoimento pessoal, destacou suas relações fraternas com companheiros escritores, como Hermilo Borba Filho (através de quem conheceu Ênio Silveira, seu primeiro editor), Mário da Silva Brito, Moacyr Felix e Décio Drummond, entre outros. Deu ênfase especial aos laços de amizade que o ligaram a Clarice Lispector, sua grande incentivadora e a quem, em suas constantes idas ao Rio, ele visitava no seu apartamento do Leme.

Em 1974, ainda universitário, estreou como escritor, com os contos de *O branco fatídico*, prontamente reconhecido pela Crítica. Neles já está a marca que definiria a sua escritura: a visão trágica do Homem, num mundo-cão, sem saída e a obsessão de tocar a "verdade" oculta por trás das formas, no abismo do Eu interior. Visão fragmentada, que se expressa no mais sintético dos gêneros, o conto. Problemática ético-existencial que, de livro para livro, foi se expressando em estruturas narrativas cada vez mais breves e em linguagem cada vez mais labiríntica e metafórica. Problemática, estrutura e linguagem, em perfeita coesão, se conjugam na arte maior do autor, em continuado processo de criação.

Publicações

Ficção — *O Branco fatídico*, 1974; *Lição para viver*, 1981; *Memória dos condenados*, 1983; *O pássaro de chumbo*, 1990; *A armadilha do capeta*, 2005; *Amor, planta carnívora*, 2006, e *Sol negro*, 2008.
Memorialismo — *Longe dos olhos, no coração*, 2003.

12. AUTRAN DOURADO

Violetas e Caracóis: A ordem camuflada sob o labirinto[14]

> Se todos os caminhos levam a Roma, todos os caminhos da obra ficcional de Autran Dourado levam a Minas Gerais, a de sua geografia mítica, que se povoa de linguagem. Como *Yoknapatwapha* é para William Faulkner e *Macondo* é para García Márquez. Este universo que se unifica e transborda de personagens, que desaparecem aqui e reaparecem ali, formando nos seus muitos livros uma só narrativa. *Trabalha em camadas*, seguindo a lição de Joyce. (Carlos Nejar)

Há quarenta anos de distância de seu livro de estreia, *Teia* (1947), e publicação de quase duas dezenas de títulos, Autran Dourado reaparece com este *Violetas e caracóis* (1987) — nova incursão no universo mineiro, que sua escrita novelesca já transformou em um espaço mítico, espelho de um mundo parado no tempo, mas onde a vida continua a latejar. Tal como a maior parte de seus livros anteriores, este novo romance só adquire pleno sentido quando situado no universo romanesco que o autor vem construindo, com a paciência de um "tapeceiro medieval" (como o definiu Flávio Moreira da Costa) — aquele mágico artesão que, fixando numa só tela situações aparentemente díspares ou ambíguas, acaba por compor um painel ordenado de vivências ou experiências.

É essa a natureza da arte romanesca de Autran Dourado: efabulação fragmentada (com a quebra radical da linearidade temporal/histórica), estruturada em blocos narrativos aparentemente independentes entre si: *Remembranças de Hollywood*, *Mulher Menina Mulher*, *Os mínimos carapinas*

[14] Fusão de textos publicados in Supl. Cultura/OESP.25/06/1988; D. O. Leitura. SP, julho. 1988; "Jornal de Letras", RJ, maio/1988, Supl. Literário Amazonas. Manaus, fevereiro de 1988; Rev. "Afinal", SP, março/1988. (N. da A.)

do nada, *Um homem de verdade*, *O Meritíssimo Juiz* e *Violetas e caracóis*. Embora aparentemente isolados, trata-se de fragmentos da vida comum, interdependentes — contos? noveletas? capítulos?... que uma leitura mais atenta acaba por perceber, interligados numa única trama: a da aventura/desventura humana — os livres instintos humanos (principalmente o do sexo) cerceados por uma Ordem castradora — a da civilização cristã, fundada no dogma do "interdito ao sexo". Daí a atmosfera erótica que singulariza suas tramas.

A escritura novelesca de Autran Dourado exige leituras e releituras, para revelar ao leitor atento, que, para além do labirinto narrativo, existe uma ordem subterrânea que estabelece ligações entre os "blocos" e os revela como partes interdependentes que compõem um todo orgânico, apesar de aparentemente caótico. Nas raízes dessa Ordem, está a intencionalidade maior do autor: construir um painel-mosaico da vida/sociedade de sua região natal (Minas), e através dele testemunhar/denunciar a inequívoca deterioração dos valores de base da sociedade cristã-burguesa, herdada pelo nosso tempo e hoje em pleno processo de transformação: Daí a atmosfera erótica que singulariza suas tramas, as raízes sexófobas de ontem estão sendo abaladas por uma explosão sexófila.

Nesse sentido, pode-se dizer que, numa espécie de processo alquímico, Autran vem transmutando em húmus mítico o lastro histórico que sua memória vai buscar nas mais diversas fontes (orais, escritas, populares ou eruditas). É lido através dessa *ótica mítica* que seu universo romanesco revela a essencialidade de sua estrutura cíclica.

Violetas e caracóis pertence ao "ciclo de Duas Pontes" — nome de uma cidadezinha mineira, imaginária, que tal como Macondo para García Márquez (*Cem anos de solidão*) foi inventada por Autran como o espaço mítico, onde transcorrem as efabulações de vários de seus romances. Entre eles *O risco do bordado*; *Novelário de Donga Novais* (talvez a melhor "chave" da problemática ético-existencial que alimenta a obra autraniana); *As imaginações pecaminosas* e agora este *Violetas e caracóis*, onde voltamos a encontrar a mesma atmosfera fechada, asfixiante, que domina os estreitos limites caseiros em que se movem suas personagens.

Quanto à estrutura novelesca, *Violetas e caracóis* se constrói pela técnica da narrativa-em-blocos, como os anteriores. Técnica que, ao *nível da efabulação*, resulta no argumento labiríntico/enovelado, que a uma primeira leitura sugere o caos... mas que percebido em seu húmus geratriz revela a ordem essencial que ali preside.

É essa, sem dúvida, a diferença básica entre os labirintos borgianos e os de Autran Dourado, que vem atraindo a atenção da crítica. Borges pertence à linhagem dos Mestres que, tocados pela dimensão metafísica do Tempo, mas despojados da fé, se veem prisioneiros de um "ceticismo essencial". Ceticismo "borgiano" que energiza a "demoníaca lucidez do homem" e revela-lhe a Vida como um infindável labirinto de enigmas, de mundos em dissolução e em criação, que o Eu jamais poderá compreender pela Razão ou pela Lógica. Daí os labirintos imaginários que se interpenetram na obra borgiana.

Ao contrário, os labirintos que se multiplicam nas tramas narrativas de Autran não têm nada de imaginários/inventados. Existem na realidade cotidiana. São descobertos pelo olhar arguto do narrador. Olhar que, ultrapassando a aparência pacata/habitual/banal da vida cotidiana — na imaginária cidadezinha Duas Pontes —, põe a nu as paixões surdas, a desordem interior de cada um, ocultas sob aparências plácidas.

Em uma linguagem objetiva/irônica, vai descrevendo o visível e desvendando o "dentro" invisível das personagens, os obscuros instintos da Carne ou da ânsia de Poder, que os atormentam, mas são refreados pela ordem tradicional, que se impõe a todos como valor absoluto, denunciando a opressão dessa ordem subterrânea, Autran enfatiza a repressão aos impulsos básicos do ser humano: o do *Poder*, vontade de domínio (para legitimar o próprio eu) e o do *Sexo* (a força erótica da qual depende a continuidade da humanidade). Ambos se tornando danosos ou perigosos, devido à ação castradora da ordem social vigente. O primeiro, o exercício do poder, vem sempre ligado à prepotência, à obsessão do mando, à exploração feroz do homem pelo homem. O segundo, o Sexo, revela-se como obsessão erótica raramente consumada em ato e essencialmente ligada à Morte.

Neste *Violetas e caracóis*, embora haja alguns "blocos" que focalizam os meandros escusos do poder político, na maior parte deles predomina a atração do sexo, ligado à mesma tensão *Amor e Morte* ou *Desejo e Castração*, que prevalece nos livros anteriores e que, aqui, já se manifesta no simbolismo do título: "violetas" remetendo à espiritualidade e "caracóis", à sexualidade.

Como sempre, situações e personagens já conhecidas incorporam-se no fluxo narrativo circular, buscado por Autran. É o caso das personagens que aparecem em "Os Carapinas do Nada" (Donga Novais, Victor Macedônio, Dr. Viriato, Vovô Tomé, etc.), ou o bloco "Remembranças de Hollywood", que fala das paixões hollywoodescas, tão comuns nos anos de glória do cinema, e que já haviam aparecido em "Queridinha da Família" (in *Imaginações pecaminosas*). Ou ainda o bloco que dá título ao volume, "Violetas e Caracóis", o qual registra fatos anteriores à situação narrada em "Noite de cabala e paixão" (in *Imaginações...*). É esta, sem dúvida, uma das situações mais representativas da *obsessão erótica* que permeia todo o universo ficcional criado por Autran Dourado. Aqui temos a reiteração da atmosfera densa de expectativa, opressiva, latejante... que resulta muito mais em "imaginações pecaminosas", em "voyeurisme" do que em *atos amorosos*.

Aliás, a interdição ao prazer do sexo é presença constante, neste mundo de ficção (interdição básica da ética cristã/burguesa, exacerbada pelo conservadorismo mineiro). O prazer erótico nunca é buscado com a mulher realmente amada ou desejada, mas sim com a prostituta, sem entretanto corresponder à realização existencial desejável. Entre o Amor e o Desejo sexual se interpõe sempre a proibição que redunda em loucura ou morte. É o que se confirma neste "Violetas e Caracóis": o meio familiar/social coercitivo tenta neutralizar o desejo sexual, latente ou patente, em Luizinha Porto, induzindo-a a uma ação calmante e rotineira: primeiro, o cultivo de *violetas*, e depois a criação de *caracóis*. O primeiro, recomendado pelo moderado Dr. Alcibíades e a segunda, pelo faunesco Dr. Viriato.

É este um dos muitos momentos da ficção de Autran que exige um "leitor cúmplice", isto é, alguém que ultrapasse a superfície dos eventos e procure atingir o essencial que permanece oculto sob os "índices" que o autor oferece como pistas. Tomados em si, como dados válidos apenas pelo que são, tanto as *violetas* como os *caracóis* assumem, de imediato, um valor lúdico, de curiosidade ou excentricidade. Ou ainda como um dado menor, circunstancial... que não justificaria sua presença no título. Entretanto, se apreendidos ao nível simbólico, tal como os tempos míticos os consagraram, revelam de imediato a essencialidade com que participam do jogo de atração/repulsão sexual que envolve os dois médicos, Dr. Alcebíades e Dr. Viriato, com Luizinha Porto. O primeiro, inconscientemente, desejando a sublimação do desejo, a temperança, a disciplina da própria paixão. O segundo, desejando a consumação do desejo proibido.

Simbolicamente, entre os vários significados atribuídos à cor "violeta" (cujo cultivo é recomendado pelo Dr. Alcebíades) estão: a *temperança* (arcano XIII do tarot e que simboliza o equilíbrio entre contrários: terra e céu, sentidos e espírito, paixão e inteligência, amor e sabedoria) e a *transfusão espiritual*. Cor-símbolo da Alquimia, "violeta" representa a influência exercida por alguém sobre outro, através da persuasão, influência hipnótica ou dominação mágica.

Da mesma forma, dentre as diferentes acepções simbólicas do "caracol" (cuja criação é recomendada pelo Dr. Viriato), está a que remete para a sexualidade. Tal como a concha, o "caracol" é visto, universalmente, como um símbolo sexual, na medida em que, tal como a concha, ele tem analogia com a vulva — com sua matéria viscosa e envolvente, e seus movimentos de retenção, quando penetrada.

Com uma força e uma sutileza realmente dignas de um mestre na arte ficcional, Autran explora essas correlações simbólicas, em situações altamente eróticas que, em essência, nos revelam a tragicidade oculta em seres existencialmente abortados pela ação castradora de uma sociedade que se assenta em valores arcaicos e aponta a Morte como a suprema realização da vida humana... Daí a sexofobia que desde sempre a orientou...

É essa, sem dúvida, uma das grandes denúncias que a obra romanesca de Autran Dourado carrega em seu bojo e que este último romance *Violetas e caracóis* vem reforçar. É nessa ordem de ideias que se insere o universo humano e social, onipresente nos livros de Autran — universo limitado, asfixiado pela mesmice cotidiana, com suas energias vitais castradas pelos costumes e preconceitos, com seus dramas surdos e abafados sob a aparência tranquila da rotina esterilizante... A partir dessa perspectiva crítica, torna-se mais fácil para o leitor compreender o significado maior das repetições infindáveis que permeiam o universo romanesco de Autran Dourado, e lhe imprimem um ritmo circular, reiterativo, infinito... Personagens, situações, cenas, palavras... tudo volta e volta, embora através de ângulos diferentes, dando-nos a sensação de que estamos todos condenados ao "eterno retorno" de que falam os mitos.

Dados biobibliográficos

Romancista, contista, ensaísta, jornalista, advogado, atento pesquisador da arte de escrever e figura de destaque da intelectualidade mineira, (Waldomiro Freitas) Autran Dourado nasceu em Patos (MG) em 18 de janeiro de 1926. Viveu a infância e adolescência em Monte Santo e São Sebastião do Paraíso, onde fez seus primeiros estudos e descobriu a literatura, tornando-se um leitor voraz. Em 1940, muda-se para Belo Horizonte. Começa a publicar seus primeiros contos na imprensa. Em 1945, cursando a Faculdade de Direito/UFMG, com um grupo de universitários (entre eles, Sábato Magaldi, Fernando Sabino, Murilo Rubião...), participa da criação da revista Edifício, que serviria de selo editorial para seu livro de estreia, a novela *Teia* (1947), cujo sucesso abriu caminho para uma contínua e extensa produção, ativa até este limiar do século XXI.[15] Dedicou-se, profissionalmente, ao jornalismo. Trabalhou como taquígrafo na Câmara Municipal e na Assembleia Legislativa de Minas Gerais. Foi secretário de imprensa de Juscelino Kubitschek, quando governador de Minas (1951-1954) e quando presidente da República (1956-1961).

Estreia como escritor no período da Guerra Fria (1945-56), quando ainda perdurava o espanto diante do "poder atômico" e as forças da

[15] Autran Dourado faleceu em 30/09/2012, no Rio de Janeiro. (N. do E.)

criatividade estavam em baixa. Diante da concreta ameaça de destruição do mundo, os escritores voltam-se para o seu próprio meio: o do cotidiano, onde a vida comum se cumpre. Em 1947, Autran publica *Teia* (no rastro dos grandes romances do século XIX, ainda em grande voga), e cujo título já anuncia o emaranhado da convivência humana, no estreito espaço familiar mineiro. Na mesma linha, publica *Sombra e exílio* (1950). É em *Tempo de amar (*1951) que ele encontra a estrutura definitiva de sua arte de ficção: a da narrativa em blocos, linguagem de recorte coloquial, mas penetrada de ambiguidades/obscuridades. Nesse estilo — resultado de busca quase obsessiva pelo domínio da escritura —, sucedem-se novos títulos em que a arte do autor se multiplica em experiências formais. Essa preocupação com o fazer literário está amplamente exposta no livro-ensaio. *Uma poética do romance* (1973), seguido de *Matéria de carpintaria* (1975). Em minuciosa e lúcida análise/reflexão, desenvolvida através de seu "mestre imaginário", Autran desvenda as linhas de força de sua ficção, seu obsessivo empenho na construção das personagens, escolha do foco narrativo, construção das tramas, linguagem... sua consciente adesão à ambiguidade barroca, às estruturas labirínticas, atmosferas densas... com o domínio dos elementos estilísticos/estruturais mais adequados para expressar os ocultos da alma mineira e, ao mesmo tempo, denunciar a alienação do homem, nestes tempos de agonia dos valores herdados.

Sua produção literária cresce de ano para ano, consagrada pela crítica e pelo público. Em 2000, publica suas memórias do tempo em que conviveu intimamente com o presidente Juscelino: *Gaiola aberta — Tempos de JK e Schmidt.* Num estilo bem-humorado, e com uma certa malícia, vai expondo os avessos da vida política brasileira e revelando JK como uma personalidade aparentemente simples, mas em essência de grande complexidade pessoal e política.

Com os anos, os prêmios se multiplicam: Prêmio Artur de Azevedo/Instituto Nacional do Livro; Pen-Clube do Brasil; União Brasileira de Escritores; Prêmio Romance/Conselho Estadual de Cultura; Prêmio Goethe de Literatura/Alemanha; Prêmio Jabuti/Câmara Brasileira do Livro/SP e o Grande Prêmio Camões/Portugal. Com sucesso além-

-fronteiras, seus livros foram traduzidos em francês, alemão, espanhol e inglês. Sua obra tem sido objeto de teses universitárias no Brasil e no exterior. Seu romance *Ópera dos mortos* foi escolhido pela Unesco para integrar a Coleção de Obras Representativas da Literatura Universal.

Publicações

Ficção — *Teia*, 1947; *Sombra e exílio*, 1950; *Tempo de amar*, 1951; *Três histórias na praia,* 1965; *Nove histórias em grupo de três*, 1957; *A barca dos homens*, 1971; *Uma vida em segredo*, 1964; *Ópera dos mortos*, 1967; *O risco do bordado,* 1970; *Solidão solitude*, 1972; *Os sinos da agonia*, 1974; *Novelário de Donga Novais*, 1976; *Armas & corações*, 1978; *As imaginações pecaminosas*, 1981; *A serviço del-rei*, 1984; *Violeta e caracóis*, 1987; *Um artista aprendiz*, 1989; *Monte da alegria*, 1990; *Ópera dos fantoches,* 2000, e *O Senhor das horas,* 2007.
Ensaio — *Uma poética do romance*, 1973; *Matéria de carpintaria*, 1975; e *O meu mestre imaginário*, 1982.
Biografia — *Gaiola aberta - Tempos de JK e Schmidt*, 2000.

13. BERNARDO ÉLIS

O Humanismo Trágico[16]

> Se você conseguir disciplinar, amansar o cavalo bravo do seu talento [...] teremos em Bernardo Élis o mais prodigioso escritor do Brasil moderno, o primeiro grande manejador da imensa massa de dores, estupidez crassa e tragédia, que é o imenso Brasil analfabeto do interior. [...] Escreva um romance tremendo sobre a coisa como é, nesse dantesco Goiás, onde não há o que não haja.

Foi nesses termos entusiastas (e premonitórios), que Monteiro Lobato expressou, em carta ao estreante Bernardo Élis, sua reação à leitura de *Ermos e Gerais* (1944), que acabara de ser publicado. Com a arguta intuição e lucidez que fizera dele uma figura ímpar no cenário paulista (e brasileiro em geral), o velho Lobato sentiu, desde logo, que naquele remoto Goiás de meados do século XX nascia um novo escritor de húmus humanista/regionalista, empenhado em revelar aos brasileiros um Brasil interiorano, rude e trágico, ainda praticamente ignorado dos "civilizados" litorâneos.

A leitura eufórica de Lobato resultava não só de seu natural interesse pela problemática em questão, mas também de seu antigo e profundo conhecimento do "sertanismo goiano". Vinte e sete anos antes (1917), ainda em plena voga do romance naturalista urbano (cujas premissas já se deterioravam), o "desbravador" Lobato, em seu pioneirismo como editor (M. Lobato & Cia), publicara os contos de *Tropas e boiadas* de Hugo de Carvalho Ramos — obra marco do regionalismo goiano e que, tal como o best-seller *Pelo sertão* (1898), do mineiro Afonso Arinos, chamava a atenção dos brasileiros para a vida rude/selvagem que predominava nas agrestes regiões do Planalto Central (no centro-oeste que

[16] Texto inédito. (N. da A.)

abrange terras de Mato Grosso, Goiás, Minas e Sul da Bahia).

A esse primeiro testemunho literário sobre a vida na primitiva região do Planalto Central, seguiu-se um silêncio de mais de 20 anos, durante os quais profundas transformações se deram no mundo, atingindo o campo literário. Depois do *boom* do Modernismo de 1922, surge nos anos 30 o grande romance do Nordeste (Rachel de Queiroz, Jorge Amado, Lins do Rego, Graciliano Ramos...), um dos pontos altos da literatura brasileira contemporânea, e que chega ao apogeu durante a II Guerra Mundial.

Ermos e Gerais, publicado em 1944, surgia nesse momento de grandes transformações e expectativas. No mundo, a Guerra prosseguia violenta. Entre nós, prolongava-se a Era Vargas. No âmbito da literatura, o Romance do Nordeste chegara ao auge e já se esgotava em sua força inicial — a da denúncia do sistema patriarcal/feudal, de raízes coloniais, baseado no trabalho escravo, e que continuava vigente em pleno século XX.

É dentro desse contexto que os contos reunidos em *Ermos e Gerais* se revelam, como arte maior, ao testemunharem a trágica alienação do homem que vivia (ou desvivia?) nos sertões do Centro-Oeste. Como participante da Geração de 45, que se viu diante de um mundo de valores que desmoronava e obrigada a encontrar novos caminhos, Bernardo Élis cria uma nova linguagem, cujo tom aparentemente lúdico e descompromissado, como a de um mero "contador de estórias", põe a nu a trágica alienação do homem moldado/dominado, ora pela natureza em bruto, ora pelo despotismo desumano dos poderosos.

Seu livro de estreia já revela o domínio de uma linguagem híbrida, espécie de fusão da língua culta com o regionalismo linguístico vigente no sertão goiano — espécie de *koine* — falar registrado mais pelo *ouvido* do que pelo *olhar*, que conhece o registro escrito, fala forjada durante séculos, em decorrência do povoamento, que teve início no século XVIII, quando as terras do Planalto Central começaram a ser invadidas por diversas correntes humanas, que chegavam em busca do ouro. Um dia, este se esgotou... mas o povoamento já existia. A corrida ao ouro foi, com o tempo, substituída, no mesmo cenário, pelas boiadas, pelos vaqueiros ou pelos jagunços, todos ligados à grande economia agropastoril.

Violência, mistério, ironia, horror, fantástico, humor negro... são componentes das tramas narrativas que compõem o universo literário criado por Bernardo Élis. Verdadeira "saga de espantos", sua obra iniciada com *Ermos e Gerais* se forja com a matéria humana alienada — a do homem telúrico, ligado à terra, animalizado, inconsciente da própria tragédia, cujo horror atinge mais fundamente o leitor, por ser narrada em tom chistoso, em clima jovial, cético ou despreocupado. Entre os contos de maior impacto, pela sequência de brutalidade e desumanização, estão: "André louco", "Nhola dos Anjos", "A mulher que comeu o amante", "O caso inexplicável da orelha de Lolô". Depois do sucesso de seu livro inaugural, *Ermos e Gerais,* Bernardo Élis silencia durante anos. Só volta a publicar em 1951 o romance-folhetim de inspiração marxista, *A terra e as carabinas.* E em 1956, *O tronco,* romance que põe a nu o poder arrogante/absoluto do Coronel Pedro de Melo e de seus filhos e capangas. Poder mantido com crueldade e que acaba enfrentado/destruído pelo "braço da Lei" e seus soldados/jagunços, com igual crueldade. Romance histórico que relata um episódio sangrento ocorrido nos idos de 1917/18 na Vila São José de Duro, quando jagunços, a serviço de coronéis inimigos, realizaram um verdadeiro massacre da população. Episódio real que não fora registrado pela História e que o romance resgatou, dedicando-o aos "humildes vaqueiros, jagunços, soldados, homens, mulheres e meninos sertanejos mortos nas lutas dos coronéis e que não tiveram sequer uma sepultura".

Destaca-se, em sua obra, o livro de contos *Veranico de janeiro*, no qual a criação linguística, a denúncia do cruel despotismo dos poderosos e a consequente alienação humana atingem o mais alto grau de temperatura estilística e humanitária. Nele está o conto "A enxada", considerado uma das obras-primas da Literatura Brasileira. Neste se narra a dolorosa *via crucis* do negro Supriano, na frustrada busca de uma enxada emprestada, para que ele pudesse plantar a roça de seu "dono". No desespero por consegui-la e premido pela consciência do dever a ser cumprido, meio enlouquecido, entrega-se à tarefa do plantio dos sacos de arroz, cavando a terra com as próprias mãos e braços, que se transformam num molambo cheio de lama e sangue. O universo de Bernardo Élis é visceralmente trágico. Mas, ao contrário dos personagens da Tragédia Grega, que são heróis ou heroínas *conscientes* da Força do Destino ou dos Deuses que os esmagam; os que vivem a Tragédia Sertaneja são seres *inconscientes*, ignorantes do Poder desumano que os anula. A ficção criada por Bernardo Élis faz lembrar a frase de Rilke: "O terrível não é mais do que o primeiro grau da Beleza." Afirmação aparentemente enigmática, mas que em essência aponta para a verdade latente em toda Grande Arte: é da funda vivência da dimensão terrível da Existência, que o Artista extrai a Beleza de sua Arte. Ao contrário dos escritores que procuram explicar a miséria do homem rústico pela sua impossibilidade de vencer os obstáculos impostos pela natureza livre/primitiva, Bernardo Élis aponta no próprio Homem, em seu egoísmo, despotismo, desumanidade... a causa maior do sofrimento moral e físico daqueles que lutam para sobreviverem.

Dados biobibliográficos

Escritor maior, contista, romancista, poeta, historiador, espírito humanista profundamente ligado à sua terra de origem, Bernardo Élis Fleury de Campos Curado foi o primeiro goiano a ser eleito membro da Academia Brasileira de Letras. Nasceu em Corumbá de Goiás, em 15 de novembro de 1915. De família tradicional, de natural convívio com a cultura letrada e valores patriarcais, Bernardo Élis desde cedo familiarizou-se com o mundo da literatura, ao mesmo tempo em que convivia com o áspero mundo sertanejo, com a "vida cabocla" à sua volta, a qual, mais tarde, serviria de matéria para sua criação literária.

Seus primeiros estudos foram feitos em casa, orientados por seu pai, Erico Curado, poeta simbolista, homem culto, grande leitor, mas sem vocação para professor. Assim, embora irregulares, os estudos do menino Bernardo estiveram sempre ligados à valorização da cultura e da grande literatura. Com oito anos, foi morar na capital goiana, com o avô materno, para estudar no Grupo Escolar do Estado. Essa experiência não deu certo e, no ano seguinte, ele volta para Corumbá e retoma os estudos em casa. Levado por uma inata curiosidade intelectual e grande atração pela literatura, muito cedo começou a inventar e escrever pequenas histórias, que sua convivência com a vida sertaneja lhe sugeria. Com onze anos, escreveu seu primeiro conto, inspirado no trágico "Assombramentos", do mineiro Afonso Arinos, o grande nome na literatura regionalista do entresséculos (XIX-XX). Nessa precoce escolha já se anunciava a linha de força que marcaria a futura obra do escritor: a atração pelo lado escuro ou trágico da vida.

Em 1928, a família muda-se para a cidade de Goiás que, em 1932, passa a ser capital do Estado, com o nome de Goiânia, e ingressa no curso colegial. Nessa época, por influência do pai, além da leitura dos clássicos da literatura, entrega-se à leitura de suplementos literários, onde escreviam poetas modernistas que, a partir da Semana de Arte Moderna (realizada em São Paulo em fevereiro de 1922), surgiam em vários Estados brasileiros. Em 1934, participou do grupo de jovens que, no Grêmio Literário do Liceu de Goiás, fundaram o jornalzinho "O Liceu". Nele, começa a publicar seus primeiros poemas. Passa a ler os grandes clássicos: Em 1935, toma conhecimento da literatura que surgia no Nordeste, *A bagaceira*, de José Américo, e *Menino de engenho*, de José Lins do Rego. Como ele informa em registro memorialista: "[...] aí senti necessidade de contar coisas como esses contavam e perceber que muito havia que contar." É a época em que escreve os primeiros rascunhos de romance, mas sem mostrá-los a ninguém. Levaria uma década, até que se decidisse a publicar o primeiro livro de contos. A vida prática exigia-lhe total dedicação.

Em 1938, terminados os estudos, é nomeado escrivão do Cartório de Crimes de Corumbá, atividade profissional que, ao pô-lo em contato com o lado escuso, criminoso da sociedade, sem dúvida, aprofundou seu espontâneo interesse pelos ocultos "escuros" do homem. Nessa época, passa a colaborar na imprensa goiana, com contos e artigos. Em 1939, nomeado Secretário da Prefeitura Municipal, muda-se para Goiânia. Passa a colaborar também em jornais do Rio de Janeiro, para onde se muda, em 1942, com a intenção de ali se fixar. Mas não se adapta à vida carioca e retorna a Goiás. Nessa época, já tinha dois originais prontos, um de contos, outro de poesia, mas sem que se animasse a mostrá-los para possível publicação. O momento é de grande agitação política. A II Guerra Mundial prosseguia em pleno choque entre forças ideológicas (liberalismo, socialismo, nazismo). No âmbito dos estudos historiográficos, divulgava-se, com grande impacto, a visão da História como resultante da "luta de classe", articuladas em torno dos sistemas de produção dominantes. Denunciava-se neles a exploração dos "fracos" (a mão trabalhadora) pelos "fortes" (os donos da produção). A grande bandeira ideológica do momento era a da denúncia da Injustiça Social. Levado por seu extremado idealismo humanista, em 1943, Bernardo Élis filia-se ao Partido Comunista, dentro do qual atua até 1945, em reação contra a ditadura Vargas, então vigente no país. Tal idealismo iria lhe custar muito caro, mais tarde, a partir de 1964, quando se viu perseguido pelo Governo Militar que sucedeu à renúncia do presidente Jânio Quadros, em 1961.

Foi dentro dessa atmosfera que ele escreveu seu primeiro livro de contos, *Ermos e Gerais* (1944) — pungente denúncia da alienação humana provocada pelo sistema imperante nas terras sertanejas: o do homem-lobo-do-homem. Embora sem grande repercussão de público, ele foi de imediato acolhido pela crítica. Consagrado pelas palavras de Monteiro Lobato, Alceu Amoroso Lima, Mário de Andrade e outros intelectuais, esse livro de estreia projetou o nome de Bernardo Élis, como representante do regionalismo goiano, nos quadros da Literatura Brasileira. Mais tarde, escrevendo a respeito dessa estreia, o crítico Francisco de Assis Barbosa diz: "Desde o aparecimento de *Ermos e Gerais*, em 1944, Bernardo Élis tornou-se vanguardeiro de um novo ciclo da ficção brasileira — o do sertanismo goiano-mineiro. Vieram depois Guimarães Rosa (*Sagarana* é de 1946), Mário Palmério (*Vila dos Confins*, 1956) e José J. Veiga (*Os cavalinhos do platiplanto*, 1959). E a literatura do Oeste passou a competir em prestígio e significado nacional com a literatura do Nordeste, que se havia transformado numa literatura líder, a partir da fornada dos grandes romances de conteúdo social iniciada com *A bagaceira* (1928) de José Américo de Almeida."

O ano de 1945 foi marcante em sua carreira: formou-se na Faculdade de Direito de Goiás; participou do I Congresso de Escritores Brasileiros (realizado em São Paulo), como representante de Goiás — ocasião em que entra em contato com vários autores nacionais de grande presença (Mário de Andrade, Aurélio Buarque de Holanda, João Cabral...). Nesse mesmo ano funda, em Goiânia, a Associação Brasileira de Escritores — Seção de Goiás, da qual é eleito presidente. Prosseguindo na política, em 1946 candidata-se a deputado federal pelo Partido Comunista do Brasil, mas não foi eleito. Em 1947, torna-se membro da Academia Goiana de Letras. É nomeado professor da Escola Técnica de Goiânia. Entre 1950 e 1951, publica na imprensa *A terra e as carabinas,* romance-folhetim de natureza política, engajado nas reivindicações de justiça, de defesa dos trabalhadores do campo e que, na época, vinham sendo feitas pelo movimento comunista em Goiás. De grande repercussão em seu meio, esse folhetim é mais tarde editado em livro incluído em sua *Obra reunida* (1987). Em 1955 (onze anos depois de sua estreia como contista) lança o livro de poemas *Primeira chuva.* No ano seguinte, com a publicação do romance *O tronco*, é consagrado como uma das fortes presenças na Literatura Brasileira contemporânea.

Nos anos 1950, torna-se professor da Universidade Federal de Goiás. Em 1964, perseguido pelo Governo Militar, é exonerado de seu cargo, como elemento perigoso por "usar a cátedra para fins de subversão contra a ordem estabelecida". Em 1965, muda-se para o Rio de Janeiro, onde não consegue adaptar-se. Desiludido com a política socialista leninismo-stalinismo, rompe com a Esquerda. Acaba por voltar para Goiânia, passando a lecionar na Universidade Católica de Goiás. Em meio a todas as dificuldades, prossegue com a criação literária.

Em funda sintonia com o seu tempo, sua carreira vai se desdobrando em contos, romances, novelas, ensaios — produção cujo valor foi sendo assinalado por sucessivos prêmios: Prêmio José Lins do Rego/1965 e Prêmio Jabuti-Câmara Brasileira do Livro/1966 (para *Veranico de janeiro*), Prêmio Afonso Arinos-Academia Brasileira de Letras (para *Caminhos e descaminhos*), Prêmio Sesquicentenário da Independência/1972 (para o estudo *Marechal Xavier Curado — Criador do Exército Nacional*);

Medalha da Instituição de Artes e Cultura de Brasília/1987 (pelo conjunto de obra), Prêmio Jabuti-CBL/1968 (para a versão definitiva do romance *O tronco*). Em 1975, é eleito membro da Academia Brasileira de Letras em um pleito que se tornou famoso, pois o candidato vencido era o ex-presidente Juscelino Kubitschek. Filiado à Associação Nacional de Escritores (Brasília), Bernardo Élis exerceu a presidência no período 1981-1983.

Intelectual atuante, foi membro-fundador de várias entidades, como Instituto Histórico e Geográfico de Goiás e União Nacional de Escritores de Brasília. Faleceu em 30 de novembro de 1997, deixando uma obra que perpetua sua presença na literatura e na cultura do Brasil de seu tempo.

Publicações

Conto — *Ermos e Gerais*, 1944; *Caminhos e descaminhos*, 1965; *Veranico de janeiro*, 1966; *Caminhos dos gerais*, 1975; *André louco*, 1978, e *Onde canta a seriema*, 2005 (post.).
Novela — *Apenas um violão*, 1984.
Romance — *A terra e as carabinas*, 1951; *O tronco*, 1956; *Chegou o governador*, 1987, e *São Miguel e Almas* (inédito).
Poesia — *Primeira chuva*, 1953.
Ensaio — *Marechal Xavier Curado, Criador do Exército Nacional*, 1973; *Os enigmas de Bartolomeu Antonio Clodovil*, 1980, e *Goiás em sol maior*, 1985.
Crônica — *Jeca Jica-Jica Jeca*, 1986.

Em 1987, foi publicada sua Obra Reunida (ed. José Olympio/Governo do Estado de Goiás) com o título "Coleção Alma de Goiás".
Documentários (sobre sua vida e obra) — *Ermos e Gerais* (MEC. 1976); *Ermos e Gerais* (curta metragem de C. Del Pino, 1977); *40 Anos de Ermos* (TV Globo, dir. Hamilton Carneiro, 1981); *A enxada* (curta-metragem da série "Caso Especial" — TV Globo, que deveria ser exibido na noite de 08.11.1978, mas foi impedido pela Censura política); *Índia, A Filha do sol* (longa metragem, dir. Carlos del Pino, 1987), *André Louco* (curta metragem, dir. Rosa Berardo, 1988), *Terra de Deus* (baseado em *A enxada*,

longa metragem, dir. Iberê Cavalcanti, 1996); *O tronco* (longa metragem, dir. João Batista de Andrade, 1997); *Vida e obra de Bernardo Élis* (documentário Universidade Nacional de Brasília, dir. Geraldo Moraes e Lionel Luccini, 1988); *Bernardo Élis* (documentário do CERNE, 1988); *Bernardo Élis Fleury de Campos Curado* (curta metragem de PXSILVEIRA, 1994); *A saga de um imortal* (documentário TV Anhanguera, 1997) e *Pai Norato* (média metragem, dir. José Lino Curado, 2000 — Roteiro premiado no concurso Minc-1999).

14. CAIO PORFÍRIO CARNEIRO

O conto de Caio e os "Escuros da alma humana"

Consagrado pela crítica, o cearense/paulista Caio Porfírio Carneiro destaca-se na Literatura Brasileira contemporânea, entre os ficcionistas que, a partir dos anos 1950/1960, vêm abrindo novas picadas na escavação do mundo rústico/regional, com suas carências, costumes estratificados. Mundo no qual a Natureza condiciona o viver humano. O novo foco é centrado agora no oculto das almas. No "escuro" do homem.

Ultrapassando a preocupação nuclear do Regionalismo de 1930 (urgência de identificar as singularidades de regiões ainda não tocadas pelo progresso urbano, e revelá-las como diferentes faces do Brasil), a nova ficção regionalista volta-se para o *homem*, habitante dessas rústicas regiões, e sonda os seus abismos interiores. É essa sondagem do homem e "seus avessos" o eixo em torno do qual giram os *Contos escolhidos* (1983) de Caio Porfírio, cujo peculiar domínio estilístico destaca a força dramática do regionalismo brasileiro. Força que parecia exaurida, quando a fórmula criadora daquele primeiro romance estereotipara-se em repetições estéreis.

A nova literatura regionalista que surge a partir dos anos 1950/60 mostra que não era a força viva, dramática e violenta de certas regiões que se esgotara, mas apenas que o foco de visão deveria mudar: da terra para o homem, e que a palavra que o expressa deixaria de ser afirmativa, para ser dubitativa/interrogante. A força telúrica continua viva e as criações se sucedem, num plano narrativo em que o *homem* conta muito mais do que a *região*... e onde todas as invenções da técnica contemporânea são manipuladas, ao sabor de cada individualidade criadora.

É nessa linha problemática que Caio Porfírio vem construindo a sua obra, iniciada em 1961 com os contos de *Trapiá*, cujo sucesso é continuado pela novela *O sal da terra* (1965) — trama de húmus trágico que põe a nu o anônimo mundo humano que vive (ou desvive?) na brancura agressiva e aniquiladora das salinas do Nordeste. Posteriormente roteirizada para filme, *O sal da terra* foi traduzida para o francês, italiano e árabe.

Embora dominando com desenvoltura ambas as formas narrativas do conto e novela (inclusive adentrando na esfera da poesia), Caio Porfírio, ao falar de sua obra, se diz essencialmente contista. E terá razão, pois uma das peculiaridades de seu estilo curto/conciso é o *dom da síntese*, o talento para captar um *breve momento* da situação em causa, e nele condensar *toda uma vida*.

Não por acaso, o conto tem sido a forma privilegiada de nosso tempo fragmentado, em pleno processo de transformação, para fixar os fragmentos de uma suposta situação e fazê-lo com tal arte que eles surjam como índices do todo à que pertencem.

É esse poder de síntese/sugestão que caracteriza o estilo de Caio Porfírio e faz com que cada narrativa sua seja um índice da vida global, de onde ela foi retirada. Oscilando entre o desvendamento e a sugestão do enigma, os seus contos não terminam na última palavra escrita. A situação ali registrada prossegue na mente do leitor, através de mil hipóteses do que poderia acontecer dali por diante.

Senhor de um estilo contido e envolvente, elaborado sobre uma estrutura narrativa aparentemente simples, mas bastante complexa, o escritor cearense/paulista domina como poucos a arte do *suspense:* — o narrar arrastado de um incidente aparentemente sem importância e que, bruscamente, termina com algo inesperado e geralmente cruel ou insólito.

Alimentadas por um cotidiano vulgar e estreito (que embora de tônus nordestino, poderia ser o de qualquer região rústica), as suas histórias arraigam na dimensão rasteira de um certo real e desenvolvem-se lentamente, para, de repente num crescendo dramático, atingirem as fronteiras da tragédia. Infância e velhice, os dois polos extremos da existência humana, são os mais presentes em suas personagens. Embora sejam bem diferentes umas das outras, quando percebidas em seu ser profundo, todas revelam uma identidade comum — a da *condição humana*, a do viver que, em última análise, depende inteiramente das circunstâncias que o destino impõe a cada um.

Tomados em seu nível episódico, os contos de Caio Porfírio são tão diferentes entre si, quanto se nos apresentam idênticos em sua significação mais profunda, quando percebemos a corrente subterrânea em que arraigam: *o impulso de agressividade e de destruição* que existe latente no Homem e na Natureza, mesclado ao impulso do Amor. Nesse sentido, pode-se dizer que a problemática-base de sua ficção é a *violência*. Não que suas estórias apresentem grandes atos de agressão ou grandes rasgos sangrentos. Pelo contrário, são antes estórias de gestos ausentes ou de pensamentos contidos até o momento de uma breve, instantânea e decisiva realização. Violência diferente da que se manifesta nos atos de agressão física, de tão larga tradição na literatura regionalista em geral. Identifica-se, antes, com certa linha da ficção contemporânea, onde a violência contra o homem é quase sutil, se infiltra quase desapercebida nas relações humanas, através de diferentes formas, como por exemplo a da *indiferença* do Eu diante da dor do Outro.

Uma das constantes do mundo criado por Caio Porfírio é essa indiferença desumanizadora, que acaba por provocar no Outro a explosão de uma agressividade até então ignorada ou contida, e que se manifesta em um só gesto violento, breve e definitivo. Importante notar, porém, que em muito de seus contos, não se trata da violência de *caráter sociológico* (gerado por certas condições político-econômicas adversas), como a que marcou o romance regionalista dos anos 1930/40 (ou que marca os "enlatados" diariamente repetidos na TV); mas a violência sutil, que vem sendo detectada pela literatura mais recente; e que poderíamos entender como de *raízes ontológicas*, pois brota no homem, vinda das profundezas obscuras e enigmáticas do seu ser.

Ela está presente, por exemplo, no conto antológico "O poço", na misteriosa e inexplicável atração do menino pelo abismo negro do poço e seu gesto repentino e inesperado, provocando a queda da galinha naquela fundura e mais tarde a do "amigo". Aliás, no registro desses dois momentos-chaves do conto, temos grandes exemplos da arte de síntese/suspense que caracteriza a escrita de Caio Porfírio. Ignorante do que vai acontecer, o leitor acompanha o andar cauteloso do menino em direção à galinha.

> Aproximou-se de mansinho, a palpitar. Contornou o monte de terra e desferiu o chute. Numa confusão de co-co-ro-cós desesperados e penas soltas, a bailar leves no ar, desapareceu como por encanto.
>
> Olhou rápido para os lados e desabalou na carreira, ferindo-se no arame de cerca.

Frases curtas, lacônicas, cortantes, registram a brutalidade do ato e que, logo mais, se repete com o empurrão ao amigo. As palavras e a situação se fundem de maneira orgânica e essencial. Outro notável exemplo dessa organicidade estilística é dado pelo conto "Zé Perneta" (in *Contos escolhidos*). Violência silenciosa, surda, que eclode no fim, na ação dos dois meninos que cortam a corda pela qual Zeca descera ao abismo da grota para colocar as bananas de dinamite e por onde deveria voltar. Note-se a objetividade serena com que o narrador (tão ignorante quanto a personagem, sobre o que vai acontecer) descreve a tragicidade da cena.

> Acendeu o pavio, saiu da furna, limpou-se. Teria tempo suficiente.
>
> Ergueu-se e viu a corda diante dos olhos. Correu a vista, numa despedida. Reuniu forças, as mãos seguraram firmes a corda. Soqueou-a.
>
> Respirou e num impulso forte iniciou a subida. As coxas cruzavam-se à altura de cada nó para aliviar o peso.
>
> Num impulso mais forte, sentiu-se leve, solto no espaço e as paredes do poço iniciaram uma louca corrida rumo ao infinito.

Além da concisão na representação da cena, destaque-se a beleza da imagem e a verdade psicológica que ela contém, ao inverter a situação: mostrando as "paredes" se deslocando em "louca corrida" — exatamente o que deveria parecer ao Zeca, no momento de despencar no abismo. É de se notar ainda o suspense trágico com que se encerra o conto, ao mostrar o esforço do Zeca para alcançar o pavio aceso e impedir a explosão.

> O fiozinho, no fundo da gruta, queimava com estalidos.
>
> Pânico nos olhos, dor aguda na espinha, unhas cravando-se em pedras limosas, arrastou-se na direção do pequeno brilho, perseguição desesperada para vencer a distância que aumentava mais e mais.

O conto acaba, mas a desesperada situação humana ali registrada continua no espírito do leitor, na certeza da explosão iminente e da desumana morte à que os meninos condenaram o pobre diabo. A estrofe de Jáder de Carvalho, posta no final, intensifica o grau dessa desumanidade e da indiferença do mundo em relação aos desvalidos.

> Na minha terra.
> as estradas são tortuosas e tristes
> como o destino do seu povo errante.

Enfim, fácil é notar que um dos elementos essenciais do universo literário de Caio Porfírio é a *violência* que intensifica a tragédia do desamparo em que vivem os desvalidos do Poder. Exercendo-se sob as mais diferentes formas, ela é a tônica destes contos, e revela a visão de mundo negativa que os alimenta.

O *espaço* onde se movem as personagens, nesse universo, é a do cotidiano estreito, limitado por curtos horizontes (no sentido da possível realização do homem). As suas estórias falam de personagens presas ao nível rudimentar da vida e muito próximas das *paixões em bruto*. Vindas dessa estreita e prosaica dimensão, onde arraigam, onde tudo parece comum e tranquilo, elas escorrem devagar, mas sempre num crescendo, para adentrar as fronteiras da tragédia.

Entre os *Contos escolhidos* (1983), destaque-se "A herança", como exemplar no tratamento do *espaço* em que a ação se desenrola. Já de ínicio, temos o contraste entre a situação de morte e luto (o velório do dono do casarão) e a indiferença humana, intensificada pela ambição, que está patente em todos os herdeiros... Tal contraste é ainda mais profundo devido ao olhar que o registra na narrativa — o do neto, o eu-narrador que oscila entre passado e presente e vai trazendo à tona de sua palavra os índices mais significativos da ausência de amor e compreensão que dividiu entre si os membros daquela família. E nos revela também a causa da morte do avô: a tentativa de matar o novilho que, afinal, arrebentando a corda, volta-se contra ele e o fere mortalmente. Como ironia final e confirmação da indiferença de todos pelo drama que abateu o chefe da família, depois do enterro, o novilho é servido a todos, numa larga travessa e imediatamente devorado.

Essa indiferença afetiva, que existe par a par com a violência já referida, aparece também de maneira aguda nos contos que enfocam as relações homem/mulher. À ausência do amor, corresponde a presença do sexo, sempre manifestado como um ato de agressão. Seja entre namorados ("A viga"), seja entre desconhecidos ("A purificação"), o ato sexual surge sempre como uma violação contra a mulher. Ao abordar essa problemática-chave da sociedade patriarcal-cristã (o sexo como violência e pecado), o Autor denuncia a perpetuação, em nossos dias, da condenação bíblica à Eva pecadora — causa de a Humanidade ter sido expulsa do Paraíso. A verdade é que continua introjetado no inconsciente cristão "o interdito ao sexo" (fora do casamento) decretado há quase um milênio pela Igreja. Decreto que estigmatizou a Mulher como a grande transgressora que levou o Homem ao Pecado Original e à perda do Paraíso. Se relacionarmos essa interdição bíblica (que vem da origem dos tempos cristãos) com a total liberação do sexo, que marca o nosso tempo, podemos concluir que esse é um dos índices de que uma Nova Era está em gestação. (Fundada em qual Nova Verdade...?)

E para finalizar este percurso, por estes *Contos escolhidos*, lembramos a estranha narrativa que é "A decisão". Aparentemente distante da matéria e visão de mundo presentes nos demais, ao procurarmos a problemática que ali estaria latente, veremos que esse conto também se constrói, impulsionado pela violência e pela indiferença do mundo em relação ao indivíduo.

Trata-se de uma situação absurda, vivida por um rapaz comum, que chega cansado ao seu apartamento, deita-se para descansar e de repente sente que um de seus pés crescia desmesuradamente, enquanto o outro diminuía. Estória que adentra a área do realismo fantástico esta pode ser lida como uma *alegoria*: como a denúncia do absurdo em que se converteu o nosso viver apocalíptico, cujas razões ou verdades nos escapam por completo. E mais ainda, como denúncia da pseudo liberdade que nos é concedida: a de podermos escolher sempre às cegas, entre uma ou outra atitude em face de um problema ou fenômeno, cuja verdadeira causa ou finalidade, afinal, não conhecemos, pois se perde na massa confusa dos acontecimentos diários. Daí o final, com o personagem entregando ao médico a "decisão" da escolha.

Inserido na linhagem da mais autêntica ficção contemporânea, a que se constrói plasmada pela fusão das duas atitudes de apreensão da realidade (a realista e a surrealista), Caio Porfírio Carneiro não escolhe "casos exemplares", não lida com "personagens-tipos". Sua arte narrativa apreende o individual, o particularíssimo, a experiência intransferível de um ser humano, e nela, através do processo poético-simbólico com que as transfigura, capta a essência universal que se oculta em cada ser. Marcadas por um convívio específico (via de regra, o nordestino), suas personagens apresentam, porém, ao nível de sua significação essencial, a imagem da condição humana, tal como é vista hoje por determinada consciência crítica.

Dados biobibliográficos

Ficcionista, contista, jornalista, poeta, ex-redator de rádio, promotor cultural, Caio Porfírio (de Castro) Carneiro nasceu em Fortaleza (CE) em 1° de julho de 1928. Formou-se em Geografia e História pela Faculdade de Filosofia de Fortaleza. Muito jovem começou carreira de jornalista na imprensa cearense. Em 1955, muda-se para São Paulo, onde se radicou. Foi redator de programas na Rádio Piratininga. Profissionalizou-se no jornalismo. Em 1963, torna-se secretário executivo da UBE-União Brasileira de Escritores de São Paulo, cargo que ocupa em caráter permanente. É membro titular do Instituto Histórico e Geográfico de São Paulo, do PEN Clube/SP, Academia Paulistana da História, Academia de Letras do Brasil/Brasília e Unión

Cearense de Letras. Entre os inúmeros prêmios e distinções recebidas destacam-se: Prêmio Afonso Arinos/Academia Brasileira de Letras, Prêmio Jabuti/1975-Câmara Brasileira do Livro, Menção Honrosa PEN Clube/1975 e Prêmio Governador Estado de São Paulo/1969.

Publicações

Conto — *Trapiá*, 1961; *Os meninos e o agreste*, 1969; *O casarão*, 1975; *Chuva*, 1977; *O Contra-espelho*, 1981; *Dez contos escolhidos*, 1983; *Viagem sem volta*, 1985; *Os dedos e os dados*, 1989; *A partida e a chegada*, 1995; *Maiores e menores*, 2003; *Gramíneas*, 2006, e *O copo azul*, 2009; *Veredas da caminhada*, 2012.
Romance — *O sal da terra*, 1965; *Uma luz no sertão*, 1973; *A oportunidade*, 1986; *Três caminhos*, 1988; *Dias sem sol*, 1988.
Memória — *Primeira peregrinação*, 1994; *Mesa de bar*, 1997; *Contagem progressiva*, 1998; *Perfis de memoráveis* (Autores brasileiros que não alcançaram o terceiro milênio), 2002.
Folhetim — *Bala de rifle* (in "Ultima Hora", 1967).
Literatura Juvenil — *Quando o sertão virou mar*, 1986; *Profissão: Esperança*, 1986; *Da terra para o mar, do mar para a terra*, 1987; *Cajueiro sem sombra*, 1997; *Nova esperança*, 2002; *Respingos de uma viagem*, 2008.
Poesia — *Rastro impreciso*, 1988.
História — *A vocação nacional da UBE* (62 anos de história), Parceria com J. B. Sayeg, 2004.

15. CÂMARA CASCUDO

Canto de muro[17]
Romance de costumes

> *Canto de muro* é um romance naturalista na sua significação mais legítima e, mais do que isso, uma sequência biográfica de cada personagem que forma o mundo dos bichos na área de observação do romancista, onde agem os instintos, as inteligências, as tendências sensíveis que lá fora, no grande mundo do homens, atuam num plano social.

Nessa apresentação do livro já está explícita a visão globalizante do universo, que é a marca distintiva da arte maior de seu Autor, e que faz deste *Canto de muro* (espécie de epopeia dos "bichos miúdos" num "muro de quintal") um verdadeiro "romance de costumes". Excêntrica trama científica/ficcional, que ocupa um lugar especial na extraordinária obra de Câmara Cascudo — personalidade das mais importantes da Cultura Folclórica Brasileira e pesquisador incansável. Em *Canto de muro* ele revela sua face de arguto naturalista, ao transformar, em aparente e lúdica ficção, a existência de um insólito mundo de pequenos animais, vistos em seu próprio habitat e em sua realidade científica, mas ao mesmo tempo sendo personagens de divertidas ou dramáticas aventuras ou desventuras.

Canto de muro narra a estranha saga de um mundo de bichos que vivem nos cantos de muro de um velho quintal, em Natal (RN). Com o rigor experimental do cientista e a interpretação mágica de um poeta, Luís da Câmara Cascudo, nosso consagrado etnólogo, historiador e folclorista, realiza uma nova experiência literária, difícil de ser classificada. Partindo de uma atitude naturalista, de cuidadosa observação direta e apurado conhecimento cientifico, Câmara Cascudo escreve a epopeia

---

[17] Texto didático publicado in *O ensino da literatura*. SP, FTD, 1966. (N. da A.)

de um mundo animal silencioso, perigoso ou repulsivo, onde jamais poderíamos supor a existência de algum interesse estético ou emotivo.

Para os leitores que moram em cidade, *Canto de muro* surgirá, com certeza, como uma criação de ficção científica, pois nos apartamentos em que vivem, ou mesmo nas casas de quintais assépticos, bem plantados e bem cuidados, nunca haverá lugar para a fauna que prolifera nas fendas dos muros, nos buracos dos troncos ou nas frestas dos telhados das velhas casas, que a civilização vai-se encarregando de fazer desaparecer. Não há em *Canto de muro* nenhuma personagem humana. Através de seus vinte e cinco capítulos vão desfilando os inofensivos ou perigosos moradores de fundo de quintal numa velha chácara: Sófia, a coruja; Quiró, o morcego; Gô, o rato; Titius, o escorpião; Licosa, a aranha; Fu, o sapo; Musi; Catá; Niti; Xexéu; outros e outros.

Imitando a técnica narrativa dos velhos romances de cavalaria, das crônicas medievais ou dos romances-folhetins, que abriam cada capítulo com um pequeno resumo (ou título esclarecedor) do que iria acontecer ali, o Autor também vai informando o seu leitor: "Gesta do Grilo", "De como Licosa perdeu uma pata e o mais que sucedeu", "Triste fim de Raca", "Três personagens à procura de um Autor", "Irmã Água", etc., etc.

Ao acompanharem, através da trama, o comportamento desses seres ínfimos, é de se notar a extraordinária arte com que o Autor, munido de uma imaginação prodigiosa, cria "intrigas" que transformam, em legítimo encantamento, coisas que ditas em linguagem científica seriam apenas um monótono relatório. Não se trata de *fábulas*, histórias com animais que têm sempre como finalidade dar uma lição de moral. Este é um romance, onde árvore, trepadeiras, chão, ruínas e refugos vivem existências miúdas em constante movimento: o da vida natural. Vidas que o Autor nos vai desvendando com minúcias e um interesse tão profundo que, indisfarçavelmente, chegam a invadir os domínios do carinho e da ternura. O calor humano, com que ele se debruça sobre os seus humildes ou orgulhosos bichos, transparece em sua linguagem plástica, viva, colorida e em pitorescas imagens, cuja análise trará o maior proveito aos alunos-leitores no que diz respeito à arte da expressão. As sugestões de estudo, aqui, se contam às dezenas.

O problema da recriação da realidade pela palavra artística é, portanto, um dos pontos mais positivos a serem observados, na fase da análise dos recursos expressivos (descrição do espaço, caracterização dos bichos como personagens, concisão de linguagem, humor, criação de suspenses, etc.) Quanto à "recriação" da realidade, chamamos a atenção para o Depoimento de Câmara Cascudo, registrado no final do livro, onde é esclarecido o caráter real e verdadeiro do que ali está narrado e, também, de como foi vivenciado pelo Autor.

> *Canto de muro* é um livro (escrito) em poucos meses, mas vivido em muito mais de quarenta anos.
>
> Muito antes de 1918, segundanista de Medicina no Rio de Janeiro andava eu colecionando insetos, criando escorpiões (chamados no Nordeste "lacraus"), aranhas caranguejeiras e formigas saúvas, na grande chácara que meu Pai possuía no bairro do Tirol, na cidade do Natal. Ali moraram Sófia na mangueira escura e copada, o sapo Fu, pássaros agora fixados, o senhor K nos estábulos e, nas gaiolas, a coruja Maroca e o Xexéu imitador. Ali ocorreu a nuvem de borboletas, creio que nos finais de 1919, tida como presságio de grande seca. O bacurau-mede-léguas vivia próximo, e no quintal ondulavam a jararaca e a cobrinha-de-coral. No quarto da lenha penduravam-se os morcegos. No tabuleiro derredor, o povo da rainha Ata. No canto do muro, perto do tanque, morada de Dica, estavam as telhas com as baratas e no alpendre velho, onde apodrecia o carro, dormiam os filhos de Musi. [...] Minha curiosidade fez muitas vítimas para a lupa e o microscópio, com corantes e fixadores inauditos. Os cadernos se foram enchendo de notas mas nunca delas me aproveitei.

E isso foi até que um dia, muitos anos depois desses estudos, as circunstâncias fizeram nascer este *Canto de muro*. Assim, com o conhecimento dessa particularidade, quanto à origem da obra, o leitor terá mais condições para avaliar o poder transfigurador da arte de Câmara Cascudo reabilitando poeticamente essa desprezível fauna, que pulula nas áreas menos higiênicas dos velhos muros e cercas ou nos monturos de entulhos e resíduos domésticos. Fauna que prolifera assustadoramente, auxiliada pela fertilidade do clima tropical brasileiro. Com alma de poeta, Câmara Cascudo mergulha os seus bichos no mundo mágico da poesia, sem tirar o pé da realidade. Individualiza-os com nomes, inventa-lhes amores, ciúmes, lutas, dramas ou farsas que empolgam ou emocionam. No entanto, toda a gama de valores vitais que o Autor ali descobre estão arraigados na ciência e não na pura fantasia.

Ainda no setor da recriação artística, podem os alunos verificar que o tratamento que Câmara Cascudo aqui dispensa aos esquecidos heróis afasta-se totalmente da marca que lhes imprimiu Monteiro Lobato, outro grande criador que também se sentiu atraído pelo reino dos bichos. Porém, acima de tudo, o que deve resultar da leitura de *Canto de muro* é a sua lição de humanismo. Ainda levando o aluno ao Depoimento do Autor, fazê-lo refletir numa das frases finais: "O livro estava pronto, nele não passa uma figura humana; a sombra do Homo Sapiens".

Refletindo nessa afirmação de Câmara Cascudo, devem os alunos verificar que, não obstante a ausência física do ser humano, naquele proletário mundo dos quintais, a verdade é que toda as vivências de seus habitantes são muito humanas. A psicologia, os instintos, a luta surda pela sobrevivência, o orgulho, a vaidade, a competição, o amor ou o ódio que o Autor empresta aos seus moradores, ao interpretá-los, são paralelos aos encontrados na epopeia humana. Conforme a maturidade dos alunos, a análise, nesse sentido, pode ser levada mais longe. A partir da determinação dos pontos vitais do último capítulo, "Magestate naturae par ingenium" (A inata majestade da natureza), verificar em dois ou três capítulos escolhidos (por exemplo: "O Mundo de Quiró"; "De como Licosa perdeu..."; "Ka ou inutilidade virtuosa", etc.) a conotação humana que é projetada nas ações instintivas dos animais ali focalizados.

Nesse último capítulo, em que o Autor mergulha mais em si mesmo do que em suas miúdas criaturas, temos o lúcido e melancólico depoimento de uma consciência contemporânea que vê o naufrágio interior em que a humanidade imerge.

O fenômeno, que Câmara Cascudo analisa objetivamente (com a inteligência e o calor humano peculiares ao seu estilo), é o mesmo que age por trás de toda arte contemporânea, como um núcleo radioativo a emitir seu poder. São as raízes do "equívoco" da Era da Máquina, que transformou o homem num verdadeiro "aprendiz de feiticeiro"...

A frase de Bérgson, que está em epígrafe ao capítulo, pode também servir de tema para discussões em classe: *L'intelligence est caracterisée par une incompréhension naturelle de la vie.* (A inteligência se caracteriza por uma natural incompreensão em relação à vida.)

Mesmo através de raciocínios de nível elementar, não será difícil levar os alunos a perceberem o aparente paradoxo da frase bergsoniana: não é a inteligência que leva a uma incompreensão natural da visão, mas sim a deturpação de seu uso, pelo seu exercício limitado a áreas que tendem a isolar o homem das suas relações com o todo, e a torná-lo cego e surdo ao verdadeiro valor da vida. Que os alunos verifiquem o sentido da valorização que Câmara Cascudo dá à inteligência contemporânea e reflitam, pelo menos, em um dos aspectos negativos, paralelamente, nela apontados: *o utilitarismo econômico.*

Enquanto o conceito oficial e popular valorizar a vitória financeira como justificativa do êxito, sem o exame cauteloso da atividade anterior para o sucesso, teremos sob o signo da Angústia, da Insatisfação e da Revolta os nossos dias contemporâneos. O produto do utilitarismo econômico total é a máquina ou o monstro.

Se os alunos, a esta altura, já fizeram o estudo do romance realista (Machado de Assis, Eça de Queirós...), poderão avaliar com que acuidade o artista do século XIX, em pleno esplendor e otimismo de uma Era que nascia sob o signo do Progresso, já lhe pressentia os vícios de raiz. Já pressentia essa progressiva esterilização das energias vitais do homem, levada a efeito por uma civilização que, paradoxalmente, o valoriza como nenhuma outra o fez antes.

Câmara Cascudo aponta realisticamente causas e consequências do drama contemporâneo. Que o aluno, personagem e espectador desse drama, possa retirar, do que está implícito na crítica, sugestões positivas para as suas futuras opções na vida.

Nota: Devido à natureza do livro e ao tratamento dado aos temas, sem dúvida a sua leitura será particularmente proveitosa aos alunos do Curso Normal, futuros orientadores de crianças. Ali terão eles farto material retirado da realidade e visto com olhos que se aproximam do olhar da criança; no sentido em que os poetas conseguem ver as coisas, num estado de pureza que só as crianças possuem. Pois a verdade é que o realismo da vida, o utilitarismo que se exige de nossas ações na lida cotidiana, vai-nos roubando esse tesouro, essa capacidade de descobrir encanto e beleza nas coisas simples que nos rodeiam. Principalmente os que lidam com as crianças precisam esforçar-se para reencontrar esse "estado de graça", e poder estabelecer o diálogo fecundo.

Dados biobibliográficos

Historiador, folclorista, etnógrafo, biógrafo e dos mais lúcidos e eruditos intérpretes da cultura popular no Brasil e suas raízes lusas e africanas, Luís da Câmara Cascudo nasceu em Natal (Rio Grande do Norte) em 30 de dezembro de 1898. Estudou Medicina na Universidade do Rio de Janeiro. Posteriormente formou-se em Direito, Faculdade do Recife, em 1928. Dedicou-se à docência no Ateneu Norte-Rio-Grandense (tradicional escola de Natal), do qual foi também diretor. Lecionou na Faculdade de Filosofia de Natal e na Faculdade de Direito — depois, uma das unidades-piloto da UFRN. Mas a sua grande paixão foi sempre a pesquisa da cultura popular, em busca das raízes da brasilidade. Iniciou-se como pesquisador e escritor na área do jornalismo, em 1918, como colaborador do diário "A Imprensa" (1914-1927) de propriedade de seu pai. Em jornais de Natal, manteve seções diárias ("Bric-à-Brac", "Acta Diurna") que foram os germes de quase todos os seus livros de natureza histórica/folclórica/antropológica. Autor de dezenas de títulos, muitos deles já tornados "clássicos" do pensamento brasileiro, construiu uma obra ímpar no panorama da cultura e da literatura brasileira. Nela estão configuradas as peculiaridades do homem comum brasileiro, visto em sua vida cotidiana (alimentação, moradia, vestuário, rituais de nascimento e morte, profissões, musicalidade, linguagem, tradições...). Como escritor, estreou em 1921, com *Alma patrícia*, coletânea de artigos de severa crítica sobre a produção literária do RN, nos primeiros anos do século XX. A partir daí, produziu, incessantemente, centenas de ensaios, publicados em imprensa especializada, no Brasil e no exterior. Entre suas mais importantes pesquisas está o grande *Dicionário do folclore brasileiro* (2 vs.), publicado pelo INL-Instituto Nacional do Livro, em 1954. E, em razão de sua espantosa erudição e dimensão filosófica, destaca-se o estranho livro *Prelúdio e fuga do real* (1974), obra da maturidade, que a crítica considerou como seu "testamento humanista". Trata-se de uma labiríntica visitação do Autor às origens histórico/míticas do nosso mundo, num diálogo constante/intenso com figuras históricas e mitos fundadores, em torno de temas eternos: vida, morte, eternidade, efemeridade, amor, ódio, ambição, crenças, traição, poder... Insólito diálogo com o passado histórico/mítico, que está nas raízes de nossa cultura e civilização, *Prelúdio...* mostra que, mudem os costumes, as sociedades, as leis... mas o ser humano será sempre o mesmo, com as mesmas necessidades e paixões. Fiel à sua terra natal, Câmara Cascudo ali residiu até sua morte, aos 88 anos, em 1986. De seu extenso elenco de livros, registramos uma pequena parte.

Publicações

Alma patrícia, 1921; *Histórias que o tempo leva*, 1924; *Viajando o sertão*, 1935; *Intencionalidade no descobrimento do Brasil*, 1936; *O homem americano*, 1936; *O homem americano e seus temas*, 1938; *Vaqueiros e cantadores*, 1939; *Antologia do folclore brasileiro*, 1944; *Os melhores contos populares de Portugal*, 1945; *Lendas brasileiras*, 1945; *Contos tradicionais do Brasil*, 1946; *Geografia dos mitos brasileiros*, 1947; *Literatura oral no Brasil*, 1952; *Cinco livros do povo*, 1953; *Dicionário do folclore brasileiro*, 1954; *Canto de muro*, 1959; *Prelúdio e fuga do real*, 1974... Todos com sucessivas reedições.

16. CAMPOS DE CARVALHO

A Lua vem da Ásia[18]
Apocalipse ou gênese? Comédia ou tragédia?

> Aos 16 anos matei meu professor de Lógica. Invocando a legítima defesa — e qual defesa seria mais legítima? — logrei ser absolvido por 5 votos contra 2 e fui morar sob uma ponte do Sena, embora nunca tenha estado em Paris.

É com essa declaração, entre cômica, trágica e absurda, que se abre o romance de estreia de Campos de Carvalho, *A lua vem da Ásia*, lançado nos idos de 1956. Abertura que, de imediato, surpreende o leitor e pode levá-lo a fechar o livro e abandonar a leitura, para não perder tempo, com tolices. Ou, ao contrário, levá-lo a prosseguir, curioso para descobrir, não só o que iria acontecer a esse desafiante eu-narrador (que começa por se declarar um criminoso e de se revelar um mentiroso), mas também para descobrir como seria "A vida sexual dos perus" — título dado a essa primeira parte do romance, que afinal nada tem a ver com perus.

Mas, ao prosseguir a leitura, em busca de possíveis esclarecimentos, esse leitor curioso se vê cada vez mais perdido, entre dados e imagens que se atropelam, e cada vez mais enredado nos fatos absurdos que vão sendo relatados.

> Deixei crescer a barba em pensamento; comprei um par de óculos para míope, e passava as noites espiando o céu estrelado. [...] A primeira mulher que possuí foi sob a ponte do Sena, em pleno coração do meu Paris imaginário. [...] Quando despertei, já um gari me estendia o último jornal da tarde, e pude ler então que uma grande hecatombe havia acontecido sobre a cidade de Melbourne, na Austrália, justamente enquanto eu dormia.

[18] Texto inédito. Edição consultada: 3ª. ed. RJ, Codecri, 1977. (N. da A.)

> Lavei meu rosto com o pranto, entreguei o jornal a um menino cego e saí correndo pela primeira rua que encontrei pela frente, até deparar com a estátua do marechal Joffre montado a cavalo.

Embora desnorteado, o leitor vai até o final do "Capítulo Primeiro". Mesmo sem entender nada do que ali se trata, continua curioso — percorre a esmo as páginas seguintes e descobre que, na 1ª Parte, "A vida sexual dos perus", os capítulos se sucedem numa ordem numérica irracional (cap. 1º, 18º, 12º, "Sem capítulo", "Capítulo negro", etc.); e na 2ª Parte, "Cosmogonia", vão da letra A a N, encerrando-se o volume com a breve "Segunda e definitiva Carta ao Times", numerada de O a Z. Numeração ou divisão que, afinal, não esclarece nada — só aprofunda o absurdo (por vezes hilariante do texto). Sem conseguir encontrar nexo entre as labirínticas mini-narrativas, que formam o volume, o leitor, desanimado, fecha o livro. Desiste de insistir na leitura, convencido de que lhe seria impossível descobrir qualquer elo lógico entre as fantásticas/desconexas experiências do eu-narrador, que se dizia fechado num "hotel de luxo" (que, na realidade, era um asilo de loucos), onde se dispõe a escrever "a história de minha vida". Experiências que, como um rio desordenado, avançando para além das margens, misturavam a fantasiosa "guerra recém-deflagrada entre Japão e a China" com a "guerra sino-finlandesa", da qual ele participara como "espião moscovita", por causa de suas "barbas patriarcais e malcheirosas" e foi depois "submetido a um conselho de guerra composto de 15.000 generais"... Época em que, ao mesmo tempo, ele aprendeu a "tocar berimbau com um professor do Conservatório de Varsóvia" e resolveu fazer sua "primeira comunhão, por absoluto estado de fome". Do aprendizado de berimbau resultou que ele foi "nomeado conselheiro musical na corte de Luiz II da Baviera, o mesmo que tinha vários castelos assombrados e era dado a práticas de ocultismo".

O leitor impaciente desiste, mas o analista persiste...

Romance caricaturesco ou cabalístico?

> Todo homem pode ridicularizar a crueza e a estupidez do universo,

fazendo da própria vida um poema de incoerência e absurdo.[19] (Gabriel Brunet)

Nessa epígrafe que abre o volume, Campos de Carvalho já anuncia a natureza desse seu romance de estreia. *A lua vem da Ásia* (como toda a obra subsequente do Autor) está entre os livros mais enigmáticos e inclassificáveis da Literatura Brasileira. E também dos mais significativos, como invenção literária engendrada pela acelerada mutação-em-processo, no nosso mundo pós-guerras.

Se há romance ligado ao momento histórico, no qual foi escrito, esse é *A lua vem da Ásia*. Talvez não seria ultrapassar demasiado os limites de uma leitura interpretativa, tentarmos ligar o momento em que Campos de Carvalho o escreveu, ao singular momento histórico então em curso: o período da Guerra Fria (1945-1956), quando recém-terminada a II Guerra (1939-1945), o mundo estarrecido descobriu o "horror dos horrores": a existência dos campos de concentração, na Alemanha, onde aconteceu o Holocausto judaico: as inomináveis torturas infligidas a milhares de seres humanos, ali aprisionados e mortos, pela loucura de um homem que enlouqueceu uma nação.

Foi esse um dos momentos da História, diante dos quais "morrem as palavras"... Como nomear o inominável? Talvez tenha sido essa uma das perguntas que o homem Campos de Carvalho se fez e que o *escritor* respondeu, ao escolher o caminho da loucura, do *non-sense*, enveredando, ao mesmo tempo, pelo labirinto da Cultura, em pleno processo de transformação.

No "Capítulo não Eclesiástico", torna-se evidente a relação entre a loucura dominante no romance e o momento histórico então vivido. Num momento de quase lucidez, o eu-narrador escreve ao seu "irmão", no diário em que registra o seu dia a dia, no asilo de loucos — que ora ele julga ser um "estranho hotel", no qual está hospedado, ora um "campo de concentração", onde é torturado, como "espião".

---

[19] "Tout homme peut bafouer la cruauté et la stupidité de l'univers en faisant de sa vie propre un poème d'incoherence e d'absurdité" (Gabriel Brunet)

> Agora, sentado à pequena mesa de meu quarto, enquanto não resolvem apagar as luzes e deixar-me na escuridão, posso tranquilamente escrever estas linhas do meu diário de guerra e de paz, e conversar com meu irmão gêmeo duplamente prisioneiro dentro de mim. [...] É possível que estas páginas venham a ser um dia censuradas e destruídas no espaço de 2 minutos, sem a menor consideração pelo retrato que traço de *uma época tumultuosa e terrível*, que muito haveria de pasmar aos pósteros, se é que ainda haverá disso no mundo futuro. [...] Mas você, meu irmão, já imaginou o romance sensacional que poderemos escrever um dia sobre esta experiência bélica à que estamos sendo submetidos em pleno tempo de paz, se é que se pode chamar de paz a este estado de angústia permanente e de ódios gratuitos que marca todos os nossos passos, mesmo e sobretudo durante o sono?

É lida através dessa ótica — a da insanidade que a guerra espalhara pelo mundo — que, para o leitor, a caótica escritura criada por Campos de Carvalho passa a ter um determinado sentido: o de denunciar o "sem-sentido" do progressista mundo pós-moderno. Dotado de um alto senso crítico, uma prodigiosa imaginação, fermentada por uma ampla erudição filosófica e literária, e uma incomum verve de humorista, Campos de Carvalho, a partir de *A lua vem da Ásia*, cria um universo absolutamente singular na Literatura Brasileira (comparável, talvez, com a de um Rabelais na França do século XVI ou a de um Swift na Irlanda do século XVII). Universo trágico, sem sentido, que sua escritura denuncia, não através da dor ou do drama, mas da loucura, do riso, da caricatura, do absurdo.

Mimetizando o *non-sense* do mundo contemporâneo, a escritura novelesca inventada por Campos de Carvalho foi, desde o início, um desafio à Crítica, que se viu sem paradigmas para compreendê-la, julgá-la, analisá-la. (Destino natural de toda "invenção" que ponha em xeque a realidade ou verdade imperante, já conhecida e consagrada.)

Anos foram necessários para que a Crítica (o mundo pensante) chegasse à conclusão de que o lugar de Campos de Carvalho, na Literatura Brasileira, era entre os grandes testemunhos universais do caos de valores em que mergulhara o nosso mundo pós-moderno (ou pós-Darwin ou pós-falência da Razão Lógica). É lida contra esse "pano de fundo", que a obra de Campos de Carvalho revela sua verdade maior. Ao se assumir escritor, era esse o momento histórico que se impunha, num pós-guerra catastrófico: o do mundo cindido pela crise das ideologias. Em última análise — mundo abalado por uma *crise existencial*, que se vinha alastrando desde meados do século XIX, nos rastros da descoberta científica darwiniana, divulgada em *A origem das espécies pela evolução da matéria* (1859). Descoberta científica que (provando que todos os seres resultam da "evolução da matéria") destrói de um só golpe a pedra-base da civilização ocidental cristã: *o Deus criador* (cuja existência, desde então, ficaria restrita à área da Fé).

No momento, diante da descoberta, Nietzsche proclama: "Deus é morto!" e Dostoievski, pela voz dos Irmãos Karamazov, bradou: "Se Deus não existe, tudo é permitido!" Tem início o caos dos valores. Um novo homem está em gestação. Novos caminhos se abrem na esfera das Artes e da Literatura. No início do século XX, explodem os ismos — cubismo, dadaísmo, surrealismo... —, expressando a primeira e definitiva explosão da Razão Lógica, na área da Arte e da Literatura. Tentativas de restaurar essa razão abalada acabaram falhando (como aconteceu com o neo-realismo ou o regionalismo dos anos 1930).

Surrealista ou esotérico?

Na palavra de Campos de Carvalho, essa explosão da Razão Lógica atingiu um grau superlativo: a "verdade" do mundo é revelada pela visão *de um louco*. Embora em certas entrevistas ele se tenha definido como "surrealista", sua criação literária vai bem além do mero jogo lúdico da escrita liberta da lógica, tal como a "aventura surrealista" se popularizou.

Nessa autoafirmação, Campos de Carvalho estaria, sem dúvida, apontando para a "poesia oráculo" do Breton da última fase (anos 1940/50) — a da defesa da escritura poética liberta da Razão, através do "automatismo psíquico", como possibilidade de ultrapassar os limites do já conhecido e tocar a "zona obscura" do Mistério da condição humana, como num passe de mágica. "*De onde viemos? Quem somos? Aon-*

de vamos?" Essa tríplice interrogação foi uma das obsessões de Breton e continua sendo o grande enigma que desafia os homens... e, consequentemente, é a grande problemática patente ou latente na literatura pós-moderna.

Campos de Carvalho, diante do Enigma, entra pelos atalhos da loucura, do absurdo, do humor... As suas embaralhadas micro-narrativas — entre trágicas, absurdas e hilariantes —, vão testemunhando a falência da Razão e a total incapacidade humana de desvendar o mistério da existência, no "mundo pós-Darwin".

A lua vem da Ásia é publicado em 1956, no mesmo ano em que surge *Grande sertão: veredas*, de Guimarães Rosa. Apesar de pertencer a outro universo (o urbano, e não o sertanejo), o romance de Campos de Carvalho mantém um inequívoco ponto de contato com o do "bruxo rosiano": a consciência de que *a vida humana é determinada por algo que pertence a um plano invisível*: o do esoterismo ou ocultismo.

Por que Lua? Por que Ásia?

A esta altura das cogitações provocadas pelas leituras e releituras, volta à lembrança do leitor o absurdo título do romance (?): "A Lua vem da Ásia". Absurdo, aliás, perfeitamente sintonizado com a natureza labiríntica da trama narrativa, embora nesta não apareça a "Lua", nem seja mencionada a "Ásia". E nova interrogação se impôs: por que a escolha desse título, para um livro cujo sentido último estaria no mundo das ideias? Teria sido escolhido pelo Autor apenas como uma *boutade*, uma brincadeira para divertir ou desafiar o leitor? Por que "Lua"? Por que "Ásia"?

E no encadear das perguntas, o leitor acaba chegando ao *espaço do simbólico*. Ou melhor, ao do ocultismo ou do esoterismo, onde estariam as possíveis respostas às indagações. Depois de quase se perder em novos labirintos, o "leitor atento" consegue descobrir uma certa lógica entre *o título e a problemática nuclear* da trama, tal como ele a intuiu. Tentando resumir essa "lógica", teríamos:

A Lua, sendo um astro, *cuja luz lhe vem do Sol*, corresponderia, a grosso modo, à nossa natureza humana — restrita ao conhecimento racional do mundo e impossibilitada de desvendar o mistério da existência, a não ser quando iluminada pela Luz do Espiritualismo extra-sensorial (ocultista, esoterista... ou pelo misticismo religioso).

Em síntese: tal como a Lua, nós, seres humanos, não temos luz própria. Somos "iluminados" por algo invisível (Espírito? Deus?), cujo conhecimento é inalcançável por nossa razão lógica; e só apreensível pela Fé ou pelo olhar dos "iluminados". Seria esse, pois, o húmus que alimenta o romance-farsa, *A lua vem da Ásia*?

Na ilustração da capa (feita por Jaguar, para a edição da Ed. Codecri), já está patente essa "visão" ou problemática-eixo do labirinto narrativo: sobre o *fundo preto* que cobre a capa, projeta-se um compacto *círculo amarelo*, como um grande Sol, inteiramente coberto por um "muro" ou "grade", em linhas pretas, como que vedando a passagem da Luz. Ao pé da capa, encostado no "círculo amarelo", está um homem (desenhado em traços pretos), olhar assustado, que nos olha por detrás dos óculos, e com as mãos espalmadas, tampando os ouvidos. Capa estranha, pendendo para o cômico, que adquire seu verdadeiro "sentido" para o leitor, só depois de ele descobrir a problemática-eixo do livro.

A essa altura das cogitações, o leitor se dá conta de que essa projeção da trama novelesca/enigmática/cômica, no espaço do Ocultismo ou Misticismo, resultara de sua própria interpretação. E se fosse outra a intenção do Autor, ao ligar a Lua à Ásia?

Por que "Ásia"? Uma simples consulta a Enciclopédia Barsa, informa ao curioso leitor que a cultura e civilização, tal como a vivemos hoje, no Ocidente, veio da Ásia. Foi no período da Proto-História que os "hominídeos" usaram o fogo pela primeira vez e se entregaram a usos e costumes que, ao longo dos tempos, criaram as primeiras culturas. A Ásia foi, portanto, o berço das culturas nômades das estepes, que tão fundamente repercutiam na História, pois abriram caminho para o surgimento do *homo sapiens*, que somos nós — seres guiados pela *Razão* e seguros de que ela consagra a *Verdade* de tudo.

Escrevendo no século XX, num momento em que o nosso mundo

entrava em plena crise dos valores consagrados, Campos de Carvalho, optando pelo humor cabalístico, não estaria denunciando essa falsa identificação Razão-Verdade?

As "afinidades eletivas"

Esotérico ou Realista demolidor, Campos de Carvalho estaria longe de ser um "guru". Seu verdadeiro mundo era o da Alta Cultura e da Grande Arte da Literatura. Essa é a conclusão à que chega o "leitor atento", ao se dar conta das "afinidades eletivas" (Goethe), que o escritor vai revelando, ao longo de suas labirínticas narrativas. Segui-las e analisá-las, quanto ao papel que cada qual desempenharia no universo criado pelo Autor, seria transformar este ensaio numa tese universitária. Portanto, limitamo-nos, aqui, à simples enumeração dos nomes, tal como emergem do (ou imergem no) caudal narrativo: Lautréamont, Henri Michaux, Nietzsche, Dilthey, Cervantes, Cristo, Paul Claudel, Salazar, Napoleão, Jerônimo Bosh, Savonarola, John Dillinger III, Picasso, Bolívar, Platão, Sócrates, Charles Chaplin, Wagner, Herodes, Pilatos, rei Farouk do Egito, George Duhamel, Darwin, Hemingway, Winston Churchill, Apocalipse de São João, Leopardi e outros... Por essa lista de *personas* que se misturam no labirinto narrativo de *A lua vem da Ásia* — seu livro de estréia —, pode-se avaliar por que Campos de Carvalho, incompreendido no início, com o tempo e o universo construído, foi consagrado como uma das grandes vozes na Literatura Brasileira, a denunciar o Caos de Valores em que o mundo mergulhou, nestes tempos de transição.

Dados biobibliográficos

Presença singularíssima na Literatura Brasileira, ficcionista de prodigiosa imaginação, ensaísta, advogado, Procurador do Estado e personalidade polêmica, Walter Campos de Carvalho nasceu em Uberaba (MG) em 1º de novembro de 1916, em pleno período da I Guerra Mundial. Fez os primeiros estudos em sua cidade e os estudos superiores na

Faculdade de Direito de São Paulo, formando-se em 1938. Desde logo inicia carreira de advogado e é nomeado Procurador do Estado, cargo que exerceu até a aposentadoria.

Estreou como escritor em 1941, com uma coletânea de ensaios humorísticos, *Banda forra*. Embora bem acolhido pela crítica (principalmente por Monteiro Lobato), essa estreia passou ignorada pelo público. Depois de um longo silêncio, publica em 1954 o romance *Tribo*, também provocando controvérsias entre os críticos, e de pouca repercussão entre leitores. Indiferente às críticas, e estimulado pelo apoio do amigo e escritor Anibal Machado, publica em 1956 o romance (?) *A lua vem da Ásia*, cuja natureza prolixa/caótica/enigmática suscita novas polêmicas entre os críticos, apesar da exaltada defesa por Jorge Amado, que via o Autor como uma grande revelação na Literatura Brasileira. Nessa mesma linha caótica, aparentemente indecifrável, seguem-se novos romances: *Vaca de nariz sutil* (1961), *A chuva imóvel* (1963) e *O púcaro búlgaro* (1964). Todos provocando o mesmo estranhamento entre os críticos e totalmente ignorados pelos leitores.

Nesse período (anos 1950/60) escreveu alguns textos para revistas: o conto "Os trilhos" (rev. "Senhor" nº 11, 1960) e a novela "Espantalho habitado por pássaros" (in coletânea *Os dez mandamentos*, Ed. Civilização Brasileira, 1965).

No período do Governo Militar e de guerrilha cultural, que tem início logo após a publicação de *O púcaro búlgaro*, ele se aposenta e decide afastar-se do meio brasileiro. Seu temperamento arredio e tendência iconoclasta levam-no a passar longo período na Europa. Entre 1968 e 1978, colaborou no jornal caricatural "O Pasquim", mandando da França suas crônicas humorísticas — produção publicada posteriormente in *Os anais de Campos de Carvalho*.

Em 1976, por intermédio de Jorge Amado, é publicada a tradução francesa de *A lua vem da Ásia* (Paris, Albin Michel). A crítica francesa acolheu-o generosamente: "Não se lê todo dia um romance semelhante. O que é uma pena. Vê-se que *A lua vem da Ásia* não se parece com nenhum outro livro; que Campos de Carvalho é um escritor único, plenamente original, e que seu universo é um gigantesco grito lançado por sobre a vulgar balbúrdia cotidiana." (in "Magazine Litteraire") Segue-se, em 1978, pela mesma editora, a tradução de *A chuva imóvel*. Nessa ocasião (quando se processava entre nós a transição do Governo Militar para a democracia), Campos de Carvalho volta ao Brasil, mas permanece afastado das lides culturais. Seu amplo reconhecimento, pelo meio intelectual brasileiro, se deu a partir de 1995, quando a editora José Olympio publica sua *Obra reunida*, com textos de apresentação e análise assinados por Jorge Amado, Mário Prata e Carlos Felipe Moisés. Mas, para o grande público, sua obra permaneceu indecifrável e sem nenhum apelo.

Sem dúvida, animado pela excelente repercussão na imprensa, com entrevistas, resenhas e fotos, Campos de Carvalho anuncia o projeto de um novo romance, na mesma linha do *non-sense*. Instado, em entrevistas, a falar sobre esse novo livro, foi citando alguns de seus títulos provisórios: "Pássaros insanos em céus de antigo Egito", "Maquinação sem máquina, especulação sem espelho", "Mosaico sem Moisés" e "De novo ovo".

Mas esse livro não passou de projeto. Com a saúde já então abalada, Campos de Carvalho faleceu na Sexta-Feira Santa de 1998, aos 82 anos. Sua obra, inimitável, permanece no panorama da Literatura Brasileira como testemunho do "homem pós-Darwin" — aquele a quem a Ciência despojou de sua origem sagrada e continua à procura de descobrir o mistério de sua existência.

Nogueira Moutinho, ao analisar *A chuva imóvel*, concluiu:

> A missão do homem que escreve, a sua mais alta missão é realmente essa de denunciar a impostura de seu tempo, como fizeram os profetas hebreus e os que depois deles vieram. É por isso que dizemos que o novelista Campos de Carvalho não apresenta soluções humanas e racionais para o drama diante do qual se apavora. Não é uma revolução social, nem uma renovação científica que ele proclama com urgente necessidade [...] não aponta nenhuma solução: limita-se a denunciar a calamidade, numa linguagem irracional. (in "Folha de São Paulo", 22/09/1963)

Publicações

Ficção — *Tribo*, 1954; *A lua vem da Ásia*, 1956; *Vaca de nariz sutil*, 1961; *A chuva imóvel*, 1963; *O púcaro búlgaro*, 1964, e *Obra reunida*, 1995.
Ensaio — *Banda forra*, 1941.
Crônica — *Anais de Campos de Carvalho* (s/d.).
Teatro — *A lua vem da Ásia* (adapt. Por Chico Diaz), 2011.

17. CORNÉLIO PENA

Fronteira: os Subterrâneos do Eu[20]

Romance singular nos quadros da Literatura Brasileira da primeira metade do século XX, *Fronteira* (1935), livro de estreia de Cornélio Pena, vinha abrir um novo caminho na esfera do romance intimista: apontava para uma nova sondagem da condição humana — a das misteriosas relações do ser humano com Deus e dos "interditos" que a religião impõe aos seus livres impulsos e emoções interiores. Em pleno momento de sucesso e expansão do nosso grande Romance Regionalista do Nordeste (romance empenhado em denunciar os desencontros das relações homem/terra ou homem/sociedade), *Fronteira* surge, apontando para o mundo interior — o da alma humana, suas interrogações e angústias de ordem espiritual/mística. É nessa linha dostoievskiana que Cornélio Pena escreverá toda sua obra posterior, e pela qual, com o tempo, será consagrado pela crítica como o primeiro romancista brasileiro a eleger, como núcleo geratriz de sua obra, a problemática existencial — a do ser humano em face do Mistério da Vida e em busca do seu sentido último.

Quando de seu lançamento, *Fronteira* não foi sucesso de crítica nem de público. O que é compreensível, quando lembramos que na época o grande sucesso era o romance do Nordeste e sua dura denúncia da injustiça social imperante no Sistema. Por outro lado, a singular dimensão espiritual e a linguagem densa/ambígua do romance corneliano exigiam cumplicidade do "leitor atento". Daí decorre que sua descoberta imediata se tenha dado no meio intelectual. Alceu Amoroso Lima, Mário de Andrade, Sérgio Milliet e outros da mesma estatura cultural, foram os que desde logo descobriram, em Cornélio Pena, o grande escritor que vinha abrir uma nova vereda nos caminhos da literatura brasileira.

---

[20] Reformulação do texto didático publicado in *O ensino da literatura*. 1966. (N. da A)

Quanto aos jovens leitores que, hoje, estão em fase de formação cultural, *Fronteira* é das leituras que, nestes tempos de transformações basilares, ajudarão a compor a visão de mundo que vai além das aparências e suscita interrogações básicas: Quem sou eu? Quais são minhas relações com o mundo à volta? Até que ponto conheço a verdade por trás das aparências? etc., etc. A iniciação ao romance corneliano será com certeza mais produtiva se partirem do momento em que ele foi escrito: o do apogeu do romance regionalista, conforme lembrado acima. As fronteiras político-econômico-sociais, que delimitam a visão de mundo regionalista, foram aqui ultrapassadas. O romance corneliano arraiga no mistério profundo da alma humana, no misticismo quase demoníaco que alimenta/consome suas criaturas. De diferentes modos, todas elas distendidas no afã de penetrarem no mistério dos seres e coisas que as rodeiam. Adonias Filho, em lúcida análise da obra corneliana, destaca sua natureza e importância nos quadros da literatura, não só brasileira, mas também europeia.

> (Cornélio Pena) afasta-se dos caminhos sulcados pelo regionalismo, seu contemporâneo e, ao mesmo tempo, leva a nossa ficção a um dos roteiros mais poderosos da ficção universal. [...] Antecede o próprio romance europeu de tendência semelhante que, surgindo após a Segunda Guerra, dominará por alguns anos a novelística. É após *Fronteira* (já que Marcel Jouhandeau se situa no outro extremo da problemática) e muito depois de sua colocação como marco em nossa ficção, é que Albert Camus, Graham Greene e Evelyn Waugh movimentam o universo que tem sua referência no coração violado.

A observação é realmente impressionante, porque como que pressentindo as causas que configurariam a novelística do após guerra, Cornélio Pena a antecede — embora se mantendo na órbita católica — na base dos seus debates fundamentais.

> É o primeiro romancista brasileiro que, em mensagem, invade a problemática do ser em sondagem inteligível e extrema. Tomando como matéria essa problemática, que vem do chão bíblico para identificar-se com a violenta atmosfera do nosso tempo — o "apocalipse do nosso tempo",

dizia Rozanov —, o romancista não se detém em um território aproximativo. Submerge na problemática para auscultá-la em plena vibração, na mais interna das zonas, levando a nossa ficção a fundir-se com esse que é o mais dramático roteiro da inteligência no reconhecimento da condição humana. (in *Romances Completos*, Cornélio Pena, 1958, p. XXXII)

Claro está que a penetração em problemática tão complexa não pode ser realizada por leitores imaturos, sem uma prévia orientação. Sugerimos, pois, que o encaminhamento da análise interpretativa comece pela apreensão do nível imediato da narrativa, através de perguntas-roteiro: Qual é o enredo? Como foi estruturado? Quem são as personagens? O que querem? Quem narra a estória? Qual a atmosfera do romance? Qual o foco narrativo?...

O enredo — Ao tentarem apreender a trama, o enredo, os leitores-aprendizes vão notar que não há uma linha lógica a encadear os fatos, que estes contam pouco para a compreensão das situações que vão sendo relatadas, e que tudo lhes chega envolto em mistérios, mergulhado em uma atmosfera nebulosa que impede a apreensão lógica do todo. Leia-se o início do romance:

Diário

> A criada, cujas rugas se destacam fortemente em sua pele amarela, iluminada pela luz do lampião de querosene, atormentou-me com oferecimentos de serviços, e desapareceu bruscamente, diante do meu teimoso silêncio.
>
> Tirei a pesada manta que me envolvia, e marcava, com seu peso, meus pobres ombros doloridos. Estava empapada d'água. Vejo no canto um sofá enorme. Deixo-me cair nele e só então sinto o torpor do cansaço da viagem, que me invade o corpo todo. [...] Parece-me que entrei nesta cidade furtivamente, como alguém que volta da prisão para o país natal.
>
> As montanhas negras, escorrendo chuva, apagadas pelo denso nevoeiro que sobe da terra, calçada de ferro e também negra, caminham aos meus olhos, lentamente, como em sonho sufocante.

O relato inicia-se "ex-abrupto": alguém aí fala da viagem e de sua chegada a uma casa. Com o avançar do texto, o leitor vai descobrindo que o eu-narrador é alguém que, depois de anos, volta para a casa da infância, e tenta descobrir a verdade última que se esconde por detrás das aparências dos seres, gestos, palavras. Em um diário, vai tentando transformar em palavras a sua perplexidade, sua busca. Ali tudo está envolvido em sombras, ambiguidade, mistério. Na verdade, tudo que vai sendo dito/descrito é real e comum: a criada que o recebe, o lampião, o cansaço da viagem, a manta que o envolve, as montanhas negras do caminho, etc. Entretanto, tudo isso vem envolto numa atmosfera de misteriosa expectativa que já prepara o espaço para que nos seja franqueada a fronteira do sobrenatural. Um sobrenatural que não surge dos fatos, mas do olhar, das suspeitas e interrogações de quem os vê e os narra.

Acentuando essa atmosfera imprecisa e desconfortante para o leitor, a narrativa se arrasta vagarosamente, fragmentada em breves capítulos. Não há uma linha precisa a desenvolver o enredo. O relato, a cada momento, se perde em digressões introspectivas, que se sucedem, como que em círculos concêntricos que não chegam nunca a se romperem e abrirem espaço para um desenlace ou para uma resposta às infindáveis interrogações do eu-narrador.

O foco narrativo — A caracterização das personagens — O núcleo problemático

O foco narrativo em primeira pessoa é basicamente o elemento-fonte da imprecisão do relato e também da imprecisa caracterização das personagens que, no velho casarão, vão se relacionar com o misterioso viajante-narrador. Todas elas surgem para o leitor como se vistas na obscuridade. Sejam as moradoras do casarão (Maria Santa, Tia Emiliana, as negras...) sejam as "de fora" (o juiz, o padre Olímpio, o velho das consultas à Tia Emiliana, o enigmático padre visitante...), todas se apresentam de forma imprecisa, nimbadas de mistério. Tal imprecisão é natural, pois na medida em que o eu-narrador participa da situação narrada e não consegue chegar à verdade que ali pressente existir, também seu leitor não chega a compreender a fundo tudo que ali acontece. Assim, focalizadas através das dúvidas e desconhecimentos do viajante, todas as personagens surgem de maneira ambígua, como que se movendo na fronteira entre real e irreal. Leia-se, por exemplo, o primeiro encontro do recém-chegado com sua prima, Maria Santa, figura-eixo do romance, com sua misteriosa santidade.

> [...] a primeira criatura humana que encontrei, sentada em um sofá, diante de mim, como se estivesse à minha espera, foi Maria Santa. Levantara os olhos, ao ruído dos meus passos e fitou-me, a princípio com esquisita timidez, mas logo depois o seu olhar verde e vago, misteriosamente perscrutador, me ultrapassou, negou minha presença, apagou-me completamente. Fitava a parede atrás de mim, e eu, sentindo o absoluto isolamento em que me colocava, e que compreendia ser invencível, saí sem lhe dirigir a palavra. Mais tarde, apresentei-me como se não a tivesse visto ainda, e nos falamos com a cordialidade vulgar da hospitalidade sertaneja. Mas o seu riso disperso, ausente, a sua voz cerimoniosa, que parecia ser a voz das coisas que a cercavam, não me podia deixar ilusões sobre a persistência da *muralha invisível* que se erguera entre nós, pela manhã, e impedira que nos reconhecêssemos.

E essa "muralha invisível" é uma das presenças mais sufocantes do romance. Temos aí outro caminho de análise: *a problemática da incomunicabilidade*, a solidão interior, o desencontro dos seres — vivência que estigmatiza certa linhagem de personagens da literatura contemporânea. Nessa linha de leitura, o que singulariza o mundo humano de *Fronteira* é a surda ânsia da criatura humana para romper a "muralha invisível" que a isola dos outros. Analisem-se os momentos em que o viajante-narrador encontra com a jovem prima Maria Santa. Persiste sempre entre eles uma espécie de "muro" — espécie de constrangimento ou de algo oculto. Nada está explícito no registro narrativo, que vai sendo feito pelo jovem e atormentado narrador. É de se notar que ao tentarmos perceber o que escapa pelos interstícios de sua fala, veremos que tudo ali, no casarão, está impregnado de "interditos", impostos por uma religiosidade fanática/intolerante, vigiada pela Tia Emiliana. Religiosidade arcaica, fundada no estigma da Culpa, no horror ao Pecado da Carne, no "interdito ao sexo", tal como decretado pelo Velho Testamento.

O núcleo problemático está, pois, nesse fanatismo religioso — dominante na sociedade tradicional. Nessa ordem de ideias, a "santidade", buscada agonicamente por Maria Santa, pode ser interpretada como uma fuga ao natural impulso amoroso/erótico que, um dia, a teria atraído para o primo e fora reprimido, porque proibido. Impulso que ele também teria sentido por ela, mas também abafado. Só com a morte de Maria Santa, ele se sente livre para o admitir.

> Diante do corpo sem consciência de Maria Santa, fiquei imóvel durante minutos eternos, antes de estender as mãos [...] e afinal percorrer, agora já sem medo, os seus seios fortes, extraordinariamente fortes na linha alongada do perfil do seu corpo estendido. [...] Não me parecia cometer um crime moral... (op. cit., p. 145).

Essa problemática — a do "interdito ao sexo" — que está na base da civilização cristã, hoje em crise, será um excelente tema para debater com os alunos... Ao mesmo tempo fazer notar que toda a ação do romance projeta-se numa área que ultrapassa a da *sondagem psicológica* (peculiar à linha intimista do romance) e invade as fronteiras do *existencial ou transcendente,* onde a força da religião atua na interioridade dos seres e determina o "certo" ou o "errado" do comportamento humano. No sentido de se conhecer as personagens, há perguntas que podem orientar o leitor: Quem está narrando? Por que parece sofrer? Ao voltar para a casa da infância, o que ele estaria precisando descobrir? Quem é Maria Santa? Por que a dizem "predestinada"? Qual seria a função de Tia Emiliana na trama? E a da "viajante" que aparece inesperadamente (cap. XXXVIII)? Que função teria o "padre visitante" (cap. XLIV)? Qual o relacionamento entre o narrador e Maria Santa (cap. III e LIII)? Por que o narrador não lê os papéis deixados pelo juiz? A "chave" da problemática latente no romance estaria no cap. LXI? Etc...

Na tentativa de responder a tais questões, o leitor descobrirá que pouca coisa poderá ser respondida com objetividade, pois a narrativa se desenvolve imersa em mistério. *Fronteira* é um romance de atmosfera e de funda religiosidade, que se assume como força de resistência à ideia da "morte de Deus", tal como fora propalada, desde meados do século XIX, pela Ciência Naturalista e pela Filosofia Positivista. Ao mesmo tempo, põe em questão a rígida interdição religiosa à livre fruição do sexo, fora do casamento (ou entre parentes, relação considerada incestuosa, tal como é mostrada em *Fronteira*). É importante que os jovens leitores reflitam sobre essa fundamental problemática, ainda em aberto...

Cornélio Pena é uma das vozes que, entre nós, vêm escavando o enigma da vida humana, tentando decifrar o Mistério da Existência, para o qual, por enquanto, apenas a Fé tem respostas. Romance dos mais densos da ficção intimista/espiritualista brasileira, *Fronteira* é das leituras que oferecem ao jovem leitor as emoções de uma grande experiência humana e, com ela, temas de reflexão atualíssima e valores estéticos, que expressam o alto nível de criação/composição do romance brasileiro contemporâneo.

Dados biobibliográficos

Romancista, pintor, jornalista, advogado, Cornélio de Oliveira Pena nasceu em Petrópolis (RJ) em 1896. Pai, de raízes mineiras, nascera na fazenda de Jirau, sede da mineração da Itabira Iron (depois Vale do Rio Doce), em Itabira do Mato Dentro (MG). Mãe, de raízes paulistas, nascera na Fazenda do Cortiço, no Estado do Rio, de família de elite de fazendeiros pioneiros do cultivo do café e criação do gado zebu, no Brasil. Adolescente, ela residia em Paris com a mãe (como era comum no Brasil do século XIX entre as famílias de elite), quando conheceu seu futuro marido — jovem médico que fazia curso de especialização na Sorbonne. Casam-se e passam a morar em Petrópolis, onde Cornélio Pena nasceu. Logo a seguir, a família muda-se para a fazenda de Itabira do Mato Dentro (MG). Cornélio estava com dois anos de idade quando seu pai morre e a mãe muda-se para a fazenda de sua família em Pindamonhangaba (SP). Em 1901, nova mudança: fixam residência em Campinas (SP), onde permanecem dez anos.

Criança precoce, aos quatro anos de idade inicia os estudos primários, orientado por sua irmã mais velha, Bárbara. Em 1913, quando a família se muda para São Paulo, ele já terminara o quarto ano ginasial. Segundo depoimentos seus, em entrevistas, sua paixão pela literatura começou cedo. Aos oito anos descobriu Camilo Castelo Branco e Alexandre Dumas. Tornou-se um leitor voraz, lia tudo que lhe caía nas mãos: Machado de Assis, Sherlock Holmes, José de Alencar, irmãos Grimm, Pérez Escrich, livros e revistas francesas. Foi sempre um menino triste. Em entrevista a Lêdo Ivo, diz: "Fui uma criança solitária, inquieta, mas só interiormente, que não sabia brincar e passava a maior parte do tempo em duas salas vazias, com os brinquedos diante de mim, a imaginar o que devia se passar com eles." No colégio "vivia um pouco afastado dos colegas, sem amigos, mas já nesse tempo a vida me ensinara rudemente os seus perigos, pois aos dez anos feri a vista direita e perdi toda a visão, e daí o meu martírio de criança, proibido de ler e ouvindo através da porta de meu quarto a recomendação ansiosa: 'Apague a luz, que você fica cego...'" Aos onze anos, decide que seu destino era ser pintor e começa a desenhar e a pintar. Mas a paixão da leitura o acompanharia até o fim da vida.

Em 1914, a família muda-se para São Paulo, e ele ingressa na Faculdade de Direito do Largo de São Francisco, cujo curso lhe foi extremamente penoso, pois escapava por completo de seus interesses mais profundos. Nesse período havia descoberto os russos e vivia existencialmente entre os heróis de Dostoievski, Pushkin, Gorki, Gontcharov, Tolstoi e outros. Passa a se vestir de preto ou de escuro. Sentia-se profundamente infeliz e gostava particularmente de discutir sobre o destino último do ser humano. Durante o curso foi levado pelos colegas a escrever para o jornal acadêmico "Floreal". Em suas palavras:

> Escrevi a primeira alegoria que foi julgada importante. [...] daí a dúvida em que fiquei por muitos anos se era pintor ou escritor...

Em 1917, volta a Itabira (onde vivera dois anos, até a morte do pai), para assistir à morte de sua avó paterna — dona do Jirau e da gigantesca jazida de ferro, explorada durante um século e meio com processos de extração e manufatura considerados dos mais adiantados para a época. À Itabira, ele voltou de longe em longe, em curtas permanências, mas a vida da cidade, o espírito grave e sombrio de seus habitantes, as suas histórias de coragem e resistência... estiveram sempre gravadas em seu espírito. É desse lastro memorialista que o seu primeiro romance, *Fronteira*, está fundamente impregnado.

Terminada a Faculdade em 1919, deixa São Paulo e passa a residir em Niterói (RJ). Dedica-se inteiramente à pintura. Embora sem convivência física com as regiões de origem de seus pais e ancestrais, suas raízes mineiras permaneceram sempre vivas em seu espírito e sempre ligadas à morte.

A partir de 1920, inicia carreira no jornalismo, como redator e ilustrador de "O Combate" e "O Jornal". Mas esse não era o seu caminho. Como ele diz em entrevista.

> Foi uma experiência dolorosa, pois vi bem de perto como teria sucumbido no *mare magnum* da agitação jornalística. Qualquer coisa de secreto que havia em mim e que não me teria sido possível salvar na luta e na confusão que era o jornalismo. Só os que nascem vencedores, só as almas fortes não se afogam nestas ondas muito confusas para mim.

Em 1927, muda-se para o Rio, fixando residência em Botafogo. Ingressa no funcionalismo público, no Ministério da Justiça. Prossegue pintando febrilmente. Em 1929, decide fazer uma exposição individual, que resultou em grande sucesso, inclusive foi distinguida com um convite para exposição em Buenos Aires e que ele não aceitou. Nessa ocasião, torna-se membro da Sociedade Brasileira de Belas Artes. E, curiosamente, logo depois desistiu de ser pintor. Segundo explica:

> Ao pintar um novo quadro, Anjos combatentes, verifiquei com tristeza que não era pintor, nem desenhista, nem ilustrador. [...] Por quê? Porque eu fazia literatura desenhada... Minha intenção primitiva, na pintura, era significar alguma coisa, criando uma linguagem que falasse longamente ao espírito, mesmo depois de esquecida a forma, o trabalho manual, a

> representação em cores e linhas. O quadro, para minha convicção daqueles tempos, devia ser um mundo independente, sem limites na realização e a ideia que representasse devia ter uma duração indefinida, sem nunca escravizar-se a contemplação. Quem visse um quadro devia vivê-lo para sempre, e sua memória não seria estática, visual, mas sim dinâmica, criadora. (p. LXI)

A partir de 1930, abandona a pintura para se dedicar exclusivamente à criação literária.

Em 1935, volta à prática da religião católica (que na adolescência havia abandonado) e publica seu primeiro romance, *Fronteira.*

Seguem-se os novos romances, com largos intervalos de tempo entre eles. Em 1936, foi nomeado diretor do Instituto de Artes da Universidade do Distrito Federal (hoje UFRJ). Em 1938, é eleito vice-presidente da Sociedade Brasileira de Belas Artes. Durante os anos de 1941 a 1943, reside em São Paulo, acompanhando a longa enfermidade de sua mãe — período sumamente doloroso para ele. Depois de sua morte, ele volta ao Rio de Janeiro e se casa.

Passa a fazer parte do grupo de intelectuais católicos: Alceu Amoroso Lima, Lúcio Cardoso, Otávio de Faria... Grupo que, desde sua estreia em 1935, com *Fronteira*, o reconheceu como escritor de alta qualidade e que abria um novo espaço na ficção brasileira: o da ruptura entre o real e o suprarreal, o da interação do psíquico e o metapsíquico, do normal e o aberrante... Assinalando a estreia do novo escritor, Tristão de Athayde (A. A. Lima) escreveu:

> O romance do Sr. Cornélio Pena é desses livros que se colocam à parte na história de uma literatura. Desde o título até a paisagem, tudo se passa numa atmosfera de mistério. [...] Justo na hora em que toda a atenção se voltava para o romance social, que parecia tão de acordo com o novo estado de espírito que a Revolução de 30 colocara para a nova geração, aparece o romance do Sr. Cornélio Pena. E aparece com a coragem de sua perfeita inatualidade. [...] Nada deve ao ambiente e tudo à vida interior do autor.

Já consagrado como escritor de arte maior, Cornélio Pena, depois de uma longa doença, morre em 12 de fevereiro de 1958. Pouco antes de sua morte, indagado sobre qual lhe parecia ser a solução para a vida humana em crise, respondeu:

> Chegamos a uma época em que todos os homens devem comparecer, voluntariamente, perante Deus. Desse contato sairá a salvação do mundo, porque estou convencido de que as soluções individuais é que determinarão o aparecimento das soluções gerais. Não é a humanidade que está errada, é o homem.

Publicações

Fronteira, 1935; *Dois romances de Nico Horta*, 1939; *Repouso*, 1948, e *A menina morta*, 1954.

18. CYRO DOS ANJOS

O Amanuense Belmiro[21]

> As coisas não estão no *espaço*; as coisas estão é no *tempo*.
>
> Há nelas ilusória permanência de forma, que esconde uma desagregação constante, ainda que infinitesimal. [...] Na verdade, *as coisas estão é no tempo e o tempo está dentro de nós.*

Nesse fragmento do "diário" que o "amanuense Belmiro" está escrevendo, sintetiza-se a ideia-chave de sua visão de mundo e que, obviamente, expressa a filosofia de vida assumida por Cyro dos Anjos, autor do romance. Filosofia que se apóia na ideia de que a verdade maior da vida humana é *subjetiva*, é a que existe no interior de cada um que a vive. E não no *valor objetivo/concreto* do mundo à sua volta. Filosofia ou visão de mundo que marcou fundo a literatura ocidental (via Proust, Gide, Dostoievski e outros), a partir do entresséculos XIX-XX.

Nessa ordem de ideias, lembramos ao jovem leitor de hoje (início do século XXI) que, na medida em que ele se entregar à leitura de *O amanuense Belmiro* (1937), sem dúvida passará por duas experiências gratificantes, como *emoção* e como *conhecimento*: uma é o convívio íntimo com um provocador personagem que "abre a alma" ao leitor, através de uma escrita de arte maior (como a de Cyro dos Anjos); outra é a gradativa descoberta das *raízes*, não só do drama burlesco do personagem-narrador, mas também as da crise cultural/civilizacional que se desdobra no mundo pós-moderno desde o início do século XX até este limiar do século XXI. Crise complexa que tem entre suas fontes as relações homem/trabalho — relações que foram sendo gradualmente alteradas, a partir da Revolução Industrial (séc. XVIII), *com a invenção da Máquina*,

---

[21] Reformulação de textos publicados in NNC. *O ensino da literatura.* 1966 e SL O Minas Gerais. 31.12.1966 (N. da A.)

instrumento de trabalho que não só substituía (com grande vantagem!) a força-trabalho da mão humana, mas também acabou exigindo uma nova ordem de controle social: a da Burocracia, a do trabalho sistematizado, automatizado e impessoal, transformado em Sistema. Fenômeno paradoxal (e ainda sem solução no mundo atual), na medida em que é altamente positivo como garantia da "ordem e progresso" da sociedade, e é essencialmente negativo como processo de alienação do homem em relação ao seu trabalho.

É essa "alienação" que Cyro dos Anjos denuncia n'*O amanuense Belmiro*, já a partir do título — "amanuense" é o burocrata copista, cujo trabalho se reduz às próprias mãos. Porém será também através delas (ao escrever seu diário, criando literatura...) que Belmiro resistirá à alienação...

Cyro dos Anjos, escritor de linhagem machadiana, pertence à geração mineira de 1930 — Carlos Drummond de Andrade, Abgar Renault, Pedro Nava, Jorge de Lima, João Alphonsus... jovens talentos que, tocados pela funda crise em que o mundo mergulhava (o entre-guerras 1914-1939), e "alimentados" pela literatura europeia (Proust, Gide, Anatole France, Balzac, Dostoievski e outros), ao se assumirem escritores, enveredaram pelos caminhos "de dentro" (os do humanismo e da subjetividade da vida interior). Enquanto os jovens do Norte e Nordeste (Jorge Amado, Rachel de Queiroz, Lins do Rego...) enveredaram pelos caminhos "de fora" (os do Regionalismo e da dura denúncia da injustiça social, que estava na base do Sistema e que frustrava a possível realização dos desvalidos). O mundo, recém-saído da tragédia da I Grande Guerra (1914-18), já mergulhava na crise econômica mundial (provocada pela Quebra da Bolsa de New York/1929), pouco tinha a oferecer aos homens como caminhos de autorrealização. É nessa atmosfera de desencanto que Drummond escreve os poemas de seu livro de estreia, *Alguma poesia* (1930), onde está o "Poema de 7 faces", dedicado a Mário de Andrade.

> Quando nasci, um anjo torto / desses que vivem na sombra / disse: Vai Carlos! Ser *gauche* / na vida.

18. CYRO DOS ANJOS

A Cyro dos Anjos, ele dedica "O sobrevivente":

Impossível compor um poema a essa altura da evolução da humanidade. / Impossível escrever um poema — uma linha que seja — de verdadeira poesia. / O último trovador morreu em 1914. / Tinha um nome de que ninguém lembra mais.

A época era de horizontes fechados aos altos ideais de vida ou à aventura existencial. Fechamento que ficou simbolizado para sempre no poema-chave dessa geração literária:

No meio do caminho tinha uma pedra
tinha uma pedra no meio do caminho
tinha uma pedra
no meio do caminho tinha uma pedra.

("Pedra" que, com os anos, o talento de cada um deles conseguiu vencer e eliminar.)

Publicado em 1937 (período ainda oscilante entre a forma tradicional do romance e a ruptura modernista), *O amanuense Belmiro*, romance impregnado de ironia machadiana, oferece-se ao jovem leitor como fonte não só do prazer da leitura, mas principalmente de reflexão sobre as possíveis relações do homem com a vida. Relações ligadas ao *trabalho* (o *fazer* através do qual o indivíduo se realiza) e à *literatura* (reflexões do escritor sobre a escrita como meio de realização do *ser*).

Desde as suas primeiras linhas, o leitor se sentirá à vontade em companhia do narrador — um eu-que-fala familiarmente, contando seu encontro com amigos, num bar, numa véspera de Natal. Encontro prosaico, narrado num tom entre descontraído, bem-humorado e cínico. E, como se descobre depois, ao longo da leitura, já na primeira frase do livro, o narrador anuncia o ponto conflituoso de sua visão de mundo:

Ali pelo oitavo chope, chegamos à conclusão de que *todos os problemas eram insolúveis*.

Assim se abre o romance, sintetizando uma visão negativa da vida. Visão que, ao ser escrita no diário, se transforma em algo valioso. É importante que o jovem leitor vá detectando a arte com que se dá, no romance, a supervalorização filosófica do *tempo* (dimensão invisível, onde se dá a *vivência interior*) em relação ao *espaço* (esfera visível onde se dá a *vivência exterior*, na rotina do dia-a-dia). À certa altura, o amanuense (referindo-se à impossibilidade de reviver, na velha fazenda da infância, as antigas emoções), diz claramente:

> *As coisas não estão no espaço; as coisas estão é no tempo.* A alma das coisas fugiu nas asas do Tempo e só devemos buscá-las na *duração de nosso espírito.*

É nessa linha machadiana (a da contínua fusão do passado/presente/futuro num tempo contínuo), que o amanuense Belmiro Borba (cujo sobrenome leva o leitor ao "Quincas Borba" de Machado) se entrega à escrita de seu diário, tentando resgatar um passado feliz. Mas a sua memória não é como a de Proust (*Em busca do tempo perdido*), espécie de espelho mágico que ressuscita o passado, como uma aparição misteriosa, densa de sortilégio. A de Belmiro é machadiana, frustrante. E quando, naquela véspera de Natal de 1935, inicia o seu diário, ele já não tinha ilusões quanto ao possível resgate do já vivido. Já havia revisitado os velhos lugares da infância e de antigas afeições... e não encontrara mais a alma que nelas existira. Descobrira que

> [...] era inútil tentativa, viajar o passado, penetrar no que já morreu. [...] Onde pretendi encontrar a alma das épocas idas, não encontrei senão pobres espectros. [...] as coisas não estão no espaço, leitor, as coisas estão no tempo.

Levado por essa certeza e tentando *preencher o vazio existencial* de sua vida presente, Belmiro se entrega *à escrita do diário*. Em essência, ele tentava aprisionar, nas palavras, o efêmero de sua existência e fazer com que o vivido permanecesse para além dele, no espaço perene da Literatura. Nessa ordem de ideias, é importante notar que essa filosofia de vida resulta em valorizar a Literatura (vivência interior exteriorizada em palavras) como *a grande via* da autêntica realização existencial. (Essa é uma das ideias diretrizes do romance existencialista que, nesses anos 1930, começava a ser engendrado na França de Sartre e que, por outras vias, Machado de Assis já havia descoberto, cerca de meio século antes.) Em certo momento do diário, Belmiro diz:

> Este caderno, onde alinho episódios, impressões, sentimentos e vagas ideias, tornou-se, a meus olhos, *a própria vida*, tanto se acha embebido de tudo o que de mim provém e constitui *a parte mais íntima de minha substância.*

A substância humana engrandecida pela criação literária é o dado compensatório da mediocridade de vida, à qual Belmiro se vê lucidamente aprisionado. Um viver amesquinhado, como ele próprio alardeia e assume, entre desconsolado e arrogante ou cínico. Descendente de grandes varões, ele não conseguira realizar o ideal que a família esperava dele ou que sua linhagem o exigiria. Desviara-se dos estudos para o bacharelato, atraído pelas festas, boemia, amores imaginários e infelizes, atração inconsequente pela poesia, pela literatura. E, afinal, ele se tornara o "Borba errado".

> Onde estão em mim a força, o poder de expansão, a vitalidade, afinal, dos de minha raça? O pai tinha razão, do ponto de vista genealógico: como Borba, fali. [...] Meu consolo é que sou um grande amanuense. Um burocrata! Exclamava o pai com desprezo.

Belmiro se tornara um burocrata, um servidor da ordem abstrata e estéril dos papéis que legitimam a máquina social. Ao escolher a carreira burocrática para o seu personagem, Cyro dos Anjos assume-se abertamente como mais uma voz crítica a denunciar uma das faces negativas da progressista Civilização da Máquina: a face da Burocracia, cujo funcionamento se processa inevitavelmente de maneira mecânica, repetitiva e impessoal. Processo que acaba por esterilizar as forças criativas de seus servidores.

Os personagens-burocratas surgem na literatura a partir do século XIX, quando o sistema administrativo se implanta definitivamente na sociedade. E, com ele, o trabalho mecânico e repetitivo que transforma o trabalhador num autômato. Ao retomar essa problemática, Cyro dos Anjos trata-a de maneira aparentemente lúdica, mas no fundo, dramática. O seu "amanuense" pertence à grande linhagem dos solitários burocratas da literatura russa (Tchekhov, Gogol, Dostoievski...); são figuras patéticas, pois vivem a alienação burocrática, sem terem consciência dela. Ao contrário de seus antecessores, Belmiro tem plena consciência da esterilidade de suas funções burocráticas, mas aceita-as, como um destino.

> Meus honestos e graves companheiros de Seção [...]
>
> Bons sujeitos, mas sempre revoltados. Poucos deles assinam o ponto de humor sereno e com aquela unção de que deveriam estar penetrados, após tantos anos de exercício de suas funções. São raros os que chegam à burocracia triunfantes, que é aquela em que o espírito se integra no *bureau* e o homem não é mais do que um conjunto de fórmulas e praxes, ou melhor, é o próprio processo, em forma hierática e cabal. Os mais ficam na burocracia militante e inconformada [...] Mas, na generalidade dos casos, meus amigos da Seção exercem com desencanto suas funções; não nasceram para esta vida.
>
> Quanto a mim, se algo há de que me ache firmemente convencido é ter neste *bureau* um destino lógico que, no fundo, não me contrista.

Essa aceitação ampla de sua condição de funcionário público tem, em contrapartida, a contínua fuga do "amanuense" para a divagação literária, ora tentando resgatar a memória de um passado feliz (que ele já sabe irresgatável), ora idealizando possíveis e frustrados amores (o mito Arabela, Camila, Carmélia), ora se perdendo em reflexões filosóficas ou literárias.

(Cerca de uma década depois, o mineiro Murilo Rubião publicaria o seu Ex-Mágico, "funcionário público" apaticamente conformado com o seu destino absurdo de "fazer mágicas", sem saber como, nem por quê?... Mágicas totalmente inúteis, que o tornam habitante de um mundo fantástico e absolutamente sem sentido.). Cyro dos Anjos, desafiado pelo enigma do humano, incorpora em Belmiro a dualidade intrínseca do ser; sempre o *eu* se desdobrando no *outro* que existe dentro dele.

Eis que o amanuense é um esteta: ao passo que há nele um indivíduo sofrendo, outro há que analisa e estiliza o sofrimento.

O caminho de evasão, que anula a mediocridade ambiente, é a Literatura. É a escrita que, no diário, vai transformando sua vida medíocre e efêmera em realidades belas e perenes.

> Quem quiser fale mal da literatura. Quando a mim, direi que devo a ela minha salvação. Venho da rua oprimido, escrevo dez linhas, torno-me olímpico. Descobri o segredo: transferir os problemas para o Diário e realizar uma espécie de teatro interior. Parte de nós fica no palco, enquanto outra parte vai para a plateia e assiste. [...] Em verdade vos digo: neste caderno, o que escreve não é o homem fraco que há pouco entrou no escritório. É um homem poderoso que espia para dentro, sorri e diz: "Ora, bolas!"

Com esse "Ora, bolas!" fica explícito que todos os desencontros e desilusões vividos no seu "insignificante cotidiano" perdem toda importância, desaparecem diante do valor da criação literária. Cyro dos Anjos pertence à linhagem de escritores para quem a literatura representa a verdadeira vida. Leia-se, por exemplo, algo que o grande Kafka escreveu em seu Diário, no início do século XX:

> Tudo quanto não se refira à literatura, eu detesto: as conversas me entendiam; as visitas me aborrecem mortalmente: em relação a tudo que valorizo, elas estão privadas de importância, de seriedade e de verdade.

Guardadas as devidas distâncias, a visão-de-vida é a mesma... A obra de Cyro dos Anjos está entre as primeiras que, entre nós, registraram a crise cultural/civilizacional em que o mundo mergulhou, desde o início do século XX. Crise que prossegue em curso neste limiar do século XXI. Diante do caos, naqueles idos de 1930-1940, ele já aponta o possível caminho para a nova ordem que há de vir: o espírito humano e sua potencialidade criadora... A Palavra do Homem, engendrada no *tempo*, construirá um novo *espaço*...

Dados biobibliográficos

Romancista, jornalista, professor, intelectual atuante, Cyro Versiani dos Anjos nasceu em Montes Claros (MG) em 5 de outubro de 1906. Desde criança entrou em contato com a cultura: seu pai, fazendeiro e professor, era um grande leitor e amante do debate de ideias; sua mãe gostava de música. Aos oito anos, o futuro romancista já rabiscava um jornalzinho manuscrito, "Horas Vagas". Aos dez anos, estimulado por um amigo da família, tipógrafo, editou um jornal, "O Civilista", com opiniões sobre a candidatura política de Rui Barbosa, do qual seu pai era partidário. Fez os primeiros estudos em Montes Claros, na Escola Normal. Em 1924, transferiu-se para Belo Horizonte, onde concluiu os estudos secundários e cursou a Faculdade de Direito, formando-se em 1932.

Enquanto universitário, inicia-se nas lides jornalísticas, mantendo uma coluna diária de crônicas ("Diário da Tarde", "Diário do Comércio", "Diário de Minas"). Em 1933, passa a redator de "A Tribuna", assinando suas crônicas com o pseudônimo de Belmiro Braga. Depois de formado, inicia carreira no funcionalismo público. É nomeado oficial de gabinete do governo de Minas Gerais (1935-1938). Foi Diretor da Imprensa Oficial de Minas (1938-1940). Durante o governo do presidente Eurico Gaspar Dutra (1945-1951) foi assessor do Ministro da Justiça e Diretor do IPASE. No governo de Juscelino Kubitschek foi nomeado subchefe do Gabinete Civil da Presidência da República (1957-1960). Convidado pelo Itamaraty, regeu a cadeira de Estudos Brasileiros na Universidade do México (1952-1954) e na Universidade de Lisboa (1954-1955). Foi professor da Universidade de Brasília e da Universidade Federal do Rio de Janeiro. Aposentou-se como Conselheiro do Tribunal de Contas de Brasília.

Estreou como romancista em 1937, com *O amanuense Belmiro*, desde logo bem acolhido pela crítica e pelo público. Envolvido nas funções oficiais de trabalho, seu segundo romance, *Abdias*, leva anos para ser concluído e publicado (1945). Cerca de dez anos depois publica *Montanha*, fruto não só de sua experiência humana, na área da política, como também da reflexão sobre os processos de criação literária. Reflexão que resultou no livro *A criação literária*. Na década de 1960, começa a recolher suas memórias, "filtradas" pela ficção. Publica *Explorações no tempo* (1963) — texto que, em 1979, foi integrado no volume de memórias *A menina do sobrado*, com o título de "Santana do Rio Verde" (nome fantasia de Montes Claros).

Em 1969, foi eleito para a Academia Brasileira de Letras, na cadeira nº24, sucedendo a Manuel Bandeira. Faleceu em 4 de agosto de 1994, no Rio de Janeiro, aos 88 anos.

Publicações

Romance — *O amanuense Belmiro*, 1937; *Abdias*, 1945; *Montanha*, 1956.
Ensaio — *A criação literária*, 1954.
Poesia — *Poemas coronários*.
Memória — *Explorações no tempo*, 1963, e *A menina do sobrado*, 1979.

19. CYRO DE MATTOS

Revisitando os Caminhos da Ficção de Cyro de Mattos[22]

[...] todas as nossas obras não passam de um esforço desesperado para dizermos o indizível. (Merleau-Ponty)

Essa afirmação do fenomenólogo francês (uma das lúcidas vozes da Filosofia contemporânea) nos veio à lembrança, ao revisitarmos a obra novelesca que Cyro de Mattos vem construindo e reconstruindo há quase meio século de incessante produção, consagrada pela Crítica, reconhecida além fronteiras e detentora de vários prêmios significativos.

Obra de húmus trágico regionalista, pertencente à saga cacaueira do Sul da Bahia, desde seus inícios tateantes, nos idos de sessenta, ela surge atraída por dois polos contrastantes: o da *problemática regional* (a terra) e o dos *meandros do universal* (o homem). Em *Berro de fogo* (1966), seu livro de estreia, já se anuncia essa dupla problemática: *a regional* (empenho em denunciar a decadente engrenagem econômica cacaueira dominada pelo "Coronelismo") e, ao mesmo tempo, *a existencial* (sondagem dos avessos do homem que ali vive ou desvive). O momento era de profusão de caminhos entrecruzados.

Pertencente à Geração dos Anos Sessenta — a que surge no pós-Guerra Fria (pós-apocalipse Hiroshima/Nagasaki) —, Cyro de Mattos, ao buscar seu caminho de escritor, enfrentou a turbulência cultural da época. Com a falência definitiva das ideologias e valores consagrados pela tradição cristã/liberal/burguesa (falência pós-Darwin e "pós-morte de Deus"), cruzavam-se no campo da criação literária as mais díspares propostas e experimentalismos, em busca de uma Nova Ordem ou pondo a nu a desagregação das antigas certezas. Nascia o

[22] Texto-homenagem aos 40 anos (1966-2006) da carreira literária de Cyro de Mattos. (N. da A.)

homo tragicus.

Entre nós o grande romance regionalista, dos anos 1930/40, chegara ao apogeu e entrava no ocaso... mas sua matéria-prima continuava mais impositiva do que nunca. Era urgente que, através de uma Nova Ótica, fossem redescobertos problemas vitais da realidade brasileira e que, embora detectados, continuavam em aberto: a terra e suas peculiaridades regionais, a sociedade patriarcal em decadência, o choque de classes, o embate entre tradição e modernização. A Nova Ótica surgiria no imediato pós-guerra (1946-1956). Nas raízes do amálgama telúrico/social, descobre-se o Homem — criador/criatura da vida em contínuo fazer-se/desfazer-se/refazer-se.

Para além da influência poderosa do americano Faulkner, "estranho profeta dos trágicos tempos modernos" (como Gide o definiu), misturavam-se, no caldo cultural brasileiro, as vozes de seus companheiros de geração (a dos anos 1920/30, pós I Guerra Mundial): Steinbeck, Hemingway, Dos Passos... com a do onipresente russo, Dostoievski (espécie de húmus do romance moderno ocidental). Em Minas Gerais, Guimarães Rosa surgiria com os contos de *Sagarana* (voz do "homo ludens"), e, na Bahia, Adonias Filho, com o romance faulkneriano *Servos da morte* (voz do "homo tragicus"). Em Goiás, pouco antes, em 1944, o humanismo doloroso de Bernardo Élis se revela nos contos *Ermos e Gerais*. No Rio de Janeiro, Clarice Lispector surge com o romance *Perto do coração selvagem* e abre a "caixa de Pandora" do Existencialismo heideggeriano — que descobre o homem como um *ser-feito-de-tempo* (substituindo o de Sartre que, na Europa da II Guerra, definira o homem como um *ser-para-a-morte*). Nesse momento o argentino/europeu Jorge Luis Borges publicava os jogos linguísticos/fantásticos de *Ficciones* — obra que só chegaria ao leitor brasileiro com a "onda latino-americana" (Cortázar, García Márquez, Vargas Llosa...), a partir dos anos 1950/60. O caminho fora aberto para a eclosão da saga-impacto de Guimarães Rosa, *Grande sertão: veredas* (1956), que vinha revolucionar o mundo do romance brasileiro, com um regionalismo de raízes metafísicas. A partir dos anos 60/70, diante do mundo fragmentado que desafia os escritores a retê-lo na rede das palavras, impõe-se a prosa narrativa e, principalmente, a forma breve do conto — *fragmento* que, pela síntese, deixa entrever a essencialidade do *todo*. São dessa natureza as histórias de Cyro de Mattos.

Berro de fogo

Em meio a essa heterogênea atmosfera cultural/literária (e a instauração dramática do Governo Militar no país), Cyro de Mattos, ao buscar caminho próprio para testemunhar o seu tempo/seu mundo/sua gente, centra-se na realidade à sua volta: a da crise em que mergulhara a região cacaueira grapiúna; os conchavos políticos; o Coronelismo, como Sistema baseado na exploração dos desvalidos pelos poderosos, e a tragicidade inerente ao ser humano, pois, independentemente de sua posição social, riqueza ou pobreza, seu destino final é o fracasso e a morte.

Dentro do regional, o Escritor buscava o universal. Oscilando entre a narrativa realista/linear e a narrativa fragmentada pós-moderna, escreve os contos reunidos em *Berro de fogo*, seu livro de estreia, em 1966. Obra imatura, quanto à definição de sua temática-eixo e estilo, mas já expressando uma linguagem própria, embora ainda oscilando quanto ao seu tônus definitivo. Nela já se fazem presentes as linhas de força que através dos anos iriam alicerçar o universo que vem sendo construído pelo Autor: a condição trágica do ser humano (ser-para-morte); a visceral relação (fraterna ou indiferente) Homem/Natureza e a Vontade de Poder que transforma o homem em lobo-do-homem. (Linhas-de-força que, a partir dos anos 80, vão sendo atenuadas em sua dramaticidade e abrindo espaço para um Novo Humanismo e poeticidade.)

Na apresentação desse volume de estreia, Hélio Pólvora menciona a fusão, feita pelo Escritor, das "duas correntes do moderno conto brasileiro — o esteticismo e o regionalismo —, que ele funde na mesma forja e lhes dá um tempero bem pessoal". E enfatizando o grande lastro emocional ali patente, define-o como peculiaridade do Autor: "[...] sente-se nele a vontade de escrever e a paixão de escrever. Por isso seus contos trazem a marca de coisas sofridas, pensadas, remoídas, cristalizadas."

Sem dúvida, essa fusão de "vontade e paixão" é o motor primeiro, que dinamiza o trágico mundo que vem sendo criado pelo Autor, através dos anos e de sua obsessiva luta com a palavra que deve expressá-lo. Vontade e Paixão que levam a algo singular: a reescrita ou reinvenção de contos já publicados e que, recriados em nova linguagem e atmosfera, são republicados em novos volumes subsequentes àquele em que surgiram. É o que acontece com vários contos desse livro de estreia: reaparecerão, mais tarde, em novas coletâneas do Autor.

A epígrafe faulkneriana

> O velho recompusera-se do seu deboche, regressando de novo às margens. (William Faulkner)

Essa citação posta na abertura do volume alerta o "leitor atento" para algo que ele não vai encontrar com evidência nos contos: a latente "afinidade eletiva" do Autor com o mundo trágico e labiríntico de Faulkner.

Citação que, não sendo completada, tal como inscrita no original americano ("[...] o velho Rio rodopiando placidamente em direção ao mar"), permanece enigmática para o leitor não familiarizado com o romance faulkneriano. Enigma (talvez intencional no Autor) que também não lhe é esclarecido, em nenhum dos contos ali reunidos, e o impede de descobrir que "o velho", ali referido, não é um homem, mas sim o Rio Mississipi que, no sul dos Estados Unidos, é chamado popularmente como "the old man". Apelido que Faulkner deu, como título, a um de seus contos mais famosos, *The old man*, cuja ação se passa durante a grande cheia do Mississipi, em 1927. E, em essência, é uma alegoria da dura luta do homem para vencer os obstáculos que a Vida opõe à sua plena realização existencial. Essa singular "circunstância faulkneriana" (que marca sua "iniciação" como Autor), sem dúvida, em seu espírito, estaria ligada ao Rio Cachoeira de sua terra, e que aparece, quase personagem, no conto "Mirante". Com essa epígrafe de Faulkner, Cyro de

Mattos apontava, sibilinamente, para sua identificação com a visão de mundo do genial/apocalíptico mestre do romance americano, na medida em que o universo por ele criado no pós-I Guerra (1914-18) ressurgia, quase trinta anos depois, como uma espécie de síntese do caos em que o mundo pós-Guerra Fria (1956) mergulhara: *visão fatalista do homem* (joguete de forças desagregadoras), somadas a uma funda consciência da *ligação cósmica Homem-Natureza* e *a visão do Homem-como lobo-do-homem.*

A velada alusão ao "rio" — que está implícita na epígrafe faulkneriana —, lida hoje há anos de distância, revela que, em sua estreia, Cyro de Mattos já estava de posse da problemática existencial que serviria de húmus à sua criação futura. A funda relação (benéfica ou maléfica) Homem-Rio (ou Homem/Natureza) é uma das constantes de sua Ficção e, principalmente, da Poesia, que ele passa a criar a partir dos anos 1980, mas já dentro de uma outra atmosfera: luminosa, em lugar de sombria. Sua sintonia inicial com o universo trágico de Faulkner se deveu, sem dúvida, à coincidência de visão de mundo — a do homem-sem-saída, num mundo em desagregação, no qual o *antigo* já se esgotara em sua seiva construtiva, mas continuava a se impor como Sistema, e o *novo* que forçava caminho, pondo em questão as antigas estruturas, mas ainda longe de se transformar em Sistema. Mundo decadente que, entre nós, fora denunciado pelo grande Romance do Nordeste de 1930.

De modo ainda incipiente, é essa complexa problemática que energiza os contos de seu livro de estreia e que, ao longo destes quarenta anos de labor contínuo, crescente domínio estilístico e aprofundamento existencial, o Autor foi reelaborando até chegar à forma plena da problemática que alicerça a sua obra. Na verdade, o tema-eixo da epígrafe faulkneriana — a metafórica relação homem/rio —, fincara raízes no espírito do escritor e, logo mais, em 1968, estaria transformado no doloroso conto "O Velho e o Rio" que, traduzido, foi publicado na Alemanha Ocidental, na coletânea *Moderne brasileira niche erzahler* e, em 1970, é incluído em seu novo volume de contos, *Violentos e desalmados.* Em sua trama, é expressa, em tônus de tragédia e atmosfera fantástica, a funda relação existencial entre o homem e o rio (origem da vida). Relação aqui metaforizada pelo "velho Teofloro", torturado na prisão e cujo sofrimento desumano era aliviado pelo "carinho" que o Rio Cachoeira lhe enviava através do "vento sussurrante".

Escritor que, obsessivamente, escreve e reescreve ou recria seus contos, Cyro de Mattos vem construindo um universo novelesco trágico, atravessado por certas constantes que o singularizam no conjunto do romance brasileiro: a Posse da Terra vivenciada pelo poderoso, como algo inerente à sua própria vida; o eterno/trágico choque entre Pai e Filhos; a funda/existencial ligação do homem com a natureza (benfazeja ou hostil) e a loucura ou a animalização do ser humano, aviltado pelo poderoso.

Se em *Berro de fogo*, seu livro de estreia, a forma, o estilo ou o domínio da linguagem narrativa se mostram ainda indecisos/imaturos... a problemática nuclear do Autor já se faz presente em todos os contos, embora ainda sem a complexidade e violência que iria assumindo de livro para livro. No conto que abre o volume, "Bastantemente solidão", já surgem duas das linhas-de-força que energizam o universo do Autor: a posse da terra (e suas riquezas) vivenciada pelo Coronel, como algo inerente ao seu próprio ser; e o choque de ideias que o leva a sentir-se traído pelo "filho doutor". Numa linguagem em moto-contínuo (oscilante entre o registro realista/racional e o fragmentado) anuncia-se, desde o início, o motivo desencadeante da tragédia final: a crise do comércio de cacau, agravada pelos conchavos políticos, e que leva os cacauicultores à decadência econômica.

É dentro desse momento de crise que encontramos o despótico Coronel Marcolino, prisioneiro do desespero e raiva, por se ver ameaçado de perder sua riqueza — o cacau estocado e sem valor —, pois, com ela, perdia também sua hombridade, seu orgulho de homem poderoso. Perda agravada, por sentir-se traído pelo "filho doutor" e suas "ideias comunistas", defendendo os "direitos do pobre" a ter acesso às terras. Num repente de revolta e dor, arrasta sacos de cacau para o fundo do quintal, "formando um círculo em volta da goiabeira". Derrama querosene sobre eles.

> Atiçou fogo. As lágrimas desciam pelo rosto. [...] Meteu-se adentro do fogaréu. Logo invadiu o ar o odor de carne queimada com o mofo do

cacau. Em cima, as andorinhas faziam dança, em voos serenos, no descambar da tarde.

Nesse final, já se manifesta uma das constantes do mundo criado pelo Autor: a indiferença da Natureza em relação à tragédia humana — dado que intensifica o peso da revolta/frustração/solidão em que vivia o Coronel e que o leva ao suicídio.

Quase vinte anos depois, esse drama e problemática voltam, estilisticamente transformados na pequena e emblemática novela "Coronel, cacaueiro e travessia" (in *Duas narrativas rústicas*, 1985). No estilo interrogante/dialogante, que se tornou uma das formas mais expressivas da ficção pós-moderna, essa nova versão já expressa a alteração de ótica que, a partir dos anos 1980 (quando o Escritor se revela Poeta), vai infiltrar um novo humanismo na visão trágica que desde sempre predominara em seus escritos. Ao mesmo tempo, nela se intensifica um problema hoje ainda em aberto (com maior ou menor impacto nos diferentes estratos sociais): *o choque entre mentalidades* — a do Passado (fundado em diferentes formas do sistema senhor/escravo, poderoso/desvalido) e a do Presente utópico (assente no ideal de igualdade de condições para a autorrealização de cada ser humano). E o final abrupto e seco da primeira versão — com "o odor de carne queimada com o mofo do cacau" e a Natureza indiferente, com "as andorinhas em voos serenos" — agora se dilui numa atmosfera serena, quase lírica, em que apenas se sugere a tragédia:

> Abafada é a respiração do coronel na terra quente que flutua [...] Olhar imóvel e frágil que começa a se apagar [...] Onda de mansidão percorre agora o corpo todo, a tomar lugar daquela fúria que sempre comandou os sentimentos.

Enquanto o coronel agoniza, vai perdendo a ligação com o presente frustrante e volta ao mundo da origem.

Nessa mesma versão trágico-lírica, essa novela volta em novas coletâneas (*Os recuados*, 1987, e *Berro de fogo e...*, 1997), como que confirmando a problemática nuclear do Autor: a escavação do Homem e suas circunstâncias.

Essa visão de homem — a do Coronel despótico, apegado visceralmente aos seus bens e riqueza (que lhe garantem Poder absoluto sobre os que com ele convivem) e seu contínuo conflito com as ideias humanitárias dos filhos, será a tônica dominante no universo de Cyro de Mattos, desembocando fatidicamente na tragédia: no fracasso de seu Poder e consequente autodestruição de sua vida.

Essa problemática (conjugação de despotismo, hombridade e tragédia) já se anuncia no conto-título da coletânea de estreia, *Berro de fogo*. Embora o drama seja vivido por um "pau mandado" do Coronel, este será a causa desencadeante da tragédia que, no final, o atinge. O personagem-eixo é o Mãozinha, caboclo "triste e só", que perdera os dedos da mão direita no pipocar desastroso de um foguete em noite de São João. De caráter bom e pacífico, conformado com seu aleijão e fiel cumpridor de suas tarefas, Mãozinha, por ordem do Coronel e sua ganância, fora obrigado a matar, com seu "berro de fogo", um pobre homem, honrado e inocente. Injustiça por ele cometida, que sua *hombridade*, seu senso inato de justiça repudiavam e passaram a atormentá-lo.

Deixou as terras do Coronel. "Pra longe foi, consigo a pensação da morte mandada", a exigir a punição do responsável. Com o tempo, decide: "retornar pro Ribeirão da Gaia", terras do Coronel. Num "capoeirão" arma a emboscada. Ao avistar o Coronel, sozinho a cavalo, com o mesmo "berro de fogo" atira... Mas a morte não vem logo. O Coronel se arrasta na mata, inutilmente pedindo socorro, acompanhado de longe pelo olhar do Mãozinha e pelos urubus que, depois de "dois dias" de espera, caíram sobre "as carnes do coronel". A Natureza, na figura dos "urubus", participa do ato de justiça, numa terra em que a Lei é a palavra dos Coronéis.

Reinventado, anos depois, abrindo uma nova coletânea do Autor (*Berro de fogo e outras histórias*, 1997), a tragédia em bruto, contada originalmente pelo narrador (em 3ª. pessoa), transforma-se num relato memorialista: "Conto porque foi um despropósito sem tamanho. Até hoje me lembro de tudo como se estivesse acontecendo neste momento." Vamos acompanhando o relato de um Eu, em diálogo/monólogo com alguém que permanece em silêncio e que, no final, descobrimos ser o próprio Escritor que ouve o seu Personagem: "Vosmecê quer saber se o sono voltou e eu passei a ter meu sossego? Não voltou, Cyro, não voltou." A mudança de foco narrativo cria uma nova atmosfera emotiva. A objetividade descritiva da primeira versão cede lugar à narração dos dolorosos/trágicos fatos, filtrados pela memória, circunstância que atenua (ou engrandece) o vivido.

Obra que se revela em continuado processo de recriação estilística e de escavação existencial, a de Cyro de Mattos, enraizada em sua terra e sua gente, expressa a constante busca de uma sintonia cada vez maior com a acelerada mutação do nosso tempo.

O conflito Coronel/Filhos

Um dos temas candentes do mundo criado por Cyro de Mattos é o conflito entre o Coronel e os Filhos — engendrado pelo medo obsessivo do Pai em ser espoliado de sua riqueza e poder pelo Filho. Conflito controvertido que não chega a ser resolvido quanto a quem atribuir, realmente, a mesquinhez ou cobiça que provoca o choque entre ambos. A avareza do pai? Ou a cupidez do filho?

Em "Bastantemente solidão", é o Coronel que se revela mesquinho/odiento em relação ao "filho doutor" humanitário. Já em "Chove sangue nas terras de Cantigó" (in *Violentos e desalmados*, 1970) — uma das histórias mais terríveis/violentas, na obra do Autor —, são os filhos cruéis que cobiçam e se apossam do que é do pai e acabam se matando entre si. A ambiguidade da problemática se aprofunda em "Somente Ele escutou a fúria do mar" (in *Os brabos*, 1979). Numa escrita seivosa que, de imediato, agarra o leitor, tudo oscila entre positivo e negativo. Teriam razão os dois filhos (o médico e o engenheiro) que levam o velho pai (grande fazedor da fortuna familiar) para morar à beira-mar, visando sua melhor saúde e bem-estar? Ou teria razão o pai, ao crer que os filhos queriam apossar-se do que era dele, antes de sua morte, e por isso ali o exilaram? Na narrativa, ambas as possibilidades se misturam dentro da atmosfera ambígua que envolve os fatos. Ali, tudo oscila entre polos contrários. Até o mar que, no início, seduz o velho, com sua grandeza, placidez e beleza, no final, tomado de fúria, arrasta-o como algo infernal/grandioso que procura engoli-lo e contra o qual ele luta até se entregar vencido, não sem — antes de ser engolido pelas águas — lançar um último grito de maldição aos filhos: "Poooooorcos"

Berro de fogo...

Em uma de suas últimas coletâneas, *Berro de fogo e outras histórias*, uma nova atmosfera se insinua pelas frestas do mundo fechado/cruel, desde sempre escavado pelo Autor. Foram aqui recolhidos alguns de seus mais fortes contos ou novelas publicados durante vinte anos e cuja violenta matéria faz contraponto com uma certa ternura dolorida que atenua a dureza antiga — ternura ou compaixão pela solidão da velhice quando a morte leva o companheiro; ou o diluir-se o desamor do filho pelo pai severo (que ele não compreendia e que só o censurava) ao vê-lo, velho e cansado, embalar com carinho o neto recém-nascido.

Desde os anos 1980, a Poesia vinha abrindo um novo espaço no mundo ficcional criado pelo Autor, desde os Anos Sessenta. *Cantiga grapiúna* (1981) revelou o Poeta — a palavra que, entranhada na terra de origem e no viver cotidiano, expressa "o efêmero à margem do eterno". Mário da Silva Brito, registrando esse novo pulsar da palavra do escritor grapiúna, apontou a diferença em relação à sua ficção: "... dos versos de *Cantiga grapiúna* não resultam cicatrizes, mas bálsamos que curam feridas da vida dolorosa que todos sofremos."

Loucura e animalização

Entre as histórias reunidas na coletânea *Berro de fogo e...* que deixam "cicatrizes" mais fundas, está o fantasmal "Infância com bicho e pesadelo". Trama labiríntica que se desenrola numa casa em ruínas, onde mora um homem estranho, cuja vida, desde menino, concentrou-se na profunda afeição que o ligava ao gato Sarampelo. Afeição que enfurecia o pai e o leva a matar o bicho. A perda violenta do gato amado leva o menino, depois homem, a perder-se na esfera da loucura, convivendo sozinho na casa sombria com o fantasma do gato, num eterno retorno: o fim se ligando ao começo e tudo se repetindo infinitamente, até sua morte, já velho. Loucura e animalização, resultantes da crueldade dos poderosos, aviltando os desvalidos, são temas que percorrem o universo ficcional de Cyro de Mattos.

Em "Ladainha nas pedras", a trama se desenvolve em torno da *via crucis* de Bituca, pobre mulher, esmagada pela miséria e que ganha a vida com os animais mortos no matadouro, e cujas vísceras ela vende. Frase em jorro. "*Ladainha nas pedras, danação nas veias, sol roxo de martírio.*" Estrutura narrativa circular, a vida fechada na tragédia cotidiana que se repete eternamente.

Caberia ainda, nesta coletânea, "Os brabos" — de húmus faulkneriano e um dos seus mais contundentes textos que denunciam a animalização do homem, condenado a um viver primário e rude. É dos últimos contos, em que o Autor se faz testemunho do homem visto como um ser-para-a-morte. Estruturado por uma fala ininterrupta/labiríntica, a de um Eu confuso e rude, que fala a alguém, que permanece calado — aparente diálogo que, no final, se revela como um torrencial monólogo. O leitor é jogado na consciência do *eu falante*, onde tudo se atropela de modo confuso, o passado misturado ao presente, frases interrompidas, para serem retomadas adiante, interrogações sem resposta. O tom descontraído, em tom de conversa, que é mantido do princípio ao fim, contrasta com a situação trágica, em que o eu-que-fala se sente encurralado (contraste que aprofunda a tragicidade da trama). Ele acabara de saber da iminente prisão, pela Justiça, de seu irmão menor, embrutecido pela vida quase animalesca em que vivia. Seria internado num sanatório, onde o tratamento reduzia humanos a bichos — caminho aberto para a loucura que desemboca na morte. O conto termina com a visão das "duas cruzes brancas" no caminho, marcando o destino final dos dois irmãos. Em essência, "Os brabos" resulta em um terrível inventário-denúncia das condições primárias/animalescas da vida humana em rincões ainda não alcançados pela civilização.

Obra ainda em processo, que há muito vem redescobrindo o homem como um ser-feito-de-tempo, e não mais como um ser-para-a-morte, a de Cyro de Mattos já conquistou seu lugar nos quadros da Literatura Brasileira contemporânea.

Dados biobibliográficos

Contista, poeta, ensaísta, cronista, jornalista, advogado, uma das mais destacadas vozes da saga do cacau, escritor de linhagem faulkneriana e forte presença na Literatura Brasileira contemporânea, Cyro Pereira de Mattos nasceu em 31 de janeiro de 1939 em Itabuna, zona cacaueira da Bahia. Fez os primeiros estudos em sua cidade no Ginásio Divina Providência, e prossegue-os em Salvador no Colégio N. S. da Vitória, época em que descobre o prazer pela leitura (*O tesouro da juventude*, Júlio Verne, Charles Dickens, E. Allan Poe, Monteiro Lobato...). Sua vocação para a escrita literária manifestou-se cedo. Ainda ginasiano, escreve crônicas para o jornalzinho do colégio marista, onde estudava. Em 1958, ingressa na Faculdade de Direito da Universidade Federal da Bahia, período de intensa atividade intelectual, em que descobre o mundo da grande literatura. A atmosfera do momento era agitada pela obra-impacto de Guimarães Rosa ou ainda pela de Camus com *A peste*, *Calígula*; o realismo absurdo de Kafka em *A metamorfose* e o trágico *Leviatã* de Julien Green. Em companhia de colegas (Ildásio Tavares, Alberto Silva, Marcos Santarrita, João Berbert...) costumava percorrer livrarias e "sebos" em busca de raridades esgotadas. Em depoimento memorialista (in *Com a palavra, o autor*, 2002) Cyro de Mattos, referindo-se a esse momento de iniciação literária, relembra:

> O prazer da leitura atraía e me impelia no rico universo da literatura. Aos poucos, introduzia-me como indivíduo que pensa e se sente nesse infinito suceder cósmico e histórico que nos antecede, habita e envolve.

Ao mesmo tempo, atuava no movimento universitário; dirigiu o jornal "A Palavra", órgão do Centro Acadêmico Rui Barbosa; participou da "Geração Revista da Bahia" e colaborou com ensaios e contos em suplementos literários da imprensa baiana ("Jornal da Bahia", "A Tarde", "Diário de Notícias" e outros). Formou-se em 1962. No ano seguinte, inicia carreira jurídica em pequenas cidades do sudoeste baiano (Jequié, Poções e Iguaí). Nesse período escreve os primeiros contos que formariam a coletânea de *Berro de fogo*, lançada anos depois. Em 1964, de volta à Itabuna, instala escritório de advocacia e continua participando de várias atividades culturais: fundação do jornal SB-Informações e Negócios, organização de grupos jograis, teatralização de poemas, reportagens e colaboração literária na imprensa para divulgar os escritores mais representativos da moderna literatura brasileira.

Era o momento em que, principalmente através do cinema, se dava a ampla difusão, entre nós, dos grandes mestres do romance norte-americano (Hemingway, Faulkner, Steinbeck...), difundindo uma nova consciência de linguagem que, através de uma visão de mundo fragmentada, denunciava a degradação humana, imposta por um desumano sistema de poder. No Brasil, vivia-se nos "anos de chumbo" do Governo Militar. É dentro dessa atmosfera que Cyro de Mattos publica seu primeiro livro de contos, *Berro de fogo* (1966), tendo a edição se esgotado rapidamente. Dois anos depois, publica os contos de *Inocentes e selvagens* que, com boa repercussão crítica, conquista o "Prêmio Internacional Miguel de Cervantes" da Casa dos Quixotes/RJ, 1968. Nesse mesmo ano, um de seus contos ainda inéditos, "O velho e o velho rio", é traduzido por Carl Heupel e incluído na antologia suíça *Moderne Brasilianische Erzahler.*

Nessa época, mudara-se para o Rio de Janeiro (1967-1971), onde atuou como repórter e redator de vários órgãos de imprensa ("Diário de Notícias", "O Jornal", "Jornal do Comércio", "Asapress", "Revista Brasileira de Turismo"). No meio universitário brasileiro e na mídia começava a se difundir amplamente a "revolução da linguagem", imposta por diferentes correntes de pensamento. Já dono de sua arte, Cyro de Mattos escreve *Violentos e desalmados* (1970), cujo original recebeu Menção Especial no Concurso "Prêmio de Ficção do Banco Regional de Brasília" (promovido pela Fundação Cultural do Distrito Federal).

De volta a Itabuna, prossegue a carreira de advogado e de escritor empenhado não só em sua própria produção literária, mas também na divulgação da obra de poetas e prosadores brasileiros de sua época. Novos livros de contos se sucedem: *Os brabos* (Prêmio Afonso Arinos/ Academia Brasileira de Letras, 1979); *Duas narrativas rústicas* (reunindo nova versão de "Inocentes e selvagens" e "Coronel, cacaueiro e travessia" — Menção no Concurso Internacional de Literatura/Revista Plural, México); *Os recuados* (Prêmio Leda Carvalho-Academia Pernambucana de Letras, Prêmio Jorge Amado/Centenário de Ilhéus; Finalista-Prêmio Jabuti/CBL e Prêmio Fernando Chinaglia.UBE/RJ) e as crônicas de *O mar na rua do Chile* (Finalista-Prêmio Jabuti/CBL.2000).

Em 1981, revela-se poeta com a publicação de *Cantiga grapiúna* — poesia de grande poder de síntese lírica, com a qual o autor abre um novo caminho em seu universo: o caminho solar da comunhão do homem/natureza, em vivência plena. Essa linha poética (desdobrada em uma dezena de livros) faz-se como contraste ou contraponto de "luz" em relação à "sombra", inerente à sua prosa-testemunho do homem degradado pela engrenagem social desumana. Vários de seus contos e poemas têm sido traduzidos no exterior (Alemanha, Rússia, Dinamarca, Suíça) e incluídos em antologias de literatura latino-americana. Foram publicados em edição portuguesa (Palimage. Porto): *Vinte poemas do rio* (2005) e *Ecológico* (2006).

Em 1992, um novo caminho é aberto em seu universo: o da poesia lúdica de *O menino camelô* (Prêmio APCA-Associação Paulista de Críticos de Arte), destinado às crianças. O olhar maduro do adulto apreende o mundo através do olhar de descoberta da criança e tudo (seres e coisas do cotidiano ou da natureza livre) se transforma em uma grande e vital brincadeira de ritmos, que divertem o pequeno leitor e o levam a redescobrir o mundo à sua volta.

Em depoimento sobre o Poeta, Margarida Fahel (in *Com a palavra, o autor*), ao ressaltar "a forma única e singular do processo da linguagem e urdidura ficcional" de Cyro de Mattos, dá realce à sua original arte de criar poesia, que se faz "síntese do imaginário coletivo". Síntese não só das terras grapiúnas, mas do mundo humano. "Sutilmente, o poeta se faz crítico de uma história e de uma época."

Publicações

Prosa — *Berro de fogo*, 1966; *Violentos e desalmados*, 1970; *Os Brabos,* 1979; *Duas narrativas rústicas*, 1985; *Os recuados*, 1987; *Berro de fogo e outras histórias*; 1997; *O mar na rua Chile,* 1999; *Alma mais que tudo*, 2007.

Poesia — *Cantiga grapiúna*, 1981; *No lado azul da canção*, 1984; *Lavrador inventivo*, 1984; *Vinte poemas do rio,* 1985; *Natal permanente*, 1986; *Viagrária*, 1988; *A casa verde*, 1988 (em edição bilíngue. 2004); *Cancioneiro do cacau*, 1997; *Vinte poemas do rio*, 2001; *Os enigmas cativantes*, 2002. *Cancioneiro do cacau – epopeia e mistérios*, 2002; *De cacau e água*, 2003; *Canto a Nossa Senhora das matas*, 2004 (ed. bil. port./alemão); *Ecológico*, 2006; e *Poemas escolhidos*, 2007.

Literatura infantil — *O menino camelô,* 1992; *Palhaço bom de briga*, 1993; *Oratório de natal*, 1997, e *Circo do cacareco*, 1998; *O goleiro Leleta e outras fascinantes histórias de futebol* (Prêmio Adolfo Aizen/UBE-RJ. 2002); *Histórias do mundo que se foi*, 2003; *O menino e o trio elétrico*, 2007; *O menino e o boi do menino*, 2008; e *Roda da infância*, 2009.

Crônica — *Alma mais que tudo,* 2008; *O mar na rua Chile*, 1999; e *O velho campo da desportiva*, 2010.

Antologia (organização de) — *Itabuna, chão de minhas raízes*, 1996); *Ilhéus de poetas e prosadores*, 1998; e *Contos brasileiros de futebol,* 2005.

Antologias no exterior — *O velho e o velho rio* in *Moderne Brasília Nische Erzahler*, Suíça 1968, e in *K Iugu Of Rio Grande* (Narradores da América Latina), Moscou 1973.

Ladainha nas pedras in *Latinamerikas* SPEJL (Visões da América Latina). Dinamarca, 1982.

Seis poemas in *Cancioneiro 80 – Letras e Letras* nº 52. Porto 1991.

Olhos de fogo in *Contos Premiados/Concurso Joaquim Namorado*. Figueira da Foz/Port.1992. *Mar de Fernando Pessoa* e *Soneto agonia do cacau* in *Antologia*

de poesia brasileira contemporânea. Coimbra/Port.2000.
Versinverso da flora e *Rio morto* in *Poesia do mundo*/3 Porto/Port. 2001.
Mar morto in *Revista Saudade*/3. Amarante/Port. 2001.
"*Vinte poemas do Rio* e *Mar de Fernando Pessoa* in *Poetas revisitam Pessoa* (ed. Bilíngue-port/ingl) Viseu/Port. 2006.
Natal das crianças negras (Conto - trad. in inglês, espanhol, italiano e francês) il. Calasans Neto. Brasília, LGE Editora, 2008.

20. DANIEL PASTURA

A escritura Sensorial (Porque Mataram Pasolini:) 2 relatos circulares[23]

> Ser diferente não é trágico: é apenas inexplicável. É-se diferente ou fica-se diferente, só isso. Nenhuma tragédia, mesmo: ando em muletas e, depois do psicodrama, até faço expressão corporal com elas. Vivo o meu corpo até o máximo de seus limites e nunca me envergonhei disso: a sensualidade independe de "diferenças", esta a minha maior descoberta. [...] Sou instintivo até quando escrevo. [...] vivo em estado positivo e negativo de paixão. Sem ser de todo autobiográfico (*Porque mataram Pasolin:*) é, ainda, o resto de minha paixão pelas minorias.

É assim que Daniel Pastura se apresenta — a si e ao seu livro recentemente publicado (*Porque mataram Pasolini:) 2 relatos circulares*, inscrevendo-se de imediato entre aqueles escritores obcecados pela *confissão* e que, por um impulso interior inevitável, fazem da literatura, conscientemente, o instrumento de sua mais alta e corajosa realização existencial.

Seus "dois relatos circulares" são realmente expressões de Paixão. De Paixão e de Beleza, como só a palavra autêntica, criadora (ou qualquer forma de Arte verdadeira...) consegue expressar. Autenticidade, não porque as situações arraiguem em supostas experiências realmente vividas (o que, via de regra, enfraquece a força literária do texto), mas porque a palavra que as transfigurou em ficção resulta do indispensável distanciamento intelectual/emotivo que deve mediar entre o *fato vivido e a escritura do texto*. Daniel Pastura conquistou esse "distanciamento".

A despeito, pois, de seu declarado lastro biográfico, "Porque mataram Pasolini" e "A Reconstrução" são textos que se bastam. Como literatura, resistem sozinhos sem precisarem de nenhum amparo ou

[23] Publicado em Supl. Literário OESP, agosto, 1980. (N. da A.)

justificativa extra-texto. Desde o relato mais objetivo e direto de banalidades cotidianas, até o registro apocalíptico do naufrágio de um ser em vagalhões de Paixão ou em total desamparo existencial, a linguagem narrativa de Daniel Pastura consegue as mais diversas gradações, mantendo um andamento e uma coerência interna dignos de nota. O primeiro relato se abre com uma afirmação tranquila, quase indiferente:

> Escrevo porque tenho 199 folhas em branco.

E em seguida, no mesmo tom casual, registra o índice simbólico em torno do qual vai girar sua narrativa e a Paixão vai eclodir em borbotões:

> Também porque mataram Pasolini e isso ainda me assusta muito: gostaria de ter começado naquela manhã, logo depois de ter lido os jornais. Da data já não me lembro...

Desse tom de quase relatório, a narrativa vai resvalando, compacta, para o mergulho cada vez mais fundo na solidão opressiva de um ser em agônica busca de comunicação existencial. "Comunicação" que encontra caminho, embora tortuoso e frustrante, na relação homossexual. Escritura dolorosa. Bela. Autêntica. Nos menores detalhes, percebe-se que a força de comunicação que sua escritura transpira, se deve a uma vivência profunda, abissal, dos fenômenos por ela registrados.

Como exemplo concreto dessa vivência, apontamos para um momento que só os míopes poderão avaliar em sua verdade e exatidão. Trata-se do trecho, verdadeiramente poético, onde o narrador descreve uma situação bastante banal: a retirada das lentes de contato. É realmente incrível a justeza das imagens registradas. Mas muito mais importante do que essa justeza é a insólita vivência dessa distorção visual e a transfiguração poética que ela sofre no espírito do escritor. Vale a pena registrá-la:

> Ontem, enquanto estava com você no bar, tirei minhas lentes de contato e a miopia me fez naufragar em cores. A sensação é sempre esta: a de

ter naufragado num mar de cores, formas se diluindo e a virar cor. [...] as pessoas que passam são apenas vultos que mal distingo pela maneira de caminhar, pela voz, perdem toda a sua exatidão. E nem é mesmo possível falar em *exatidão* no centro desta cegueira iluminada: tudo se perde em névoa colorida.

E o registro das sensações dessa "cegueira iluminada" prossegue, numa riqueza de detalhes, cuja verdade, para além de beleza, só os míopes têm condições de avaliar, como dissemos. Aliás, todas as sensações encontram, em Daniel, mão de mestre em as fixar...

Observando o espaço tomado pelo *sensorial* em suas narrativas, é que compreendemos o sentido da afirmação que ele faz em sua apresentação na contracapa: "*... fui mais salvo pelo corpo do que pela mente.*" Sem dúvida, devido ao "obstáculo" que seu corpo lhe ofereceu, desde sempre, desenvolveu-se em sua mente um tal poder de autopercepção sensorial que, naturalmente, acabou por se transformar em uma espécie de *húmus* para sua invenção literária.

Daí o espaço que o *corpo* ocupa em sua escritura, ligando-a a uma das revoluções mais importantes do nosso século: *a consciência do corpo*, liberto dos preconceitos que o limitavam. Descoberta das mais fascinantes, a do corpo está presente nestes "dois relatos circulares" de maneira agudamente dolorosa/exultante. O frêmito vital, que neles vibra, vai da serenidade quase abúlica ao urro de animal ferido. É essa força que nos fez lembrar do "soma humano" de que fala Thomas Hanna em seu *Corpos em revolta — a evolução/revolução do século XX em direção à cultura somática do século XXI* (1970).

Há uma inter-relação tão funda entre o espiritual e o físico (ou o fisiológico) e também o cultural, nesta ficção memorialista de Daniel Pastura, que a aproxima do fenômeno analisado pelo filósofo americano, e parece confirmá-la. Pois é no sentido de *se assumirem em totalidade* que, tanto o homem-que-escreve no primeiro relato, como na mulher-que-fala no segundo, nos aparecem como manifestações do "soma humano" de Hanna, e que em princípio significa "Eu, o ser corporal". E mais:

> O soma é vivo [...] é pulsação, fluência, síntese, relaxamento — alternando com o medo e a raiva, a fome e a sensualidade. [...] Somas humanos são coisas convulsivas: contorcem-se de riso, de choro, de orgasmo. Os somas humanos são os seres vivos e orgânicos que você é *nesse* momento, *nesse* lugar em que você está. O soma é tudo que você é, pulsando dentro dessa membrana frágil que muda, cresce e morre, e que foi separada do cordão umbilical que unia você — até o momento da separação — a milhões de anos de história genética e orgânica dentro desse cosmos.

E não é exatamente esse tumulto vital, esse abissal mergulho no ser total que a escritura de Daniel Pastura nos transmite? Sem dúvida. Pequeno/grande livro que enriquece a vertente existencialista da Literatura Brasileira.

A densa contextura literária destas narrativas expressa bem a maturidade existencial/intelectual alcançada pelo autor, nestes "13 anos de silêncio" que mediaram entre o mero "exercício" de *Angústia sexo e uísque* (1967) e o passional/agônico diálogo/monólogo que estrutura estes "dois relatos circulares"... Lucidez e paixão são só dois polos entre os quais o caudal da escritura se cria, absolutamente consciente de si:

> Hoje, domingo, 25 de julho, escrevo porque mataram Pasolini: é como se escrever, pra mim, fosse uma perseguição interrompida da minha própria verdade. De repente, sem aviso, paro no tempo: talvez porque me falte a coragem de dizer tudo na 1ª pessoa, eliminando a ficção como quem se dilacera, como quem se mata pra prosseguir vivendo, como quem se abre em palavras escritas. Mais fácil escrever do que viver, muito mais.

Evidentemente que é "mais fácil" para quem encontra o caminho exato e consegue superar o inevitável pudor ou vaidade pessoal que nos faz, instintivamente, afivelar um disfarce que oculte, aos próprios olhos e aos dos outros, aquilo que nos parece imperfeito ou índice de um fracasso pessoal. Mas, para além dessa coragem, obviamente faz-se necessário o talento de escritor. Esse que Daniel Pastura acaba de revelar no esplêndido à vontade com que manipula sua seivosa linguagem narrativa.

Não é ele o primeiro, nem será o último, evidentemente, a procurar na *escrita* a realização ideal para *suprir as carências ou a brutalidade de vida, vivida no concreto*. Entre nós, mais ou menos aberta ou dissimuladamente, muitos já o fizeram. Leiam-se os *Diários* de Lúcio Cardoso e Walmir Ayala, ou mesmo a ficção por eles realizada (*À beira do corpo* de Walmir). E tanto outros... Ou na literatura estrangeira, a ficção confessional de um Michel Leiris (*L' Ânge d'Homme* ou *Aurora*), com a qual estes relatos de Daniel Pastura (que, com certeza, conhece o romancista francês) têm pontos de contato, no que se refere à intenção confessional e à insistência sobre a "diferença" (embora a problemática de Leiris seja muito mais metafísica do que existencial).

O importante nestas aproximações não é certamente encontrarmos uma parâmetro para a leitura ou valorização destes relatos (mesmo porque tais confrontos, via de regra, são deformantes...), mas a intenção de realçar um denominador comum fundamental na ficção contemporânea: a consciência da *liberdade existencial* que *a palavra poética* (ou literária em geral) confere à criatura que dela se apossa, no ato de criar. Essa libertação, Daniel o conseguiu.

> Cinco da manhã é meu eu-sem-tempo que fala depois de anos de mudez. Me retorno. Me redescubro. Me vingo sem respeitar convenções literárias. Eu, em vingança, volta a me narrar, a me escrever ao som desta máquina já não tão nova. A me contar,

Seguindo essa crispada afirmação de um Eu através de sua palavra constantemente autoquestionada, vamos acompanhando o narrador na montagem caótica dos fragmentos de sua vida feita de carências, amputações fundas, guerras virulentas mas anônimas, porque travadas na alma, na mente... muito mais devastadoras do que as enfrentadas com o "outro" ou consigo mesmo, ao nível do corpo. Mas, acima de toda dor e fracassos, afirma-se a vitória de um ser que, em si mesmo, em seu próprio naufrágio, encontra força para erguer e prosseguir.

Dessa força violenta, que revela o heroísmo oculto e gigantesco de quem quer viver *apesar de tudo*, nos fala a linguagem viril dominada pelo escritor. E principalmente a seiva erótico/amorosa que se espalha por tudo como óleo em mar revolto.

Daniel Pastura conseguiu, nestes dois relatos, pôr a nu, com coragem e superioridade de espírito, o drama existencial de um Eu frustrado em seu anseio amoroso mais fundo, um Eu irremediavelmente amputado do Outro, privado daquela complementação, sem a qual a Vida não se realiza com plenitude. Homo ou heterrossexualidade, não importa. O drama é idêntico: é humano. É, afinal, o que prova o segundo relato, "A Reconstrução", onde se faz presente, da primeira à última página, a inesquecível figura de Clarice Lispector que Daniel conseguiu transfigurar em verdadeira *personagem*. Livre, liberta por completo da pessoa real que lhe deu origem...

O próprio autor alerta o leitor sobre a semelhança que, inevitavelmente, ele poderá sentir entre o seu "relato-feito-de-círculos" e o irrotulável *Água viva* de Clarice Lispector, publicado em 1973. Diz ele:

> Aos críticos que na certa me acusarão de plagiar Clarice Lispector, sobretudo a Clarice de *Água viva*, participo com um orgulho meio assustado: isso, que nasceu sem gênero, me veio do encontro com o mundo de Clarice. Um mundo que, por acidente de Vida, era também um pouco do meu mundo nos idos de 68. Deste encontro acidental e enorme foi que nasceu "A Reconstrução", bem antes de C. L. ter escrito o seu inimitável *Água viva*. Depois já amigos, eu e ela trabalhamos de longe, ao mesmo tempo e de longe, sobre os nossos próprios fantasmas: ela, sobre os de *Água viva*; eu, sobre os deste relato circular. Confesso: no físico, em seu físico ruivo de pantera, minha personagem terminou sendo Clarice Lispector recriada, mas só no físico. O mais são fantasmas. No mais, o que houve foi por pura insistência da própria Clarice que sem medo de ser "reconhecida" me pediu, em 73, que retomasse sem nenhum remorso o texto iniciado em 68.

Por acaso, fomos testemunha, de longe, desse encontro-identificação do autor com a grande Escritora. No início de 1973 (antes, pois, da publicação de *Água viva*, que saiu em agosto/setembro), tivemos a oportunidade de saber da entrevista com Clarice, projetada por Daniel, e também lemos o original "A reconstrução", que o autor nos entregara, indeciso se devia ou não publicar. Facilmente percebemos ali, fundidos, o drama de Clarice (pós-acidente do incêndio em seu quarto) e o do próprio Daniel com sua "diferença". Entretanto, se a identificação era evidente para quem conhecesse pessoalmente os dois, em nada alterava ou minimizava a verdade e a beleza ficcional do texto. Naquela primeira versão, havia ainda certas debilidades estilísticas (devidas, talvez, à indecisão do autor em mergulhar a fundo em drama tão vivo e próximo...) que, nesta última versão, desapareceram por completo.

Na essência, é justo que se diga, há muito mais do que o drama de uma mulher apanhada em pleno voo de Beleza e de Vida, pela dor de deformação física (lenta e dolorosamente superada pelas cirurgias). Aqui estão os "fantasmas" de um homem que carrega, desde sempre, o ônus da "diferença" física que "amedronta os outros", como ele o diz. Uma "diferença" que o tornou um gigante por dentro, como estes "relatos circulares" o provam. Assim, quando em "A reconstrução", a mulher nos fala:

> Viva e a à beira da minha própria construção, do meu grito.
> Às vezes gritava: e era como o uivo contido dum animal, não voz humana. Porque só a força dum animal seria capaz de tanto.

Como não sentirmos o eco da voz daquele homem-que-escreve em *Porque mataram Pasolini?* A identificação é total. É nesse sentido que se costuma dizer que só conhecemos um autor quando lhe lemos a obra inteira, porque *um livro ilumina o outro*. Foi assim que o primeiro relato fez-me penetrar mais fundo na significação mais funda do segundo. O que importa, afinal, nesta recente publicação de Daniel Pastura, é a superior escritura ficcional, onde aquela "diferença" é absorvida pelo espírito criador, resultando em uma obra de rara beleza poética e verdade humana. Vale a pena ler *(Porque mataram Pasolini:) 2 relatos circulares.* É ficção onde a Vida e a Palavra criadora encontraram a fórmula exata.

Dados biobibliográficos

Pertencente à geração literária dos Anos Sessenta, Daniel Pastura nasceu em São Paulo em 29 de dezembro de 1944. Devido a um acidente durante o parto, seu sistema muscular foi afetado, o que o tornou fisicamente deficiente. Espírito arguto e mordaz, inteligência ágil, superou a deficiência física e desde os bancos escolares entregou-se à paixão da leitura de tudo quanto lhe caía nas mãos. Descobre a Arte e a Literatura. Formou-se na Faculdade de Direito do Largo São Francisco (SP) e durante algum tempo ligou-se a um escritório de advocacia. Mas sua vocação maior era a Arte, a escrita literária. Dedicou-se também ao estudo de línguas. Torna-se colaborador da "Folha de São Paulo". Como crítico de artes plásticas, cinema e teatro, escreve para diversas revistas: "Contexto", "Shalom", "Abril" e outras. Desde cedo se dedicou à criação literária, mas sem nenhum senso de organização ou projetos. Durante anos fez psicanálise, inclusive com a técnica do psicodrama. Sua estreia em livro se dá em 1967, com *Angústia, sexo, uísque* — ficção extraída da memória e que revela o espírito do nosso tempo em caos. Com os anos, sua deficiência física aprofundou-se e também o cansaço interior, devido à contínua luta mantida para ser aceito, "naturalmente", pela sociedade à sua volta. A partir dos cinquenta anos, passou a viver isolado em local distante de São Paulo, onde permanece até o presente (2010).

Publicações

Angústia, sexo, uísque, 1967, e (*Porque mataram Pasolini*:) *Dois relatos circulares*, 1980.

21. DEONÍSIO DA SILVA

Teresa
Erotismo e misticismo no labirinto da palavra

Quando escrevo, vejo claramente que não sou eu quem o diz, nem o ordeno com o entendimento, nem sei depois como acertei a dizê-lo.

(Teresa d'Ávila)

Posta na abertura do livro, essa fala da mística monja espanhola antecipa/sintetiza a principal linha-de-força, não só da problemática que energiza o romance *Teresa*, mas também a que dinamiza a *arte maior* de Deonísio da Silva. "Linha" que (em meio ao vertiginoso embaralhamento de ideias que se cruzam em seus romances) ousamos definir como Ato revelador do verdadeiro Eu — *ato engendrado por algo impalpável, existente num além dos limites conscientes do Eu que escreve.* "Algo" que Santa Teresa sentia "corporificado" no Cristo que nela habitava e que, com sua alma, se confundia. "Algo" que poderíamos arriscar em definir como *a fusão das forças eróticas e místicas*, tal como se revelam nos livros que ela escreveu, em estado de êxtase, e que Deonísio funde com sua própria escritura, ao escrever *Teresa.*

Escritor pertencente à geração pós-moderna (a do pós-Hiroshima — grande símbolo de um mundo em caos, amputado de seus alicerces sagrados e valores absolutos), Deonísio está entre os grandes criadores, cuja arte escapa a qualquer tentativa de uma leitura crítica, que a reduza a uma "ordem". Vista em conjunto, sua escritura ficcional assemelha-se a uma voragem de aconteceres e falares, que se entrecruzam labirinticamente e resistem a qualquer tentativa de retê-la em determinada ordem. A certeza do Autor, quanto à impossibilidade de se "pôr ordem" na vida, já se expressa claramente no final de seu livro de estreia (*A cidade dos padres*, 1986)

> E o resto é o resto? brada a História. *O resto é com a ficção* (ouve-se em murmúrio), que *vai inventar a verdade* que não pôde ser contada, nem lembrada, nem ouvida desabrida e destampada.

Antecipa-se aí a natureza do espírito criador do Autor: aquele que busca revelar a Verdade das coisas, através da ótica da ficção. Ou ainda, aquele que (no rastro do mistério da Existência) sabe que a Palavra criadora, inventada pelo Eu, ao mesmo tempo revela-o a si mesmo. Nesse sentido, sua criação literária é energizada por uma apaixonada crença no *poder revelador da Palavra* e na certeza de que o Mistério último da Existência jamais seria desvendado pelo Homem. Apesar dessa certeza, a ordem interior é: *Escrever.*

Depois de se debruçar sobre o Brasil e escavar os interstícios de discutíveis/controvertidos momentos históricos (*A cidade dos padres* e *Avante soldados: para trás*), Deonísio volta-se para *o mundo interior* (onde afinal a verdadeira vida se cumpre) e escreve *Teresa.*

Não por acaso, escolhe como "interlocutora" a mais famosa mística de todos os tempos: Santa Teresa d'Ávila, cuja extraordinária experiência de contato com o Sagrado (consubstanciado em Jesus, amado/amante), ela foi registrando em diários, posteriormente transformados em livros.[24]

Fusão de autobiografia e de invenção ficcional, a trama narrativa de *Teresa* resulta de um diálogo febril/picaresco/religioso/profano, mantido pelo Autor, com a escritura visionária da Monja. Diálogo entrecortado de monólogos que, através de diferentes focos narrativos (de onisciente a intimista ou a memorialista), vai amalgamando tais vivências, numa só matéria heterogênea de extraordinária erudição (fatos históricos, dados filosóficos, artísticos, musicais, amorais ou imorais...), que se embaralham numa escrita solta, em *tom picaresco* que, em essência,

---

[24] Monja carmelita, Madre Teresa d'Ávila (1515-1582) fundou a Ordem das Carmelitas Descalças. Seus escritos visionários foram reunidos em dez livros: *Libro de la vida, Camino de perfección, Meditación sobre los Cantares, Moradas del Castillo Interior, Cuentas de conciencia, Poesías, Libro de las Fundaciones, Constituciones, Visita de Descalzas e Epistolario.* (N. da A.)

neutralizam *a dramaticidade* latente na visão de mundo de Deonísio da Silva. Dramaticidade que, engendrada pela dificuldade de comunicação do Eu com o Outro, leva à frustração existencial, pois a verdade é que "ninguém é um só"... Ou como disse John Donne: "Nenhum homem é uma ilha." Nessa ordem de ideias, *a palavra escrita* torna-se o grande e fundamental instrumento de comunicação existencial, eu/outro. Instrumento de que se serviu a Monja espanhola para se comunicar com o Deus que ela acolhera dentro de si.

Aliás, *a paixão pela palavra* é a grande marca da arte de Deonísio. "As Palavras escritas duram para sempre" é o título de uma das partes de seu *Teresa.* Uma vez que a Vida é efêmera, é preciso retê-la na Escrita... Essa é, sem dúvida, uma das linhas-de-força de seu gênio.

Entre as muitas "afinidades eletivas" (Goethe) que permeiam a escritura de Teresa, destacamos a do controvertido norte-americano, Henry Miller, e sua escandalosa trilogia autobiográfica: "A crucificação encarnada" (*Sexus, Plexus, Nexus*). "Afinidade" que aqui destacamos, não só pela ênfase dada ao Sexo (ênfase que, em Deonísio, ascende ao existencial e em Miller acaba resvalando para a pornografia), mas principalmente pela visceral necessidade manifestada por ambos: *a de transformarem em Palavras as Paixões vividas.* Em *Trópico de câncer* H. Miller diz claramente: "Percebi que o desejo de toda minha vida não era viver — se podemos chamar de vida a que as pessoas vivem —, mas *o de me expressar, escrever.*" Deonísio pertence a essa mesma linhagem: a dos que sabem que é pela *Palavra Escrita que a Vida efêmera pode tornar-se eterna.*

Escritor entranhadamente humanista, empenhado na desmistificação das falsas "verdades" históricas, e que assume a criação literária como visceral participação em seu tempo, Deonísio da Silva está entre os que denunciam a "grande interdição" sobre a qual se fundamentou a civilização cristã: a do "interdito ao sexo", tornado dogma pelo Concílio de Trento, realizado no século XVI. Denúncia que (nele) se faz rompendo os limites entre as duas grandes "paixões" do Ser: a erótica e a mística — diferentes manifestações de uma mesma força: a do Sexo, paixões conflitantes que Santa Teresa d'Ávila transformou em diálogo com o Deus que a habitava.

Dados biobibliográficos

Romancista, contista, cronista, crítico literário, roteirista de cinema e TV, ensaísta, professor universitário, grande leitor, voz de grande força na Literatura Brasileira, Deonísio da Silva nasceu em Siderópolis (SC), em 24 de setembro de 1948. Filho de pai operário de minas de carvão, desde a infância conheceu a "morte anônima" dos operários soterrados por desabamentos no subsolo, pois naquela época (como ele diria mais tarde em entrevista) "não existia rede nacional de televisão, ninguém ficava sabendo de nada. Só os parentes, compadres, amigos." ("Jornal do Livro", Curitiba, out/nov.1984)

Referindo-se a esse período inicial de vida, revela que a leitura, estimulada pelo pai, levou-o a descobrir o fascínio da literatura e a aventura de escrever. "A escrita para mim tinha o dom de me afastar da sujeira, do carvão preto, das fofocas mesquinhas. Os livros me salvavam daquele cotidiano atroz." Mas quando, adolescente, perdeu dois irmãos afogados, num mesmo dia, descobre que "há dores que livro nenhum pode consolar. Foi quando comecei a sacar que a escrita não era tudo, havia a vida. [...] Essas duas mortes me ensinaram bem cedinho, antes de meu sol nascer, que o homem é por demais efêmero e que, então, vale a escritura. O resto é silêncio, como diz Érico Veríssimo." (Idem, 1984)

Adolescente, muda-se para Curitiba, onde prosseguiu os estudos em Seminário. Como ele diria mais tarde: "Eu fui para lá porque mamãe tinha vocação para eu ser padre." Mas a vocação do jovem seminarista era outra: sua paixão era a Vida que, desde muito cedo, ele vem transformando em Literatura. Mais tarde, já escritor de sucesso, em entrevistas, interrogado sobre sua vocação literária, afirmou várias vezes: "Escrevo desde que me entendo como um habitante da Galáxia de Gutenberg." Mas, o assumir-se escritor não aconteceu logo. Depois de um breve período como seminarista, deixa o Seminário e toma outro rumo. Torna-se professor em escolas de 1º e 2º graus; passa a colaborar na imprensa e escreve seus primeiros contos. Escritos e reescritos, foram reunidos em livro, com o titulo provocativo, *Estudo sobre a carne humana.* Vencida a luta inglória para editá-lo em alguma das grandes editoras do Rio e São Paulo, acaba por publicá-lo em Curitiba, em 1975, pela editora Hoje (de Walmor Marcelino). Sucesso de público que leva logo à 2 ª edição. Com novo título, *Exposição de motivos*, é publicado no ano seguinte pela Artenova (RJ) e se torna um dos *best-sellers* do ano: quatro edições, vinte mil exemplares, transformado em minissérie de TV, "Roteiro Confidencial" (dir. Antunes Filho) e Prêmio Brasília para Melhor Livro do Ano 1976. Essa "festa" de estreia decorreu ao mesmo tempo em que o Autor fora atingido pela Censura: seu livro foi considerado ofensivo ao Governo Militar e (sem que o fato viesse a público) seu Autor foi condenado a dois anos de prisão, cumpridos em liberdade condicional, sob sursis, obrigando-o, durante esse tempo, a apresentar à Justiça toda ficção que ia sendo escrita para publicação.

Essa agressão à sua liberdade criadora não influiu na expansão de sua obra. Estava aberto o caminho para o escritor cuja produção se multiplica através dos anos, sempre debruçada sobre a "divina comédia" da vida, escavada nos "avessos da História" e denunciando, através da sátira, a falsidade das "verdades oficiais". Em 1981 (período final do Governo Militar), publica *A mulher silenciosa* — pequeno volume de contos e reportagens que, através de uma ótica bem-humorada, devassam o lado escuro da vida. Numa linguagem oral/fragmentada, em tom natural de conversa, vai revelando a vida como prisão sem saída, uma rede infinda de violências, maldades, cinismos, fornicação, hipocrisia, exploração do homem pelo homem. Visão trágica do mundo, que o humor negro transforma em comédia — visão que se transformaria, com o tempo, na singular "arte maior" do universo "deonisíaco". Nessa linha de denúncia humanista e satírica, também em 1981, escreveu com o diretor Sílvio Back o roteiro para o filme "República dos Guaranis" (sobre o trágico episódio do século XVIII, a "Guerra Guaranítica") — filme que recebeu o prêmio de Melhor Roteiro/Festival de Cinema de Brasília-1982. Roteiro que, posteriormente, serviu de húmus para o primeiro romance escrito pelo Autor, *A cidade dos padres,* cujo original, misteriosamente, foi perdido por ocasião de sua ida a Cuba, para participar do corpo de jurados do Prêmio Casa de las Américas/1985.

Passado o desespero inicial, ele se entrega à reescrita do romance, lutando com a memória. Como disse mais tarde, em entrevista à Patrícia Bins: "... minha memória não foi suficiente para fazer com que me lembrasse dos originais do livro perdido. Tive que inventar uma variação sobre o tema." Surge, assim, o romance *A cidade dos padres* (girando em torno de um picaresco/apocalíptico Marquês de Pombal às voltas com índios sublevados, a "Guerra Guaranítica", jesuítas, uma bruxa lésbica, inquisidores, fantasmas...) — romance que se destaca, no universo que o Autor vem construindo desde os anos 1970, como um dos mais contundentes, na desconstrução das verdades históricas, ao mostrar que a História, para existir, depende das versões dadas pela Ficção.

Nessa mesma linha desmistificadora das "verdades" históricas, publica em 1992 um novo romance, *Avante soldados: Para trás!*, consagrado com o Prêmio Casa de las Américas, tendo no júri grandes nomes, como Carlos Nejar e José Saramago. A picaresca trama se tece num confuso contexto histórico — o do Brasil do II Império, envolvido na Guerra do Paraguai (1864-1870) e que é enfocada num momento catastrófico para o Brasil: o da Retirada da Laguna (comandada por Duque de Caxias), que a História consagrou como *épica* e no romance se revela *massacrante*.

Em estilo irônico/irreverente, a literatura criada por Deonísio é das que se empenham, visceralmente, em pôr a nu as mazelas e as proibições (principalmente a do "interdito ao sexo") que impedem os seres humanos de se realizarem em plenitude. Espírito satírico, tocado fundo pelas injustiças sociais, principalmente as que são sofridas silenciosa e anonimamente, Deonísio da Silva pertence à linhagem dos escritores que usam o riso, o humor ácido, a sátira mesclada à brutalidade e ao lirismo, para denunciar a exploração do homem pelo próprio homem. Seu lema é o horaciano "Ridendo castigat mores".

Dotado de extraordinária capacidade de produção, torna-se colunista em diversos órgãos da imprensa ("Jornal do Brasil", "Observatório da Imprensa", "Leia", "Isto É", "Caras"...). Na revista "Caras", a partir de 1993, assinou a coluna *Etimologia* — para a qual escreveu 400 verbetes posteriormente reunidos em livros, *De onde vêm as palavras* e *A vida íntima das palavras.*

Escritor que se entrega à Literatura, como essencial "aventura da linguagem", e entende a criação literária como visceral "participação em seu tempo", Deonísio da Silva, há muito, consagrou-se como presença definitiva na Literatura Brasileira contemporânea. Sua arte foi reconhecida, em plano internacional, com o romance de fundo histórico, *Avante, soldados: Para trás*, cujo título ambíguo/jocoso já aponta para o jogralesco da trama, que vai "desconstruindo" a consagrada "verdade" de um dos grandes eventos guerreiros de nossa História: o da "Retirada da Laguna" (tal como foi relatada pelo Visconde de Taunay). Evento que se deu no final da Guerra do Paraguai (1864-1870), na qual o Brasil se viu envolvido por uma confusa disputa de fronteiras e que só termina com o Acordo proposto pelo Barão do Rio Branco.

Novos livros vêm se sucedendo, até este limiar do século XXI. Seu mais recente lançamento é o insólito e bem-humorado *Goethe e Barrabás*, onde se misturam as mais distantes épocas e "notáveis" personagens do "ontem" bíblico e do "hoje" em puro acontecer. Aguardemos os próximos... que continuarão a escavar a aventura humana neste nosso mundo, em plena "troca de pele"... Deonísio da Silva está entre os que vêm testemunhando essa "mutação", pela Palavra que inscreve o efêmero na eternidade do tempo...

Publicações

Novela — *A mulher silenciosa*, 1981.
Romance — *A cidade dos padres*, 1986; *Orelhas de aluguel*, 1988; *Avante, soldados: Para trás* (Prêmio Casa de las Américas/1992); *Teresa* (Prêmio Biblioteca Nacional/1997); *Os guerreiros do campo*, 2000; *Goethe e Barrabás*, 2008.
Conto — *Estudo sobre a carne humana* (1975); *Exposição de motivos* (Prêmio Brasília/1976); *Cenas indecorosas*, 1978; *A mesa dos inocentes*, 1978; *Livrai-me das tentações*, 1984; *O assassinato do presidente*, 1994; *Ao entardecer ele abraçava as árvores*, 1995; *Contos reunidos*, 2011.

Ensaio — *A ferramenta do escritor*, 1978; *Um novo modo de narrar*, 1979; *O caso Rubem Fonseca*, 1983; *Nos bastidores da censura,* 1989; *De onde vêm as palavras*, 1997; *A vida íntima das frases*, 2004; *A língua nossa de cada dia*, 2007.
Literatura Juvenil — *Os segredos do baú*, 1982/2007, e *Adão e Eva felizes no Paraíso*, 1984.
Roteiro — *Roteiro confidencial* (TV. dir. Antunes F°/1976); *Teresa d'Avila* (TV.dir. José Nelson de Freitas/1998); *República guarani* (filme/dir. Sílvio Back/1982)

22. DYONÉLIO MACHADO

Os Ratos — Uma odisseia inglória[25]

> Os bem vizinhos de Naziazeno Barbosa assistem ao "pega" com o leiteiro. [...] O leiteiro diz-lhe aquelas coisas, despenca-se pela escadinha que vai do portão até a rua, toma as rédeas do burro e sai a galope, fustigando o animal. Naziazeno encaminha-se então para dentro de casa. [...] A mulher ouve-lhe os passos. [...] Senta-se à mesa, esperando. Ela lhe traz o alimento. "Ele não aceita mais desculpas..." Naziazeno não fala. [...] "Vai nos deixar ainda sem leite..." Ele engole o café, nervoso. [...] "Cortar um fornecimento não é coisa fácil." "Porque tu não viste então o jeito dele, quando te declarou: "Lhe dou mais um dia!"

É com essa cena familiar, de um cotidiano banal, que se inicia *Os ratos* (1935) de Dyonélio Machado. Romance escrito nos anos 30 — época da grande crise econômica e política que se estendia pelo mundo ocidental, abalando os alicerces da Sociedade herdada e abrindo caminho para novos tempos. *Os ratos* põe a nu a alienação em que vivia (ou vive?) a grande massa do povo, a massa trabalhadora que, anonimamente, garante a realização e continuidade da civilização progressista que é a nossa.

Com uma extraordinária agudeza de percepção (fusão das visões do Dyonélio político, médico psiquiatra e escritor), a escavação dessa alienação coletiva é metaforizada no personagem Naziazeno, que nos é apresentado ex-abrupto, já na cena inicial, na qual se expõe de imediato o "nervo" vital da trama — o ultimato do leiteiro: "Lhe dou mais um dia!" Tratava-se dos 53 mil réis (quantia insignificante nos anos 1930) que Naziazeno lhe devia, por meses de entrega do leite, sem receber nada. A ameaça era clara: "Lhe dou mais um dia!" Sem o pagamento, o

---

[25] Texto inédito. (N. da A.)

leite seria suspenso. "Pobre do meu filho!", lamenta a mulher.

Naziazeno, como que anestesiado, procura minimizar o problema... "não é coisa fácil..." "O nosso filho não ia morrer por tão pouco." A mulher chorosa. Naziazeno desnorteado resolve ir mais cedo para a Repartição. Sai de casa, sem olhar para os lados, preocupado com o que os vizinhos estariam pensando dele, pois assistiram ao "pega" com o leiteiro. "Não paga ninguém..." é que estariam dizendo. Toma o bonde e vai-se distraindo com o que está à volta: passageiros, motorneiro, a doença do filhinho, curado pelo doutor, a quem ele ainda não pagou as consultas; tenta adivinhar a vida dos passageiros ao seu lado; distrai-se, mas a cada instante volta o "estribilho dentro de seu crânio: Lhe dou mais um dia!"

No centro da cidade, desceu do bonde e, pela força do hábito, põe-se a caminho da Repartição, onde ganhava a vida como medíocre funcionário público municipal. Pelo relógio da praça, vê que ainda era cedo. Começa a perambular pelas ruas. Vai a um café, onde gasta 2 ou 3 tostões dos 10 que tinha no bolso. Onde arranjar o dinheiro do leiteiro? Procura em volta algum conhecido; precisava encontrar o Duque, amigo das horas difíceis, pois "ele sabia bem se virar". Volta a perambular pelas ruas, para nas vitrinas, passa por conhecidos, não encontra o Duque que o livraria do aperto. Perde-se em lembranças de outros tempos, sem encargos de família, o "jogo do bicho", a corrida de cavalos... os *bettings*. Chega enfim à Repartição (onde todos fingem trabalhar) e consegue falar com o Diretor (sobre quem pairavam boatos de corrupção e escândalo prestes a estourar). Meio a medo explica-lhe a situação difícil, e o Diretor, apressado (estava novamente de saída), zomba de seu pedido: "Tenho por ventura alguma fábrica de dinheiro?" Os funcionários riem às escondidas.

Naziazeno aceita, passivamente, a zombaria. Com a saída do Diretor, ele volta à sua perambulação pelas ruas. Precisa achar o Duque... como que anestesiado, lembra de momentos bons do passado, da infância... nota a paisagem à sua volta... Mas o ultimato martelava a sua cabeça: "Lhe dou mais um dia!" Num impulso, entra na tabacaria e resolve multiplicar na roleta os 5 mil réis que um amigo do Duque lhe dera para almoçar. Atordoado com a sorte súbita e o rápido suceder das "rodelas" se amontoando em suas mãos, só sai dali ao entardecer, com os bolsos vazios. Volta-lhe o ultimato do leiteiro.

Finalmente, encontra o Duque e outro amigo (também mestre na "arte de se virar") que lhe conseguem emprestado o dinheiro (um pouco mais do que ele precisa para o leiteiro). Pelo menos, provisoriamente, sua vida — com a mulher, o filhinho e o leite —, voltaria ao ritmo normal... Na cama, sente-se flutuar... aliviado dum peso.

Entre a vigília e o sonho, ouve ruídos, "um rufar — um pequeno rufar" no forro... "São os ratos!... Vai escutar com atenção, a respiração meio parada. Hão de ser muitos: há várias fontes daquele guinchinho. [...] Ele vê os ratos em cima da mesa", roendo o "rolinho escuro" do dinheiro do leiteiro. Aflige-se, mas não se levanta. Imagina o leiteiro chegando e o seu alívio ao encontrar o dinheiro ao lado da panela, onde ele despeja o leite. Naziazeno chega a ouvir o barulho do leite sendo derramado. "Não, os ratos não roem dinheiro [...] Está exausto... [...] Quereria dormir. [...] Ouve um baque brusco do portão. Uma volta sem cuidado da chave. A porta que se abre com força, arrastando. [...] Ouve que lhe despejam festivamente o leite. [...] Escapam passos leves pelo pátio... Nem se ouve o portão bater... Ele dorme. FIM.

Com essa palavra "FIM" (em maiúsculas), encerrando o romance, o Autor alerta o Leitor para a precariedade desse "fim" A "odisseia" vivida pelo personagem durante todo o longo dia chegara ao fim e ele se sentia plenamente realizado. O seu "desígnio" fora alcançado: conseguira emprestado o dinheiro do leiteiro. Em paz, ele dormirá tranquilo, embora num novo dia, um novo "ultimato", de novo credor, lhe seja dado e nova odisseia sem glória se repita *ad infinitum*... como condição básica de uma vida esvaziada de sentido existencial.

Os Ratos e o mundo suburbano

Em *Os ratos*, Dyonélio Machado criou uma das obras mais singulares da Literatura Brasileira, seja pela problemática central (o dinheiro visto como o *grande motor* da civilização progressista e, ao mesmo tempo, denunciado como *instrumento de alienação* dos homens): seja pelo estilo aparentemente "curto, claro, conciso", expressando a visão direta das coisas, mas em essência, visão alienada, sem atingir-lhes a verdade essencial. Seja, afinal, pela escolha do mundo suburbano, como o espaço social em que se desenvolve a trama — mundo dos que moram em bairros da periferia, obscuros funcionários que vivem ou sobrevivem dos parcos salários, à sombra dos poderosos, que movimentam o mundo da Burocracia, através da Imprensa, da Política e dos Serviços Públicos.

O primeiro escritor, entre nós, a introduzir esse mundo periférico no romance, foi Lima Barreto com *Recordações de Isaías Caminha* (1909), no qual dá voz à consciência alerta e revoltada de um Eu que denuncia os conchavos, as "mentiras oficializadas", os preconceitos de raça e cor, a exploração do homem pelo Sistema e, ao final, acaba destruído pela loucura.

Quase 30 anos depois, é pela voz de Dyonélio Machado que esse homem "barretiano" (consciente do despótico domínio do Sistema sobre ele) ressurge em *Os ratos*, mas já esvaziado de revolta... acomodado, sem voz própria, irreversivelmente domado, e inconsciente do fato de ser ele apenas um "dente" da "engrenagem" da Máquina do Progresso. Naziazeno, funcionário público, é homem cumpridor de seus deveres, cioso de sua reputação de homem sério (que paga as contas!), mas de natureza apática. Ou melhor, um Eu que vive a partir das imposições ou expectativas do Outro — como simples "peça" de "engrenagem" e cuja única preocupação é resolver os problemas concretos e imediatos, que possam perturbar a rotina. Daí sua obsessiva (embora confusa) procura do dinheiro para pagar ao leiteiro e evitar a interrupção da entrega diária do leite — fato que provocaria um atrito insuportável dentro da engrenagem doméstica.

A arte maior de Dyonélio denuncia, já pela natureza da linguagem narrativa, a alienação em que vivia Naziazeno e que nos vai sendo revelada numa linguagem aparentemente descompromissada, frases curtas, atmosfera leve, num tom de "conversa jogada fora". Devagar, o Autor vai tecendo a rede que aprisiona a alma de Naziazeno, através de um estilo descritivo, estruturado por orações objetivas e independentes, que expressam ações isoladas, sem ligação entre elas, devido a ausência de elementos de conexão (conjunções, preposições) que as ligassem entre si, para formarem o painel social.

Na mesma linha de denúncia da alienação em que vive o seu personagem (e as demais pessoas à sua volta), Dyonélio adota um foco narrativo incomum: o do *Narrador aderido ao Personagem* e se interpondo entre este e o Leitor, para quem vai narrando todas as vivências, reações, perplexidades... que vão formando a trama novelesca. É através dessa voz narradora que seguimos o drama patético de Naziazeno na busca indecisa do dinheiro para o leiteiro — drama que, afinal, acabou sendo resolvido (embora provisoriamente) pelos amigos e não, por ele.

Os Ratos e os Anos Trinta

Os ratos surge em 1935, momento de convergência de múltiplos fatores que, direta ou indiretamente, influíram em sua criação. A Quebra da Bolsa de New York, em 1929, provocara em todo o mundo ocidental uma crise econômica que serviu de fermento para profundas mudanças políticas. Entre nós, em meio a um fundo desequilíbrio econômico e crescente onda de desemprego, a República Velha chega ao fim e tem início a Era Vargas. Na Europa, em 1933, Hitler assume o poder com o Partido Nazista e inicia a perseguição aos judeus, consagrando-se como o grande líder que restauraria a economia alemã, então em ruínas. Espírito humanista, extremamente arguto e culto, Dyonélio soube sentir, no momento em que a escalada nazista apenas começara, o que de desumano ela traria para o mundo. Intuição que ficou registrada no nome dado ao personagem central de *Os ratos*, Naziazeno. Estranho nome que resultou da fusão da palavra "nazista" (aquele que desencadeou a Morte no mundo civilizado) com "Nazareno" (aquele que, sendo crucificado e morto, transformou-se na Vida de uma Civilização).

Entre nós, surgia a "Geração de Trinta" que, no Nordeste, cria o grande Romance Regionalista (Lins do Rego, Graciliano Ramos...), e no Sul (Érico Veríssimo, Dyonélio Machado, Moysés Vellinho...) opta pelo Romance de Costumes. Na verdade, cruzavam-se na atmosfera cultural da época dois principais polos temáticos: o *da problemática regional* (a sondagem econômico/política do homem ligado à terra) e o dos *meandros do universal* (a sondagem proustiana do homem e a inquietação espiritual).

Os primeiros grandes Mestres da Literatura universal a influírem na Literatura dos Anos 30 foram os russos (Dostoievski, Tchecov, Tolstoi...), quase ao mesmo tempo em que as descobertas psicanalíticas de Freud chamavam a atenção para o romance proustiano (Cornélio Pena, *Fronteira*/1935, Lúcio Cardoso, *A luz do subsolo*/1936; Otávio de Faria, *Mundos mortos*/1937). A seguir chegam até nós as grandes vozes norte-americanas (Hemingway, Steinbeck, Faulkner...), que tiveram em Érico Veríssimo um de seus primeiros e entusiastas tradutores.

Dyonélio Machado e suas "afinidades eletivas"

Em meio a esse cruzamento de influências, Dyonélio Machado terá suas "afinidades eletivas" (como diria Goethe). Em 1927 estreia, como escritor, com um pequeno volume de contos, *Um pobre homem*, claramente energizado pelo húmus dostoievskiano de *Humilhados e ofendidos*.[26] Tal húmus ainda se fará sentir em *Os ratos*, romance escrito em vinte noites tensas e que marca sua estreia definitiva. De linhagem dostoievskiana, Naziazeno tem lugar na procissão de "humilhados e ofendidos" que se debatem em um mundo hostil. Mas uma grande diferença os separa: o "aguilhão" que tortura/desafia o homem dostoievskiano do século XIX é de *natureza metafísica* (qual o sentido da Vida Humana?), enquanto o do homem dioneliano do século XX é de *natureza ética* (a dignidade humilhada, pela falta de dinheiro). Para o primeiro, toda resposta é provisória ou insuficiente (uma vez que Deus fora posto em questão); para o segundo, tudo depende da oportunidade: uma vez conseguindo o

[26] Fiodor Dostoievski fez a sua estreia literária em 1846, com o romance *Gente pobre*, cuja temática social, já indicada no título, permite entrever o inquestionável paralelismo entre Dyonélio Machado (que estreia com os contos de *Um pobre homem*) e o inigualável autor russo. (N. do E.)

Dinheiro, tudo se aquieta e a dignidade é restaurada, até que surja uma nova necessidade para atormentá-lo e levá-lo novamente a uma nova *odisseia sem glória*... meramente material. Naziazeno seria o Novo Sísifo dos tempos pós-modernos: condenado a levar o rochedo ao topo da montanha, vê-lo cair e novamente voltar a empurrá-lo montanha acima... Uma das linhas-de-força de *Os ratos* é o "tempo" em que a ação decorre: 24 horas na vida de Naziazeno, perambulando pela cidade em busca do dinheiro para pagar o leiteiro. Tempo que, inevitavelmente, o leitor relaciona com as 24 horas em que Leopold Bloom perambulou pelas ruas de Dublin, no *Ulisses* de Joyce. Na verdade, se há identidade de tempo e ação em ambos (o que parece evidente!), a motivação é totalmente diferente: o personagem joyceano perambula ao acaso, sem objetivo aparente, a não ser o do Autor que procura denunciar a falência da "civilização do progresso" (que fez do homem um alienado das forças da vida) e, ao mesmo tempo, mostrar que a vida mais comum, mais banal, possui uma estrutura poética invisível: a da epopeia que é a vida humana. Ao contrário, o personagem de Dyonélio perambula com um objetivo preciso: conseguir o dinheiro do leiteiro — e nessa diferença o Autor brasileiro denuncia a inevitável anti-epopeia em que se transformou a vida humana, na sociedade civilizada/progressista, alicerçada no dinheiro.

Em *Os ratos*, Dyonélio Machado criou uma das obras mais singulares da Literatura Brasileira, pois não se liga a nenhuma corrente literária e que, apesar de seu alto grau de essencialidade artística, permaneceu solitária, não teve seguidores. A verdade é que sua divulgação, fora-fronteiras gaúchas, foi precária... e, quando foi redescoberta, o mundo já entrava na Era do Experimentalismo — os "modelos" de criação começavam a ser desestruturados.

Dados biobibliográficos

Romancista, ensaísta, cronista, jornalista, médico psiquiatra, leitor apaixonado e dono de vasta cultura, Dyonélio Machado nasceu em 2 de agosto de 1895 em Quaraí (RS); faleceu em Porto Alegre em 19 de junho de 1985, aos noventa anos de idade, voluntariamente afastado das lides literárias. Fez os primeiros estudos em sua terra natal e, na adolescência, muda-se com a família para Porto Alegre. Aí segue o curso de Medicina, especializando-se em Psiquiatria.

Ainda estudante, Dyonélio inicia-se na imprensa, como colaborador do jornal "Correio do Povo" (Porto Alegre), onde fez carreira como redator-chefe e em seguida como diretor. Atraído pela política, aderiu às ideias socialistas. Exerceu mandato de deputado do Rio Grande do Sul, durante o período em que Getúlio Vargas foi governador do Estado. Depois da Revolução de 1930, no momento em que Getúlio instaura o Estado Novo no Brasil, na Alemanha Hitler começava a implantar o Nazismo. Ligamos aqui ambos os fatos (apesar das essenciais diferenças entre eles), pois, sem dúvida, eles atuaram sobre a sensibilidade do Escritor. O horror desumano do Nazismo, que exterminou milhões de judeus, estaria implícito no nome de seu maior personagem: "Naziazeno" (Nazista+Nazareno). Nesse período, devido à sua adesão à Aliança Nacional Libertadora de Luiz Carlos Prestes, acabou sendo preso "por incitamento a uma greve de ferroviários, marítimos, *chauffeurs* e garçons" (conforme registro policial). Cumpriu dois anos de prisão (na mesma época em que Graciliano Ramos também esteve preso) — fato que o marcou profundamente. Em entrevistas, ele diz: "Eu tenho duas vidas. Um antes e outra depois da prisão." Essa experiência dolorosa é relatada no livro *Memórias de um pobre homem* e também nos depoimentos reunidos por Maria Z. Grawundr em *O cheiro da coisa viva.* Recuperando a liberdade, Dyonélio deixa a política. Entrega-se à carreira de médico psiquiatra e à paixão pela Literatura.

Contemporâneo da grande geração regionalista do Nordeste dos anos 30 (Rachel de Queiroz, Lins do Rego, Graciliano Ramos...), Dyonélio optou pela problemática urbana/psicológica, que atraiu a geração sulista (Marques Rebelo, Orígenes Lessa, Cyro dos Anjos, Amando Fontes, Érico Veríssimo...).

Grande leitor dos Mestres da Literatura universal, sua criação literária vai-se revelar marcada por alguns deles. Estreara em 1927, com um pequeno livro de contos, *Um pobre homem,* nos quais ecoa a voz de

Dostoievski (principalmente a de *Notas do subsolo*). Afastado do meio literário, sua estreia como escritor passou desapercebida da crítica. Entretanto, nesses primeiros contos, já se fazia presente a visão de mundo que marcaria sua criação futura: a do Homem ignorado (ou esmagado) pelo Sistema, mas sem se dar conta disso.

Problemática que, oito anos depois, reaparece madura no pequeno/grande romance, *Os ratos,* cuja trama (24 horas do dia de um homem comum, às voltas com seus miúdos problemas de dinheiro) lembra a peregrinação de um dia de Leopold Bloom no *Ulisses* de Joyce (embora de problemática e atmosfera totalmente diferentes). Esse romance teve grande ressonância crítica, por lhe ter sido atribuído o Prêmio Machado de Assis 1935, então recém-criado pela Editora Nacional (fundada em São Paulo por Monteiro Lobato e Octales Marcondes em 1930). Dyonélio é, então, descoberto e consagrado pela crítica como "grande romancista". Consagração que durou pouco e logo caiu no silêncio.

Entregue à carreira de psiquiatra, o Dyonélio escritor só surge com novo livro após largo intervalo de tempo. Em 1942, publica um novo romance, *O louco do Cati*, que, sem nenhuma publicidade, foi praticamente ignorado pela crítica e leitores. O que é compreensível, por um lado, pelo distanciamento que o Autor mantinha em relação ao mundo oficial literário e editorial e, por outro, devido à estranheza do enredo novelesco, cuja ausência de fio lógico (hoje coisa comum na literatura pós-moderna mas, na época, absolutamente incomum) parece ter sido inspirado por mentes privadas de razão, como as que faziam parte do cotidiano convívio do Autor, como psiquiatra que era.

Em intervalos mais curtos, publicou dois romances: *Desolação* (espécie de continuação da viagem sem destino do "louco do Cati") e *Passos perdidos*. Ambos com o mesmo silêncio da crítica e ao qual se seguiu o silêncio do Autor que, em plena força da idade criadora, desiste do ofício de escrever (ou, pelo menos, de publicar).

Escritor de extraordinária originalidade estilística e temática, e de contundente crítica à indiferença humana em relação aos "inferiores", ou quanto ao sofrimento do "outro", Dyonélio Machado — embora reconhecido por importantes vozes (Guimarães Rosa apontou o seu *louco do Cati* "entre os romances mais importantes da literatura nacional"), está entre os injustiçados pelo silêncio que rodeou suas obras.

Em artigo que anunciava "*A Volta de Os Ratos*" ("Folha de São Paulo", 04.12.1966), o crítico Nogueira Moutinho saudava a 3ª edição desse romance (há 30 anos de sua publicação e injustamente esquecido) e ressalta o seu pioneirismo que, obviamente, não foi percebido na época:

> Em *Os ratos*, trata-se de uma revolução total no universo da ficção. Dificilmente nos damos conta das verdadeiras renovações estéticas, imaginamos que estas só ocorrem quando precedidas de manifestos, arregimentação de epígonos e de uma revista de vanguarda. O romance de Dyonélio Machado permanece nesse "desvio" incompreensível da corrente literária...

Mas os valores autênticos acabam por virem à tona... Dyonélio Machado está entre os que já fazem parte do "pantheon" dos Mestres que vêm mantendo viva a Literatura Brasileira...

Publicações

Ficção — *Um pobre homem*, 1927; *Os ratos*, 1935; *O louco do Cati*, 1942; *Desolação,* 1944; e *Passos perdidos*, 1946.
Ensaio — *A política contemporânea*, 1923; e *Os deuses econômicos*, 1966.
Memória — *Memórias de um pobre hom*em, 1974; e *O cheiro da coisa viva* (post. 1994).

23. EDILBERTO COUTINHO

Sangue na Praça
O Jogo de Máscaras da Vida[27]

> Depois de, orgulhoso, se ter julgado vencedor de si mesmo, viu-se arrastado em dor novamente. Numa louca viagem, foi deixando nos passos marcas que ficaram no leito das ruas. Nas madrugadas do grande isolamento.
>
> Então chorou lágrimas que nada mais queriam dizer.
>
> Senão escorrer pelo corpo, numa já quase volúpia de até o fim.
>
> De chegar ao fim. De ir até o fim. (*Viagem*)

Nesse miniconto que abre o volume de *Sangue na praça,* Edilberto Coutinho resume a problemática-chave que, como uma ferida na carne, vem energizando sua criação ficcional, há vinte e cinco anos. Problemática que ousamos interpretar como a visão agônica de um Eu-em-solidão, que perambula em busca do Outro e do Sentido da Vida, num mundo belo/horrível que perdeu o centro sagrado e se vê à deriva. Sintetizando: o nosso mundo pós-moderno. Onde os limites? Onde a verdade? Onde o porto visado pela viagem?

Desde sua estreia, com os contos adolescentes de *Onda boiadeira* (1954), onde já se mostra seu humanismo indagador, até este *Sangue na praça* (1979) — em que sua escrita atinge alto grau de maturidade existencial/estilística —, a voz de Edilberto Coutinho se faz ouvir, como tragicômica denúncia da decomposição moral/existencial em processo na sociedade, mas oculta pelas máscaras do fantástico/progressista cy-

[27] Texto incluído no "Curso de Literatura e Cultura Brasileira", dado na University of California/Los Angeles, em 1979. (N. da A.)

berespaço do nosso *mundo globalizado*.*

A linguagem enxuta que, de livro para livro, foi perdendo a ordenação lógica e se tornando fragmentada, nesta coletânea se estrutura em blocos, segundo a técnica-de-montagem cinematográfica. (Não por acaso, o Autor escreveu estes contos durante sua estada nos EEUU, Meca do Cinema.)

Leia-se, por exemplo, "As preces". Ao longo da leitura de seus pequenos blocos, acabamos por entrar na intimidade de um jovem (adulto?) solitário, que numa noite de insônia se entrega à contagem de números em ordem decrescente (100 99 98...), na tentativa de atrair o sono e livrar-se das memórias que o assaltam. Memórias centradas na culpa, no pecado do sexo, um dos "fantasmas" que assombram o mundo criado pelo Autor.

> Maria, a Virgem. A Compadecida, em sua pompa e glória, o olhar impassível. Penetrou na igreja, pois, há nos santos uma secreta tristeza de coisa guardada e esquecida. Ah, Mãe, *miserere mei*. Tende piedade, Deus, segundo a Tua grande misericórdia. *Iniquitatem meam*. Lava-me. Mais e mais. Apaga a minha iniquidade, purifica-me do meu pecado. *Asperges me hyssopo...*

Flashes da infância perturbada pelo pecado do sexo, mesclados com frustrações recentes, misturam-se em suas lembranças na noite insone.

> Mas que merda, era preciso que viajasse agora? Viagem estúpida e sem explicação (a não ser para me punir). Mas o que, de fato, teria feito N. viajar? Maré cheia. Depois uma chuvinha fina fez a maré baixar. Brincamos na areia. Crianças de novo só nós dois, plenos, e a chuva sobre o mar, nossos corpos, sargaço e sal, 95 94 93 91, o padre aquele jeito oblíquo dele olhar a gente.

* Refere-se ao mundo em que a tecnologia deu muita velocidade às comunicações e ao transporte. Assim, o ritmo acelerado das transferências financeiras, da disponibilidade de mercadorias provenientes de regiões distantes, das comunicações entre pessoas, países e empresas parece ter diminuído as distâncias com as quais a humanidade conviveu durante séculos. (N. do E.)

E os flashes de ontem e de hoje se sucedem, envolvendo lembranças do amigo menino, da mãe doente, que já "não lhe acariciava os cabelos", da ida à igreja.

> [...] o sussurro de todas as orações confusas vozes do passado ecoavam vindas do teto alto ou dos vitrais [...] A voz do padre Dionel...

E a contagem dos números que é retomada e interrompida novamente pelas lembranças do passado, sempre o "interdito ao sexo" (base da civilização cristã, hoje em crise), levantando-se contra ele, o pecado o assombrando:

> *Mea culpa*, copa, cópula, 90 89 *mea* copulação fala tudo, filho, falação, felação, *felatio*, copa do mundo. Copulação mundial de clubes... [...] Culpa. Inferno. Tudo gravado a fogo.

O Sexo, ligado a pecado, ao questionamento da virilidade e à ameaça da morte, é das presenças obsessivas na obra de Edilberto Coutinho. Nesta coletânea, todos os desdobramentos que se dão a partir do Erotismo, se entrelaçam no conto que lhe dá título: "Sangue na praça". Mescla de ficção com realidade, nesse conto o Autor relata o encontro que ele teve, na Espanha, anos antes (30 de maio de 1959), com o escritor norte-americano Ernest Hemingway (um dos Mestres do romance contemporâneo e amplamente traduzido no Brasil, desde os anos 1940). Num vaguear narrativo, entre o lúdico e o trágico, a lembrança desse encontro vai se fazendo fragmentariamente e, ao mesmo tempo, traçando um retrato do Escritor. Retrato que, aqui e ali, parece pôr em duvida a imagem com que ele fora consagrado.

Famoso por sua paixão por touradas, Hemingway era tido como exemplo maior de homem viril, destemido, lutador contra as forças despóticas que tentam escravizar o homem (inclusive, durante a Guerra Civil da Espanha, em 1935, ele serviu como condutor de ambulância...). Entretanto, na visão do Narrador, essa imagem é sutilmente posta em questão em vários momentos. Inclusive com a ênfase em seu suicídio com uma bala de fuzil. A visão enfraquecida, que o conto nos dá de

Hemingway, já se mostra na primeira linha: "Ninguém, absolutamente ninguém, pode ser tão tão viril quanto ele gosta de fingir que é." É sobre o "Velho" que Edilberto conversava com sua colega, já na Espanha, pouco antes de irem à tourada, onde encontrariam Hemingway e assistiriam ao espetáculo do grande toureiro António Ordoñez, "em seu balé com o miúra preto, um touro enorme, de grandes chifres curvos ameaçadores." Comentando a performance de Ordoñez, o Autor diz à sua companheira jornalista: "O toureiro é um ser andrógino por excelência, veja a sua dança nupcial com o touro."

Nas descrições feitas do "balé" de Ordoñez, em suas provocações/desafios ao touro, são ressaltados os seus meneios femininos (delicadeza, negaça, sedução...) e gestos viris (retesamento de músculos, olhar fixo/duro, gestos firmes...), o que justifica a sua classificação como "ser andrógino". Ainda na descrição do toureio, como "dança nupcial", temos a constante ligação, que é feita pelo autor, em sua ficção, entre *sexo e morte*. O ato que, nas núpcias se cumpre no *sexo*, na tourada se cumpre na *morte* (do touro ou do toureiro).

No intervalo entre a primeira e a segunda tourada de Ordoñez, Edilberto em conversa, como que casual, entrevista o escritor e ouve dele a curiosa relação feita entre a *tourada* e a *escrita* de um livro.

> Eu me identifico com a tourada, por várias razões. Uma delas é que o sucesso de uma corrida é como o de um livro. O toureiro fabrica o seu touro, lance após lance, como o romancista constrói o seu livro, parágrafo após parágrafo. [...] Não estudei a tauramaquia em vão. Meus livros nunca são inventados. Ao contrário, tento sempre descrever o que acontece, com a maior exatidão possível.

Nesse registro do "Velho" (como ele era carinhosamente chamado), temos uma definição da arte de escrever, como *um medir forças com a palavra,* em busca do Outro — complemento essencial para a plenitude existencial do Eu —, postura que, em essência, parece caracterizar a natureza da escrita autobiográfica/ficcional, criada por Edilberto Coutinho. Dentro da mesma dimensão criadora, metaforizada pela "tourada", está o lugar que o "jogo de futebol" ocupa em sua obra. Em essência, para esse sensibilíssimo/dinâmico escritor pernambucano, a Vida se resume num constante jogo do Eu em busca do Outro.

Como diz Jorge de Sá no posfácio:

> A narrativa de Edilberto Coutinho percorre os caminhos do Homem no seu constante desencontro consigo mesmo. Por essa razão seus personagens surgem em cena despojados da máscara com que costumamos encobrir nossas angústias, numa surda resistência à mentira social. [...] Como um navegante antigo, ele viaja por mares e vales, recriando sua geografia pessoal, aprendendo que "navegar é preciso, viver..." mas o aprendizado é duro e o que resta é a memória de uma experiência cruel. [...] Os dribles do jogador, tentando marcar seu tento no campeonato do dia-a-dia, equivalem aos meneios de corpo com que o toureiro executa a dança nupcial com o touro, até vencê-lo. Ou ser por ele derrotado, tal como acontece com o Artista que procura enlaçar o mundo com palavras. [...] Aí constatamos a essência mesma da obra de Edilberto Coutinho: *o tédio pelo jogo acabado*. Pois a vida só é lúdica e só merece ser vivida, enquanto percurso. Findo o trajeto (ou quando não temos nenhuma razão mais para prosseguir), tudo perde o sentido.

Dados biobibliográficos

Contista de arte maior, jornalista dinâmico, cronista, tradutor, ensaísta, professor universitário, personalidade atuante no meio cultural de seu tempo, Edilberto Coutinho nasceu em Bananeiras (Paraíba) em 28 de setembro de 1938. Ainda menino, mudou-se com a família para o Recife (PE), onde realizou todos os estudos. Desde criança conviveu com o mundo das histórias, ouvindo-as nos serões familiares ou contadas/cantadas pelos peões ou boiadeiros que passavam pelo lugar, conduzindo boiadas. Cresceu rodeado de livros. Seu pai era apaixonado pela literatura clássica e estudioso da cultura popular, tendo, inclusive, escrito o livro *Violas e repentes*, sobre o folclore nordestino. Referindo-se a essa circunstância familiar, Edilberto disse: "Posso mesmo dizer que toda minha infância decorreu numa atmosfera de cordel." (in Entrevista à Telenia Hill, 1985). Circunstância que talvez explique a expansividade, alegria e espírito comunitário manifestos em sua personalidade.

Adolescente, iniciou-se na faina literária escrevendo pequenos contos para jornaizinhos de estudante e, logo mais, passando a colaborar no suplemento dominical do "Diário de Pernambuco", nessa época dirigido por Mauro Motta. Leitor voraz, conheceu todo o grande romance regionalista dos anos 1930/40 (Lins do Rego, Graciliano Ramos, Rachel de Queiroz, Jorge Amado). E entre os que o teriam marcado profundamente, ele apontava os grandes romancistas russos (Tchecov, Dostoievski e Gogol), os norte-americanos (Steinbeck, Faulkner, Hemingway, Fitzgerald, Saroyan...). Confessando-se um "devorador de impressos", fala de suas "dívidas" também a Cervantes, Unamuno, Ortega Y Gasset, Proust e Gide. (in Notícias da José Olympio. 1980).

Cursava a Faculdade de Direito quando, aos 16 anos, estreou como escritor com os contos de *Onda boiadeira*. Seu imediato sucesso de crítica o surpreendeu: seu livrinho ultrapassara as fronteiras do Nordeste e chegara ao Rio de Janeiro. No caderno FLAN, suplemento cultural do "Última Hora", é saudado em página inteira. Em artigo, Gilberto Freyre o recomendava entusiasticamente, e, na revista "O Cruzeiro", Valdemar Cavalcanti escrevia: "Leia os contos de Edilberto Coutinho, quem quiser ter sob os olhos alguns flagrantes vivos da condição humana." Em São Paulo, Sérgio Milliet escrevia: "Edilberto Coutinho renova o conto brasileiro dando-lhe uma qualidade lírica do melhor quilate."

No entusiasmo desse sucesso inicial, publica, logo depois, outra coletânea, *Contos-II*, alguns dos que haviam ficado na gaveta. O sucesso se repete, mas o jovem escritor não se deixou deslumbrar.

Mais tarde, falando sobre esse êxito de estreia, Edilberto comenta:

> Fiquei muito confuso. Não esperava que o livro obtivesse tanta repercussão. [...] Creio que a autocrítica, aprendida no Jornalismo, evitou que me tornasse um deslumbrado. Atribuí o calor dos elogios à simples generosidade de autores mais velhos e experimentados. Espécie de estímulo ao estreante tão jovem, tão imaturo." (in Supl. Cultural. "O Popular", Goiânia, 01.07.1979).

Formado advogado, em 1958 muda-se para o Rio de Janeiro, onde passa a integrar a equipe que, com a direção de Odylo Costa Filho, realizou a reforma do "Jornal do Brasil", transformando-o de simples boletim de classificados, em um jornal moderno. Torna-se repórter do Jornal, e uma de suas primeiras entrevistas foi com o Marechal Rondon, o grande sertanista brasileiro, que acabara de ser indicado para o Prêmio Nobel da Paz, pelo Explorer's Club de Nova York (1957).

Em 1960, Edilberto viaja para a Europa como correspondente do "Jornal do Brasil" e da revista "Manchete". Convidado por várias Universidades, deu palestras sobre o conto brasileiro, em Paris, Madri, Lisboa e Porto. Em Madri, por acaso, assistindo a uma tourada, teve a chance de conhecer Ernest Hemingway (então, um dos grandes sucessos do romance norte-americano no Brasil). Entrevistou-o durante uma longa e descontraída conversa e, mais tarde, transformou essa matéria em artigo para jornais e revistas; e como ele diria em certa entrevista: "... transfigurei esse primeiro encontro com Hemingway, em forma de ficção (ou cripto-ficção?) no conto-título do livro *Sangue na praça*." Ainda na Espanha, entrevistou escritores que tiveram livros censurados na era franquista, como Camilo José Cela, um dos grandes nomes da novelística moderna espanhola. Durante essa estada na Espanha, escreveu artigos para o jornal "Digame", e editou um número especial da revista "Mundo Hispânico", inteiramente dedicado ao Brasil.

Durante os três anos que passou na Europa, ia esporadicamente escrevendo contos que, em sua volta ao Brasil, foram publicados em revistas de grande circulação ("Ficção", "José" e "Status"). Firma-se no jornalismo, como repórter ou como redator de jornais do Rio e São Paulo. Em 1968, participa da equipe que mantém o "Correio da Manhã", enfrentando diariamente as limitações impostas pela Censura, e para isso se entregando a um contínuo exercício de imaginação criativa, para escapar às proibições. Ao mesmo tempo, integrou a equipe Brasilpan (Hélio Polito, Macedo Miranda, Haroldo Holanda e outros), que produzia e apresentava, na televisão, o programa Encontro Marcado.

Nesse período, juntamente com os escritores Antônio Torres e Geir Campos, participou da oficina de criação literária, dirigida por Socorro

Trindad (programa cultural, mais tarde encampado pela Universidade Federal do Rio Grande do Norte). Ainda nos anos 1960, integra a equipe que, com direção de Odylo Costa Filho, organiza a revista "Veja". Em meados dos anos 1970, viaja para os EEUU como correspondente de "O Cruzeiro" e "O Jornal". Ali faz o curso de Jornalismo no World Press Institute de Minnesota. Escreve durante algum tempo para o jornal "The Globe Democrata" em Saint-Louis/Missouri. Dá palestras sobre a literatura brasileira em várias universidades.

Em 1977, de volta ao Brasil, reúne alguns de seus contos esparsamente publicados em revistas e outros inéditos e lança *Um negro vai à forra*, cujo sucesso de crítica e de público consagra-o definitivamente como "grande contista brasileiro". Nessa época, rejeita seus primeiros livros publicados, por considerá-los imaturos. Retira-os de sua bibliografia. Entretanto, muitos desses contos já haviam ultrapassado as fronteiras nacionais e, traduzidos, faziam parte de antologias do conto brasileiro, publicados na Colômbia, Bulgária, Espanha, Estados Unidos e outros.

No período de 1978, voltou aos EEUU, como correspondente dos Diários Associados e convidado do International Writting Program, da Universidade de Iowa. Durante esse estágio de estudos conviveu com escritores de 26 países e teve traduzidos vários contos seus, publicados posteriormente numa edição conjunta da Oxford Press/London e da Universidade de Iowa. Nesse período escreveu os contos que foram reunidos em *Psicólogas selvagens no Arizona*, publicados em sua volta ao Brasil, em 1979. Nesse mesmo ano, publica outro de seus grandes sucessos, *Sangue na praça*:

Nos anos 1980, desenvolve intensa atividade jornalística. Passa a colaborar no jornal "O Globo", com resenhas de livros e artigos, sobre temas literários. Para a rádio MEC (Ministério de Educação e Cultura), escreve crônicas. Mantém uma coluna semanal na revista "Fatos & Fotos". Foi o momento em que publicou o seu maior *best-seller*, *Maracanã, adeus* —- vencedor do Prêmio Casa de las Américas (Cuba), que pela primeira vez era dado a um brasileiro. De imediato, traduzido para o francês (por Jacques Thiériot, tradutor de *Macunaíma* e outros), foi lançado em Paris, com presença de Edilberto que, convidado pela editora Luneau-Ascot, peregrinou durante um mês por cidades da França e Bélgica, fazendo palestras sobre a literatura brasileira contemporânea e concedendo entrevistas a emissoras de rádio e televisão. Em 1981, foi eleito membro da Academia Paraibana de Letras. Toma posse em 29 de maio de 1982, sendo saudado pela acadêmica Elizabeth Marinheiro. As homenagens que lhe são prestadas na ocasião foram reunidas no livro *O compromisso do escritor* (1983). Dotado de extraordinário dinamismo, Edilberto prossegue atuando em várias áreas de cultura. Inscreve-se na UFRJ para realizar o Doutorado — título conquistado em 1983, com uma tese acerca da doutrina social de Gilberto Freyre e publicada com o título *Imaginação do real.* Ao mesmo tempo, empenhava-se na pesquisa literária e escrevia novos livros, entre os quais, *O livro de Carlos*, verdadeiro réquiem pelo amigo e poeta humaníssimo que foi Carlos Pena Filho, cuja morte prematura (por acidente de carro) se dera em 1960, no Recife, e deixara um grande vazio no mundo intelectual e afetivo. Em 1985, escreve para o público infantil o picaresco *Das artes de Pedro.*

Empenhado em difundir a literatura brasileira, organiza a antologia *Erotismo no conto brasileiro*, onde reúne duas dezenas de contistas de pulso. Com esse mesmo objetivo, organiza a coletânea *Presença poética no Recife.*

Entre as inúmeras homenagens, distinções e prêmios recebidos, destacam-se: Prêmio Nacional Suerdieck/PE (ao *Contos-II*, ex-aequo ao romance de Osman Lins, *Os gestos*). Prêmio Casa de las Américas/ Cuba. 1980; Prêmio Afonso Arinos/Academia Brasileira de Letras.1980 (Comissão Julgadora: Alceu Amoroso Lima, Afonso Arinos de Melo Franco, Bernardo Élis, José Cândido, Adonias Filho e Herberto Sales); Prêmio APCA/Ensaio. Associação Paulista de Críticos de Arte. 1983 e Prêmio Brasília/Ensaio-Fundação Cultural do Distrito Federal. 1983.

Aos quarenta e nove anos de idade, na plenitude de sua força criadora, sua vida se interrompe. Faleceu em 1987.

Publicações

Conto — *Onda boiadeira,* 1954; *Contos-II*, 1956; *Um negro vai à forra*, 1977; *Psicólogas selvagens no Arizona*, 1979; *Sangue na praça,* 1979; *Maracanã, adeus*, 1980; *O jogo terminado*, 1982, e *Os jogos*, 1984.
Biografia — *Rondon e integração amazônica*, 1968; *Rondon, o civilizador da última fronteira*, 1969; *O livro de Carlos*, 1983; *O salto para o desconhecido*, 1987.
Antologia — (org. E. Coutinho) *Erotismo no conto brasileiro*, 1980; *Presença poética no Recife*, 1983.
Ensaio — *Criaturas de papel*, 1980; *Imaginação do real*, 1983.
Literatura infantil/juvenil — *Das artes de Pedro*, 1985.
Tradução — *Reflexos num olho dourado*, 1968; e *Balada do café triste e outras histórias*, 1974 (de Carson McCullers).

24. ÉRICO VERÍSSIMO

Érico Veríssimo: Um "Contador de Histórias"?

> O nosso modo de ser / — que é tão nosso e por isso tão humano — / de tal modo, velho Érico, / tu o soubeste dizer / que os teus personagens vão / todos eles/andando, andando por uma terra que não tem fronteiras, / contando da sua vida / dizendo da sua lida / e juntando o seu calor / vasto e profundo / a essa inquieta esperança / que arfa no peito do mundo. [...] Por isso é que / Ana Terra, o capitão Rodrigo e eu / hoje te enviamos esta carta-poema.

É com essa carta-poema de Mário Quintana, que se abre o volume *O contador de histórias* — reunião de ensaios que faz parte das homenagens prestadas a Érico Veríssimo, pelo transcurso dos quarenta anos da sua fecunda vida literária —, comemoração que, por feliz acaso, se dá neste final de 1972, Ano Internacional do Livro. Justíssima homenagem ao criador de uma das grandes obras do universo ficcional brasileiro, e há muito consagrado como um dos escritores de maior projeção da vida intelectual brasileira, dentro e fora das fronteiras nacionais, e que constitui um dos casos peculiares em nosso elenco de escritores *best-sellers*. Peculiares, porque sendo ele autor consagrado de várias dezenas de títulos (ficção, crônicas de viagens, memórias e literatura infantil) e com as maiores tiragens editoriais registradas entre nós, enfrentou, durante muito tempo, grande defasagem entre sua ampla aceitação pelo público e as frequentes restrições que lhe eram feitas pela crítica brasileira, paralelamente ao reconhecimento de seu grande talento de escritor. Neste recém-lançado livro-homenagem, *O Contador de Histórias* — 40 anos de vida literária de Érico Veríssimo (org. Flávio Loureiro Chaves), a vasta obra do gaúcho Veríssimo é analisada, a partir de diferentes pontos de vista, por um grupo de lúcidos intelectuais, entre os quais estão: O. M. Carpeaux, Guilhermino César, Tristão de Athayde, Moysés Vellinho,

Donaldo Schuler, Flávio Loureiro Chaves... São depoimentos e análises que lançam novas luzes na arte do autor gaúcho, principalmente quanto às diferenças entre os romances da primeira fase (1932-1943) e os da segunda (de 1949 para diante). Fases que resultam do gradativo aprofundamento da consciência do escritor, em se assumir plenamente como "cronista de seu tempo" — um tempo em crise, em que os valores fundadores do passado já haviam perdido a força original e os novos valores ainda estavam em gestação caótica.

Surgindo para a literatura nos anos 1930, em pleno embate entre as forças do realismo socialista e as da sondagem psicológica *à la* Proust, compreende-se que Érico Veríssimo fosse censurado por ambos os lados: não mostrava os dramas da miséria (como os do Nordeste) nem os abismos da alma humana em conflito (como os do Sul). Romancista de costumes (e claramente empenhado em testemunhar o viver do "homem comum" no cotidiano rotineiro, onde a vida se cumpre) Érico focaliza em sua produção inicial os problemas imediatos da classe média brasileira, ou melhor, duma juventude muito mais *preocupada* do que, propriamente, tensa ou angustiada (como a europeia ou a norte-americana) com os problemas com que se defrontava. No geral, uma juventude idealista mas existencial e politicamente imatura, e que abria os olhos para o mundo sem a vivência necessária para realmente avaliar-lhe a medida. Em 1932, Érico Veríssimo estreia em livro com *Fantoches* — coletânea de pequenas peças teatrais e alguns contos que, conforme ele informa na apresentação, foram "escritos em épocas diversas. São vários e multiformes como o próprio espetáculo da vida. Dentro deles falam e gesticulam fantoches de todo o feitio: graves e pândegos, sombrios e luminosos, agitados e serenos..." Essa primeira experiência literária (verdadeiros exercícios de criação, onde se cruzam diferentes influências) passou praticamente despercebida da crítica e dos leitores. Mas embora, temática e estilisticamente, imatura, já expressa a visão de mundo humanista que fundamentaria toda sua obra futura, a partir de *Clarissa*. Foi este romance, publicado logo a seguir, que, da noite para o dia, transforma o autor em um escritor de sucesso de crítica e de público. Clarissa é a adolescente dos anos ainda "puros" de 1930, é a menina-moça que abre os olhos para o mundo e, em meio aos prosaicos aconteceres do dia-a-dia, se pergunta sobre os mistérios da vida. Clarissa vai aprendendo a vida, não só através das coisas que vê à sua volta, mas principalmente pelo que ouve dos outros. E vai sabendo que "a vida tem segredos terríveis, a vida tem coisas que apavoram, mesmo que a gente não as compreenda bem claro."

O sucesso imediato de *Clarissa* abriu caminho para as novas aventuras da personagem: *Música ao longe* (1935) e *Saga* (1940). Entre esses romances do ciclo Clarissa, ou "ciclo Porto Alegre", Veríssimo publica outros sucessos: *Caminhos cruzados*, *Um lugar ao sol*, *Olhai os lírios do campo* e *O resto é silêncio*, que praticamente encerra a primeira fase de sua carreira.

Referindo-se a esses romances, Flávio Loureiro Chaves os define como realistas:

> O romance de Érico Veríssimo é realista no sentido do seu apreço pela fidelidade ao real, pelo detalhismo descritivo, mas o é também devido à fórmula empregada na gênese das personagens e da explicação do seu destino onde importam sobremaneira os antecedentes, as raízes sociais, a função que desempenham na coletividade, os fatores hereditários. É por isso que ele dá continuidade a uma tradição que tem a sua fonte no naturalismo queirosiano. (in *Érico Veríssimo: Realismo e Sociedade.* p.50)

Essa intencionalidade de crítica social, que o liga à tradição realista/naturalista (séc. XIX), marca a primeira fase de sua produção. A criação do grande romance se daria com a saga de *O tempo e o vento*. Referindo-se à produção do período inicial do romancista gaúcho, Moysés Vellinho registra com acuidade:

> Sob a fascinação de um dos estilos mais vivos da literatura brasileira contemporânea, e tão eficaz no seu imediato poder de representação e comunicação, permanece certa sensação de ausência ou neutralidade interior, impressão de descontinuidade entre promessas que brilham e fluem por cima e as caladas reservas que lavram por baixo, como se tudo assentasse em alicerces flutuantes. [...] Os temas o romancista os desfia e desenvolve com extremos de cuidado, sobretudo com perícia, mas a impressão é de

> que originariamente lhe são alheios, alheios às tensões de sua sensibilidade [...] (*O contador de histórias*, p. 108-100)

Praticamente toda crítica feita durante essa primeira fase da carreira de Veríssimo enfatizou, por um lado, a inegável sedução de sua escrita novelesca (que conquistava de imediato os leitores) e, por outro, a insuficiente elaboração de sua matéria, devido à superficialidade dos conflitos, aos lugares-comuns da psicologia humana, à linearidade de suas tramas, etc. etc. Entretanto, a verdade é que essa produção novelesca inicial (ainda em processo de elaboração romanesca da "crise da consciência burguesa" que se aprofundava) se ajustava à expectativa e ao gosto do grande público dos anos 30/40. Um público leitor interessado, principalmente, nos aconteceres da vida cotidiana, que lhe eram familiares, com suas dificuldades de realização no estudo, no trabalho, no amor... e acima de tudo nas constantes interrogações sem resposta, sobre o Destino, Deus, a existência do Mal, a Morte... Tais interrogações se misturam inconscientemente na personagem-título, Clarissa, adolescente que "não sabia nada da vida", mas confiava nos outros e tinha "um grande desejo de falar com todos, de perguntar coisas, muitas, muitas coisas, de fazer com que os outros lhe contem, sem omitir um pontinho, todo o mistério da vida, todos os segredos das criaturas." Esse mistério e esse segredo percorrem toda a obra de Veríssimo, que ao ser lida em conjunto se oferece como um dos mais atentos testemunhos do tempo brasileiro (via Rio Grande do Sul), desde o século XVIII (Trilogia *O tempo e o vento*) até meados do século XX, com o início do Governo Militar/1964 (*Incidente em Antares*).

O seu "best-seller" *Clarissa* é lançado na época em que começara a grande voga das *novelas de rádio*, logo mais seguidas pelas *fotonovelas*, que abrem caminho para as atuais *telenovelas* que, para o grande público do nosso tempo, substituíram de vez a leitura dos romances ou da "alta literatura". Sem dúvida, de sua arte de efabulador e sua sintonia com os cotidianos problemas humanos da época, resultou seu enorme sucesso editorial (com traduções em vários países), só se equiparando ao de Jorge Amado. Nas raras vezes em que se pronunciou a respeito das restrições críticas à sua obra, Veríssimo, como que minimizando sua notória projeção, definia-se como um simples "contador de estórias". Afirmação que, para além do que revela de irônica malícia (ou de modéstia?), encobre certamente faces muito importantes de sua personalidade humana e literária.

Não há dúvida de que o talento de efabulador é o que o define, de imediato, como escritor. Todos os seus livros, desde a ingênua *Clarissa* até o impressionante e grotesco *Incidente em Antares,* mostram que é o *acontecimento*, em seu pulsar de vida, envolvendo os homens e suas sagas, o que atrai e detém o espírito de seu criador. Veríssimo é bem, como disse Otto Maria Carpeaux, "um homem que sabe narrar acontecimentos inventados como se fossem realmente acontecidos. É romancista. Pelo menos, é isso que o público ou a imensa maioria do público espera de um romancista" (op. cit. p. 37)

Entretanto, um simples "contador de estórias", como ele próprio se definiu, não criaria a densa matéria romanesca que compõe o *corpus* de seu universo de ficção. Com os anos, os títulos se sucedem e a obra do escritor gaúcho vai ganhando densidade. Uma nova fase tem início com os novos caminhos abertos pela épica trilogia *O tempo e o vento*, onde o autor realizou um verdadeiro "afresco histórico-social em forma de tríptico, que fosse desde a colonização açoriana do Sul até o predomínio do Rio Grande na política (dos anos 30/40 da era getuliana), explicando-o pelo desenvolvimento econômico das guerras e revoluções de fronteira." (Sérgio Milliet. *Diário* VII-p. 156)

Sua arte, atenta às conquistas estilísticas/estruturais do romance contemporâneo (Huxley, Gide, Proust...) vai se depurando de livro para livro e se revela plenamente madura na construção do universo de *O tempo e o vento* (1949-1961), seguido por *O senhor embaixador* (1965), *O prisioneiro* (1967) e *Incidente em Antares* (1971) — vigorosos romances, cuja problemática mergulha cada vez mais no espírito brasileiro, através da adesão existencial cada vez mais profunda do autor à sua matéria. Dois fatores essenciais, desde sempre nele presentes, vão tendo os seus contornos gradualmente vincados: o entranhado humanismo, a funda consciência política e o sentimento de brasilidade, cujo progressivo amadurecimento responde, sem dúvida alguma, pela grandeza crescente de sua obra.

"... Intérprete da verdade de nosso povo e voz de seus problemas", como disse Jorge Amado, referindo-se a Veríssimo, "sua obra atravessou as extensas fronteiras geográficas do Brasil e as difíceis fronteiras da língua portuguesa", que só alguns poucos escritores têm conseguido transpor, "projetando pelo mundo afora aspectos da vida brasileira, levando ao conhecimento dos outros povos algo do que somos e de como reagimos, a nossa paisagem, a luz que aqui se filtra, nossa forma própria de ver as coisas, de rir, de sofrer, de amar, de lutar, nossa originalidade nacional". E, como conclui o escritor baiano (um dos primeiros a transpor tais fronteiras), é "devido a esses escritores, aos seus romances, contos, poemas e ensaios e a alguns cineastas e aos filmes por eles realizados que o conhecimento do Brasil, um conhecimento mais profundo do que o simples noticiário jornalístico, pequeno e quase sempre circunstancial, vai-se impondo ao grande público estrangeiro" (*O contador...* p.30)

Sem duvida, é a crescente conscientização desse espírito de brasilidade (criador, caótico, multiforme e livre), unido a um humanismo de raiz, e a uma funda consciência política, a mais importante faceta dessa obra literária que, como poucas, tem ajudado a construir para o mundo a imagem (caricatural ou não) do complexo brasileiro através do prisma gaúcho.

A crítica de intenção política e humanista está patente em todos os seus livros, exacerbando-se, talvez, em *Incidente em Antares* —- alentado volume onde, em meio a um panorama sarcástico das lutas e intrigas pelo poder político em Antares (cidade imaginária na fronteira Brasil/Argentina, que satiriza a política brasileira às vésperas de 1964), surge o "incidente" absurdo e macabro: no dia 13 de dezembro de 1963, sete defuntos em decomposição e insepultos (devido a uma greve geral na cidade) dirigem-se ao coreto da praça e em altas vozes vão denunciando ao povo a corrupção que minava os poderes governantes. Até que uma "operação borracha" desencadeada pelos "senhores do poder" enterra os mortos e faz tudo voltar à rotina de engodos e decadência moral. Enfim, um alerta *espírito crítico* (filtrado pela ironia), *brasilidade* (no sentido apontado por Jorge Amado) e *humanismo* (como atitude fundamental do espírito que apesar de tudo crê na condição humana) são os pilares que fazem da obra de Érico Veríssimo um verdadeiro testemunho do homem brasileiro e "sua circunstância". Testemunho sereno e consciente, que vai muito além do registro da simples aparência do "fato" e procura atingir-lhe as implicações ocultas e o sentido último de seu acontecer no fluxo do tempo. Daí a grandeza épica e o lirismo viril de sua trilogia *O tempo e o vento*; daí também a infiltração do alegórico na contundente denúncia expressa em *O senhor embaixador*, onde, apesar de todo o *fechamento* condicionado pelo escuso jogo político ali revelado, persiste uma *abertura* que ilumina a ação. Como disse Guilhermino César, "o romancista preserva a Esperança, afastando-a dos demônios da negação. Acredita, apesar das aparências em contrário, em alguma coisa, não importa se longínqua, que acena para os homens com uma boa promessa" (*O contador...* p. 56).

Dados biobibliográficos

Romancista, humanista, presença de destaque na literatura brasileira e de grande repercussão internacional, Érico (Lopes) Veríssimo nasceu em Cruz Alta (RS) em 17 de dezembro de 1905. Era de família abastada que, com a crise econômica dos anos 1920, perdeu seus bens. Circunstância que levou o menino Érico a conhecer de perto o drama da decadência econômica e da injustiça social (drama que será um dos temas de sua obra).

Iniciou estudos no Grupo Escolar Venâncio Aires, continuando-os, como interno, no Colégio Cruzeiro do Sul, em Porto Alegre. Adolescente, volta pra Cruz Alta e passa a trabalhar em pequenos ofícios (ajudante de comércio, bancário, etc.). Reunindo um pequeno capital, abriu uma farmácia com um antigo sócio de seu pai (que fora farmacêutico, mas falira e, tendo se separado de sua mãe, mudara-se para São Paulo). Mas o comércio não era sua vocação e sim, a literatura, o desenho, a música. Desde menino, Érico fora um leitor voraz, de tudo que lhe caía nas mãos. Muito cedo conheceu os grandes clássicos. Tendo aprendido inglês, montou nos fundos da pequena farmácia um curso de língua, e ali se formou um ponto de reunião de estudantes e de amantes de debates de ideias e artes. A farmácia faliu e, em 1930, ele se muda para Porto Alegre, onde trabalha como desenhista e se torna amigo do grupo que fundara a revista "Madrugada". Como diria mais tarde:

> Nesse tempo — canhestro primo da roça — eu frequentava à noite a 'roda de chope' de Augusto Meyer e Theodemiro Tostes, no Bar Antonello (Rua da Praia). Aug. e Theo me toleravam... Eu era um conviva chatíssimo: não falava, não fumava... e não bebia. Outros membros da 'roda', uns efetivos, outros ocasionais: Athos Damasceno Ferreira, fino de corpo e espírito, mestre do epigrama... Paulo Corrêa Lopes, poeta místico... Às vezes aportava à nossa mesa remando na sua gôndola Ernâni Fornari, misto de poeta e prosador, espadachim e tenor de opereta... Reynaldo Moura, jeito manso, entre irônico e encabulado de estar vivo, amante de símbolos e palavras, e achando que fora da língua e da literatura francesas não havia salvação... Paulo Gouvêa, poeta com talento e ator... Fernando Corona, escultor e arquiteto que começava a imprimir sua marca na cidade... (in Ed. comemorativa *Fantoches*. 1932-1972).

Pelas mãos de Augusto Meyer, expoente do Modernismo gaúcho, Érico Veríssimo entra para o jornalismo como ilustrador das paginas literárias do "Diário de Notícias" e do "Correio do Povo", onde estreia como escritor com o conto "Ladrões de gado". Foi contratado para secretariar a Revista do Globo, da qual se torna redator, chegando posteriormente ao cargo de diretor. É a época em que Edição Globo passa a liderar o mercado editorial com as traduções de *best-sellers* estrangeiros, na Coleção Nobel e Biblioteca dos Séculos. Érico dedica-se à tradução dos grandes nomes da literatura norte-americana dos anos 1920/30 (Hemingway, Steinbeck, Faulkner...) e da literatura inglesa (Aldous Huxley, *Contraponto*), cujas técnicas inovadoras tiveram influência decisiva em seu encontro definitivo com a própria arte narrativa. De *Clarissa* a *Incidente em Antares* foi percorrido um longo e fecundo caminho, empenhado na construção de um universo romanesco, onde se fundem as forças atuantes no mundo contemporâneo e o húmus brasileiro.

Como escreveu Wilson Martins:

> (Érico Veríssimo) pertencendo, em perspectivas modernistas, à geração consolidadora, é um dos escritores fundamentais do movimento, por haver feito, fora de São Paulo, o que nenhum dos revolucionários de 22 conseguiu fazer: o romance urbano moderno. (in *O Modernismo*, 1965)

Em 1932, estreia com *Fantoches*. No ano seguinte, dão-se o extraordinário sucesso de *Clarissa* e o início de uma longa carreira de escritor e intelectual, tornando-se, com o tempo, um dos mais ilustres nomes da "Geração Literária de 30" (Jorge Amado, Rachel de Queiroz, Cyro dos Anjos, Lins do Rego, Graciliano Ramos e outros). Em 1935, seu romance *Caminhos cruzados* suscitou polêmicas, pela ousadia do tema: prostituição, denúncia da hipocrisia social, protesto contra as desigualdades, injustiças e absurdos da "sociedade burguesa". O autor foi acusado de amoral e comunista, mas o livro foi consagrado com o prêmio Graça Aranha/ABL. Com *Música ao longe*, recebe o Prêmio Machado de Assis/Cia. Editora Nacional, ao lado de Marques Rebelo, Dyonélio Machado e João Alphonsus. Nesses primeiros livros, já se definira a natureza humanista e a funda consciência política do autor. Consciência que se manteve viva em toda sua extensa obra, mas nunca se transformou em "partidária". Veríssimo viveu sempre "politicamente" (atento à "pólis" e ao ser humano dentro dela), mas jamais foi "homem de partido".

Esse seu interesse pelo ser humano leva-o a escrever também para crianças. Na década de 30, faz a adaptação de *A vida de Joana D'Arc*, à qual se segue quase uma dezena de livros infantis. Como contador de estórias, participou do programa Clube dos Três Porquinhos, na Rádio Farroupilha. Em 1937, escreveu o romance juvenil, *Aventuras de Tibicuera* (Prêmio Ministério da Educação), narração da "espantosa viagem" feita pelo indiozinho Tibicuera, da tribo tupinambá — viagem que começa antes de 1500, quando o Brasil foi "descoberto", e termina num arranhacéu de Copacabana no século XX.

Incansável viajante (como suas memórias o revelam), visitou os mais diversos países (México, Equador, Peru, Uruguai, França, Espanha,

Portugal, Alemanha, Grécia, Oriente Médio, Israel), em geral como convidado para conferências ou eventos, nos quais se empenhava em divulgar a literatura e a cultura brasileiras. O sucesso de seus romances ultrapassou as fronteiras nacionais e passam a ser traduzidos em espanhol e inglês, espalhando-se pelo mundo. Entre 1943 e 1945 (em plena II Guerra Mundial), residiu nos Estados Unidos. Convidado como professor visitante, deu cursos de Literatura Brasileira na Universidade de Berkeley/California. Na ocasião, recebeu o título de *Doutor Honoris Causa* no Mills College. Publicou *Brazilian literature*. Seu nome e o de Jorge Amado se tornam os mais conhecidos dos escritores brasileiros no exterior.

Durante o período de três anos em que viveu nos Estados Unidos, distante do Brasil, seu olhar de escritor ultrapassou os limites do cotidiano *aqui e agora*, onde ele construíra seu mundo romanesco, e mergulhou na História. Em face de um mundo que desmoronava (e mostrava o fim de uma civilização), Veríssimo se volta para as origens. Começa a escavar as raízes de sua terra natal. Nascia o projeto de um livro que deveria narrar a epopeia da formação rio-grandense, vista através da ótica do presente em caos. Nascia o projeto de *O tempo e o vento*, que se desdobraria numa trilogia e se transformaria no ponto mais alto de sua carreira. Em 1945, ao voltar para o Brasil, trazia quase pronto o projeto, cujo 1° volume, O *continente*, publica em 1949. Trançando os fios de 200 anos de História (do séc. XVIII ao séc. XX) com vivências e "fantasmas" de sua própria vida, Veríssimo mistura realidade e ficção, e compõe a saga dos Terra Cambará, homens e mulheres de garra ou débeis, visceralmente ligados à formação do Continente do Rio Grande de São Pedro. Com a criação desse mundo romanesco, de húmus histórico e memorialista, Veríssimo se "descobre" gaúcho, conforme o confessa em certa entrevista: "Foi escrevendo *O tempo e o vento* que eu vim a compreender, aceitar e finalmente amar o Rio Grande do Sul." (in J. Roche, "O Tempo e o vento: obra-prima de E. Veríssimo" apud W. Chagas. *Mundo velho sem porteira*. 1999 p. 85)

Em 1953, seu crescente renome internacional leva-o novamente aos Estados Unidos, indicado pelo Ministério das Relações Exteriores do

Brasil, para exercer o cargo de Diretor do Departamento de Assuntos Culturais da União Pan-Americana/secretaria da Organização dos Estados Americanos (OEA), substituindo Alceu Amoroso Lima que retornava ao Brasil. Sua carreira de escritor se desdobra em sucessivas publicações de romances, memórias, narrativas de viagens e outros, registrando o testemunho de seu autor que, desde sempre, se assumiu como "cronista de seu tempo". Entre os prêmios e distinções que lhe foram concedidos estão: Prêmio Juca Pato-Intelectual do Ano 1967/União Brasileira de Escritores; Prêmio Jabuti/1966-Câmara Brasileira do Livro; Prêmio Pen-Clube/1972 e prêmio Fundação Moinho Santista/1973. Faleceu subitamente de um infarto, em 28.11.1975, em Porto Alegre.

Publicações

Romance — *Clarissa*, 1933; *Música ao longe*, 1935; *Caminhos cruzados*, 1935; *Um lugar ao sol,* 1936; *Olhai os lírios do campo*, 1938; *Saga*, 1940; *As mãos de meu filho*, 1942; *O resto é silêncio,* 1943; *O tempo e o vento* (*Trilogia: O continente,* 1949; *O retrato*, 1951; e *O arquipélago*, 1962); *O senhor embaixador*, 1965; *O prisioneiro*, 1967; *Incidente em Antares*, 1971; e *Um certo Henrique Bertaso*, 1972.
Memória — *Solo de clarineta*, I-1973 e II-1976.
Narrativa de viagem — *Gato preto em campo de neve*, 1941; *A volta do gato preto*, 1946; *México*, 1957; e *Israel em abril*, 1969.
Livro infantil — *A vida de Joana D'arc*, 1935; *Aventuras no rio vermelho*, 1936; *Os três porquinhos*, 1936; *Rosa Maria no castelo encantado,* 1936; *Meu ABC*, 1936; *As aventuras de Tibicuera*, 1937; *O urso com música na barriga*, 1938; *A vida do elefante Basílio*, 1939; *Viagem à aurora do mundo*, 1939; e *Aventuras no mundo da higiene*, 1939: títulos que foram reunidos no volume *Gentes e bichos*, 1956.
Miscelânea — *Fantoches*, 1932.

25. EVERALDO MOREIRA VÉRAS

A Criação Literária como Realização Existencial[28]

> Enquanto homens, nunca nos bastamos, nunca somos o nosso único fim. Estamos ligados a uma transcendência. [...] ser homem é tender para um incessante "ultrapassar", é não achar paz senão em algo que se busca, mas que não existe. (Karl Jaspers)[29]

Se há, entre os nossos escritores, algum cuja obra se enraíze, de maneira inequívoca, nesse obsessivo impulso de "busca" pelo ser autêntico ou nesse interrogar agônico pela nossa possível transcendência (de há muito negada pela Ciência), esse é Everaldo Moreira Véras.

Tal afirmação não deve surpreender aos que o conhecem desde seus inícios, como autor de literatura para os jovens ou como o fecundo narrador de milhentas histórias para adultos — obra extensa, cuja matéria-prima (embora impregnada de religiosidade) é sempre cruel, retirada da vida cotidiana, vulgar, e em geral desvendada em seu lado cru, grotesco/trágico, ou simplesmente banal.

Seu estilo espontâneo, ágil/contundente, de frases curtas, cortantes e de comunicação imediata, arrasta o leitor quase sem fôlego, através de suas tramas fragmentadas, sem realmente dar-lhe tempo para ir além do que ali acontece. Ou de permitir-lhe descobrir facilmente que, no fundo daquelas situações insólitas (mistura de real e fantasmagórico, lógico e absurdo, religiosidade e ateísmo ou crueldade), há uma agônica interrogação do *enigma da condição humana.* Ou melhor, *interrogação do Sagrado.* Interrogação abissal (própria do nosso tempo), provocada pela Dúvida que (a partir do séc. XIX) a Ciência positivista inoculou no *homo religiosus*, ao provar que o ser humano (como tudo no universo) resultara

[28] Texto inédito, 2007. (N. da A.)

[29] Jaspers, K: "Condições e possibilidades de um novo humanismo" in *Anais Encontros Internacionais de Genebra.* Lisboa, Europa-América, 1949, p.179. (N. da A.)

da "evolução da matéria". É quando o homem deixa de ser "filho de Deus", perde sua origem divina e, despojado de transcendência, se vê de repente transformado de "alma" em "lama".

Essa é, evidentemente, a grande problemática existencial que se impôs ao nosso tempo em mutação e que permanece insolúvel, fora dos domínios da Fé. Daí ser também a grande problemática que, de mil diferentes formas, energiza a literatura ocidental pós-moderna. Em Moreira Véras ela está latente ou patente, desde suas primeiras ficções (fusão de memória e invenção?), em cujas tramas se misturam o realismo cotidiano, o fantástico e o imaginário... em diferentes formas, para expressar a mesma ânsia de Deus (reiteradamente evocado) e a mesma minimização do humano, ora visto como o "homem da culpa" (condenado ao Mal, ao Inferno), ora identificado com os animais. É de se notar que, por diferentes que sejam as suas tramas novelescas, todas elas emergem do húmus da *dúvida quanto à transcendência do humano*. Em seu livro mais recente, *Depois eu conto* (2006), essa problemática aparece já na mininarrativa de abertura, "Tradição":

> Deus está comigo. A perna esquerda dói, está cansada, o calor é intenso, os automóveis lá embaixo insultam desesperadamente. Pai Nosso que estais no céu, tenho vergonha do que fiz a vida inteira, a morte chegará breve. [...] Pai Eterno me ajude a resolver a situação, sozinho não terei condições [...] Deus está comigo. [...] as pessoas acreditam que ainda sou poeta, que continuo idiota a cantar um paraíso que não existe, não existiu e nunca existirá.

Nesse fragmento está sintetizada a problemática que serve de lastro ao mundo novelesco/poético que o autor vem construindo nestes últimos trinta anos: o desamparo do homem-da-culpa, despojado de transcendência e condenado à corrosão do corpo; o temor do castigo por um crime que ele julga ter cometido; a certeza e o medo da morte, devido à incerteza sobre "o lado de lá" quanto à possível/impossível transcendência do humano... Problemática sem solução racional, que leva o autor a equacioná-la, obsessivamente, em palavras, palavras, palavras... na tentativa de "ultrapassar" seu enigma (conforme Jasper o diz).

Inclusive, a enfática afirmação, "Deus está comigo" que, de várias formas, é repetida exaustivamente, em toda sua obra, mostra que a Dúvida persiste. Quem crê não precisa afirmá-lo, constante e agonicamente, como o faz o autor.

É nesse sentido que a *criação literária* se torna instrumento da *realização existencial*. É o que o autor admite implicitamente, ao repetir sempre e sempre que ele tem "dois ofícios": o da Razão (engenheiro) e o da Paixão (a criação literária, o transformar a vida em palavras e dar-lhe realidade definitiva.). É a esta "paixão" que ele se dedica diariamente, com rigorosa disciplina, conforme ele mesmo o explica:

> (escreve) somente ao amanhecer, das 5 às 9 da manhã. Quando o dia chega, já produziu muita coisa. Faz tempo que é assim. Tranca-se no gabinete de estudo, fecha as cortinas: precisa da penumbra. [...] a luz excessiva, no instante em que redige, como que atrapalha e perturba o raciocínio. [...] Afirma que ser escritor é um ofício doloroso. [...] Diz textualmente: De literatura não se vive. Ao contrário, morre-se. (in *O canto do sal*)

Esse aparente paradoxo explica a natureza (ou a intenção) de sua criação literária: a de tentar expressar, não *o mundo cotidiano*, onde a vida concreta se cumpre, mas o "além dele" — *a esfera do Mistério ou do incognoscível* que nos cerca e ao qual só podemos ter acesso através da morte, ou vislumbrá-lo através da criação literária, da Arte em geral. Uma das certezas deste nosso tempo incerto é que, pela Palavra, uma Nova Ordem surgirá. Como dizem os fenomenólogos: "A Palavra (Arte) cria o Real." A palavra nomeia e faz existir mundos. É o que Moreira Véras diz de mil formas em suas milhentas páginas:

> Faço palavras como os pedreiros constroem as paredes de pedra: umas sobre as outras, em ordem disciplinar, para não amontoá-las. Construir é a mesma coisa que viver, não pode ser realizado à toa, sem planos. [...] Escrevo. [...] O meu canto é derradeiro e mítico, ele se reproduz no sol que fabrico no peito. Os homens não compreendem isso, são bonecos de olhos fechados, porque escondem palavras dilaceradas pela crueldade vã. Idiotas! (in *O canto do sal*).

Em seu livro de estreia, o juvenil *O menino de óculos de aro de metal* (1977), já está patente essa consciência de que com as palavras ele pode "construir" ou dar forma ao mundo em ebulição dentro de si ("sol que fabrico no peito"). E mais: prova a inexistência de fronteiras entre o real e o maravilhoso... ou que a palavra pode fazer com que o "falso" pareça "verdadeiro", ou vice-versa.

A trama consiste no encontro de Saulo, o personagem-narrador, com Teno "o menino dos óculos de aro de metal", de quem fica muito amigo e em cuja casa passa a viver. Com a sabedoria do amigo, Saulo passa a conhecer melhor as coisas da vida. Até que Teno fica muito doente e Saulo sai em busca do "pólen da Flor-do-Sol" que poderia curá-lo. Depois de uma viagem cheia de surpresas, estranhezas e sofrimentos, Saulo consegue o "pólen"; retorna, mas encontra o amigo morto. A dor é tanta que ele também morre. Só nesse momento final é que o leitor, surpreso, descobre que o personagem-narrador era um *pássaro*. Só então as "estranhezas" da viagem, que lhe haviam parecido inverossímeis, mágicas ou exageradas... assumem sua verdadeira dimensão.

Nesse original primeiro livro, já estão presentes as principais linhas-de-força do universo de ficção, que há anos o autor vem construindo. Linhas que se misturam e se completam: a força criadora da palavra, a ausência de fronteiras entre realidade e ficção, a dimensão existencial da verdadeira amizade, a identificação do humano com o animal, a visão da morte como inevitável aniquiladora da vida, a fusão dos gêneros (poesia/prosa/fábula/mito/filosofia/ensaio...), a fusão memória/invenção... E, acima de tudo, uma abissal ânsia do Sagrado.

De ano para ano, seus livros vêm se multiplicando, com as mais variadas tramas, mas todas igualmente denunciadoras da realidade trágica em que o homem-sem-Deus está aprisionado. Tragicidade que, em sua escrita, é atenuada pelo estilo solto, fácil, espontâneo e de um disfarçado humor negro que chega a passar despercebido do "leitor distraído".

Centrado obsessivamente nessa complexa problemática de húmus existencial (ou metafísico-religioso?), Moreira Véras (ora trágico, ora lúdico, cético ou desesperado, em plenitude ou sufocado...) é das vozes mais presentes que, em nossa literatura, depõe sobre o homem dessacralizado. Aquele que, neste belo/terrível tempo de mutações, busca por si mesmo, pela verdade última do Ser — a de pertencer a algo eterno (Deus?), que dure para além da vida. Busca que não termina nunca porque o "encontro" só se dá "interiormente" em cada ser, ou se revelará (?) a todos, no pós-morte. O que resta, pois, é a busca constante que, na palavra, vai tomando forma e eternizando a vida no tempo.

O canto do sal (Prêmio Brasília de Ficção/1984) é uma espécie de *confiteor* (na linhagem das *Confissões* de um Santo Agostinho nesta Era Cibernética), no qual se manifestam as forças contrárias em luta em seu espírito.

> Cabe-me o direito de afirmar o pensamento que exercito. [...] Não admito nada que não venha daqui, sou consciente do que tenho. Do que está em mim, pois a coisa que escondo me pertence. O mundo é o homem e este homem sou eu. Escolhi o rumo, é este — pensei. Então jamais mudarei. A viagem é estranha, carregada de perigos, eu que sei o porquê desse absurdo. Eu. E ninguém mais. O ser. Tudo é o ser. Até o não-ser é o ser, como muitas vezes o nada é o tudo e ele, tudo, é o nada, irremediavelmente. [...] Caminho como a luz, sem pressa, indolente, morno. Vou em direção às trevas, ali está ao que resisto. A espada que uso é vigorosa. [...] Estou mudo, confuso, sem direito, sem razão — uma estátua infeccionada. Que vergonha! Ora, não considero o rumo verdadeiro, esta viagem é cocaína, é mentira. Tenho eu mesmo o mapa da ilha deserta, cercada de homens por todos os lados, logo por que serei forçado a aceitar o que não me convence? No entanto, lá vamos nós, eu, tu e as pessoas em crise, juntos formaremos o exército das sombras farsantes.

Os livros de Moreira Véras se sucedem, como agudas "radiografias" deste nosso "tempo de assassinos". Suas tramas novelescas se diferenciam, mas a problemática do Ser em face do Mistério continua a mesma. Irresolúvel.

> Quando rezo, admito Deus comigo, eu, ele e o mar formamos um único bloco. Já assim afirmei, mas me esqueci de Deus, então repito tudo de novo para que as pessoas saibam por que canto ao amanhecer...

Dados Biobibliográficos

Ficcionista, poeta, ensaísta, engenheiro, Everaldo Moreira Véras nasceu em Parnaíba (PI) em 1937. Ainda menino mudou-se para Pernambuco; residiu em Olinda e acabou por se fixar no Recife. Formou-se em Engenharia Civil. Exerceu a profissão de engenheiro paralelamente à de funcionário do Banco do Brasil e de escritor. Desde muito cedo se sentiu impelido a escrever poemas e pequenas estórias. Estreia como escritor, em 1977, em pleno *boom* da Literatura Infantil/Juvenil, com *O menino dos óculos de aro de metal* (Coleção Jovens de Todo Mundo), que recebeu o Prêmio Othon Bezerra de Mello/Ac. Pernambucana de Letras e Menção Honrosa do Prêmio José Condé/ Secr. Educação e Cultura de Pernambuco. No ano seguinte, lança a poesia de *Fissura* para o público adulto. Foi o início de uma carreira que, ao longo dos anos, se multiplicou em dezenas de títulos. Escritor de linhagem humanista, sempre em tensão entre a fé e a razão, o efêmero cotidiano e a duvidosa eternidade, E. M. Véras testemunhou, com suas histórias e poemas, a crise espiritual do nosso tempo. Entre os prêmios e distinções recebidos por sua obra, destacam-se: Prêmio Nacional de Literatura INL/1978; Prêmio Leda Carvalho/Ac. Pernambucana de Letras/1983; Prêmio Brasília de Ficção-INL/1983; Prêmio Literário Nacional-IV Centenário da Paraíba/1985; Menção Honrosa-Prêmio Casa de las Américas/1998. Foi membro da Ac. Brasileira de Literatura Infantil/Juvenil-S. Paulo; Ac. Letras e Artes do Nordeste Brasileiro/ Recife; Ac. Artes e Literatura Pernambucana e Ac. Pernambucana de Ciências. Faleceu aos 11.01.2011.

Publicações

Ficção — *A hora anterior*, 1979; *Os olhos do túnel*, 1979; *Autópsia, ando*, 1980; *Desordem*, 1980; *As sete taças da ira*, 1982; *A reviravolta*, 1982; *O canto do sal*, 1984; *Do jeito que os inocentes e as pessoas sentimentais fazem*, 1986; *O incêndio no conjunto vazio*, 1990; *O vulcão submerso*, 1998; *A justiça dos assassinos*, 1998; *Contos descontados*, 2000; *A noite é circular*, 2001; *Deus não*

perdoa os pecadores, 2001; *O terral*, 2002; *Os pecados de Deus*, 2003; *Contos mal-entendidos*, 2003; *Estórias sem rancor*, 2004; *A oficina do medo*, 2004; *O salvador*, 2005; *Eu, também?* 2005; *Borrões e nuvens brancas*, 2006; *Um tempo-sim, outros-não,* 2006; *Depois eu conto,* 2006; *Na boca da noite* e *Minha oração*, 2007; *Antes do fim* e *Ninguém faz nada*, 2008; *As feridas nãos sangram mais; Detrás do caleidoscópio*, 2009; *Não verás minha face*, 2010.
Poesia — *Fissuras*, 1978; *Camas separadas*, 1982; e *A insônia do mar*, 1999.
Ensaio — *Maurício de Nassau: feitos e farsas*, 1989; *Tabocas e casa forte - Dois gritos de liberdade*, 1999; e *Ler e revisar*, 2000.
Literatura Juvenil — *O menino dos óculos de aro de metal*, 1977; *Pião na unha e outras estórias*, 1981; *O homem e as barbas do homem,* 1982; *Adriana e outras estórias mentirosas*, 1982; *Os brinquedos de agora*, 1983; *O circo dos horrores e outras estórias*, 1987; *O segredo do pincel mágico*, 1998; e *Conversa de menino*, 2001.

26. FAUSTO ANTONIO

Exumos — A Palavra em busca do Absoluto Inaugural do Ser[30]

> Meu ofício é palavra, o seu rito, a sua devoção nas pedras, sua mensagem verbal, sua dormência e substancialidade de berro onde vivo fustigando, pisando. Tanto que, quando penso, essa ideia é permeada pela palavra.

Nesse fragmento de seu recente romance, *Exumos*, Fausto Antonio sintetiza a força motriz de sua criação poética: o corpo a corpo com a palavra e seus ritos, energizados pela paixão. Não aquela que arrasta e escraviza o ser, mas a que se manifesta como *tensão* interna e *contínua,* que unifica as forças do *eu* e, ao mesmo tempo, o leva a fundir-se com o *outro* — não necessariamente o *outro* do *ato amoroso*, mas principalmente o *outro* latente no verdadeiro *ato criador* (de Arte, de Pensamento, de Poesia...). A palavra de Fausto Antonio lateja na busca da verdadeira identidade do Eu, do Ser. Sua palavra tenta ir além da realidade visível, que lhe resiste como pedra e cujo interior lhe é inacessível. Daí que a Palavra também se queira pedra, para opor força igual à da realidade e chegar ao seu âmago...

Fala de pedra

Surgindo como poeta com *Fala de pedra e pedra* (1986), Fausto Antonio vem se confirmando como espírito atento aos principais vetores de transformação de seu tempo — os que interrogam a Palavra, como *meio* de redescoberta do Eu em relação ao Outro e como possível *iluminação* do sentido último da vida ou de sua origem primeira (da qual

[30] Publicado em "Linguagem Viva". São Paulo, 1997; Revista de Letras da PUC. Campinas. N°01, 1996 – p. 267-274. (N. da A.)

depende, afinal, aquele "sentido último").

Desde seu livro de estreia, passando pela poesia de *Linhagem de pedra* e de *Outra pessoa* (1991), pelo teatro de *De que valem os portões* (1992) e *Arthur Bispo do Rosário* (1995) e chegando ao romance *Exumos*, a escrita de Fausto Antonio emerge do *desmoronamento das certezas* e da grande *interrogação sobre o Ser* (Quem sou eu?), que marca a nossa época, e se lança em busca de verdades ainda ocultas através de um obsessivo corpo a corpo com as palavras que têm a tarefa de *nomeá-las*, de revelá-las.

> Mundo poema escondido na pena. Meu ofício é a palavra, e o rito da palavra é um ato impuro. E me alegra no rito, a confirmação do real. Uma casa, um peixe ou cem milhões de anos é muito pouco para uma espécie?

A mudez do "poema" (vivência autêntica) depende da "pena", da escrita do poeta para se fazer fala, depende da sua palavra cuja tarefa é a de captar e aprisionar a *vibração* informe da poesia, em uma forma comunicável. A essa luta para dizer o indizível, o poeta se entrega como o oficiante de um ritual profano e contraditório, "ato impuro" (porque a palavra é limitada à sua substancialidade e não atinge a pureza da vivência original) e "rito alegre" (porque é pela palavra poética que se dá a verdadeira confirmação do real). "Uma casa, um peixe ou cem milhões de anos..." A consciência do individual no poeta amplia-se em escala universal, no espaço e no tempo. Enunciada a partir dessa perspectiva, a *palavra*, em lugar de expressar respostas ou certezas, se desdobra em interrogações geradas por uma funda ânsia de conhecimento ou de redescoberta das relações homem-mundo.

> Palavras prendem pensamentos leques / E vou das grades à calha informe. / Cravo símbolos vagos, ou ideias giro, / contornando muros, casas esguias. / Palavra: tudo tocado, falado, se expandiu, / despetalou, infringiu medo. Entrei nas / palavras como em água funda. Lutei / gritei, fadiguei-me, tenho de ser / revivido.

Poesia que se engendra na órbita do moderno (ou pós-moderno?)

a de Fausto Antonio se constrói no embate das emoções, sensações, vivências de um *eu* com as *palavras* que devem torná-las concretas, existentes, comunicáveis ao *outro*. Como nos diz a Fenomenologia: "O que não é nomeado, não existe." (Lacan). E é esse o drama do poeta contemporâneo: saber que a Palavra é o único e irredutível caminho para ele comunicar ao *outro* a sua invisível experiência de vida, sabendo, ao mesmo tempo, que a Palavra é sempre insuficiente nessa nomeação.

Nesse sentido, a escrita de Fausto Antonio resulta numa agônica interrogação em circuito fechado, parte da palavra, pela qual o mundo existe, e volta a ela mesma: escrita consciente de que a transcendência foi vedada ao homem, ou melhor, que a palavra científica, ao negar a Palavra Revelada, destruiu o centro sagrado do mundo e não conseguiu substituí-lo por outro. Cabe ao poeta a tarefa de resgatá-lo. É esse o desafio, há muito, lançado aos homens de nosso tempo.

> A palavra / à margem de tudo / reflete estrelas dentro de um tubo / como uma fera passa por outra. / Não tem chave, miolo, o nascimento / no papel é feito com a devolução / intacta dos afogados.
> Um imemorial silêncio / falando por dentro.

Apesar de "afogado", e de sua voz perder-se no "imemorial silêncio", o poeta não se rende. Agarra-se à concretude do mundo descentrado que lhe resta e tenta se instituir como *novo centro*, em relação aos "objetos", ao real concreto que garante a sua presença no mundo. Sua palavra busca a *concretude do real* visível e palpável, para firmar-se no espaço em que lhe cumpre viver. Vidro, garrafas ("potro-poema"), água, chuva, mares, pão, espelho, areia, pedra, coral, sal... vão se embaralhando nas vivências do poeta e se transfigurando (ou deformando) nas palavras com que este tenta dar-lhes forma autêntica.

> Garrafas claras escuras / no mesmo poema, mudo, transparentes palavras / ou serpentes / onde tudo existe / além do silêncio / faço amasso palavras-garrafas-vazias. (*Fala*... p. 19)

Em contraponto, imagem e palavra interagem num jogo contínuo, no qual o *vazio visível* das garrafas metaforiza o *vazio invisível* das palavras, impotentes para expressarem o "além do silêncio", o enigma da condição humana. Onde a "garrafa" que, lançada ao mar, possa levar ao outro o novo "poema"?

> Eu brinco / com as palavras, a transmigração do momento / o pressentimento do imóvel / nos dentes. / Antes da queda um nome preso, telepaticamente imagino / a *palavra dita antes*.

Na impossibilidade de atingir essa "palavra dita antes", aquela procurada palavra-origem (que daria sentido à vida, ao homem), o poeta "brinca" com as palavras que lhe restam: as que recobrem o mundo visível, palpável, concreto, em que está aprisionado. Mas esse jogo não é gratuito: em contato com as emoções, com os sentimentos desordenados do poeta, o mundo concreto ganha uma nova dimensão objetal e volta a ele, poeta, como coisa-matéria transfigurada ou deformada que, por sua vez, altera a consciência poética. Assim, fecha-se o circuito: o poeta nunca sai intacto de seu corpo a corpo com os objetos. Embora tente domá-los na rede de suas palavras, sabe que estas também são ambíguas, fugidias: — ora, são "fala de pedra", "palavra que tem o poder da pedra" (porque eterniza, faz durar no tempo a efemeridade da coisa nomeada); — ora, "palavras mudas", pedra impenetrável (porque resistente à vivência do poeta); ou "pedra galvanizada em areia" (pedra que se desfaz, se esfarela); — ora, "palavra solta no ar / palavra hidratada", "cintilante magma", "espumante orgia" (palavra-pedra liberta de sua concretude objetal, dinamizada pela energia da vida ou da natureza original).

Pelos interstícios dessas diferentes palavras insinua-se, entretanto, um novo veio de interrogações, que se vão adensando de livro para livro: As interrogações de um *eu* que se intui *duplo*: homem e poeta, ser desvalido e poderoso, individualidade pertencente a uma obscura *realidade maior*, cuja natureza e dimensões lhe escapam por completo.

> escorre além de mim, meu perquiridor / invisível. Em todas as faces internalizado, / vacualizado, sem resposta, eco voz. / Vulto alicerçando a

solidão / que escorre além de mim. / Reflexo do outro numa imagem invertida / Sou elas talvez, reminiscências aladas mas infinitamente pesadas.

Uma consciência que se desdobra sobre si e além de si mesma, em círculos excêntricos e concêntricos cada vez mais amplos e profundos, assim se mostra a *escrita* de Fausto Antonio. De livro para livro, ela se engendra em áreas cada vez mais rarefeitas de lógica comum.

Exumos

É o que nos mostra *Exumos* — ficção de húmus poético que se insere na órbita da narração moderna, cuja ação é *interna*, concentrada na *experiência interior* de um eu-que-fala ininterruptamente, perdido no labirinto de sua própria criação.

Romance que não tem, propriamente, uma "história" para contar, *Exumos* é sobretudo uma *voz*. Ou melhor, ele registra um *tom*, que ora em clave lúdica brinca com o leitor ou o desnorteia, ora em clave dramática arrasta-o para zonas abissais do ser, para profundidades de raízes. Trata-se do *tom carnavalizante* (ou carnavalizador) que singulariza certa linha da ficção moderna: a que *dessacraliza o sagrado* (resulta na minimização do divino) ou, ao contrário, busca a *sacralização do profano* (isto é, a valorização do humano como parte integrante do divino). Ambos, através da ironia que, por vezes, descamba para o *grotesco*.

Parece-nos que é nesta última linha que se inscreve *Exumos*, onde o sagrado (a origem divina do homem) é identificado com o humano, com a matéria. ("Deus está no umbigo. [...] nesse poço junto ao ventre, onde a origem da vida e a vida quase se fundem."). Identificação, essa, que se faz via Arte, ou seja, via *força criadora* que todo poeta, ficcionista ou artista em geral possuem — força que os iguala a um deus, um demiurgo.

Já pelo título, *Exumos* lança uma armadilha ao leitor: semanticamente ligado a resíduos ou detritos da morte, à deterioração de um corpo morto, os exumos, aqui agonicamente interrogados pelo eu-que-fala, pulsam num limiar: o de uma "morte" que permanece como "forma de vida".

> Estou procurando aquilo que possa equivaler à morte. Uma grande paixão.

Nessa afirmação aparentemente paradoxal ("paixão" como equivalente à "morte") que abre o romance, temos um índice de sua problemática-nutriz: a intuição de que a Arte (o ato criador) é a "fresta" por onde o homem pode entrar, para se aproximar do enigma da Vida e da Morte e, consequentemente, se autodescobrir como parte desse enigma e, então, vislumbrar o sentido último da humana aventura terrestre.

Claro está que o leitor não chega a essa *leitura* (que, afinal, não é a única...) de imediato. Ele precisa antes de tudo ser um *leitor atento* — acompanhar o eu-que-fala, perdido no "labirinto de palavras" e ir colocando marcas pelo caminho. Marcas que lhe permitam voltar ao início e refazer a caminhada, se detendo em um ou outro fragmento para, afinal, ir juntando as peças do puzzle que o autor lhe propõe: um obstinado e incansável interrogar sobre o destino do homem, ou, mais concretamente, sobre as obscuras/luminosas relações existentes entre a Arte, o Homem, Deus e a Natureza.

Descoberta através dessa perspectiva, a morte, aqui, não significa extinção da vida, mas se identifica com uma fulguração de vida, uma iluminação de relâmpago, em que o *eu* perde a consciência de seus limites e se expande infinitamente no espaço e no tempo — como acontece na "experiência de absoluto" provocada pelo *orgasmo*, seja no *ato amoroso*, seja no *ato criador* do artista, do poeta... ou no *êxtase* do místico.

Assim, ao procurar "aquilo que possa equivaler à morte", o eu-que-fala se entrega à paixão da busca de sua própria *palavra criadora*, único meio ao seu alcance para dar *forma* à indizível perturbação ou alarme, com que a vida explode em si. *Forma* que, ao mesmo tempo em que *fixa* as vivências, *imobiliza-as*, isto é, mata o que nelas é o essencial: a vibração ou paixão da vida.

É a mesma experiência que na poesia foi metaforizada pela *linguagem de pedra*. Aliás, essa metáfora volta em *Exumos*, em certo momento em que o eu-que-fala escolhe a pintura para descrever o ato de criação.

> É difícil descrever a palavra, a pintura é mais fácil. [...] Assim, e agora, para sempre, o que me resta é a pedra. Numa pedra é possível a irrealidade. Assim vou pintar um urubu em voo rasante. Farei uma pintura tão leve, que depois, e mesmo antes de concluir o quadro, sentirei que a vida está se esgotando. Depois do quadro pronto ficarei murcho e sem vida. Tudo que eu queria e poderia fazer ficou nas tintas, ficou no voo longo do urubu na tela onde a imagem em equilíbrio foi retorcendo do real. E a minha vida ficou na leve e objetal cor abstrata e surrealista do voo. Assim vertiginosamente o voo em movimento se perdeu, e levou a minha última e substancial energia, que me mantinha vivo e criativo. [...] Mas continuo em outra arena (recriar a vida leva tempo, leva minha própria vida na sua continuidade, e eu vivo nessa extensão me equilibrando nos seus limites.)

Deixando de lado todas as possíveis implicações simbólicas dos elementos que se integram, na situação aí criada (urubu, voo, quadro...), destacamos o jogo vital aí contido, jogo de Paixão e Morte, através do qual se cria a arte, envolvendo no mesmo obscuro abalo o ser por inteiro, a totalidade do criador — corpo, vísceras, espírito.

Daí que Erotismo, Metafísica e Arte (entendidas cada qual como específicas forças criadoras) se amalgamam de maneira inextrincável na fragmentada e ininterrupta fala que constrói a narrativa. Impossível dissociar uma das outras, tal a energia que as funde ou confunde na "tela da criação" que o escritor elegeu como espaço privilegiado de seu romance.

Talvez se pudesse dizer que a Arte seria aí a força maior, pois o romance é, todo ele, um duro e apaixonado/apaixonante exercício de criação, no qual o eu-que-fala tenta aprisionar, na forma estática, "a vida em movimento", "captar a vida se contorcendo"... mesmo sabendo que o essencial escapa pelos interstícios.

> Os exumos da pintura ficam na tela, e o pintor não consegue, mesmo no claro, refazer o que antes era um movimento paralisado no ar. Copiar a vida em movimento, exige um rei guiando o homem. Os exumos das cores e a leveza das mãos, passeando o ar. Ficarão eternamente na memória do homem que dança na pedra, onde o rei apenas elabora a vida.

"Rei", "feiticeiro", "chama", "homem dançando na pedra", "memória"... são algumas das faces mostradas pelo eu-que-fala e que se obstina em nos revelar sua luta-pela-expressão. Mas não é somente o artista, o escritor que se fazem ouvir. Também o ser humano indaga sobre sua própria presença no mundo: onde o seu início? Sua origem? E se interroga desde o nascimento, quando se rompe a *placenta*, o cordão umbilical é cortado e com ele a ligação do ser com a Origem.

> Só na dor, no mole e placêntrico choro há o rompimento. [...] Tudo que não retém a vida é placenta. [...] Um observador inexperiente acha que a vida está no homem, mas não, ela está no umbigo e se não fosse assim, a vida seria um fato oco. [...] assim a vida é transmitida. O nascimento é antes de tudo algo transmitido. [...] Deus está no umbigo. [...] Tudo é umbigo. E um homem e uma mulher se aproximam não pela beleza, mas pelo desejo de terem no amor a placenta atada à outra. [...] Isto é narrativa tola para quem não descobriu o umbigo.

A narrativa adentra o espaço do mistério da vida. O metafísico. O umbigo é a marca visível da fonte primeira dos seres. E *antes* do umbigo? A grande pergunta existencial atravessa o romance e, inevitavelmente, nos leva à simbologia milenarmente ligada ao *umbigo* (Omphalos), que o representa como "centro do mundo". No Rig Veda (o mais antigo monumento da literatura indu, surgido por volta de 2.000 anos antes de Cristo) fala-se do "umbigo do Incriado", sobre o qual assentava o germe dos mundos. É crença indu que foi do umbigo de Vishnu, estendido sobre o oceano primordial, que germinou o "lotus" do universo manifestado. Em praticamente todos os povos da Antiguidade, a imagem do umbigo tem sido evocada como símbolo do "centro espiritual" do mundo.

É nessa linha de pensamento que, sem dúvida, arraiga o espírito que dinamiza a escrita de *Exumos*. Aderida às formas aparentes do real (as da literatura acima de tudo) e consciente de que dá voz a um mundo descentrado (que há muito perdeu o seu centro sagrado), a escrita romanesca vai resvalando pelos interstícios das palavras, tentando encontrar o ponto absoluto, o centro seguro, inamovível, a partir do qual tudo se justifique.

E enquanto esse *novo centro* não for atingido, o eu — omphalos do poeta — se entrega à "dança sobre as pedras com os nomes do deus-rei. [...] "No exumos um deus recebe um homem dançando." O poeta assume, agônica e apaixonadamente, a tarefa que a vida lhe exige: a de renomear o mundo, tal qual demiurgo feiticeiro.

> O feiticeiro é o grande criador da terra. A terra está carente de criação, os feiticeiros resistem. E pregam no ar a vida e tudo cresce.

Dados biobibliográficos

Poeta, teatrólogo, ficcionista, professor e das mais atuantes presenças no movimento de expansão da Arte/Cultural Afro-Brasileira, Fausto Antonio nasceu em Campinas em 7 de fevereiro de 1958. Desde cedo se sentiu atraído pela poesia e leituras. Feitos os estudos regulares, segue carreira universitária, na UNICAMP, obtendo título de Mestre em Ciências Sociais Aplicadas à Educação e de Doutor em Teoria Literária. Dedica-se à carreira docente como professor das Redes Municipal de Ensino de Campinas e Estadual de São Paulo.

Paralelamente, engaja-se em movimentos de divulgação de Poesia e Artes Plásticas. Estreia em livro, em 1986, com a poesia de *Fala pedra e pedra*. Seguem-se novos textos e intensa produção cultural. Participa em 1987 do projeto Artistas Plásticos pela Cidade (coord. Museu de Arte Contemporânea/Campinas); em 1988, da Exposição de Poesia Concreta (coord. PUC/UNICAMP); em 1989, do projeto Gestos e Manifestos/Poesia Concreta (coord. MACC) e, a partir dos anos 1990, integra o Grupo Quilombhoje (com Esmeralda Ribeiro e Márcio Barbosa), organizador dos *Cadernos negros*, uma das mais importantes realizações do movimento artístico/cultural afro-brasileiro.

Publicações

Poesia — *Fala de pedra e pedra*, 1986; *Linhagem de pedra e outra pessoa*, 1991;

26. FAUSTO ANTONIO

Poemas publicado in *Cadernos negros* v. 23, 24, 27 e 30. Antologias: *Vinte anos de poesia*, 2006; *Cadernos negros três décadas*, 2008.
Teatro — *De que valem os portões*, 1991; e *Arthur Bispo do Rosário, o rei*, 1995.
Ficção — *Exumos*, 1996; e *Si Ori*, 2001.

27. FERNANDO SABINO

O Encontro Marcado[31]
O romance de uma geração

> — Chegou a hora de puxar angústia.
> Puxar angústia era abordar um tema habitual, com *el sentimiento trágico de la vida, la recherche du temps perdu, to be or not to be.*
> — Você já pensou que daqui a cem anos estaremos todos mortos?
> — O que são cem anos, diante da eternidade?
> Tema habitual de Hugo: o efêmero da existência.
> [...] "Angústia? Mal sabíamos com que estávamos brincando", diria cada um para si mesmo, anos mais tarde, quando a verdadeira angústia nos apanhasse.

Nesse diálogo do narrador com o amigo, sintetiza-se o eixo-problemático do romance: o sem-sentido, a inutilidade da vida opondo-se aos sonhos de realização de uma juventude idealista, que se preparava para atuar no mundo e já não encontrava causas ou ideais dignos de luta ou defesa. Começava o tempo pós-tudo, quando a ética vai ser substituída pela estética: é na esfera da Literatura, da Palavra, que a nova geração vai buscar respostas para as interrogações que o Sistema em naufrágio já não podia dar: Quem sou eu? Qual minha tarefa no mundo? Para onde vou?

Publicado em 1956 (ano mágico do fim da Guerra Fria, início da construção de Brasília, aparição de *Grande sertão: veredas* e mil outras "magias" e naufrágios), *O encontro marcado* de Fernando Sabino chegou para ficar. Madura fusão de *memória e invenção*, engendrado pelo talento e seivosa escritura de Sabino, esse romance *best-seller* se tornou um dos marcos-testemunhos da geração pós-Hiroshima — a dos jovens que,

[31] Reformulação do texto didático in *O ensino da literatura*. 1966. (N. da A.)

ao se prepararem para atuar na vida, viram-se em um mundo à deriva, em meio à falência de todas as ideologias.

Desde o primeiro momento, acolhido com sucesso pelo público e pela crítica, *O encontro marcado* encontrou na palavra de Tristão de Athayde (nome literário do grande intelectual Alceu Amoroso Lima) a ressonância histórica e cultural que lhe garantia um lugar especial na literatura brasileira do momento. Os jovens leitores de hoje (já distantes daqueles "anos de ferro" e, sem o saberem, ainda vivendo suas consequências) encontrarão nas palavras do crítico de ontem as premissas necessárias para que a leitura de *O encontro marcado* atinja o seu significado maior. Em 1957, saudando o novo livro do já conhecido escritor mineiro, Tristão de Athayde escreve no "Diário de Notícias" do Rio de Janeiro:

> (*O encontro marcado* de Fernando Sabino) representa, sem dúvida alguma, a mais impressionante água forte de uma passagem da adolescência à mocidade, nessa década de 1940 a 1950, em que a geração de 30 viu desfeitos os seus sonhos de participação ativa, quer na revolução política, quer na revolução literária, quer na revolução espiritual de então, e se voltou para dentro de si mesma, aflita ou cínica, nas suas melancólicas frustrações. De 1922 a 1937 houve, no Brasil, quinze anos de euforia revolucionária, representados na política pelo tenentismo, na literatura pelo modernismo e na religião pelas conversões.
>
> Foram três os influxos violentos no curso normal dos acontecimentos, com mutações que despertaram, na adolescência e na mocidade de então, um estado de espírito dinâmico e a consciência de uma "vita nuova" em todos os domínios da vida nacional e universal. Da tragédia dos 18 do Forte, e da Semana de Arte Moderna, em 1922, até o "putsch" integralista e a implantação do Estado Novo, em 1937, o espírito de "giovinezza" dominou o ambiente. Os jovens da geração de 30 lançaram-se a campo, na certeza de mudarem a face do Brasil (e mesmo da terra) e trazerem às instituições públicas, à literatura e à vida espiritual uma renovação de forma e de fundo capazes de enfrentar vitoriosamente a comparação com os dois momentos mais dramáticos de nossa história — a Independência e a República, nas quais se haviam imortalizado a geração "romântica" de 1830 e a geração "realista" de 1880.
>
> Ora essa efêmera euforia viu bruscamente encerrado o seu sonho com

> as tentativas extremistas e deformantes de 1935 e 1937 e particularmente com o início do paternalismo getuliano, que deixou de lado os jovens e embebeu de cânfora o "espírito revolucionário" dos três lustros anteriores. A esse tempo também já era outro o espírito do Velho Mundo que ainda marcava fortemente o ambiente cultural brasileiro, antes da avançada do sovietismo e do ianquismo que veio dominar as décadas seguintes.
>
> O que já então prevalecia na Europa e particularmente em França era a névoa existencialista. E com ela um estado de espírito oposto à euforia realista, suprarrealista ou sobre-naturalista que se manifestara de modo particularmente forte entre 1920 e1930 (o primeiro Manifesto de Breton foi de 1925), quando o espírito de "vitória" de 1918 ainda não tinha sido dissipado pelo derrotismo spengleriano da "Zusammenbruch" alemã e mais tarde, em 1940, pela deliquescência idêntica do lado de cá do Reno com o novo Sedan e as humilhações do regime de Vichy, do "lavalismo", do "petainismo", que em literatura facilitou a expansão do existencialismo. Esse derrotismo veio refletir-se, entre nós, provocando uma nova e brusca mutação no estado eufórico de 1930, substituído pelo pessimismo angustiado de 1940.
>
> Já agora a palavra nova me caiu da pena — Angústia.
>
> Era a fórmula inicial do Existencialismo. Começou sob a forma imprecisa da Inquietação (*Notre inquiétude*, Daniel Rops), mas a partir de Sartre e da primeira fase de Camus [...] foi apaixonadamente ao fundo do problema existencial e nele descobriu a face glabra da Angústia, como sendo a expressão da nova Esfinge do século a desafiar os novos Édipos!
>
> Foi precisamente nessa fase de transição violenta entre a Euforia e a Angústia que surgiu a geração de que Fernando Sabino está sendo um dos mais agudos portavozes...

Foi dentro desse contexto histórico-cultural que *O encontro marcado* foi engendrado por Fernando Sabino, durante anos, e escrito em diferentes terras, longe de Minas, para onde as circunstâncias da vida o iam levando (e também aos companheiros de infância e adolescência).

O romance de uma geração

> Não temos importância. Somos apenas três coisas largadas, desarvoradas, aflitas.

Nessa frase angustiada, temos sintetizada a dramática aventura interior, cristalizada no romance através da história de Eduardo Marciano e de seus amigos, jovens idealistas, cultos, de boas famílias e que tentam encontrar o lugar que caberia a cada um na "máquina do mundo". Romance de raízes existencialistas, *O encontro marcado* consagrou-se na Literatura Brasileira como um dos grandes testemunhos do homem pós-tudo — quando, desorientado, o homem busca por si mesmo. De caráter autobiográfico, a trama segue a vida de Eduardo Marciano e seus amigos, Hugo e Mauro, da infância à idade madura. Na primeira parte, "A Procura", seguimos a infância e a adolescência de Eduardo, criança-rebelde e depois impulsivo adolescente que, com seus companheiros, tumultuava o ambiente da pacata Belo Horizonte dos anos 40. Numa segunda parte, "O Encontro", o jovem Eduardo, já casado e a caminho da maturidade, vive no frenético Rio de Janeiro, em meio a um desarvorado grupo de novos amigos, rapazes e moças que, ávidos de vida, se atordoam, arrastados a frustradoras e decepcionantes experiências.

Uma linha constante marca todas as personagens: a exacerbada procura da significação da vida; uma inquietante procura, perturbada por uma verdadeira orgia intelectual, uma embriaguez de literatura, que chega quase à saturação. Opressivamente, seguimos Eduardo em suas relações com os pais, mestres, amigos, amadas e esposa, e, através delas e das sensações e intuições provocadas em cada um deles, pelo convívio com a Literatura (que, na verdade, acaba se transformando numa das presença mais importantes do livro), vai-nos sendo revelada sua angustiada e perplexa procura do verdadeiro caminho da vida, do porquê da sua geração e dos instrumentos de ação que lhes caberiam manejar.

Paralelamente a essa procura, persegue-o a íntima consciência de ele ter sido "eleito" ou "escolhido" para realizar algo grandioso que, entretanto, ele não consegue ver com clareza. É a nostalgia, pela ausência do sentido ético da existência, que oprime Eduardo Marciano; é a nebulosa consciência da grandeza do homem, que ele sente fremente em si mesmo e cuja realização não via como possível num mundo fraudado existencialmente. Seu próprio sobrenome, "Marciano", metaforiza sua natureza de "deslocado", um "extra-terrestre". Sem atinar com o lugar que lhe caberia na vida, Eduardo sente que sua inteligência e mesmo todo seu potencial positivo soa a artificialismo e a falsidade. Todos os seus gestos soam à representação, pois se realizam esvaziados de sentido. Mesmo seu casamento, inexplicavelmente, destrói-se, dilui-se numa atmosfera de inutilidade e incompreensão, sem que ele possa fazer um só gesto para impedi-lo.

Em suma, *O encontro marcado* é a patética saga de um punhado de jovens inteligentes e protegidos pela sorte, sedentos de sensações físicas e intelectuais, porém completamente alienados de uma segura diretriz existencial. A desorientação interior é o que mais fundamente marca Eduardo e seus companheiros de geração: inteligentes, idealistas, ardorosos, entusiasmados, mas inutilizados para a ação construtiva, devido à ausência de um ideal superior coletivo, de um farol moral definido e fecundo.

A resposta à dramática procura que marca o romance, apesar de latente em tudo desde o início, só é apontada mais claramente no fim: a certeza de que somente o amadurecimento interior, a conquista consciente dos valores espirituais... podem dar real significação à nossa vida, aos nossos gestos. Ao deixarmos, na última página, Eduardo Marciano galgando as escadas do convento em direção ao amigo monge, ao "encontro marcado" há tantos anos antes, fica-nos a certeza de que só por uma evolução espiritual consciente, só pelo "encontro" com o Mistério, o homem pode encontrar a resposta para a sua vida.

Apesar da aparente leveza e humor do relato, uma atmosfera densa, opressiva, de perplexidade e inquietação é o que emana de todo o livro, penetrado fundamente pela presença invisível do Mistério. Sentimos-lhe o fluido atuante, mesmo em meio ao mais aberto ceticismo ou superficialismo mundano. Sem se apresentar conscientemente como "problema" às personagens que povoam este romance, a revelação do Mistério é o motor que impulsiona secretamente pensamentos e gestos e que aparece como a única solução existencial... nos momentos em que o homem sente que aquela grandeza é nada se não for alicerçada na Essência.

Em *O encontro marcado*, o jovem leitor encontra um romance que ultrapassa as fronteiras das sondagens psicológicas de superfície e procura mergulhar nas próprias raízes dos problemas para expô-las à luz da análise e da compreensão humana. Estruturado por uma equilibrada mescla de processos técnicos, a sua efabulação desvenda-se através de uma linguagem essencial, despojada, ágil e nervosa, onde a combinação de vários recursos técnico-expressivos forjam a grande força da narrativa. Notar que seu ritmo ágil flui ora do monólogo interior, ora da intersecção de diálogos, ora da visão simples e objetiva dos fatos. Interação técnica que reflete claramente o próprio processo da vida, feixe de múltiplos planos e nunca bloco inteiriço e uniforme de ações ou sensações.

Romance que fixa uma etapa do homem, a braços com a crise dos valores instaurada em seu tempo, *O encontro marcado* mostra, em sua essência, a alma humana nas garras do vazio e da fluidez do "tempo em face da eternidade" (tema predileto não só do personagem Eduardo Marciano, mas do próprio Fernando Sabino).

Dados biobibliográficos

Romancista, cronista e intelectual de arte maior, presença marcante em seu meio cultural e no âmbito oficial, Fernando Sabino nasceu em Belo Horizonte (MG) em 12 de outubro de 1923. Fez os primeiros estudos no Grupo Escolar Afonso Pena e no Ginásio Mineiro. Data dessa época a amizade que ligou para sempre meninos, que se tornariam nomes de destaque na literatura brasileira: Fernando Sabino, Paulo Mendes de Campos, Otto Lara Rezende e Hélio Pellegrino.

Sua vocação de escritor manifesta-se muito cedo. Ainda adolescente, Sabino começa a publicar artigos, crônicas e contos em revistas mineiras ("Mensagem", "Alterosa"). Concorre a concursos de crônicas radiofônicas e de contos (rev. "Carioca"), sendo premiado várias vezes. Dedicava-se também ao esporte e ganhou várias maratonas de natação (Minas Tênis Clube). Em 1941, inicia o serviço militar (CPOR), no setor Cavalaria. Nesse ano, estreia em livro com os contos de *Os grilos não cantam mais*, nos quais já se mostra a atração pelas zonas ocultas do *eu*.

Em 1942, entra na Faculdade de Direito de Belo Horizonte (que deixa inconclusa); ingressa no serviço público (Secretaria de Finanças) e dá aulas de Português no Instituto Padre Machado (experiência que não durou mais que um ano).

Em 1944, publica *A marca*, novela de húmus introspectivo e claramente sintonizada com a nova corrente ficcional que, nesse mesmo ano, via o surgimento de Clarice Lispector, com *Perto do coração selvagem*. Em sua coluna crítica, Sérgio Milliet registra essa novela de estreia, como expressão da "nova corrente literária em que já figuram Clarice Lispector e Xavier Placer, os que reagem contra a imprecisão e o relaxamento da língua e do estilo. E também contra a simples aparência das coisas, o gesto exterior, a explicação lógica e o esquematismo psicológico. Em antagonismo aos enredos movimentados e dramáticos, procuram uma verdade vertical toda íntima." (in "Diário Crítico. II" 1981 p. 149). Nessa época, Sabino muda-se para o Rio de Janeiro, nomeado para trabalhar no Registro de Interdições e Tutelas da Justiça do Distrito Federal. Em 1945, participa da delegação mineira no Congresso Brasileiro de Escritores em São Paulo. Em 1946, muda-se para Nova York, nomeado como assessor correspondente junto ao Escritório Comercial do Brasil, e, posteriormente, junto ao Consulado do Brasil. Nesse período de difícil adaptação pessoal ao ambiente estrangeiro (sentia-se solitário, afetivamente), entrega-se à escrita. Envia crônicas semanais para jornais cariocas, e escreve dois romances, misto de ficção e autobiografia, que conservaria inéditos durante anos: o *Vida real* (publicado em 1952) e o folhetinesco *Os movimentos simulados* (publicado quase 60 anos depois, em 2004). Em 1948, de volta para o Rio de Janeiro, é nomeado Escrivão da Vara de Órfãos e Sucessões (cargo do qual se exonerará em 1957). Intensifica sua produção de crônicas para a imprensa ("Diário Carioca", "O Jornal", "Jornal do Brasil"). Em 1950, publica a coletânea *A cidade vazia*. Nessa época começa a escrever um livro misto de memórias e ficção, que abandonou em meio, vindo a publicá-lo cerca de 30 anos depois, *O grande mentecapto* (1979) (Prêmio Jabuti/1980).

Personalidade inquieta, emotiva e dinâmica, participou ativamente da vida pública e literária. Apesar de não ser militante político, viajou por todo o Brasil, como auxiliar de Juarez Távora, candidato à Presidência em 1955. Como correspondente do "Jornal do Brasil", viaja a Cuba, em 1960, na comitiva do presidente Jânio Quadros. Fundou (juntamente com Rubem Braga e Walter Acosta) a Editora do Autor (1960); foi redator da Agência Nacional de Notícias; Adido Cultural junto à Embaixada Brasileira em Londres (Governo João Goulart, 1964); fundou, com Rubem Braga, a Editora Sabiá (1967); realizou em Los Angeles uma minissérie documental sobre Hollywood para a TV Globo (1972); fundou a Bem-te-vi Filmes (1973), produzindo documentários sobre escritores brasileiros e sobre feiras internacionais (Paraguai, Teerã, México, Hannover, etc.). Até sua morte (11 de outubro de 2004), manteve uma excepcional atividade intelectual/criativa e a paixão pela vida — marca inconfundível de todos os seus escritos, já definitivamente incorporados à Literatura Brasileira do século XX. Em certa entrevista, falando sobre sua vida, disse:

> De certa forma, acho que meus sonhos se realizaram, porque tudo tem sua época. Acho muito bom o meu passado e o meu presente também. Sou um homem de muita sorte, nasci virado para a Lua, tudo o que acontece comigo é bom. Sou fundamentalmente otimista, mas tenho uma visão um pouco desencantada da natureza humana. Sou um homem de fé: eu acredito e ponto. Mas tenho consciência da fragilidade da natureza humana. Ela é uma matéria extremamente frágil, e é exatamente aí que reside a sua possibilidade de salvação.

Eleito para a Academia Brasileira de Letras, em seu discurso de posse, define-se como escritor e como homem:

> Tento seguir ao pé da letra o sábio conselho de André Gide: entre duas formas de dizer, escolha sempre a mais simples. Mas nem por isso me sinto realizado. No dia em que me sentir, serei um homem acabado, como no livro de Giovanni Papini. Não poderia ser hoje em dia um escritor como o imaginava aos vinte anos. O mundo mudou e eu com ele. Os meios de comunicação e de expressão literária evoluíram, e continuarão evoluindo sempre. Os gêneros têm fronteiras cada vez mais flexíveis, são intercomunicáveis, a ponto de escapar às classificações tradicionais. Procuro exercer

o meu ofício literário fazendo com que a expressão não se subordine à comunicação, mas se harmonize com ela. Custa muito esforço, embora não pareça — e os consagrados escritores acadêmicos que me ouvem sabem disso: na cabeça e no coração de cada escritor perdura aquela sensação captada nos versos de Carlos Drummond de Andrade: "Se tento comunicar-me / O que há é apenas a noite / e uma espantosa solidão."

Publicações

Ficção — *Os grilos não cantam mais*, 1941; *A marca*, 1944; *A vida real*, 1952; *O encontro marcado*, 1956; *O grande mentecapto*, 1979; *O menino no espelho*, 1982; *A faca de dois gumes*, 1985; *Martini seco*, 1988; *Com a graça de Deus*, 1994; e *Os movimentos simulados*, 2004.
Crônica — *A cidade vazia*, 1950; *O homem nu*, 1960; *A mulher do vizinho*, 1962; *A companheira de viagem*, 1965; *A inglesa deslumbrada*, 1967; *Gente I*, 1975; *Deixa o Alfredo falar!*, 1976; *O encontro das águas*, 1977; *Gente-II*, 1979; *A falta que ela me faz*, 1981; *O gato sou eu*, 1983; *A volta por cima*, 1990; *Aqui estamos todos nus*, 1993; *O galo músico*, 1998; *No fim dá certo*, 1998; *Livro aberto*, 2001.
Autobiografia — *O tabuleiro de damas*, 1988.
Relato de viagem — *De cabeça para baixo*, 1989.
Dicionário — *Lugares comuns*, 1954.
Biografia (da ex-ministra do Trabalho da "Era Collor") — *Zélia, uma paixão*, 1991.
Livro infantil — *Macacos me mordam*, 1984; e *O pintor que pintou o sete, 1987.*

28. GRACILIANO RAMOS

O Herói Problemático na Obra Graciliana[32]

Yo soy yo y mis circunstancias. (Ortega Y Gasset)

Personalidade singular no contexto da literatura brasileira, Graciliano Ramos foi das figuras mais significativas no processo de renovação da ficção brasileira, na senda do Regionalismo. De húmus universal, sua obra expressa o desnorteamento do *eu* diante das *circunstâncias* que lhe couberam viver — as dos mundo moderno abalado desde as bases pela crise de transformações que se instala no entresséculos, no mundo ocidental, e ainda hoje está em processo. Crise econômico-político-social que, no Brasil, a partir do entresséculos teve (ou tem?) como ponto crucial o desgaste progressivo das estruturas da sociedade agrária, semicolonial ou semifeudal que se petrificara no Nordeste dos senhores de terra e do trabalho escravo.

De *Caetés* a *Memórias do cárcere* faz-se ouvir a voz do "herói problemático": avatar do homem moderno — aquele que perdeu as "certezas absolutas" e se tornou prisioneiro da *dúvida* ou do *não conhecimento*, gerado pela profunda cisão que se criou, no mundo moderno, entre o indivíduo e a possível significação da vida que lhe cabe viver.

Todas as personagens gracilianas são seres interrogantes que duvidam de si mesmos e que obstinadamente buscam, através da palavra, a *razão* ou a *validade* de seus atos, mas não conseguem respostas... Para além do imediatismo de suas vidas ou dramas concretos, há sempre uma interrogação maior e latente: qual o sentido último da vida humana? ou o que afiança a palavra dos homens e garante as suas verdades, em um mundo sem Deus, onde a palavra tem em si mesma a garantia

[32] Fusão de textos publicados in *Convivium* nºjan/fev.1994. S. Paulo e *Tempo solidão e Morte*. 1964. (N. da A.)

da verdade, do certo ou do errado? Mais do que os desajustes econômicos ou as injustiças sociais, o que mais preocupa as suas personagens é a confusão moral em que vivem. Resulta, pois, que o problema do homem na obra graciliana é muito mais ontológico que político.

Foi essa intuição que nos levou, nos idos dos anos 1960[33], a definir a solidão inerente ao mundo graciliano como contingência fatal da condição humana, portanto uma solidão *ontológica* (irremediável), e não *sociológica* (remediável, desde que as circunstâncias mudem...). Ao revisitarmos agora a obra graciliana e ao relermos *Vidas secas* em um confronto mais fundo com os romances que o precederam e com as circunstâncias temporais em que foi escrito, tornou-se evidente que uma das mudanças mais importantes trazidas por esse último romance foi a ênfase às causas *sociológicas* da falência humana ali presente (o que corresponde à esperança de que essa falência, por ser *circunstancial* e não ontológica, possa um dia ser superada). Em sua essencialidade, essa mudança corresponde à passagem da perspectiva *ética* (peculiar ao individualismo liberal-burguês, que o escritor assumiu desde as primeiras horas) à perspectiva *política* (exigida pela consciência socialista que a traumatizante experiência da prisão despertou em seu espírito) — nova perspectiva ou consciência que no romance *Vidas secas* se insinuam muito mais em termos de *atmosfera* do que de linguagem efabuladora.

A mudança sofrida pelo Graciliano pós-prisão o leva a redefinir as verdadeiras *causas* da infelicidade dos homens e dos males sociais: da acusação aos *erros dos homens* (patentes em João Valério, Paulo Honório e Luís da Silva — erros que não só impediam a felicidade do indivíduo e dos demais que o cercavam, mas também provocavam a falência do sistema governante), o escritor passa à denúncia dos *erros do sistema* (evidentes no drama vivido por Fabiano e família) como verdadeiros responsáveis pela frustração dos indivíduos e pelos profundos males sociais.

O percurso dessa mudança ou evolução ideológica e literária, obviamente, está ligado às circunstâncias que Graciliano, como homem e como escritor, enfrentou desde a infância até a idade adulta. Justifica-

[33] "Solidão e Luta em G. Ramos" in *Tempo, solidão e morte*. SP, 1964. (N. da A.)

mos aqui o traçado que faremos a seguir de algumas dessas circunstâncias pelo fato (amplamente afirmado pela crítica e pelo próprio escritor) de que sua matéria-prima romanesca é indissociável de sua vivência como ser humano, artista e intelectual (1). É através dessa perspectiva (vida/arte) que se torna mais evidente a transformação do *humanismo idealista* (na linha de Dostoievski...) que gerou o *herói problemático* presente na maior parte de sua obra, em *humanismo realista* (na linha política socialista), latente no "anti-herói" de *Vidas secas.*

Nascido no final do século XIX, em zona rural de Alagoas, em meio familiar de certos recursos, mas de convívio áspero e autoritário (convívio coercitivo que é prolongado na escola), Graciliano viveu a infância e a adolescência sob a pressão de uma educação castradora da vontade livre do indivíduo. Pelas memórias registradas em *Infância*, sabe-se que o "eu" graciliano só encontrou o caminho do diálogo com o "outro", por via intelectual-emotiva, quando ainda menino descobre a *leitura*, a *escrita*, o mundo da linguagem e da literatura. Mundo que, gradativamente, passa a ser para ele o *verdadeiro espaço de realização existencial.*

Até a idade adulta (quando, por razões nunca esclarecidas, é levado preso para o Rio de Janeiro) Graciliano Ramos viveu no mundo rústico nordestino, governado pela lei do mais forte, onde há muito se haviam consolidado as *diferenças* (consideradas já "naturais") entre os homens e as classes, dentro de um sistema social sustentado não só pelas duras *relações de poder* entre senhores e servos (relações assentadas na propriedade da terra, na violência, no coronelismo, no favoritismo e no paternalismo), mas principalmente pelas *relações de fé* do homem com Deus, tais como as consagrou a doutrina cristã, no mundo ocidental. Relações geradas nos tempos bíblicos, a partir da criação do mundo e do Homem pela *Palavra de Deus*. Palavra nomeadora/criadora, cujo poder foi posto ao alcance do homem e que, desde as origens, se revelou dúplice: *benéfica*, como a do Deus de amor que criou o mundo, e *maléfica*, como a do Deus irado e punitivo do Velho Testamento, que castigou a desobediência do Homem (Adão e Eva) com a sua expulsão do Paraíso e sua consequente "queda" no "vale de lágrimas" que é a vida terrestre. "Pecado original" que os homens devem resgatar com o "suor de seu rosto" e a submissão resignada à dor e ao sofrimento, para a reconquista do paraíso divino na eternidade além-vida.

Importante ressaltar a confluência dessas forças despóticas (humanas e sagradas) no espaço-tempo vivido por Graciliano, pois delas deriva, sem dúvida, a natureza de sua problemática essencial. Acrescente-se a elas o advento da ciência positivista que vem pôr em questão ideias consagradas por mais de um milênio de cristianismo. Provando a "lei da evolução da matéria", a ciência transforma a "alma" humana em "lama". Isto é, tira ao homem sua origem divina, sua parte *transcendente e eterna*, condenando-o a ser apenas *matéria efêmera*.

É esse impasse que o homem moderno tenta resolver: sem transcendência garantida, quais os parâmetros que servem para o julgamento da conduta humana, em seus acertos ou erros? Sem a existência de Deus (que garantia a eternidade dos homens no além-morte), qual o sentido último da vida? Na problemática-base da obra graciliana, vemos que essa interrogação-limite se desdobra em pelo menos três forças motrizes: o *valor absoluto* dado à Palavra da autoridade (em quaisquer níveis de poder); a responsabilidade *ética* da conduta individual e a consequente *punição dos erros ou desobediências* do indivíduo ao seu *dever* (ou à autoridade imediata à que ele está sujeito). Forças motrizes que se formalizam na efabulação como:

• *Preocupação obsessiva* de suas personagens com a *palavra* (nomeadora ou esclarecedora da vida vivida);

• O constante *sentimento de culpa* que as leva a tentar descobrir o *certo* ou o *errado* das próprias ações (para entenderem a punição que estariam sofrendo);

• A luta incansável pelo domínio da palavra, como algo poderoso do qual depende o *conhecimento* do mundo e a *realização* profunda do *eu*.

Nessa ordem de ideias se compreende o *estilo interrogante* de Graciliano — estilo que, para além de um escritor pensando o mundo, nos revelam um "eu" *se* pensando ou tentando encontrar caminho por entre as dúvidas, as incertezas e a obscuridade das *causas* e dos *fins* de sua vida e das circunstâncias que a cercam.

Não por acaso, todas as personagens gracilianas (inclusive o eu-que-fala nas narrativas memorialistas) são *heróis problemáticos*, seres interrogantes que se debatem na rede das próprias palavras, aprisionados em uma situação frustrante ou dolorosa, pela qual se sentem obscuramente culpados e cuja compreensão perseguem *através da escrita*. Todos eles, de uma forma ou de outra, impotentes para agir como desejariam fazê-lo, "escrevem-se", narram a própria vida e assim fazem da *escrita* uma forma essencial de viver.

Em *Caetés*, livro de estreia do autor, o medíocre João Valério (que ainda não tem a dimensão "problemática" que vai marcar as personagens gracilianas, a partir de *São Bernardo*) já manifesta a atração pela escrita compensadora ou iluminadora. Lembramos que através do romance histórico-parodístico (sobre o episódio da devoração do Bispo Sardinha pelos índios caetés, em 1560), que ele tenta escrever, não só vai denunciando os falsos ideais, os erros e a selvageria dos enfatuados "civilizados" com quem convivia, como também tenta compreender sua incapacidade para a ação realizadora e as miúdas derrotas de seu limitado dia a dia.

Em *São Bernardo* (romance em que o escritor encontra seu caminho definitivo) o forte e vitorioso/fracassado Paulo Honório se entrega obsessivamente a reviver pela escrita sua vida de luta obstinada, para vencer na vida, através do jogo duro e desumano exigido pelo sistema da posse. Vencedor derrotado, Paulo Honório procura descobrir onde estaria o erro de suas ações... mas fica sem resposta.

Em *Angústia*, Luís da Silva, para entender sua tragédia, "narra-se" angustiadamente desde a infância humilhada até o desespero de homem que se vê bloqueado pelo meio, se sente impotente para agir como desejava e encontra no crime a possível autoafirmação existencial-social.

Seres solitários, prisioneiros em um mundo fragmentado, dissolvido em emoções e sensações desencontradas (mundo onde se perderam os limites entre o Bem e o Mal, o "certo" e o "errado"), as personagens de Graciliano buscam obstinadamente não só o *conhecimento* de si mesmas em relação aos outros, mas acima de tudo procuram a *medida* do certo ou errado de suas ações. Diante da falência da própria vida procuram onde teriam errado. Mesmo vivendo à superfície das coisas, o tolo João Valério chega a concluir: "Que sou eu senão um selvagem, ligeiramente polido, com uma tênue camada de verniz por fora?" Problematizando seus atos passados, Paulo Honório conclui: "A verdade é que eu nunca soube quais foram meus atos bons e quais foram os maus." Da mesma forma reage Luís da Silva, desnorteado com os desmando de sua vida: "Um crime, uma ação boa dá tudo no mesmo; afinal já nem sabemos o que é ruim, tão embotados vivemos".

Tal como suas personagens, Graciliano Ramos memorialista também se entrega à escrita, tentando entender certas situações obscuras em que se vê envolvido ou certos conflitos interiores, ligados a um incômodo complexo de culpa. Entre os muitos exemplos dessa atitude (registrados em *Infância* e em *Memórias do cárcere*) destacamos apenas dois, pela riqueza de significações que contêm.

Em *Infância* é o episódio da *máxima* que lhe é ensinada na aula: *"Fala pouco e bem, ter-te-ão por alguém."* Palavras que na mente amedrontada do menino soam confusas: *"D, t, d, t. Quem era Terteão? Um homem desconhecido. Iria o professor mandar-me explicar Terteão e a chave?"* O estado de espírito patente nesse episódio da infância repercute em toda a sua obra, das mais variadas formas e circunstâncias, mostrando a permanência, no adulto, dessa aflitiva interrogação do menino acossado pelo medo de errar ou pela sensação de culpa antecipada, por não saber como corresponder ao que dele exigiam. Esse estado de espírito confuso e temeroso (gerado pelo desconhecimento do sentido último do que lhe acontecia) manifesta-se reiteradamente em *Memórias do cárcere*, de onde destacamos o momento em que Graciliano vai sendo levado preso, de Maceió para o Rio de Janeiro, e se sente dividido por sentimentos contraditórios: por um lado, *sensação de alívio* (pelo fato de a prisão desobrigá-lo do dever rotineiro e pesado da ação obrigatória do dia a dia familiar e profissional) e, por outro, *sensação de culpa* (embora não soubesse o que poderia ter feito de condenável). Diz textualmente:

> Naquele momento a ideia da prisão dava-me prazer: via ali um *princípio de liberdade. Eximira-me* do parecer, do ofício, da estampilha [...], iria escapar

a outras maçadas, gotas espessas, amargas, corrosivas.

E mais adiante, já na prisão:

> [...] sentia-me atordoado, como se me dessem um murro na cabeça. Julgava-me *autor de várias culpas* mas não sabia determiná-las. [...] Os acontecimentos me apareciam desprovidos de razão, as coisas não se relacionavam.

E tal como as suas personagens, Graciliano pensa na *escrita* como um modo de *ordenar e compreender* o emaranhado da vida. Sonha em *escrever um romance* e se justifica:

> Talvez *aquela confusão se dissipasse*, uma confusão esquisita: as ideias me chegavam nítidas, fugiam, voltavam, eram substituídas, atropelavam-se, impossível fixá-las...

Vidas Secas: a mudança ideológica

Foi logo em seguida a esse período traumático da prisão, que Graciliano escreve *Vidas secas* (1938). Retrato pungente do homem nordestino, condenado às imposições inclementes da terra e de um sistema social desumano, esse romance desde logo foi saudado como uma mudança significativa na produção literária do autor, que até então se revelara como um romancista de garra mas, sem dúvida, uma espécie de "estranho no ninho": um escritor nordestino que, no início dos anos 30, em plena ascensão do romance regionalista (Rachel de Queiroz, Jorge Amado e Lins do Rego) era atraído pelos confusos meandros do espírito humano, em lugar de pôr a descoberto a tragédia coletiva, em que o Nordeste se deteriorava (ou deteriora?) e que o Brasil todo não podia continuar ignorando. *Vidas secas* vinha, pois, marcar de maneira definitiva a presença de Mestre Graciliano entre os já então consagrados escritores regionalistas; e representou realmente uma mudança de grande importância, tanto devido à denúncia de uma realidade humana/político/social/regional criminosa injusta (que permanece praticamente inalterável), quanto à nova "iluminação" da problemática graciliana. Importante notar que esse romance não foi inicialmente programado como tal, mas sim como uma série de contos.

Ao sair da prisão (12/01/1937), Graciliano Ramos permanece no Rio de Janeiro hospedado por Lins do Rego. Pressionado por dificuldades financeiras, começa a escrever artigos para a imprensa. Em 28 de fevereiro de 1937, em carta à sua esposa, D. Heloisa, que permanecera em Maceió, menciona que começara a escrever "um conto muito chato...". Em 14 de março, com a costumeira depreciação de sua literatura, informava: "O conto que terminei ontem é uma verdadeira estopada que nenhum leitor normal aguenta." Tratava-se de "Baleia", o primeiro conto regional de uma série que o romancista escreve para publicação no Brasil e no exterior. Série que, pela organicidade de sua problemática básica, acaba se transformando no romance *Vidas secas*.

Não teria sido por acaso que cerca de um mês após sua saída da Casa de Correção (onde permanecera dez meses aprisionado, por motivos nunca suficientemente explicados ou esclarecidos), Graciliano tenha ido buscar matéria, para o conto que pretendia escrever, em um episódio da infância, cujo personagem central, um cachorrinho (que o avô de Graciliano fora obrigado a matar), teria sofrido uma experiência perturbante, muito semelhante à que ele próprio sofrera na prisão. Experiência decorrente da *ignorância* ou do *não-conhecimento* das verdadeiras *causas* do sofrimento que lhe estava sendo infligido.

Sabe-se, por carta escrita a José Condé (2), que a fonte desse conto foi a morte de um cão de estimação que, por estar com hidrofobia, o avô de Graciliano foi obrigado a sacrificar. Baleia (a cachorrinha que era um fiel membro da família de Fabiano) tem a mesma sorte. Sabendo-a condenada a morrer devagar (consumida dolorosamente pela doença), Fabiano resolve matá-la. Prepara sua "espingarda de pederneira" e, enquanto Sinhá Vitória segura os meninos desesperados, dentro do barraco, ele procura a cachorra, faz pontaria, atira mas o tiro não foi mortal. "A carga alcançou os quartos traseiros e inutilizou uma perna de Baleia que se pôs a latir desesperadamente." Fabiano recolhe-se. Baleia foge desorientada, perdendo muito sangue, arrastando na terra a parte traseira do corpo mutilado.

A arte de Graciliano atinge, nesse episódio, um de seus pontos mais altos em emoção, beleza, dor, tragicidade e poesia. A agonia de Baleia é vagarosamente narrada, numa alternância de visões narrativas: o drama da cachorrinha visto por fora, em seus esforços de fuga em meio à "poeira, moscas, mosquitos [...] folhas secas e gravetos colados às feridas..." e também *visto por dentro*, com o narrador interiorizado na personagem:

> [...] um nevoeiro impedia-lhe a visão [...] uivava baixinho [...] Olhou-se de novo aflita. Que lhe estaria acontecendo? O nevoeiro engrossava e aproximava-se. [...] de novo lhe veio o desejo de morder Fabiano, que lhe apareceu diante dos olhos meio vidrados, com um objeto esquisito na mão. Não conhecia o objeto mas pôs-se a tremer [...] Não poderia morder Fabiano: tinha nascido perto dele [...] e consumira a existência em submissão. [...] Abriu os olhos a custo. Agora havia uma grande escuridão, com certeza o Sol desaparecera. [...] Os chocalhos das cabras tilintaram. [...] Baleia assustou-se. Que faziam aqueles animais soltos na noite? A obrigação dela era levantar-se e conduzi-los ao bebedouro. [...] Tinha havido um desastre, mas Baleia não atribuía a esse desastre a impotência em que se achava nem percebia que estava livre de responsabilidades. [...] Não sabia o que tinha sucedido. O estrondo, a pancada que recebera no quarto e a viagem difícil do barreiro até o fim do pátio desvaneciam-se no seu espírito.

Uma simples leitura desse trecho, contraposto à problemática-base da obra graciliana, mostra-o como uma verdadeira síntese do *julgamento do homem* e do *sistema* realizado pelo escritor alagoano. Baleia é o símbolo da situação em que vive toda uma massa desvalida, espalhada por vastas regiões do país e cuja luta maior e cotidiana é a sobrevivência física: matar a *fome* e conseguir *trabalho* (isto é , algo em que aplicar sua energia vital e cumprir o *fazer* que é instintivo no ser humano).

Baleia, Fabiano e família igualam-se: estão todos no estágio primário da vida. Ou melhor, obedecem apenas aos impulsos naturais de autopreservação (ou de preservação da espécie) e permanecem absolutamente *inconscientes* da verdadeira situação à que estão condenados. Da mesma forma que a cachorra, ferida de morte pelo dono amigo, lhe permanece fiel (sentindo-se incapaz de atacá-lo ou de compreender a causa do que ela estava sofrendo), também Fabiano e família aceitam instintivamente a fatalidade da Natureza e do Poder dos Superiores, sem nenhuma consciência da injustiça social de que eram vítimas, dentro de um sistema de relações (de vida, de trabalho ou de intercâmbio de ações) que alimenta a força dos poderosos com a exploração da fraqueza dos desvalidos.

Fabiano, Sinhá Vitória, os meninos e a cachorra são, pois, personagens-antípodas dos "heróis problemáticos" que se interrogam obsessivamente nos romances anteriores. Nestes, Graciliano Ramos fez o *julgamento dos homens*, na medida em que, como humanista, atribuía aos *erros individuais*, a fonte dos desacertos do mundo ou das injustiças sociais.

Note-se, nesse sentido, que seu último "herói problemático" é Luís da Silva de *Angústia*, romance terminado pelo escritor dias antes de ser preso e cujos originais ele deixa com a esposa para encaminhar à publicação. Fácil, pois, é deduzir que a mudança representada por *Vidas secas* se deveu a uma funda mudança na concepção de mundo do autor, provocada pela dura experiência da prisão. Ao perder a liberdade de agir conforme sua própria vontade e, mais, perdê-la sem saber por que, e sendo obrigado a se vergar à arbitrariedade do sistema vigente, Graciliano passa do *julgamento do homem* para o *julgamento do sistema*.

Serena e doloridamente, sem panfletismos, nem gestos eloquentes, ele denuncia a miséria humana que está na base da sociedade tradicional, enraizada na exploração do homem pelo próprio homem e cuja trama endurecida (ramificada em prolíferos sub ou micropoderes despóticos) *não há força individual*, nem *vontade livre* (por mais legítima e consciente que for) que possam romper.

Daí a alienante submissão dos desvalidos ao poder indestrutível do sistema social que os rege; reforçado não só pela natureza inclemente (secas, inundações, etc.), como também pela crença em uma ordem divina que, por um lado, representa a esperança de ajuda e, por outro, a ameaça de castigo *post-mortem*. Ordem divina que vem da origem dos tempos, quando o "pecado original" (cometido por Adão e Eva) foi castigado por Deus com a perda do paraíso, e condenando a humanidade a viver neste "vale de lágrimas" que é a terra, ganhar o pão com "o suor do seu rosto", e aguentar resignada a dor e o sofrimento, até que a morte os reconduza ao paraíso, onde viverão eternamente "à direita de Deus Padre Todo Poderoso". Os mais claros índices da interiorização dessa ordem divina no espírito dos desvalidos, que perambulam em *Vidas secas*, são as *superstições religiosas* em que eles se amparam para resolver os problemas de sobrevivência diária e, principalmente, as *imprecações* de Fabiano ou de Sinhá Vitória aos filhos, quando estes lhes causam aborrecimentos: "Anda, condenado do diabo!"; "Capeta excomungado!"; "Este capeta...", etc., etc.

Note-se, ainda, que a despeito desse horizonte hostil e fechado à realização humana, a atmosfera dominante em *Vidas secas* não é conturbada. Pelo contrário, é serena e luminosa (embora a luz predominante seja a do sol que castiga).

Essa mudança de vibração interior no romance Graciliano resulta, sem dúvida, de um abrandamento no julgamento do escritor em relação às suas criaturas. Talvez não no sentido *ético* (aceitação do "castigo"), mas no sentido *existencial* — o da instintiva e plena aceitação dos desconformes do dia a dia, como condição natural da luta pela vida.

Lido nessa perspectiva, *Vidas secas* nos mostra que (dentro do sistema degradante em que se endureceram não só as forças governantes, mas também uma mentalidade retrógrada e desumana) a única salvação *imediata*, ao alcance dos homens, é a *inconsciência crítica*; é o *desconhecimento* da própria tragédia. Imunes ao "demônio da análise", os Fabianos de vastas regiões do mundo, embora degradados socialmente, conservam a esperança e a dignidade interior do ser humano, porque a Vida que os anima é *mais forte* do que o poder arbitrário e aviltante da sociedade *que os ignora.*

Nessa ordem de ideias, *Vidas secas* é um contundente testemunho da *resignação* dos homens ao poder *irredutível e absoluto* do sistema. E, ao mesmo tempo, é também testemunho da *força da vida*, muito mais forte do que qualquer poder humano despótico, porque é eterna em seu avançar cíclico. Fruto de uma experiência-limite vivida pelo autor, *Vidas secas* alerta para o fato de que o *valor individual*, a boa vontade, os ideais ou a garra para a ação, que possam existir no indivíduo, nada são diante do poder-organizado-em-sistema, pois é este que, em última análise, permite os "atos livres" de cada cidadão.

Notas

1. Reforçando as muitas leituras críticas que analisaram o inequívoco lastro biográfico de seus romances e contos, o próprio GR, em entrevista dada à *Revista Globo* (nº 473, 18.12.1948), afirma: "[...] Nunca pude sair de mim mesmo; só posso escrever o que sou. E se as personagens se comportam de modos diferentes é porque não sou um só. Em determinadas condições, procederia como esta ou aquela das minhas personagens. Se fosse analfabeto, por exemplo, seria tal qual Fabiano..." (entrevista reproduzida in *República das Letras* RJ, Gráfica Olímpica, 1968; e também in *Graciliano Ramos* (org. Sonia Brayner) RJ, Civilização Brasileira/MEC, 1977).

2. Carta a José Condé, datada de junho de 1944 e publicada em "O Cruzeiro" de 23.04.1953. "... No começo de 1937 utilizei num conto a lembrança de um cachorro sacrificado na Maniçoba, interior de Pernambuco, há muitos anos. Transformei o velho Ferro, meu avô, no vaqueiro Fabiano, minha avó tomou a figura de Sinhá Vitória, meus tios pequenos, machos e fêmeas, reduziram-se a dois meninos. [...] Habituei-me tanto a eles que resolvi aproveitá-los de novo. Escrevi "Sinhá Vitória"; depois apareceu "Cadeia". Aí me veio a ideia de juntar as cinco personagens numa novela miúda — um casal, duas crianças e uma cachorra. Todos brutos." (apud F. A. Cristóvão. *Graciliano Ramos: estrutura e valores de um modo de narrar. RJ, Ed. Brasília/INL*. 1975 p.184)

Dados biobibliográficos

Grande voz nos quadros do romance brasileiro, Graciliano Ramos nasceu em Quebrângulo (AL) em 21 de outubro de1892, numa família sertaneja, sendo o mais velho dos quinze irmãos. Passou a infância em Buíque (PE) e em Viçosa (AL). Fez estudos secundários em Buíque. Em 1910 estabeleceu-se em Palmeira dos Índios (AL), dedicando-se ao comércio. Em 1912 muda-se para o Rio de Janeiro, onde se inicia no jornalismo ("Correio da Manhã" e "A Tarde"). Em 1914, devido à morte de três irmãos, vitimados pela febre bubônica, volta para Palmeira dos Índios. Passa a fazer jornalismo e política. Assume a Prefeitura da cidade (1928-1930). Nesse período redige seu primeiro romance, *Caetés*. Em 1930, muda-se para Maceió, onde dirigiu a Imprensa e a Instrução do Estado. Nesse período, torna-se amigo dos escritores que formavam a vanguarda da literatura nordestina (José Lins do Rego, Rachel de Queiroz, Jorge Amado). Época em que escreve *São Bernardo* e *Angústia*. Em março de 1936 é preso como subversivo e, embora sem provas, é mantido em presídios até janeiro de 1937. Em *Memórias do cárcere*, ele registra essa dura experiência. Muda-se para o Rio de Janeiro e prossegue colaborando na imprensa e escrevendo romances.

Em 1945, já consagrado como grande romancista, entra para o Partido Comunista Brasileiro[34], por influência de Cândido Portinari. Em 1951, é eleito presidente da Associação Brasileira de Escritores. No ano seguinte viajou para a Rússia e países socialistas — experiência que relatou no livro *Viagem*. Faleceu em 1953, com sessenta anos de idade.

Toda sua obra, traduzida para o espanhol, francês, inglês, italiano, alemão, russo, húngaro, tcheco, polonês, finlandês, vem sendo continuamente reeditada. Em 1964, *Vidas secas* foi roteirizado para o cinema, com a direção de Nelson Pereira dos Santos.

Seu nome consagrou-se como um dos grandes mestres do romance brasileiro.

Publicações

Ficção — *Caetés*, 1933; *São Bernardo*, 1934; *Angústia*, 1936; *Vidas secas*, 1938; *Brandão entre o mar e o amor* (em colab. Jorge Amado, J. Lins do Rego, Rachel de Queiroz e Anibal Machado); *Dois dedos*, 1945; *Histórias incompletas*, 1946; *Insônia*, 1947; 7 *Histórias verdadeiras*, 1951; *Histórias agrestes*, 1960 (post.).

[34] Fundado em 25 de março de 1922, com o nome de Partido Comunista do Brasil, só em 1960, com a cisão ocorrida no movimento comunista internacional, passou a chamar-se Partido Comunista Brasileiro. (N. do E.)

Literatura infantil — *A terra dos meninos pelados*, 1939; *Histórias de Alexandre*, 1944; *Infância*, 1945.
Memorialismo — *Memórias do cárcere*, 1953; *Viagem*, 1953.

29. GUIMARÃES ROSA

Guimarães Rosa: O Demiurgo Sertanista[35]

Era preciso chamar a alegria, como se chama a chuva na desgraça de uma seca demorada.

Entre os grandes "recados" que o mago Guimarães Rosa deixou gravados em seu universo romanesco está um que, na época (nos anos de ferro da II Guerra Mundial), surgia como algo insólito: *a valorização da funda alegria de viver,* em lugar da pungente solidão que aprisionara o espírito do homem existencialista.

Em face de um mundo que perdia seus fundamentos, suas "certezas absolutas", era urgente que o homem se reencontrasse, se religasse à Natureza, às fontes vivas da Vida e redescobrisse a orgânica e mágica alegria de estar vivo e de pertencer a um cosmos que continuamente se renovava, desde as origens, através da contínua luta dos "contrários" que o constituíam.

Sagarana surge no imediato pós-guerra, em 1946, ano que se tornou um marco divisor de águas. Essa saga sertanista desdobra-se diante do leitor, surpreendendo-o com a visão de uma região do interior mineiro, numa perspectiva até então quase desconhecida: a íntima penetração na simplicidade humana que o habita; o seu aspecto físico, sociológico e psicológico, recriados pela potencialidade criativa de seu Autor — alguém que conseguiu realizar uma insólita aliança entre sua formação cultural, altamente intelectualizada, e a vivência rudimentar do sertão.

Dez anos depois, em 1956, surge *Corpo de baile* e, quase ao mesmo tempo, explode a espantosa revolução linguística e existencial de *Grande*

---

[35] Fusão de textos publicados in NNC. *O Ensino da literatura.* 1966; Suplemento Literário/Minas Gerais (ed. Especial, Maio/1974); Suplemento Literário/OESP, 14.04.1974; e NNC. *Guimarães Rosa.* 1975. (N. da A.)

sertão: veredas, o regional alcançara uma dimensão universal. E tão insólita se mostrava a escritura e as estórias rosianas que, desde logo, sua obra foi apontada como uma "ilha literária" nas letras brasileiras (ou universais?). Como disse Paulo Dantas, no artigo em que anunciou a chegada de *Grande sertão: veredas*:

> Surgiu um verbo novo nos sertões brasileiros... Com ele começa o trans-sertão, para além do mistério euclidiano... [...] Nele o verbo se fez carne, tumulto, coivara e possessão. Acendeu-se em diademas de luz, em extravagâncias orais e sensitivas. (in Diálogo, nº 8, 1957)

O que primeiro espantou foi o denso virtuosismo linguístico, a escritura quase cabalística que exige do leitor um acercamento lento, teimoso, repetitivo, descansado, como descansado é o ritmo em que ali as estórias vão saindo, uma de dentro da outra, sem pressa... Só então as narrativas se "abrem" e mostram, em sua linguagem simbólica, o quanto de mistério está entranhado na Vida e o quanto ela precisa do Homem e suas "circunstâncias", para continuar se realizando. Como diz o jagunço Riobaldo, "O Sertão é o Mundo! [...] Nonada. O diabo não há! [...] Existe é homem humano, Travessia!"

É essa *travessia do humano* no mundo o que nos propõe a obra rosiana, simbolizada pela "travessia do Sertão". A travessia da vida, como aquela "vivida como um dia de capina com sol quente que às vezes custa muito a passar, mas sempre passa", e que no fim sempre mostra que "há muito pedaço bom de alegria...", como diz o padre ao Augusto Matraga, em *Sagarana*. Nessa "travessia do humano", faz-se urgente a *redescoberta da alegria*. Não a ruidosa, carnavalesca, mas a que arraiga no fundo dos seres, com o sentimento de estar cumprindo sua parte no concerto universal.

Alegria como dinâmico estado de espírito, a despeito dos "desconformes" da vida (ou talvez devido a eles), é o que caracteriza o herói rosiano, o *homo ludens*, organicamente integrado no universo, o vórtice em que confluem forças contraditórias. E, paralelamente a essa alegria essencial, afirma-se na personagem rosiana uma nova e selvagem religiosidade. Um espírito religioso primitivo, quase violento, de onde a antiga mansidão e êxtase espirituais, característicos da consciência cristã ortodoxa, estão totalmente ausentes. A religião vivida pelo herói rosiano é de outra natureza: aproxima-se do sentimento primitivo do termo, guardado em seu significado etimológico: "religio" — re-ligação do homem ao universo cósmico, ao que transcende o seu entendimento, mas que abarca o humano como parte do todo. Esse é o húmus em que a palavra rosiana lança raízes. Como o escritor disse, um dia, ao seu tradutor alemão, Curt Meyer-Clason:

> Todos os meus livros são simples tentativas de rodear devassar um pouquinho o mistério cósmico, esta coisa movente, impossível, perturbante, rebelde a qualquer lógica, que é a chamada realidade, que é a gente mesmo, o mundo, a vida.

Foi nesse *rodear, devassar*, que a palavra rosiana foi arrancando do informe as mil e uma formas de Vida em que o Ser se empenha todo.

O *homo ludens* nas veredas do grande sertão

> A *estória* não quer ser história. A *estória*, em rigor, deve ser contra a História. [...] A vida também é para ser lida. Não literalmente, mas em seu suprassenso. E a gente, por enquanto, só a lê por tortas linhas.

A estória deve ser contra a História, é o que afirma Guimarães Rosa em um dos prefácios de *Tutameia-Terceiras estórias* (1967). E nessa afirmação sintetiza a problemática que, a partir do pós-guerra (1939-1945), vem alimentando as raízes de todos esforços para repensar o mundo e o homem ou reordenar o caos deixado pela guerra. Problemática-eixo que podemos sintetizar em uma só expressão: *o caos pós- falência de todas as ideologias.*

As estórias de *Sagarana* (1946) surgem, pois, dos escombros dessa História, que fora construída pela brilhante e progressista civilização ocidental cristã-liberal-burguesa, e já agora esgotada em suas forças vivas. A "decadência do Ocidente" (que Oswald Spengler começara a anunciar em 1918) aprofundara-se com a II Grande Guerra.

Entretanto, esgotada a História, permanecia o Homem, a Natureza, a força da Vida e a Palavra que devia renomear o mundo. É dentro dessa conjuntura histórica que surge o mago da palavra, Guimarães Rosa, empenhado em redescobrir a aventura humana, partindo de onde ela começara a ser conhecida e ordenada. O narrador rosiano assume a voz dos "contadores de estórias" que, na Idade Média, percorriam os caminhos entre povos e eram os arautos das boas novas ou das más notícias. Recusando a História e a visão de mundo do *homo sapiens,* Guimarães Rosa volta ao tempo inaugural: assume a fala do *homo ludens* e abre uma Nova Era na Literatura Brasileira.

Nesse momento, o romance regionalista de 30 chegava ao auge de sua arte e objetivos. Criado pelo *homo sapiens*, pelo racionalista que vê na literatura um meio de expressar uma verdade humana e social, através de uma "forma que tem aparência de mentira" (José Américo de Almeida), ele vai ser superado pela arte rosiana, engendrada pelo *homo ludens* — aquele que se fez voz nos rapsodos, aedos, jograis do mundo antigo, e que permanece encarnado nos cantadores populares, que perpetuam a herança folclórica de cada nação.

Rapsodos, cantadores e poetas, desde a origem dos tempos e a cada nova era que se anuncia, sempre foram os que através de seus cantos ou *jogos de palavras*, muito mais do que simplesmente dar prazer ou divertir os homens, difundiram entre eles o Novo Conhecimento de Vida que surgia, para além das formas já conhecidas e esgotadas. Guimarães Rosa, homem do século XX, pós-Hiroshima, é o grande rapsodo da nova era em gestação. Daí sentirmos ecoar em sua voz (desde seus primeiros escritos) a do *homo ludens*, tal como o definiu J. Huizinga: aquele que se entrega ao jogo das palavras, não só pelo prazer, pela alegria do ato, mas por sabê-lo "fonte de conhecimento" que é, em si, "uma fonte de poder mágico. Para ele (o *homo ludens*) todo saber é um saber sagrado, pois todo conhecimento está diretamente ligado a própria ordem cósmica." (*Homo ludens*, 1938)

Desde *Sagarana*, sente-se o espírito dessa antiga linhagem, na exata dimensão apontada por Huizinga e também por Todorov, quando fala nos "homens-narrativas" de contos como os de *As mil e uma noites*, onde o *narrar* é identificado a um *gesto vital*, portanto com valor existencial e não apenas como entretenimento.

Se todas as personagens não cessam de contar histórias, é que esse ato recebeu a suprema consagração: contar é igual a viver. O exemplo mais evidente é o de Sherazade ela própria, que vive unicamente na medida em que pode continuar a contar... (Todorov, *As estruturas narrativas*, 1969).

Em *Sagarana* vemos renascer o *homo ludens*, o anônimo *contador de estórias*, o homem-coletivo que vem da alta ancestralidade que arraiga em Homero, e cujo destino é narrar/perpetuar a Viagem do Homem na Terra. Recorde-se, por exemplo, o fragmento inicial de "Burrinho Pedrês":

> E, ao meu macho rosado, / carregado de algodão, / preguntei: p'ra donde ia? / P'ra rodar no mutirão.
>
> (Velha cantiga, solene, da roça.)
>
> Era um burrinho pedrês, miúdo e resignado, vindo de Passa-Tempo, Conceição do Serro, ou não sei onde no sertão. Chamava-se Sete-de-Ouros, e já fora tão bom, como outro não existiu e nem pode haver igual.

Apresenta-se já aí, claramente, a atitude ingênua e espontânea da *palavra lúdica* que se identifica com a palavra anônima e coletiva. É só compararmos esse fragmento com o início dos romances de J. A. de Almeida, Lins do Rego, Jorge Amado, Graciliano Ramos... e veremos que, ao contrário do individualismo destes narradores que tiveram a declarada intenção de darem o testemunho de uma verdade ou de denunciarem uma realidade injusta e dramática, que precisava ser conhecida por outros homens, o narrador rosiano assume o ato de narrar como um gesto coletivo de fraternal comunicação humana. Ele vem contar coisas da espantosa/natural aventura humana no mundo. Não vem para denunciar "desventuras", mas para permitir a todos que participem da experiência narrada, seja pela emoção, pela alegria ou pela piedade.

Seja pela fórmula linguística caracterizadora da narrativa elementar

— "Era um burrinho..." — tempo e modo verbais que, de imediato, tiram à narrativa o caráter de "coisa datada", para a projetar na esfera *intemporal* do universo da ficção; seja pela mescla de precisão e imprecisão documental no registro do *espaço* ("vindo de Passa-Tempo, Conceição do Serro, ou *não sei onde* no sertão"); seja pela dimensão antropomórfica que é dada à personagem central, o burrinho, e que situa a narrativa na fronteira entre o real e o mágico; seja pela funcionalidade das cantigas inseridas no fluxo narrativo, etc., etc... a verdade é que tudo, no universo da palavra rosiana, nos revela a presença do *homo ludens*, descompromissado com as estruturas convencionais do pensamento lógico. Espírito livre, que abre caminho para o mergulho em regiões desconhecidas do próprio ser.

E nessa ordem de ideias podemos afirmar que a renovação rosiana na área da ficção regionalista teve início pela substituição da *palavra-depoimento* (própria do *homo sapiens*) pela *palavra-invenção* (do *homo ludens*). A conscientização da palavra-narrativa, em seu sentido global como uma realidade própria e altamente valiosa para o homem, foi o seu primeiro passo. Daí a estrutura narrativa que, na literatura brasileira contemporânea, se tornou a marca definidora do "estilo rosiano": a estrutura de "encaixe" — a interpolação de estórias na narrativa-base, e da qual "Burrinho Pedrês" já é um exemplo, com a interpolação fragmentada da estória do "zebu Calundu" contada pelo Raimundão, no decorrer da viagem dos vaqueiros.

Guimarães Rosa reinventa a Palavra Inaugural — a palavra que nomeia e cria o Real. (Como disse Lacan: "O que não é nomeado não existe."). A palavra-invenção rosiana carrega em sua essência a força da ação. A palavra dita engendra o ato. Na própria estrutura das narrativas, já isso se evidencia. Observe-se que em todos os relatos a *palavra é o elemento desencadeador da ação principal.*

Em "Burrinho Pedrês", a heroica e áspera viagem em que o Sete-de-Ouros se viu metido, foi decidida por "ordem expressa" do seu Major. ("Arreia este burro também, Fracolim!"). Em "Traços Biográficos de Lalino Salãthiel ou A Volta do Marido Pródigo", a palavra é o elemento-chave que define a personagem central: Lalino, mulato fagueiro, sonhador, entre arguto e malandro, cuja *fala fácil*, mentirosa e imaginosa é mais bem aceita do que as verdadeiras dos outros. Em "Sarapalha", o que separou os dois primos (que, presos da maleita, viviam há anos à espera da morte, numa cabana em ruínas, em um povoado que há muito deixara de existir) foi a *decisão de falar*, tomada pelo Primo Argemiro: contar ao Primo Ribeiro (cuja mulher fugira há anos com um vaqueiro) que também ele, Argemiro, fora um apaixonado dela, embora sempre a tivesse respeitado. A *palavra* da confissão foi mais importante do que *o fato* de aquele amor nunca ter passado de um anseio silencioso. O Primo Ribeiro, esmagado pela "traição" do companheiro, expulsa-o da cabana. A *palavra* os havia separado definitivamente, condenando-os a esperar a morte, cada qual em sua solidão. Em "Duelo", cuja intriga decorre da mútua perseguição de morte em que se empenham dois homens, também a palavra se torna o elemento desencadeante da ação final e decisiva: o assassinato de Turíbio Todo. Assassinato consumado, não por desafeto ou vingança pessoal, de quem o mata, mas simplesmente por uma *palavra dada*: a do inofensivo "caguinxo Timpim Vinte-e-Um", prometida ao moribundo Cassiano Nunes, desafeto de Turíbio, a quem ele não conseguira matar, para "lavar sua honra".

Não há duvida, pois, que a essência da renovação realizada por Guimarães Rosa tem início, já em *Sagarana*, pela valorização da *palavra-invenção* (palavra poética) e vai bem além de uma epidérmica dimensão lúdica (a do simples deleite), pois em sua significação mais profunda é vista como agente de ação e de realização humana: a *palavra identificada ao ato*.

Literatura e metafísica

É em *Grande sertão: veredas* que essa camada subterrânea — a essencialidade criadora da palavra-invenção — encontra sua mais plena dicção. Se analisarmos a efabulação, tal como engendrada, pela memória de Riobaldo, veremos que ela se estrutura a partir de realidades imediatas, episódicas e aparentemente superficiais, que oscilam entre o banal, o épico, o enigmático e o lúdico. Entretanto, essas tramas ligeiras ou labirínticas que representam o *lúdico* de seu universo de ficção (e existem a partir do específico jogo linguístico que as torna reais) vão par a par com a relação que elas mantêm com seu subsolo (a presença da História e da Metafísica); relação essa que lhes dá, afinal, sua mais funda significação e se oculta na linguagem simbólica que exige decifração cuidadosa.

No momento em que surgiu, o que mais espantou nesse romance-saga foi sua insólita alquimia linguística. No nosso panorama literário, o grande Romance de 30 já se esgotara como força viva. Seus valores de base já haviam entrado definitivamente na esfera das coisas esgotadas. Aquela visão estável e pacífica (embora dramática) de um mundo já medido, pensado e julgado, através da qual se escoavam as efabulações e os conflitos psicológicos de heróis individualistas, cedia lugar a uma prosa narrativa cujo gênero e formas já não eram facilmente classificáveis. *Grande sertão: veredas* é ficção ou poesia? Sua forma corresponde à do romance, da novela ou à da epopeia? É uma saga? Uma narrativa profética? Difícil decidir. O que se tornou evidente foi o caráter extremamente singular de sua prosa, e o fato de que a visão de mundo racionalista tradicional ali estava sendo constantemente posta em questão.

Já nada mais resta da infalibilidade e certeza dos valores de base que legitimavam a ficção consolidada no século XIX e ainda vigorante na primeira metade do século XX. *Grande sertão: veredas* mostra os novos caminhos da ficção, ao trabalhar uma matéria bruta, ainda em estado primitivo (não racionalizada) e, por isso mesmo, mais próxima das forças originais da vida. Ocultas sob seu insólito primitivismo de linguagem e relações humanas, vão se engendrando as novas formas de ver o mundo, para além das aparências. A Palavra se assume como criadora do Real. Em *Grande sertão: veredas*, a técnica identifica-se com a *criação*. De acordo com a abertura do *eu* para o *nós*, que é iniciada pela ficção contemporânea, o processo do "monólogo interior" (que fecha a personagem no círculo de sua própria experiência, em sondagem introspectiva) amplia-se no *estilo dialogante* ou *interrogativo* (um *eu* que se dirige a um "tu" que permanece fora da narrativa) — estilo que abre para o narrador o *espaço da reflexão* e da *liberdade criadora.*

> Nonada. Tiros que o senhor ouviu foram de briga de homens não. Deus esteja. [...] o senhor ri certas risadas... Olhe: quando é tiro de verdade primeiro a cachorrada pega a latir [...] O senhor tolere, isto é o sertão. [...] O sertão está em toda a parte. Do demo? Não gloso. Senhor pergunte aos moradores. [...] O senhor não é como eu? Não acreditei patavim. [...] O diabo existe ou não existe? Dou o dito. Abrenúncio. [...] Explico ao senhor: o diabo vige dentro do homem, os crespos do homem — ou é o homem arruinado ou o homem dos avessos.

A *palavra-invenção* espraia-se lenta e intrincada, imbricando-se com a *palavra-ação*, na sondagem especulativa do sentido mais profundo da existência. Assim, os fatos — que fragmentariamente vão afluindo ao nível da memória e da palavra de Riobaldo — não valem apenas pela revelação do episódico que estrutura caoticamente a intriga, mas principalmente pelas veredas que abrem em direção à problemática essencial do livro: a investigação da Condição Humana enredada na grande aventura da Vida.

É o "homem da dúvida" (não mais o das "certezas" do século XIX) aquele que assoma ao plano da narrativa, revelando-se através de uma ambiguidade desconcertante. Ambiguidade que resulta de uma insólita fusão de posturas: *homo faber* + *homo ludens* + *homo sapiens* = Riobaldo. Daí a profunda interpenetração dos vários tipos de discurso: a *palavra-ação, a palavra-depoimento e a palavra-invenção.*

A *palavra-ação* assoma ao plano narrativo ao se identificar com o gosto, com o risco de assumir a responsabilidade de um ato. Apontamos um típico exemplo de *palavra-ação* na cena do julgamento de Zé Bedelo, quando a vida de um homem vai ser decidida pela *palavra* dos presentes. Analisem-se as reações de Riobaldo durante esse julgamento, principalmente desde o instante em que decide usar da palavra para defesa do velho chefe dos jagunços, de quem não sabia, afinal, se era amigo ou inimigo. Examinemos os fragmentos mais reveladores da tensão dinâmica da *palavra-ação.*

Joca Ramiro repetiu o perguntar:

— Quem por aí, no meio de meus cabras valentes, se terá algum que *queira falar* por acusação ou para defesa de Zé Bedelo, *dar alguma palavra* em favor dele?

[...]

Alguém quisesse? Duvidei, foi o que foi. Digo ao senhor: estando por ali para mais de uns quinhentos homens, se não minto. Surgiu o silêncio deles todos. [...] — me enfezei. Sus, pensei, *com um empurrão de força em mim.* Ali naquel'horinha — meu senhor — foi que eu lambi ideia de como às vezes devia ser bom ter grande poder de mandar em todos, fazer a massa do mundo rodar e cumprir os desejos bons da gente.

[...]

Me armei dum repente. Me o meu? Eu agora *ia falar* — por que era que não falava? Aprumei o corpo. [...] Tomei coragem mais comum. Abri a minha boca. Aí, mas, um outro campou ligeiro, tomou a mão para falar.

[...]

Riram, uns; por que é que riram? — rissem. Dei como um passo adiante, levantei mão e estalei dedo, feito menino em escola. Comecei a falar. Diadorim ainda experimentou de me reter, decerto assustado:

[...]

— Dê licença, grande chefe nosso, Joca Ramiro, que licença eu peço! O que tenho é uma verdade forte para dizer, que calado não posso ficar...

Riobaldo, tomando a palavra, assumiu o *risco do ato*; a sua palavra transforma-se em ação: Zé Bedelo é absolvido devido à sua defesa, muito embora no final Joca Ramiro, como chefe, se tivesse apropriado da autoria da ideia:

O julgamento é meu; sentença que dou vale em todo este norte.

E, em seguida, pede a Zé Bedelo a mesma promessa que Riobaldo havia sugerido em sua fala decisiva: que o acusado abandonasse aquelas terras para que a guerra entre eles cessasse.

— Bem. Se eu consentir o senhor ir-se embora para Goiás, o senhor *põe a palavra*, e vai?

Zé Bedelo demorou a resposta. Mas foi só minutozinho. E, pois: — *A palavra* e *vou*, Chefe...

Como está claro aí, a *palavra-ação* determina o gesto.

A *palavra-depoimento* surge após o "fazer", quando o homem para a luta e contempla o realizado ou o falhado do que ficou para trás. É o "logos" que dá entrada no universo rosiano.

> De primeiro, eu *fazia e mexia, e pensar não pensava.* Não possuía os prazos. Vivi puxando difícil de difícil, peixe vivo no moquém: quem mói no esp'ro, não fantasêia. Mas agora, feita a folga que me vem, e sem pequenos dessossegos, estou de range rede. E me *inventei* neste gosto, de *especular ideia.* O diabo existe e não existe?

Passado o tempo da ação vem o tempo da reflexão, em que a palavra (pensada ou falada) vai construindo a memória e transformando o efêmero em eterno, pela *palavra-depoimento.*

A *palavra-invenção* (que assume as mais diferentes conotações no contexto), se apreendida no específico sentido de "palavra poética" ou de consciência da essencialidade da palavra, como criadora de realidades, pode ser examinada em um trecho no próprio julgamento de Zé Bedelo. Trata-se da fala de Sô Candelário ao apoiar a proposta de Riobaldo: "Soltar este homem Zé Bedelo, a mãvazias, punido só pela derrota que levou — então eu acho, é fama grande. Fama de glória: que primeiro vencemos e depois soltamos..." E segue-se o fragmento que nos interessa:

> [...] ele Sô Candelário espirou para cima, às pasmas, consoantes sossegado estúrdio *recitou*, assim em tom — a *bonita voz, de espírito*:
>
> — ... Seja a fama de glória... *Todo o mundo vai falar nisso*, por muitos anos, louvando a honra da gente, por muitos anos, louvando a honra da gente, por muitas partes e lugares. Não de *botar verso em feira*, assunto de sair até *divulgado em jornal de cidade.*

O "ato de honra" de perdoar a um inimigo de valor será definitivamente realizado e perpetuado através da *palavra-invenção* (poética) que o eternizará nos tempos, e assim incorporará o gesto humano no processo histórico que ele próprio constrói.

Aí está a significação profunda do *ato de contar* e a essencialidade da *ficção*: dar realidade definitiva e perpetuar na História e no Tempo a enigmática aventura humana. Esta foi, sem dúvida, a descoberta mais decisiva de Guimarães Rosa, na mesma trilha já calcada antes por tantos gênios afins, desde Homero até Joyce...

Dados biobibliográficos

Figura ímpar na Literatura Brasileira contemporânea, médico, diplomata e intelectual de renome internacional, João Guimarães Rosa nasceu em 27 de junho de 1908, em Cordisburgo (MG), microrregião de calcários de Sete Lagoas, zona de fazendas de engorda de gado e plantio de cacau. Cidade pequena cuja paisagem se introjetaria em seu espírito e que ele definiria mais tarde, pela boca de uma de suas personagens, como "o lugar mais formoso, devido ao ar e ao céu, e pelo arranjo que Deus caprichara em seus morros e suas várzeas..." Aos dez anos, é levado pelo avô para Belo Horizonte, onde faz seus estudos. Em 1925, entra na Faculdade de Medicina de Minas Gerais. Forma-se em 1930. Estabelece-se como médico em Itaguara (município de Itaúna). Em 1932, toma parte na Revolução Constitucionalista, iniciada em São Paulo, como médico voluntário em Belo Horizonte. Ingressa, por concurso, no quadro de médicos da Força Pública. Passa a residir em Barbacena (MG), como Oficial-médico do 9º Batalhão de Infantaria.

Em 1934, no início do governo de Getúlio Vargas, ingressa por concurso no Ministério das Relações Exteriores e inicia a carreira de diplomata. Em 1938 é nomeado consul-adjunto no Consulado do Brasil em Hamburgo (Alemanha). Logo depois tem início a II Guerra Mundial, mas ele permanece no Consulado. Vê de perto a ascensão da loucura nazista. Em 1942, quando o Brasil entra na guerra, ao lado dos Aliados, ele é exilado em Baden-Baden, onde permaneceu entre 28 de janeiro e 23 de maio, juntamente com outros diplomatas (Cícero Dias e Cyro de

Freitas Vale). De volta ao Brasil, é nomeado secretário da Embaixada do Brasil em Bogotá (Colômbia), onde assiste a furiosas rebeliões populares. Em 1944, volta para o Rio de Janeiro, onde também cresciam as oposições ao Governo Vargas, deposto afinal por um golpe de Estado em outubro de 1945. Guimarães Rosa é nomeado chefe do Serviço de Documentação do Itamarati. Em 1948, foi nomeado conselheiro na Embaixada do Brasil em Paris. Em 1951, volta para o Brasil como chefe de gabinete do ministro João Neves da Fontoura.

Paralelamente aos estudos e atividades profissionais, Guimarães Rosa dedicou-se desde sempre à paixão de escrever. Em 1929, com um conto, "O Mistério de Highmore Hall", ganhou o 1º prêmio em concurso da revista "O Cruzeiro". Em 1937, ganhou o Prêmio de Poesia da Academia Brasileira de Letras com a coletânea de poemas "Magma" (que permaneceu inédita até bem depois de sua morte). Em 1938, concorreu ao Prêmio Humberto de Campos (José Olympio Editora) com o original "Contos", coletânea que obtém a 2ª colocação. Tratava-se de um original com cerca de 500 páginas, que lhe exigiram sete meses para serem escritas, e, depois de anos, mais cinco meses para serem reescritas e reduzidas a 300 páginas, publicadas em 1946, com o título de *Sagarana.* Surgia o gênio Guimarães Rosa que, dez anos depois, publicaria *Corpo de baile*, logo a seguir *Grande sertão: veredas* — extraordinária criação literária, cujo húmus brasílico foi fermentado por certas linhas-de-força que se cruzavam no horizonte filosófico da primeira metade do século XX (entre elas, a fenomenologia de Husserl e de Merleau-Ponty, com a premissa de que é o "fenômeno" que revela o "nôumeno"..., o existencialismo de Kierkegaard/Heidegger/Sartre... com a percepção de que a *existência* revela a *essência*..., a alquimia da linguagem..., o esoterismo...).

Em 1952, seu visceral interesse pelo viver primitivo, em comunhão com a terra, leva-o a participar de uma viagem a cavalo em Mato Grosso, numa comitiva de vaqueiros, que levavam uma boiada de Andrequicé a Araçaí. Durante toda a viagem, segundo testemunhos (como o do Manuelzão, que seria depois uma de suas personagens), ele se mantinha atento a tudo, observando, indagando, ouvindo e tomando notas em uma caderneta. Essa longa caminhada, esse corpo a corpo com a natureza, com a vida rústica sertaneja, deve lhe ter sido uma espécie de viagem iniciática. Experiência que teria servido de húmus para o adensamento de sua escritura ficcional. Quatro anos depois (1956), surge com o fabuloso universo do Sertão, onde o Primitivo é descoberto como energia metafísica ou realidade inaugural: publica *Grande sertão: veredas* e o ciclo de novelas *Corpo de baile* (posteriormente desdobrado em três volumes: *Manuelzão e Miguilim*, *Urubu Quaquá no Pinhém* e *Noites do sertão*). A partir daí, suas "estórias" transpuseram as fronteiras nacionais e começaram a ser traduzidas (França, Itália, Espanha, Estados Unidos, Canadá, Alemanha, Polônia, Portugal). De húmus brasílico, a criação rosiana se revela universal, pela fusão da inata atração do Autor pela vida natural/instintiva, somada à sua extraordinária cultura, que abrangia desde os gregos, passando pelo medievalismo, pelos clássicos universais e absorvendo ensinamentos do taoísmo, I-Ching, astrologia, numerologia, cabala, tarot, zenbudismo...

Em 1957, candidato à Academia Brasileira de Letras, foi derrotado. Em 1963, foi eleito por unanimidade, na vaga de João Neves da Fontoura. Mas relutava em marcar a data para sua posse. Ia adiando, sem motivo aparente, como que temendo a emoção da cerimônia no Velho Palácio Trianon. Em 1967, decide-se: toma posse em 16 de novembro — dia em que João Neves da Fontoura, se vivo, completaria 80 anos. Três dias depois, em 19 de novembro, Guimarães Rosa morre de um colapso cardíaco. Na verdade, nesse dia, ele se tornou "encantado" (como ele próprio se referia a quem morria). O multiforme/fantástico universo criado por sua palavra mágica transformou-se numa espécie de força tutelar, atuante nas mil direções tomadas pela nossa criação literária pós-moderna

Publicações

Sagarana, 1946; *Grande sertão: veredas*, 1956; *Corpo de baile,* 1956; *Primeiras estórias*, 1962; *Tutameia*, 1967; *Magma*, 1997 (post.). As centenas de textos, reunidos nessas primeiras coletâneas, têm se multiplicado em sucessivas reedições, desdobramentos em volumes individuais e servido de tema para centenas de teses universitárias. Sua bibliografia completa ultrapassa uma centena de títulos.

30. GUSTAVO CORÇÃO

Lições de Abismo[36]

"A descoberta do eu — li hoje nas páginas de um filósofo — se completa nos abismos da subjetividade."

Esse é o documento cifrado, escrito em caracteres rúnicos, que me caiu nas mãos por acaso, e que me indica de modo tão conciso o caminho do centro da Terra. Eis, Axel, chegou a hora. Despede-te da bela grauben.

Vamos descer aos abismos.

"A descoberta do eu", "descer aos abismos" da alma humana, eis a desafiante proposta do romance de Gustavo Corção, *Lições de abismo* (1951). Romance de tese, cuja leitura oferece, aos jovens leitores deste tempo em mutação, uma lúcida/lúdica reflexão sobre a situação do homem no mundo contemporâneo. Homem pressionado/desafiado por forças contraditórias, dividido entre a deterioração do "centro sagrado" e das certezas, em que se fundava a Antiga Ordem (cristã-liberal-burguesa), e a brilhante/progressista/alienante desordem do atual *cyberespace* (multimeios de comunicação, TV, computador, Internet...) — mundo mágico do consumo e do sucesso a qualquer preço.

Em *Lições de abismo*, ouvimos a voz de um homem que, se sabendo condenado à morte devido a uma leucemia fatal, faz um balanço de sua vida e, ao mesmo tempo, põe a nu a "comédia humana": as relações do homem com Deus, natureza e amor.

Gustavo Corção, com sua arte maior (como escritor e grande intelectual), realiza neste romance uma espécie de radiografia do homem-século XX — ser dividido entre as forças materialistas-positivistas que reduziram o ser humano à pura matéria, despojando-o da origem divi-

[36] Reformulação do texto didático publicado in NNC *O Ensino da Literatura* (1966) SP, FTD. (N. da A.)

da, e as forças espiritualistas que, reagindo contra as "verdades" científicas, reafirmam a origem divina dos humanos.

Surgindo para a literatura já na maturidade, logo após sua conversão ao catolicismo, Gustavo Corção consagrou-se desde logo como uma das vozes mais significativas entre os escritores de seu tempo. Sua estreia em livro se dá em 1944, com *A descoberta do outro*. Neste se faz ouvir o homem da "civilização da máquina", a partir do momento em que toma consciência de que, sem o sentir, se deixara arrastar pelas mágicas da tecnologia — o grande motor dos novos tempos — e que ela era, afinal, uma espécie de "monstro" que lhe devorava as entranhas e o alienava da verdadeira vida. Mas como viver sem ela?

> [...] passei mais de quinze anos amarrado à técnica. [...] Nesse modo de vida apurei um certo fôlego que me fartava a razão e que ainda por cima me dava algum prestígio. Levei tempo a descobrir que aquela faculdade se desenvolvera à custa de uma atrofia, foi preciso que coisas graves acontecessem para que eu me desse conta de estar amarrado ao meu próprio cadáver. Essa descoberta e suas consequências são o objeto principal deste livro.

Aí está explícito o nervo vital desse livro de estreia. Nele, de maneira bem-humorada e aparentemente displicente, vão sendo registrados os pequenos/grandes acontecimentos cotidianos. E neles vão se desvendando, por um lado o ridículo, a mediocridade das relações sociais, e de outro a grandeza humana, a ser descoberta através da ótica religiosa. Em essência, trata-se aqui da "descoberta do Outro" como parte essencial do Eu, através da ótica religiosa. Desde esse livro de estreia, Gustavo Corção se revela como um homem "situado", ligado profundamente à mais íntima significação da Vida, por elo transcendental.

Desse primeiro livro até o último, *O desconcerto do mundo* (1965), a obra de Corção (forjada em um gênero que oscila entre o ensaio e o romance) desenvolve-se em torno de ideias em conflito com as emoções. Focalizando desde o homem esmagado ou esterilizado existencialmente pela *máquina* até a descoberta da fonte perene da vida, Corção enfrenta, com assombro, a própria condição humana, analisando-a em suas grandezas e misérias e dando-nos assim um fiel testemunho do homem da primeira metade do século XX — o homem que assistiu ao nascer de um novo e frenético mundo mágico, paralelamente ao naufrágio do mundo antigo com seus valores e certezas já deteriorados.

Em *Três alqueires e uma vaca* (1946), temos uma inteligente biografia de Chesterton (um dos grandes convertidos ao catolicismo, no início do século XX). Nela, é focalizado mais o extraordinário espírito do biografado, do que os incidentes de sua vida. É através desse enfoque que temas ricos e complexos fluem com a profundidade e a aparente displicência que lembram o estilo e a atmosfera machadiana.

É de 1952 o romance que sugerimos como dos mais acessíveis e rendosos para a leitura e análises dos jovens leitores. Trata-se de *Lições de abismo*, cuja escolha se impõe não só pela riqueza e essencialidade de sua temática, mas também pelos recursos técnicos expressivos adotados. Enquanto no livro de estreia Corção nos mostra o caminho do encontro de um homem com Deus, em *Lições de abismo* oferece-nos o equívoco existencial do homem contemporâneo: o homem que está à procura da significação última da vida, perscrutando o próprio eu, isolado do todo. Daí o equívoco: a tragédia do homem aprisionado em si mesmo.

> A descoberta do seu eu [...] se completa nos abismos da subjetividade.

E é em busca desse "eu" profundo que o Narrador se entrega por inteiro. Debruçado nas profundezas de sua memória e de suas experiências passadas, ele nos vai desvendando (num tom oscilante entre o humor e a tragédia) o drama do homem contemporâneo, prisioneiro do equívoco que marcou com o absurdo e a náusea a vivência existencialista, em sua primeira fase (a que via o ser humano como um ser-para-a-morte).

> Eis o que acontece quando o homem tenta descobrir em si essa realidade nuclear, esse tudo que tão fortemente se destaca, essa fonte de vida, que acontece quando o homem tenta descer com suas lanternas e suas cordas — aliás, descer ou subir, por que não? — à procura da fina ponta

de si mesmo; [...] — eis o que acontece, eis o que encontra esse audaz aventureiro: "Silêncio, escuridão e nada mais."

Eis a força motriz do romance: *o homem que se indaga.* Uma força que energiza os dois grandes temas do romance: a angústia do transcendente e a necessidade vital do Amor. Para desenvolvê-los, o romancista aprisiona o seu herói (ou anti-herói) em uma situação-limite: o narrador vê-se face a face com a morte. Essa circunstância é a pedra de toque do romance: dela nos chegam as "lições de abismo", filtradas por um homem minado pelo câncer.

> O mundo morre de evasão. Morre de divisão. Eu também. E nesses poucos dias que me sobram, persiste dentro de mim o equívoco, que tão variado se manifestou por fora durante toda a minha vida. Como nas medíocres histórias de espavento, eu sou o triste cocheiro que conduz num carro fechado o Máscara de Ferro, o lívido embastilhado que ninguém viu. Passa o lúgubre coche pelas pedras de uma imensa rua deserta, com o lamentável estrépito de uma vida mal vivida num mundo mal pavimentado.
>
> Amanhã ou depois — diga-me melhor o Dr. Aquiles — ouvirei da boleia umas pancadas surdas nas paredes do carro, e pela primeira vez soará aos meus ouvidos a voz rouca de meu prisioneiro:
>
> — Chegamos...

É principalmente essa prisão do ser essencial (aprisionado pelo ser exterior que é moldado pelo mundo exterior, demasiado, múltiplo e aberto, fragmentado), que pode ser analisado pelo jovem leitor, pois leva à consciência da dispersão que o mundo atual, o da Imagem e da Velocidade, exige de cada um de nós, na luta diária pela vida e no contato com os nossos semelhantes. Chegar a essa consciência é, sem dúvida, das mais decisivas defesas que temos para nos preservar da alienação e evitar a desintegração do nosso eu, na frenética agitação do mundo de hoje.

O outro elemento a ser analisado é a utilização da *memória* como ponte entre o homem e sua essência. Nesse sentido, devem os leitores notar que em seu uso há dualidade de reação: ora a memória atua como elemento essencial no homem, como agente catalisador de valores positivos ou decepcionantes, ora como algo fugidio e enganador que não pode revelar-nos a nossa verdadeira dimensão.

A partir da certeza de que lhe restam apenas três meses de vida, o personagem-narrador leva-nos aos abismos da alma humana frente ao problema existencial. E o romance desenvolve-se através dessa dolorida caminhada de um homem ao encontro de si mesmo, à procura da significação real da vida frente ao vazio apavorante do Nada que o espera.

> Recuando, descendo cada vez mais fundo, abrindo caminho entre as disparatadas coisas exteriores, pergunto em voz alta: "Onde está a sala do trono no castelo encantado de mim mesmo?" De escuridão em escuridão, de silêncio em silêncio, atravesso com medo os meus recessos.
>
> Esta sala, em doce penumbra amarela, é o gabinete da memória. *Mas eu não sou a minha memória.* Se é por ela que tenho a noção certa de minha própria continuidade; se é por ela que cumpro hoje o que ontem prometi; se é por ela, em suma, que meu eu abre caminho no tempo, não é nela que minha alma consiste. [...] Não, a memória não é o meu centro; eu não sou minha memória. [...] Recuando mais, e deixando apagadas as luzes da memória e da imaginação, *apalpo-me desesperadamente, e não me encontro.*

Aí está nitidamente configurado um dos elementos que mais têm atraído a atenção da ficção contemporânea. E é, debruçado ansiosamente sobre ele, que vemos o herói de Corção deixando transparecer através do que ali encontra, a angústia e a perplexidade das perguntas sem respostas: a não-resposta de um homem ilhado que se dá conta da desesperada gratuidade do Ser, a braços com as atitudes exigidas pelo mundo exterior.

Também o "eterno feminino" (a eterna presença da mulher dando nítidos contornos à vida do homem) aí está colocado, dando realce ao enigma da alma feminina e ao que de necessidade vital ela representa para o homem e, ao mesmo tempo, mostrando o quanto ela tem de esquiva, de fugidia e de incompreensível. Aí vemos a mulher numa dimensão de mistério que suplanta o do próprio homem, como um abismo em que nos debruçássemos e cujo fundo não pudéssemos vislumbrar.

Seja em *Lições de abismo*, seja em seus livros posteriores: *As fronteiras da técnica* (1953); *Dez anos* (1956); *Claro escuro* (1958) e *O desconcerto do mundo* (1965), os jovens encontrarão um rico manancial para estudo. Não há dúvida de que é esta uma obra que para ser apreciada essencialmente exige um leitor sensível, inteligente e emocionalmente maduro; entretanto, toda caminhada começa com o primeiro passo. É preciso começar...

Antes de concluir, deixamos aqui registrado, para confronto com a reação de Corção ao problema do homem pressionado pela técnica, um testemunho significativo frente ao mesmo problema, e que espelha uma nova atitude: a solução já não é a náusea, pelo mergulho em si mesmo, nem o encontro da Graça (no sentido tradicional do termo), mas sim um *novo humanismo* (ou uma nova visão da Graça?). Referimo-nos ao depoimento de um dos mais lúcidos espíritos do panorama intelectual contemporâneo: Louis Pauwels, o diretor da revista "Planète", editada na França. Transcrevemos aqui um trecho do longo ensaio, em que esse moderno pensador traça as coordenadas da filosofia do momento. O trecho escolhido insere-se na altura em que Louis Pauwels reflete acerca da nova consciência a ser conquistada pelo homem-século XX, em relação ao seu lugar e sua tarefa no mundo em transformação: a de redescobrir a dimensão religiosa da vida, tal como a viviam os antepassados e a de se assumir como a nova força criadora/ordenadora do mundo.

> No Ocidente, o progresso geral dos conhecimentos, das técnicas, dos meios, dos bens, das liberdades, é uma realidade. Entre os "clérigos pensantes" é de bom tom negar a realidade: é um certificado de alma sensível. Mas não posso entrar nesse jogo sem, ao mesmo tempo, me demitir das funções de testemunho e crítico de meu tempo. Devo anunciar que nada do que eu direi terá ligação com o real. Não tenho tanta honestidade. Quero, ao contrário do "clérigo pensante", ter ao mesmo tempo o direito de negar o real e de falar como homem engajado.
>
> A realidade nos pertence — depende de nós, de nossa inteligência, de

nossa vontade, de nosso amor, seja ela boa ou má, engrandecedora ou restritiva. Tal é a constatação simples, viril, fora da qual não há atividade pública positiva. Penso que podemos julgar a partir da sinceridade e não do engajamento. Por mim, estou orgulhoso de ser um homem de meu tempo. Cada vez que eu decolo num Boeing, agradeço aos deuses de me terem feito nascer neste século e experimento, pela humanidade, respeito e afeição. Vejo a fragilidade desta civilização nascente, e também seus perigos. Mas, em silêncio em minha cadeira, apertando o cinto, digo para mim mesmo que não é uma civilização mítica que me arranca do solo: é a minha. Não é ela, como dizem, "a civilização da máquina": *é a civilização dos homens capazes de fabricar a máquina*. É a minha civilização. É a que se parece comigo. É a minha imagem que devo, antes de tudo, buscar nela: aquilo que exprime o homem eterno, aquilo que anuncia o homem futuro. Aquilo que é meu espelho. No passageiro que eu sou, sob a rede de luzes na noite, do ruído das energias, isolado no espaço e, entretanto, ligado à multidão de inteligências trabalhando, reconheço em mim disposições da alma, vibração do espírito e do inconsciente, que me fazem um outro homem, diferente do viajante das diligências de ontem.

Não me farão repetir as lições do humanismo clássico. Submergindo sob as estrelas povoadas, a alguma distância da Terra em atividade acelerada, vibrante de esforços, envelopado de radiações novas, sou algo parecido a uma corda estendida entre o homem mágico e o super-homem que virá. Escuto o marulho profundo do passado. Ouço também a ressaca do futuro. Sobrevoando os povos agitados, todo esse mundo em mudança, eu me digo ainda que isso que é meu, é a prova de minha liberdade, se coloca à disposição de minha vontade. Essa civilização depende do sentido que eu lhe der. Um homem não terá um destino — não terá mais do que acidentes —, se ele não der, antes, *um sentido à sua vida*. Igualmente, depende de mim que essa civilização tenha um destino. Não é verdade que eu não possa agir sobre ela e nela. Estamos ligados. Somos o conjunto de homens. Somos o conjunto de almas. Nada nos separa, nada paralisa nossas trocas, senão nossos próprios medos, nossas fraquezas, nossas ignorâncias e o hábito ancestral de criar mitos de separação.

Só a ação nos justifica, porque somos a própria energia deste mundo. Nada, a não ser nós mesmos, precipitará este mundo em seu curso. Todo homem que deixa de crer nisso provoca uma queda, transforma o destino em circunstância ou mero acidente. Se os quatro reatores deste avião pararem de crer neles mesmos, tombaremos no oceano. (1964)

Aí está claramente colocado o *novo humanismo* que ensaia seus passos desde as ruínas da Segunda Grande Guerra. Eis a nova dimensão espiritual que a literatura já vem registrando há tempos. A crise da náusea e do absurdo (da primeira fase do Existencialismo) já chegou ao fim... o homem se descobre um ser-feito-de-tempo e começa a encontrar equilíbrio no novo caminhar que o mundo moderno lhe impôs. Uma vez posta em questão a "palavra de Deus" (pela Ciência Positivista), urge que a "palavra do Homem" seja assumida e renomeie o mundo (inclusive, o próprio Deus). E nesse caminhar há uma nova grandeza que se manifesta como alicerce de sua essência humana.

Dados biobibliográficos

Ensaísta, memorialista, romancista, professor, intelectual altamente atuante em seu meio cultural, Gustavo Corção Braga nasceu no Rio de Janeiro (GB) em 17 de dezembro de 1896. De meio familiar culto, desde menino iniciou-se nos estudos e leituras. Formou-se engenheiro, em 1920, pela Escola Nacional de Engenharia. Lecionou na Escola Técnica do Exército e na Escola Nacional de Engenharia (Telecomunicações). Especializado em eletrotécnica industrial, dirigiu empresas de energia elétrica no Rio de Janeiro e Espírito Santo. Posteriormente, colaborou na imprensa do Rio de Janeiro e São Paulo. Politicamente, estava ligado à extrema esquerda. Agnóstico, polemizou com intelectuais de credo espiritualista e, por volta de 1939, início da II Guerra, converteu-se ao catolicismo e se tornou um dos seus líderes mais influentes. Nessa época, assume-se como escritor, passando a fazer parte da geração literária dos Anos 1940 (Otávio de Faria, Cornélio Pena, Josué Montello, Fernando Sabino...), surgida quando o romance regionalista já se esgotava em sua seiva original e o homem pós-guerra buscava compreender seu lugar ou sua tarefa num mundo em crise. Estreia em livro, em 1944, com os ensaios memorialistas, *A descoberta do outro*, no qual, de maneira bem-humorada e aparentemente superficial, registra pequenos acontecimentos do dia a dia. Nestes, vai destacando, de um lado o ridículo, a mediocridade das relações humanas, e, de outro, a grandeza humana a ser descoberta através da ótica humanista/religiosa: a descoberta do Outro como parte do Eu, em Deus/Cristo. Visceralmente engajado no debate de ideias, seus livros expressam amplamente as forças contraditórias em jogo no pensamento, na arte e na literatura na primeira metade do século XX. Sucesso de público e de crítica, a obra de Gustavo Corção foi um dos *best-sellers* de seu tempo e permanece como uma das suas mais fiéis testemunhas. Por ocasião do lançamento de seu romance *Lições de abismo*, Alceu Amoroso Lima escreveu: "Gustavo Corção é o fruto de uma radical conversão que veio trazer para as letras um estilo novo, absolutamente inédito, uma fusão de espírito científico, de espírito artístico e de espírito litúrgico, que fazem de sua personalidade de escritor um caso à parte e porventura o mais extraordinário da moderna reação espiritualista na história da nossa literatura. Como pensador, evoluiu da extrema esquerda marxista para o catolicismo mais ardente."

Publicações

A descoberta do outro, 1944; *Três alqueires e uma vaca*, 1946; *Lições de abismo*, 1952; *As fronteiras da técnica*, 1953; *Dez anos*, 1956; *Claro escuro*, 1958; e *O desconcerto do mundo*, 1965.

31. HAROLDO BRUNO

O Romance entre o Arcaico e o Contemporâneo[37]

No fermentar dos "experimentalismos" formais (estruturalismo, semiótica, informática...) que nos anos 1960/70 se difundiram no mundo da literatura, Haroldo Bruno, na contramão da onda formalista, volta-se para o homem em si, em sua forma bruta de ser, apanhado em seus ocultos. Entre 1963 e 1969, escreve seu primeiro romance, *Fundações da morte* que, em 1971, ganha o 2º lugar do Prêmio Nacional Walmap/Paraná, e seria publicado em 1976, mais de dez anos depois de começar a ser escrito. Apesar do tempo passado, o romance não envelhecera, pois sua problemática continuava atual.

Nesse romance, o autor retoma a matéria regionalista — a vida nos mocambos miseráveis do Recife —, o viver rústico ligado à terra bruta, mas que, longe de se limitar a especificidades regionais, mergulha no barro humano. O fio da história se fragmenta, se parte e se perde aqui e ali, mas o essencial permanece: os mergulhos na água funda das figuras humanas, que aí convivem, em meio a sombras, lembranças, terrores. Figuras primitivas, como forças elementares da natureza desvendada em sua face negativa, sombria, mais próxima da morte do que da vida.

Romance denso e insólito que, nas palavras de Rachel de Queiroz, "[...] não procura deliberadamente o clima de magia ou de irrealidade da vida mesma, que sabe ser mágica quando se fragmenta e se multiplica em delírio. [...] No bojo do romance cada tempo especial é uma unidade independente, com sua dinâmica e sua lógica — ou tragicidade — próprias. Tal como os Cavalheiros Cegos da Távola Quadrada que se reúnem a comer goiamuns e a beber cachaça — orgia elementar em que a noite e os seus segredos são apenas uma conveniência exterior,

[37] Fusão de textos publicados in NNC. Dic. Crítico de LIJ. 1983 e outros na imprensa. (N. da A.)

porque cada convidado já carrega consigo a sua própria e pessoal escuridão." (in "Última Hora". 16.02.1976)

Nesse denso romance de estreia, já se faz presente a problemática-chave do mundo novelesco que o autor construiria nos anos seguintes: a interrogação sobre quem somos nós, seres humanos, obscuramente à mercê das forças que se chocam ou se mesclam, nestes nossos dias de metamorfoses e de redescobertas, quando o fenômeno da Vida e da Morte aparecem, mais do que nunca, interdependentes.

Tal problemática se torna mais evidente em seu segundo romance, *Metamorfose*, no qual o título já anuncia o fenômeno de mutação pelo qual o mundo e o homem estão passando, neste fim de Era. Em seu estilo, torna-se mais evidente a fusão do arcaico e do contemporâneo, do regional e do universal e a consciência das "raízes". Singularidades que encontram sua expressão maior nos dois romances para os jovens, que o autor escreveu, nos anos 70, "sintonizado" com o *boom* da literatura infantil/juvenil do momento. Nesses romances, a problemática-chave está presente, mas "filtrada" por uma outra ótica, mais lúdica, menos trágica do que nos romances anteriores, destinados aos adultos. Em 1975, publica *O viajante das nuvens*, humaníssima e pitoresca "novela encantada", centrada nas aventuras vividas pelo jovem Leocádio. Tal como os idealistas heróis de cavalaria dos tempos medievais, ele sai pelo mundo em busca de sua aventura, obedecendo ao milenar impulso que tem levado o homem a ultrapassar os limites de seu meio familiar e lançar-se na redescoberta do desconhecido que, afinal, lhe pudesse desvendar o enigma existencial.

Impelido pelo ritmo mágico da linguagem bíblica ou profética, o narrador vai revelando a realidade através do olhar de Leocádio, seu jovem personagem, moderno/arcaico cavaleiro andante. E, através dele, vamos revivendo experiências milenares: as lutas entre o bem e o mal, entre o amor e o ódio, entre a vida e a morte, entre o sonho e a realidade, a aventura e a rotina, a eternidade e o efêmero... Em seu fluxo narrativo, funde-se o húmus nordestino (impregnado de magia e pitoresco) com uma visão poético/filosófica da vida, que tem raízes fundas na cultura universal.

Esgotado o impulso de descoberta e da aventura, Leocádio retorna à terra familiar, de *mãos vazias*, mas com o *espírito enriquecido* de experiências. Havia, afinal, descoberto a si mesmo como um *elo essencial* da corrente existencial, como o ser no qual se uniram os antepassados do pai e da mãe: "o sangue dos que se agarram à terra como se fossem plantas ou animais selvagens, sempre vendo a mesma paisagem" e o "sangue dos que saíam pelo mundo, como se a vida fosse feita duma porção de pedaços e cada um estivesse num lugar diferente". Leocádio volta para a realidade da terra e, tranquilo, daí por diante dedica-se à continuidade do real, sem no entanto fechar o espírito para os breves intervalos de fantasia ou magia, quando volta a ser o "viajante das nuvens".

Publicado na época em que se difundia o movimento *hippie* (anos 60/70), com suas "viagens" sem finalidade pelo mundo das drogas, *O viajante das nuvens* vinha propor uma outra "viagem" — a que vai *em busca do conhecimento do próprio eu, através do conhecimento dos outros e da vida,* como o Todo do qual ele fazia parte. Nesse sentido, *O viajante das nuvens* é uma nova alegoria do homem em busca da "verdade" da Vida.

Essa problemática é retomada em *O misterioso rapto de Flor do Sereno*, mas desenvolvida em outra escala. O tom poético-bíblico e o andamento solene do romance anterior são agora substituídos pelo tom descontraído e pitoresco dos contadores de estórias nordestinos. Na pele de um rústico narrador de cordel, Haroldo Bruno canta o misterioso rapto de Flor do Sereno, a bela esposa de Zé Grande, e a viagem que este inicia para descobrir seu paradeiro. Viagem que o leva a enfrentar o "monstro Sazafrás, de antiga e negra memória", que lhe roubara a mulher.

Apossando-se não só do tom dos cantadores ou contadores, mas também da estrutura narrativa arcaica dos cancioneiros ou romances de cordel (breves capítulos sempre iniciados por uma epígrafe que anuncia o que vai acontecer), o narrador nos conta uma estória de heroísmo picaresco e de magia, que pertence ao universo do faz-de-conta, mas que se fundamenta numa consciência crítica atenta. No "monstro Sazafrás" está patente a metaforização da figura de "duros fazendeiros e senhores de engenho de baraço e cutelo" (os que na Idade Média tinham o poder de mandar enforcar ou decapitar seus servos).

Metaforizando o despotismo explorador dos poderosos da terra, nas maldades de Sazafrás, Haroldo Bruno escreve uma verdadeira saga do Nordeste sofrido, como que petrificado na continuidade de um sistema de relações injustas e desumanas. Mas seguindo o provérbio popular, "Não há bem que sempre dure, nem mal que não se acabe", o final da saga é de esperança. Tal como Zé Grande venceu o monstro Sazafrás e recuperou sua bela esposa, também um dia os "prepotentes" serão vencidos para que a vida possa ser vivida, tal como a viveu Zé Grande, a partir de então.

Como "lição de vida", fica a "certeza" que alimenta a obra de Haroldo Bruno: cada homem tem a *sua luta* a enfrentar e, como Zé Grande, cada qual terá sua "Flor do Sereno" para procurar pelos caminhos do mundo: "Ó Flor do Sereno, quantas curvas e que labirintos para chegar a você..."

Dados biobibliográficos

Lúcido crítico literário, ficcionista de garra e jornalista atuante em várias áreas da Cultura, Haroldo Bruno de Oliveira Firmo nasceu no Recife em 1922. Faleceu no Rio de Janeiro em 1982, deixando um grande vazio em seu meio cultural.

Grande parte de sua infância viveu em viagens pelo interior de Pernambuco, exigidas pela profissão inicial de seu pai, médico de carreira (depois substituída pela de Direito). Dessa circunstância familiar deriva seu convívio fundo com a natureza livre — rios, mangues, terra inculta, e seu conhecer de perto a vida dura, vivida no agreste. Adolescente, muda-se para o Recife, onde passa por novas experiências psicológicas e afetivas, que iriam mais tarde influir em seu estilo de escritor e na problemática de seus romances (fundados numa visão trágica do mundo).

Devido a circunstâncias de vida, seus estudos foram sempre incompletos. Abandonou em meio o curso ginasial (Colégio Salesiano) e empenhou-se, como autodidata, em adquirir cultura. Inicialmente orientado por seu pai, servia-se de sua biblioteca, lendo e anotando desordenadamente ideias de filósofos gregos e alemães, à que tinha acesso em traduções francesas e espanholas.

Decide não fazer estudos superiores e dedicar-se inteiramente à literatura, como crítico. Decisão amplamente apoiada por seu pai (jurista, filólogo, professor da Faculdade de Direito/Recife, autor de um Tratado de Direito Penal).

Aos 17 anos, inicia-se como crítico literário, no "Diário de Pernambuco", publicando um ensaio sobre José Lins do Rego. Mas só nos anos 50, já radicado no Rio de Janeiro, se inicia profissionalmente: jornalista dedicado à crítica literária através da imprensa do Rio, Pernambuco e São Paulo. Teria sido o grande crítico de seu tempo, se as circunstâncias o tivessem permitido, conforme o afirmou Fausto Cunha, seu companheiro de geração e de ofício:

> Em dado momento (especificamente nos anos 50), Haroldo Bruno parecia o legítimo herdeiro de Álvaro Lins, como primeiro crítico oficial do país. Só as circunstâncias, que o impediram de continuar, impediram também que o fácil vaticínio se realizasse. Não que ele trouxesse uma estrela na testa: o que trazia era uma agilidade mental fora do comum, a capacidade instantânea de apreender o fenômeno literário, o talento de extrapolar de uma leitura imediata. Possuía ele outra qualidade: a admiração transbordante, que humaniza o crítico. [...] Um crítico nato, de grande poder afirmativo e sentido de convicção, capaz de dar uma visão exata da obra e de suas dimensões.

Dono de uma capacidade invulgar de trabalho e de curiosidade intelectual, dedicou-se quase simultaneamente ao jornalismo, à crítica e à criação literária. Foi redator de programas radiofônicos, fundador de revista literária e debatedor de ideias. Estreia como ficcionista com o romance *As fundações da morte* (2° lugar do Prêmio Nacional Walmap 1971). Segue-se *Metamorfose* (Prêmio Walmap 1973). Paralelamente publica contos na imprensa, e pouco antes de sua morte, reúne-os no livro *O corpo no rio*. Nos anos 70, com o boom da Literatura infantil/juvenil, escreve dois romances juvenis que se desenvolvem dentro da mesma problemática dos romances destinados aos adultos: a funda consciência de que os homens são "elos cegos" que formam a infinita e misteriosa rede da Vida que a Humanidade perpetua. Daí a fusão do arcaico com o contemporâneo, que é uma das marcas de seu mundo novelesco.

Publicações

Ensaio — *Anotações de crítica*, 1954; *Estudos de literatura brasileira-I,* 1957; *Estudos de literatura brasileira-II*, 1966; e *Novos estudos de literatura brasileira*, 1980.
Ficção — *Metamorfose*, 1975; *O viajante das nuvens*, 1975; *As fundações da morte*, 1976; *O misterioso rapto de flor do sereno*, 1979; e *O corpo no rio*, 1982.

32. HAROLDO MARANHÃO

O Tetraneto del-Rei[38]
Prêmio Guimarães Rosa-1980

Verdadeiro desafio lançado ao leitor, este romance de Haroldo Maranhão é dos que exigem uma prévia e substancial leitura de mundo, que possa servir de guia aos que se atrevem a percorrer suas labirínticas veredas. Romance de linhagem joyceana/roseana (aquele que trabalha a palavra como a grande matéria-prima que cria o Real, e que tenta mostrar a unidade existente no mundo, para além de sua multiplicidade aparente), este *O tetraneto del-Rei*, ao ser decifrado pelo leitor, se revela, não só como uma "suma satírica dos primórdios da nossa colonização" (Benedito Nunes), mas principalmente como afirmação da Paternidade lusitana, de que o brasileiro anda esquecido. E mais. Para além do histórico, ele pode ser lido como uma satírica/escatológica/dramática alegoria do Homem em busca de sua realização num mundo que lhe é adverso.

Ao se dispor a reinventar a saga da formação do povo brasileiro, no século XVI, Haroldo Maranhão, não por acaso, terá escolhido, como eixo de sua narrativa labiríntica, a figura de Jerônimo d'Albuquerque. Personagem que, para além de ter tido forte influência nesse momento histórico, ficou na memória como o "Adão Pernambucano", devido à prolífica descendência que deixou, na terra que adotara como pátria. Ao seguir o emaranhado seivoso do discurso narrativo, vamos aos poucos sentindo que o alvo visado pelo escritor é, muito menos, o resgate da dimensão histórica da nossa formação de povo, do que a conscientização de que a força maior ou a grande geratriz de nossa formação foi a do Sexo — a que permitiu a fusão das raças. É essa a grande/apocalíptica força que atravessa o romance na figura de Jerônimo. Força

[38] Texto inédito. (N. da A.)

erótica que se faz presente já no parágrafo de abertura, com Jerônimo embarcando para o Brasil.

> Causou não pequeno reparo o haver-se posto à vela no rumo de terras inda tão mal esclarecidas, o fino fidalgo Dom Jerônimo d'Albuquerque. Que por Torto no geral era havido. Torto! *Matérias galantes* tê-lo-ão metido em estreito aperto por senhores grandes do reino, vítima de línguas maléficas e ameaçado de gravames.

Como se vê, segundo o romance, a causa de ele se decidir, precipitadamente, a vir para "terras tão mal esclarecidas", foi de natureza "galante", para fugir da vingança de algum marido traído. E, no romance, se há singularidade que marque sua personalidade, é o seu orgulho de "macho", com "lança bem aparelhada".

Da História para a Ficção

Para se avaliar melhor a arte com que o autor transfigurou a História, vejamos quem foi Jerônimo d'Albuquerque.

Segundo os historiadores, ele pertencia a uma das brilhantes estirpes portuguesas, descendendo de D. Afonso Sanches, filho natural de El-Rei D. Dinis, e sobrinho do grande Afonso de Albuquerque, uma das grandes figuras da história ultramarina de Portugal.

Veio para o Brasil em 1535, acompanhando a irmã, D. Brites, e o cunhado, Duarte Coelho, o Primeiro Donatário, a quem a Coroa Portuguesa doou a Capitania de Pernambuco, chamada na época de Nova Lusitânia. Ficou notícia da atuação de Jerônimo na implantação dos primeiros engenhos de açúcar e na pacificação dos índios, com os quais teve também enfrentamentos de guerra, num dos quais perdeu um olho, atingido por uma flechada, daí seu apelido, o Torto.

Segundo nosso primeiro historiador, Frei Vicente do Salvador, Jerônimo ganhou também o pronome de Adão Pernambuco, "devido à sua natural brandura (com os indígenas) e por ter muitos filhos das filhas dos principais, (a quem) ele tratava com respeito."

Numa dessas lutas, foi aprisionado pelos índios e "estava para ser morto e comido", quando foi salvo pela índia Muira-Ubi, filha do morubixaba Arcoverde. Com ela acaba se casando, em cerimônia cristã, depois de ela ter sido batizada por um jesuíta, como Maria do Espírito Santo. Tiveram oito filhos (um dos quais se destacou na conquista do Maranhão, nome que foi acrescentado ao seu: Jerônimo de Albuquerque Maranhão, de notória memória). Foram todos legitimados pela Coroa, em 1561. Mais tarde, casado com D. Filipa de Melo, teve mais onze filhos. Entre legítimos e naturais, os historiadores oscilam entre um total de 24 ou 32. Compreende-se, pois, o apelido com que ele passou à História.

Em *O tetraneto del-Rei*, a história de Jerônimo acaba no momento em que sua verdadeira tarefa de "fundador" iria começar: momento lírico/ épico em que ele e Muira-Ubi (Maria), grávida de seu primeiro filho, avistam Olinda, onde ele iria fundar um pequeno reino.

> Já agora os passos estugavam, em silêncio e comoção, buscando enxergar um indício que fosse de gente e de vida pulsando.
>
> Foi senão quando distinguiram as primeiras paliçadas. Pararam.
>
> Tomaram ao peito haustos jubilosos. E sorriram: Jerônimo para Maria, Maria para Jerônimo. Deram-se as mãos como amantes que se querem, na boa e na má andança, até o acabamento do mundo.

Esse final humano/lírico/amoroso, abrindo a vida para a luz e o futuro, contrasta com a rudeza picaresca/dramática das sombras, lutas e mortes que se emaranham em toda a trama novelesca. Nesse final, o escritor inscreve a Esperança (sempre viva no brasileiro) no surgimento de um grande povo, fruto do amálgama caótico de milhentas heranças, em cuja raiz está o lusitano e o indígena. (Nesses primórdios, o tráfico africano ainda não começara).

O resgate da língua arcaica

O singular domínio da escrita novelesca, que é a marca da arte maior de Haroldo Maranhão, atinge neste romance um virtuosismo ímpar. Em funda correlação com a época histórica em foco (século XVI), a linguagem adotada para expressá-la é a quinhentista — a língua portuguesa arcaica —, língua então recém-nascida de uma lenta fusão do latim medieval com a língua vulgar portucalense. É essa língua *in fieri*, que o romance reinventa. Mas não, pura. Enxertam-se nela falares de tempos posteriores (alguns bem recentes), tal como o húmus da história de ontem permanece em nosso presente, no invisível das raízes. Ainda em coerência com a realidade bruta do mundo selvagem aqui enfrentado pelos portugueses, a linguagem usada pelo herói também é bruta, se manifesta em rude calão, em palavreado chulo, que se alterna com a fala galante/erótica, às vezes lírica, que ele usa nas "cartas" que dirige à "Senhora" distante. "Cartas de orvalho e nuvens", como ele as qualifica.

A estrutura narrativa caótica

Romance de arte maior e de funda consciência histórica, *O tetraneto del-Rei* obedece ao ritmo temporal pós-moderno, no qual o ontem/hoje/amanhã se embaralham. Daí a relação que podemos estabelecer entre a estrutura caótica de seu universo e a dos geniais Joyce e Guimarães Rosa, cujas pegadas, facilmente ali podem ser detectadas. Mesmo porque o narrador as expõe como húmus de sua própria arte.

Importante notar que, ao projetar a História no mundo da Ficção, o autor recusa o "distanciamento temporal" (que é comum nos relatos históricos) e instala sua narrativa no presente do século XVI, quando os fatos aconteceram. Dessa "presentificação" da aventura histórica resultaria evidentemente um reforço à "verdade" dos fatos ali narrados. É nesse presente que o leitor segue o que vai sendo vivido pelo herói. Mas longe de os fatos se sucederem cronologicamente como acontece no tempo real, eles surgem embaralhados: passado/presente/futuro confluindo, ao mesmo tempo, no denso fluir narrativo. Embaralhamento resultante da ótica escolhida pelo escritor, para o resgate da memória histórica: *a ótica da desconstrução*, imposta por estes nossos tempos pós-modernos. Ótica, através da qual, desaparecem os antigos limites entre o ontem, o hoje e o amanhã, e o mundo se torna labiríntico. Daí a estrutura narrativa labiríntica ou caótica do romance que tenta expressar esse mundo.

A verdade histórica

Uma das consequências imediatas desse *processo de desconstrução temporal* é que a "verdade histórica" é posta em questão. Uma vez que a História resulta das palavras ditas/escritas por alguém que testemunhou os fatos ou os conheceu de algum modo, até que ponto seria verdade tudo ali registrado? É essa interrogação sobre a "verdade histórica" que *O tetraneto del-Rei* coloca, através de um grande achado estilístico: *o contraponto* constante entre a *narrativa* dos acontecimentos vividos no dia a dia por Jerônimo e as *cartas* que ele vai "escrevendo" para a Senhora amada e distante.

Desde a primeira carta, essa interrogação se impõe ao leitor atento. Logo à chegada, na primeira tentativa de comunicação com os índios, os portugueses capitaneados por Jerônimo sofreram a mais risível e humilhante derrota. O narrador anota: "À frente do pugilo apavorado corria justo o capitão e em seu couce vinha obra de oitenta ou mais portugueses."

Logo a seguir, Jerônimo escreve a primeira carta à sua "Senhora", dando-lhe conta de sua "desconsolação" em "tão longes terras" e, também, de sua bravura à frente de seus homens, ao reagirem a um ataque de índios.

> [...] gabo-me de que em dada hora. [...] a súbitas, caíram-nos em cima os miserabilíssimos em multidão, ostentando aos olhos apertados ânsia de sangue português. [...] Cercados num círculo não de ferro mas de feros, o que a mesmíssima cousa é, atirei-me à frente da minha tão apoucada embaixada no respeito a números, e nomeei-me mandatário del-Rei, [...] O aspecto deles era de assassinos, olhos de fera e sanguinolentos...

E por aí vai o discurso falso, alardeando sua coragem e enfrentamento aos selvagens, em total discordância da covardia com que se houvera no referido episódio. É através desse contraponto, *narrativa/*

carta, que o escritor vai pondo em questão a "verdade" absoluta daquilo que temos como História: *um conhecimento resultante de um relato*, que pode ter sido falso, como o são os relatos de Jerônimo nas cartas. Falsidade que, transformada em palavras, adquire foros de verdade.

Para além de ser verdadeira ou falsa, a figura histórica de Jerônimo d'Albuquerque, no romance, foi transformada numa espécie de alegoria da força seminal em bruto, que Portugal espalhou por Oriente e Ocidente, com os Grandes Descobrimentos. Força bruta da vida *in fieri*, que semeou novos mundos. Jerônimo d'Albuquerque, garanhão picaresco, pode ser visto como a síntese dessa força criadora, inconsciente de seu poder e que, buscando riquezas em proveito próprio, engendrou um Novo Mundo: o gigantesco Brasil que, neste limiar do século XXI, ainda é o País do Futuro (de que falou Stefan Zweig).

A confluência de vozes

Matéria novelesca extremamente complexa, a de *O tetraneto del-Rei* escapa à possível abrangência de uma breve leitura analítica ou crítica. Exige percursos longos como o das teses universitárias. Em seu labiríntico universo se cruzam as mais díspares problemáticas, a partir da ideia-fonte: a preocupação com o homem e suas origens; a interrogação "quem sou eu? quem somos nós?" em face deste tempo-em-mutação; ou "quem é o brasileiro?" neste mundo globalizado...

O olho crítico/lúdico/satírico do autor denuncia as falsidades que aparentam verdades; o maquiavelismo da política; as vaidades e a vontade de poder exercida pelos fortes para escravizar os fracos; a grande força do erotismo, que pode ser usada para a criação ou para a destruição de mundos... Ou, abrangendo tudo, a fusão dos espíritos no misterioso mundo da Palavra, da Literatura, da Cultura: só permanece no tempo o que, nesse mundo, é *nomeado*. Dessa certeza, Haroldo Maranhão nos dá prova, na *Nota do autor* que fecha o volume:

> No texto, há enxertos de versos e passagens de Fr. Amador Arrais, Pero Vaz de Caminha, Camões, Bocage, Gregório de Matos, Fr. Francis-

co de Mont'Alverne, Camilo Castelo Branco, Antero de Quental, Eça de Queirós, Machado de Assis, Francisco Otaviano, Olavo Bilac, Fernando Pessoa, João Guimarães Rosa, Manuel Bandeira, Carlos Drummond de Andrade, João Cabral de Melo Neto, Mário Faustino e Lêdo Ivo.

Todos eles passaram a fazer parte do universo criado por Haroldo Maranhão. Onde os limites entre os seres, as vivências, os tempos? É a interrogação latente/patente em *O tetraneto del-Rei.*

Dados biobibliográficos

Romancista, contista, jornalista e dono de um estilo dos mais singulares na Literatura Brasileira, Haroldo Maranhão nasceu em Belém do Pará, em 7 de agosto de 1927. Filho e neto de jornalistas, cresceu em meio à parafernália da imprensa, na "Folha do Norte", de propriedade de seu avô, Paulo Maranhão, o qual, quase centenário, ainda dirigia o importante diário paraense, durante anos com larga repercussão no extremo norte do país.

Devido à convivência com tais lides jornalísticas, muito cedo Haroldo Maranhão foi atraído pelas letras e desenvolveu um agudo espírito crítico, que se manifesta já em suas primeiras crônicas e se tornaria uma das marcas de seu estilo de escritor. Nos anos 40, passou a dirigir o Suplemento Literário do jornal, para ele carreando colaboração de todo o país, o que influiu grandemente na renovação cultural em processo no momento. Dirigiu, com Benedito Nunes e Mário Faustino, a revista "Encontro". Sua paixão pelas letras e livros levou-o a abrir uma livraria em Belém do Pará, a D. Quixote, que se tornou ponto de encontro e debates. Dedicado aos estudos, forma-se em Direito e Jornalismo, tendo exercido ambas as profissões. Nos anos 50, muda-se para o Rio de Janeiro, onde residiu durante vinte anos. Prossegue escrevendo contos e crônicas para a imprensa — Suplemento Literário do "Diário de Notícias" (RJ), então dirigido por Álvaro Lins. Essa produção, publicada entre 1959 e 1966, foi reunida no volume *A Estranha xícara* — título retirado de um verso de Carlos Drummond: "Os cacos da vida, colados, formam uma estranha xícara..." Nesses breves textos, escritos para a imprensa, ao sabor do acaso, já se mostra o olhar detalhista e a veia irônica, meio machadiana meio sádica, que se revelaria nas demais publicações, como o "nervo vital" de seu estilo. Nessa época foi nomeado advogado da Caixa Econômica Federal, cargo que exerceu até a aposentadoria.

Estreia em livro em 1975, com os surpreendentes minicontos de *Chapéu de três bicos*, em "edição primeira e única: 200 exemplares, fora do comércio, destinado aos amigos do autor e a artistas e escritores de sua estima." Brevíssimos contos (?) que agarram o leitor, desde as primeiras palavras, com a força de seu estilo surrealista-absurdo-satírico. Com grandes intervalos de tempo, seguem-se novos breves volumes, confirmando a espantosa imaginação do autor, seu profundo conhecimento da língua portuguesa. E seu talento de efabulador originalíssimo, que funde em sua fala, aparentemente objetiva e direta, a ambiguidade kafkiana e o delírio do surrealismo. O ponto alto de sua obra é o romance histórico-satírico *O tetraneto del-Rei* (Prêmio Guimarães Rosa. 1980). Entre seus títulos de sucesso, destacam-se: *A morte de Haroldo Maranhão* (Prêmio Fernando Chinaglia/UBE-RJ, 1981); *Os anões* (Prêmio José Lins do Rego/1982). *As peles frias* (Prêmio INL.1981) e *A porta mágica* (Prêmio "Vértice". Coimbra/1983). Sua obra tem sido traduzida em vários idiomas e objeto de teses universitárias (Universidades de Austin/Texas, de Praga e de Portugal). Na apresentação que faz de si mesmo, como autor (in *O começo da cuca*), ele diz:

> Cedo comecei a trabalhar como jornalista. Aos 13 anos, ainda de calças curtas, era repórter de polícia. Recebi na cara, como um pontapé, a vida bruta. [...] hoje escrevo todos os dias, sem relógio de ponto nem folgas de sábado e domingo. [...] Posso garantir que, ao contrário do que se pensa, escrever é um ato extremamente doloroso: como um parto. Nunca pari, nem espero, mas dizem que dói. Escrever dói. Reescrever é ainda pior. Nunca fico satisfeito com o que faço, corto mais do que acrescento. [...] Mas vale a pena escrever.

Haroldo Maranhão faleceu em Magé (RJ) em 15 de junho de 2004.

Publicações

A estranha xícara, 1968; *Chapéu de três bicos,* 1975; *Voo de galinha*, 1980; *A morte de Haroldo Maranhão*, 1981; *O tetraneto del-Rei*, 1982; *Flauta de bambu*, 1982; *As peles frias*, 1983; *Os anões*, 1983; *A porta mágica,* 1983; *Jogos infantis*, 1986; *Rio de raivas*, 1987; *Senhores e Senhoras*, 1989; *Cabelos no coração*, 1980; *Memorial do fim*, 1981; *Miguel, Miguel*, 1982; *O osso descarnado*, s/d; Cartas — *Querido Ivan,1998.*
Ficção juvenil — *Dicionarinho maluco*, 1984; *O começo da cuca*, 1985; e *Quem roubou o bisão*, 1986.

33. HELENO GODOY

Revisitando As lesmas

> Depois de um caminho de milênios, a questão da identidade humana encontra-se ainda diante de si mesma, como o reflexo de um enigma. Dos limites extremos do nosso tempo, a identidade surge como um conceito indeciso, incerto, enigmático, impensado ainda. (Mauro Maldonato, *A subversão do Ser*, 2001)

Essa indecisão e incerteza quanto à verdadeira identidade do próprio ser é o eixo problemático em torno do qual gira o drama do personagem central de *As lesmas* (1969), romance de estreia do goiano Heleno Godoy[39]. Romance singular que, como poucos, foi amalgamado com a matéria viva e alienante da época histórico-cultural em que foi escrito — época em que diferentes correntes experimentalistas dominavam a esfera da literatura e das artes.

Escrito nos anos 60, *As lesmas* surge no momento em que as formas tradicionais já se haviam esgotado, abrindo espaço para a multiplicação de movimentos experimentalistas (formalismo, existencialismo, *nouveau roman*, novo épico...), que tentavam descobrir, em meio ao caos pós-tudo, novas formas para expressar o Novo Homem — aquele que perdera sua identidade sagrada e que, de "alma" que era se viu transformado em "lama".

Chegara ao fim o multissecular período da cultura humanista cristã, cuja pedra-base é o *interdito ao sexo* (estigmatizado como pecado). É esse "interdito" o eixo problemático em torno do qual se engendra a trama conflituosa de *As lesmas* — trama dramática extremamente simples em

[39] Heleno Godoy foi um dos membros fundadores do GEN-Grupo de Escritores Novos (Goiânia, 1963) engajados no experimentalismo formal que, vindo da Europa e EEUU, abria novos caminhos na Literatura Brasileira. (N. da A.)

seus componentes, na medida em que envolve apenas *um problema* (o envolvimento amoroso de dois rapazes), mas cuja *leitura e compreensão* são extremamente difíceis, devido à complexidade da estruturação narrativa.

Revisitado hoje (2012), há distância de quase quarenta anos de sua escrita, esse romance confirma-se entre as primeiras manifestações, entre nós, do experimentalismo formal então em processo de invenção do Novo Romance. A nova e labiríntica concepção da realidade engendrava uma nova forma de romance. Ao mundo definitivamente fragmentado, dos anos pós-tudo (e que se prolonga neste limiar do século XXI) — mundo definitivamente amputado de sua antiga lógica —, vai corresponder à invenção de novas e insólitas formas narrativas, cujo fator comum é a *fragmentação*, a ausência de uma lógica ordenadora. Sintonizado com essa nova visão de mundo, Heleno Godoy faz de *As lesmas* um campo de experimentação formal que, longe de se reduzir a um mero "exercício de estilo", traz à luz um tema-tabu: *o homossexualismo.*

Engajado nesse movimento experimental, que recusa as formas tradicionais, Heleno Godoy, ao criar *As lesmas*, abole o "narrador onisciente" (aquele que como um deus vê, sabe e explica tudo), e o substitui por recursos limitadamente humanos, acessíveis a um simples "eu". Assim, a trama se desenvolve através de *diários, cartas, monólogos interiores...* A ligação "leitor-personagens" passa a ser direta... Mas, no geral, como as *vivências* em jogo são confusas, a *escritura novelesca* também o é, exigindo do "leitor atento" um contínuo esforço de decifração.

É nesse sentido que *As lesmas*, com sua escritura/estrutura singular, desafia o leitor. Em linguagem aparentemente simples, mas cujo significado último escapa a uma compreensão imediata, a trama novelesca se desenvolve em torno de um tema-tabu, a *homossexualidade* — impulso afetivo determinado pela própria natureza do ser, mas desde sempre condenado pela moral, visto como vício e culpa.

A trama narrativa gira em torno do drama interior vivido por Lúcio, dividido entre a atração que sentia por Mário (homossexual assumido) e o interdito moral/religioso, que a educação cristã lhe inculcara, e que o impedia de ceder ao impulso amoroso. Drama, esse, agravado pelo imoralismo de Padre Antônio — severo educador moralista em sala de aula e, às ocultas, amoral aliciador sexual, cujo assédio ele sofrera, quando aluno do colégio, e que o lançara num labirinto de dúvidas e contradições insolúveis. Afinal, incapaz de solucionar esse conflito interior entre essas duas forças existenciais (atração por Mário e repulsa ao sexo), Lúcio se suicida.

É com a cena de seu suicídio, na capela do colégio, que o romance se abre.

> a manhã de 12 de junho de 1964. A capela do colégio, os vitrais coloridos que talvez representam cenas da vida do Santo fundador da congregação de padres que o dirigem, não que *eu* tenha dúvida quanto ao fato das cenas, é que...

O texto prossegue e o romance se abre, assim, *in media res*, iniciado em letra minúscula (como se fosse continuação de algo) e sem nenhum índice de abertura de capítulo. A cena prossegue de maneira breve e confusa, desafiando o leitor a descobrir o sentido do que vai sendo dito por um "eu" que mais parece um "olho cinematográfico" (do *nouveau roman*), misturando descrições pormenorizadas do ambiente e de cenas ali passadas... mas tudo como que "fora de foco". A identidade desse "eu" só será descoberta pelo leitor, como sendo de Lúcio, nas páginas finais do romance, quando a cena do suicídio é repetida e o romance se fecha, numa estrutura circular. Tal como o drama sem saída vivido por Lúcio.

Embora profundamente trágico, o drama central do romance é simples, mas, devido à fragmentação narrativa (expressando formalmente a fragmentação emocional do eu-que-fala), o "leitor atento" só chegará a apreendê-lo, em seu todo, após leituras e releituras, que lhe permitirão reunir os "cacos" para formar o "mosaico".

Obviamente, o que faz de *As lesmas* um romance singular não *é a tragédia humana* que lhe serve de trama, mas *a arte maior* de sua escritura e estruturação experimentalista. Impossível, numa simples leitura como esta, tentarmos detectar quais as possíveis influências que teriam atuado sobre a criação do romance. Quais entre as vozes vanguardistas (Joyce,

Kafka, Proust, Gide, Faulkner...) ou entre as experimentalistas (Robbe-Grillet, Nouveau Roman...) teriam servido como "setas orientadoras" a Heleno Godoy na criação de seu estilo? (Aliás, seria isso possível, em qualquer escritor pós-moderno?) Registraremos apenas duas, das que são facilmente notadas: a de André Gide e a de Robbe-Grillet. A influência de Gide se evidencia no tema central do romance: *o homossexualismo*[40] e o desenlace do conflito com o suicídio (tal como cometido pelo jovem Boris em *Os falsos moedeiros*).

A influência de Robbe-Grillet (um dos criadores do "novo romance") é das mais marcantes: manifesta-se já no título do romance, *As lesmas*. Obsessivamente evocadas por Lúcio, ao longo de toda a trama, as lesmas aparecem sempre ligadas uma à outra, no ato do amor, fazendo lembrar (embora com sentido oposto: o do ódio) a "centopeia" que ao longo do romance de Grillet, *La jalousie* (1957), é sempre lembrada pelo "marido ciumento", associada ao gesto violento de Frank (suposto amante de sua mulher) — esmagando suas "mil patas", com o pé, contra o muro (gesto/metáfora da vontade do marido de "esmagar" Frank, expulsá-lo de seu convívio familiar).

Romance que introduz uma nova técnica na estruturação do romance, e um "novo olhar" sobre a condição humana, denunciando os abusivos "interditos" que a sociedade impõe à sua livre realização, *As lesmas* ocupam um lugar de destaque na obra que o Autor vem construindo, nestes quase quarenta anos de produção (poesia, ficção, ensaio, memória). Lugar reafirmado com sua reedição (trinta anos depois da 1ª ed.), que reintegra no volume os inúmeros textos que haviam sido excluídos pela Censura... Naqueles "anos sessenta", entre nós, tivera início o Governo Militar.

O tempo passa e vai apagando tudo... mas a Literatura permanece viva.

---

[40] Cf. André Gide. *Corydon*. 1911; *Si Le Grain ne Meurt*. 1920, e *Os falsos moedeiros*. 1926, ensaio, autobiografia e romance, nos quais Gide expõe sua homossexualidade. (N. da A.)

Dados biobibliográficos

Romancista, contista, poeta, artista plástico, pesquisador, ensaísta, professor universitário e uma das vozes fortes da "Geração de 60" brasileira (a que "sintonizou" a nossa literatura com os experimentalismos que denunciavam o caos mundial), Heleno Godoy de Sousa nasceu em Goiatuba (Goiás) em março de 1946. Fez os primeiros estudos em sua cidade. Em 1957, continua-os em Goiânia, como aluno interno no Colégio Ateneu Dom Bosco. Cursa o segundo grau no Liceu de Goiânia. Preparava-se para o exame vestibular, no antigo Colégio Universitário — área de ciências exatas, quando uma visita, programada pelo Colégio, à Faculdade de Medicina, decidiu-o a mudar de área. Descobriu que seu caminho estaria não nas exatas, mas nas ciências humanas — literatura, teatro, arte.

Em 1963, retorna ao Liceu para concluir o curso clássico. Descobre o grande mundo da literatura: os grandes clássicos e, para além dos modernistas, o Novo Experimentalismo que surgia irradiado principalmente da França e EEUU, no pós-Guerra Fria (1956...). Nessa época, levado pelo poeta Ciro Palmerston Muniz, entra em contato com o GEN-Grupo de Escritores Novos, recém-fundado em Goiânia (e que acabou sendo ponto de partida de uma nova literatura goiana). Integra-se no Grupo (do qual chega a ser diretor); participa do experimentalimos literário então em voga e se inicia no jornalismo literário, com artigos, ensaios, etc. Torna-se o introdutor, em Goiânia, do Projeto Experimental Práxis, instaurado em São Paulo por Mário Chamie, em 1962, com o poema *Lavra lavra* e a fundação da revista *Práxis*.

Em 1967, ingressa na Faculdade de Artes da UFG (Curso de Gravura e Escultura), visando tornar-se artista plástico. Em 1968, estreia como poeta com o poema-práxis *Os veículos*. No ano seguinte, publica o romance experimentalista *As lesmas*, de imediato sucesso de crítica. Quase ao mesmo tempo dessa estreia, foi surpreendido com o seu afastamento "compulsório" da Faculdade, por "subversão". Estava-se em pleno Governo Militar, e as pessoas de ação, ligadas às Artes e Cultura, estavam sob suspeita. Afastado da Faculdade, dedicou-se por algum tempo ao trabalho com gravura, participando de exposições coletivas, em salões locais e nacionais, chegando a expor na Bienal de São Paulo.

Em 1972, fez novo vestibular e ingressou no curso de Letras da UCG-Universidade Católica de Goiás, concluído em 1976, quando inicia carreira como professor universitário, na própria UCG — área de Teoria da Literatura e Literatura Brasileira. Em 1979, ganha bolsa de estudos para realizar o Mestrado em Teoria da Literatura, na Universidade de Tulsa/Oklahoma, nos Estados Unidos. Durante esse estágio de estudos, termina a escrita de seu livro de ficções, *Relações*, que fora iniciado em Goiânia em 1973 e que, pelas circunstâncias, fora interrompido. Em 1981, concluída a tese, recebe o título de Máster of Arts. Em seu retorno para a Universidade, assume o cargo de professor adjunto, no Departamento de Letras, do qual foi diretor por três mandatos (1982-1987). Por concurso público, em 1992, torna-se professor titular de Literatura Inglesa na mesma Universidade.

Em 1993, a Universidade Católica de Goiás outorgou-lhe o título de "Doutor Honoris Causa".

Paralelamente à carreira universitária, prossegue sua carreira de escritor — poeta, ficcionista e ensaísta —, consolidando com sua obra a presença da literatura goiana nos quadros da literatura brasileira.

Sua produção literária e acadêmica tem recebido vários prêmios: Bolsa de Publicação Hugo de Carvalho Ramos/1979 (*Relações*); Bolsa de Publicações José Décio Ramos/1984 (*A casa*); Prêmio Caliandra de Prosa/1996 (*O amante de Londres*); Troféu Tiokô Especial da UBE-União Brasileira de Escritores/GO, 1994 (pelo conjunto de obra); Medalha Wendel Santos-Crítica Literária/1997 do Conselho de Cultura do Estado de Goiás, e Prêmio Coleção Vertentes Ed. da UFG/2003 (*A ordem da inscrição*).

Publicações

Poesia — *Os veículos*, 1968; *Fábula fingida*, 1985; *A casa*, 1992; *Trímeros – Livros de odes*, 1993; *A ordem da inscrição*, 2006.

33. HELENO GODOY

Ficção — *As lesmas*, 1969 e 2002; *Relações*, 1981; *O amante de Londres,* 1996; e *A feia da tarde e outros contos,* 1983.
Ensaio — *O ser da linguagem*, 1983.
Memória — *Poemas do Gen – trinta anos* (depoimentos e antologia), 1994.

34. HERBERTO SALES

Os Pareceres do Tempo
As ideologias sob suspeita[41]

> Os Golfões e os Rumecões, à Cuia d'Água vindos, ou ali estabelecidos, uns bafejados pela riqueza outros pela imprevidência arruinados. Por sobre eles passou o tempo firmando os seus pareceres, que já proveito não lhes trazem, no tornar conhecida a história deles. Mas não será ela para outros prolixa nem tardia de interesse, que por desprezo fique ignorada.

É nessa fala de notário, com o sabor da esquecida retórica clássica, que Herberto Sales redige *Os pareceres do tempo* (1984), o recente romance com que celebra seus 40 anos de fecunda caminhada literária.

Aparentando reinventar o romanção (gênero narrativo que, com poucas mudanças, predominou no gosto do grande público, até fins do século XIX), na verdade, Herberto Sales cria algo que ultrapassa de muito o puro interesse novelesco da trama, para se transformar na denúncia de uma das questões mais candentes do nosso tempo: o da certeza quanto à *falência das ideologias* ou doutrinas, quando confrontadas com a realidade da prática por elas gerada.

Sem dúvida, cada época faz suas descobertas decisivas, e a nossa descobre, cada vez com mais lucidez, que todas as ideologias falharam ao serem postas em prática nas sociedades. Daí o caos ideológico em que vivemos e que, por mil meios, tentamos reordenar. É essa, sem dúvida, a problemática que, subterraneamente, alimenta o fluxo novelesco de *Os pareceres do tempo* e faz deste romance aparentemente simples, embora insólito, um dos mais complexos dentre os que compõem o universo romanesco que Herberto Sales vem construindo desde 1944,

---

[41] Publicado in Suplemento Literário/Minas Gerais. 10.03.1984; "Correio das Artes"/ João Pessoa. 27.05.1984, Convivium/SP. Out. 1985; e resenha na "Colóquio Letras" nº 87. Lisboa 1985. (N. da A.)

quando lançou *Cascalho*.

Portanto, que o leitor distraído não se deixe iludir pelo sabor da narrativa ou pela atração imediata do argumento, julgando que o essencial do romance se fecha nas aventuras e desventuras do fidalgo português, Policarpo Golfão, que, agraciado pela Coroa Portuguesa com a doação de uma sesmaria no Alto Sertão da Bahia, vem para cá tomar a devida posse de seus dilatados domínios e aqui encontra a grande paixão de sua vida, a fidalga Liberata.

Embora esse primeiro plano — o novelesco —, obviamente seja fundamental na composição da matéria que constitui *Os pareceres do tempo*, a verdade é que o essencial está latente, em plano mais profundo. Entre os muitos caminhos que a leitura pode tomar para chegar a essa provável problemática, escolhemos o que nos atraiu desde logo e se transformou em verdadeira "seta orientadora". Referimo-nos ao *tipo de narrador* assumido pelo romancista.

> O primeiro Golfão de que temos notícia chamava-se Antônio José Pedro Policarpo: Antônio José Pedro Policarpo Golfão, nomeado inteiro, mais crescido nos prenomes, que no sobrenome. Tudo que a respeito de sua ascendência conseguimos apurar, valendo-nos de informações ouvidas às pessoas mais antigas da região, é que ele se declarava filho dum fidalgo português que perecera num naufrágio, a caminho da Índia.
>
> Conquanto não haja documentos que indiquem, sob o grave respaldo dos arquivos, haver existido em qualquer tempo esse fidalgo, não ousamos pôr em dúvida tão respeitável versão que até nós chegou sem discrepância, robustecida por mais de dois séculos de tradição local. (p. 13)

Desde essas primeiras linhas do livro, a inesperada linguagem narrativa surpreende o leitor habituado à fala contemporânea. Como se vê, Herberto Sales assume a postura do *narrador primordial* — aquele que não inventa os sucessos narrados, mas se quer como memória dos tempos. E assim o fazendo, torna evidente desde o início a precariedade ou a falácia das "verdades" com que a História se escreve.

(Note-se no parágrafo acima a quantidade de índices que põem em dúvida a autenticidade da ascendência fidalga do herói. Entretanto foi como tal que ele viveu, agiu e passou à História, consagrado pela Tradição. Donde se conclui que a fama, a versão ou a verdade consagrada pela sociedade é muito mais importante do que a verdade autêntica).

Enfim, assumindo-se como narrador primordial, Herberto Sales o faz de maneira irônica: joga continuamente com a aparente verdade dos fatos e com a mentira que lhe está subjacente. Mas o faz, aparentemente, a sério.

Nesse difícil jogo, mostram-se mais uma vez a segurança e a arte com que o romancista domina seu processo criador, e se confirma como uma das vozes mais autênticas e significativas da Literatura Brasileira. Mais uma vez surpreendendo os leitores pelo inesperado dos caminhos escolhidos por sua criação romanesca, Herberto constrói, em *Os pareceres do tempo*, um romance aparentemente anacrônico, seja ao nível das ideias, seja ao da fala narrativa. Dizemos "anacrônico" porque desde o início o narrador nos aparece como um convicto defensor das ideias e costumes do Antigo Regime — sistema baseado nas "naturais" desigualdades entre os homens, nos privilégios das classes dominantes e no trabalho servil ou escravo.

Em absoluta coerência com a atitude assumida pelo narrador, seu discurso adota as convenções formais da *retórica clássica* — desde o estilo eloquente e seguro, com os longos e sinuosos períodos espraiados em reiteradas explicações (tal como o exigia o racionalismo aristotélico), até as convenções vigentes no gênero narrativo arcaico/renascentista. Como, por exemplo, as *epígrafes-sínteses* que abrem cada capítulo; o "motivo" inicial da trama concretizado na viagem do herói que parte para "longes terras" em busca de sua *autorrealização*; ou ainda o encontro da *grande paixão* (contrariada por obstáculos sociais) que completa sua Aventura. É principalmente a seriedade com que é enunciado o discurso ideológico/estilístico (absolutamente anacrônico...) que acaba se transformando em verdadeiro "fio de Ariadne" a conduzir o leitor através do labirinto de intenções que se amalgama na trama.

Lido após o romance que o antecedeu na produção do autor — cômica/cruel sátira de *Einstein, o minigênio* (1983) —, este novo romance espanta, de imediato, não só pelo insólito acima referido, mas também pelo salto atrás no tempo, à que ele obriga o leitor. Ficcionista atento à aceleradas mutações do mundo contemporâneo, Herberto Sales tem trabalhado basicamente com o presente. Desde *Cascalho*, a matéria manipulada por sua criação literária vem sendo retirada de fenômenos do presente imediato, com raras entradas no passado próximo (*Dados biográficos do finado Marcelino*), e, mais recentemente, com uma significativa incursão no intemporal alegórico (*O fruto de vosso ventre*). Daí que o recuo temporal *Os pareceres do tempo*, juntamente com a linguagem arcaica saborosamente reinventada pelo romancista, sejam as novidades que desde logo desafiam o interesse do leitor familiarizado com a obra do Autor. Saltando do presente, dominado pela tecnocracia extremada que deforma as mentes e desumaniza o ser humano (cf. *Einstein, o minigênio*), Herberto recua para o passado arcaico, onde estão as origens do Brasil. Como romance contemporâneo que é, tal retorno às origens não é propriamente o que surpreende em *Os pareceres do tempo*, pois uma das tendências mais importantes da atual ficção é, como sabemos, a retomada do passado ou a volta às raízes (Cf. o recentíssimo e fabuloso romance de Nélida Piñon, *A república dos sonhos*...). O que intriga é a maneira pela qual se dá esse retorno.

Empenhado em redescobrir esse mundo antigo, Herberto recusa os recursos da paródia, da farsa ou da sátira, que manipulou com maestria em seus últimos livros (*Armado cavaleiro*, *O audaz motoqueiro*, *O fruto de vosso ventre* e *Einstein*...) e se assume seriamente como um homem de ontem, convicto arauto das certezas, leis, preconceitos, tabus, aspirações e ideias que forjam o Antigo Regime.

Apesar da sutil ironia que, desde a Dedicatória do Autor, impregna a fala narrativa, na verdade o que se impõe ao leitor, ao longo dos aconteceres, é, como dissemos, a seriedade ou a convicção com que o narrador rememora e endossa o narrado. Essa perigosa opção ético/estilística confirma, mais que qualquer outro fator, a grande maturidade criadora já atingida pelo Escritor. Pois, ao se envolver a sério, com as convicções do passado, arriscou-se a ser superado pelas dificuldades que tal criação impunha, e a ser lido "ao pé da letra", o que redundaria no fragoroso fracasso de sua intencionalidade maior, que é exatamente a denúncia da enorme contradição ou inversão de valores, desde sempre existentes entre a realidade concreta da vida e os ideais que lhe servem de orientação, projeto ou justificação.

O romancista venceu o desafio. Para além da trama episódica, vivida pelo herói e seus comparsas, em tempos do Brasil Colônia, a fala narrativa vai abrindo desvãos na construção romanesca e, de maneira sutil, vai abalando a aparência simples e objetiva dos fatos, para desvendar o seu avesso. Nesse desvendamento, ultrapassa os limites de nossa realidade colonial, para atingir os próprios fundamentos da civilização burguesa que o nosso século herdou e vem tentando transformar, desde os alicerces. Dominando com mão de mestre o processo da ironia (que se aproxima de um gaiato "piscar de olhos" para o leitor "prevenido"), Herberto Sales conseguiu transformar a anacrônica adesão ideológica, que aparenta assumir no romance, num contundente libelo contra os valores equívocos que há séculos vêm regendo a humanidade.

Lido pela vertente dessa intencionalidade, *Os pareceres do tempo* desvenda o obsoleto das ideias, preconceitos, costumes e ordens ideológicas que, vindas de um passado remoto, ainda pesam muito vivas sobre a sociedade contemporânea, sob mil outras e diferentes formas de opressão ou degradação humana. Para chegarmos a esse sentido oculto no avesso da narrativa, um dos caminhos será o do relacionamento entre o momento temporal/histórico em que se situa a trama romanesca e a seriedade assumida pelo narrador, ao registrá-lo. Historicamente, a trama do romance desenrola-se num tempo-limite: nos anos imediatamente anteriores à eclosão das ideias liberais que geraram a Revolução Francesa de 1789, e acabaram por substituir o *Ancien Régime* pela civilização liberal-burguesa, que se consolida na Era Romântica e entra em crise no século XX.

Portanto, a sociedade presente em *Os pareceres do tempo* é a que se ergueu sobre os pilares feudais e resistiu, sob diferentes formas, durante toda a Era Clássica. Com os valores dessa sociedade foram moldadas as personalidades de todas as personagens: a do "herói" Policarpo Golfão, "varão que, pela antiguidade e energia do sangue, nada tinha que de uma ou de outra forma desluzisse as suas obras e ações"; a do compreensivo Padre Salvino Rumecão, "capelão do navio negreiro" (traficante de escravos, devido a essa oportunidade) e que, jovem, entrara "no Seminário, impulsionado por tocante vocação religiosa, no elevado afã de servir a Deus"; o Almeidão, "homem serviçal e correto, em seu ofício, dono de hospedaria e 'negreiro'"; o nobre Teodoro Rumecão, "ouvidor mor", dono de largo território e também traficante de escravos; seus filhos, Sezefredo Rumecão, conhecido como "Fidalgo", competente administrador das lavouras e da criação de gado em terras da família, e Liberata, a nobre e bela donzela por quem Policarpo se apaixona. O elenco de personagens secundárias (portugueses, negros e índios) é grande, mas todas elas dotadas de grande retidão de caráter e submissão aos deveres que lhes são exigidos.

Tal uniformidade de comportamentos ou concordância geral, quanto aos direitos ou deveres de cada um, na pequena comunidade que vive no romance, resulta na quase ausência de conflitos entre vontades e poderes, e gera a atmosfera pacífica ali presente da primeira à última página. Note-se, nesse sentido, que as únicas "infrações" que poderiam gerar conflitos são imediata e "naturalmente" resolvidas. A de Policarpo que, justificado pela força do amor, desafia o interdito levantado pelo poderoso Teodoro Rumecão, raptando-lhe a filha (a muito amada Liberata) e com ela se casando, com as benções da Igreja. A do índio cristianizado, Nicodemos (ex-Sinimbu), que, na defesa da honra da irmã, assassina o "sedutor" Quincas Alçada, primo de Policarpo, e é prontamente "justiçado" por este último, transformado em encarniçado perseguidor. E finalmente a do negro Domiciano (terrível defensor dos direitos dos senhores, na perseguição dos escravos fugidos) que, se excedendo na assimilação dos costumes dos brancos, tenta apossar-se da negra Gertrudes, por quem se sentira atraído e é também "justiçado" de maneira exemplar por Policarpo. (É de se notar a sutileza com que Herberto denuncia, na raiz desta última infração/castigo, a identidade da atração que senhor e escravo sentiam pela negra Gertrudes, e que dá à "justiça feita" o cunho de uma vingança por amor.)

Enfim, no universo humano presente em *Os pareceres do tempo*, o equilíbrio se mantém pela plena concordância de todos em relação à legitimidade do Poder exercido por alguns e à natural/necessária obediência dos demais. Entretanto, o verdadeiro sentido desse equilíbrio será detectado pelo leitor muito mais nas entrelinhas do que nas linhas da trama romanesca. Ou melhor, neste novo romance, encontramos a prova mais cabal de que toda ideologia nasce para servir aos interesses de uma determinada classe e que só se torna fecunda no momento em que se transformam, as ideias dessa classe particular, em ideias universais. E dessa transformação resulta, na prática, a inversão dos ideais defendidos.

É essa a descoberta de nossa época. Entretanto, resta uma interrogação sem resposta: a humanidade poderia viver sem uma ideologia que lhe fornecesse objetivos, diretrizes ou ideais a serem perseguidos pela ação concreta? Parece óbvio que não. Daí o círculo vicioso em que os homens se veem presos: por um lado, não podem prescindir de uma "ideologia", se quiserem viver de maneira criativa e dinâmica, por outro, toda ideologia se frauda ou se deforma ao ser transformada em prática social, em realidade.

Foi, sem dúvida, a consciência desse aparente paradoxo insolúvel que, em *Os pareceres do tempo*, levou Herberto Sales a uma dupla atitude ideológica: denunciar a distância existente entre a "verdade" ideológica e a "verdade" dos fatos e, ao mesmo tempo, revelar a sinceridade e generosa humanidade que moviam seus personagens, mesmo ao praticarem os atos mais desumanos.

Romance aliciante pela efabulação e seivosa fala narrativa, *Os pareceres do tempo* é dos que, realisticamente sintonizados com os tempos que correm, põem as *ideologias sob suspeita*, enquanto indagam perplexos: Como viver sem elas?

Cascalho (1944-1994)
Meio século de presença na Literatura Brasileira[42]

Em 1944, em pleno apogeu do romance regionalista que se iniciara em 1930 (com as vozes de Rachel de Queiroz, Jorge Amado, Lins do Rego e Graciliano Ramos), surge *Cascalho*, marcando a estreia de um jovem baiano, Herberto Sales. Aparentemente trilhando os mesmos caminhos abertos pelo Regionalismo inicial e denunciando as mesmas mazelas sociais, econômicas e políticas (inerentes ao sistema arcaico, de fundas raízes coloniais e que continuava a ser dominante na sociedade brasileira), *Cascalho* já se nutre de um novo húmus — resulta de uma nova intencionalidade provocada pelos novos ventos que começavam a soprar.

No âmbito mundial, a II Guerra (1939-45) prosseguia e com ela a destruição final de todos os valores da Tradição herdada (destruição que, na prática, ainda está em processo). No Brasil, consolidava-se o Estado Novo, implantado por Getúlio Vargas e, a par dos acelerados progressos, se aprofundavam os desequilíbrios da nação como um todo. No campo das ideias, fermentavam novos desafios à criação literária:

• Nos rastros do Existencialismo que começava a se difundir pelo mundo, via França, intensificava-se tanto a sondagem do além-aparências das relações eu-mundo, quanto o questionamento da linguagem como elemento-chave da invenção literária;

• Na linha do Realismo Mágico (que logo mais irromperia no grande romance hispano-americano dos anos 50) denunciam-se as discutíveis fronteiras entre o Real e o Imaginário;

•Na linha do Realismo Crítico, aprofunda-se a problemática que gerara o Regionalismo de 30: da *denúncia ética* dos erros ou desmandos dos homens (que impediriam o equilíbrio e a justiça do sistema social) passa

---

42 Palestra realizada na Biblioteca Mário de Andrade (SP), em 15/03/1994, em comemoração aos 50 anos de *Cascalho* e que contou com a presença do autor. (N. da A.)

para a *denúncia política* dos vícios ou erros de base do próprio Sistema, que impedem a realização plena dos homens que o constituem.

Foi esta última vertente — a da denúncia do Sistema —, que está na base de *Cascalho*. E mais, para além da falência ético-política do sistema social em foco (o dos garimpos de diamantes em terras baianas), Herberto Sales põe a nu o surdo drama existencial que aniquila os seres ali escravizados, sem que disso eles próprios tenham consciência.

1944 foi, sem dúvida, um ano-marco no percurso histórico do romance brasileiro e dentro do movimento reformista que começava a fermentar nesse momento. Surgem as obras pioneiras: *Perto do coração selvagem* da eslava-brasileira Clarice Lispector (linha do existencialismo); *O ex-mágico da taberna minhota* do mineiro Murilo Rubião (linha do realismo mágico); *Ermos e Gerais* do goiano Bernardo Élis e *Cascalho* do baiano Herberto Sales (linha do realismo crítico). (É também o momento em que Guimarães Rosa escrevia *Sagarana* e Adonias Filho, *Servos da morte*, ambos os livros publicados em 1946.)

Em *Cascalho* temos a saga de um garimpo de diamantes em Lavras, às margens do Rio Paraguaçu. Saga dramática que põe em confronto o poder do "senhor" (Cel. Germano, Seu Teotônio, Dr. Marcolino...) e o desamparo da massa de garimpeiros que, atraídos pelos sonhos de riquezas (e principalmente de sobrevivência), viviam como escravos, cuja necessidade maior e diária era matar a fome. Entre esses dois extremos, há uma cadeia de outros pequenos/grandes poderes, que são ramificações do poder maior e mantêm a perpetuação do sistema (o velho Justino, o garimpeiro Filó, o capataz João Vaqueiro...). No entretecer das malhas que entrelaçam essas vidas, são colhidas muitas outras, sempre frustradas, como as das mulheres (amantes ou esposas dos poderosos e dos párias). As *relações eróticas* homem-mulher se realizam dentro do mesmo sistema de forças que comanda as *relações de trabalho*: *domínio* (do homem) versus *submissão* (da mulher).

É de se notar, pois, que em *Cascalho* permanece o depoimento humanista e a mesma matéria-prima amalgamada no "romance de 30": a oposição desumana entre os *senhores* (minoria despótica), os *servos* (maioria desvalida, reduzida a condições sub-humanas de vida) e a *natureza* em bruto, com sua dualidade irredutível, grande fonte de *riqueza* e implacável causa de *morte*. Natureza que prolonga, no duro corpo a corpo do trabalho imposto, as relações animalizantes existentes no plano humano.

O que se altera em *Cascalho* (como sintoma dos novos tempos que chegavam) é a *perspectiva do olhar* do narrador, filtrada pela *ironia* e por uma *aparente indiferença* emotiva que torna mais dolorosos os dramas ali expostos. Principalmente porque evidencia a força, a grandeza humana latente nos homens que ali lutam, num trabalho embrutecedor e mortal, apenas para sobreviverem.

Filó, Raimundo, Salu, João Vaqueiro e os muitos párias que vivem (ou sobrevivem) na trama romanesca são homens fortes que o Sistema, de uma ou outra forma, acaba esmagando com indiferença. A autenticidade de suas vidas se mostra no visceral empenho que eles põem em suas ações, no trabalho duro, animalizante... apesar do irredutível limite que os ameaça constantemente: a morte. São heróis instintivos, inconscientes da tragédia à que estão condenados.

Essa é uma das grandes denúncias de *Cascalho*: a ausência de consciência crítica que caracteriza a todos; o *viver não-problematizado* que assegura a perpetuidade desse sistema escravizador em que o "homem é lobo do próprio homem", gerando incessantemente os "Fabianos" que Graciliano Ramos denunciara em *Vidas secas* em 1938.

É de notar ainda que a denúncia dessa perpetuidade no tempo se dá no romance, não só ao nível da trama romanesca, mas também ao nível da estrutura do próprio romance que começa e termina com o mesmo acidente trágico: a morte de Raimundo, no 1º capítulo, e de Filó, no último — garimpeiros afogados pelas águas do mesmo rio que, em momentos diferentes, inundaram as grutas onde eles garimpavam o cascalho. Unindo princípio e fim, a estrutura narrativa gera a repetição *ad infinitum* dos mesmos acontecimentos e concretiza formalmente a tragédia cíclica à que estão condenados seus personagens.

Há meio século atrás, *Cascalho* chegava como mais uma das vozes a alertarem os brasileiros acerca da inconsciência, da ausência de autoconhecimento do povo, da massa desvalida, explorada. Inconsciência que legitimava essa exploração, permitia (permite?) a perpetuidade das injustiças sociais e, acima de tudo, garantia (garante?) a sua impunidade. Até quando a problematização dos descalabros da engrenagem sócio-político-econômica brasileira ficará restrita aos romancistas ou à minoria pensante do país? É preciso reler *Cascalho* e, através das emoções de sua trama romanesca, ver mais claro o desumano sistema que nos governa... desde quando? Até quando?

Dados biobibliográficos

Romancista, contista, cronista, jornalista, tradutor, adaptador de livros clássicos e presença atuante no meio cultural de sua época, Herberto (de Azevedo) Sales nasceu em Andaraí (BA) em 21 de setembro de 1917. Filho de chefe político da região, desde menino conheceu de perto as questões ligadas ao garimpo de diamantes e as lutas pela exploração de terras. Desde cedo, torna-se um leitor voraz, mas avesso aos estudos escolares, foi aluno indisciplinado no Colégio Antônio Vieira (Salvador). Trabalhou nas revistas cariocas "Vamos Ler" e "Carioca". Estreia como escritor com o romance *Cascalho*, em 1944. Em 1948, muda-se para o Rio de Janeiro, onde inicia carreira jornalística. Ingressou nos Diários Associados. Foi diretor da editora O Cruzeiro, onde permaneceu até 1973. Em 1974 é nomeado Diretor do INL-Instituto Nacional do Livro/Brasília, onde permanece até 1988. Foi membro do Conselho Federal de Cultura e do Conselho Deliberativo da Fundação Cultural do Distrito Federal. Foi eleito membro da Academia Brasileira de Letras em 1971. Faleceu em 1998, deixando uma extensa obra que repercutiu além-fronteiras, em traduções para o inglês, italiano, polonês, japonês e edições em Portugal. Sua produção abrange também vários livros infantis.

Publicações

Romance — *Cascalho*, 1944; *Além dos marimbus*, 1961; *Dados biográficos*

do finado Marcelino, 1965; *O fruto de vosso ventre*, 1976; *Einstein, o minigênio*, 1983; *Os pareceres do tempo,* 1984; *A porta de chifre*, 1986; *Na relva da tua lembrança* (ed. portuguesa. 1990) e *Rio dos morcegos*, 1993.
Conto — *Histórias ordinárias*, 1966; *O lobisomem e outros contos folclóricos*, 1970; *Uma telha de menos*, 1970; *Transcontos*, 1974, e *Armado cavaleiro, o audaz motoqueiro*, 1980.
Livro infantil — *O sobradinho dos pardais,* 1969; *A feiticeira da salina,* 1974; *O casamento da raposa com a galinha*, 1975; *A vaquinha sabida*, 1974; *O homemzinho dos patos*, 1974; *O burrinho que queria ser gente*, 1980, e *O urso caçador*, 1991.

35. HERMANN JOSÉ REIPERT

Romance Fronteira[43]
O Homem em crise entre o ideal de grandeza e eternidade e o real medíocre e efêmero

> Agora, onde *o eterno* mais me falta é na Repartição. [...] Ali, dia a dia à força da burocracia, é *tudo papel*.

Nesse desabafo do Pedrosa, funcionário público — personagem agônico/caricato, que vive/desvive na *Travessa do elefante, sem número* (romance de estreia do paulista Hermann Reipert), temos a síntese da problemática, em torno da qual se construirá toda sua obra posterior: o homem fraudado em seus ideais de grandeza e permanência, pela força da mediocridade esterelizante do meio à sua volta. Mediocridade que atinge seu mais alto poder na engrenagem do trabalho burocrático. Romancista da linhagem de mestres universais, como um Tchekhov, um Dostoievski (compaixão pelos "humilhados e ofendidos" e desprezo/acusação pelos "medíocres burocratas"), Hermann Reipert assumiu-se escritor, retomando a trilha aberta por Lima Barreto (em vida, um dos grandes "humilhados e ofendidos" de nossa literatura), cuja sombra (ou presença fantasmática) acompanha o revoltado Pedrosa, em suas imprecações contra a mediocridade e hipocrisia do mundo.

Embora anonimamente (seu nome jamais foi aludido por Hermann), o criador do ingênuo/fracassado Isaías Caminha e do patético Major Quaresma se faz continuamente presente no mundo criado pelo paulista de raízes germânicas. Entretanto, essa comunhão fraterna com Lima Barreto já se anuncia, metaforicamente, na epígrafe de abertura

[43] Fusão de textos: NNC. *O ensino da literatura*. 1966; revista "Alpha". 1966; Palestra "Hermann Reipert, Os Cupins e o Sagrado", 1970, e Prefácio in *Afonso Henrique, nome de rei*. 1976. (N. da A.)

do romance:

> Os sapos já diziam. / Hoje, eles acordaram irritados, quase histéricos. / Foi como se o vulto de alguém tivesse ido revolucionar a lagoa lá por dentro. [...] Eu adivinhava o que estava por vir. Nada me pega desprevenido. Acreditasse no efêmero e já teria enlouquecido.

Nesses "sapos" colocados no portal do romance, o autor, sem dúvida, pretendeu anunciar ao leitor que os "sapos", que ele ouviria coaxar na lagoa da Travessa do Elefante, eram da mesma natureza metafórica (vida estagnada, atolada no brejo) daqueles que coaxavam nas longas noites do fracassado Policarpo Quaresma...

Aliás, a presença do grande e injustiçado escritor negro (hoje um dos "clássicos" da nossa literatura) perpassa toda a obra de Hermann, como uma espécie de respiração, atmosfera, grito ou comunhão fraterna. Com uma diferença: o cerne da problemática limabarretiana é de natureza *humana-ético-existencial* e a hermanniana é visceralmente *ético-metafísica*. Daí sua obsessão com o choque eterno/efêmero, que em Lima Barreto inexiste.

Seu primeiro romance, *Travessa do elefante, sem número*, escrito/reescrito durante anos, é revolta contínua contra a mediocridade do cotidiano (onde os sapos coaxam para o vazio e o Pedrosa é funcionário público) e, ao mesmo tempo, obsessiva escavação do Mistério onde a Eternidade se esconderia...

> Tenho como palco de fundo a Travessa gerando e derramando eternidade...

Nessa frase, dita pelo revoltado/agônico/caricato narrador de *Travessa do elefante, sem número,* temos anunciada a problemática existencial/metafísica que é a força motriz da obra de Hermann Reipert — uma das autênticas vozes do romance brasileiro, a testemunharem a crise de valores em que o mundo mergulhou, desde que a Ciência (ao decretar a "morte de Deus") despojou o homem de sua transcendência/eternidade e o aprisionou no cotidiano efêmero.

Desenrolando-se através de um nervoso e derramado solilóquio, *Travessa do elefante, sem número* nos mostra o drama picaresco de um homem revoltado contra o prosaísmo, mediocridade e esterilidade do mundo à sua volta — um mundo visceralmente utilitarista e, paradoxalmente, sem sentido para além do imediato. Pedrosa é o patético narrador que vai desvelando, ao leitor, todo o estreito cotidiano que o aprisiona há anos. Funcionário público, amarrado a um emprego detestado, cujo salário mal dá para o sustento da casa, Pedrosa vê o mundo engajado numa conspiração geral contra ele. Principalmente, se sente agredido pela ausência de beleza e de harmonia nos seres e coisas. Constantemente volta a sua raiva contra as imperfeições alheias, fixadas exteriormente em detalhes ou gestos vulgares.

> E como sinto agora não me ter encolerizado mais com o Seu Macedo. E ele merecia. Era um sujeito alto e magro, antipático e tinha uma verruga na ponta do nariz. Todo ele era nariz. Não falava com ninguém. Então um sujeito desses não merecia minha raiva?

Como se vê, *desarmonia estética* exterioriza a *desarmonia interior*. É essa desarmonia o que realmente agride o Pedrosa e o leva a criticar o espírito estreito e prosaico dos que não entendem a *beleza da eternidade*: a poesia da lagoa, da voz dos sapos, do violão, das flores, do silêncio, da noite, da lua, vento, terra... O seu desabafo perante a presença física do Seu Manecão é mais do que reveladora dessa atitude:

> Também, quem manda eu querer despertar cantos na alma desse desgraçado? — Poesia? Onde é que está poesia? Isso é caraminhola de sua cabeça, homem. — Da minha cabeça. E da sua, o que é que sai? Ele é desses canalhas que numa montanha só veem o volume da terra e pedra. Não sabem que o conjunto envia recado independente da seiva, da clorofila ou de que diabo seja que possa existir lá por dentro. Mas não adianta. *O sobrenatural de que são feitas* não lhe diz nada à alma idiota e orgânica.

O que mais machuca o espírito do Pedrosa é, pois, *a impermeabilidade* dos outros à *beleza essencial da vida*. A incômoda presença física de um mundo imperfeito é a porta por onde Pedrosa passa, para lançar-se na busca desesperada de um *sentido absoluto* para a presença do homem no mundo. Pedrosa se revolta contra a *efemeridade da existência* dos seres e das coisas, e se agarra a tudo que lhe dá a sensação confortante de *permanência, segurança, eternidade.* Daí sua patética defesa de que a Travessa do Elefante, onde mora há anos, não seja alterada em nada.

> [...] tocou na Travessa irrito-me. Ando por estas paragens há vinte anos. É uma vida. [...] E porque a amo dizem que sou meio louco. *É gente que não possui eternidade*, não entende dessa coisa séria que é a eternidade. Eu gosto das coisas que ficam e a Travessa tem ficado.

A Travessa, o coaxar dos sapos, a lagoa no fim da rua, a batida do portão em dia de vento, os móveis que o cercam, os hábitos cotidianos etc. são "pedaços de eternidade" aos quais Pedrosa se agarra, para se sentir seguro. Mas o tempo é impiedoso. Vai dando fim a tudo. Gradativamente imerso na loucura, Pedrosa fecha-se em si mesmo, num ódio calado/concentrado — que no fundo revela uma dolorosa ternura frustrada. O anti-herói de Hermann vai sendo vencido pela inexorável marcha do tempo, que põe em tudo a marca da *efemeridade.* Ao final, todo o seu mundo está destruído: a morte levou os homens e as mulheres de seu pequeno universo hostil; o progresso levou o calçamento à Travessa e a canalização à lagoa: sua ligação concreta com os sinais visíveis da Eternidade acabou por desaparecer. Completamente só, ele mergulha na loucura, aí encontra "Ele", e se sente definitivamente integrado no Eterno:

> E hoje *me sinto sem fim.* [...] E hoje me sinto braço a braço com Ele: chegou devagarinho. Porque eu já vinha, de há muito, caminhando os seus caminhos e não sabia.

Esse "final feliz" não deu resposta definitiva à grande interrogação existencial que energiza a escrita de Hermann e ele prossegue buscando.

A outra infância

Em seu novo romance, *A outra infância*, ela se faz ouvir, ao denunciar, não a ausência de Deus, mas a flagelação que a Igreja impôs ao cristão, ao decretar o "interdito ao sexo" e estigmatizá-lo com o "pecado da carne".

Como o *anseio de eternidade* foi a tônica dominante em *Travessa...*, neste *A outra infância* domina o *anseio de pureza*. As epígrafes de abertura já apontam para as principais constantes da trama romanesca: a atmosfera de delírio que envolve o personagem Misael e a denúncia da opressão exercida pelas Leis que tolhem os naturais impulsos humanos (como os do sexo).

> Misael, não o homem feliz. Mas em delírio.
> O homem em delírio, Misael!
> Oh, o mundo das Leis, o mundo / do absurdo! / Os togados aí estão. Eretos / e maneirosos / Deuses da fraqueza!

Num clima de alucinação, Misael, o personagem-narrador, é alguém que, obsessivamente, procura fugir do "pecado" e atingir o estado de pureza de antes-da-queda... o estado puro da Infância, anterior ao da Consciência das Leis, o do viver livre, solto, inconsciente... antes de conhecer a Lei que lhe impunha limites e restrições ao prazer de viver. Misael busca uma "outra infância"... Não está à procura de uma "infância perdida", de um proustiano "à la recherche du temps perdu", de um redescobrir pela memória o menino engolido pelo tempo, mas sim *reconquistar um estado...* o retorno ao *estado de pureza original*, antes da consciência do pecado.

Funcionário público, que vivia como que esmagado pela rotina burocrática e pela mediocridade do chefe Canabarro, Misael encarna o homem-da-queda, aquele que, pelo pecado, perdeu o Paraíso e, pecador, se vê condenado a um mundo ignóbil, ameaçador e sem beleza, do qual ele quer fugir. É nesse estado que ele se revela desde o início, ouvindo "As Vozes" que o atraem e ele repudia. São as vozes da luxúria que se misturam, em sua alma, com o seu sonho de encontrar a "casa" onde ele possa renascer, desligado de tudo. As vozes do pecado escorrem sobre ele conspurcando seu desesperado anseio de inocência, "como um rio a rosnar inconcebíveis desejos. Águas do demônio! Precisavam prender o rio. Sim. Deviam encarcerar esse rio".

Não podendo silenciar os apelos do mundo (simbolizados, principalmente, por Elvira que o tentava com sua "adultez de demônio"), Misael procura esconder-se, eliminar sua presença de entre os homens e inventar um universo só seu. É o que tenta, ao levar a Amélia cega e o louco Amâncio, para viverem com ele na casa-grande, como em um "sacrário". Tenta reinventar o mundo de antes da queda. Esconde-se com os dois companheiros entre os muros da velha casa e imergindo numa vida de agoniada pureza, porém acima de tudo estática. Recusa qualquer projeção no futuro. Para as três criaturas ali encerradas, o tempo permaneceria estagnado, paralisado. Deixando o passado do lado de fora e recusando o futuro, o presente para Misael deveria se prolongar numa eternidade. Era assim que ele buscava anular, em si, a efemeridade, o pecado.

Dando voz à sua sede de verdade metafísica, Hermann Reipert revela através de suas pobres criaturas (tão ricas potencialmente, mas desgarradas do verdadeiro caminho, que é o do convívio humano), que a surdez espiritual só pode conduzir à loucura, ao emuramento, à náusea. Misael busca a "outra infância" (a da pureza perdida) pelo equivocado caminho do isolamento, daí seu fracasso. Mas Hermann prossegue na busca de solução para o desencontro-de-eu-com-o-mundo e a ansiada realização existencial. No romance seguinte vislumbra uma nova solução ou caminho...

Os cupins

Vicente, o anti-herói que perambula pelo novo romance, *Os cupins*, desiste de perscrutar o *sótão*, sondar o mistério. Já não sonha com a eternidade da "casa" que poderia garantir-lhe a própria eternidade. E *rende-se ao mundo de fora*, embora saiba que ele está se deteriorando, devorado lentamente pelos invisíveis e insaciáveis "cupins" — os seres medíocres e alienados que vivem à sua volta.

> Meu pai conversava com os mortos que vinham ter aqui, Eu falarei com os ventos. Eles me visitam. A casa está rachada, os ventos me bastam. Lavinia dorme. [...] Eduardo costumava dizer que Deus nos dera duas coisas: *o chão do mundo e o sótão da arte*. Mas já o meu reino está abalado. O corpo pesa mais que a alma. Larguei o diabo do sótão. Estou com os pés no chão, que a vida intrometeu-se: "Eis-me aqui!" me disse e cupins apareceram para comer a casa.

Em Vicente, o autor prefigura o "Sísifo feliz" aquele que Albert Camus propõe em seu *O mito de Sísifo* (1942). Recusando todas as transcendências religiosas ou filosóficas que permitem ultrapassar (ou neutralizar) o absurdo da existência, Camus sugere a revolta e a aceitação. "*É preciso imaginar Sísifo feliz*". O novo Sísifo se realiza em plenitude durante o esforço, repetido infinitamente, de levar a Pedra ao cume da montanha — de onde ela voltará a rolar até o chão e ele descerá para novamente empurrá-la até o cume de onde ela novamente rolará... E isso até o infinito... É o que faz Vicente — assume frontalmente a sua "tragédia": o viver em um *cotidiano sem grandeza* e saber-se *transitório*, quando tudo nele clama por *perenidade*. Encara, pois, o seu dia a dia, com sobranceria e desprezo, num verdadeiro duelo com as realidades que ele despreza ou odeia (a cidade de Cariguama onde vive, os vizinhos, os colegas da Repartição, etc.). Tais realidades, projetadas no plano existencial, adquirem a mesma dimensão ou valor dado à *pedra* carregada pelo Sísifo de Camus. É enfrentando-a que ele se realiza como Ser. Vicente, inclusive, assiste lucidamente à lenta destruição da casa pelos cupins... sempre numa espécie de contraponto com a sua mulher, Lavinia, espírito prático, e tranquilamente entregue às exigências da vida prática.

Afonso Henrique. Nome de rei

No romance *Afonso Henrique, nome de rei*, há uma volta de seu herói ao "sótão da arte", que compensa a insuficiência do "chão do mundo".

A epígrafe de abertura sintetiza a visão de mundo que fundamenta a trama romanesca.

> Fora o cotidiano, esse amante menor!
> A um passo de Deus, de Estela e da Literatura.
> A um passo do absoluto que me envolve e liberta!

Em um universo cuja tragicidade é escamoteada pela mescla de sátira e humor que a expressa, volta aqui o anti-herói limabarretiano, que vive (ou desvive?) em *A travessa do elefante, sem número*, *A outra infância* e *Os cupins*. Afonso Henrique é o apagado funcionário público, tímido morador de pensão, aprisionado numa rotina esterilizante que agride continuamente o seu desmesurado desejo de viver em plenitude e beleza. Não por acaso, Hermann deu-lhe o nome de Afonso Henrique — nome de batismo de Lima Barreto, que viveu até a loucura esse injusto "apagamento" social. Com a diferença de que a causa maior de seu drama foi o desumano "preconceio racial" e o do anti-herói hermanniano foi a recusa de ver sua "alma" transformada em "lama".

Em sua sede de Absoluto, entra em luta com Deus, com o Amor-adoração por Estela (que não chega a se saber amada por ele) e com a Criação literária — rota de fuga à que ele se entrega para escapar à mesmice do mundo à sua volta.

Escreve, escreve, escreve... e sua escrita caótica vai recolhendo em sua rede os mil incidentes banais do efêmero e medíocre dia a dia, onde ele se sente perdido e ignorado. Pela escrita ele cresce, sempre se autoafirmando como da linhagem dos "raros", dos que escrevem "sob o signo da maldição", possuidor de uma grandeza que um dia todos irão reconhecer. Não por acaso, ele havia recebido um "nome de rei", Afonso Henrique, o Infante que fundou Portugal e a Escola de Sagres, abrindo caminho, no século XVI, para os Grandes Descobrimentos. Sabia que um dia sua realeza se cumpriria...

> Afonso Henrique. Porque a diferença é que me enerva. Ele, o outro, foi não só um rei como um homem de verdade. [...] Derrotou os mouros — ah, sim, enquanto estes outros mouros, os meus duendes, me derrotam

a cada passo que dou.

Continuamente derrotado por seus "duendes" e pela indiferença do meio medíocre, ele entretanto escreve. Não sabe bem se é "novela" ou "diário", mas escreve... O livro termina na mesma busca inglória, porque frustrada pela rotina esterilizante e pela indiferença dos "outros".

> Ai, que a Literatura insiste, insiste. O que quererá ela, afinal, comigo? [...] Não acontece nada, nada, nada. É sempre tudo igual...
>
> — Vamos, levanta, Afonso Henrique! Está na hora da Repartição!
>
> Levanto-me cansado, passos lerdos, ao léu.

O romance termina. Tudo prossegue na mesma rotina de coisas banais e efêmeras que a morte fará desaparecer no tempo. Com a diferença de que a escrita criadora de Afonso Henrique acabara de *transformar essa mediocridade efêmera em grandeza perene*, legitimada no romance *Afonso Henrique, nome de rei.*

Escritor de pulso e fundamente sintonizado com as forças conflitantes do nosso tempo em mudança, Hermann Reipert se empenhou agonicamente em escavar, não só a crise do sagrado, mas também o grande desajuste que se aprofunda entre o Homem e a nova civilização progressista, burocratizada, automatizada e gradativamente desumanizadora, que ele mesmo criou, com sua Inteligência e espantosa criatividade.

Dados biobibliográficos

Romancista, contista, ensaísta, espírito inquieto e provocador de polêmicas, Hermann Reipert nasceu em Santos (SP) em 17 de novembro de 1916. Sensibilidade exacerbada, desde a infância foi empurrado para ver ou sentir a realidade para além das aparências. Como disse em seus fragmentos de memória (*Aleluia profana*), "lutei para me ater a uma objetividade que sempre me faltou." Da infância, ficou-lhe gravada a memória meio surrealista da casa e do avô. "A casa [...] com sótão, salão de armas, assombrações e a figura de meu avô, Hermann Aloys Reipert, o primeiro Quixote com que minha imaginação teve contato e o quixotismo que se acentuava depois da *perda*." As "perdas" parecem ter sido a mola estimulante de um certo quixotismo que marcou a vida e a criação literária de Hermann.

Em Santos, fez os estudos básicos, sem grande dedicação ou entusiasmo. Sua paixão foi desde cedo a leitura (literatura, história, filosofia, Bíblia...). Adolescente, começou a trabalhar na firma David Brown & Cia. (Cotações de câmbio de New York), onde ficou três anos, passando depois para a Panair do Brasil. Em suas memórias, fala desse trabalho: "[...] eu era estranho desde aí. Emotivo, aquele trabalho não criador, pingue-pongue burocrático, me enervava." Depois vai para o Correio de Santos: "Revistava navios na procura de cartas comprometedoras, defensores que éramos das Costas Brasileiras." Foi nessa época que encontrou o amor de sua vida, Therezinha. Já casado e com filhos, em 1945, muda-se para São Paulo. Sua primeira residência foi o "castelinho" da Avenida São João, morada que ele alugara por um aluguel ínfimo, sem saber que era mal-assombrada[44]. Mas o descobriu logo na primeira noite, com os ruídos de passos na escada e de panelas caindo na cozinha. Mudou-se em seguida. Torna-se funcionário da Biblioteca Mário de Andrade, como secretário de seu Boletim Bibliográfico. Aproxima-se da roda intelectual da UBE (União Brasileira de Escritores).

Nessa época, o meio intelectual redescobria e republicava a obra esquecida do injustiçado Lima Barreto. Nele, Hermann encontra uma *alma irmã*. Desde a adolescência, fora atraído pela leitura dos grandes mestres da literatura e para a escrita... mas sem conseguir encontrar seu verdadeiro foco. O mundo limabarretiano foi-lhe uma espécie de "Abre-te Sésamo!". Há muito, Hermann escrevia e reescrevia um livro, cujo gênero ele não conseguia definir. Até o momento em que desco-

[44] Pequeno palacete, em estilo de castelo, onde nos anos 1930 houve um trágico assassinato, seguindo-se um suicídio: o do dono do "castelo", que matou a esposa infiel e se suicidou. Era voz corrente que ninguém mais pôde morar ali, porque o assassino suicida voltava todas as noites à procura da mulher amada. (N. da A.)

bre as *Recordações do escrivão Isaías Caminha.* Rapidamente o seu anti-herói, Pedrosa, encontrou o caminho definitivo. Hermann, romancista, estreia tardiamente, aos quarenta e seis anos com *Travessa do elefante, sem número.* Romance maduro que abre caminho para os demais que se sucederam durante mais de vinte anos, testemunhando o caos de valores — entre o sagrado e o profano — em que o mundo pós-moderno mergulhou. De título para título, sua presença literária foi sendo descoberta e bem recebida pela Crítica, que o considerou, desde logo, como sendo da linhagem de mestres do romance, como um Cornélio Pena (pela angústia metafísica) e um Campos de Carvalho (pelo absurdo surrealista). Em essência, sua arte literária identifica-se com a de João Antônio — ambos, amigos fraternos, escritores de húmus limabarretiano e destaques entre as novas vozes da Literatura Brasileira do século XX. Entre as distinções recebidas, destaca-se o Prêmio *Jabuti*/1977 - CBL/ Câmara Brasileira do Livro, dado ao seu livro de contos, *A hora inclinada.* Hermann Reipert faleceu em 1988.

Publicações

Ficção — *Travessa do elefante, sem número*, 1961; *A outra infância*, 1965; *Os cupins*, 1970; *Afonso Henrique*, n*ome de rei,* 1976; *Hora inclinada*, 1977; *Um gato no espaço,* 1980; *Arraia miúda e o avião de Paris*, 1981; *O bico do pássaro*, 1984.
Ensaio — *Gente nova de São Paulo*, 1972; *Comédia literária*, 1973; *Paraíso comprometido*, 1979.
Memória — *Aleluia profana*, 1983.

36. HERMILO BORBA FILHO

Hermilo Borba Filho: um pós-moderno[45]

> A tarefa que o artista assume, implicitamente, é a de derrubar os valores deteriorados existentes; de fazer do caos que o rodeia, uma ordem que seja sua; de semear a luta e o fermento tão fundamente que, atingidos pelo gatilho da emoção, aqueles que estão mortos possam ser trazidos de volta à vida. (Henry Miller) (1)

Foi essa a tarefa cumprida, apaixonada, vulcânica e incansavelmente, por Hermilo Borba Filho desde a juventude até o momento de seu "encantamento" final, nos idos de 1976. A multifacetada obra por ele deixada extrapola dos documentos concretos e acessíveis a todos (peças de teatro, roteiros, projetos, estudos de folclore, artigos, romances...), pois se multiplica sob mil formas na memória dos que tiveram o privilégio de conhecê-lo ou de conviver com ele.

Poderosa força de vida, Hermilo Borba Filho pertence à linhagem dos "inseminadores", daqueles raros que vieram com a tarefa de abrir caminhos e, para isso, obrigados a romper com os valores ou parâmetros já dessorados, mas ainda vigentes no sistema. Valores já esvaziados da seiva que, um dia, pujante, engendrara uma cultura e uma civilização que, cumprido o seu tempo, começa a agonizar. É o caso da civilização moderna, fundada no humanismo liberal que, já exaurido ao entrar em nosso século, está em plena fase de "mudança de pele", o que explica o caos em que hoje vivemos e que, em essência, é o principal *nervo* da obra de Hermilo. Revisitada, hoje, há três décadas da partida de seu criador, essa obra revela-se-nos maior do que a julgáramos, nos idos

[45] Texto-fusão (escrito em 2006) de artigos publicados no Suplemento Literário OESP, Suplemento Literário Minas Gerais e "Correio das Artes"/João Pessoa, nos anos 1960/1996. (N. da A.)

de 60/70, à medida em que era publicada e nos fascinava/assombrava com a força de vida, que sua palavra domava nos estreitos limites de um texto.

Mais uma vez se prova que os "achados" da crítica vêm sempre à reboque da criação literária (e poderia ser de outra forma?). Assim, o romance hermiliano que, nos idos de 60/70, analisáramos como "literatura de transgressão"(2) (nos rastros de Joyce, Faulkner, Henry Miller, Woolf e novelistas hispano-americanos...), ao ser relido hoje, através da ótica pós-moderna, revela raízes mais fundas: as que imergem na própria natureza da História, cujas verdades desde sempre foram forjadas pela Palavra. Através dessa ótica, a obra hermiliana revela-se como expressão exemplar de *metaficção historiográfica* que os teóricos da pós-modernidade (3) tentam definir como o gênero literário privilegiado destes nossos tempos de caos, em que todas as *certezas* foram invalidadas e, entre elas, as que fundamentavam a História.

O pensamento pós-moderno (o que começa a emergir do mundo pensante, a partir do Primeiro Pós-Guerra), atônito diante do naufrágio da Razão e de todas as *certezas*, descobre o "mundo como uma grande narrativa". É o momento em que (sob o influxo da linguística, antropologia, fenomenologia e demais linhas de pesquisa) História e Literatura começam a perder seus respectivos limites. Onde começaria e acabaria a "verdade"? ou tudo seria ficção? A resposta (vislumbrada por Benjamin nos anos 30) descobria a História como *discurso*, como palavra e, portanto, impregnada de invenção, de ficção. Lentamente, essa *postura crítica* se infiltra nas mais diversas áreas de conhecimento; as análises se multiplicam e nos anos 70/80 se difunde como uma das facetas de pós-modernidade.

Ao desaparecer a pedra-base da sociedade ocidental cristã (a crença na transcendência do homem e nas certezas fundadas na Razão Lógica), o Homem e sua Palavra tornam-se os responsáveis pelas novas "verdades". A fenomenologia ensina que a "Palavra cria o Real". Nos rastros dessa nova certeza, a Ficção é descoberta como um novo poder fundador. É da sua escritura que os homens dependem, para verem transformado em novo cosmos, o caos apocalíptico em que a História e o Homem afundaram. Essa é a pedra de toque da atual literatura de transgressão ou pós-moderna, que desde o início do século XX surge com os grandes mestres-inventores (principalmente com os norte-americanos e suas novas linguagens e visão de mundo). Hermilo Borba Filho está entre as grandes vozes que se fazem ouvir no Brasil, a partir dos anos 1950-60, explorando os novos caminhos de criação. Para além da visão trágica do mundo faulkneriano, a matéria romanesca de Hermilio foi fundamente fermentada pela desmesura escatológica da ficção autobiográfica de Henry Miller (um dos "malditos" do século XX). Suas afinidades com o controvertido escritor americano são inequívocas. Principalmente no que diz respeito ao Erotismo, à apaixonada descoberta do Sexo, como suprema e avassaladora força de vida, contra o qual a tradição cristã, sexófoba, sempre se encarniçara. Sexo liberto dos antigos "interditos" ou tabus, agora explode em desregrada *sexofilia.* (4)

Palavra e Sexo. Pode-se dizer que são essas as principais forças motrizes do romance pós-moderno. E nada há de estranhar, pois ambas têm um denominador comum: *o poder de criar*. Poder que o indivíduo, perdido num mundo em caos, ainda não sabe bem como dominar, mas tenta incansavelmente, para testemunhar a *paixão da busca*: a de um *eu* múltiplo, desmedido, no corpo a corpo com a vida, um *eu* perdido em um mundo de convenções artificiais, buscando romper a casca de "civilizado" para reencontrar as forças primárias, originais e reconstituir um homem no qual a natureza tenha o seu justo lugar.

A ótica pós-moderna, ao insistir na natureza contraditória dessa *metaficção* (contraditória, porque se nutre do caos histórico para se propor como semente de uma nova história), põe em relevo a natureza híbrida desse novo romance — que não é pura ficção, pois se declara abertamente "autobiográfico" e que também está longe de ser expressão da "verdade", uma vez que, nele, realidade e ficção se fundem tão profundamente que seus possíveis limites desaparecem. É essa a natureza do romance de Hermilo Borba Filho.

Erotismo e ética

Romancista fundamente empenhado em testemunhar o homem no exercício de sua paixão de vida, contra todos os preconceitos que tentam cerceá-lo, Hermilo desde seus primeiros romances mostrou que *erotismo* e *ética* são vivências indissociáveis, pois ambas radicam num obscuro núcleo comum: o da grandeza interior do ser humano. No momento em que elas se dissociam, o erotismo se degrada e se transforma em obscenidade ou pornografia.

Já em seu romance de estreia, *Caminhos da solidão* (1957), de linhagem faulkeriana, o problema ético (o difícil juízo entre Bem e Mal) já se faz presente, emergindo do dramático problema da solidão humana, da visceral incomunicabilidade entre os seres (o que evidentemente impede a expansão da energia erótica, bloqueado pelos tabus). Tocado pelo "primeiro existencialismo" (o que via o homem como um *ser-para-a-morte*, ontologicamente solitário), Hermilo transpõe para o romance o já conhecido drama dos desvalidos, presos a um arcaico sistema de poder absoluto (o dos senhores de engenho em fins do século XIX) e a um espaço geográfico igualmente inóspito (o do Nordeste brasileiro).

Sua efabulação assenta em um período histórico marcado pela luta entre o passado retrógrado representado pelo *banguê* e o presente progressista, simbolizado pela *estrada-de-ferro* e pela moderna *usina de açúcar*, que chegavam ameaçando abalar os arcaicos costumes vindos dos tempos coloniais e ainda vigentes. Romance fundamente nutrido de sentimento da terra e do regional, *Caminhos da solidão* já expressa, porém, uma visão de mundo diferente da que marcara o romance regionalista dos anos 30/40. Ao escrever sobre ele, registrando o seu lançamento, Franklin de Oliveira já chamava a atenção para essa diferença:

> [...] em lugar de aprofundar a sondagem através do *sociológico*, seguindo a tradição viva do Nordeste, Hermilo Borba Filho aprofunda a análise do social, lançando os dados da análise psicológica. [...] Sem perder contato com a realidade social do Nordeste, apreendida no que tem de mais profundo e injusto, que é o regime feudal da terra, *Caminhos da solidão* cria uma atmosfera poética e dramática que o libera do puro documentalismo. [...]

Este é um romance de seres acuados. Todas as relações humanas, até as do amor físico, estão sob o signo da hostilidade.

É também sob esse signo que se desenvolve o romance seguinte, *Sol das almas* (escrito em 1960 e publicado em 1964), cujo eixo é ainda a opressão do meio sobre o indivíduo e, sobretudo, o problema do Bem e do Mal, do certo e do errado, agora agudizado, porque vivido pelo prisma do puritanismo protestante. Como no anterior, se sentia a vibração faulkeriana, seja na atmosfera opressiva em que se desvenda o drama do pastor Jó (torturada criatura debatendo-se entre os apelos da carne e a sede de pureza), seja na técnica de composição fragmentada, que dilui a narrativa em vários planos temporais que se mesclam ou se cruzam. Em ambos, a mesma obsessiva visão das relações homem-mulher, estigmatizadas pelo pecado, pela danação da alma. (5)

Do "moderno" para o "pós-moderno"

Lidos sob a atual ótica pós-moderna, esses romances iniciais mostram o Hermilo *moderno*, isto é, o romancista que crê nos valores do humanismo (consagrado pelo Iluminismo e implodido pelo Cientificismo do século XX) e investe contra o sistema social já deteriorado, mas ainda vigente, cujas raízes arcaicas impedem o *novo homem* (que elas mesmas engendraram) de realizar, em plenitude, sua humanidade.

É em *Margem das lembranças* (1966) que a implosão desse humanismo tradicional (o liberal cristão) se faz sentir e que surge o Hermilo *pós-moderno*: um *eu* multiforme, descentrado, jogado num mundo em caos, *sem paradigmas* (devido à perda de seu centro sagrado — a ideia de Deus criador do mundo, e, consequentemente, à de seus parâmetros de julgamento); um *eu* que, liberado subitamente de todos os preceitos e preconceitos regulares, não tem senão a si mesmo como "chão" ou como parâmetro de julgamento do mundo e de si mesmo. Já não há *valores* a defender. Daí entender-se a *natureza erótica* de sua matéria romanesca. Despojado de todas as *certezas* ou crenças no mundo-das-leis-e-dos-limites (o da sociedade em que lhe cumpre viver), o homem-século XX passa a contar apenas com seu próprio eu, cuja força maior e mais autêntica (porque a única "natural") é a do Sexo.

Não por acaso, *Margem das lembranças* foi escrito no momento histórico em que se instaurava no Brasil o Governo Militar, com toda sua corte de arbitrariedades, contradições, injustiças e desequilíbrios, onde o "fiel da balança"? onde os limites entre o "certo" e o "errado"? entre o "bom" e o "mau"? As fronteiras e limites desaparecem.

> Não me julgues por meus atos. Julga-me como se fosses um Deus, pela intenção secreta que têm minhas ações. (Kazantzakis)

Essa epígrafe do genial escritor grego, posta na abertura do romance, já aponta para o "nó" que o pensamento pós-moderno desistiu de desatar, aceitando as contradições como inerentes à vida e ao ser humano e, portanto, impossíveis de serem julgadas ou desfeitas. É essa nova visão de mundo que alimenta os romances dessa nova fase de Hermilo — a da Tetralogia "Um Cavalheiro da Segunda Decadência", iniciada com *Margem das lembranças*, no qual desde a primeira frase essa problemática se manifesta. Na epígrafe de Cartola (sambista e pedreiro), anuncia-se o elo pelo qual o eu se liga ao *mundo*: "Semente de amor sei que sou desde nascença."

Na primeira frase, a síntese da cosmovisão estilhaçada que ali se desdobra:

> *Eu estou na balança.* Todos os meus atos estão num dos pratos da balança. De um lado, os demais: muitos deles sou eu, metamorfoseado, irreconhecível, adulterado; do outro, eu mesmo, integral, de carne, as pernas penduradas no vazio. E me jogo numa longa viagem do útero à morte: de um negro para outro, de um vermelho para um vermelho [...] *Teço, neste papel,* um passado real, às vezes, e, outras, puramente imaginado na esperança de que no fim Deus confunda o que vivi e o que inventei e me dê um saldo favorável [...] De olhos fechados mastigo tudo o que passou e só vou interromper esta narrativa quando o infarto, o atropelamento, o câncer, a esclerose, uma dessas coisas me pegar de supetão. Aqui estou de pés plantados na terra, vomitando palavras. [...] Embora saiba que jamais alcançarei o futuro, continuarei escrevendo até secar os dedos. [...] Esta é uma tábua de lembranças.

Já nessa abertura do romance se mostra uma das principais coordenadas do pensamento pós-moderno: a certeza de que o mundo, a história, a vida humana são, em essência, uma "grande narrativa". Todo *real* para se tornar *existente* precisa ser *nomeado*. Daí o projeto de vida em que o romancista se engaja: *escreve a vida* até que a morte o silencie; escrever "vomitando palavras", "escrevendo até secar os dedos". É esse o *presente* escolhido pelo escritor: um projeto de vida que se identifica com a "utopia pós-moderna" (ou o "pensamento anti-utópico" segundo F. Jameson). A utopia que, diferente da "utopia moderna" (que se realiza no *tempo*, à espera da volta de uma *idade de ouro*), se instaura no *espaço*, através da ação transformadora do homem, atuando no *aqui e agora*, consciente de que assim agindo, ele está *hoje* construindo, caoticamente, um *amanhã* que ele não chegará a ver, mas para o qual sabe que está contribuindo.

É esse o sentido maior da tetralogia iniciada por Hermilo com *Margem das lembranças*. Assumindo-se parte integrante do caos e nele atuando conforme as circunstâncias o exigirem, o escritor empenha-se em escrever sua "tábua de lembranças", talvez para substituir as antigas "tábuas da lei". Com a diferença de que as novas "leis" (vivências retidas pela memória) arraigam no obscuro húmus existencial, na própria *força vital* do ser humano, em seus embates com o "outro", e não mais numa *ordem ética* exterior e estranha ao verdadeiramente humano. Mas, onde a "verdade" desse humano, num mundo sem paradigmas?

É na força avassaladora do sexo que o romancista vai encontrar o eixo polarizador de sua revisitação do passado, na tentativa frustrada de compreender ou explicar o presente. A exuberância vital e dionisíaca, que percorre a escritura desse romance, reduz o clima inquisitorial, criado em *Sol das almas*, a mero negativo de fotografia: o que era preto se torna branco e vice-versa. E o que poderia parecer, inicialmente, apenas uma adesão corajosa ao "mal", acaba por se revelar uma glorificação das forças autênticas do ser humano. O demônio do sexo que, no romance anterior, tortura, avilta e destrói, transforma-se agora num deus radioso, deslumbramento que poderíamos chamar de cósmico. Essa pujante fruição das forças vitais é o que, de imediato, produz impacto no leitor. Pois, intencionalmente, quebra convenções éticas e estéticas tradicionalmente consagradas pela sociedade. Hermilo afasta os "mantos diáfanos da fantasia"; foge abertamente à metaforização que dilui ou sublima a crua realidade e procura oferecer-nos a verdade despojada, através da avassaladora dimensão com que ele a sente.

Note-se ainda que nessa explosão de erotismo misturam-se duas vivências distintas: a do sexo ligado a sensações de violenta grandeza e de plena expansão do ser, e outra que se confunde com o vício e a libidinagem, na medida em que é explorado o sexo degradado, isto é, reduzido a seus aspectos puramente fálicos. Ambas, porém, se revelam igualmente como válvula de escape de um meio medíocre, provinciano, subterraneamente violento, perverso e castrador dos mais espontâneos impulsos do homem.

A tetralogia: um caos germinal

A partir de *Margem das lembranças*, é a visão do homem, como *ser-feito-de-tempo* (imagem do homem no "segundo existencialismo"), que se impõe no romance hermiliano: o homem que descobre a vida como *processo contínuo* e se reconhece como um constante *vir-a-ser*, do qual a própria vida depende para se realizar no tempo. Não mais um *fim* a ser atingido, mas processo *em devir*. Daí a valorização da existência concreta no dia a dia; a afirmação da vida em face da morte; o transbordamento erótico ou a valorização do *estar-no-mundo* (o "dasein" heideggeriano) como elemento fundamental para a possível revelação e/ou conhecimento do *ser* ("sein"). É essa concepção de mundo (atravessada por inequívoco anseio de Deus ou do transcendente) que dinamiza a matéria romanesca da tetralogia "Um Cavalheiro da Segunda Decadência": *Margem das lembranças*, *A porteira do mundo* (1967), *O cavalo da noite* (1969); e *Deus no pasto* (1972).

Verdadeira saga da vida brasileira (dos anos 30, com o advento da era getuliana, até o fim dos anos 60, já em plena ditadura militar), centrada na região pernambucana, essa tetralogia memorialista/ficcional (cujos volumes, embora formando um todo orgânico, nada perdem ao serem lidos separadamente) é uma das obras-marcos da nossa literatura. O seu caótico fluxo verbal-narrativo, embora soe como *apocalíptico* (profetizador do final dos tempos), na verdade, é visceralmente *germinal*, na medida em que dá voz a uma nova energia vital, ainda informe e em gestação no homem-século XX.

Nessa tetralogia, Hermilo fez convergir todos os problemas (éticos, ideológicos, políticos, econômicos, sociais, religiosos, existenciais, metafísicos, filosóficos) que desafiam o homem-século XX e que sua arte se empenha em reter na malha das palavras. Como ele diz em *Deus no pasto*, a sua escrita procurava reter "com riqueza da fábula", não a

> palavra abstrata ou mesmo a palavra justa, mas a que proporcionasse uma ressonância além mesmo do que pretendi dizer: uma palavra profética em relação aos fatos narrados no passado e que implicassem numa ligação com o futuro. O romance giraria em torno do Amor e de Deus, da Política e dos Homens, mas sobretudo dum homem, seu mundo dentro do Universo, com todos os choques de forças. [...] Haveria uma relação sempre constante de palavras-chaves, mágicas, com possibilidades de partos e mais partos. A palavra mais importante, no entanto, seria Mal [...] o Mal como arma de Deus [...] o Mal dos princípios do tempo e o Mal que, a cada passo, era encontrado nas ruas do Recife, nos campos de Pernambuco, o Mal pessoal, inalienável, ao mesmo tempo transferível.

Essa longa citação fala por si: sintetiza a denúncia do *absurdo* em que se transformou a vida contemporânea e o anseio pela "palavra mágica" que possa gerar um novo homem, um novo real; nessa ordem de ideias, a sua revisitação da memória ou do passado não tem nenhuma intenção nostálgica de recuperação do perdido, mas a intenção "profética" de no passado encontrar as sementes de um novo futuro. Enfim, a escrita hermiliana procurava se construir com o caos e com o absurdo, para abrir veredas germinais que talvez levassem ao *reencontro do homem*.

Através de um corpus verbal, cuja riqueza vai do simplesmente humano/sensorial à vibração místico-escatológica, da mais intensa poesia e erotismo, nela se corporifica o drama da condição humana, pressionada pelas forças antagônicas que lhe são intrínsecas e também pelas que no plano social e político são geradas pelos "interesses criados". Uma obsessiva busca do homem, da força criadora do sexo e do alcance maior do fazer humano projetado no plano histórico-político, é o que se amalgama nas desassombradas "confissões" dessa Tetralogia.

Como o sintetiza Mário da Silva Brito, ao falar da obra de Hermilo, na apresentação de *Deus no pasto:*

> [...] pagão como Henry Miller e transcendental como Nikos Kazantzakis, mas sem nunca deixar de ser ele mesmo — e ele mesmo como homem brasileiro, marcado por sua região, Hermilio Borba Filho produz uma literatura comprometida com as dores do mundo — esse mundo desencontrado e atordoador, repleto de chocantes e inexplicáveis absurdos. Seu compromisso é com o homem e não com ideologias. *Deus no pasto* — assim como os volumes que o precederam — é romance ao mesmo tempo catártico e apocalíptico, demoníaco e angélico, Deus e o Diabo se ocultam ou se revelam em cada página da tetralogia, e dessa forma se apresenta para mostrar o funcionamento da Máquina do Mundo, que o Destino movimenta, e por cujas engrenagens, traiçoeiras e perigosas, a desvalida e imprevidente criatura humana quase sempre é colhida.

Grande síntese da essência da obra hermiliana. A tetralogia "Um Cavalheiro da segunda Decadência" é das obras que nasceram para ficar.

Da História para o Maravilhoso

Escritor visceralmente sintonizado com seu tempo, Hermilo Borba Filho sempre acompanhou de perto a mudança ou a transformação dos "ventos criadores". Dois anos depois da publicação do último volume da tetralogia, reaparece com um novo título, que marca uma importante mudança em seu universo ficcional. Trata-se de *O general está pintando*, uma coletânea de narrativas curtas, aparentemente ingênuas, ainda presas às mesmas realidades concretas do viver nordestino, mas cuja ótica e atmosfera mudaram. Do *mundo da história* (que servira de chão à sua criação literária até então), Hermilo passa para o *mundo do maravilhoso* (que a partir dos anos 70 passara a atrair a atenção dos ficcionistas e poetas). Ou melhor, as burlescas histórias de *O general está pintando* inscrevem-se num limiar, entre o espaço histórico-cotidiano, apreendido pela lógica ou razão comum, e o espaço maravilhoso (fantástico ou mágico) criado pela imaginação ou fantasia, que era peculiar aos contadores de estórias, os rapsodos populares que, desde a origem dos tempos, *contavam o mundo* para os homens. São exemplares desse "maravilhoso" que irrompe no real os contos: "Da Peixa", "Dom", "Auto-de-fé do Pavão Misterioso", "O Arrevesado amor de Pirangi e a Donzela"...

Compromissado com o homem vinculado à práxis e, ao mesmo tempo, tocado pelas forças transgressoras dessa mesma práxis, Hermilo adere ao caminho do maravilhoso, sem desligar-se da realidade rudimentar em que se cumpre a vida do homem no Nordeste. Como confirmação dessa sua fidelidade às origens, à terra em que estavam suas raízes, note-se que Hermilo, ao escolher o caminho do trans-real, não optou pelo realismo fantástico-absurdo (gerado por uma consciência-de-mundo trágica como a de Kafka), nem pelo maravilhoso-cabalístico de um Borges (gerado por uma consciência crítica sedenta de absoluto, onde a presença do insólito se entrelaça com os jogos sutis da inteligência especulativa); mas coerente com o mundo rudimentar ou provinciano em que se movem suas personagens, optou pelo realismo mágico que se aparenta com o de García Márquez (gerado por uma consciência crítica-burlesca, que funde real e trans-real).

Ao aproximarmos o maravilhoso (ou mágico), destas narrativas de Hermilo, daquele do universo de García Márquez (de *Cem anos de solidão*), temos em mente revelar uma afinidade de vivências ou de ótica e não, uma possível "influência". A primeira resulta da *vida* vivida em sintonia com as forças mais atuantes no pensamento criador de nossa época; a segunda resultaria de uma assimilação de "meios" através da consciência crítica. A nosso ver, ambas as obras apresentam, para além de vários pontos coincidentes, uma inequívoca identidade de raiz: erguem-se sobre uma realidade histórica definida (a da Colômbia para Márquez e a da região nordestina, para Hermilo), ambas se alimentam do húmus de uma realidade nacional pura, primitiva, inaugural).

Mas, enquanto García Márquez *inventa* Macondo, mundo imaginário criado a partir do mundo real de Arataca (cidadezinha colombina onde nasceu o escritor), Hermilo apreende o próprio real-histórico pernambucano, à que sua obra esteve sempre aderida. Mas agora o ilumina por outra ótica: a da peculiar ludicidade do viver nordestino, que a cultura civilizada já transformou em folclore, mas que ainda está viva no espírito, no sangue e no gesto diário do povo. Sobrepondo-se à possível tragicidade desse viver rudimentar, Hermilo desvenda-o em sua dimensão lúdico-dionisíaca cabocla, através de uma perspectiva que mescla (como o faz Márquez) a *visão lógico-convencional* do homem culto e a *visão ingênuo-mágica* do primitivo. E nessa direção, ambos os escritores, cada qual a seu modo, mostram não propriamente a presença do fantástico do mundo, mas sim que o *próprio mundo é fantástico.*

Aliás, essa é uma das ideias que singularizam o universo ficcional pós-moderno: a diluição de fronteiras entre realidade e irrealidade; entre vigília e sonho; entre o *eu* e o *outro*; a história e o mito; o verdadeiro e o falso; o Bem e o Mal; Deus e o Diabo.

O Eu multiforme

No romance *Agá* (onírico ou realista?) publicado logo a seguir ao anterior, Hermilo atinge o ápice de sua maturidade criadora, ao se desdobrar em múltiplos *eus* (Eu embaixador; Eu padre; Eu guerrilheiro; Eu agente funerário, etc., etc.), numa espantosa capacidade de se projetar no "outro" e assumi-lo por dentro (fenômeno que, em certo sentido, nos lembra os heterônimos de Fernando Pessoa). Simultaneamente a essa voz narrativa multívoca e uma, sua arte funde numa só vertiginosa escritura todos os gêneros literários: autobiografia, ficção, romance, conto, teatro, cantoria, diálogo, cordel, estória-em-quadrinhos... passando também por todos os "tons" estilísticos: do jocoso ou parodístico, ao escatológico ou ao sublime e, ainda, por vezes manipulando o escabroso com tal força de paixão (ou poesia) que o despoja da obscenidade que a situação em si teria (fora dessa escritura).

A apresentação do livro define com argúcia a natureza de sua matéria:

> Paradoxal, inquieto, aparentemente descompassado, oscilando entre a maldade e a esperança, o novo livro de Hermilo Borba Filho, acre e áspero em sua linguagem direta e antipreconceituosa, ultrapassa o que se poderia chamar de realismo intemporal, quase mágico, em que as estórias, as lendas, os mitos, as gloriolas convencionais, o passado histórico — veraz e pungente —, e o heroísmo humilde e a maldade humana se entrosam, numa concepção meio cinemática, por seus cortes e justaposições, para compor, no fim, um grande mural dos fracassos e dos triunfos da condição humana.

Romance à primeira vista de circunstância, *Agá* nasceu de uma determinada realidade subjetiva para, logo em seguida, desprender-se dos limites do tempo e do espaço, passando a representar um vivido documentário de uma época de decadência moral (no sentido mais antiburguês da palavra) — tudo, porém, sob o enfoque do mais puro Humanismo, embora o livro possa agredir o indefectível pundonor de certos leitores, ao mesmo passo em que termina por despertar, no íntimo das consciências mais indulgentes e compreensivas, a chama da redenção, da piedade e da esperança.

Agá foi escrito entre 1970 e 1972, portanto no período mais duro da repressão político-militar escudada no AI-5 (Ato Instituicional que durou dez anos, de dezembro de 1968, assinado pelo presidente Costa e Silva, a dezembro de 1978, revogado por Ernesto Geisel). Esse é um dado histórico que ilumina mais fundo o desmesurado anseio de liberdade humana que percorre o romance, juntamente com a denúncia da constante mutilação dessa liberdade, ocorrida através de toda a História. Dessa mutilação falam bem alto as três partes finais do livro: "O Livro dos Mortos", "O Livro das Mutações" e "O Livro das Confissões".

"O Livro dos Mortos" estrutura-se paradoxalmente na forma lúdica de estória-em-quadrinhos, desenhada pelo pintor-escritor-escultor José Claudio e texto de Hermilo, fundado na História do Brasil e outros textos históricos, e que revisita alguns dos imolados pela "justiça" dos poderosos: o dramaturgo português Antônio José da Silva, "o judeu", "justiçado" pela Santa Inquisição; o africano Zumbi; o poeta Gregório de Matos, Felipe dos Santos e outros mais. "O Livro das Mutações", alegoria teatral em verso, mostra o avesso mentiroso das ideias, ideologias e crenças que marcaram o percurso da Humanidade na História. "O Livro das Confissões", no qual (a exemplo da autenticidade e verdade perseguidas por Santo Agostinho), o eu hermiliano reafirma sua "profissão de fé": subverter as deterioradas "verdades" que vêm calçando os duros caminhos do homem. E em lugar de novas e possíveis verdade redentoras, sua fala se esgota numa avalanche de contraditórias e irrespondíveis interrogações...

Na verdade, o homem pós-moderno só interroga. Sua grande busca se dirige mais para o "em torno" do homem, para suas relações com o espaço-tempo em que vive, do que para o seu ser em si. Nessa ordem de ideias, o romance *Agá* expressa abertamente a consciência pós-moderna (sustentada pela Fenomenologia) de que a "palavra *cria* o real", de que a ficção *cria* a realidade. Ou, por outra, que toda realidade precisa ser nomeada para existir, tal qual é. Às escâncaras, o romancista abre o jogo. Todo primeiro capítulo, "Hoje é sexta-feira", é uma espécie de mapa da mina, no qual o autor desvenda os "bastidores" de sua arte narrativa. Estruturalmente, esse "mapa" se constrói através de um longo diálogo com o leitor e sucessivamente com conhecidas personagens da História ou da Ficção (Macunaíma, São Benedito, São Mateus, Dom Casmurro, Calabar, Hitler, Stalin, D. H. Lawrence e dezenas de outros "portraits"), cujas diferenças ou singularidades vão permitindo, ao eu-narrador, denunciar, passo a passo, todo um mundo em decomposição, no qual a liberdade e a dignidade humanas foram solapadas até o insuportável. Esse mundo é o nosso, em plena fase de "mudança de pele". Mudança para a qual a literatura é dos mais eficazes instrumentos... (Como sempre o foi, desde a origem dos tempos.)

A trilogia do imaginário popular

O romance *Agá* representa, sem dúvida, um ponto de chegada na arte romanesca de Hermilo. Mas não foi seu último livro. Entre 73 e 74, escreveu as novelas de *Sete dias a cavalo* (1975) e a seguir, entre 74 e 75, as de *As meninas do sobrado* (1976) que ele não chegou a ver publicado, pois saiu alguns meses após sua morte (02.06.76). Com eles, Hermilo completou a trilogia de novelas alimentadas pelo fantástico imaginário popular, iniciada com *O general está pintando* e que tem como matéria-prima o homem, o povo miúdo e graúdo da região nordestina, com suas paixões em bruto e ingenuidades; malícias e torpezas; comédias e tragédias; grandezas e misérias — "gente comum que encontra o mágico a cada passo, à feição das mitologias e rituais tão cotidianos no Nordeste brasileiro [...] e tão caras à imaginação popular." Nesta trilogia, em que Hermilo escolheu o fantástico como sustentação do projeto de testemunhar seu tempo e sua gente, reúnem-se "estórias mirabolantes de mortes e ressurreições, traições e castigos, amores loucos e obsessões, chegando a uma cômica e frenética procissão através dos vícios mais cultivados pelo nosso tempo."

Hoje (2006), há trinta anos de sua partida e diante dos ventos que continuam a soprar acelerando as mutações em processo, com mais evidência do que nunca, Hermilo Borba Filho se destaca entre os melhores romancista brasileiros (e por que não, do mundo?). Ele foi dos que (como Cristo) "não cruzaram os braços" diante da exploração do homem pelo homem. Na abertura de seu romance *Agá*, Hermilo inscreveu uma epígrafe de Martin Luther King:

> Aquele que aceita o mal sem protestar está realmente cooperando com ele.

Hermilo foi dos que não aceitaram e não silenciaram. Com as armas de sua arte (ficcional, teatral, ensaística, jornalística...) "combateu o bom combate"... Sua obra multiforme está à espera de ser descoberta pelas novas gerações, a quem ela tem muito a dar.

Notas

1. MILLER, Henry. *Tropique de Capricorne*, Paris, 1938.

2. Série de artigos sobre Hermilo Borba Filho e outros da "geração 60", com o título geral de "Literatura de Transgressão", publicados nos anos 60/70 no *Suplemento Literário-OESP* (dirigido por Décio de Almeida Prado) e no *Suplemento* (dirigido por Murilo Rubião) do *Minas Gerais*.

3. Referimo-nos aos teóricos de diferentes áreas de conhecimento, mas que coincidem na análise das relações da História e a Arte, principalmente a Ficção, tais como: F. Jameson, J. F. Lyotard, M. Foucault, J. Baudrillard, Habermas e outros, empenhados em analisar através da criação estética o esgotamento da Modernidade, numa linha de pensamento aberta pelos frankfurtianos, como W. Benjamin ou Adorno. Trata-se da "modernidade", tal como foi engendrada pelo humanismo liberal no século XVIII e herdada pelo nosso século como Tradição. Esgotamento que se definiu como *crise da tradição* e que se instala no mundo ocidental, a partir do Primeiro Pós-Guerra, nos anos 20/30, quando se torna evidente o *esfacelamento de todas as certezas* da História ou do Passado. É dessa ruína que vai emergir o olhar crítico, aos poucos e confusamente difundido como *pós-moderno* — pensamento ou visão de mundo que assume o *caos* da História como *matéria-prima* para a possível (e longínqua!) construção de uma nova ordem, iniciada já, no espaço imediato do *aqui e agora.*

4. Aproximamos a arte de Hermilo, em seus dois primeiros romances, à arte do americano William Faulkner, pois encontramos inúmeras afinidades entre as duas. Embora a matéria romanesca hermiliana não se estruture de maneira labiríntica e sufocante como a do mestre americano, apresenta identidades ineludíveis: a mesma preocupação com as relações sexuais, vistas como instrumento de pecado; certas coincidências temáticas (como a solidão e a incomunicabilidade entre os seres); vários planos temporais narrativos e certos recursos gráficos como parênteses ou grifos, para indicar o "monólogo interior" das personagens.

5. Aqui lembramos a afinidade com *Luz de agosto* de Faulkner, não só pela semelhança da atmosfera impregnada de incompreensão e de pecado, como pela impressionante figura do pastor Gail Hightower, cujo drama tem raízes idênticas às do drama do pastor Jó, o puritano presbiteriano.

Dados biobibliográficos

Romancista, teatrólogo, crítico teatral, pesquisador, professor e presença atuante no meio cultural pernambucano, Hermilo Borba Filho nasceu em Engenho Verde, Palmares (PE), em 8 de julho de 1917.

Passou a infância nos engenhos e usinas, onde fez os primeiros estudos. Adolescente, muda-se para o Recife, onde cursou as Faculdades de Química Industrial e de Medicina, mas acaba por se fixar em Direito, onde se formou, mas que nunca o atraiu como profissão.

Suas grandes paixões eram o teatro e a literatura. Nos anos 40, fundou e dirigiu o Teatro do Estudante de Pernambuco. Em 1950, com Ariano Suassuna, idealizou e concretizou o Teatro Popular do Nordeste, que viria alicerçar os novos caminhos da dramaturgia brasileira, iniciados anteriormente. Em depoimento dado em 1971, Suassuna enfatiza o papel pioneiro exercido por Hermilo:

> No que se refere à nossa geração, não há ninguém que se possa comparar a Hermilio Borba Filho, como abridor de veredas e apontador de caminhos. De fato, foi com sua lição, mais do que com a de qualquer outro, que todos nós nos encontramos, quando aí por 1946 procurávamos uma Poesia, uma Pintura, um Romance, uma Música e, sobretudo, um Teatro que, ligando-se à tradição do Romanceiro Popular Nordestino, não nos deixassem presos aos limites, para nós por demais estreitos, do Regionalismo. Foi assim, do movimento do Teatro do Estudante de Pernambuco, que se identifica, única e exclusivamente, com Hermilo Borba Filho que surgiu, entre outras coisas, a primeira Poesia brasileira ligada a nossos mitos, a nossos animais fabulosos, a nossos heróis, aos Cangaceiros. O que nós desejávamos e buscávamos, sob o ensinamento de Hermilo, era uma Poesia quente e viva que, ainda palpitando do sangue generoso e popular de onde saíra, pulsasse dentro de nós, ao ritmo do nosso próprio sangue, ao galope dos nossos cavalos magros, ágeis e ardentes como os árabes, ao riso dos nossos Circos, aos *cantares* épicos, trágicos ou sardônicos dos nossos *Cantadores*, ao gume solene e cruel das nossas *Cantadeiras de excelências* — essas fúrias e harpias sertanejas, impassíveis como carpideiras e trágicas como as figuras dos coros gregos. (in "Diário de Pernambuco", Recife, 30/09/1971)

Homem de teatro, Hermilo não só escreveu peças, como atuou profissionalmente em companhias que então surgiam nos grandes centros brasileiros: Teatro Brasileiro de Comédias, Teatro Nydia Lícia-Sérgio Cardoso, Teatro de Amadores de Pernambuco e outros. Dedicou-se à pesquisa e análise do nosso folclore, ligado aos espetáculos teatrais.

Incentivador das artes plásticas; colunista dos jornais "Última Hora", "Correio Paulistano" e "Diário de Pernambuco"; secretário da revista "Visão" (SP); diretor de diversos órgãos de atuação cultural (Museu de Arte Popular/Instituto Joaquim Nabuco, Divisão de Extensão Cultural/UFPE e outros), etc., simultaneamente dedicou-se à Literatura. Personalidade da linhagem de um Kazantzakis, escolheu o terceiro caminho apontado pelo Grego, conforme epígrafe que abre o romance *A porteira do mundo*: "Dos três caminhos, ó minha alma, nos quais vagueias [...]: ou te entregas inteiramente às alegrias da terra e apodreces, ou te abasténs de toda a alegria e morres em odor de santidade; ou escolhes o terceiro, o de Ulisses insaciável e enganado, que ainda é o melhor."

Faleceu em 2 de junho de 1976. Sua presença e obra permanecem atuantes, pelo que semearam na Cultura Brasileira em busca de sua verdadeira identidade.

Publicações

Romance — *Os caminhos da solidão,* 1957; *Sol das almas*, 1964; *Tetralogia "Um Cavalheiro da segunda decadência"* (*Margem das lembranças*, 1966; *A porteira do mundo*, 1967; *O cavalo da noite*, 1968; *Deus no pasto*, 1970); *O general está pintando*, 1973; *Agá*, 1974; *Sete dias a cavalo,* 1975; *As meninas do sobrado*, 1976; e *Os ambulantes de Deus*, 1976.

Teatro — *Electra no circo*, *João sem terra* e *A barca de ouro*, 1950; *É de Tororó*, 1951; *Auto da mula do padre,* 1952; *História de um Tatuetê*, 1958; *Um paroquiano inevitável*, 1965; *Donzela Joana*, 1966; e *Sobrados e mocambos*, 1970.

Estudo sobre teatro — *Teatro do povo/reflexões sobre a mise-en-scène*, 1946; *História do teatro*, 1953; *Teoria do teatro*, 1958; *Diálogo do encenador*, 1964; *História do espetáculo*, 1968; e *Cartilha do teatro*, 1969.

Estudo sobre folclore — *Fisionomia e espírito do mamulengo*, 1966; *Apresentação do bumba-meu-boi,* 1966; *Cerâmica popular do nordeste*, s/d.; *Arte popular do nordeste,* s/d., e *Espetáculos populares do nordeste*, 1966.

Biografia — *Henry Miller, vida e obra*, 1968.

37. HERNÂNI DONATO

Selva Trágica[46]
A gesta ervateira no suleste mato-grossense

— Hein, velho Bopi? Silencioso assim você quer dizer que eles abusaram da minha mulher, não é?

No vigésimo dia da monteada, entardeciam num pindobal beirando fio d'água buliçosa. Ao mais novo dos três, importava pouco encontrar as erveiras. Ia roído pela enormidade da mágoa. E insistia com o velho:

— Diz de uma vez, caraí Bopi. Eles fizeram isso com a Flora, hein?

O Bopi deu de ombros. [...] Ele vivia a vida do mato o tempo bastante para não sofrer com a dor alheia.

Nesse parágrafo de abertura, já se anunciam as duas linhas-de-força — a da Mulher brutalizada e a do Trabalho escravo —, que se entrelaçarão na gesta desumana, narrada por Hernâni Donato em *Selva trágica*. Romance-documento, ele vai devassando, de maneira labiríntica, um período escuro da história brasileira: o da exploração da erva-mate na região sul do Mato Grosso/fronteira com Paraguai, nas primeiras décadas do século XX. Exploração cujo monopólio fora concedido pelo governo a uma Companhia de Buenos Aires, e cujo resultado se, por um lado, representou o desbravamento e o progresso "civilizado" dessa extensa região natural, por outro lado, permanece como memória do violento sistema de trabalho escravo, para produzir a riqueza do mate, que deixou um saldo sangrento de milhares de vidas sacrificadas. Publicado em 1956 (quando o grande Romance Regionalista de 30 chegara ao apogeu e já esgotara suas forças vivas), *Selva trágica* resulta do novo olhar com que a matéria-prima regional começava a ser redescoberta. Simultaneamente à busca do "regional puro" (estado brasílico, anterior

[46] Síntese desse texto foi publicada como 'orelhas' da 6ª edição de *Selva trágica*, Ed. LetraSelvagem, Taubaté/SP, 2011. (N. do E.)

ao processo civilizador), impunha-se a criação de uma Palavra ou de uma Linguagem que o nomeasse "em verdade" e lhe desse autenticidade.

O demiurgo Guimarães Rosa havia aberto o caminho para a reinvenção da linguagem narrativa, com o mimetismo culto-folclórico de *Sagarana* (1946). Reinvenção que explode numa verdadeira alquimia linguística em *Grande sertão: veredas*, no mesmo ano em que Donato lança *Selva trágica* — criação novelesca resultante de uma dupla experiência do Autor: a da *reflexão* sobre o desumano episódio da erva-mate (guardado pela memória histórica) e a do *conhecimento in loco* da região, em que tudo aconteceu e que ele percorrera em viagem de pesquisa. *Selva trágica* resultou, assim, de uma conjuntura de dados históricos/literários/linguísticos/humanos. Tocado pelas novas diretrizes da criação literária, o autor empenhou-se em resgatar aquele esquecido e brutal episódio regional, transformando-o em matéria-prima de um romance. E obedecendo à natureza complexa da "matéria" humana/histórica criou, para expressá-la, uma complexa linguagem narrativa — verdadeiro amálgama da língua portuguesa com o linguajar guarani, então falado na região. (v. Glossário final).

Ainda dentro dessa consciência da linguagem, vista como feixe de significações impostas pela realidade por ela nomeada, *Selva trágica* se desenvolve através de uma trama linguística labiríntica (vocabulário estranho, sintaxe inusitada, fragmentação cronológica, etc.) que expressa a realidade concreta vivida pelos homens naquela selva emaranhada, onde a noção de tempo se perdia e onde milhares de vidas desapareceram.

A trama

Como apontamos no início, a trama novelesca, verdadeira gesta da crueldade humana, se constrói através de duas linhas de forças — a do trabalho escravo e a da mulher brutalizada —, ambas geradas por um só motor: o da ambição de riqueza e poder.

Essa ambição é a febre que, em diferentes graus, queima em todos.

As falas do início são de dois "ervateiros" — o moço Pablito (com seu sonho de enriquecer e seu medo de que lhe roubem a mulher, Flora — o que acaba acontecendo e ele sendo morto) e o velho Bopi (prisioneiro-sobrevivente da brutalidade da selva e já conformado com o fatal destino de tudo e de todos).

Emaranhados nessa *selva oscura*, misturam-se os fracos e os poderosos: os "ervateiros" ou "mineiros" (peões que, tangidos pelo capataz, de sol a sol avançam pela selva, disputando-a com os bichos, colhendo arrobas da erva, e carregando-a no "raído", trançado de correia preso à testa, apoiado nas costas e cujo peso depende do "limite de forças do mineiros"); os "cancheadores" (peões que, com "pesados espadagões de madeira", batem rijo na erva colhida até reduzi-la a quase pó); os "urus" (feitores que vigiam o trabalho dos peões); os "huaynos" (aprendiz do "uru" e seu futuro substituto); os "changa-y" (ladrões de erva que a vendem aos contrabandistas); os "Curé" (administradores que mandam nos feitores e jagunços); os "comitiveros" (jagunços, cuja tarefa é perseguir peões fugitivos e matá-los, assim que os encontrem); o "Mayordomo" (o Poder absoluto, representante da Companhia, senhor da vida e da morte)...

Mandados ou mandantes, desvalidos ou poderosos, todos os homens, ali, de uma forma ou de outra, são prisioneiros da "selva trágica". As únicas brechas que se abrem na rotina de suas vidas são os poucos dias de folga, em que se entregam à bebida, ao jogo e às mulheres, gastando o dinheiro ganho com a erva.

As mulheres, como tudo o mais que integra o mundo-da-erva, são vistas como objeto de compra/venda/troca. Com exceção das poucas que pertencem a um só homem, vivem todas na "bailanta", casa-de-festa, onde moram e recebem os homens em barulhentas noitadas. Bonitas ou feias, novas ou gastas, todas têm seus homens... enfeitam-se, vaidosas... e cada qual procura atrair os melhores, os que ganham mais, aqueles que têm mais força, para carregar mais arrobas da erva em cada colheita na selva, e também para os embates do amor.

A Companhia está sempre atenta ao lucro — ganha até com as relações homem/mulher. Não só se preocupa em manter as "bailantas" com muitas mulheres para distrair os homens, como incentiva aos que preferem ter uma só em seu rancho.

A Companhia não nega crédito quando mineiro tem mulher no rancho. A mulher ajuda a aumentar a dívida, segurando o homem. É bom pro erval, que ele fique devendo um saco de dinheiro. Um dia se arrebenta e pronto — acabou-se o crédito. [...] Ele já não pode fazer os 200 quilos de jornada. Então, a mulher se bandeia pra mineiro novo, que traz forças pra secar a erva e pras pelejas do amor.

De leitura difícil, devido à linguagem inusitada, eriçada de termos que escapam à imediata compreensão lógica — a narrativa se desenrola em mil e um detalhes (banais ou cruéis, mas quase sempre em tom coloquial, leve, que contrasta com a dureza dos fatos), tal qual a realidade-em-bruto que ela vai desvendando: a emaranhada/absurda vida dos trabalhadores (condenados ao inferno da erva-mate) e das mulheres que os acompanham ("mercadoria" para ser usada ou vendida, ao sabor das circunstâncias). Exigindo leituras e releituras, para ser decifrada em sua "mensagem" básica, a narrativa (cuja lógica se embaralha em descrições naturalistas da paisagem ou divagações emotivas) vai pondo a nu, ao mesmo tempo, as paixões das almas, a maldade, a ternura, a luxúria, o medo, o ódio, o amor...

Certa crítica, relacionando *Selva trágica* com a problemática nuclear do romance norte-americano (Steinbeck, Faulkner, Caldwell...), que exerceu grande influência na Literatura Brasileira do pós-Guerra Mundial, aproxima-o do Caldwell de *Chão trágico*. Aproximação que se justificaria pela identidade de intenção de ambos: a denúncia de um sistema social baseado na exploração do desvalido pelo poderoso. Aproxima-os também a crueldade de certas cenas ou situações. Mas diferencia-os essencialmente quanto à visão-do-homem, que singulariza cada um deles. Em Caldwell, o ser humano é visto como um ser animalesco, prisioneiro da luxúria, da avareza, da ambição desmedida... Em Hernâni Donato, predomina a visão humanista: para além dos mal-feitos, das ações indignas ou criminosas, permanece o impulso humano, o sentir o "outro" como complemento do "eu".

Apesar do primitivismo ali reinante nas relações humanas, há um código de honra que não pode ser quebrado: apossar-se da mulher dum homem é desonrá-lo — crime que só a morte resgata. Código, porém, que os "poderosos" encontram meios de burlar, quando se trata de mulher-de-peão. Como aconteceu com Pablito, que foi morto porque o "curé" Isaque se tomou de amores pela sua mulher, Flora, e mandou tirá-lo do caminho.

Daí a ambivalência patente nos personagens que representam ou impõem a Ordem, o Poder, com violência e desumanidade. Para além da crueldade com que "comitiveros", jagunços, feitores, capatazes... cumprem o seu dever com a Companhia (castigando ou matando os "ervateiros" que fraquejam, cometem faltas ou tentam fugir), em certos momentos manifestam diante da dor alheia um inesperado e generoso impulso humanitário. É o caso, entre inúmeros outros, do "comitivero" Casimiro, ao perseguir Pablito em fuga pela selva (frustrada tentativa de impedir que o "curé" Isaque se apossasse de sua mulher). Ao dominá-lo, depois de dura perseguição, Casimiro se sente perturbado pela bravura com que o peão defendera sua honra de homem, e hesita em matá-lo, como era de seu dever.

> Casimiro levantou sua arma. E deixou ouvir o ruído distinto de baixar o cão sem disparar. Mais gemeu que disse, quando confessou:
>
> — Rapaz, se eu tivesse tido um irmão, gostaria que fosse você.
>
> Que seu anjo da guarda esteja por perto!
>
> [...] Voltou-se, apanhou o chapéu e já andando chamou um de seus homens pelo nome. [...] Ouviu o tiro. (p. 197)

Ele dera ao outro a tarefa de cumprir a ordem. É esse impulso humanitário, de húmus romântico, que acaba por se revelar no "oculto" dos homens e mulheres — poderosos ou desvalidos habitantes do mundo criado por Hernâni Donato em *Selva trágica*. Visão humanitária que está no polo oposto ao da visão degradante do norte-americano Caldwell que, no ser humano, só vê animalidade e baixeza.

Em meio às labirínticas idas e voltas da narrativa, sabe-se que o escandaloso monopólio da erva mate acabou por se tornar notícia na imprensa e tema de debate político. Pressionado, o governo decretou sua extinção. A concessão oficial da exploração estaria ao alcance de qualquer interessado... O que não impediu que a exploração clandestina continuasse alimentando o contrabando. Injustiças e mortes continuaram a acontecer...

Casimiro, já sabedor da extinção do monopólio, continuava a conduzir "peões perrengueados" através da selva, a mando da Companhia, mas "jornadeava com aflição":

> Pela primeira vez o Casimiro sentiu pena de alguém ao seu mando e assustou-se com a soma de judiações que impusera à gente, durante muitos anos, para servir a Companhia [...] o cansaço e as insatisfações de muitos anos lhe foram despertados quando dera fim a Pablito e agora, açulado pelas notícias do fim do monopólio, desabavam sobre o seu ânimo. [...] Isso era certo, o monopólio se acabava! Quem quisesse poderia entrar no mato e fazer erva. Bastava levar experiência e coragem... Experiência lhe sobejava. E coragem, nem se fala! Voltando daquela monteada, gritaria adeus à Companhia. Aconchavaria uns quantos homens e metia-se em seu próprio nome a encontrar e fazer erva. (p. 226)

Luisão, ervateiro independente, fornecedor de contrabandistas e há anos dominando o setor, ao comentar a extinção do monopólio, que acabara de ser noticiado, foi mais realista do que os demais:

> Uma luta deste porte não começou ontem nem pode acabar hoje. Durou tempo, engoliu gente, enriqueceu uns poucos e desgraçou milhares. Começou com a regulamentação da poda, coisa que ninguém obedeceu. Agora, mandaram dizer que o governo decretou a extinção do monopólio. Todos vocês podem pedir concessão e tirar a erva. [...] O governo está longe, tem a vista fraca demais para enxergar o que se passa no mato. E a erva está no meio do mato. Não nos jardins do palácio do governo. Agora vamos lutar contra outro tipo de poder: o dinheiro, a política, o suborno, a malícia. (p. 208)

Selva trágica registra a reação imediata dos que, naqueles longes, detêm o poder... O resto, a História ainda está escrevendo...

Dados biobibliográficos

Presença atuante no meio cultural paulista, romancista *doublê* de historiador, contista, ensaísta, tradutor, biógrafo, pesquisador empenhado em rastrear a ação do Homem na construção da História, Hernâni Donato nasceu em Botucatu (SP), em 12 de outubro de 1922, e faleceu em 22 de novembro de 2012, em São Paulo.

Desde a infância sentiu-se atraído pelas letras, por "ouvir histórias" e inventá-las. Durante o curso do ginásio, descobriu os "tesouros" da biblioteca e se tornou um assíduo frequentador, estimulado pela orientação da bibliotecária (cuja paixão pelos livros ele guardou na memória). Nesse período, aos doze anos — em colaboração com o colega Francisco Marins —, escreveu a novela-folhetim *O tesouro*, publicada no Suplemento "O Guri" (Diário Associados de São Paulo).

Espírito humanista, inquieto, foi desde sempre atraído para as mais diversas atividades: lecionou português; escreveu para jornais e revistas; em seu sítio de Águas de São Pedro, empenhou-se em organizar uma comunidade agrária de inspiração tolstoiana; foi funcionário público federal; contador-de-estórias em Parque Infantil Municipal/SP; lecionou Geografia Humana, em escola de formação de líderes sindicais; exerceu cargos executivos em empresas comerciais; dirigiu uma expedição que se propunha a levantar o roteiro do caminho pré-cabralino, que ia do Planalto Brasileiro ao Vale do Paraguai (zona do plantio de erva-mate)...

Estreia como escritor em 1946, com *O livro das tradições*, cujo sucesso de crítica e de público abriu caminho para uma fecunda produção literária, essencialmente ligada ao Homem e sua ação atuante na História. Em sua produção romanesca de matéria histórica, destacam-se: *Filhos do destino* (1951) — saga do café, riqueza criada pelos imigrantes italianos que, tangidos pela crise mundial dos anos 1930, se enraizaram em terras paulistas. *Chão bruto* (1956) — epopeia da conquista do sudoeste paulista, romance que serviu de roteiro cinematográfico ao filme ganhador do Prêmio Saci/1959 (promovido pelo jornal "O Estado de São Paulo"). *Selva trágica* (1959), romance-documento que põe a nu um episódio cruento da nossa história, praticamente ignorado ou minimizado: o da desumana exploração da erva-mate no sul do Mato Grosso, no início do século XX. Exploração do "braço escravo", cujo monopólio fora dado pelo governo brasileiro a uma Companhia de Buenos Aires, e que atuou durante anos, deixando um trágico saldo de milhares de mortes de homens, mulheres e crianças. A trama histórico-romanesca foi adaptada para diversas formas de arte. Como filme, *Selva trágica* representou o Brasil no Festival de Veneza; na esfera teatral, foi adaptado para duas peças teatrais, representadas em várias cidades e também foi tema de um bailado expressionista.

Nos anos 1970, Donato volta-se para o cotidiano urbano destes babélicos tempos de mutação, com os minicontos reunidos em *Babel* (1976). O brevíssimo *flash* de abertura já sintetiza a visão dominante:

> Babel?!
> Existe ainda. É o homem.
> Fala cem línguas, mas não a do vizinho. Decide sobre
> a Ciência, a Fé, o Amor, o Semelhante. Tudo sobre tudo.
> Mas ao espelho, todos os dias, pergunta:
> "Quem é esse aí?"

Quem é o homem? É uma das interrogações que atravessam a sua obra e se manifesta também em suas inúmeras biografias de grandes personalidades da Arte e do Pensamento. Entre elas, destaca-se a do grande arqueólogo e helenista, Heinrich Schliemann, célebre por ter descoberto as ruínas de Troia e de Micenas. Paralelamente à imensa e variada produção para o leitor adulto, Donato dedica-se à adaptação de livros destinados ao leitor mirim. De acordo com as tendências da época (década de 1940), quando predominava o interesse pela matéria folclórica nacional e pelos contos jocosos-exemplares, ele recria velhos contos maravilhosos e escreve novas estórias de inspiração indígena, cuja originalidade suscitou o interesse dos pequenos pelo conhecimento do povo que habitava o Brasil antes da descoberta. Entre os livros de divulgação de conhecimentos, destacam-se: *A palavra escrita e sua história* (1953), *Como o homem domou o tempo* (1958) e *Livros que abalaram o mundo* (1963). A pedido da Academia Lusíada de Ciências, Letras e Artes, Hernâni Donato escreveu uma de suas obras maiores, *Brasil 5 séculos*. Fruto de mais de meio século de estudos, pesquisas e escavações na matéria histórica brasílica (e suas raízes lusitanas) essa fascinante História do Brasil abarca "500 anos de história milenar que principia num Reino e emigra para se tornar um Império continental." (Paulo Bomfim)

Sua extensa produção literária, contemplada com inúmeros prêmios e menções honrosas, há muito ultrapassou as fronteiras do Brasil e da língua portuguesa — muitos de seus títulos foram traduzidos em distantes línguas (polonês, romeno, tcheco, italiano, espanhol, guarani...).

Intelectual de destaque no meio cultural, Hernâni Donato é membro da Academia Paulista de Letras; foi membro-fundador da Academia Brasileira de Literatura Infantil/Juvenil e eleito Presidente de Honra do Instituto Histórico e Geográfico de São Paulo.

Publicações

Romance histórico — *Filhos do destino*, 1951; *Grandes amores da história e da lenda*, 1953; *Chão bruto*, 1956; *Selva trágica*, 1959; *Galileu Galilei*, 1971; *O rio do tempo: Aleijadinho,* 1972; e *Caçador de esmeraldas*, 1980.

Contos — *O livro das tradições*, 1946; *Contos muito humanos*, 1947; e *Babel*, 1976.

Biografia — *José de Alencar*, 1954; *Vicente de Carvalho*, 1955; *Raposo Tavares, o conquistador dos Andes,* 1956; *Casimiro de Abreu*, 1956; *Vital Brasil, o domador de serpentes*, 1959; *Heinrich Schliemann, o desenterrador de cidades*, 1969; *Plácido de Castro*, 1963; *Galileu, o devassador do infinito*, 1971; e *Dante Maccari, guerrilheiro popular*, 1983.

Tradução — *Novelas italianas*, 1963; *A divina comédia* (Dante), 1965; *Delito no clube* (Moravia), 1968; e *O capitão fracasso* (T. Gautier), 1974.

Livros sobre conhecimentos — *A palavra escrita e sua história*, 1953; *Como o homem domou o tempo*, 1958; *Os guerreiros*, 1960; *Os cientistas*, 1961; *Os romancistas,* 1961; *Os transportes*, 1961; *Livros que abalaram o mundo*, 1963; *Grandes discursos da história*, 1968; e *Dicionário de mitologias americanas*, 1973.

Literatura infantil — *História da floresta*, 1948; *A árvore de natal*, 1948; *Novas aventuras de Pedro Malasartes*, 1949; *No país da fantasia*, 1949; *Histórias dos meninos índios*, 1951; *Apuros do Macaco Pium*, 1952; *Façanhas do João Sabido*, 1952; e *Proezas e vitórias do menino Caná,* 1984. (Todos com sucessivas reedições.)

História — *A revolução de 32*, 1982; *Dicionário das batalhas brasileiras*, 1995; *A história do calendário*, 1990; *Os índios do Brasil*, 1996; *Sumé e Peabiru: dois mistérios maiores do século do descobrimento*, 1998; e *Brasil 5 séculos*, 2000.

38. HILÁRIO TÁCITO

Madame Pommery
Um romance modernista "avant la letre"[47]

É curioso o destino de certos livros: tendo tudo para serem apreciados, divulgados e discutidos permanecem na obscuridade e no esquecimento. É esse o caso de *Madame Pommery* de Hilário Tácito, romance paulista composto em 1919 e publicado em 1920, pela Editora da Revista do Brasil, cujo diretor e proprietário na época era Monteiro Lobato.

Vivia-se o clima instável do pós-Guerra 1914/1919; o início do grande progresso industrial de São Paulo, e consequente decadência da aristocracia rural paulista — sociedade conservadora que, evidentemente, não acolheria de bom grado um romance como *Madame Pommery*, cuja trama gira em torno de uma prostituta ambiciosa e suas aventuras com coronéis paulistas. Ao que parece, em São Paulo a imprensa não assinalou seu aparecimento. Em 5 de julho de 1920, no Rio de Janeiro, o grande crítico Tristão de Athayde escrevia em "O Jornal": "Madame Pommery. Eis aqui um livro bom, de autêntico humor. Dizem que, em São Paulo, em torno dele se fez a muralha do silêncio. Não é de estranhar, pelos assuntos que toca e personagens envolvidos, como pela aguda penetração de sua aparente indulgência."

Ao lermos hoje (1977) esse inteligente e bem humorado romance, torna-se evidente o seu pioneirismo e, ao mesmo tempo, se compreende que à sua volta se tenha feito a "muralha do silêncio" de que fala Tristão de Athayde, pois sua narrativa trata, nada mais nada menos, do que desnudar o avesso da respeitável elite paulista, emergente do

---

[47] Comunicação apresentada no XVIII Congresso Internacional de Literatura Ibero-Americana. RJ, de 1° a 6 de agosto de 1977. (N. da A.)

binômio café/indústria e que detinha nas mãos o poder do dinheiro e o controle da cultura, da política e da moral.

Aceitando-se a premissa de que um estilo e/ou uma forma literária correspondem a determinada visão de vida, pois refletem uma experiência particular do viver em relação a certos valores coletivos e certo contexto cultural, *Madame Pommery* é, sem dúvida, a primeira manifestação da consciência crítica modernista na prosa de ficção brasileira. Pelo que guarda de informações documentais da época em que eclode o nosso Modernismo, e pelo que revela de consciência literária inovadora, é um livro pioneiro, descendente satírico da *Madame Bovary* (1857) de Flaubert. Indo direto aos pontos essenciais desse pioneirismo, temos em *Madame Pommery*:

1. *A autoconsciência crítica*, o questionamento do próprio processo narrativo em crise, que vai caracterizar a literatura modernista e pós-modernista;
2. *A atitude irônica,* resultante da tentativa de quebra das fronteiras entre áreas tradicionalmente estanques: fusão da verdade histórica com a fantasia da invenção romanesca, através de uma "visão carnavalesca" do mundo. Visão que preside a muitas obras modernistas e que reaparece na literatura, ciclicamente, em momentos de transformação de valores;
3. *A consciência crítica urbana* que preside à seleção do tema, problemática e linguagem e que caracteriza o Modernismo;
4. *A consciência do nacional,* questionado em seus valores e limitações, pedra angular da renovação modernista.

Examinemos mais de perto algumas das singularidades do romance.

A intencionalidade satírica

Já a folha de rosto nos revela a intencionalidade básica do autor. No título, subtítulos, explicações, dedicatórias, autoria, local de origem do autor e data, temos uma verdadeira sinopse de sua matéria literária. É, esse, um texto cuja natureza satírico/irônica expressa a inadequação que existe entre a linguagem e o seu objeto: o que de início soa a retórico e acadêmico, passa a soar comicamente.

Madame Pommery

Crônica muito verídica e Memória Filosófica de sua vida
Feitos e gestos mais notáveis nesta cidade de São Paulo.

Com um perfunctório esboço biográfico, em que pela primeira vez se registram as lendas e anedotas mais abonadas sobre o nascimento, infância e educação da mesma conspícua senhora; baseada em documentos inéditos, memórias próprias e no testemunho respeitável de várias pessoas abalizadas que mais se avantajaram no seu trato e intimidade;

Obra necessária ao perfeito entendimento de muitos fatos particulares, assim políticos como sociais, que resultariam sem ela de impenetrável obscuridade para o futuro historiador, e por isso, dedicada ao Instituto Histórico e Geográfico, à Academia Paulista de Letras, à Sociedade Eugênica e mais associações pensantes de S. Paulo;

Composta por Hilário Tácito
(Natural de Botucúndia)
Em 1919/1920 Edição da Revista do Brasil S. Paulo

A intenção satírica da apresentação fala por si. É de se notar ainda, em reforço da intencionalidade crítica que alicerça o romance, a escolha dos nomes do autor, da heroína e do local de nascimento do primeiro. Hilário Tácito (pseudônimo do engenheiro paulista José Maria Toledo Malta) teria a dupla intenção que caracteriza o livro em sua totalidade: unir o cômico ao sério. "Hilário" viria de "hilariante" e "Tácito", obviamente, da função de historiador que o autor está revogando para si. (É curioso lembrar, a propósito, que o romano Tácito foi, entre os historiadores antigos, dos mais acusados de não ter sido imparcial em seus julgamentos e de ter permitido que sua personalidade de homem e de artista tivesse deformado a história por ele escrita. Assim também seu vocabulário, rico, foi basicamente alimentado de arcaísmos e neologismos. Foi ainda dos que se preocupou em descobrir o *caráter nacional* dos povos que visitou. Cf. sua viagem pela Germânia e a descrição das civilizações bárbaras in *Costumes dos germânicos*).

A heroína, Mme. Pommery, como o narrador explica, viria da marca de champanha conhecida na época:

> Ignora-se, ainda, quando e por que motivos começou a chamar-se Mme. Pommery. É provável que se trate de uma alcunha, proveniente de predileção pela champanha Pommery. Soando o nome como o seu próprio de Pomerikowsky, era natural que o adotasse, considerando as vantagens da brevidade e da alusão.

Mário Chamie (em estudo sobre o romance) alude ainda à provável montagem: Pompadour/Bovary, ambas citadas no romance. Quanto à "Botucúndia" (termo cunhado por Monteiro Lobato), parece uma clara alusão à parvoíce do brasileiro, ao querer ostentar um comportamento de imitação inadequado à sua realidade, para não parecer provinciano ou inculto.

O entrecho

A narrativa, que se quer *original* e *histórica* (portanto, não-ficção), desenvolve-se em oito capítulos. Apenas no terceiro entra em cena o "objeto" escolhido como tema: Mme. Pommery. Em meio a contínuas digressões, ela nos é apresentada como um ser existente, "um símbolo, se o quiserem", diz o narrador, mas que "vive e respira, tão real e efetivamente como eu, que escreve, e o leitor, que me lê, apenas com muito mais apetite e fôlego." É-nos revelada: sua ascendência (mãe espanhola, noviça, raptada por um "polaco israelita" de profissão lambeferas num circo de ciganos); sua vida nômade desde a infância, em convívio com os marginais da sociedade; sua "vida airada"; seu talento para assimilar exemplos e vencer naquele mundo cão; sua estreia "com estrondo na prostituição itinerante"; sua carreira nos "cabarets do porto, tascas de meretrício miúdo" e sua súbita viagem para "fazer América". No cap. IV, o narrador desvia-se novamente de seu objeto principal para digressões inúmeras, registrando apenas a chegada de Mme. Pommery a São Paulo e explicando o acaso que a isso a levou (o encontro casual com sua antiga mestra, a meretriz Zoraida, transformada em respeitável senhora de um coronel); e o consequente plano de "correr atrás do Coronel" que morava em São Paulo. No cap. V são mostrados os planos de Mme. Pommery para dotar a cidade paulistana de um prostíbulo de luxo, à altura de sua importância econômica (substituindo a reles cerveja pela aristocrática champanha); suas inteligentes artimanhas para conseguir um sócio com capital para o "negócio"; a fundação do Paradis Retrouvé; as cartadas jogadas para fazer do "colégio" e de suas "alunas" um sucesso de "alto bordo", e o descartar-se do primeiro sócio, já inútil, substituindo-o por outro mais vantajoso. O cap. VI, a par de novas digressões que fazem o elogio do sexo e do álcool, descreve a "engrenagem" funcional do Paradis Retrouvé (Paraíso Reencontrado — clara alusão ao Paraíso Perdido da Bíblia ou ao de Milton, no século XVII), "mercado da luxúria", controlado por uma sagaz contabilidade, sob a supervisão ambiciosa e financeira, coquette e amoral de Mme. Pommery. O cap. VII focaliza a expansão da fama e influência do Paradis Retrouvé, apontado como verdadeira mola propulsora das transformações "civilizadoras" dos costumes paulistanos. O cap. VIII encerra a narrativa com os novos planos de ascensão de Mme. Pommery: uma vez rica, sua ambição não cessa; sonha aposentar-se como rufiã e casar-se na alta sociedade. Essas eram agora as novas etapas a serem vencidas. E tudo indica que mais uma vez Mme. Pommery venceria.

É evidente que esse entrecho (hoje banal, embora extremamente ousado e escandaloso para a época), que serve de fio condutor à narrativa, não revela o verdadeiro valor literário e inovador do romance. Esse valor surge em função do *como* esses sucessos foram narrados (como, aliás, em qualquer romance). *Madame Pommery* é, pois, um livro que só lido "pelo avesso" mostrará sua verdadeira face. Se é verdade que, mesmo uma leitura superficial, já mostra claramente sua contestação à prosa realista/naturalista, já esgotada mas ainda vigente naqueles anos 10/20, por outro lado, considerado "ingenuamente", isto é, lido apenas na superfície de seu texto, não revela sua modernidade, pois aparentemente se constrói com uma linguagem acadêmica ultrapassada, sem apresentar aquela transgressão formal exigida pela revolução dos "ismos". Daí que uma análise puramente textual dificilmente poderá revelar sua verdadeira dimensão inovadora. Esta ressalta no momento em que o texto literário é colocado em relação ao contexto sócio-cultural da época. Lido nessa perspectiva, *Madame Pommery* revela seu processo irônico e uma inequívoca consciência crítica que em tudo se identifica com a modernista, manifestada abertamente a partir de 1922.

É, portanto, através da pitoresca narrativa da vida de Mme. Pommery, sagaz rameira polaca, que o livro de Hilário Tácito vai delineando, com aguda percepção, o quadro social/ético/político do São Paulo dominado pelos coronéis do café, em época imediatamente anterior à eclosão modernista. E ao mesmo tempo põe em questão os processos narrativos em crise.

A autoconsciência crítica

Em *Madame Pommery* essa autoconsciência manifesta-se sob vários aspectos, dos quais destacamos dois dos mais importantes: a consciência de que toda renovação se faz por uma volta ao inaugural, ao puro, às origens, e à autodescoberta do autor, como criador da narrativa assumindo-se, literalmente, como o Eu, a partir do qual o mundo romanesco existe.

Daí se entende que em *Madame Pommery* haja a fusão de uma *estrutura narrativa arcaica* (tomada de convenções narrativas medievo-renascentistas, peculiares ao romance ou novela em suas origens[48]) com uma *atitude narrativa romântica* (a definitiva "quebra da distância épica" que era própria da novela em seus primórdios). A estrutura narrativa arcaica caracteriza-se pelo registro do título do livro, seguido de vários subtítulos ou explicações e pela abertura dos capítulos com uma sinopse dos acontecimentos que neles se darão. A "quebra da distância

---

[48] Esse é o aspecto inovador mais enfatizado por M. Chamie em *Intertexto*: "Hilário Tácito [...] toma o sistema codificado da prosa quinhentista para, no seu uso violado, afirmar uma realidade presente que é a negação desse sistema passado." (N. da A.)

épica", que caracteriza a atitude narrativa a partir do Romantismo, tem como consequência a intromissão do próprio narrador na narrativa a conversar com o leitor, a comentar os fatos, tal como os modelos de Sterne, Garrett, Alencar, Machado, etc. Hilário Tácito, entretanto, vai mais longe: entra na narrativa para questionar sua própria pessoa e seu processo criador.

Sempre em tom bem-humorado, entre familiar/ingênuo e retórico/elevado e em contínuas digressões do tipo "palavra puxa palavra" (do que resulta a tessitura labiríntica de sua narrativa), Hilário Tácito faz sua apresentação como *autor* (e não simples "tradutor", como o "escriba Jesus" que "também começa nas Escrituras tratando de si próprio"). Um autor diferente da "classe dos peralvilhos das letras," por reunir em si "o bom senso, a compostura, a decência [...] juntamente com a simplicidade e a clareza". Como vemos, exatamente a qualidade que, no consenso comum, estão absolutamente ausentes nele. "E sou tal, em suma, que Mme. Pommery não achará razões maiores para se envergonhar do seu cronista". E depois de justificar o alcance nacional de sua tarefa (fornecer ao historiador do futuro a base das forças diversas que fazem andar na atualidade nossa máquina social) o narrador conclui:

> Eis porque eu, Hilário Tácito, movido de justificável zelo patriótico e atento à propaganda nacionalista, assentei de empreender este trabalho superior ao meu engenho. Não será, pois, um monumento como o reclamava a celebridade da heroína, mas uma rude construção de pedras amontoadas sem arte nenhuma, à maneira dos menhires e dos dolmens primitivos.

Aí temos definido o seu estilo híbrido, transgressor e satírico, sua narrativa labiríntica e anticonvencional pontilhada por dezenas de citações de obras e autores consagrados[49], sempre invocados com propriedade ou com ironia, como a palavra da autoridade, para reforçar a opinião emitida, ou para satirizá-la.

---

[49] Um levantamento superficial dessas citações dá-nos um número de mais ou menos 200, entre autores, obras e fragmentos. (N. da A.)

A atitude irônica

Recusando a classificação de romance, novela ou conto e rotulando-se de crônica muito verídica e memória filosófica de Mme. Pommery, o livro de Hilário Tácito inscreve-se, como obra inovadora, na longa tradição que remonta ao fim da Antiguidade Clássica, quando surgem e se desenvolvem gêneros (sátira, menipeia, paródia, farsa...) que, aparentemente diferentes entre si, tinham um traço comum: a mistura da comicidade à seriedade. Gêneros que acabaram por constituir um domínio especial da literatura, o cômico-sério, e que voltam a se impor ciclicamente em cada período de crise ou de transição.

Conforme a arguta análise de Mikail Bakhtin (cap. IV, *La poétique de Dostoievski*. Paris, Seuil, 1970) o grande traço distintivo desses gêneros é o revelarem uma visão carnavalesca do mundo. Visão antitradicional que coloca a imagem e a palavra em relação insólita com o real instituído, e que podemos resumir como resultante de três atitudes básicas: *a visão contemporânea* do mundo, isto é, a escolha de uma realidade atual, contemporânea ao autor, como matéria literária; *a intencionalidade crítica* (campo aberto à experiência e à invenção) que resulta do desencontro entre a linguagem ou o processo narrativo usado e a tradição literária vigente no momento e *a estruturação heterogênea* dos níveis: mistura do aristocrático ao vulgar, do erudito ao popular, do sério ao cômico, do verdadeiro ao falso, etc.

Portanto, nesses gêneros transgressores de uma certa ordem, ao lado da palavra que representa a realidade, nasce a palavra representada, isto é, a palavra que passa a valer por si, como um dos elemento mais importantes da narrativa. Essas três atitudes estão presentes em *Madame Pommery*.

1º A escolha de São Paulo de sua época, como o núcleo básico da "crônica muito verídica" de *Mme. Pommery*.
2º A utilização de convenções retóricas e estruturais da novela quinhentista, mesclada às convenções narrativas do romance romântico/realista, que ainda se perpetuava na subliteratura romanesca ou folhe-

tinesca que, na época, circulava entre o grande público. Essa utilização pelo avesso, essa invenção que se serve do arcaico para criar o novo, revela a *intencionalidade crítica* do autor.

3º A heterogeneidade de níveis resulta do *processo irônico* utilizado, desde a apresentação do título, subtítulos e explicações da página de rosto, até os menores incidentes narrados, onde se faz sentir constantemente o choque entre duas realidades antagônicas: a pretendida *seriedade e elevação* do discurso (de exaltação ou elogio) e a *vulgaridade* do seu objeto (a prostituição). É, pois, através do paradoxo — o elogio da prostituição (atitude que feria frontalmente todas as regras morais do sistema instituído) que Hilário Tácito registra a sua crítica ao conservadorismo ultrapassado que impedia a eclosão das novas formas de vida e de pensamento, em plena gestação.

A volta ao inaugural: Boccacio e Rabelais

Ao desmistificar o romance dessorado vigente em sua época e tentar questioná-lo, Hilário Tácito segue a lição de dois mestres do passado: Rabelais e Boccacio, ambos questionadores das ideias e costumes medievais, na fronteira do Renascimento. Esse intencional resgate da seiva do passado se mostra abertamente em vários momentos do romance. É o caso, por exemplo, da explícita retomada de Rabelais e sua intencionalidade crítica e carnavalizante, patente em *Gargântua* (1534), novela burlesca/satírica, onde se fundem heranças da Antiguidade greco-romana e da novelística medieval. Diz Rabelais:

> Mui ilustres beberrões (porque é a vós e não a outros que dedico meus escritos), Alcibíades, no diálogo de Platão, intitulado o *Banquete*, louvando seu preceptor Sócrates, sem controvérsia o príncipe dos filósofos, entre outras palavras, aponta nele semelhança com os *silenos*. Silenos eram, antigamente, pequenas caixas, tais como as vemos hoje nas boticas, pintados por fora com figuras alegres e frívolas [...] para levar o mundo a rir. [...] mas por dentro contendo finas drogas, pedrarias e outras coisas preciosas. Assim é Sócrates. Vendo-o por fora, o estimamos pela aparência exterior, feia e ridícula [...] sempre dissimulando seu divino saber interior.

Em *Madame Pommery*, Hilário Tácito retoma o processo satírico rabelaisiano: ocultar realidades essenciais no avesso de formas frívolas, supérfluas. Intencionalidade que ele declara abertamente em certos momentos, ao se referir à natureza oculta de seu romance.

> Livros saudáveis são como aqueles vasos chamados silenos, de que fala o mestre Rabelais, os quais eram pintados por fora de figuras extravagantes e burlescas, para excitar o riso como o bom Sileno, preceptor de Baccho. Mas dentro guardavam as mais finas essências, pedraria finíssima e outras coisas raras e preciosas. Nestes é que é ler e aproveitar.
>
> Mas eu presumo que no tempo de Salomão não havia livros desta boa espécie; pois nem Rabelais tinha inventado o Pantagruel, nem Mme. Pommery tinha nascido.

Quanto a Bocaccio revela-se numa dupla retomada: a do objeto da narrativa e da consciência crítica do narrador. Tanto o *Decameron* (1350) como *Madame Pommery* têm como eixo da ação narrativa a *mulher liberta* dos preconceitos morais que tolhem a plena fruição de suas relações com o homem. Ao analisar a injustiça e artificialidade das leis e costumes que bloqueiam a livre ação da mulher, Bocaccio foi, sem dúvida, o primeiro feminista dos tempos modernos.

> [...] a fim de que para mim se corrija o pecado da Sorte[50], pretendo contar cem novelas, ou fábulas, ou parábolas, ou histórias, ou o que quer que sejam [...]. Em socorro e refúgio daquelas que amam, é que escrevo (porquanto, para as outras, bastam a agulha, o fuso, a roca).

Pioneiro também na defesa da mulher, no Brasil do início do século XX, tal como o mestre italiano, Hilário Tácito elogia a *libertação* e *espontaneidade de ação* assumida pela mundana e também, como aquele, faz a defesa da honestidade e dignidade de sua heroína. Ao mencionar as mulheres de quem se contariam as histórias prometidas no prólogo,

---

[50] Boccacio refere-se aos tabus impostos à mulher e não, ao homem, como uma fatalidade, um destino. (N. da A.)

Boccacio adverte:

> Eu revelaria, pela devida forma, os seus nomes, se justa causa não mo impedisse de o fazer. A causa é esta: não quero que, pelas coisas que se seguem, e que foram por elas contadas, ou ouvidas, alguma delas deva, em tempo futuro, envergonhar-se. Hoje, as leis sobre o prazer são restritas; naquela época, pelas razões acima expostas, essas leis eram extremamente tolerantes, [...] não desejo, também, proporcionar motivo para que os invejosos, prontos a morder toda vida digna de louvor, diminuam por qualquer aspecto, com falatórios escusos, a honestidade das dignas mulheres.

Em *Madame Pommery*, a cada momento, Hilário Tácito também defende sua heroína de qualquer suspeita de falta de decoro, e já na folha de rosto menciona sua intenção de traçar o "perfunctório esboço biográfico da mesma conspícua senhora" etc., etc.

Note-se, ainda, o paralelismo das circunstâncias temporais em que, em ambos, ocorre tal libertação feminina: tempos de crise, tempos excepcionais, de suspensão de valores. As narrativas de Boccacio ocorrem na época da peste (1348) que dizimou Florença; a de Hilário Tácito, nos anos 1910/20 — época de transição da mentalidade-século XIX para a do século XX e, especialmente em São Paulo, que, naqueles anos, caminhava aceleradamente do sistema de vida rural rudimentar, para urbana civilizada, com todos os desequilíbrios advindos dessa evolução.

Tal como no *Decameron*, também aparece em *Madame Pommery* a mescla intencional da linguagem culta com a linguagem popular. E se o mestre italiano no século XIV, fins da Idade Média, liberou a prosa narrativa dos resíduos medievais e antecipou a Renascença, Hilário Tácito inicia a libertação do romance brasileiro, dos resíduos oitocentistas, e abre caminho para a prosa modernista.

A consciência crítica

A *consciência crítica urbana*, que será uma das características da visão de mundo modernista, já aparece claramente expressa no universo criado em *Madame Pommery*. São responsáveis por essa visão crítica: a natureza do *tema* (o elogio da prostituição, como denúncia da hipocrisia ética dominante na sociedade), a escolha do *espaço/tempo* (o meio paulistano da época, em franco progresso econômico e uma sociedade que prolongava no presente os preconceitos e valores caducos do passado), *o amor* reduzido a uma operação financeira (reflexo da lei do investimento e lucro que começara com o progresso industrial e se impunha como sistema de pensamento), as *inter-relações sociedade/literatura* (relações ambíguas, na em medida que ambos os fenômenos influenciam-se reciprocamente: a sociedade engendra a literatura e esta espelha ou transforma a sociedade); e a crescente *consciência* de que a literatura e a arte em geral são os elos que unem a vida presente ao passado, do qual ela procede — elos aos quais o presente deverá dar continuidade, preparando os caminhos do amanhã. Todo fruto depende da semeadura.

Da primeira à última página, Hilário manifesta-se convicto da interdependência dos processos que respondem pela evolução das sociedades e das literaturas, tal como hoje se aceita.

> [...] o que sucede num país novo onde tudo cresce e se transforma a vista d'olhos, é que nem todas as instituições se podem transformar e crescer a um tempo e harmonicamente. — Umas vão a vapor; outras a juntas de bois. Daí os disparates: sufrágio universal e população de analfabetos; cafés valorizados... e cervejada no alto bordo. Tudo isso resulta, em última análise, de uma lei sociológica geral. Pois não é a mesma coisa o que acontece, por exemplo, nos começos de todas as literaturas? — É celebérrimo, a este propósito, o testemunho de Boileau sobre as origens caóticas do verso francês:
>
> "Durant les premiers ans du Parnasse français le caprice tout seul faisait toutes les lois.
>
> [...] Enfin Malherbe vint... Et reduisit la muse aux règles du devoir."
>
> [...] A prosa brasileira também teve o seu Malherbe. [...] Machado de Assis. Custou mas veio.
>
> Pois, de igual fortuna, ou desfortúnio, padeceu a *nossa boemia libertina*. Aí jazia no atraso, na ignorância, na balbúrdia, como nos tempos coloniais. Para surgir, para crescer, para brilhar, só estava à espera de um Malherbe. [...] Mas, eis que um dia, finalmente, *Mme. Pommery apareceu!*
>
> "Enfin Malherbe vint..."

Através dessa atitude satírico-irônica, Hilário Tácito entra em um dos problemas básicos do livro: a compreensão das forças diversas que fazem andar a máquina social, identificando-as com as forças do sexo e do dinheiro, ou melhor, aponta a liberação dos costumes, como fenômeno indissoluvelmente ligado ao progresso econômico da sociedade.

A consciência do nacional

Questionado em seus valores e limitações, em sua originalidade e servilismos aos moldes europeus, o caráter do nacional é, sem dúvida, a pedra angular da renovação modernista. Preocupação abrangente que se infiltra em *Madame Pommery* desde a escolha da matéria brasileira (a engrenagem sócio-econômico-cultural de São Paulo) até a preocupação constante em exaltar a prata da casa, ombreando-a com a europeia e passando pela crítica à imitação estrangeira entre nós, principalmente a francesa que imperava de maneira absoluta naqueles primeiros anos do século. Essa é a tônica básica do livro: dar a dimensão exata do nacional com suas limitações, fraquezas e potencialidades em expansão.

Inclusive, ao escolher o nome Botucúndia como cidade de origem do autor, Hilário nos dá a medida de sua preocupação com o caráter do brasileiro[51] e de sua irritação contra o primarismo e provincianismo que grassava nos meios intelectuais do São Paulo da época, e que sua sátira não poupou. Os Catões da Botucúndia, os Labruyères da Botucúndia, etc., etc. evidentemente foram os responsáveis pela muralha de silêncio que se ergueu contra o seu romance, cuja linha vai reaparecer mais tarde no movimento Pau-Brasil e congêneres...

Madame Pommery é, sem dúvida, a primeira manifestação, entre nós, de uma literatura de transgressão, aquela que, conscientemente, trans-

[51] Um dos índices da valorização do nacional em Hilário Tácito é o constante relacionamento feito entre nomes estrangeiros e nacionais, para dá-los como equivalentes: "Voltaire/Gaspar Dias de Landim; Virgílio/Odorico Mendes; Spencer, Kant e Pedro Lessa; Frei Luiz de Souza e Padre Vieira; os Goncourts e Albertos Rangéis da terra do café; Malherbe e Machado de Assis; etc., etc". Inclusive aponta uma precursora patrícia para a polaca Mme. Pommery: "Mme. Nhorica". (N. da A.)

gride regras, viola normas e convenções, fazendo da transgressão sua própria norma e base de existência.

Tivemos conhecimento desse romance, em 1970, pelo estudo que Mário Chamie lhe dedica em *Intertexto* (S. P. Ed. Praxis), onde o analisa como "escrita rapsódica", tal como *Serafim Ponte Grande* de Oswald de Andrade e *Macunaíma* de Mário de Andrade. Anteriormente, Chamie publicara o ensaio "Penumbra de Pommery ou uma situação para Oswald" (Praxis nº 4, 1964), no qual examina a possível influência que Hilário Tácito teria exercido sobre o criador de *João Miramar*. Teria ou não? Tal resposta dependerá de pesquisas a serem feitas. Por ora, o que se sabe de concreto é que o romance *Madame Pommery* não fez carreira entre os leitores, tornou-se livro ausente do mercado. Chamie encontrou-o em um velho sebo de São Paulo; e Cassiano Nunes, por outro feliz acaso, encontrou um exemplar em um sebo em Belém do Pará. Sabendo de meu interesse pela pesquisa da ficção brasileira, generosamente deu-mo de presente.

Dados biobibliográficos

Hilário Tácito (pseudônimo de José Maria de Toledo Malta) nasceu em Araraquara/SP em 27.03.1885. Fez seus estudos na capital paulista, onde a família se radicara. Formou-se na Escola Politécnica em 1908. Iniciou-se na carreira de engenheiro na Cia. Mogiana de Estrada de Ferro, em Campinas. Acaba se tornando especialista na técnica do *cimento armado* (novidade no início do século XX). Edificou vários arranha-céus em São Paulo, sendo o primeiro o famoso Prédio Martinelli no centro da capital. Escreveu vários artigos e livros sobre as novas técnicas de construção.

Grande conhecedor da cultura clássica, distinguiu-se em seus trabalhos como grande latinista, humanista e profundo conhecedor das línguas portuguesa, francesa, alemã, inglesa, espanhola e italiana. Verteu para o português algumas odes de Horácio e poemas do *De natura rerum* de Lucrécio. Traduziu grande parte dos Ensaios de Montaigne. Ocupou vários cargos de importância, até sua aposentadoria, em 1942.

No campo das letras, deixou um romance 'sui generis', *Madame Pommery*, que ainda está por ser descoberto pelo grande público ledor e pelos pesquisadores. Conforme Mário Chamie, "Hilário Tácito é o nosso primeiro escritor a lançar as coordenadas básicas de uma literatura cujo centro de interesse crítico passou a ser a aristocracia rural paulista em estado de desagregação (a partir do pós-guerra 1914)." Faleceu, depois de um período de invalidez, em 1° de janeiro de 1951.

Publicações

Romance — *Madame Pommery*, 1919.
Estudo — *Cimento armado - cálculo rápido*, 1925; e *Lages, vigas e pilares de cimento armado*, 1925.
Tradução — *Seleta de ensaios de Montaigne*, 3 vs. 1961 (post.)

39. IGNÁCIO DE LOYOLA BRANDÃO

Zero — Romance Pré-histórico
O apocalipse do nosso tempo[52]

Zero é começo, zero é fim
Zero é o círculo fechado
que encerra, prende, sufoca:
estamos rodeados por ele.

Romance-suma do espetacular/caótico mundo progressista em que vivemos, *Zero – Romance Pré-histórico* consagrou-se, desde a estreia, como uma das contundentes antiepopeias destes nossos tempos esquizofrênicos. Escrito entre 1967 e 1969, em pleno período da Censura instituída pelo Governo Militar, *Zero* teve sua publicação proibida no Brasil. Mas as circunstâncias o levaram para a Itália, onde em versão italiana é lançado em 1974, com grande sucesso de crítica. Nos rastros desse sucesso, é publicado no Brasil, mas sua circulação no mercado esteve proibida até 1979, quando foi revogado o Ato Institucional 5.

Romance engendrado pela funda experiência profissional/existencial do autor Ignácio de Loyola, em seu íntimo corpo a corpo com o meio jornalístico/artístico paulista e a "cultura de massa" que se expandia a partir dos anos 1950-60 (cinema, rádio, literatura, publicidade, TV...), *Zero* traz à tona o "lixo" humano/social, os "encurralados", as "sombras" de uma sociedade brilhante, cujas engrenagens invisíveis trituram os que não conseguem "subir na vida".

Nos rastros do romance norte-americano, *à la* Dos Passos (*Manhatan transfer*, 1926), Loyola constrói um babélico afresco da realidade paulistana (reflexo do mundo globalizado) dos "anos dourados de 1960",

[52] Reformulação de Comunicação apresentada no VI Festival de Arte e Literatura, realizado em Areia (Paraíba) em fevereiro/1981. (N. da A.)

mas vista por baixo de seu espetacular progresso de cidade grande. Numa evidente resposta à interrogação drummondiana: "E agora, José?", Loyola põe, no centro de seu babélico mundo, o "José mata ratos". Na frase inicial do romance — "José mata ratos num cinema poeira." — já está a síntese de sua problemática nuclear: o *sem saída* do homem que, despojado de sua transcendência (depois que a Ciência lhe roubou a origem divina), viu-se reduzido a simples "dente" da fantasiosa/fantástica engrenagem social, que acaba por destruí-lo. Processo desumano que está patente na profissão de José: é *matando* os ratos que ele *ganha a vida*... os ratos precisam continuar a existir, para serem mortos e José continuar a "ganhar a vida". E, não por acaso, ele os mata num "cinema poeira" — clara metáfora do mundo de ilusões baratas em que a humanidade está "encurralada".

Zero se desdobra como um tragicômico e absurdo caleidoscópio do mundo pós-moderno, visto pelo olhar jornalístico — aquele cuja tarefa (a do Quarto Poder) é revelar a *verdade* dos fatos, encaminhar o leitor para *o conhecimento* do que acontece na máquina do mundo. Mas, num mundo em transformação — no qual realidade e ficção, verdade e mentira, lei e crime... se misturam caoticamente, onde encontrar *o ponto de apoio* e equilíbrio? É a interrogação que parece atravessar o romance, cuja matéria o autor levou anos recolhendo no dia a dia, como ele o revela em certa entrevista:

> Para *Zero*, comecei formando um arquivo de documentos, de notícias, de publicidade de jornais e revistas, fotos de *out-doors*. Recolhi fotografias. Gravei depoimentos. Saía à rua, anotando descrições, cantos de São Paulo, detalhes curiosos. Copiei letras de música. Percorri privadas, tirando inscrições. Filmei (com uma super B) ruas e praças e gente. Então dividi os personagens que tinha, colocando-os em pastas [...] A cada dia eu jogava uma coisa dentro da pasta: uma ideia anotada, uma frase ouvida na rua, um sonho, uma visão, uma notícia publicada (ou censurada), um folheto (almanaques, abcs, bulas de remédio), uma foto, uma cópia de um livro, uma citação de filme, um santinho, um trecho. Um dia terminei a recolha. [...] Quando aquele bloco imenso, aquele arquivo humano, estava mais ou menos pronto [...] Ali estavam as 800 páginas iniciais de *Zero*. Os persona-

gens. A cidade em torno, viva. O país. O mundo. Completamente caótico, desordenado [...] Eu queria uma confusão organizada, proposital [...] Era preciso cortar... (cf. "Estado de Minas", 01.08.1974)

Dessa matéria em bruto, a arte de Loyola vai construindo um "caos organizado", onde se misturam desde banalíssimas/insólitas situações do cotidiano até as torturas de presos no Governo Militar; da façanha dos astronautas, conquistando o espaço, aos ritos de terreiro de Umbanda; de descrições científicas do corpo humano aos jogos eróticos mais desbragados... dos esquadrões da morte aos miseráveis, favelados, guerrilheiros urbanos, líderes sindicais...

Sintonizado com uma das "regras" do teatro brechtiano — a do "efeito de estranhamento", ou seja, "ver por trás do familiar o que ali existe de estranho, desumano", a escritura de *Zero* vai abrindo rasgões na realidade aparentemente comum e deixando ver (através de um olhar pícaro, jocoso) a tragicidade ali oculta. A diagramação tipográfica do imenso "arquivo humano", coletado pelo autor, é fator decisivo para o impacto de sua leitura. Influenciado pela técnica de montagem cinematográfica e numa linguagem 'sui generis' (que vai da mais simples/direta/comum à mais luxuriosa/ambígua/onomatopaica) o fluxo narrativo é disposto nas páginas, em breves ou longos fragmentos, sinalizados por títulos em maiúsculas (que servem como "setas orientadoras" para o leitor não se perder no labirinto). Textos breves ou longos são intercalados por desenhos ou fechados em quadrados. Mostrando a relação existente entre fenômenos aparentemente distintos, há trechos dispostos em duas colunas, que se correspondem (ex: a relação de José com o Cosmo, ou o choque entre a miséria inconsciente do brasileiro e o imaginário que, através dos multimeios de comunicação, o leva à plena aceitação dos poderes que o exploram, como em "O Crioulo Inglês"...)

Romance mosaico, construído com paixão e talento, *Zero* testemunha o caos da "Sociedade sem Pai" (McLuhan). A sociedade alienante em que vivemos, desde os idos em que a Ciência decretou a "morte de Deus". E, com essa "morte", reduziu todas as ideologias e verdades fundadoras, a meros *simulacros*. A "verdade" está agora no Objeto a ser consumido e no Espetáculo a ser vivido, em lugar da Vida real. "José mata ratos" atravessa o romance, como uma espécie de avatar do poeta Virgílio, o guia de Dante em sua caminhada pelo Inferno. Com a diferença de que esse "inferno", a ser atravessado pelo Leitor, é o da Vida — não o do pós-morte, como o de Dante...

Dados biobibliográficos[53]

Romancista, contista, cronista, crítico de cinema, jornalista, lúcido analista dos tempos que correm, Ignácio de Loyola Lopes Brandão nasceu em 31 de julho de 1936, em Araraquara (SP), onde fez os estudos básicos. Desde cedo foi atraído pelo jornalismo. Com 16 anos começou a escrever crítica de cinema ("sua paixão") para o "Correio Popular" de Araraquara. A cidade, nos anos 1950, conhecia um ativo movimento cultural, com uma Escola de Belas Artes, dirigida pelo artista italiano Domenico Lazzarini, um grupo teatral (TECA), grupo de balé, Conservatório Musical e um Foto-Cineclube, que contava com o apoio da Cinemateca Brasileira (SP), cujos mentores paulistas, Paulo Emílio Salles Gomes e Rudá de Andrade, faziam visitas periódicas à cidade, difundindo entre os jovens o interesse pela pesquisa cinematográfica. Dentro desse movimento, Loyola participou da direção de um documentário curta-metragem. Experiência que o levou a buscar horizontes mais amplos de ação.

Muda-se para a capital paulista, e se profissionaliza na imprensa. Torna-se repórter da "Última Hora" (de Samuel Weiner), onde permaneceu nove anos (1957-1966). Coube-lhe inicialmente cobrir bairros periféricos (Bom Retiro, Barra Funda...) ao grande centro paulista — experiência que o levou a conhecer de perto o lado sofrido e duro das "camadas baixas" da progressista São Paulo, a Pauliceia Desvairada marioandradina que acabou se tornando a principal personagem de

[53] Fontes consultadas: OESP/05.10.1968 e 02.12.1984; C. Medina *A posse da terra*, 1985; "Folha de São Paulo"/17.09.1976; "Correio Braziliense"/RJ, 13.02.197; Índice/SP Nº1.1987; Supl. Cultural "O Popular"/Goiânia. 03.12.1978; "Leia"/SP, agosto. 1984; "Jornal do Brasil"/RJ. 20.09.1975; "Correio das Artes"/João Pessoa, janeiro, 1982 e novembro, 1984; Caderno 2. "O Popular"/GO. 25.06.1985; Annali/Napoli.1976 e esparsos. (N. da A.)

sua obra de ficção. Além da matéria escrita para o jornal, registrava em diário os dramas que não caberiam no noticiário. Dos dramas desse mundo-cão, de grandezas e misérias, extrairia a matéria-prima de sua futura obra de ficção.

Em 1962, tenta seu primeiro livro (na linha de *O encontro marcado* de Fernando Sabino), no qual recolhe seus tempos de juventude em Araraquara: os amigos, a dispersão dos destinos. Oscilava entre dois títulos: "O sonho gasto" ou "Homem em baixo relevo". Mas tal livro não vingou. Diante da reação negativa e taxativa dos primeiros que leram os originais, desistiu, resolveu destruí-los, enterrando-os no quintal para apodrecerem. Só que frutificaram. Três anos depois, em 1965, estreia com os contos de *Depois do sol.* Dez anos depois, lança o romance *Dentes ao sol*, no qual, segundo ele, "exorcizou sua vida em Araraquara".

Em 1966, passa a trabalhar na Editora Abril, escrevendo para sucessivas revistas ("Claudia", "Realidade"...). Nesse período, escreve *Bebel que a cidade comeu*, publicado em 1968 — consagrado de imediato pela crítica e definido como "romance da crueldade" (Wilson Martins). Contundente afresco da megalópole paulista, vista contra o pano de fundo do mundo globalizado, durante os efervescentes "anos dourados de 1960". Como "fio de Ariadne" dentro do labirinto, a garota Bebel nos arrasta pelas peripécias do enredo, revelando sua grande força e energia interior. Força que desde a infância foi sendo agredida pelo meio brutal em que vivia, mas que não a destruiu. Pelo contrário. Nela, as agressões se transformaram em força de resistência e astuta arte para vencer no mundo-cão, usando as mesmas armas amorais dos exploradores. Usando o corpo como moeda, entra no mundo da TV. Torna-se estrela-bailarina de sucesso, enlouquecendo os fãs — "celebridade por 15 minutos", que logo começa a descida para o fracasso. *Bebel que a cidade comeu* é o romance-mosaico que abriu uma nova linha na Ficção Brasileira Contemporânea: a do romance urbano, energizado pela "cultura de massa", difundida pelos multimídias (cinema, TV, publicidade, *out-doors*, slogans, teatro, música, etc.) que transformaram a vida real num alienante espetáculo (no qual muito poucos podem ficar no "centro do palco"). A garota Bebel é o símbolo desse processo de alienação e desumanização, que fica no avesso desta nossa bela/terrível era progressista, regida pela lei do mercado, que transforma também os humanos em objeto de compra e venda. Adaptado para o cinema, com direção de Maurice Capovilla e roteiro do autor, *Bebel* recebeu o Prêmio Governador do Estado de São Paulo/1968.

Entre 1964 e 1973, Loyola trabalha noutro ousado romance, *Zero — Romance Pré-histórico*. Terminado, o original não encontra editor no Brasil. O seu teor revolucionário e a Censura (Ato Institucional nº 5) vigente no país eram sérios obstáculos à sua publicação. As circunstâncias levaram os originais de *Zero* para a Itália: o teatrólogo/jornalista Jorge Andrade, em viagem àquele país, leva o romance e o entrega a Luciana Stegagno Picchio, grande estudiosa da literatura em língua portuguesa, da Universidade de Roma. Por sua intermediação, em 1974, *Zero* sai publicado pela prestigiosa editora Feltrinelli (Milão), em tradução do scholar Antonio Tabucchi. *Zero* foi incluído na Coleção "I Narratori", ao lado de grandes mestres do romance, como García Márquez, Vargas Llosa, Lawrence Durrell, Juan Rulfo... Guimarães Rosa. Com o sucesso do livro na Itália, a editora Brasília/RJ publica-o no Brasil, no ano seguinte (1975). Sucesso de crítica e de público, *Zero* ganhou o Prêmio Fundação Cultural de Brasília/1975 e votado como "Melhor Livro de Ficção do Ano"/ APCA-Associação Paulista de Críticos de Arte/1975. Logo em seguida, foi censurado e retirado do mercado. Só foi liberado pós-revogação do AI-5 (1978), e editado pela Codecri/RJ em 1979.

Em 1971, Ignácio de Loyola responde pela editoração da "Planeta", versão brasileira da famosa revista francesa, "Planét", de viés filosófico, histórico, etc. Dirige a revista "Ciência e Vida". Nesses anos 70, multiplica-se como redator de revistas culturais, como cronista e colaborador em roteiros de filmes ("Anuska, manequim e mulher", direção de Francisco Ramalho Jr.; e "Vozes do medo", dirigido por Roberto Santos, no qual entrou episodicamente um conto seu, "O Jovem Brigador"). Em final dos anos 70, com o fracasso da revista "Lui", que ele dirigia, viu-se desligado da editora e decidiu correr o risco de se assumir como "escritor de tempo integral, contra tudo e contra todos". Entre outras atividades, passa a escrever para o público juvenil. Estreia com *Cães danados* (1977), hoje com o título mudado para *O menino que não teve medo do medo*. Trama que gira em torno de uma situação misteriosa: cães que surgiam à noite, sem que se soubesse de onde, latiam sem parar, estraçalhavam gatos e de dia desapareciam como por encanto. Leitura instigante que mantém o leitor em expectativa até o fim, e que, pelos adultos, foi entendida como uma alegoria da situação de ameaça e medo que se instalara no país, com o Governo Militar. A esse, seguem--se outros títulos de sucesso entre os jovens leitores.

Em defesa da Literatura e do lugar que ela devia ocupar na vida do brasileiro, nessa época passa a participar de debates e palestras em Faculdades, escolas, órgãos culturais, Congressos... em vários Estados, no sentido de abrir diálogo entre público e leitor. Havia uma nova literatura (João Antônio, Marcos Rey, José Louzeiro, Antônio Torres, Wander Pirolli...) que permanecia desconhecida do grande público. (O espetáculo dos multimídias tomara o lugar da leitura.) Entretanto, era preciso descobri-la, pois ela, de mil modos, expressava a realidade do homem brasileiro, em seu dia a dia, dentro da crise de transformação do mundo. No início de 1978, participa de uma viagem a Cuba, integrando o grupo de intelectuais da América Latina, convidados para compor o júri do Prêmio Casa de las Américas, um dos mais importantes prêmios da América do Sul, realizado em Havana. Do grupo brasileiro, participavam também Antônio Callado, Chico Buarque de Holanda e Fernando Morais. Na volta, depois de um mês em convivência com a realidade cubana (o último bastião, na América Latina, do mito comunista sustentado por Fidel Castro), Ignácio escreve *Cuba de Fidel* (1978). Nele registra impressões da viagem à "ilha mito" de sua geração; e recompõe, num clima de ficção, o panorama histórico-cultural do Brasil por ocasião da revolução cubana (1959); a situação de Cuba antes de Fidel, com a explosão econômica estrangeira, máfias do crime, e a "epopeia" de Fidel contra Batista; as guerrilhas; a Revolução e finalmente o contato com a "Cuba de Fidel", reflexões sobre a organizada engrenagem social cubana (que atende com eficiência às necessidades básicas do cidadão) e, como "homem de cultura", destaca especialmente a necessidade de se reatarem as relações com Cuba — grande mercado para os produtos brasileiros.

Em 1979, publica *Cadeiras proibidas*, coletânea de contos, na linha kafkiana do realismo absurdo: "O homem do furo na mão", "O homem cuja orelha cresceu", etc. Em essência, todos eles denunciam o absurdo, a ausência de lógica que marca a vida pós-moderna. Ainda na linha de denúncia do caos apocalíptico, em que o nosso mundo progressista vai afundando, escreve *Não verás país nenhum* (1982) — romance alegórico/satírico que talvez se revele profético. A ação se passa num Brasil pós-destruição das riquezas naturais da Amazônia, a consequente destruição dos ecossistemas e o povo vivendo confinado em acampamentos, sem água, com um calor infernal e sob o controle rigoroso do Esquema. A tragicidade da situação é neutralizada pela consciência quase ingênua do narrador-testemunha, que se expressa num estilo leve/objetivo/sarcástico (com suspenses de telenovela), que conquistou o grande público. Com o tempo tornou-se um dos livros mais lidos e mais traduzidos do Autor. (Neste 2007, completando 25 anos no mercado, *Não verás país nenhum* — confirmando-se "profético" quanto à ameaça de destruição do planeta pelo aquecimento global, hoje denunciado pelos cientistas —, é lançado em edição especial, com prefácio de Washington Novaes e acrescido do "Diário de trabalho" — súmula das centenas de anotações que o Autor foi fazendo durante o processo de sua escrita).

Em 1982, Loyola ganha a importante bolsa da DAAD (Deutscher Akademishe Austrauschdienst) para estágio de um ano na Alemanha, a fim de escrever um livro. Desse período de distanciamento e estreito convívio com realidades totalmente estranhas ao modo de ser brasileiro, resultam dois grandes sucessos: *O verde violentou o muro* (1984) e *O beijo não vem da boca* (1986). Em essência, ambos se entrelaçam, pois resultam de uma só experiência existencial: a do *encontro* do autor com Berlim, sua perplexidade interrogante/dramática diante do Muro (que só em 1989 cairia), das marcas do passado trágico e seu contraste com a nova juventude alemã, delirante, com sua agitação, manifestações políticas, sua intensa vida noturna, costumes liberados, homossexualismo, punk, rock... Presente vivido intensa e desordenadamente e medo do futuro... eram, então, as novas forças criativas na literatura alemã. *O verde violentou o muro* é o livro-testemunho desse encontro, expresso através do viés da História. *O Beijo não vem da boca* expressa, em densa/lírica/erótica linguagem, o reencontro do autor com sua própria existência. Romance-catarse, proustiana "busca do tempo perdido", através de uma sensibilidade pós-moderna, interrogante, fragmentada, angustiada, que busca, não o passado, mas *o sentido do presente in fieri*. E termina num "final feliz", com a descoberta de que a grande resposta para a Vida é o Amor.

Deixando a Alemanha em 1983, passa seis meses peregrinando pela Europa. De volta ao Brasil, retorna à tarefa de difundir a literatura e a cultura junto aos jovens. Seguem-se: *O anjo do adeus – sacanas honestos jogam limpo jogo sujo* (1995), romance satírico/cruel, que põe a nu as promíscuas relações entre lei e crime. Através de uma narrativa policial, vai desvendando o fundo escuso da "comédia humana", neste nosso mundo esquizofrênico, movimentado pela ambição de poder, hipocrisia, libido e solidão humana. Em 1996, diante da perspectiva da morte (diagnosticado um aneurisma no cérebro, que a cirurgia superou), viveu a experiência-limite que registra, mais tarde, em *Veia bailarina* (1997). Em 2002, com *O Anônimo célebre*, volta ao tema de seu primeiro romance *Bebel...* — o da ânsia do indivíduo pela celebridade efêmera, tal como o sistema-do-espetáculo lhe exige. Sobre ele, Loyola diz: "Quem procurar coerência e racionalidade não vai achar, fiz uma *literatura da perplexidade*." Perplexidade... é uma das marcas de sua obra e da consciência do homem, em face do nosso tempo-em-mutação.

Em 12 de abril de 2007, foi eleito membro da Academia Paulista de Letras.

Tornando-se um dos escritores mais presentes na mídia nacional, Loyola Brandão é presença constante e festejada nos festivais literários, realizados em todo o Brasil. Em 2008, seu novo livro para jovens, *O menino que vendia palavras*, ganhou o Prêmio Jabuti/Melhor Ficção do Ano.

Publicações

Romance — *Bebel que a cidade comeu*, 1968; *Zero*, 1975; *Não verás país nenhum*, 1982; *O beijo não vem da boca*, 1985; *Veia bailarina*, 1990; *O anjo do adeus*, 1995; *O anônimo célebre*, 2002.
Conto — *Depois do sol*, 1965; *Dentes ao sol*, 1976; *Pega ele silêncio*, 1969; *Cadeiras proibidas*, 1979; *Cabeças de segunda-feira*, 1981; e *Rua de nomes no ar*, 1988.
Teatro — *A última viagem de Borges*, 2006.
Livro de viagem — *Cuba de Fidel*, 1978; *O verde violentou o muro*, 1984; *Acordei em Woodstock*, 2011.
Livro juvenil — *Cães danados*, 1977; *O homem que espalhou o deserto*, 1989; *O menino que não teve medo do medo*, 1995; *O menino que vendia palavras*, 2008.
Cartilha ecológica — *Manifesto verde*, 1985.
Projeto especial — *Edison, o inventor da lâmpada*, 1974; *Onassis*, 1975; *Fleming, o descobridor da penicilina*, 1975; *Santo Ignácio de Loyola*, 1976; *Pelo Brasil*, 1992; *Teatro Municipal de São Paulo*, 1993; *Olhos de banco*, 1993; *A luz em êxtase*, 1994.

40. JOÃO ANTÔNIO

Malagueta, Perus e Bacanaço[54]
Prêmio Fábio Prado. 1961

> Há algum tempo venho afinando certa mania. Nos começos chutava tudo que achava. A vontade era chutar. Um pedaço de papel, uma ponta de cigarro. [...] Não sei quando começou em mim o gosto sutil. Somente sei que começou. E vou tratando de trabalhá-lo, valorizando a simplicidade dos movimentos, beleza que procuro tirar dos pormenores mais corriqueiros de nossa arte se afinando.
>
> Chutar tampinhas que encontro no caminho. É só ver tampinha. [...] Vou me chegando, a vontade crescendo, os pés crescendo para a tampinha, não quero chute vagabundo. [...] Só um sujeito como eu, homem se atilando naquilo que faz, pode avaliar um chute digno para determinadas tampinhas. [...] Necessário equilibrar a força dos pés. *Mas quem se entrega a criar vive descobrindo...*

Nessa fala aparentemente banal (tipo "conversa jogada fora") do "chutador de tampinhas" — uma das *personas* que perambulam pelo mundo deste *Malagueta, Perus e Bacanaço* —, temos, metaforizada, uma das singularidades da arte-de-criar de João Antônio — novo escritor que chega, dando voz a uma Pauliceia que existe escondida nas periferias da "cidade que não dorme"... Tal como o seu "chutador de tampinhas" se entrega, de corpo e alma, ao aperfeiçoamento de sua arte-de-chutar-tampinhas, João Antônio se entrega à busca, obsessiva/apaixonada, da palavra exata (a "luta drummondiana") para expressar a sua arte-de-viver: a que resulta da autêntica comunhão do Eu com o mundo, com o Outro — com as pequenas/grandes coisas de que a existência é feita.

[54] Fusão de textos publicados in Suplemento Literário OESP. 31.dez.1964; NNC. *O ensino da literatura*, SP, 1966, e "Colóquio". Lisboa, jan 1965. (N. da A.)

É dessa natureza o espírito generoso (o "caldo de ternura") que singulariza a arte-da-escrita desta nova voz que se faz ouvir nesta nossa Pauliceia Desvairada — falando pelos que, em geral, não são vistos, nem ouvidos: os *out-siders*... o "Zé-povo"...

Ainda em original, este *Malagueta, Perus e Bacanaço* (nomes de três malandros da noite paulistana) conquista o Prêmio Fábio Prado/1961. Publicado em 1964, ganha dois troféus do Jabuti: (o de Autor Revelação de 64 e o de Melhor Livro de Contos): fato inédito na história dos prêmios Jabuti, distribuídos anualmente pela Câmara Brasileira do Livro.

Ler os contos de João Antônio é entender o porquê desses prêmios. Entrarmos no mundo cotidiano abarcado pelo seu *Malagueta, Perus e Bacanaço* é como se abríssemos a janela ao ar livre e recebêssemos na face a aragem fresca que vem de fora e renova a atmosfera carregada do interior. Em meio ao clima pesado de angústias existênciais, de incertezas e de quase repulsa pela condição humana que marca a literatura atual, os contos de João Antônio surgem quase como um resgate do homem, daquele homem simples (não contaminado pelas análises introspectivas): daquele homem ingênuo que (como o desejava Alberto Caeiro) "sabe olhar para as coisas" e ver "todas as coisas que há nas flores / e como as pedras são engraçadas / quando a gente as tem na mão / e *olha devagar* para elas."

João Antônio é o poeta que "olha devagar" e com ternura para os seus irmãos e para o mundo e neles vê muito além dos simples contornos exteriores. É o escritor que redescobriu o diálogo entre os homens e as coisas. Enfileira-se ele na linhagem dos poucos que, em meio à desumanização crescente do nosso tempo progressista/caótico, mantêm vivos os elos afetivos com o mundo à sua volta e o diálogo essencial: eu/outro. Aquele diálogo interrompido há já tanto tempo, e cujo silêncio fatalmente arrasta para a angústia, para a perda de consciência dos valores simples e eternos da vida e consequentemente para a perda do sentido real do próprio homem, cuja aventura vital passa a ser encarada como algo arbitrário e gratuito.

Mesmo sem fechar os olhos a esse mundo imediato, cotidiano, desgastante ou dramático na sua repetição contínua, João Antônio encontra os caminhos do enfrentamento do homem com o bem maior que é a Vida, e suas personagens escapam à angústia, vencem o medo da solidão, que já se tornou a marca indisfarçável da literatura contemporânea.

Tendo como cenário São Paulo, "a cidade que mais cresce no mundo" e onde a agitação frenética domina tudo e todos numa sarabanda fantástica, esse jovem escritor, sem falsear a realidade, nos dá em ritmo lento, em tempo-emoção, o anônimo e complexo mundo humano que fervilha nos bairros operários e subúrbios paulistas. Seres que desde cedo enfrentam a vida dura no trabalho e na escola noturna; rapaziada temperando de sonho a vida estreita, nos seus clubinhos de futebol ou academias de judô; mocinhas casadoiras ou "perdidas"; velhos molambos agarrados à vida; soldados e malandros formam o caleidoscópico painel humano que se agita nas páginas de *Malagueta*... Os homens perdidos na massa trabalhadora ou os estranhos malandros do submundo noturno são, pois, a matéria-prima destes contos onde a beleza, a poesia e o drama coexistem num equilíbrio de mestre.

> Esta minha cidade, à que minha vila pertence, guarda homens e mulheres que, à pressa, correm para viver, pra baixo e pra cima, semanas bravas.

É essa cidade e esses homens e mulheres comuns, que se acotovelam conosco nas ruas e nas conduções, que a arte de João Antônio trabalha... carinhosamente, atiladamente, num perfeito paralelismo com a atitude daquele seu chutador de tampinhas frente ao gosto pelo chute; empenhado em atingir a perfeição, "tratando de *trabalhá-lo*, valorizando a simplicidade dos movimentos, *beleza que procuro tirar dos pormenores mais corriqueiros da minha arte se afinando.*"

Tal como o seu "chutador", João Antônio vai trabalhando a sua arte de dizer, de contar, descobrindo a cada momento mais e mais beleza na captação de algo, aparentemente, sem valor algum, mas cuja riqueza o seu olhar arguto não deixou passar. Coisas e gentes comuns, medíocres, apagadas... adquirem, através da sua arte, comoventes dimensões. Seja na série dos *Contos gerais* ("Busca", "Afinação da Arte de Chutar Tampinhas" e "Fujie"); seja na *Caserna* ("Retalhos de Fome numa Tarde de G. C." e "Natal na Cafua") ou na série de maior fôlego, *Sinuca* ("Frio", "Visita", "Meninão do Caixote" e "Malagueta, Perus e Bacanaço"), João Antônio manipula sempre o mesmo material: o homem comum cuja vida de horizontes limitados não dá margem para os grandes gestos ou grandes feitos, mas exige o heroísmo mais difícil, o heroísmo apagado e anônimo da própria sobrevivência em meio à rotina diária.

Como disse Leonardo Arroyo (um dos julgadores do Prêmio Fábio Prado), "um traço, dos muitos do livro, será a introdução do picaresco, que existe realmente, no tema paulista, explorado de modo admirável em sua forma e sentido dramáticos." Na verdade, esse aspecto é dos mais característicos das personagens de João Antônio. Os homens que vivem em seus contos não são heróis: homens de grandes gestos, de grandes ações, homens que atuam na vida. Os seus são, talvez, os anti-heróis, ou melhor pícaros. No sentido em que "pícaro" é aquele que "não procura aventuras, muito pelo contrário, tenta sobreviver a elas". E essa sobrevivência é marcada por gestos banais e por uma aceitação tranquila do bocado que cabe a cada um. No entanto, quanta poesia é extraída desses gestos comuns, emparedados entre os limites exíguos de vidinhas estreitas "por fora", mas imensas "por dentro"... cheias de generosidade e de ternura pelo mundo, pela vida, pelo próximo. E o que é melhor, ignorando que são tudo isso. Veja-se o soldado de "Natal na Cafua". Vítima dos acasos da vida, da injustiça do superior, passa o Natal na cadeia. Ferido na alma e no corpo, como reage ele? Aceita tudo sem estoicismos, nem subserviências... serenamente apenas. Nem uma sombra de revolta lhe escurece o espírito contra a intolerância do Sub-Moraes ou contra a má sorte. Amanhece na prisão e pensa:

> Natal. *Sol lá fora*, ruídos se tocam, se combinam, enchem a manhã e é muito fácil adivinhar as coisas da rua, em frente ao quartel. *E não é muito triste*, não: a dureza toda está nas mãos que doem terrivelmente, e coçam, coçam.

Aí temos uma das reações típicas das personagens de João Antônio: a conformação ampla com o errado da vida, sem heroísmos grandiloquentes, nem humilhações degradantes; apenas tranquila aceitação. É principalmente devido a essa atitude espiritual superior (ou alienada?) que as narrativas que se sucedem em *Malagueta...* são cheias de sol, respiram ao ar livre, batidas pela claridade que vem de dentro, que emana do amor pela vida. Ainda no "Natal...", temos outra passagem reveladora dessa filosofia de vida:

> *Aqui é frio*, escuro, há fartum de dejetos, *mas lá fora há sol,* barulho dos automóveis, certamente crianças estarão estreando brinquedos de Natal.

Preso ali no escuro, na imundície da cadeia, ele liberta-se em pensamento e procura irmanar-se com algo bom que ele sabe que existe, embora não ao seu alcance. E o que prevalece nele é o *sol de fora* e não o *frio e o escuro de dentro*. Tal qual "na cafua a vista se ajeita à escuridão, se acomoda, se habitua", os homens que vivem nos contos de João Antônio aceitam as duras imposições que a vida lhes dá, mas não perdem nunca o contato com as coisas perenes da natureza; não cessam de redescobrir o mundo a cada dia, como o soldado prisioneiro no dia de Natal que, marchando ao sol em alguns minutos de liberdade pelo pátio, se esquece da dura realidade: "Vamos marchando, *contentes*, seguindo. *É um sol, um ar, um dia tão livre...*" É da comunhão com o universo, com as coisas eternas da natureza que lhes vem a extraordinária força de arrostar a vida, com contentamento íntimo, a despeito de todas as vicissitudes que ela lhes imponha.

Respondendo a alguém que lhe perguntava sobre possíveis influências em sua obra, João Antônio teria falado em Antônio Alcântara Machado, lembrando, porém, que diferia do "criador de *Brás*, *Bexiga e Barra Funda* ao não se contentar com a superficialidade dos tipos retratados, procurando mergulhar." Não há dúvida de que esse *mergulho* João Antônio realizou. Entretanto, a semelhança que possa haver entre os seus contos e os de A. A. Machado restringe-se, sem dúvida, ao material usado: a mesma zona urbana paulistana, o mesmo proletariado, o mesmo povo que atravanca as ruas com os dramas cotidianos do asfalto.

A arte de João Antônio é só sua. Usando sempre a narrativa em 1ª Pessoa — o foco memorialista (com exceção do conto que dá nome ao livro) —, ele imprime às suas personagens uma vivência que não soa "à literatura; mas, sim, a flagrantes reais da própria vida, fixados por uma linguagem que só um poeta do cotidiano saberia criar. Narrativa direta, mescla de diálogos, monólogos e narrações, a linguagem que serve de veículo às personagens de João Antônio tem o frescor das coisas novas, recém-criadas. Desafiando, principalmente, as leis da sintaxe, o Autor constrói a sua linguagem artística apoiado no próprio dinamismo da vida. Diálogo, descrição, monólogo interior, ação... tudo se mescla, como num filme, num suceder rápido de ângulos e perspectivas. Leia-se, por exemplo, o início do primeiro conto, "Busca".

> — Vicente, olha a galinha na rua!
>
> Abri o portão, a galinha para dentro. Mamãe tinha o avental molhado do tanque. Um balde pesava no braço carnudo.
>
> — Deixe qu'eu levo.
>
> Derramei, fiquei olhando a água no cimento. Aquilo estava era precisando duma escova forte. Começo de limo nas paredes. Sujeira. Quando voltasse daria um jeito no tanque. As manchas verdes sumiriam.
>
> — Vai sair já? Espera o sol descer um pouco.
>
> Que sol, que nada... Queria sair. Um domingo tão chato! Depois do almoço as coisas ficam paradas, sem graça: Mamãe não precisava lavar roupa aos domingos. Eu lhe digo. Bobagem. Ela nem responde, os olhos no chão. Bota um sorriso na boca, agradecendo, como se eu estivesse elogiando.

Aí temos a linguagem viva, concisa e dinâmica de João Antônio, expressa numa sintaxe livre, fragmentada, feita de orações justapostas ou sem verbo, cuja ausência, entretanto, imprime maior força ao pensamento. Um diálogo simples entre mãe e filho, entremeado de gestos breves de um e de outro e ampliado pelas reflexões do filho. Que de vida comum do dia a dia se extravasa dessa simples cena, fixando de golpe a dura e ingrata tarefa da mãe de família, sem horizonte para além de sua pobreza de hoje e de sempre. Tarefas eternas em sua repetição fatal e contínua, tarefas que exigem uma devoção apagada, um heroísmo anônimo e obscuro... Linguagem plástica a de João Antônio, dessa plasticidade que reflete o fluir contínuo da vida.

Porém onde sua linguagem mais se amolda à realidade captada é na revelação do submundo da malandragem; mundo estranho, onde impera um peculiar padrão de valores. Um mundo complexo, desconhecido pelo comum das pessoas e que através da palavra de João Antônio cria corpo de coisa verdadeira, autêntica, de cuja existência não duvidamos. Mário da Silva Brito (na apresentação do livro), referindo-se às qualidades dessa "crônica da malandragem" realizada pelo jovem paulista, realça a arte com que este se valeu "da própria linguagem dos jogadores de sinuca — linguagem organizada em termos de sintaxe específica incorporada à língua geral, e não simples efeito, mero ornamento, espécie de *décor* linguístico. Linguagem que funciona, tonifica a sua frase, o seu estilo, fundamenta a sua verdade humana e artística."

A frase de João Antônio é das que aderem dinamicamente à realidade mostrada e vai-nos revelando os dramas grandes e pequenos que se desenrolam no asfalto, na imensidão das madrugadas paulistas, dramas que vão sendo captados, como sempre, a partir das pequenas coisas, dos pequenos gestos e atingindo a grande significação.

O conto "Malagueta, Perus e Bacanaço" dura uma noite, dura uma ronda pelos "muquinfos" da Lapa, Água Branca, Barra Funda, Centro e Pinheiros, e através dessa ronda de três malandros, "três desarvoradas e desgarradas criaturas", vem à tona o mundo escuso e anônimo que vive, enquanto a cidade dorme. Embora narrado em 3ª pessoa (narrador que vê de fora os fatos narrados), o "filtro" através do qual a ação se sucede é ainda essencialmente individual (como nos demais contos): o "menino" Perus é uma espécie de personagem-símbolo da visão de mundo do Autor. Toda a narrativa flui como que através desse adolescente que "nas bocas do inferno se defende, se arranja pelas ruas, trabalha nas conduções cheias, surrupia carteiras." Ali está aquela ternura humana que leva os seus heróis para as coisas da natureza ou para as coisas inexpressivas do cotidiano, coisas que eles sabem "olhar devagar" e os liga profundamente à vida. No mais novo dos três malandros surge aquela poesia simples que dá à linguagem de João Antônio uma das suas notas mais positivas; uma poesia dolorida que ele consegue extrair das coisas mais banais ou mais exploradas pela literatura, como, por exemplo, *o amanhecer*. Que poesia se espalha sobre o amanhecer contemplado pelo jovem malandro de blusão de couro, quase ao fim da longa ronda noturna! Embora um tanto longo não resistimos à tentação de transcrever o trecho, pois ele fala por si e mais alto que qualquer interpretação.

> Luzes se apagaram nas ruas. Uma palpitação diferente, um movimento que acorda ia-se arrumando em Pinheiros.
>
> Primeiros pardais.
>
> Perus acompanhava os dois, mas olhava o céu como um menino num quieto demorado e com aquela coisa esquisita arranhando o peito. E que o menino Perus não dizia a ninguém. Contava muitas coisas a outros vagabundos. Até a intimidade de outras coisas suas. Mas aquela não contava. Aquele sentir, àquela hora, dia querendo nascer, era de um esquisito que arrepiava. E até julgava pela força estranha, que aquele sentimento não era coisa máscula, de homem.
>
> Perus olhava. Agora a lua, só meia-lua e muito branca, bem no meio do céu. Marchava para o seu fim. Mas à direita, aparecia entre duas cores se enlaçava e dolorosamente se mexia, se misturava entre o cinza e o branco do céu, buscava um tom definido, revolvia aqueles lados, pesadamente. Parecia um movimento doloroso, coisa querendo arrebentar, livre, forte, gritando de cor naquele céu.
>
> Entrou no salão, mal reparou nas coisas, foi para a janela. Uma vontade besta. Não queria perder o instante do nascimento daquele vermelho. E não podia explicar aquele sentir aos companheiros. Seria zombado. Malagueta faria caretas. Bacanaço talvez lacrasse:
>
> — Mas deixe de frescura, rapaz!
>
> Foi para a janela, encostou-se ao peitoril, apoiou a cara nas mãos espalmadas, botou os olhos no céu e esperou, amorosamente.
>
> Veio o vermelho. E se fez enfim, vermelho como só ele no céu. E gritou, feriu, nascendo.
>
> Já era um dia. O instante buliu nos pelos do braço, doía na alma, passava uma doçura naquele menino, àquela janela, grudado.

Esse instante de beleza, encravado inesperadamente num prosaico salão de bilhar, mostram João Antônio. O novo escritor que a literatura brasileira acaba de ganhar (e de quem ela tem o direito de esperar muito, para o futuro). Um escritor que "assume" o mundo em que vive e nessa atitude faz-nos lembrar a raposa de *O pequeno príncipe* de Saint-Exupéry. Tal qual aquela raposa humaníssima, as personagens de João Antônio sabem que "só se vê bem com o coração", porque "o essencial é invisível para os olhos."

Dados biobibliográficos

Cronista da vida urbana, contista, jornalista, personalidade humaníssima, voz das mais autênticas e apaixonadas que, na literatura brasileira, expressaram a vida dos *out-siders*, dos "menos favorecidos", João Antônio Ferreira Filho nasceu em São Paulo, em 1937. Filho de pai, imigrante português-trasmontano e mãe mulata carioca — família simples, mas atenta aos valores da Educação, do Saber, João Antônio teve uma infância vigiada e severa. É levado à escola com cinco anos de idade e, desde logo, descobriu que a leitura era o caminho certo para se preparar para a Vida. Muito cedo, através das histórias-de-quadrinhos e de Monteiro Lobato, descobre o mundo da literatura, que seria o seu durante toda vida: leitor voraz dos clássicos e dos contemporâneos. Começou a trabalhar aos oito anos em pequenos misteres. Passou a infância e adolescência em contato com ambientes populares. Muito cedo conheceu a boêmia do "choro" e afinou o ouvido para a música. Seu pai tocava bandolim e o levava para as rodas de seresteiros de Vila Anastácio, inclusive para o Rio de Janeiro, onde frequentavam os grupos musicais da Zona Norte. Mas sua vocação era as letras. Aos quinze anos já escrevia para um jornalzinho infanto-juvenil, "O Crisol". Acompanhava a vida literária através de revistas e jornais ("A Cigarra", so suplementos literários de "O Estado de São Paulo", "Correio da Manhã", "Diário de Notícias"). Em entrevista dada a Ary Quintella, em 1975, fala de sua paixão pela leitura, sua descoberta dos grandes mestres da literatura portuguesa e brasileira e da influência dos norte-americanos (principalmente Hemingway) em seus primeiros escritos. Quanto à "matéria-prima" que desde sempre o atraiu, como aspirante a escritor, foi a vida boêmia dos bares, da sinuca, do mulherio, da malandragem da "zona" na noite paulista. E confessa: "Quando a *zona* fechou, perdi minha fonte de ternura. Isso me traumatizou." Começa a escrever contos, inspirados em situações e personagens dos salões de sinuca de Vila Anastácio e do centro da cidade de São Paulo. Dessa experiência humana — o convívio com a vida boêmia, ele tiraria a matéria-prima para sua criação literária. Alguns de seus primeiros contos foram premiados em concursos literários. Frequentava a biblioteca circulante da Lapa e lá se entregava à leitura de Graciliano Ramos, Zola, Gorki, Hemingway, os grandes clássicos portugueses e entrou definitivamente no mundo da literatura.

Para ganhar a vida, exerceu vários ofícios (balconista, estafeta, bancário...). Estudando à noite, cursou a Escola Normal e a Faculdade de Comunicação Cásper Líbero. Frequentou as aulas do Teatro de Arena e da Cinemateca. Como esportista, lutou judô, experiência que mais tarde transformaria no conto "Fujie". Torna-se *free-lancer* como jornalista e publicitário em vários jornais e agências paulistanas. Em meio a essa instabilidade de vida escreve os contos de *Malagueta, Perus e Bacanaço*. O original manuscrito já estava pronto quando, em 12 de agosto de 1960, um incêndio destrói a casa de seu pai e, com ela, o manuscrito.

Depois de um período de depressão, consegue reescrevê-lo, graças a Mário da Silva Brito que lhe conseguiu uma cabine na Biblioteca Mário de Andrade, onde ele passava as noites escrevendo[55]. Publicado em

---

[55] No livro de reminiscências *Perfis de memoráveis* (RG Editores, 2002, SP), o escritor Caio Porfírio Carneiro (que também é um dos "escritores brasileiros do século XX") comenta que João Antônio, que se tornara seu amigo, certo dia apareceu em seu escritório "com rascunhos em vários bolsos e em papéis amarfanhados. Foi direto para a máquina e começou a dar ordem àquilo. [...] Encheu uma das gavetas da mesinha da máquina de escrever de rascunhos desordenados, parte deles entregues à poetisa Ilka Brunilde Laurito, sua amiga querida, para que ela também opinasse. [...]". A destruição dos originais de *Malagueta, Perus e Bacanaço*, ocorrido durante o incêndio da casa de João António, teria acarretado um prejuízo ainda maior e mais trágico ao infelicitado autor e à Literatura Brasileira, não fosse Caio e Ilka terem guardado aqueles primeiros rascunhos, a partir dos quais João Antônio pôde reescrever a novela. (N. do E.)

1963, *Malagueta, Perus e Bacanaço* lhe abriria uma carreira de pleno sucesso de crítica e de público. Ainda inédito, ganha o Prêmio Fábio Prado; publicado, ganha dois prêmios Jabuti/CBL-Câmara Brasileira do Livro: Revelação de Autor e Melhor Livro de Contos. Fato sem precedentes na história do Jabuti. Nessa época opta pelo jornalismo, muda-se para o Rio de Janeiro para trabalhar no "Jornal do Brasil". Em 1966, de volta a São Paulo, integra a equipe fundadora da revista "Realidade". Ali exercita o conto-reportagem (influenciado pelo novo jornalismo norte-americano), "uma literatura que se rale nos fatos e não que rele neles", como ele o definia. Desagradando à censura da época, em 1968 a "Realidade" foi fechada.

João Antônio volta a residir no Rio de Janeiro e passa a trabalhar como repórter na revista "Manchete" de Adolfo Bloch. Ali permaneceu cerca de três anos, realizando reportagens de grande repercussão, como as que deram cobertura ao espetacular sequestro do embaixador americano, em pleno Governo Militar. No período da "Manchete", tornou-se presença notória na "noite carioca". Mas com o tempo, a sobrecarga de trabalho, problemas íntimos emocionais, boêmia, álcool, depressão... levam-no à internação no Sanatório da Muda da Tijuca, onde permaneceu 120 dias em tratamento (maio/julho.1970). Experiência que, mais tarde, ele relataria no conto "Casa de loucos" (1976).

Foi durante esse período que João Antônio descobriu a verdadeira "persona" de Lima Barreto, o quase esquecido/injustiçado escritor do início do século XX. E cuja obra, lida/relida obsessivamente, passa a ser uma de suas paixões literárias e humanas. Tal descoberta se deu por acaso, ao conhecer no sanatório um velho jornalista ali internado, Carlos Alberto Nóbrega da Cunha que, quando jovem, conhecera intimamente o criador de Policarpo Quaresma. Ali estava internado como demente mas, segundo João Antônio, "ele era um dos homens mais lúcidos e imaginativos que jamais conheci. Por causa dele redescobri o Lima [...] verdadeiro Quixote nacional".

Dessa redescoberta e de suas obsessivas leituras e releituras da obra do Lima, anos depois João Antônio publicaria o livro-depoimento *Cal-*

vário de porres do pingente[56]*Afonso Henrique Lima Barreto.*

Voltando à vida ativa, continua sua intensa atividade em vários órgãos da imprensa, como: "O Pasquim", "Opinião", "Movimento" e "Ovelha Negra". Em "O Pasquim", cria a expressão "imprensa nanica" para nomear a imprensa alternativa. Durante algum tempo (1976) assinou a coluna Corpo a Corpo na "Última Hora"/RJ. Nessa ocasião, *Malagueta, Perus e Bacanaço* começa a ser traduzido no exterior (Argentina, Venezuela e Tchecoslovaquia, onde é adaptado para novela de rádio).

Por essa época (1975) publica *Leão-de-chácara* — contos onde vivem beberrões, basbaques, pivetes, prostitutas, malandros do *bas fond* do Rio de Janeiro e São Paulo, das décadas de 1950 e 60. No conto que dá título ao livro, o narrador é um esperto porteiro de boate, que vai ensinando ao leitor como lidar com os "otários" que frequentam a casa. Informa quem-é-quem da noite carioca, analisa a importância das boates fuleiras para a vida da cidade e ainda alerta para o perigo de se apaixonar por prostituta. Em linguagem ágil, forte e pícara, o autor narra, do "lado de dentro" das situações, no mundo da classe baixa, com seus anti-heróis embrutecidos, mas humaníssimos, que lutam, não para se libertar da sordidez do ambiente em que vivem, mas para aprender códigos que permitam o sucesso dentro do próprio meio. Nessa linha e problemática, se sucedem seus demais títulos desfiando dramas ou comédias densamente humanas, vividos por desgarrados ou desvalidos, e expressos numa linguagem 'sui generis', em que se mescla a fala popular das ruas e uma funda consciência literária.

Entre seus últimos livros publicados, destacamos *Abraçado ao meu rancor* (1986) que, em essência, nos surge como uma espécie de síntese de visão de mundo generosa/amarga/terna/revoltada, que dá o "tom" à sua singular arte literária. Entre o jocoso e o doloroso (mescla de sentimentos que é peculiar ao Autor), os flagrantes de vida aqui se sucedem, ora lancinantes, ora cômicos (de um humor que beira o trágico ou

[56] "Pingente" era a qualificação dada por João Antônio aos marginalizados sociais, num paralelo ao nome dado aos passageiros do bonde, que iam do lado de fora, pendurados no corrimão de ferro e apoiados os pés no estribo; ou porque já não havia lugar para sentar dentro do bonde, ou para escapar de pagar passagem. (N. da A.)

o ridículo). Entre eles, intercalam-se textos claramente memorialistas, que talvez sejam episódios retirados da anunciada "biografia esparramada", "Diário de um pingente", que não chegou a ser publicado.

Consagrado como "escritor do povo, repórter da alma autêntica das ruas e intelectual sagaz e objetivo", João Antônio marcou a novelística brasileira com seu singular gênio e estilo. Participou em 1987 da Comissão Julgadora do Prêmio Casa de las Américas, em Cuba. Ganhou, em 1988, uma Bolsa de estudos da Universidade Livre de Berlim, e passa dois anos na Alemanha. Nesse período faz conferências em cidades alemãs, holandesas e polonesas, onde seus livros haviam sido traduzidos. Recebeu inúmeros prêmios, entre eles: PrêmioWalmap Paraná/1974; Grande Prêmio da Crítica-Ficção/APCA-Associação Paulista de Críticos de Arte/1975; Troféu Candango/Fundação Cultural do Distrito Federal/1983; Prêmio Pen-Clube/1983; Troféu Golfinho de Ouro/1986; Prêmio Pedro Nava/1986.

Em certa entrevista (1987), respondendo à pergunta sobre "O que falta à literatura brasileira?" João Antônio responde:

> Precisamos de uma arte literária, como de um teatro, de um cinema, de um jornalismo, que firam, penetrem, compreendam, exponham, descarnem, as nossas áreas de vida. Não será o futebol o nosso maior traço de cultura? O mais nacional e o mais internacional, tão importante quanto o couro brasileiro ou o café of Brazil? A umbanda não será a nossa mais eloquente religião, tropical e desconcertante, luso-afro-tupiniquim por excelência, maldita e ingênua, malemolente e terrível, que gosta de sangue e gosta de flores? A desconhecida vida de nossas favelas, local onde mais se canta e onde mais existe um espírito comunitário; a inédita vida industrial; os nossos subúrbios escondendo quase sempre 75% de nossas populações urbanas; os nossos interiores — os nossos intestinos, enfim, onde estão em nossa literatura?
>
> Para mim, o caminho é claro e, também por isso, difícil — sem grandes mistérios e escolas. Um corpo a corpo com a vida brasileira. Uma literatura que se rale nos fatos e não que rele neles. Nisso a sua principal missão — ser a estratificação da vida de um povo e participar da melhoria e da modificação desse povo. Corpo a corpo. A briga é essa. Ou nenhuma.

É essa visão de vida, é esse vitalismo idealista/humanista, que energiza a escritura de João Antônio e o confirma como testemunha de seu tempo. Paradoxalmente, ele que viveu em corpo a corpo com o mundo à sua volta, morreu sozinho em seu apartamento em Copacabana, em outubro de 1996. Vai-se o homem, fica a obra... seu nome e sua obra permanecem vivos no interesse dos leitores e integrados na História da Literatura Brasileira.

Publicações

Malagueta, Perus e Bacanaço, 1963; *Leão-de-chácara*, 1975; *Malhação do Judas carioca*, 1975; *Livro de cabeceira do homem,* 1975; *Casa de loucos*, 1976; *Ô, copacabana*, 1977; *Calvário e porres do pingente Afonso Henrique de Lima Barreto*, 1977; *Lambões de caçarola*, 1977; *Dedo-duro*, 1982; *Noel Rosa*, 1982; *Abraçado ao meu rancor*, 1986; *Zicartola e que tudo o mais vá pro inferno,* 1991 e *O guardador*, 1994.

Todos os títulos multiplicam-se em dezenas de reedições e contos incluídos em dezenas de antologias de contos brasileiros, publicadas no Brasil e no exterior (Praga, Madrid, Buenos Aires, Berlim, Venezuela, Polônia...)

41. JOÃO UBALDO RIBEIRO

Sargento Getúlio
Uma epopeia trágico-picaresca[57]

Romance de singular força humana, *Sargento Getúlio*, desde seu lançamento, foi acolhido como algo que viera para ficar. Intelectual atento e de intenso convívio com o mundo da Literatura e da Cultura, João Ubaldo, neste romance, impôs-se o desafio de ver e vivenciar o mundo através do olhar/mente/fala de um sertanejo nordestino, tal como foi engendrado pela mentalidade arcaica do "coronelismo" — a do poder absoluto do "coronel", cujas ordens (como que sagradas) deviam ser cegamente obedecidas por todos que vivessem sob seu mando. O Sargento Getúlio é o homem rústico, formado no "asp'ro do sertão" rosiano, onde a honra de cada um se mede pela valentia, pelo cumprimento de seu dever ou de sua palavra dada. É através de sua cega fidelidade ao compromisso assumido com o "superior" que se vai revelando, para além de seu comportamento absurdo/grotesco, a grandeza de seu caráter, a sua "ombridade" trágica.

A trama novelesca se passa num momento decisivo para o Brasil: o dos conluios políticos que rodearam a eleição de Getúlio Vargas em 1951. A arte maior de João Ubaldo funde ficção e história e alcança a dimensão do mito. Nas breves palavras, postas na abertura do volume, está sintetizado o cerne do romance: *a viagem* como reveladora do caráter do homem.

Nesta história, o Sargento Getúlio leva um preso de Paulo Afonso a

[57] Texto inédito. (N. da A.)

Barra dos Coqueiros. *É uma história de aretê.*[58*]

Nessa breve síntese de abertura, o autor oferece ao leitor uma espécie de "fio de Ariadne", que poderá guiá-lo através do universo labiríntico do romance: *a viagem real*, encetada pelo Sargento Getúlio (conduzindo o preso político, para atender à ordem de seu Chefe), metaforiza a *viagem existencial*, feita pelo "homem de caráter", consciente da missão que lhe cabe cumprir na vida — cumprimento, no qual ele empenha sua honra e dignidade humana.

Milênios antes de Cristo, os gregos chamavam a essa autoconsciência de *aretê* — suprema qualidade dos heróis míticos, celebrados por Homero ou pela Tragédia Grega. Mais tarde, os romanos a chamaram de *virtus* — a Virtude que o cristianismo iria difundir como a grande qualidade do ser humano.

As primeiras palavras do romance, também metaforicamente, apontam para a degeneração das relações homem-mundo — relações que condicionam o seu ser e o degradam.

A *gota serena* é assim, não é fixe. Deixar, se transforma-se em gancho e se degenera em outras mazelas, de sorte que é se precatar contra mulheres de viagem.

Dentro de sua visão trágica do mundo (oculta pelo estilo picaresco, pelo ludismo aparentemente inconsequente) João Ubaldo denuncia, nessa primeira frase (aparentemente circunstancial), o grande Mal do nosso tempo: o "apodrecimento" do Amor, a corrosão das relações humanas, dentro de um Sistema, em que a Ambição de Poder é, ao mesmo tempo, alavanca de progresso e agente de desumanização.

---

[58] A palavra *Areté,* para os gregos, significava virtude, mérito pelo qual alguém se destaca; todavia, no ambiente árido e trágico em que vivem as personagens de *Salgento Getúlio* (o Nordeste brasileiro), o Areté grego reaparece (ou será isso mera coincidência?) como o "Aretê" da língua Tupi, com circunflexo em vez do acento agudo no segundo "e". Por exemplo, na palavra Jaguaretê (que significa onça verdadeira, animal estimado e temido pelos silvícolas brasileiros), o sufixo aponta para a coragem e bravura reconhecidas na onça e também nos nobres guerreiros homéricos (*áristoi*), que tentavam alcançar a perfeição. (N. do E.)

Avançando a leitura pelas trilhas caóticas do romance e voltando à sua releitura, essa frase inicial se revela ao leitor como a síntese metafórica do mundo-cão ali denunciado. O que é a "gota serena"? Nome popular (e irônico!) dado antigamente (antes da descoberta dos antibióticos) à sífilis, doença altamente contagiosa, "produzida por um microrganismo (Treponema pallidum) e que, a partir de um cancro duro, ataca todos os tecidos, produzindo feridas." (Larousse). Doença que é transmissível, basicamente, pela união sexual homem-mulher — *união que corresponde ao ato primordial do amor*, que garante a *existência da humanidade*.

Denuncia-se, pois, na primeira frase do romance, que a própria fonte de vida está conspurcada, ou que *a fonte primeira* da tragédia que se abate sobre os homens, nestes nossos tempos-de-mutação, é a *ausência de Fraternidade* —"doença" metafórica, que se revela no romance como o "gancho" de todo o mal que se espalha pelo mundo.

Sargento Getúlio e seu contexto histórico-cultural

Romance publicado em 1971 e engendrado no clima cultural dos anos 60, *Sargento Getúlio* se fez ponto de confluência das novas indagações sobre *o ato de criação romanesca*. Em face de um mundo (pós-Guerra Fria), que se revelava visceralmente ilógico/absurdo, ao perder por completo seus valores-pilares de legitimação, o romance (por natureza, "representação" do Homem e suas relações com o Mundo) perdeu também suas coordenadas lógicas (*nouveau roman*, experimentalismos *à la* Joyce, surrealismos...) em face de um *mundo incoerente*, que perdia a solidez de base, e que já não podia prever ou responder pelo futuro da humanidade. Restava apenas o Homem, sua consciência de mundo e o poder de sua Palavra para nomear a Vida, que estava sendo vivida e da qual ele era testemunha.

Entre nós, na esfera regionalista (com a urgência de se descobrir a realidade brasílica "pura" intocada pela cultura globalizada), surge nos anos 40 (ainda em plena guerra) a voz pioneira de Guimarães Rosa, que se afirmaria definitivamente, em 1956, com *Grande sertão: veredas*. Nos anos 1960/70, novas grandes vozes se fazem ouvir, como testemunhas de um *Brasil arcaico* (misto de potencialidade e alienação), que permanecia ignorado do *Brasil moderno* (sintonizado com a civilização progressista). Surgem: José Cândido de Carvalho, *O Coronel e o Lobisomem,* 1964; Mário Palmério, *Chapadão do bugre*, 1965; Eugênia Sereno, *O pássaro da escuridão*, 1965; Ariano Suassuna, *A pedra do reino*, 1971. A essa linhagem pertence a arte maior de João Ubaldo e seu épico/trágico *Sargento Getúlio* (e a sua grande saga *Viva o povo brasileiro*).

A trama-base

A narrativa labiríntica de *Sargento Getúlio* transcorre durante a viagem feita pelo sertanejo Getúlio, sargento de um destacamento da Polícia Militar em Aracaju/Sergipe, conduzindo um preso (líder do partido UDN-União Democrática Nacional, em Ribeirópolis), a mando de Acrísio Nunes, chefe político da capital sergipana (ligado ao PSD-Partido Social Democrata), e de quem o Sargento Getúlio era "cabo eleitoral".

São 200 quilômetros a serem percorridos, num velho Hudson, dirigido pelo companheiro Amaro. Em meio à viagem, na capital os "acordos políticos", mudam de rumo e Acrísio manda recado para Getúlio parar com o preso, na fazenda de Nestor Franco, e esperar novas ordens. Entretanto, informa a polícia local do paradeiro do sargento com o líder udenista prisioneiro; nega que tenha dado ordem de prisão e acusa o sargento de desertor. A polícia chega à fazenda para resgatar o preso, mas Getúlio resiste, pois sua missão era entregá-lo em Aracaju ao seu chefe. Desistir disso era ferir a sua honra. No enfrentamento com a polícia, mata e degola um tenente. A partir daí, embora sabendo-se perdido e traído por seu chefe, Getúlio continua a viagem de pesadelo, já então a pé, por falta de gasolina para o "hudso", arrastando atrás de si o preso ferido e em frangalhos. Era uma questão de *areté*. Meio morto, chega enfim à Barra dos Coqueiros, com o seu troféu: cumprira a missão. Mas é baleado pela tropa militar que o esperava.

Essa trama funde história e ficção. O pano de fundo histórico é o do período confuso do fim do Governo Dutra, quando Getúlio Vargas

(PTB-Vanguardista) volta a se candidatar à Presidência da República, disputando com o Brigadeiro Eduardo Gomes (UDN-Liberal) e Cristiano Machado (PSD-Conservador), sendo eleito em 1951, com larga margem de votos. É esse jogo político e seus avessos (as ocultas mudanças de rumo, como a velada adesão do PSD a Vargas), que estão na raiz do romance. Jogo que implica na contraordem mandada por Acrísio Nunes ao Sargento Getúlio: deixar o prisioneiro na fazenda do Seu Nestor, onde deveria pernoitar. Mas o Sargento não acredita no recado e persiste na intenção de cumprir sua missão, mesmo com violência, se fosse preciso. Na fazenda, o padre tenta convencê-lo:

> A situação mudou, não sei se vosmecê vai poder levar o homem para Aracaju, porque lá está uma novidade de gente e uma porção de jornais e dizem que quando vosmecê chegar vão lhe encher o couro e soltar o homem. Não acredito que o Antunes possa lhe sustentar. Ah, isso não, se Antunes não me sustenta o que é que me sustenta? Não sei, disse o padre [...] Essa terra já foi uma boa terra, porque quem era homem não tinha o que temer. Hoje essa terra não vale mais nada. [...] está uma frouxidão e um homem não sabe de quem depende. [...] Se tiram os recursos do homem, o que é que deixam com o homem? Nada. [...] Por que vosmecê não some? Eu sumir, eu sumir? [...] Não posso sumir de mim [...] Quem some é os outros, a gente nunca some. [...] O chefe me mandou buscar isso aí e eu fui, peguei, trouxe, amansei e vou levar porque, mesmo que o chefe agora não possa me sustentar [...] chego lá entrego [...] não sou homem de parar no meio.

E a trama prossegue, entre trágica e burlesca ou absurda, numa sucessão de violências que expressam o choque natural entre primitivismo e civilização, em épocas de transição.

É evidente que o grande valor do romance não está nesse no lastro histórico de seu enredo, mas sim na genial solução estrutural/estilística engendrada por João Ubaldo para fundir a *problemática histórico-política* (fundamental no desencadeamento da tragédia do sargento) com a *problemática ético-existencial* de seu herói trágico — símbolo de uma larga faixa do povo brasileiro, ignorante, fanatizado, que se espalha pelos latifúndios ou pelos ermos do sertão, vivendo alienadamente, sob o poder "feudal" dos coronéis ou dos chefes políticos. Homens e mulheres de grande potencialidade e força interior, que vivem (ou desvivem) explorados ou destruídos pela ambição ou desumanidade dos poderosos.

Romance de arte maior

Sargento Getúlio, romance de arte maior, firma-se no panorama da Ficção Brasileira contemporânea, como uma das altas expressões da consciência pós-moderna: a que se funda na certeza de que a "Palavra cria o Real" (H. Dufrenne) ou "O homem é linguagem" (Foucault), ou ainda, "O que não é nomeado não existe." (Lacan). Resumindo: é a Palavra, a linguagem, que diz o que a Realidade é... e não ao contrário (como a Tradição consagrara) que a palavra nomeia a realidade pré-existente a ela.

Daí que a Literatura atual — a chamada pós-moderna —, se construa de forma desarticulada, ilógica. De diferentes formas ela procura expressar o momento histórico-cultural em processo: estamos vivendo hoje no "olho do furacão", entre o sistema vigente (cuja cultura de base já se deteriorou) e uma cultura em gestação (que ainda está longe de se organizar em sistema).

É através dessa ótica que o autor construiu seu romance. Numa autêntica osmose entre a caótica/desarticulada experiência de mundo do "herói" e a linguagem que a expressa e lhe dá realidade, o fluxo narrativo escoa confuso, atropeladamente, sem pausas, mas denso de verdade humana, como húmus no fundo de pântano fervilhante de vida. Constante desafio ao leitor, a linguagem quase "cifrada", inventada por João Ubaldo, resulta da desconstrução da língua culta e sua fusão com o falar popular, inculto, numa escala de expressão entre delirante e realista, que arrasta o leitor, da primeira à última página, quase sem fôlego.

> A gota serena é assim, não é fixe. Deixar, se transforma-se em gancho e se degenera em outras mazelas, de sorte que é se precatar contra mulheres de viagem. Primeiro preceito. De Paulo Afonso até lá, um esticão, inda mais de noite nessas condições. Alegre de Sergipe e Nossa Senhora

> da Glória e Nossa Senhora das Dores e Siriri e Capela e outros mundãos, sei quantos. [...] E sertão brabo: favelas e cansações, tudo ardiloso, quipás por baixo, um inferno. [...] Matei uns três infelizes assim, pelo cima de uns quipás, [...] Trabalheira ordinária. Ia me fazer chegar aonde? Itapicuru? Vitória da Conquista? Sei lá. Não tem limites para a frouxidão que faz o homem dar nas canelas e botar a alma no mundo, correndo do destino. A hora de cada um é a hora de cada um. [...] A criatura se desmancha-se em elementos. Udenista, pessedista, qualquer. Amaro já viu muito cabra na agonia, não viu, Amaro? Não tem jeito, quando está dirigindo não gosta de prosa.

É nesse confuso diálogo-monólogo que a narrativa se inicia, ex-abrupto, e vai se desenrolando caoticamente, sem organização lógica, expressando o aflorar das lembranças, misturadas, sem ordenação temporal e, ao mesmo tempo, trazendo à tona da palavra um viver primário, instintivo, quase em bruto.

Ao avançar da leitura, vai-se descobrindo que é o Sargento Getúlio que fala. Dirige-se ao companheiro Amaro que, na direção do "hudso", permanece mudo. Como mudo permanece o prisioneiro, amarrado no banco de trás. Aos poucos, vai-se sentindo que, no obscuro leito daquele escorrer caudaloso de palavras, há um homem em crise e uma visão trágica do mundo.

Tragicidade latente no modo pelo qual o eu-que-fala vê o mundo e com ele se relaciona. Mundo minado pela *doença* incurável ("gota serena"); pela *ausência de amor* ("é se precatar contra mulheres"); pela *viagem-missão*, que seria abortada ("De Paulo Afonso até lá..."); pela *funda e frustrante relação* com o ambiente em que vive ("Alegre Sergipe... sertão brabo... Um inferno"); pela *ausência de consciência humana* ("Matei uns três infelizes..."); pela *negatividade do seu trabalho* ("Trabalhadeira ordinária"); pela consciência de que o *destino da vida é a morte*, não adianta fugir ("A hora de cada um...") e que a *política* também teria esse destino ("Udenista, pessedista, qualquer"). Inclusive, sua primeira fala direta ao companheiro se refere à morte e de homem forte, de coragem ("Amaro, já viu muito cabra em agonia, não viu, Amaro?").

Como todo grande romance, *Sargento Getúlio* já na primeira linha, nos primeiros parágrafos, expressa metaforicamente a problemática-eixo da efabulação: através da aventura épico-trágica de um homem, denunciar um mundo em crise, pela deterioração de seus valores-base.

O sertanejo *Sargento Getúlio* emerge da labiríntica trama romanesca como o homem que, sem ter consciência disso, é apanhado numa espécie de armadilha entre dois mundos: o "primitivo" (no qual a verdade interior, a força do caráter comandava as ações do homem) e o "civilizado" (no qual a "verdade" das ações depende das circunstâncias e dos interesses em jogo). Ou em outros termos, o mundo *arcaico*, no qual ele foi formado (o do Brasil concreto, hierárquico, o do latifúndio, cuja Ordem dependia dos senhores de engenho, usineiros, coronéis, cujo "poder feudal" era sustentado pela desordem dos jagunços e cangaceiros, e sua fidelidade absoluta ao Chefe), e *o moderno*, que lhe é estranho e o ameaça (o do Brasil abstrato, burocratizado, recém-democratizado pela Política fundada sobre os Direitos Humanos, mas na realidade ainda presa à mentalidade hierárquica do Senhor Feudal, pela qual "manda, quem pode mais").

Desse choque, entre relações concretas e abstratas, resultará a tragédia do Sargento Getúlio — força primitiva que obedece cegamente ao que lhe foi dado como lei natural: a *fidelidade absoluta* ao Senhor (que o legitima como "alguém" em seu meio) e, acima de tudo, a hombridade, a honra, a *areté* que está em jogo, no cumprimento das missões que lhe forem confiadas. É essa hombridade que o impede de entender a contraordem do Chefe, levada até ele por um cabra:

> Sargento, olhe sargento, o problema é que foi engano, um engano que foi mandar o senhor buscar o homem em Paulo Afonso [...] Foi o chefe que mandou o recado? Foi, foi. [...] Vem força federal, vem tudo. Então o senhor solta o homem e some. [...] Não posso sumir. Quem pode sumir é os outros, como é que eu posso sumir, se eu sou eu? [...] Nunca fui homem de falhar no meio, eu levo, sim [...] nem que me deixe os pedaços pelai...

Confuso, alcançado pela engrenagem política que não consegue entender, ele se sente dividido: o Getúlio, um forte do sertão, se descolava do Getúlio sargento:

> Sou sargento da Polícia Militar do Estado do Sergipe. O que é isso? [...] eu estou aqui. Sou eu. Para eu ser direito, tem que ser como o chefe, porque senão eu era outra coisa, *mas eu sou eu e não posso ser outra coisa.*

Fiel à sua *aretê*, ele não questiona os meios, nem os fins, só sabia que tinha que obedecer à lei que o legitimava como ser, como homem. Erguendo-se contra tudo e contra todos, Getúlio prossegue numa caminhada delirante, enlouquecida, arrastando consigo o molambo do prisioneiro meio morto. Passado, presente e futuro se misturam em seu pensamento e lembranças, na fala entrecortada.

Tal como nas narrativas fantasiosas de cordel, vai evocando imagens reais e irreais, o fantástico e a dura realidade. Delírio que chega ao auge nas últimas páginas do romance, com sua chegada em Aracaju, pelos lados do rio. Em sua memória, o momento em que o chefe Acrísio lhe dera a ordem... depois a contraordem absurda e ele, enfim, ali, cumprida a missão.

À sua espera, a tropa e os fuzis apontados pra ele, o enfrentamento e em sua visão alucinada passando a força da vida já vivida. E "*as armas apontando [...] eu vou morrer e nunca vou morrer Amaro eu nunca vou morrer um aboio e uma vida Amaro aaaaaaaahhh eeeeeeeeeeeeeeh aê aê aê aê aê aê aê aê aê aê aê aê aê eu nunca vou morrer Amaro e Luzi netena lua essas balas é como meu dedo longe e o lhelá Ara eu vejoucaju [...]*"

E num atropelo de palavras sem sentido o romance termina.

Um Ulisses/Quixote do Sertão

Vista através do prisma pós-moderno (aquele que ilumina os mitos do passado a serem hoje reinventados), a viagem épico-trágica encetada pelo Sargento Getúlio, de imediato se liga às míticas viagens empreendidas por duas grandes presenças da Literatura Universal: *Ulisses* de Homero e *Dom Quixote* de Cervantes.

O Ulisses homérico (milênios a. C., tempos míticos de fundação), depois de suas astuciosas/épicas aventuras na Guerra de Troia (Ilíada), empreende *a viagem de volta* à Ítaca (Odisseia). Tenta voltar à terra natal, à sua casa e à sua fiel mulher, Penélope. Vencidos os mil e um obstáculos, que se lhe interpuseram no caminho, chega afinal: *Missão cumprida.*

O Dom Quixote cervantino (século XVII — tempo barroco/tempo de incertezas), empenhado em resgatar os altos ideais dos Cavaleiros que viveram nas Novelas de Cavalaria, nos tempos medievais (século XII), entrega-se à alienada missão de se sagrar cavaleiro e sair em *viagem pelo mundo*, em defesa dos injustiçados ou ameaçados pelo Mal. Em total dissonância com o seu tempo prosaico e de horizontes fechados a quaisquer idealismos, o Quixote de Cervantes passa a habitar *o mundo da loucura*, onde tudo é aparência enganosa; e suas aventuras idealistas, em choque com a dura realidade, desembocam no fracasso. No final, Cervantes (cedendo talvez a injunções do seu tempo — a Censura aos livros, exercida pelo Tribunal da Inquisição) leva Quixote *a abjurar de seu ideal cavaleiresco* e renegar sua loucura. *"Fui louco, já sou cordato, fui Don Quijote de la Mancha, agora sou Alonso Quijano el Bueno*". Mas essa "viagem de volta", por ser falsa, foi ignorada pelo Tempo (implacável Juiz) e o que perdura na memória dos homens é o quixotesco e superior ideal de luta pela autorrealização em grandeza (*aretê*), que cabe a cada um conquistar, dentro das circunstâncias que a vida lhe oferecer.

Foi esse *alto ideal* (embora deformado pelos equívocos valores que as circunstâncias lhe impunham como autênticos: os da lei do Sertão) que o Sargento Getúlio incorporou como *verdade última de seu eu* a sua hombridade, *aretê*. Entre loucura e lucidez, enceta *a viagem de volta* para cumprir sua Missão. Poderia ter fugido, abjurado de sua Verdade, soltado o preso e estaria livre. Mas não quis. Daí a sua épica/trágica viagem de volta. Ele não alcançou seu desígnio, como Ulisses, nem abjurou de seu Ideal, como Quixote, mas enfrentou de peito aberto a *hybris* (falha trágica) que o iria destruir.

Em meio ao delírio final, ele diz:

> Tinha minha missão [...] se me perguntasse quer viver uma vida comprida amofinado ou quer viver uma vida curta de macho, o que era que eu respondia? Eu respondia: quero viver uma vida curta de macho, sendo eu e mais eu e respeitado nesse mundo e quando eu morrer se alembrem de mim assim: morreu o Dragão.

Assim será lembrado, o Sargento Getúlio ubaldiano...

(Da mesma forma que será lembrado o seu homônimo, Getúlio Vargas que, ao se suicidar, para não enfrentar o opróbrio, escreveu para a posteridade: "Saio da Vida para entrar na História." 24 de agosto de 1954)

Dados biobibliográficos[59]

Ficcionista, cronista, ensaísta, jornalista e presença das mais destacadas da Literatura Brasileira contemporânea, com ampla repercussão no exterior, João Ubaldo Ribeiro nasceu na ilha de Itaparica (Bahia), em 23 de janeiro de 1941. Passou a infância em Aracaju (Sergipe), onde seu pai, Dr. Manuel Ribeiro, iniciou a carreira jurídica e política, na época tumultuada do fim da Ditadura Vargas (deposto por um golpe de Estado, em 1945) e início da redemocratização do país (promulgação da Nova Constituição/1946 e eleição do Getúlio para presidente, em 1950). Desde cedo, incentivado pelo ambiente familiar, foi descobrindo a literatura e a cultura em geral, tornando-se um apaixonado leitor. Segundo suas lembranças (*Um brasileiro em Berlim*), a fascinação pela leitura levava-o a ler tudo que lhe caía nas mãos: desde os grandes mestres da Literatura Universal até os populares romances folhetinescos, as revistas policiais em quadrinhos, etc. Influenciado por essas leituras, ainda menino começa a escrever poesia. Nesse mesmo tempo convive com as lutas político-partidárias que se travavam em todos os Estados e que em Sergipe eram duras. Seu pai era líder do PSD na Assembleia Legislativa, da qual chegou a ser presidente. Sua importante liderança atraiu inimigos que chegavam a constituir ameaça à sua família. Por segurança, sua casa vivia com a proteção de "sargentos armados" (versão civilizada dos jagunços sertanejos). Foi nessa convivência, por um lado com as lutas políticas (com perseguições e assassinatos) e por outro,

[59] Fontes de consulta: Entrevistas do escritor à imprensa e artigo sobre sua obra – "Jornal de Letras"/Lisboa. Janeiro/1983, março/1984, junho/1985, fevereiro/1989, julho/1994 e março/1999. *Caderno 2/OESP*, maio/1988, dezembro/1997 e dezembro/1998. "Rio Artes" nº 14/1994 e nº29/2001. "Revista Neon", abril/1999. Cremilda Medina. *A Posse da terra*, 1985. (N. da A.)

com a gente armada dentro da casa (os *sargentos*, grandes "contadores de histórias"), que o menino João Ubaldo começou a conhecer o mundo real das paixões humanas. Mundo que, bem mais tarde, ele iria transformar em ficção.

Cursava o ginásio, quando em 1951 a família se muda para Salvador. Ali, prossegue os estudos, no Colégio Central, colégio estadual da Bahia, e se empenha no exercício de escritor. Aos 17 anos, é levado por seu pai à redação da "Tribuna da Bahia", onde se inicia no jornalismo. E onde publica seu primeiro conto, "Lugar e Circunstância", que logo mais é incluído na antologia organizada por Nelson Araújo, *Panorama do conto Baiano* (1958). Nos anos 60, faz curso de Direito na Faculdade Federal da Bahia. Nesse período desenvolve grande atividade cultural: foi secretário do Grêmio universitário, colaborador, redator-chefe e diretor da revista de estética, "Ângulos", organizador de eventos, etc. Forma-se em Direito, mas continua ligado ao jornalismo. Foi chefe de redação da "Tribuna da Bahia" e colabora em outros órgãos da imprensa brasileira. Em sociedade com James Amado, manteve durante algum tempo um escritório de produção de textos, para atender aos diversos interesses do mercado.

No início dos anos 60, faz pós-graduação em Administração Pública, mas seu maior interesse continua sendo a cultura, a literatura. O momento era de grande efervescência cultural. Participa da roda de jovens intelectuais, liderados pelo gênio de Glauber Rocha (criador do Cinema Novo brasileiro), que se reuniam em acalorados debates na Livraria Civilização Brasileira na Rua Chile. Conscientes da necessidade de se afirmarem como uma nova geração, empenhada na construção de uma "estética do Novo Mundo", que expressasse a força da arte e da cultura baiana, no contexto da realidade brasileira. Nessa época, escreveu alguns "autos" populares para o anárquico movimento teatral, "Jogralesca" (dirigido por Glauber) e publicou seu primeiro romance, *Setembro não tem sentido*, com o título *Semana da pátria* (por decisão do editor). Romance urbano que, segundo ele, foi escrito sob a influência da "onda" de experimentalismos *à la* Joyce, que marcaram as vanguardas dos anos 1960, e do impulso de testemunhar o seu tempo.

Durante o curso de pós-graduação, surge a oportunidade de fazer mestrado nos Estados Unidos. Ali, substitui a tese por um curso de Ciência Política na Universidade da Califórnia. É nesse período que escreve *Sargento Getúlio* — sua grande estreia como romancista, em 1971. Ao voltar para o Brasil, torna-se professor de Ciência Política na Universidade Federal da Bahia. Eram os tempos do Governo Militar e os seus cursos (Política, História das Ideias Políticas, organização Social e Política do Brasil) se tornam suspeitos. Como provocação, incluía autores-tabu na bibliografia dada aos alunos: Marx, Engels, Lenin. Acabou sendo processado e deixou a docência. Viaja novamente para os Estados Unidos. Reaparece como escritor em 1974, com a publicação dos contos picarescos de *Vencecavalo e o outro povo*, nos quais, sua singularíssima linguagem (mescla de erudição, coloquialismo e desconstrução de formas consagradas), em ritmo desatado, satiriza a suposta seriedade da nossa engrenagem política, em mistura com ecos do nosso descobrimento pela esquadra portuguesa e posterior colonização. Depois de um silêncio editorial de cinco anos, reaparece em 1979 com a publicação do romance *Vila Real*, ainda no Nordeste, girando em torno das relações entre uma multinacional e um grupo de posseiros. Romance denso, doloroso, amalgamado numa linguagem "inventada", em que se funde a língua portuguesa (língua-fonte) com o falar rústico nordestino. Falar engendrado pela vivência de um povo, vítima imemorial da fome, da exploração e do egoísmo dos poderosos. Povo amoroso do chão em que tem suas raízes, povo que luta pela sobrevivência, com a conformação de quem cumpre um destino — compreendendo em sua dor que a vida, afinal, é apenas "uma grande morte".

Em 1980, colaborando com um projeto didático, "Vamos ler, ouvir, falar, escrever", escreve um original e divertidíssimo romance juvenil, *Vida e paixão de Pandomar, o cruel*, no qual, através de um inteligente emaranhado linguístico, satiriza a "cultura mosaico" que prevalece na "aldeia global" em que vivemos. Cultura de sucata que, no caso brasileiro, impede o amadurecimento de uma cultura própria e também não oferece nada que possa substituí-la de maneira fecunda e criativa. Romance juvenil que, publicado em 1983, recebe o Prêmio APCA/

Associação Paulista dos Críticos de Arte-1984, e se torna *best-seller* para o público jovem.

Em 1981, o escritor vai para Lisboa, como bolsista da Fundação Calouste Gulbenkian, e ali reside durante um ano, dedicando-se à pesquisa histórica e colaborando ativamente na imprensa portuguesa. (Por coincidência, nesse ano, seu amigo Glauber Rocha, há muito doente e residente em Lisboa, vem a falecer. O reencontro fora de despedida.) É nesse período que ele inicia a escrita do labiríntico "romance do povo brasileiro", só terminado, mais tarde, quando de volta ao Brasil passa a residir em Itaparica, sua ilha natal. Volta, mas continua ligado a Portugal, escrevendo para a imprensa "Cartas ao Zé", grande sucesso de público. Em 1985, é publicada, na coleção de "O Jornal" (Lisboa), a coletânea *Livro de histórias* que, em 2003, é ampliado com novas histórias com o título *Já podeis da pátria filho* (Publicações Dom Quixote).

Nos anos 1980, *Sargento Getúlio* já fora consagrado como "clássico" contemporâneo e traduzido em dezenas de línguas (inglês, alemão, francês, hebraico, húngaro, finlandês, russo, tcheco...). Novos títulos (contos, crônicas, ensaios) vão sendo publicados. Em 1984, *Viva o povo brasileiro* lhe dá consagração definitiva. Fabulosa saga de um povo engendrado por uma caótica mistura racial e cultural, sua ação narrativa começa em 1647, com "o caboco Capiroba, que apreciava comer holandeses" e termina em 1972, com "almas brasileirinhas tiritando no frio infinito do cosmos". Através de uma narrativa-torrente, temos "uma" história da formação do povo brasileiro, vista pela ótica dos subjugados (índios e negros), com suas misérias e grandezas, e sua inexplicável ligação com o sobrenatural, o sagrado, o maravilhoso. Nesta antiepopeia (que reinventa Canudos e a Guerra do Paraguai, decidida por sugestão de orixás afro-brasileiros), João Ubaldo realiza uma tragicômica desconstrução da verdade histórica, consagrada pelo discurso oficial. Através dessa ótica desconstrutora, transforma o tempo histórico em tempo mítico e abre picadas para o possível surgimento de uma nova consciência de brasilidade. Consciência, impregnada de húmus indígena, que em 1997 volta a se expressar em *O feitiço da Ilha do Pavão*, romance que se move fora do tempo, num mundo fantástico, fantasmagórico... mas arguta metáfora da vida atual. Antes deste, em 1989, publicara o também metafórico *O sorriso do lagarto*, que denuncia o mal que alimenta as entranhas da nossa vida política.

Em 1990, viaja para a Alemanha, onde permanece um ano, residindo em Berlim, como convidado do DAAD (Deutscher Akademische Austrauschdienst), entidade cultural empenhada no intercâmbio entre artistas estrangeiros e a sociedade alemã. Durante esse período (registrado nas crônicas de *Um Brasileiro em Berlim*), colaborou como cronista de grande sucesso no "Frankfurter Rundschau" e em jornais brasileiros ("O Globo"/RJ e "O Estado de São Paulo"). De volta para o Brasil, prossegue sua faina de escritor, firmando-se no conceito da Crítica e do público-leitor, como das vozes mais autênticas e singulares da Literatura Brasileira contemporânea. Em 1999, publica um dos romances mais desafiadores e controvertidos de sua obra, *A casa dos budas ditosos* (Col. Pecados Plenos: Luxúria). Suposta transcrição do chocante depoimento gravado em fita, feito por uma "senhora provecta", que relata com detalhes sua vida sexual obsessiva, orgiástica, incestuosa... e que a arte ubaldiana transforma numa ambígua problemática a ser decifrada pelo leitor: pornografia? Ou filosofia?

Em 1993, foi eleito membro da Academia Brasileira de Letras. Entre os prêmios e distinções recebidos por sua obra, estão: Golfinho de Ouro/Prêmio do Estado do Rio de Janeiro; Prêmio Jabuti/Câmara Brasileira do Livro; Prêmio José Lins do Rego/Banco do Nordeste; Prêmio APCA/Romance Juvenil e Prêmio Anna Seghers/Berlim. Transformado em filme (protagonizado por Lima Duarte), *Sargento Getúlio* recebe cinco prêmios no Festival de Gramado. *O sorriso do lagarto* foi adaptado para minissérie pela TV Globo.

Em entrevistas falando sobre a natureza de sua escrita, João Ubaldo diz:

> Procuro, basicamente, fazer uma literatura vinculada às minhas raízes, independente, não colonizada, comprometida com a afirmação da identidade brasileira. Procuro explorar a língua brasileira, o verbo brasileiro e, através dele, contribuir para o aguçamento da consciência de nós mesmos. Sou contra as "belas-letras", a contrafação, o elitismo. Acho que o princi-

pal problema do escritor brasileiro é a busca da nossa linguagem, do nosso fabulário, dos nossos valores.

Neste início do século XXI , a obra ubaldiana continua em processo. Sempre um desafio ao leitor, a sua arte maior — seja a picaresca, a de humor escrachado, a erótica/pornográfica ou a dramática — se faz testemunha da eterna desigualdade de forças que atuam sobre o destino dos homens. Fundindo realidade histórica e surrealidade *à la* Kafka (ou *à la* Sade), sabedoria e ingenuidade, tragédia e comédia, sua obra depõe sobre este nosso tempo-em-mutação, "filtrado" por um severo olhar crítico, ternura humana, indignação e funda consciência da potencialidade brasílica, ainda fermentando "em berço esplêndido".

Em 2008, foi vencedor do Prêmio Camões, a mais alta láurea, concedida pelo Governo Português a escritores de Língua Portuguesa.

Publicações

Romance — *Setembro não tem sentido,* 1968; *Sargento Getúlio*, 1971; *Vila real*, 1979; *Viva o povo brasileiro*, 1984; *O sorriso do lagarto*, 1989; *O feitiço da Ilha do Pavão*, 1997; *A casa dos budas ditosos* (Col. Plenos Pecados: a Luxúria), 1999; *Miséria e grandeza do amor de Benedita*, 2000; *Diário do farol,* 2002; *O Albatroz azul*, 2010.
Conto — *Vencecavalo e o outro povo*, 1974; *Histórias pitorescas*, 1977; *Livro de histórias,* 1981; *O homem que não acreditava em Deus*, 1999.
Crônica — *Sempre aos domingos,* 1988; *Já podeis da pátria filhos*, 1991; *Um brasileiro em Berlim*, 1995; *Arte e ciência de roubar galinha*, 1998; *O conselheiro come*, 2000; *Você me mata, mãe gentil*, 2005; e *A gente se acostuma a tudo*, 2006.
Ensaio — *Política: Quem manda, por que manda, como manda*, 1981.
Romance juvenil — *Vida e paixão de Pandomar, o cruel*, 1983; e *A vingança de Charles Tiburone*, 1990.

42. JORGE AMADO

O eterno feminino no universo romanesco de Jorge Amado[60]

Yo soy yo y mis circunstancias. (Ortega y Gasset)

Se há escritor, no Brasil, que poderia se autodefinir com essa famosa frase do filósofo espanhol, esse é Jorge Amado (1912-2001). Ao revisitarmos a extensa obra do mestre baiano, realizada ao longo de quase setenta anos de produção contínua (de *País do carnanval*/1931 a *O sumiço da santa*/1998), damo-nos conta de que sua construção obedeceu sempre a uma visceral ligação de seu autor com as sucessivas circunstâncias (políticas, sociais, econômicas, religiosas, etc.) que marcam o seu tempo e seu espaço, desde os idos de 1930 que abriram uma nova era para a realidade brasileira.

Do leque de "circunstâncias" que se entrelaçam nesse peculiar universo romanesco, destacaremos uma das fundamentais: a da *presença do feminino* no mundo visceralmente *masculino*, construído pelo romancista, seguindo os rastros da incipiente "revolução feminista", iniciada nas primeiras décadas do século XX. Aqui, ao falarmos em "revolução feminista", temos como alvo apenas a contestação à *tradicional imagem-de-mulher*, consagrada pela civilização cristã-burguesa: pura/impura, submissa/insubmissa; anjo/demônio, esposa/amante, salvação/perdição do homem, etc. Imagem dual e maniqueísta, engendrada pelo "interdito ao sexo", que está na base da ética cristã-burguesa e cujos grandes arquétipos são: a Virgem Maria (mãe "sem pecado") e Eva (a pecadora

[60] Comunicação apresentada no I Simpósio Internacional de Estudos sobre Jorge Amado. Fundação Casa de Jorge Amado/Universidade Federal da Bahia/Fundação Cultural do Estado da Bahia. Salvador, 12/08/1992. Publicado na revista "Vozes", Petrópolis, 1993, e no "Correio das Artes", João Pessoa, jan. 2002. (N. da A.)

que, com sua "culpa" provocou a "queda" do homem). Como é notório, as grandes personagens femininas que habitam o universo de Jorge Amado pertencem à linhagem de Eva — as que transgrediram o "interdito". Entretanto, ao lado destas, está sempre muito presente a nostalgia da "mulher ideal", pura e inacessível. A fusão dessas faces conflitantes (que o nosso tempo ainda persegue...) vai ser alcançada pelo mestre baiano, em um único romance, *Tenda dos milagres* — encarnada na figura sedutora e ambígua de Rosa de Oxalá.

Essa polaridade ou dualidade ancestral está patente nos símbolos escolhidos como tema desta Mesa: "*A Espada* e o *Abebê: do Maniqueísmo ao Sincretismo*". *Espada* e *Abebê*, símbolos rituais que Iemanjá carrega em cada mão, e que podemos decodificar, respectivamente, como a *força-da-luta* e a *força-do-amor* ou da *feminilidade*. Forças essas que, no plano ético cristão, se identificam respectivamente com a *face feminina negativa* (a da mulher *insubmissa* à Ordem estabelecida) e a *face feminina positiva* (a da mulher *submissa*, ideal...)

Claro está que essa polaridade inerente à imagem tradicional da mulher não é assim nítida e exata, em seus respectivos limites. Como sabemos, em se tratando do "humano", quaisquer definições lógicas e exatas estão fadadas a falhas ou a deformar a realidade definida. Entretanto, não é menos verdade que a imagem feminina, consagrada pela Tradição cristã, está visceralmente vinculada a essa milenar distinção maniqueísta: uma face simbolizada pela Virgem Maria e a outra, por Eva, numa clara dissociação entre Bem e Mal. Dissociação que, em dois milênios de civilização cristã-feudal-patriarcal, se petrificou na imagem dual conflitante que, na religião afro-iorubana, vai-se conciliar dialeticamente na figura-símbolo da orixá Iemanjá, com sua *espada* e o seu *leque* simbólicos.

Nessa ordem de ideias, podemos dizer que a verdade maior do percurso vencido pela arte romanesca de Jorge Amado, nestes 50 anos, é a da distância que vai da "verdade" maniqueísta cristã, para a "verdade" sincrética afro-iorubana-baiana.

O início da caminhada: desafio ao sistema

Pertencente à nova geração que, nos idos de 30 (coincidindo com o início da era getuliana), dava os primeiros passos para a criação do romance regionalista brasileiro, Jorge Amado aparece como exemplo da desorientação inicial dos jovens, que viveram esse momento histórico, pressionados entre a deterioração de um sistema social arcaico e as possíveis transformações, acenadas por um "novo" ainda indefinido. Sua estreia com *O país do carnaval* (1931), romance de forma ainda tosca e imatura, já revela o espírito alerta para os problemas e paixões do mundo e que, com os anos, o consagraria através de dezenas de títulos. Nesse romance inicial, já ecoa o questionamento do tabu-virgindade que era (ou é?) um dos pilares da sociedade patriarcal. A trama envolve um banal caso de amor entre o "blagueur, paradoxal e cético" Paul Rigger (perdido entre canhestras dúvidas filosóficas e ambíguas intenções políticas), Julie, prostituta francesa (com quem ele busca os "prazeres da carne") e Maria de Lourdes, a terna, honesta e "pura" noiva (com quem ele, no final, se recusa a casar, por ter perdido a virgindade).

É de se notar que, embora no primeiro plano da narrativa, a preocupação maior se identifique com os problemas políticos e econômicos (abrindo-se aos ideais comunistas que são evidentes nos romances da primeira fase), está evidente, no decorrer da trama, a crítica aos valores petrificados da sociedade patriarcal, cujo núcleo matriz — o *interdito ao sexo* (a castidade definida como o valor supremo da mulher) —, passou a ser o alvo principal da luta contra os velhos costumes. J. A. surge, pois, como escritor engajado nessa linha de ação transformadora, que denunciava a deterioração das elites, projetava o povo inculto e oprimido, para o primeiro plano das preocupações e, ao mesmo tempo, valorizava a face feminina, tida como "inferior" (a do prazer da carne condenado pela religião e pelos costumes), face sempre contraposta àquela, dita "superior" (a do "amor puro", a da "amada inacessível" — a grande via para a plena realização dos seres).

Importante notar que, embora a grande presença em seu universo seja a das mulheres livres, sexualmente (prostitutas ou não), são inúmeras as figuras femininas que ali representam o grande ideal amoroso. Lembramos mais ou menos ao acaso: a pureza do enleio amoroso que atrai Dora e Pedro Bala, em *Capitães da areia* (1937); as mulheres admiráveis de *Mar morto* (1936), como a frágil Lívia que, perdendo o seu homem no mar, com insuspeitada força e desassombro, recusa o destino do prostíbulo (para onde iam as viúvas dos saveiristas, desamparadas) e assume com insuspeitada coragem o leme do saveiro, a travessia e o mar com seus perigos mortais. Ou ainda, em *Mar morto*, a força e constância de Maria Clara, mulher do saveirista Mestre Manuel, fiel companheira de destino, ao leme do saveiro, com suas nostálgicas canções que se fundem à magia do luar... Mulher sempre meio encoberta aos olhos do leitor, meio nimbada de mistério e de uma estranha grandeza, Maria Clara faz parte da galeria de mulheres "superiores" criadas por J. A. Tal como a grande personagem Ana Badaró de *São Jorge dos Ilhéus* (1944), onde aparecem, em contraponto, as concubinas Ester e Julieta, prisioneiras de seus donos e atormentadas pela ânsia de um amor puro e salvador, que as libertasse da prisão em que as mantinham os seus senhores. Os exemplos iriam longe... lembramos apenas as maternais donas de prostíbulos, casas de pensão ou castelos. Não por acaso, teria sido dado o nome de "castelo" a essas casas de mulheres. Não é o "castelo", um símbolo multimilenar ligado à grandeza e pureza? Não é ele o grande símbolo, nos contos de fadas, do espaço privilegiado, e em geral inacessível, que guarda ou protege jovens princesas desejadas por reis ou príncipes?

O interregno entre *Seara vermelha* e *Gabriela cravo e canela*

O espaço de tempo entre *Seara vermelha* (1946) e *Gabriela cravo e canela* (1958) corresponde a um período de profundas transformações em sua arte romanesca. Entre uma e outra obra, mais de dez anos, durante os quais Jorge Amado só publicou textos circunstanciais e comprometidos com suas lides político-partidárias, no Brasil e no exterior, ora dentro, ora fora da legalidade governamental. Em *Gabriela...* surge uma nova escrita romanesca. Jorge Amado se assume como o *narrador ar-*

caico, voz segura que se sabe testemunha/arauto da História, mas que, dotado de uma singular ótica jocosa, vai narrando a *verdade absoluta* dos fatos e deixando escapar pelos seus interstícios *a hipocrisia ou mentira* que nela se oculta. A partir de *Gabriela...*, a arte amadiana passa por uma transformação estilística que a eleva a um grau de essencialidade criadora que sua primeira produção, em geral, não alcançara.

Importante notar que essa transformação se dá, sem que houvesse mudança da matéria-prima. Nele temos o mesmo espaço geográfico-sócio-cultural, em que arraigam seus primeiros romances: a Bahia dos primeiros anos do século XX; seu húmus sincrético (afro-europeu); sua sociedade classista e seus costumes arcaicos (de base feudal-escravagista), em choque com os ventos liberais do progresso econômico-político que começavam a soprar... E nesse mesmo espaço, o romancista vai registrando sutis mudanças em processo, através de um novo olhar, ou melhor, de uma visão carnavalizante das realidades apreendidas. Quanto à imagem da mulher, podemos dizer que J. A. passa da concepção tradicional maniqueísta cristã (pura/impura), para uma concepção sincrética afro-iorubana (fusão dos contrários: a força-de-luta e a força-do-amor) — atraído basicamente pelo jogo de forças: obediência/rebeldia, que está na raiz do comportamento feminino, tal como a sociedade opressora o condiciona. Ao mesmo tempo, a intenção documental-ideológica realista (registro objetivo, ordenador e "sério" da realidade), que predominou no início, cede a uma intenção lúdica ou descompromissada de intervenção político-social (registro picaresco, desordenado e bem-humorado de acontecimentos que oscilam entre o verdadeiro e o falso ou o fantástico e o real).

É de se notar ainda que, nesses dez anos de quase silêncio literário do mestre baiano, deu-se a "Guerra Fria" pós-45, seguida pela decepção ideológica comunista, que se aprofunda com o XX Congresso do Partido Soviético em Paris (1956) e a desmistificação do mito Stalin. Nesse mesmo período, se dá o *boom* do romance latino-americano (Alejo Carpentier, Juan Rulfo, Carlos Fuentes, Arguedas, Guimarães Rosa...) — romance intenso e avassalador que, revolucionando a linguagem, busca as origens esquecidas e tenta resgatar a força abissal dos povos primitivos, resistentes ao invasor europeu. Nesse novo romance americano, o racionalismo documental cede lugar ao realismo mágico, à carnavalização — processos que aparecem como meio ideal para expressar a fusão de ordem e desordem que caracteriza as sociedades do Terceiro Mundo.

O cronista lúdico e a oposição masculino x feminino

Em *Gabriela...* surge, pois, um novo narrador; misto do arcaico e do pós-moderno: olhar jocoso, linguagem solta, caudalosa, espírito ainda atento à engrenagem social, mas já despojado da intenção judicativa de antes. Muito pelo contrário. Em *Gabriela...* temos um verdadeiro "imbroglio" narrativo, no qual se reafirma a predominância do patriarcal mundo masculino (o mundo do macho) que desde sempre foi matéria-prima de seus romances. Entretanto, já pela divisão do volume em duas partes (uma destinada a Nacif, o homem, e outra à Gabriela, a mulher), vê-se que algo mudou: o *feminino* disputa espaço igual ao ocupado pelo *masculino*. O romance questiona o inquestionável direito de posse absoluta do homem sobre a mulher — direito consagrado pela Tradição, desde a origem bíblica e ainda vivo em nossos dias...

O contraponto entre esses dois mundos percorre todas as páginas do volumoso romance. E embora o mundo masculino (tal como o consagrou a tradição) domine ostensivamente o primeiro plano da narrativa, a verdade é que pelos seus interstícios vão-se infiltrando os germes da libertação do mundo feminino por ele subjugado. Ofenísia, a virgem do "Solar dos Ávilas", morta pela dor do amor impossível, atravessa o romance como um mito do amor romântico: o amor vivido como suprema realização existencial do ser, e que — uma vez negado a quem ama — acarreta-lhe a morte. Glória, a cobiçada manceba do cínico, velho e poderoso Coronel Coriolano, é mais uma das muitas mulheres vítimas da prepotência escravizadora, legitimada pelos costumes e cujas raízes longínquas estariam nos serralhos do mundo árabe. Glória consegue rebelar-se e foge... Malvina e outras... Gabriela, em quem J. A. encarnou a força instintiva da fêmea que, livremente, se entrega ao macho que a deseja e assim cumpre o seu destino, na longa cadeia da vida. Gabriela é puro instinto. Não chega a ter a garra da "guerreira", nem a sedução do erotismo, pois este não existe sem o acicate da proibição, do "interdito" (seja de que natureza for). O erotismo no romance é emanado de Nacif... No mundo criado por Jorge Amado, a retirante Gabriela torna-se o grande exemplo de que *liberdade* é um estado de espírito que exige *consciência-de-si,* para existir. Gabriela não tinha essa consciência, era puro instinto... Em *Dona Flor e seus dois maridos* (1966) J. A. volta a essa problemática e, através de uma solução meio mágica, tenta conciliar no plano de consciência da personagem (dividida entre os dois amores) as duas faces inconciliáveis segundo a ética cristã-social: a virtuosa e a pecadora.

O Amor como valor absoluto

É em *Tenda dos milagres* (1970) que o mestre baiano abre espaço para a descoberta do amor, vivido como valor absoluto e eterno, centrado na Amada inacessível, mulher única e insubstituível que, em essência, se confunde com o mistério da vida e da morte. Referimo-nos ao Amor ideal, tal como foi criado na Idade Média pelo "código do amor cortês", foi difundido pela Poesia Trovadoresca e consagrado definitivamente, no século XVI, pela poesia camoniana (e pela Igreja). Amor que persiste como lastro no amor romântico do século XVIII-XIX e que, no século XX, embora degradado pela sexofilia dominante, em essência não foi ainda anulado como superior ideal de realização existencial.

Romance-síntese do universo romanesco de Jorge Amado, *Tenda dos milagres* expressa esse Amor absoluto, na figura do velho Pedro Archanjo, boêmio e sábio. É através dele, em seu delírio de morte e memórias da vida vivida, que a sua secreta amada nos vai sendo revelada: Rosa de Oxalá — a mulher que ele nunca chegou a possuir, mas que desejou, amou e odiou até o delírio e em silêncio, durante toda sua longa vida. Sedutora e ambivalente figura de mulher, cujo mistério nem ele, nem ninguém conseguiu desvendar.

> Dizer como era Rosa, Rosa de Oxalá, a negra Rosa, descrevê-la com as chinelas de veludo, seu odor noturno [...] seu poderio inteiro, da cabeça aos pés, a profunda bizarria [...] Rosa, Rosa de Oxalá, perdição de mulher! [...] Mesmo que de amor eu morra, mesmo que estoure o coração ou vá de porto em porto, buscando errante em cada uma teu sabor noturno e teu perfume, em nenhuma decifrando tua adivinha...

É por essa "indecifrável adivinha" que Rosa de Oxalá se identifica com o *eterno feminino*, com a verdade última da vida, sempre perseguida, mas sempre vedada ao conhecimento humano. Nesse entrelaçar de ambiguidades, mistérios, dúvidas ou ignorâncias que se embaralham na tessitura narrativa, está sem dúvida um dos grandes achados estilísticos que fazem desse romance uma pequena obra-prima no contexto literário brasileiro e um dos pontos altos da arte de Jorge Amado. Ao amálgama confuso das vivências corresponde, em total coerência orgânica, o amálgama de textos aparentemente díspares que ocultamente guardam uma unidade essencial: a do olhar totalizante do romancista. Com um "saber de experiências, feito" (como o diria Camões), Jorge Amado satiriza, em *A tenda dos milagres,* as vãs tentativas feitas pelos homens para descobrirem a *verdade* da vida vivida, a fim de prendê-la na *rede das palavras* e a imobilizarem na ordem histórica. É no projeto de pesquisa do personagem "brasilianista", "o grande James D. Levenson" (projeto que é o eixo da efabulação), que Jorge Amado satiriza o saber erudito e epidérmico dos "notáveis", que se pavoneiam nos meios universitários e entre os quais muito joio se mistura ao trigo. E mais, demonstra que o essencial da vida escapa por entre as malhas das palavras ou dos fatos aparentes.

Dublê de cronista, pesquisador, poeta e romancista, Jorge Amado percorre os meandros da "comédia humana", tal como ela decorre em terras da Bahia — primeiro núcleo de formação do povo brasileiro... Tudo se amalgama desordenadamente em *A tenda dos milagres*, mas, para além do caos aparente, revela-se, no oculto das realidades contraditórias, uma unidade de vida, tempo e espaço que a percepção racional, ou exclusivamente lógica, não consegue explicar. Em Rosa de Oxalá, mulher-enigma, que faz súbitas e raras aparições ao longo da efabulação, mas sempre presença esplenderosa, Jorge Amado funde as duas faces femininas antagônicas, inerentes à antiga imagem dual da mulher. Da visão maniqueísta tradicional, Jorge Amado passa para a visão sincrética contemporânea. Da linhagem de Iemanjá (símbolo sincrético do duplo poder feminino: o da luta e do amor), Rosa de Oxalá pode ser entendida com o *eterno feminino*, visceralmente ligado ao Amor como valor absoluto, tal como ele foi criado nos idos tempos medievais/cristãos, desgastado ao longo dos séculos, até chegar à degradação à que a sexofilia caótica de nossos tempos o reduziu. Ao que tudo indica, as relações homem-mulher precisam ser redescobertas em sua essencialidade maior... Mas, enquanto essa redescoberta não se dá, a busca desordenada continua. É o que explica, no universo romanesco de Jorge Amado, que depois de Rosa de Oxalá surjam as fortes presenças de *Tereza Batista cansada de guerra* (1972) e de *Tieta do agreste, pastora de cabras* (1977). Teresa Batista, filha de Iansã — boa, valente, altiva, que veio para amar e proteger seus semelhantes, mas que a brutalidade dos homens crucificou, sem ter conseguido destruir, porque, como diz o narrador, "com o paxorô da sabedoria, Oxalufã, Oxalá velho, meu pai, lhe abre caminho certo onde passar." Tieta do Agreste, a fêmea em cio, poderosa força da natureza, encarna o sexo liberado da consciência ética, explodindo em gozo animal, completamente indiferente aos interditos de quaisquer naturezas... A busca pela nova "verdade" feminina continua...

Jorge Amado deixou caminhos e desvios para essa busca. A *Espada* e o *Abebê* se fundirão em novo símbolo? Axé, meu bom!

Dados biobibliográficos

Jorge Amado (de Faria) nasceu em Ferradas, município de Itabuna (BA) em 10 de agosto de 1912. Era filho de um comerciante sergipano que se torna dono de terras na região de cacau, no sul da Bahia. Com dois anos de idade muda-se com a família para Ilhéus (BA), onde fez seus primeiros estudos em colégio de jesuítas. Prossegue-os em Salvador, onde, nos fins dos anos 1920, leva vida de jornalista boêmio. Muito cedo revela pendor para a criação literária. Adolescente, em 1927, integra-se no grupo literário Academia dos Rebeldes e publica um poema de intenções modernistas, na revista "A Luva".

Em 1930, muda-se para o Rio e conhece alguns escritores jovens (Otávio de Faria, Santiago Dantas, Augusto Frederico Schmidt) que o animam a publicar seu primeiro romance, *O país do carnaval.* Ingressa na Faculdade de Direito, em 1931, e adere às ideias marxistas que começavam a se difundir nos meios acadêmicos. Torna-se leitor entusiasta da nova literatura proletária russa e do realismo norte-americano (Steinbeck, Michael Gold). Viaja pelo interior da Bahia e de Sergipe e procura transpor as realidades em bruto que vê e os casos que ouve, para uma série de romances populistas, seja da zona cacaueira de Ilhéus, *Cacau*, seja da dura realidade urbana: *Suor*, *Jubiabá*, *Mar morto* . Em 1936, é preso pela primeira vez. Liberto, publica *Capitães da areia*, que tem exemplares apreendidos pelo governo e queimado em praça pública. Começa uma vida itinerante, em contínuas mudanças de moradias. Ainda na década de 1930, viaja pela América Latina e tem seus primeiros livros traduzidos para vários idiomas. Sua voz de denúncia da injustiça social dominante na sociedade encontrava eco nos movimentos políticos reivindicatórios que surgiam por toda parte. Durante a II Guerra (1939-1945), quando Getúlio Vargas instaura entre nós o Estado Novo, J. A. põe-se na oposição e escreve literatura de propaganda política. É novamente preso em Manaus. Em 1941, refugia-se na Argentina. Prossegue escrevendo. Os ventos políticos mudam de direção e, em 1945, ele é eleito deputado federal pelo PCB (Partido Comunista Brasileiro) por São Paulo. Três anos depois tem seu mandato cassado e muda-se para Paris. Em 1950, passa a residir na Tchecoslováquia (no Castelo da União dos Escritores/Doris), onde escreve *O Mundo da paz* e *Os subterrâneos da liberdade.* Prossegue escrevendo e publicando romances, que passam a ser traduzidos em dezenas de línguas, com o apoio da URSS. Em 1951, em Moscou, recebe o Prêmio Internacional Stálin, pelo conjunto de sua obra. Em 1956, com o fim da Guerra Fria e o início do "degelo" da União Soviética, volta para o Brasil, para se dedicar exclusivamente à literatura. Célebre por seus caudalosos romances, Jorge Amado escreveu também narrativas curtas ou contos, publicados em suplementos literários ou revistas, como o picaresco "De como mulato Porciúncula descarregou seus defunto" (in revista "Senhor", 1959). Alguns desses textos ocasionais têm sido publicados em livro. Em 1961 é eleito membro da Academia Brasileira de Letras. Em 1963, passa a residir na Bahia, mas faz frequentes viagens à Europa, principalmente Paris e Portugal. Torna-se o escritor brasileiro mais conhecido em todo o mundo. Foi amigo de grandes figuras de seu tempo (Sartre, Simone de Beauvoir, Aragon, Picasso, Roger Vaillant, Luckács...). Sua obra recebeu dezenas de prêmios de alto valor... entre eles a grande homenagem do Governo da Bahia: a Fundação Casa de Jorge Amado, no famoso largo do Pelourinho, em Salvador. Faleceu em 2001, rodeado de prestígio e glória.

Em 2008, sua valiosíssima coleção de quadros, que lhe foram presenteados por pintores famosos, como Di Cavalcanti, Djanira, Lasar Segall, Carybê, Carlos Scliar, Anita Malfatti, Pancetti, Antônio Bandeiras, Diego Rivera, Flávio de Carvalho e outros... foram leiloados por seus herdeiros, para a construção do Memorial Jorge Amado, no casarão do Rio Vermelho — onde o Escritor e sua esposa, Zélia Gattai, viveram durante quase meio século, e em cujo jardim foram enterradas suas cinzas.

Publicações

Romance — *O país do carnaval*, 1931; *Cacau*, 1933; *Suor*, 1934; *Jubiabá*, 1935; *Mar morto*, 1936; *Capitães da areia*, 1937; *Terras do sem fim*, 1943; *São Jorge dos Ilhéus*, 1944; *Seara vermelha*, 1946; *Os subterrâneos da liberdade*, 1954; *Gabriela cravo e canela*, 1958; *Quincas berro d'água*, 1961; *Os velhos marinheiros*, 1961; *Os pastores da noite*, 1964; *Dona flor e seus dois maridos*, 1966; *Tenda dos milagres*, 1969; *Teresa Batista cansada de guerra*, 1972; *Tiêta do agreste*, 1977; *Farda, fardão e camisola*, 1979; *O sumiço da santa*, 1988.
Livro infantil — *O gato malhado e a andorinha Sinhá*, 1976.
Conto — *O milagre dos pássaros*, 1979; e *De como o mulato Porciúncula descarregou seu defunto*, 2008.
Avulsos — *Textos de poesia, literatura de cordel, panfletos.*

43. JOSÉ AGRIPPINO DE PAULA

Panamérica
Romance ou epopeia?[61]

> Os padres tocando violinos se aproximaram dos cinco mil cegos presos na cratera circular, e os padres foram retirando os cegos e introduzindo os cegos em tonéis de gasolina. [...] Eu me atirei no rio e fui levado pela corrente. A corrente do rio girava e subia, se eu flutuava ia batendo contra as cabeças de cavalos, binóculos e bonzos budistas queimados. Eu montei num bonzo budista queimado e procurei me libertar da corrente que girava e corria um grande número de animais mortos. No centro do redemoinho eu vi aparecer um olho de pedra e eu procurei remar furiosamente e emergia do centro do redemoinho a cabeça de concreto da Estátua da Liberdade. [...] A multidão se espremia caoticamente uns contra os outros. O compartimento estava lotado de homens, mulheres, músicos, santos e eu vi abrindo o teto baixo e surgindo o céu azul. A multidão que estava acima correu para cima da carcaça do peixe cósmico e foi atacado pelos micróbios. O peixe cósmico estava em decomposição e a carcaça imóvel desapareceu atacada pelos micróbios.

Alucinação, jogo de palavras, demência ou pesadelo? São as perguntas atônitas que surgem, à medida em que mergulhamos no caudal de palavras represadas por José Agrippino de Paula neste seu segundo romance, *Panamérica* (1967), classificado por ele como Epopeia. Que pensar acerca de tão estranha, enigmática e, ao mesmo tempo, atraente obra? Que "padrões aferidores" poderemos usar para avaliá-la? É diante de livros como este que a perplexidade assalta o diagnóstico da análise crítico-interpretativa. Onde os paradigmas norteadores? Realmente é difícil, e por vezes praticamente impossível, reduzir a esquemas lógicos e claros aquilo que foi criado pela intuição artística, no sentido de dar

[61] Publicado no Suplemento Literário OESP. I- II, 14 e 21. out. 1967. (N. da A.)

expressão a fenômenos ainda não detectados pela racionalização do caos de valores em que a nossa sociedade ocidental está naufragando.

São verdadeiramente insólitos os caminhos que vêm sendo abertos pelo novo romance, aquele que se quer novo, atual, participante dos tempos que correm. Caminhos entrecruzados que desnorteiam o leitor e fatalmente bloqueiam a compreensão última do livro. Novas "chaves" são necessárias para que essas novas e insólitas escrituras possam ser decifradas. É o caso do romance de vanguarda, do romance-labirinto, que tem suscitado constantes e intermináveis análises e polêmicas entre os críticos e os teóricos. Um fato é indiscutível: a crítica interpretativa atual (1967) ainda não conseguiu estabelecer os critérios normativos que possibilitem rigor e segurança na análise e julgamento dos labirínticos meandros formais e temáticos que caracterizam a ficção de vanguarda. Haverá um dia essa crítica? Esses critérios?

É compreensível que, em face dessa inevitável lacuna, os romancistas (e também os poetas) estejam se transformando em interpretantes da própria criação, não só desvendando-lhes as raízes imersas no contexto cultural do momento, como também entrando em contato com os mais variados públicos, a fim de se explicarem, de se fazerem entender... uma vez que sua arte assemelha-se a um código, cuja chave decifradora ainda não foi encontrada. O que prova que a criação literária não é algo supérfluo ou "entretenimento" ocioso, mas é algo gerado pelas entranhas da vida, tal como vivida em meio às circunstâncias de seu tempo.

E o nosso é de metamorfoses...

Se confrontarmos os depoimentos dos vários críticos que se têm empenhado em compreender e analisar essa pretensa "crise do romance", nos daremos conta de que há algo com que todos concordam: sendo o romance um gênero literário estreitamente vinculado às relações do homem com o mundo exterior, é mais do que natural que não só a sua *problemática* tenha mudado, como também a *forma* esteja sofrendo um processo de transformação tão violento quanto as que se processam dia a dia na sociedade atual. É o que transparece claramente da ficção de José Agrippino, através de sua estrutura caótica. Romance expresso em uma escritura quase "criptográfica"... a forma caótica em que ele se entrega ao leitor reflete o caos do nosso universo em mutação. Sob esse prisma, *Panamérica* alinha-se entre aqueles romances que resultam de uma atitude *crítico-reflexiva* acerca da metamorfose que se está processando nas relações homem-mundo.

E fácil observar que, seja aderindo à linha do *realismo* (em que a realidade continua reconhecível, embora enfocada sob insólitos prismas, como é o caso deste escritor que nos ocupa); seja incorporando-se à linha da *vanguarda* (onde a visão da realidade é fragmentada e "filtrada" por uma consciência), o romance moderno, apesar das mais variadas e distintas soluções formais, apresenta um elemento definidor: a sistemática negação dos confortantes esquemas lógicos, apriorísticos, em que se fundava o romance tradicional; daí a adoção da estrutura fragmentada, labiríntica, onde linguagem, pensamento, ação, espaço e tempo perderam suas dimensões normais e assumem aspectos desnorteantes.

Indiscutivelmente, esse romance-labirinto transformou-se num exercício de demolição sistemática dos valores fundamentais da Tradição herdada pelo nosso tempo — com sua ordem lógico-hierárquica já deteriorada, mas ainda vigente em nosso dia a dia. Daí o cansaço ou a repulsa que ele causa no leitor comum, desavisado ou alheio à revolução estética hoje em curso, e que na literatura procura entretenimento nos confortantes esquemas de seu mundo habitual. Romance essencialmente impopular, sua leitura já não é uma "distração", mas exige a participação reflexiva do leitor, obrigando-o à revisão contínua dos processos de pensamento, de linguagem, dos valores e das formas de comportamento que sempre lhe haviam parecido passíveis de discussão.

E é exatamente essa sensação de desconforto e de exigência de participação que nos assalta ao nos entregarmos à leitura dos livros de José Agrippino. Porém algo nos impele a vencer a resistência do gosto e prosseguir na leitura. A força criadora, que se pressente na caótica apresentação de seu universo, desafia nossa capacidade de compreensão. Qual será afinal a "verdade" estético-existencial que a palavra de José Agrippino pretende oferecer? E no rastro dessa pergunta iniciamos a análise.

Distante do romance de vanguarda, na linha da "école du regard" (onde há uma sistemática recusa ao personagem e onde o mais importante são os objetos reais, concretos, isolados, desvinculados de suas relações com o Homem), sua palavra criadora trabalha o *real* objetivo... porém claramente vinculado ao homem. Embora o seu mundo de ficção esteja centrado na *visão* (por momentos as "coisas" são fixadas como coisas-em-si despojadas de outro sentido que não seja o da própria existência), o que nele predomina é a *presença do homem* que olha e sente.

A despeito das sensíveis diferenças formais e temáticas que separam seu primeiro romance, *Lugar público* (1965), deste segundo, *Panamérica,* algo persiste identificando-os como procedentes da mesma *força geratriz*: um exacerbado desejo de destruição dos valores consagrados pela tradição e, ao mesmo tempo, o impulso de se integrar no caos resultante dessa destruição.

Levados pelo ritmo vital enervantemente lento, monótono e arrastado de *Lugar público*, ou pela ação frenética de *Panamérica*, o leitor vê-se igualmente arrancado da visão lógica de seu mundo habitual e obrigado violentamente a revisar os valores sobre os quais está assente a "sua" realidade circundante.

Tanto a vida amorfa, melancólica, indefinida e indefinível das personagens de *Lugar público*, quanto a impetuosa agitação das de *Panamérica*, revelam-se como eloquentes expressões da aventura intelectual em que se transformou o gênero romance, no afã de traduzir as caóticas relações do homem contemporâneo com o vertiginoso e cambiante mundo que o rodeia. Como o narrador diz a certa altura: "Sinto um terror analítico. Lucidez perfeita para perceber o vazio interno das coisas."

Incorporando-se à linhagem dos *realistas* (no sentido em que o termo é hoje contraposto à *vanguarda*), José Agrippino manipula a realidade concreta, de maneira objetiva e epidérmica, sem dissolvê-la em uma consciência. Seu protesto não é, portanto, contra a *realidade*, mas contra os *valores* dessa realidade, estabelecidos e hierarquizados pelo passado. Fundindo o real e o irreal numa só visão nítida e objetiva (embora ilógica e por vezes desconexa) este novo romancista joga de tal maneira com os planos da realidade cotidiana, os do sonho ou do delírio que, dificilmente, podemos afirmar onde começa um e onde acaba outro. O que não desaparece, num ou noutro plano, é o anseio de destruição que define a temática de sua obra.

A atitude vital do personagem narrador muda radicalmente do primeiro para o segundo romance. *Lugar público* nos dá uma visão de mundo fechada, vidas marcadas pela inação e pela inércia existencial. Seu personagem arrasta uma existência amorfa, e, embora esteja no limiar do despertar da consciência moral (que o levaria à realização do seu "eu autêntico"), não chega a dar o passo decisivo da opção... e se estiola vitalmente numa repetição cíclica dos mesmos gestos, das mesmas palavras... verdadeiro prisioneiro de um cotidiano completamente esvaziado de sentido.

Seu texto é contínuo, formado fragmentariamente por micronarrativas que, em "câmera lenta", vão relatando minuciosamente a banalidade de uma megalópole, onde nada tem importância, porque tudo é muitíssimo importante e precisa ser mostrado com minúcias. *Panamérica* segue outro ritmo. Arrasta o leitor com o fluxo frenético da ação narrativa. Da primeira à última linha do livro, as ações se derramam caudalosamente: os gestos, as decisões, as palavras se sucedem num ritmo vertiginoso e ininterrupto, auxiliado pela disposição gráfica das frases curtas, incisivas... dispostas umas atrás das outras num bloco compacto, sem vazios ou parágrafos. Entretanto, apesar da fundamental diferença do *ritmo interno* da narrativa e do *comportamento* das personagens (*estático* no primeiro e *dinâmico* no segundo), os dois romances deixam no leitor a mesma sensação de *inutilidade da vida* e *de deterioração dos valores* essenciais da condição humana.

Usando uma técnica narrativa vinculada à linguagem cinematográfica, José Agrippino imprime intensa visualidade ao relato: a *ação* surge de maneira objetiva, em seus contornos visíveis, palpáveis e nítidos; porém não tem continuidade, é fragmentada... tal como a filmagem isolada das cenas que, depois da montagem, integrarão a estrutura coesa do filme. Em *Lugar público*, essa técnica do "relato fragmentado" é uma das mais felizes soluções formais encontradas pelo romancista, para *fugir à racionalização* da realidade e expressar a visão caótica e indefinida de um universo humano, onde todos os gestos aparecem esvaziados de sentido, sem nexo, como se existissem por si só, sem relacionamento com uma causa ou sem provocarem um efeito. Revelando a influência da poderosa comunicação visual que o cinema e a televisão impuseram à nossa realidade, o "descritivo acumulativo" de José Agrippino tende a registrar com a *sucessão dos vocábulos* (contidos em frases curtas e nervosas) aquela visão poliédrica e total do real que o filme nos dá em uma só tomada. Notamos, em qualquer trecho do livro, que os elementos componentes da cena são sempre jogados tumultuada e monotonamente em imagens que o nosso olhar interior não consegue ordenar. Entretanto esse atropelo das imagens, esse suceder ininterrupto de gestos são despidos de dinamismo; deles resulta o ritmo arrastado de um tempo que não passa.

E tal como acontece com as "coisas" manipuladas pelo romancista, também as "personagens" que se arrastam pelo relato não descobriram ainda qual a "função" de cada uma no contexto da vida. Paralelamente ao *anseio de destruição*, segue o *desarvoramento interior* das personagens, como coordenadas básicas do relato. Note-se nesse sentido dois fatores que nos parecem sumamente reveladores: a caracterização das personagens (homossexuais e prostitutas) e os nomes (de subida grandeza histórica) que lhe são atribuídos: Napoleão, Cícero, César, Moisés, Pio XII, Bismark, Galileu, Isaías, Péricles, etc., etc.

Jogando com esse insólito contraste: nomes de alto significado histórico, dados a personagens de comportamento marginal (conforme o estigmatizou a Sociedade Tradicional), José Agrippino não só põe em questão aquela grandeza consagrada pela História, como também acentua o desarvoramento ou a não-definição do caráter de suas personagens. Do ponto de vista social, político, econômico, moral ou sexual, são todas elas criaturas ambíguas, que escapam a qualquer classificação. Prisioneiras da ociosidade, ou melhor, da inação, a vida de todas elas se arrasta pelas ruas, pelos bares, pelos apartamentos, cinemas... e obsessivamente as reconduz à biblioteca: é como se um círculo as fechasse num suceder cíclico de gestos, o primeiro desencadeando os outros e o último se ligando ao primeiro.

A um *espaço* limitado, circunscrito a alguns pontos de referência, corresponde um *tempo* também limitado, circular, bloqueado por muralhas invisíveis. Daí a visão "fechada". É curioso notar, nesse obsessivo voltar à biblioteca, a dupla simbologia aí encerrada: local que preserva *o acervo de saber legado pelo passado* (e onde o homem vai procurar sua ligação com o mundo que o rodeia); e ao mesmo tempo o *cemitério desse mesmo saber*, um dia ultrapassado e esquecido. Assim as personagens de *Lugar público* voltam-se continuamente para a biblioteca, como se ali buscassem uma significação vital que lhes escapa, e afinal nada conseguem encontrar.

> [...] eu vi a janela iluminada do prédio da biblioteca, um prédio antigo e pesado. Eu pensei que (eu) poderia estar entre os livros, e a disposição imóvel e ordenada deles me lembrou uma série de *gavetas aonde se guardam ossos*.

Toda a procura resulta, afinal, no vazio e na estagnação que se repete em tudo. Para aprofundar a sensação de que a vida é apenas uma repetição infindável dos mesmos fenômenos, ou de que o homem é prisioneiro de um círculo sem saída, José Agrippino lança mão da "técnica reiterativa". Isto é, usa de uma *estrutura frásica* em que se tem a monótona e obsessiva *repetição de um termo* (ora do sujeito, ora do objeto, do predicado ou de uma palavra-chave). Estrutura, como se vê, que se aproxima da elementaridade da linguagem inculta, não depurada pela lógica letrada.

Ainda dentro dessa técnica reiterativa surge a repetição *ipsis litteris* de momentos-chave. Ao longo de todo o relato, há fragmentos repetidos integralmente, como certos pensamentos obsessivos que nos assaltam e voltam à nossa mente, a cada instante, enquanto o problema que os suscita não é resolvido. Assim essa solução formal adotada por José Agrippino vem intensificar aquela sensação de prisão, de processo cíclico do tempo que transforma a vida numa cadeia circular, sem fim. A própria morte, embora seja uma contínua sombra que espreita, não é visualizada como um "fim", mas apenas como mais um elo de um inevitável ciclo.

> [...] ele estava numa fila de homens e mulheres que olhavam indiferentes a chuva. A sua consciência estava absorvida por aquele jogo variado e contínuo das gotas batendo no asfalto. Ele pensou que aquela fila estava à espera da morte, e não só aquela fila de homens e mulheres, mas todas as filas do mundo e toda a humanidade estava à espera da morte. O que tornava esta espera única e particular era a falta de emoção que acompanhava este acontecimento, uma placidez e resignação.
>
> Caminho aos gemidos. Sempre a ideia da morte.

O monótono suceder de cenas objetivas, fragmentadas, desconexas, de momento a momento, é interrompido pelo personagem-narrador que deixa assomar, no plano objetivo da narrativa, o seu mundo interior.

> A má vontade e o fato de ser incapaz... mas não sei se isto acontece somente alguns dias ou acontece todos os dias. [...] A minha pobreza literária é o medo de enfrentar a minha pobreza absoluta. Contemplar de frente o orifício circular e vazio da própria incapacidade. Incapacidade para qualquer ação humana. Inércia total.

E talvez para anular essa incapacidade de ação, essa "inércia total" que marca, não só o personagem-narrador, mas todos os demais companheiros, surge a obsessiva presença do sexo; ora fruído automaticamente (como mais um gesto a ser feito dentro do infindável ciclo dos gestos cotidianos, esvaziados de sentido); ora procurado violentamente (como uma explosiva revolta contra a inutilidade e o vazio em que tudo está imerso).

Porém essa patológica fruição sexual só serve para, aparentemente, quebrar a solidão... pois em seguida torna mais pesada a incomunicação entre os seres. O que deveria ser descoberto como a fonte criadora da vida, transforma-se em algo estéril, chocante e violento ou simplesmente repulsivo. Assim a atmosfera que emana de *Lugar público* é a da ausência de vida, a da inação, de lento apodrecimento dos valores vitais... Exatamente o oposto do que vamos encontrar em *Panamérica*, cuja singularidade pode ser, de certa forma, compreendida, quando ligada à atual "crise do romance". Ou melhor, quando ligada à própria *natureza* do romance — gênero narrativo que nasce por volta dos séculos XVIII-XIX, engendrado pelo ideário romântico (cristão, liberal, burguês) que fez dele uma espécie de "porta voz" dos novos ideais humanistas/individualistas/progressistas (que o nosso tempo herdou como tradição, já deteriorada, mas ainda vigente). Em síntese, o *romance* se torna a forma literária ideal para expressar e difundir a *natureza das relações* do indivíduo com o mundo circundante ou do Eu com o Outro. O gênero romance torna-se o *espelho* ou o *reflexo* do homem condicionado pela práxis social (Igreja, Estado, Família). Uma vez que essa "práxis" se transforma (como está acontecendo em nossos dias), obviamente o caráter do romance também se transforma: de *representativo* ele se torna *questionador*.

A partir desse ponto de vista torna-se clara a nova posição do romancista frente à realidade a ser manipulada pela sua arte: uma consciente busca de uma *nova linguagem* e *novos modos de expressão* que representem, da maneira mais plena possível, as novas relações *homem-mundo*. Daí resulta, pois, a *aventura intelectual* em que se vem transformando o romance contemporâneo, condicionado por duas funções básicas: a *crítica* e a *criativa*.

E é precisamente por esse prisma funcional (crítico e criativo) que procuramos enfocar alguns dos complexos problemas trazidos pela arte de José Agrippino. Dessa maneira procuramos responder à pergunta que nos assalta sempre que nos defrontamos com obras como a sua, em que a "comunicação" é algo tão problemático: qual será o valor desta tentativa artística? Bem sabemos que a verdadeira resposta só será dada pelo tempo... porém quando essa "tentativa" (como a de José Agrippino) faz-nos sentir o poder criativo que a gerou, parece-nos que só um caminho nos resta: na medida em que ela existe e se impõe como uma realidade, é preciso tentar compreendê-la...

Como vimos, anteriormente, a ausência de vida, a inação e o lento apodrecimento dos valores vitais é o que emana da atmosfera criada em *Lugar público*. Porém neste seu segundo romance, *Panamérica* (publicado há menos de dois anos de distância do primeiro), essa *inação* e essa *ausência de vida* desaparecem totalmente. É como se, subitamente, o romancista tivesse vislumbrado que a solução estaria, não na atitude vital *estática*, mas na *dinâmica*. Assim, o primeiro impacto causado por *Panamérica* é o de uma frenética agitação, de um fluxo vital contínuo. O segundo impacto resulta da mescla prodigiosa do plano da realidade, com o do onírico e do fantástico apocalíptico. Sob o signo do caos, da obsessão erótica e da imaginação fantástica, nasce e se desenvolve esta "epopeia" que dá à realidade as dimensões mais imprevisíveis e monstruosas.

Ainda se utilizando do "descritivo acumulativo" e da "reiteração vocabular", usados em seu primeiro romance, José Agrippino imprime, porém, outro ritmo à narrativa, excluindo de maneira quase absoluta o plano subjetivo. A objetividade visual, sem profundidade, é o que predomina, numa visão caótica da realidade. Se em *Lugar público* a linguagem cinematográfica faz sentir sua influência, agora ela se impõe abertamente na técnica e na trama do romance, contribuindo para a criação da estrutura labiríntica que o define. Houve sem dúvida uma forte modificação formal e temática de um livro para outro; entretanto a força geratriz permaneceu a mesma: um violento desejo de destruição dos valores consagrados pelo nosso tempo. Ou em linguagem mais atual: um profundo desejo de desmitificação, de demolição dos mitos.

Um dos elementos mais significativos para a compreensão do romance é o rótulo, "epopeia", que lhe deu o Autor, desvendando desde o início a sua intenção de cantar a "gesta" contemporânea. Entretanto, construindo-se sob o signo do caos, *Panamérica* é a anti-epopeia por excelência — aquela que se realiza pela destruição da ordem vigente e não pela construção de uma Nova Ordem (que um dia deve vir...).

Em *Panamérica*, José Agrippino joga com o mais poderoso criador de mitos de nossa época: o cinema. Ou melhor, Hollywood. E gradativamente vai desvendando o *avesso* daquilo que é dado como realidade e verdade; vai jogando o leitor nos bastidores da indústria cinematográfica e desmitificando os mitos que ela constrói e que alicerçam a sociedade contemporânea. A narrativa se abre em plena ação, quando está em curso a filmagem de uma passagem da Bíblia.

> Eu sobrevoava com o meu helicóptero os caminhões despejando areia no limite do imenso mar de gelatina verde. Sobrevoei a praia que estava sendo construída e o helicóptero passou sobre o caminhão de gasolina, onde um negro experimentava o lança-chamas. [...] Eu saltei do helicóptero e gritei para o enorme negro que verificava o lança-chamas: "Hei!" Eu perguntei a ele como estava o lança-chamas para funcionar como a coluna de fogo. [...] O lança-chamas esguichou para cima um jato de fogo [...] Eu gritei para o negro que estava ótimo. [...] Eu perguntei ao negro se ele sabia onde ele ia se esconder com o lança-chamas. O negro respondeu. [...] "E Burt?" perguntei. O preto disse que não sabia, quando eu vi surgir do fundo de um edifício um caminhão trazendo Burt Lancaster com duas enormes asas brancas sobre os ombros. O caminhão estacou e eu perguntei: "Tudo bem, Burt?" "Péssimo!" respondeu Burt...

É essa estranha situação (narrada em uma sintaxe quase primária) que dá início à carnavalesca/apocalíptica avalanche de palavras represadas em *Panamérica*. O processo de desmitificação começa já nessas primeiras linhas quando somos atirados de chofre na preparação técnica para a filmagem da Passagem do Mar Vermelho, em *A Bíblia*. Através de uma pormenorizada e labiríntica descrição, vemos o "reverso da medalha", isto é, vemos em seus truques técnicos aquilo que, depois de filmado e montado em um laboratório, projetaria na tela a ilusão perfeita da verdade. Um a um os "milagres" da Passagem do Mar Vermelho, que a arte do cinema iria produzir como "realidade" na tela, é-nos desvendado em sua mentira e falsidade: a coluna de pó, a coluna de fogo que se erguem ante judeus e egípcios; o mar que se abre milagrosamente auxiliando a fuga dos judeus; as promessas de Deus; o Anjo do Senhor; Moisés... tudo é revelado como produto da técnica, da fraude organizada que cria a arte da ilusão...

Mesclando uma linguagem narrativa cinematográfica aos mitos criados por Hollywood (dentre os quais avulta Marilyn Monroe: o grande símbolo sexual), o relato vai num crescendo: da apresentação objetiva, epidérmica e caótica do mundo mítico que nos rodeia, até desembocar na visão apocalíptica de sua destruição e da antevisão de um novo e monstruoso mundo gerado do caos.

O personagem-narrador é o cineasta que encarna, nesta *epopeia,* o papel do "herói" contemporâneo, cuja vida de frenética agitação é colocada no mesmo plano guerreiro dos heróis épicos do passado. Por muitos e muitos pormenores, José Agrippino estabelece um claro paralelo entre a luta pela vida no mundo de hoje e a luta guerreira, sem descanso, que alimentava a epopeia homérica. Como a ação épica é um suceder infindo de batalhas, também *Panamérica* revela a vida humana como um fluir contínuo e labiríntico de acontecimentos. O que as difere entre si é a clara finalidade da primeira e a caótica indefinição que marca a segunda.

No confronto de *Panamérica* com *Lugar público*, apontaremos para dois símbolos que parecem decisivos na estruturação essencial da obra. Trata-se da presença contínua do *elemento líquido* e acima de tudo da presença obsessiva do *sexo*, que indiscutivelmente funciona na obra como o núcleo aglutinador de todo o relato. Se, por um lado, a simbologia da água nos revela sua íntima ligação com o fluir da vida, por outro lado, no sentido profundo da crua fruição sexual, estará a chave que desvendará os demais símbolos. Há uma constelação de hipóteses para a sua interpretação. Qual será a válida? Uma delas é a que aponta para o sexo como o elemento portador das duas forças antagônicas que estigmatizam a condição humana: a força da *destruição* e a da *criação*.

Em *Lugar público*, a sua fruição só leva ao desgaste vital, ao nojo, à destruição do "ser autêntico", pois provoca o desencontro interior mais absoluto. Em *Panamérica*, a violência e crueza ainda persistem, porém revelam que algo muito sutil mudou: as relações homem-mulher assumem a dimensão de uma *luta* pela conquista de algo valioso. Note-se, por exemplo, no breve momento de comunhão silenciosa que precede a explosão sexual (aliás descrita como uma verdadeira luta...), quando o narrador-personagem registra: "Nós pretendíamos a paz dentro da violência do mundo, e sem perceber a chegada da paz nós dois estávamos alojados dentro dela."

Nesse momento (dos pouquíssimos em que o plano subjetivo intervém no plano objetivo da ação), o romancista deixa assomar, através de seu herói, a essencial dimensão que ele empresta ao fenômeno... Através de todo o suceder de gestos, palavras e atos (feitos, ditos e vividos com intensidade quase angustiosa), torna-se claro que o homem, neste último romance de José Agrippino, está no limiar de uma nova vida... mas a hora de transpor o umbral parece não ter chegado ainda... Nossa hora é de violência, e não, de paz. A despeito de todo o aparente dinamismo vital que marca o livro, o que ali está realmente registrado é a agitação sem sentido, é o frenesi da ação *sem atuação*. Como um profeta apocalíptico, José Agrippino de Paula pressente o enorme poderio da força criadora que permitirá ao homem nascer do caos e construir um novo cosmos; contudo, no limiar de uma possível ordenação, algo intervém, incompreensível, e o caos continua.

Através de toda a violenta simbologia que ele criou mostra-se latente sua crença de que essa força, que hoje é utilizada para a vertigem momentânea, para o desgaste do ser ou o seu desarvoramento interior, um dia encontrará meios de se realizar plenamente e dela nascerá um novo homem. Essa visão de "renascimento" está latente nos mitos com que o romancista construiu a sua *epopeia*, ou o seu romance-labirinto. Nele, se denuncia o apodrecimento de um sistema, e se profetiza a apocalíptica destruição de um mundo de fraude... seguida pelo cruel parto de uma nova realidade... não pacífica e acolhedora, mas ainda caótica e aterrorizante... Espécie de novo Homero, em *Panamérica*, José Agrippino cria um novo *homo viator*, mas no polo oposto de Ulisses e de sua mítica viagem iniciática. O *homo viator* de nossa época entrega-se a uma viagem apocalíptica, feita em círculo, aprisionado em Hollywood, símbolo máximo da atual civilização da máquina, com sua fantástica e desumanizante indústria cultural. José Agrippino de Paula está entre os novíssimos romancistas brasileiros que procuram dar voz à metamorfose do homem atual. Qual será o novo elo da "epopeia" que está sendo construída pela sua palavra criadora? De um círculo vital fechado, o seu "herói" de *Lugar público* passa para o dinamismo bélico, porém dispersivo e estéril de *Panamérica*, um dinamismo que apenas aparenta ser vida... pois no fundo é apenas frenesi. Quando o caminho verdadeiro será descoberto? Ou... qual dos caminhos será encontrado? Tem a palavra o romancista... ou a vida...

Dados biobibliográficos

Ficcionista, dramaturgo, arquiteto, cineasta, diretor e promotor de shows musicais, José Agrippino de Paula nasceu em São Paulo, em 1937. Formou-se em arquitetura, mas desistiu de exercer a profissão. Sua atração, desde a adolescência, foi a literatura, o cinema, teatro, o gênero dos "quadrinhos", artes em geral. Desde cedo, gostou de escrever. Escrevia muito, mas sem objetivo definido. Sua estreia, em 1965, com o incomum *Lugar público*, deveu-se à insistência de uma namorada que o convenceu a mandar o original para Ênio Silveira (Civilização Brasileira). A escrita caótica e fascinante de *Lugar público* foi acolhida por nomes importantes da Crítica, então atenta à literatura que, no Brasil de meados dos anos 1960, procurava romper com os moldes consagrados do romance humanista — no rastro das inovações europeias e norte-americanas — e escolhia as propostas dessacralizantes da "festa", do descentramento cultural, da desestruturação do enredo ou da objetividade obsessiva das produções *underground*. Em 1967, publica *Panamérica*, romance excêntrico que, embora não tenha tido grande difusão de público e raras críticas (todas altamente elogiosas), exerceu grande influência, como visão de mundo, em muitos dos novos escritores ou artistas que surgiram em fins dos anos 1960. Entre eles: Sérgio Sant'Anna, Nelson de Oliveira, Arnaldo Antunes, Zé Celso, Tom Zé, e sobre o grupo baiano criador do Tropicalismo. Segundo Caetano Veloso (como registra em seu livro de memórias, *Verdade tropical*): "Antes do lançamento de qualquer uma das canções tropicalistas, tomei contato com *Panamérica*. O livro representava um gesto de tal radicalidade e, indo em direções que me interessavam abordar no âmbito do meu próprio trabalho, quase que inibiu por completo meus movimentos. Ainda hoje, quando o releio, ele guarda seu poder de impacto. É um caso único na literatura brasileira." Inclusive, na letra de "Sampa", Caetano Veloso incluiu uma citação, aludindo ao romance: "Panamérica de Áfricas utópicas / no mundo do samba mais possível / novo Quilombo de Zumbi..." Na música "Gente" (disco *Bicho*), Caetano inclui Agrippino e Jorge Mautner, entre outros, como "gente, espelho da vida, doce mistério". Ainda na esfera do Tropicalismo, Gilberto Gil inclui, no disco *Doces bárbaros*, um fragmento musical de Agrippino, "Eu e ela estávamos ali encostados na parede". Em 1967, época do lançamento de *Panamérica*, Agrippino realizou, em parceria com sua mulher Maria Esther Stockler, o espetáculo teatral multimídia, *Rito do amor selvagem*, numa fusão de balé, música, mímica, jogos dramáticos, acrobacias e performances, no estilo dos *happenings* americanos. Seguiram-se alguns excêntricos shows musicais, apresentados em supermercados e estúdios de cinema. Em 1969, produziu o longa metragem *Hitler terceiro mundo*. Seguido de *Céu sobre água* e *Candomblé no fogo*. Em 1978, produziu, na Bahia (onde morou vários anos), *Mãe Terra*, um super-8, que foi sua última produção pública.

A partir dessa época, entrou em depressão, estado de alheamento diagnosticado como caso agudo de esquizofrenia. Entre momentos de lucidez e de alheamento profundo, passou a viver recluso, apenas com a companhia da mãe, no Embu (periferia de São Paulo, famoso pela concentração de artistas, produção de artesanato, etc.). Apesar do isolamento pessoal, sua obra continua a ser lembrada no meio cultural. Em 2001, Sérgio Pinto de Almeida (Editora Papagaio) inicia a reedição de suas obras (então esgotadíssimas e já procuradas em sebos), começando com *Panamérica* e *Lugar público*. O lançamento foi realizado no Embu (livraria E-book), e, em homenagem ao "bruxo do Embu" (como é chamado pelos admiradores), a festa se deu em clima dos anos 1960 (*cuba-livre* servida aos convidados; telão onde foram exibidos vídeos de e sobre Agrippino; trilha sonora com canções de Vinicius de Moraes).

Ainda em reclusão, faleceu de um infarto em 5 de julho de 2007.

Deixou inédita uma novela para TV, "Os favorecidos de Madame Estereofônica" (escrita em 178 cadernos universitários). Em março de 2008, foi lançada na França a tradução de *Panamérica* (Editora Leo Scheer). Prepara-se para 2009 a instalação, no Beaubourg/Paris, de uma mostra com sua obra — seus filmes, bem como os espetáculos "Sinfonia Panamérica" (dir. Lucila Meirelles) e "Danças na África/Maria Stokler", foram incluídos na programação do SESC-TV Net Digital — Canal 137.

Pessoalmente, guardo de Agrippino duas lembranças praticamente idênticas, que resultaram de dois encontros que tivemos em meu apartamento no Paraíso (onde ele apareceu sem se fazer anunciado antes). O primeiro foi na noite de 15 de outubro de 1965, quando foi me oferecer um exemplar de *Lugar público*, para uma possível apreciação (nessa época eu colaborava no Suplemento Literário/ OESP). Conversamos durante uma hora mais ou menos, sobre o desnorteamento "pós-moderno" que se impunha aos escritores e artistas. Fiquei de escrever algo, mas infelizmente as circunstâncias não foram favoráveis para que eu escrevesse algo sobre o livro, apesar de sua leitura ter-me impressionado deveras. O segundo encontro (27 de julho de 1967) ficou-me especialmente gravado na memória, devido às condições emocionais em que eu me encontrava: Eram nove horas da noite, eu voltava arrasada do Hospital Emílio Ribas, onde acabava de internar meu filho adolescente, em estado de pré-coma, devido a uma hepatite B não diagnosticada a tempo. Surpresa, encontrei Agrippino à minha espera, em companhia de meu marido, também surpreendido com a visita sem aviso prévio e num momento tão angustioso para nós. Refiz-me do espanto, cumprimentei-o e o pus à vontade. Entregou-me *Panamérica* recém-publicado, que devo ter agradecido, mas não lembro com que palavras. E me pus a ouvi-lo falar, com grande ênfase e uma certa ansiedade sobre a importância e significação do livro. Falou até às 23 horas, quando se despediu. Apesar de meu estado emocional abalado, consegui ouvi-lo, guardar-lhe as palavras e a impressionante figura física: alto, barba negra, olhos bem pretos, expressão séria (ou dura?), não sorria, calçava bota cinza, calça de veludo preto, camisa e blusão sem abotoaduras nos punhos. Roupas novas de boa qualidade, mas displicentes. Falou e falou, com firmeza e convicção, sobre a significação de seu livro. Mostrava-se indignado porque os críticos diziam que sua obra era difícil, exigia tempo. Insistiu abertamente no pedido de artigo sobre *Panamérica* — algo que ele classificava como absolutamente novo no Brasil e que precisava de minha palavra crítica, pelo muito que ela significava no nosso meio cultural. E enfatizou: "Vou ficar famoso e a senhora terá sido a primeira a falar de mim." (Na ocasião, lembro que entendi essa presunção como "febre" do artista desesperado para ser lido e aceito. Hoje, conhecendo o que foi sua vida de frenética criação, e seu final de guru-ermitão, acredito que ele era um "iluminado", em busca de seu lugar neste mundo em caos.) Continuou falando de si: que era arquiteto, mas não exercia a profissão, porque não acreditava nela e que, para ele, viver era escrever e ler. Mencionou nomes que considerava mestres: Sartre, Swift, Homero, Moravia, Kafka, John dos Passos, Joyce, Faulkner, Henry Miller... Dos brasileiros, citou Machado de Assis e Nelson Rodrigues. Fiz raríssimas perguntas (nem lembro quais), mas ele falava continuamente. Com relação à intencionalidade de *Panamérica* disse que pretendeu escrever "um livro de destruição da cosmogonia cristã e de instauração de uma outra, de estrutura grega, dionisíaca." A certa altura, disse: "Não dou à literatura a importância que você dá, nem à minha, nem a dos outros. Não é essencial, é algo entre muitas outras coisas." (Afirmação que me pareceu quixotesca, vinda de alguém para quem viver é escrever!). Enfim, deixou claro que não queria ser chamado de revolucionário, entretanto não fazia outra coisa senão revoltar-se e revolucionar a literatura. Deste segundo encontro, felizmente, resultou que as circunstâncias foram favoráveis e eu pude escrever algo, que não cheguei a saber se ele leu ou não, pois nunca mais me procurou, nem se comunicou comigo.

Publicações

Ficção — *Lugar público*, 1965; *Panamérica: epopeia*, 1967.
Ensaio — "Tribo do mar e do sagrado", in Planeta nº 24, agosto 1974; "Roteiro de viagem do diário oficial das drogas do ocidente", in Anima, RJ, abril/maio 1976; "A cigana prateada da lua", in Ficção-2 RJ, julho, 1977; e "Na alameda dos baobás", in Caspa, rev. Letras USP (CAEL), 1977.
Teatro — *Rito do amor selvagem*, 1967; e *Nações unidas*, 1968.
Cinema — *Hitler terceiro mundo*, 1969; e *Mãe terra*, 1978.

44. JOSÉ ALCIDES PINTO

A Trilogia da Maldição[62]

> Minha linhagem vem diretamente dos poetas malditos ou dos loucos iluminados: Rimbaud, Poe, Baudelaire, Lautréamont, Artaud, Augusto dos Anjos [...] e do Surrealismo. Com todos guardo afinidades e não, influência. [...] Eu pertenço, talvez, à coorte dos que esbofeteiam o mundo no que há de podre nele: Kafka, Dostoievski, Sartre, Faulkner.

Em entrevistas, em que fala de sua criação, José Alcides nunca fez segredo de sua comunhão com muitas das "vozes fáusticas" ou apocalípticas da literatura de ontem ou de hoje: Lautréamont, Artaud, Faulkner...

Facilmente o "leitor atento" perceberá os rastros dessas grandes vozes no universo alcidiano, cujo húmus é da mesma natureza daquele que alimenta parte da grande literatura do nosso tempo. A lucidez com que declara suas "afinidades" com esses monstros sagrados, mostra o quanto de *ato consciente* está presente em sua arte, aparentemente alienada ou inconsciente de si mesma. Na verdade, toda sua extensa produção se mostra sintonizada com o hoje apocalíptico, procurando, para além dele, resgatar o *ontem inaugural.* Não para a invenção de um novo *amanhã* (visado por alguns, mas ainda demasiado remoto), porém para se autodescobrir no *aqui e agora* do presente, como elo essencial na corrente da vida, da história, através da *palavra fundadora* a ser dita pelo Homem, já que a palavra de Deus foi posta em questão pela Ciência.

Poeta, ficcionista, dramaturgo, ensaísta... José Alcides estreia no início dos anos 50 com a poesia satânica de *Cantos de Lúcifer*, ao qual se seguem dezenas de outros, na mesma linha de demonismo e de "cons-

---

[62] Extratos do livro *Erotismo maldição misticismo* (em José Alcides Pinto) de N. N. Coelho. Fortaleza, Imprensa Universitária. 2001. (N. da A.)

ciência interrogante" (Octavio Paz) — a de um Eu bloqueado por um Sistema castrador, já deteriorado em seus valores-de-base e que, há muito, já não responde aos anseios do homem de hoje (cuja inteligência construiu o belo/horrível *cyberespace* em que vivemos).

Em *A trilogia da maldição* (*O dragão*, *Os verdes abutres da colina* e *Biografia de um louco*), obra insólita no panorama da Literatura Brasileira contemporânea, José Alcides expõe uma das faces mais significativas da diversificada obra que, durante quase meio século, ele foi criando e testemunhando o caos em que, há muito, o nosso mundo naufragou.

O Dragão: da História para o Mito

Iniciada com *O dragão* (1964), romance inaugural, arraigado no espaço primitivo da terra, em que o natural e o sobrenatural se confundem, o poeta-ficcionista lança os fundamentos da saga dos Angicos — sua terra de origem, onde estaria talvez a resposta definitiva para a interrogação que o desafiou desde sempre: "Quem sou eu?" Toda sua obra é atravessada por essa interrogação-limite, cujas possíveis respostas sempre oscilaram entre dois polos: o do *eu fáustico*, maldito, prisioneiro de si mesmo (poderosa força aprisionada num *eu* gigantesco, atolado nas paixões do Mal) e o do *eu cósmico,* alma trágica (poderosa força que se sente parte de um todo e que, em meio ao caos, pressente em si o homem-herdeiro, de quem depende a continuidade de sua estirpe ou sua linhagem, no tempo).

Lido hoje, em confronto com os demais romances da Trilogia (escritos dez anos depois), *O dragão* se revela como a primeira célula do processo romanesco que acabou por transformar o *espaço histórico-geográfico* do Alto dos Angicos/Região do Acaraú (espaço real onde nasceu o poeta), em *espaço mítico*, no qual o real/natural é transformado pelo imaginário do poeta em algo irreal/sobrenatural.

Essa é uma das novas rotas abertas por José Alcides em seu universo poético-romanesco: a tentativa de transformação da História em Mito, nos rastros do novo romance latino-americano que, a partir dos anos 50/60, extrapola de suas fronteiras nacionais e é descoberto na Europa e Estados Unidos, como um novo fenômeno literário. Aliás, quando do lançamento de *O dragão*, respondendo às alusões da crítica, de que o livro seria "regionalista" (no sentido ortodoxo do termo), José Alcides afirmou:

> Jamais aceitei o regionalismo fronteiriço, que consagrou alguns autores nordestinos. Esse tipo de literatura era incompatível com meu espírito, que perseguia o inusitado e contundente. Deixei seguir o barco, e voltei-me cada vez mais para Gorki, Dostoievski, Kafka, Camus, Virginia Woolf, Hemingway, Faulkner e alguns latino-americanos em voga, como García Márquez, Asturias, Cortázar, Rulfo, etc. Abri caminhos valendo-me de meus próprios recursos.

Foi essa, realmente, a esfera em que se moveu o poeta cearense ao criar sua multiforme obra. E com relação específica à Trilogia, não há dúvida de que a grande "comunhão" se dá com Faulkner, o grande mestre, Juan Rulfo e García Márquez. Tal como Faulkner e os romancistas latino-americanos, José Alcides escolheu como matéria-prima de sua escrita poético-ficcional a própria vivência — ou melhor, a *memória*, arraigada no chão rudimentar da infância, que é metamorfoseado num espaço-origem de uma grandeza terrível, apocalíptica, e no qual o humano está em processo de deterioração. O espaço, onde vivem ou desvivem as personagens alcidianas, é atravessado pelas mesmas forças malignas, presentes no universo faulkneriano. Forças geradas pelo Mal inerente à existência humana. Daí a loucura, o satanismo, o sexo aberrante, as visões apocalípticas ou escatológicas, o fanatismo visionário ou o grotesco que, de maneiras personalíssimas, singularizam ambos os universos. Tal como as criaturas de Faulkner, as do poeta cearense estão predestinadas à fealdade física e à degradação moral.

Lugar matriz-motriz da labiríntica trama enovelada na Trilogia, o Alto dos Angicos, a partir de *O dragão*, vai perdendo sua primitiva natureza geográfica e entrando na esfera dos grandes espaços míticos da literatura-século XX: o imaginário *Condado de Yoknapatawpha*, no qual Faulkner mitificou o seu Mississipi (com os seus "poor white", a corrupção e degeneração moral e física das velhas e nobres estirpes do

"Old South", arruinados pela abolição); o *Macondo*, região mágico-telúrica na qual García Márquez, em *Cem anos de solidão*, condensou a sua Colômbia violada e sangrada por violências e cruéis explorações; ou ainda a fantasmática *Comala*, criada por Juan Rulfo — estranho povoado de mortos (alegoria de um México violentado e em agônica busca de si mesmo), onde vive *Pedro Páramo* que, mais do que ambiguo personagem, é o arquétipo do Pai terrível, incansavelmente procurado pelos filhos bastardos e, afinal, assassinado por um deles.

(Uma leitura intertextual desses romances e a Trilogia alcidiana revelará as inequívocas semelhanças entre eles e as diferenças essenciais que fazem de cada um, uma obra única e inconfundível. Entre as diferenças, destacamos o lastro político, de denúncia e revolta, que marca o latino-americano, praticamente ausente do universo alcidiano, visceralmente ético, erótico e metafísico.)

Os Verdes Abutres da Colina: o avô fundador

Segundo volume da Trilogia, neste *Os verdes abutres...* aprofunda-se um dos temas obsessivos da escrita alcidiana: a busca do Pai, figura odiada/amada, que nele é substituída pela do Avô (Chico das Chagas Frota) que, em essência, pertence à mesma linhagem de Pedro Páramo, ambos fundadores de estirpes. Ambos dotados da mesma violência genesíaca, inerente aos patriarcas do Velho Testamento. Em *Os verdes abutres...* a figura do avô está presente no coronel garanhão Antônio José Nunes, fundador de Alto dos Angicos. Mas subjacente à saga dessa fundação, está a ideia-geratriz da obra alcidiana: o sonho de que a grande aventura do homem no mundo é a de ser *fundador*, criador ou multiplicador de realidades. E mais, que suas "façanhas", para durarem para além de seu tempo, precisam ser escritas.

Nessa ordem de ideias, pode ser entendida a obsessiva tarefa à que se entregou José Alcides (ou o *outro* nele) desde seus primeiros escritos: transformar sua própria experiência existencial em *palavra*, a fim de torná-la visível para o mundo, e, principalmente, para ele próprio. Não só descobrir o seu Eu autêntico ou "exorcizar seus demônios", mas também para testemunhar o vivido pela sua "estirpe" cuja desmesurada força genesíaca e inegável semente de loucura ele pretende inscrever no tempo e com ela perpetuar-se. Em *O criador de demônios* (1967), ele o diz claramente:

> Assumi um compromisso comigo. [...] *Sou a única testemunha viva* de minha família — da numerosa família de meu avô. [...] À hora da morte, a avó amaldiçoou a todos. Sétima geração. Oitava. Enquanto houvesse testemunha. Vestígio, outros demônios vivem por aqui — demônios desconhecidos. Parentes do avô. Amigos. Todos mortos. [...] *Preciso descobrir o segredo.* Romper o encanto. Libertar os demônios. Nada sei sobre esta casa. (grifos nossos)

Parece evidente que aí se prefigura a tarefa obsessiva que, em *Os verdes abutres...*, o personagem-chave da trilogia, Pe. Tibúrcio, se vai impor: descobrir o "alfarrábio" escrito por seu avô, o Asceta, e desvendar o "segredo" dos assombrosos acontecimentos no Alto dos Angicos, desde sua fundação pelo coronel-garanhão Antônio José Antunes, até sua profetizada destruição por um acontecimento apocalíptico. O motivo central e desencadeante da trama de *Os verdes...* é, pois, o *manuscrito* deixado pelo Asceta, velho centenário que exercera apostolado em Alto dos Angicos, desde a sua fundação pelo coronel-garanhão, até a misteriosa decadência que se abateu sobre o povoado. Para impedir que a fabulosa história, de que ele fora testemunha, se perdesse no tempo, o Asceta, auxiliado pelo seu criado cativo, Damião, vidente, resolveu escrever a Memória de Alto dos Angicos.

É essa memória o manuscrito obsessivamente procurado pelo Pe. Tibúrcio e não encontrado. Mas certo dia um pequeno fragmento de papel, escrito com a letra do Asceta, caiu em suas mãos "como se fosse atirado por mãos feiticeiras". Sua leitura nada esclareceu, além dos fatores já conhecidos. A essa frustração sofrida pelo Pe. Tibúrcio somam-se outras: o seu fracasso, não só na luta fanática para salvar as "almas pecadoras" e as "mentes paradas", que vegetavam em Alto dos Angicos, mas também para "esconjurar o espírito de satanás", solto entre eles. "A anarquia voltava a imperar no povoado." A certa altura, Pe. Tibúrcio, aparentemente, desiste de lutar e isola-se em sua casa. Mas, como ele "tinha o sangue do Asceta nas veias, o amor pela aventura e pelo sobrenatural, ficaria ali até o fim das coisas. [...] Se fosse poupado à fúria dos demônios, daria *testemunho* do que se passara." Na verdade, esse testemunho acaba sendo dado, mas não da maneira como ele sonhara. Em certo momento, cai sobre o povoado uma tempestade de areia que lhe entrou "pela porta adentro e invadiu a casa."

> Era uma poeira suja, fedorenta a esterco de animal [...], e entupiu as narinas do vigário, entrou-lhe pelos ouvidos, empastou-lhe os olhos. [...] Apanhou de entre as pernas um pedaço de papel antigo e manchado pelo tempo, como o que meses atrás lhe caíra misteriosamente nas mãos, escrito com a letra desigual do avô. [...] Só podia ser artes do demônio. Os fragmentos do relatório [...] andavam correndo mundo... [...] Era o fim de tudo. A tempestade de poeira crescia e avançava num barulho ensurdecedor, levando de roldão o que encontrava à frente. [...] Os verdes abutres da colina [...] cobriam agora o povoado com seu crocitar diabólico. Os demônios haviam-se libertado e juntando-se aos verdes abutres da colina invadiam agora o povoado, juntamente com a tempestade de areia. Havia chegado a hora final, o momento mais temido pela comunidade do lugar. [...] Um grande incêndio irrompeu no povoado. [...] O ar ainda estava carregado de fagulhas, quando uma *figura de mulher emergia da cinza* dos escombros, como a fênix da lenda. Era Rosa Cornélio de Jesus, a Matriarca, procurando equilíbrio nas pernas trôpegas e dormentes, a cruz de Frei Vidal da Penha levantada para o céu em toda a extensão do braço. [...] E logo uma *grande paz* se fez sobre os escombros. [...] O sol reapareceu entre os retalhos transparentes das nuvens [...] que de súbito se tornaram escuras, engrossaram, cresceram sobre o povoado e derramaram-se em gotas grandes e pesadas. Quando as chuvas cessaram o aguaceiro havia removido os destroços que o incêndio causara.

Toda essa longa citação faz-se necessário, para a melhor compreensão do surgimento da *utopia* (ou da redenção) no universo alcidiano. O plano alegórico da narrativa está claro: após o *apocalipse* (que culmina com o *dilúvio* e o *fogo* catastrófico), sobrevém a esperança na *utópica redenção*. Na paisagem devastada do povoado, só resta de pé "a Matriarca, agora banhada pelas graças da chuva como uma bênção divina". Não por acaso — nesse momento de redenção, de regeneração —, a figura da *mulher* aparece, pela primeira vez, como a Grande Mãe, no patriarcal universo alcidiano. Rosa — a desmemoriada decrépita que se arrastava, inútil, pelo povoado — é descoberta como possível renascer do povoado. Não pela "memória histórica", que ela perdera, mas pela "memória mítica", que ela representava. Rosa, a Terra-Mãe (a origem mítica e indestrutível), encontra-se, nesse final, com Chico Frota (o velho louco, onipresente no mundo alcidiano), cuja loucura é aqui pressentida como a força potencial do que *ainda não é*, mas *pode ser um dia*. É da loucura que nasce a sabedoria (é um dos "recados" dados pela obra alcidiana). No momento do apocalipse que destruiu o povoado, Chico Frota estava voltando "da grande viagem empreendida pelos confins do mundo", daí ter escapado ileso. Trazia consigo "uma partida de galos brancos, bordados como a túnica da vestal, de asas acetinadas e brilhantes, cristas cor de sangue, marchando a passos regulares como numa procissão." A cena é bela. O significado do *galo* nesse contexto é transparente: símbolo solar, universalmente cultuado, seu canto anuncia o nascer do Sol — a manifestação da Luz, o renascer da Vida. É dentro dessa atmosfera solar que o romance se encerra, com a visão onírica do canto uníssono de Rosa (a Grande Mãe), Chico (a loucura que salva) e dos galos brancos (o renascer), como que saudando a nova aurora que surgiria das próprias "entranhas da terra úmida".

Esse desenlace revela, no poeta, o encontro da resposta que buscava ao dizer: "Embalde procuro na *origem* das coisas o *fim que é o próprio princípio*." Nesse final, transparece uma certa identificação com o espírito messiânico — linha de pensamento religioso que vê como indissociáveis o *fim* e o *começo* dos tempos. Ou melhor, crê que o *apocalipse* (a expectativa dos cataclismos, destruições, catástrofes...) e a *utopia* (a esperada redenção, o sonho com o "dia seguinte", com um novo recomeço radical, uma nova Idade de Ouro) estão essencialmente ligados, pois, segundo as profecias, o Paraíso Perdido só será recuperado no final dos tempos, após a hecatombe do Juízo Final, que abrirá um novo começo esplendoroso para a humanidade.

A Palavra fundadora — Alto dos Angicos e Macondo

Ao contrário de *Os dragões*, mundo fechado a qualquer possível amanhã redentor, *Os verdes abutres da colina* se abre para um futuro utópico: a possível redenção do povoado, pós-apocalipse. Um desenlace que, a nosso ver, não se explica apenas *ao nível da saga* de Alto dos Angicos, mas adquire sua verdadeira dimensão no *espaço da criação literária*. Referimo-nos mais atrás ao grande achado da literatura contemporânea: a redescoberta do *poder fundador da palavra* e a consequente certeza de que a *verdade* da aventura humana e sua *permanência* no tempo dependem da *alquimia de sua transformação em aventura literária*. (Em essência, redescobre-se o mito originário de que o universo foi criado pelo Verbo.)

Nesse sentido, compreende-se que o romance termine em claridade e não, sombras, apesar de terem sido fraudados os esforços do Pe. Tibúrcio para arrancar o povo de sua letargia e decadência progressiva, e também para encontrar o manuscrito. Claridade ou esperança utópica, que se explicam na medida em que nos damos conta de um novo fenômeno ali em processo, diante de nossos olhos: na verdade, sua luta, sua busca e os catastróficos aconteceres no povoado *foram sendo narrados no romance*. Isto é, a saga de Alto dos Angicos *foi sendo criada pela palavra-ficção* e passou a existir para sempre, como realidade, na qual se misturam, em desordem, a fáustica aventura de sua fundação, os misteriosos ciclos de grandeza e de miséria que se sucederam no tempo; a loucura, a sexualidade desenfreada, o escatológico, a paralisação ou apodrecimento vital que acometiam os habitantes; o fanático apostolado do Pe. Tibúrcio; a constante luta contra o Diabo ou os pactos feitos com ele, etc., etc.

É a partir dessa metamorfose ficcional — realizada pela palavra fundadora do Real — que avultam as semelhanças entre *Os verdes abutres...* e *Cem anos de solidão*, para além de todas as profundas diferenças entre o húmus colombiano (violentado pelo conquistador espanhol) e o húmus brasileiro (fecundado pelo descobridor português). A saga de Alto dos Angicos (lugar-de-origem a ser resgatado pelo poeta cearense) se assemelha, em essência, à saga de Macondo (ícone da Colômbia, a ser resgatada pelo grande romancista colombiano). Entre os inúmeros pontos de contato existentes entre *Os verdes...* e *Cem anos...* (os quais, pesquisados, dariam uma tese de doutorado), destacamos apenas um que nos parece essencial: a existência de um *manuscrito* que, conhecido, revelaria um mistério ligado à Vida.

Se em *Cem anos de solidão* o velho cigano Melquíades profetiza, num manuscrito, a epopeia (ou anti-epopeia?) a ser vivida em Macondo pela linhagem dos Buendía, em *Os verdes abutres...* o Asceta testemunha a fabulosa fundação e deterioração de Alto dos Angicos. Ambos os manuscritos foram perdidos e procurados obstinadamente, seja pelos Buendía, seja pelo Pe. Tibúrcio. E se este só teve acesso a fragmentos esparsos do manuscrito (que nada lhe esclareceram), o "último dos Buendía" pôde enfim encontrá-lo e ler nele a origem de seu próprio ser, "num avô concupiscente" e perseguir

> Os caminhos ocultos de sua descendência. [...] Estava tão absorto nessa leitura que não sentiu a arremetida do vento, cuja potência ciclônica arrancou das dobradiças as portas e as janelas. [...] Macondo já era um pavoroso rodamoinho de poeira e escombros centrifugado pela cólera do furacão bíblico.

Em meio a esse furacão, o "último Aureliano Buendía" chega ao final do pergaminho e descobre a profecia escrita há anos pelo cigano: a morte do "último Buendía" se daria juntamente com a destruição de Macondo. Enquanto lia, o aposento em que ele estava começa a ser destelhado pela apocalíptica ventania, que acaba por levar de roldão tudo e todos, arrasando Macondo e o "desterrando da memória dos homens". O romance se encerra com essa destruição. Mas a verdade é que Macondo (a Colômbia violada) não foi "desterrada da memória dos homens", pois Gabriel García Márquez acabara de criá-la definitivamente em *Cem anos de solidão*. No mundo da literatura (que dura para além da duração humana), Macondo, os Buendía, sua labiríntica genealogia e suas fantasmáticas revoluções e aventuras continuarão a existir para todo o sempre.

Da mesma forma, Alto dos Angicos (a inóspita região cearense) e a apocalíptica saga de sua fundação — resgatadas pelos romances da *Trilogia da maldição*, perdem sua realidade histórico-geográfica e, transformadas em palavras, ganham a dimensão de mito-de-origem.

Não é preciso recorrer à Cabala ou à famosa afirmação de Mallarmé, "O mundo é feito para culminar em um livro.", para lembrarmos a secreta e explícita identificação que existe entre o livro/palavra e o mundo; pois a religião fundadora do nosso mundo ocidental, o Cristianismo, tem como pedra-base a Bíblia — a Palavra Revelada de Deus, criadora do universo e da humanidade. Palavra fundadora que a Ciência veio pôr em questão e instaurou o caos no mundo.

A biografia de um louco

O terceiro volume da *Trilogia da maldição* surpreende. Uma vez que o lugar de origem, desde sempre procurado pelo Poeta, havia sido resgatado (sua destruição anunciara uma nova aurora), não era de se esperar que o Autor voltasse ao tema. Mas voltou. Faltava-lhe resgatar a sua "estirpe" familiar, marcada por obsessões e loucuras.

A *Biografia de um louco* escava a impressionante figura de João Pinto de Maria, espécie de Quasimodo pela vida primitiva e desumana enfrentada desde a infância, e de quem diziam ter feito pacto com o Diabo. É ele a principal figura, cujos passos vamos seguindo, a palmilhar os tortuosos caminhos de Alto dos Angicos, arrastando o seu destino de usurário e trabalhador obcecado, dono de léguas e léguas de terras, que ele comprara dos herdeiros do coronel-garanhão, seu avô. Herdeiros tão numerosos, que a escritura pública só pôde registrar as especificações do imóvel: "as numerosas posses de terra, sem extrema de norte a sul, de nascente a poente da ribeira do Acaraú, dos herdeiros machos e fêmeas da descendência direta do sangue do coronel Antônio José Nunes."

Tal qual seu fabuloso avô, João se entregava obstinadamente ao trabalho duro e ininterrupto e à obsessão de enriquecer. Para os que invejam sua riqueza, sugeria que fizessem como ele, que fossem...

> Extrair borracha na Amazônia, nu da cintura para cima, de faca em punho, enfrentando os mosquitos, as feras, os índios, perigos de toda sorte. Que ficasse dia e noite sem comer e sem dormir, campeando a rês doente de bicheira, pastorando a "pintada" no bebedouro do gado ou quebrando a cera de carnaúba na palma da mão com o martelo. Quem quisesse fazer fortuna que trocasse a noite pelo dia e o dia pela noite, que cochilasse de pé como os animais, que não possuísse mais do que uma roupa de algodão, um chapéu-de-palha, um par de alpercatas de couro cru e que respeitasse aos Mandamentos da lei de Deus como ele respeitava. Ninguém devia ter inveja da fortuna dos outros, pois era um grande pecado. Era só trabalhar. [...] João Pinto de Maria era um servo de Deus, embora padre Tibúrcio e a comunidade do lugar dissessem que o avarento é um afilhado do diabo.

Aí temos o retrato de corpo inteiro da personagem-eixo do romance, João Pinto de Maria, verdadeiro avatar do grande conflito — corpo/alma, matéria/espírito, terra/céu — , que desafia o cristão desde o início dos tempos. Conflito que em João assume proporções desmesuradas, e que ele resolve, sendo um rigoroso cumpridor das tarefas à que se impôs, respeitando o direito do próximo e dando uma parte de suas terras e riquezas a São Francisco, padroeiro da região.

Novamente enredado no labiríntico e repetitivo universo alcidiano, o leitor descobre que João Pinto de Maria "pertencia à segunda geração da antiga aldeia" e que, por ter viajado para a Amazônia, na ocasião, não havia perecido "no incêndio, o maior incêndio da história [...], quando o povoado desapareceu, para ressurgir pouco depois das próprias cinzas, como a Fênix histórica."

Nesse mundo fantasmagórico, onde campeiam a loucura epidêmica, o pecado, o demonismo e a religiosidade supersticiosa, expressa-se com mais força a obsessão do poeta com a ausência/presença do sagrado no mundo dos homens e a possível/impossível redenção dos grandes pecadores, através da fé absoluta na misericórdia divina. "Cristão primitivo" (como ele próprio já se denominou), o Poeta reafirma a certeza de que Fé absoluta em Deus salva até os "predestinados à danação". Essa certeza se revela claramente na alegoria que encerra o romance, e que nos mostra a "redenção" do grande pecador João Pinto de Maria.

Santo ou louco? A indefinição persiste, tal a imprecisão de fronteiras entre um e outro estado. Em última análise, o que avulta como problemática, em *João Pinto de Maria – Biografia de um louco*, não é a fábula do personagem-título, mas a concepção-de-homem ali expressa pelo Poeta: a crença nas dualidades Bem/Mal, Sagrado/Profano; *homo sapiens/ homo demens*; fim/começo; destino/livre arbítrio, etc., etc. que fazem parte da natureza humana e do universo em seu todo. Dualidade que o pensamento antigo considerou como termos contraditórios e excludentes entre si, e o pensamento contemporâneo está redescobrindo, como termos complementares e indissociáveis entre si.

Nessa mesma linha dual pressentimos a alteridade marcante do Poeta: personalidade onde convivem o seu cotidiano social/visível/ comum... e o eu criador (o outro) interior, invisível ao olhar comum, responsável por sua tarefa de poeta, de criador de mundos imaginários enraizados no Real. Essa duplicidade do ser está patente na epígrafe que abre *Os verdes abutres da colina:*

> Eu não escrevi este livro
> mas quem o escreveria senão eu?

Lida em conjunto, a extensa obra realizada por José Alcides mostra que a grande força que desde sempre a energizou foi a funda consciência de ser, por destino, um criador de mundos, um mediador entre a vida e os homens. Como ele um dia declarou:

> Nasci escritor. Minha relação com o mundo é a mesma comigo mesmo. O escritor, o poeta, o artista é como o rio. Segue seu curso natural porque esse é o seu destino. O mundo é o pano de fundo de minha vida.

Dados biobibliográficos

Poeta, ficcionista, teatrólogo, crítico literário, ensaísta, memorialista, e uma das figuras mais polêmicas da nossa literatura, José Alcides Pinto nasceu na antiga aldeia de Alto dos Angicos (em São Francisco do Estreito, distrito de Santana do Acaraú/Ceará), em 1923. Aos quinze anos muda-se para Fortaleza, para estudar no Liceu do Ceará. Descobre a literatura e torna-se um leitor voraz. Começa a escrever poemas que circulavam entre os colegas. Terminado o curso secundário, embarca num navio de terceira classe, com destino ao Rio de Janeiro e uma carta de recomendação para o diretor da "Tribuna de Imprensa", onde pretendia iniciar carreira de jornalista. Mas na escala do navio no Recife encanta-se com a cidade e acaba ficando ali, fazendo "de um tudo" para sobreviver.

Em 1946, retoma a viagem para o Rio. Com quatro anos de atraso, entrega a carta para o diretor do jornal, Osvaldo Peralva, que lhe consegue emprego no jornal do Partido Comunista (sem que ele fosse sequer simpatizante do Partido). O emprego durou pouco e ainda lhe valeu uma injusta prisão. Superando as dificuldades de contato no Rio de Janeiro, consegue penetrar no mundo da imprensa e colaborar embora irregularmente nos suplementos literários de vários jornais ("Diário Carioca", "O Jornal", "Diário de Notícias", "Correio da Manhã"). Fez cursos de Jornalismo (Fac. Nacional de Filosofia) e de Biblioteconomia (Biblioteca Nacional). Nos anos 1950, fez especialização: Pesquisas Bibliográficas em Tecnologia no Instituto Brasileiro de Bibliografia e Documentação (IBBD). Cursou História da América (Universidade do Brasil).

Simultaneamente a essas atividades, dedica-se à criação literária. Dono de uma espantosa imaginação, forte domínio da palavra e espírito humanista visceralmente atraído por forças duais (espiritualidade/materialidade, misticismo/agnosticismo, angelismo/erotismo, amor/ódio, Deus/Diabo...), José Alcides estreou em livro em 1952, com os estranhos/densos poemas (?) de *Noções de poesia e arte*. A esta estreia seguiram-se (em mais de 50 anos de carreira) dezenas de títulos que se desdobram pelos vários gêneros literários (poesia, ficção, teatro, ensaio, crítica literária...). Nos anos 1970, volta a residir no Ceará, com o projeto de fundar ali o Concretismo. Movimento poético que, criado em São Paulo pelos irmãos Campos, Décio Pignatari e outros, se difundia por vários Estados. Congregando um grupo de poetas e de artistas plásticos (Antônio Girão Barroso, Pedro Henrique Saraiva Leão, J. Figueiredo...), dinamiza o movimento concretista cearense, que se torna um dos mais ativos na criação poética e no intercâmbio com outros grupos brasileiros. Exerceu vários cargos: Redator do MEC (Delegacia Regional de Fortaleza), Professor de Comunicação Social (Universidade Federal do Ceará/Centro de Humanidades) e outros. A certa altura, decide deixar a cidade e torna-se administrador de fazenda, malogrando totalmente. Volta para a cidade e se dedica exclusivamente à carreira de escritor. Entre os vários prêmios e distinções recebidos estão: Grande Prêmio da Crítica da APCA (Associação Paulista de Críticos de Arte) em 2000 e Prêmio Nacional Petrobrás de Literatura/1988. Faleceu em 2 de junho de 2008.

Publicações

Poesia — *Noções de poesia & Arte*, 1952; *Pequeno caderno de palavras*, 1953; *Cantos de Lúcifer*, 1954; *As pontes*, 1955; *Concreto*: *estrutura visual gráfica*, 1956; *Ilha dos patrupachas*, 1960; *Ciclo único*, 1964; *Os catadores de siri*, 1966; *Cantos de Lúcifer*, 1966; *As águas novas,* 1975; *Os amantes*, 1979; *O Acaraú biografia do rio*, 1979; *Ordem e desordem*, 1982; *Guerreiros da fome*, 1984; *Relicário pornô*, 1984; *Fúria*, 1986; *Os cantos tristes da morte*, 1994; *Silêncio branco*, 1988; *Fúrias do oráculo* (poesia reunida/org. Floriano Martins), 1996; e *As tágides*, 2001.

Ficção — *O dragão*, 1964; *Editor de insônia*, 1965; *O criador de demônios*, 1967; *Estação da morte,* 1968; *O enigma*, 1974; *O sonho*, 1974; *Os verdes abutres da colina*, 1974; *João Pinto de Maria – Biografia de um louco*, 1974; *Manifesto traído*, 1979; *O amolador de punhais*, 1987; *A divina relação do corpo*, 1990; *Senhora Maria Hermínia/Vida e morte agonizada*, 1988; *Trilogia da maldição*, 1999; *Tempo dos mortos* (Trilogia incluindo: *Estação da morta*, *O enigma e o sonho*), 2007

Teatro — *Equinócio*, 1973.

Ensaio — *Comunicação: Ingredientes-Repercussão*, 1976.

Crítica literária — *Política da arte I*, 1981, e *Política da arte II*, 1986.

Reflexões — *Diário de sabedoria*, 2006.

45. JOSÉ AMÉRICO DE ALMEIDA

A Bagaceira: Romance-fronteira[63]

> Temos um grande romancista novo. Não sei se velho ou novo de idade. Sei apenas que autor de um livro sensacional [...] Até minutos antes a literatura brasileira estava vazia desse livro. E de agora em diante já não pode viver sem ele. Seria diferente se ele não existisse. [...] Esse livro é um *romance da seca* [...] talvez o grande romance do Nordeste pelo qual há tanto tempo eu esperava.

É nesse tom exultante, que Tristão de Athayde, crítico literário de "O Jornal", no Rio de Janeiro de 1928, anuncia o aparecimento de *A bagaceira*, romance que vinha do Nordeste, e assinado por um autor ainda desconhecido na capital do país — o paraibano José Américo de Almeida. Essa entusiástica e calorosa acolhida, feita por Tristão de Athayde (pseudônimo literário de Alceu Amoroso Lima — uma das vozes mais respeitadas no meio intelectual da época), abriu espaço, no eixo Rio/São Paulo, para o conhecimento desse pequeno romance que, logo mais, se transformaria em "ponta de lança" para o surgimento do grande Romance do Nordeste que era aguardado por muitos (e que surgiria logo depois, em 1930, pelas vozes de Rachel de Queiroz, Lins do Rego, Graciliano... nos rastros da grande crise econômica mundial provocada pela quebra da Bolsa de New York, em 1929).

Na verdade, *A bagaceira* não era obra de autor iniciante, mas sim de um espírito intelectual/humanista maduro, há muito empenhado em analisar/denunciar as gritantes desigualdades sociais do sistema arcaico, ainda vigente no Nordeste dos Senhores de Engenho. Sistema de raiz colonial, que entrara em franca decadência, provocada pelos novos tempos, mas ainda longe de ser substituído totalmente por outro.

[63] Texto inédito. (N. da A.)

Os "novos tempos" vividos por José Américo eram, pois, os da industrialização que chegava, em pleno mundo-em-crise pós-guerra 1914 — os dos anos conflituosos/progressistas (1900-1930) entre a Primeira República e o início da Era Vargas (na qual, como político, ele exerceria importante papel). Tempos de desequilíbrio econômico/político/humano que, no Nordeste, se tornava trágico, pois, à ação despótica dos poderosos sobre os desvalidos juntava-se a ação inclemente da Natureza: a cíclica chegada das secas e a epopeia às avessas que ela provocava: a da multidão de famintos retirantes se arrastando pelas estradas, sob um sol causticante, fugindo do *sertão* ressequido e procurando os *brejos* onde os canaviais garantiam o sustento, à custa do trabalho escravo.

"Menino de engenho", filho de poderoso senhor de terras, José Américo desde a infância vira de perto essa tragédia cíclica, que aprofundava as duras desigualdades sociais e aviltava o ser humano, pois o condenava à pior das provações: a fome. Fenômeno ou problemática que, desde a adolescência, em seus estudos e reflexões, se tornou o grande desafio a lhe exigir soluções: como neutralizar os efeitos negativos da Seca? Como organizar um sistema político-econômico de produção, que equilibrasse as forças do Poder e as do Trabalho? — ambas geradoras da riqueza e do progresso. (Essas seriam as metas perseguidas por José Américo durante toda sua vida de estudioso e de político atuante).

A Bagaceira: engajamento humanista/político

O romance *A bagaceira* foi um dos frutos dessa exigência interior. Na dedicatória ao volume ofertado a Alceu Amoroso Lima, ele escreveu:

> Se nem mesmo a epopeia admirável de Euclides da Cunha pôde traduzir o "horror da realidade", eu, bicho do mato, não alcançaria exprimi-lo. Mas *senti-lo, senti-o como ninguém.*

E anos depois, em entrevista a José Conde, para seus "Arquivos Implacáveis" (1944), José Américo conta como escreveu esse romance

— matéria viva de sua experiência humana:

> Como fiz este romance?
>
> Primeiro fiz um monstro de todos os materiais que, conforme eu sentia, eram partes do seu corpo e da sua alma: O Sol, a lama, os instintos, o destino... Depois o guardei envergonhado, até me esquecer dele. E quando tive de revê-lo, já não o sabia de cor. Já não era o autor, mas o crítico de mim mesmo. Desbastei-o então com a rasoura cruel de quem não tem pena de sacrificar o que é seu. E guardei-o novamente, para repetir a experiência duas, três vezes, até que ficou no que é.

Foram, portanto, anos durante os quais ele explorou essa "experiência", também em outros escritos. Em 1922, publica *Reflexões de uma cabra*, uma espécie de memorial romanceado, onde registra suas primeiras experiências de vida, sua formação como privilegiado "menino de engenho", sua precoce vocação religiosa (posteriormente frustrada) e seu contato direto com a terra e com a dura vida do homem desvalido, que nela trabalhava.

No âmbito dessa problemática, em 1923 publica um longo estudo, *Paraíba e seus problemas* (Imprensa Oficial do Estado), no qual, para além da ênfase dada ao fenômeno climático da Seca, ele procura traçar uma visão de conjunto da Paraíba — a inserida no Nordeste do cangaço e a do Latifúndio pertencente às grandes famílias; região de escassa produtividade e uma das mais críticas do Brasil da época.

O momento era de crescente convicção de que o Brasil regional precisava ser descoberto, pois nele estaria nossa autêntica realidade brasílica. A Semana de Arte Moderna, no São Paulo de 1922, explodia com escândalo contra o "engessamento" cultural da sociedade e, entre suas reivindicações, estava a redescoberta das raízes autênticas, latentes ou patentes nas regiões afastadas dos centros urbanos. Em 1923, essa revolucionária proposta de redescoberta do Brasil autêntico acaba por se manifestar rumorosamente no Nordeste, com a volta de Gilberto Freyre ao Recife (depois de um estágio de estudos nos EEUU). Inicialmente, houve certos desentendimentos entre os objetivos visados. Ambos os movimentos se empenhavam na formação de um Brasil autêntico, liberto do modelo europeu, que nos moldara. Mas enquanto o Movimento Modernista de São Paulo e Rio buscava o Brasil autêntico na redescoberta do Folclore e recusava, taxativamente, as Tradições Regionalistas, o Movimento do Nordeste se empenhava na redescoberta/revalorização dessas mesmas tradições, que teriam engendrado a brasilidade. (Tal como Gilberto Freyre documentaria em *Casa-grande e senzala*, 1933). Em essência, ambos se empenhavam em abrir novos caminhos para um Brasil Pós-Império, política e economicamente estagnado.

A atuação apaixonada de Gilberto Freyre, no Recife, acaba por agitar o meio intelectual nordestino e dá início ao Movimento Regionalista, do qual José Américo participou ativamente, abrindo caminho para o grande Romance de 30.

Enfim, foi nesse clima que *A bagaceira* foi concluído, tendo como matéria-prima a complexa problemática regionalista — verdadeiro campo de luta entre Primitivismo e Civilização. Um dos objetivos de José Américo, ao adotar a forma romanesca para transmitir as novas ideias, foi a urgência em conscientizar os brasileiros... Como ele disse em certa entrevista: a Literatura era o grande meio de "fazer ver o que não era visto", transmitir verdades ignoradas, através da emoção, do prazer. Foi nesse sentido que José Américo procurou transformar em romance a problemática político-econômica que se alastrava no Nordeste. Já pelo título, se manifesta sua intenção última — denunciar a crise que abalava o velho sistema oligárquico rural e a consequente exploração humana, em que ele se assentava. O termo "A bagaceira" denota uma duplicidade metafórica: em *sentido real*, aponta para o pátio das fazendas, onde são acumulados os detritos da cana moída (a fonte de riqueza), e, em *sentido metafórico*, para a fauna humana triturada pela Seca e pela Fome (a força-trabalho geradora da riqueza).

A Bagaceira: documento de época

Idealizado e escrito num momento histórico/político, em pleno processo de transformação e expectativa do "novo" (passagem do Império para a República), o romance *A bagaceira* expressou, em sua problemática-base, os objetivos idealistas de um sonhado e novo projeto humano-social, que transformaria a realidade brasileira como um todo. E, nesse sentido, ele lançou os alicerces ideológicos sobre os quais se ergueria o grande Romance do Nordeste dos anos 30. Contrastando com a agitada germinação do novo, na esfera política, a esfera literária lentamente entrara no ocaso.

Machado de Assis publicara *Dom Casmurro* (1901), pouco antes de morrer, e com ele se fechava uma época de grande riqueza para o romance brasileiro. O nome de maior repercussão intelectual, nesses primeiros anos do século XX, entre nós, era o de Euclides da Cunha com *Os sertões* (1902). Livro espantoso, que vinha chamar a atenção dos brasileiros para uma realidade desconhecida de todos e quase dantesca — a realidade sertaneja, que culminara com a tragédia de Canudos. Na literatura, que se divulgava nos jornais ou em livros, predominava o que ficaria conhecido como "o sorriso da sociedade". Faziam-se ouvir as vozes de Afrânio Peixoto, Coelho Neto, Xavier Marques... entre outros que mal foram ouvidos.

A bagaceira pagou tributo a esse vácuo criador. Romance recebido com entusiasmo, como a primeira voz a abrir caminho para o conhecimento de uma realidade brasileira quase ignorada (o Nordeste da Seca), com o tempo transformou-se em *documento-de-época*. Faltou-lhe o *húmus criador* que dá eternidade às obras literárias, mas permaneceu o *testemunho histórico*: a denúncia dos "desconformes" da vida em determinadas regiões do país (a Seca e o trabalho escravo), mas que a ação do homem consciente poderia neutralizar.

O escritor e o momento

Memorialista, ensaísta, homem de grande cultura e erudição, com inegável talento no domínio da palavra, voltado para os problemas do seu momento, José Américo revela, na escritura e estruturação de seu romance, a influência de duas correntes de pensamento que se chocavam na época: a corrente *intelectual materialista* (via evolucionismo darwinista) e a corrente *espiritual religiosa* (via catolicismo ressurgente). Esse contraponto materialismo/espiritualismo está nas raízes do mundo construído em *A bagaceira.*

Já na trama romanesca essas duas correntes se cruzam. Sintetizando: o drama central é desencadeado por um fenômeno natural/determinista: o da natureza hostil, provocando a cíclica Seca, que aniquila o sertanejo (impondo-lhe a fome, negando-lhe o trabalho, expulsando-o de seu lócus familiar e transformando-o em retirante, pária hostilizado por todos). Essa degradação humana imposta pela natureza é aprofundada pelo próprio homem, o dono-do-poder, aquele que no Engenho transforma o retirante em escravo.

É esse o fenômeno denunciado em *A bagaceira* — o poder despótico/desumano de Dagoberto, senhor do Engenho Marsagão, poder exercido sobre os sertanejos retirantes (Valentim, sua filha Soledade e o primo Pirunga) que ali buscam refúgio. Poder censurado por Lúcio, filho de Dagoberto, jovem bacharel, ingênuo, idealista apático, perplexo espectador da miséria sem horizonte à que estão condenados os servos-da-terra.

A trama

A trama novelesca se desenvolve através das relações humanas, sempre provocadas pela Natureza livre ou por Instintos humanos. Resultante da visão de mundo determinista que orienta o autor, a Natureza, em sua força cega/destruidora (ou em sua essencialidade fecundante), é a grande "personagem" do romance. É ela, por exemplo, que está na raiz da tragédia sertaneja, tal como se denuncia desde o início da trama, com a dantesca visão dos retirantes chegando ao Engenho.

> Era o êxodo da seca de 1898. Uma ressurreição de cemitérios antigos — esqueletos redivivos, com o aspecto terroso e o fedor das covas podres. Os fantasmas estropiados, como que iam dançando, de tão trôpegos e trêmulos, num passo arrastado de quem leva as pernas, em vez de ser levado por elas. [...] Expulsos do seu paraíso por espadas de fogo, iam, ao acaso, em descaminhos, no arrastão dos maus fados [...] Não tinham sexo, nem

idade, nem condição nenhuma. Eram os retirantes. Nada mais.

Contraposta a essa cena dramática, engendrada pela natureza, o autor vai registrando a reação do homem diante dessa tragédia: a indiferença de Dagoberto e a vaga contemplação de Lúcio, perdido em divagações idealistas. Atraído por uma das moças retirantes (Soledade, que ali chegava com o pai e o primo), Dagoberto acolhe-os, dá ordem para que sejam acomodados entre os demais trabalhadores. Paralelamente ao problema da Seca (fenômeno que torna mais evidente a decadência do sistema vigente, desde o Brasil Colônia), a retirante Soledade será *o motivo*, a partir do qual o autor denuncia a decadência moral da Família Patriarcal. Decadência resultante do comportamento licencioso do *pater familiae*.

Intelectual fortemente influenciado pela concepção de mundo positivista/materialista e, ao mesmo tempo, visceralmente religioso/espiritualista, José Américo põe em questão o comportamento sexual que está na base do Sistema Patriarcal.

Em estilo culto, sensorial/metafórico, a trama vai revelando a força instintiva do Sexo, sem o freio da Moral (Dagoberto se apossando de Soledade), e, ao mesmo tempo, a obediência a esse "freio", ao "*interdito ao sexo* fora do casamento", que está na base da civilização cristã (Lúcio e seu casto amor a Soledade). "Interdito" que, pelo costume patriarcal, é imposto apenas às mulheres...

O desenvolvimento desse complexo problema natural/moral se dá através de um fundo envolvimento homem/natureza, expresso em um estilo descritivo/narrativo que lembra as antigas *novelas pastoris* (amor e sexo, como prolongamento das forças da natureza) e também a estrutura dos *romances-folhetins* (com os *suspenses* em final de capítulo ou em inesperados "momentos de revelação").

Embora falho como realização literária, no que diz respeito ao seu *objetivo maior* — denunciar as graves falhas do sistema tradicional, num momento em que sua base agrária entrava em decadência, superada pelo sistema industrial que surgia, *A bagaceira* cumpriu seu papel pioneiro. *At last but not the least*, também na esfera espiritual/religiosa, põe em questão o problema humano fundamental: o Sexo... que de *natural* foi transformando em *moral*, dentro da ordem civilizada imposta pela Igreja, desde o século XVI e, ao longo do tempo, acolhida como base da progressista civilização ocidental.

Dados biobibliográficos

Figura notável da política brasileira da primeira metade do século XX, romancista, memorialista, ensaísta de grande argúcia, o paraibano José Américo de Almeida nasceu no Engenho Olho d'Água, em Areia (PB) em 10 de março de 1887. Filho de poderoso senhor de engenho, passou a infância em convívio com a vida rude do interior e conheceu bem cedo as gritantes desigualdades que imperam nas sociedades.

Aprendeu a ler muito cedo, orientado pela mãe e pela professora Júlia Verônica Leal, tornando-se desde logo um leitor atento e voraz. De natureza reservada, o convívio com os livros foi-lhe sempre a grande companhia. Aos nove anos, com o falecimento do pai, passa a morar com um tio paterno, sacerdote de grande rigor e austeridade, e com quem ele prossegue os estudos. A partir de então, a formação que lhe era dada visava prepará-lo para a carreira do sacerdócio, conforme desejo da família.

Fez os estudos secundários no Liceu Paraibano. Aos 15 anos, prossegue estudos no Seminário de João Pessoa. Terminado o curso em 1904, e já convencido de que sua vocação não era o sacerdócio, impõe sua vontade: tira a batina e se matricula na Faculdade de Direito do Recife. Em 1908, recebe o diploma de Bacharel, e, regressando à Paraíba, foi nomeado Promotor Público da Comarca de Souza, alto sertão paraibano, onde permanece até final de 1909. Em João Pessoa, inicia carreira como advogado, dedicando-se ao mesmo tempo ao jornalismo, escrevendo artigos sobre temas políticos. Em 1911, foi nomeado procurador-geral do Estado, lugar que exerceu durante onze anos. Depois, passa a exercer o cargo de consultor jurídico do Estado, empenhando-se nas lides forenses, em defesa da justiça.

Era o momento em que a Primeira República lutava para construir o Brasil pós-Império. As forças antigas e as novas se chocavam. Estava ainda em processo uma crise de autoridade, que abriria um novo caminho, com o início da Era Vargas em 1930. Mas até lá havia ainda um longo trajeto a percorrer.

Exercendo a profissão com grande idealismo, José Américo torna-se um jurista respeitado, empenhado em defender os atingidos pela injustiça social, que predominava (ou predomina?) na sociedade. Ao mesmo tempo assistia à decadência dos grandes Senhores de Engenho, gradativamente substituídos pelo novo sistema de produção e comércio, imposto pela Usina. O sistema primitivo, que fizera a riqueza do Brasil dos tempos coloniais, começava a ser substituído pela civilização da máquina. O poder absoluto do Senhor começava a ser substituído pelo poder empresarial e sua nova rede de interesses. Substituição que atingia diretamente o sistema de trabalho: o *trabalhador-servo* passava a ser *assalariado*. Transformação que acarretava profundas mudanças nas relações humanas (para melhor ou para pior).

Desde estudante, José Américo revelou vocação literária e política. Como poeta, colaborou em "A União" da Capital paraibana, ao mesmo tempo em que era atraído por leituras e estudos de Sociologia, Economia e Geografia Humana. Ainda não concluíra os estudos jurídicos, quando se filia ao partido liderado pelo Senador Gama e Melo, em oposição ao do Governo da Paraíba, então ocupado por seu tio, Monsenhor Walfredo Leal. Espírito voltado para a análise e reflexão sobre a realidade à sua volta, José Américo assume-se como escritor-testemunha de seu tempo. Em 1922, publica seu primeiro livro de memórias romanceadas: *Reflexões de uma cabra*, onde registra suas primeiras experiências de vida, em convivência com os marginalizados do sistema social.

Nesse ano, explodia em São Paulo a Semana de Arte Moderna, com seu apelo às "raízes brasílicas" e que, como "uma pedra no charco", vinha agitar a apatia que, nesse início de século, reinava na esfera da literatura. Urgia que, com a agitação política em todo o país, a literatura descobrisse um Brasil ainda desconhecido.

Descoberta para a qual José Américo contribuiu decisivamente. Em 1923, Gilberto Freyre voltava ao Recife, depois de um estágio de cinco anos de estudos nos EEUU, trazendo o projeto de escavar as origens do Brasil e do ser brasileiro, tal como se formaram no Nordeste, desde os tempos coloniais. As ideias de Gilberto Freyre, no rastro do espírito modernista, iriam provocar a descoberta de um Nordeste que o resto do Brasil desconhecia. Tocado pelos novos ventos, Freyre agita o meio intelectual recifense e lança o "Manifesto Regionalista", que resulta na fundação, em 1924, do Centro Regionalista do Nordeste e, em 1926, na realização no Recife do I Congresso Regionalista, do qual José Américo participou. Inclusive, colaborando com o movimento paulista, escreve um artigo para a "Revista de Antropofagia", criada por Oswald de Andrade em 1928.

Nesse mesmo ano, tocado pelo ideário modernista/regionalista, escreve e publica *A bagaceira*, cujo enorme sucesso como que abriu caminho para o grande Romance do Nordeste que surge a partir de 1930 (Rachel de Queiroz, Lins do Rego...)

Nessa época sua carreira política toma novos rumos. Era Secretário de Estado do governador João Pessoa (1928-1930), quando este e o ex-governador João Suassuna foram assassinados no Recife. Esse assassinato levou José Américo a chefiar, no Nordeste, a Revolução que se espalhava pelo país, contra o governo de Washington Luís. Com a vitória de Getúlio Vargas, dá-se o fim da República Velha e o início da Era Vargas, levando José Américo a continuar sua ativa carreira política. Foi Ministro da Viação e Obras Públicas; Ministro do Tribunal de Contas da União; Embaixador do Brasil no Vaticano... Em 1935, eleito Senador pela Paraíba, renunciou ao mandato por discordar dos rumos do Governo Vargas.

Nesse mesmo ano, pública dois novos romances, *Boqueirão* (visão histórico-crítica das secas no Nordeste e do projeto das gigantescas barragens construídas no governo de Epitácio Pessoa) e *Coiteiros* (trama de crimes que envolvem polícia e coiteiros — homens que davam abrigo a cangaceiros).

Em 1937, lançou-se candidato à Presidência da Republica, mas sua candidatura frustrou-se com o Golpe de Vargas e início do Estado Novo. Desencantado com a política, deixa a vida pública e volta ao convívio dos livros. Em 1945, rompeu o silêncio com a famosa entrevista dada ao jornalista Carlos Lacerda do "Correio da Manhã". Abrira-se a primeira fenda por onde se daria a queda do Estado Novo e fim da ditadura getuliana. Ainda em 1945, com a queda de Vargas, defendeu ardorosamente a candidatura do Brigadeiro Eduardo Gomes à Presidência da República, mas o eleito foi o General Eurico Gaspar Dutra. José Américo é eleito Senador pela Paraíba. Em 1946, presidiu a UDN (União Democrática Nacional). Dividindo-se entre a atuação política e a reflexão sobre os problemas brasileiros, José Américo vai registrando suas memórias, publicadas mais tarde. Em 1951, Getúlio Vargas é eleito presidente, pelo voto popular, e José Américo, governador da Paraíba. Mandato à que ele renuncia em 1953, sendo substituído pelo vice, João Fernandes de Lima (1953-54). Retorna ao cargo após o suicídio de Vargas em 24 de agosto de 1954. Em 1958, terminado o mandato, retira-se da vida política, por entender que os da sua geração deviam ceder lugar aos novos que chegavam. Os períodos de seu governo ficaram na memória da Paraíba, como "marcos de uma administração austera e símbolo de eficiência". (Agnaldo Almeida, "Cem anos de Poder e Literatura", OESP. 11.01.1987).

Em 1967, foi eleito membro da Academia Brasileira de Letras, sendo recebido por Alceu Amoroso Lima. Nessa época, deixa definitivamente a vida pública e "se refugia no solitário retiro de sua casa na praia de Tambaú". Em certa entrevista, justificando esse retiro, diz:

> Não sou urbano. Sou rural. Sou um menino de engenho, como Zé Lins do Rego. Aqui criei paisagem com o meu pomar e os coqueiros que cercam a casa e que me dão a impressão de que estou em meu elemento, sem perder contato com a cidade.

Na verdade, seu "retiro" nunca foi totalmente solitário, pois ele era constantemente procurado por jornalistas, escritores, políticos, amigos... em busca de orientação, apoio ou ajuda. Nesse retiro, José Américo faleceu em 10 de março de 1980. Sua memória está perpetuada na Fundação José Américo, em João Pessoa.

Publicações

Romance — *Reflexões de uma cabra*, 1922; *A bagaceira,* 1928; *O boqueirão*, 1935, e *Coiteiros*, 1935.
Poesia — *Quarto minguante*, 1973.
Ensaio e memória — *Paraíba e seus problemas*, 1926; *O ano do nego*, 1932; *Ocasos de sangue*, 1954; *A palavra e o tempo*, 1965; *Ad Imortalitatem*, 1967; *Graça Aranha, o doutrinador*, 1968; *Eu e eles*, 1970; *Memórias: antes que me esqueça*, 1976.

46. JOSÉ AMÉRICO DE LIMA

Canudos: a Maldição dos Excluídos[64]
Um século de memória: 1897-1997

Cem anos passados e Canudos, que entrou para História devido à palavra de Euclides da Cunha, continua a ser revisitado. Tema inesgotável para o imaginário coletivo brasileiro; tema já mil vezes percorrido e esquadrinhado em suas múltiplas e cambiantes faces (da política à do fanatismo religioso), a tragédia de Canudos (em que avulta a figura mítica-fantasmática do Conselheiro) ainda permanece como um desafio aos que tentam compreender, não só como ela pôde acontecer (nas dimensões apocalípticas em que aconteceu), mas principalmente por que, apesar dos longos anos que sobre ela passaram, as nebulosas forças que a geraram ainda não desapareceram de todo. E permanecem como que empedradas, mas atuantes, em largas regiões do Brasil (muitas delas travestidas em formas mais sofisticadas, mas não menos destruidoras da dignidade humana).

Dessas "forças" e da tragédia dos excluídos de Canudos, é que nos fala o romance do pernambucano José Américo de Lima, *Canudos: a maldição dos excluídos*, lançado no apagar das luzes de 97. Escritura mansa e detalhista, se encadeando no ritmo de um falar comedido, mas tenaz (de quem conhece a impotência das lutas contra o invencível, mas ainda mantém a esperança como uma "luz no fim do túnel"), a deste romance se nutre não só do amálgama documental (acumulado desde a monumental e pioneira obra de Euclides da Cunha, até às mais recentes pesquisas e debates), mas também da experiência íntima do autor, num claro esforço de comunhão com a anônima tragédia humana que os do-

---

[64] Ensaio publicado in "Opção Cultural", Goiânia, 1997, sobre *Canudos: a maldição dos excluídos* de José Américo de Lima, texto-homenagem ao centenário do massacre de Canudos (1897-1997). Aqui incluído em homenagem ao I Centenário da morte de Euclides da Cunha (1909-2009). (N. da A.)

cumentos fixaram em suas monstruosas exterioridades. Assim, numa tessitura que se vai compondo num vai-e-vem entre o documental e o ficcional, o romance de José Américo obedece às novas exigências do romance histórico contemporâneo. Exigências que Marguerite Yourcenar, por exemplo, sintetiza em nota ao seu extraordinário romance *Memórias de Adriano* (1958):

> [...] no nosso tempo, o romance histórico só pode ser imerso num tempo reencontrado, tomada de posse de um mundo interior.

É essa a direção tomada pelo romance que aqui nos ocupa. Buscando "reencontrar" o tempo em que a tragédia se deu, *Canudos – a maldição dos excluídos* situa os fatos reais e fartamente documentados num preciso espaço geográfico (o Nordeste e particularmente nos sertões da Bahia) e no correspondente tempo histórico (o turbulento período de transição entre Monarquia e República). Ambos (espaço e tempo) marcados pela perturbante presença humana da controvertida figura de um "iluminado", Antônio Conselheiro, seguido pela patética multidão de desvalidos que, por ameaçarem a fortaleza dos poderosos, precisaram ser destruídos. E é no âmago dessa sobrenatural presença humana e de outras (Pajeú, João Abade, João Grande...) que pertenciam ao seu círculo de ação, que o romance tenta "tomar posse do mundo interior" de cada um. Mundo que, em última análise, é visto como a grande alavanca do trágico fenômeno desencadeado em Canudos. Da mesma forma que Euclides da Cunha (o fundador da memória da Guerra de Canudos na literatura e na história) e de muitos outros escritores que retomaram essa "tragédia paradigmática", como matéria de incontáveis textos de reflexões ou reinvenção, José Américo atendeu ao princípio de que, como disse Euclides,

> [...] é difícil traçar no fenômeno humano a linha divisória entre as tendências pessoais e as tendências coletivas: a vida resumida do homem é um capítulo instantâneo da vida de sua sociedade. Acompanhar a primeira e seguir paralelamente e com mais rapidez a segunda, acompanhá-las juntas, e observar a mais completa mutualidade de influxos.

Obedecendo a essa interdependência indivíduo/sociedade e nela detectando o tríplice entrelaçamento de fatores que se conjugam na vida humana, meio/momento/homem (fenômeno que Euclides da Cunha explorou até as últimas consequências, através da ótica positivista dominante na época), o romance de José Américo se abre com uma das "personagens" centrais da tragédia de Canudos: a terra.

O texto de abertura, "O clamor da terra", nos põe diante do espaço que, há um século, fora cenário de um dos maiores "crimes da nacionalidade" (o massacre dos milhares de habitantes do arraial de Canudos, pelas forças oficiais da República recém-proclamada). Durante anos abandonada como terra maldita, em 1968 a região foi coberta pelas águas de um açude. Mas sob a inclemência das secas prolongadas, as águas se evaporam e as ruínas imersas ressurgiram. É o seu "clamor" que o romancista faz chegar aos nossos ouvidos, partindo da visão que ela hoje (1997) apresenta:

> Aqui não é próprio falar em paisagem, porque tal expressão assumiu, no decorrer do tempo, significado especialmente ameno [...] Nestes confins, o termo paisagem soa como ironia, ausência de caridade ou inadequação de linguagem. Porque o fogo se acendeu na ira do Senhor e ardeu sobre o sertão. [...] Na planura de longe em longe, solitários esqueletos de baraúna, de pau-ferro, de aroeira permanecem de pé, galhos retorcidos feito garras crispadas, figurando inútil e desesperado apelo [...] o fatalismo secular evaporou também a lágrima do sofrimento, não há o que mudar no destino dos desgraçados por nascença. Porém a voz do pranto ressequido se estendeu nas lonjuras do sertão. (p. 11)

E não há como não ouvir esse pranto ressequido, pois os "avatares dos condenados de Canudos, em plena era da globalização, continuam a vagar sem nome, sem terra, sem história..." Tragédia que vem de longe.

Num breve prólogo, em largas pinceladas, o escritor traça as coordenadas do jogo político-econômico desenvolvido pela Coroa Portuguesa, para enfrentar o gigantesco desafio de "povoar e colonizar a imensidão continental da nova conquista". Sua primeira tentativa foi "implantar no Brasil o processo de ocupação que lograra êxito na ilha da Madeira e nos Açores, ou seja, a divisão da terra em grandes lotes, denominados capitanias hereditárias." Aí se revela o germe originário do monopólio das terras do Brasil — imensas regiões divididas entre uns poucos privilegiados, que se tornaram grandes senhores, donos absolutos de multidões de desvalidos, que não tinham (nem têm...) outra saída senão a de serem "escravos da terra" (ou de emigrarem para o Sul).

E dentro desse fenômeno sócio-político-econômico, verdadeiro cadinho de forças contraditórias, se gerou o fenômeno Antônio Conselheiro/Canudos. Distantes do determinismo atávico e cientificista em que se fundamentou a genial interpretação euclidiana, e mais próximo da visão messiânica adotada por Afonso Arinos em *Os jagunços* (1898), José Américo enfatiza as forças do mundo interior das figuras humanas que vivem o drama-núcleo do romance, revelando-as, ao mesmo tempo, como fruto direto daquele referido entrelaçado de fatores: a terra inóspita e a brutal injustiça social mantida por um desumano jogo político-econômico, fundado no privilégio de poucos em detrimento de muitos.

E é nessa passagem do documental histórico para o adentrar no mundo interior das personagens, que surge verdadeiramente o romance. Isto é, a revisitação da "tragédia de Canudos" deixa de ser crônica ou simples registro histórico dos acontecimentos, para entrar na esfera da ficção, tentando, pela imaginação, preencher as lacunas existentes naquele documental euclidiano.

O iluminado do sertão

Dentro dessa perspectiva, o romance vai desenvolvendo aos olhos do leitor os confusos fios que, segundo a crônica, compõem a enigmática figura de Antônio Vicente Mendes Maciel. Fragmentariamente, em idas e vindas entre sua vida biográfica e sua vida interior, a narrativa vai compondo o perfil histórico, que os documentos e testemunhos registram, desde o seu nascimento: infância bem-amparada; estudos encaminhados pelo pai (visando a vocação de padre manifestada pelo filho), orfandade; revezes econômicos que o levam a viajar por várias cidades, entregue a diferentes misteres (vendedor, requerente do fórum, professor primário, etc.), para sobreviver precariamente. Entre os revezes, estão ainda: processo por dívida à que não pôde honrar; casamento, traição da mulher, separação e posterior prisão, sob a falsa acusação de haver assassinado a esposa, ocasião em que sofreu espancamento e humilhações sem conta. Depois de absolvido, por inocência comprovada, inicia sua peregrinação pelos sertões do Nordeste... e nele nasce o "iluminado" Antônio Conselheiro.

Atravessando essas fases de sua vida, há um aspecto reiteradamente destacado pelo romancista: a paixão pelo saber, pelos livros, demonstrada desde a infância, levando-o a desafiar o "isolamento cultural" à que estava condenado o meio acanhado em que vivia: "não se acomodava à ignorância. Buscava com sofreguidão o conhecimento, descobria livros onde estivessem, no raio de muitos quilômetros." E cita, entre as leituras feitas, desde menino (nas aulas do Prof. Antônio Ferreira Nobre), "Homero, Virgílio, Eurípedes, Quintiliano... e a literatura de cordel" (*Lunário Perpétuo*, *A princesa Magalona*, *As guerras do imperador Carlos Magno*...)

Enfim, pairando acima das contradições do clero, estava o "Conselheiro, sóbrio, cheio de virtudes simples, de linguagem direta e persuasiva ou ferina e chamejante, com autoridade moral para repreender e orientar. O povo comparava a figura messiânica do beato, vida exemplar de um enviado do Senhor, com os padres relapsos. Óbvia escolha. O líder religioso tornou-se arauto de Deus".

As raízes messiânicas de Canudos

É nessa crença messiânica, ou melhor, na força da religiosidade (no sentido profundo de re-ligação do homem ao universo que o transcende e do qual, ao mesmo tempo, ele é parte essencial) que arraiga a concepção de mundo patente no romance de José Américo, enfatizando um aspecto que Euclides da Cunha aponta como fundamental no fenômeno Canudos — o *sebastianismo*, como fonte do pensamento profético do Conselheiro e dos sertanejos que o seguiram.

Aparentemente, ambos os fenômenos parecem idênticos, pois ambos se fundam na crença de que chegaria para todos uma época venturosa, que redimiria o trágico cotidiano. Entretanto há uma sutil diferença entre ambos. No Sebastianismo (profecia sebastianista que entrou no Brasil com os colonizadores e penetrou fundo no pensamento coletivo sertanejo) trata-se da crença no regresso do rei dom Sebastião (morto no século XVI, na Batalha do Alcácer-Quibir, quando teve início a decadência do poder real português e domínio pela Espanha). Regresso ou ressurreição, que traria uma nova idade de ouro para Portugal (ou para o Brasil, então prolongamento da metrópole). Portanto, a profecia sebastianista aponta para um Homem, para uma presença humana, embora miraculosa/mítica, que viria redimir o presente malogrado e dar início a uma nova era de prosperidade.

No messianismo, trata-se da crença bíblica num Deus (ou Providência Divina) que prometeu recompensar o povo ou comunidade que, aceitando com estoicismo as vicissitudes ou dores do mundo, levasse uma vida rigorosamente virtuosa, em obediência à Palavra do "guia escolhido" por Deus, para levá-los à Terra Prometida, onde haveria liberdade, fartura e justiça.

No romance *Canudos: a maldição dos excluídos*, é esse espírito messiânico que singulariza não só a figura do Conselheiro, mas também a Fé obstinada, fanática que move a massa humana que o segue e que não hesita em dar a própria vida para preservar a do seu iluminado Guia ou para preservar a Esperança de, enfim, conquistar a Terra de Canaã. Enfim, Canudos foi arrasado. Mas, como disse o Conselheiro ao beato Francisco, pouco antes da derrota final:

> Eles podem arrasar as casas, as igrejas, toda a estrutura material mas ninguém pode destruir uma ideia, assim como ninguém será capaz de sufocar a memória. [...] Belo Monte ou Canudos, ou como quiserem chamar, é indestrutível, viverá para sempre, façam o que fizerem os seus inimigos.

O tempo provou que ele estava com a verdade. A palavra-testemunho de Euclides da Cunha eternizou essa trágica epopeia no fabuloso *Os sertões* — fonte primordial de um caudal de romances que, como este *Canudos: a maldição dos excluídos* de José Américo de Almeida, dão continuidade à denúncia euclidiana. Mas, na realidade cotidiana desse Brasil, ainda por ser civilizado, uma "multidão de excluídos" continua a perambular em busca da Terra de Canaã... Até quando?...

Dados biobibliográficos

Contista, romancista, jornalista, professor, biólogo, pesquisador, José Américo de Lima nasceu no Recife/PE. Desde criança entrou em contato com o ambiente de jornal, acompanhando seu pai (o jornalista e cronista Domingos de Lima) e desde cedo se sentiu atraído pelo ofício de escrever, colaborando na imprensa do Recife e de Fortaleza.

Formou-se em História Natural, especializa-se em Biologia, ingressando no magistério superior (UFPE) e se dedicando à docência e à pesquisa. Simultaneamente, frequenta o curso de Letras Neolatinas, que não chega a terminar. Escreve contos, crônicas e artigos. Estreia em livro com *A floresta, vida e morte* (UFPE, 1965). Seguem-se novos títulos: *Caminhos do Gusmão*, 1981, *Antropófago*, 1983; *Treslinda*, 1984. A partir de 1985, com os contos de *Maratona* (Prêmio Academia Pernambucana de Letras), passa a escrever para os jovens. Como ele mesmo se define:

> Contista sou. Vou de fantasia, de absurdo, de onírico, de efabulações insólitas, de voos de imaginação, sem perder, no entanto, a vinculação com a realidade apreendida nas inquietações humanas, na busca do transcendente acontecer. Em minhas histórias, denúncias, protestos, desafios, nem sempre à superfície. Por isso escrevo para os jovens, num convite à reflexão, primeiro passo. (Apresentação de *Maratona*).

Seguem-se os títulos: *O misterioso Homem de Macapá*, 1988. *No tempo das sombras*, 1988. *A maldição da fabrica*, 1989. *Queno-Curumim*, 1994. *O príncipe desencantado*, 1995. Sua obra vem sendo consagrada pela crítica e pelo público.

47. JOSÉ CÂNDIDO DE CARVALHO

O Coronel e o Lobisomem
Um novo clássico da Literatura Brasileira[65]

— Lá vai o coronel Ponciano de Azevedo Furtado em sua mulinha de desencantar lobisomem. Vai para a guerra do Demônio, *que o coronel não tem medo de nada.*

Foi então que reparei estar em sela, bem montado e bem guarnecido de armas. Devia ser prenda de São Jorge, *que sempre soube apreciar o valor de um estribo e a força de uma rédea*, desde que brigou com um dragão e ao maldoso deu morte.

[...]

O luar caía a pino do alto do céu. Em pata de nuvem, mais por cima dos arvoredos do que um passarinho, comecei a galopar. Embaixo da sela passavam os banhados, os currais, tudo que não tinha mais serventia para quem ia travar luta mortal contra o pai de todas as maldades. *Um clarão escorria de minha pessoa.* Do lado do mar vinha vindo um canto de boniteza nunca ouvido. Devia ser o canto da madrugada que subia.

Assim termina o romance e nós, leitores, imersos nessa atmosfera de sortilégio e poesia, fechamos o livro e, com uma ponta de melancolia, ali deixamos o quixotesco Coronel Ponciano de Azeredo Furtado, partindo talvez para a sua última aventura, na mesma disposição de espírito e galhardia com que vivera toda sua vida. Realmente, são raros os romances que têm esse poder de atrair/seduzir o leitor — de aprisioná-lo em seu mundo de ficção e ali levá-lo a permanecer, como que preso de encantamento, mesmo depois de terminada a leitura. É dessa natureza a arte com que José Cândido de Carvalho criou a pitoresca/

[65] Fusão do estudo "O Coronel e o Lobisomem" in *O ensino da literatura* (1966) e do minicurso "Escritores Brasileiros" dado na Biblioteca Mário de Andrade, SP (1970). (N. da A.)

humaníssima figura do Coronel Ponciano e o mundo real/fantástico, onde sua aventura de vida se desenrolou, desde a infância — de único neto de grande Senhor de Engenho em Campos de Goitacazes, até sua subida aos céus para combater o Demônio.

Romance de arte maior, saído à luz em 1964, *O coronel e o lobisomem* veio não só marcar a presença definitiva de seu Autor no panteão dos grandes escritores brasileiros, como também confirmar (ao lado de *Chapadão do bugre* de Mário Palmério e de *O pássaro da escuridão* de Eugênia Sereno, saídos na mesma época) o alto nível atingido pela ficção brasileira contemporânea.

José Cândido estreara como romancista no final dos anos 1930, quando o romance Regionalista do Nordeste chegara ao apogeu e já se esgotava em sua problemática central: *testemunhar um final de Era* — a do ciclo da cana-de-açúcar (poder econômico que fizera a riqueza do Brasil desde os tempos coloniais) e a do poder feudal dos "coronéis", os grandes senhores-de-engenho, que criaram aquela riqueza.

Olha para o céu, Frederico!

É nesse momento de crise do Romance Regionalista que José Cândido estreia com o pitoresco romance *Olha para o céu, Frederico!* (1939).

Atraído pelo mundo de "Lins do Rego e do ciclo da cana-de-açúcar" (como revelou em certa entrevista) e influenciado também pelo romance introspectivo que conquistava terreno (Otávio de Faria, Cornélio Pena, Cyro dos Anjos...), nesse romance de estreia José Cândido torna evidente o impasse à que chegara o romance brasileiro, dividido entre *o documento social e a introspecção psicológica*. Forma embrionária de *O coronel e o lobisomem,* sua trama romanesca entrelaça as duas óticas: a documental e a introspectiva. Os tipos humanos e as tramas que o envolvem foram tirados da própria experiência do Autor quando, durante algum tempo, morou "na cidadezinha de Mussurepe, nação de pasto e canavial, perto de Campos de Goitacazes", onde conviveu, "em longas conversas", com trabalhadores do canavial, onde o transporte era ainda o carro de boi e onde decadentes senhores de engenho mantinham o orgulho da "casta nobre"...

É esse "orgulho de casta" (mantido pelos decadentes herdeiros dos antigos e fortes senhores-de-engenho) o eixo problemático do universo romanesco criado por José Cândido. Com a fundamental diferença de que a *ótica dramática*, através da qual o romance de 30 viu essa decadência e orgulho, é substituída por uma *ótica jocosa-picaresca*. Os tempos já eram outros...

O narrador e a trama

A trama de *Olha para o céu, Frederico*! é narrada pelo enfatuado/medíocre/tolo Eduardo de Sá Menezes, "bisneto do Barão da Pedra Lisa" e sobrinho-herdeiro do avarento/despótico Coronel Frederico de Sá Menezes, "um dos últimos senhores de canaviais e engenhos que (no início do século XX) ainda resistiam à usina, na região de Campos de Goitacazes". O romance tem início com uma espécie de prólogo, no qual Eduardo se diz indignado com os elogios feitos por um jornal ao seu falecido tio Frederico.

> O jornal botava o velho nas nuvens, num altar de glória. Não gostei desses elogios rasgados a um parente meu que não era um Menezes legítimo. Pisei nas tamancas. Respondi em artigo bem calibrado. Fiz considerações sobre o nascimento de Frederico. Esclareci o assunto. [...] Arrotei grandeza por tudo que foi vírgula.

E é nesse tom picaresco que Eduardo passa a rememorar a vida do coronel Frederico de Sá Menezes que lhe deixara como herança "um mundo de terras e ainda alguns contos de réis para o cofre, *mas não era um Menezes legítimo*". Resolve, ao mesmo tempo, escrever a história de São Martinho, o principal engenho da família. Engenho que teve seus maiores dias de glória no tempo de seu bisavô, Barão da Pedra Lisa, "barão de sangue limpo", que fora íntimo do Imperador D. Pedro II.

A trama vai sendo narrada numa linguagem singularíssima, hilária, cujo tom de grandeza, aparente seriedade e nobreza vão pondo a nu a falsidade das aparências de tudo e de todos. Dando sustentação aos intrincados fios da narrativa, há o contraponto entre dois valores básicos — o do Ser e o do Fazer. Valores que entraram em choque, durante o longo período de passagem da sociedade tradicional, de raízes aristocráticas, para a sociedade moderna democrata. Em outros termos: a problemática-base do romance põe em confronto o valor do homem que *É algo*, por natureza ou linhagem (o descendente de barões), e o do homem que *Faz algo* (o tio Frederico, que reergue São Martinho, ao herdá-lo dos barões, em estado de plena decadência). O medíocre Eduardo, fanatizado pela nobreza que ele próprio teria herdado dos Barões, torna-se cego para a ação realizadora de seu falecido tio Frederico — avarento, mesquinho, mas o verdadeiro construtor da riqueza que ele, Eduardo, herdara e da qual desfrutava, sem lhe acrescentar nada. Pelo contrário, acaba perdendo-a por inépcia e tolas vaidades (ao transformar o Engenho em Usina e meter-se na Política).

Curiosamente, apesar da visão negativa, através da qual Eduardo vê o velho tio Frederico, este acaba por ser a grande figura de sua narrativa memorialista. Figura ambígua de grande senhor-de-engenho, que não tinha o "vozeirão de estilhaçar cristaleira" — vozeirão próprio de um despótico senhor —, mas que, com sua fala discreta/mansa/lacônica, sua aparência de bondade ou moleza ou desânimo, ia astutamente fazendo negócio (como o do casamento com moça rica) e ampliando suas posses em terras e fortuna.

> "Estou à beira da bancarrota!" É o que respondia, quase sempre, a qualquer "Bom dia!" com que o saudassem. Vivia obsessivamente voltado para a conquista de bens. Obsessão que levava o padre Hugo de Arimateia (frequente presença no casarão de São Martinho) a constantemente aconselhá-lo: "Olha para o Céu, Frederico! O que darás a Deus? Ainda está em tempo, meu irmão Frederico!" Mas o velho parecia surdo...

Num registro estilístico, absolutamente original/jogralesco, a narrativa sobre os "acontecidos" em São Martinho vai revelando a destorcida visão de mundo mantida por Eduardo. Seus louvores à grandeza do Barão e de seus herdeiros imediatos, bem como as censuras ao "plebeu" usurário Frederico, resultam numa verdadeira caricatura: o que é mostrado por ele como *grandioso*, na realidade é *negativo/estéril*, e o que é censurado como *usura plebeia* revela-se *positivo/fecundo*.

A grande força e ludismo da arte criada por José Cândido vem em parte desse seu poder de jogar com os contrários de cada realidade. Em seu universo, toda aparência se revela falsa: tudo é dual — verdade/ mentira, nobreza/baixeza, jocoso/trágico. Dualidade corporificada no falastrão Eduardo:

> O Barão Pedra Lisa, de coração sem medida, deixou um nome de santo. Os filhos *gozaram a vida no bem-bom da cama.* Meu tio Tibério de Amarante Sá de Menezes foi *aquele luxo de fim de mundo.* [...] Frederico *foi o pé-de-boi que escorou* São Martinho. Pegou tudo doente, canas velhas e bocas de fornalhas entupidas. O casarão pedindo missa, desenganado. *O parente acendeu as fornalhas e espichou a herança.* [...] Pedra Lisa deu ao São Martinho a bondade do seu coração. Com meu tio Frederico, os Meneses cresceram de outro jeito — em forma de cobra. Engordou dando botes em terras de cana e chaminés de fabrico. E Frederico, sempre de lamento na voz:
>
> Acabo Montenegro, acabo de pires na mão!
>
> [...]
>
> O mundo de meu tio era feito de terra. O meu era dos barões.
>
> Um mundo perdido, enterrado como o meu bisavô Pedra Lisa.
>
> Um mundo de invenção.

Aí se faz clara a deturpada visão de Eduardo. Espécie de fantoche entre aparência e verdade, o picaresco/medíocre Eduardo atravessa o romance perseguindo um equívoco ideal de grandeza e, por fim, acaba vencido pela realidade dos fatos. Abandona seus pruridos de nobreza e, prosaicamente, procura se "dar bem" na vida, sem grande esforço.

> Agora estou no fim. A usina morreu no princípio do verão. [...] Saio destes ermos de bolso vazio. Levo apenas duas pequenas malas de viagem. E nisso está toda minha riqueza. Vejo o torreão doente da São Martinho. Nunca mais jogará para o céu nuvens de fumaça. [...] Não adiantou nada meu vozeirão de arrebentar cristaleira. Ontem, rente do espelho, fiz um exame de minha pessoa. Eu era um anão de gente, capaz de caber num

> dedal. Mãos vazias, murchas. Se morresse agora, embarcaria como um João-Ninguém,

E sua fala termina em tom de desafogo entre cínico e prosaico: decide casar-se com Naninha ("São duzentos pacotes que a menina traz por entre as flores de laranjeira") e arranjar um emprego público ("É sempre uma garantia mamar no governo.")

Nesse romance de estreia, José Cândido dá vitória à *mediocridade* sobre a *grandeza humana*. Solução negativa sintonizada com o que acontecia no mundo real à sua volta: anos 30 — o mundo suspenso entre guerras; a melancólica decadência das altas tradições do Brasil monárquico; o avanço do progresso industrial impondo a lei do mercado; e a confusa/babélica abertura para os novos tempos anunciados por Vargas. O utilitarismo vencendo o idealismo.

Essa visão desencantada e realista seria superada, anos depois, por uma nova crença na força do Ideal, do Sonho, como grande meio de realização humana. Força que surgiria corporificada na grande/quixotesca figura do Coronel Ponciano de Azeredo Furtado. O jogo-de-forças, entre a *fraqueza* intrínseca do ser humano e a *grandeza* de seus ideais e sonhos, é resolvido pela *força de sua palavra* — a de nomear e dar realidade ao aparentemente inexistente.

É pela *palavra* que o Coronel Ponciano se realiza em *grandeza* e *verdade*. Na criação desse complexo foco narrativo — o da Palavra limitada à visão de um EU-personagem —, está sem dúvida um dos grandes valores da superior arte de José Cândido. Sem uma "intriga" nuclear, sem apoiar-se em um conflito central, o romance constrói sua unidade interior na figura do Coronel que, da primeira à última página, fala de si mesmo, de sua grandeza, importância, coragem, etc.

> A bem dizer, sou Ponciano de Azeredo Furtado, Coronel de patente, do que tenho honra e faço alarde. Herdei do meu avô Simeão terras de muitas medidas, gado do mais gordo, pasto do mais fino. Leio no corrente da vista e até uns latins arranhei em tempos verdes da infância, com uns padres-mestres a dez tostões por mês. Digo, modéstia de lado, que já discuti e joguei, no assoalho do Foro, mais de um doutor formado. Mas disso

não faço glória, pois *sou sujeito lavado de vaidade*, mimoso no trato, de palavra educada. Já morreu o antigamente, em que Ponciano mandava saber nos ermos se havia caso de lobisomem a sanar ou pronta justiça a ministrar. Só de uma regalia não abri mão, nesses anos todos de pasto e vento: a de falar alto, sem freio nos dentes, sem medir consideração, seja em compartimento do governo, seja em sala de desembargador. Trato as partes no macio, em jeito de moça. Se não recebo cortesia de igual parte, abro o peito.

— Seu filho de égua, que pensa que é? (p. 9)

Abre-se o romance e o Coronel Ponciano revela-se francamente, sem mistérios, nem negaças, como o faz até o final: orgulhoso de sua herança patriarcal, assumindo-a com ingênua galhardia (entre modéstia e vaidade) e se vendo sempre como um "outro", uma *persona* digna de homenagem. E desde esse início, com essa autorrevelação, sentimo-nos atraídos por ele, apesar de sua vaidade se tornar evidente, por detrás de mal declarada modéstia. E vamos sendo arrastados por sua fala, lembrando casos e mais casos, em que suas qualidades de "grande coronel" vão superando os grandes desafios ou derrotas da vida no dia a dia. E embora por detrás de suas afirmações transpareça sempre uma outra verdade, ficamos sem poder decidir, de imediato, se o Coronel seria um fanfarrão ou um modesto, um corajoso ou covarde, um Dom Juan perigoso ou um tímido amoroso, corajoso ou covarde, generoso ou egoísta, ladino ou ingênuo, respeitável ou ridículo...

Ao longo da leitura, acabamos por descobrir que — no plano da verdade existencial —, as facetas negativas de sua personalidade acabam anuladas pelas positivas, tal qual o Coronel as vê. A razão dessa nossa aceitação, aparentemente absurda, reside na transfiguração artística realizada pelo romancista: em lugar de fixar, no romance, o "Coronel Ponciano" que ele, José Cândido, está vendo no personagem, ele nos dá a visão que o próprio Coronel tem de si mesmo.

Singularidade, cujo sabor narrativo é adensado pelo *humor* que cria *a temperatura* da trama novelesca. Distante do pessimismo e dramaticidade, que eram marcantes no Romance Regionalista de 30 , *O coronel e o lobisomem* apresenta o humor, o sorriso, a graça... que impregnam os aconteceres, que se sucedem entre dramáticos e líricos, épicos e quixotescos...

Da primeira à última página, há no estilo de José Cândido um humor sadio e saboroso a pontilhar as palavras de Ponciano e a reduzir, a termos humanos e aceitáveis, todas as pressentidas fraquezas e debilidades, que poderiam fazer naufragar a sua figura como herói, diante do leitor.

O Coronel Ponciano, criado por José Cândido, não é um farsante, é um homem à mercê das muitas fragilidades humanas, mas que acima de tudo acredita em si mesmo, em seu poder, tal como D. Quixote acreditava na alta estirpe de seu Rocinante, na fidalguia de sua Dulcineia, na nobreza de seu "elmo e armadura" e em sua missão cavaleiresca de defender os fracos e espalhar a justiça na terra. E é devido à crença ingênua de Ponciano, em sua própria grandeza e em seu importante papel dentro de seu mundo, que o vemos como o D. Quixote de nossa ficção.

Um coração generoso e manso que se queria como um "coração de leão". Convicção que se expressa abertamente diante do homem nanico que foi apanhado em tocaia para matá-lo (e que os seus homens aprisionaram):

> Digo, sem ostentação, que Deus não cresceu o neto de meu avô na beira dos dois metros, para que ele desperdiçasse essa grandeza toda em raiva de anão, em ódio de sujeito nascido para caber num dedal de costureira. Nunca que uma desgraça dessas ia acontecer comigo. Sempre apreciei as alturas e nas alturas vou morrer.

Com seus dois metros de altura, sua barba vermelha, seus charutos Filó de Ouro, era homem de sonhar "alto", de só ter olhos para as grandezas (apesar da mediocridade de seu dia a dia).

O "eu" majestático

É sobre essa autoconvicção de "grandeza" que José Câdido ergueu os alicerces do romance: entregou o *foco narrativo* ao seu personagem. É dessa entrega que resultou o maior encanto da trama novelesca e a plena aceitação, por parte do leitor, da "verdade humana" que ali se inscreve, por mais inverossímil ou absurda que ela possa parecer, do ponto de vista lógico. Em *O coronel e o lobisomem*, a *verdade humana* se impõe porque conseguiu atingir a plena verdade estética.

Eis, pois, um romance em que o *foco narrativo* joga um papel preponderante — basicamente responsável pela estruturação do personagem e pela verdade humana ali patente. Coerentemente com a vaidade marcante da personalidade a ser ali focalizada, o romancista escolheu o foco em 1ª pessoa, a "fala majestática"... Menino e homem mimado por todos à sua volta, o Coronel Ponciano foi, desde cedo, o centro de seu mundo... Daí o à-vontade com que a narrativa escoa sempre em torno à sua pessoa, mostrando um homem que se transformou num mito para si mesmo.

O Coronel se vê sempre como um "outro", no qual o seu "eu" se desdobra. A cada momento ele sai de si mesmo, contempla-se, admira-se como se de "outro ser" se tratasse. Como se o "coronel" fosse *a personalidade* "social", a pessoa exibida ao mundo, e o "outro", *a persona*, o seu êmulo adorador e cortejador.

Os exemplos desse "desdobramento" pululam no romance. Dentre eles, destacamos o delicioso episódio do seu "encontro com a sereia", numa noite em que saíra à caça da capivara e vagueia por entre sombras e "quebrantos", na mata ao longo do mar. Sem encontrar a caça, vê à sua volta estranhos aconteceres, como uma forte ventania em "noite limpa" e o "agouro de coruja":

> — Vai piar nas profundas dos infernos, cadela de asas! Foi quando tive um estalo, um repente muito próprio de minha natureza. *Era bem capaz do coronel estar em terra de ururau e disso desprevenido.* Talvez que toda essa figuração, ronco de tormenta e assobio de cobra, não passasse de embuste de sua cabeça. [...] Do meio da desordem saiu meu nome: — Ponciano! Ponciano!
>
> Não apreciei essas confianças tomadas comigo. [...] Só que não sou homem de ser chamado e descomparecer. Corri na poeira da voz *e vi o neto de Simeão água dentro*, trabuco no ombro e indagação na ponta do beiço:
>
> — Quem requer meus préstimos?
>
> [...] Foi nessa especial circunstância que tive o maior espanto destes

anos de pasto e vento. Saído não sei de onde, veio vindo aquele canto mimoso, que parecia nascido da garganta dos anjos mais afinados. O coração de Ponciano logo pulou de saudades curtido.[...] E na presença do luar apareceu aquele rosto de bonitezas, cabelo de ouro pingando água e boca cheirosa chamando por mim:

— Ponciano, Ponciano...

Mas para desgosto meu, arrematava em rabo de peixe. Era uma sereia...

Claro está que, com sua esperteza de "aprendiz de escola de frade e de cartório, nunca que podia cair em arapuca de sereia, por mais instruída que fosse." E ele escapou...

Essa fantástica experiência é contada e recontada pelo Coronel ao pessoal que com ele convive... é tudo aceito como a mais pura verdade, tal a convicção com que ele a narra. Tal como essa, outras fantasiosas aventuras se sucedem: a caçada da onça pintada, a caça do ururau, a caça ao lobisomem, etc.

O Coronel realmente cativa o leitor com suas ingênuas/maliciosas experiências, que fazem dele alguém especial... Daí a justeza final dada ao romance, com o Coronel partindo para a grande e última aventura: montado "em sua mulinha de desencantar lobisomem", o Coronel Ponciano de Azeredo Furtado "vai para a guerra do Demônio, que o coronel não tem medo de nada. [...] Embaixo da sela passavam os banhados, os currais, tudo que não tinha mais serventia para quem ia travar luta mortal contra o pai de todas as maldades. Um clarão escorria de minha pessoa"...

Dados biobibliográficos

Romancista, jornalista, advogado e presença atuante no meio político-cultural de seu tempo, José Cândido de Carvalho nasceu em Campos (RJ) em 5 de agosto de 1914. Faleceu em Niterói em 1° de agosto de 1989. Era filho de imigrantes portugueses, de Trás-os-Montes, que nos anos 1910 se estabeleceram na zona canavieira de Campos dos Goitacazes, como pequenos comerciantes. Fez seus primeiros estudos em Campos e desde cedo exerceu diversos misteres (ajudante de farmacêutico, cobrador de uma firma de aguardente, trabalhador em uma refinação de açúcar).

Em 1930, início da Era Vargas, passa a trabalhar na imprensa, como revisor do jornal "O Liberal". Entre 1930 e 1939, foi redator e colaborador de jornais de Campos ("Folha do Comércio", "O Dia", "Gazeta do Povo" e "Monitor Campista"). Entra para a Faculdade de Direito do Rio de Janeiro, onde se forma em 1937. Passa a residir na capital carioca e procura conciliar seu trabalho na imprensa com o de advogado. Mas este último não seria o seu caminho. Numa entrevista, referiu-se a esse projeto inicial de carreira: "De jornal em jornal, realizei o grande sonho de todo pai do começo do século XX — ver o filho bacharel, fotografado de beca e óculos. E bacharel saí na fornada de 1937. Uma ocasião fui extrair, da unha de um subdelegado, um pobre diabo qualquer e constatei, para desencanto do meu canudo de bacharel, que mais vale ter a chave da cadeia do que ser Rui Barbosa. Aborrecido, dei de mão numa resma e escrevi meu primeiro romance: *Olha para o céu, Frederico*!"

Graças, portanto, a essa "decepção jurídica", nasceu o romancista, e o jornalista resolveu se profissionalizar. Nessa ocasião é contratado como redator de "A Noite", um dos grandes jornais no Brasil dos anos 1940/50. Ao mesmo tempo, exerce o cargo de redator do Departamento Nacional do Café. Em 1942, dirige o jornal "O Estado", diário fluminense. Em 1957, com o fechamento do jornal "A Noite", passa a chefe do *copydesk* da revista "O Cruzeiro", na qual colabora com crônicas e artigos e também dirige sua edição internacional. Em 1964 (21 anos depois de seu romance de estreia), lança *O coronel e o lobisomem*. Imediato sucesso de crítica e de público. Romance que lhe valeu inúmeros prêmios no Brasil e no exterior e levou alguns críticos a "profetizarem" que bastaria esse romance para colocar o autor no "panteão dos grandes escritores brasileiros". Transformado em versão cinematográfica (dirigida por Alcino Diniz), "O Coronel e o Lobisomem" foi exibido no Festival de Cannes de 1979. Em 2005, é realizada nova versão (com efeitos especiais mega e digital 21), produzida por Guel Arraes, dirigida por Maurício Farias e que se torna um dos sucessos populares do cinema brasileiro. Na década de 1970, o tipo do

Coronel (sua bazófia e linguagem inusitada) criado por José Cândido é recriado na telenovela de Dias Gomes, *O Bem-amado* (TV Globo) protagonizado por Paulo Gracindo, como Coronel Odorico Paraguassu, popularizando-se, como sucesso nacional e internacional. Sucesso esse que suscitou a acusação de plágio por parte de Dias Gomes, e criou certos atritos com José Cândido — episódio relatado por Lourdes May, em sua biografia do romancista, *O escritor de letras redondas* (1998). Seu generoso/arguto/lúdico espírito humanista é o húmus que alimenta não só sua criação literária, mas também seu trabalho como jornalista/cronista/repórter (atividade à qual se dedicou incansavelmente durante toda a vida). Sua produção nessa área permanece como algo único no espaço jornalístico brasileiro.

Em *Ninguém mata o arco-íris* (1972), José Cândido reuniu 35 singulares entrevistas/crônicas, feitas com vivos e mortos — personalidades que marcaram presença em nossa "mitologia urbana": Barão de Itararé, Juscelino Kubitschek, Glauber Rocha, Agripino Grieco, Ziraldo, Bibi Ferreira, Tom Jobim, Cacilda Becker, Garrincha, outras e outras figuras inconfundíveis que se misturam no mosaico da realidade brasileira.

Abandonando a técnica da entrevista (perguntas e respostas), José Cândido se assume como "contador de estórias". Numa escrita/fala coloquial, ora descansada (dando volteios em torno do assunto central), ora trepidante (atropelando informações), mas sempre "filtrada" pelo humor gaiato/generoso que lhe é peculiar, José Cândido vai revelando "por dentro" (em sua específica personalidade humana), cada uma das figuras que compõem sua galeria humana. Registro que ele define como "Retratos em 3x4".

A partir de 1970, José Cândido de Carvalho exerceu diversas funções na política cultural brasileira: diretor da Rádio Roquette Pinto (1970-74), diretor do Serviço de Radiodifusão Educativa do MEC (1974), presidente do Conselho Estadual de Cultura do Estado do Rio de Janeiro (1975), presidente da FUNARTE-Fundação Nacional de Arte (1976-1981), presidente do Instituto Municipal de Cultura do Rio de Janeiro/Rioarte (1982 e 1983). Nesse período publicou livros de narrativas, crônicas e minicontos. Em 1974 é eleito para a cadeira 31 da ABL

(Academia Brasileira de Letras), na vaga do poeta Cassiano Ricardo. Nessa época, anuncia o novo romance em elaboração: *O Rei Baltazar*, cuja trama se passa na planície dos Goitacazes, entre a cidade e a roça, centrada em Baltazar Maldonado de Sá. Personalidade controversa, vivendo uma dualidade de impulsos, entre a grandeza que sentia como própria e a decadência que o apequenava. Esse romance ficou inacabado e apenas alguns de seus trechos foram publicados na biografia do Autor, escrita por Lourdes May, jornalista que trabalhou com José Cândido na revista "O Cruzeiro".

Em 1970, escrevendo uma bem-humorada ficha autobiográfica (para a Ed. José Olympio), José Cândido de Carvalho fala do seu tempo e obra:

> Entre *Olha para o céu, Frederico!* e *O coronel e o lobisomem*, medearam 25 anos, o mundo mudou de roupa e de penteado. Apareceu o imposto de renda, apareceu Adolf Hitler e o enfarte apareceu. Veio a bomba atômica, veio o transplante. E a Lua deixou de ser dos namorados. Sobrevivi a todas essas catástrofes. E agora, não tendo mais o que inventar, inventaram a tal da poluição, que é doença própria de máquinas e parafusos. Que mata os verdes da terra e o azul do céu. Esse tempo não foi feito para mim. Um dia não vai haver mais azul, não vai haver mais pássaros e rosas. Vão trocar o sabiá pelo computador. Estou certo que esse monstro, feito de mil astúcias e mil ferrinhos, não leva em consideração o canto do galo nem o brotar das madrugadas. Um mundo assim, primo, não está mais por conta de Deus. Já está agindo por conta própria.

Nessas palavras, sentimos ecoar a grandeza pícara do Coronel Ponciano. Ao descobrir que em seu mundo já não havia mais lugar para suas fidalguias e poderio, não se deixa abater e, em seu delírio, sai "montado em sua mulinha de desencantar lobisomem" galopando "por cima dos arvoredos", em "pata de nuvem", para dar guerra, não mais aos homens, "corja de ladrões", mas ao próprio "Demônio, que o coronel não tem medo de nada" Galopava, enquanto de sua pessoa "um clarão escorria"...

Impossível não vermos esse "clarão" saindo também de José Cândido e se misturando com o do Coronel Ponciano. Juntos, “montados na mulinha”, galopando para enfrentar a Nova Aventura da Vida, no espaço do Mistério...

Publicações

Olha pra o céu, Frederico!, 1939; *O coronel e o lobisomem*, 1964; *Porque Lulu Bergantim não atravessou o Rubicon*, 1971; *Um ninho de mafagafos cheio de mafagafinhos*, 1972; *Ninguém mata o arco-íris*, 1972; *Manequinho e o anjo em procissão*, 1974; e *Contados, astuciados, sucedidos e acontecidos do povinho do Brasil*, 1984.

48. JOSÉ CONDÉ

Uma Ficção em Busca da Verdade[66]

> A fase atual (1958) da História encontra a humanidade ocidental na posição de um equilibrista inexperiente caminhando na corda bamba, que começou a sua marcha com enorme impulso e agora está parado, com um mar de cabeças voltadas para ele, quando lhe falta ainda percorrer metade da corda. (John Wain)

Essa desencantada visão de mundo (declarada em fins da década de 1950, por John Wain, um dos "angry men" britânicos) veio-nos à lembrança ao lermos este *Noite contra noite*, o novo romance recentemente (1965) lançado por José Condé, e no qual ele volta a enfocar o homem-em-crise nestes tempos caóticos.

Prosseguindo em seu diálogo pendular entre *espaços* — terra/asfalto, telúrico/citadino — que vem marcando os seus sucessivos livros, neste romance Condé escolhe a *cidade* como cenário: o Rio de Janeiro da "festa", dos "anos dourados"... E como herói (anti-herói?), não mais os "humilhados ou ofendidos", nem os pícaros dos contos anteriores, mas um homem "bem-sucedido", cidadão plenamente realizado na brilhante "sociedade do consumo e lucro" — a que vive das aparências "politicamente corretas" e já estratificada em seus valores de base. Urbano Tavares é o homem da urbe que, no próprio nome, já traz sua identidade.

Em *Noite contra noite*, foram mudados: o espaço, a categoria social do personagem-eixo, as circunstâncias da trama... mas não mudou a problemática nuclear que, desde sempre, se tem mantido como a linha de força do universo novelesco, que o autor vem construindo há mais de

---

[66] Fusão de textos publicados in Suplemento Literário OESP. 18.12.1965; NNC. *O ensino da literatura*.1966 e Rev. Alpha.UNESP-Marília.1966. (N. da A.)

uma década. Problemática complexa, difícil de ser definida totalmente, mas que tem raízes na interrogação que Urbano Tavares se faz, a certa altura, diante de sua imagem no espelho: "Quem sou eu?" Interrogação-chave do homem contemporâneo — descentrado e perdido de si mesmo, desde que a Ciência (ao destruir a ideia do Deus criador) roubou-lhe a origem divina, o seu centro sagrado e deixou-o à deriva.

> Qual seria a verdade do espelho? — pensou. A que se mostrava agora de maneira tão crua e impiedosa, ou a outra, a interior, que em vão tentava descobrir, através dos traços vincados pelos anos? [...] Uma sensação de vazio, a certeza de que falhara como ser humano.

Sensação e indagações, que já estão latentes ou patentes nos livros anteriores, mas que, neste último, adquirem uma nova conotação. Desde *Histórias da cidade morta* (1951), cria-se o clima fantasmagórico (por vezes picaresco, burlesco ou tragicômico) dentro do qual respiram as personagens, ora amorfas (inconscientes de viverem numa "cidade morta"), ora espertas, malandras (gozadoras dos prazeres da vida), ora angustiadas, desencontradas de si mesmas e interrogantes...

Em essência, a ficção de Condé — sempre um misto de memória e invenção —, embora expressa no estilo "curto, claro, conciso" do jornalismo, enreda-se na linha proustiana — aquela que tenta descobrir, no passado, não só a possível verdade do vivido, mas também as raízes ou causas da verdade oculta na vivência presente.

A busca pelo significado último da vida é, sem dúvida, a grande geratriz da arte novelesca de José Condé. Ao analisarmos a estrutura básica de suas tramas, veremos que ela resulta de um esquema extremamente simples, que se repete de livro para livro, nos mais variados tons e do qual o escritor extrai diferentes efeitos.

O primeiro elemento estruturante, que decide a natureza da trama, é a circunstância de o "herói" ser atirado abruptamente numa *situação-limite*. Isto é, ele é como que empurrado para uma certa situação e reage sempre como se estivesse numa fronteira. Sente-se que algo decisivo está para lhe acontecer; um misterioso pressentimento paira no ar, oprime o espírito do herói e se infiltra no espírito do leitor, mantendo-o na expectativa de algo (que acaba sem ser claramente definido). Trata-se sempre de uma espécie de *volta*, que se pressente causar o estado de tensão do personagem-eixo. É o caso do conto "O Regresso" (in *Histórias...*) que já se inicia "in media res"...

> Vinte anos me separavam daquele mundo — vinte anos me separavam de Catarina. Que fizera durante esse tempo?

Essa pergunta iniciando o conto já expressa a situação-limite que o personagem-narrador vai enfrentar: um provável reencontro cercado de mistério e de indagação sem resposta. Nesse antigo conto já estão os demais elementos estruturantes que singularizam a arte do autor: a "mulher do passado" a ser reencontrada, a caminhada, a casa antiga, o mistério impedindo o conhecimento de tudo. A situação-limite aponta sempre para uma *mulher*, como elemento desencadeante da tensão. O herói a teria amado um dia, num passado longínquo, e procura reavê-la, como se ela fosse o elo de significação entre ele e a sua própria verdade ou identidade. Para chegar a essa *mulher*, há sempre uma *caminhada* que leva à *casa antiga*.

> De repente, porém, vi a casa grande. Recuada da estrada, em campo aberto, como sempre a tinha visto noutros tempos.

O entrar-nessa-casa antiga faz-se sempre por intermédio de alguém conhecido do herói, mas que age estranhamente, como se lhe fosse desconhecido. Dentro do casarão, o herói vive sempre estranhas experiências interiores que permanecem ambíguas. A elas estão sempre ligados elementos da natureza: como *vento* e *chuva*. Em "O Regresso", sem conseguir dormir naquele casarão que lhe guardara intacto o passado, o eu-narrador sente-se de repente na fronteira de seu ser autêntico. Nesse momento começa o vento.

> A princípio umas simples brisa soprando pelas frestas das janelas, para tornar-se, depois, ventania forte, uivante, varrendo os campos, e chicoteando as árvores. Subitamente a chuva chegou violenta, caindo lá fora.

Esse reencontro com o próprio ser, configurado nesse conto de "cidade morta", vai reaparecer nos contos e novelas que se sucederam. E torna-se mais tenso em *Vento do amanhecer em Macambira* (1962). Jogado numa situação-limite (a ordem recebida pelo engenheiro para fazer uma vistoria na Poti, cidade de sua infância), o herói entrega-se a uma caminhada. Revê sua vida de ontem, onde tudo continuava imutável e onde todos vivem em "cidade morta", sem se darem conta do vazio, da solidão e do sem sentido da vida. Como diz o frustrado engenheiro:

> A própria solidão lhes bastava. Mas a *solidão inconsciente. A consciência é que aterroriza e esmaga o homem*; consciência de viver, sonhar, morrer — sozinho.

É em busca de sua própria consciência que, ao chegar ao povoado (onde vivera infância e adolescência e amara Lívia), sai à procura do casarão. E em clima onírico (sonho ou alucinação?), ele entra e reencontra o passado.

> Apenas um trecho da sala surgiu iluminada sob a luz do candeeiro de querosene. As cadeiras e o marquesão, no outro extremo, mal podiam ser percebidos da rua, através da janela aberta. Também os quadros na parede.

A casa ali estava. Mas ele não consegue saber de Lívia, mulher em quem esperava encontrar o elo de ligação entre ele e o seu eu autêntico, perdido no passado. Um diálogo absurdo, desconexo, acontece entre ele e o velho dono do casarão. Aos poucos a narrativa mergulha no fantástico. Até que, de repente, ele descobre que, inexplicavelmente, voltara ao passado, revivera algo que se passara no casarão há anos atrás e que tudo aquilo, há muito, já não existia.

> Nada existia absolutamente: a janela, a sala, a parede da qual pendia o retrato de Lívia. Nada, meu Deus. Entrei. De repente, senti crescer dentro de mim uma enorme paz. Era como se a mão de alguém pousasse suavemente no meu ombro.

O livro termina aí e novas perguntas crescem no espírito do leitor: por que a paz? Tal solução não parecia responder à problemática levantada no livro. Na verdade, tal como na vida real (no mundo caótico em que vivemos), a "grande solução" ainda não chegara, também no romance se fazia ausente. Mas o fato é que apenas a lembrança de um grande amor não poderia solucionar o problema existencial da questão: "Quem sou eu?" Esse final soa falso e deixa uma grande insatisfação no espírito do leitor.

Será em *Noite contra noite* que se esboça a possível resposta ao impasse existencial em que vive o homem contemporâneo: tornar-se consciente da crise humanística em curso e assumir-se dentro dela como parte essencial. O romance já se abre com o herói sendo jogado numa situação-limite. De repente, em meio a uma festa em seu próprio apartamento, Urbano Tavares é tocado por uma certa "iluminação" interior (como o *satori* dos budistas), que o tornou estranho a tudo que o rodeava.

> Tudo aconteceu de repente.
> Percebendo, Laura indagou do marido:
> — Que se passa? Você está com um ar estranho, Urbano.
> Ele não respondeu.
> A vitrola tocava em surdina. Garçons passavam, servindo drinques.

Desde essas primeiras linhas, o leitor vai acompanhando Urbano Tavares em seu súbito pressentimento de que algo deve mudar dentro dele. Olhando em torno, tem a nítida consciência da inutilidade de sua vida, decorrendo como a dos outros, entre gestos esvaziados de sentido. Gestos que todos se empenhavam em perpetuar, como numa trágica farsa, expressa em simbolismos, cujo código de há muito fora esquecido pelos próprios figurantes. Urbano abandona seus convidados:

> Já na rua respirando livremente o ar fresco da tarde, Urbano saiu andando sem destino — talvez em busca de seu próprio destino.

Essa caminhada (que prossegue até o final do livro) leva-o a um encontro ocasional — não com uma mulher (como nos livros anteriores), mas com um estranho "homem de fraque preto com cravo branco na lapela", que o chama: "Preciso falar com alguém." Urbano aborrecido, para, mas não consegue entender as frases desconexas do estranho, que falava de um pássaro que dormia com ele, fazia-o feliz, mas agora estava morto. Irritado e sem entender nada, Urbano afasta-se e continua perambulando pela cidade à procura de algo que ele mesmo não sabia o que seria. Pedaços do passado voltam à sua memória, misturados com o presente.

A trama se desdobra com a caminhada de Urbano pela cidade; tudo fluindo fragmentado como em sonho, confundindo-se o ontem e o hoje, ele menino na igreja, o "homem do fraque" que desaparecera, o assassinato da mulher perto de onde ele vira o homem que lhe pedira atenção e ele não dera; angustia-se por essa sua indiferença humana; e põe-se em busca do desconhecido.

Agora, encontrar aquele homem não era apenas capricho, mas uma necessidade interior, violenta e inadiável, da qual não se libertaria enquanto não a satisfizesse. Como se todos os seus atos presentes e futuros dependessem disso: até sua própria vida.

Buscar o outro... era agora sua obsessão. Acaba por se vestir de e "fraque, cartola, cravo branco na lapela" e sendo acusado e preso por um assassinato que não cometera. O romance termina com o momento de sua prisão pela polícia e uma multidão curiosa assistindo.

> Fraque rasgado, camisa suja, sapatos enlameados [...] Impassível, Urbano seguia olhando sempre em frente — só, cada vez mais só no mundo. A multidão crescia mais. [...] Então Urbano sentiu aquela coisa. Como se alguém estivesse com os olhos fitos na sua nuca. [...] Num gesto brusco, conseguiu despregar-se das mãos que o agarravam. Voltou-se: em meio à multidão, pôde divisá-lo, lá atrás, apenas o chapéu coco e a gola do fraque à mostra. Ergueu a mão e fez um rápido aceno, como se dissesse adeus. [...] Entrou na viatura sorrindo.

O romance termina com essa estranha cena, sugerindo metaforicamente que Urbano teria encontrado a resposta para a busca de si mesmo: encontrara-a em sua própria consciência de que *o seu eu faz parte da realidade do outro.* É dessa consciência humanista que o mundo depende para a futura reordenação do caos atual.

Dados biobibliográficos

Novelista, contista, cronista literário, jornalista e presença atuante na área editorial de sua época, José Ferreira Condé nasceu em 23 de outubro de 1918 em Caruaru (PE). Fez primeiros estudos em sua cidade e no Recife. Com onze anos de idade passa a estudar como interno no Colégio Plínio Leite, em Petrópolis (RJ). A atração pela literatura manifestou-se cedo. No colégio, torna-se assíduo frequentador da biblioteca; dirigiu dois jornaizinhos escolares, "Pra você" e "Jaú". Neste último, influenciado por Coelho Neto, publica seu primeiro conto, "Vingança", que lhe valeu uma suspensão de quinze dias, devido à linguagem, considerada "muito forte". Ainda no colégio, fundou o Grêmio Literário Alberto de Oliveira (poeta de sua grande admiração).

Em 1934, inicia Curso de Direito na Faculdade do Rio de Janeiro.

Enquanto estudante, trabalha na imprensa carioca, como cronista e entrevistador, realizando reportagens literárias. No mesmo período trabalhou como editor na José Olympio. Depois de formado, foi nomeado procurador para o Instituto dos Bancários.

Sua estreia como escritor se deu em 1945, com as novelas de *Caminhos na sombra.* Na mesma época, com o romance *Onda selvagem* conquistou o 2º lugar em Concurso da revista "O Cruzeiro". Posteriormente rejeita essas obras de estreia, considerando-as prematuras e excluiu-as de sua bibliografia. Com seus irmãos João e Elísio Condé, funda o "Jornal de Letras", que se torna a principal publicação literária do país, nas décadas de 1940 a 1960.

Em 1951, lança *Histórias da cidade morta,* que conquistou o prêmio Fábio Prado. Seguem-se novos títulos de sucesso de público e de crítica. Entre esses sucessos, destaca-se a novela "Venturas e desventuras do caixeiro viajante, seu Quequé para os íntimos" (in *Pensão riso da noite*), transformada em minissérie para a TV; e o romance *Um ramo para*

Luiza, transformado em roteiro para filme. Desde 1952, manteve, no "Correio da Manhã", uma coluna literária diária, "Escritores e livros". Entre prêmios e distinções recebidas, estão: Prêmio Paula Brito/Biblioteca Estadual; Prêmio Afonso Arinos/ABL; Prêmio Coelho Neto/ABL; e Prêmio Luiza Claudio de Sousa/PEN Clube do Brasil. Faleceu em 27 de setembro de 1971.

Publicações

Histórias da cidade morta, 1951; *Os dias antigos*, 1965; *Um ramo para Luiza*, 1959; *Terra de Caruaru*, 1960; *Santa Rita*, 1961; *Vento do amanhecer em Macambira*, 1962; *Noite contra noite*, 1965; *Pensão riso da noite*, 1966; *Como uma tarde em dezembro*, 1969; e *Tempo vida solidão*, 1971.

49. JOSÉ GERALDO VIEIRA

Um Rapsodo do século XX nos Pagos Brasileiros[67]

Caro Escritor José Geraldo Vieira, seja bem-vindo aos pagos paulistanos. Agradeço à Biblioteca Mário de Andrade ao indicar meu nome para saudá-lo nesta homenagem aos 40 anos de sua carreira de romancista.

Para mim, é um momento especial, este encontro com o autor de *A quadragésima porta* — romance que descobri nos idos de 1940 e que li fascinada. "Leitora comum" (a carreira universitária viria mais tarde), mas apaixonada pelo mundo da literatura, desde a infância, recordo ainda hoje a sensação de desafio e de intimidade que senti ao abrir o livro e deparar com aquele "diálogo" inicial com o leitor: "Não és tu, propriamente, *Leitor*, que entrarás pela Quadragésima Porta, e sim, dos meus personagens, aqueles pouquíssimos que conseguiram menosprezar os atrativos e os alçapões das 39 portas anteriores."

Que "portas" seriam essas? Foi a primeira interrogação que me ocorreu... E foi atrás das respostas que me entreguei à leitura do romance. Durante dias tornei-me uma encantada viajante pelo caminho das aventuras que se entrelaçavam na trama romanesca. Foi recordando a emoção dessa primeira leitura, feita há anos, que me ocorreu o título para esta nossa fala de acolhimento e homenagem: "José Geraldo Vieira, um rapsodo do século XX nos pagos brasileiros".

Por que "rapsodo"? Que relações teria o *rapsodo* dos tempos arcaicos com um romancista tão fundamente ligado com o Hoje? Um romancista, em cuja matéria romanesca se concentra um enorme acervo

---

[67] Fusão de textos: Palestra em "Homenagem a José Geraldo Vieira: 40 anos de carreira" Biblioteca Municipal Mário de Andrade. 14.10.1971 e "Carta do Brasil" in "Colóquio Letras". Lisboa, jan.1972 e palestra "Nacionalismo e Cosmopolitismo no romance de J. G. Vieira" in Faculdade Cásper Líbero. 12.09.2002. (N. da A.)

cultural/literário, e cujo estilo é marcado por um refinamento de ideias e imagens de mundo, que o tornam realmente singular no panorama literário do Brasil contemporâneo. Por que rapsodo?

Rapsodos foram aqueles que, em tempos idos, iam pelas cortes ou pelos caminhos cantando ou contando as aventuras e desventuras vividas por homens e mulheres, a braços com suas paixões. E assim iam espalhando pelo mundo o Conhecimento da vida. Escritor brasileiro cosmopolita, José Geraldo Vieira tem, certamente, uma "costela" dos antigos rapsodos. Uma leitura de seus romances, que ultrapasse a sedução de seu caudal narrativo e atinja o leito em que ele flui, perceberá no relevo ou acidentes do terreno ou no leito em que correm suas águas, que seu Autor pertence à milenar linhagem dos que, desde o início dos tempos, se entregaram à tarefa de transformar a Vida em Palavras (Poesia/Canto) e o Efêmero em Eterno. Rapsodos foram: o Homero da *Ilíada* e *Odisseia*, o Bocaccio do *Decameron*, os que narraram os contos de *As mil e uma noites* ou os "romances" medievais do *Romancero espanhol* e outros e outros. Da linhagem desses primeiros Inventores da literatura ocidental, José Geraldo Vieira é um Mestre do romance, em cuja arte convergem as grandes forças criadoras do Romance Moderno (Balzac, Stendhal, Proust...) e uma funda consciência de brasilidade e suas raízes lusitanas.

Tentaremos aqui revisitar alguns de seus romances, embora "à vol d'oiseaux", procurando destacar três aspectos fundamentais de sua arte: a *natureza* do Escritor, o *arquétipo* de Homem que caracteriza suas personagens e o *lugar* que sua produção romanesca ocupa no panorama da literatura/cultura brasileira.

1. A natureza do Escritor

JGV pertence à linhagem do narrador que se assume como *intérprete ou testemunha* do mundo de seu tempo e que vê, no *ato de narrar*, uma ação vital ou existencial.

Como narrador, JGV assume sua tarefa de escritor, consciente de que sua palavra é a porta que abre a vida ao entendimento dos homens.

E mais, que sua palavra corporifica/concretiza realidades vividas e que, sem serem nomeadas, seriam esquecidas e ignoradas pelo tempo. Em *A quadragésima porta* se manifesta claramente essa atitude, já no início do romance, no "Átrio":

> Não és tu, propriamente, *Leitor*, que entrarás pela *Quadragésima porta*, e sim, dos meus personagens, aqueles pouquíssimos que conseguiram menosprezar os atrativos e os alçapões das trinta e nove portas anteriores! Aliás, eu e tu temos o dom de tornar permeáveis as muralhas do Palácio das Quarentas Portas, onde ressoam as histórias que depois de Stendhal se cognominaram "romance". Tomando-me como guia, comparticiparás, sem dano, do feixe de vidas que se esgueiram pelas paredes quadriculadas do Tempo, embebendo-te em conhecimento e desilusão, vulgaridade e êxtase, sentindo em teus sentidos as correntes de ar dos problemas e das soluções, podendo até fazeres sinais para os personagens que, sendo meus, podem ter muito do "humano" de Balzac, muitíssimo do "inumano" de Pirandello, movendo-se todos ora segundo as leis newtonianas de Stendhal, ora conforme o sistema planetário da casuística de Huxley ou de Joyce.

De maneira inequívoca, aí se manifesta o Narrador que, herdeiro dos que o precederam no Tempo, afirma a própria presença em seu universo romanesco, tal qual Homero que, também consciente da herança que recebera, pedia aos deuses que o iluminassem, para que seu canto, ao transmiti-la para o futuro, pudesse ser verdadeiro. Nesse sentido, JGV assume a postura de narrador-intérprete da aventura humana.

Daí ele nos dar sempre a realidade presente, amalgamada com o húmus de uma cultura já assimilada e transformada em sangue. Um dos exemplos desse embasamento cultural, que é a marca definidora de sua criação, encontramos em seu livro mais objetivo, mais aderido à realidade concreta do presente, *Paralelo 16: Brasília*. Trata-se da cena, aparentemente banal, que se passa na barbearia do Timóteo, onde o candango Zé Maria, animado por três companheiros, decidiu raspar a barba e a imensa gaforinha. Leia-se a cena:

> Enquanto se enxugava dando esfregadelas violentas com a toalha na

nuca, José Maria pensava na sua metamorfose.

"Como estou diferente!" Os quatro foram até diante do guichê do caixa. — Quanto é esse roubo, essa exploração? Não tem tabela do governo?

Mas não precisou recorrer ao breve ou escapulário cheio de notas dobradas. As da algibeira chegaram. — Fique com o troco, seu bestalhão. Ainda me acha com cara de coatá? Agora está parecendo mais maracujá de gaveta.

Passando dum salão para outro, em demanda da saída, os quatro se viam reproduzidos nos sucessivos espelhos onde as luzes criavam fundas perspectivas. Passando assim devagar, reconstituíam em versão profana a cena dos Discípulos de Emaús, numa composição mais plateresca do que barroca de artistas de Potosi, Cusco, Mariana. Ou melhor, constituíam um quadro vivo como os que outrora, em adros coloniais, ilustravam algum auto de Gil Vicente. Por exemplo, em Sabarabuçu.

Não são apenas os supostos personagens dos romances picarescos que escarnecem de suas próprias adversidades grotescas. Também os personagens, nem isso, os meros comparsas desta história pan-brasileira, desde que se vão reencontrando em sucessivos cenários zombam de si mesmos, um do outro e até dos desconhecidos, aliando-se contra a angústia. E nisto está a vantagem das solidariedades.

Os quatros deram gargalhadas para os sucessivos espelhos.

Como numa cena surrealista dos Irmãos Marx.

Por essa longa citação, se vê a imensa interpenetração de elementos culturais (alusões bíblicas, medievais, coloniais, geográficas, teatrais, literárias, de cinema...) que se amalgamam na cena ali apresentada objetivamente. Projetados nessa corrente do Tempo Cultural, esses quatro rudes candangos (construtores da epopeia brasílica) adquirem de imediato uma dimensão mítica e projetam-se num tempo que os ultrapassa. Narrador-intérprete da aventura humana, JGV desempenha a sua parte: procura integrar o tempo fugaz e contingente de sua época na corrente eterna do Tempo Histórico.

Na raiz dessa atitude narrativa está outro valor que vem dos primórdios da literatura: a valorização do *ato de narrar*, visto como ação essencial do homem. Ou melhor, a valorização do ato de contar estórias, como atividade privilegiada e essencial do ser humano. O contar e ouvir estórias parece fazer parte da própria natureza humana. Estilisticamente, essa valorização do ato de narrar aparece na literatura, na sucessão de micronarrativas que se intercalam na narrativa global. Estrutura narrativa "en abyme". Nos poemas homéricos, as sucessivas aventuras vão sendo contadas pelas várias personagens e se fundem formando a Epopeia. Da mesma forma, essas micronarrativas se enovelam no *Decameron* ou nos *Contos das mil e uma noite*, nos quais esse valor está ligado à própria vida, uma vez que a Sherazade só escapa à morte de que estava ameaçada, porque se valeu da estratégia de contar estórias ao sultão e interrompê-las em momento de suspense e no limiar de outra estória, que ficaria para o dia seguinte... e, para ouvi-la, o sultão poupava-lhe a vida...

Em *A quadragésima porta*, são inúmeras as micronarrativas encaixadas na macronarrativa, que é o romance em seu todo. (Leia-se, por ex., no cap. II, a narrativa de Gonçalo sobre suas aventuras no Planalto de Pamir.)

É importante, ainda, observar que, dentro do processo narrativo de JGV, é na *estruturação dos diálogos* que aparece com grande clareza essa valorização do ato de contar estórias. Os seus diálogos são do tipo definido como "diálogos funcionais", isto é, diálogos que contribuem para o avanço da ação ou para o esclarecimento de certas situações. Caso típico dessa técnica é a estruturação do I Caderno de *A ladeira da memória*, onde, através da conversa entre Tio Rangel e Jorge (durante a viagem de trem que o levava do Rio a Volta Redonda), são colocadas as premissas da verdadeira narrativa do livro que é a aventura amorosa de Jorge e de Renata (e que o leitor conheceria mais adiante).

É esse processo estilístico um dos aspectos que ligam a arte de JGV à herança arcaica, ligação que é, sem dúvida, uma das marcas do nosso tempo em mudança.

2. O arquétipo humano

Se recordarmos a longa galeria de personagens que habitam o universo de JGV — homens e mulheres — verificamos, de imediato, que nelas predomina o arquétipo do *homo faber*, o homem-que-faz, que age, atua... Em *A quadragésima...*, por exemplo, desde o velho Albano (que só conhecemos na hora da morte) até o seu neto, também Albano (que deixamos no final do romance em seus treinos de piloto de caça na RAF-Força Aérea do Reino Unido, para dar seu quinhão à guerra), todas as personagens (Gonçalo, Bruno, Brígida, Jandyra, Michel, Bodington...) são criaturas movidas pelo mesmo húmus dinâmico. Seja voltadas para uma *participação concreta* na aventura do mundo (como a de Gonçalo, transformando-se em correspondente de guerra, ou a de Albano, tornando-se aviador ou, em *Paralelo 16*, a de Amauri e dos candangos na construção de Brasília), ou seja através do *trabalho solitário de criação* da Arte (como o do jovem Albano e suas composições musicais ou do Jorge de *A ladeira da memória*, empenhado em escrever um livro), o certo é que as personagens de JGV têm como legítimos ancestrais aqueles extraordinários heróis arcaicos, lançados na construção da Aventura Humana. Uma aventura que não acabou e prossegue até hoje... através de novos heróis.

Ainda com relação ao arquétipo humano dominante nesse universo, lembramos a afirmação de Nogueira Moutinho, acerca da natureza da ficção de José Geraldo Vieira e a de Otávio de Faria, apontando-as como as *duas faces* que no futuro ficariam definindo o nosso romance urbano: *a face luminosa* do Homem, que está no romance de José Geraldo, e *a face das sombras*, que está fixada no de Otávio de Faria. Na verdade, os heróis (ou anti-heróis) que encontramos nesses dois mundos de ficção compõem as duas faces da moeda humana: *a face solar*, o lado dinâmico e iluminado do Fazer, e *a face lunar*, o lado contemplativo do mistério humano, o da busca do Ser. Nesse sentido, é de se notar que as personagens de JGV, quando meditam (e o fazem constantemente), é para se prepararem para a ação. A pura sondagem do mistério da vida não as atrai.

3. Qual o lugar do romance de JGV na literatura brasileira?

Procurando ser breve, pois essa interrogação nos levaria longe, apontamos objetivamente para o significado dos três romances mencionados: *A quadragésima porta*, *A ladeira da memória* e *Paralelo 16: Brasília*. Sem dúvida, esses romances dão bem a medida da consciência expressa pelo escritor, como testemunha do nosso tempo em evolução.

A quadragésima porta, cuja ação transcorre na Europa dos anos 1914 a 1943, é um verdadeiro amálgama da cultura e da arte ocidental que serviu de húmus à realidade brasileira. Daí o ter sido chamado de "romance cosmopolita" e de muitos terem estranhado o fato de um brasileiro ter escrito um "romance europeu". Na verdade, esse romance traça um vívido painel da progressista civilização europeia (à qual estamos fortemente ligados), desde os primeiros anos do século XX, quando seus fundamentos entram em crise e o mundo mergulha no caos das guerras.

A ação romanesca desenrola-se em Portugal e é vivida por portugueses. Trata-se, pois, de um romance brasileiro centrado em Portugal — país que nos plantou e engendrou aqui como povo, fazendo-nos donos de um país-continente, com o privilégio de ser unido de ponta a ponta por uma só língua: a Portuguesa. (Via de regra, o brasileiro não lembra ou não sabe que somos um povo novo que nasceu e passou a pertencer à civilização ocidental, através da "ponte" Portugal.) Essa relação Portugal/Brasil está latente no romance e se expressa claramente na última parte, quando entra em cena a brasileira Jandyra, por quem o jovem português, Albano, se apaixona. É ela quem acena com a relação nova que, naquele momento, se oferecia ao homem, naquele mundo europeu que ruía. Em vésperas de voltar ao Brasil, Jandyra escreve ao amado:

> Vem à minha terra. Principalmente agora que a guerra vai arruinar a Europa. Lá é tão bom, tão grande; cabe todo o bem do mundo! [...] Esta Europa está podre. Tu és dos que merecem vir para os continentes da inocência e da fraternidade. O meu país, nem eu te sei dizer quanto valha. É tão bom que tem sido o sonho dourado do resto do mundo!

É esse, sem dúvida, o aceno do Brasil ao mundo velho que o descobriu. O romance termina, sem que Albano tivesse decidido vir para o Brasil: era o ano de 1943 e a guerra continuava. O homem-do-fazer alista-se na RAF.

Em 1950, o romance *A ladeira da memória* (que de certa forma continua, através de Jorge e Renata, o mesmo caso amoroso de Albano e Jandyra) se passa em terras brasileiras, focalizando as elites paulista e carioca. Mostra o Brasil já caminhando por seus próprios pés, embora ainda permeado por toda uma cultura europeia, que lhe serviu de húmus.

Em 1966, *Paralelo 16: Brasília* torna evidente nossa maturidade e independência. O escritor escreve a crônica da cidade-milagre, a Brasília plantada num deserto, não só pela arrojada determinação de um governo empreendedor, mas pela vitalidade e determinação de um povo. Em estilo que oscila entre a reportagem, o ensaio e a ficção, esse romance segue realisticamente todas as fases do nascimento da nova capital. E, acima de tudo, fixa a epopeia humana que ficou definitivamente ligada às raízes daqueles monumentos arquitetônicos e oculta por detrás daquela engrenagem que fez de Brasília um fenômeno único no mundo.

Concluindo: Consciente do papel do narrador como *intérprete do mundo* para os homens; consciente do valor da Cultura e da Arte para a *realização integral* do Homem; consciente de sua responsabilidade de brasileiro, isto é, filho de um povo novo a quem cabe revitalizar o mundo herdado e já deteriorado, José Geraldo Vieira é, certamente, *o rapsodo do século XX nos pagos brasileiros.* A sua obra tem muito para ensinar a nós e às gerações futuras.

Dados biobibliográficos

Romancista, tradutor, crítico de arte, médico e voz singular no panorama da ficção brasileira do século XX, José Geraldo (Manuel Germano Correia) Vieira nasceu nos Açores, arquipélago português, em 1897, e com poucos meses de idade veio com a família para o Rio de Janeiro. Faleceu em São Paulo em 1977. Passou a infância e juventude no Rio, onde se formou em Medicina. Sua geração ainda estava fortemente ligada à Europa, ou melhor, à cultura francesa que era, então, o farol norteador das ideias renovadoras. Em sua adolescência foi influenciado pela atmosfera simbolista/*belle époque*, então dominante na sociedade carioca pré-modernista. Estreia em 1919 com o poema em prosa "wildeano", *Triste epigrama,* na linha do penumbrismo, poesia de húmus decadentista "fin-de-siècle". Seguem-se os contos de *Ronda do deslumbramento* (1922) na linha dannunziana, exaltação da alegria de viver, em grandeza, exaltação do super-homem consciente de seu poder de realização e conquistas. Entre 1920 e 1922, estudou Radiologia em Paris e Berlim, viajando por quase toda Europa onde entrou em contato com as vanguardas (cubismo, futurismo, dadaísmo...) que começavam a fermentar e a serem discutidas nos clubes, bares ou salões de arte. De volta ao Brasil, dividiu-se entre a Medicina e a Literatura. Depois de uma crise de depressão, mudou-se para Marília, cidade do interior paulista, onde passou a se dedicar exclusivamente à Literatura e à Arte. Em 1933, publica o romance *A mulher que fugiu de Sodoma*, no qual se definem as diretrizes técnicas e temáticas que iriam caracterizar sua posterior produção romanesca: "intrigas solidamente articuladas e desenvolvimentos surpreendentes, episódios verossimilmente inverossímeis, elevada categoria intelectual, fascínio pela riqueza e grandes obras de arte, geografia internacional e cosmopolita, extraordinário poder descritivo, falsidade e artifício nos diálogos, inventiva incomparável na criação de tipos, o que os torna com frequência pitoresco demais e um "tom de voz" realmente único em nossa literatura de ficção." (W. Martins. *História da inteligência brasileira.* VI. 1978). Divergindo da problemática regionalista que, nos anos 1930, se impunha ao romance, JGV se volta para o homem urbano, culto, problemático e que se move nas altas esferas intelectuais e econômicas da sociedade. Nessa linha se seguiram seus demais romances, mostrando o homem enredado nos jogos do dinheiro, amor, poder, comprometimento existencial... "personagens que convivem com Bach e contracenam com Deus; comem em porcelanas da dinastia Ming e penduram generosa abundância de Rembrandts e Michelangelos pelas paredes das diversas residências; leram todos os livros..." (W.M., idem). Em ritmo intenso traduziu os maiores nomes da ficção europeia e norte-americana (Stendhal, Tolstoi, Dostoievski, Joyce, Pirandello, Steinbeck...). Dedicou-se também à crítica literária e artística.

Publicações

O triste epigrama, 1920; *A ronda do deslumbramento*, 1922; *A mulher que fugiu de Sodoma*, 1931; *Território humano*, 1936; *A quadragésima porta*, 1943; *A túnica e os dados*, 1947; *A ladeira da memória*, 1950; *O albatroz*, 1952; *Terreno baldio*, 1961; *Paralelo 16: Brasília*, 1966; *A mais que branca*, 1973; e *Mansarda acesa*, 1975.

50. JOSÉ J. VEIGA

Os Cavalinhos de Platipanto
Uma Fábula de nossos tempos

Hablo de cosas que existen. Dios me libre de inventar cosas cuando estoy cantando! (Pablo Neruda)[68]

Unless you are capable of forgetting completely about Atlantis, you Will never finish your journey. (W. H. Auden)[69]

Nessas duas epígrafes, que servem de pórtico ao seu livro de estreia, *Os cavalinhos de platiplanto*, José J. Veiga revela, metaforicamente, a problemática-eixo em torno da qual iriam girar os contos ali reunidos. Problemática existencialista que, ao longo dos anos, seria a linha-de-força de toda sua obra: a certeza de que a Verdade última da Existência jamais será alcançada pelo homem, pois a ele é vedado o conhecimento do que existe para além da aparência do Real que o cerca. Prisioneiro desse limite, o homem jamais se realizará em plenitude — será sempre um "perdedor".

Tal como Neruda, na epopeia inca *Canto geral*, narra *verdades* que, pelo grau de heroísmo, brutalidade e fantástico dos aconteceres, mais

---

68 "Falo de coisas que existem. Deus me livre de inventar coisas, quando estou cantando!" *Canto general* (Chile, 1950), última obra do poeta chileno, espécie de Romanceiro, que canta a heroica luta do "homem americano" contra os conquistadores espanhóis. (N. da A.)

69 "A menos que você seja capaz / de esquecer completamente / a Atlântida, você jamais / terminará sua jornada." In *A idade da angústia* (N. Y. 1948). Poesia existencialista, que expressa a consciência do homem pós-guerra, prisioneira da angústia e do absurdo a que foi reduzida a existência humana. (N. da A.)

parecem *invenções*, J. J. Veiga desde sempre escolheu o Real como matéria de sua ficção; o "real" dos aconteceres banais ou brutais da vida em comunidades primárias (como na pacata região sertaneja de sua infância). Aconteceres comuns que, inexplicavelmente, aos poucos vão-se transformando em algo tão absurdo e inverossímil, que ultrapassam os limites do Real e se projetam no espaço do Fantástico ou do Absurdo.

Tal como é absurda a visão de mundo expressa por W. H. Auden — visão anti-heroica do *homem existencialista* (o do II pós-Guerra), aquele que se viu amputado de seus sonhos de realização e condenado ao fracasso interior, por saber que jamais alcançaria a sonhada *plenitude existencial* (a mítica Atlântica). Mas ao contrário do "homem revoltado", vivido pelo existencialista Albert Camus (uma de suas "afinidades eletivas"), o de J. J. Veiga é o "homem perplexo", apático diante do mundo absurdo que ele descobre à sua volta.

Surgindo como escritor em plena maturidade cultural e existencial, e respirando a atmosfera desencantada e opressiva do período "guerra fria" (1945-1956), J. J. Veiga testemunhou, como raros, o espanto do homem pós-guerra, diante de um mundo que, perdendo definitivamente seus antigos alicerces de verdades absolutas, vinha de se revelar como pura aparência daquilo que, até então, era tido como Real e Verdade. Oscilando sempre entre o imaginário e a realidade, é na linha dessa denúncia que o autor goiano cria a grande arte narrativa que, através dos anos, o consagraria como um dos Mestres do Realismo Absurdo ou Fantástico, no Brasil.

É nessa fronteira entre o Real e o Irreal, que se situam os contos reunidos em *Os cavalinhos de platiplanto* e que (segundo o Autor) foram escritos e reescritos obsessivamente durante três anos (1954-1956) — período de desagregação de valores herdados, em que surgia *o sertão metafísico* de Guimarães Rosa, e Murilo Rubião vinha de revelar *o mágico ou o fantástico*, em que se transformara a realidade cotidiana, sem que o homem se desse conta disso.

Nesses contos de estreia, já se faz presente a visão de mundo que singulariza a grande arte veiguiana — insólita testemunha da condição humana, vista pela ótica de perplexidade e do absurdo. Visão que se expressa através da singular fusão entre uma *visão primária/inculta da realidade* (visão ingênua, dominante nas isoladas regiões sertanejas) e a aguda *consciência crítica de mundo* (enraizada numa cultura superior).

Fundir ou pôr em confronto essas duas contrastantes consciências de mundo — a primária e a hiper-civilizada —, foi sem dúvida o desafio que se impôs o Autor, ao se assumir escritor, *nel mezzo del camino*, em plena maturidade. Decisão mantida ao longo do tempo (até sua morte aos 84 anos), e que resultou na criação de uma das obras mais originais da Literatura Brasileira.

A arte veiguiana

Obra de invulgar grau de criatividade, a de J. J. Veiga é das que desafiam o "leitor atento", a sentir de pronto as linhas-de-força de sua problemática-eixo. Esse "desafio" resulta da complexa natureza de sua escritura: aparentemente simples/simplória em seu plano narrativo, ela se "alimenta" de uma consciência de mundo humanista/cética, cujas raízes se perdem no *húmus existencialista* (e/ou metafísico) que, em meados do século XX, predominava na esfera da Alta Cultura.

Nessa primeira coletânea de contos, essa arte já surge madura: encadeamento de situações aparentemente banais, acontecidas no cotidiano de cidadezinhas "miúdas" e que, vividas ou testemunhadas por um eu-narrador menino, ao serem por ele relembradas/narradas, vão assumindo uma dimensão fantástica ou absurda. Sem dúvida, esse ambíguo foco narrativo é a pedra-de-toque da arte veiguiana: *o do olhar ingênuo/imaturo do menino (ou do homem primário)* que, sendo testemunha ou participante da situação em causa, narra os aconteceres, em sua *mera aparência*, tal como os viu, viveu e compreendeu em sua fantasia infantil e sem nunca se dar conta de sua verdadeira dimensão.

Em "A Ilha dos Gatos Pingados", conto inicial do volume, ainda não aparece o "fantástico"... a trama desenrola-se no âmbito existencial: o do *fracasso* do Homem, metaforizado na frustrada aventura infantil, relembrada/narrada por um dos meninos participantes. Trama que denuncia *a realidade* dura e injusta, vivida pelos desvalidos da sorte ("gatos pingados") e revela *a imaginação* como o grande espaço interior, onde vivem os sonhos ou ideais de realização humana e que na vida real se frustram.

Já no primeiro parágrafo, se anuncia o problema central da trama:

> Já sei o que vou fazer. Se Cedil não volta até o fim do ano, vou-me embora para o sítio de minha avó. Lá eu vou ter uma bezerra para tirar cria, um cavalinho pra montar e muitas coisas pra fazer o dia inteiro. É melhor do que ficar aqui feito bobo, pensando toda a vida na ilha, nos brinquedos que a gente brincava, nas coisas que Cedil e Tenisão diziam, e até nos sustos que passávamos, como no dia que a jangada quase afundou com nós três.

Decidido a perseguir um novo sonho (ir para o sítio da avó), é nesse tom descontraído, que o menino-narrador vai relembrando a frustrada aventura vivida por ele e dois amigos, quando um deles, Cedil, inventou de irem brincar na ilha. A ideia entusiasmou-os e logo a puseram em prática: além da "jangada de toro de bananeira" que conseguiram fazer, para atravessarem o rio, decidiram desde logo "fazer uma casa", para Cedil morar, quando pudesse fugir de sua casa, para escapar das brutalidades que sofria nas mãos do namorado da irmã, e sem ter quem o defendesse. Mas será devido a esse *poder cerceador* sobre o menino, que o sonho de viver na Ilha acaba frustrado.

A narrativa corre leve nas lembranças do menino — a alegria das brincadeiras entremeadas pelas maldades que, aqui e ali, iam acontecendo com eles ou com outros no dia a dia, como algo inevitável. Alegrias e tristezas vão sendo lembradas, dentro de um mesmo estado de espírito: o da aceitação ingênua dos contrários da vida. O relato termina com a fuga de Cedil, numa madrugada, sem que ninguém soubesse para onde. Mas a sua lembrança permanece viva na memória do narrador.

> Eu tinha até medo de acordar um dia e descobrir que tinha esquecido Cedil completamente, ele tão menino e já sofrendo longe do mundo. [...] Se depender de mim nunca hei de esquecer a Ilha dos Gatos Pingados.

Esquecer a "Ilha" seria esquecer o Sonho... seria viver sem destino... seria condenar o homem a viver sem um projeto de autorrealização na vida. Nessa trama infantil (episódio aparentemente banal, na vida de um menino), já se revela a natureza da arte que J. J. Veiga vinha de criar: sempre uma trama narrativa lúdica ou triste (intrigante), que atrai de imediato o interesse do leitor, e que pelas entrelinhas vai revelando a visão de mundo dramática ou negativa que lhe serve de húmus.

Ao correr das leituras e releituras desse volume inaugural, o "leitor atento" descobrirá que nele já se faz presente uma das linhas-de-força do universo, que começava a ser criado pelo Autor: *o Sonho* (o Ideal) visado/desejado pelo homem — visto como o grande *motor de ação*, que o leva a interagir com a realidade à sua volta e a se realizar, não só no plano material, mas sobretudo existencialmente. Ação transformadora de autorrealização que, no "homem veiguiano/existencialista" se frustra, devido ao inevitável poder cerceador do Sistema, que o condena ao fracasso de seus sonhos e faz dele um "perdedor".

Em "A Ilha dos Gatos Pingados", a aventura/desventura vivida pelos meninos acontece dentro dos limites do Real, da *realidade cotidiana comum* onde o fracasso humano se dá por uma causa natural: a da ignorância dos homens quanto à Verdade última dos aconteceres e os leva a aceitar, perplexos mas conformados, o poder despótico (de alguém ou de algo) que cerceia sua liberdade.

Ignorância que, no conto seguinte, "A Usina Atrás do Morro", provoca o desdobrar da trama, tal como a relembra o eu-narrador.

> Lembro-me quando eles chegaram. Vieram no caminhão de Geraldo Magela, trouxeram uma infinidade de caixotes, malas, instrumentos, fogareiros e lampiões, e se hospedaram na pensão de D. Elisa. Os volumes ficaram muito tempo no corredor, cobertos com uma lona verde, empatando a passagem.

Nesse primeiro parágrafo, já se anuncia o problema-chave do conto: o choque cultural que se dá quando o *mundo industrial* (dependente do trabalho da máquina) chega a regiões em estágio rudimentar — o do *mundo agrário* (dependente do trabalho do homem a braços com a natureza).

No conto, tal "choque" (vivido pelo eu-narrador e moradores, totalmente atônitos com a misteriosa chegada dos "estrangeiros") desdobra-se devagar, de maneira confusa — um caso puxando o outro, no puro estilo veiguiano: "curto, claro, conciso" *ao nível da escrita* (que prende o leitor, da primeira à última palavra), mas que *ao nível da efabulação* permanece ambíguo/nebulosa, não tanto para o "leitor atento", mas para o eu-narrador e demais moradores do lugarejo invadido. Todos eles, no final, mesmo sem compreenderem o verdadeiro sentido das máquinas e do poder despótico que os "estrangeiros" passaram a exercer sobre eles, acabam se conformando com as violências de que eram vítimas... Ou vencidos pelo "medo e desanimo", fogem. "A Usina Atrás do Morro" está entre os contos veiguianos em que o Absurdo ou o aparente Fantástico está no próprio Real, cujo verdadeiro significado escapa aos homens.

Abrindo aqui um parêntese — indo do conto para a realidade histórica —, lembramos que no período em que ele foi escrito (o do pós-guerra 1945/1956), novos planos de incentivo à Imigração e Colonização, feitos pelo governo brasileiro, atraíram grandes grupos investidores. A região sertaneja goiana, entre outras, começara a ser ocupada por grupos estrangeiros (principalmente americanos ou ingleses) que aqui instalaram grande latifúndios, fazendas-modelo, mineradoras... que empregavam mão de obra cabocla. Devido à importância e atenção que J. J. Veiga dava à sua região de origem, tudo leva a crer que "A Usina Atrás do Morro" seja *projeção ficcional* de uma *realidade social e histórica.*

Reforça essa suposição o fato de esse tema/motivo (o da invasão de uma região por estranhos e o consequente cerceamento da vida dos moradores) é retomado pelo autor em dois de seus grandes romances: *A hora dos ruminantes* (1966) e *Sombras de reis barbudos* (1972). Talvez, não por acaso, ambos foram escritos durante o período do Governo Militar (1964-1985) entre nós.

É no conto-título do volume, "Os Cavalinhos do Platiplanto" que surge o elemento *absurdo/fantástico* que singulariza o universo veiguiano. Nele, o *menino-narrador* relembra a promessa do avô: dar-lhe de presente o cavalinho com que ele sonhava — se ele deixasse "lancetarem" seu pé inflamado. Ele deixou, o pé sarou, o avô voltou para sua fazenda, o tempo passou e devido a confusas circunstâncias, que o menino não chegou a entender, o avô não cumpriu a promessa. Ele parece conformar-se:

> [...] quando a gente é menino parece que as coisas nunca saem como a gente quer. Por isso é que eu acho que a gente nunca deveria querer as coisas de frente por mais que quisesse e fazer de conta que só queria mais ou menos. Foi de tanto querer o cavalinho, e querer com força, que eu nunca cheguei a tê-lo.

Pela sequência narrativa, o leitor descobre que o menino, afinal, não desistira de seu sonho, pois prosseguiu relembrando confusas viagens a lugares por onde andou perambulando (meio ao acaso, sem fim determinado), até encontrar o "menino tocador de bandolim", que tinha "medo de tocar", por causa dos "bichos feras" que sua música atraía. Como solução, o menino-viajante aconselha-o tocar "de olhos fechados"... Ficam amigos... e, ao correr das lembranças do eu-narrador, *o mundo real* vai como que entrando numa nova dimensão e se transformando num *mundo imaginário*, cuja estranheza o menino aceita como natural. Resolve prosseguir viagem e, ao se despedir do "tocador de bandolim", este decide levá-lo:

> — Eu vou tocar uma toada para levar você. [...]
>
> Colocou novamente o bandolim em posição [...] e tirou uma música diferente, vivazinha, *que me ergueu do chão e num instante me levou para o outro lado do muro.*

O Impossível, Mágico ou Fantástico surge naturalmente, como elemento participante do mundo real, sem causar surpresa. No mesmo tom de conversa, usado desde o início, o menino continua relembrando, com naturalidade, as reais/irreais circunstâncias em que se viu, de repente, num amplo lugar, onde o esperava um "major", que o levou ao encontro, não do sonhado cavalinho, mas de vários "cavalinhos coloridos", que faziam mesuras para o público, como se fossem de circo. Descobre de repente que ele estava em *Platiplanto*, lugar de que nunca tinha ouvido falar, mas que era onde os cavalinhos nasceram... E, atônito, descobre também que *os cavalinhos eram seus*... o avô os deixara de presente para ele. Estava entre a gratidão ao avô e a perplexidade, por se saber dono de tantos cavalinhos (embora tivesse sonhado com apenas um!), quando o "major" lhe diz que ele não poderia levar nenhum deles para sua casa.

— Levar não pode. Eles só existem aqui em Platiplanto.

Na verdade, ele "ganhou", mas é como se tivesse perdido, circunstância negativa, que ele aceita conformado, como o final de sua fala esclarece:

> Devo ter caído no sono em algum lugar e não vi quando me levaram para casa. Só sei que de manhã acordei já em minha cama, não acreditei logo porque o meu pensamento ainda estava longe, mas aos poucos foi chegando. [...] Pensei muito se devia contar aos outros, e acabei achando que não. Podiam não acreditar, e ainda rir de mim; e eu queria guardar aquele lugar perfeitinho como vi, para poder voltar lá quando quisesse, nem que fosse em pensamento.

Perdedor, ele se refugia na Imaginação.

Com esse final, expõe-se claramente a diluição de fronteiras entre Realidade e Imaginação ou entre Verdade e Invenção, que é marcante na arte narrativa de J. J. Veiga, e que de imediato a Crítica identificou como Realismo Fantástico, na linha kafkiana.

O estilo e a problemática

Com esse percurso através da obra veiguiana, pela leitura de alguns contos inaugurais, visamos tornar mais visível a singularidade da arte do Autor — narrativa feita pela *ótica da infância* —, olhar ingênuo, do qual resulta o choque entre *a natureza dramática* dos aconteceres e o *tom coloquial*, emocionalmente indiferente, com que são relatados.

A grande arte do autor goiano teria, pois, como pedra-base, essa *forma estilística* (narrativa de superfície) que, aparentemente, entra em choque com a *problemática existencial* (vivência de mergulho), mas que, em lugar de anulá-la, dá-lhe mais força e profundidade.

É nesse estilo aparentemente objetivo, sem ênfase emotiva, construído em frases curtas, em tom coloquial/despreocupado, que o menino narrador vai recordando. Com naturalidade, sucedem-se os aconteceres (por ele vividos ou testemunhados), aparentemente reais ou abertamente fantasiosos, mas que são, na verdade, dolorosos ou trágicos... De uma forma ou de outra, expressam *a aniquilação da vontade do indivíduo*, devido *à pressão do poder* dos que regem o mundo. Problemática que o alienado eu-narrador não chega nunca a perceber, pois não alcança a possível verdade que existiria para além das aparências da realidade concreta. É lida através dessa ótica estilística/problemática que a arte veiguiana revela sua linhagem existencialista/kafkiana.

Kafka

A ligação umbilical de J. J. Veiga com Kafka revela-se basicamente pela denúncia da *alienação* em que vive o Homem, quanto à possível verdade do ser e do mundo à sua volta — uma vez que lhe é vedado conhecer o além das aparências do real. Dessa impossibilidade de conhecer o mistério da existência, Kafka cria o mundo do fantástico, no qual o homem procura em vão *a causa* das situações absurdas em que se vê, de repente, envolvido (*A metamorfose*, *O processo*, *O castelo*...). Mas, enquanto os personagens da Kafka procuram em vão a *causa* ou o *por quê?* do que lhes acontece, os personagens veiguianos permanecem apáticos/perplexos/conformadas diante do absurdo em que, de repente, seu mundo familiar se transforma ("Os Cavalinhos de Platiplanto", "Era só brincadeira", "A Usina Atrás do Morro", "Professor Pulquério", *A hora dos ruminantes*...).

Sartre

Sintonizado com a *filosofia existencialista sartreana* que, nos anos 1940-50, se impunha no mundo da Cultura, J. J. Veiga aderiu aos seus princípios: *o sem-sentido da vida e a impossibilidade de realização existencial* (*O ser e o nada*, 1943). Mas, ao criar o seu próprio mundo, recusou a "náusea" e a "angústia existencial" sartreana, substituindo-as pela *alienação e conformismo ou indiferença emocional.* Quanto à natureza do fantástico ou do sobrenatural, ele permanece fiel a Sartre, quando este afirma: "Não há súcubos, não há fantasmas, não há fontes que choram; há apenas homens. [...] *Para o homem contemporâneo, o fantástico é apenas um modo entre cem de reaver a própria imagem.*" (in *Situations*, I. 1947) No universo veiguiano, o "objeto fantástico" é o próprio homem.

Camus

Do Albert Camus da primeira fase (*Le Mythe de Sisyphe*, 1942), deriva a visão veiguiana do homem que, como Sísifo, foi condenado pelos deuses a carregar uma enorme pedra, do chão ao cume da montanha, de onde ela volta a rolar até o chão e ele volta a empurrá-la de novo e assim *ad infinitum*... Mas, enquanto o Sísifo de Camus se *sabe condenado* e, *com heroísmo*, aceita e cumpre esse inútil destino, o anti-herói veiguiano, *apático/conformado, aceita o sem-sentido da vida*, sem disso ter consciência.

No polo oposto ao do "homem revoltado" de Camus, o "homem absurdo", que vive ou desvive no universo veiguiano, é o "homem alienado", que permanece perplexo diante dos acontecimentos, cuja verdadeira dimensão lhe escapa.

O escritor engajado

Altamente consciente da responsabilidade do Escritor, como testemunha de seu tempo, J. J. Veiga escolheu a ótica do Realismo Absurdo, para denunciar a "desumanização" do homem, provocada pela progressista Civilização da Máquina, da qual ele se torna um simples "dente da engrenagem".

Homem culto, que durante anos viveu na ultra-civilizada Londres, J. J. Veiga teve ocasião de ver o Brasil de longe... e principalmente medir e denunciar, através da Ficção, o atraso ou a alienação em que vive o homem rústico, habitante de extensas regiões do Brasil, distantes dos grandes centros. Como é o caso da região sertaneja goiana — seu lugar de origem e que ele transformou em "cenário de fundo" de toda sua obra.

Se é possível chegarmos a uma síntese da complexa problemática que energiza a obra veiguiana, concluiríamos que o grande Mal, que nela se denuncia, não é apenas a *impotência do Homem diante do Sistema ou Poder que o controla*, mas principalmente a sua *ignorância em relação à verdadeira realidade do mundo à sua volta...* Tal denúncia atinge mais fundamente o leitor, devido à ótica escolhida: *a da criança, com sua ingenuidade e ausência de consciência crítica...*

Dados biobibliográficos[70]

Escritor humanista, grande presença na esfera da ficção fantástica/absurda, o goiano José Jacinto Pereira Veiga, conhecido como José J. Veiga, desde seu livro de estreia, conquistou um lugar de primeiro plano na literatura brasileira. Nasceu em 2 de fevereiro de 1915, num lugarejo situado no sertão, entre Corumbá de Goiás e Pirenópolis. Ainda menino, perde a mãe e vai morar com parentes em um sítio em Corumbá. Ali faz os primeiros estudos e logo descobre a "grande aventura de ler". Fascinado, lia tudo quanto lhe caía nas mãos: almanaques de publicidade, poesia, revistas, folhetos... Interesse que chamou a atenção de tios que moravam em Goiás Velho (antiga capital do Estado) e decidiram levá-lo a morar com eles, a fim de que pudesse estudar. Ali fez seus estudos secundários no Liceu de Goiás, e se tornou um insaciável leitor.

[70] Fontes de consulta: *José J. Veiga* (*Literatura comentada* , abril.1982) Cremilda Medina. *Escritor Brasileiro Hoje*. SP, Imprensa Nacional-Casa da Moeda/Secr. da Cultura SP, 1985), *Antologia do conto goiano*, 1993; Revista *Ecos*. Cuiabá, Unemat, 2010; e "Opção Cultural", Goiânia, out.1999. (N. da A.)

Frequentava o gabinete de leitura e a biblioteca do convento dos padres dominicanos. Segundo ele diz em certa entrevista: "Ali, eu lia demais. Li todos os clássicos brasileiros e portugueses — Coelho Neto, Aluísio Azevedo, Bernardo Guimarães — e os livros de aventura, traduzidos, Victor Hugo, Alexandre Dumas. [...] Fiz liceu, comecei a ler em francês; o inglês foi difícil, o professor era austríaco, falava com sotaque. Aprendi muito o inglês escrito." Terminado o liceu, empregou-se como caixeiro das Lojas Pernambucanas, pois os horizontes de ação, na pequena cidade, eram limitados.

Mas as circunstâncias lhe foram favoráveis e, em 1935, com vinte anos de idade, muda-se para o Rio de Janeiro, onde foi morar na Lapa, em casa de um conterrâneo goiano. Conseguiu emprego, como propagandista de laboratório. Na ocasião, a Rádio Guanabara abriu concurso para locutor e ele se inscreveu, na esperança de ter um trabalho em que pudesse ganhar mais, para o sustento diário. Foi aprovado, deixou o laboratório e permaneceu anos como locutor da rádio. Em 1939, presta concurso para serviço público, é aprovado e passa a trabalhar como escriturário. Ao mesmo tempo, ingressa no curso noturno da Faculdade Nacional de Direito, formando-se advogado em 1943. Nesse período de "formação", enquanto o "escritor" estava ainda "em gestação", o "leitor" se aprofundava no mundo da alta literatura e cultura.

Em 1945, terminada a II Guerra, a Rádio BBC (British Broadcasting Corporation) de Londres abriu concurso para comentarista e tradutor de programas para o Brasil. Inscrito, é aprovado e muda-se para a Inglaterra, onde permanece até 1950. Essa temporada vivida na Londres do pós-guerra lhe foi superlativamente fecunda, como aprofundamento de sua consciência-de-mundo: seja pelo convívio diário com um mundo que fora concretamente atingido pela guerra, seja pelo mergulho na leitura das novas correntes literárias, que surgiam ou se expandiam na Europa e Américas, no rastro do Existencialismo, do Realismo fantástico, Teatro do Absurdo (Ionesco, Beckett...), Nouveau Roman... De volta ao Brasil, trabalha como redator em prestigiados órgãos da imprensa ("O Globo", "A Tribuna da Imprensa"). Em 1952, fixou-se como redator-chefe da "Seleções do Reader's Digest", onde permaneceu anos, até 1970, quando a revista foi transferida para Portugal. Foi nesse período de segurança econômica que nasce o escritor José J. Veiga.

Em sua volta da Inglaterra, nos anos 50, decide "matar saudades" e vai passar uns tempos em Corumbá, "lugarzinho muito miúdo", onde ele vivera a infância. Em depoimento sobre sua vida, ele relata essa visita e também um encontro que o marcou: ao voltar de uma frustrada tentativa de pesca, no rio de sua infância, encontra um velho ali pescando, imóvel, com o balaio vazio ao lado. Em conversa, este o informa que ali não havia mais peixes. Surpreso, pergunta por que ele continuava ali "pescando", o velho respondeu: "Para matar o tempo."

Resposta que o levou a se dar conta do imenso vazio interior dos que viviam naquele distante povoado (e nos demais, igualmente primitivos, espalhados pelo Brasil, longe dos grandes centros). Vazio esse, que a imaginação preenchia. Deduz-se, pois, que desse incidente revelador (que mais parece uma "história de realismo absurdo") resultou a onipresença da imaginação, como o grande motor das tramas novelescas que J. J. Veiga criou, desde seu livro de estreia, *Os cavalinhos de platiplanto* (1958).

Antes dessa estreia, J. J. Veiga, revivendo suas primeiras experiências de vida na terra natal, escrevera uma série de contos regionais. Chega a levá-los para publicação nos Cadernos de Cultura (Min. Educação), mas desiste e acaba rasgando os originais. Impôs-se então a tarefa de encontrar um novo caminho para a criação literária, que agora se lhe impunha como necessidade interior. Em certo depoimento, confessa o seu desânimo com suas primeiras tentativas frustradas. Não conseguia responder à pergunta que ele fazia a si mesmo: "Afinal, o que isto que estou fazendo tem a ver com o Brasil?" Nessa época (anos 1950/60), ao mesmo tempo em que surgira *Grande sertão: veredas* (revelando um Brasil desconhecido, quase fantasmagórico, pelo poder de uma linguagem labiríntica), expandia-se o *boom* da literatura hispano-americana e seu Realismo Fantástico. Juan Rulfo, Carpentier, García Márquez, Vargas Llosa... vinham revelar, através das mais inusitadas formas, a magia, o drama, o pesadelo e os sonhos de uma América Latina desconhecida, na qual a *terra* moldava os *homens* e os costumes.

Foi nessa atmosfera que J. J. Veiga, na maturidade de seus 40 anos, encontrou, enfim, sua ótica definitiva: revelar o fantástico ou o absurdo em que se transforma o Real, quando visto/interpretado por um olhar ingênuo/imaturo, despojado de consciência crítica. Um após outro, escritos e reescritos, nascem os contos de *Os cavalinhos de platiplanto.*

Em 1958, estava com uma coletânea pronta, quando surge o Prêmio Monteiro Lobato da Associação Brasileira de Escritores S. Paulo. Inscreve-se. Obtém o segundo lugar (o primeiro coube ao romance *Vento do mar aberto* de Geraldo Santos.). Publicado por uma editora nova (Ed. Nítida Ltda.), foi contemplado pelo Prêmio Fábio Prado/ Rio de Janeiro. Apesar da consagração crítica, esse livro de estreia ficou praticamente desconhecido do público, pois a editora, sem a necessária estrutura, falhou na distribuição e acabou falindo. Só em 1966 (editado pela Civilização Brasileira) esse livro de estreia chegou ao grande público, ao mesmo tempo em que era lançada a novela *A hora dos ruminantes.* Segue-se novo sucesso com os contos de *A máquina extraviada.* José J. Veiga vê-se consagrado como escritor de arte maior, dando voz à literatura regionalista/fantástica goiana, dimensionada por um olhar universalizante. Seguem-se novos sucessos. Sua invenção literária ultrapassa as fronteiras nacionais. Em 1970, seus contos começam a ser traduzidos nos Estados Unidos. Posteriormente alcançam novos países: México, Dinamarca, Lisboa, Estocolmo...

Em 1972, torna-se editor no Instituto de Documentação da Fundação Getúlio Vargas, no Rio de Janeiro, passando logo depois a Vice-Diretor. Os livros se sucedem, sempre com continuado sucesso. Em 1980, a coletânea de contos *De jogos e festas* recebe o Prêmio Jabuti/1981-Câmara Brasileira do Livro. Na década de 1980, passa a escrever romances, na mesma linha do insólito e do absurdo — ótica através da qual a aventura humana é vista como algo destinado à derrota e à frustração. Um dos nervos de sua criação novelesca foi, sem dúvida, a alienação cultural/existencial da vida simples, rudimentar, que perdurava em sua região natal (e em tantas outras espalhadas pelo Brasil). Desde que encontrou o homem pescando o *nada* "para matar o tempo", ele passou a visitar Corumbá, todos os anos. Ia de carro, sozinho. José J. Veiga faleceu em outubro de 1999, no Rio de Janeiro.

Publicações

Conto — *Os cavalinhos de platiplanto*, 1958; *A máquina extraviada*, 1967.
Novela/Romance — *A hora dos ruminantes*, 1966; *Sombras de reis barbudos*, 1972; *Os pecados da tribo*, 1976; *De jogos e festas*, 1980; *Aquele mundo de vasabarros*, 1982; *Torvelinho dia e noite*, 1985; *A casca da serpente*, 1989; *O risonho cavalo do príncipe*, 1993; *O relógio belizário*, 1995; *Diálogo da relativa grandeza*, 1995; e *Objetos turbulentos*, 1997.
Sátira — *O Almanach de Piunhy. 3 vs*, 1987-1989.
Literatura juvenil — *Professor Burrim e as 4 calamidades*, 1978; e *Tajá e sua gente*, 1997.
Livros traduzidos — *The misplaced machine and other stories.* NY, 1970: *The three trials of Manairema.* NY, 1970; *Los caballitos de platiplanto*, México, 1972; *Sombras de reis barbudos*, Lisboa, 1976; *Drovtgger-rimen.* Dinamarca, 1979, e *Oslo*, 1978; *Idisslarnas timme*, Estocolmo, 1979.

51. JOSÉ LINS DO REGO

Um Réquiem para a Sociedade Patriarcal em Naufrágio[71]

> Os escritores que não têm uma verdade no sangue, raízes, origens, espaço/tempo à que se sintam pertencer e que aceitam ou repudiem, não realizam uma obra. Apenas escrevem livros que até podem ser bons, interessantes ou emocionantes no ato da leitura.... mas que não duram na memória do tempo...

Essa afirmação do crítico espanhol Antônio Vilanova serve-nos aqui de "senha" para entrarmos no universo romanesco construído por José Lins do Rego, na primeira metade do século XX. Se há escritores entre nós (e os há muitos...) que escreveram (e escrevem!) a partir de "uma verdade no sangue", o paraibano José Lins do Rego é um desses, cuja obra já pertence à "memória do tempo", mas que não envelheceu.

Há um século de seu nascimento (1901-2001), a leitura (ou releitura) de sua obra se impõe, não só para ser descoberta pelos jovens que ainda não a conhecem, mas principalmente para a reafirmação de sua autenticidade como testemunho de seu tempo (anos 1920/50), quando começara a ser visível a deterioração dos valores de base da "mais velha região do Brasil do Nordeste" (Gilberto Freyre) — o Nordeste agrário, latifundiário, patriarcal e escravocrata, abalado pelos ventos progressistas que começaram a soprar desde o entresséculos. É, pois, a consciência desse irremediável findar de mundo, que dá o tônus de tragédia ao universo romanesco criado por Lins do Rego, e o transforma num verdadeiro "réquiem" por essa "sociedade em naufrágio" (cujos pilares, aliás, resistem ainda hoje, como o nosso mundo político nos mostra diariamente, através dos multimídias que nos assaltam de manhã à noite.)

---

[71] Publicado in "Correio das Artes" (Número comemorativo do 1° Centenário de nascimento de J. L. R.) João Pessoa, 10/09/2001. (N. da A.)

De *Menino de engenho* (1934) às memórias *Meus verdes anos* (1956), a matéria-prima amalgamada pela arte narrativa de Lins do Rego é, predominantemente, a desse mundo arcaico em decadência — o dos engenhos, agora de "fogo morto"; dos cabras machos e dos desvalidos; da casa-grande e senzala; dos grandes senhores de engenho — fundadores de mundo e herdeiros da mentalidade patriarcal/escravocrata, formada nos tempos coloniais e espalhada por todo o Brasil.

Era essa a atmosfera respirada pelo jovem Lins do Rego, quando em 1919 deixa a vida do Engenho do Corredor (onde passara a infância junto à grande figura do avô materno, José Lins), para ingressar na Faculdade de Direito do Recife, curso que concluiu em 1923, apesar de seu confessado desinteresse pelos estudos. O pensamento oficial — dominado então pelas ideias positivistas/naturalistas das grandes figuras vindas do século XIX (Tobias Barreto, Sílvio Romero, Euclides da Cunha...) entrara em crise. O novo bacharel, sem encontrar motivo para agir, andava à deriva. Circunstancialmente, escrevia crônicas para o "Diário do Estado" da Paraíba, mas sem nenhum projeto definido de vida. O ano da formatura (1923) será um marco em sua vida intelectual. Conheceu Gilberto Freyre que acabara de voltar da Europa, depois de passar anos estudando nos Estados Unidos. Mais tarde, Lins do Rego, relembrando esse encontro, diz:

> Conheci Gilberto Freyre. [...] de lá para cá minha vida foi outra. [...] Para mim, a minha existência literária tivera começo naquela tarde de nosso encontro. O que eu havia lido até aquele dia? Quase nada [...] Lera o grande Eça de Queirós. Mas escrevera por instinto contos e crônicas.

Importante destacarmos essa confessada influência de Gilberto Freyre sobre o seu pensamento e criação literária, não só para sabermos que, a partir daí, José Lins do Rego se torna um leitor voraz e entra no mundo do grande romance europeu e norte-americano (Dickens, Balzac, Thomas Hardy, Emily Brontë...), mas principalmente para compreendermos melhor a natureza da problemática que dinamiza sua escrita romanesca. Na linha, então revolucionária, do pensamento de G. Freyre, descobria-se, por um lado, a alta tarefa transformadora a ser desempenhada pela literatura e, por outro, a urgência de ser posta a nu a crise que minava as bases do Nordeste agrário.

No rastro dessas ideias, o que vai tocar de perto a sensibilidade de escritor de José Lins do Rego é a ênfase dada pelo sociólogo ao "abastardamento do homem", como o fator responsável pela crise em processo. Como sabemos, para além das causas político-econômicas que estavam minando as forças da região nordestina, Gilberto Freyre apontava a "falha humana" como uma das principais causas determinantes. Insistia na urgência de se anular o "distanciamento entre homem e natureza, entre homem e terra", que a modernidade provocara. Insistia na comparação da *grandeza* máscula e poderio dos antigos senhores de engenho e a *fraqueza* de seus herdeiros e continuadores — os "bacharéis" dos conchavos politiqueiros, que já não tinham nenhuma relação vital com a terra e dela esperavam apenas o rendimento financeiro. Insistia ainda que era preciso resgatar esse homem forte que fizera a grandeza e a riqueza da região. Como se lê em seu livro *Nordeste* (coletânea de artigos dos anos 20/30):

> (Era preciso) reencontrar aqueles homens machos, viris, fortes, verdadeiros pais-d'éguas, gritando muito e descompondo como um capitão de navio, homens bravos, homens de gênio forte, que eram capazes de amar e penetrar o âmago da terra e das mulheres, que faziam ambas procriarem.

É essa a "medida humana" adotada por Lins do Rego, para criar as personagens que povoam o seu universo, a partir das duas figuras centrais e opostas: a grande presença do coronel José Paulino, senhor do Santa Rosa (transfiguração de seu avô José Lins) e a personalidade dúbia, fraca, promíscua e contraditória de seu neto, o bacharel Carlos de Melo (no qual o romancista se projeta corajosamente, como uma espécie de "mea culpa").

Levado pela urgência de verdade e de testemunho da realidade vivida, que a literatura do pós-guerra 1914 começava a exigir, José Lins do Rego se assume como romancista memorialista. Toda sua obra foi construída com verdades de sua experiência de vida. Como disse Otto Maria Carpeaux:

> (José Lins do Rego) tem o dom imenso de transformar tudo em literatura. Transformou a si próprio em sua personagem, em eterno menino de engenho (Prefácio a *Fogo morto*)

Ao escolher suas memórias ou experiências de vida como matéria-prima de sua ficção, Lins do Rego seguia uma das linhas-de-força da mais recente Literatura Ocidental (europeia, norte-americana, latino-americana): a que exigia uma literatura-testemunho da vida realmente vivida. É recusada *in limine* a "literatura livresca" (que transformara em "fórmula" a grande "forma" romanesca criada nos séculos XVIII/ XIX). Exigia-se, então, dos escritores a palavra engendrada por uma vivência real, por um autêntico corpo a corpo com a realidade a ser transformada em palavra.

É a época dos grandes escritores da "revolta humanista" (Malraux, Hemingway, Steinbeck, Moravia, Pavese, Rivera, Güiraldes, Gallegos...) empenhados em denunciar a degradação humana que estava (ou está?) na base do luminoso/progressista sistema socioeconômico, cuja finalidade máxima era (ou é?) o lucro ou o poder do dinheiro. É nesse emaranhado de forças mundiais, prenhes de contradições, que surgem as novas correntes da literatura regionalista. Nela vai-se destacar o nosso grande romance do Nordeste — antecipado em 1928 por *A bagaceira* de José Américo de Almeida —, e cujo marco primeiro é *O quinze* (1930) de Rachel de Queiroz, seguido em 1932 pelo *Menino de engenho* de José Lins do Rego e pelo *Cacau* de Jorge Amado. Era uma "literatura viva" que fazia sua entrada na história da Literatura Brasileira.

Lins do Rego, o "contador de histórias"

Filho e neto de senhores de engenho, José Lins do Rego estava destinado a testemunhar de modo impulsivo a crise de seu tempo: o momento inicial do longo e complexo processo de transformação (ainda hoje em curso) de um *Brasil arcaico*, rural, artesanal, governado pelo coronelismo, por pequenos núcleos de *poder absoluto* e de raízes feudais (senhor/servo), para um *Brasil moderno*, urbano, industrializado e governado por uma rede de *poderes relativos* e democráticos (Estado/Capital/Trabalho). Poderes bem delimitados em suas estruturas, mas interdependentes e submetidos a um *poder central* (o da Nação). E, como se sabe, mais do que uma transformação de natureza político-econômico, tratava-se (trata-se ainda!) de uma *mudança de mentalidade*. É esta mentalidade que José Lins do Rego põe em julgamento em todo os seus livros.

Vocação inata de "contador de histórias" (aquele narrador que pela memória-da-palavra tem eternizado no tempo a efêmera aventura humana), José Lins do Rego construiu um universo romanesco dinamizado pelas forças que então entravam em choque. Aparentemente passando por diferentes ciclos novelescos (o da cana-de-açúcar, do cangaço e do misticismo), o seu romance mantém-se fiel a uma mesma verdade humana: a do homem e suas relações vitais com o espaço/tempo a que ele pertence e que o plasma. Não é menos verdade que as relações que ali se criam, entre o homem e o seu meio telúrico-social, ultrapassam de muito os limites regionais, para alcançarem uma dimensão puramente humana. É o que destaca Olívio Montenegro nos idos de 50:

> Se a maioria dos romances de José Lins do Rego são porventura os mais expressivos, que se conhecem, do espírito e da vida da região do Nordeste brasileiro, não é decerto por este caráter que eles vão pertencer à história da nossa literatura, mas sim pelo que extravasam do local no universal, do particularmente individual no indeterminadamente humano. (*O romance brasileiro*, 1953)

Lins do Rego, o humanista

É esse "indeterminadamente humano" que faz de José Lins do Rego um romancista da condição humana; um escritor humanista, marcado pelo pessimismo naturalista (que via o homem como simples joguete das forças cegas da natureza). Sua formação intelectual foi fundamente tocada pelo positivismo, ainda dominante no pensamento oficial nas primeiras décadas do século XX. Humanista, porque via o homem como centro do mundo, como aquele que, pelo domínio de sua razão e de sua ação fecundante, está destinado a fundar mundos, a criar impérios. Dimensão épica que é a marca do Coronel José Paulino e dos demais poderosos senhores de engenho que povoam seu universo romanesco. Pessimismo naturalista, porque atribui a fraqueza dos apáticos ou dos fracassados a uma falha da natureza, a uma visceral impossibilidade de, pela Razão e pelo exercício da Vontade, dominarem os instintos primários, e, assim, acabam escravos das paixões instintivas.

Carlos de Melo é o símbolo dessa fraqueza congênita, cuja única esfera de atuação é a do sexo — pura força animal que não o vivifica existencialmente, porque se exerce apenas ao nível da vida elementar. Nessa mesma esfera, age a maioria dos viventes no mundo-do-engenho.

Por outro lado, é forçado reconhecer que José Lins do Rego não era um naturalista convicto (mesmo porque o Naturalismo, em sua época, começara a entrar em declínio, superado pelo Realismo crítico, de base político-sociológica). Sua visão de mundo (como se mostra em sua obra) oscilava entre o *determinismo da natureza a* moldar o *caráter* dos homens e a *opressão das forças sociais* a lhes moldar o *destino*. Essa oscilação (naturalismo/sociologismo) se manifesta já na primeira aparição de Carlos em *Menino de engenho*, quando vê sua mãe morta no chão:

> Vi então que minha mãe estava toda banhada em sangue e *corri para beijá-la*, quando *me pegaram pelo braço com força*. Chorei o *possível pra livrar-me. Mas não me deixaram fazer nada.* [...] O que eu sentia era uma *vontade desesperada* de ir para junto de meus pais, abraçar e beijar minha mãe. *Mas a porta do quarto estava fechada.*

Como está claro, sua forte *vontade de ação* foi barrada pelos *outros* — o que aponta para a *coerção social*, para a "porta fechada". Entretanto, todo o posterior desenvolvimento de sua vida — da infância à adolescência sem freios — aponta, como causa determinante de sua inação, para a natureza sensual, contemplativa e fantasista. Absolutamente inadaptado para a ação prática e atuante (como a do avô e dos cabras machos, com quem convivia), Carlos dá expansão à sua ânsia de vida através de uma frenética e promíscua atividade sexual. Confinado nessa zona puramente animal e instintiva, não chega a alcançar a firmeza de caráter e de vontade que o levaria à desejada atuação sobre o mundo e os homens à sua volta.

Em *Banguê*, torna-se mais evidente essa sua incapacidade congênita para a ação transformadora, que tanto admirava no avô. Ao apaixonar-se por Maria Alice, ele se sente pela primeira vez um forte, entregando-se com gosto ao trabalho no engenho..., "correndo os serviços a cavalo, fazendo o que o meu avô fazia". Mas essa euforia dura pouco. Perdendo Maria Alice, Carlos afunda novamente em sua apatia interior. "Queria dormir, [...] cair como uma pedra, ficar morto, sem nenhum sentido funcional".

Fica evidente que ele tenta reagir. Era idealista, via o avô findar-se, sabia que um império passaria para o seu poder e faz planos. Planos ambiciosos, numa linha continuadora da ação do Coronel José Paulino, mas que se frustram. Sonha também em escrever um livro, cuja ideia inicial fora exaltar a grandeza dos senhores de engenho e depois passa a ser a de mostrar a injustiça da vida dos trabalhadores do eito. Injustiça que, na verdade, para ele, Carlos, não passava de um termo literário. *Banguê* termina melancolicamente com o malogro de Carlos e o fim do império Santa Rosa, devido à ausência de um forte. O escritor torna, assim, evidente que seu ideal de homem é o forte, é o atuante que *só vale pelo que constrói* ou pelas marcas fecundas que deixa no mundo.

Há, pois, uma polaridade evidente na estruturação psicológica de suas personagens: *os que agem* e os *que não agem*; os que *atuam* e os que *não atuam*. Torna-se claro, ao longo das tramas romanescas, que para o autor não é a simples agitação, a simples movimentação, que determina o alcance positivo da ação, mas sim sua repercussão no processo da vida, a sua atuação transformadora no espaço e no tempo. Esses dois tipos psicológicos, esboçados inicialmente em *Menino de engenho* (1932) e em *Doidinho* (1933), vão tomar corpo e se definir claramente em *Banguê* (1934), multiplicando-se em várias outras personagens nos romances que se seguem.

Note-se, a propósito, que nessa trilogia (que constitui o "ciclo da cana-de-açúcar"), o romancista, ao assumir o ângulo de visão de Carlos de Melo, dá maior ênfase à fraqueza e aos vícios do neto, do que à grandeza do avô. Opção que resulta em enfatizar, não a grandeza do "homem forte", reivindicado por Gilberto Freyre, mas a onipresença do "homem fraco", incapaz de deter a decadência em processo, na região. Circunstância que reforça a intenção de verdade visada pelo escritor: naqueles anos, no horizonte à sua frente, não haveria solução à vista...

O húmus trágico de *Fogo Morto*

Aliás, esse horizonte vai permanecer fechado em toda sua obra. Contudo, apesar da permanência desse "fechamento", algo de fundamental vai mudar em *Fogo morto* (1943), romance da maturidade, escrito há dez anos de distância do livro de estreia, *Menino de engenho*. De imediato, acolhido pela crítica como o ponto mais alto da arte narrativa do autor, *Fogo morto* é inegavelmente uma súmula de seu universo romanesco. Nele se cruzam os vários cenários, as várias personagens e os mesmos conflitos humanos, sociais, políticos, etc., que se misturam nos livros anteriores, mas o enfoque do problema humano vai mais longe.

Torna-se mais evidente a dupla ótica com que José Lins do Rego tem visto o mundo e os homens à sua volta: a *sociológica*, denunciando o *mandonismo* que está na base do sistema social (a coerção absoluta exercida pelos poderosos sobre os desvalidos, determinando-lhes o *destino*); e a *naturalista*, confirmando o determinismo da natureza (as causas naturais/psicológicas que determinam o *caráter* dos seres humanos).

Fogo morto (já pelo título simbolizando a decadência da terra e do homem que ali vive) torna-se exemplar, como projeção de uma triste realidade nossa. Como disse Carpeaux: "A Obra de José Lins do Rego é profundamente triste. É uma epopeia da tristeza, da tristeza de sua terra, da sua gente..." Essa tristeza que está patente em todo o seu mundo romanesco, avulta em *Fogo morto*, devido ao húmus trágico que o alimenta. "Trágico" no sentido original que lhe deram os gregos: o conflito insolúvel, sem saída, destruidor do ser que nele está envolvido. Fundindo, como complementares, as duas visões-de-mundo que o atraíram desde sempre — a naturalista e a sociológica —, José Lins do

Rego constrói *Fogo morto* em torno de três personagens-eixos: o mestre José Amaro, o Capitão Lula de Holanda e Vitorino Carneiro da Cunha, o Papa-rabo. São três vidas visceralmente diferentes, que se cruzam em meio a tantas outras na rede dos aconteceres que ligam o dia a dia em um velho engenho, às intrigas políticas na cidadezinha de Pilar e à vida (ou sobrevida) dos agregados nos arredores da mata.

Estruturado em três painéis aparentemente independentes — cada qual dedicado a um dos três personagens —, na verdade, o romance revela um universo onde tudo existe fundamente interligado, numa trama invisível, mas indestrutível, tal como aparece nos romances anteriores. Em meio a essa trama, são postas em confronto essas três personalidades distintas que, em última análise, correspondem a três tipos psicológicos: o homem forte, de caráter enérgico e criador (castrado por um sistema de vida opressor e sem horizontes); o homem fraco e abúlico (guindado ao "poder e ao mando" por herança familiar) e o homem quixotesco (ser fronteiriço, dividido entre o sonho e a realidade, sempre a enfrentar os obstáculos praticamente intransponíveis que a vida lhe opõe, como se fossem "moinhos de vento" que não resistiriam às suas investidas).

Embora com personalidades e circunstâncias diferentes de vida, os três personagens, de modos distintos, acabam por ter destinos semelhantes: o de seres bloqueados ou castrados em seus naturais impulsos de ser. Em Mestre José Amaro, "seleiro dos velhos tempos" (superado pela produção em série da máquina), o romancista põe a nu a tragédia interior de um homem que, humilhado em sua hombridade e não reconhecido em seu valor, como grande artesão que era, vive em permanente estado de rancor e revolta. Estado que o corrói dia e noite, e o transforma em carrasco de sua família (o único alvo ao alcance de sua revolta). Humilhado no mais profundo de seu ser, Mestre Amaro como que se animaliza — transformação que, simbolicamente, é mostrada no romance pela suspeita do povo, de que ele estaria virando lobisomem. Prisioneiro do círculo trágico em que vivia, Mestre Amaro acaba por se matar.

O Capitão Lula de Holanda, vindo de linhagem de homens fortes e fundadores de mundos, mas sem lhes herdar a fortaleza e a grandeza, era visceralmente um fraco, um contemplativo que, pelo casamento, acaba herdando o poderio do Engenho Santa Fé (fundado por seu sogro, o forte Capitão Tomás, que no fim da vida é atacado por uma estranha doença que o transforma em covarde). Forçado a assumir um lugar de mando, para o qual não fora feito, o Capitão Lula transforma-se num senhor de engenho despótico e cruel. Com o tempo (e também atacado por uma misteriosa doença que o prostrava em contínuas convulsões), ele se refugia na religião, ou melhor, na beatice.

Na figura tragicômica do Capitão Vitorino Carneiro da Cunha, o romancista encarna o ser fronteiriço que vive entre o sonho e a realidade. Ou melhor, que vive entre dois mundos: o dos *engenhos* (onde o trabalho e o poder produzem — ou devem produzir — a riqueza e o bem-estar) e o da *política* (onde o poder e a riqueza dependem das relações abstratas que tentam manter o predomínio de um grupo sobre o outro). O Capitão, pertencente a um ramo secundário de família poderosa (e por isso com trânsito livre entre os dois mundos), escapa à tragédia interior de Mestre Amaro ou à covardia do Capitão Lula, devido à sua natureza fantasista mais Sancho Pança do que Quixote, perdendo sempre, ridicularizado por todos, mas sempre arrogante, inconsciente de seu pobre viver e confiante em seus sonhos de próxima vitória.

Através do ridículo Capitão Vitorino Papa-rabo (bajulador de políticos), José Lins do Rego mostra a rede de politicagem e de engodos que detinham o poder de legislar sobre todos. Inclusive, mostra a indefinição de fronteiras entre a *lei* e o *crime*, ao mostrar as barganhas feitas entre políticos/senhores de engenho e o bando do cangaceiro Antônio Silvino, ao invadir a cadeia de Pilar e depois o Engenho Santa Fé. Barganhas à que o Capitão Vitorino não aderiu e, quixotescamente, desafiou o bando do cangaceiro: foi ferido, mas não derrotado em sua dignidade de "homem político", que ele julgava ser, embora não passasse de um pobre diabo. Ao envolvê-lo em simpatia, José Lins do Rego parece dizer-nos que, na vida, o que vale é o sonho, a crença em um ideal e a luta, mesmo inglória, para consegui-lo. Dos três personagens, só o Capitão Vitorino tentou até o fim.

Se tentarmos encontrar um *elo comum* entre as vidas das três personagens e seus destinos, talvez possamos sintetizá-lo em uma das necessidades básicas do ser humano: o ser reconhecido e aceito pelo "outro", como um *valor*, seja em que grau ou dimensão for. Sem esse reconhecimento do *eu* pelo *outro* (Freud, Lacan, etc.) desaparece no ser humano o *motivo* para viver e lutar pela sua autorrealização que, em essência, engloba o *outro*. Sem esse reconhecimento o *eu* se deteriora, se animaliza ou se destrói... A não ser que seja salvo pelo *sonho*, pela obsessão de um *ideal* a ser realizado.

Como se vê, o que, em essência, está "em naufrágio", segundo a denúncia do romance de José Lins do Rego, é a mentalidade ferozmente individualista que, desde as origens, alicerçou a sociedade patriarcal, ainda hoje resistindo ao avanço do tempo.

Dados biobibliográficos

Romancista, cronista, memorialista, conferencista e intelectual atuante no meio cultural de sua época, José Lins do Rego (Cavalcanti) nasceu no Engenho Corredor, Pilar, município de Paraíba, em 3 de julho de 1901. Foi nesse engenho de açúcar (propriedade de seu avô, poderoso senhor de engenho, e que seria uma de suas personagens nos futuros romances) que ele passou a infância — período que decorreu (como ele próprio contou) entre pequenas alegrias e uma tríplice angústia: a da ausência da mãe (morta, quando ele tinha quatro anos), os tormentos da saúde (sofria de asma) e as exigências do sexo (estimulado muito cedo, na liberdade da vida no engenho). Angústias da infância que iriam marcar, definitivamente, a sua personalidade (oscilante entre extroversão e depressão) e as linhas-de-força de sua obra literária.

Fez os primeiros estudos em Itabaiana e na cidade Paraíba (atual João Pessoa). Com onze anos, transfere-se para o Colégio Diocleciano Pio X, onde fez uma conferência sobre Oliveira Lima (diplomata e historiador brasileiro) e publica na Revista Pio X o seu primeiro texto — artigo sobre Joaquim Nabuco (diplomata e escritor brasileiro). Na época, inicia sua formação literária com a leitura dos clássicos e passa a escrever artigos para a imprensa, sobre grandes vultos brasileiros. Em 1919, matricula-se na Faculdade de Direito do Recife, onde se forma em 1923, deixando fama, como aluno desinteressado, desencantado e turbulento. Na verdade, sua paixão existencial era a Literatura, como expressão de Vida. Como ficou patente em vários de seus ensaios. O Direito, com suas pretensas leis em defesa da Justiça, sempre lhe pareceu algo inócuo como verdade. Mas a descoberta de seu verdadeiro caminho, como escritor, foi lenta e passou por várias etapas. Uma delas deu-se em 1924, quando em férias na Paraíba conheceu José Américo de Almeida e o seu empenho em analisar o momento de decadência e transformações em que se via a realidade nordestina: a vida nos engenhos, a seca, os retirantes, os jagunços. Realidade que serviria de matéria ao seu romance *A bagaceira* (1928) — verdadeira "ponta de lança" abrindo caminho para o romance regionalista do Nordeste. Mas, por ocasião desse encontro, Lins do Rego ainda não fora atraído pelo problema, vivia na fase de confronto interior entre a herança de *patriarca* (como o seu avô) e o papel de *bacharel* (para o qual se preparava). No Recife, empenhado nesse papel de intelectual atuante em seu meio, torna-se jornalista polêmico. Em 1922, juntamente com Osório Borba, funda o periódico "Dom Casmurro", que marcou época como semeador de ideias através da crítica literária.

O ano de 1923 foi decisivo em sua vida: forma-se em Direito e conhece Gilberto Freyre que acabara de chegar da Europa, depois de cinco anos de estudos (1918-1923) em universidades dos Estados Unidos e Inglaterra. Mais tarde, em depoimento incluído no livro *Gordos e magros* (1942), Lins do Rego fala do significado desse encontro:

> Conheci Gilberto Freyre em 1923. Foi numa tarde do Recife, do nosso querido Recife, que nos encontramos, e de lá pra cá a minha vida foi outra, foram outras as minhas preocupações, outros os meus planos, as minhas leituras, os meus entusiasmos. Pode parecer um romance, mas foi tudo realidade. Para mim, tivera começo naquela tarde de nosso encontro a minha existência literária.

O convívio com a interpretação dada por Gilberto Freyre à formação patriarcal/escravocrata da sociedade nordestina, e sua importância como dado fundamental da cultura brasileira em geral, levou Lins do Rego a redescobrir suas próprias raízes: as de "menino de engenho" feito à imagem e semelhança de um mundo de valores em desagregação. Esse encontro iluminador se deu na época em que ecoavam, no Nordeste, as novas ideias lançadas pelos paulistas, na Semana de Arte Moderna, realizada em São Paulo em fevereiro de 1922: ideias libertárias e ambíguas que, por um lado, recusavam as tradições e valorizavam as novas ideias do Brasil urbano/progressista e, por outro, buscavam no folclore, minimizado pela cultura oficial, as raízes da autêntica brasilidade.

Essa ambiguidade provocou, nos demais Estados, reações de adesão e de oposição aos paulistas. Lins do Rego, tal como Gilberto Freyre, estava na oposição. Em 1926, ele participou ativamente da organização do I Congresso Brasileiro de Regionalismo, cujos objetivos (baseados nas ideias de Gilberto Freyre) foram expostos no chamado "Manifesto Regionalista de 1926". Estava lançado o novo desafio: descobrir um Brasil unitário. O manifesto tornava claro que o objetivo do movimento não era exaltar valores regionais do Nordeste, em detrimento do restante do Brasil. Pelo contrário, visava a que todos pudessem "ver se desenvolverem no País outros regionalismos que se juntem ao do Nordeste, dando ao movimento o sentido organicamente brasileiro e até americano, quando não mais amplo, que ele deve ter." É nessa linha que Lins do Rego continua a escrever artigos ou ensaios para divulgação na imprensa, e a planejar a realização de um *livro de memórias*, que (como ele o revela mais tarde) "fossem as de todos os meninos criados nas casas grandes dos engenhos nordestinos. Seria apenas um pedaço da vida que eu queria contar. Sucede, porém, que um romancista é, muitas vezes, apenas o instrumento de forças que se acham escondidas no seu interior."

Mas esse plano esperaria alguns anos para se realizar. Em 1925, foi nomeado Promotor Público em Manhuaçu (MG), onde não se demorou. Desistiu da carreira jurídica. Muda-se para Maceió (AL), onde exerceu as funções de fiscal de bancos. Em Maceió, torna-se amigo de

Jorge de Lima e Graciliano Ramos, sempre mantendo intensa correspondência com Gilberto Freyre. Seu projeto literário ganha corpo e, em 1933, publica *Menino de engenho*, primeiro título do que viria a ser o Ciclo da Cana-de-açúcar. Saudado com entusiasmo pela crítica, recebe o Prêmio da Fundação Graça Aranha. Estava lançado como escritor de talento. Em 1935, muda-se para o Rio de Janeiro, onde participa ativamente da vida literária, empenhado na defesa da literatura como arma de denúncia e transformação. Dedicando-se, quase compulsivamente, à tarefa de transformar, em romance, a vida no Nordeste, tal como ele a vivera desde a infância, a cada ano lança um título. Ao *Menino de engenho* seguem-se: *Doidinho*, *Banguê*, *Moleque Ricardo*, *Usina*, *Pureza*, *Pedra bonita*, *Riacho doce*, *Água mãe*, *Fogo morto, Eurídice*... Com este último, publicado em 1947, interrompe-se a produção anual. Já consagrado como um dos grandes representantes do romance nordestino, do chamado ciclo da cana-de-açúcar, faltava-lhe completar o ciclo do cangaço e misticismo, iniciado com *Pedra bonita*. Ciclo que se fecharia com *Cangaceiros*.

Em 1948, Lins do Rego realiza um antigo sonho: visita a Europa e também Israel. Experiência que ele registraria em suas crônicas de viagem. Na volta ao Brasil, decide estender a viagem ao Nordeste da sua infância e escavar a memória do que fora o mundo brutal do cangaço. Como ele escreve em seu registro de viagem:

> [...] o nordestino tinha que voltar à sua realidade, a realidade maior que a história do mundo, isto é, a história dos seus homens, dos cangaceiros brutais, carregados de vida bárbara, de instintos cruéis, de uma força, porém, que não se extingue nunca, porque é a energia de uma raça de homens mais duros do que as pedras dos seus lajedos. [...] Volto aos "Cangaceiros" e desde logo tudo o que vi e senti se refugia no fundo da sensibilidade, para que a narrativa corra, como em leito de rio que a estiagem secara, mas que as águas novas enchem, outra vez, de correntezas. (in *Bota de sete léguas*, 1951).

Foi com esse espírito de redescoberta e de resgate de uma grandeza humana que, injustiçada, se transforma em força bruta, que Zé Lins escreve seu último romance, *Cangaceiros* (1953). Há muito, sua obra fora consagrada pela crítica e pelo público. Seus livros ganharam o mundo, traduzidos na Alemanha, França, Inglaterra, Argentina, URSS, França, USA, Itália, Portugal e Coreia. Foi eleito membro da Academia Brasileira de Letras, em 15 de dezembro de 1956, sendo recebido na cerimônia de posse por Austregésilo de Athayde. Vem a falecer poucos meses depois (12 de setembro de 1957), sendo enterrado no Mausoléu da ABL, no cemitério João Batista, no Rio de Janeiro. Ele partiu, mas sua obra ficou. Como disse Otto Maria Carpeaux:

> A obra de Lins do Rego é mais, muito mais do que um documento sociológico; é qualquer coisa de vivo, porque o seu criador lhe deu o próprio sangue, encheu-a dos seus gracejos e tristezas, risos e lágrimas, conversas, doenças, barulhos, disparates e da sua grande sabedoria literária. Deu-lhe o hálito da vida. Essa obra não morre tão cedo. É eternamente triste, como o povo. É o trovador trágico da província.

Publicações

Romance — *Menino de engenho*, 1932; *Doidinho*, 1933; *Banguê*, 1934; *O moleque Ricardo*, 1935; *Usina*, 1936; *Pureza*, 1937; *Pedra bonita*, 1938; *Riacho doce*, 1939; *Água-mãe*, 1941; *Fogo morto*, 1943; *Eurídice*, 1947; *Cangaceiros*, 1953.

Memória — *Meus verdes anos*, 1956.

Livro infantil — *Histórias da velha Totônia*, 1936.

Crônica e crítica — *Gordos e magros*, 1942; *Poesia e vida*, 1945; *Conferências no Prata*, 1946; *Homens, seres e coisas*, 1952; *A casa e o homem*, 1954; *Presença do nordeste na Literatura Brasileira*, 1957; e *O vulcão e a fonte,* 1958.

Relato de viagem — *Bota de sete léguas*, 1951; *Roteiro de Israel*, 1955; e *Gregos e troianos*, 1957.

52. JOSÉ MAURO DE VASCONCELOS

Rosinha, Minha Canoa
Comunhão existencial homem/natureza[72]

> Zé Orocó sorria, porque acabava de lembrar que a vida era *pai d'égua de bonita*.

Essa frase de abertura de *Rosinha, minha canoa*, o mais recente (1963) romance de José Mauro de Vasconcelos, sintetiza uma das grandes forças interiores que energizam a criação literária do autor: sua funda comunhão com a Vida, sentida como energia misteriosa que, de diferentes formas, se manifesta na Natureza e no Homem, igualando-os em grandeza e beleza. Uma grandeza e beleza que é continuamente agredida ou destruída pelas forças negativas geradas pelos próprios homens.

Zé Orocó é um rústico, daí usar o dito sertanejo "pai d'égua" para expressar a força da vida que ele sentia explodir à sua volta e em si mesmo. "Pai", o criador da Vida, e "égua", símbolo da reprodução vigorosa da Vida. Sintetizando, pode-se dizer que a beleza/grandeza da vida natural, continuamente agredida pela violência e insensibilidade das normas da civilização (ou da maldade) é a problemática nuclear da criação novelesca de José Mauro, e que neste *Rosinha, minha canoa* encontra plena expressão.

Surgindo para a literatura no ano-marco de 1946 (quando surge Guimarães Rosa com *Sagarana*), José Mauro vem se destacando entre aqueles cujas obras (por mais diferentes que se mostrem entre si) revelam um impulso espontâneo de *comunicação humana* e de *identificação com a natureza*, o cosmos. Sua obra, embora amalgamada com matéria da vida em bruto, expressa em suas raízes o processo de encontro, cada vez

---

[72] Fusão de textos publicados in Revista Alpha. Marília, maio.1965 e NNC. *O ensino da literatura* , 1966. (N. da A.)

mais fundo, do homem com seu espírito e com o espírito das coisas — ambos integrantes do Todo.

Nesse processo, delineiam-se posturas que, embora pareçam colidir, conduzem a uma só verdade: paralelamente à enorme solidão que o escritor surpreende no fundo de seus personagens — criaturas brutas sofridas, sentimos latente na atmosfera geral a intuição da unidade indivisível da humanidade. Toda ela (com seres aparentes isolados) participando substancialmente de uma mesma força criadora, que a todos congrega num mesmo processo vital.

O interesse de José Mauro pela vida rude, em contato com a natureza (já revelado em seu primeiro romance, *Banana Brava*), está latente ou patente em seus personagens — homens oprimidos, explorados, machucados por dentro e por fora, pelo meio adverso e pela incompreensão ou "macheza" bruta de outros homens.

Banana Brava (romance surgido de uma rude experiência vivida pelo autor) se passa nas terras do Rio Araguaia, e fixa, quase em bruto, a dura aventura de Joel no Garimpo de Cristal, em Banana Brava, porto do Rio Araguaia, "terras de homens sem piedade".

Em *Barro Blanco* amplia-se a atmosfera de violenta virilidade que será uma das tônicas dos romances do autor. Arrancados da realidade por ele vivida na vida real e projetados no mundo ficcional, vão nascendo os seus indomados heróis: Chicão marinheiro, rude produto do sertão, que procura fugir à terra seca e, desafiando a profecia do velho Malaquias, dedica-se ao mar. O médico do *Longe da terra*, em convívio com o povo inculto e os índios na "terra da Promissão", onde "maior que a fertilidade da terra é a indolência dos homens". O Diogo de *Vazante*, delegado da ilha-presídio, de onde a fuga era impossível, e onde os choques violentos entre as criaturas projetam-nos numa atmosfera densa, quase irrespirável. Os títulos se sucedem: *Arraia de fogo*, *Doidão*, *O garanhão das praias*... todos eles, de raízes fincadas na terra e prisioneiros de surdos dramas. Todos eles, de diferentes modos, oscilando entre a vida intuída como parte da eternidade e a vida como vã ilusão dos sentidos, sem transcendência.

Num punhado de areia em tua mão, nada poderá existir.
Mas haverá sempre alguém que veja nesse punhado de areia a inutilidade das coisas eternas.

Essa é a visão de mundo, descrente e sombria, expressa em *Vazante* (1951) e que anos depois, em *Rosinha, minha canoa*, dá lugar à crença espontânea na vida, que permanece para além da morte, e à alegria de viver em comunhão com o mundo. Neste romance, José Mauro ilumina por outro ângulo o mundo em que o homem vive ou desvive; deixa refluir o que estava latente (mas reprimido) em seus romances anteriores: o calor humano, a fé no homem e na vida, para além dos inevitáveis desconcertos do mundo. Esse refluir do humano se dá através do maravilhoso.

O romance está dividido em duas partes. Na primeira, "Os Vegetais", conhecemos a história de Zé Orocó, um velho solitário que, fugindo dos males da cidade grande, vivia nas margens do Rio Araguaia, próximo a uma aldeia de índios. Ali, em tranquila comunhão com a natureza, tinha como companheira uma velha canoa, a Rosinha, com quem conversava por horas e horas, e de quem ouvia fascinantes histórias de árvores, pássaros, peixes, águas... Tal qual Sherazade, a canoa desfiava histórias e mais histórias, umas saindo das outras, contando os "encantamentos" da vida natural. Um dia lhe conta o seu nascer: a sensação de aprisionamento e angústia da semente enterrada na terra, sua conversa com a água da chuva, seu brotar em tenro talo e sua transformação em árvore robusta, que depois de muito viver, crescer e se expandir, foi um dia cortada por índios e transformada em canoa. Viajou muito até que, velha, foi dada ao Zé Orocó e virou "Rosinha".

Na segunda parte, "Rosinha, meu amor", quebra-se o "encantamento" em que vivia Zé Orocó. Chega à aldeia um doutor muito sábio para tratar das doenças dos índios. Conhece Zé Orocó, assombra-se com o fato de ele conversar com a canoa. Convence-o de que ele estava louco e o leva para um sanatório da cidade, onde começa o violento processo de cura para o livrarem de sua "loucura". Foi grande a luta entre Zé Orocó, em defesa de sua *verdade*, e os seus "salvadores". No limite de suas forças, Zé Orocó tem a ajuda do "maravilhoso": Calamantã, o deus-vegetal visita-o:

> E com aqueles dedos esguios suspendeu a cabeça desanimada de Zé Orocó. Sua voz possuía a bondade do vento soprando em qualquer folhinha. [...] Uma voz de quem traz ternura ao colo. Riu suavemente. "Você vai melhorar, Zé Orocó. Eu vim aqui para lhe dar um pouco de paciência. [...] Você vai ficar bom, isso eu garanto. Você vai ter paciência, porque é amigo das árvores.

Mais tarde, amarrado em sua cama, sentindo como se tivessem "emparedado cada pedaço do seu cérebro", Zé Orocó pensa no seu mundo vegetal perdido — um mundo que era como uma ponte entre ele o plano do transcendente, do Mistério da Vida.

> Melhor seria esperar com a paciência de Calamantã, um deus tão bonito. [...] O coração confrangeu-se com a consciência que teve de sua insignificância. O homem não valia nada. Os bichos é que estavam certos.
>
> Foi sentindo os olhos cansados se molharem e sua voz implorou humildemente:
>
> — Chico, me deixe ficar bom. Me ajude. Eu não quero ser louco toda a vida. Me dê um sinal, uma esperança.

E o "maravilhoso" cristão chega em seu socorro: São Francisco de Assis atende ao seu apelo e um pardal entra pela janela de sua cela, em sinal de assentimento. E daquele dia em diante ele começa a ficar bom. Acaba sendo considerado "curado". Fora do hospício, reintegrado na vida normal de cidade grande, Zé Orocó vive com a paciência dos vegetais, até o momento em que um feliz acaso o leva de novo às regiões do Araguaia. Reencontra o "paraíso" de ontem, mas já não havia o encantamento de antes. Agora ele sabia que "árvore é árvore, e canoa não fala". Isso, até o dia em que reencontra, abandonada, sua velha canoa. Puxa-a para o rio, começa a remar e de repente ouve a vozinha antiga: "Sou eu, Zé Orocó". O coração do velho quase explodiu de alegria... reencontrava sua velha companheira e descobria, feliz, que ele estava "louco" outra vez: ouvia a canoa amiga falar... e tudo virou o encantamento de antes. "Graças a Deus que sou louco de novo. Obrigado, Chico!"

Romance-poema que, entre suas muitas lições de vida, enfatiza *o milagre que é estar vivo* e aponta a *paciência* como um dos grandes segredos do viver: a longa paciência que Calamantã ensina às árvores. A paciência que Zé Orocó soube ter, na ventura e na desventura, e sem a qual a vida é um contínuo campo de batalha, de onde se sairá vencido.

Dados biobibliográficos

Romancista visceralmente brasileiro, sertanista, jornalista e figura altamente controvertida no nosso panorama literário, considerado "kitsch" pela crítica acadêmica, José Mauro de Vasconcelos nasceu em Bangu (RJ) em 26 de fevereiro de 1920. Filho de índia e de português — pais que não tinham condições de o criar —, foi dado a um tio que morava em Natal (Rio Grande do Norte). Ali passou a infância, em contato livre com a natureza, "com muito sol e água...". Aos nove anos aprendeu a nadar no Rio Potengi e, adolescente, se torna campeão de natação.

Em Natal, fez os estudos básicos (primário e ginasial) e descobriu a literatura, com os romances de Graciliano Ramos, José Lins do Rego e Paulo Setúbal. Aos quinze anos, muda-se para o Rio de Janeiro e, precisando trabalhar para sobreviver, foi exercendo os mais diversos fazeres: treinador de boxeador peso-pluma; trabalhador em uma fazenda em Mazomba, como carregador de fardos e pescadores no litoral fluminense. Aos dezoito anos, muda-se para o Recife, fixando-se num núcleo de pescador, onde exerceu o cargo de professor primário. Nesse período, começa a escrever as experiências e aventuras vividas. Desses primeiros escritos, surge seu romance de estreia, *Banana Brava*, publicado em 1942, no Rio de Janeiro. Trata-se de uma trama dramática, que denuncia as condições sub-humanas do trabalho nos garimpos. Romance que foi recebido com certa simpatia pela crítica, então voltada para o romance-denúncia regionalista.

Nessa época, José Mauro passa a viver uma vida nômade, em viagens do Norte para o Sul e vice-versa, num incessante vai e vem. Inclusive passando largo tempo no sertão do Araguaia, entre os índios. Ao mesmo tempo, continua escrevendo, como por impulso, levado a registrar por escrito sua variada experiência de vida e funda consciência da desumanidade com que os desvalidos da sorte são tratados pelos poderosos.

A partir de seu segundo livro, *Barro Blanco* (1945), fixa residência em São Paulo. Dotado de talento inato para contar histórias, possuindo uma fabulosa memória e uma imaginação surpreendente, José Mauro escreve um romance após o outro, mas quase sem repercussão entre os leitores e a crítica. Após vinte anos de carreira, é com o seu sétimo livro, *Rosinha, minha canoa* (1963), que vai conhecer o sucesso definitivo, junto ao grande público. E se torna também, definitivamente, rejeitado pela crítica erudita. Rejeição que não se alterou, nem diante do fenômeno editorial que foi *Meu pé de laranja lima* (1968). Livro que em um ano vendeu mais de um milhão de exemplares e foi adaptado para o cinema e para a TV, com sucesso absoluto.

Essa disparidade entre sucesso de público e fracasso de crítica deveu-se, certamente, aos padrões estéticos que teriam sido usados para "medir" o valor literário da obra de José Mauro. Não foi levado em conta a verdadeira natureza de sua criação — fruto de uma comunhão intensa e profunda do escritor com a Natureza e com os humanos, vivenciando-os como partes essenciais de um Todo maior e invisível (Deus? Espírito? Cosmos?). Há um forte caldo de ternura e compaixão humana, que perpassa por todas as suas tramas — mesmo naquelas em que predomina o primitivo, grosseiro, rústico.

Falando de seu processo de escrita, José Mauro confirma essa comunhão ou paixão que os seus romances transmitem ao leitor. Disse ele que, de início, escolhe o cenário, onde se movimentarão os personagens. Transporta-se para esse local, onde realiza estudos minuciosos. Em seguida, dá asas à sua fantasia e na imaginação constrói. "Quando a história está inteiramente feita na imaginação, é que começo a escrever. Só trabalho quando tenho a impressão que o romance está saindo por todos os poros do corpo. Então vai tudo a jato." (in "Sobre o Autor".

Chuva crioula. 1972) É essa a sensação dada ao leitor: experiências humanas registradas no momento e na verdade do acontecer. Daí a predominância da oralidade em suas tramas romanescas: os diálogos vivos, os monólogos interiores, os fluxos de consciência, a sintaxe portuguesa por vezes "atropelada"... escrita que não passou por revisão culta.

José Mauro reagia às críticas, declarando sua aversão ao intelectualismo arrogante e às rodas literárias, afirmando ao mesmo tempo sua intimidade com monstros sagrados como Proust, Dostoievsky e Tolstoi. Toda sua obra está permeada pela denúncia da gradativa desumanização da humanidade, provocada pelo espantoso progresso da civilização do consumo e lucro. (Poderá a humanidade evoluir sem esse progresso? Eis a questão...)

O seu espírito inquieto levou-o a se aventurar como ator. Atuou nos filmes: *Modelo 19* (1952), ganhando o Prêmio Saci/Ator coadjuvante; *Na garganta do diabo* (1959) — Prêmio Governador do Estado de São Paulo e *A ilha* (1962) — Prêmio Prefeitura Municipal de São Paulo.

Apesar do continuado sucesso de seus livros, a crítica negativa acabou por minar o seu ânimo e ele tornou-se um solitário amargurado, que fugiu ao convívio. Em 1982, após um derrame, ficou paralítico. Faleceu dois anos depois, em 25 de julho de 1984, no Hospital Samaritano, onde foi velado, com a presença de uns poucos amigos e algumas autoridades oficiais. Um autor, com milhões de leitores, partia melancolicamente, quase como um desconhecido.

O que o futuro dirá da obra de José Mauro de Vasconcelos?

Publicações

Banana Brava, 1942; *Barro Blanco*, 1945; *Longe da terra*, 1949; *Vazante*, 1951; *Arara vermelha*, 1953; *Arraia de fogo*, 1955; *Rosinha, minha canoa*, 1963; *Doidão*, 1963; *O garanhão das praias*, 1964; *Coração de vidro*, 1965; *Confissões do Frei abóbora*, 1966; *Meu pé de laranja lima*, 1968; *Rua descalça*, 1969; *O palácio japonês*, 1969; *Farinha órfã*, 1970; *Chuva crioula*, 1972; *O veleiro de cristal*, 1973; *Vamos aquecer o sol*, 1974; *A ceia*, 1975; *O menino invisível*, 1978; *Kuryala, Capitão e Carajá*, 1979.

53. JOSUÉ MONTELLO

Um Mestre do Romance[73]

O que vês escreve-o em livro.
(Apocalipse 1:2)

> [...] ao longo da vida nada mais somos do que testemunhas, e testemunhas que estão falando.
>
> Tudo quanto pomos no papel é, em última análise (ou deve ser), um depoimento, por isso mesmo, temos um compromisso que faz parte da nossa própria condição — o compromisso com a nossa verdade.

Nessas palavras, ditas em entrevista ao "Jornal do Brasil" (1979), Josué Montello define a intencionalidade maior, latente ou patente em sua vasta produção literária: *a intenção de dialogar com seu tempo*, interrogá-lo e assumir-se testemunha do momento em que lhe coube viver.

Escritor de sólida cultura e arguta penetração psicológica, o maranhense Josué Montello pertence à geração de romancistas brasileiros (Érico Veríssimo, José Geraldo Vieira, Cyro dos Anjos, Paulo Dantas, José Condé...) que se iniciaram no confuso período da II Guerra Mundial. Período em que se torna evidente a "falência de todas as ideologias" e todos os valores de base da sociedade (Deus, democracia, capitalismo, socialismo...) são postos em questão, sem que novos ideais ou valores pudessem propor uma "nova ordem" ou sistema.

No âmbito da literatura, as formas consagradas da ficção (romance, conto, novela), que haviam sido criadas por visão de mundo estável (cristã/patriarcal/burguesa do século XIX), perdiam seus antigos limites, embaralhados pelos primeiros arautos (Joyce, Proust, Gide...) do "novo mundo" que começara a ser engendrado em meio ao caos das guerras.

[73] Texto *in memoriam* de Josué Montello (março, 2006). (N. da A.)

Entre nós, na área da ficção, a força do Romance Regionalista de 1930 (com suas reivindicações sócio-políticas) chegara ao apogeu e começava a declinar, enquanto *o olhar intimista* (despertado pelo psicologismo freudiano) se agudizava e, com maior inquietude, escavava os conflitos interiores do homem, seja em relação à sociedade que o frustra, seja em relação ao seu próprio Eu, sentindo-se perdido em face do mistério da vida ou dos abismos da alma (Cornélio Pena, Lúcio Cardoso, Otávio de Faria...).

Esse "olhar intimista" (que busca a verdade para além das aparências) foi o que se impôs a Josué Montello, desde seus primeiros escritos. Espírito de formação religiosa e de linhagem humanista, Josué Montello formou-se escritor no convívio com os grandes mestres do romance europeu (Balzac, Malraux, Dostoievsky, Eça, Tolstoi...).

Foi em plena crise desse "grande romance do século XIX" que, nos idos de 1930/40, o jovem maranhense procurou seu próprio caminho de romancista. No mundo intelectual, todas as antigas certezas estavam sendo contestadas, mas nenhuma outra "certeza absoluta" surgia como resposta definitiva. Restava a pessoa humana e a realização de seu destino na terra.

Nesse período de guerra e no imediato pós-guerra (Guerra Fria 1945/56), vai-se engendrando a "cultura mosaico" (Jean Onimus), que logo mais se expandiria com a Era Cibernética em que vivemos, neste limiar do século XXI. Embora atento às novas e complexas técnicas romanescas, criadas por novos mestres (Joyce, Faulkner, Gide, Dos Passos, Huxley...), Josué Montello manteve-se fiel à problemática-eixo que, desde sua origem, singularizou o gênero romance: *a representação/testemunha da condição humana e seu destino no mundo.*

Testemunha de seu tempo, Josué Montello escolhe, como habitante de seu universo romanesco, o "ser-em-situação" (segundo o rótulo dos existencialistas), homens e mulheres de hoje ou de ontem, vistos e revelados em contínuo desencontro com o "outro", num mundo em que as aparências são falsas e escondem o tumulto das paixões, desejos, ódios, neuroses e frustrações, que avassalam as almas aprisionadas pelos preconceitos, normas e leis sociais castradoras.

Janelas fechadas, publicado em 1941, é o seu primeiro romance (com forte influência do maranhense Aluísio Azevedo), cujo título já anuncia o ser humano fraudado em sua verdade maior ou em suas relações com o mundo. Embora ainda imaturo tecnicamente, ele já anuncia a problemática-eixo que dinamizaria o futuro universo a ser criado pelo autor, durante quase setenta anos. Nele já está também o *espaço ideal* em que esse universo seria fundado: *a terra maranhense.* (Em 1983, *Janelas fechadas* foi inteiramente refundido para inclusão nas *Obras completas*, RJ, Nova Aguilar.)

Sete anos depois, é publicado *A luz da estrela morta*, romance de húmus existencialista, cuja trama se tece em torno de um personagem mórbido: Eduardo, autor de peças de teatro e prisioneiro da angústia diante da ideia da morte (metaforizada no "relógio parado"). O romance se desenvolve no dia a dia rotineiro do personagem, em meio a um clima de sonambulismo, jogo fantasmagórico de luzes e sombras, que a arte maior do autor vai criando e com ela seduzindo o leitor, da primeira à última página.

Segue-se *Labirinto de espelhos* (1952), no qual se dá uma sensível mudança de enfoques: o interesse pela *psicopatologia* cede lugar ao puramente *psicológico*, e a técnica narrativa dramática cede lugar à objetividade da linguagem cinematográfica; as palavras apenas sugerem os fatos, o enredo torna-se mais importante do que esmiuçar as emoções/reações do mundo interior das personagens. A trama se desenvolve de maneira direta e sóbria, em torno de interesses mesquinhos, ligados às relações entre a intratável Tia Marta e seus sobrinhos, ansiosos herdeiros da herança que ela deixaria quando morresse.

Novos títulos vão se sucedendo, trazendo à tona das tramas os dramas abafados nas almas, e sempre centrados no espaço maranhense — o da cidade de São Luís, ainda impregnada do esplendor cultural que alcançou em meados do século XIX, e que se prolongou em sucessivas gerações de escritores. A memória de São Luís, com suas ruas, casarões, costumes, vivências... é, sem dúvida, uma das linhas de forças que energizam a escritura romanesca de Josué Montello.

Em *A décima noite* (1957), o tônus é a obsessiva revisitação do passado (dos primeiros anos do século XX), à que se entrega o personagem Abelardo, temperamento extremamente emotivo, fundamente marcado pela memória da mãe, Sinhorinha, e por sua frustração sexual no casamento. Romance de atmosfera e de costumes, este é atravessado por duas nítidas linhas de força: a da culpa, devido ao "interdito ao sexo" (dogmatizado pela Igreja) e a do "complexo de Édipo" (estigmatizado por Freud).

Os eixos que movem a trama sombria de *Os degraus do paraíso* (1965) giram também nas esferas do amor maternal castrador e da devoção religiosa que se transforma em fanatismo cruel. A narrativa flui e reflui em torno da figura de D. Mariana, matriarca de personalidade neurótica (avatar da mítica Mãe Terrível) que, com seu obsessivo amor maternal, intransigência de caráter, egocentrismo e fanatismo religioso, acaba por frustrar a vida e a felicidade de todos à sua volta. O drama se passa nas primeiras décadas do século XX, na velha cidade de São Luís, com seus lampiões de gás, seus casarões, onde "tudo é tocado de vida eterna" (Bandeira Tribuzzi); suas tradições, grandezas e misérias que se misturam às paixões humanas (cruéis ou benfazejas) de que é cenário.

Nesse mesmo espaço situam-se as novelas de *Duas vezes perdida* (1996). Identificando-se com os antigos "contadores de histórias" — aqueles que, ao narrar os dramas ou as comédias da vida, para seus ouvintes fascinados, tinham por objetivo maior atrair, emocionar, fazê-los rir ou chorar —, Josué Montello reúne, nesta coletânea, fragmentos da "comédia humana" vivida no mundo à sua volta, e da qual ele se quis cronista e testemunho.

Cais da sagração (1971) dá continuidade às "memórias maranhenses" que a arte romanesca do autor vai arrancando do esquecimento. Nelas se misturam dados reais e acontecimentos fictícios que, transformados em romance, perdurarão para sempre como verdade, no universo criado pelo romancista. Já no título se anuncia a "verdade histórica" que está nas raízes de sua trama: *Cais da sagração* (segundo a lápide inscrita na muralha) "foi começado em 14 de setembro de 1841, dia em que se festejou nesta província (Maranhão) a sagração do Sr. D. Pedro II, como imperador do Brasil." Fundindo matéria histórica com a imaginação criadora, Josué Montello escreveu aqui a saga anônima dos homens que vivem do mar e para o mar, num duro enfrentamento com os seus perigos e sua estranha sedução que lhes aprisiona a alma para sempre.

Já na Introdução, Josué Montello anuncia a natureza memorialista e híbrida de seu romance: misto de história e de ficção.

> O barqueiro Severino, herói principal deste romance, eu o conheci em São Luís, sentado na amurada do Cais da Sagração em silêncio, o cigarrinho de palha no canto da boca, voltado para o mar.

Nessa abertura já se antecipa, para o leitor, o núcleo dramático em torno do qual a trama romanesca se construirá: o velho barqueiro Severino, o histórico Cais da Sagração e o Mar, poderosa fonte de vida, de transformação e de morte. Em seu estilo narrativo detalhista e sinuoso, ao ir entrelaçando fatos antigos e novos, o escritor vai compondo a figura quase mítica do Mestre Severino, o velho barqueiro para quem o mar representava o *absoluto* em sua vida tão cheia de percalços e enganos.

"Desembarcado" no Cais da Sagração, o romancista mergulha na história da terra maranhense (São Luís, sua terra-mãe), para onde, durante quase três séculos, o mar trouxera gerações e gerações de africanos, comprados e vendidos como escravos — base de sustentação do sistema político-econômico, então vigente nas grandes potências europeias, que deram início aos tempos modernos.

Paradoxalmente, nos rastros dessa desumanidade nasceram novas riquezas, novos homens, novos povos. Entre eles, o Brasil e nós, brasileiros, resultantes da fusão branca/negra/vermelha (europeia/africana/indígena). Fusão dolorosa que foi acontecendo ao longo dos séculos, e que Josué Montello redescobre e eterniza em *Os tambores de São Luís*, como a trágica epopeia da escravidão, que está entranhada em nossas raízes. Verdadeira saga da negritude no Brasil, *Os tambores de São Luís* (romance considerado pela UNESCO como um dos patrimônios culturais da humanidade) coloca definitivamente o nome de Josué Montello entre os grandes mestres do romance, como um Balzac e sua abrangente visão da "comédia humana", ou um Faulkner, cuja visão trágica da vida se enraíza no mundo da culpa e da graça, ou de um García Márquez de *Cem anos de solidão* e sua visão de mundo labiríntica, na qual os tempos se misturam e personagens de épocas diferentes se confundem entre si, pois todas têm o mesmo nome. E, principalmente, ambos os autores têm em comum a certeza de que a memória das coisas só permanece se for transformada em palavras, em poesia, romance ou em Arte (seja qual for a matéria que lhe dê forma). "O tempo perdido só se recupera pela Arte."

É esse o sentido último deste *Os tambores de São Luís*, cujo título e parágrafo de abertura já o anunciam metaforicamente: o *som* dos tambores rituais, tocados pelos escravos africanos de ontem, permanecem nos brasileiros de hoje, como uma espécie de "respiração" da força da negritude, entranhada em nossas raízes de povo-síntese de raças. O romance se abre com os ecos de antigo ritual africano:

> Até ali os Tambores da Casa das Minas tinham seguido seus passos, e ele via ainda os três tamboreiros, no canto esquerdo da varanda, rufando forte os seus instrumentos rituais, com o acompanhamento dos ogás e das cabaças, enquanto a nochê Andreza Maria deixava cair o xale para os antebraços, recebendo Toi-Zamadone, o dono do lugar.

Já nessa abertura do romance, com o *som* dos "tambores rituais" do culto religioso africano e a "nochê" (espécie de sacerdotisa), o romancista aponta para a existência de um espaço invisível ou um espírito mágico, latente ou patente no negro e que o sustenta e o torna resistente às forças que tentam destruí-lo. (Espírito que podemos sentir como paralelo ao do cigano Melquíades, meio mágico, meio alquimista, meio profeta que, desde o início, em *Cem anos de solidão*, se impõe como presença-chave no universo dos Buendías.)

O "ele" referido na abertura de *Os tambores de São Luís* é o negro Damião — velho octogenário, ex-menino quilombola, e que vivera toda uma *via crucis* para realizar o ideal de ser professor, numa sociedade enraizadamente escravocrata. O eixo, em torno do qual a trama romanesca se desenvolve, é a longa caminhada dada pelo negro Damião (numa certa noite de 1915, pelas ruas de uma São Luís ainda iluminada a gás), a fim de ir conhecer o trineto que estaria nascendo. Passa primeiro pela Casa das Minas, para onde, vez ou outra, seus passos o levavam, para ouvir bater "os tambores rituais" e sentir-se como que "reintegrado no mundo mágico de sua progênie africana, enquanto se lhe alastrava pela consciência uma sensação nova de paz, que mergulhava na mais profunda essência de seu ser."

Prosseguindo a caminhada pelas ruas desertas, e perdido em pensamentos, passa por um botequim. Entra e ali, à luz do candeeiro, depara com dois homens mortos: um negro, com uma facada nas costas, e um branco, à paulada. Aturdido, retoma a sua caminhada, sem saber que ali se dera uma tragédia que o atingia em cheio. Tragédia que o leitor só descobrirá nas últimas páginas do romance, ao mesmo tempo que Damião: o negro assassinado era o seu filho que, adolescente, emigrara para Liverpool em busca de vida melhor e naquela noite havia voltado de navio, para visitar o pai, e fora assassinado por um marinheiro, para roubar-lhe o dinheiro. No momento em que, num lado da cidade, seu trineto nascia, no outro, seu filho era morto... o ciclo Vida e Morte continuava...

A caminhada de Damião pelas ruas de São Luís dura uma noite, mas as lembranças que vão afluindo na narrativa são as de um século de História (Escravidão/Abolição/República) que o romancista vai percorrendo ao reviver os duros tempos de preconceitos, crueldades e violências, que a indomável força de resistência dos negros enfrentou.

Embora o *trágico* atravesse todo o romance, a atmosfera que acaba por predominar é a *épica*. Ou melhor, a da "epopeia" ainda em processo entre nós: a da miscigenação das raças. Processo, cuja solução, conforme a "teoria" do negro Barão, explicada um dia a Damião: "Só na cama, com o rolar do tempo, se resolveria o conflito natural de brancos e negros no Brasil." É dessa "teoria" que Damião se lembra ao ver o trineto recém-nascido, "mais para branco que para preto: moreninho como um bom brasileiro", fruto de tantas e tantas "fusões" que através dos anos foram feitas na família.

Em certa entrevista, falando sobre esse seu romance, Josué Montello confessou que ficara com a impressão de tê-lo escrito "em estado de transe", e o considerava o seu "romance mais denso e bem realizado". Escritor incansável, em 1979 lança *A coroa de areia*, romance de tema político, pertencente ao ciclo dos romances maranhenses. Segue-se *Aleluia* (1982), livro no qual Montello, leitor constante da Bíblia, se propôs "extrair da lição de Cristo algo que lhe parecera obscuro" e "banhá-lo por uma nova luz". A trama se passa em Jerusalém e tem, como personagem central, Jesus em diálogo com Efraim. Em seus últimos anos escreve incessantemente, dedica-se a percorrer de novo o mundo da grande literatura, do qual fora fiel e apaixonado habitante, desde a infância. Dessa revisitação, resulta o *Reencontro com meus mestres* (2003), no qual ele diz:

> Volto a reler esses velhos gigantes, não para procurar a reafirmação dos velhos valores éticos (muitos dos quais não aceito), nem para os prazeres da familiaridade. O que eu procurava era o calor, a compaixão, a humanidade, o amor pelas pessoas, que ilumina a literatura do século XIX e que converte esses romances numa declaração de fé no homem.

É essa fé, esse humanismo, essa compaixão pela humanidade, que alimenta o universo novelesco criado por Josué Montello.

Dados biobibliográficos

Romancista, educador, ensaísta, memorialista, intelectual de prestígio no meio cultural brasileiro, José de Souza Montello nasceu em São Luís do Maranhão em 21 de agosto de 1917. Fez os primeiros estudos na Escola Modelo Benedito Leite e no Liceu Maranhense, onde se engajou nas lides estudantis e dirigiu o periódico "A Mocidade", fundado pelos alunos. Nele, descobre sua vocação para as letras: além do artigo de primeira página, escrevia também versos, sonetos "à moda antiga" com métrica e rima. Conforme relatou em uma de suas entrevistas, nessa época, ainda adolescente, é acometido pela tuberculose e, de imediato, obrigado a viver isolado num sítio perto de São Luís, e em absoluto repouso (única forma de combate à doença, antes da descoberta dos antibióticos). Impedido, inclusive, de conversar, encontrou nesse retiro "o que passou a ser" — como ele disse — "o meu mundo, o que haveria de ser mais importante na minha vida (a literatura): os 24 volumes da Biblioteca Internacional de Obras Célebres, vasta antologia editada em 1910, com painel de várias literaturas e com textos antológicos. [...] Meu repouso acompanhado de leitura me deu a cosmovisão da literatura." ("Jornal do Brasil", 1979) Recuperada a saúde, volta aos estudos e já decidido a se preparar para ser professor, educador e escritor. Sem dúvida, o fato de ser filho de pastor protestante — e desde criança conviver em casa com a leitura da Bíblia — atuou nas raízes dessa sua atração humanista pelas Letras e pela leitura, como alimento da alma, que marcou toda sua longa existência. Formado, passou a lecionar português no Colégio Alves Cardoso e no Colégio Arimateia Cisne. Sua grande paixão se torna a leitura dos grandes romancistas (Camilo Castelo Branco, Eça de Queirós, Machado de Assis, Pierre Loti, Proust, Gide...).

Em 1932, torna-se membro da sociedade literária de filiação modernista, Cenáculo Graça Aranha. Passa a colaborar ativamente nos jornais locais ("A Tribuna", "Folha do Povo", "O Imparcial"). Em 1936, muda-se para Belém (PA); torna-se membro do Instituto Histórico e Geográfico do Pará e prossegue sua colaboração na imprensa, escrevendo em "O Estado do Pará". No ano seguinte, muda-se para o Rio de Janeiro (GB), passando a integrar o grupo do jornal "Dom Casmurro" (dirigido por Álvaro Moreyra) e a colaborar intensamente na imprensa carioca ("Careta", "O Malho", "O Jornal", "Jornal do Brasil", "Correio da Manhã"). Escreveu crítica teatral em *A Vanguarda*. Em 1937, inscrito em concurso para Técnico de Educação do Ministério da Educação com a tese "O sentido educativo da arte dramática", é aprovado e dá início a uma fecunda carreira na esfera da Educação e da Cultura. Nessa época, decide assumir-se romancista e publica *Janelas fechadas* (1941), que dá início à fecunda carreira nas Letras construída durante décadas. Foi professor de Literatura Brasileira do Curso de Biblioteconomia da Biblioteca Nacional, da qual foi Diretor Geral. Esteve à frente do Serviço Nacional do Teatro e do Museu Histórico Nacional. Em 1946, convidado pelo governo do Maranhão, redige o plano de reforma do

Ensino Primário e Normal do Estado, que foi transformado em lei. Foi reitor da Universidade Federal do Maranhão. Entre seus inúmeros cargos oficiais, destaca-se o de presidente do Conselho Federal da Educação, cuja estrutura e organização, aprovada em lei, se deveu à sua lavra. Como "linha instrumental" do importante órgão, apontava para a necessidade da "criação de grandes sistemas nacionais de cultura: o sistema nacional de bibliotecas, de museus de cultura, de ciência, de história, de arquivo, de casas de cultura, etc." formando um conjunto, através do qual se teria visão do todo — o da cultura/identidade brasileira.

Nos anos 1950, deu vários cursos de Estudos Brasileiros no exterior: Universidade Nacional Mayor de San Marco/Lima-Peru, Universidade de Lisboa e Universidade de Madri. Pertenceu à Casa Civil do presidente Juscelino Kubitschek. A convite do presidente Castelo Branco, nos anos 60, criou o Conselho Federal de Cultura, organizado por uma "linha instrumental", que visava "a criação de grandes sistemas nacionais de cultura" (bibliotecas, museus de cultura, de ciência, de história, de arquivos, etc), baseado no princípio de que "o importante é a Cultura" e que para chegar a ela, democraticamente, se faz necessário o "instrumental" que é a Educação. Foi conselheiro cultural junto à Embaixada do Brasil em Paris (1968-1970). Foi embaixador junto a UNESCO, durante o governo de José Sarney (1985-1989). Em 1955, é eleito membro da Academia Brasileira de Letras, da qual seria presidente em 1993. Pertenceu a prestigiadas entidades culturais: Instituto Histórico e Geográfico Brasileiro, Academia Internacional da Cultura Portuguesa, Sociedade de Geografia de Lisboa, Academia das Ciências de Lisboa, Academia Maranhense de Letras, Instituto Histórico e Geográfico do Maranhão e Association Internacionale de Critique Littéraire/Paris. Entre os títulos de honra que lhe foram atribuídos estão: "Doutor Honoris Causa" (pela Universidade Federal do Maranhão) e o Juca Pato/Intelectual do Ano (UBE-União Brasileira de Escritores/SP). Em São Luís, foi criada a Casa de Cultura Josué Montello, no casarão da Rua das Hortas, local que se tornou um centro de estudos e pesquisas sobre literatura, artes, ciências sociais, história, etc., mantendo um acervo bibliográfico-documental de trinta mil peças.

Simultaneamente às atividades de intelectual atuante, o escritor foi se revelando, através de uma polimorfa produção de romances, novelas, teatro, ensaio, literatura para crianças e jovens, registros de memória, etc. Sucesso de público e de crítica, sua obra recebeu inúmeras distinções e prêmios: Prêmio Romance, Prêmio Ensaio e Prêmio Teatro da Academia Brasileira de Letras; Prêmio Fernando Chinaglia/ UBE-União Brasileira de Escritores; Prêmio Luiza Claudio de Souza/ PEN Clube do Brasil; Prêmio Romance da Fundação Cultural/Brasília e Prêmio de Literatura/Ministério da Cultura e outros.

Josué Montello está entre os mestres que assumiram o seu *fazer* na vida como uma *missão*. E disso ele sempre esteve consciente, como o confessou, em 1986, em entrevista a Beatriz Marinho. Relatando o início de sua carreira, no Rio de Janeiro dos anos 1930/40 (quando se entrega a uma intensa e diversificada atividade), Montello diz:

> Já a essa altura do tempo, eu havia delimitado em que áreas atuaria: professor e educador, por um lado; jornalista e escritor, por outro lado. Espero em Deus percorrê-los com a mesma assiduidade até o fim de minha missão. Digo missão, e digo bem, porque associo as duas atividades ao espírito de missão que há em mim. (in SL-OESP. 12.01.1986).

Sem dúvida, esse "espírito de missão" está na raiz do grande memorialista que ele foi, registrando quase obsessivamente o seu dia a dia de vivências, descobertas, extensas leituras, emoções, reflexões... que foram se desdobrando em sucessivos *Diários*, publicados ao longo dos anos e, posteriormente, por ele reunidos em dois alentados volumes, *Diário completo* (1999). Em várias ocasiões, justificando essa sua obsessão com o registro escrito do que ia vivendo, apontou para o "mistério da alma humana" a desafiá-lo continuamente, e o desejo de "guardar, na escrita, o tempo que vai fluindo, dando complemento à memória, na luta contra o efêmero." E isso Josué Montello o conseguiu.

Escritor apaixonado e prolífico, sua caudalosa obra desdobra-se em quase uma centena de títulos de vários gêneros, e que têm sido traduzidos para o francês, inglês e espanhol. Josué Montello faleceu em 15 de março de 2006, ao fim de uma carreira literária de cerca de setenta anos, sempre lúcido quanto à sua tarefa de testemunho de seu tempo.

Publicações

Romance — *Janelas fechadas*, 1941; *A luz da estrela morta*, 1948; *O labirinto de espelhos*, 1952; *O fio da meada*, 1955; *A décima noite*, 1959; *Largo do desterro*, 1962; *Os degraus do paraíso*, 1965; *Duas vezes perdida*, 1966; *Uma tarde outra tarde*, 1968; *Vies éteintes*, 1970 (publ. em Paris); *Cais da sagração*, 1971; *A noite sobre Alcântara*, 1973; *Os tambores de São Luís*, 1975; *A coroa de areia*, 1979; *Aleluia*, 1982; *Pedra viva*, 1983; *Uma varanda sobre o silêncio*, 1984; *Perto da meia-noite*, 1985; *O camarote vazio*, 1990; *O baile de despedida*, 1992; e *A mais bela noiva de Vila Rica*, 2001.

Literatura infantil — Nos anos 40, colaborou regularmente na revista infantil "O Tico-tico", o que abriu caminho para uma extensa coleção de histórias para crianças: *O tesouro de Dom José*, 1944; *As aventuras de Calunga*, 1945; *O bicho do circo*, 1945; *A viagem fantástica*, 1946; *A cabeça de ouro*, 1948; *As três carruagens*, 1979; *Fofão antena e o vira-lata inteligente*, 1980.

Teatro infantil — *Precisa-se de um anjo*, 1943; *Escola de saudade*, 1947; *O verdugo*, 1954; *O anel que tu me deste*, 1959; *O olho mágico*, 1959; *A miragem*, 1959; *A baronesa*, 1960; e *A alegoria das três capitais*, 1960.

Crônica e memória — *Os bonecos indultados*, 1973; *Diário da manhã* (1952-1957), *Diário da tarde* (1957-1967), *Diário do entardecer* (1967-1977); *Diário da noite iluminada* (1977-1985); *Diário de minhas vigílias* (1985-1990); *Diário da madrugada* (1990-1995); *Uma sombra na parede* (1990); *O carrasco que era santo*, 1994; *Diário completo* (2 vs.), 1999; e *Reencontro com meus mestres*, 2003.

Ensaio e crítica — *Histórias da vida literária*, 1945; *Cervantes e o moinho de vento*, 1950; *Hamlet de Antônio Nobre*, 1950; *Ricardo Palma, Clássico da América*, 1954; *Artur Azevedo* e *a arte do conto*, 1956; *Estampas literárias*, 1956; *Caminho da fonte*, 1959; *A oratória atual do Brasil*, 1959; *O presidente Machado de Assis*, 1962; *A ficção naturalista*, 1965; *Santos de casa*, 1968; *Uma palavra depois da outra*, 1969; *Raízes literárias da comunidade luso-brasileira*, 1969; *Un maitre oubliê de Stendhal*, 1970 (publ. Paris); e *Estante giratória*, 1971.

54. LIMA BARRETO

O Romance agônico/caricatural de Lima Barreto[74]

Mon coeur profond ressemble a ces voûtes d'église/Ou Le moindre bruit s'enfle en une immense voix. (*Vers d'un philosophe.* Guyau) *

Nessa epígrafe de Guyau, posta na abertura de seu romance *Recordações do escrivão Isaías Caminha* (epígrafe transcrita em francês — língua corrente no meio cultural brasileiro do início do século XX), Lima Barreto já anuncia metaforicamente a natureza intimista/memorialista de sua matéria romanesca: era de sua própria vivência (embora atribuída a Isaías Caminha) que ele retirava a matéria-prima de sua escritura.

Essa epígrafe serve de pórtico à "Breve Notícia" (aliás, nada breve!), prólogo incluído na edição brasileira de 1916 (posterior à 1ª ed. lançada em Portugal em 1909) e do qual ele se serve como recurso ficcional, de se apresentar como *editor* de um manuscrito. Nele, procura também responder às críticas negativas, com que o romance fora recebido pelo meio intelectual brasileiro e relata as peripécias e percalços que precederam à primeira publicação do romance — registro das "*Recordações*... de meu amigo Isaías Caminha, escrivão da Coletoria Federal de Caxambi, Estado do Espírito Santo."

Sua fala prossegue em explicações e comentários a respeito das reações negativas ao romance — estendendo-se num relato em que vão sendo embaralhados fatos distintos: dificuldades vencidas para a primeira publicação (saído, afinal, em Portugal, por intermediação de amigos); referências à opinião crítica de José Veríssimo sobre os primeiros

[74] Reformulação do texto-verbete "Recordações do Escrivão Isaías Caminha" in *Kindlers Literatur Lexikon*. V. IV, Zurich, 1968. (N. da A.)

* Tradução: "Meu coração profundo se assemelha a essas abóbodas das igrejas/Onde o menor ruído se amplia em uma imensa voz" (N. do E.)

folhetins do romance, publicados na revista "Floreal" e transcrição do Prefácio escrito por Isaías Caminha, que fora publicado no primeiro folhetim. Prefácio, no qual Isaías explica as razões que o levaram a escrever o romance; denuncia os preconceitos contra a inteligência de pessoas de cor (como ele); suas dúvidas acerca do próprio processo de criação, fundamente ligado à sua vida real; e a rejeição, por parte do meio social/intelectual, que lhe negava o lugar ao qual ele se sentia pertencer, por direito de conquista... A "Breve Notícia" termina com várias afirmações de autoconfiança de Isaías, nele mesmo, apesar dos contínuos choques sofridos:

> Cri-me fora da sociedade. [...] Achei tão cerrado o cipoal, tão intricada a trama contra a qual me fui debater, que a representação da minha personalidade, na minha consciência, se fez outra. [...] Fiquei como um grande paquet moderno cujos tubos da caldeira se houvesem rompido e deixado fugir o vapor que movia suas máquinas. [...] Não é meu propósito fazer uma obra de ódio, de revolta enfim, mas uma defesa a acusações deduzidas superficialmente de aparências, cuja essência explicadora, as mais das vezes, está na sociedade e não no indivíduo desprovido de tudo, de família, de afetos, de simpatias, de fortuna, isolado contra inimigos que o rodeiam, armados da velocidade da bala e da insídia do veneno.

Nessa "Breve Notícia", pela voz de Isaías Caminha, Lima Barreto anunciou, corajosamente, a sua "Profissão de Fé" de escritor crítico-memorialista: transformar suas experiências de vida (seus choques com o meio social) em matéria-prima do romance. Esse prólogo é datado:

> Caxambi, Espírito Santo, 12 de julho de 1905
> Isaías Caminha — Escrivão de Coletoria

Em essência, a diversificada produção literária realizada por Lima Barreto, através dos anos, é de natureza autobiográfica ou memorialista, marcada dramaticamente pelo preconceito da cor e por uma visão de mundo visceralmente descrente da possível realização do homem, em grandeza. Obra de desencanto e ironia, mas já pressentindo que um novo mundo estaria sendo engendrado, em meio aos desequilíbrios do presente em mudanças radicais.

O romance e seu momento histórico/literário

No momento em que Lima Barreto se assume romancista (entresséculos XIX/XX), o mundo ocidental mudava de pele e a Literatura Brasileira passava por uma crise de fundas transformações. Estava em curso a difícil mutação política (a República vinha de substituir o Império, exigindo a mudança de toda a engrenagem de sustentação governamental). Simultaneamente, no âmbito da Cultura, multiplicavam-se as consequências das descobertas científicas pós-Darwin (*A origem das espécies*, 1859): a negação de Deus, como criador do mundo e do homem, destruía as certezas e valores absolutos, que eram a pedra-base da civilização cristã, e, consequentemente, transformava o Homem, de "alma" em "lama".

Dentro desse contexto civilizacional em crise (que atingiu o mundo intelectual, em cheio) a Literatura Brasileira (tal como a europeia) se vê sem rumo definido. A grande voz de Machado de Assis (que, com *Memórias póstumas de Brás Cubas*, desarticulara a estrutura tradicional do romance) silenciara com sua morte; os caminhos do naturalismo começam a ser postos em questão pela revalorização do espiritualismo simbolista: uma "volta" impossível.

O estilo de pensar, o uso das fórmulas feitas, que continuavam a prevalecer na literatura e na vida cotidiana, foi um dos alvos, contra os quais Lima Barreto se bateu, e de que eram exemplos, altamente louvados pela sociedade, o estilo "sorriso da sociedade" de um Coelho Neto, Afrânio Peixoto, Afonso Celso... O estilo da palavra grandiloquente, que vale por si e mascara a verdade real dos homens e dos fatos. As antigas formas, consagradas pelos mestres de ontem, se fragmentam. Um novo mundo estava em gestação, como o anunciara a explosão, em Paris, do Movimento dos Ismos (Picasso inaugura o cubismo, em 1906). A influência em nosso romance fora a dos grandes romancistas franceses Flaubert, Zola, os Goncourt...

Lima Barreto foi dos primeiros a descobrir os romancistas russos (Dostoievski, Tchekhov, Turgueniev...) e a ser influenciado pela visão-do-homem por eles denunciado: o homem bloqueado pela mediocridade do meio social. Foi ele o primeiro a romper com a estrutura tradicional do romance brasileiro, transformando-o num labiríntico cruzar de acontecimentos, reflexões, libelos... que exige a colaboração do "leitor atento", para que a leitura revele sua essência, a sua filosofia de base. *Recordações do escrivão Isaías Caminha* é de leitura que exige tempo e paciência, para que sua verdadeira intenção seja apreendida pelo leitor: denunciar, não só o aniquilamento interior do personagem-narrador, mas principalmente os caminhos escusos, trilhados pela Máquina da Burocracia (liderada pela mesquinhez, vaidade e hipocrisia dos poderosos) — máquina que, ali, é denunciada como o grande motor da Imprensa. Devido à labiríntica contundência das acusações, inclusive aos "medalhões" da literatura e do jornalismo da época, esse seu livro de estreia teve repercussão negativa entre os críticos e leitores. Lima Barreto, por sua própria condição de ser um "excluído" do mundo intelectual (devido a ser mulato), criou seu universo romanesco fora dos moldes da época, antecipando a fragmentação lógica que hoje predomina no romance pós-moderno.

A trama romanesca

Narrado em primeira pessoa, *Recordações do escrivão...*, como o título já o indica, vai revelando ao leitor, o longo processo de conscientização (ou *via crucis*) sofrido por Isaías Caminha, o personagem-narrador. Processo que o leva a passar do inicial "estado de inocência" (de ingênua/idealista crença na verdade aparente das realidades e no "poder da vontade do homem") à desalentadora descoberta das "mentiras oficializadas", que se impunham como "verdades consagradas" pelo mundo oficial (no qual a vontade do homem era paralisada pelos preconceitos).

As "recordações" evocam, no início, o Isaías Caminha ingênuo, inteligente/idealista, estudioso, que sai de sua vila interiorana para viver no Rio de Janeiro da Primeira República, com o ideal de trabalhar e estudar, para "ser doutor".

> Ser formado, de anel no dedo, sobrecasaca e cartola! [...] Ah! Seria doutor! Resgataria o pecado original do meu nascimento humilde, amaciaria o suplício premente, cruciante e omnímodo de minha cor... Nas dobras do pergaminho da carta (diploma), traria presa a consideração de toda gente. Seguro do respeito à minha majestade de homem, andaria com ele mais firme pela vida em fora. (p. 23)

Com esses altos ideais põe-se a caminho do Rio, levando uma carta de recomendação (que lhe fora dada por um velho coronel) para o deputado Castro — importante figura política que poderia ajudá-lo a conseguir um emprego, que lhe permitisse estudar. Esperança vã!

Ao longo de cinco capítulos, Isaías vai narrando suas idas e vindas pelos Ministérios e Departamentos Oficiais, ou pelos meandros da vida carioca, tentando encontrar-se com o deputado Castro, homem e político sem caráter, e que, afinal, ao ser encontrado por Isaías (num bordel, onde "residia" às escondidas) acabou ignorando a carta de recomendação do velho coronel (a quem devia favores), e adiando um novo encontro... que nunca se realizou.

Sem relações no Rio, Isaías descobre um anúncio de "precisa-se" para "entregador de pães" numa padaria, e apresenta-se: tinha esperanças de que, começando por baixo, acabaria no alto. Mas, de imediato, foi recusado pelo padeiro. Isaías sentiu-se perdido; de choque em choque, foi aos poucos descobrindo o que era ser "de cor", numa sociedade "branca". Foi conhecendo a hipocrisia e a desonestidade que se ocultavam sob as "formas respeitáveis" da sociedade, onde o que valia eram as aparências".

Para agravar sua situação, acaba sendo acusado de roubar dinheiro a um hóspede do hotel, onde se hospedara à espera da ajuda do deputado. Foi chamado à Delegacia, sob suspeita do roubo, simplesmente porque ele era o único hóspede de cor no hotel. Revoltado com a suspeita, discute com o Delegado e, ao ser chamado de "gatuno", reage xingando-o de "imbecil". É imediatamente aprisionado, "detido como um reles vagabundo num xadrez degradante." Afinal, a prisão durou poucas horas, pois o Delegado, ao saber que Isaías era amigo do jornalista russo Rostóloff (ambos hospedado no mesmo hotel), mandou soltá-lo, pois não queria confusões com a Imprensa.

Levado pelas circunstâncias adversas e sem ajuda de ninguém, Isaías chega à quase miséria, mas vai conhecendo a dura realidade existente por detrás das amistosas aparências do meio. Muda-se para uma casa de cômodos e ali conhece o poeta revolucionário Leiva, que o apresenta aos seguidores do socialismo e inimigos do regime republicano. Com eles, frequenta as reuniões socialistas no "Centro dos Varredores de Rua'... ouve os discursos inflamados e, pelas palavras de um eminente doutor, soube que seria preciso um bom governo que preparasse o advento final da Religião da Humanidade. Atento ao que ouvia, Isaías convence-se, cada vez mais, de que tudo na vida não passava de "palavras vãs", exterioridades e que esse ideal visado pelo palestrante era pura ilusão ou encenação. E reflete: "A quantas necessidades presentes naquele auditório, a promessa daquela Sociedade iria dar remédio?" Sai dali mergulhado numa dolorosa crise de descrença em tudo e em si mesmo.

> Havia dias que notava com surpresa a indiferença pelo meu destino. Aquele meu fervor primeiro tinha sido substituído por uma apatia superior a mim. Tudo me parecia acima das minhas forças, tudo impossível, mas que não era eu propriamente que não podia fazer isso ou aquilo, mas eram todos os outros que não queriam. [...] A minha individualidade não reagia; portava-se em presença dos outros como um corpo neutro; adormecera, encolhera-se timidamente acobardada. (p. 63)

Dias depois, perambulando pelo centro carioca, encontrou por acaso um antigo colega de sua terra, Agostinho Marques, que o reconheceu com efusão. Trabalhava "no escritório do doutor Leitão Fróis"... um figurão! Com esse encontro, a vida de Isaías começa a melhorar. O antigo colega era "solicitador do doutor Leitão, ganhava um conto e tanto por mês e pretendia formar-se em Direito". Mas faltavam-lhe maiores conhecimentos e contrata Isaías para "lhe explicar uns preparatórios". Na verdade, o colega era um medíocre que tivera sorte de "se arrumar na vida" à custa de amizades com poderosos... mas enfim Isaías arranjou trabalho: com um ínfimo ordenado (que muitas vezes não lhe era pago) passou a ser secretário do ex-colega charlatão.

Algum tempo depois, nova mudança na sorte: encontra o jornalista Rostóloff, que lhe arranja algo melhor: lugar de "contínuo" no jornal "O Globo". Em lugar de seu sonho de ser "doutor", torna-se "contínuo" e entra no mundo da Burocracia, de que o jornal era o mais importante exemplo. Aos poucos, descobre e vai registrando em suas recordações a esterilidade existencial que o sistema provoca nos que lhe servem de motor... o automatismo, a mediocridade faziam parte da engrenagem. Daí por diante, vai se adaptando às mesquinhezas, mentiras e hipocrisias que faziam parte da engrenagem da Imprensa e de seus conluios com os políticos.

> No meio daquele fervilhar de ambições pequeninas, de intrigas, de hipocrisia, de ignorância e filáucia, todas as coisas majestosas, todas as grandes coisas que eu amara, vinham ficando diminuídas e desmoralizadas. Além do mecanismo jornalístico, que tão de perto eu via funcionar, a política, as letras, as artes, o saber — tudo o que tinha suposto até aí grande e elevado, ficava apoucado e achincalhado. (p. 129)

Em certo momento conclui:

> Nada há tão parecido com o pirata antigo, como o jornalista moderno: a mesma fraqueza de meios, servida por uma coragem de salteador; conhecimentos elementares do instrumento de que lançam mão e um olhar seguro. [...] Uma ausência de senso moral a toda a prova... (p. 69)

O tempo passa, Isaías vai se esvaziando de seus antigos ideais e aderindo ao meio à que agora pertencia: "[...] A imprensa, o quarto poder fora da Constituição!" O idealista de ontem adaptou-se:

> Tinha um quarto, cama e um lavatório de ferro, pensão de almoço e jantar, e ainda do ordenado me sobravam sempre alguns mil-réis para

> comprar, de quando em quando, uma botina de abotoar. [...] Vivia satisfeito e as minhas ambições pareciam assentes.[...] Relembrava-me da minha vida anterior; sentia ainda muito abertos os ferimentos que aquele choque com o mundo me causara. [...] Afinal, considerei-me feliz no lugar de contínuo da redação de "O Globo". De tal maneira é forte o poder de nos iludirmos que, um ano depois, cheguei a ter orgulho de minha posição. (p. 85)

Mas o destino começou a sorrir-lhe. O trágico suicídio de um redator do jornal e o acaso que levou Isaías a surpreender o diretor do jornal em plena "farra" num prostíbulo de fama acabaram por elevá-lo, de *contínuo a redator-chefe* de "O Globo", tornando-se íntimo de "figurões" nas esferas governamentais. Isaías destaca-se como bom jornalista, goza do respeito dos poderosos, que temem o Quarto Poder. Torna-se uma "peça" da engrenagem dos altos poderes... Mas, de quando em quando a consciência o espicaçava e ele acaba por decidir mudar de rumo. Já tinha condições de ser alguém em sua própria terra.

> Queria-me um homem do mundo, sabendo jogar, vestir-se, beber, falar às mulheres; mas as sombras e as nuvens começavam a invadir-me a alma. Eu sentia bem o falso de minha posição, a minha exceção naquele mundo.

E toma a decisão, deixaria o Rio...

Com essa resolução, o romance chega ao final; a ação fica em suspenso, mas o leitor já tem certeza de que Isaías voltaria à sua terra e levaria a vida, em paz com sua consciência. Destino diferente do que esperava o seu Autor: terminar seus dias num asilo de loucos.

Romance que o próprio Lima Barreto (tendo em vista as convenções literárias naturalista da época) considerou "desigual, propositalmente mal feito, brutal por vezes, mas sincero sempre..." *Recordações do escrivão Isaías Caminha* (como as demais obras do Autor) ocupa um lugar especial na Literatura Brasileira contemporânea. Praticamente ignorado em sua época, Lima Barreto acabou sendo redescoberto como escritor, em cujo espírito se fundem uma agudeza analítica de alto grau e um profundo sentido poético do mundo, que ele procurava esconder sob a agressividade irônica ou caricaturesca.

Dados biobibliográficos[75]

Romancista, contista, cronista, jornalista combativo, memorialista e agudo espírito satírico, Afonso Henrique de Lima Barreto nasceu no Rio de Janeiro, em 13 de maio de 1881, sete anos antes de a Princesa Isabel assinar a Abolição da Escravatura. Os negros foram libertos da escravidão, mas não do preconceito racial. Foi esse o aguilhão que Lima Barreto sofreu na pele, durante toda vida, de peito aberto, até chegar à loucura.

Aos seis anos fica órfão de mãe, vítima da tuberculose, nessa época ainda incurável. Desde seus primeiros estudos em escola pública, revelou-se aluno brilhante. Seu pai trabalhava na Imprensa Nacional, como Mestre das Oficinas de Composição — o que facilitou a convivência do menino com os livros. Em 1890, com a instauração da República, seu pai é demitido da Imprensa pelo fato de lá ter entrado por recomendação do Visconde de Ouro Preto[76]. Muda-se com os filhos para a Ilha do Governador. No ano seguinte, graças à proteção do Visconde, seu padrinho, o menino Afonso Henrique é matriculado como interno no Liceu Popular Niteroiense. Seu pai foi nomeado Administrador da Colônia dos Alienados da Ilha. Aos quatorze anos, o futuro escritor cursa o Ginásio Nacional; continua depois os estudos no Colégio Paula Freitas, onde se prepara para os exames do ensino superior. Inteligente e estudioso, formou-se (embora de maneira irregular devido às mudanças de escola) pelos eruditos currículos da época, que abrangiam trigonometria, história natural, língua portuguesa, latim, francês, inglês, física, química, etc. Torna-se voraz leitor dos clássicos da Antiguidade e da literatura europeia romântica e realista. A paixão pela leitura

[75] Dados consultados in H. Pereira da Silva. *Lima Barreto-Escritor Maldito.* RJ, Civ. Brasileira/INL, 1981 e M. T. Arruda Campos. *Lima Barreto.* SP, Ática, 1988. (N. da A.)

[76] O Visconde de Ouro Preto (1837-1912) foi um dos notáveis do Império, Conselheiro de D. Pedro II, exerceu mandatos de Deputado, Ministro da Marinha, Ministro da Fazenda e Presidente do último Conselho de Ministros do Império (1889). Foi membro-fundador da Academia Brasileira de Letras. (N. do E.)

acompanhou-o ao longo do tempo e fez dele um dos raros intelectuais de sua época que descobriram os grandes romancistas russos. Dostoievski, Tchekhov, Tostoi, Turgueniev... exerceram funda influência em sua obra.

Em 1897, com dezesseis anos, ingressa na Escola Politécnica do Rio de Janeiro. Mas seu projeto de tornar-se engenheiro se frustra, pois as repetidas reprovações (por inequívoco preconceito do professor Licínio Cardoso) levam-no a abandonar os estudos. A política brasileira vivia o conturbado período de passagem da Monarquia para a República e do trabalho escravo para a Abolição. Rui Barbosa liderava campanhas civilistas. Greves de operários surgiam em toda parte. A cidade do Rio de Janeiro começava a ser reurbanizada. Para os que tinham acesso à educação letrada, o jornalismo era um dos caminhos mais acessíveis. Desistindo de prosseguir nos estudos, Lima Barreto passa a escrever, esporadicamente, artigos na imprensa. Em 1902, a convite de Bastos Tigre, escreve para o jornal acadêmico "A Lanterna".

Em 1903, seu pai entra em profunda depressão e perde a razão. Cabe-lhe então prover o sustento dos irmãos. Ingressa na Secretaria da Guerra. Ao sabor das circunstâncias, publica um ou outro artigo na imprensa, mas sem acolhimento favorável do meio intelectual e literário. Suas ideias se manifestavam totalmente contrárias ao esteticismo e academicismo "fin de siècle", ainda dominantes na época — com sua linguagem "rendilhada", brilhante, de pura exterioridade e vazia de ideias. Na prosa, pontificavam Coelho Neto e Afrânio Peixoto. Na poesia, o parnasianismo tardio de Olavo Bilac. Lima Barreto sentia-se ilhado pela incompreensão do meio intelectual. E a certa altura, entrega-se à vida de boêmia na noite carioca.

Em 1905, torna-se jornalista profissional, no "Correio da Manhã". Em 1907, funda a revista "Floreal", onde começa a publicar, em folhetins, *Recordações do escrivão Isaías Caminha*. O momento é de grande efervescência política: greves operárias se sucedem no Rio e em São Paulo. Lima Barreto dedica-se a um jornalismo ácido e combativo... e enfrenta sérios entraves, sendo um deles o combate que Edmundo Bettencourt, do "Correio da Manhã", lhe moveu na imprensa, por se ver satiricamente representado no romance *Recordações do...* publicado em 1909, em Lisboa, por não ter conseguido publicação no Brasil.

No Rio de Janeiro, prosseguem as greves operárias e manifestações de estudantes contra o governo de Rodrigues Alves. Movimentos agravados com a morte de um estudante pela polícia. O incidente foi conhecido como "Primavera de sangue". Em inquérito realizado em 1910, Lima Barreto participou do júri que julgou os culpados pela violência. Hermes da Fonseca assume a Presidência da República, mas as reivindicações de melhores salários e condições de trabalho continuam em todo o país.

Nesse clima, Lima Barreto escreve *Triste fim de Policarpo Quaresma*, publicado em folhetins no "Jornal do Comércio" (1910-1911) — romance centrado nos delírios quixotescos do ingênuo e visionário Major, que, alienado da realidade concreta mas fiel aos seus ideais de brasilidade, luta em defesa de uma lei que impusesse ao povo a substituição da língua portuguesa pelo tupi indígena. Em 1912, ainda em folhetins, escreve o romance *Numa e a Ninfa*. Nesse ano, as greves continuam em vários Estados. Em São Paulo houve a paralisação de dez mil operários. A política nacional continua em crise. Em 1914, Venceslau Brás sobe à Presidência. Nesse ano, tem início a Primeira Guerra Mundial e Lima Barreto, doente e delirante, pela primeira vez é internado no hospício, onde permanece pouco mais de um mês. Voltando à rotina cotidiana, continua a escrever para a imprensa artigos combativos e virulentos. A vida desregrada pelo álcool, sexo e doenças, o leva a repetidas internações.

Em 1917, começa a publicar, no semanário anarquista "ABC", o folhetim de crítica satírica ao Brasil, "Estados Unidos da Bruzundangas" (editado após sua morte com o título *Os Bruzundangas*). Em 1917, é publicado em livro o seu romance *Numa e a Ninfa*, que recebeu artigo elogioso de João Ribeiro, no semanário "O Imparcial":

> Lima Barreto é certamente um dos espíritos mais notáveis da nova geração de escritores. [...] Arte, cultura, graça e amena simplicidade de estilo casam-se aos dons de harmonia de suas obras. [...] Neste momento, cremos, é candidato a uma vaga na Academia Brasileira de Letras. Em

> princípio, poucos, pouquíssimos, poderiam disputar-lhe essa consagração. Entretanto há razões práticas que o excluem daquela competência. Uma delas, por ventura a única de consideração, é fruto da sua própria negligência. (H. P. Silva. op. cit. p. 32)

Para a vaga foi eleito Humberto de Campos.

Monteiro Lobato foi um dos grandes admiradores de Lima Barreto e, em 1919, publica em sua Editora em São Paulo o romance *Vida e morte de M. J. Gonzaga de Sá* — espécie de antevisão do autor acerca de sua própria morte, após uma vida falhada. Prosseguindo com seu irregular e polêmico trabalho na imprensa, Lima Barreto começa a organizar seus artigos e crônicas em livros: "Bagatelas, Feiras e Mafuás", "Vida urbana" e "Marginália" (publicação que só foi feita após sua morte).

O alcoolismo leva-o à nova internação no sanatório. Em 4 de janeiro de 1920, ele registra em seu diário: "Estou no hospício, ou melhor, em várias dependências dele, desde o dia 25 do mês passado." Foi assim, num Dia de Natal, que Lima Barreto começou a morrer e deixou registrada a sua agonia nas memórias de *O cemitério de vivos*... até sua morte, em 1º de novembro de 1922 (ano da Semana de Arte Moderna em São Paulo e início dos novos caminhos da literatura brasileira).

A obra de Lima Barreto permaneceu esquecida/desprezada até os anos 1950, quando tem início o resgate e a valorização do Autor, como o "escritor maldito", cujo talento singular criou uma obra que denuncia os preconceituosos e alienados alicerces sobre os quais se construiu a sociedade brasileira. A partir de 1956, sua obra é resgatada do esquecimento. Organizada por Francisco Assis Barbosa e colaboração de Antônio Houaiss e Cavalcanti Proença, sua obra completa é publicada pela Ed. Civilização Brasileira, com prefácios assinados por intelectuais de destaque: Oliveira Lima, João Ribeiro, Alceu Amoroso Lima, Sérgio Buarque de Holanda, Lúcia Miguel-Pereira, Osmar Pimentel, Olívio Montenegro, Astrojildo Pereira, Jackson de Figueiredo, Antônio Houaiss, Agripino Grieco, Cavalcanti Proença, Gilberto Freyre, Eugênio Gomes e Antônio Noronha Santos.

Publicações

Romance — *Recordações do escrivão Isaías Caminha*, 1909; *Triste fim de Policarpo Quaresma*, 1911-1915; *Numa e a Ninfa*, 1912-1915; *Vida e morte de M. J. Gonzaga de Sá*, 1919; *Clara dos anjos*, 1948/post.
Conto — *Histórias e sonhos*, 1920; *Outras histórias e contos argelinos*, 1952/post.
Obra póstuma:
Sátira — *Os Bruzundungas*, 1923; e *Coisas do reino jambom*, 1953.
Artigos e crônicas — *Bagatelas*, 1923; *Feiras e mafuás*, 1953; *Marginália*, 1953; *Vida urbana*, 1953; e *Crônicas escolhidas*, 1995.
Memória — *Diário íntimo*, 1953; e *O cemitério dos vivos*, 1953.
Crítica — *Impressões de leitura*, 1956.
Correspondência ativa e passiva I-II, 1956.

55. LÚCIO CARDOSO

A Ficção de Lúcio Cardoso e a Inquietude Existencial[77]

Sinto nascerem, como um jato de sangue
as palavras que assomam ao lívido papel,
Ó tempo, quando serei de novo o grito,
Somente o grito que soa aos pés de Deus
Como uma voz de puro entusiasmo?

E até o momento de "ser de novo o grito que soa aos pés de Deus", Lúcio Cardoso foi capturando, numa febre de exaltação e aniquilamento, as sofridas palavras com que sua arte de escritor fixou para sempre aquela "sede de grandeza" que o sufocava, pois sabia-a ser uma "sede que só a morte satisfaz / sede que somente a sombra eterna desaltera / febre que só no túmulo será chama."

Caso invulgar na literatura brasileira, a obra de ficção de Lúcio Cardoso, tão exaltada por uns, tão criticada por outros, é sem dúvida das que só adquirem seu pleno sentido quando se compreende que as personagens, que ali circulam, vivem no plano da efabulação a desesperada inquietude interior daquele que as criou. Obviamente, poder-se-ia objetar a esta afirmação que isso seria normal na obra de todos os grandes criadores: essa projeção (consciente ou inconsciente) da problemática essencial do escritor, no mundo de arte por ele criado.

Essa é uma verdade elementar (embora ultimamente venha sendo posta em dúvida). Entretanto, nos romances de Lúcio Cardoso encontramos algo diferente: há uma visão de mundo, ou melhor, uma angústia interior, expressa continuamente pela "voz do narrador", que é a responsável pela atmosfera fascinantemente trágica de seus romances e

[77] Fusão de textos publicados in SL/OESP. 19.out.1969; SL/Minas Gerais, BH.16. nov.1969; "Jornal de Letras" RJ, junho-julho,1969, e Revista "O Tempo e o Modo", Lisboa, 1969. (N. da A.)

que envolve suas personagens em um halo desesperado ou demoníaco.

A poesia e o romance que nasceram dessa febre interior representam o verso e o reverso de uma mesma problemática: a sede de Deus ou do Absoluto. Parece-nos que só entrando por essa vereda de exaltação mística poderemos compreender completamente todas as grandezas e as limitações estéticas da obra deixada por essa impressionante presença literária, que foi o mineiro Lúcio Cardoso, para quem, conforme sua própria definição, a "condição de escritor" era "um modo de agonizar de olhos abertos".

Com muita justeza, Otávio de Faria afirmou que nos romances e novelas de Lúcio encontramos "o homem vivendo e sofrendo nesse nosso universo eminentemente trágico e eminentemente desesperado — universo de onde a presença de Deus parece ter sido varrida e onde as pegadas do demônio podem ser seguidas sem grande esforço em não sei quantos de seus personagens essenciais".

E assim é. Vistos em conjunto, os romances de Lúcio Cardoso surgem como as linhas concêntricas provocadas num manso lago pelo lançar de uma pedra: o desespero trágico da "alma humana alvoroçada contra Deus".

> Ah, essa coisa deblaterada e informe à que chamam pecado, essa vitória dos fortes e no entanto apanágio de tantos fracos. [...] !Sombria lei de jesuítas, que em seu nome ergueram fogueiras e iluminaram infernos, como situá-lo, em estado de compreensão e de justiça? [...] — Ah! grande pecado é de *não ousar o supremo pecado,* para se constituir humano e só, e *divisar a Face una* e resplandecente, no abismo oposto, que é feito de luz e de perdão! Que dizer a esses melancólicos guardiões de uma virtude sem frutos, que dizer a esses estetas do bem, a esses guerreiros sem violência, sem coragem e sem imaginação para a luta?

Eis aí, pela voz do Padre Justino, em *Crônica da casa assassinada*, a definição clara da atitude ética que obscuramente vinha sendo exigida aos heróis e heroínas de Lúcio Cardoso, desde seu primeiro livro: o desassombro em assumir o Mal, em face da torturante impossibilidade de encontro com Deus.

Ponto crucial de uma agônica caminhada que teve início em *Mãos vazias* (1938), a *Crônica da casa assassinada* (1959 — último romance publicado pelo romancista) representa uma dupla abertura: por um lado, toca na fímbria da única solução possível à problemática latente em toda a sua obra, e, por outro, oferece ao leitor, com mais amplitude, a chave para a real compreensão do mundo romanesco ali represado.

Quem são, afinal, as criaturas que encontramos nesse "mundo", caminhando por entre "a massa espessa das horas", sob a "sensação sufocante da atmosfera"? Personagens torturadas, ilhadas pela incomunicabilidade e pela ausência de Deus. Mesclado à densa atmosfera de estagnação vital do espaço provinciano em que se arrastam suas personagens, o *pecado da carne* é uma presença quase corpórea. De romance para romance Lúcio Cardoso foi lançando novas luzes no sentido de ir iluminando as várias e confusas faces dessa problemática abissal. É como que uma lenta conquista, dolorosa e progressiva daquilo que seria a *Verdade*. E nessa busca diabólica e divina ao mesmo tempo, Lúcio comunga com uma das metamorfoses mais decisivamente marcantes do nosso século: a liberação ética do sexo e a ansiosa procura de uma dimensão humana mais autêntica, onde Deus estará definitivamente integrado.

De um primeiro e confuso despertar dessa problemática, vivido por Ida, em *Mãos vazias*; e desencadeado pela morte do filho, progressivamente os dramas vão-se avolumando, vão-se adensando, até explodirem num último e desassombrado desafio às leis do homem, da natureza e de Deus, com o incesto de André e de Nina, em *Crônica da casa assassinada*.

O ponto de partida dos dramas de todas as personagens de Lúcio Cardoso foi sempre a obscura *revolta* contra a *estagnação vital* que o ambiente banal, estreito e rotineiro do cotidiano vai provocando lentamente nos seres e nas coisas... transformando-os em *objetos*. A partir dessa estagnação mais visível, mais de superfície, a da rotina familiar e social, de romance para romance a revolta acaba atingindo a estagnação de um círculo mais amplo: o das verdades, tradições e certezas absolutas, que regem a comunidade humana.

> Ah, minha amiga (diz Pe. Justino à Ana) pode acreditar em mim, *nada existe de mais diabólico do que a certeza*. Não há nela nenhum lugar para o amor. Tudo o que é firme e positivo é uma negação do amor.

Assim inicialmente é contra as "certezas absolutas" que ditam as verdades do cotidiano e impedem o inédito, a invenção, a criação e sufocam a *vida*, que se lançam as personagens de Lúcio, claros símbolos do homem contemporâneo, empenhado em quebrar a rigidez das tradições, em todos os níveis do relacionamento humano. Rigidez que consagrando certas formas de vida, como definitivas e absolutas, aboliu o dinamismo criador e condenou o homem a um viver estático e vegetativo, que é a negação da própria vida e do amor (fenômenos essencialmente dinâmicos).

Daí a presença do Mal no mundo romanesco de Lúcio. O Mal foi o elemento que afastara o homem de Deus e da verdadeira vida. O Mal deveria ser o elemento que novamente os reaproximaria. Frente a essa inversão de valores, que se opera surdamente no mais profundo das almas, a resposta encontrada pelo Escritor foi a *danação*. Uma resposta que é obscuramente pressentida por Ida (de *Mãos vazias*), adquire contornos mais precisos em Inácio Palma (de *O enfeitiçado*) e configura-se abertamente em Nina e André (de *Crônica da...)*: "O amor de certas almas assemelha-se à danação."

Inegavelmente, Lúcio Cardoso desde sempre se mostrou atraído por essa demoníaca manifestação da condição humana, como a única opção permitida aos homens solitários "ante a visão de um Céu que não responde". Incapaz de atingirem a beatitude dos santos, eles assumem o demoníaco dos danados... E aqui voltamos à peculiaridade apontada no início: a inquietude abissal que domina a atmosfera de seus romances. Ao tentarmos reviver pela memória o mundo romanesco de Lúcio Cardoso e abarcá-lo em sua totalidade, vemos que o que nele avulta e que domina nosso campo perceptivo e emocional é a problemática existencial que o alicerça. E não propriamente os lances do *enredo* ou as suas *personagens*. Estas não nos impõem suas individualidades como o fazem as de Dostoievski, de Bernanos, de Otávio de Faria ou de Cornélio Pena (para lembramos apenas alguns nomes distintos que se incluem na mesma linha de inquietude existencial-metafísica).

Tratar-se-ia, em Lúcio, apenas de uma maneira diferente de criar a ficção? Em busca da resposta, procuremos o elemento decisivo na plasmação de um romance: a sua *composição estrutural*. Em que medida a estruturação de seus romances e de suas personagens correspondem àquilo que (mesmo sem nos atermos ao rígido esquema tradicional) faz de uma narrativa, uma obra de ficção romanesca? Dada à extraordinária oscilação dos processos narrativos, dada à exaustão das fórmulas novelísticas tradicionais e à enorme variedade de novas fórmulas, não é absolutamente fácil determinarmos *onde* estão ou *quais* são os equívocos estruturais de uma obra, se é que os há.

No caso presente, procurando esclarecer por que nos impedimos de classificar a *estrutura global* da ficção de Lúcio, no mesmo elevado nível em que se situam a *problemática* atualíssima ali vazada e a *linguagem* fascinante e rica que a expressa, partamos de uma frase dita por um também agônico romancista, o português Raul Brandão, ao falar de si mesmo:

> Não sou psicólogo. Não sei ler nas almas dos outros. Apenas sei ler na minha alma.

Tanto quanto compreendemos a essência do romance de Lúcio Cardoso, acreditamos que essas palavras poderiam ter sido ditas por ele. Daí parte a peculiaridade apontada em seus romances. Por diversos que sejam no plano da efabulação, ou por distintos que sejam seus personagens... o que eles fazem é deixar ouvir uma "voz" que se revela; parecem servir de "instrumento" a uma presença mais forte: a *voz do narrador*... essa "voz" que faz, de todos os romances, um obsessivo e angustiante monólogo, a desvendar, em bruscos clarões, uma sede de vida e de afirmação existencial em que se infiltra o halo do demoníaco.

> [...] a diferença é que a solidão do danado é feita com o que ele destruiu em torno, e a do santo com o que ele destruiu em si próprio. Mas Deus e o Demônio são limites e quanto mais nos aproximamos dos limites, mais sozinhos somos. Era o que Hilda *ignorava naquele instante*, caminhando sem destino.

Não só Hilda (*A profª Hilda*, 1946) ignorava essa angustia (e continua a ignorá-la sempre...), como todas as demais personagens desse mundo romanesco também a ignoram, embora ela esteja na atmosfera que as envolve e na voz do narrador que as acompanha agonicamente.

Há, porém, uma espécie de marca de fogo estigmatizando todos os heróis (e principalmente as heroínas) de Lúcio Cardoso. E essa marca seria a revolta contra a vulgaridade e a estreiteza da vida circundante; a ânsia de romper a solidão que os isolam e simultaneamente uma sede de grandeza interior que se lança desassombrada contra todas as forças coercitivas que se lhe querem opor. *Afirmação do ser* que teria, sem dúvida, uma grandeza trágica, se do íntimo dessas criaturas brotasse realmente a inquietude existencial que paira na atmosfera que as rodeia. Inegavelmente, o romance de Lúcio Cardoso é um "romance de atmosfera."

Mergulhando os seus heróis nas áreas rarefeitas, em que imperam as surdas paixões abafadas, sob a uniformidade e a placidez dos gestos, o Romancista pretendeu "mostrar nos seus destinos atormentados, a força selvagem com que foram arrastados para longe da vida comum, sem apoio na esperança, sem fé numa outra vida, cegos e obstinados contra a presença do Mistério." (Palavras de pórtico ao romance *A profª Hilda*).

E isso realmente foi realizado. Porém para que suas ações e reações tivessem a "força selvagem" que lhes pressentia seu criador, era indispensável que aquela febre mística, aquela luta com o Mistério que queima a *voz do narrador*, queimasse também (no nível da consciência ou não) as suas almas. Na ausência desse combate, a "força selvagem", presença dominadora em todos os romances, permanece apenas na "atmosfera" da narrativa, carregada por uma *voz* exterior a elas (essa sim, empenhada num corpo a corpo com o Mistério).

Se não incorremos em erro, é no *Enfeitiçado* (1954) que ocorre a primeira tentativa (consciente ou não por parte do romancista), de introjeção em sua personagem, da problemática latente nos seus romances desde *Mãos vazias*. Observe-se que em *O enfeitiçado* é abandonado o foco narrativo em 3ª pessoa (que vinha sendo usado desde *Maleita*, 1934), e o foco em 1ª pessoa é adotado, fundindo, portanto, *personagem e narrador*.

Assim, em Inácio Palma temos pela primeira vez uma dimensão "demoníaca", no sentido de imersão consciente no erro, no pecado.

Contudo, ainda aqui um elo importantíssimo nessa adesão ao Mal foi omitido, ficou como que estrangulado na *voz do narrador* ausente. Falamos da *sede de Deus*. Parece-nos que só ela, atuando na consciência ou no inconsciente de Inácio, poderia ter dado ao Mal que ele confessa ter praticado durante toda vida, aquela dimensão verdadeiramente "satânica" de desafio ao Bem que sentimos estar sendo a ela atribuída.

É em *Crônica da casa assassinada* que o romancista aceita abertamente a "danação" como único caminho para a solução do drama de suas personagens. O que seus heróis e heroínas deveriam estar buscando obscuramente era a *comunhão em Deus* e, ao mesmo tempo, a *justificação* desta nossa imperfeitíssima *condição humana*. Uma busca pelo negativo, pela ausência... uma dolorosa busca de Deus, exatamente naquilo que, aos olhos comuns dos homens e da tradição, *não é Deus*... Uma busca, porém, que ficou limitada àquela "voz" que nos mais variados tons revela o horror, o vazio de uma vida sem Deus e ao mesmo tempo sente-se incapaz de "participar" Dele... daí pender para o extremo oposto, procurá-lo onde Ele não pode estar: no erro, no pecado... e principalmente no pecado da carne. Paixão abissal, "de todas a mais feroz, pois lavra calada no interior, como um câncer maligno", como diz o Pe. Justino (*alter-ego* do romancista).

A paixão da carne, as surdas invejas e ódios, as corrosivas paixões humanas são, na verdade, as únicas coisas vivas e atuantes no mundo amorfo, estático e estagnado que lhes serve de cenário e de bloqueio, com o peso de suas tradições esclerosadas.

> Que é que você imagina como uma casa dominada pelo poder do mal? [...] É uma construção assim, firme nos seus alicerces, segura de suas tradições, consciente da responsabilidade do seu nome. Não é tradição que se arraiga nela, mas a *tradição transformada no único escudo da verdade.*

E aí temos um dos elementos decisivos no novo enfoque de valores que Lúcio Cardoso realiza em seus romances: as desgastadas tradições sobre as quais o homem contemporâneo está instalado. Na focalização desse desgaste, o "espaço" escolhido pelo romancista tem um papel importantíssimo na criação da atmosfera propícia aos dramas que ali se desenrolam.

Um "espaço" que também é um elemento vital nos romances de outro romancista mineiro, Cornélio Pena, talento de ficcionista alimentado também pelo assombrado misticismo da mesma região mineira que está presente em Lúcio Cardoso. A província mineira, nos elementos constitutivos elegidos por Cornélio, desde *Fronteira* (1935), elementos que aprisionam suas estranhas e místicas personagens, é o "espaço" que também sufoca as de Lúcio: o mesmo ambiente provinciano, corroído pelo tempo, cidades amortecidas pela rotina esterilizadora, casarões antigos, objetos velhos, degraus empoeirados; e envolvendo tudo a pesada e sufocante atmosfera de estagnação e ruína que o dia a dia rotineiro faz descer sobre as personagens, como um opaco manto de cinza.

Porém, desse espaço comum aos dois mundos romanescos, algo se perdeu ao integrar-se no mundo das personagens de Lúcio Cardoso: é a *dimensão de eternidade* que ele assume em Cornélio Pena, a despeito do inexorável desgaste causado pelo tempo. Em Cornélio, as personagens se vão, tragadas pela morte, mas as coisas que foram suas guardam ciosamente o segredo daquelas vidas que elas contemplaram de perto. As casas, os móveis, a paisagem, os objetos... mesmo arruinados, sobrevivem aos homens e exalam em sua impassibilidade estática os fluidos de uma convivência humana misteriosa, assombrada e trágica.

Em Lúcio, a solidão dos seres é cavada mais fundo. No primeiro, resta às personagens uma profunda vinculação com os objetos que as rodeiam; no segundo, essa vinculação desaparece. Os objetos que circundam o dia a dia de suas personagens são testemunhas mortas, condenadas a perecer também e que não servem de amparo ou refúgio ao homem, porque este sabe (como o sabia Inácio Palma de *O enfeitiçado*) "que os objetos nada valem, que são apenas testemunhas inúteis e desapiedadas à nossa permanente agonia."

Irremediavelmente condenados a uma solidão implacável, a uma inércia esterilizante, os heróis e heroínas de Lúcio lançam-se contra o silêncio espesso do espaço que os aprisiona e os vai anulando vitalmente, como numa antecipação da morte definitiva.

> *A vida devora o homem* [...] Ainda que estejamos acordados, ainda mesmo que protestemos e vivamos depressa — o mais depressa que pudermos — alguma coisa flui, escorre incessantemente na obscuridade, deteriora-se, alguma coisa que é nossa, particular e vital, infinitamente particular e desgraçadamente vital. (*O enfeitiçado*)

A revolta agônica do ser contra a inexorabilidade da morte é, sem dúvida, a mola geradora de uma das constantes mais importantes na estruturação dos dramas nos romance de Lúcio.

Trata-se de uma personagem onipresente: o *filho*. É sempre a *perda* ou a *presença* de um filho o instrumento da revelação, o clarão que ilumina toda a tragédia obscura da personagem: a inutilidade absoluta de sua vida e o doloroso anseio de perdurar, de sobreviver.

Foi a morte do filho que, repentinamente, tornou insuportável para Ida aquela névoa quase imperceptível de vulgaridade que avançava por sua vida. A sua sensibilidade aguçada levava-a a perceber o contato, "leve como uma teia de aranha que roçasse os seus braços." E num confuso desespero frio, para fugir à mediocridade, aos comedidos gestos do cotidiano, ela quebra os quadros habituais e desencadeia o drama que permaneceu indecifrável para os dois homens que nele foram envolvidos.

Em *O enfeitiçado*, coloca-se abertamente (através de Inácio Palma) a significação última do filho, na vida de um homem. Seria muito mais do que um simples meio de sobreviver ao tempo e à morte; seria acima de tudo uma perpetuação da vitória que a criatura conseguiria alcançar sobre as forças inibidoras da realidade circundante.

> Rogério Palma (diz Inácio referindo-se ao filho) quando o tempo me atraísse ao seu insondável vórtice, *seria a minha continuação*, a imagem de minha sede, meu testemunho vivo. [...] ébrio com as possibilidades que se abriam diante de mim, *eu o farei tão cruel*, *tão egoísta* e *tão violento*, quanto eu próprio só o fora nos *meus sonhos de grandeza*. Haveria de incutir em todas as

fibras de sua alma a noção desesperada dessa liberdade que eu tanto amei.

Eis aí o fulcro da problemática gerada pelo elemento "filho". O mais profundo anseio do ser é transmitir, ao seu continuador, sua própria essência. Isto é, fazê-lo o perpetuador daquele desassombro com que o ser assumiu as paixões selvagens e violentas que o modelaram e que, pela sensação de grandeza que lhe insuflaram, fizeram-no sentir-se igual a Deus.

Em *Crônica da casa assassinada*, obscuramente pressentimos que o impulso que levou Nina ao incesto é da mesma natureza daquele que lançou Inácio Palma no encalço do filho perdido, naquela desesperada tentativa de recuperação, que faz o entrecho do romance. Dizemos "obscuramente" porque nada ali pode ser explicado dentro da psicologia normal, correspondente aos padrões comuns do comportamento humano. Assim, entre as várias implicações que a ligação André-Nina pode ter com o tema central do romance (a descoberta de Deus no Mal), talvez a mais importante seja a que já encontramos em *O enfeitiçado*: a dupla ânsia de *sobreviver* e de *vencer* as forças que se opõem à total expansão do ser.

Já entrando em agonia, Nina agarra-se à última esperança de sobrevivência e vitória: "Tenho certeza de que jamais morreremos um para o outro" (diz ela a André) "como é que você poderia me esquecer, se foi comigo que aprendeu tudo o que sabe?" E esse "tudo" era aquele "pecado" que só "orgulho" deveria causar. Um pecado que os arrebatara irremediavelmente e que deveria ser o "clarão" revelador do mais autêntico do ser, deveria ser o elemento desencadeador "da verdade subterrânea, ainda sem forma constituída para afrontar a luz do dia, e que explodira como um movimento de águas aprisionadas que remontassem à superfície das marés."

Mesmo em *Crônica da casa assassinada*, onde a ânsia de comunhão com Deus é abordada abertamente, ainda o é através de uma personagem absolutamente estranha ao drama central do romance, o Padre Justino, personagem que aqui se torna o claro porta-voz da problemática nuclear subterrânea de todos os romances. Ora, é evidente que não dando às suas personagens a inquietude metafísica, que consciente ou inconscientemente teria provocado em cada uma delas a desafiante entrega à "danação" através do sexo, Lúcio Cardoso privou essa "entrega" de uma justificação real e profunda, pois a verdadeira causa não entrou no romance... e, se assim podemos dizer, ficou *latente* no espírito do romancista. Não chegou a tornar-se *sangue* em suas personagens. (Daí talvez o fato de muitos terem acusado de inverossímeis os heróis de Lúcio Cardoso. Sê-lo-iam talvez, não pelo fato de todos viverem situações-limites, mas porque a mola desencadeante de suas ações está mais *fora* do que *dentro* deles.)

Com o belo-horrível da ligação Nina-André, fica claro que o romancista pretendeu atingir o paroxismo do demoníaco, o mais alto grau de grandeza dentro do Mal. E realmente tê-lo-ia feito se aquela ânsia metafísica, se aquela aguilhoante sede de Deus e de Absoluto que está latente nas entrelinhas e aflora apenas nas palavras do Pe. Justino, estivesse *dentro* das personagens... só essa introjeção da essência nuclear do romance em suas consciências (ou mesmo no nível do inconsciente) teria justificado o drama que os envolveu.

Não, certamente, "justificado" no sentido da *lógica* da efabulação (elemento que pode ser perfeitamente dispensado), mas justificado *existencialmente*. Dissociado de qualquer tipo de causalidade, o profundo drama vivido por Nina e André cai ao nível dos acontecimentos gratuitos, incoerentes e absurdos que povoam toda uma linha de romances contemporâneos: a linha do "nonsense", do absurdo e da gratuidade da vida humana, onde tudo só tem uma única dimensão: a da superfície. Linha, portanto, que não é a de Lúcio Cardoso. Tivesse ele infiltrado em suas personagens a inquietude espiritual e transformado em *interior* uma problemática que existe quase que só no *exterior*, e teríamos tido em *Crônica da casa assassinada* o grande romance demoníaco da literatura brasileira. O romancista tinha tudo para fazê-lo.

Ao final, quando a confissão de Ana destrói pelo alicerce aquilo que alimentara o romance, a perplexidade do leitor aumenta. E ao chegar às últimas linhas, as perguntas irrespondíveis se atropelam: Nina sabia afinal que André não era seu filho? Como poderia não tê-lo sabido?

E nesse caso, qual a significação que o Romancista pretendeu dar ao incesto, elegendo-o como fulcro temático da obra? Quem era afinal Nina? Todos os depoimentos convergem para um ponto: mostrá-la como um ser diabólico, um anjo exterminador. Mas ao fim, com os últimos testemunhos registrados, há uma nítida mudança: tudo procura fazer crer que ela fora vítima da incompreensão e da cobiça de outros (Demétrio e Valdo).

Há ainda um elemento estrutural que contribui para acentuar o impreciso e o movediço das situações e das reações humanas dentro do livro: é a fórmula narrativa adotada, a técnica da "consciência central" (enredo apresentado ao leitor apenas através das reações das personagens). A nosso ver, Lúcio Cardoso possuía o *gênio do poeta* e não propriamente o do ficcionista. Daí a impossibilidade de despersonalizar-se e de se diluir na personalidade de suas personagens... daí a ausência de despersonalização que é facilmente verificada na manipulação do foco narrativo múltiplo, adotado em seu último romance, onde temos a multiplicação de perspectivas distintas, elucidando cada qual a *sua* visão de um fenômeno central, no caso a personalidade enigmática de Nina.

Dessa ausência de despersonalização decorre inevitavelmente a inverossimilhança em que caem a cada momento os vários depoimentos, prejudicando a magia que fluindo da narrativa deve envolver o leitor e fazê-lo participar daquilo que é narrado. Assim, através dos múltiplos "focos" (o diário de André; narrativas do farmacêutico, do médico, do padre; cartas de Valdo Meneses, de Nina; confissões de Ana, de Timóteo, etc., etc.) o que permanece sempre indisfarçável é a "voz" à que já aludimos atrás, aquela "voz" que dá a coerência interna de seus romances e faz com que todas as personagens surjam como máscaras diversas de um único ser. Um ser que agonicamente comunga com a tragédia essencial do homem que se vê como um mistério, oscilante entre dois limites, Deus e o Demônio, um mistério de fragilidade entre a miséria e a grandeza.

Com essa comunhão, o mundo romanesco de Lúcio Cardoso, a despeito de todas as suas inegáveis fragilidades técnicas, estabelece um marco na literatura brasileira contemporânea. Transfigurou esteticamente (e, portanto, eternizou no tempo) uma problemática humana-social perfeitamente integrada na paisagem brasileira e, ao mesmo tempo, tem suas raízes mergulhadas em uma problemática muito mais ampla: a existencial. Aquela que nasceu com a revolta que marca o homem deste século: a revolta contra o milenar tabu cristão (carne pecado) que o frauda e o aniquila em sua mais autêntica manifestação criadora-existencial: a sexualidade, e o põe em conflito com Deus.

Tabu que o coloca num doloroso dilema: ou se torna um ser castrado e poderá ver a face de Deus, ou se realiza integralmente e se perde nos caminhos do Demônio. E foi este o caminho escolhido pelas personagens de Lúcio Cardoso. É assumindo a *danação* que elas afirmam a *grandeza* de sua *condição humana* frente a Deus, naquele sentido profundo já revelado pelas personagens de Dostoievski: "É porque erro que sou um homem..."

Dados biobibliográficos

Romancista, novelista, dramaturgo, roteirista de cinema, pintor, tradutor, poeta, Joaquim Lúcio Cardoso Filho nasceu em Curvelo (MG) em 13 de agosto de 1912. Fez os primeiros estudos em Minas. Adolescente, muda-se para o Rio de Janeiro. Passa a trabalhar numa companhia de seguros dirigida por seu tio, Oscar Netto. Nessa ocasião, torna-se amigo de Augusto Frederico Schmidt, em cuja editora ele passa a trabalhar. Ali entra em contato com escritores e com as discussões literárias da época. O "romance do Nordeste" (Jorge Amado, Rachel de Queiroz, Lins do Rego, Graciliano Ramos) era o grande sucesso. Influenciado pelos "ventos regionalistas", Lúcio Cardoso escreve seu primeiro romance, *Maleita* (1934), cuja trama se baseia na aventura vivida por seu pai, quando em 1893 empenhara-se na fundação da cidade de Pirapora, às margens do Rio São Francisco.

Essa epopeia anônima narra a luta selvagem do homem contra o homem e contra um meio primitivo, inóspito, que o condena a um viver vegetativo "entre inundações e secas, entre febres e superstições". Embora não reproduzisse fielmente o modelo do romance regionalista (que dá maior relevo ao homem do *fazer* do que aos ocultos do *ser*) *Maleita* foi saudado como tal e, de imediato, tornou-se um sucesso de crítica e de público. O autor foi visto como um talento ímpar. Sucesso esse, continuado com *Salgueiro* (1935), romance ambientado no morro carioca (cujo nome lhe serve de título), cuja trama se constrói com o cotidiano de misérias e privações à que estão condenados os seus moradores. Em essência, *Salgueiro* já antecipava a atmosfera e a problemática do terceiro romance, *A luz no subsolo* (1936). Ficção introspectiva que, por centenas de páginas compactas, mergulha fundo nos desvãos da alma humana, este novo romance foi duramente rejeitado pela crítica que, antes, consagrara o autor. Foi definido como "mistificação", com seus "personagens absurdos" e sua "história enigmática e terrível".

A polêmica repercutiu em São Paulo. Em carta dirigida ao autor, Mário de Andrade também manifesta o seu desconcerto em face dos "seres absurdos" criados pelo romancista. Mas com perspicácia, não deixa de assinalar o objetivo maior ali perseguido: o de "repor o espiritual" na literatura regionalista/materialista então vigente. Na verdade, o campo da cultura (abrangendo também o político, o social e o religioso) estava, então, dividido em dois grupos: o dos escritores do chamado "romance do Nordeste" (identificados com a esquerda) e o dos escritores católicos (próximos à direita). Lúcio Cardoso se incluía neste último, juntamente com Otávio Faria, Frederico Schmidt, Cornélio Pena e outros. Entre esses grupos, desenvolveu-se a polêmica sobre o possível caráter do moderno romance brasileiro. Lúcio Cardoso, através da imprensa, em artigos e entrevistas, empenhou-se em defender seu ponto de vista, acusando a literatura regionalista (inclusive a de Jorge Amado) de estreiteza de visão, "espécie de espionagem em torno de características puramente sociais ou aparentes, em prejuízo dos fatores profundos que as determinam". (Carta de Lúcio Cardoso a Érico Veríssimo, escrita em 1937 e transcrita in Mais/"Folha de São Paulo", 01/01/1995).

A rejeição da crítica acentua-se, a partir de seu novo livro, *Mãos vazias* (1938), novela centrada no desmoronamento do casamento e da vida de uma mulher. Ambientada numa cidade pequena e conservadora, a trama decorre numa atmosfera asfixiante que encaminha o desenlace para a tragédia: o adultério e posterior suicídio da anti-heroína. Em meio à crítica duramente negativa, destacou-se a voz de Tristão de Athayde (Alceu Amoroso Lima), que salientou a força da novela, na qual o autor teria alcançado "uma maestria rara".

Lúcio Cardoso continuou escrevendo e publicando, mas sua obra já não alcançou mais a ressonância crítica do início. Seu último romance, *A crônica da casa assassina*, foi recebido com frieza ou rejeição, entretanto ele ficará para sempre como uma das obras singulares no panorama da Literatura Brasileira — obra testemunha de um tempo amputado de Deus e, consequentemente, de uma humanidade condenada inexoravelmente à finitude e à morte. No universo criado por Lúcio Cardoso, o Mal está identificado com a ausência da Graça Divina.

Tal como sua obra, a sua vida foi inquietante e uma sucessão de frustrações, nos rastros de uma fé em crise. Em 1962, sofre um derrame cerebral, que provoca paralisação da face e do braço direito, e desarranjo no centro da fala. Seu espírito de luta reage. Ele começa a desenhar e pintar com a mão esquerda. Empenha-se na escrita de *O viajante* e prossegue com seu *Diário*. Neste, ele escreve a certa altura: "Todo o meu ser é uma aventura impossível de sonho e de extermínio." No dia 24 de setembro de 1968, um novo derrame leva-o à morte.

Publicações

Ficção — *Maleita*, 1934; *Salgueiro*, 1935; *A luz no subsolo*, 1936; *Mãos vazias*, 1938; *O desconhecido*, 1940; *Dias perdidos*, 1943; *O anfiteatro*, 1946; *A professora Hilda*, 1946; *O enfeitiçado*, 1954; *Inácio*, 1955; *Crônica da casa assassinada*, 1959; e *O viajante* (post. 1973).
Teatro — *O escravo*, 1945; *A corda de prata*, 1947; *O filho pródigo*, 1947; e *Angélica*, 1950.
Poesia — *Poesias*, 1941; e *Novas poesias*, 1944.
Memória — *Diário*, 1961.
Roteiro de cinema — *Mulher de longe*.
(Todos os títulos vêm sendo reeditados.)

56. LUIZ VILELA

A Palavra no Mundo em Crise[78]

> Por que escrevo? Escrevo porque gosto de escrever. Simplesmente isso. [...] Hoje, ao olhar para o meu passado, o meu presente e o meu futuro, eu poderia, resumindo tudo numa frase, dizer: minha vida é escrever: escrever é minha vida.

Nessa autodefinição de Luiz Vilela (ao participar do projeto "O Escritor por ele mesmo" do Instituto Moreira Salles/SP.2000) está sintetizada a força motriz que, de diferentes modos, marcou a sua geração literária — a geração que, entre nós, se inicia nos anos 1950-60, no imediato pós-Guerra Fria (1945/1956). Momento, a partir do qual, o Homem se viu reduzido a si mesmo e sentindo (confusamente) que de sua fraqueza deveria tirar a força para viver/atuar, e que *de sua palavra dependeria a renomeação do mundo em caos.*

Para além da redescoberta dos grandes Mestres da Literatura (Goethe, Dostoievski, Tchecov, Proust, Joyce, Pound...), duas grandes correntes literárias atuavam, então, como "setas orientadoras" para os novos que chegavam: a "geração perdida" norte-americana (Hemingway, Caldwell, Steinbeck, Dos Passos, Henry Miller) e a "existencialista" francesa (via Sartre/Heidegger). Ambas se fundem na multifacetada literatura criada pela nossa "Geração 60".

Luiz Vilela é uma da vozes que expressam essa fusão de correntes, já em sua fase anti-heroica, esvaziada de grandes gestos, pois todo heroísmo se havia mostrado inócuo, e o que restava era a realidade comum, o cotidiano banal, onde a vida se cumpre. Escritor de estilo contido/conciso, imaginoso efabulador, firme domínio da linguagem, "mestre do diálogo" (*à la* Hemingway), o mineiro Luiz Vilela vem construindo

---

[78] Texto inédito. (N. da A.)

uma obra que se alimenta, inequivocamente, do amálgama de forças contraditórias, que se fundem no nosso tempo em mutação. Tempo em que a Palavra também se mostra ambivalente: ora acusada/repudiada, por se mostrar insuficiente para expressar a verdade última das realidades; ora descoberta/assumida, como a grande "força de resistência" à alienação imperante nesta nossa "Sociedade sem Pai" (McLuhan) — sociedade em transformação, na qual os homens, consciente ou inconscientemente, estão em busca do sentido último da existência. Uma busca provocada, em seu início (meados do século XIX), pelo impacto causado pela Ciência, ao provar que a "origem das espécies" se deu "pela evolução da matéria" (Darwin). Descoberta científica que teria forte repercussão na esfera metafísica/existencial. Com ela, estava decretada a "morte de Deus" (Nietzsche) e o Homem se vê despojado de sua origem divina: de "alma" vira "lama". Fé e Razão entram em conflito. A Literatura (e as artes em geral) torna-se mutante... O homem solitário procura por si mesmo.

É nesse contexto que se insere a escrita de Luiz Vilela. Seu livro de estreia foi *Tremor de terra* (Prêmio de Ficção/Fundação Cultural DF), publicado em 1967, ano literário excepcionalmente pródigo em obras de alta temperatura, tais como: *Tutameia* de Guimarães Rosa, *Deus de Caim* de Ricardo Guilherme Dicke, *O enterro da cafetina* de Marcos Rey, *A porteira do mundo* de Hermilo Borba Filho, *Panamérica* de José Agrippino de Paula, *Jorge, um brasileiro* de Oswaldo França Jr., O *criador de demônios* de José Alcides Pinto, *Os sete sonhos* de Samuel Rawet, *Antes do túnel* de Miguel Jorge... (quantos mais?) Todos eles bem diferentes entre si, mas, se lidos ou descobertos em sua essencialidade (para além de seus estilos e temáticas), mostram-se igualmente impregnados do espírito de seu tempo: *o tempo da desconstrução/reconstrução*, que, na Arte, eclodira no início do século XX (época dos ismos: cubismo, dadaísmo, surrealismo... Joyce...), mas que só se expandira amplamente no imediato pós-Guerra Fria, quando se tornara evidente o irremediável caos, em que se haviam afundado os valores-base da sociedade.

Amputado de transcendência, o homem se interroga, em busca de sua verdadeira identidade: "Quem sou eu? De onde vim? Para onde vou? O que estou fazendo aqui?". Alastra-se a literatura interrogante. Simultaneamente, multiplicam-se as acusações contra o poder coercitivo da Igreja e a consequente alienação à que a Religião (com seus "interditos") submete seus fiéis. É lida contra esse "pano de fundo" histórico/cultural (adensado pela severidade moral mineira), que se mostra a essencialidade da obra de Luiz Vilela.

Tremor de terra

Lido hoje, em meio aos demais títulos publicados nestes seus quarenta e dois anos (1967-2009) de produção, *Tremor de terra* revela que, nesse início, a visão de mundo do autor já estava madura. Nesses vinte contos de estreia, já está patente ou latente a problemática motriz de sua arte de efabulação: o ceticismo ou a hipocrisia resultante do esvaziamento da fé; a falsidade das aparências; a busca de algo que preencha o vazio existencial; a ausência de ética; o cotidiano castrador, a busca da própria identidade, a irremediável solidão humana em consequência da visceral incomunicabilidade entre os seres; a coisificação do humano; a banalização da morte...

Confissão

Não por acaso, o conto de abertura, "Confissão", gira em torno de um dos problemas fulcrais do nosso tempo: o das relações Homem/ Religião. E o faz sem dramaticidade, mas através de uma ótica entre ingênua e maliciosa.

> — Conte os seus pecados, meu filho.
> — Pequei pela vista...
> — Sim...
> — Eu...
> — Não tenha receio, meu filho, não sou eu quem está te escutando, mas Deus Nosso Senhor Jesus Cristo que está aqui presente, pronto a perdoar aqueles que vêm a ele de coração arrependido. E então.
> — Eu vi minha vizinha... sem roupa...

O diálogo entre o padre malicioso e o menino ingênuo e crente vai se desenvolvendo até o fim, nesse clima interrogante/reticente, com a voz melíflua do padre incitando o menino a desdobrar em detalhes o "pecado" confessado. Através do que é falado (e do que é sugerido pelos silêncios...), vai sendo denunciado um dos grandes instrumentos, usados pela Religião/Igreja, para dominar a consciência e a ação de seus fiéis: o dogma do "interdito ao sexo"[79] e o consequente "pecado da carne", estigmatizado desde os tempos bíblicos (Adão e Eva).

Júri

O conto seguinte, "Júri", é narrado em um só fluxo de palavras que, sem parágrafos, se estende por seis páginas, de maneira compacta.

> Nesse instante em que o promotor, com a mão esquerda apoiada na tribuna, esfrega, ou antes, desliza pelo rosto, mas com pressão, firmeza, força, o lenço branco já um pouco amarrotado de outras esfregadas, pois não é a primeira nem a segunda vez que ele o desliza pelo rosto gotejando de suor e em seguida pelo pescoço e nuca, nesse instante há um tossir abafado e cansado pela sala do júri, acender de cigarros, mexer nas cadeiras duras e sem conforto num rangido que se repete como ...

E a narrativa prossegue, num atropelo de palavras, que vão descrevendo tal como um "olho cinematográfico", as mil e uma minúcias de um lugar e momento que o leitor acaba por perceber que se trata da caleidoscópica descrição de uma cena de júri (tal como o título já anunciava), em que um assassino vai ser julgado.

Neste conto, surge uma nova espécie de narrador: o que recusa a visão onisciente e, postado fora da cena, descreve-a minuciosamente, mas sem ordenação lógica (*à la* Dos Passos), registrando sua visão-em-

[79] Lembremos, a propósito do "interdito ao sexo", que foi esse dogma um dos meios pelos quais a Igreja, a partir da Idade Média, conseguiu transformar a Barbárie dominante entre os povos europeus (pós-Queda do Império Romano), na Espiritualidade da Civilização Cristã, que o nosso tempo herdou, mas já desgastada. O que explicaria a transformação da *sexofobia* de Ontem na *sexofilia* de Hoje? (N. da A.)

-bruto. Registro exterior, que é seguidamente interrompido por breves "monólogos interiores" (*à la* Joyce), que vão revelando, em *flashes*, a vida interior de cada um dos presentes no tribunal.

Sintonizado com o experimentalismo formal exigido pela nova ficção, Vilela adota, neste conto, *a técnica do cinema* (a substituição da visão do escritor pelo "olho" da câmera, a arte da montagem, dos cortes, etc.); e, através da confusa avalanche de palavras, mergulha na interioridade das personagens, denunciando a mediocridade da "comédia humana" — a vaidade, o medo, a soberba, a vacuidade dos valores ou normas consagradas pela sociedade. O conto termina com a exata cena com que começa: o momento em que o promotor chega à tribuna para falar e passa a lenço no rosto suado, "[...] guardado o lenço no bolso, o promotor, relanceando os olhos agora com as duas mãos pousadas na tribuna, recomeça a falar [...]". Pela técnica usada nesse conto, tornam-se evidentes as diferenças de tempo e de natureza, implícitas nos dois modos de expressar a realidade: a captação de uma cena/imagem pelo *olhar* (com a duração de segundos) e a mesma expressa pela *palavra* (cerca de uma dezena de páginas). A da *imagem* é imediata e só exterioridade. A da *palavra* é extensa e vai além das aparências.

O Buraco

Na linha do realismo absurdo, o conto "O Buraco" equaciona alegoricamente o problema fulcral do homem pós-moderno — aquele que viu questionada sua "origem sagrada" e está sem resposta (a não ser pela fé), para a grande interrogação existencial: Quem sou eu?

Já na primeira frase do conto, a problemática se faz presente:

> Não sei como nem quando começou o buraco. A lembrança mais antiga que tenho de mim coincide com a mais antiga que tenho dele: eu cavando-o com os dedos. Mas então ele já existia e não sei se era eu quem o havia começado, ou outra pessoa. Ou talvez estivesse ali por simples acidente da natureza.

A situação "kafkiana" que se desenvolve, a partir desse início, é das que seduzem de imediato o leitor. Trata-se de alguém que narra sua estranha experiência de vida: o impulso/mania de cavar um buraco na terra do quintal. Impulso que começou quando ele era criança e que foi vista por todos como brincadeira. Mas que inexplicavelmente continua até a sua idade adulta, quando a profundidade do buraco cavado era tal, que ele (identificando-se com um tatu) passa a morar ali dentro, apesar dos contínuos apelos da mãe e da namorada, para que voltasse para o convívio humano.

O tom calmo, objetivo e emocionalmente indiferente, com que se desenvolve a narração, contrasta com o absurdo em causa. O narrador prefigura, aqui, o alheamento ou perplexidade do homem sem fé, nesta nossa sociedade sem Pai e, consequentemente, sem resposta, diante do Mistério da condição humana, perdida no "vazio do sagrado". Perplexidade que se expressa já na primeira frase do conto: "Não sei como nem quando começou o buraco." Através de suas doze páginas, o narrador, conformado com seu destino, não faz outra coisa senão mergulhar mais e mais no Enigma... Alegoria do homem pós-moderno, diante do "buraco" deixado pela "morte de Deus".

Tremor de Terra

Conto que dá título à coletânea, "Tremor de Terra" também tem raízes na esfera existencial. Através de uma quase banal história de amor, vai-se infiltrando na narrativa uma das grandes frustrações do ser humano: a sua visceral impossibilidade de alcançar a total plenitude de Ser, através do Amor — a essencial comunhão Eu-Outro.

> Tinha um rostinho que me encantou, um rostinho lindo como não sei como o quê, não encontro nada que possa dar uma ideia de como era lindo o rostinho dela, um rostinho maravilhoso, e eu apaixonei-me por ela como se eu fosse um rapazinho de quinze anos e ela uma garota de quinze, mas eu não tinha quinze anos, tinha quase vinte e ela mais de vinte e era casada e mãe e dona de casa e professora. [...] Apaixonei-me de cara, no primeiro dia, no primeiro instante, foi um troço doido, eu não escutei uma vírgula do que ela falou na aula, não despregava os olhos dela, era uma coisa maluca, um desatino.

É assim que o conto tem início, com essa fala coloquial/derramada de um rapaz apaixonado — fala moto-contínuo que se vai estendendo por uma dezena de páginas, repetindo de mil maneiras a funda e repentina paixão pela professora, e que o assaltou de repente, num primeiro olhar.

Lido à superfície da narrativa ágil e descontraída (que prende o leitor da primeira à última frase), "Tremor de Terra", numa primeira leitura, parece se resumir num caso de fantasiosa paixão adolescente, que acaba sendo frustrada pelas circunstâncias da vida real. Impressão primeira, que releituras atentas vão desfazendo, à medida que novas significações vão emergindo do texto e indiciando uma outra e maior dimensão desse caso amoroso: a da possível intencionalidade do autor em transpor para os nossos dias o *fenômeno do Amor Absoluto*, nascido na Idade Média (século XII, nascimento do "amor cortês", cantado pelos trovadores) e elevado à sua forma mais alta, no Renascimento (século XVI, pela voz de Camões). Amor pela amada inacessível, descoberto como *a grande via*, através da qual o homem alcançaria sua *plenitude existencial.*

Seria essa a intencionalidade maior de "Tremor de Terra"? Os sucessivos "índices", que se espalham pelo desabafo confessional do eu-narrador, levam a crer que sim. Objetivando, lembremos que esse Amor Absoluto, nascido em tempos arcaicos e em cortes europeias, era definido por um certo código de valores ou características:

- Nascia de repente, ao primeiro olhar e se tornava avassalador, dominando por completo o espírito do amante.
- A beleza da mulher amada era de tal grandeza e perfeição que o amante não tinha palavra para descrevê-la.
- A mulher amada, ao se tornar para o homem a fonte de sua plena realização existencial, dispensa por completo a união sexual.

Mesmo por uma releitura superficial do conto, nota-se de imediato que, no amor desmesurado vivido pelo narrador, estão patentes todas as características atribuídas ao ideal do Amor Absoluto: amor que nasceu avassalador, ao primeiro olhar; a "beleza" (rostinho bonito) da mulher, impossível de ser descrita, e a vivência amorosa intensa e assexual. O que nos impede a percepção imediata desse Ideal, logo numa primeira leitura, é a linguagem escolhida pelo Autor: sem dúvida, linguagem em sintonia com a banalização/deterioração do Amor em nosso tempo de caos. Em lugar da "aristocrática" linguagem poética que desde sempre expressou esse alto ideal, aqui ele é expresso numa fala coloquial, "plebeia", por vezes chula ou cínica... Sinal destes tempos de perversão de valores, que se mostra também no final prosaico do conto.

Finalmente, notemos que a clara intencionalidade do Autor, em resgatar a grande força do Amor, como principal via de plena realização humana, já se revela no título do conto, "tremor de terra" — expressão criada pelo jovem apaixonado, ao tentar definir o sentimento avassalador que o invadira desde o primeiro momento em que vira a professora e se apaixona.

> Eu não sabia o que queria com ela. Não sabia. Amor platônico? À primeira vista parecia ser isso, mas não era, era diferente, era uma coisa muito mais profunda, dolorosa, desesperada, violenta, única, irremediável, absoluta.

E logo mais, ao lembrar que "todo caso de amor acaba virando tédio", seu íntimo reage:

> [...] com ela não haveria "acaba virando", porque seria um momento só, mas um momento no qual entraria tudo o que eu pensara, sentira, imaginara, desejara, lembrara, esquecera, sonhara, sofrera, tudo, um momento tão forte, tão profundo, tão vasto, tão absoluto, que depois dele só poderia haver o suicídio ou a resignação total. Seria algo maravilhoso e terrível — como um *tremor de terra*. Exato: como um *tremor de terra*.

Sendo a "terra" o grande símbolo da criação, da substância universal, da matéria-prima genesíaca... torna-se evidente a intencionalidade do Autor: revelar o Amor (camoniano?) como a grande energia que alimenta as potencialidades humanas. Amor tão ausente ou degradado, neste nosso tempo de caos e desamor, como aliás Luiz Vilela o denuncia, de mil formas, ao longo de todos os livros que se seguiram a *Tremor de terra*.

Concluindo: A problemática existencial, vista como uma das geratrizes dos dramas humanos (principalmente o da irremediável solidão interior), é retomada, em diferentes situações, nos contos: "Imagem", "Chuva", "Dois Homens", "Deus Sabe o Que Faz". No rastro dessa problemática, denuncia-se o cotidiano desumanizante ou o poder corrosivo do sistema fundado no dinheiro ("Por toda vida", "Nosso dia", "Solidão", "Um Dia Igual aos Outros", "Ninguém", "Vazio"). Quanto à irreverente denúncia da hipocrisia social (que oculta o desgaste das normas e valores consagrados pela tradição) torna-se tema em "Espetáculo de Fé", "Velório" e "Enquanto Dure a Festa".

Na raiz dessa extensa criação literária permanece uma certeza: a Vida só existe realmente quando transformada em palavra. Como o Autor disse em certa entrevista (in Sônia Coutinho, "O Globo"):

> [...] escrever para mim é uma coisa sagrada, um ritual, é como viver. E isso se esgota no escrever mesmo, não vale a pena falar a respeito. Depois de fazer o livro, posso morrer.

Nas raízes de sua arte, fermenta o húmus rosiano:

> [...] a linguagem e a vida são uma coisa só. [...] quem não fizer do idioma o espelho de sua personalidade não vive [...] o idioma é a única porta para o inferno, mas infelizmente está oculto sob montanhas de cinzas. (Guimarães Rosa in entrevista a Gunter Lorenz/1965)

Dados biobibliográficos

Consagrada presença no panorama da Literatura Brasileira contemporânea, o mineiro Luiz Junqueira Vilela nasceu em Ituiutaba (MG), em 31 de dezembro de 1942. Filho caçula de uma irmandade de sete irmãos e em meio familiar culto, desde criança conviveu com livros que, segundo ele, "se espalhavam por toda casa". Muito cedo aprendeu a ler e, ao entrar para a escola, já era um pequeno leitor. Natural vocação para a criação literária, ainda menino começa a rabiscar, pretendendo inventar estórias. Fez os estudos básicos no Colégio São José, com padres estigmatinos. Na 4ª Série, por ocasião de uma prova escrita de redação, escreve um conto que, além da nota de aprovação, obteve do professor (Pe. Luciano Orlando Giovanni) o elogio escrito com tinta vermelha: "Você tem pinta de bom escritor. Cultive essa qualidade com boas leituras." Esse estímulo levou-o, logo a seguir, a escrever seu primeiro texto: um artigo, "A boa leitura", para um jornal de estudantes.

Aos quinze anos, estreia como contista no "Correio do Pontal", com "Escola na roça". A essa altura já decidira que seria escritor. Em 1958, muda-se para Belo Horizonte, onde faz o curso clássico no Colégio Marconi. Escreve crônicas para a "Folha de Ituiutaba". Em 1961, ingressa no Curso de Filosofia da Faculdade de Filosofia, Ciências e Letras/UFMG. Passa a escrever contos na Página dos Novos do jornal "Estado de Minas". Concluída a Faculdade (1964), passa a atuar na imprensa. Em 1935, com um grupo de novos escritores, cria a revista "Estória", dedicada ao conto, gênero no qual ele se torna mestre. No ano seguinte, fundam o "Texto", jornal literário de vanguarda. Nessa época torna-se também colaborador do Suplemento Literário de Minas Gerais, recém-fundado por Murilo Rubião. Ao mesmo tempo, organiza seu primeiro volume de contos, *Tremor de terra*. Devido à dificuldade de conseguir editora, publica-o por conta própria, em 1967, numa modesta edição, com uma capa vermelha e ilustração surrealista de Márcio Sampaio.

Inscrito no concurso promovido pela Prefeitura do Distrito Federal, esse pequeno livro de estreia ganha o Prêmio Nacional de Ficção (disputado por duas centenas de escritores, entre os quais estavam José Geraldo Vieira, José Condé, Mário Palmério, Osman Lins...). Logo em seguida, reeditado por uma grande editora do Rio de Janeiro, *Tremor de terra* tornou-se grande sucesso de crítica e de público. Com essa estreia, o escritor teve seu caminho aberto para a extensa obra que viria a produzir.

Em 1968, muda-se para São Paulo, trabalhando como redator e

repórter do "Jornal da Tarde". (Foi com base nessa experiência que ele escreveu o romance *O inferno é aqui mesmo.*) Ainda em São Paulo, candidata-se, com um projeto de livro, ao Programa Internacional para Escritores (International Writing Program/Iowa City-EUA). Aprovado, permanece nove meses em Iowa, no mesmo período (1969) em que também participavam do Programa os poetas Lindolf Bell e Affonso Romano de Sant'anna. Durante esse tempo escreve seu segundo livro, *No bar* — breves contos de fundo memorialista, que giram em torno das ilusões, sonhos de realização e decepções vividas por um grupo de jovens provincianos, em seus primeiros embates com a vida real, limitada e frustrante. Frustração que os leva a buscar na bebida a possível neutralização do vazio interior em que vivem.

Em 1969, viaja pela Europa, permanecendo por mais tempo em Barcelona (Espanha). Em 1970, publica os contos de *Tarde da noite*. No ano seguinte, lança seu primeiro romance, *Os novos*. Em 1973, com *O fim de tudo*, ganha o Prêmio Jabuti/Câmara Brasileira do Livro- Melhor Livro de Contos. Em 1975, muda o rumo de sua vida. Compra um sítio perto de Ituiutaba, onde passa a viver, criando gado leiteiro e entregue exclusivamente à criação literária e à participação em eventos culturais internacionais. Os títulos se sucedem. Sua arte ultrapassa as fronteiras nacionais e começa a ser traduzida para outros idiomas (inglês, alemão, francês, italiano, sueco, tcheco, polonês, espanhol), a novela *O choro no travesseiro*, em 1988, sai publicada em Praga (Tchecoslováquia), na revista Svetová Literatura (Literatura Mundial), traduzida por Pavla Lidmilová.

Em 1990, convidado para integrar o Júri do Prêmio Casa de las Américas, permanece em Cuba durante um mês. No ano seguinte, participa do VI Encuentro Internacional de Narrativa, no México. Em 1994, durante um estágio de estudos na Alemanha (a convite da Haus der Culturen der Welt), faz leituras públicas de seus escritos e assina contrato para publicação de uma sua coletânea de contos, *Frosch Im Hals* (1996). Participa do XI Encuentro Internacional de Narrativa, no México.

Em 1993, em Belo Horizonte, um grupo teatral, com direção de

Sérgio Labruna, monta um espetáculo com o conto "Tarde da Noite" e com ele percorre várias cidades mineiras, com total sucesso de público e crítica. Experiência que resultou na fundação do grupo de teatro Os Diletantes, que em 1999 estabeleceu uma filial em Uberlândia e, ali, com a integração de artistas de ambas as cidades, desenvolveram os projetos *Luiz Vilela-Um conto no* ar (na Rádio FM Universitária de Uberlândia) e *Contos de Luiz Vilela no teatro* (pela Lei de Incentivo à Cultura do Estado de Minas Gerais).

Em 1998, o Departamento de Línguas e Literaturas/Instituto Superior de Ensino e Pesquisa de Ituiutaba lançou o projeto cultural *Cartas a Luiz Vilela*, destinado a universitários. Nessa época é criado também o *Concurso de Contos Luiz Vilela*. Na sequência desses sucessos, está a adaptação, feita pela TV Globo, do conto "Tarde da Noite", para a minissérie "Brava Gente". Na mesma época, o conto "Françoise" (do livro *Tarde da noite*) foi roteirizado para um curta-metragem (protagonizado por Débora Dolabella).

Em 2002, em entrevista dada ao "Rascunho" (Curitiba), Vilela informava que estava com uma novela pronta, faltando apenas "os retoques finais". O título seria "Perdição", e fora extraído da Bíblia (Segunda Epístola de São Pedro — "Os falsos mestres"), ou talvez tirado de um lamento de um personagem "que perdera tudo", ou talvez de outro que, seduzido pelos "brincos de argola" da mulher, vê-os como sua "perdição"... ou ainda, o título resultaria de um jogo de palavras: "São Pedro/Perdição"... A ambiguidade continua a ser uma das marcas de sua arte.

Escritor *full-time*, Luiz Vilela continua produzindo ativamente neste início do século XXI. A uma interrogação sobre essa sua opção ou compulsão para a escrita, ele diz:

> Por que escrevo? Escrevo porque gosto de escrever. Simplesmente isso. Gosto de contar histórias, de criar personagens. Gosto de lidar com as palavras. [...] ao olhar para o meu passado, o meu presente e o meu futuro, eu poderia, resumindo tudo numa frase, dizer: *Minha vida é escrever, Escrever é minha vida*: (in "O Escritor por ele mesmo". Instituto Moreira Salles, abril, 2000)

Na verdade, o conjunto de sua obra nos mostra que, para além do gesto lúdico de "contar histórias" (e com elas o seu Eu entrar em comunhão com o Outro que o lê), Luiz Vilela se assume como uma das vozes-testemunhas deste nosso tempo-em-mutação.

Sua obra já entrou no circuito universitário. Foi tema do Mestrado defendido por Wânia de Sousa Majadas, na Universidade Federal de Goiás e publicada em livro em 2000: *O diálogo da compaixão na obra de Luiz Vilela.*

Publicações

Conto — *Tremor de terra*, 1967; *No bar*, 1968; *Tarde da noite*, 1970; *O fim de tudo*, 1973; *Lindas pernas*, 1979; *A cabeça*, 2002.
Romance/novela — *Os novos*, 1971; *O inferno é aqui mesmo*, 1979; *O choro no travesseiro*, 1979; *Entre amigos*, 1983; *Graça*, 1989; *Te amo sobre todas as coisas*, 1994; *Boris e Dóris*, 2007.
Antologia — *Contos escolhidos*, 1978; *Uma coleção de contos*, 1986; *Contos*, 1986; *Os melhores contos de Luiz Vilela*, 1988; *O violino e outros contos*, 1989; *Contos da infância e da adolescência*, 1996; *Boa de garfo e outros contos*, 2000; *Sete histórias*, 2000; *Histórias de família*, 2001; *Chuva e outros contos*, 2001; *Histórias de bichos*, 2002.
Literatura juvenil — *Bom de garfo*, 2008; e *Sofia e outros contos*, 2009.

57. MALBA TAHAN

Malba Tahan e o Fascínio Oriental[80]

Nos anos 1920, logo após a eclosão da Semana de Arte Moderna, e em meio às contradições que, na primeira metade do século XX, marcaram a literatura e a cultura brasileira, surge no Rio de Janeiro um autor árabe que, com seus contos e lendas maravilhosos, em pouco tempo se transformou em *best-seller* nacional. O fascínio de suas tramas enigmáticas, bem humoradas e inteligentes, cativou (cativa ainda?) durante muitos anos um enorme público de leitores fiéis.

O autor dessa façanha foi Malba Tahan — misterioso e estranho nome que era apresentado pelas editoras, como sendo um escritor árabe, da mesma linhagem daqueles narradores antigos que se faziam ouvir nos fantásticos contos de *As mil e uma noites* que, desde fins do século XIX, circulavam no Brasil, em traduções portuguesas ou francesas.

Mesmo depois de algum tempo, quando se divulgou que, sob esse estranho nome, se ocultava um notável intelectual brasileiro, Júlio César de Mello e Sousa, a maior parte de seus leitores continuava a acreditar na personalidade árabe do escritor, tal a vibração oriental de sua linguagem e tramas novelescas ou policialescas.

Malba Tahan aparece no mercado livreiro carioca, em 1925, com um livro que já pelo título estranho atraía a atenção do leitor: *Contos de Malba Tahan*. Um subtítulo esclarecia: "Contos orientais diretamente traduzidos do original árabe". Sua matéria narrativa, enigmática, amalgamada com desertos, caravanas, mistérios, exotismos e fantasia, era das que seduzem de imediato o espírito ocidental, essencialmente racionalista e bem distante da magia, com que o Oriente se revela a quem o descobre de longe, através da literatura ou das artes em geral.

---

[80] Fusão de textos publicados in "O Escritor"/UBE (União Brasileira de Escritores) SP, julho.1995, e Dic. Crítico LIJ. 1966. (N. da A.)

Para além de seu interesse intrínseco, uma das explicações para o fato de as insólitas histórias de Malba Tahan terem encontrado eco imediato no espírito dos leitores, podemos encontrar no contexto cultural da época (primeiros anos de século XX). Referimo-nos ao interesse que a literatura oriental começara a despertar no Brasil, desde o entresséculo XIX-XX, quando aqui chegam as primeiras traduções francesas dos contos de *As mil e uma noites*. Se esses contos seduziram pelo pitoresco ou exotismo dos acontecimentos narrados, outra vai ser a atração da poesia oriental, que nos chega com as traduções (francesa e inglesa) da poesia de Omar Khayâm em *Rubaiyât* (cuja primeira tradução brasileira, publicada em 1928, se deveu ao intelectual Octávio Tarquínio de Sousa). Nesta poesia, era o espírito filosófico/religioso (de alegre/funda união homem-natureza-Deus) o que certamento atraiu de imediato os intelectuais, então formados no espírito positivista/materialista e agnóstico. A poesia oriental, misto de epicurismo e misticismo, em sua valorização do homem e da vida, estava no polo oposto ao da poesia ocidental, positivista (v. Augusto dos Anjos). O interesse por essa poesia cresce a partir de 1913, quando o Prêmio Nobel é dado ao filósofo poeta indu Rabindranath Tagore e seu *Gitanjali*, de imediato traduzido em várias línguas europeias e difundido no Brasil em sua versão francesa.

Mas não foi essa via poética que atraiu o Prof. Mello e Sousa, ao se incorporar na figura de Malba Tahan. Atraiu-o o espírito racional/matemático que é marcante nos árabes — os primeiros, entre os povos antigos, a inventarem símbolos numéricos e a construírem operações e cálculos aritméticos. Espírito arguto que se mistura com um modo bem-humorado ou malicioso de ver o mundo. Daí o maravilhoso, o astuto e o cômico que se misturam nas narrativas de Malba Tahan.

Ao sucesso de *Contos de Malba Tahan*, seguiram-se dezenas de outros, difundidos por todo o Brasil, com consecutivas reedições, durante cerca de vinte anos. Mas, curiosamente, apesar desse notável e duradouro sucesso, Malba Tahan não figura em nossas histórias da literatura. Inclusive sua grande aceitação pelos leitores se manteve nos anos 1930-40, quando o Romance Regionalista se consolida e se expande, levando aos quatros cantos do Brasil a denúncia da injustiça social, que fundamentava a sociedade brasileira, dominada pelas oligarquias regionais. Mesmo durante essa época, os leitores de Malba Tahan mantiveram-se fiéis ao seu mundo maravilhoso.

Além das fontes orientais, Malba Tahan se valeu também do material bíblico cristão, onde impera igualmente o maravilhoso, e escreveu várias lendas do povo de Deus. A partir de 1934, começa a escrever para as crianças, e, na trilha da imaginação lúdica, escreveu dezenas de livros que, neste limiar do século XXI, continuam a ser editados. Mesclando realidade e fantasia ou aproveitando motivos folclóricos, Malba Tahan criou estórias que se inscrevem no enorme caudal de lendas, fábulas, parábolas e contos maravilhosos, pertencentes à literatura universal ou ao nosso fabulário indígena.

Leitor atento da literatura universal, o seu criador, Prof. Júlio César de Mello e Sousa, dedicou-se à tradução de o *Inferno* de Dante, publicada em 1947. Durante anos, dirigiu a revista "Al Kharismi" (nome do famoso matemático criador dos algarismos arábicos), órgão que tinha como objeto central a Matemática, cujos desafios ao raciocínio do leitor eram transformados em entretenimento pela argúcia do escritor.

Em relação a Malba Tahan, avatar de Júlio César de Mello e Sousa, a Literatura Brasileira ainda está em dívida. Que sua obra seja relembrada neste I Centenário de nascimento de seu criador.

Dados biobibliográficos

Malba Tahan é o nome literário de Júlio César de Mello e Sousa, presença atuante no cenário intelectual brasileiro da primeira metade do século XX. Nasceu em 6 de maio de 1895 no Rio de Janeiro, onde faleceu em 18 de junho de 1974. Formou-se professor na Escola Normal do antigo Distrito Federal e, engenheiro, na Escola Politécnica. Dedicou-se à carreira docente (área de Matemática e Geometria) no Colégio D. Pedro II, Universidade do Brasil e Instituto de Educação do Rio.

Atento às transformações que começavam a ser exigidas pelos novos rumos da Educação, escreveu dezenas de artigos, ensaios e livros didáticos, destinados aos professores e aos alunos. Em 1923, estreou como poeta, com uma coletânea de versos parnasianos, *Céu de Alá*, que não teve nenhuma repercussão na crítica. Seria como criador de Malba Tahan que ele iria marcar presença na Literatura Brasileira. Em plena atmosfera simbolista/modernista/regionalista (momento em que Monteiro Lobato se projetava com sua Literatura para crianças), Mello e Sousa surge anonimamente como escritor árabe. E foi tal a identificação de sua escritura com o espírito árabe, que Humberto de Campos, em prefácio a um livro seu (*Mil histórias sem fim*, 1930), sugere tratar-se de um caso de herança genética ou psíquica.

> O Sr. Malba Tahan tem uma figura árabe. Ele surge para as letras, tendo no pensamento os desertos, as tamareiras, as tendas estremecendo ao vento, sacudidas pelas tempestades de areia. E quando abandona as terras bárbaras e familiares do seu sonho, é para consagrar-se na vida prática ao estudo e ao ensino das matemáticas, que constituem como se sabe uma ciência árabe ou, pelo menos, que o árabe tomou como sua. Quantos séculos terão dormido, no sangue deste legítimo descendente de portugueses, os hormônios de sua longínqua procedência semita? Por que só agora, ao fim de tantas gerações brasileiras do mesmo ramo lusitano, surgiu, para a atividade da inteligência, este mouro que os árabes deixaram na península ibérica? — e que de repente acorda como a princesa adormecida no bosque, ou como aquele monge que escutava o pássaro encantado, com as mesmas tendências de espírito, como se tivesse chegado ontem de Bássora ou de Bagdá?

(Até que ponto, a "provocação" lúdica de H. de Campos teria fundamento?)

Humanista, na ampla acepção da palavra, J. C. M. S. dedicou-se com particular interesse à causa dos hansenianos; chegando a fundar a revista "Damião", especialmente destinada a debater problemas ligados ao necessário reajustamento social desses doentes.

Publicações

(Júlio César de Mello e Sousa): — *Trigonometria hiperbólica*, 1932; *Funções moduladas*, 1934; *Estudo elementar das curvas*, 1935; *Histórias e fantasias da matemática*, 1939; *Matemática divertida e curiosa*, 1939; *Dicionário curioso e recreativo da matemática*, 1940; *As grandes fantasias da matemática*, 1945; *Folclore da matemática*, 1954.
(Malba Tahan) — *Contos de Malba Tahan*, 1925; *Amor de Beduíno*, 1930; *Lendas do deserto*, 1932; *Lendas do oasis*, 1933; *Maktub*, 1935; *Alma do oriente*, 1936; *Novas lendas do deserto*, 1937; *Lendas do céu e da terra,* 1935; *Lendas do povo de Deus*, 1938; *Romance do filho pródigo*, 1940; *O livro de Aladim*, 1943; *O homem que calculava,* 1946; *À sombra do arco-iris*, 1948, etc., etc.

58. MARCOS REY

As Paixões Humanas e a Desumanizante Civilização do Consumo e Lucro[81]

> Ninguém percorreu as ruas misteriosas de São Paulo como ele. Ninguém captou de modo tão arguto e humano os marginais da noite sedutora e maquiada. Ninguém caminhou tão humoradamente e com tanto desfrute pelos bastidores do rádio, pelas boates empoeiradas, pelas ruas e avenidas, seguindo a luz penumbrenta dos postes e se enrodilhando nas madrugadas convidativas, nos edifícios semiabandonados, nos chamados das casas aparentemente fechadas. [...] De longe, o melhor escritor que esta Pauliceia já teve.

Nessa síntese, Fanny Abramovich define a funda relação *indivíduo/cidade*, que singularizou a presença do *homem* Marcos Rey, no caleidoscópico meio paulistano — esfera fervilhante de vida, e que, ao mesmo tempo, foi a grande fonte da matéria-prima a alimentar, desde sempre, o *escritor* e sua *obra multiforme*. Em cerca de meio século de produção diversificada e contínua, Marcos Rey consagrou-se como o escritor *best-seller*, que transfigurou, em literatura, cinema, telenovela, etc., *o amálgama humano* que vive no centro ou nas "margens" desta Pauliceia Desvairada, como já a classificara Mário de Andrade nos idos de 1920, bem antes do extraordinário surto progressista que, com o desenvolvimento industrial e a chegada da "cultura de massa", fez de São Paulo o carro-chefe do desenvolvimento brasileiro.

Romancista, contista, cronista, radialista, roteirista de rádio, cinema

[81] Este é o testemunho que eu gostaria de ter escrito antes de Marcos Rey partir, mas que as imponderáveis "circunstâncias" não o permitiram. Faço-o agora, nesta coletânea, em memória e homenagem ao gênio multiforme do humanista que ele foi — companheiro atento/zombeteiro, nos eventuais debates literários que "rolaram" na arena cultural paulistana, nos idos de 1960/70. (N. da A.)

e televisão, tradutor de *best-sellers* europeus e norte-americanos, *ghost-writer*... Marcos Rey construiu uma diversificada obra que (como nenhuma outra no espaço brasileiro) testemunha as sucessivas "ondas" de ampla influência cultural, vindas de fora, e que atuaram na realidade brasileira do século XX. Ondas que foram difundindo as sucessivas *visões de homem*, que se substituíam na imaginação popular, como definição do humano: ora o homem visto como o ser trágico, prisioneiro das paixões desmedidas e condenado ao fracasso, ora como um ser desvalido, vítima da injustiça social, ora como o *anti-herói*, o malandro, amoral, esperto e imaginoso, que vive à margem ou nas frinchas existentes entre a faixa dos miseráveis e a sociedade "politicamente correta" que move os cordéis do mundo.

Presença singular no panorama da Literatura Brasileira, Marcos Rey, através de uma obra construída ao longo de meio século, revelou-se como um verdadeiro "sismógrafo" da cultura (letrada e popular) de seu tempo — o do pós-Guerra 1945. Época de transição que se fez espaço de convergência de forças contraditórias: *a humanista*, a dos altos valores herdados da Tradição, e *a pós-moderna* (cibernética), da "desconstrução" provocada pelos multimeios de comunicação de massa, que vêm mudando as estruturas do mundo.

Dotado de uma rara sensibilidade humana, arguta penetração no sentido oculto das realidades, e talento para transformar suas experiências de vida em escritura, Marcos Rey viveu, autenticamente, entre dois mundos: o da *alta literatura/cultura* (foi leitor voraz e apaixonado dos grandes mestres de ontem e de hoje: Dostoievski, Gide, Malraux, Julien Green, Steinbeck, Hemingway, Faulkner...) e o da *cultura de massa* (profissional atuante no rádio, cinema e TV — os novos meios de comunicação que exigiam novos meios de manipulação da palavra). Essa dualidade de vivências está implícita na natureza dual de sua criação literária, assumida publicamente quando já homem maduro. Ainda adolescente, tem suas primeiras histórias publicadas na imprensa. Mas os tempos eram de guerra, o "ganhar a vida" impõe-se e o escritor-em-potencial silencia, para se entregar a vários afazeres. Inicialmente liga-se ao meio editorial, como tradutor de dezenas de *best-sellers* europeus e norte-americanos. No pós-guerra, entra para o meio radiofônico (Rádio Excelsior), como roteirista de sucesso com programas humorísticos, radionovelas, radioteatro (*Xeque à rainha*, *Ter ou não ter*, *Sábado de aleluia*...). Torna-se "homem da noite", frequentador dos bares e boates da moda e conhecendo de perto as grandezas e misérias humanas, que existem à margem da sociedade "politicamente correta".

Um gato no triângulo

Numas férias, em que se afasta do ritmo vertiginoso de sua produção radialista, retoma um "conto grande", que escrevera anos antes, e o transforma no pequeno romance *Um gato no triângulo*. Lançado em 1953, ele dá início à carreira do romancista, que se multiplicaria por dezenas de títulos de sucesso, transformados em filmes, telenovelas e traduzidos no exterior. *Um gato no triângulo* narra um caso de "amor louco" (uma mulher cobiçada por dois homens, objeto do amor-paixão que leva ao crime). É um romance de atmosfera densa, estilo já influenciado pelo "olho cinematográfico" (enfoque direto das situações, montagens...), mas centrado na personagem e no conflito-chave da sociedade tradicional: o do "interdito ao sexo" fora do casamento — infração que gera conflitos e angústias.

Era o romance urbano paulista que nascia.[82] O leitor brasileiro já se cansara do romance regionalista nordestino (o grande sucesso dos anos 1930-40), e era atraído pelas tramas que revelavam as paixões e conflitos vividos no lado oculto da brilhante, progressista e desumanizante engrenagem urbana. *Um gato no triângulo* foi grande sucesso de crítica, sendo de imediato adaptado para TV (tendo Marli Bueno como protagonista). Talvez por isso, não foi grande sucesso de público-leitor, o que levou o autor a se questionar como romancista e silenciar du-

[82] É a época em que surgia a ficção urbana de Dalton Trevisan, *Novelas nada exemplares* (Curitiba, 1959), João Antônio *Malagueta, Perus e Bacanaço* (S. Paulo, 1963), Rubem Fonseca, *Os prisioneiros* (Rio Janeiro, 1963), Ignácio de Loyola, *Bebel que a cidade comeu* (S. Paulo, 1968), Plínio Marcos, *Dois perdidos numa noite escura* (S. Paulo, 1968) (N. da A.)

rante alguns anos, enquanto se dedicava à escrita de teledramas para a TV. Referindo-se a esse período, Marcos Rey diz: "Sentia-me um tanto perdido. [...] Para enriquecer-me continuava lendo [...] Lillian Hellman, James Baldwin, Alberto Moravia. [...] Truman Capote, *A árvore da noite*, um dos meus autores preferidos."

Café na cama

Sete anos depois, publica *Café na cama.* Grande sucesso de crítica e de público, que o lançou definitivamente como romancista da vida urbana de um São Paulo, que rapidamente se tornava uma grande metrópole. É ainda um *romance de personagem,* mas já influenciado pelos sedutores e *efêmeros valores* difundidos pelos multimeios de comunicação, que transformaram a Vida em Espetáculo. E gradativamente começam a anular os limites entre o virtual e o real. *Café na cama* narra a história de Norma Simone, uma suburbana dos anos 1950, filha de imigrantes italianos, balconista, que decide "subir na vida" e faz o trajeto completo, do anonimato ao estrelato. Torna-se prostituta de classe (entre ingênua e pecadora, tipo que Marilin Monroe popularizara no cinema). Com o nome de guerra Sandra, acaba se tornando atriz de rádio e de TV. Trama rocambolesca, cheia de reviravoltas escabrosas, que se passam mais nas entrelinhas e na imaginação do leitor, do que no explícito no texto.

Na mesma linha de sucesso, seguem novos títulos: *Entre sem bater* (1962) e *Ferradura da sorte?* (1963) — título trocado mais tarde por *A última corrida.* Com estes, se encerra a primeira fase da produção ficcional de Marcos Rey: O romance-de-personagem, na linha das paixões ou emoções humanas, que *transgridem os limites* morais/postiços, impostos pela sociedade. (Limites esses que a expansão progressista do mundo globalizado acaba por neutralizar e dá início à "Era do Vale-tudo" que continua a predominar neste início do século XXI.)

O enterro da cafetina — Memórias de um gigolô

Em 1967, Marcos Rey publica *O Enterro da cafetina* (conto caricaturesco, claramente na linha crítica de *Los funerales de la Mamá grande* de García Márquez), no qual já se dá a mudança do foco dramático para o lúdico/crítico. Mudança de visão de mundo que se mostra mais nítida no livro seguinte, *Memórias de um gigolô* (1968). O que passa a predominar nas personagens é *a ausência de consciência moral*, é um alegre amoralismo, entre ingênuo e cínico, despojado de conflitos interiores — é um viver prático, visceralmente empenhado em conseguir dinheiro e "se dar bem na vida". Como o título indica, o romance se desenrola com as lembranças de um simpático e aparentemente ingênuo narrador, que vive da exploração da prostituição. Era ainda menino, quando morre a tia com quem vivia — a "madame Antonieta, astróloga, quiromante, cartomante, médium, vidente..." de grande popularidade em certo meio. Sozinho, e seguindo a última recomendação da tia, procura D. Iara, generosa dona de um bordel, onde ele é "adotado" por ela e todas as suas "sobrinhas, jovens pintadas, esportivas, pecaminosas e alegres." Nesse tom descontraído, de fala confessional/autobiográfica (que se aproxima da linha explosiva de um Henry Miller, mas menos irado e mais pícaro), as memórias desse humaníssimo/amoral gigolô vão-se desenrolando, fragmentariamente, com suas sucessivas vitórias e derrotas, tal como ele o declara no início:

> Fazendo um breve exame de consciência não posso me considerar um fracasso total. É bem verdade que deixei alguns otários escaparem e não desconfiei de uma tal Joaninha, insignificante, que se levantou no meio da noite, num bordel da Boca, como se fosse ao banheiro, e escapou me levando a carteira. Ossos do ofício. Estava de porre, evidentemente. No resto não me saí mal, chegando, em certa ocasião, a ter a vida que pedi a Deus.

Homem da noite, arguto e humaníssimo observador do mundo à sua volta, Marcos Rey conheceu de perto as figuras que circulam no submundo paulista, limítrofe do mundo "politicamente correto", e que ele transformou em personagens de seu universo romanesco. Universo construído/reconstruído incessantemente e habitado por seres que, de uma forma ou de outra, são náufragos da vida plena: "cafetinas, rufiões, prostitutas, coronéis, vigaristas, otários, jogadores, tiras, alcaguetes, leões-de-chácara, desocupados, novos-ricos, aristocratas decadentes, solitários, bêbados — enfim, uma vasta fauna humana envolta em álcool e fumaça, retratada sem maniqueísmos, disfarces ou moralismo, ao som de tangos, boleros e sambas-canções."

O pêndulo da noite

Depois de um silêncio de nove anos, o ficcionista reaparece, definitivamente dono de sua arte e de sua visão de mundo, cuja tragicidade já não é "filtrada" pela ironia ou cinismo dos livros anteriores, mas atirada na escrita, de maneira direta, raivosa, patética (ou cômica) e em ritmo acelerado: o ritmo desta nossa época cibernética, movida pelo Tempo da Máquina e cuja engrenagem espetacular vai triturando os valores humanos fundamentais e reduzindo os humanos a títeres solitários, desesperados e ridículos. Patéticos tipos humanos, como o narrador de "Mustang cor de sangue" — um escritor sem escrúpulos, que trabalha para um debochado anão de circo, que faz fortuna num famoso programa de televisão.

No título da coletânea *O pêndulo da noite*, já está metaforizada a problemática nuclear do universo criado pelo autor: tal como o *pêndulo* — peso que se move e marca as horas do relógio —, *a humanidade*, com seu trágico viver, vai marcando o Tempo que passa e escrevendo a História.

O mestre e o mundo

Mestre na "arte de contar histórias" (verdadeira Sherazade dos nossos tempos mágicos/neurotizantes, e que pela escrita vai adiando a morte), Marcos Rey, ao longo dos anos, vai testemunhando, com aparente indiferença ou cinismo, os paradoxos, grandezas e misérias do nosso mundo em mutação, cujo grande eixo é a luta pela sobrevivência. Nos contos do *Soy loco por ti, América!* (1978), sua escrita rasga fundo a caleidoscópica/luminosa aparência do mundo regido pelo consumo/lucro do capitalismo selvagem. Os rasgos mostram a fauna humana que, na luta pelo sucesso exigido pela vida-espetáculo, acaba sendo triturada por essa "máquina de moer gente" que é o mundo globalizado.

Os títulos se sucedem: *Malditos paulistas* (1980) — cujo título (infeliz!) esconde uma alegre e sofisticada novela policial, que põe a nu a mediocridade da vida cotidiana. No romance *Opera sabão* (1981), título que alude à "soap opera" — nome dado às radionovelas norte-americanas, sempre patrocinadas por fabricante de sabão —, é narrado um drama familiar, em ritmo da *vaudeville*, vivido no difícil/alegre período dos anos 1950, pós-suicídio de Getúlio Vargas. Em *A arca dos marechais* (1983) temos as aventuras/desventuras de um modesto funcionário público, que por acaso se torna um passador de notas falsas (sendo que a de maior valor tinha a efígie de um marechal do Governo Militar). De posse da tal arca com notas, ele passa a viver, exclusivamente, em função delas arquitetando máscaras e disfarces, para passá-las adiante, sempre com medo de ser descoberto (o que, por uma tola falha, acaba acontecendo). A fábula, que mantém o leitor em suspense do princípio ao fim, metaforiza as "máscaras e disfarces" que, a cada momento, os indivíduos são obrigados a usar, para poderem viver ou sobreviver em sociedade. Como é dito na apresentação do livro: "*A arca* é principalmente um mural da solidão humana na era do rock e da computação."

É no romance-show *Esta noite ou nunca* (1985) que esse "mural da solidão humana" atinge sua dimensão maior, embora disfarçada por uma vivência descontraída/bem-humorada, no ritmo moto-contínuo destes tempos pós-modernos. Segundo o autor, foi o romance que lhe exigiu mais tempo de elaboração (cerca de cinco anos). Considera-o também "o mais criativo e denso, o que agarra mais". Atração que começa pelo eu-que-narra: um jornalista boêmio, desempregado, que para ganhar a vida se transforma em *ghost-writer*. William Ken Taylor, o falso escritor norte-americano, que escreve popularescos folhetins policiais, passados em Chicago. Depois, devido à sua paixão pela "rainha das pornochanchadas", passa a escrever roteiros cinematográficos para as chanchadas da Rua do Triunfo (a Meca do cinema paulista), e também *scripts* para *strip-tease, vaudevilles* e outros espetáculos. Em essência, *Esta noite ou nunca* é uma espécie de romance-show, onde aflui a funda experiência de vida do escritor, que ali mistura a luta anônima/inglória de muitos, para "ganhar a vida", no dia a dia, com "grande momentos" do "mundo de enigmas e contradições" que é o nosso, marcado pelas "grandes feridas sociais" que aviltam o ser humano. Tudo filtrado por uma ótica cética/irônica que transforma a tragédia humana em comédia.

Mestre da palavra e dono de um extraordinário espírito criador/transformador das realidades, que a nascente Pós-Modernidade e seus multimeios de comunicação de massa engendravam à sua volta, Marcos Rey consagrou-se como o escritor-testemunho da Pauliceia-século XX. Sua obra multiforme surgiu (e permanece) como uma espécie de "sismógrafo" dos fenômenos-em-processo, que transformaram o mundo paulista provinciano, na grande metrópole brasileira. E na raiz desses fenômenos progressistas, sempre o Homem. Mural satírico da condição humana a braços com o belo/terrível *cyberespace* em que nos cabe viver, o universo romanesco, construído pela grande arte de Marcos Rey, funde (como raros outros...) *a realidade bruta* da luta pelo "ganhar a vida" e *a realidade ilusória* almejada, para realização do ser (tal como a sociedade lhe propõe). Realidades que estão sempre em contraste ou em choque entre si, seja vividas pelos que estão à margem, nos chamados submundos; seja pelos "privilegiados", que têm acesso ao mundo do Espetáculo e do Sucesso (que sempre exige um alto preço para ser conquistado e mantido).

Obra que nasceu para durar, a de Marcos Rey testemunha o "homem eterno", em plena fase de transformação das relações eu-mundo e de redescoberta de seu próprio ser, como verdadeiro eixo da Vida.

Dados biobibliográficos[83]

Romancista, contista, novelista, cronista, tradutor, radialista, roteirista de cinema e televisão, biógrafo, Marcos Rey (nome literário de Edmundo Donato) nasceu na capital paulista em 1925. O húmus paulistano, a vida urbana e suburbana da cidade (principalmente em sua es-

---

[83] Principal fonte de referência: M. Rey. *O Caso do filho do encadernador*. SP, Atual Ed. 1997. (N. da A.)

fera noturna e boêmia) é o grande lastro da obra literária que ele criaria durante anos e se tornou um fenômeno de vendagem e de público em todo o Brasil.

Cresceu em ambiente familiar, onde livros, revistas e histórias faziam parte do dia a dia. Seu pai, Luiz Donato, trabalhara no setor gráfico da Ed. Monteiro Lobato e, quando esta fechou as portas, ele instalou uma oficina de encadernação, em sua própria casa. Em sua autobiografia, Marcos Rey recorda esse grato período da infância, quando vivia rodeado de "montanhas de papel picado", das aparas dos livros a serem encadernados. Nelas, ele "gostava de afundar e dormir". Ou quando seu pai também ali deitava, ouvi-lo ler em voz alta histórias de *As mil e uma noites*, ou velhos romances como *O conde de Monte Cristo* (de cujo personagem, Edmond Dantés, ele tirara o nome do filho). "Foi com meu pai que aprendi a gostar de ler", diz ele e se refere ao momento em que aprendeu a ler: "A cartilha abrira-me a porta dos tesouros." Entre suas primeiras leituras estava a descoberta dos livros de Lobato. Ao seu fascínio, seguiram-se as estórias-em-quadrinhos norte-americanas que se difundiam entre nós, nos anos 1930-40, com as séries: *Detetive X-9*, *Jim das selvas*, *Flash Gordon*... Ou os clássicos juvenis da Coleção Terramarear (*A ilha do tesouro*, *O médico e o monstro* de R. L. Stevenson, *Robinson Crusoé* de Defoe, *Viagens de Gulliver* de Swift...).

No leitor fascinado, nasce o aprendiz de escritor. Estimulado pelo convívio literário, começa a escrever contos. Aos 16 anos, estreia na imprensa com o conto "Ninguém entende Wiu-Li", publicado por Ruy Bloem, na "Folha da Manhã" (jan.1941) e ilustrado por Belmonte (então famoso ilustrador e chargista político, criador da figura emblemática de Juca Pato). Os anos que se seguem foram estéreis em criatividade. Não conseguia escrever mais nada que agradasse, nem a ele, nem ao irmão, o escritor Mário Donato, sempre empenhado em estimulá-lo. A guerra estava em pleno auge e era o grande tema da hora. Sobre essa época, Marcos Rey diz:

> Não voltei mais à criação que, igual ao meu chinês, estava solta no espaço. O presente latejava nos jornais e no rádio. Qualquer coisa não relacionada com aquele hoje parecia datada de séculos. Passei a ler tudo sobre

> a história recente do mundo. Precisava entender o que acontecia. [...] Li até *Minha luta* de Hitler, um manifesto chato, cheio de ódios, mas *best-seller* até mesmo no Brasil.

Nessa fase de intenso interesse pelo "hoje" no mundo, descobre a literatura de guerra (*Fontamara* de Ignazio Silone, *Noite sem lua* de Steinbeck, *A sétima cruz* de Anna Seghers...); o estilo oralizado que marcava essa nova literatura vai exercer influência sobre sua escrita. Continua tentando escrever contos, mas sem chance de divulgação, até que um deles, "Titio Soldado", foi publicado na "Folha da Manhã" (jan.1944), cujo sucesso lhe valeu o convite para colaborar na luxuosa revista "Oriente" (da colônia sírio-libanesa em São Paulo), para a qual escreve novos contos, num estilo em que a visão dramática da vida é permeada de um humor voltairiano ou anatoliano (Voltaire, Anatole France, Swift... estavam entre os seus autores prediletos).

Nessa época, torna-se tradutor de romances *best-sellers*, de biografias de figuras célebres e da série Walt Disney (desenhos animados e filmes) que começavam a entrar no Brasil, sob a forma de livros coloridos, atraentes para a criançada. Em 1945, terminada a guerra, muda-se para o Rio de Janeiro (então, a grande metrópole brasileira), para ali fundar uma filial da pequena editora de seu irmão Mário Donato e sócios. Com limitados recursos econômicos, vai morar num quarto na Lapa. Durante pouco mais de um ano, o jovem paulistano retraído e deslumbrado descobre a "cidade maravilhosa" e conhece de perto as grandezas e misérias da vida carioca. Convive com sua fauna humana e suas lutas pela sobrevivência diária, em busca de trabalho e de uma vida digna. Conhece de perto também o seu meio boêmio, seus malandros, prostitutas, gigolôs... que vivem na noite e obedecem a uma ética própria: explorar o outro, para não ser explorado. É essa fauna humana que vai habitar o universo novelesco que ele criaria anos depois. Descobre também o lado prazeroso da vida carioca, nos lotados auditórios de rádio, onde se faziam ver/ouvir os grandes sucessos da nossa música popular, nas vozes de Dircinha e Linda Batista, Francisco Alves, Orlando Silva... (Nesse momento, sentado na plateia, o futuro escritor nem sonhava que um dia ele próprio faria parte dos bastidores do espetáculo, como autor.)

Em novembro de 1946, falhando o projeto editorial carioca, o jovem Marcos Rey volta para São Paulo. Frustrara-se o projeto econômico, mas não a experiência humana, resultante desse período de corpo a corpo com o cotidiano em bruto, a vida levada pelas grandes ou pequenas paixões e pela busca do dinheiro, sem o qual ninguém sobrevive na sociedade moderna.

Voltando ao meio paulistano, passa a frequentar a vida noturna dos bares e boates da moda. São Paulo transformava-se em movimentada metrópole. Continua traduzindo romances e escrevendo artigos para a imprensa, textos comerciais encomendados; contos, como *ghost-writer*... e roteiros de cinema para Fauze Mansur — um dos produtores da Rua Triunfo, a "caótica Hollywood paulistana", conhecida como a Boca. (As experiências amargas ou excêntricas dessa fase, mais tarde, ele reunirá no romance *Esta noite ou nunca*). Em 1949, passa a trabalhar como redator da Rádio Excelsior. É quando tem início a carreira de radialista e roteirista que o projetou no meio cultural paulista, durante anos, através de uma vasta produção de programas de rádio e posteriormente de televisão. Estreou com um programa humorístico de grande sucesso, *A família Pacheco*. Seguiram-se: *Show de maluquices* e *Obras-primas do conto universal* (radioteatro semanal, de grande sucesso de público). Em 1955, passa a atuar na televisão que chegava ao Brasil. Escreveu para a TV Excelsior a telenovela *Os tigres*.

Deixara de lado seu projeto de escrever romances, pois a intensa produção para o rádio ocupava-o *full time*. Num período de *stress*, tira férias, volta às leituras e a repensar em seus escritos. É nessa época que descobre *in totum* a literatura norte-americana da "lost generation" (a grande geração do entre-guerras 1918-1939: Steinbeck, Hemingway, Caldwell, Saroyan...). O grande sucesso editorial dos anos 1940/50 era o lançamento de grandes *best-sellers* norte-americanos e europeus, publicados em tradução brasileira pela Coleção Nobel de Edições Globo/RS (grande parte deles traduzidos por Érico Veríssimo). Para além do fascínio dos dramas humanos ali narrados, havia uma nova estruturação do enredo, uma nova linguagem, despojada de formalismos, diálogos diretos, descrições breves e densas (de clara influência do cinema

— a nova arte do século XX que surgira, criando novas técnicas para expressar a vida).

Empolgado por essa "nova carpintaria do romance", Marcos Rey retoma um "conto grande" que havia escrito no Rio, mas deixara inconcluso. Em um mês reescreve-o como romance, *Um Gato no triângulo* (um penumbroso caso de adultério) cuja publicação esperaria três anos para acontecer.

Nessa época trabalhava na Rádio Nacional, co-irmã da Excelsior (dirigida por Vitor Costa) que logo compraria a TV Paulista/canal 5. Ali, escreve seu primeiro teledrama, *Xeque à rainha*, uma trama policial que seduziu o público de imediato. Seguem-se outros: *Ter ou não ter*, *Sábado de aleluia*, *Volte cedo para casa, Dany*... (Tudo gravado ao vivo, pois o "teipe" ainda não existia). Ao mesmo tempo, escreve programas para a rádio. Ganha os dois maiores prêmios radiofônicos da época: o "Roquette Pinto" e o "Tupiniquim".

No início dos anos 1960, sem deixar sua produção para a Organização Vitor Costa, entra no meio publicitário, na Panan. Prossegue traduzindo as coleções "Grandes Vocações" e "Conquistas Humanas" da Donato Editora (que logo mais se transformaria na Autores Reunidos, com novos sócios, Hernâni Donato e Tito Batini). Tem projetado um romance sobre uma artista de rádio, mas seu trabalho moto-continuo no rádio e na televisão não lhe dá espaço para mais nada. Referindo-se a esse tempo, ele diz: "Às vezes pegava no tal romance do rádio, mas não ia longe. Toda minha energia era consumida no rádio e na televisão. Sentia-me um fabricante de bolhas de sabão. A noite porém era compensadora." Torna-se um fiel frequentador das famosas boates da época (Clube de Paris, L'Admiral, Chez moi, Refúgio, Baiuca) e conhece de perto as vidas vitoriosas ou fracassadas dos que vivem na "noite".

Sete anos depois de seu primeiro romance, lança *Café na cama* (1960), que se torna um *best-seller* e é transformado em filme, dirigido por Alberto Piaralise. Marcos Rey vive época de grande atividade intelectual. Torna-se conhecido como romancista da vida urbana brasileira. É eleito presidente da União Brasileira de Escritores/SP, onde cria o Prêmio Juca Pato (o Intelectual do Ano). Publica novos romances: *Entre sem bater* (inicialmente em folhetins, no jornal "Ultima Hora", 1960/61) e *A última corrida* (1962). Paralelamente ao escritor, vivia o publicitário. Chegam os "anos de chumbo" do Governo Militar, quando ele trabalhava na grande agência Northon Propaganda, e começam as dificuldades. Em sua autobiografia ele diz:

> Era difícil planejar campanhas e redigir carradas de anúncios naquele clima opressivo. Na agência, apenas eu, um revisor e um *lay-out man* constituíamos o núcleo rebelde, entre 120 funcionários. O melhor daqueles dias eram as músicas, principalmente as de protesto e os disputados festivais apresentados pela TV Record. [...] Escrever, a princípio, eu não conseguia, sempre deprimido e de olho nos acontecimentos. Até JK, tão querido do povo, o homem que modernizara o Brasil, fora cassado. [...] Vagamente eu pensava na literatura. Tinha quase certeza de que jamais tornaria a publicar um livro.

Em meio a esses dias difíceis, de censura aos intelectuais, escassez de empregos e problemas econômicos devido à inflação galopante, a Literatura venceu, e ele retoma suas experiências com "histórias curtas". A fermentação caótica e criativa dos anos 60 difundia, cada vez com mais vigor, a nova visão crítica do mundo e a nova linguagem narrativa caótica, que a literatura norte-americana vinha propondo. Uma nova fase se abre para Marcos Rey, aos 40 anos de idade (tal como aconteceu com Henry Miller) ele descobre seu caminho definitivo, como ficcionista que "filtra", através da ironia e do humor cáustico, os pequenos/grandes dramas da condição humana. Em 1967, publica o volume de contos *O enterro da cafetina* — sucesso imediato de público e de crítica, vencedor do Prêmio Jabuti/Melhor Livro do Ano (CBL) e logo adaptado para o cinema, com direção de Piaralise.

No ano seguinte, um novo romance, *Memórias de um gigolô*, logo transformado em filme, roteirizado/dirigido por Piaralise e protagonizado por Jece Valadão e Cláudio Cavalcante. (Filme que resultou numa "pornochancada de luxo bem sucedida", como o autor o define.) Nos anos 80, após longa proibição pela censura, *Memórias...* foi produzido pela TV Globo, como minissérie (20 capítulos), roteirizado pelo autor e Walter Durst, tendo Bruna Lombardi no principal papel feminino. Nessa época, o romance foi traduzido na Argentina, Espanha, EEUU, Canadá e Finlândia. Em Stuttgart (Alemanha) foi publicado em fascículos diários no principal jornal da cidade. Dono de uma incrível capacidade de criação e produção, Marcos Rey torna-se elemento de destaque no meio cultural brasileiro. Para a televisão roteiriza programas de duradouro sucesso, como: *Sítio do picapau amarelo* (dir. Júlio Gouveia e Tatiana Belinky) e *Vila Sésamo*. Adapta clássicos como *O príncipe e o mendigo* (Mark Twain). Em 1975, transfere-se para a TV Globo, onde escreve duas telenovelas de sucesso, *Cuca legal* e *A moreninha* (baseada no romance de J. Manuel de Macedo). Durante oito anos, escreve a adaptação televisiva de *O sítio do picapau amarelo.*

Nos anos 80, aos sessenta anos de idade, inicia um novo caminho: *o romance juvenil.* Estreia em 1981, na Série Vagalume (Ática) com o *Mistério do cinco estrelas*, trama na linha policial, cujo sucesso absoluto foi seguido por mais de uma dezena de títulos e vendagem de milhões de exemplares para todo o Brasil. A grande arte de Marcos Rey, como "contador de histórias", para adultos ou jovens, sempre teve como foco primordial *o leitor* — aquele de quem depende que o livro exista como tal. Daí que a fonte de sua matéria seja a condição humana e as suas circunstâncias, suas lutas, paixões e emoções, transfiguradas em linguagem por um alto domínio das técnicas narrativas, influenciadas pelo dinamismo e objetividade dos multimeios de comunicação, que marcam a vida contemporânea.

Foi eleito para a Academia Paulista de Letras, em 1986. Recebeu o Prêmio Juca Pato/O Intelectual do ano 1995 (UBE). Faleceu no dia 10.abril.1999, aos 74 anos, vitimado por um câncer fulminante. Sua viúva, Palma Donato, fez cremá-lo e suas cinzas foram atiradas, de um helicóptero, sobre a região das boates e inferninhos do centro de São Paulo. Região que o seduzia e onde ele conheceu a maior parte das personagens que habitam o seu universo novelesco.

Publicações

Romance — *Um gato no triângulo*, 1953; *Café na cama*, 1960; *Entre sem bater*, 1961; *A última corrida*, 1962; *Memórias de um gigolô*, 1968; *Malditos paulistas,* 1980; *Ópera de sabão*, 1981; *A arca dos marechais*, 1983; *Esta noite ou nunca*, 1985; *A sensação de setembro*, 1989; *O último mamífero do Martinelli*, 1994; *Mano Juan* (2005/post.)
Conto — *O enterro da cafetina*, 1967; *O pêndulo da noite*, 1977; *Soy loco por ti, América*! 1978; *O cão da meia-noite*, 1998.
Romance juvenil — *O mistério do cinco estrelas*, 1981; *O rapto do garoto de ouro*, 1982; *Um cadáver ouve rádio,* 1983; *Sozinha no mundo*, 1984; *Dinheiro do céu*, 1985; *Diário de dezembro*, 1985; *Bem-vindos ao Rio,* 1986; *Enigma na televisão*, 1987; *Garra de campeão*, 1988; *Quem manda já morreu*, 1989; *Corrida infernal*, 1990; *Na rota do perigo*, 1991; *Um rosto no computador*, 1992; *Doze horas de terror*, 1993; *O diabo no porta-malas*, 1995; *O coração roubado*, 1996; *Gincana da morte*, 1997.
Autobiografia — *O caso do filho do encadernador*, 1997.
Avulso — *Os maiores crimes da história*, 1967; *Proclamação da República*, 1985; *O roteirista profissional*, 1989; *Brasil — os fascinantes anos 20*, 1995.

59. MÁRIO DE ANDRADE

Macunaíma — o Herói sem nenhum caráter
Raízes míticas da Brasilidade

> No fundo do mato virgem nasceu Macunaíma, herói de nossa gente. Era preto retinto e filho do medo da noite. Houve um momento em que o silêncio foi tão grande escutando o murmurejo do Uraricoera, que a índia tapanhumas pariu uma criança feia. Essa criança é que chamaram de Macunaíma.

É asssim, ex-abrupto, que tem início o romance-rapsódia *Macunaíma* (1928) — com o nascimento do "herói de nossa gente" e as circunstância primitivas/sombrias que o rodearam: o escuro "mato virgem", o "preto retinto", o "medo da noite", a "criança feia"... atmosfera densa/fechada, amenizada apenas pelo "murmurejo do Uraricoera", o rio, cujo simbolismo é altamente positivo: o fluir contínuo das águas, semelhando o fluir da Vida e da Morte, em renovação contínua do Universo e do Homem.

Situando-se, metaforicamente, em polo oposto ao idealismo romântico de José de Alencar (que, mais de meio século antes, simbolizara a grandeza brasileira na luminosidade de "Iracema, a virgem dos lábios de mel", nascida "muito além daquela serra que ainda azula no horizonte"), Mário de Andrade (tocado pela exigência modernista de revelar as verdades ocultas pelas aparências) empenha-se em denunciar *a face negativa da brasilidade*, tal como o olhar crítico do Modernismo de 22 o via. No esperto Macunaíma, ele personificou a fraqueza ou indefinição de caráter do brasileiro em geral, sua tendência à alegre malandragem e sua inconsciência ética ou moral, peculiaridades próprias de uma *consciência nacional* ainda em formação, ainda ignorante de sua verdadeira natureza e valores autênticos.

Sem dúvida transparece, nessa atitude crítica marioandradina, uma postura interior à que se aplicaria bem o provérbio: "Quem bem ama, castiga." Ao correr da leitura de *Macunaíma*, torna-se evidente que o Brasil que Mário via à sua volta doía-lhe na alma. (Um Brasil que, durante uma vida inteira, ele lutou para transformar.)

O "choque" *Macunaíma*

Escrito nos primeiros anos do século XX, em plena efervescência do Modernismo de 22 — rebelião liderada por Mário e que se voltava contra o marasmo cultural do momento (entre o Império que findara, a República que ainda se firmava e o caos provocado no mundo pela Guerra Mundial de 1914-18) —, *Macunaíma* surge na cena literária paulistana como uma "pedra no charco". Chocou. Sua trama labiríntica, sua linguagem "brasileira", intencionalmente libérrima (cheia de termos grosseiros ou imorais), quase enigmática (fusão de falares díspares), desafiavam o leitor mais arguto.

A crítica oficial (que então louvava, como mestres, Coelho Neto, Afrânio Peixoto...) acusou-o de "brasileirices sem sentido". O público leitor praticamente ignorou-o, mas os "happy-few", engajados na revolução modernista, consideraram-no uma obra-prima... e o tempo provou que eles tinham razão. Essa é a sina dos "desbravadores" de caminhos ainda não trilhados: não são reconhecidos no momento em que atuam. Com *Macunaíma*, não foi diferente. Mas, embora repudiada pela maioria, a "rapsódia Macunaímica" resistiu. Com o tempo, a enigmática mensagem, nela implícita, acabou fermentando e sendo descoberta em sua verdade maior: *a busca pela brasilidade autêntica*, ainda desconhecida dos próprios brasileiros. Talvez nenhum romance em nossa literatura tenha gerado o volume de críticas, estudos, pesquisas... como os que a rapsódia marioandradina gerou e vem gerando. Verdadeiro desafio ao "leitor atento", a escritura de *Macunaíma* é, sem dúvida, das mais difíceis em nossa Literatura, de serem lidas/compreendidas/decifradas, tal o grau de invenção e embaralhamento de dados culturais, folclóricos, clássicos, indigenistas ou fusões linguísticas... que se amalgamam em sua trama.

A "gestação" de Macunaíma

Segundo o próprio Mário de Andrade, a primeira versão de *Macunaíma* teria sido escrita nas férias de 1926, durante seis dias, "de cigarro e rede", na chácara de seu tio, Pio Lourenço. Sua versão definitiva se dera em vinte e seis dias (23.12.1926 a 18.01.1927), na mesma chácara, após ter voltado de sua segunda "viagem etnográfica" feita à Amazônia. Diante da extensão, complexidade e riqueza de dados, que se fundem no romance, espanta ao "leitor atento" que ele tivesse sido escrito, segundo o autor, em tão curto período de tempo. Entretanto, isso se torna compreensível, quando se descobre (através de cartas, por ele escritas aos amigos) que, desde o início dos anos 1920 — período da fermentação modernista —, ele se entregara, compulsivamente, às pesquisas e estudos etnográficos, folclóricos, linguísticos, artísticos ou culturais em geral, movido pelo desejo de conhecer o Brasil autêntico.

Fascinara-o, desde sempre, a pesquisa de nossa multissecular herança folclórica e, principalmente, a escavação do "lastro indigenista" e suas magias, latentes ou patentes em nossa brasilidade. Em 22, em sua *Pauliceia desvairada*, ele diz entusiasmado, no poema "Trovador": "*Sou um tupi tangendo um alaúde*!". Em toda sua diversificada obra, é notório o profundo interesse que Mário nutria pelo indigenismo, visto como elemento integrante de nossa maneira de ser. Não por acaso, Macunaíma, o personagem-título de seu romance-rapsódia, é um ser miscigenado (engendrado na "índia tapanhumas" pela divindade Sol), e cujo viver picaresco/matreiro oscila sempre entre dois mundos: o da vida cotidiana/concreta e o do mundo mágico das divindades folclóricas, com as quais ele mantém relações pacíficas ou belicosas; ora vencendo, ora perdendo.

A esta altura, o "leitor atento" se pergunta: "Afinal, quem é Macunaíma? Por que o escritor o teria escolhido, como metáfora do "herói de nossa gente"? Teria existido realmente a Entidade Macunaíma? Ou fora inventada pelo escritor?

A pista, para uma possível resposta, é encontrada em algumas das inumeráveis cartas escritas por Mário, nas quais ele alude fragmentariamente às "circunstâncias" em que conheceu esse quase mítico personagem. Seguindo as pistas dadas por ele e consultando registros históricos, o "leitor atento" acaba por descobrir algumas das "circunstâncias" que poderiam explicar, não só a origem da Entidade Macunaíma, mas também o porquê da escolha marioandradina. Tais "circunstâncias" têm raízes longínquas.

Macunaíma e os Jesuítas

Segundo esparsos registros históricos, o nome "Macunaíma" é originário do universo indígena e foi conhecido pelos "civilizados" a partir do século XVI, quando os primeiros missionários jesuítas começaram a chegar ao Brasil, para evangelizar os selvagens.

Foi em convívio com tribos dos macuxis, acavais, taulipangues, caraíbas... a oeste da Serra Roraima, que os jesuítas ouvem falar de "Macunaíma" (*Macku* = mau e *ima* = grande), como uma das entidades sobrenaturais, cultuadas e temidas pelos indígenas da região. Será no século XVII que "Macunaíma" reaparecerá nos registros missionários. Jesuítas da colônia dos Sete Povos das Missões Orientais, ao escreverem pequenas versões da Bíblia em língua caraíba, valeram-se do sentido sagrado atribuído, pelos nativos, a essa poderosa entidade e deram o nome de "Macunaíma" ao Deus cristão, a fim de Ele ser mais rapidamente compreendido e cultuado pelos selvagens.

Esse antigo episódio histórico ficaria novamente esquecido, até o início do século XX, quando "Macunaíma" — estranha ou pícara entidade sobrenatural — foi redescoberto por Koch-Grunberg, etnólogo alemão que, entre 1911 e 1913, realizou inúmeras pesquisas no Brasil. Em convívio com tribos indígenas de Roraima, principalmente entre os Taulipangues e os Arekunas, empenhou-se em recolher lendas, estórias, mitos... que registrassem ou esclarecessem o modo-de-conhecer-o-mundo peculiar aos povos primitivos.

Dessa pesquisa resultou o livro *Vom Roraima zum Orinoco*[84], publicado em Berlim em 1917 — profusa coleção de aventuras, na maior parte vividas por Macunaíma, herói com poderes mágicos inesgotáveis, criador de homens e de animais, esculpindo-os em cera ou barro, ou transformando em pedra os inimigos, ora por punição, ora por diversão, ora por pura malvadez.

Esse "Macunaíma", redescoberto no século XX, já diferia da misteriosa entidade sobrenatural, cultuada séculos antes. Revelara-se agora como uma espécie de *deus mutante*, possuidor dos mesmos poderes mágicos/criadores, mas tendo um *lado humano*, que se manifestava num misto de astúcia, maldade natural/instintiva e alegria zombeteira. Despido dos antigos atributos de deus quase olímpico e sisudo, agora tornara-se o herói quase picaresco das estórias contadas nas aldeias indígenas, fazendo rir ou assustando.

Foi este último "avatar macunaímico" que atraiu o interesse de Mário de Andrade e serviu-lhe de contraponto para a criação do seu Macunaíma, "o herói de nossa gente".

O Macunaíma marioandradino

Por certas cartas de Mário aos amigos, conclui-se que a extensa recolha folclórica, realizada por Koch-Grubeng, foi para ele uma espécie de "Abre-te Sésamo!". Estaria ainda em "processo de gestação" o seu projeto modernista de "materializar" em livro o *quid brasílico* (ignorado pela cultura europeia, que nos moldou como povo), quando ele teve acesso à volumosa coleção de lendas e estórias indígenas, recolhidas em livro pelo etnólogo alemão. Nelas, descobriu a figura mutante do Macunaíma tribal. Como defini-lo? Ente divino ou humano? Entidade benéfica ou maléfica? Figura ambígua, tida por algumas tribos como

[84] Obra publicada em 6 vs., registrando o lendário indígena recolhido pelo pesquisador e cujo 2º v. *Mythen* und *Legenden* der *Taulipang Und Arekuna Indianer*, foi uma das principais fontes ultilizadas por M. A. Essa coleção de estórias foi traduzida em 1925, no Rio de Janeiro, por Clemente Brandenburger, e publicada na *Revista de arte e ciência* nº 9, "Lendas Índias da Guiana Brasileira". (N. da A.)

"deus", mas cujo nome o identifica como o "Grande Mau"(*Macku* = mau, *ima* = grande). Foi essa a "semente" multissecular que — fecundada por seu gênio e extraordinária cultura erudita/popular/folclórica — se transformou no Macunaíma marioandradino, "o herói sem nenhum caráter" ("caráter", no sentido de "personalidade", maneira de ser, e não, de desonestidade).

Em carta escrita, em 1928, a Alceu Amoroso Lima, logo após a publicação de *Macunaíma, o herói sem nenhum caráter*, Mário de Andrade comenta essa circunstancial relação:

> Resolvi escrever porque fiquei desesperado de comoção lírica quando lendo o Koch-Grunberg percebi que Macunaíma era um herói sem nenhum caráter nem moral nem psicológico, achei isso enormemente comovente nem sei porque, de certo pelo ineditismo do fato ou por ele concordar um bocado bastante com a época nossa, não sei [...]. Mas se principio matutando um pouco mais sobre o livro que escrevi sem nenhuma intenção, me rindo apenas das alusões a psicologia do brasileiro que botava nele, principia surgindo tanto problema tratado, tanta crítica feita dentro dele, tanto simbolismo até, que nem sei parece uma sátira tremenda e não é não. (19.05.1928)[85]

Em sua sensibilíssima percepção, de que a verdade última das coisas escapa ao conhecimento humano, Mário de Andrade sabia que o "homo brasilicus" ainda estava em formação e ultrapassaria de muito o seu "herói sem nenhum caráter". Daí, sem dúvida, ter-se insurgido sempre contra a definição do seu *Macunaíma* como "símbolo" ou "sátira" do ser brasileiro. Ele seria apenas uma "metáfora" do brasileiro comum/esperto/amoral que, para sobreviver no "país do jeitinho", joga conforme as "regras do jogo", onde "só pode quem tem"... Em carta a Carlos Drummond, ele reforça essa intenção:

---

[85] Todas as citações marioandradinas, aqui registradas, obedecem à ortografia usada pelo Autor. (N. da A.)

> Meu Macunaíma nem a gente pode dizer que é indianista. [...] O que procurei caracterizar mais ou menos foi a falta de caráter do brasileiro que foi justamente o que me frapou quando li *o tal ciclo de lendas sobre o herói taulipangue.* Os caracteres mais principais que a gente percebe no livro são a sensualidade, o gosto pelas bobagens, um certo sentimentalismo melado, heroísmo, coragem e covardia misturadas, uma propensão pra política e pro discurso... Fiz o que me vinha na cabeça unicamente me divertindo e nada mais. (grifos meus)

Sem dúvida, inventar e escrever a trama de *Macunaíma* — verdadeiro caldeirão linguístico, onde fervem e se confundem mil estórias ou lendas indígenas e costumes civilizados —, deve ter sido, para Mário de Andrade, uma desafiante e divertida aventura. Mas o "motor" primeiro, que o impulsionou, estava muito além da mera curiosidade ou diversão: *"O que é ser brasileiro?"*. Foi essa, sem dúvida, a interrogação-chave que o desafiou desde sempre — verdadeira "espinha dorsal", que lhe permitiu dar "corpo" (embora labiríntico) às milhentas pesquisas feitas, em diferentes campos de conhecimento, e filtradas por seu extraordinário poder de invenção.

Em sua essência, *Macunaíma* é uma aventura literária, em demanda de uma *fala brasileira.* Sua trama fabulosa se constrói na contramão da sintaxe portuguesa — alicerce da nossa língua. Sua estruturação formal desafia os consagrados gêneros literários: *Macunaíma* não é conto, nem romance, nem novela. Mário de Andrade definiu-o como "rapsódia", narrativa labiríntica que desafia a lógica comum, rompe com os conceitos civilizados de espaço e tempo que nos regem e cria um universo singular, que permanece único no mundo da Literatura Brasileira.

A trama rapsódica

Embora impossível de se abarcar, numa rede lógica, os milhentos aconteceres que se embalharam na "rapsódia marioandradina", tentamos destacar alguns dos aconteceres-chaves do labiríntico/simbólico enredo, montado por Mário como um verdadeiro *quebra-cabeças.*

O início. A cena de abertura já antecipa a problemática nuclear da trama: *o nascimento* anti-heroico do "herói de nossa gente" (o Macunaíma "preto retinto", criança "feia", gerado por uma índia velha), contrastando com *o espaço e momento paradisíacos* ("o silêncio" dominante/ solene, quebrado apenas pelo "murmurejo do rio Uraricoera", circunstância altamente simbólica).

A ambiguidade macunaímica. Desde criança, Macunaíma revela-se como um ser-da-Natureza, impelido pelas forças naturais/instintivas, livre dos interditos morais, alegre, preguiçoso, trapaceiro, dotado de certos poderes mágicos e de uma esperteza malandra para alcançar o que deseja, sem fazer força. Impulsionado por uma sexualidade puramente física e livre de quaisquer limites, ainda menino divertia-se em "brincar" com todas as mulheres da tribo, inclusive com as cunhadas, traindo os irmãos, tranquilamente. Mas em se tratando de *velhas tradições da tribo*, permanecia fiel. *"Nos machos guspia na cara. Porém respeitava os velhos e frequentava com aplicação a murua a poracê o tore o bacororô a cucuicoque, todas essas danças religiosas da tribo."*

Nele, Mário de Andrade procurou criar o "herói-síntese" do brasileiro-em-formação, tal como o definiria mais tarde no artigo "Psicologia em ação" (1939): *"Os heróis-sínteses, à antiga, só escapam da fraqueza criadora e da pobreza de análise, quando assumem um vigoroso sentido de crítica humana, de alguma forma moralista."* (in *O empalhador de passarinhos*). *É essa Consciência Moral o que falta ao "herói macunaímico"*... Falha que o seu criador denuncia.

A ruptura com a origem. Entre mil feitiçarias e molecagens, sozinho ou com os irmãos Jigue e Maanape, Macunaíma se fez homem. Um dia numa caçada perseguiu uma "viada parida", flexou-a e cantava vitória, quando chegando perto viu que matara "a própria mãe tapanhumas". "Tinha sido uma peça do Anhanga...". Morta a mãe, Macunaíma e os irmãos se afastam da "querência" natal. Deixaram a tribo e se entregam às mais estapafúrdias aventuras, entre entidades folclóricas, feiticeiras e divindades da terra e do céu.

Ci, Mãe do Mato. Em seu perambular pelo mundo, Macunaíma encontra Ci, Mãe do Mato, rainha das Icamiabas, "cunhã linda", feiticeira poderosa, que lutou bravamente até ser domada e "brincar" com ele.

Ao violá-la, Macunaíma infringe um interdito: o celibato das Amazonas (tribo de índias guerreiras e virgens); e logo mais será castigado. De imediato, pelos poderes de Ci, ele se torna o "novo Imperador do Mato-Virgem"... Vive com preguiça, balançando na rede, enquanto Ci sai para as lutas no mato. Das "brincadeiras" entre ambos nasce um "filho encarnado", que pouco depois morre envenenado, porque a Cobra Preta chupara o leite do único seio vivo de Ci e ali deixara o seu veneno. Depois da *pajelança* do enterro do filho, "Ci tirou do colar uma muiraquitã famosa, deu-a pro companheiro e subiu pro céu por um cipó". Virou estrela: a Beta do Centauro."No outro dia dia bem cedo o herói padecendo de saudades de Ci a companheira pra-sempre inesquecível, furou o beiço inferior e fez da muiraquitã um tambetá. Sentiu que ia chorar. Chamou depressa os manos, se despediu das icamiabas e partiu."

As andanças de Macunaíma. Inconsolável com a perda da amada Ci, Macunaíma, acompanhado dos irmãos, põe-se a perambular, sem destino, pelos "matos" sobre os quais ele imperava. "*Por toda a parte, ele recebia homenagem e era sempre acompanhado de araras vermelhas.*" Infeliz, consolava-se apenas em contemplar as estrelas, entre as quais brilhava a da amada Ci. Embrenhando-se por "matos misteriosos", ele vai levando o Leitor a se envolver com mil seres da Natureza livre, que se misturam, se atraem e se repelem... Seguindo-o a custo, o Leitor se perde nesse universo aparentemente natural, mas inverossímil, de pura imaginação (embora lidando com realidades concretas), no qual todos os seres falam e revelam seus dramas ou tragédias. Cascatas, rochas, aves, rios, pedras, formigas, aranhas, lagartixas, cobras, monstros, divindades, etc... formam um fantástico universo, por onde o "herói" perambula a esmo, carregando a dor pela perda da amada Ci.

Mas, a certa altura, nova perda daria um novo sentido às suas andanças. O acaso leva-o a enfrentar a monstruosa Capei, a Cobra Grande, numa luta desigual, da qual afinal ele sai vencedor, ao decepar-lhe a cabeça. Venceu a luta, mas nela *perdeu a muiraquitã.* Desesperado, recomeça as andanças juntamente com os irmãos e acabam descobrindo que ela fora engolida por uma tartaruga. Mais tarde, esta foi apanhada e morta por um "mariscador" que, ao encontrar a "pedra talismã", vende-a a um poderoso fazendeiro, o italiano Venceslau Pietro Pietra que *"enriquecera em São Paulo, a cidade macota lambida pelo igarapé Tietê"*.

Em demanda da muiraquitã. A partir dessa descoberta, as andanças de *Macunaíma* ganham sentido: seguem em busca da muiraquitã perdida. Busca essa, que certos críticos compararam com a *Demanda do Santo Graal*, na qual se empenharam os Cavaleiros do Rei Artur, na Idade Média. Mas, sem dúvida, essa seria uma aproximação entre opostos: *a sacralidade e alto desígnio* da Demanda Arturiana, cuja verdadeira essência e finalidade *era a própria Demanda* (a do Ser em busca de sua mais plena realização heroico-existencial), enquanto a "demanda macunaímica" visa apenas *a recuperação do talismã* (objeto mágico que facilitaria a vida daquele que o possuísse).

Nessa "busca macunaímica", Mário de Andrade define o caráter-brasileiro-em-formação, tal como o via: homem interessado em desfrutar de bem-estar, mas sem esforço, usando sempre de uma lógica malandra, muito própria e voltado para *soluções mágicas* (tesouro enterrado, jogo do bicho), deixando-se enganar com facilidade e também enganando os outros, sempre que precise livrar-se de uma situação incômoda ou difícil.

Enfim, entregando-se à busca da muiraquitã perdida, Macunaíma e irmãos deslocam-se ao longo do Rio Araguaia, em direção a São Paulo, onde vivia Pietro Pietra e com ele o talismã.

As mais absurdas aventuras se sucedem durante essa picaresca/labiríntica viagem, que desafia o leitor a encontrar-lhe qualquer espécie de lógica. Ao escrever essa "rapsódia", Mário de Andrade empenhou-se em "desgeografizar" o Brasil. Daí a anulação de fronteiras, que resultou numa espécie de "carnavalização" do território brasileiro.

Seguindo o Araguaia, Macunaíma topa com São Paulo, em seguida foge para Ponta do Calabouço no Rio de Janeiro e de repente o vemos em Guajará-Mirim nas fronteiras do Mato Grosso e Amazonas, para em seguida se pôr a chupar manga em Itamaracá (PE) e comprar "licor" em Santa Catarina, etc., etc. Durante essa absurda/cômica viagem, Macunaíma vai passando por diversas metamorfoses: vira "gota d'água", se transforma em "peixe" (aimará, piranha, etc.), ou em "moço bonito" etc., etc.

A sarabanda de absurdos prossegue até o final da trama, com os encontros/desencontros de Macunaíma com o italiano Pietro Pietra, que de repente se transforma no "*gigante Piaimã, comedor de gente*", mas acaba sendo vencido. Depois de recuperar a muiraquitã, Macunaíma atira-o num "caldeirão fumegante de macarronada", onde morre cosido. É realmente difícil encontrarmos fio lógico nessa fantástica anti-epopeia que tem, nas raízes, a visão desencantada de Mário de Andrade, em relação ao brasileiro inconsciente/malandro, que ele via à sua volta. Essa sua íntima relação com a realidade brasileira é que estaria em jogo na trama e se faz evidente no capítulo "Macumba", no qual o próprio Mário de Andrade aparece como personagem, juntamente com Manuel Bandeira, Blaise Cendrars, Jaime Ovalle, Raul Bopp, Antônio Bento, Ascenso Ferreira... Alegre grupo que participou de uma cômica Macumba, onde Exú, o Diabo, foi evocado para ajudá-los a encontrar a *muiraquitã*.

Em meio à labitíntica narrativa, *a muiraquitã* permanece como o fator dsencadeador das ações. Difícil determinararmos o seu valor simbólico. Ou melhor, metafórico. Ela significaria a perda da pureza primitiva do índio? Ou seria amuleto que garantiria força e poder de realização? Ou...? A verdade é que Macunaíma a recupera, mas não a retém... Seduzido pela sereia Uiara, atira-se nas águas da lagoa onde ela vive, mas é atacado pelas piranhas e a *muiraquitã* é engolida pelo Monstro Ururau. Macunaíma, ferido e infeliz, "*não achou mais graça nesta terra*" e acabou indo para o Céu, onde se transformou na constelação da Ursa Maior.

No Epílogo, o Leitor é surpreendido ao saber que, tudo que ele acabara de ler fora contado por "um pagagaio verde de bico dourado" ao Autor...

> Tudo ele contou pro homem e depois abriu asa rumo de Lisboa. E o homem sou eu, minha gente, e eu fiquei pra vos contar a história. Por isso que vim aqui. Me acocorei em riba destas folhas, catei meus carrapatos, ponteei na violinha e em toque rasgado botei a boca no mundo cantando na fala impura as frases e os casos de Macunaíma, herói de nossa gente. Tem mais não.

Livro de espantosa erudição e imaginação criadora, *Macunaíma* tem sido apontado pela crítica como uma espécie de Gênesis nacional. Ou melhor, anti-Gênesis, pois tudo é negativo no "herói sem nenhum caráter" macunaímico. Tudo resulta em fracasso, ruína, caos, morte... Mas seja qual for a interpretação que lhe derem, *Macunaíma* permanecerá no tempo, como metáfora de um Brasil amputado de suas raízes, mas eternizado pela "fala impura" macunaímica.

Dados biobibliográficos

Presença emblemática do Modernismo de 1922, genial desbravador de caminhos, poeta, contista, romancista, professor, crítico de Letras e Artes, musicólogo, folclorista, filósofo da literatura, dinâmico incentivador da Revolução Modernista, Mário Raul de Morais Andrade nasceu em São Paulo, em 9 de outubro de 1893. Momento em que o Brasil vivia os primeiros anos da República e o Estado de São Paulo se tornava a "Meca cafeeira", que atraía as grandes levas imigratórias, que fizeram a riqueza inicial do Estado.

Infância feliz, em meio a uma família numerosa, rodeado de calor humano e de valorização da Moral e da Religião — verdadeiras raízes do espírito fundamente religioso/humanista que singularizou o seu caráter e atuação no mundo. Fez seus primeiros estudos no Grupo Escolar da Alameda do Triunfo e a Primeira Comunhão na Igreja de Nossa Senhora do Carmo. Com doze anos, inicia novos estudos com os Irmãos Maristas, no Ginásio Nossa Senhora do Carmo, cujos professores franceses, belgas e brasileiros o iniciaram na leitura e descoberta da grande Literatura Francesa do entresséculos (XIX-XX), de linha humanista. Conhecimento que lhe serviria de lastro para a imensa cultura que ele foi adquirindo ao longo do tempo.

Em 1909, aos 16 anos, forma-se Bacharel em Ciências e Letras. Torna-se um leitor compulsivo e apaixonado. Ainda menino inicia estudos de piano, em casa, com sua mãe e a tia. Aos 18 anos, torna-se aluno do Conservatório Dramático e Musical de São Paulo, com o projeto de torna-se concertista. Ao mesmo tempo, estuda na Faculdade de Filosofia e Letras de São Paulo, vinculada à Universidade de Louvain e instalada no Mosteiro de São Bento. Aprofunda-se no conhecimento dos grandes Mestres da Literatura Francesa (Verhaerem, Duhamel, Claudel, Bérgson, os Goncourts, Jules Romains e Romain Roland). Na mesma época descobre a grande voz de Walt Whitman, mestre que teve grande influência na literatura europeia e a americana em geral.

É nessa época que se forma definitivamente o grande leitor, que Mário de Andrade foi durante toda sua vida e que alicerçou seu espírito criador. A música foi desde sempre sua grande paixão. Ainda aluno do Conservatório Dramático e Musical de São Paulo, torna-se "monitor", passa a dar aulas de Teoria Musical. Em 1913, alia-se ao grupo que funda a Sociedade de Cultura Artística e se dedica à organização de concertos, conferências, etc. Nesse mesmo ano, sofre rude golpe, com a morte do irmão Renato (num jogo de futebol). Entra em depressão e é levado pelo "Tio Pio" (Pio Lourenço Correa) para sua fazenda em Araraquara. Volta em setembro, recuperado e com novos planos de vida: desiste da carreira de concertista; dedica-se ao exercício da poesia; prossegue como "crítico musical" na imprensa e frequenta Curso de Canto. Em 1917, estreia como poeta com *Há uma gota de sangue em cada poema*, escrito sob forte e dupla emoção: a morte do pai e a notícia do afundamento de navios brasileiros pelos alemães (I Guerra Mundial). Em 1918, pede admissão ao noviciado da Venerável Ordem Terceira do Carmo. Em junho desse ano, recebe diploma de Membro da Congregação da Imaculada Conceição de Santa Ifigênia. Em setembro, publica em "A Gazeta" o artigo "A Divina Preguiça" (valorização do "ócio criador"). Entusiasma-se com a Arte Expressionista recém-chegada ao Brasil com as pinturas de Anita Malfatti, que escandalizaram o meio cultural paulista e foram o estopim para a explosão do futuro Movimento Modernista.

Em 1919, faz Profissão de Fé, como Irmão da Ordem Terceira do Carmo. Colabora em "A Cigarra", "O Echo", "A Gazeta". Em junho, faz a primeira viagem em Minas Gerais, cidades históricas, na quais descobre o Barroco e o Aleijadinho. Em Mariana, visita o poeta simbolista de sua admiração, Alphonsus de Guimaraens. Estuda alemão com

Else Schoeller Eggebert, esposa do organista, admirador de Wagner, da música moderna e do Expressionismo. Lê *a Deutsch Kunst Und Dekoration*, onde há reprodução da obra expressionista. Em 1920, torna-se colaborador de "Papel e Tinta", revista modernizante de São Paulo. Publica contos e crônicas na Ilustração Brasileira e Revista do Brasil do Rio de Janeiro. Integra o grupo de "vanguardistas"paulistas (Oswald de Andrade, Menotti Del Picchia, Guilherme de Almeida, Di Cavalcanti, Tácito de Almeida, Rubens Borba de Moraes). Frequenta o estúdio de V. Brecheret e compra seu bronze *Cabeça de Cristo*. Inicia a coleta de documentos musicais do folclore e da cultura popular. Escreve os poemas de *Pauliceia desvairada*, primeiro livro modernista brasileiro.

Em 1921, muda-se com a mãe e a tia para a casa da Rua Lopes Chaves (Barra Funda). Participa, em janeiro, do banquete dado por Oswald de Andrade no Trianon para oficializar o Modernismo. Em abril, participa do segundo ciclo de Conferência na Vila Kyrial (Rua Domingo de Morais) do mecenas Freitas Valle, apresentando "Debussy e o Impresssionismo". Em 27 de maio, o artigo "Meu Poeta Futurista" de Oswald de Andrade sobre *Pauliceia desvairada*, publicado no "Jornal do Comércio", tira-o do anonimato, mas o desagrada. No mesmo jornal, Mário responde com o artigo "Futurismo?" (6 de julho), repudiando rótulos estéticos e firmando sua própria pesquisa da modernidade.

Em 1922, torna-se Professor Catedrático de História da Música, no Conservatório. Participa da Semana de Arte Moderna, realizada no Teatro Municipal, lendo poemas de *Pauliceia desvairada*, sob as ruidosas vaias dos estudantes. Enfrentando-as, no intervalo, na escadaria do teatro, lê texto teórico (talvez a primeira versão da *Escrava que não é Isaura*). Torna-se o grande agitador do Movimento Modernista. Participa do grupo da revista "Klaxon". Escreve *Losango cáqui*, poesia experimental, "literatura de circunstância" (ecos do período em que ele participa de manobras militares para reservistas). Integra o "Grupo dos Cinco" (Mário, Tarsila do Amaral, Anita Malfatti, Oswald de Andrade e Menotti Del Picchia). Em 1923, aperfeiçoa seus estudos de alemão com Kaethe Meichen-Blosen, de quem ele se enamora e transforma na Fraulein, personagem de *Amar, verbo intransitivo*. Dá início às dez

"Crônicas de Malazarte". Faz suas primeiras leituras de psicanálise e marxismo. Participa da revista "Ariel". Através de Oswald de Andrade e Sérgio Milliet, que estavam em Paris, entra em contato com Blaise Cendrars, Ivan Gall e Marinetti.

Em 1924, entusiama-se com a Revolução paulista, liderada por Isidoro Lopes. Realiza a histórica "Viagem de Descoberta do Brasil", em caravana com Blaise Cendrars e amigos, percorrendo cidades históricas de Minas. Contato intenso com a cultura popular, da qual partirão sugestões para *Clã do jabuti*. Desenvolve intensa pesquisa linguística, adotando a fala brasileira em *Amar, verbo intransitivo* e nos *Contos de Belasartes*. Apaixona-se, platonicamente, por D. Carolina da Silva Telles, que lhe inspira os poemas de "Tempo da Maria", incluídos in *Remate dos males*. Torna-se sócio do Automóvel Clube. Compra a máquina de escrever Remington (novidade na época!) e apelida-a de Manuela, em homenagem ao amigo Manuel Bandeira.

Em 1927, em companhia da grande amiga, D. Olivia Guedes Penteado e caravana paulista, realiza a segunda "viagem etnográfica" ao Norte, percorrendo de barco parte da Amazônia e chegando a Iquitos/ Perú — única viagem de Mário fora do Brasil. Escreve o diário *O turista aprendiz*. Filia-se ao Partido Democrático. Entra para o recém-fundado "Diário Nacional" (ali publica mais de mil textos: críticas, crônicas, poemas, contos, entre 1927 e 1932, quando o jornal é fechado). Em 1928, publica *Macunaíma: o herói sem nenhum caráter*. Inicia as experiências de fotógrafo amador, que iriam até 1931.

Em 1929, rompe amizade com Oswald de Andrade. Em 1931, dirige a Revista Nova, com Paulo Prado e A. Alcântara Machado. Em 1932, apoia o Movimento Constitucionalista. Escreve sob o nome de Luís Pinho. Em 1933, multiplica-se em atividades, em diferentes áreas culturais, entre elas, assume a coluna de crítica do "Diário de São Paulo". Em 1936, durante a gestão do Prefeito Fábio Prado, foi criado o Departamento de Cultura e Mário de Andrade foi nomeado Diretor da Divisão de Expansão Cultural. Na impossibilidade de acumular cargos, desliga-se do Conservatório. Entrega-se à organização das várias áreas de pesquisa (Teatro, Cinema, Salas de Concertos, Rádio-Escola, Artes

Plásticas, Folclore...). Cria a Discoteca Pública; parques infantis e projeta casas de cultura.

Em 1937, manifesta-se contra o Estado Novo getuliano. Em 1938, com o casal Claude e Dina Lévi-Strauss, cria a Sociedade de Etnografia e Folclore, assumindo sua primeira Presidência. Mas os ventos da política mudam de direção: Getúlio Vargas implanta o Estado Novo e Mário de Andrade é desligado do Departamento. Abalado emocionalmente, ele se muda para o Rio de Janeiro, onde assume os cargos de Catedrático de Filosofia e História da Arte e de Diretor no Instituto de Artes da Universidade do Distrito Federal. Entra em crise depresssiva. Entrega-se à bebida e, periodicamente, torna-se paciente de Pedro Nava. Em 1939, torna-se consultor técnico do Instituto Nacional do Livro, onde elaborou projeto para a Enciclopédia Brasileira. Em 1940, promove Intercâmbio Cultural com a Argentina, através de Newton Freitas e Lydia Besouchet. Recusa convite para viagem a Buenos Aires. Sua crise emocional se agrava. Segundo diz em cartas aos amigos, ao ser obrigado a deixar São Paulo, ele começa a morrer. Aliás, uma das singularidades de Mário de Andrade foi sua entrega fraternal, quase obsessiva, à correspondência com amigos. Foram centenas de cartas, hoje reunidas em sua Obra Completa. Entre seus mais frequentes missivistas estão: Manuel Bandeira, Carlos Drummond, Guilherme de Almeida, Alceu Amoroso Lima (Tristão de Athayde), Augusto Frederico Schmidt, Ronald de Carvalho, Ribeiro Couto, Menotti Del Picchia, Sérgio Milliet...

De volta a São Paulo, em 1941, é comissionado no SPHAN e inicia pesquisa sobre o pintor e compositor Pe. Jesuino Monte Carmelo. Promove restauro do Convento do Embu e da Igrejinha de São Miguel Paulista. Colabora na revista "Clima". Em 1942, reassume o cargo de Catedrático no Conservatório. Realiza o corajoso e melancólico balanço "O Movimento Modernista". Torna-se sócio-fundador da Sociedade dos Escritores Brasileiros. Recusa convites de viagem, feitos pelo governo norte-americano (para participar do Congresso Afro-Brasileiro no Haiti) e pela Fundação Rockfeller (para visitar os EEUU). Torna-se um doente crônico. Escreve ao amigo Paulo Duarte:

"Me percorre o dia e a noite uma vasta, uma profunda tristeza, uma inquietação, mais do que isso: um medo que é a coisa mais desagradável deste mundo."

Em 1943, colabora na "Folha de São Paulo". Inicia publicação de sua Obra Completa (Ed. Martins). Passa a fumar "Petits Londrinos" (cigarro forte da Souza Cruz). Em 1944, escreve repudiando o Nazismo. Manifesta-se a favor da arte engajada. Em novembro inicia a escrita do poema "Meditação sobre o Tietê", que termina às vésperas de sua morte. Em 1945, participa do I Congresso Brasileiro de Escritores em São Paulo (22 a 26 jan.). Em 25 de fevereiro, sofre um enfarte do miocárdio e falece em sua casa. Foi enterrado no Cemitério da Consolação.

Sua extraordinária e complexa obra permanece como das mais representativas da brasilidade e das letras modernas no Brasil. Neste limiar do século XXI, Mário de Andrade avulta no universo da Literatura Brasileira como a figura do grande "iluminador de caminhos da brasilidade".

Publicações

Poesia — *Há uma gota de sangue em cada poema*, 1917; *Pauliceia desvairada*, 1922; *O losango cáqui*, 1926; *Clã do jabuti*, 1927; *Remate de males*, 1930; *O carro da miséria/Costela do grão-cão/Livro azul in Poesias*, 1941; *Lira paulistana*, 1946/post.

Ficção — *Primeiro andar*, 1926; *Amar, verbo intransitivo*, 1927; *Contos de Belasarte*, 1934; *Contos novos*, 1947/post.

Romance-rapsódia — *Macunaíma (O herói sem caráter)*, 1928.

Música — *Ensaio sobre a música brasileira*, 1928; *Compêndio de história da música*, 1929; *Música, doce música*, 1933; *Música do Brasil*, 1941; *Pequena história da música*, 1942.

Crítica e ensaio — *A escrava que não era Isaura*, 1925; *O Aleijadinho e Álvares de Azevedo*, 1935; *Namoros com a Medicina*, 1938; *O movimento modernista*, 1942; *O baile das 4 artes*, 1943; *Aspectos da literatura brasileira*, 1943; *O empalhador de passarinho*, s/d.; *Padre Jesuino de Monte Carmelo*, 1943.

Crônica — *Os filhos de Candinha*, 1943.

Cartas — A vastíssima correspondência mantida durante toda sua vida com amigos escritores de todo o Brasil, está recolhida em vários volumes de sua Obra Completa.

60. MÁRIO PALMÉRIO

Do Homo Ludens ao Homo Tragicus
O universo novelesco de Mário Palmério[86]

> O Sertão dos Confins é um mundo de chão arenoso e branco, que principia na Serra dos Ferreiros e acaba no Ribeirão das Palmas. [...] E é um mundão largado de não acabar mais. Terra boa mesmo coisa escassa. [...] Ah, e a caatinga! Farturão de caatinga, possui o Sertão dos Confins. [...] Lavoura, lavoura mesmo, por ora nada. [...] Mas se é magro de boas terras, tem lá as suas compensações. A caça encontra-se a vontade nas tiras de mato e nos varjões beira-rio. [...] É muita gente vivendo nos Confins. Gente boa, gente ruim, gente velha, gente nova: homens, mulheres, criançada. [...] Município novo, recém-emancipado, mas com prefeitura e câmara de vereadores já em funcionamento. [...] Não senhor, não consta das cartas. [...] Entretanto, se a Vila dos Confins não aparece em mapa algum, a despeito de existir o lugarejo desde o tempo das sesmarias, a culpa não é da Vila, nem de ninguém de lá. Culpa mesmo do governo, que afinal de contas sempre foi, é e será ele o culpado de tudo o que acontece de errado e malfeito por esse mundo de Nosso Senhor.

É assim que se abre *Vilas dos Confins*, numa espécie de Prólogo que se desdobra por várias páginas e já antecipa os fios, que se entrelaçarão, para comporem a trama novelesca, logo adiante se desenrolando num ritmo descansado/embaralhado de contador de estórias. Inclusive, desde esse início, o leitor fica sabendo que a Vila dos Confins não existe "em mapa algum". Isto é, trata-se de uma *cidade inventada*, espécie de símbolo ou metáfora dos muitos povoados perdidos pelos sertões brasileiros. Romance de estreia de Mário Palmério, publicado em 1956, com apresentação de Rachel de Queiroz, *Vilas dos Confins* tornou-se, de imediato, um dos *best-sellers* da época — consagrado como "o primeiro

[86] Texto inédito (2008). (N. da A.)

grande romance da vida política no Brasil" (W. Martins); e que vinha propor novos caminhos para o nosso Regionalismo.

Vivia-se o período confuso do pós-Guerra Fria (1945-1956). O grande romance nordestino de 1930 já chegara ao auge e se esgotava em sua seiva original. *Sagarana* de Guimarães Rosa já havia surgido dez anos antes, acenando com uma nova exploração das potencialidades de um Brasil rude, em estado bruto, ainda não domado pela civilização citadina. A "era rosiana" já nascia... abrindo caminho para um regionalismo humanista e descobrindo a Palavra como o meio criador privilegiado; descobrindo que o Real invisível aos olhos, ao ser nomeado, passa a existir concretamente, como Realidade para todos.

Em meio a esse "caldo cultural", Mário Palmério escreve *Vila dos Confins*, que vem a público no mesmo ano em que "explodem" *Grande sertão: veredas* e *Corpo de baile*. Sua estreia surpreendeu a crítica, pois era um escritor que surgia já dono de um estilo maduro, 'sui generis' — uma escrita densa/lúdica, espécie de amálgama entre duas culturas: *a sertaneja* (regional/primária/ágrafa) e a *citadina* (urbana/culta/letrada).

É nesse estilo seivoso — espécie de fusão entre o do "contador de estórias" (que sem pressa vai embaralhando os aconteceres) e o do "novelista culto" (empenhado em denunciar o avesso da realidade aparente), que a narrativa vai-se enovelando. O eixo da trama é a realização da primeira eleição de prefeito e vereadores, na pequena Vila dos Confins, recém-elevada a Município. Entretanto, só com o avançar da leitura é que esse "eixo" político é percebido pelo leitor, pois, desde as primeiras linhas da narrativa, a grande realidade a atrair a atenção do narrador é a *paisagem natural* dos Confins e *a funda relação existente entre essa natureza agreste e os homens que ali vivem.*

> Sol já meio de esguelha, sol das três horas. A areia, um borralho de quente. A caatinga, um mundo perdido. Tudo, tudo parado: parado e morto.
>
> Mas alguém cruza aquelas lonjuras. E cruza sozinho, a mala nas costas. Quem será?
>
> O sol o conhece. A areia é sua velha amiga, a caatinga também. Não há mina-d'água que não o chame pelo nome, com arrulhos de namorada.

> [...] Fazenda nenhuma lhe cobra pouso; e merece comer na cozinha, com a dona da casa e as moças solteiras. É que em todo o Sertão dos Confins — e olhem que é um mundão largado de não acabar mais — não há mesmo quem não o conheça e não lhe queira muitíssimo bem.

Trata-se de Xixi Piriá, o mascate que, em sua mala, levava as mercadorias, os "luxos" da vida civilizada, para as regiões, onde o mercado ainda não havia chegado. Não por acaso, o romance se abre (e também se fecha, embora de modo trágico) com a figura de Xixi Piriá, o incansável/pacífico/estimado mascate — "elo" entre o viver primitivo e o *civilizado*, numa região que começava a passar do *estágio rudimentar* de vida para o civilizado. Símbolo do Mercado (que é o verdadeiro motor do mundo progressista), Xixi Piriá atravessa, quase desapercebidamente, toda a trama narrativa, fazendo parte da galeria de tipos humanos que habitam as "vilas dos confins", espalhadas em perdidas regiões do Brasil.

Trama que, aos poucos, vai revelando a vida humana como uma rede invisível, na qual tudo existe interligado: desde o mais ínfimo elemento da Natureza, até as mais ocultas paixões humanas. Rede de relações, que as leis da Política tentam manter dentro de determinada Ordem — sempre obedecendo aos interesses de determinado grupo (ou homem) ou à lei do mais forte.

Importante notar que a Vila dos Confins é apontada pelo Autor, já no prólogo, como cidade inexistente, inventada — o que nos lembra outras grandes "invenções" no mundo da Literatura: "a Yoknapata" de Faulkner ou "Grande Sertão" de Rosa... Entretanto, se esses diferentes "espaços" novelescos se igualam, por serem "inventados" (metáforas de regiões reais), a da Vila dos Confins de Mário Palmério difere deles por sua dimensão realista: tudo o que se enovela em sua trama é absolutamente real, é o Brasil (em sua face política chicaneira) posto a nu... Se na Yoknapata, inventada por Faulkner, tudo é fantasmagórico/anormal/deformante, ou no Sertão rosiano tudo é mítico/onírico/religioso/filosófico... em *Vila dos Confins* tudo é autêntico... Segundo o próprio Autor, esse romance nasceu de sua própria experiência, quando deputado federal (no Governo Vargas). Durante períodos de eleição, andou percorrendo terras sertanejas e conhecendo de perto a vida nas comunidades regionais e os tipos humanos que as habitam. Em seu romance transformou-os em personagens: o mascate Xixi Piriá; o Pe. Sommer, o padre conciliador; João Turco, o dono do armazém; Maximino e João Soares, fazendeiros de respeito; Gerôncio e Rufino, pescadores; Arlindo Telegrafista; Alcindo da Coletoria; moças casadoiras, mulheres "fáceis", pais severos, "coronéis" como Nhoca Soares e Chico Belo, donos de grandes extensões de terras e de todos quantos ali moravam... E, enredando tudo, as intrigas, traições, lutas às claras ou às ocultas, mantidas pelos que se julgavam donos do poder e da vida dos demais.

Misto de memorialismo e invenção, *Vila dos Confins* é um retrato da vida vivida em longínquos rincões brasileiros e aqui captada pelo Autor, em um tempo de exceção: o da preparação para a primeira eleição política a ser ali realizada.

O deputado Paulo dos Santos é a figura que chega da capital, apoiado pelo governo, para lançar a candidatura do fazendeiro João Soares ao cargo de prefeito, pelo Partido União Cívica. Candidatura que concorre com a de Chico Belo, grande fazendeiro e poderoso coronel, apoiado pelo Partido Liberal (e que acaba vencendo devido a "acertos feitos por baixo do pano" com o governo central).

Desdobrando-se lentamente — segundo o tempo da Natureza livre e não o tempo da civilização progressista —, a narrativa vai misturando casos e mais casos de pescarias, caçadas, acontecimentos divertidos ou trágicos... entremeados com os conchavos entre políticos e coronéis, e suas artimanhas para arregimentar eleitores entre os caboclos analfabetos, espalhados pelos confins sertanejos.

Mas, se a problemática de fundo é dramática (trata-se da denúncia da desonestidade ou da inconsciência política dos que manipulam o Poder), o *tom*, em que ela é narrada, é *lúdico*. A começar pela tendência ao devaneio, ao sonho, ao alheamento, que caracteriza a personalidade do deputado Paulo, e que o impede de assumir plenamente a responsabilidade de sua tarefa política. Ele está ali desempenhando papel central no processo da eleição de seu candidato, mas sem nenhuma paixão, sem verdade interior a impulsioná-lo.

Seu gosto é pelas pescarias, caçadas... ou pelas longas conversas com os caboclos, ouvindo "causos" e mais "causos" de perigosos enfrentamentos dos sertanejos com a natureza em bruto. Ele mesmo tem consciência dessa sua inapetência pela tarefa política. E chega a confessá-la ao Nhoca Lourenço, o manhoso e despótico coronel, a quem ele tentava convencer a se candidatar como vereador.

> O senhor pode achar graça. Pode até pensar que estou querendo apenas ser-lhe agradável. Mas vou-lhe dizer a verdade: sou tão roceiro, tão sertanejo, tão fazendeiro quanto o senhor. Só que o senhor conseguiu fazer tudo isso, fincou estaca maneira, realizou o seu sonho. Eu ainda ando como o senhor andava nos seus tempos de peão de boiadeiro [...] Mas o diabo é que me botaram nas mãos, quando eu era menino, caderno e livro, em vez de uma boa vara de ferrão. Sentaram-me em banco de escola em vez de me montarem em pelo num poldro sem costeio. Meteram-me um freio de água-choca nos queixos e me puxaram de rastro *para um caminho que não era o meu...*

Em essência, *Vila dos Confins* é um romance-denúncia da política fraudulenta (a do voto-de-cabresto), que vigorava no Brasil interiorano, antes da atual Lei Eleitoral. Paralelamente a essa denúncia, ele compõe um lúcido painel das mil e uma facetas do Brasil caboclo, em fase de transição: do estágio rudimentar (Homem *versus* Natureza) para o *estágio civilizado* (Homem *versus* Sistema Político controlador dos homens e da natureza livre).

Ao saudá-lo, em sua estreia, Wilson Martins afirma: "*Vilas dos confins* é, à sua maneira, um 'retrato do Brasil', não amargurado e melancólico quanto o de Paulo Prado, mas infinitamente mais 'chocante', isto é, mais eloquente."

Luiz Fernando Emediato (Caderno 2, "O Estado de São Paulo", jan.1988) em comentário ao romance, escreve:

> O nosso Brasil da corrupção e da crise é quase igual ao Brasil dos coronéis. [...] Troque o sertão mineiro (ou paulista, ou nordestino) pelas

cidades deste país: o voto de cabresto, pelo engodo e a demagogia na TV, as urnas fraudadas pelos computadores manipulados; os coronéis pelas máfias dos negócios especiais e dos partidos sem princípios; e você descobrirá que Mário Palmério é um dos romancistas mais atentos da nossa realidade subdesenvolvida e bárbara. O Brasil de hoje ainda é uma grande "vila dos confins". Mais sofisticada, é claro, mas sempre periférica, miserável, primitiva.

Seria assim?

Romance de húmus densamente crítico, mas que se oferece ao leitor como um espaço aberto, batido de sol, penetrado de calor, de beleza natural, e da alegria gostosa de quem sabe saborear a vida devagarzinho, *Vilas dos confins* transcorre em uma atmosfera lúdica, diametralmente oposta à que vamos encontrar em *Chapadão do bugre.*

Chapadão do bugre[87]

Epopeia? Tragédia? Romance? Publicado quase uma década depois do livro anterior, *Chapadão do bugre* é, como as obras de arte maior, difícil de ser classificado, como gênero.

Notavelmente amadurecido no domínio de sua palavra criadora, Mário Palmério constrói, neste novo livro, um universo uno, complexo, de uma dramaticidade funda/viril, cujas forças motrizes têm como eixo dramático um pacato dentista sertanejo, José de Arimateia, que o destino colheu de repente e atirou num redemoinho de tragédias, transformando-o num fugitivo, acossado pelo desejo de vingança.

> José de Arimateia chegou às alturas do chapadão sem topar com embaraço algum. [...] Tudo pronto, achegou-se ao aparado da serra para se despedir do mundo que ficara lá por baixo — os fundos precipícios que se sumiam na escuridão. Sim, havia de voltar um dia, nem que tivesse de vender a alma!

É nesse momento, ao atingir "as alturas do Chapadão", que tem

[87] Adaptação do texto didático publicado in NNC. *O ensino da literatura.* 1966. (N. da A.)

início a sombria cavalgada de José de Arimateia, fugindo de um crime que o destino o levara a cometer. Cavalgada dramática que se torna o motivo gerador da trama narrativa, ao enredar tragicamente homens e aconteceres, como os círculos que se abrem na água imóvel, a partir da pedra jogada.

Acompanhando a *via crucis* de José de Arimateia, a labiríntica narrativa (constante entremear de presente e passado) vai revelando ao leitor uma fervilhante paisagem sertaneja, em que a hombridade, a ternura, a fidelidade, os ódios, as paixões humanas se alteram num jogo contraditório e imprevisível.

Em *Chapadão do bugre*, Mário Palmério cria um universo espantoso, em que homem e Natureza se fundem, num tropel de exasperados sentimentos e ações, como que determinados por uma força cega: o destino, o *fatum*, da tragédia grega.

Ao longo da trama, o leitor vai se apercebendo de que tudo ali acontece como que determinado por algo que escapa à vontade, intenção ou controle dos homens. Tentando sintetizar a visão de mundo que singulariza esse universo, destacamos três ideias-forças que ali se entrelaçam:

- O Homem é joguete do destino, sua vontade e inteligência são impotentes para determinar ou mudar o rumo dos acontecimentos.
- Ninguém vive isolado o seu drama, não há gesto nenhum, divorciado do Todo.
- O Bem e o Mal são valores relativos; não podem ser identificados de maneira absoluta; o que lhes dá o verdadeiro peso é a consciência de cada homem.

Jogando com essas forças, que engendram o processo trágico da vida, Mário Palmério transporta para o solo sertanejo a grandeza sóbria da tragédia clássica. José de Arimateia é o *homo tragicus*, atingido pela fatalidade, como que conduzido por forças cegas, desconhecidas, que fazem do homem um joguete do destino.

Ele foi "jogado muito cedo no mundo, sem eira, nem beira, sozinho", sem saber o nome dos pais. Também sem saber como, vê-se vivendo com seu Joaquinsão Carapina; e depois exercendo as funções de "candeeiro, boieiro de lavoura, capinador de enxada. Largado hoje aqui, largado ali amanhã, corrido a mor parte das vezes da maldade dos mais grandes". Depois o convívio com Seu Valico Ribeiro; o aprendizado de dentista com Seu Custódio, o chegar à fazenda de Capão do Cedro e tudo o mais que se desencadeia daí por diante, até a tocaia no Cruzeiro das Três Cruzes.

Embora a palavra "fatalidade" não seja mencionada expressamente, a sua ação é patente na vida de José. O problema surge quando tentamos configurar sua dimensão interior conforme a estrutura do herói-trágico, cuja essência ele nos lembra a cada momento.

José de Arimateia é uma criatura de espírito manso, humilde e generoso e ao mesmo tempo viril, tenaz, com grande noção de sua hombridade. Entretanto, embora se revele viril e de indomável vontade, *não encontramos nele a consciência da própria grandeza* ao dominar suas paixões e ao assumir a fatalidade de seu destino. Consciência que faz com que o herói de Corneille, Augusto (CINNA. 1640) exclame a certa altura: "Je suis maitre de moi, comme de l'univers." ("Eu sou dono de mim, como do universo")

José de Arimateia, sem dúvida, assume a fatalidade de seu destino; porém há algo que o diferencia do outro. Eis-nos diante de um impasse: enquanto a ação exterior conduz-nos à configuração de uma "atitude trágica" de linhagem clássica, a dimensão interior, no-la desmente. Em que José de Arimateia difere do esquema do herói-trágico tradicional, sendo ele indiscutivelmente uma personagem trágica?

A resposta nos é dada pelo elemento-chave de sua personalidade: *a ausência de lucidez frente ao seu próprio drama*. Ou melhor, a ausência de consciência do próprio "eu" enredado no processo trágico. É esse elemento-chave que diferencia José de Arimateia e faz dele o herói simplesmente humano, que é joguete do destino, mas que disso não se dá conta. Não analisa, não se pergunta; simplesmente vive com paciente e inconsciente grandeza seus princípios de hombridade, lealdade e amizade.

Essa sua ausência de autoconsciência fica clara, se o compararmos com heróis trágicos clássicos. Como, por exemplo, com Orestes, de Racine, também como ele, um herói marcado, condenado a ser instrumento de crimes.

> Uma vez que, depois de tantos esforços, minha resistência é vã, entrego-me cegamente ao destino que me arrasta.

Não há "cegueira" nesse entregar-se, pelo contrário, há uma orgulhosa lucidez, que persiste ainda quando Orestes já está preso nas trevas da loucura e do delírio:

> Mas que espessa noite, de repente, me envolve? Por que lado sair? [...] Deuses! Que rios de sangue correm em torno a mim!

Também envolto pela escuridão de seu destino (com um crime cometido e outros dois planejados) José de Arimateia, entretanto, não tem consciência da fatalidade que o governa; não analisa, embora aja sempre sob a indisfarçável coação de uma força interior que nada pode deter. A mesma força que, em outras circunstâncias, é sentida por Hernani, o herói trágico-romântico de Victor Hugo.

> Sou uma força que vai! Agente cego e surdo de mistérios fúnebres! Uma alma de desgraças, feita com trevas! Onde vou? Não sei. Mas sinto-me empurrado por um sopro impetuoso, por um destino insensato.

Tal qual o herói-trágico, José de Arimateia é um mero agente das forças do destino, contudo não atinge o plano transcendental da heroicidade supra-humana, porque não tem consciência do seu "eu" arrastado pela trama da vida e permanece adstrito à sua simples humanidade: o herói humano, vigoroso, que vive o seu *fatum* com a força instintiva e pura das coisas da natureza. Um herói que se enquadra, porém, numa visão pessimista da vida, pois, a despeito de sua vontade, inteligência ou esforços, ele é impotente frente ao destino.

Entrelaçada a essa força fatal do destino, existe outra constante que revela, em José de Arimateia, o *homo tragicus*: é a funda interligação que une tudo e todos dentro da infinita rede invisível da vida.

Ninguém vive isolado em seu drama. Essa é a ideia-força que se revela numa análise mais profunda da estrutura formal do romance. A uma primeira leitura, *Chapadão do bugre* dá a impressão de uma narrativa caótica, pois os fatos não se sucedem de maneira lógica/linear, mas misturados no tempo. Entretanto, uma releitura atenta à divisão formal do livro em "quadros", revelará facilmente que a ação presente da trama se desenvolve durante a misteriosa cavalgada de José de Arimateia, cuja causa e objetivo nos vão sendo desvendados, aqui e ali, como por acaso.

Essa cavalgada sombria, que corresponde ao *presente da ação* do romance, se divide em "quadros" (Cavaleiro e Montada, Santana do Boqueirão), que se repetem, intercalados por outros (Mata dos Mineiros), *cuja ação decorre no passado...* e assim vão sendo elucidados os fatos que, ao final, esclarecem a intricada rede de aconteceres ligados, direta ou indiretamente, ao drama de José de Arimateia, levado ao crime por ter sido atingido, brutalmente, em sua honra de homem.

Quem era José de Arimateia? Moço respeitado em Capão do Cedro, "dentista-ambulante"; "moço novo, bem afigurado, estimado, prosperando no serviço"; respeitado. "E da noite para o dia, de instantâneo, aquele mau sucesso, a vida demudada por completo — assim como um redemunho formado de repentino para arrasar com tudo, carregar com ele mais a Camurça e jogá-los em terra estranha, em meio de gente desconhecida."

Nesse ponto se inicia o romance, focalizando a cavalgada misteriosa de José de Arimateia, em meio da escuridão. É aí subindo a "serra empinada" e em meio à frialdade, puxando "sobre os olhos a aba do chapéu para protegê-los das unhas geladas da ventania", que entramos em sua convivência.

Tal qual os antigos rapsodos, Mário Palmério inicia o seu relato pelo clímax do conflito, dando assim ao romance uma estrutura paralela à dos poemas épicos, desde Homero, e à tragédia de linhagem grega. Sendo a "cavalgada" o tempo presente do romance e também o ponto mais alto do seu conflito, é para ela que o Romancista arrasta a atenção do leitor, aguçando-lhe a curiosidade, pelo uso do processo que Horácio aconselhava em sua carta aos Pisões:

> Ao iniciar precipite-se sempre para o desenlace e arraste o seu ouvinte para o clímax do conflito.

Ainda dentro do esquema épico-trágico, após a colocação, ex-abrupto, do drama, interrompe a narração e inicia o retrospecto de tudo que a antecedeu; entra na parte essencialmente episódica do romance.

Estabelecendo como tempo presente da ação a cavalgada de José de Arimateia desde Santana do Boqueirão até Campanário e a respectiva volta até o Cruzeiro das Três Cruzes, vemos que ela está rotulada de "Cavaleiro e Montada" e que se desdobra em três quadros, separados entre si por mais dois planos de ação: um, a ação retrospectiva, focalizando a vida de José de Arimateia antes do "redemunho formado de repentino para arrasar com tudo"; outro, a ação presente, focalizando o conflito que se desenrola em Santana do Boqueirão, simultaneamente à caminhada de José de Arimateia.

Erguendo-se, pois, sobre uma complexa justaposição de planos temporais e espaciais, *Chapadão do bugre* desenvolve-se através de uma narrativa labiríntica e espraia-se em episódios complementares, que a ampliam e enriquecem, pois todos os seus elementos estão fortemente interligados e dependentes uns dos outros.

Uma análise mais aprofundada da trama narrativa mostrará a interação existente entre a sua *estrutura externa* (42 capítulos em 3 quadros) e a *problemática* (o drama de José de Arimateia) que a energiza. O primeiro elemento que nos abre caminho para a decifração da arte com que Mário Palmério construiu o romance, é o simbolismo latente no nome bíblico do herói: José de Arimateia.

Relembrando os dados bíblicos: José de Arimateia foi o rico israelita, membro do Sinédrio e discípulo oculto de Jesus. Após a crucificação, ofereceu-se para levar o corpo de Cristo para o seu próprio túmulo e, ao descê-lo da cruz, recolheu três gotas do seu sangue num vaso de ouro. Esse será o "vaso sagrado", o Graal, que, mil anos depois da crucificação (já com o Cristianismo imperante), será o objeto da busca encetada pelos Cavaleiros do Rei Artur, nos romances de cavalaria medievais. Diz a lenda que, por esse "crime" de dar sepultura a Jesus, José de Arimateia esteve prisioneiro durante 42 anos, porém como guardara consigo o vaso sagrado, sentiu a passagem de apenas 3 anos. Quando liberto, vai para a Bretanha onde funda a Igreja de Glastonbury.

Estabelecendo o paralelo é simples verificar que, tal como o personagem bíblico, o sertanejo José de Arimateia comete uma ação que, aos olhos dos homens, é considerada um "crime", mas frente à sua consciência e verdade humana era apenas justiça. (E nesse aspecto apontamos a terceira força motriz do romance: o Bem e o Mal são valores relativos).

Tal como o Arimateia bíblico fica encerrado na prisão, durante 42 anos, o novo Arimateia está preso nas consequências de seu "crime" durante os 42 capítulos do romance: "tempo psicológico" total da ação romanesca. E mais, embora "existente" ali, em todo o decorrer da ação (pela rede de consequências que o seu primeiro crime desencandeara), José de Arimateia só emerge diretamente ao plano da narração, em 3 etapas, intituladas, como vimos, "Cavaleiro e Montada".

Paralelamente a uma atitude interior — a crença na relatividade da culpa —, Mário Palmério estrutura coerentemente a divisão externa de seu romance, numa esplêndida demonstração de talento de ficcionista, ao manipular os intrincados fios da efabulação romanesca, criando ao mesmo tempo uma atmosfera de poesia e sombras, que vai até a cena final tragicamente bela.

> Mas Camurça não pôde ouvir os tiros, a rajadazinha derradeira, assistir ao fim. De súbito, sumiu-se a barra da manhã, e uma noite sem lua e sem estrelas, negra, terrivelmente negra, acabou por tudo apagar e emudecer.

Fechamos o livro, mas aquela sensação fria de "noite sem lua e sem estrelas, negra, terrivelmente negra", permanece em nosso espírito completando coerentemente a imagem que o romance todo vinha criando: um mundo fechado numa tragédia surda e inevitável, pois ela é a fusão dos "fluidos" que cada elemento produz: a concatenação das ações, a caracterização das personagens, o foco narrativo, a linguagem, etc. Entretanto, há um que nos parece dos mais atuantes: é a configuração do espaço.

Esse é um dos elementos básicos que diferenciam a problemática de *Vila dos Confins*, da que fundamenta este romance. No primeiro, quase toda a ação decorre num espaço banhado de sol, imerso em calor, dando a sensação de um mundo aberto, no qual, apesar dos "desconcertos" do mundo, o que predomina é a integração harmônica Homem-Natureza.

Em sentido diametralmente oposto, nasce a ação de *Chapadão do bugre*. Encontramos pela primeira vez José de Arimateia, já em caminho, em meio à calada da noite fria; pra onde, não sabemos. É quando se apeia no rancho de João da Preta. Frio, escuridão, neblina é o clima. Serras empinadas, pedregosas, atalhos, rios, é o solo.

> Não, não carecia tanta pressa — José de Arimateia calculava. Havia saído com muita folga do Sassafrás, e a besta rompera bem o trecho até ao porto, apesar do nevoeiro que fechara o rio e a serra.
>
> [...] O frio aumentava. O rio já amanhecia com os barrancos esbranquiçados de orvalho, a água vagarosa e fumacenta — certeiros sinais de geada lá pela primeira lua de junho. [...] José de Arimateia começou a sentir a friagem subir-lhe pelo couro grosso das botas e empapar-lhe o revesso da capa de lã. Se no porto o tempo andava assim tirano, quanto mais depois de escalado o espigão — a ventania a galopar, solta de tudo, pelos ermos da chapada! [...] A serra se empinava, começava a apertar o mau tempo e José de Arimateia teve de abaixar mais ainda por sobre os olhos a aba do chapéu para protegê-los das unhas geladas da ventania. Diabo ia ser mas era nas outras noites, quando ganhasse o chapadão — calculava.

Essa é a temperatura e o solo que acompanham a cavalgada de José de Arimateia para o seu destino misterioso, feito na calada da escuridão, pois as ordens de Seu Americão Barbosa haviam sido claras: "Só viaje de noite!". Embora quase toda ação do romance se desenvolva ao ar livre, são escassíssimas as descrições de paisagem, que valham pela fruição do espetáculo, como em *Vila dos Confins*. Aqui a paisagem entra com um papel substancialmente funcional. Aquele cromatismo, aquela luminosidade, aquele gozo sertanejo da paisagem que marcam *Vila dos Confins* aqui praticamente inexistem.

Em *Chapadão do bugre*, os elementos da natureza, descritos, "enriquecem" a ação, têm sempre um papel funcional e não simplesmente decorativo.

> Escorriam ainda, lançante abaixo, os enxurros deixados pelo temporal. Mas o céu havia se limpado a lua muito clara e redonda, a noite, cheirosa da mataria que se lavaram recém.
>
> Dia perdido! — clamava com razão José de Arimateia. Antes tivesse voltado para a fazenda, em vez de ficar tentando passagem, margem acima e margem abaixo. A chuva caíra geral: havia abarcado todo o vale — as duas vertentes dos barrancos a despejar um mar de água do rio cada vez mais encorpado. Rodara a ponte do Ribeirão do Pato Bravo, enchera de fora a fora o varjedos da Baixada dos Santos Reis. Poucas horas de tromba, mas foi um dilúvio o temporal que de instantâneo se formou e desabou por sobre a Mata dos Mineiros.
>
> O remédio era regressar, desistir da viagem ao Curral de Esteio, fazenda de Seu Valico Ribeiro.

E a descrição prossegue, rica em pormenores, todos eles coesamente escolhidos para assumirem um papel decisivo na ação. A tempestade que cai, a terra inundada, as pontes destruídas não são apenas elementos que funcionam como pano-de-fundo, mas sim como instrumentos da ação. É a fatalidade que age por intermédio das forças naturais e que determina a interrupção da viagem e o consequente "redemunho" na vida de José de Arimateia.

Em *Chapadão do bugre*, nos elementos componentes do espaço, não há nada gratuito ou contingente, tudo parece ter nascido sob o signo do necessário. A paisagem sertaneja não é, para o romancista, um simples cenário mas sim um prolongamento do personagem e de sua vivência interior. Daí a ausência de luz e cor na paisagem. Fechado em seu drama interior, em seu desejo de vingança insatisfeito, o espírito de José de Arimateia só poderia se voltar para a memória dos acontecimentos que o reduziam àquela situação. E da paisagem em volta só o poderiam preocupar, realmente, os tropeços, os obstáculos, as léguas a vencer, os recantos onde se ocultar, os locais onde descansar.

Paralelamente à dura tragédia que se abatera sobre ele, com o peso de uma condenação do *fatum*, o espaço que o rodeia também é duro, agressivo, hostil e o fere e o agride; exigindo-lhe uma energia física tão endurecida quanto a sua energia interior, que aguentava virilmente a afronta; a agressão, a dor da hombridade violentada, na espera paciente pela hora da vingança.

Uma vingança que, afinal, não fora completa, pois ele não conseguira matar a traidora Maria do Carmo. E ei-lo de volta, numa nova cavalgada sombria, em direção a Capão do Cedro, montado na velha Camurça e acompanhado do companheiro Arcanjo. O romance se encaminha para o desenlace, que se dá num crescendo, até que tudo explode de chofre: a emboscada que o aguardava no fim do chapadão.

Arcanjo, julgando preservar a vida do amigo (que estava jurado de morte em todo Chapadão), levava-o para uma emboscada: ia entregá-lo à Captura, nas Três Cruzes. "Talvez fosse melhor assim: ajudava a entrega. Seu Isé, ajudava, livrava-o de ser caçado a tiros pelo chapadão".

Numa cena de fundo impacto emotivo, a grande arte de Mário Palmério faz de Camurça a grande testemunha da inesperada cena final.

> Camurça via aproximar-se a descida da Serra Grande. Lá ao longe, a tira escura, onde brilhava a unhazinha à-toa de lua e as estrelas afundavam, era o vazio, o fim do chapadão. [...] Ah! Espojar-se de barriga cheia, no espraiado de areia do ribeiro farto do Pinhé! Sim, era a terceira noite que já findava e o patrão sem poder tirar-lhe os arreios. [...] As estrelas desmaiavam. Nascia, bem em frente, no escuro dos pés-da-serra, a barra azulega da madrugada. [...] Camurça nada via além do chão batido e ralo de capim. Nada ouvia a não ser os assobios do vento que se precipitava pelas quebradas da serra. [...] De repente, porém percebeu perigo — semover de folha ar de lua em aço bem polido, um vapor, talvez, de gente estranha — pressentiu desgraça oculta por entre os ramos e pedras do começo da descida. [...] — Besta! Gritou, instintivo, José de Arimateia, colhida pelo espiritado e rapidez da mula. [...] Camurça não teve tempo de fugir com o cavaleiro, desviar os tiros que foram três e foram seis e foram mais e muito mais.

> [...] — Cadelo! — o Arcanjo avistou o Clodoaldo erguer-se por detrás dos clarões que estralejaram. [...] Camurça, essa ainda mal-mal enxergava, por entre a escura cerração que lhe esfriava os olhos, os quatro homens saídos por detrás das pedras do aparado. [...] Um deles, ela já de muito conhecia, desde os tempos de mulinha nova, pessoa tão amiga de Seu Isé. [...] Mas Camurça não pôde ouvir os tiros, a rajadazinha derradeira, assistir ao fim. De súbito, sumiu-se a barra da manhã, e uma noite sem lua e sem estrelas — negra, terrivelmente negra — acabou por tudo apagar e emudecer.

É, pois através do olhar da mula Camurça que o romance termina, mergulhado numa atmosfera poética que dá grandeza à tragédia ali vivida. Dos três viajantes, Arimateia, Arcanjo e Camurça, somente ela poderia ter olhos para ver/sentir o mundo à volta; poderia comungar com a paisagem, sentir sua mudança — com a madrugada chegando —, ou sentir-se quase feliz com o pressentimento do fim da viagem e o justo descanso. José de Arimateia continuava fechado em sua sombria dor e revolta . Arcanjo voltava-se para dentro de si mesmo, angustiado, porque ia entregar o amigo. Assim emurado pela apreensão, pelo temor e pela tristeza, o Arcanjo não poderia também ver nada além de seus pensamentos. E quanto ao narrador, seria contrariar um princípio estabelecido desde a primeira cena do romance: raramente é pelo seu olhar objetivo que as coisas nos chegam. Cada cena é "filtrada" através de um personagem.

Assim sendo, o único olhar que, com verossimilhança, poderia ver poesia e desafogo na realidade à sua volta, era o da Camurça. A mula companheira das andanças de José de Arimateia, alheia à tragédia interior dos homens ali junto a ela, fiel ao seu dono, atenta aos seus deveres e consciente do dever cumprido, era a única criatura ali no grupo que podia sentir-se liberta e em condições de antegozar o repouso que estava para vir.

Romance denso, uma das obras-primas da Literatura Brasileira contemporânea, *Chapadão do bugre* leva o regional ao plano da transfiguração universal, ao devassar o nosso mundo sertanejo, visto através do prisma da tragédia.

Dados biobibliográficos

Romancista, educador, político idealista, caçador, pescador, personalidade dinâmica que marcou presença em seu tempo, Mário de Ascenção Palmério nasceu em Monte Carmelo (MG) em 01.março.1916, em família de cultura e largo prestígio na região do Triângulo Mineiro. Fez seus primeiros estudos em Uberaba. Em 1935, matriculou-se na Escola Militar do Realengo do Rio de Janeiro, de onde se desligou no ano seguinte, para ingressar no Banco Hipotecário e Agrícola de Minas Gerais, designado para a sucursal de São Paulo. Residindo na capital paulista, inicia carreira docente, como professor de Matemática (Colégio Pan-Americano, mantido pela Escola Paulista de Medicina). Em 1939, matricula-se no recém-criado Curso de Matemática da Faculdade de Filosofia da Universidade de São Paulo. Passa a lecionar no Colégio Universitário da Escola Politécnica, por nomeação oficial.

Atraído pelo acelerado progresso da pecuária (gado indiano) no Triângulo Mineiro, sua região natal, volta a residir em Uberaba. Ali se dedica à criação de gado e dá início a uma obra educacional de significativas proporções. Funda o Liceu do Triângulo Mineiro. Em 1945, constrói imponente conjunto de edifícios para sede do Colégio do Triângulo Mineiro e da Escola Técnica de Comércio do Triângulo Mineiro. É o momento em que decide entrar para a Política e funda em Uberaba o Partido Trabalhista Brasileiro (PTB). Candidata-se a deputado federal e é eleito em 1946.

Em 1947, com apoio do Governo Federal, funda a Faculdade de Odontologia do Triângulo Mineiro, primeiro passo para a transformação de Uberaba em cidade universitária. Em 1950 é reeleito. Na Câmara dos Deputados exerce a vice-presidência da Comissão de Educação e Cultura. Nesse período (1950-1954) funda a Faculdade de Direito e a Faculdade de Medicina do Triângulo Mineiro. Reeleito (1955-1958), passa a integrar a Comissão de Orçamento e a Mesa da Câmara.

Em 1956, funda a Escola de Engenharia do Triângulo Mineiro. Matricula-se na Escola Superior de Guerra, onde se forma. Foi durante seu segundo mandato político, que se descobre escritor. O momento, na esfera da literatura, era de profundas transformações. A grande semeadura do Regionalismo de 1930 já se esgotara. O "caminho rosiano" já fora aberto por *Sagarana* (1946) e *Grande sertão: veredas* é lançado em 1956, no momento em que Palmério estreava com seu primeiro romance, *Vila dos Confins*. Trama novelesca que nasceu de um relatório, apresentado à Câmara Federal, sobre fraudes eleitorais acontecidas no interior de Minas. De relatório, passou à crônica e se transformou em romance de sucesso.

Em 1958, é reeleito deputado. Terminando esse mandato, em 1962 é nomeado pelo presidente João Goulart como embaixador do Brasil no Paraguai, cargo no qual permaneceu até 1964 — início do Governo Militar. Como embaixador empenhou-se em atividades político-culturais de grande alcance: reforma e reinstalação do edifício da Embaixada, conclusão das obras do Colégio Experimental (doado ao Paraguai pelo Governo Brasileiro) e da Ponte Internacional da Foz de Iguaçu; construção do novo edifício do Sepro (Serviço de Expressão e Propaganda)- Missão Cultural e Serviço Consular.

Em 1964, de regresso ao Brasil, isola-se em sua Fazenda São José do Cangalha, no sertão sudoeste de Mato Grosso, e escreve *Chapadão do bugre*, romance para o qual vinha acumulando dados, há anos. Sua publicação em 1965 teve o mesmo (ou maior?) êxito de crítica e de público que o primeiro. (Em 1988, depois de 22 anos de publicação e dezenas de edições, *Chapadão do bugre* foi roteirizado para minissérie, pelo cineasta Antônio Carlos Fontoura, e dirigido por Walter Avancini, para a TV Bandeirantes).

Em 1968, é eleito para a Academia Brasileira de Letras, na vaga de Guimarães Rosa. Em 1970, vai para a Amazônia, onde permaneceu um ano pesquisando a espantosa fauna e flora amazônica. Durante esse tempo, morou num grande barco de três andares, ancorado no Rio Amazonas e que fora batizado por Palmério de "Frei Gaspar de Carvajal", em homenagem ao frade dominicano que, no século XVI, acompanhou Pizarro em suas andanças andinas e chegou à Amazônia, pelo Rio Orenoco, onde a expedição teria conhecido as lendárias Amazonas. Ao deixar a Amazônia, Palmério trazia na bagagem "300 caixotes com filmes, anotações, gravações e livros" que não chegaram a ser totalmente utilizados por ele. De volta a Uberaba, em 1971, preside a Sociedade de Educação, que mantém a Universidade.

Entre 1972 e 1978, em meio à intensa atividade como educador e agitador cultural, viaja pela Europa, realizando uma série de conferências sobre a Amazônia que ele conhecera de perto. Seu grande objetivo era mostrar a grandeza da região, os inúmeros projetos de aproveitamento de suas riquezas e desfazer a imagem falsa e negativa que alguns exilados brasileiros haviam difundido (visando atingir o Governo Militar, mas atingindo o Brasil). Em Lisboa, se faz presente no lançamento da edição portuguesa do seu *Vila dos Confins*. É homenageado nas universidades de Madri, Sorbonne e Aix-em-Provence. Em convite oficial do Governo Português, visita Angola e Moçambique, onde entrou em contato com o meio intelectual africano, e expôs suas experiências e descobertas feitas nos trópicos amazônicos. De volta ao Brasil, retorna às suas atividades literárias. Dedica-se às pesquisas em jornais antigos, registros oficiais, entrevistas, etc., material que lhe serviria de fonte para escrever seu terceiro romance, cujo título seria: "Confissões de um assassino perfeito". Não chegou a terminá-lo. Faleceu em 1996.

Publicações

Vila dos Confins, 1956, e *Chapadão do bugre*, 1965.

61. MARQUES REBELO

O Húmus Carioca do Mundo de Marques Rebelo[88]

> O Rio é formado por dois imensos continentes, a Zona Norte e a Zona Sul, ligados... pela iluminação da carioquinha, esse ser divino e infernal, de incrível molejo, andar de passarela, inata elegância, voz cheia de sss, olhos plenos de promessas...

É essa visão fascinada/sensual da realidade carioca, onde a Natureza e Humanos se interpenetram/completam, que serve de húmus ao universo novelesco que Marques Rebelo começou a construir, no limiar dos anos 1930, e foi descobrindo/aprofundando durante cerca de quarenta anos. Ampliando o horizonte da vida real/cotidiana/urbana (Zona Sul), que Machado de Assis sondara em suas profundezas dramáticas (dramaticidade oculta sob aparências frívolas), Marques Rebelo (ampliando a anterior visão de Lima Barreto) abre espaço na Literatura Brasileira para a vida suburbana (Zona Norte): a vida dos "periféricos", da anônima massa de honestos pequenos-trabalhadores, de dedicadas/heroicas "donas de casa", dos "humilhados e ofendidos", da esperteza dos malandros, dos sonhos das mocinhas namoradeiras/puras e da malícia das sedutoras prostitutas... Nesse espaço abrem-se frestas para os engodos, que permeiam a vida militar nas casernas e que também se ocultam nos bastidores do futebol e do carnaval: duas paixões nacionais.

Em seu livro de estreia, *Oscarina* (1931) — reunião de contos ou pequenas novelas que se passam no cenário carioca —, já estão presentes todas as linhas-de-força que marcariam definitivamente a sua arte, linhas derivadas de duas fontes básicas: a do Sexo e a do Trabalho. Mas já pela escolha do conto-título, "Oscarina", denuncia-se que a "força"

[88] Texto inédito. (N. da A.)

priorizada pelo Autor é a do Sexo: Oscarina é uma maliciosa mulata, que se torna amante de Jorge, esperto rapaz, de família pobre, que procura "se dar bem" na vida, sem muito trabalho.

Jorge não tinha muito que se queixar, pois agora a vida corria-lhe mais ou menos como ele a concebera, vazia, vagabunda, com maxixes repinicados e chorosos em clubes mambembes e noitadas na Mère Louise. [...] Eis, porém, que a sua vida se transforma subitamente. É que a Zita, uma moça já, voltara de Mato Grosso. [...] Jorge bestificado, que ela estava mesmo bonita de verdade. [...] Jorge ficou como doido, dando de amar que foi um descalabro. Era trabalho e namorada. Trabalho? Qual o quê! Namorada só, porque no escritório, ele que já não fazia quase nada, menos fez ainda.

Escolhendo Jorge como personagem-eixo da pequena novela "Oscarina" (que dá título ao volume), Marques Rebelo introduz na nossa literatura o tipo humano carioca/brasileiro, que acaba por se popularizar como o do malandro-família, sensual, volúvel, moral elástica, "boa praça", sempre procurando se "dar bem", sem muitos escrúpulos.

É através dele que a trama se desenrola: primeiro em seu namoro romântico com Zita, moça-família, virgem, por quem ele se apaixona perdidamente e com quem ele pensa em casar. Isso, até conhecer Oscarina, num "mafuá de Botafogo" — mulata dengosa, cheia de chamego, empregada doméstica, mulher liberada, por quem ele se apaixona e com quem passa a morar... Acaba o grande amor pela noiva, Zita. Aos poucos ele vai rareando as visitas e termina o "noivado"... Abandonada e chorosa, Zita "pensa em ser freira, martiriza-se de jejuns".

Através desse enredo banal, narrado numa linguagem coloquial/popular. Entremeada de gírias, sempre num tom despreocupado como o de "jogar conversa fora", o Autor vai pondo a nu a mediocridade imperante naquele meio — a ausência de altos ideais, a fraude moral/social personalizada pelo anti-herói Jorge, o malandro carioca, para quem, afinal, tudo acaba dando certo. Para resolver seu futuro econômico, ele decide trocar o trabalho no escritório, pelo serviço militar, pois no Exército ele espera "fazer carreira", sem grande esforço (e no final, o consegue).

Como pano-de-fundo da trama novelesca, que se desenrola em torno das "virações" de Jorge, permanece implícita a denúncia de uma dupla problemática em crise na sociedade: de um lado, *a exploração/alienação humana/familiar*, provocada pelo novo/progressista *sistema de trabalho* burocrático/alienante e, de outro, *a falência moral da sociedade*, a partir da *liberação sexual* nas relações homem/mulher. Relações que a sociedade tradicional mantinha controlada pelo dogma do *interdito ao sexo* fora do casamento (Sexo identificado a Pecado). Interdito que, desde o século XVI (ao ser decretado pelo Concílio de Trento), fora uma das pedras-bases da civilização cristã e que, desde os modernismos do século XX, começara a ser posto em questão, mas ainda se mantinha intocável no quadro de valores sociais.

Dentro desse contexto crítico-ideológico, a trama vai seguindo a vida de Jorge e os miúdos aconteceres à sua volta... e nessa sequência vai mostrando, de um lado, a valorização da família e do trabalho digno (na luta pela sobrevivência diária, no subúrbio), e, do outro, a aceitação implícita da dualidade das relações homem/mulher (a relação "pura", dentro do casamento, e a "impura", fora dele). Ambas tidas como "naturais". Jorge, o *bon vivant*, é o fator que "costura" a trama.

Em ritmo leve, desenvolto, atmosfera bem humorada, o Autor vai acompanhando as suas andanças (a mediocridade no quartel, os sucessos no futebol, os bailes no mafuá, bebedeiras, valentias, continuadas mentiras, apaixonados agrados e furiosas surras na mulata...).

É de se notar que o Autor segue o seu anti-herói e vai reportando suas aventuras, sem nenhum travo de censura ou julgamento... Sem se interpor criticamente entre o leitor e o mundo ali desvendado, Marques Rebelo mostra a realidade-em-si, a sociedade em crise naqueles anos 20/30, com seus *valores e embustes*, tal como eram (são?) vividos e aceitos como *naturais* na realidade cotidiana. Seu alvo maior era, sem dúvida, a deterioração das relações homem-mulher, tal como foram fixadas pela Tradição. Deterioração que se processa na sociedade através da dupla moral por ela aceita: a que defende o *interdito ao sexo* (valorização da "virgem" e estigmatização do sexo, como pecado) e ao mesmo tempo aceita a *liberação sexual* (assumida pelas mulheres que "vivem à margem", na prostituição). Essa problemática (que é fulcral na civilização cristã e tema constante na Literatura de ontem e de hoje) está presente, não só em seu livro de estreia, mas atravessa toda sua obra. É, por exemplo, o eixo dramático de um dos seus grandes sucessos: o romance *A estrela sobe* (1939), no qual se entrelaçam fortemente as duas principais linhas-de-força de seu mundo: o Sexo e o Trabalho. Leniza será a "estrela" que, para se realizar numa vertente (a do Trabalho), é destruída pela outra (a do Sexo).

(Um parênteses: Um dos grandes valores da obra de Marques Rebelo foi o de chamar a atenção da sociedade para sua própria alienação, ao aceitar, como algo inevitável ou normal, costumes que degradam o ser humano. A velada/irônica postura crítica por ele assumida, no início do século XX, mostra a lentidão com que os valores de base de uma sociedade vão sendo transformados ao longo do tempo. A grosso modo, podemos dizer que a "verdade" atribuída ao *interdito ao sexo,* consagrado no século XVI, foi abalada pela primeira vez, no mundo pensante, em meados do século XIX pós-Darwin — mas, na consciência e na prática social, só vai explodir definitivamente em meados do século XX, nos anos 1960, pós-Woodstock, com a total *liberação sexual.* O corpus romanesco de Marques Rebelo foi criado nos anos 1930-1940. Portanto, muito antes da "explosão sexual" que se expande nestes nossos tempo em mutação. Lida através dessa perspectiva, a obra de Rebelo permanece como uma fotografia dos desconformes de um Sistema que já estava esgotado em seus valores de base.)

O estilo

Marques Rebelo, desde seus inícios, consagrou-se como grande escritor de linhagem machadiana, com um olhar limabarretiano e com uma costela fincada no tronco tradicionalista/picaresco de Manuel Antônio de Almeida (*Memórias de um sargento de milícia*). Hoje, à distância, essa linhagem se confirma, na medida em que a matéria humana, a atmosfera brasileira/carioca, a visão entre irônica e cética, a intenção de testemunho crítico... realmente o aproximam de seus predecessores.

Mas é *o estilo*, obviamente, que faz de cada qual algo único no panorama de nossa literatura.

Ao sonhar-se escritor, o adolescente Edi Dias da Cruz — que se transformaria em Marques Rebelo —, vivia no Rio de Janeiro dos anos 20, momento de crise que abalava a Primeira República e abriria caminho para a Era Vargas (iniciada em 1930, ano em que ele escreve *Oscarina*). Simultaneamente à crise política-econômica (que prenunciava o fim definitivo dos velhos tempos), começavam a soprar os ventos modernistas. Expandia-se entre nós a magia do cinema e dos escritores norte-americanos (Hemingway, Steinbeck, Dos Passos...), que aqui começavam a ser traduzidos (um dos primeiros tradutores foi Monteiro Lobato).

Por diferentes que fossem entre si, todos eles propunham um novo estilo, "curto, claro, conciso", a linguagem literária obedecia a uma nova objetividade: a da *técnica cinematográfica.* Marques Rebelo foi dos primeiros escritores, entre nós, a ser influenciado por essa nova técnica, a da *montagem* de flagrantes, em lugar da sequência cronológica dos fatos, narrados por alguém onisciente, que tudo vê, tudo sabe e explica. O novo escritor conhece apenas "flagrantes" do mundo, e age tal como o *montador* (ou encenador) que, para compor a sequência do filme (de acordo com o *escript*), escolhe as cenas, imagens ou falas, a serem vistas e interpretadas pelo espectador (sem interferir com comentários). Do mesmo modo, o *novo escritor*, postado do lado de fora do mundo a ser por ele criado, vai escolhendo e montando as cenas em sequência, cuja leitura e interpretação ficam inteiramente a cargo do leitor.

Com a nova visão de mundo mostrada pelo cinema (expressando a fragmentação do mundo herdado e em plena mutação), no romance desaparece o autor onisciente que sabe e explica tudo a respeito da trama romanesca. O escritor, tal como um homem comum, aparentemente só sabe o que ele vê e escuta. A narrativa se desenvolve basicamente através de uma técnica descritiva. Cabe ao leitor ler nas "entrelinhas" o sentido maior ali latente ou patente.

Leia-se, por exemplo, o início do conto "Na Rua Dona Emerenciana", um dos primeiros do volume *Oscarina*:

Como era dia de pagamento no Tesouro, chegou em casa mais cedo que de costume, não eram ainda duas horas batidas no carcomido relógio de parede, cujas pancadas lentas soavam como um ranger de ferros velhos. O pintassilgo debicava a cuiazinha de alpiste. Descansou os embrulhos em cima da mesa nua, ocasionando um voo precipitado de moscas, dobrou o jornal com cuidado, obedecendo às suas dobras naturais, e escovava o chapéu, preto e surrado, quando Dona Veva, pressentiu-o, perguntou da cozinha:

— Você recebeu, Jerome?

— Recebi, filha — respondeu pendurando o feltro no cabide de bambu japonês.

O conto começa *in media res:* o "dia do pagamento"... a chegada do personagem em casa e, de imediato, pela descrição do ambiente, o leitor sente que se trata de um morador pobre que vive num tempo lento... as "horas batidas no carcomido relógio", as "pancadas lentas", o "ranger de ferros velhos", o "pintassilgo", "as moscas", o jornal dobrado "obedecendo às suas dobras naturais", o escovar "o chapéu preto e surrado"... a primeira pergunta de Dona Veva: "— Você recebeu, Jerome?".

Nesse início do conto, já se coloca o elemento básico da vida familiar: *o dinheiro.* Toda a cena de abertura foi montada com os pormenores mais significativos da realidade ali a ser posta em causa, e o leitor, de imediato, já sabe que está entrando em uma casa de gente pobre e digna... obediente aos deveres que dela se espera.

Enquanto em "Oscarina" é denunciada a alienação, a ausência de caráter, a inconsciência dos velhos valores em que vive uma certa faixa da sociedade (intermédia entre a classe "alta" e a "baixa"), em "Na Rua Dona Emerenciana" o Autor entra na intimidade do povo, da faixa humilde dos pequenos trabalhadores que, embora ignorados como valor pela sociedade, estão na base da riqueza da nação.

Gente, cuja dignidade está no trabalho, no dever cumprido, no orgulho de zelar pela família e não dever nada a ninguém. Praticamente semianalfabetos, têm a aguda consciência dos valores e dos desmandos dos superiores e, principalmente, dos políticos. "Seu Azevedo" em conversa com "Jerome" na porta de casa:

> [...] todos eles uns grandíssimos piratas.
>
> Uma calamidade, meu compadre, é o que eu lhe digo, uma calamidade! Tudo perdido. Sim, perdido! Não tem que estranhar a expressão. Que é feito da dignidade? E da honestidade? Leia os jornais, veja, e me responda! Não há mais brio, não há mais nada! Uma caterva de ladrões! Só ladrões! E os políticos? Ah!Ah! Ah! Num país assim só Lampião como presidente, Jerome...
>
> Lampião... ouviu! Lampião!

(Um parêntese: Esse desabafo foi feito no fim da República Velha, início da década de 30. Estamos assistindo hoje, 2009, em pleno período lulista, com seu grande progresso ao espetáculo do *mensalão*[89], "dólares na cueca", "atos secretos", conluios Renan/Sarney/Collor...) Com sua arte, Marques Rebelo abre espaço na literatura para que seja vista a fortaleza do povo miúdo —, gente ingênua que, para além do trabalho, tem esperança na sorte, compra bilhete e sonha em ganhar na loteria para "garantir o futuro dos filhos". Sempre vendo-os de fora, como que fotografando seus gestos, convivências, ambientes em que vivem, é através de seus diálogos de convivência com os vizinhos que ele vai revelando ao leitor todo um mundo de sacrifícios, esperanças, sonhos, revoltas, amores e desafetos, que se misturam naquela comunidade suburbana sofrida, mas sempre esperançosa de que um dia as coisas mudem.

Em sua análise da obra de Marques Rebelo, o poeta Carlos Nejar diz:

> *Oscarina* é um exemplo inegável, não só na construção de tipos, como no estilo cortante, tendo ao centro a ambiência, depois o enredo. O painel de costumes sobrepuja a anedota, com a nítida arquitetura, ajudada pelos

[89] A palavra "mensalão" foi adotada pela mídia brasileira, em 2005, durante o governo do pesidente Luiz Inácio Lula da Silva, para se referir ao rumoroso caso do esquema de compra de votos de parlamentares, que gerou a Ação Penal nº 470, na qual o STF (Supremo Tribunal Federal) veio a condenar vários deputados e agentes do sistema financeiro. (N. do E.)

diálogos curtos, a simplicidade e a clareza. Poucos como ele souberam tão bem descrever a vida do Rio de Janeiro, a classe média, suburbana e a infância, num sarcasmo, num estilo de faca e, ao mesmo tempo, de ternura pelo desamparo humano, que se escondia em disfarces de subentendidos, reticências... (in *História da literatura brasileira*, 2008, p. 325)

Dados biobibliográficos[90]

Contista, romancista, cronista, teatrólogo, jornalista, memorialista e consagrado pioneiro da nossa prosa urbana moderna, Marques Rebelo (pseud. de Edi Dias da Cruz) nasceu no Rio de Janeiro em 6 de janeiro de 1907, em meio familiar de boa posição. Passou a infância em Vila Isabel e no Trapicheiros, famosos bairros populares do Rio de Janeiro, onde desde o início do século XX fora se concentrando grande parte da massa trabalhadora, que o progresso econômico ia exigindo.

Aos onze anos passa a estudar em Barbacena — época em que descobre o mundo dos livros, do qual nunca mais saiu. De família agnóstica, foi pela mão de um professor, pastor protestante, que descobriu a Bíblia e dela se tornou um leitor fiel. Mais tarde, diria: "Foi um dos livros que mais me influenciaram como escritor."

Terminados os preparatórios, o "jovem Edi" ingressou na Faculdade de Medicina. Logo depois abandonou o curso, por sentir que sua vocação não estava ali. Tornara-se um leitor voraz, mas avesso aos estudos regulares. Sente o apelo das letras, sonha em ser escritor. Muito cedo começara a escrever poesia, mas não via valor em sua escrita ("versalhada tatibitate", diria mais tarde).

Ao desistir dos estudos, ainda adolescente começa a trabalhar no comércio, em ramo que o leva a viajar pelos Estados. Corriam os anos 20. Na cena política, contradições e conflitos minavam a Primeira República, com a difícil passagem do sistema imperial para o sistema liberal. Ao mesmo tempo, com a República, chega também a industrialização, provocando, por um lado, a decadência da sociedade tradicional agrária e

[90] Dados recolhidos in Abranches, A. dos Santos. *Um retrato de Marques Rebelo.* RJ Min. Educação, 1959; Adonias F°. *Modernos ficcionistas brasileiros*, RJ. Ed. Civilização Brasileira, 1960, e *Seleta M. Rebelo*, RJ, José Olympio, 1970. (N. da A.)

oligárquica (a dos grandes Senhores de Engenho), e, por outro, criando uma nova sociedade: a dos grandes empresários e, consequentemente, a da grande massa proletária e dos pequenos burocratas.

Alteravam-se os alicerces econômicos da nação. Abria-se um novo tempo que exigia uma nova consciência de mundo, tal como Lima Barreto tentara expressar no entresséculos XIX-XX. Consciência que, a seu tempo, caberia a Marques Rebelo expressar de maneira única e plena, tocado pelos ventos modernistas que começavam a soprar.

O estopim fora a Semana de Arte Moderna de 1922, em São Paulo, cujo alerta revolucionário foi-se alastrando pelos Estados. Atraído por essa fermentação inovadora, o "jovem Edi", em suas viagens, entra em contato com o grupo paulista (os Andrades: Mário e Oswald) e com o de Minas, reunido em torno de A Revista (Drummond, Emilio Moura, Abgar Renault...). Embora de longe, acompanha a polêmica entre as ideias de Gilberto Freyre no Nordeste (em defesa da Tradição como valor de origem a ser redescoberto pela Arte) e as propostas dos modernistas do Sul (radicalmente contra as tradições conservadoras e empenhados na redescoberta das Raízes, do Primitivo, que a colonização europeia havia destruído).

Tais contatos levaram o "jovem Edi" a descobrir um Brasil real, em plena troca-de-pele, e que se manifestava numa nova literatura. Entusiasmado, escreve alguns poemas que o amigo Afonso Schmidt divulga na Revista Souza Cruz, em seu próprio nome. Nesse momento, entrara "em gestação" o escritor "Marques Rebelo". Mas as circunstâncias não permitiram que ele viesse logo "à luz". O "jovem Edi" foi convocado pelo Exército, em 1929. Apresentou-se, mas, num dos brutos e extenuantes treinamentos, ele teve a espinha quebrada, o que o levou a afastar-se e permanecer na cama durante meses.

Essa forçada imobilidade levou-o a mergulhar fundo nos livros. Nascia "Marques Rebelo". Segundo ele disse mais tarde, foi nos grandes mestres da Literatura (Machado de Assis, Manuel Antônio de Almeida, Raul Pompeia, Joyce do *Dubliners*, Stendhal, Balzac, Jules Renard, Flaubert, Sterne, Galsworthy, Proust, Theodore Dreiser, Eça de Queirós...) que ele procurava um caminho que lhe fosse próprio. Findo o período de recuperação, Marques Rebelo já existia como escritor. "... fiquei oito meses na cama. Quando levantei já era uma onça literária." Já havia escrito os contos reunidos em *Oscarina*, seu volume de estreia, lançado em 1931 — época em que no Nordeste tinha início o grande Romance Regionalista dos anos 1930 (Rachel de Queiroz, Lins do Rego, Graciliano...). Marques Rebelo, no Sul, dá voz à outra face do Brasil: a urbana e suburbana. *Oscarina* teve sucesso imediato de crítica e de público. Mário de Andrade foi uma das primeiras vozes críticas a apontá-lo como algo inédito e definitivo na Literatura Brasileira. Antevisão que se confirmou. Com esse livro de estreia estava aberto o caminho para uma carreira de sucesso que eternizou, no mundo da literatura, um Brasil urbano (de húmus visceralmente carioca), em pleno processo de construção, como nação moderna, durante a progressista/conflituosa Era Vargas (1930-1954). Carreira que chega até o Governo Militar nos anos 60/70.

Em 1951, Marques Rebelo foi eleito membro da Academia Brasileira de Letras, na vaga do embaixador Carlos Magalhães de Azeredo. Faleceu em 26 de agosto de 1973. Sua extensa obra ocupa lugar especial no panorama da Literatura Brasileira do século XX.

Publicações

Ficção — *Oscarina*, 1931; *Três caminhos*, 1933; *Marafa*, 1935; *A estrela sobe*, 1939; *Stela me abriu a porta*, 1942; *O espelho partido* (ciclo de romance: *O trapicheiro*, 1959; *A mudança*, 1963); e *A guerra está em nós*, 1968).
Teatro — *Rua alegre 12*, 1949.
Crônica — *Cenas da vida brasileira*, 1951; *Cortina de ferro*, 1956; e *Correio europeu*, 1959.

62. MIGUEL JORGE

Uma Escritura Seminal em Tempos de Mutação
Apocalipse ou gênese?

Urubanda
O absurdo e a violência do mundo contemporâneo[91]

Voz individualíssima, que vem se fazendo ouvir entre as vozes goianas que têm contribuído para o enriquecimento da Literatura Brasileira, Miguel Jorge é dos que vêm testemunhando o drama do homem contemporâneo, perdido nestes nossos tempos de mutação, e em busca de novas respostas para a vida.

A recente (1985) publicação de *Urubanda* vem confirmar a força de sua criação literária, fundamente sintonizada com os "novos ventos" que começaram a soprar na esfera da literatura e da arte, desde o início dos anos 1960. Pertencente ao grupo que, em 1963, fundou o GEN (Grupo de Escritores Novos), Miguel Jorge expressa, desde seus primeiros escritos, a dupla problemática que energiza a literatura contemporânea: a funda consciência do *fazer literário* (o da tarefa inaugural da Palavra, como nomeadora ou instauradora do Real) e a busca do *verdadeiro sentido* da aventura humana (em um mundo dessacralizado, onde o homem-sem-transcendência perambula sem poder responder à grande indagação existencial: Quem sou eu?).

Os contos de *Urubanda* nos mostram a consciência do rigor formal, experimentalista, que presidiu à sua escrita e, ao mesmo tempo, o ser humano preso no labirinto de um mundo inóspito e cruel. Em sua escritura, converge uma dupla visão de mundo: a imposta pelo Exis-

[91] Fusão de textos publicados em "O Popular"/Goiânia, 11/01/1986; "Diário do Grande ABC"/SP, 14/02/1986; e Supl. Literário-O Minas Gerais/BH, 15/03/1986. (N. da A.)

tencialismo (linha de Sartre ou de Camus), vivido pelo "homem absurdo" — prisioneiro da angústia e da impotência —, e a exigida pelo Experimentalismo (principalmente na linha insólita do novo romance francês). Desde as primeiras horas, as tramas imaginadas por Miguel Jorge, para além de denunciarem o cerceamento imposto aos seres pelo cotidiano, onde a vida se cumpre, revelam a profunda consciência do *absurdo existencial*, "filtrado" por uma inequívoca exigência de *rigor artesanal*.

É urgente que o "leitor distraído" descubra, através da nova literatura, que na esfera do *pensamento criador* (aquele que aponta os caminhos ainda desconhecidos dos demais) já nenhum valor ou padrão de comportamentos, herdados da Tradição, restaram incólumes. O "entulho" que resta está sendo empurrado pelos novos valores, ainda informes, heterogêneos, mesclados numa confusa massa caótica, que a criação literária (ou artística em geral) está tentando detectar, e, a partir dela, sugerir novos possíveis caminhos para a reordenação do mundo que se faz indispensável para o prosseguimento da aventura humana.

A obra de Miguel Jorge pertence a esse momento. Nela convergem dialeticamente Tradição e Renovação, Ruptura e Reordenação. Obviamente, seu discurso literário não pode ser claro e objetivo, pois se estrutura com uma massa de elementos ainda amorfos. Nela, a consciência existencial se funde com a consciência artesanal para criarem a imagem do homem contemporâneo, deslumbrado com um mundo fascinante em suas exterioridades mágicas, mas vazio ou absurdo interiormente, porque amputado de qualquer transcendência. (Leia-se, por exemplo, "Dalton, o bom burguês")

Nessa consciência existencial fundem-se duas imagens do homem: a milenar imagem do homem-da-queda-e-da-culpa (forjada pela ideologia cristã) e a do homem definido como um ser-para-a-morte (o da primeira fase do Existencialismo heideggeriano). Tal fusão se mostra na natureza de suas personagens: seres atingidos por tragédias inexplicáveis que lhes anula a própria liberdade-de-ser e os leva a uma resignada aceitação da dor, como um *fatum*, sem entretanto perderem de todo a esperança.

Sem dúvida, essa atitude metafísica/existencial, patente na arte de Miguel Jorge, encontra sua expressão mais plena no belo/terrível romance *Veias e vinhos*. Nele, temos uma pungente alegoria do homem-da-culpa. Uma visão de mundo trágica, mas esvaziada de revolta. Empapada de calor humano, sua trágica efabulação é percorrida por uma agônica indagação existencial. E apesar do horizonte fechado à verdadeira realização humana, persiste no todo uma vibração de esperança, que nos impede de ver a condição humana, ontologicamente, como algo abjeto, irremediavelmente condenada à destruição e à dor. Mas, apenas resultante de *circunstâncias* que poderiam ser mudadas. (Note-se, por exemplo, que o narrador-testemunho é uma *criança*, exatamente o ser que representa o *futuro*.)

Porém, no conto "Urubanda" (que dá título ao volume), altera-se a reação da personagem. Em lugar da *resignação* passiva ante a frustração existencial, eclode a *revolta* e a violência fria/gratuita. Em relação aos anteriores, neste *Urubanda*, é enfatizada a gratuidade com que a violência se manifesta nos homens. No conto-título, ficam evidentes as relações subterrâneas que existem entre as manifestações de violência e o sem-sentido das relações humanas no mundo moderno. O próprio título, "Urubanda" (palavra reiteradamente repetida pelo personagem), resulta em ser um índice desse sem-sentido, pois é termo sem referência em nossa língua (e em nenhuma outra, queremos crer). Enfim, em "Urubanda", temos o reverso da medalha. Não o homem-da-culpa, atingido pelo poder-da-punição e resignado. Mas o ser-para-a-morte, o homem já amputado de transcendência e revoltado, somado ao homem-produto da vacuidade da vida, reduzida à pura materialidade.

Avarmas: a consciência humana em crise

> Digo, o real não está na saída nem na chegada, ele se dispõe para a gente é no meio da travessia. (Guimarães Rosa)

Parafraseando essa rosiana definição de "realidade" ou de "verdade" atribuída ao viver humano, podemos dizer que o real (o essencial) na narrativa moderna (ou pós-moderna?) não está no princípio e no fim de uma história, mas sim em seu "meio" — está naquilo que se realiza no *espaço-do-texto*, entre a primeira e a última frase, e que depende da "travessia" do leitor para se concretizar em valor ou desvalor. É nesse *espaço-do-texto* que se constrói toda ficção narrativa (e toda poesia) que se quer autenticamente sintonizada com o *hoje*, com este nosso mundo caótico em acelerada transformação de estrutura, valores e relações, em todos os níveis da sociedade e, obviamente, ao nível do pensamento e do conhecimento.

Os contos reunidos por Miguel Jorge em *Avarmas* resultam dessa "sintonia" e pertencem, como toda a obra do autor (poesia, ficção e teatro), a um momento-chave da Literatura e da Arte contemporâneas — o da *dupla conscientização* que se conjuga no escritor e no artista em geral: por um lado, a consciência da *trágica condição humana*, aprisionada num mundo "descentrado" e sem saída; e, por outro, a do *poder nomeador* da Palavra (ou da Forma) que emana do ato-de-criação. Ou melhor, consciência que elege o *eu* do escritor, como o *novo centro* do mundo, pois a ele cabe a tarefa de *nomear* ou *redescobrir o real* e assim torná-lo existente ou visível aos demais.

Sintetizando tão complexo fenômeno, podemos dizer que *Avarmas* se afasta da linha de *representação-de-mundo* (linha consagrada pelos grandes romances que, desde o Romantismo, nos mostram as grandezas e misérias da aventura humana) e adota a linha de *interrogação-de-mundo* (a da ficção da "era da suspeita", no dizer de Nathalie Sarraute, ficção que já não conta com as certezas absolutas de ontem e à qual só restam fragmentos-de-mundo e palavras, palavras, palavras).

Publicados no final da década de 1970, os contos de *Avarmas* mantêm a sua atualidade original, na medida em que sua matéria-prima é (como o exigia Walter Benjamin aos escritores na primeira metade do século) "a substância viva da existência", captada na "experiência".

Nesses estranhos contos se faz ouvir a voz do *narrador perplexo* que, desde o início do século (nos rastros dos inventores Joyce, Kafka, Borges... cubistas, surrealistas, fenomenólogos, existencialistas...), vem escavando a experiência cotidiana e tentando descobrir um novo sentido para a vida. Ou melhor, descobrir o "novo" homem que estaria sendo engendrado, em meio ao caos do mundo tradicional herdado — o mundo que hoje naufraga nas águas do Progresso que ele mesmo permitiu ao homem alcançar e com isso fazer explodir seus próprios limites. Leia-se o conto "Numa Gota D'Água".

> Ou ia dizer alguma coisa? As combinações de minha origem ou de minha química. A cada passo, passo. A cada passo, penso. A cada passo, tusso. Devo crer na agonia e no ódio contra o mundo. [...] Seguram-me, essa gente, pelo olho, como se me avisasse de alguma coisa. Não sei o que fazer.
>
> Devo mover-me? Sorrir? Chorar? Supor que é um pesadelo? Um caos de meus sonhos?

Nessa absurda situação kafkiana (a do homem preso numa gota d'água e servindo de divertido espetáculo para a multidão maldosa e ensandecida), Miguel Jorge multiplica as interrogações que assaltam a humanidade e cria uma contundente alegoria do homem moderno, aprisionado na vida (note-se que a "água" é um dos elementos essenciais da Vida) — imagem do homem explorado, ameaçado, escarnecido pelo Sistema e impotente para alterar o rumo das coisas.

É no *espaço-de-texto* que se constrói essa alegoria, mas só quando "iluminada" pelo *extra-texto* (a história, a cultura, a transformação-em-processo no mundo...) ela revela sua realidade maior: a denúncia do aviltamento humano que está na base da luminosa/bela/horrível engrenagem progressista que move o mundo de hoje. O mundo do consumo-e-lucro, no qual os próprios seres humanos se tornaram mercadoria. Tal como nos revela, no final, a fala agônica do prisioneiro da gota d'água, ao se ver disputado como um objeto pelos três homens que se sentiam com direito à sua posse:

> O chofer, numa explosão de alegria gritou que ia me levar para sua casa. Na certa sua mulher iria rir também. Não! gritou o outro. Ele é meu. Vai ser o melhor brinquedo para meus filhos. O terceiro pedia menos. Apenas uma temporada de duas semanas em sua casa. Certamente ganha-

> ria algum dinheiro. [...] Insultavam-se mutuamente. [...] Os homens, aos poucos, foram se transformando em feras, em socos e palavras. A exibição feroz e sangrenta dos três homens apagou nossa esperança. As feras continuavam mordendo-se. Havia sangue nos dentes e nas unhas. O terror também plantado em mim.

Encerra-se o conto, mas o terror plantado na personagem se prolonga no espírito do leitor que sente, nessa alegoria literária, uma das fatalidades que ameaçam o homem de hoje e que precisa ser conscientizada: a de ser aprisionado e esmagado pela engrenagem do Consumo e Lucro que governa o mundo.

Já no início do século XX, o realismo absurdo de Kafka denunciava essa ameaça de desumanização. Mas enquanto as personagens kafkianas (pessoas comuns que simplesmente ignoram o que se passa com elas) viviam o absurdo das situações (a metamorfose do homem em inseto ou a condenação sem que o condenado soubesse qual sua culpa, etc.), como que amortecidas ou esvaziadas de qualquer reação emotiva, as personagens de Miguel Jorge (também pessoas comuns e ignorantes das causas de seus dramas, mas já tocadas pela consciência contemporânea) reagem em geral com revolta e desespero, embora igualmente derrotadas.

E acima de tudo agarram-se às *palavras*, como única via possível de sobreviver no labirinto. Em nossos tempos, sabe-se à saciedade que é da *palavra* que deve vir a longínqua solução. A ela se agarraram e se agarram todos os vanguardistas, modernos ou pós-modernos. A Palavra Revelada de Deus, banida pela Ciência, vem sendo substituída pela Palavra Humana, pela palavra-da-poesia ou pelas múltiplas *formas* da Arte, empenhadas em redescobrir o homem no mundo. Assim, às *formas tradicionais do dizer* (estruturadas pela lógica comum, necessária para vivermos o dia a dia em sociedade) substitui-se a *forma narrativa fragmentada*, construída por um eu-que-fala ininterruptamente, perdido no labirinto de seu próprio ser (desdobrado no duplo, no eu-outro) em um mundo em caos, que lhe escapa à compreensão. É o que acontece no conto "Etecétera e Tal":

> Espero não me esconder, agora, atrás desse espelho e deixar de ver o reflexo dessas figuras que se reflexam em branco, negro, branco, nesse exato momento em que deposito o pincel, com seus fios de nylon, aquecidos de água morna e sinto carícias em meu rosto, ainda bonito em espumas. [...] Boa noite, alguém está me dizendo, plantado na face primeira do espelho. [...] Olhe-me de frente. Não faça essa cara de espanto. Penso ter um revólver na mão. Vou ficando cada vez mais agitado, à medida que a figura se desloca para fora do espelho e nova visão em branco e preto surge...

Atenta aos pormenores, à concretude dos objetos, descrevendo-os quase exaustivamente, mas mesmo assim sem captar-lhes o sentido, a fala-escrita (desdobrada em múltiplas vozes que se confundem) prossegue ininterrupta, compacta, sem pausas nem parágrafos, num registro surrealista ou onírico da realidade. A partir do olhar do homem-que-se-barbeia diante do espelho, num momento cotidiano comum, a narrativa se desdobra numa sucessão alucinógena de dados ou fatos díspares e desconexos do ponto de vista da lógica convencional e vai denunciando a deterioração irredutível dos homens apanhados na engrenagem desumana do mundo.

O leitor é levado através de um caudal de palavras, para um mundo de pesadelo e inverossímil, onde tudo parece existir como um *jogo de espelhos*, infinito e repetitivo, arrastando o homem para a inexorável deterioração da existência. Na verdade, o *jogo lúdico* da ficção oculta o *jogo trágico* da existência humana — ocultação que cabe ao leitor desvendar.

> Agora, você distingue várias formas no espelho. Não adianta você procurar uma saída. Aos poucos, as figuras vão se unindo e acabarão por se transformar num espectro. Percebe, então, o velho (uma senhora dirá que é um cadáver e já está fedendo) revolvendo uma lata de lixo, com o auxílio da muleta. [...] O velho volve e revolve a lata do lixo. O lixo. Ainda. O lixo.

O conto se fecha sobre essa trágica visão do homem reduzido a lixo (que nos lembra *Fim de jogo* de Beckett). Mas ainda vivo. Resistindo. Embora escritor de linhagem apocalíptica, Miguel Jorge alimenta-se de uma indestrutível esperança no ser humano, em sua obscura força de resistência e em sua permanência no universo, para além de todas as catástrofes que lhe possam ocorrer. Texto experimental, que explora com mão de mestre a opacidade do discurso contemporâneo, este "Etecétera e Tal" (como a maior parte da coletânea) se revela, em última análise, como um agônico gesto de revolta contra uma ordem social injusta e já em decomposição, mas ainda vigente em todo o mundo.

Impressionante alegoria dessa decomposição social é o conto "Putein", cuja estrutura teatral reforça o dramatismo grotesco da orgia de mendigos, liberados por Putein, o rei dos mendigos, num espaço limítrofe aos dos ricos: o jardim de uma mansão, convertida em espaço para o "sangue selvagem" dos asquerosos desvalidos. Texto em que vibra a atmosfera virulenta do filme de Buñuel (*Veridiana*), o de "Putein" também instaura a carnavalização do sagrado (facilmente percebida através de inumeráveis índices: os nomes das personagens, o número dos pratos e talheres na mesa, etc.), carnavalização que aprofunda a gritante ausência de grandeza humana em todas suas personagens — ausência que, metaforicamente, denuncia o esmagamento dos indivíduos pela indiferença da sociedade.

Miguel Jorge, escritor humanista, desde seus primeiros textos empenhou-se na denúncia da injustiça social e consequente aviltamento da dignidade humana à que ela condena os injustiçados. Mas, como disse Oswaldino Marques (em sua Apresentação da poesia de *Profugus*, 1990), "Miguel Jorge não é um carbonário e, sim, um poeta que se vale dos recursos de expressão inerentes à sua arte, e que vão desde a fantasia alucinógena à imersão no caldo onírico, passando pelo sarcasmo corrosivo, a cifra oracular, o ludismo das parlendas, a iteração hipnótica até o tom de prece elevada a um *deus absconditus*."

Um dos candentes exemplos dessa difícil fusão — consciência política *versus* consciência poética — está no conto "Avarmas", que dá título ao volume. Texto que está entre os mais significativos, daqueles que testemunham uma época negra de nossa história recente: a da Ditadura Militar que ceifou, indiscriminadamente e às ocultas, tantas vidas cujo maior crime foi o de sonhar um mundo melhor para todos os homens. Já pelo título, *Avarmas* — palavra estranha que resulta da fusão de duas outras, "ave" (símbolo de vida e de liberdade) e "arma" (símbolo de morte) —, o conto revela sua intenção maior: a denúncia de uma inominável violência contra a vida. Denúncia para a qual a epígrafe de André Malraux (o romancista da condição humana) já prepara o espírito do leitor.

> Estava só com a morte, só num lugar sem homens, molemente esmagado ao mesmo tempo pelo horror e pelo gosto de sangue.

E é essa solidão "com a morte", "num lugar sem homens", que a voz sonâmbula de "Eugênia, mãe de Marco" nos vai narrando, num monólogo dilacerante, como num pesadelo, "pisando terras, batendo portas" que não se abrem, ou apenas se entreabrem, mostrando atrás delas apenas sombras indefinidas e indiferentes à voz que repete e repete: "Quero o corpo de meu filho." Em clima onírico, frases fragmentadas em ritmo curto, arfante; cortes abruptos na fala moto-contínuo, como se cortassem na garganta a emoção abissal que não devia ser mostrada; diluição de fronteiras entre imaginação e realidade ou entre passado, presente e futuro... a escrita de Miguel Jorge (sugerindo, em lugar de mostrar) atinge fundo o horror da tragédia.

Ainda na linha da denúncia social, "O Guardador de Automóveis", em estrutura epistolar, põe a nu a indiferença dos poderosos em relação aos desvalidos, cuja ingenuidade ou ignorância é, afinal, um dos grandes instrumentos usados pela sociedade para esmagá-los.

Mas, para além da injustiça social que aniquila o homem, há, sem dúvida, uma força obscura, metafísica, que no mistério da morte deverá resgatá-lo. É o que nos sugere o conto "Décima Quarta Estação", dividido (como o título o indica) em quatorze estações correspondentes às que Jesus percorreu na *Via Crucis*. A fala de um homem, condenado à forca, vai narrando (no mesmo estilo moto-contínuo que a ficção contemporânea privilegia) as agônicas horas finais que o levam ao limiar da morte e que, claramente, identificam o drama humano com o drama de Cristo, filho de Deus.

Oscilando entre o lúdico e o trágico, os ventos de *Avarmas* são exemplares do leque de visões-de-mundo, por vezes contraditórias, que se embaralham na ficção contemporânea. Entre elas, a da vida vista como um jogo, cujas regras desconhecemos e, por isso, jogamos às cegas, embora julgando que somos nós que controlamos as jogadas. É o que nos mostra o conto "Guerra no Tabuleiro", que se abre com uma epígrafe de Jorge Luis Borges, já apontando para sua problemática central:

> Também o jogador é prisioneiro / (a sentença é de Omar) de outro tabuleiro / de negras noites e de brancos dias. / Deus move o jogador, e este, a peça. / Que Deus atrás de Deus começa a trama / de pó e tempo e sonho e agonias?

Essa visão de mundo borgiana (a de que há, por trás de cada *jogador*, um *Deus* que o manipula, enquanto ele manipula as *peças* do jogo no tabuleiro, julgando-se o único responsável pelas decisões) é a que alicerça a narrativa. Verdadeira parábola do jogo-da-vida, numa sociedade competitiva como a nossa (na qual, cada um deve ser, por princípio, um vencedor contra tudo e contra todos, para ser valorizado), este conto focaliza um campeão de xadrez, durante a realização de um certame, no qual sua vitória sobre o adversário era o único resultado aguardado como certo por todos. Entre conversas triviais com entrevistadores e lembranças da infância (quando mãe e irmã o descobrem a si mesmo "como um deus", destinado a ser imbatível no "tabuleiro de xadrez") vai emergindo da fala interrogativa do campeão o seu medo profundo de não ser o "deus" que todos viam nele e que, agonicamente, ele afirmava a si mesmo.

> Sentado diante do tabuleiro de xadrez, movia com dificuldade as pedras. Perfeição era o que buscava. Técnica. [...] Uma vez mais o pensamento: você deve jogar como um deus. Eu devo ser um deus. Ninguém vai me derrotar. [...] Você é um deus. Sou um deus, pensei. E me encontrei existindo. De repente, via-me de corpo inteiro. Sou um deus. O mundo está reduzido a um tabuleiro mágico, as pessoas a 32 símbolos esculpidos em marfim, e a vida é um jogo intrincado, do qual sou o mestre supremo.

Mas a vida não é um jogo sujeito a regras imutáveis. E o campeão intui isso, desde as raízes de seu ser. Entretanto, prisioneiro da imagem que o mundo consagrara, só lhe cabia mantê-la, custasse o que custasse. Esse choque entre a "máscara" social a ser mantida e a "verdade" oculta do ser, se evidencia na cena onírica da desesperada luta de boxe (com tabuleiro substituído pelo ringue) que se superpõe na mente do campeão, durante os lances da partida, e da qual ele, afinal, sai vencedor mais uma vez. E a rotina de vida prossegue inalterada. Até quando? É a pergunta que fica no espírito do leitor, depois de finda a narrativa.

Em síntese, *Avarmas* reúne nestes contos muitos dos fragmentos que restam do mundo antigo estilhaçado, mesclados aos fragmentos emergentes do novo mundo, mas ainda sem uma nova ordem em que possam ser reordenados. Daí a experimentação obsessiva com as palavras e os diferentes recursos narrativos, desde a ruptura das relações sintáticas entre as palavras (daí o fragmentarismo, as frases nominais, as orações absolutas, o discurso suspenso, o pensamento desarticulado, etc.) até a metalinguagem, a intertextualidade, a fusão de gêneros (como a absorção de técnicas cinematográficas, teatrais, epistolares, etc.). Em um mundo policentrado como o nosso, a criação literária (e artística em geral) também se dispersa em vários centros, sem privilegiar nenhum. A única tônica que dá unicidade aos contos de *Avarmas* é a visão de mundo que o alicerça: a do homem prisioneiro em um mundo caótico, sem saída. Mundo no qual sua extraordinária energia vital e potencialidades são neutralizadas ou aniquiladas, de mil maneiras, sem que ele possa reagir. Daí as imagens ou metáforas recorrentes na linguagem narrativa: prisão, cela, círculo dentro do círculo, gaiola, gota d'água aprisionadora, agonia, animalização do homem, a vida reduzida aos objetos, visão alucinatória da realidade, pés descalços (impulso de retorno às origens, como possível caminho para o reencontro do ser original)...

Avarmas pertence, pois, a um momento-chave da literatura pós-moderna, empenhada em fazer um inventário do homem aprisionado em seu espaço caótico e, ao mesmo tempo, romper/criar caminhos para que ele saia do labirinto e construa uma nova ordem.

Tempos de Apocalipses e Gênesis.

Dados biobibliográficos

Ficcionista, poeta, dramaturgo, ensaísta, roteirista de cinema, jornalista, professor universitário, *expert* em artes e intelectual atuante, Miguel Jorge, de raízes libanesas, nasceu em Campo Grande (MS) em 16 de maio de 1933. Passou a infância em Inhumas (Goiás), para onde a família se mudara. Ali fez os primeiros estudos e descobriu o mundo da literatura, cinema e teatro. Desde os tempos escolares, fascinado pelo teatro, atuou como ator em espetáculos amadores. Na juventude, já radicado em Goiânia, participou do Teatro Experimental de Vanguarda.

Começou os estudos secundários no Ateneu Dom Bosco em Goiânia, concluindo-os em Belo Horizonte (MG), onde se graduou em Farmácia e Bioquímica pela Universidade Federal de Minas Gerais. Voltando a Goiânia, cursa a Faculdade de Direito. Em 1963, participa da fundação do GEN (Grupo de Escritores Novos) que se tornou um divisor de águas na vida cultural/literária de Goiás, na medida em que, polemicamente, discutiu/difundiu as novas ideias, correntes de pensamento, novas linguagens e estilos que haviam surgido no pós-Guerra Fria (1946-56) e que mudaram os rumos da criação literária. Foi no convívio com esse grupo universitário (Yêda Schmaltz, Luiz Fernando Valladares, Aldair Ayres, Heleno Godoy, Maria Helena Chein, Marieta Telles Machado e outros), que Miguel Jorge descobre a verdadeira dimensão da grande literatura e também sua própria e definitiva vocação para a escrita literária. Referindo-se a esse período de debates e convívio literário, ele diz: "Dessa convivência diária veio-me a descoberta do valor da escrita, do poder da palavra, da beleza da poesia, do prazer de se criar um texto. Foi o período da corrida louca às livrarias, das leituras até altas horas da madrugada. [...] Li muito: dos clássicos aos modernos. A linguagem da narrativa moderna exercia uma grande influência em mim. Então busquei as obras de Jean-Paul Sartre, Kafka, Beckett, James Joyce, Nathalie Sarraute, Albert Camus, Faulkner, Clarice Lispector, Guimarães Rosa, Lygia Fagundes Telles, Nélida Piñon e tantos outros. No entanto, demorei muito para ter coragem de mostrar o meu primeiro poema. Foi uma festa. Saudaram-me como poeta. Daí passei para o conto." (apud M. Luiza Laboissère de Carvalho. *Tradição e modernidade na prosa de Miguel Jorge*, 2000)

Foi como contista que, em 1967, estreou em livro com a coletânea de *Antes do túnel*, que teve boa acolhida de crítica, de público e abre caminho para uma fecunda carreira, ainda em plena produção neste início do século XXI.

Formado em Direito, desiste de exercer a profissão e entra para a Faculdade de Letras da Universidade Católica de Goiás. No 3º ano de curso, torna-se professor de Literatura Brasileira, na própria Faculdade. Passa a dirigir o Suplemento Literário da "Folha de Goiás" e, posteriormente, coordena o Suplemento Cultural de "O Popular", Goiânia. Sua carreira se diversifica no campo das letras: escreve peças de teatro (representadas por grupos amadores), poesia, contos, romances, literatura infantojuvenil e ensaios. Organiza antologias de poesia e de contos. Foi presidente do Conselho Estadual de Cultura/GO; integrou o quadro de críticos de arte da ABCA (Associação Brasileira de Críticos de Arte) e da AICA (Associação Internacional de Críticos de Arte). Sua extensa produção tem recebido inúmeros prêmios e distinções, entre os quais se destaca o Prêmio Romance/1981 da APCA (Associação Paulista de Críticos de Arte), conferido ao romance *Veias e vinhos* e entregue em cerimônia realizada no Teatro Municipal de São Paulo (onde, em 1922, se realizou a Semana de Arte Moderna). Em 2006, *Veias e vinhos* foi roteirizado para cinema, dirigido pelo cineasta João Batista de Andrade.

Escritor de "arte maior", Miguel Jorge — neste quase meio século de fecunda produção —, já conquistou lugar entre os Grandes Mestres da Literatura Brasileira, e prossegue ativo em sua semeadura nas várias áreas da literatura e das artes.

Publicações

Ficção — *Antes do túnel*, 1967; *Texto e corpo*, 1969; *Caixote*, 1975; *Avarmas*, 1978; *Veias e vinhos*, 1981; *Urubanda*, 1985; *Nos ombros do cão,* 1991; *A descida da rampa*, 1993; *Pão cozido debaixo de brasa,* 1997; *Lacraus*, 2005; *O Deus da hora e da noite*, 2008; e *Minha querida Beirute*, 2012.

Teatro — *O visitante*, 1974; *Os angélicos*, 1974; *Teatro moderno* (Camaleões, A recompensa, Putein e Pirilampos Vagalumes), 1981; *Kybui*, 1997; *Amor: poldro que se doma*, 1997; *Ah, Shakespeare, que falta você me faz!*, 2002; *Teatro moderno II* (Olga e As Chaves), 2005; *Teatro moderno III* (Dias Profundos), 2007.
Cinema — *Veias e vinhos* (dir. cineasta João Batista de Andrade), 2006.
Poesia — *Os frutos do rio,* 1974; *Profugus*, 1990; *Calada nudez*, 1999; *Marbrasa*, 2005; *Celebração*, 2009; *De ouro em ouro* (ed. luxo/contendo gravuras de Roos e Vídeo de Adriana Rodrigues), 2009.
Literatura infantojuvenil — *Morosinho*, 1985; *Atrás do morro azul,* 1985; *Um anjo no galinheiro*, 1986; *Asas de moleque*, 1989; *Ana e Pedro*, 1994; *As cores dos bichos*, 2000; e *O mundo de Miguelim*, 2005.
Ensaio — *Couto de Magalhães: a vida de um homem*, 1970.

63. MOACYR SCLIAR

O Humor e o Absurdo na Ficção de Moacyr Scliar[92]

> Desde menino, sou habitante de um mundo mágico. Escrevo. Manipulo este difícil instrumento que é a palavra. Sento à máquina, recorro ao meu estoque de sentimento, de delírios, de lembranças, procuro — o quê? Adequar, encaixar, metamorfosear? — procuro me expressar em palavras. [...] A literatura é também um instrumento de sondagem da realidade. Realidade externa e interna. *Sou brasileiro.* Conheço um pouco das grandezas e misérias deste país. [...] Sou gaúcho. Sou porto-alegrense. Nasci nesta cidade, *tenho nela minhas raízes.* Amo dela cada rua, cada velha casa, cada desvão. [...] *Sou judeu.* Como judeu *me vinculo a uma cultura milenar.* [...] Existe uma condição judaica — que não deve ser defendida fanaticamente, nem atacada estupidamente. [...] deve ser entendida e elaborada. Os Judeus são aquilo que a História fez deles, entender o judaísmo é entender o ser humano. (Scliar)[93]

Nesse depoimento, dado nos anos 1980, temos sintetizadas as forças motrizes que estariam patentes ou latentes na visão de mundo do *homem* (e médico) Moacyr Scliar, e na problemática nuclear do *escritor.* Sua extensa obra, lida em conjunto, mostra-se visceralmente engendrada pela interação dessa indissociável dualidade: a de *escritor*, sintonizado com as mutações do caos cultural da nossa época "pós-tudo" (que ele procura "expressar em palavras") e a de *homem*, consciente de sua dupla natureza, a de *judeu*, herdeiro de uma milenar e grande cultura (a judaica/bíblica/errante), e a de *brasileiro*, cidadão de país novo e miscigenado, em processo de desenvolvimento (terra em que nasceu e na qual se sente existencialmente integrado).

---

[92] Texto inédito. (N. da A.)

[93] In Cremilda Medina. *A posse da terra. O escritor brasileiro hoje.* SP. Impr. Nac./Secr. Cultura, 1985, p.329-330. (N. da A.)

Obviamente, toda criação literária (ou artística em geral) resulta da interação homem/escritor. Entretanto, há obras em que essa interação é fator determinante na criação de seu corpus. É o caso da ficção de Moacyr Scliar — obra singular no panorama da literatura brasileira contemporânea, devido à sua temática judaica e ao inusitado de suas tramas, nas quais a tragicomédia humana é "filtrada" pela ótica do absurdo/fantástico e/ou do picaresco risível. Tramas que valem por si, como "prazer da leitura", mas que lidas através do "filtro" da História, revelam sua verdadeira intencionalidade e dimensão — a de testemunho e reflexão sobre a *condição judaica*, identificada com a *condição humana*, em sua eterna luta para se autorrealizar dentro das circunstâncias que a vida determina a cada um.

Sua estreia, como escritor, foi marcada por suas primeiras experiências como médico, ao se deparar diretamente com o sofrimento humano. Em 1962, publicou *Histórias de médico em formação*, onde relata casos dolorosos e comuns no dia a dia da medicina — livro de natureza emocional que, posteriormente, ele retira de sua bibliografia. Nessa época, o problema do judaísmo (seja como presença no mundo, seja como fenômeno da rejeição antissemita, que vem desde os tempos bíblicos) ainda não havia sido elaborado em seu espírito — conforme ele o diz claramente em certa entrevista, dada em fase já madura de sua carreira:

> Muitas vezes amaldiçoei o destino que me fez judeu. Depois iniciei uma longa trajetória de elaboração deste judaísmo. Marx (antissemita) me ajudou muito — aquela lógica implacável. [...] Não faço a apologia do judaísmo. Reconheço suas contradições, afinal, há um Marx e um Rotschild. [...] Para mim, o judaísmo é basicamente uma cultura — sem futuro, talvez, mas com um rico e notável passado. E o tempo ideal para a literatura é o passado.[94]

Sintonizado com o nosso tempo de destruições e construções, Scliar torna evidente, nessa fala, que o *presente* não é só o *agora*, mas é também (e principalmente) *memória do passado*. Judaísmo como *cultura* e

---

[94] In Van Steen, Edla (org.). *Viver e escrever*. PA, L & P M, 1981 (174). (N. da A.)

como *passado* (lastro que permanece como raiz, origem, natureza) é a consciência que nutre a sua obra.

O carnaval dos animais

Em 1968, a publicação de *O carnaval dos animais* marca o verdadeiro início de sua carreira de escritor. Trata-se de uma coletânea de minicontos, cujas personagens (na maioria animais) são verdadeiras alegorias de forças sobrenaturais ou instintos maléficos, implacáveis, que interferem no mundo dos homens e os destroem. Um dos processos desumanizadores mais presentes, nas fantásticas/absurdas situações criadas, é a da metamorfose ou do reducionismo, através da antropofagia ou da automutilação ("A Vaca", "Canibal", "Cão"...). A atmosfera de pesadelo, destruição compulsiva e humor negro, que atravessa esse universo fantasmagórico, sugere a ideia de um Deus punitivo e implacável como o de Abraão do Antigo Testamento. *O carnaval dos animais* expressa, sem dúvida, a fase inicial do processo de elaboração da herança judaica, à que o escritor se entregou, fundindo-a gradativamente com as demais forças renovadoras literárias que se cruzavam no panorama cultural à sua volta.

O momento cultural

O movimento cultural/literário que então se expandia era o da criatividade dos anos 60, no findar da Guerra Fria (1945-1956), quando todos os limites e certezas haviam naufragado no caos, e a literatura surgia como o grande espaço de vivências que se abria ao homem desarvorado, para responder as interrogações sobre o possível significado da vida. Linhas de pensamento, diferentes ou conflitantes, engendravam novos caminhos para a criação literária (e para as artes em geral). Existencialismo, marxismo, estruturalismo, misticismo, ateísmo... se confundiam na origem da nova literatura ocidental. Diferentes linhas de pensamento, cujo denominador comum seria a Palavra, a exigência de "construção artesanal" das vivências a serem contidas nos limites de uma forma verbal transmissível, comunicável. Difundia-se a consciência de que o caos pós-guerra precisava ser sondado em seu labirinto e *nomeado*.

Entre nós, embora na esfera político-econômica soprassem ventos promissores (começara a Era Kubitschek e a construção de Brasília), na esfera do "mundo pensante" infiltravam-se as interrogações do pós-tudo, ainda sem respostas. Em meio à complexidade das influências que aqui chegavam, fazia-se sentir com mais força o *humanismo existencialista* e sua redescoberta do ser, do Eu, como força ainda desconhecida, mas intuída como transformadora do mundo. Pioneiramente, nos anos 1940, Clarice Lispector (russa, de ascendência judaica, vinda para o Brasil logo depois de nascida) introduz o "olhar existencialista" na literatura brasileira, com a publicação de *Perto do coração selvagem* (título joyceano). Na mesma época, Guimarães Rosa escrevia *Sagarana* (1946) e logo mais o espanto de *Grande sertão: veredas* (1956), escavando o húmus existencial latente no mundo *in fieri*, a ser re-nomeado. No mesmo ano, Samuel Rawet publica *Contos do imigrante*, inaugurando, em nossa literatura, a temática do imigrante judeu. A literatura judaica do pós-guerra oscila entre os ideais "puros" (herdados dos "pioneiros sionistas-socialistas") e um questionar individualista que abre caminho para a "literatura do desengano e ironia" dos anos 1960 (Saul Bellow, Amós Oz, David Schahar...).

Vinda de Paris, a voz explosiva de Sartre (com seu magistério, teatro, romance, polêmicas políticas...) difundia entre nós um existencialismo ateu, permeado de marxismo — linha de pensamento que definia o Homem como *ser-em-construção*, sempre inacabado (tal como Scliar iria revelar o judeu). Entre outros, nessa época são redescobertos três grandes "inventores" do início do século XX: o irlandês Joyce, o tcheco judeu Kafka e o argentino-universal Borges. Vozes que se misturam, como novas "setas orientadoras" no mundo da literatura: a *desconstrução joyceana* (com o novo *Ulisses* e a "viagem" a ser reencetada), o *fantástico/absurdo kafkiano* (com *Metamorfose*) e o mundo-labirinto borgiano (com *Ficções*). Ao mencionar a influência dessas forças inovadoras sobre sua escrita, Scliar destaca "Kafka, Proust, Joyce, Beckett, Borges — autores que marcam o nosso tempo". Foi nesse rastro que surgiram os contos de *O carnaval dos animais* seguido, logo mais (1972) pela novela *A guerra no Bom Fim,* na qual Scliar já se revela em pleno domínio de sua arte.

A guerra do Bom Fim

Novela centrada na problemática que, com o tempo, ocuparia um lugar especial em sua extensa obra: a do imigrante judeu, lida hoje, através dessa perspectiva, *A guerra no Bom Fim* se revela como uma verdadeira "viagem iniciática" — a do Narrador percorrendo sua herança judaica, pelos caminhos ou túneis abertos no mundo pelos judeus imigrantes. "Viagem" que liga o Brasil pacífico que os acolheu, à Europa de Hitler, semeadora de guerras e holocaustos, à Rússia dos *pogroms* e à nova Israel empenhada em se consolidar como Estado autônomo. "Viagem" narrativa que ele inicia, percorrendo o espaço seguro e tranquilo do bairro judeu porto-alegrense, o Bom Fim, e se desdobra em quatro partes, cujos títulos remetem diretamente ao conteúdo central de cada uma: "A Guerra no Bom Fim", "A Guerra no Morro da Velha ou uma Odisseia odontológica", "A Guerra em Israel ou o Progresso do Peregrino" e "A Guerra da Unidade Coronária".

Desde a primeira frase, anuncia-se metaforicamente a intenção-base da trama novelesca: transfigurar o bairro do Bom Fim numa espécie de *microcosmo* brasileiro, onde se concentraria a multiforme e eterna aventura humana no mundo. Ou, mais especificamente, o lugar onde a presença judaica já está integrada — apesar da inevitável herança do antissemitismo vindo de fora. (Ideia que, anos depois, Scliar transformará no romance *Éden Brasil*).

> Consideremos o Bom Fim um país — um pequeno país, não um bairro em Porto Alegre. Limita-se, ao norte, com as colinas dos Moinhos de Ventos; a oeste, com o centro da cidade; a leste, com a Colônia Africana [...] Em 1943 a região da Várzea, já saneada, estava transformada num parque — a Redenção —, no centro do qual a Polícia tinha estabelecido um pequeno forte; fora desta ilha de segurança as noites na Redenção eram perigosas. [...] Durante o dia via-se ali o vulcão extinto. A árvore pe-

trificada. A casa Chinesa. Ciprestes sobre o lago. Barcos. Poço dos jacarés. Ruínas de antigas civilizações. [...] Havia guerra na Europa, mas a hora era de calma no Bom Fim.

Como numa parábola, aí se revela o Brasil como o espaço de segurança e paz para os judeus, eternamente perseguidos. Fundindo História e Ficção, e centrado no Bom Fim e em seus habitantes, o narrador vai construindo um singular universo novelesco, onde os tempos se confundem, onde o Real e o Possível se transformam de repente em Irreal e Absurdo. Sempre no ritmo e estilo de "contador de histórias" (estilo comum à literatura judaica), a narrativa vai se estendendo pelo dia a dia dos moradores, no geral descendentes de antigos imigrantes, como o velho Samuel que, ainda criança, viera com a família na leva de imigrantes russos, trazidos para terras gaúchas, no início do século XX, pela Jewish Colonization Association (dos Rothschild). As personagens que povoam *A guerra no Bom Fim* são pessoas comuns, lutadoras ou derrotadas, fortes ou fracas, flagradas em seu prosaico viver cotidiano, onde a Vida se cumpre e a História vai sendo escrita. Permeando o prosaísmo da rotina cotidiana, está o humor judaico (amargo ou irônico), estão as paixões ocultas nas almas, a sexualidade contida, a compaixão ou a animalidade, os sonhos, a fantasia, o fantástico ou a imaginação criadora (Chagall, a velha Rússia e seus violinistas flutuantes, o palacete dos judeus petrificados, o ataque nazista ao parque de diversões, os "quinta colunas"...).

A voz narradora, onisciente, vai aos poucos se concentrando em uma personagem — Joel, filho do velho Samuel. E o vai seguindo, da infância (cheia de medos, alegrias e sonhos) à vida adulta (atravessada de interrogações, desafios, perplexidades e situações tragicômicas), até sua visita a Israel, quando já formado em Odontologia acompanha um entusiasmado grupo de colegas dentistas a um Congresso Mundial de Implantodologia, realizado em Tel-Aviv e outras cidades vizinhas.

É através de Joel, que o "ser judeu" vai sendo revelado ao leitor. É ainda pelo seu olhar desencantado que "vemos" a Israel pós "Guerra dos Seis Dias" (1967), com suas grandezas e misérias: a façanha de transformar desertos áridos em terras verdejantes e produtivas; o notável progresso urbano, as conquistas científicas, os sobreviventes do Holocausto, o turismo pelos lugares sagrados, o viver dos beduínos, o terror e a guerra no Oriente Médio, o eterno e insensato ódio entre árabes e judeus...

Novela que ocupa um lugar especial na obra de Moacyr Scliar, *A guerra no Bom Fim*, em sua essência, está ligada às forças inovadoras que atuavam no pensamento ocidental pós-Guerra Fria e, particularmente, ao "espírito de desengano e ironia" que marca a literatura israelense da época. É esse espírito que singulariza a ficção de Scliar, em seu poder de "filtragem" das aparências do Real, "desrealizando-o" ou fazendo-o deslizar para o fantástico ou para o absurdo. Não o "kafkiano" — o fantástico ou absurdo *inexplicáveis*, mas a realidade absurda ou incrível aceita/vivida como *natural/ banal.* O absurdo é real. Daí que o *normal*, na vida das personagens, *seja organizar mentalmente o absurdo* e vivê-lo como *natural.*

É essa a natureza profunda do mundo de ficção que Moacyr Scliar vem construindo há mais de quarenta anos: uma escrita que emerge da eterna tragicomédia humana, filtrada pela ironia ou pelo humor judaico — "o humor do perseguido para fugir do desespero" (conforme o próprio escritor o definiu). Mas por detrás desse humor, que permeia os pequenos dramas, comédias, situações burlescas ou absurdas, com que suas mil tramas novelescas vão se enredando, faz-se sentir sempre *o olhar do autor sobre suas criaturas* — olhar humaníssimo, magoado ou revoltado, delator ou indiferente... mas sempre mesclado a uma enorme compaixão pelo ser humano, indefeso joguete das forças poderosas, invisíveis ou não, que manipulam o jogo-da-vida.

Dados biobibliográficos

Médico, contista, romancista, cronista, ensaísta e escritor dos mais conhecidos da Literatura Brasileira contemporânea, Moacyr Scliar nasceu em Porto Alegre (RS) em 23.março.1937, descendente de imigrantes judeus russos, que vieram para o Brasil (Rio Grande do Sul) no início do século XX e aqui se integraram. Falando de seus anos de formação, diz: "Minha trajetória pessoal foi tumultuada — e rica de experiência. Cresci no bairro judeu de Porto Alegre (o Bom Fim), uma verdadeira aldeia da Europa Oriental encravada na cidade; ouvindo as histórias que os imigrantes contavam. Filho de professores, fui muito estimulado a ler e escrever. Frequentei um colégio católico (Colégio Rosário), onde passei por uma crise religiosa. [...] Tive militância socialista, pensei em viver num *Kibutz* (em 1970, passei três meses em Israel) [...] Como médico, entrei em contato com o sofrimento, com a morte e com a miséria... Tudo isto está, de uma forma ou de outra, nos meus livros." (in Patricia Bins/Supl. Lit. MG. 21.03.1987)

A Medicina foi sua vocação primeira e permanece viva juntamente com a de escritor. Formou-se médico em 1962 e, no mesmo ano, estreia com o livro *Histórias de um médico em formação* — depoimento autobiográfico que incorpora elementos do imaginário, diluindo, de certa maneira, as fronteiras entre realidade e ficção. Indefinição que se tornou uma das marcas de sua arte literária. Pertencendo a uma família numerosa e naturalmente inclinada para as artes, Scliar conviveu, desde cedo, com a música, artes plásticas e literatura. Nos animados serões familiares, o "contar histórias" ocupava lugar privilegiado, o que, sem dúvida, estimulou sua prematura paixão pela escrita: "Escrevo desde criança e desde então sofro desta curiosa perturbação existencial que consiste, como dizia Kafka, em trocar a vida por palavras." Sua vocação para as letras somou-se com sua decisão de ser médico. Na origem de ambas as escolhas profissionais, há um mesmo espírito: o da solidariedade humana e sede de justiça social. Espírito que ele analisa, em suas raízes profundas, no livro *A paixão transformada — história da medicina na literatura* (1996). Nele, Scliar aponta o amor como ponto comum entre as duas atividades, na medida em que "a relação médico-paciente é inevitavelmente colorida pela emoção". Ou ainda, é uma "paixão transformada". Essa singular visão humanista se expressa em sua ficção através de um olhar, ora de desencanto, ora de indignação e dor, mas sempre "filtrado" pelo humor judaico — humor tragicômico, o do riso que disfarça a dor.

Escritor seduzido pela indefinição de limites entre realidade concreta e realidade imaginada, intuída ou pressentida, mas que escapa ao conhecimento objetivo dos homens, Moacyr Scliar é dos que se vêm destacando como altamente atuantes no processo de expansão e amadurecimento da literatura brasileira.

A partir dos anos 1980, passa a escrever também para jovens, tornando-se sucesso duradouro nessa difícil área da literatura para os novos. Atento aos "modelos" de comportamento e de ideais difundidos pelos multimídias, em suas ficções, Moacyr Scliar aplica-se a filtrá-los por um olhar crítico, mas otimista/bem-humorado. Como é o caso do conto "Shazam" (in *Contos reunidos*), no qual esse famoso super-herói dos Quadrinhos, Capitão Marvel, estaria morando em Porto Alegre, já aposentado, pois os seus super-poderes não eram mais necessários, pois o crime fora extinto no mundo. Em 1995, publica um dos mais originais livros de sua obra, o *Dicionário do viajante insólito* — coletânea de verbetes literários sobre viagens e viajantes —, enciclopédia sofisticada e bem-humorada de cenas, acasos, lugares, singularidades que seu olhar arguto, "insólito" e humaníssimo foi captando nas muitas viagens feitas, durante anos, pelos muitos caminhos do mundo e transformando em escrita.

Em seu memorial *O texto, ou: a vida*, escrito quando sua produção já ultrapassara os 70 títulos, Scliar como que refaz todo um caminho de buscas e realizações (na plena fusão médico/escritor), ressaltando o poder fecundante nela exercido pela leitura literária, desde a infância, e principalmente a força de seus "guias iluminadores" (entre os quais predominam, quase absolutos, a Bíblia e Kafka). Fala também do desafio que foi o enfrentamento daquilo que Harold Bloom chamou de "angústia da influência". "Angústia" que, afinal, ele venceu, ao criar um novo e singular espaço, em nossa literatura, para a literatura de raízes judaicas. Espaço também percorrido com angústia por Samuel Rawet, poucos anos antes.

Em *Manual da paixão solitária* (Prêmio Jabuti/Romance-2008), Scliar volta novamente ao universo religioso, com uma trama romanesca que, num congresso de estudos bíblicos, põe em choque duas visões de mundo — a do jovem Shelá e a da figura controvertida, Tamar, por quem ele está apaixonado.

Sucesso de crítica e de público, a obra de Scliar está traduzida em várias línguas (inglês, alemão, espanhol, polonês, norueguês, búlgaro...). Tem recebido várias distinções e prêmios: Prêmio Academia Mineira de Letras/1968; Prêmio Manoel de Macedo/1974; Prêmio I Concurso Escrita de Literatura/1976 (ex-aequo Roniwalter Jatobá); I Prêmio Érico Veríssimo-Romance/1976; Prêmio Brasília de Literatura/1977; Prêmio Guimarães Rosa/1977; Prêmio APCA-Associação Paulista de Críticos de Arte/1980; Prêmio Casa de las Américas/1989; Prêmio José Lins do Rego/ABL, 1998; Prêmio Jabuti/2000.

Em 2003, foi eleito membro da Academia Brasileira de Letras.

Faleceu aos 73 anos de idade, em 27.fevereiro.2011. Sua extensa e variada obra, há muito ultrapassou as fronteiras nacionais e vem sendo traduzida em mais de uma dezena de línguas ocidentais e orientais. Seu nome está entre os consagrados no panorama da Literatura Brasileira.

Publicações

Conto — *O carnaval dos animais*, 1968; *A balada do falso Messias*, 1976; *Histórias da terra trêmula*, 1976; *O anão do televisor,* 1979; *A massagista japonesa,* 1984; *Os melhores contos*, 1984; *O olho enigmático,* 1986; *A orelha de Van Gogh*, 1989; *Contos* reunidos, 1995.

Novela e romance — *A guerra no Bom Fim*, 1972; *O exército de um homem só*, 1973; *Os deuses de Raquel*, 1975; *O ciclo das águas*, 1977; *Mês de cães danados*, 1977; *Doutor miragem*, 1978; *Pega pra Kaputt!* (romance em colaboração com Josué Guimarães, Luis Fernando Veríssimo e Edgar Vasquez), 1978; *Os voluntários*, 1979; *O centauro no jardim*, 1980; *Cavalos e obeliscos*, 1981; *A festa no castelo*, 1982; *A estranha nação de Rafael Meneses*, 1983; *Introdução à prática amorosa*, 1988; *A Majestade do Xingu*, 1997; *A mulher que escreveu a Bíblia*, 2000; *Os leopardos de Kafka*, 2000; *Éden-Brasil*, 2002; *Na noite do ventre, 2003*; *O diamante*, 2005; *Os vendilhões do templo*, 2006; *Manual da paixão solitária*, 2008; *Eu vos abraço, milhões*, 2010.

Crônica — *Os mistérios de Porto Alegre*, 1976; e *Do jeito que nós vivemos*, 2007.

Literatura juvenil — *Max e os felinos*, 1980; *Memórias de um aprendiz de escritor*, 1984; *Introdução à prática amorosa*, 1988; *No caminho dos sonhos*, 1988; *O tio que flutuava*, 1988; *Os cavalos da república*, 1989; *Uma história só pra mim*, 1994; *O livro da medicina*, 2000; *Aquele estranho colega, o meu pai*, 2002.
Ensaio — *A condição judaica*, 1987; *Memórias de um aprendiz de escritor*, 1984; *Cenas médicas*, 1988; *Enigmas da culpa*, 2007.
Memória — *Histórias de um médico em formação*, 1962; *O texto, ou: a vida*, 2007.

64. MONTEIRO LOBATO

Monteiro Lobato — Um dos Dínamos da Cultura Brasileira na Primeira Metade do século XX[95]

> Quando olho para trás fico sem saber o que realmente sou. Porque tenho sido tudo e creio que minha verdadeira vocação é procurar o que valha a pena ser. (Monteiro Lobato. 1928)

Meio século se passou sobre sua morte (4 de julho de 1948) e a figura de Monteiro Lobato só faz crescer na memória nacional. A cada olhar pesquisador, que volta a percorrer sua obra e sua vida, estas revelam novas facetas ou pormenores que, reinterpretados à luz da atualidade, crescem em importância ou significações antes mal-percebidas. Essa singularidade de "crescer" ao longo do tempo (vencendo o inevitável apagamento da memória que é o destino comum dos seres) é a marca dos espíritos privilegiados, que vieram com a tarefa de tentar tornar melhor o mundo em que lhes coube viver.

Lobato, sem dúvida, pressentia que lhe cabia uma tarefa especial na vida, como está implícito na afirmação feita em carta a Godofredo Rangel e que transcrevemos em epígrafe. Sem saber explicar realmente qual a sua "verdadeira vocação", pois tudo o atraía igualmente para a ação entusiasta, ele acaba por sintetizar numa só frase a essência de sua personalidade ímpar: "procurar o que valha a pena ser." Talvez seja essa uma das maiores "lições lobatianas": procurarmos "ser" na vida, aquilo "que valha a pena ser".

Sua multifacetada obra — como escritor, intelectual militante, empresário, cidadão ardorosamente empenhado no progresso do país ou analista, cético e apaixonado, das grandezas e misérias do Brasil e do

[95] Publicado in Revista da Biblioteca Mário de Andrade. N° 56 Jan/dez.1998 (p.139-145), edição em homenagem a Monteiro Lobato no 50° aniversário de sua morte. (N. da A.)

brasileiro de sua época — é a eloquente prova dessa sua *profissão de fé* na potencialidade do homem, como construtor do progresso da humanidade.

Frente à realidade brasileira de seu tempo, Lobato foi um incansável batalhador. Nascendo na época em que o movimento realista/naturalista se consolidava no Brasil, sua formação intelectual obedeceu às diretrizes do positivismo progressista que, no entresséculos, se impusera aos intelectuais "avançados", como a nova ideologia redentora do homem. Essa influência materialista, aprofundada depois pela filosofia vitalista do Super-Homem e do Poder da Vontade de Nietzsche (influência de que a vida e obra lobatianas estão repletas), naturalmente impediu que Lobato, quando adolescente, fosse tocado pela redescoberta espiritualista que os simbolistas procuravam difundir (embora com muito pouca repercussão, no momento). Por outro lado, seu racionalismo e personalidade construtiva (apesar de seu espírito iconoclasta) impediram que ele pudesse aderir, de imediato, à ruptura proposta pelos modernistas de 22.

Vistas como um todo, a produção e a ação de Lobato demonstram as tensões contraditórias que se mediam em seu espírito. De um lado, o *impulso individualista* de raiz romântico-liberal-positivista, aprofundado pela filosofia nietzschiana do Super-Homem, e, de certo momento em diante, intensificado pelo *pragmatismo norte-americano* (pelo "struggle-for-life" que fez do homem um gigante ampliado pela máquina, e construiu a sociedade tecnológica-progressista, cujo modelo acabou se impondo a todo o mundo civilizado). E, por outro lado, a *consciência crítica*, alerta para os equívocos, hipocrisia e injustiças vigentes, e também tocada pelas transformações propostas pelo socialismo em marcha, sem contudo aderir às proposições político-econômicas que o comunismo vinha concretizando ou propondo, desde a Revolução de 1917, na Rússia.

Lobato e a encruzilhada dos caminhos

Personalidade dinâmica e criativa, aberta para a vida, em todos os sentidos, Monteiro Lobato perseguiu, com paixão ou obstinação, diferentes ideais ou objetivos. Por imposição familiar, formou-se em Direito (quando seu ideal de adolescente era dedicar-se às Artes, principalmente à pintura). Formado, em 1907, é nomeado Promotor Público (Areias-SP), cargo que deixa em 1911 para ser fazendeiro, ao herdar do avô, Visconde de Tremembé, a Fazenda Buquira. Durante seis anos, Lobato dividiu-se entre seu grande projeto de transformar Buquira em uma fazenda modelo e sua funda paixão pela literatura, pela cultura e pelo embate de ideias. Embora recluso na fazenda, continua escrevendo artigos e contos para publicação na imprensa (principalmente em "O Estado de São Paulo", o jornal brasileiro mais importante na época).

A longa correspondência mantida, durante anos, com o amigo Godofredo Rangel (Juiz de Direito em Minas) registra essa sua paixão pela literatura e seus contínuos esforços para realização do ousado projeto agrário.[96] Esforços que, afinal, sofreram sucessivas frustrações, devido à tacanhez do meio e da falta de mão de obra adequada. Empenha-se a fundo nesse projeto, até o momento em que se dá por vencido. Decide vender a fazenda e mudar-se para São Paulo, o que acontece em 1917.

Durante todo esse período de experiência rural e de sedentarismo na fazenda, seu natural e dinâmico impulso criativo ia engendrando mil e um projetos de realização cultural, a princípio dispersivos, sem planos definidos, até que, com sua mudança definitiva para São Paulo, começam a se concretizar. Liga-se ao grupo Estado. Torna-se diretor da publicação cultural "Revista Brasil", recém-fundada pelo grupo, e da qual ele se tornaria proprietário em meados de 1918.

Júlio Mesquita, em 1917, ao expor o programa do novo periódico, destaca seu objetivo nacionalista: "[...] por detrás do título desta Revista e dos nomes que a patrocinam, está uma coisa simples e imensa: o desejo, a vontade firme de constituir um núcleo de propaganda naciona-

---

[96] A correspondência entre Monteiro Lobato e Godofredo Rangel, mantida no transcurso de quarenta anos de profícua Amizade, foi reunida, em dois tomos, sob o título de *A barca de Gleyre*, in Obras Completas de Monteiro Lobato, Ed. Brasiliense Ltda, SP, 1951. (N. do E.)

lista. Ainda não somos uma nação que se conheça, que se estime, que se baste. [...] Vivemos, desde que existimos como nação, quer no Império, quer na República, sob a tutela direta ou indireta, senão da política ao menos moral, do estrangeiro. [...] Mas nosso nacionalismo não é nem será nunca uma forma de hostilidade ao estrangeiro. Não queremos isolar o Brasil da humanidade, o que seria um disparate, nem podemos negar a dívida de civilização que nos prende ao estrangeiro." É à frente desse órgão cultural/nacionalista, que Lobato encontra seu verdadeiro caminho. Como diretor e depois proprietário, ali ele começa a viver uma época de grande efervescência de projetos editoriais e de criação literária que, de certa forma, já haviam sido idealizados por ele durante os anos em que se entregou às atividades de fazendeiro e de articulista na imprensa paulista.

Nesses anos (1911-1917), o escritor, ainda em estado latente, foi atraído por um dos grandes temas que, desde o entresséculos XIX-XX, vinham se impondo ao meio culto brasileiro e latino-americano: o confronto entre Primitivismo e Civilização. Tema que, entre nós, fora enfrentado por Euclides da Cunha, no *best-seller Os sertões* (1902) e anteriormente dera origem à nossa literatura regionalista, com o mineiro Afonso Arinos, *Pelo sertão* (1898), o gaúcho Simões Lopes Neto, *Lendas do sul* (1913), o goiano Hugo de Carvalho Ramos, *Tropas e boiadas* (1917) e o paulista Valdomiro Silveira, *Os caboclos* (1920).

O atraso da realidade brasileira, em relação aos países civilizados, começava a ser questionado pelo "mundo pensante". Lobato, que pelas circunstâncias se vira num diário corpo a corpo com essa realidade rudimentar, é levado a escrever dois artigos, "Velha Praga" e "Urupês", publicados em "O Estado de São Paulo", em 1914. No primeiro ele denuncia a ignorância dos que faziam "queimadas", sem avaliarem os danos sofridos pela terra e pela natureza em geral. No segundo, traça um retrato cruel do "caboclo", preguiçoso, apático, "piolho da terra", que vive "de cócoras", imune a qualquer progresso, comparando-o ao "urupê" — cogumelo parasita que vive grudado em tronco de árvore. Tais artigos provocaram enorme celeuma na sociedade, principalmente porque Lobato também acusava o regionalismo romântico (Alencar) de falsear a imagem do sertanejo e do índio, por tê-los visto através das lentes róseas do puro idealismo.

Na mesma linha de interesse pelo Brasil autêntico, Lobato volta-se para o nosso folclore. Inicia uma pesquisa sobre o Saci Pererê e, nas páginas de "O Estado de São Paulo"', divulga um questionário a respeito dessa figura. Com o resultado, publica o livro *Saci Pererê* (1918), o qual de imediato se tornou sucesso de público e de crítica. Nos rastros desse sucesso publica os contos reunidos em *Urupês* (inicialmente intitulado "Doze histórias trágicas"). E logo a seguir *Ideias do Jeca Tatu*, no qual muda sua antiga visão negativa do caboclo, e o mostra como vítima de um sistema retrógrado e hipócrita.

O escritor era afinal descoberto pelo editor. O extraordinário sucesso desses livros (com tiragens de milhares de exemplares) mostrou ao autor que havia um caminho para ser aberto: suprir o vazio editorial brasileiro. Naquele início do século, havia apenas duas grandes editoras ativas, a Francisco Alves e a Briguiet, que só editavam autores consagrados; e a Melhoramentos, que se iniciara em 1915. E assim, Lobato assume-se como editor, fundando a Editora Monteiro Lobato & Cia. e introduz no mercado editorial processos totalmente novos: abre espaço para escritores inéditos; moderniza não só o tratamento gráfico dos livros, como também os processos de venda e distribuição comercial. Sucesso absoluto. Lobato começa a enriquecer e a ampliar seu campo de ação.

Em 1921, os lançamentos de sua editora já passam de 50 títulos. É nessa maré montante de sucesso editorial e de inquietude realizadora que Lobato resolve escrever um livro para crianças, destinado à leitura nas escolas, *A menina do narizinho arrebitado*. Foi, como disse a crítica no momento, "uma pedra no charco...", um reboliço na grande pobreza que imperava nos livros infantis da época. Com 38 anos de idade, em plena maturidade intelectual, Lobato volta-se para o setor mais descurado da Literatura: o da chamada Literatura Infantil. Foi assim, quase por acaso e mesmo sem dar por isso, que Monteiro Lobato se tornou o criador da Literatura Infantil brasileira, fato esse que, só anos depois e já com uma dezena de livros infantis publicados, se tornou consciente ou evidente ao próprio Lobato.

Mas antes dessa consagração final, Lobato enfrentaria muitos reveses. A Revolução de 1924 em São Paulo, liderada por Isidoro Dias Lopes (com a posterior queda do presidente Washington Luís) e consequente desequilíbrio econômico, levaram a Monteiro Lobato & Cia. à falência, em 1925. Sempre lutador, Lobato se engaja em outro empreendimento. Em sociedade com Otales Marcondes — e com a venda de uma casa lotérica que ambos tinham em sociedade —, funda uma nova empresa, a Cia. Editora Nacional (que se tornou uma das mais importantes editoras brasileiras) e cuja direção ficou a cargo de Otales, enquanto Lobato atuava como escritor polêmico.

Devido à sua desassombrada atuação crítica, em face do cenário político-econômico do eixo Rio-São Paulo, Monteiro Lobato, em 1927, é nomeado pelo presidente Washington Luís, como Adido Comercial do Brasil nos Estados Unidos, onde teve ocasião de conhecer de perto a nova civilização progressista e também de ver, à distância, o nosso país e suas carências. Muito se tem escrito sobre essa permanência de Lobato nos Estados Unidos e o que ela significou, não só para ele, mas para a realidade brasileira. Mas, como verdadeira "caixa de surpresas", a vida de Lobato sempre tem novidades a serem descobertas. No recente estudo, *Monteiro Lobato: furacão na Botucúndia* (C. L. Azevedo/M. Camargo/V. Sacchetta-SENAC. 1997) inúmeras novas informações são dadas, principalmente em relação a esse período norte-americano. Consultando arquivos da família ou documentos produzidos por Lobato em Nova York (e que, até então inéditos, foram resgatados do Arquivo Histórico do Itamaraty, no Rio de Janeiro), a equipe de pesquisadores descobriu, entre outros dados, o endereço do Brazilian Garden Coffee House que Lobato instalara em Manhattan e a localização, no Museu do Louvre, da tela "Ilusões Perdidas" de Charles Gleyre, citada por Lobato em carta ao amigo Rangel (e que serviu de inspiração para o título *A barca de Gleyre* que rotula os dois volumes da correspondência trocada, durante anos, entre Lobato e Godofredo Rangel). Entre outros dados importantes sobre a vida de Lobato nesse período, o *M.L.: furacão na Botucúndia* menciona o encontro e a amizade que ligou profundamente o nosso escritor à grande figura de educador que foi Anísio Teixeira, também em estágio nos Estados Unidos. Esse encontro gerou uma amizade que durou enquanto durou a vida de ambos — amizade consolidada por uma recíproca e irrestrita admiração. Anísio Teixeira (que Lobato considerava uma das grandes inteligências brasileiras) por sua vez incluiu Lobato entre os "homens únicos", aqueles que aparecem de quando em quando e que, com sua presença, transmitem a todos os que com eles convivem, o entusiasmo generoso pela vida e pela ação construtiva. "Monteiro Lobato, disse Anísio, pertencia a essa rara família de profetas e poetas, que condensam, de súbito, por um momento e um povo, a sua própria essência espiritual." (op. cit. p. 362)

O período em que conviveu com A. Teixeira foi o do desastre econômico de 1929, com a quebra da Bolsa de New York, que levou também Lobato a sérias dificuldades financeiras. Vende suas ações da Cia. Editora Nacional, que estava crescendo e acabava de criar a série "Biblioteca do Espírito Moderno". Lobato torna-se tradutor (envolvendo também Anísio nessa nova empreitada, com tradução de livros sobre ciências da Natureza). Nos anos 1930/40, Lobato traduziu dezenas de obras consagradas, nas áreas de Filosofia, História e Literatura. Deve-se a ele a primeira divulgação no Brasil dos *best-sellers* americanos da época: Hemingway, Steinbeck e Faulkner. A "Biblioteca do Espírito Moderno" foi um dos grandes sucessos editoriais no Brasil (posteriormente editada pela Brasiliense).

Lobato nos rastros de Henry Ford

Em contato com a fervilhante vida americana, Lobato torna-se um admirador fervoroso do pragmatismo ali dominante (para ele definitivamente simbolizado em Henry Ford). Empolga-se com a automação que já aparecia em "exibições públicas de robôs", que começam a ser utilizados pelo Governo Americano, como "guardas de uma represa", recebendo ordem por telefone para abrirem e fecharem as comportas. Deslumbra-se com o "ritmo frenético" das cidades e com a invenção da televisão. Em carta para Rangel, em meados de 1928, ele conta:

> Quanta novidade! É a terra das invenções esta. [...] agora a televisão, uma coisa que previ no *Choque*, para o ano 2 mil e tantos e já está realizada. Esta semana no *store* do Abraham & Strauss foi feita uma demonstração pública dessa maravilha das maravilhas. (op. cit. p. 241)

Todo esse trepidante ritmo de vida leva-o a criticar duramente a apatia do brasileiro e a fazer planos de progressos para o Brasil. Em outra carta ao amigo, diz entusiasmado:

> Meu plano agora é um só: dar ferro e petróleo ao Brasil. Estou em carteação com Mr. W. H. Smith, de Detroit, sobre um novo processo siderúrgico perfeitamente *fit* às condições carbônicas do Brasil. (op. cit. p. 253)

Levado por esse novo ideal, transformar seu país em uma nação produtiva, eficiente e rica, Monteiro Lobato abandona temporariamente a literatura para vivenciar experiências no mundo da indústria e dos negócios. Mas o tempo mostrou que ele estava "malhando em ferro frio" e que seu verdadeiro caminho estava realmente na literatura para crianças. Muito embora tenha escrito também para adultos (*Urupês*, *Negrinha*, *O choque* ou *O presidente negro* etc.), não chegou a lograr o êxito pleno e duradouro que obteve com o seu "rocambole infantil": as mil aventuras vividas por Narizinho, Pedrinho, a boneca Emília (seu *alter-ego*), o Visconde de Sabugosa e outras tantas personagens que povoam o Sítio do Picapau Amarelo, obra que ultrapassou as fronteiras nacionais, em inúmeras traduções, e se tornou uma espécie de alegoria do *locus amoenus* para várias gerações de brasileiros, até bem entrados os anos 50, como o analisa argutamente o livro de José Roberto Whitaker Penteado, *Os filhos de Lobato* (RJ, Ed. Dunya, 1997), outra das recentes publicações que contribuem para enriquecer a memória nacional com relação a Lobato, neste 50° aniversário de sua morte. (1998)

Os filhos de Lobato
(O imaginário infantil na ideologia do adulto)

Num momento como o nosso, em que os meios de comunicação de massa tornam-se cada vez mais acessíveis a todos, e cada vez mais velozes na transmissão das informações (e evidentemente invadindo totalmente o espaço antes ocupado pela leitura), este *Os filhos de Lobato* é dos livros que merecem ser meditados, pois suscita sérias interrogações, não só sobre a possível ação desintegradora exercida pelo atual predomínio da imagem (e da velocidade com que se sucedem) na formação das mentes, mas também acerca dos prováveis caminhos a serem tomados pela urgente renovação dos Sistemas de Ensino, hoje em plena crise.

Dividido em cinco partes ("Um homem da Velha República", "O Nascimento da Ideologia", "A Saga do Picapau Amarelo", "Nós precisamos endireitar o mundo, Pedrinho" e "Os Filhos de Lobato"), o livro de R. R. Whitaker resulta em um dos mais completos panoramas não só da vida, atuação e ideia da multifacetada personalidade de Lobato, mas também das ideias político-econômicas e culturais que se cruzavam, no Brasil de fins do século XIX até a primeira metade do século XX.

Como sabemos à saciedade, a compreensão do mundo em que vivemos e também a de nós mesmos depende essencialmente da compreensão das ideias que comandaram o curso de nossa história; e também daquelas que, consciente ou inconscientemente, atuam em nosso espírito e orientam nossa ação. É nesse sentido que entendemos o significado maior deste estudo de Whitaker Penteado, tomando a obra lobatiana como eixo geratriz. Foi ele, Lobato, o único escritor que conseguiu transfigurar em situações simbólicas e em linguagem acessível à compreensão dos pequenos leitores, aquilo que hoje podemos ver como essencial no Modernismo das primeiras horas: o *gesto libertário*, a ruptura com as convenções já superadas.

Verdadeira "antena parabólica" das ideias filosóficas e conquistas científicas e/ou tecnológicas que começavam a transformar a face do mundo, desde o entresséculos, Monteiro Lobato realizou a tarefa de semear nas mentes infantis os valores emergentes dos novos tempos, sem que ninguém, na época, desse por isso. Como disse, certa vez, o próprio Lobato:

> É sumamente difícil aos contemporâneos de uma transição social apreender as linhas mestras do fenômeno e sobretudo prever até que ponto ela irá. (*Os filhos*... p. 38)

Foram essas "linhas mestras" que a pesquisa de W. Penteado perseguiu, tal como foram assimiladas e transfiguradas em ação e/ou literatura pelo criador do *Sítio do picapau amarelo*. Apoiado em centenas de entrevistas muito esclarecedoras com os "filhos de Lobato" (aqueles cuja visão de mundo foi formada na infância e adolescência com a leitura lobatiana) e apoiado nas principais teorias sociológicas ou psicanalíticas que, desde o início do século, se cruzavam nas várias correntes da Pedagogia Moderna (Escola Nova), Whitaker Penteado realiza uma espécie de "prova dos nove", ao confirmar a tese de que o universo literário que Lobato construiu durante anos, no Sítio do Picapau Amarelo, além de lançar as bases da Literatura Infantil brasileira, realmente atuou fundo no imaginário de seus pequenos leitores e consequentemente na formação do pensamento político-social-ético que os orientou (ou orienta) depois de adultos.

Coerentemente com esse propósito, Whitaker Penteado sintetiza o panorama de ideias e correntes de pensamento que se mesclavam em nosso cenário cultural, ao tempo de Lobato, enfatizando as duas posturas predominantes: a do Positivismo somado ao Liberalismo (as duas vertentes do pensamento político) e a do Biologismo sociológico (resultante da teoria seletiva da evolução das espécies, pela qual o mais forte vence o mais fraco).

Entre as leituras feitas por Lobato, em seu período de formação acadêmica na Faculdade de Direito de São Paulo, W. Penteado destaca: Spinoza, Fichte, Hegel, Voltaire, Taine, Spencer, Darwin e Nietzsche. Por essa mescla de autores já se vê que seu espírito criativo e ávido de conhecimento foi fecundado por pensadores que exaltavam o *poder* ou a *força de vontade do indivíduo*, como as naturais alavancas da evolução ou progresso da humanidade... e muitos deles utilizando também as armas demolidoras do humor ou da sátira.

Dentro dessa linha ideológica, era natural que as evidentes limitações inerentes ao Brasil e aos brasileiros angustiassem os intelectuais conscientes. Tal preocupação é ilustrada pelo ensaísta, ao transcrever as interrogações feitas, em artigo publicado em "A Província de São Paulo" (antigo "O Estado de São Paulo"), pelo spenceriano darwinista Alberto Sales (irmão do presidente Campos Sales e proprietário do jornal).

> Como vai funcionar um país que ficou fora dos grandes movimentos do Ocidente — a Reforma, a Revolução Industrial, a Revolução Burguesa? O brasileiro é um povo muito sociável, mas pouco solidário. Como fazer medrar, nesse terreno incerto, o vigoroso individualismo das ideias spencerianas, sucedâneas naturais de um liberalismo já vigente no país desde as últimas décadas do Segundo Império? Produzir o individualismo, de cima para baixo, é tão incoerente quanto descentralizar a partir do centro. Além disso, a sociedade recém-saída da longa noite escravocrata mal podia perceber uma liberdade individual, como direito de todos. Por isso, tratava-se em sua maioria de ideias circunscritas à elite. (op. cit. p. 40)

Essa longa citação justifica-se aqui, não só porque aponta para as raízes ideológicas de Monteiro Lobato e explica sua adesão apaixonada ao ideal do Super-Homem nietzshiano, mas também porque ainda hoje (vésperas do Terceiro Milênio) suas interrogações ainda não foram totalmente (ou quase nada?) respondidas pela realidade brasileira.

Como o prova toda a vida de Lobato e as diferentes atividades à que se entregou sempre com paixão, sua grande preocupação foi a "sintonização" do Brasil com as nações desenvolvidas e a conscientização do povo brasileiro (ou melhor, a conscientização de cada indivíduo em relação a si mesmo, como parte essencial do todo que é o povo).

Nessa ordem de ideias, *Os filhos de Lobato* mostra a grande unidade subjacente à aparente dispersão das atividades exercidas por Lobato (promotor público, fazendeiro improvisado, escritor regionalista, editor ousado, adido comercial do Brasil nos EEUU, admirador incondicional do progresso americano, defensor da exploração do ferro e do petróleo em terras brasileiras, etc., etc.), atividades que, na maioria, lhe causaram muitos dissabores, grandes prejuízos financeiros e até prisão (no governo de Vargas).

Monteiro Lobato era um espírito visceralmente "fundador", e sua adesão final à tarefa de escrever para crianças e jovens mostra bem o seu espírito idealista e prático, a sua personalidade construtiva. Diante dos imensos obstáculos de toda ordem que se opunham à realização de seus ideais humanitários, progressistas, idealistas, etc., voltou-se para aqueles em quem tais ideais poderiam ser semeados para um dia darem os frutos que, amadurecidos, alterariam as circunstâncias que, naquele momento (hoje não?), eram obstáculos intransponíveis.

Confirmando esse ideal, *O sítio do picapau amarelo* é amplamente revelado como um espaço intermediário entre o *consciente* ou concreto (mundo real) e o *inconsciente* ou abstrato (mundo do imaginário, da fantasia ou do sonho). É neste último espaço, o do imaginário, que W. Penteado detecta a sábia valorização que Lobato faz da "Loucura", atribuindo-a a tudo que escapa à lógica cartesiana, isto é, as "maluquices" das crianças (Narizinho e Pedrinho...); as personagens fantasiosas (Emília, Visconde de Sabugosa, etc.); os animais (Marquês de Rabicó...); os personagens famosos (D. Quixote, Peter-Pan...) etc. A categoria de lúcidos, racionais e "saudáveis" reserva aos adultos (D. Benta, Tia Nastácia... que, afinal, acabam convivendo bem com a "loucura" dos demais).

Ao contrário do que a sociedade consagrara como "certo", isto é, a Razão como responsável pela verdade dos seres e coisas, Lobato vai privilegiar o "estado de loucura" como algo raro que estabelece uma diferença hierárquica entre pessoas como Dom Quixote, que se torna personagem habitual e querido do pessoalzinho do Sítio. (op. cit. p. 263) Adiante W. Penteado cita uma frase de Emília que ilustra bem o pensamento lobatiano nessa questão:

> Dom Quixote se hospedaria no meu castelo, se eu fosse princesa, disse Emília. Acho Dom Quixote o suco dos sucos. A loucura chegou ali e parou. Adoro os loucos. São as únicas gentes interessantes que há no mundo.

E como observa o autor, Lobato estaria entendendo a loucura, tal como o faria Foucault mais tarde, ao afirmar que a loucura seria um dos "princípios de exclusão" que a sociedade desde sempre utilizou para se definir a si própria. É, pois, com uma hábil manipulação da "loucura", que Lobato lança luz sobre sua intenção de questionar (ou romper) com alicerces tidos como inquestionáveis da época.

É nessa *manipulação* que vemos sua genialidade. Sem nos prolongarmos neste aspecto, lembramos apenas que toda ênfase posta no individualismo irreverente (ou nietzschiano) que se afirma em seus livros, foi perfeitamente aceito pelo tradicionalismo imperante (sociedade, escola, família, crianças... dos anos 1920/30), porque Lobato teve a genialidade de corporificá-lo em um *ser fictício*, em uma *boneca*, a Emília. Se o tivesse encarnado numa *criança* (Narizinho ou Pedrinho, por ex.) jamais teria sido aceito pela Sociedade da época, como o foi, porque nesse caso teria criado uma personagem "rebelde", que só poderia ser repudiada por todos, como personagem negativa. O lúcido olhar crítico de Lobato sabia que jamais poderia propor, às crianças e jovens de seu tempo, o gesto *libertário* ou a *desobediência* aos valores e conceitos consagrados, como o fez com a Emília. Era ainda cedo. O seu leitor real não o aceitaria. E isso porque numa sociedade em que a obediência e a submissão à autoridade (pais, professores, governantes, etc.) era a *pedra-base* das relações humanas e o *equilíbrio* entre as classes sociais, a irreverência da Emília só pôde ser aceita por ser uma fantasia, uma boneca. Atualmente, essa "irreverência" já não causa mais censura, nem espanto em ninguém, adultos ou crianças — pois a *desobediência à autoridade* é uma das marcas do nosso tempo de caos.

Na verdade, utilizando-se do imaginário, Lobato fez do seu *leitor real* o *leitor virtual*, que ele visava formar: aquele ser consciente de sua individualidade e importância, dentro do grupo ao qual pertence. E mais, aquele que precisava ir além de si mesmo, através de um novo conhecimento do eu, dos outros e do mundo em que lhe cabia viver. Foi essa, sem dúvida, a interpretação dada por Lobato ao ideal do Super-Homem de Nietzsche: um ir além-do-humano (tal como a Tradição o limitara), e não o herói invencível e sobre-humano que as estórias-em-quadrinhos e filmes de hoje vulgarizaram.

Revendo, hoje (1998) a obra lobatiana em seu conjunto e redescobrindo as mil sugestões de reflexões sobre a vida, a literatura, o mundo, o ser humano... lembramo-nos da interrogação de Nietzsche: "Para que serve um livro que não for capaz de nos transportar além dos livros?". Foi o que Lobato procurou fazer com toda sua obra: levar-nos sempre para além dela.

Dados biobibliográficos

Personalidade ímpar, que marcou fundo a realidade brasileira na primeira metade do século XX (José Bento) Monteiro Lobato nasceu em Taubaté (SP) em 18 de abril de 1882. Cresceu em contato com a vida rural e com os caboclos trabalhadores da terra (os que mais tarde ele iria caricaturar no *Jeca Tatu*). Começou a ler muito cedo, estimulado pelo avô, e se tornou um leitor voraz. Adolescente, foi atraído pelas artes plásticas e estava inclinado a estudar na Escola de Belas Artes do Rio de Janeiro. Mas esse desejo frustrou-se, pois a família o queria bacharel. Muda-se para São Paulo e entra para a Faculdade de Direito do Largo de S. Francisco (Universidade de São Paulo - USP), em 1904. Iniciou carreira jurídica como Promotor Público em Areias (SP), cargo que abandonou logo depois para assumir a fazenda Buquira, herança de seu avô, Visconde de Tremembé. Nesse período, aprofunda sua leitura dos clássicos da Literatura e da Filosofia, enquanto cresce seu interesse pelas artes plásticas. Assina a revista londrina "The Studio", fundada em 1893 e dedicada à arquitetura, *design* e artes plásticas. Através dessa revista forma-se o gosto de Lobato pela pintura naturalista. Chegou a se exercitar como pintor de aquarelas, que fixavam paisagens naturais e ensolaradas. Familiariza-se com os debates artísticos europeus da "belle époque", entre o Naturalismo (defendido pela revista) e as vanguardas impressionistas e expressionistas. Essa formação artística naturalista, em 1927, leva-o a ridicularizar, em artigo, a exposição de pintura expressionista de Anita Malfatti, recém-chegada a São Paulo, de estágios feitos na Alemanha e USA. Sua experiência como fazendeiro dura seis anos. Deixa a fazenda para iniciar carreira no jornalismo e nas letras, na capital paulista. Intensifica sua colaboração em "O Estado de São Paulo", jornal no qual vinha publicando artigos; torna-se diretor da ""Revista do Brasil". Em 1918 estreia em livro com *O Saci Pererê* (análise de um inquérito entre leitores do jornal "O Estado de São Paulo") e logo depois publica os contos de *Urupês*, na linha regionalista que se firmava no início do século XX. Sucesso imediato de crítica e de público, o que o leva a se decidir pela atuação no mercado editorial, não só como autor, mas também como editor. Compra a "Revista do Brasil" do grupo OESP e funda a editora Monteiro Lobato & Cia., que imprimiu novo rumo ao setor editorial brasileiro, inclusive lançando autores novos. Em 1920, publicou *A menina do narizinho arrebitado* (Livro de Figuras com desenhos de Voltolino). No ano seguinte, *Narizinho arrebitado* foi adotado pelo Governo Washington Luís, como "Segundo Livro de Leitura para uso das escolas primárias". A carreira de escritor estava definitivamente traçada. Os romances, livros infantis e artigos reunidos em livro se sucedem. Ao mesmo tempo, Lobato atuava em outras áreas.

Em 1927, é nomeado pelo presidente Washington Luís, Adido Comercial do Brasil nos Estados Unidos. Regressará ao Brasil em 1931, em plena crise econômica, pós-quebra da Bolsa de New York/1929. Tinha início a Era Vargas. No Consulado do Brasil nos Estados Unidos, em 1928, Lobato conhecera Fortunato Bulcão (capitalista empreendedor, ex-diretor do Banco do Brasil) e que chegava da Europa, onde fora procurar investidores e técnicos para a introdução da exploração do ferro no Brasil. Ambos, idealistas/nacionalistas/desenvolvimentistas, ficaram amigos e de imediato deram início a uma parceria que duraria cinco anos (1928-1934). Ainda nos Estados Unidos, entram em contato com engenheiros e técnicos especializados na área siderúrgica e dão início a um grande projeto de introdução de uma siderúrgica no Brasil. Ao voltarem, em 1931, desenvolvem toda espécie de esforços para a concretização do projeto, mas sempre esbarrando em leis ou obstáculos levantados pelo grande jogo de interesses políticos. Tentaram inutilmente interessar o governo, órgãos federais e estaduais para a visão do problema, mas tudo se frustrou e, em 1938, a parceria chegou ao fim.

Paralemente a essa luta pela indústria do ferro, Lobato empenha-se também em tornar realidade a exploração do petróleo brasileiro. Em 1931, funda a Companhia Petróleo do Brasil. Vende ações através de apelos públicos, para levantar o capital necessário e consegue investidores, contato com engenheiros e técnicos especializados, interessados no ambicioso projeto: explorar poços petrolíferos em várias regiões do país. Decidido a transpor os naturais obstáculos que se levantariam contra o projeto, Lobato entra em contato com Getúlio Vargas, disposto a levá-lo a lhes dar suporte. Mas havia os "interesses ocultos", os *trusts*, os políticos...

Getúlio interessa-se pelo dinamismo de Lobato e, em 1934, ao criar o Departamento de Propaganda e Difusão Cultural, convida-o para diretor. Convite recusado de imediato, através de uma carta onde expunha os motivos.

Em 1936, Lobato publica um livro polêmico, *O escândalo do petróleo e do ferro*, no qual reuniu artigos seus sobre economia, política, desenvolvimento e progresso e nele enumera os entraves que o governo Federal punha às atividades petroleiras. O livro causou escândalo e vendeu milhares de exemplares pelo Brasil todo. No ano seguinte, publica *O poço do Visconde*, onde conta para as crianças a descoberta do petróleo no Sítio do Picapau Amarelo — narrativa fantasiosa que resulta em ser um verdadeiro curso sobre o tema "petróleo e práticas" que sua industrialização exige.

Aponta também problemas sociais e políticos, decorrentes da descoberta. O Governo Vargas preferiu ignorar *O escândalo do petróleo e do ferro*, mas, em 1939, com a eclosão da II Guerra Mundial e o controle dos livros subversivos, ele foi proibido de circular.

Em 1938, a Cia. de Petróleo do Brasil é transformada na Cia. Mato-grossense de Petróleo, com novos investidores, com sede em São Paulo e sucursais em Curitiba, Rio de Janeiro e Belo Horizonte. Perfurações foram realizadas, provando a existência de petróleo. Mas, nesse ano fora criado o Conselho Nacional do Petróleo (CNP), com total controle do governo, e a exploração dos poços petrolíferos descobertos se tornou impossível, por motivos legais que nunca se resolviam. Em 05 de maio de 1940, Lobato, frustrado com os sucessivos fracassos de seus projetos, escreve uma longa carta ao presidente Vargas, historiando os erros que estavam sendo cometidos pelo Conselho Nacional de Petróleo (CNP), e que redundariam em fracasso ou extinção da extração do petróleo. Quase como resposta, em 04 de agosto, Vargas convida Lobato para o cargo de Diretor do Ministério de Propaganda que seria criado em substituição ao extinto Departamento de Imprensa e Propaganda (DIP). Lobato recusa em nova carta. Em fins de novembro, recebe um emissário de Vargas, com o convite para encontrá-lo no dia seguinte em Campinas, num banquete que lhe seria oferecido em homenagem. Afrontosamente, Lobato responde que ele não era "homem de banquetes". Foi a gota final.

Em 20 de março de 1941, Lobato é preso e condenado a seis meses de prisão, na Casa de Detenção de São Paulo. O processo contra ele baseou-se concretamente nas cartas escritas ao presidente. Na verdade, Lobato sempre se negou a emprestar seu prestígio e credibilidade ao governo do Estado Novo. A reação da classe intelectual foi imediata. A poeta Rosalina Coelho Lisboa encabeçou um abaixo-assinado e levou-o pessoalmente a Getúlio que, sem demora, assinou o indulto. Sua prisão durara três meses.

Libertado, Lobato, desiludido por não ter realizado o sonho de ver o Brasil entre as grandes nações petrolíferas; descrente da política e mortalmente desgostoso por ter perdido dois filhos tuberculosos, dedica-se inteiramente à sua obra para crianças. Em 1946, exila-se em Buenos Aires, onde traduz seus livros para edições em espanhol. No ano seguinte, já doente, volta para o Brasil. Faleceu em 4 de janeiro de 1948. Seu nome e obra já pertenciam à História.

Publicações

Romance e conto — *Urupês*, 1918; *Cidades mortas*, 1919; *Negrinha*, 1920; *Os negros*, 1920; *O macaco que se fez homem*, 1923; *O choque das raças ou O presidente negro*, 1926.

Literatura infantil — *A menina de narizinho arrebitado*, 1920; *Narizinho arrebitado*, 1921; *Fábulas de Narizinho*, 1921; *O marquês de rabicó*, 1922; *A caçada da onça*, 1924; *O cara de coruja*, 1927; *O irmão de Pinocchio*, 1927; *O gato Félix*, 1927; *O noivado de Narizinho*, 1927; *O circo de escavalinho*, 1927; *A pena de papagaio*, 1930; *O pó de pirlimpimpim*, 1930; *Reinações de Narizinho*, 1931; *Viagem ao céu*, 1932; *Novas reinações de Narizinho*, 1932; *História do mundo para crianças*, 1932; *As caçadas de Pedrinho*, 1933; *Emília no país da gramática*, 1934; *Aritmética da Emília,* 1936; *Histórias de tia Nastácia*, 1937; *O poço do Visconde*, 1937; *O picapau amarelo*, 1939; e *A chave do tamanho*, 1942.

Correspondência — *A barca de Gleyre* (c/Godofredo Rangel), 1944.

Ensaios — *Ideias de Jeca tatu*, 1919; *Onda verde*, 1921; *Mundo da lua*, 1923; *Mr. Slang e o Brasil*, 1927; *Ferro*, 1931; *América*, 1932; e *O escândalo do petróleo*, 1936.

Adaptação de clássicos e folclóricos — *O saci*, 1921; *Fábulas*, 1922; *A aventura do príncipe*, 1927; *Aventuras de Hans Staden*, 1926; *História das invenções*, 1935; *D. Quixote para crianças*, 1936; *O Minotauro,* 1939; e *Os doze trabalhos de Hércules*, 1944.

Tradução — "Biblioteca do Espírito Moderno" (anos 1930/1940). Literatura — Daphne Du Maurier, *Rebecca*; Ernest Hemingway, *Por quem os sinos dobram*; Howard Spring, *Meu filho, meu filho*!; Jack London, *O lobo do mar*; John Macy, *História da literatura mundial*; Lin Yutang, *Momento em Pequim*; Rudyard Kipling, *O livro da Jângal* e *Kim*; Warwick Deeping, *Lágrimas de homem.* Filosofia — Bertrand Russell, *Educação e vida perfeita*; J. H. Robinson, *A formação da mentalidade*; Jacques Maritain, *Humanismo integral — uma visão nova da Ordem Cristã*; Will Durant, *História da filosofia/A vida e ideias dos grandes filósofos*, *Filosofia da vida* e *Os grandes pensadores.* História — Eva Curie, *Madame Curie*; H. G. Wells, *História do futuro* e *O destino da espécie humana*; Hendrick Willem Van Loon, *A história da Bíblia*; e James Truslow Adams, *A epopeia americana.* Literatura infantil — Lewis Carrol, *Alice no país das maravilhas* e *Alice no espelho*; Collodi, *Aventuras de Pinóquio.*

65. MORA FUENTES

Fábula de um Rumo[97]
A violência do poder e a degradação do humano

> É vital que a garra esteja pronta, a lâmina do punhal limpa e afiada, a bala dentro do tambor, e que nunca a luta se desfaça por inteiro da víscera do homem, porque então seremos subjugados, invadidos, dizimados. Forças que ainda não sei permitem atos como esse.

Perplexos diante do absurdo da vida e incapazes de atender a esse "alerta" de "garra sempre pronta" (atitude que os dias de hoje exigem de todos os cidadãos do mundo que pretendam sobreviver) as personagens de Mora Fuentes optaram pela *demissão vital*.

> A vida pode se redimir de alguma forma? Quanto custa estar vivo? O mínimo preço é esse desconhecimento oscilante à que me entreguei. Isso me custa apenas amor e vida, amorevida. Ah, sim tudo tão desgastado.

Despojando-se de toda emoção ou paixões, todas as personagens solitárias que povoam o universo de ficção do jovem escritor paulista assumem uma atitude demissionária em face da Vida, como única possibilidade de sobrevivência. Para todos nós, civilizados do Ocidente ou do Oriente, que vivemos hoje sob o signo da violência do Poder (ou do poder da Violência...), livros como este recente *Fábula de um rumo* (1980) têm muito a dizer. Nele vemos, numa transfiguração literária do mais alto nível, as mil faces do poder arbitrário que, com aberta violência ou ocultas sutilezas, se exerce inexoravelmente contra a pessoa humana, degradando-a, quando não a destrói.

Com distanciamento emotivo, que redunda na aparente "frieza" do

[97] Publicado: "Correio das Artes", João Pessoa, 11/01/1981; e Supl. Lit. Minas Gerais, BH, 14/02/1981. (N. da A.)

texto (em contraste com a tragicidade do que ali é relatado) e também com um excelente grão de humor que torna mais duras as realidades ali inscritas, Mora Fuentes manipula, nestas ficções, um peculiar estilo que já se revelara por inteiro em *O cordeiro da casa* (1975), livro com que iniciou sua produção ficcional, e que lhe valeu o Prêmio Revelação de Autor-1975, concedido pela APCA (Associação Paulista de Críticos de Arte).

Já então apontávamos para a peculiaridade de seu estilo "moto-contínuo" e de suas personagens estáticas, criaturas que vivem (ou desvivem?) em contínuo estado de imobilidade física, distanciadas do viver-com-outro (pelo insulamento do eu em si mesmo), e que substituíram a ação exigida pela práxis, por um falar ininterrupto sobre si mesmas. E por essas características, reconhecíamos o universo criado por Mora Fuentes como pertencente à órbita literária de um Samuel Beckett, onde a Vida é vista pelo prisma de um absurdo semelhante e onde o imobilismo domina totalmente as personagens.

Bem sabemos que toda aproximação entre autores ou obras, para o possível estabelecimento de semelhanças ou afinidades, é sempre precária e perigosa. Entretanto, pelo muito que nos ajuda a investigar mais fundo a possível natureza de cada matéria literária, aceitamos por vezes correr o risco. É o caso da insólita ficção de (José Luis) Mora Fuentes, identificada desde logo com uma das linhas-de-força mais característica da literatura contemporânea: a que busca redescobrir o homem em sua natureza autêntica, para além do viver "civilizado", brilhante e progressista que, contraditoriamente, por um lado o engrandece com suas conquistas materiais e, por outro, o empobrece ou destrói existencialmente, em seu mundo interior, e consequentemente o leva a um comportamento exterior/social frustrante ou marginal.

Muitos e diferentes têm sido os escritores que adentraram esse terreno perigoso mas decisivo para o homem-de-hoje, pois é nele que se tenta compreender a fundo o que é o Homem, a Vida, o Mundo, o Tempo/Espaço em suas mil e uma relações. E a partir das possíveis descobertas, saber o que a humanidade poderia esperar do futuro, ou melhor, abrir caminho para esse futuro.

É no sentido dessa sondagem que, a nosso ver, se mostram as "afinidades" da ficção de Mora Fuentes com o universo beckettiano. Tal como, em Beckett (um dos grandes precursores dessa busca), aqui encontramos a fala contínua do homem-limite que vive num limiar de vida (ou de mundo, de época, de civilização, de cultura...), na passiva expectativa de algo que não consegue nunca atingir. Em Mora Fuentes reencontramos essas mesmas personagens estáticas, demissionárias da vida-com-o-outro e que falam e falam ininterruptamente sobre a própria falência vital. Foram, portanto, a semelhança de técnica narrativa e a postura assumida pelo eu-narrador (com sua fala interminável e seu não-fazer) os primeiros elementos a nos chamarem a atenção para as afinidades, que apontamos, entre a prosa ficcional do novíssimo escritor brasileiro (de ascendência espanhola) e o inquietante universo criado pelo veterano e genial irlandês, radicado na França.

A despeito das muitas e evidentes diferenças entre um e outro, a verdade é que encontramos em *O cordeiro da casa* o mesmo estilo "moto-contínuo" (que Beckett foi dos primeiros a usar, entre os vanguardistas europeus), a mesma frieza ou impassibilidade e obsessão na busca, em que as personagens se empenham, tentando encontrar o sentido maior da vida ou do mundo... ou ainda, tentando deter o tempo destruidor. Com uma nítida e importante diferença entre ambos: enquanto, em Beckett, toda a ênfase recai na limitação ou bloqueio impostos pelo tempo destruidor ou pela Morte — horizonte último a fechar a aventura humana —, em Mora Fuentes a ênfase recai no *percurso de Vida* antes de chegar ao limite extremo da paisagem, onde está a morte ou onde o tempo destrói tudo inexoravelmente. Inclusive, em seu discurso há um sutil e inteligente grão de humor que, em Beckett, inexiste.

Nessa ordem de ideias, o que nos parece importante na aproximação é tornar evidente a "sintonização" destas ficções do escritor paulista com os vetores mais importantes do pensamento atual. Pois, se é verdade que a problemática existencial, que se coloca em Beckett e em vários outros, surgiu já na primeira metade do século XX, não é menos verdade que, ainda não resolvida, ela se mantém atualíssima.

Portanto, a sondagem do humano em sua mais oculta, terrível e autêntica realidade, descoberta para lá das aparências com que o homem se disfarça para sobreviver, é a problemática que se revela na raiz de *O cordeiro da casa* e que, em *Fábula de um rumo*, se amplia de maneira singular. Problemática que, pelo superior tratamento estilístico com que foi trabalhada em ficção, nos levou desde logo a reconhecer a maturidade intelectual e existencial com que seu autor estreava nas letras. Tal maturidade revelava-se, ao leitor atento, não só na visão de mundo presente em seu universo literário, mas principalmente no domínio seguro da escritura ficcional, pela manipulação criadora e dinâmica das mais modernas técnicas de composição ou de estruturação narrativa.

Tal maturidade confirma-se neste segundo livro, *Fábula de um rumo*, onde as premissas colocadas no primeiro se aprofundam ao nível da expressão literária. Se confrontarmos este segundo título com o primeiro publicado pelo autor, veremos que ambos se nutrem da mesma problemática básica: o questionamento-limite acerca do possível *sentido* da Vida, para além do ilusório e fugaz das aparências; frieza, impassibilidade ou indiferença diante da tragédia humana; consciência da fugacidade do tempo e o consequente findar de tudo; a substituição da *ação vital* pela *palavra inventariante* (num último esforço das personagens para reterem ou para fazerem durar, no espaço da palavra, vivências que uma vez vividas caem no abismo do Nada).

Há, entretanto, entre um livro e outro, uma manifesta diferença na iluminação dos vários aspectos dessa problemática. Em *O cordeiro da casa*, iluminam-se, em primeiro plano, *as vidas já falhadas* e persegue-se, longa e lentamente, as origens ou possíveis causas de tais fracassos. Em *Fábula de um rumo*, põem-se em primeiro plano os *motivos* ou as prováveis origens da frustração existencial ali em processo. No geral, o motivo mais evidente é o Poder arbitrário, injusto e dissoluto que, desrespeitando os direitos da pessoa humana, acaba por destruí-la: seja pela *morte* física ou, interiormente, pela anulação do *desejo* de atuar vitalmente.

Por serem, esses problemas, índices muito significativos da *consciência crítica* que se vem manifestando em nossa literatura inovadora, dos anos 1970 para cá, parece-nos que valerá a pena examiná-los mais de perto, tal como Mora Fuentes os resolveu em ficção.

Quanto ao estilo, *Fábula de um rumo* adota o ritmo "moto-contínuo" que já tornara singular a prosa de *O cordeiro da casa* — uma *escritura compacta* que ocupa quase todo o espaço da folha, e que, para representar a experiência total das personagens (sempre um eu-que-fala ininterruptamente), se estrutura em *blocos* e se concretiza em um *discurso totalizante* (onde todos os elementos que compõem o universo ali revelado se organizam de maneira caótica, sem obedecer à sequência temporal em que existiram, nem às suas possíveis causas, a despeito do rigor com que, aparentemente, o eu-que-fala seleciona os componentes do mundo que sua palavra vai revelando ao leitor). Há uma extraodinária dialética tecendo as relações entre palavra e visão de mundo. Daí a *palavra dubitativa* que predomina em seu discurso totalizante.

Em *O cordeiro da casa*, já pelo dramático sentido latente no título (alusão metafórica ao "cordeiro de Deus" bíblico, aquele que nasceu para ser imolado), temos a presença de um homem fraudado em seu ser essencial, já demissionário da ação, e agudamente consciente do duplo mistério que o limita e ameaça: nascimento e morte. Em cada uma das "ficções" que compõem o volume, há um eu-narrador que fala ininterruptamente, tentando ordenar a experiência já vivida, para retê-la ou para compreender esse absurdo que é viver: um momento de espera entre o nascer e o morrer. Embora seja raro que esse eu-narrador se refira diretamente à morte, sentimos, pela maneira como se refere à vida, que ela está lá, invisível, mas pressentida e... ameaçadora.

É o caso do personagem que vive no bem-humorado (ou trágico?) "E Rebanhos, e Cardumes, e...", com sua mania de guardar bugigangas já sem utilidade, como se com isso (guardando a "aparência" do que foi vida) pudesse deter a destruição trazida pelo tempo. Aliás, é também o caso das demais personagens (todas elas, homens) que, de uma maneira ou de outra, tentam reter a vida que lhes escapa irremediavelmente, ou tentam refazer o caminho para descobrir a *fonte*, a *origem* de tudo e então compreenderem o incompreensível.

> Se as coisas permanecessem intocadas. [...] O que exatamente se partiu? Um vento noturno me conduz ao desterro. Onde a minha nascente? A

> primeira palavra explodindo intensa na minha boca. O sumo da existência escorrendo farto. Leitoso. Prenhe. (*O cordeiro*, p. 94)

Pode-se dizer que a preocupação maior em *O cordeiro da casa* é a *interrogação das origens*, da "nascente", onde tudo começou e que, uma vez desvendada, desvendaria talvez as causas do fracasso ou do porquê ter secado aquele "sumo da existência", "leitoso", "prenhe"... Embora apenas sugeridos, aqui e ali, de maneira ambígua ou confusa, certas causas podem ser detectadas como origem do estado de imobilismo (existencial e físico) à que estão reduzidas as personagens. Com nuances diferentes, tais causas acabam se identificando com um único sentimento: a *autorrecusa ao amor*, por covardia, vaidade, orgulho ou incapacidade de doação... O vazio, a solidão, a loucura, o delírio, o impulso para degradação... que acompanham as estranhas personagens de *O cordeiro da casa* são decorrentes, em última análise, de uma grande ausência nesse universo: a do Amor. Não, exclusivamente, a do amor eu/você, mas a do amor Eu/Outro que a natureza do humano exige para se realizar em plenitude.

Essa ausência é, pois, o solo oculto onde arraigam as "ficções" de Mora Fuentes e, como, um rio subterrâneo, explica a erosão que destrói o humano em suas personagens. Claro que a importância dessa denúncia não está no fato em si (pois desde as origens, a literatura vem denunciando as frustrações existenciais provocadas pela ausência do Amor), mas na maneira pela qual o autor a registra. Isto é, iluminando em primeiro plano a *naturalidade* e *quase indiferença* com que é vivida essa vida amputada de Amor. Em seu universo, aceita-se a "deformação" como contingência "natural". O que assusta nessas ficções de Mora Fuentes (como em todas de cariz beckettiano ou kafkiano) é essa *naturalidade* com que o homem *passa a conviver com o absurdo* que o destrói como ser humano. É com o rigor e a fria meticulosidade analista de um legista que as personagens falam do poço invisível em que naufragam.

> Me subdivido. E viver cada dia se transforma num exercício difícil e perigoso. Reconstruo. A máscara de pedra aumenta minuto a minuto sua espessura. [...] E me vejo percorrendo abismos e montanhas que me se-

paravam do espanto. Do amor. Fragilidade. Escondo um rosto branco de vísceras estuporadas. [...] Eu não tenho o rosto do medo eu não tenho a carne perecível eu não tenho vazias tentativas de suicídio de fraternidade de nojo de infinito amor. Me esforço e represento a cada segundo um jogo incompleto de avanço e recuo com as sombras. E mesmo assim tudo é altamente perigoso. (*O cordeiro...*, p.93)

Contra o sofrimento, a impassibilidade da pedra. E, com o tempo, o hábito transforma a natureza do ser. Anula, nele, as emoções ou reações. Essa fala inicial do conto "Gentil Senilidade" é bem ilustrativa da objetividade fria de que vimos falando. O próprio conto, em seu todo, é dos mais significativos da dissociação cada vez mais frequente em nossos dias de barbárie social: a que se dá entre o *eu social* (puramente exterior e convencional em seu equilíbrio e aparência bem-sucedida) e o *eu interior* (desencantado, bloqueado em sua verdade e perdido dentro de si mesmo).

Pode-se dizer que essa dissociação dentro/fora do *eu* é o eixo principal das narrativas reunidas em *O cordeiro da casa*, onde, como resistência ao esfacelamento interior, o homem afivela a "máscara de pedra", assume a impassibilidade de quem já extirpou de si as emoções que levariam ao sofrimento. Em *Fábula de um rumo*, essa dissociação permanece em praticamente todas as personagens, mas houve um aprofundamento maior na sondagem do problema. Embora seja extremamente complexa a visão de mundo latente ou patente nestas "ficções", alguns de seus elementos mais significativos podem ser isolados com certa facilidade. Registrando-os por ordem de aparecimento nas narrativas:

Em "Retrato antes da Luta" e "Foolish Tropical Paradise", temos:

• *A arbitrariedade do Poder da Lei* que se exerce inexorável contra os homens, violentando seus direitos e destruindo sua integridade humana, e a necessidade de se viver em permanente *estado de alerta* para nos defendermos dos ataques inevitáveis.

Acordamos de noite com sons e golpes invasores percorrendo a varanda. Fomos ver. Uma escolta policial mais quinze homens da casa grande.

> Um policial se adiantou com um papel na mão: Vocês têm doze horas para desocupar a casa, do contrário executarei ordem de prisão. Mairovan recebeu um tiro no braço, porque gritou bem alto que a casa era nossa e que a nós é que roubavam a água. E tudo aconteceu sinistroso, rápido como até então nada tinha sido. (*Fábula*, p. 15)

> É vital que a garra esteja sempre pronta, a lâmina do punhal limpa e afiada, a bala dentro do tambor e que nunca a luta se desfaça por inteiro da víscera do homem, porque então seremos subjugados, invadidos, dizimados. Forças que ainda não sei permitem atos como esse. (*Fábula*, p. 14)

Em "Sórdido. Adequado. Regressando", defrontamo-nos com uma complexa e ambígua fusão de atitudes cuja decodificação não é nada fácil. Tentando discernir os fios, temos:

• A *autoconsciência* da "culpa" que cada um de nós carrega, pelo *silêncio* que nos torna coniventes com os crimes contra a pessoa humana que, à nossa volta, são diariamente cometidos, com as mais diversas gradações.

> Eu era pequeno uma vez perto de um rio. Alguém pescava peixes pequenos e platinados. Vi como saíam da água suspensos pelo anzol e como se debatiam famintos e agônicos na margem do rio. O homem não me conhecia. Pescava seu alimento, dissesse eu o que fosse, nada devolveria a vida àqueles peixes. E pela primeira vez uma cumplicidade rouca e assassina fez em mim o começo do que sou agora. E tentando diminuir a culpa por tantos silêncios é que estou aqui, (*Fábula*, p. 17/18)

Depois, vemos que sua intenção de "redenção" se frustra. Quererá dizer, o autor, que o homem está, fatalmente, condenado à violência?

• A denúncia das raízes obscuras e irracionais do *racismo*, que, a despeito de uma lúcida racionalização acerca de sua hediondez, acaba se impondo e eclodindo com crueldade e violência.

> Iniciei a jornada sabendo que comigo, em meu rosto, na minha pele,

> iria o estigma do opressor, [...] acompanhando o homem que desconheço cotidiano e existente, mas que compreendo *vítima de um jogo perigoso e sem lei*, organizado contra o *escuro de sua pele.* (*Fábula*, p. 18)

O "eu" que aí fala é um branco e comprova-se depois que sua consciência acerca da Injustiça, que há milênios é cometida contra o negro, não o impede de assassiná-lo, friamente, como se apenas cumprisse um ritual inevitável.

> Negro azul eu penso, o que fizemos com a tua raça? Como pudemos massacrar essa realeza que de direito te pertence?

E no final:

> O Negro à minha frente, afastando os galhos com a mão. [...] Lembro dos pequenos peixes prateados. Eu, o mesmo cúmplice, e sufocado, procuro no bolso do casaco o metal cortante e afiado que por precaução levei para esta empreitada. [...] Avanço feroz e prudente. Morreu como morrem os bichos grandes, compreendendo a sua hora. Retirei a faca do seu pescoço, [...] E livre, devassado, me preparo para enfrentar a mata. Impune. Branco. Corrupto. (*Fábula*, p. 19)

Portanto, de nada adiantou sua consciência da injustiça que era o racismo, como também de nada adiantou sua intenção de se redimir da culpa de "tantos anos de silêncio", porque ele acaba por cometer o crime gratuito. Haverá, pois, uma fatalidade na execução do mal? Serão os executores tão irremediavelmente condenados a executar, como os executados a sofrerem-na?

Em "Sol. Ainda", temos uma versão diferente do Poder despótico e arbitrário que escraviza o homem. Mora Fuentes mostra-o no despotismo material, destrutivo, possessivo e castrador, exercido pela mãe com a força das convicções absolutas, e aceito pelo filho com a resignação passiva dos omissos por ação ou reação.

Em "Amanhã, debaixo de Ponte Cadela", a denúncia predominante é a do poder destruidor da sociedade se exercendo indiscriminadamente sobre todos os indivíduos. Aí, põe-se em dúvida até o valor do Conhecimento:

> [...] acumular conhecimentos é frequentemente inútil. Na maioria das vezes é. Mais de mil sábios teve o mundo e as gentes continuam num trajeto alienado de fornicação e assassinato, morrendo e adoecendo, parindo e triturando. Triturando o outro, eu quero dizer, que isso desde que me conheço nunca mudou. O que cria entre mim e o mundo certa desajuizada e caótica parecença. Termina ou começa aí a semelhança? Não sei, esse tanto ainda não sei. (*Fábula*, p. 31)

Nessa possível "parecença" entre o eu-narrador que analisa sua vida de pária e o mundo que destrói os indivíduos, está, a nosso ver, um dos aspectos mais terríveis da visão de mundo presente em *Fábula de um rumo*. Trata-se do Mal que o homem carrega em si e que explode contra o Outro. Afinal, se não podemos negar que o homem, como o mostra Mora Fuentes, é aviltado, desrespeitado em seus Direitos, castrado em sua potencialidade, torturado, destruído por poderes indestrutíveis, temos de convir que esses poderes, difusos e aparentemente obscuros, emanam do próprio homem (e não da natureza ou do sobrenatural). Tudo, nestas "ficções" alegóricas de Mora Fuentes, se passa no nível exclusivamente humano, onde se reitera, à saciedade, que o "homem é o lobo do homem".

Esse Poder absoluto/dissoluto encontra no brevíssimo texto de "Cosmogonia – Memória do Velho Soberano", um de seus avatares mais eloquentes: o testemunho de um autêntico fruidor e detentor do Poder, cuja palavra nos parece cínica, principalmente pela sinceridade com que ele admite a hediondez de seu mando.

> Com simplicidade compreendi sempre, porque sempre fui rei reinei, que é impossível ter o poder e não cair no aprazível hediondo pecado de desrespeitar limites. Em pouco tempo podridão e vício gerariam nas novas propostas os mesmos velhos erros, o que se iniciava como governo iluminado indo de encontro aos outros, logo se transformaria na luta de perpétua permanência. Tem-se o poder uma vez e ele te faz diferente, se entranha na víscera, agarra tua alma como a cadela no cio se agarra ao

> macho que a visita. Preferimos centenas de vezes a morte pousando sobre tudo do que nos desfizer dessa avidez de possuir, ter, ser dono de. Abocanhar. Sangrar, se necessário, ceder nunca. (*Fábula*, p. 44)

Aí está o vício inerente ao Poder e, com tranquila objetividade, o registro do que se passa hoje no mundo inteiro — Ocidente e Oriente —, onde o delírio do Poder ávido e arbitrário vai fazendo suas vítimas em todos os escalões da sociedade, desde o mais anônimo cidadão até os mais altos poderes governamentais. A literatura tem o poder de exagerar tudo com a lupa da imaginação criadora. Mas, neste terreno, as notícias jornalísticas nos mostram que a realidade cotidiana ultrapassa de muito a ferocidade que Mora Fuentes conseguiu transmitir às suas "ficções", aparentemente indiferentes e serenas.

A explosão escatológica que se dá na sessão de psicanálise, em "Infuso Amarelo", reforça a visão do ser humano como portador congênito do Mal — aqui identificado com o sistema tradicional em decadência, que muitos tentam manter de pé.

> O mundo apodrecia vagaroso, mas verdade que alguns ainda mantinham suficiente dignidade e honradez. [...] Tradições e propriedades de sempre. Tudo convinha, tudo era limpo e bom.

E dessa "limpeza" e "decoro" aparentes, a narrativa vai num crescendo esplêndido, até o arrebentar das comportas e a podridão extravasar, inundando tudo. A arte de Mora Fuentes passou aí por uma prova dificílima, que poucos vencem: expressar a força abjeta do vil, da lama, do podre ou do reles, com humor e grandeza literária. "Infuso Amarelo" é, sem dúvida, um texto de alta temperatura literária que nesta coletânea registra uma das críticas mais contundentes à hipocrisia que se tornou o *modus vivendi* da sociedade contemporânea (a sociedade do *consumismo* e da conquista de *status* pela "lei do vale tudo").

Em "Domingo de Graça" existe um outro conflito de poderes: o do Espírito (visto no esforço para "viver puro", viver em santidade, tentado pelo menino que ia fazer Primeira Comunhão) e o da Carne (encarnado na prima débil mental), colocados como opositores, tal como o consagrou a ideologia cristã. Espírito e Carne se defrontam numa luta inesperada e breve, que a última vence com ferocidade e de maneira absoluta. De um modo aparentemente simples (com essa simplicidade essencial que é conquista árdua) e objetivo, Mora Fuentes mais uma vez torna evidente o Mal que decorre da imposição de valores parciais e frágeis, mas dados como absolutos (como os consagrados pelo sistema tradicional). Impossibilitado de assumi-los na íntegra (por serem inadequados à sua natureza ou condição), o homem finge cumpri-los e se torna hipócrita, ou os rejeita frontalmente e cai na marginalidade. É o que acontece com o menino do conto: na noite anterior à sua Primeira Comunhão, sem poder resistir às novas forças que a prima acordava dentro dele, entrega-se à avalanche do "pecado", e no dia seguinte, em poucas palavras, o narrador registra, no nascedouro, a tragédia interior que forçosamente, daí por diante, iria solapar no menino a possibilidade de viver em plenitude:

> Deram a volta para entrar outra vez na igreja. Todos juntos, devagar, pelo corredor central. De frente para Ele. A cabeça não muito levantada porque ainda não se podia vê-lo. Contemplá-lo. E enquanto se dirigia ao seu lugar no banco, numa última e desesperada tentativa de sobrevivência, assassinou definitivamente Deus dentro do seu corpo. (*Fábula*, p. 87)

A narrativa é suspensa, mas fica implícito o futuro e inevitável naufrágio de um ser que perde sua ligação com Deus. E por quê? Apenas por um abusivo uso do poder: aquele que se exerce de maneira totalitária e deformada sobre as mentes ou sobre os espíritos.

Em "Evidências", o extraordinário registro de uma crise de perturbação mental pode também ser lido pelo "avesso", alegoricamente. E nesse caso seria a "ilusão de realidade" à que nos apegamos, por nos limitarmos às *aparências* daquilo que vivemos ou percebemos à nossa volta.

A negatividade de sua visão de mundo se confirma em "E o que mais quer saber, filhos?", com a visita do eu-narrador a um "professor" que lê o futuro e para quem homens e bichos se equivalem no processo da vida. A tragicidade ali latente é travada pelo tratamento burlesco que foi dado ao discurso literário, em que diálogos e monólogos se alternam. O negativismo inerente à vida está patente do princípio ao fim. Restando como único consolo (?) a ideia de que "Sempre se sobrevive". Mas esta sobrevivência é terrível porque "um dia ou outro" "explodimos por dentro"... Não há como fugir ao bloqueio do Poder:

> E o bloqueio, meu amigo? Você se imagina conseguindo vencer o teu próprio bloqueio? e todos os outros? e os infinitos cabrestos que se sucedem até a cúpula? E a própria cúpula, subordinada a potências imperiosas e impiedosas? E as hordas celestes? Não sabemos nada desses estados menos materiais, mas estão por aí, em toda a parte, e o amigo pensa que chegará vencedor até o fim? até onde imagina que sobreviverá nessa direção? Ou em todas as outras? Não, meu amigo, abandone as crendices. Maiores detalhes sobre sua vida não são importantes porque você, a própria vítima, não poderá fazer nada nunca para alterar o mínimo fragmento desse estado de coisas. Sobreviverá, naturalmente, e é o que importa. *Sempre se sobrevive.* (*Fábula*, p. 103)

Nessa afirmação que fecha a narrativa está a diferença fundamental que separa o universo de Mora Fuentes dos universos afins que mencionamos no início (seja o de Beckett, com quem mantém mais pontos de contato, seja o de Kafka). Apesar do bloqueio existencial que sofrem as personagens, o que prevalece no espírito do eu-narrador é o *percurso da vida*. Não propriamente uma esperança de dias melhores, mas uma secreta expectativa de que algo mude mais para diante.

É exatamente essa a sensação que nos deixa o texto final, "Fábula de um Rumo", que dá título à coletânea. Trata-se de uma novela alegórica que nos permite conhecer, em toda a sua inteireza, a visão de mundo e a consciência crítica que Mora Fuentes transmutou em ficção. Através das "anotações" de um "eu" que tenta reconstituir todos os acontecimentos de sua vida, após se instalar em certa estranha cidade, vamos conhecer no mesmo ritmo moto-contínuo e caótico todos os valores e desvalores esparsos nos demais textos. Enumerando alguns:

- A importância da *construção da casa*.

> Quando construí a casa aprendi, tempo depois, a urgência de outras aberturas, além da natural e sensata porta de entrada ou saída. [...] A maior parte dela era até bem pouco tempo atrás árvore aflorando parcialmente dessa superfície arenosa que existe por aqui, tronco, tábuas soltas. Mesmo assim já é uma casa, guarda sua perpétua eficiência e demonstra também claramente sua diferença com as demais construções dos que vivem por aqui. (*Fábula*, p. 106)

A *construção da casa* parece-nos ser um dos fenômenos-chaves para chegarmos a compreender a verdadeira natureza do universo construído por Mora Fuentes. Pela frequência com que aparece em suas tramas e a importância que lhe é dada, tudo leva a crer que a *casa* é algo de essencial a ser codificado por uma análise de profundidade do texto.

• A consciência da *perda contínua* que é a vida, e a *necessidade visceral* de domá-la, retê-la, recomeçando sempre o seu percurso, apesar de tudo que a bloqueia.

> As coisas sem conta que se acumulam por toda uma vida eu as perdi em algum lugar. Agora em mim, apenas um desejo antigo de finitude. Nem por isso o tempo à minha frente deixa de se fazer extenso desordenado. Tento me convencer que sempre surgirão novas possibilidades. E é por isso que manhoso, inventariando ilusões, oposto à verdade, aguardando espanto, exausto sim, como quando chegamos ao mais alto do monte que subimos, extraviado dos homens, naufragando impune nas invenções da vida, aqui estou. E pela milésima vez eu *recomeço e recomeço e me refaço.* (*Fábula*, p. 105)

De qualquer forma, o que resulta da aparente imobilidade em que permanecem quase todas as personagens nestas ficções de Mora Fuentes, é que tal atitude é uma forma de resistência e de permanência.

• A *impassibilidade emotiva*, advinda da perda do espanto diante da vida, também está presente todo o tempo nesta "Fábula sem Rumo".

• A *culpa* que o homem carrega desde sempre, sem que saiba o porquê, é das presenças mais importantes aqui.

> Mesmo quando me fazia perguntas instigantes sobre o porquê de tudo, o máximo que conseguia era contemplar o grande silêncio sobre tudo, o máximo. O que vinha, e de onde vinha, eu jamais poderia saber. O monturo que se fazia fora de mim era uma continuidade desse desconhecido assombroso que virtualmente me inundava a víscera. Bem, isso tudo talvez apenas me isente de culpas maiores e virulentas. Mas reconheço que sempre, e de todas as formas, no mais interno de mim, vivendo e sorvendo desse meu avesso, governando e mutilando, ela está ali, *a culpa*. E jamais deixará limpo ou vazio esse meu conspurcado de dentro. (*Fábula*, p. 107)

Essa terrível admissão da culpa como algo inevitável, porque faz parte da natureza do homem, lembra-nos a heresia de Calvino, no século XVI, afirmando que, por escolha de Deus, os homens eram predestinados à salvação ou à danação. O que levaria um jovem autor em nossos dias admitir essa fatalidade para o homem? Seria a violência do Poder Policial (ou de todos os poderes à solta) que, diariamente, se abate contra qualquer um, indiscriminadamente, e quase ao acaso, dando-nos a impressão de que, a priori, *somos culpados de algo*, até que possamos provar o contrário? Talvez...

• E, abrangendo tudo, a necessidade imperiosa de *inventariar o vivido*, seja repensando-o, seja transformando-o em palavras escritas, não só para que ele possa *durar*, mas também para que possa ser *entendido por quem o viveu.*

Fábula de um rumo, bem como o primeiro livro de Mora Fuentes, *O cordeiro da casa*, são livros que o leitor atento não pode desconhecer.

Dados biobibligráficos

Ficcionista, jornalista, *expert* em Comunicação, José Luís Mora Fuentes nasceu em Valência (Espanha) em 9 de outubro de 1951. Aos dois anos de idade veio com a família para o Brasil, radicando-se em São

Paulo, que passou a ser seu lugar de eleição: "Sou Quixote por vocação e paulista de alma". Desde cedo se sentiu atraído pela escrita literária. Encaminhou seus estudos para seguir Medicina, mas acabou desistindo, para dedicar-se às Letras e Artes Visuais. Inicia-se, publicando contos na imprensa paulista. Em 1972, ganha o Prêmio Estímulo-Governador do Estado de São Paulo, com "*Casa. O Tempo*" — uma série de contos, posteriormente incluídos no volume *O cordeiro da casa* que lhe valeu o Prêmio Revelação de Autor/APCA-Associação Paulista de Críticos de Arte. Como atividade paralela, nos anos 70, trabalhou com Desenho Animado Super-8. Em 1982, participou da coletânea Nowe Opowiadania Brazylisjskie (Polônia) com os contos "O Cordeiro da Casa" e "Um dia antes do Parlamento entrar no Minguante". Nos anos 90, trabalha como tradutor para o espanhol de roteiros de filmes, como o *Du Bocage - o triunfo do Amor*, do diretor Djalma Limongi Baptista. Atua na Oficina de Arte Bilenky, com projetos de criação, e também para o Círculo do Livro, como leitor e selecionador de originais, redator de resenhas e sinopses. Começa a escrever para crianças, criando roteiros de estórias infantis para a Maurício de Souza Produções. Em 1998, recebeu a Bolsa Virtuose, do Ministério da Cultura e realiza o roteiro *Matamoros e Tadeu,* inspirado em textos da poeta Hilda Hilst, de quem se torna assessor literário, amigo dileto e herdeiro de seus bens e obra. A partir de 2005, empenha-se na fundação da Casa do Sol Viva, instituição que tem por finalidade a promoção, defesa e conservação não só da obra de sua patrona, mas também do patrimônio cultural e artístico paulista. Mora Fuentes faleceu em 24 de junho de 2009, deixando vários livros de ficção, inéditos: "O último rosto," "Sol no quarto principal" e "Eu e a Imperatriz Gansa"...

Publicações

O Cordeiro da casa, 1975; *Fábula de um rumo*, 1980. Literatura infantil: *A ilha vazia*, 1980.

66. MURILO RUBIÃO

O Fantástico-Absurdo Muriliano e o Mundo Dessacralizado[98]

> O fantástico é posterior à imagem de mundo sem milagres, submetido a uma rigorosa causalidade. [...] Só as culturas que chegaram a uma ordem constante, objetiva e imutável dos fenômenos puderam dar origem, como por constraste, a essa forma particular de imaginação que contradiz expressamente a regularidade perfeita daquela ordem: *O espanto do sobrenatural.* (Roger Caillois, *Antologia del Cuento fantastico*, 1970)

Diríamos que o fantástico muriliano é posterior ao *espanto do sobrenatural*, de que fala R. Caillois, e que teria correspondido à primeira reação dos homens diante da nova imagem-do-homem amputado de Deus, que a Razão da Ciência positivista lhes revelara, nos rastros do Evolucionismo de Darwin. Voltando ao século XIX, lembramos que, ao se deparar com a perda de sua "origem divina" e sua "transcendência" após a morte, o homem viu-se à deriva num mundo sem explicação. Sua primeira reação foi de *revolta* — ele assume a baixeza e animalidade de sua natureza (literatura naturalista) ou se evade para o sobrenatural (literatura do maravilhoso *à la* Hoffmann ou Poe). À revolta, sucede o *absurdo inexplicável*, que surge com Kafka no início do século XX — reação do homem diante de um mundo que perdera totalmente o sentido, mundo no qual irrompem fenômenos inexplicáveis pela Lógica. Mas a vida continua e, em meados do século XX, o "inexplicável" como que se congela no *inevitável.* Sobrevém a aceitação, a resignação, a apatia (ou, nas palavras de Davi Arrigucci, o "espanto congelado").

---

[98] Fusão de textos publicados no Suplemento Literário/OESP. Fev. 1966; Suplemento Literário/Minas Gerais. 1987; "Colóquio/Letras", nº28 Lisboa, 1975; e NNC. *O ensino da literatura.* 1966. (N. da A.)

É nesse período (em plena II Guerra Mundial) que Murilo Rubião começa a escrever e reescrever os contos que o tornariam uma das grandes presenças da literatura brasileira. Neles, vão nascendo as personagens murilianas, todas elas condenadas *ad infinitum* à perpetuação de seus dramas ou tragicomédias absurdas, mas vividos como naturais e inevitáveis.

O que, de imediato, espanta o leitor é o fato de nada as espantar. Como entendermos o conformismo do desalentado e perplexo Ex-Mágico da Taberna Minhota? Totalmente ignorante das causas de seu insólito poder mágico, de ver sair coisas de suas mãos — poder que acaba sendo destruído pela rotina de seu trabalho burocrático. Ou a tragicomédia de Galateu (*Lodo*), tentando inutilmente escapar do tratamento psicanalítico que o leva à morte? Ou o inocente/monstruoso Godofredo (*Os três nomes de Godofredo*), levado compulsivamente ao assassinato de suas sucessivas esposas? Ou a perplexidade do "convidado" José Alferes, perambulando atônito por uma festa que não houve e da qual não conseguia escapar?...

A essas interrogações, juntam-se as provocadas pela insólita presença feminina nesse universo que (tal como o de Kafka) pertence aos homens. Por que a ausência da imagem positiva da mulher? Por que a ausência do amor? Nessa ordem de interrogações, é curioso notar que, mesmo sem ocuparem o primeiro plano nas efabulações (os conflitos são sempre vividos por homens), as figuras femininas atuam de maneira decisiva nos conflitos. Direta ou indiretamente, escapam ao desejo amoroso do herói (ou anti-herói) ou provocam sua desgraça, com uma malignidade inconsciente.

Entre as mulheres inacessíveis ou misteriosas estão: Epidólia (a noiva que, em pleno parque, desaparece dos braços do namorado, como por um passe de mágica), Elisa (a desconhecida que chega/desaparece/volta/desaparece... e a quem "ele" não consegue nunca se declarar), Dalila (*A noiva da casa azul*, desaparecida fantasmagoricamente no passado em ruínas), Hebe (*Os comensais*, a namorada esquecida no passado). Há as mulheres malignas ou ambíguas, sempre ligadas direta ou indiretamente ao conflito central e sempre inalcançáveis pela compreensão do homem. Prostitutas como Viegas (*Botão de rosa*), Jandira e Dora (Memórias do contabilista Pedro Inácio), Galimene (*A fila*)... Esposas monstruosas, como Petúnia, Aglaia, Bárbara e Margarebe. Enigmáticas como Maria Alice (*A flor de vidro*), Astérope (*O convidado*), Mariana, a Intangível...

Em todas elas está patente a deformação ou a degradação da "imagem dual" da mulher (Virgem Maria/Eva, pura/impura, anjo/demônio, rainha do lar/ prostituta...), consagrada pela Tradição e hoje em pleno processo de mutação.

A civilização da culpa e do resgate

Perambulam pelo universo muriliano, seres em crise, impotentes diante dos fatos e que se submetem passivamente à fatalidade dos acontecimentos.

Inequívocos símbolos do homem contemporâneo, no mundo em caos, as personagens murilianas pertencem à família de seres já conformados com a tragédia sem sentido, em que se resume a vida quando amputada de transcendência. Seres que não se assustam, nem se espantam com nada, eles perambulam, atônitos, em um mundo fechado a qualquer possibilidade de realização humana: *o mundo dessacralizado* que surge dos escombros da civilização-da-culpa-e-do-resgate, posta em questão pelas conquistas da Ciência.

Em essência, o mundo muriliano é um mundo sem Deus. Isto é, um mundo anterior à Graça — o mundo da culpa-e-da-queda, no qual ninguém é salvo da "danação" à que se vê condenado. Tal afirmação pode parecer um paradoxo, quando confrontada com a peculiaridade mais evidente das narrativas que constroem esse mundo: todas elas têm como abertura uma *epígrafe bíblica*.

Como entendermos esse desencontro? Como explicarmos a onipresença da Palavra divina em um mundo privado de transcendência ou de possibilidade de salvação? São tais perguntas que podem levar o leitor a ultrapassar o *nível imediato da efabulação* de suas estranhas narrativas, para descobrir em seu *húmus ideológico* a consciência crítica de seu autor, em face de uma crise em processo: a da civilização cristã-burguesa. Na obra muriliana está latente a crise do homem pós-moderno, dividido entre Tradição e Ruptura; pressionado de um lado por um *modo-de-ser* forjado, desde os tempos bíblicos, pelos valores transcendentes da Religião, e, de outro, por um *modo-de-estar* materialista/pragmático, proposto pela Razão cientificista/tecnológica da sociedade de consumo, que transformou a vida humana em algo rapidamente consumível ou descartável.

A condenação bíblica

No universo muriliano, a consciência crítica do processo de desumanização à que o atual sistema-de-vida progressista/competitiva condena os homens, está aliada à consciência de uma condenação mais antiga, que vem da origem dos tempos: a de Jeová, o Deus justiceiro e implacável, cuja voz profética, ao expulsar Adão e Eva do Paraíso, determinou para sempre o destino dos homens neste "vale de lágrimas": o da expiação da Culpa.

O índice dessa relação está nas epígrafes bíblicas que abrem as narrativas. *Recurso estilístico* que, devido à sua obsessiva repetição em todos os contos das coletâneas, assume uma dimensão maior: a da intencional indicação da *problemática* que está na raiz da visão de mundo muriliana: a visão de um *mundo dessacralizado*, no qual vive o Homem-da-culpa-e-da-queda, privado do Resgate. A atmosfera predominante nesse mundo é a do Antigo Testamento. O levantamento numérico das epígrafes, que abrem as narrativas, mostra que, em sua maioria, pertencem aos profetas do Antigo Testamento. Num total de 33 epígrafes, 27 correspondem às vozes proféticas do Gênesis ou às de Jeremias, Jó, Miqueias, Zacarias, Isaías e outros. Apenas 6 pertencem a apóstolos do Novo Testamento e ao Apocalipse.

Essa predominância do Antigo Testamento sobre o Novo pode nos explicar a aparente contradição do universo muriliano: a onipresença das epígrafes bíblicas e a ausência da Graça Divina — ausência patente no irremediável fracasso das vidas de seus personagens. Ausência (ou condenação) que está patente no desespero agônico do personagem em "O Edifício", condenado a um fazer eterno — verdadeira alegoria da Torre de Babel dos nossos tempos: um insensato trabalho de construção, sem nenhum sentido, mas eternizado ao infinito. Ou ainda, a ameaça com que se encerra "A Armadilha": *"Aqui ficaremos um ano, dez ou cem mil anos"*... dando-nos a certeza de um encarceramento eterno. Assim também a circularidade de tempo sugerida em "Alfredo", com a repetição da mesma frase, no início e no final da narrativa: "*Sim, cansado eu vim, cansado eu volto*", estabelecendo o eterno círculo de uma busca sem fim. Tal como a anulação do tempo, realizada de maneira singular em "A Noiva da Casa Azul" ou em "Os Três Nomes de Godofredo", onde em clima de pesadelo o personagem é condenado a uma vida de enigma, sem obter respostas às suas indagações, condenado ao suceder infinito de esposas que ele, fatalmente, acabará assassinando uma a uma.

Enfim, parece evidente que é no mito bíblico do homem-da-culpa que arraigam os principais vetores que se conjugam na problemática latente ou patente na obra do escritor mineiro. Um é a *impossibilidade* de chegarmos ao *verdadeiro conhecimento* da essencialidade dos seres ou da vida em geral, porque o Absoluto nos é inacessível (daí a perplexidade e a ignorância em que vivem as suas personagens). Outro é o *bloqueio à livre fruição do sexo* (cuja consequência mais imediata em suas narrativas é a visão negativa da Mulher — causa direta ou indireta da perdição do Homem). E ainda o *bloqueio ao trabalho criativo*, ao *fazer* que é essencial à autorrealização do indivíduo (bloqueio que, em seus personagens, se manifesta pela inação, pela recusa ao trabalho ou pelo inexplicável fracasso de seus atos, etc.). É esse triplo interdito (Conhecimento, Sexo e Trabalho) que, oculto nos interstícios do discurso narrativo, gera a estranheza dos dramas dos personagens murilianos — seres perdidos em um mundo adverso e absurdo.

O ex-mágico: a perda da identidade

Umas das interrogações mais agônicas que assaltam o homem pós-Darwin (aquele que já não sabe qual é o sentido último da vida) é a busca de sua própria identidade. Quem sou eu? Qual meu lugar ou tarefa no mundo? Nas personagens murilianas, essas interrogações sem resposta se multiplicam, de maneira explícita ou metafórica, e se fazem ouvir desde seu conto de estreia, *O ex-mágico da taberna minhota* — desalentada confissão de um homem em busca da realização de si mesmo. Busca que já se expressa na epígrafe bíblica:

> Inclina, Senhor, o teu ouvido e ouve-me, porque eu sou desvalido e pobre. (*Salmos*, 85:1)

> Hoje sou funcionário público e este não é o meu desconsolo maior. Na verdade, eu não estava preparado para o sofrimento. Todo homem, ao atingir certa idade, pode perfeitamente enfrentar a avalanche do tédio e da amargura, pois desde a meninice acostumou-se às vicissitudes, através de um processo lento e gradativo de dissabores.
>
> Tal não aconteceu comigo. Fui atirado à vida sem pais, infância ou juventude. Um dia dei com os meus cabelos ligeiramente grisalhos, no espelho da Taberna Minhota. A descoberta não me espantou e tampouco me surpreendi ao retirar do bolso o dono do restaurante. Ele sim, perplexo, me perguntou como podia ter feito aquilo.
>
> O que poderia responder, nessa situação, uma pessoa que não encontrava a menor explicação para sua presença no mundo? Disse-lhe que estava cansado. Nascera cansado e entediado.

Assim começa o conto, *in media res*: alguém que fala sobre si mesmo, mas não se conhece. Faz mágicas sem saber como. E, sem se dar conta, torna-se mágico de circo. Mesmo sem "casaca e cartola" e sem saber como o fazia, ele divertia a plateia, fazendo surgir de entre os dedos "coelhos, cobras, lagartos" e outros e outros bichos, transformando-os às vezes em outros objetos. Sua popularidade aumentava e, para seu desespero, mesmo fora dos espetáculos, tudo em que tocava acabava se transformando em outra coisa. Desesperado, chegou a mutilar as mãos, mas não adiantou: a qualquer movimento dos braços, elas reapareciam "novas e perfeitas nas pontas dos tocos do braço". Até que um dia, ouvindo de um "homem triste, que ser funcionário público era suicidar-se aos poucos", ele abandonou a profissão de mágico e empregou-se "numa Secretaria de Estado", onde não fez mais mágicas, mas sua vida continua a ser um repetitivo fracasso, enquanto de vez em quando sente a nostalgia de não poder mais fazer mágicas.

Através da absurda/prosaica vida do ex-mágico (metáfora da condição humana no mundo atual), o Autor denuncia, não só a esterilidade existencial do trabalho burocrático (condição *sine qua non* da progressista civilização da máquina), mas também a ausência de um projeto de vida que, utilizando o natural potencial criativo dos homens, possa transformar o atual caos em novo cosmo.

Os dragões: a desumanização do sistema

Verdadeira parábola, *Os dragões* denunciam o descompasso entre o sistema de valores consagrados pela sociedade de ontem (deteriorados, mas ainda vigentes) e as novas realidades de hoje que estão surgindo, mas continuam sendo vistas, pensadas e tratadas como as antigas. Daí a ausência de compreensão e a falência do "novo" que, em nosso tempo, pode se perder ou se anular, por não poder se realizar de acordo com sua própria natureza. É essa, sem dúvida, a "lição de vida" implícita no fantástico de *Os dragões*.

> Fui irmão de dragões e companheiro de avestruzes. (*Jó*, 30:29)

> Os primeiros dragões que apareceram na cidade muito sofreram com o atraso de nossos costumes. Receberam precários ensinamentos e a sua formação moral ficou irremediavelmente comprometida pelas absurdas discussões surgidas com a chegada deles no lugar.

Desde essas primeiras linhas, o absurdo da situação assalta o leitor: no prosaico mundo de uma cidadezinha comum, começam a aparecer dragões que, em lugar de assustarem ou provocarem medo nos moradores, despertam as maiores discussões e controvérsias, acerca do "país ou raça à que poderiam pertencer". O vigário suspeita que eles foram "enviados do demônio". O narrador dos fatos lamenta que tais discussões o tivessem impedido de iniciar logo a educação dos dragões, o que permitiria a convivência normal com a população. "Apenas as crianças que brincavam furtivamente com nossos hóspedes sabiam que eles eram simples dragões. Entretanto elas não foram ouvidas."

Em meio a fatos absurdos, narrados como algo absolutamente natural, os dragões vão convivendo com os homens, adotando seus costumes e vícios, até irem morrendo um a um. E nunca mais a cidade foi por eles visitada. Desalentado, o narrador conclui:

> E por mais que eu e meus alunos insistamos que permaneçam entre nós, nenhuma resposta recebemos. Formando longas filas, encaminham-se para outros lugares, indiferentes aos nossos apelos.

Caminho de aprendizagem às avessas, a sociedade é denunciada, no mundo muriliano, como maléfica, deformadora, em lugar de propícia ao desenvolvimento das potencialidades do ser. Essa pressuposta intencionalidade do conto se confirma plenamente se sua leitura for "filtrada" pelo simbolismo universal do Dragão. Milênios antes de Cristo, em doutrinas religiosas da Índia, China, e outras do Extremo Oriente, o Dragão foi visto como um símbolo dual, ambivalente: ora força ameaçadora, demoníaca (que, segundo a Bíblia, foi vencida por São Jorge), ora guardião de tesouros ocultos (sabedoria, imortalidade...) que, para serem alcançados, exigiam luta com o guardião (tal como a vitória alcançada sobre o Dragão, pelo lendário Siegfried, da medieval lenda nórdica, Os Nibelungos). Na doutrina hindu, o Dragão é identificado com o Princípio, o poder que quebrou o Ovo Primordial e criou o mundo.

Murilo Rubião teria pensado nesse lastro simbólico? É provável, pois os habitantes do lugar, ao não acolherem os "dragões" e ignorarem a possível sabedoria de sua natureza, não só os deixaram perecer, como afastaram novos possíveis encontros. Não será esse fenômeno que estaria acontecendo hoje em nosso mundo? Estamos sendo governados pela "cultura de massa" que impede o acesso de todos ao verdadeiro Conhecimento — o que fica além das aparências.

De qualquer forma, a "marca" muriliana é da incerteza quanto à "verdade" aparente das coisas. Daí a diluição dos limites entre o Real e o Imaginário, a Lógica e o Absurdo, que predomina em seus contos, tal como as pitorescas e depois dolorosas metamorfoses do coelhinho Teleco, ou ainda as desventuras de um dromedário triste e seu irmão Joaquim, ambos em busca de compreensão e amor. Ou ainda, um "homem de boné cinzento" que se desfaz no ar, depois de um longo e misterioso processo de desintegração física.

O Pirotécnico Zacarias: o enigma da Morte

Entre os temas obsessivos do mundo muriliano está o da Morte e o enigma da Eternidade. Tema que em *O pirotécnico Zacarias* se transforma na própria trama dos acontecimentos, fazendo-se presente já na epígrafe bíblica:

> E se levantará pela tarde sobre ti, uma luz como a do meio-dia; e quando te julgares consumido, nascerás como a estrela d'alva. (*Jó*, 10:17)

> Raras são as vezes que nas conversas de amigos meus ou de pessoas das minhas relações, não surja esta pergunta. Teria morrido o pirotécnico Zacarias? A esse respeito as opiniões são divergentes. Uns acham que estou vivo [...] outros mais supersticiosos acreditam que a minha morte pertence ao rol dos fatos consumados e o indivíduo a quem andam chamando Zacarias não passa de uma alma penada, envolvida por um pobre invólucro humano.

De húmus machadiano, o "pirotécnico Zacarias" (tal como o "falecido Brás Cubas") narra suas aventuras e desventuras *post-mortem*, ao continuar vivendo entre os vivos. Fora atropelado e morto pelo carro de uma rapaziada que se dirigia para uma alegre noitada. E Zacarias narra, com minúcias, o choque, as visões coloridas que ele foi tendo até chegar o "branco" da morte. Mas tudo continuou igual. Detalha as confusas discussões dos rapazes, quanto ao destino a ser dado ao seu corpo; revive com certo prazer as próprias sensações de violência, perplexidade, medo, no momento do choque... e posteriormente seus inúteis esforços, na convivência cotidiana, para convencer os demais de que ele, embora morto, continuava normalmente a viver entre eles.

O mundo muriliano

Escritor obsessivo, escrevendo e reescrevendo milhentas vezes cada frase, cada texto, Murilo Rubião, em poucas dezenas de contos, construiu um mundo de ficção que ficará para sempre como testemunho destes nossos tempos de mutação, desde que os antigos alicerces de certezas e absolutos foram abalados e o caos instaurado.

De livro para livro, multiplicam-se as situações estranhas, absurdas que se passam num espaço-tempo fantástico, do qual desapareceram as fronteiras entre o verossímil e o inverossímil. O leitor é arrancado de sua acomodada visão normal do dia a dia, para ser atirado num mundo insólito, onde se ouvem ecos das lições de Kafka: "*Não é preciso que saias de casa. Fica assentado à mesa e escuta. Nem mesmo escutes, espera simplesmente. Nem mesmo esperes, permanece silencioso e solitário. O mundo vai oferecer-se a ti para desmascará-lo, não pode impedir que o faças.*"

É essa a atitude que se pressente no narrador muriliano — esse "desmascaramento" do oculto nos avessos da Realidade que se expressa numa linguagem concisa, seca, sóbria, que causa impacto, pelo seu contraste com a matéria obscura, insólita, por ela expressa. Há um enigma por trás das aparências, que não chega a ser desvendado.

Explorando, com técnica segura e muito pessoal, os meandros da narrativa fantástica, Murilo Rubião entra pelo reino da metamorfose, ou pela esfera dos símbolos, do enigma ou do surrealismo, sempre preso à vida comum do cotidiano, mas nela infiltrando uma dimensão inexplicável pela razão ou pela lógica.

Ao imergir no possível lastro simbólico de "O Edifício", compartilhando do desespero agônico de Alexandre preso na "Armadilha", ou mergulhando na atmosfera kafkiana de "A Cidade" ou de "Os três nomes de Godofredo" ou em outros e outros contos fantásticos, o que mais atinge o leitor é a opressora consciência de que por trás das palavras, gestos ou acontecimentos mais comuns, à nossa volta, existe a ameaça de um mundo onde nada é certo, onde nada oferece uma base que sirva de apoio. E, sobretudo, sente-se a presença de um Autor convencido da natureza incerta do universo e da precariedade da razão humana, na aferição da verdade das coisas. Convicção que, sem dúvida, gera a perplexidade ou a ausência de espanto ou a naturalidade com que seus personagens vivem/convivem com o absurdo.

Em última análise, uma leitura vertical da ficção muriliana a revelerá como contundente alegoria do mundo herdado — o da progressista civilização cristã-burguesa —, hoje em plena metamorfose de seus valores de base, e se abrindo para um futuro que já chegou.

Dados biobibliográficos

Precursor do gênero Realismo Fantástico no Brasil e personalidade atuante no meio intelectual e político de seu tempo, Murilo (Eugênio) Rubião nasceu em Carmo de Minas (MG) em 1916. Ainda criança, passa a viver em Belo Horizonte, onde faz seus estudos. Desde muito cedo vivendo em meio familiar culto, tornou-se um leitor insaciável, com grande atração pelo maravilhoso dos "contos de fadas, D. Quixote, História Sagrada, As Mil e uma Noites" e frequentador dos clássicos, aos quais mais tarde atribuiria influência em sua formação de escritor. Como disse em certa entrevista, "Meus contos devem muito a Cervantes, Gogol, Hoffmann, von Chamisso, Maximo Bontempelli, Pirandello, Bret Harte, Nerval, Poe e Henry James. Mas o autor que realmente me influenciou foi Machado de Assis, talvez meu único mestre." (Nesta última afirmação está implícita a ligação do absurdo/fantástico muriliano com a ironia machadiana: ambos partem da certeza de que todas as aparências do Real são irremediavelmente falsas.)

Seus estudos foram feitos em Belo Horizonte, onde se formou em Direito, em 1942. Desde os tempos de estudante, participou de inúmeras atividades culturais. Em 1938, com um grupo de universitários, fundou a revista literária "Tentativa". Em 1939, torna-se redator da "Folha de Minas", função que exerceu por mais de dez anos. Em 1940, publica seu primeiro conto, "Elvira e Outros Mistérios" na revista "Mensagem". Em 1942, diretor da Associação dos jornalistas Profissionais de MG. Em 1943, diretor da Rádio Inconfidência de MG. Em 1945, como chefe da delegação mineira, participou em São Paulo do I Congresso Brasileiro de Escritores, que se tornou um marco no panorama da crítica e da história literária brasileira.

Em 1946, inicia carreira política, como oficial de gabinete do Interventor Federal do Estado de Minas Gerais, João Beraldo. Em 1951, foi nomeado oficial de gabinete do governador de Minas, Juscelino Kubitschek. Em 1956, é nomeado pelo presidente Juscelino como Adido Cultural junto à Embaixada do Brasil em Madri. Reside na Espanha durante quatro anos. Em 1960, foi condecorado pelo governo espanhol com a Comenda Isabela, a Católica (grau de Cavaleiro). Em 1961, de volta ao Brasil, assume a direção do jornal "Minas Gerais". Em 1966, cria o Suplemento Literário do "Minas Gerais", permanecendo como editor até 1969, quando se afasta para assumir a chefia do Departamento de Publicações e Divulgação da Imprensa Oficial. Foi membro do Conselho Estadual de Cultura, presidente da Fundação de Arte de Ouro Preto e presidente do Conselho Estadual de Cultura/Minas Gerais.

Paralelamente às atividades públicas, dedicava-se, sem alarde e obsessivamente, à escrita e reescrita de seus contos. Falando sobre isso, ele confessou: "Sempre aceitei a literatura como uma maldição. Poucos momentos de real satisfação ela me deu. Somente quando estou criando uma história sinto prazer. Depois é essa tremenda luta com a palavra, é revirar o texto, elaborar e reelaborar, ir para frente, voltar. Rasgar."

Como para todo autêntico criador, o escrever era para Murilo Rubião alimento existencial. Não foi fácil ver publicado seu primeiro livro. As duas primeiras coletâneas, *Elvira e outros mistérios* e *Dono do arco-íris*, não encontraram editora. *O ex-mágico*, depois de uma espera de seis anos (1940-1946), sai publicado em 1947, pela Editora Universal. A recusa das inúmeras editoras pelas quais ele havia passado baseava-se no fato de que tais contos "não eram comerciais" ou "muito avançados para a época" (quando ainda dominava a corrente regionalista). Mário de Andrade, que os leu no original, foi dos primeiros a sentir a força da escrita muriliana. Em longa carta escrita ao autor, em 16 de junho de 1943, diz a certa altura: "... o mais estranho é o seu dom forte de impor o caso irreal. O mesmo dom de um Kafka: a gente não se preocupa mais e, preso pelo conto, vai lendo e aceitando o irreal como se fosse real, sem nenhuma reação mais." O curioso é que, nessa altura, Murilo ainda não havia lido Kafka (então, ainda não traduzido no Brasil) e procurou lê-lo numa tradução espanhola. Segundo nos disse o próprio Murilo, em um dos encontros em Belo Horizonte, ao ler o genial tcheco, pensou brincando: "Esse cara me plagiou!". Mistérios do acaso. Também foram circunstâncias ao acaso que levaram Murilo a conceber o conto "O Convidado", cuja gestação se deu lentamente, durante anos; vale a pena registrar aqui a pitoresca circunstância, tal qual me foi contada pelo próprio Murilo, na ocasião (1974) em que me entregou o original da coletânea de contos *O convidado*, para publicação na Quíron, uma minieditora que eu então dirigia. O acaso aconteceu em janeiro de 1945, quando se realizou em São Paulo o I Congresso Brasileiro de Escritores e que contou com a presença de Mário de Andrade (que logo mais morreria de angina), Oswald de Andrade, Carlos Lacerda, João Cabral, Caio Prado Jr. e outros. Congresso histórico que iria influir na derrubada (logo mais em outubro) da Ditadura Vargas (1939-1945).

Nele Murilo Rubião comparecera como chefe da delegação mineira. Segundo ele nos contou, foi no jantar de gala oferecido aos congressistas na casa do pintor Lasar Segall, que a primeira ideia de "O Convidado" nasceu. De gênio reservado, Murilo sentiu-se totalmente perdido em meio ao bulício da reunião, pois não reconhecia ninguém nem conseguia acompanhar o fio das conversas à sua volta. Tímido por natureza, sentiu-se como se tivesse sido convidado por engano. Quase trinta anos depois, essa experiência, guardada na memória, se transformou no conto.

Com largos intervalos de tempo, após *O ex-mágico*, seguiram-se novas publicações, milhares de reedições, traduções no exterior e consagração definitiva da Crítica e do grande público. Em 16 de setembro de 1991, aos 75 anos de idade, Murilo Rubião faleceu vitimado por um câncer. Na verdade, "encantou-se" (como diria Guimarães Rosa) e continua vivo em sua obra.

Publicações

O ex-mágico, 1947; *A estrela vermelha*, 1953; *Os dragões e outros contos*, 1965; *O pirotécnico Zacarias*, 1974; *O convidado*, 1974; *A casa do girassol vermelho*, 1978; *O homem do boné cinzento e outras histórias*, 1990; e *Contos reunidos*, 2005. (Todos com sucessivas reedições e desdobramentos em diferentes coletâneas, no Brasil e no exterior.)

67. NICODEMOS SENA

A Espera do Nunca Mais[99]
Uma saga amazônica

Precisamos decobrir o Brasil
Escondido atrás das florestas,
Com a água dos rios no meio,
Brasil está dormindo, coitado
(Carlos Drummond)

Se há região brasileira que permaneça quase desconhecida dos brasileiros, em sua natureza e verdade profunda (como há anos Drummond o denunciara), essa é a Amazônia. Região fabulosa, tida como a "menina dos olhos do mundo" (Thiago de Mello), fantástico amálgama de florestas, rios e terras que desafiam, não só o avanço do domínio civilizador, mas também aos que tentam apreender sua labiríntica realidade, no trançado das palavras.

O paraense Nicodemos Sena está entre os que enfrentaram o desafio de domar, na rede da escrita, o intrincado mundo amazônico, escavado para além do folclórico, revelado desde suas camadas mais profundas, onde se dera o caldeamento de fatores visíveis e invisíveis que se fundem nas raízes do homem e da realidade amazônica. O resultado dessa "escavação" pioneira concretizou-se no volumoso romance (?) *A espera do nunca mais*, lançado no findar do século XX.

Nascido e vivendo até a adolescência na Amazônia brasileira, portanto convivendo desde a infância com o "espírito do lugar", e, mais tarde, mergulhando no grande cadinho intelectual/cultural que é São Paulo, Nicodemos Sena foi preparado pelas circunstâncias para lançar-se à aventura de transformar em "escritura" não só a realidade

[99] Texto inédito. (N. da A.)

labiríntica dessa fabulosa *região natural* brasileira, mas também *a alma do homem* que a ela pertence.

A ótica de um mero historiador/pesquisador seria insuficiente para abarcar ambas as realidades. Fazia-se necessária a filtragem dessa complexa realidade, pelo olhar de um Poeta, capaz de ver para além do tempo presente, visível e concreto, e devassar o "maravilhoso" arcaico que se perde no tempo das origens.

Nas várias entrevistas dadas à imprensa, por ocasião do lançamento do *A espera do nunca mais* (distinguido, em 2000, com o Prêmio Lima Barreto-Brasil 500 Anos/UBE-RJ), Nicodemos diz que um dos objetivos que o levaram a esse projeto foi a necessidade de mostrar "o profundo choque cultural entre brancos e índios" e consequente escravidão à que os forasteiros investidores submetiam (submetem?) os caboclos nativos. Nesse rastro, denuncia o processo pelo qual "os valores de uma sociedade industrial, progressista, engolem uma outra, arcaica." Como romancista, propôs-se a "dar uma visão de dentro", visão de quem pertence à Amazônia. "Sigo a tradição de escritores amazônidas, como Inglês de Sousa, Ferreira de Castro, Dalcídio Jurandyr, Benedicto Monteiro e, claro, Márcio de Souza." (in "O Globo", Caderno Prosa & Verso, 03.03.2001, RJ, "Amazonense faz boa ficção com 'anos de chumbo' e choques entre culturas").

Mas, para além da tradição (exigindo sempre uma sondagem das singularidades dessa região, escassamente habitada e que ocupa quase metade do território nacional), cada escritor/observador a vê através de uma ótica própria. Nesse sentido, Nicodemos Sena excede, em abrangência de problemas, a todos seus antecessores — rompe os limites entre Realidade e Imaginário ou Fantasmagoria, e cria uma nova e insólita realidade amazônica.

O imenso volume (879 páginas) de *A espera do nunca mais* apresenta-se diagramado em três partes (subdivididas em dezenas de minicapítulos), correspondendo (segundo intenção do Autor) a três diferentes momentos temporais: o do mundo mágico/primitivo do *antes*; o do mundo político/econômico/explorador do *hoje* e o da previsão da total perda da "identidade amazônica" num próximo *amanhã*.

Apesar dessa ordem gráfica, o "leitor atento" é desafiado a encontrar uma ordem lógica entre os aconteceres, que se sucedem ininterruptamente numa linguagem densa, seivosa, que arrasta o leitor através dos aconteceres. Fiel à intenção de revelar a verdadeira natureza do fenômeno amazônico, o Autor criou um estilo labiríntico (como labiríntica é a Natureza livre na Amazônia), que é um constante desafio à decifração.

Em certa entrevista, Nicodemos alude à grande "aventura estilística" em que se envolveu, com o projeto de transpor para um romance a realidade amazônica, tal como a conhecera, desde a infância. Lembra que, tal como Oswald de Andrade foi influenciado, na criação de seu estilo, pelo telefone, pelo telégrafo (novidades dos anos 20), ele buscou inspiração estética no emaranhado da selva, no labirinto dos rios e *igarapés* (do tupi, "caminho das águas ou das canoas") — tal como se dá nas lendas indígenas. A linearidade da trama, entretanto, é apenas aparente, pois esconde a sinuosidade dos remansos. (in "A Província do Pará", março/2000)

É nessa sinuosidade que o leitor desprevenido se perde, tal como alguém perdido na floresta amazônica, sozinho, sem guia, nem bússola. Somente através de leituras e releituras, o leitor atento acaba por descobrir algumas das linhas mestras que sustentam a trama novelesca, enredada entre explorados e exploradores: os primeiros, nativos pertencentes a "linhagem cabocla" dos Bagata, e os segundos, brasileiros ou estrangeiros, representados pela figura maquiavélica do comerciante Estefano.

O momento histórico, escolhido como base temporal da trama, abrange o período que vai dos anos 1950 ao final do Governo Militar (durante o qual o capital estrangeiro inundou a Amazônia, para o bem e para o mal). Entretanto, esse "histórico" é continuamente permeado pelo "mítico", circunstância que gera a "sinuosidade" labiríntica da trama novelesca. O romance se abre *in media res*, com o despertar do dia em um ambiente rústico, mergulhado em sombra.

> Era ainda muito cedo quando o grasnar desagradável das *ciganas*[100] o acordou. Gedeão saltou da rede onde dormira e, às apalpadelas, tropeçando em alguns paneiros de farinha empilhados no piso de chão-batido da casa, procurou a tênue claridade que penetrava pela porta de palha. Afastou o japá com cuidado, evitando barulho; mesmo assim, dois vultos pequenos de redes mexeram-se no escuro do quarto. Gedeão deteve-se olhando para o fundo do quarto e só saiu para o quintal quando os vultos se aquietaram. Gedeão estava preocupado, pois o padrinho, homem exigente e severo, chegaria naquele dia e ai dele se tudo não estivesse à espera, conforme o velho ordenara.

Nesse início, aparentemente banal, já estão presentes as principais linhas-de-força que se entrelaçarão na trama. Não por acaso, esta se abre com o jovem/ingênuo caboclo Gedeão. Tal como o Gedeão bíblico (escolhido por Deus para livrar os israelitas da opressão/exploração dos Madianitas[101]), o desvalido Gedeão amazônico é levado pelas circunstâncias a tornar-se o defensor dos valores autênticos de uma Amazônia ameaçada de perdê-los. A Ficção expõe às claras um dos grandes problemas da História em processo no Brasil: o da exploração da Amazônia. "Gedeão", a linha do Bem (representante da Amazônia cabocla, autêntica, cujas origens se perdem no tempo mítico), e o "padrinho" (Estefano), a ambígua/poderosa linha do Mal (representante do "progresso civilizador" que avança através da exploração violenta das riquezas naturais e provocando a gradativa destruição da "alma amazônica"). Já se fazem também presentes, nessa abertura, os "vultos pequenos" nas redes: Diana e Mica, ainda crianças, reencarnações dos primeiros amazônidas, e que terão lugar de destaque no desenrolar da trama.

---

[100] Aves galiformes do Norte do Brasil e países limítrofes, com dorso pardo-escuro e brilho alváceo, coberteiras superiores das asas marginadas de branco, parte superior das rêmiges vermelha, cauda preta com pontas amarelas; vivem em bandos nas margens dos rios, e alimentam-se de folhas. (N.do E.)

[101] Segundo o Antigo Testamento, midianitas (ou madianitas) são descendentes de Abraão e sua esposa Quetura, desposada após a morte de Sara. Os filhos deste segundo casamento, entre eles Midiã, foram enviados para uma terra distante, longe de Isaque, dito filho da promessa. (N. do E.)

A partir daí, a trama se desenvolve, rompendo os limites entre Realidade e Imaginação ou Fantasmagoria, e revelando uma insólita/desconhecida realidade amazônica. A que foi engendrada a partir da histórica-mítica chegada do explorador Francisco de Orellana à foz do Amazonas, em 1542, e seu encontro com as terríveis "cunhãs apuiaras" (as índias chamadas "amazonas"). Emprenhando uma delas, dá início à geração dos Bagata — longa linhagem de índios/caboclos que, através de sucessivas gerações, chegam aos nossos dias. E pela arte de Nicodemos Sena imortalizaram-se no romance *A espera do nunca mais*.

Esse "nunca mais" aponta para o inevitável desaparecimento da Amazônia encantada dos tempos de origem, e que a civilização do progresso, inevitavelmente, vem destruindo. Uma Amazônia humana/fraterna que, entretanto, jamais desaparecerá do nosso imaginário, pois foi transformada em Livro — a saga *A espera do nunca mais*. Devido à magia da palavra literária, a Amazônia das origens — região mítica — permanecerá para sempre na memória dos homens. E não só: seus valores humanos permanecerão transformados em outras realidades. É o que sugere o último e brevíssimo capítulo, "Semeando Sonhos". Em meio a uma atmosfera onírica, oscilando entre visões e realidades, Dora (filha do explorador Estefano) sonha com a volta de Gedeão e faz projetos para a escola que ela abriu: preparar os curumins para o novo mundo que chegava. É com esse seu sonho que o romance se fecha:

> Tainacã, a estrela grande, dera aos tapuios a semente da mandioca, do milho e de outras plantas que eles não conheciam. Mas de que adiantou? Os brancos vieram e roubaram o futuro dos índios. Ela faria diferente; daria algo que ninguém ia poder tomar. Ensinaria as crianças tapuias a lerem e escreverem, a se defenderem no mundo hostil que estava para vir, mas também contaria as histórias antigas que os velhos gostariam de esquecer, plantando assim, na mente das crianças, a semente dos sonhos, para que elas, ao crescerem, não ficassem como seus pais: *À espera do nunca mais.*

Dados biobibliográficos

Romancista, contista, jornalista, advogado, editor, Nicodemos (Neves) Sena nasceu em 8 de julho de 1958, no município de Santarém (Pará), cidade localizada na foz do Rio Tapajós. Na infância viveu a dupla experiência da vida urbana, em sua cidade natal, e a do convívio com a natureza livre, em temporadas em casa de um tio e primos caboclos, que vivem na região do Rio Maró, que se tornou mítico nas páginas do romance *A espera do nunca mais*. Ali participou de caçadas e vivenciou a vida em contato com a natureza em bruto — experiências que o marcariam para sempre. Desde cedo, ouvindo as histórias e lendas guardadas na memória do povo, foi descobrindo o mundo maravilhoso da imaginação. As leituras e estudos logo o atraíram. Adolescente, torna-se um leitor voraz e sonha em ser escritor. Aos treze anos, escreve uma pequena novela, "Inferno verde", que mais tarde, já em São Paulo, destruiu.

Completados os estudos básicos em Santarém — no ginásio Batista e no colégio Dom Amando —, seu impulso para a escrita aproxima-o da esfera jornalística. Teve poemas e artigos publicados (com o pseudônimo de Nic Sena) na página literária de "A Província do Pará" (Belém). Em busca de maior espaço e opções, em 1977 muda-se para São Paulo. Ingressa no curso de Jornalismo na Pontifícia Universidade Católica de São Paulo (PUC/SP), onde se forma em 1982. Continua os estudos na Faculdade de Direito do Largo São Francisco (Universidade de São Paulo-USP), terminando-os em 1991.

A literatura continua sendo seu grande alvo. Durante o período universitário, escreve contos, artigos, poemas que, esporadicamente, eram publicados na imprensa ("Folha de São Paulo", "Jornal de Letras"/ RJ"...). Em 1981, com "A captura", vence o Concurso Universitário de Contos promovido pelo jornal "Porandubas" da PUC-SP.

Profissionalmente ligado ao jornalismo, muda-se para São José dos Campos (SP). Atento às suas raízes, projeta escrever um romance ambientado na Amazônia. Traça o projeto de uma "saga amazônica" e, durante anos, dedica-se a uma ampla pesquisa histórica/cultural/mitológica, filtrando os dados levantados através de sua experiência existencial de nativo amazônico, empenhando-se em retê-los na rede das palavras que engendrariam o livro. Assim, aos poucos, foi nascendo a fantástica saga *A espera do nunca mais*, volumoso romance lançado oficialmente na III Feira Pan-Amazônica do Livro (realizada em Belém, em novembro de 1999). Com sucessivos lançamentos em Santarém, São Paulo, Rio de Janeiro e excelente repercussão crítica, esse romance de estreia recebe o Prêmio Nacional Lima Barreto-Brasil 500 anos, da União Brasileira de Escritores (RJ). Um novo autor surgia na Literatura Brasileira, abrindo espaço para o "homem amazônico", tão pouco conhecido do próprio brasileiro.

Em março de 2000 retorna ao Pará, para trabalhar em Belém, como diretor de redação do jornal "A Província do Pará", mas as circunstâncias não foram favoráveis ao seu projeto jornalístico e, em outubro do mesmo ano, desliga-se do cargo. Em dezembro do mesmo ano, volta para São José dos Campos e entrega-se em tempo integral à escrita de novo romance, cujo título provisório era "Murutinga Piranga — Romance em branco e vermelho", o qual, uma vez terminado, foi sintetizado para *A noite é dos pássaros*, metaforizando o embate entre brancos e índios (fundo problema que percorre a trama narrativa), enfatizando-se o lastro poético de sua linguagem.

Em 2003, o romance "indígena" *A noite é dos pássaros* é publicado em Belém, pela Editora Cejup, conquistando o Prêmio Lúcio Cardoso da Academia Mineira de Letras, e Menção Honrosa no Prêmio José Lins do Rego, concedido pela UBE (União Brasileira de Escritores), no Rio de Janeiro. Em entrevista dada, por ocasião do lançamento, o Autor destaca o trabalho de pesquisa e o embasamento histórico sobre o qual se desenvolve a trama novelesca.

> Da primeira à última linha do livro, o leitor poderá encontrar vestígios, sincronizados na narrativa, de mais de uma centena de livros, escritos em boa parte no século XVIII, época em que vivem os personagens. [...] Parto da história para lançar-me com firmeza na estória, na literatura, enfim, na linguagem, como alguém com os pés na vida [...] que mergulha na penumbra dos sonhos. [...] Procuro captar a sugestão onírica dos mitos indígenas, despindo-os da roupagem imposta pelo colonizador.

Fusão de verdade histórica, matéria lendária e imaginação criadora,

A noite é dos pássaros se passa no "período pombalino" no Grão-Pará (1740-1770). A trama alimenta-se do conflito entre colonos reinóis e os padres jesuítas que disputavam a primazia de explorar a mão de obra indígena. Dentro desse conflito o romance reinventa o encontro/desencontro do colonizador com o mundo indígena, cujos costumes e espírito ligados ao primordial, aos mitos, lendas e imaginário fabuloso eram totalmente incompreensíveis ou inacessíveis ao racionalismo do "civilizado" europeu. É a natureza profunda do espírito/cultura indígena (um dos elementos da tríade formadora do *gens* brasílico) o alvo maior deste segundo romance. É um alerta para o brasileiro se repensar como povo híbrido. Quem somos nós? De que diferentes identidades somos feitos? As possíveis respostas há muito vêm sendo dadas pela Literatura. Nicodemos Sena tem plena consciência disso e respondendo ao rótulo que lhe atribuíram como "autor da Amazônia", diz em certa entrevista:

> Os meus romances expressam o mundo dos grandes rios e das catedralescas florestas, mas não me agrada o rótulo de "escritor da Amazônia", o qual, quase sempre, é empregado numa tentativa de diminuir a importância do escritor amazônida no quadro da literatura brasileira. A história, a geografia, a sociologia e a política regional são apenas o pano de fundo das minhas histórias, e não a parte principal. O mais importante, para mim, é penetrar nos espaços interiores do Ser e atingir a condição humana. Bebo da fonte de mistério das muitas águas amazônicas, mas fujo do regionalismo limitador, sem jamais esquecer do que dizia Tolstoi: "Pinta a tua aldeia e pintarás o mundo." No mundo "globalizado" em que vivemos, podem até desaparecer as fronteiras visíveis da política e da economia, mas as diferenças do mundo invisível da cultura não se eliminam impunemente. Fica cada vez mais claro que o desprestígio da expressão local, das marcas do tempo, do vento e da terra, a pretexto de alcançar-se um elevado universal, não passa de imposição totalitária de culturas velhas, esgotadas, agonizantes. O mundo de cada um de nós é o mundo de todos os homens. (*in* "Diário do Pará", 06.09.2003)

Em 2008, fixando residência em Taubaté (SP), torna-se editor: funda a *Letraselvagem* empenhada em publicar autores brasileiros de relevo, mas ainda sem grande circulação nos grandes centros culturais do Brasil.

Publicações

Romance — *A espera do nunca mais*, 1999; *A noite é dos pássaros*, 2003; *A mulher, o homem e o cão*, 2009.
Conto — *Lá seremos felizes*, 2013.

68. OTÁVIO DE FARIA

A Tragédia Burguesa[102]
O *homo religiosus* e a tentação diabólica

> Ivo já tinha feito as suas orações da noite, mas ainda não adormecera. Como nos dias anteriores, o sono demorava a vir, resistente, parecendo mesmo, em certos momentos, totalmente impossível. [...] Não sabia o que era, porém o sono parecia fugir com o beijo rápido dado no pequeno crucifixo de prata de sua cama, logo em seguida ao Ato de Contrição com que, a conselho de padre Luis, terminava sempre as orações da noite. [...] Nervoso, irritado, pensava: "Como resistirei, se as *tentações* vierem?". Dispunha-se a combater certas *recordações perigosas* [...] Inútil lutar, não conseguia afastá-las. [...] Sem aquelas *mulheres despidas*, incansavelmente se oferecendo e se recusando, não havia sono.

Nessa cena de abertura de *Mundos mortos* (1937), romance de estreia de Otávio de Faria, já se anuncia o obsessivo núcleo temático (o conflito entre Deus e o Diabo), em torno do qual se desenvolveria, futuramente, toda a longa série de romances de *A tragédia burguesa.* O que impede o sono de Ivo, jovem aluno de colégio religioso, é o medo do "pecado da carne" e a inevitável atração pelo "sexo proibido". Obediente ao "interdito" imposto pela Igreja, luta interiormente contra as "tentações da carne", para conservar sua "alma pura" e digna de Deus. Basicamente, é esse *conflito espiritual/carnal*, provocado pela "interdição ao sexo" (há séculos, estigmatizado pela Igreja como pecado mortal), o aguilhão que atormenta as personagens de Otávio de Faria: meninos, meninas, homens e mulheres, que vivem ou desvivem no labiríntico universo humano criado pelo Autor, durante cerca de quarenta anos de incessante e febril construção.

---

[102] Texto ampliado do verbete "Mundos Mortos", escrito para Kindlers Literatur Lexikon. (6 vs.) Zurich, 1964. (N. da A.)

Intelectual reconvertido ao catolicismo (após a fase de ateu, defensor do Fascismo) e integrado na corrente intelectual/espiritualista que atuou no Brasil do entre-guerras (1918-1939), Otávio de Faria fez, de sua obra cíclica, um instrumento de contundente denúncia do relaxamento moral que minava a sociedade, nos rastros da deterioração dos valores de base da civilização cristã/liberal/burguesa. Nessa época, em meio às mesmas crises e com a mesma intenção de denúncia do drama humano, surgia no Nordeste o grande Romance Regionalista de 1930 (Rachel de Queiroz, Jorge Amado, Lins do Rego.) pondo a nu a injustiça social que estava (está?) na base do sistema. Diante dessa mesma crise de valores, Otávio de Faria volta-se para a decadência religiosa e moral da Alta Sociedade à que ele pertencia e escava obsessivamente o "lodo" em que as almas se atolavam.

Obra caudalosa, que se desdobra em quinze alentados volumes, *A tragédia burguesa* ocupa um lugar singular no panorama da Literatura Brasileira do século XX. Singular, não só pela temática (obsessiva tensão entre a Graça e a Danação), que é pouco comum em nossa literatura; mas principalmente pelo insólito amálgama de temas, ideias, achados estilísticos, personagens problemáticas, em busca de si próprias ou da Verdade. Amálgama, onde ecoam vozes de grandes mestres do romance europeu, de húmus religioso/herético/catártico e que se faziam ouvir naquele entre-guerras. Entre elas avultam as de André Gide, François Mauriac, Julien Green, G. Bernanos, Charles Péguy... Vozes que ecoam no universo labiríntico de Otavío de Faria, como verdadeiros "guias tutelares", abrindo caminhos a serem percorridos por suas trágicas personagens. E mais, são vozes que, rompendo com os limites entre a Vida e a Ficção, criaram grandes romances de natureza catártica. Essa fusão de invenção e de resgate autobiográfico singulariza o estilo narrativo de *A tragédia burguesa.*

Romance ou testemunho?

Romance-rio que, em suas milhares de páginas, represa uma extraordinária matéria humana/espiritual/histórica/filosófica, *A tragédia burguesa* poderia compor um grande mural de época (como o fez um Balzac com a *Comédia humana* ou um Zola, com a série dos *Rougon Macquart* ou um Thomas Mann com *Os Buddenbrook* e outros). "Mural" que a arte do Autor não chegou a construir, talvez devido ao seu inequívoco envolvimento emocional com as tragédias vividas por suas personagens. Ou talvez por ter sido ultrapassado, como Autor, pela demasiada grandeza de sua matéria, ou? ou?...

A avalanche narrativa que, de volume para volume, arrasta tumultuosamente centenas de personagens, paixões obscuras, conflitos sem solução... como que "transbordou" da trama romanesca, escapando ao controle do Autor e impedindo a "ordenação" formal exigida pelo gênero romance. "Transbordamento" labiríntico que, para ser dominado pelo leitor, exige uma difícil, paciente e penosa leitura que, uma vez vencida, acabará por revelar a essencialidade da matéria ali recolhida. Dono de um inegável domínio da palavra, e expressando-se numa linguagem extremamente rica, faltou a Otávio de Faria a grande "arte de romancista", que permitiu aos seus "guias tutelares" escreverem romances que atravessarão os tempos.

Entretanto, apesar desse "descaminho" formal, é inegável que *A tragédia burguesa* ocupa um lugar significativo na Literatura Brasileira: não como o grande "romance mural" que poderia ter sido, mas como Documento de época, como apaixonado Testemunho de um período de tensões, conflitos e expectativas, como foi o do mundo do entre-guerras — verdadeiro marco divisório entre a civilização herdada (que fora brilhante e progressista, mas cujo sistema de valores já se esgotara e entrava em decadência) e uma nova cultura em embrião que, embora caoticamente, já anunciava que uma nova civilização estava em gestação... e um dia um novo sistema de valores organizaria o caos imperante. (É o que ainda aguardamos neste limiar do século XXI.)

É nesse período que Otávio de Faria, reconvertido ao catolicismo, se assume romancista e, entre as crises que se entrecruzavam na sociedade, identifica-se com a que se instala entre materialismo e espiritualismo, entre ciência e religião, Estado e Igreja, livre arbítrio e predestinação... Com a paixão dos neófitos, adere à nova corrente espiritualista católica, difundida a partir da França (principalmente pela palavra do genial Léon Bloy) e é liderada no Brasil por Jackson de Figueiredo (v. *Pascal e a inquietação moderna*, 1922) e Tristão de Athayde (A. Amoroso Lima, v. "Brasil corporal e Brasil Espiritual", 1934). Mais tarde, referindo-se a esse período inicial de sua carreira, Otávio de Faria revela a luta interior que precedeu à escolha de ser romancista.

> Foram anos e anos de busca incessante, de contínuas pequenas descobertas. [...] Foram anos de leitura, de verdadeiro "embebedamento" cultural, de abandono cego de minhas possibilidades mentais ao longo de todos os caminhos da experiência intelectual, de Nietzsche a Rozanof, de Gide a Malraux, de Maquiavel a Spengler, de Trotski a Hitler, uma absorção contínua e ardente de todos os extremos do pensamento, de todos os esforços para responder aos mil e um derivados do enigma de Tebas. [...] Foram anos e anos de exacerbados raciocínios e lógica impiedosa, de orgulho mental que descobria e selecionava verdades e verdades que, todas somadas, não chegavam a um milésimo de parcela da Verdade. ("Autocrítica", 1967).

Por esse depoimento (escrito para a revista "Manchete", quando *A tragédia burguesa* estava quase completa), já se pode avaliar a complexidade de sua obra e o estado de quase delírio em que ele a escreveu. De volume para volume (e num crescente clima irrespirável) multiplicam-se caoticamente as vozes de personagens que se debatem entre a Danação e a Salvação, e cuja "sede de Deus" é continuamente frustrada pela tentação do pecado que, nem sempre, é redimido pela confissão.

Grande "criador de almas" (como a Crítica o definiu), O. Faria povoa o seu caótico/sombrio universo com seres à deriva: homens e mulheres assaltados por "desejos pecaminosos"; angustiados pela "perda da virgindade" ou pelo adultério; pelos remorsos inúteis; pelo homossexualismo assumido, ou oculto como uma maldição; pelos suicidas; pelos descrentes empedernidos (os "anjos de pedra"). Salvam-se alguns "eleitos por Deus", que preservam a "pureza do corpo", como um escudo contra o Mal.

A Tragedia Burguesa e Pascal

Desde *Mundos mortos*, seu romance de estreia, a atmosfera predominante no universo de Otávio de Faria é a da já referida religiosidade fanática/sombria, na qual as almas estão aprisionadas. Singularidade que, na ocasião, levou Mário de Andrade a saudar a obra, como algo novo em nossa literatura, mas, quase em tom de blague, chamou a atenção do leitor para o ar "fantasmal" em que respiram as personagens: adolescentes educados em colégio religioso e divididos entre os impulsos naturais do corpo e as interdições levantadas pela Igreja. É, principalmente, na consciência de cada personagem que a trama romanesca se desenvolve. Daí o referido ar "fantasmal".

Autor consciente de sua opção pela problemática religiosa e moral que nutriria sua projetada obra cíclica, Otávio de Faria, desde esse primeiro volume, escolhe como "portal de abertura" uma epígrafe de Blaise Pascal:

> Eu condeno igualmente, não só os que se entregam à louvação do homem, mas também os que se põem a condená-lo e os que se riem dele; só posso aprovar aqueles que buscam, gemendo.[103]

Nessa "profissão de fé" pascaliana (que seria repetida como portal em todos os futuros quinze volumes da série) Otávio de Faria revela, ao "leitor atento", não só o *objetivo maior* de seu projeto literário (a busca da Verdade Última do homem, segundo a controvertida doutrina de Pascal), mas também *a natureza da problemática*, que seria o nervo vital de toda sua obra: o Homem em sua relação com Deus e com Diabo, predestinado à salvação ou à danação, tal como a doutrina de Pascal sustenta. Portanto, é lida através da "ótica pascaliana" que *A tragédia burguesa* revela o porquê da sombria e trágica ambiguidade de suas tramas romanescas, onde se debatem, homens e mulheres, torturados

---

[103] "Je blâme également, et ceux qui prennent parti de louer l'homme, et ceux qui le prennent de le blâmer, et ceux qui le prennent de se divertir; et je ne puis approuver que ceux qui cherchent, em gémissant." (Pascal)

pelo pecado do sexo; e de cuja culpa só alguns conseguem ser perdoados pela graça divina, através da confissão.

Pascal e o impasse doutrinário

Sábio matemático, grande figura do século XVII, Blaise Pascal, fervoroso convertido (depois de uma juventude de "libertino"), participou ardorosamente da polêmica doutrinária, em que à época se envolveram jesuítas, agostinianos, luteranos, calvinistas, jansenistas e heréticos. O fulcro maior dessa polêmica era o *problema da Salvação e da Danação*. A Igreja defendia (defende) o "livre arbítrio", dado aos homens pela graça divina, e o "perdão dos pecados" pela confissão. Outros polemistas (Jansenius, Calvino...) defendiam a "predestinação": cada alma vem para o mundo já predestinada por Deus ou pelo Diabo (para o Bem ou para o Mal).

Pascal, discordando da ortodoxia católica, formula uma nova doutrina que funde cristianismo e jansenismo — dois pensamentos que se chocam. Do primeiro, Pascal *recusa* o "livre arbítrio" atribuído ao homem, mas *aceita* a confissão, como o meio de o pecador alcançar o perdão da graça divina e a salvação. Do segundo, *aceita* a "predestinação": os homens nascem predestinados à salvação ou à danação. Há os eleitos por Deus e os escravizados pelo Diabo. Contraditória visão das relações homem/Deus que, através dos séculos, tem tido grande influência não só nas querelas religiosas, mas também sobre pensadores e romancistas. Influência que recrudesceu no entresséculos (XIX-XX), prolongando-se até o entre-guerras (1918-1939). Destacam-se, entre os grandes espíritos pascalianos desse período, Leon Bloy, Julien Gren, Georges Bernanos, Péguy... Todos eles com rastros evidentes no universo de Otávio de Faria. Fato que não é de estranhar, ao lembrarmos que a doutrina de Pascal foi um dos temas centrais nos debates havidos durante a crise religiosa que marcou o Brasil do entre-guerras. Crise provocada pelo embate entre Igreja e Estado, e do qual resultou, entre outras medidas, a proibição do ensino religioso nas escolas públicas. Otávio de Faria, ativo participante dessas polêmicas (no momento em que procurava seu verdadeiro caminho de escritor), acabou encontrando no pensamento de Pascal as suas próprias inquietações, e fez dele a base filosófica/religiosa/humana de seu próprio projeto literário. Nos rastros de Pascal e de romancistas de raízes pascalianas, Otávio de Faria perseguiu em sua caudalosa obra a *solução insolúvel* para a "tragédia humana". Como conciliar *a certeza da possível salvação* do pecador, através da confissão, e *a certeza da predestinação* que, de antemão, decidia do destino das almas (pecadoras ou "de eleição")?

É esse o dilema que atravessa o insólito mundo de *A tragédia burguesa*, do primeiro ao último volume da série. Dilema personificado na devota/patética figura do Padre Luís — jovem padre, alma de eleição, que se sentia predestinado por Deus, para salvar as almas pecadoras.

Os guias tutelares ou a fraterna comunidade

Mais do que as "afinidades eletivas" de que falava Goethe, sente-se que há uma espécie de espírito de fraternidade a ligar Otávio de Faria às obras de seus "guias tutelares" e às grandes vozes da literatura universal. É como se todos pertencessem a uma Irmandade, na qual tudo é de todos. No universo de *A tragédia burguesa*, a constante presença de personagens, cenas, situações, problemática... pertencentes a outros universos e ali incorporados, se faz de tal modo visível ou perceptível ao "leitor atento", que nos leva à certeza da intencionalidade básica do Autor: afirmar-se membro desse grupo de escol e, como eles, fazer da literatura um meio de conjurar seus demônios interiores.

Padre Luís é a grande personagem-símbolo da resistência da Fé na luta contra o Mal. Tal como Dante, no Inferno, é guiado pelo poeta Virgílio, Otávio de Faria faz do Pe. Luís o seu grande guia: o "mensageiro de Deus" entre infiéis. Alma de eleição, predestinado pela Graça Divina à missão de, através da confissão, salvar as almas pecadoras, o jovem Pe. Luís vive em agoniada tensão por saber que, a cada momento, ele acaba falhando, pois as almas, que ele tenta salvar, sucumbem à força diabólica do Mal.

Onipresente, no universo de *A tragédia burguesa*, e envolvido em quase todos os dramas das personagens, Padre Luís pertence a uma alta linhagem de sacerdotes, de raízes pascalianas. Entre eles, destacamos: o "Abade Donissan", personagem de Georges Bernanos (*Sob o sol de satã*, 1926), fervoroso padre que luta para salvar a alma da jovem camponesa, Mouchette, que, seduzida pelo Marquês para quem trabalhava, é abandonada grávida, acaba por assassiná-lo e dá à luz uma criança morta. Torna-se possuída pelo Diabo e acaba por se suicidar. Em *O senhor do mundo* de Otávio de Faria, o Padre Luís também se empenha, sem sucesso, em salvar (entre outras) a alma da jovem Reni, que, entregue às paixões do sexo, engravida, é abandonada, dá à luz uma criança morta, torna-se possessa do Diabo, que resiste até ao ritual do exorcismo, praticado pelo Padre Luís. Enlouquecida, Reni se suicida, depois de acusar Padre Luís como responsável pela sua gravidez. Drama que o leva a um duplo sofrimento: ser caluniado e sentir mais uma vez que o "Senhor do mundo" é o Diabo, cuja força desafia a de Deus.

Ao longo de sua missão de salvar as almas perdidas, Padre Luís se identifica com outro personagem de Bernanos: o jovem "Pastor" de *Diário de um pároco de aldeia* (1936), o qual, sentindo-se eleito para "procurar e salvar aquilo que está perdido", vai registrando num Diário o seu "amor pelas almas", sua obsessão em salvá-las das forças do Mal e suas sucessivas derrotas. É esse, também, o destino vivido por Padre Luís e sobre o qual, se não escreve em Diário, ele fala obsessivamente, dia após dia. Ambos acabam vitimados pelo câncer. Há ainda, no sombrio universo de Otávio de Faria, padres que, como o devotado "Pastor" de *Sinfonia pastoral* de André Gide, ou como o "Abade Forcas" de François Mauriac em *Os anjos negros*, acabam sucumbindo à "tentação da carne" e abandonando o sacerdócio.

A afinidade de Otávio de Faria com André Gide é evidente e vai desde *A volta do filho pródigo* (1907) a *A porta estreita* (1909), passando pelo romance *Se o grão não morre...* (1919) e *O imoralista* (1902). Sempre o problema do "pecado da carne" e da busca da "identidade sexual". *At last, but not the least...* no universo do Autor, sente-se também a busca agoniada de Stephen Dedalus do *Retrato do artista quando Jovem* de Joyce. É extensa a galeria de personagens que vivem no sombrio mundo de

Otávio de Faria, como almas angustiadas, interrogantes, torturadas por dúvidas e uma "sede de Deus" que as aproxima do "cristão apocalíptico" que vive no grande universo de Dostoievski.

Quanto ao estilo, prevalece em *A tragédia burguesa* a eloquência e os lances melodramáticos/folhetinescos *à la* Victor Hugo — um dos romancistas mais admirados por Otávio de Faria, e de quem, talvez, ele tenha herdado o fôlego com que mantém o contínuo clima de suspense, durante toda a caudalosa narrativa cíclica, cuja natureza "confessional" (ou autobiográfica) torna-a absolutamente singular no panorama da Literatura Brasileira.

Dados biobibliográficos

Romancista, ensaísta, intelectual atuante, que marcou presença na geração dos "convertidos à fé católica", em pleno entrechoque das ideias materialistas/espiritualistas, no 1º quartel do século XX, Otávio de Faria nasceu em Petrópolis/RJ, em 15 de outubro de 1908. Filho do historiador Alberto de Faria (autor da clássica biografia do Barão de Mauá) e de D. Maria Tereza de Almeida Faria (filha de Tomás Coelho de Almeida, Ministro do Império e fundador do Colégio Militar), Otávio de Faria pertencia à alta burguesia carioca, e desde sempre assumiu, com responsabilidade, a consciência dessa posição social. Sua infância foi marcada por um fundo retraimento social e uma prematura atração pelo mundo das ideias, da literatura e da alta cultura. Atração que o acompanharia para sempre. Seus primeiros estudos foram feitos no Colégio Santo Antônio Maria Zacarias, Ordem dos Barnabitas, cuja orientação religiosa marcou fundamente sua formação espiritual. Por seus inúmeros depoimentos sabe-se que ele não teve amigos de infância: menino de alta classe, vivendo em mansão de grandes jardins cercados de grades, não tinha chance de conviver com o mundo "de fora". Referindo-se às visitas de meninos de famílias amigas, que eram levados para lhe fazerem companhia, ele comenta: "nada eu considerava tão maçante, tão constrangedor quanto esses encontros "sociais", nos quais dois seres, que nada tinham em comum, ficavam horas a fio, um diante do outro, sem nada terem para se dizer." Suas grandes alegrias, desde cedo, foram os livros e o cinema (a grande invenção que chegara, no início do século XX, para mudar a antiga visão do mundo). Realizou os estudos secundários no Colégio Pedro II.

Adolescente, já se transformara no leitor voraz da grande literatura europeia, que serviria de lastro à sua futura obra de escritor. Em seu texto *Autocrítica* ("Manchete", 1967), Otávio de Faria, referindo-se às suas "primeiras leituras de real importância", cita Byron, Shakespeare, Victor Hugo, Alexandre Dumas Pai, Jules Verne, Conan Doyle...

Em 1927, inicia os estudos superiores na Faculdade de Direito, bacharelando-se em 1931. Passa a fazer parte do grupo de intelectuais (Cândido Mota Fº, Francisco Campos e outros) que, durante o primeiro quartel do século XX, participaram ativamente das polêmicas que então dividiam o campo das ideias: cristianismo e agnosticismo; republicanismo *versus* comunismo / fascismo / anarquismo / integralismo; modernidade *versus* tradicionalismo; nacionalismo *versus* europeísmo...

Influenciado pelos primeiros êxitos de Mussolini, na reorganização da Itália em caos (no pós-guerra 1914-18), Otávio de Faria se engaja, durante algum tempo, na defesa de um fascismo "à brasileira", contra o liberalismo burguês, que estaria nas raízes da injustiça social dominante no mundo. Em defesa dessa diretriz política, escreve o ensaio *Maquiavel e o Brasil* (1931), no qual aponta em Mussolini "a figura de homem que Maquiavel teria previsto e teria saudado [...] indivíduo de exceção, que o Brasil precisava ter produzido para si ou ter a possibilidade de criar de modo a poder dirigir-se amanhã para rumos menos negros." (Nesse momento, ele estava longe de imaginar o que a História traria de visceral negação desse ideal...) Idealista, ele vê com agrado as novas forças político-econômicas se voltarem contra o governo de Washington Luís, finalmente deposto pela Revolução de 1930, liderada por Getúlio Vargas e suas contradições. Começara a Era Vargas. Entre os universitários, é grande a agitação de ideias: *materialismo positivista* versus *espiritualismo humanista/católico*. Uma nova literatura expressa novas ideias. No Nordeste, a corrente *nacionalista/materialista* se impõe com o grande romance regionalista (Rachel de Queiroz, Jorge Amado, José Lins do

Rego, Graciliano Ramos), revelando um Brasil dramático, quase desconhecido no Sul. Neste, vai predominar a *corrente humanista/espiritualista*, com uma literatura voltada para o homem interior e seus conflitos existenciais (Cornélio Pena, Lúcio Cardoso, Augusto Frederico Schmidt...).

Na Faculdade de Direito, Otávio de Faria, tocado pela agitação política do momento, torna-se figura de destaque no grupo que fundou o Centro de Estudos Jurídicos e Sociais, o chamado "Caju", integrado por Antônio Gallotti, Gilson Amado, Américo Lacombe, Hélio Viana, Vinicius de Moraes, José Arthur da Frota Moreira, Mário Vieira de Melo, San Tiago Dantas, Vicente Constantino, Chermont de Miranda — grupo de elite, que teve grande influência sobre a juventude da época.

Em meio a essa agitação, Otávio de Faria, através de Tristão de Athayde (Alceu Amoroso Lima, seu cunhado e grande líder católico), entrou em contato com a corrente de "reação espiritualista" contra o desnorteamento materialista imperante. Entre os mentores dessa reação estava Jackson de Figueiredo (1891-1928), presença polêmica que, de anticlericalista virulento, se converte à fé católica e se torna um fervoroso "catequista" da Igreja. Funda o Centro D. Vital e a revista "A Ordem", da qual Otávio de Faria se torna colaborador. Seu livro, *Pascal e a inquietação moderna*, publicado em 1922 (ano em que Mário de Andrade publica *Pauliceia desvairada*, lançando o movimento modernista, radicalmente recusado pela linha católica), levou muitos intelectuais à conversão religiosa e foi decisivo para a recondução de Otávio de Faria à Igreja e à quase violenta fé, que se tornaria a pedra-base do universo de *A tragédia burguesa*. Nessa época, entra em contato com os grandes mestres do romance europeu do entresséculos (XIX-XX), da linha humanista/religiosa. Mestres que iriam ter influência decisiva sobre ele, não só quanto à natureza do universo novelesco, que ele viria a criar, mas também em sua definitiva opção de vida: dedicar-se exclusivamente à carreira de romancista.

Os livros publicados nesse período de crise revelam a sua busca de caminhos. Em 1931, estreia em livro com *Maquiavel e o Brasil*, coletânea de artigos e ensaios, já publicados ou inéditos, nos quais estuda as ideias do famoso político italiano do século XVI (onde estariam as sementes do fascismo do século XX), em confronto com a situação política-social do Brasil, naquela fase de transição, marcada pela Revolução de 1930. Na mesma linha de estudos políticos, em 1933, publica *Destino do socialismo*, onde analisa a doutrina socialista em relação à democracia. Ainda universitário, paralelamente ao interesse pelos fenômenos político-sociais do momento, dedica-se, com grande paixão, ao estudo da arte cinematográfica. Participa da fundação do "Chaplin Club" e colabora ativamente na revista "O Fan", órgão oficial do clube. Nessa época, volta-se também para o ensaísmo literário e publica, em 1935, o livro *Dois poetas* (estudos sobre Augusto Frederico Schmidt e Vinicius de Moraes).

Em 1937, publica dois livros que testemunham o conflito interior em que ele próprio se debatia: a escolha de carreira/caminho, entre a Política (o Poder) e a Literatura (a Alma) — conflito que se expressa no ensaio político *Cristo e César* e no romance *Mundos mortos*. Este, com o tempo, se revelaria como o início da série *A tragédia burguesa* — romance-rio que ocupa um lugar singular na Literatura Brasileira. Decidindo-se pela Literatura, Otávio de Faria empenhou toda sua vida na escrita obsessiva desse labiríntico mural humano, cujo mais fundo sentido é o de ser testemunho de seu tempo, vivido em "carne viva".

Em 1972, Otávio de Faria foi eleito membro da Academia Brasileira de Letras, ocupando a cadeira nº 27, na vaga de Levy Carneiro. Por sua decisão, os dois últimos volumes da série *A tragédia burguesa*, "A atração e a montanheta" e "Novelas da masmorra", só seriam publicados após sua morte. Faleceu de maneira súbita, em 15 de outubro de 1980, durante um almoço de confraternização de intelectuais, oferecido pela União Brasileira de Escritores/RJ, pouco antes da entrega do Prêmio Fernando Chinaglia/1980, que lhe fora concedido pela publicação de *O pássaro oculto*.

Na palavra de Olívio de Montenegro (in *Romance Brasileiro*, 1938):

> Otávio de Faria chamou a si uma tarefa imensa: ir de viseira descoberta, como um audacioso cavaleiro, um intrépido paladino da fé cristã, contra a indiferença e o materialismo sensual dos homens do seu tempo: contra

o langor e a covardia daqueles mesmos que, pela sua missão apostólica, deviam se achar na primeira linha dos que resistem e combatem. Contra essa indiferença satisfeita, esse torpor de inteligência e de alma, que ele viu cobrindo e anulando instituições e homens do seu século, é que, para tocar bem fundo nas suas feridas encobertas, arma-se do seu romance como de uma lança temperada no sangue de Cristo.

Publicações

Romance — Série "A tragédia burguesa" — *Mundos mortos*, 1937; *Os caminhos da vida*, 1939; *Três tragédias à sombra da cruz*, 1939; *O lodo das ruas*, 1942; *O anjo de pedra*, 1944; *Os renegados*, 1947; *Os loucos*, 1952; *O senhor do mundo*, 1957; *Retrato da morte*, 1961; *Ângela ou As areias do mundo*, 1963; *A sombra de Deus*, 1966; *O cavaleiro da virgem*, 1971; *O indigno*, 1976; *O pássaro oculto*, 1979; *A atração e a montanheta*, 1984; e *Novelas da masmorra*, 1985.
Novela — *Memórias de um cão danado e O outro*, 1966; *Novelas da Masmorra*, 1968.
Ensaio — *Maquiavel e o Brasil*, 1931; *Destino e socialismo*, 1933; *Dois poetas*, 1935; *Cristo e César*, 1937; *Fronteiras da santidade*, 1940; *História do cinema*, 1942; *Significação do Far-West*, 1952; *Coelho Neto*, 1958; *Léon Bloy*, 1962.
Traduções — *O processo Maurizius* e *Etzel Andergast* de Jacob Wasserman; *Judas, o obscuro* de Thomas Hardy; *Um milhão de dólares por Vietcong* de Jean Lartéguy; *A mulher de Montmartre* de Joseph Kessel.
Premiação — Prêmio Felipe de Oliveira/ABL (*O lodo das ruas*, 1942); Prêmio Luiza Claudia de Souza/Pen Clube (*A sombra de Deus*, 1966); Prêmio "Golfinho de Ouro" — Museu da Imagem e do Som (*Novelas da masmorra*, 1968); Prêmio Ficção/Instituto Nacional do Livro (*Novelas da masmorra*, 1968); Prêmio Machado de Assis/Academia Brasileira de Letras (*Conjunto de Obra*, 1970); Prêmio Fernando Chinaglia/União Brasileira de Escritores/RJ (*O cavaleiro da virgem*, 1972).

69. ORLANDO BASTOS

A Ficção e a Crise do Sagrado no Mundo Moderno[104]

> O mundo, eu sabia por ouvir dizer, é cheio de mistérios encantados. [...] eu vivia mais para trás do que no atual das coisas. As histórias. Era uma vez. Foi no tempo antigo. Coisas contadas de noite, na beira do fogão, antes do sono chegar. [...] Os senhores não arreparem nas extravagâncias em desuso de minha história, meio confusa. Naquele tempo, lá na boca do sertão, tudo acontecia no passado e pelos avessos. [...] Os senhores estão entendendo o estúrdio sentido das coisas em começo? Eu até hoje não.

É com essas "trelências do guia de cego", aparentemente confusas, que se abre a coletânea de contos *Confidências do viúvo* (1981) de Orlando Bastos, novo escritor mineiro, que estreia já dono de sua arte narrativa. E é acompanhando o labiríntico desfiar dessas "trelências" que nós, leitores, vamos sendo arrastados, sem o sentir, para o cerne dramático deste universo de ficção: *a busca do sagrado ou do absoluto*, de que o homem se viu amputado, desde que a Ciência em progresso lhe roubou a origem divina e o reduziu à pura materialidade, a um ser sem transcendência.

Bem sabemos que, de maneira mais ou menos evidente, essa vem sendo a problemática-nutriz da ficção contemporânea — cada vez mais consciente do *processo literário* que a forja, porque vê nele um *fazer* decisivo para a *sondagem* dos "avessos" da vida. Sondagem que talvez nos leve, um dia, à possível resposta para nossa atual crise existencial/cultural. Mesmo que os eficientes meios de comunicação de massa não nos mostrassem, diariamente e de maneira irrefutável, que o nosso mundo vive um acelerado fim-do-ciclo, a Literatura contemporânea aí está, já

---

[104] Publicado Suplemento Cutural/OESP, nov. 1981; Supl. Lit. Minas Gerais BH, 16/01/1982; "Correio das Artes". J. P., 18/11/1981; e "O Popular", Goiânia, 06/02/1982. (N. da A.)

há anos, nos alertando para o fenômeno. Entre as produções que expressam essa crise, em nível profundo, está a ficção de Orlando Bastos, muito embora pareça que nos está contando apenas pitorescas ou emocionantes estórias dos sertões mineiros.

Como seu personagem Joãzinho Liveira ("o guia de cego" que nascera predestinado, mas não sabia como, nem por que), o autor sonda o tempo e vivências "de antanho", tentando encontrar o caminho certo, em meio a tantas veredas que não levam a parte alguma.

Raramente, ao lermos um livro de estreia, saímos dele com a certeza que nos dá este *Confidências do viúvo*, do mineiro/paulista Orlando Bastos: a certeza de um autor que chegou para ficar. Segundo a apresentação de Antônio Carlos Villaça, este pequeno/grande volume (185 páginas de densa matéria literária) resultou de um lento trabalho de criação que, sem "pressa nenhuma", o autor foi elaborando ao longo dos anos. Circunstância essa, que é sentida logo às primeiras páginas: a escritura literária ali inscrita vai-se espraiando lenta, como se obedecesse ao ritmo natural da vida. É isso, Orlando Bastos (mineiro, há anos radicado na megalópole paulistana) conseguiu burlar a *urgência do viver e do fazer* que aguilhoa a todos nós, homens e mulheres contemporâneos. Conseguiu furtar-se, no plano da criação, ao ritmo acelerado, apocalíptico e antinatural que nos arrasta a todos, nesta era dos "jatos" e dos computadores. E soube obedecer ao seu tempo de semeadura, ao da germinação e ao da colheita. Visceralmente ligado à essência do mundo que sua ficção foi construindo (o mundo perdido no tempo, arraigado no "chão de Minas"), o escritor (ao que indica a maturidade destes escritos) foi escrevendo, desescrevendo e reescrevendo suas saborosas estórias (ou histórias?), no ritmo natural que preside aos aconteceres ali registrados. E é devido a esse ritmo narrativo espraiado e lento, à sua fala seivosa que, desde logo, identifica o primitivo e misterioso "chão de Minas" de antanho, e também pelos aconteceres que, formando a teia narrativa, surgem imbricados uns nos outros de maneira predestinada e misteriosa... que a primeira presença que se impõe ao leitor nestes contos é a do grande inventor dos "Sertões e Veredas" das Gerais. Não há dúvida de que Orlando Bastos é um escritor de "linhagem rosiana".

E mostrando aberta e conscientemente a presença de Guimarães Rosa em seu universo ficcional (vejam-se as inúmeras vezes em que Rosa é citado em seus contos), ele revela sua segurança e maturidade criadora.

Nesse aspecto, podemos dizer que o autor de *Confidências do viúvo* venceu uma das provas mais difíceis a ser enfrentada por um escritor: aceitar a convergência, a força de um Guimarães Rosa. Aliás, a consciência de que um texto literário é a resultante de milhentos de textos anteriores, está vivamente presente em toda a matéria literária aqui trabalhada por Orlando Bastos. E quando afirmamos sua "linhagem rosiana", obviamente não a atribuímos apenas à *ressonância verbal* que o aproxima de Rosa (principalmente nos contos da 1ª parte, "Chão de Minas"... embora sem nenhum modismo rosiano), ou à natureza do amálgama humano que vive ou desvive em suas estórias, ou ao *labiríntico* que singulariza suas estruturas narrativas. Esses elementos ali presentes seriam apenas *índices* superficiais e insuficientes para atribuir-lhe uma "linhagem". Esta pressupõe origens, raízes... E o que se percebe, à medida que a leitura avança, é que ali existe uma funda identidade entre a filosofia-de-mundo que lhe está na origem e a que encontramos no universo rosiano. Eis o que faz de Orlando Bastos um "rosiano". Uma identidade de princípios ou de cosmovisão que, entretanto, não lhe rouba a feição própria ou a individualidade criadora que faz, destes contos, uma obra inconfundível com a do Mestre de Cordisburgo.

Tal como o "rosiano", o universo ficcional deste *Confidência do viúvo* é complexo e ambíguo: ponto de convergência dos problemas mais candentes da *metamorfose cultural* dos nossos tempos e também das mais recentes conquistas da *criação literária*. Tal como o rosiano, o universo criado por Orlando Bastos é também orientado por uma *visão mítica* do mundo e por uma obsessiva preocupação com o *sagrado*. Em ambos, essa *busca do sagrado e do mítico* se processa pelo avesso, isto é, com uma ênfase muito significativa no Mal ou no demoníaco, que está latente ou patente em todas as estórias.

Note-se, porém, que essa preocupação transliterária não pesa na atração literária destes textos. Como toda literatura realmente criadora, as estórias, aqui narradas por Orlando Bastos, valem por si. São das que conseguem agarrar, mesmo o "leitor distraído", desde as primeiras linhas e mantê-lo atento e fascinado até o fim. Seja acompanhando a "trelência do guia de cego", Joãzinho Liveira, com sua predestinação e perplexidades; ou os "desabafos da marafona" Maria das Dores ou Suzete (com seu duro destino tão comum e, ao mesmo tempo, tão seu...) ou, ainda, o tragigrotesco "ódio velho"; a vaidade faraônica de "Balduino"; o "crime mais que perfeito"; as "confidências do viúvo"; o diabólico "gato preto"; o enigma de "devassando mistérios"; a alienação de "Bombons dietéticos"; o alegórico "homem do metrô", etc., etc., o leitor vive e convive com dramas, comédias e personagens que têm o encanto das estórias que, desde os primórdios, conseguem fundir realidade e fantasia.

Entretanto, leituras que ultrapassem esse fascinante nível episódico descobrirão logo que, onde parece haver fantasia, na verdade existe um certo olhar contemporâneo, que não vê limites definidos entre realidade e irrealidade, entre certo e errado, bem e mal; predestinação ou livre arbítrio, vida e morte, Deus e o diabo, e, principalmente, entre passado, presente e futuro.

Dentro de uma das tendências mais vivas do pensamento contemporâneo (na qual se inscreve pioneiramente Guimarães Rosa) — a que busca a *dimensão mítica do Real* e a *significação do sagrado* para o homem de hoje —, Orlando Bastos escreve nestes contos uma verdadeira alegoria do homem contemporâneo, o homem prosaico e automatizado, amputado do sagrado e dos grandes ideais que permitiram, no passado, o heroísmo e a grandeza de viver.

Fazendo um parêntese, chamamos a atenção para a inadequação entre a natureza da matéria literária e a apresentação gráfica da capa (com as figuras de dois homens e uma mulher coquete, em trajes sociais, sugerindo o eterno "triângulo amoroso" que inexiste no livro). Também o título do conto "Confidência do viúvo", escolhido para rotular a coletânea (aliado à imagem sugerida na capa) pode induzir o leitor ao equívoco de esperar do livro algo como "intrigas amorosas", "triangulares" ou não, que ele absolutamente não tem. Na verdade, tanto a capa como o título confirmam o dito de que "as aparências enganam", pois, não sugerem o *dentro* que se oferece ao leitor. Aliás, a banalidade do título, "Confidências do viúvo (Narrativa do farmacêutico)", também não sugere o profundo drama que ali se vislumbra por entre as frestas das aparências (circunstância que está bastante coerente com a matéria do próprio conto). Escolhido para nomear a coletânea, esse conto é, na verdade, uma espécie de síntese dos demais, na medida em que, em todos eles, a aparência não corresponde à essência sugerida. Por outro lado, tal conto seria talvez uma alegoria de nossa situação no mundo. Não estaremos nós (tal qual o farmacêutico sondando os olhos de Marieta), fadados a procurar a verdade das coisas naquilo que elas aparentam? Bem sabemos que sim.

Note-se ainda que, apesar de dividido em três partes (*Chão de Minas*, *Manuscritos Embauzados* e *Contos da outra margem*), este volume de Orlando Bastos apresenta-se como um universo coeso. Sua tripla divisão é epidérmica: só existe na divisão externa do livro e nas mudanças do tipo de narrador. Na primeira parte, a voz-que-fala é de *narradores incultos*, gente que vive nas pequenas comunidades rudimentares (pré-industriais); na segunda parte, a "voz" é de *narradores letrados* que vivem nessas mesmas comunidades (o tabelião, o farmacêutico, o sacristão...); e na terceira, temos *narradores cultos* (de cidade grande, hoje). A inclusão desta terceira parte (cuja ressonância verbal é toda outra) permite-nos concluir que o problema existencial-metafísico colocado por Orlando Bastos é abrangente. Não se trata só das possíveis dúvidas do inculto ou do semiletrado, mas igualmente as do homem culto, tornando bem claro que as respostas a serem conseguidas, no início do novo ciclo que se anuncia para nós, não pertencem estritamente à área do conhecimento racional e inteligente, mas mergulha na área do *enigma* da existência humana — aquela que a Ciência tentou anular, sem o conseguir, e que tem fronteiras com o sagrado, área onde a História adentra o Mito.

Enfim (excluindo-se a apresentação gráfica da capa) há uma orgânica essencial ordenando todas as partes do livro, muito embora ao nível superficial da narrativa possa parecer o contrário. A esse nível, o que avulta de imediato é a *fragmentação*, pois, apesar de nos estar sempre contando uma estória, que se esforça por ter princípio, meio e fim (como o exige o pensamento cartesiano que nos governa), isso não acontece: o *início* se apresenta sempre nebuloso, a *sequência dos aconteceres* é tumultuada e o final, geralmente, ambíguo ou misterioso. Nesse sentido, Orlando Bastos é o protótipo do contador-de-estórias contemporâneo: apesar de parecer que pretende contar tudo, linearmente e com bastante clareza, é na verdade o narrador antilinear por excelência, na medida em que o mundo-hoje perdeu sua lógica tradicional e está perdido no labirinto.

Note-se que nessa fragmentação e indefinição — que marcam todos os contos aqui reunidos — temos o índice mais claro da orgânica do todo: o processo de efabulação corresponde rigorosamente à filosofia de mundo ali inscrita pelo autor. Uma "filosofia" que perscruta o Grande Mistério da Vida: quem somos nós? De onde viemos? Para onde vamos? O que nos cumpre fazer nesta passagem terrestre? São essas as interrogações existenciais-metafísicas que servem de húmus às estórias aparentemente simples deste *Confidências do viúvo*. E, como no plano metafísico de nosso-hoje, tais perguntas ainda estão sem respostas unívocas, também em todas as estórias aqui contadas aparecem, de imediato, as dificuldades para explicar o começo, para concatenar com segurança o suceder dos fatos e compreender com clareza o desenlace ou fim. Já no conto que abre a coletânea, "Joãozinho Liveira", tal atitude aparece:

> De onde vim mesmo, no *princípio do começo*, foi do Corgo Raso, chãozinho de terra onde eu vivia em casa de Sá Rosário, que me tinha pegado para criar *desde uma idade que eu não me lembro.*

Temos aí o problema metafísico colocado em termos de fábula (e que se repete ao longo de todo o livro); o "predestinado" Joãozinho Liveira só nos sabe contar o concreto e o evidente: o local onde mora, com quem mora e desde quando (nada sabe do pai, ou mãe, de onde ou como nasceu ou porque os poderes que lhe atribuíam), verdadeira alegoria da situação do homem no mundo.

Nesse sentido, são muitas as possibilidades de leitura crítica deste livro de estreia de Orlando Bastos. Seja quanto ao processo da *intertextualidade* adotado pelo autor (aceitando-se abertamente como um dos elos da grande corrente literária que vem do fundo dos tempos e caminha para o amanhã), seja quanto à reflexão sobre o *fazer literário* (que reponta constantemente em sua narrativa, ela mesma preocupada com sua maneira de realização); seja quanto à identificação dos impulsos vitais mais fortes (sexo, ira, cobiça...) com as forças demoníacas; seja quanto à diluição de fronteiras entre Realidade e Imaginação ou Verdade e Ficção (diluição que faz parte da consciência-de-mundo do autor e que vai aparecer na própria matéria literária, integrada em sua textura); seja quanto à obsessiva busca do sagrado ou à atração pelo mítico... *Confidência do viúvo* é livro que merece ser lido e meditado. Daí a pungente alegoria que vemos também no conto "O homem do metrô". Não estaremos, nós, tal como essa personagem, vivendo como "tatu por baixo da terra"? Como diz esse resignado personagem:

> Eu, Ulisses tatu do metrô, debaixo da terra. Sem mar e sem jangada [...]
> Ulisses às avessas, por baixo da terra [...]
> Até a hora do *stop!*

É esse "Ulisses às avessas" que caminha pelas labirínticas e seivosas veredas deste *Confidências do viúvo*. Esperamos que ele seja logo descoberto pelos leitores e não se perca na enxurrada das publicações diárias. Vale a pena procurá-lo.

Dados biobibliográficos

Nascido em Minas Gerais em 1919. Radicado na capital paulista. Orlando Bastos revelou desde cedo sua atração pela literatura. "Devorou", desde a adolescência, os clássicos, os românticos e os modernos nacionais ou os mestres universais. Leitor atento da crítica ensaística e das várias teorias literárias, manteve-se sempre fiel a si mesmo, na escolha dos temas, linguagem, problemática. É dos escritores que mais escrevem do que publicam. Além de raro em raro publicar contos na imprensa, acumula seus escritos e os refaz ou retosa constantemente. Aos sessenta anos, decide estrear em livro, com os contos de *Confidências do viúvo*, que receberam de imediato a "louvação" da crítica. Recebe o Prêmio Galeão Coutinho/UBE-União Brasileira de Escritores de S. Paulo. Com o incentivo de intelectuais como Antônio Carlos Villaça, Miroel Silveira, Décio de Almeida Prado, Paulo Emílio Salles Gomes, Alfredo Bosi e outros, decide-se a continuar publicando algumas das milhares de páginas escritas durante anos. Entre suas coletâneas inéditas constam: "Sob o signo de Jó", "O Prato de Perpétua Rosa", "Sortimento de memórias" e "Último Sábado".

Publicações

Confidências do viúvo, 1981; *Itinerário do regresso*, 1983; *De repente, às 3 da tarde*, 1984; *O poetastro* e *A lamparina e a estrela.*

70. OSMAN LINS

O Fiel e a Pedra[105]

A vontade do homem, a vontade do homem... repetia para si mesmo enquanto nadava lentamente. Tomar o medo nos dentes, como um cavalo que morde o freio. A vontade do homem...

Esse obsessivo pensamento do menino Bernardo, enquanto nadava obstinadamente contra a violenta corrente do rio que ameaçava engoli-lo, revela alegoricamente o nervo central da trama romanesca de *O fiel e a pedra* (1961): a funda consciência dos obstáculos que se opõem aos homens, em seus sonhos de atuação no mundo e em sua sede de grandeza interior, de plenitude existencial. Mas se, em seu primeiro romance, *O visitante* (1955), essa consciência era sempre frustrada com o fracasso do homem, com sua fraqueza de caráter, em *O fiel e a pedra* a ótica vai ser outra.

Romance que consagrou seu autor como das grandes vozes do romance brasileiro, *O fiel e a pedra* revela-se fundamente sintonizado, não só com as conquistas formais do romance-século XX, mas principalmente com a nova visão-do-homem difundida, desde inícios do século XX, pela filosofia existencialista (Heidegger). Filosofia que (pós-"morte de Deus") redescobre o ser humano como o "novo centro" do mundo, como a grande força que impulsiona a vida e responde pela evolução da humanidade.

A visão negativa do ser humano, patente em *O visitante*, corresponde à da primeira fase de divulgação do pensamento existencialista, realizada por Sartre, a partir dos anos 1930/40, e que via o homem como um "ser-para-a-morte". Foi sob essa influência, que Osman Lins se iniciou como romancista. Já em *O fiel e a pedra*, a ótica existencialista é outra.

[105] Texto didático in *O Ensino da Literatura*. 1966. (N. da A.)

Corresponde à da segunda fase do existencialismo heideggeriano: a que vê o homem como um "ser-feito-de-tempo". Para além de sua irredutível efemeridade e fraqueza, o ser humano é redescoberto como força e grandeza, da qual o mundo depende para evoluir ou involuir.

É por esse caminho (o do Novo Humanismo, o da nova abertura existencial) que podemos iniciar a leitura deste *O fiel e a pedra* e tendo como elemento de confronto a diferença de visão de mundo entre ele e *O visitante*.

Neste novo romance, Osman Lins passa do mundo romanesco inicial, alicerçado na fraqueza humana, na solidão interior, angústia e incomunicabilidade entre os seres (onde as personagens são criaturas prisioneiras em si mesmas e amordaçadas exteriormente) para o plano da grandeza humana, energizado pela comunicação/comunhão eu-outro, e onde a vontade do homem se mostra em sua plena potencialidade.

A partir da visão do homem como "ser-feito-de-tempo", Osman Lins muda o seu foco de interesse, indo do homem visto como indivíduo isolado, fechado em si, para o homem arraigado em um certo espaço e vitalmente relacionado não só consigo mesmo, mas também ligado ao seu meio social.

Para melhor compreensão dessa passagem do escritor de uma posição para outra, é importante que o jovem leitor parta da leitura analítica do romance anterior, *O visitante*, em seus elementos estruturais: enredo, ação, arcabouço psicológico das personagens, tema básico, espaço, técnicas.

• *Enredo* — A trama desenvolve o lento processo de conquista amorosa, pelo qual a ingênua professora primária Celina é levada a transgredir todos os seus princípios morais. A narrativa vai pondo a nu a mesquinhez do medíocre sedutor Artur e a angústia que assalta a seduzida.

• *Ação* — Desenvolvida em câmara lenta, em atmosfera sombria, a ação se inicia em diálogo e vai se fechando no mundo interior da personagem feminina, no mundo das paixões proibidas e das angústias e frustrações à que elas levam.

• *Personagens* — Artur e Celina são seres fracos e incapazes de reagir às paixões negativas. Em Celina, a incapacidade de reação ao mal (representado por Artur) resulta, em última análise, de suas qualidades positivas (calor humano, generosidade, capacidade de doação) levadas ao extremo. Sua fraqueza interior difere daquela inerente a Artur, na medida em que, nele, tal fraqueza é apenas aparente: parecendo um ser desvalido e inofensivo, Artur é, na verdade, um ser corrosivo, dotado de uma visceral capacidade de destruição.

• *Problemática* — A força do Mal sobre o Bem (na linha existencialista sartriana: "O inferno são os outros).

• *Espaço-ambiente* — Coerente com a essência sombria do romance, a ação se desenrola sempre em ambientes fechados: predominantemente desenvolvendo-se à noite. Não há paisagem natural: o ar livre, sol, terra, plantas... estão absolutamente ausentes. Enquanto em *O fiel e a pedra* a simbiose homem/natureza é essencial.

• *Foco narrativo ou ponto de vista* — O ângulo de visão adotado é o da onisciência parcial. O narrador tem visão total dos acontecimentos e da vivência das personagens, não os revela plenamente. O discurso indireto (que expressa a onisciência total, própria do romance tradicional) substituído pelo discurso direto das personagens. Daí o intenso uso do diálogo e o recurso de *aspas* ou de *verbos explicativos* quando se trata de expressar a fala da personagem. Por exemplo, na cena em que Celina reage com perplexidade e sentimento de culpa o ter-se entregado ao Professor:

> Agora, os olhos estavam pisados, fitavam seu reflexo com um ar desvairado, a fronte lhe parecia violácea e seus cabelos em desalinho imprimiam às feições um quê de apreensiva aflição; sim e todo o rosto era tocado de um halo, um vago esplendor, que o fazia a um tempo extasiado e sinistro: "Não sou a mesma." "Como devo ter ficado grotesca" — pensou, enquanto se voltava. "E não senti nenhum prazer." Se Deus nada ignorava, sabia-a não ser forte. Por que a abandonara então?
>
> "Ele me abandonou — repetia. Não me queria em Sua presença. Foi isto, foi isto."

Em *O fiel...* se dá uma alteração desse foco: no registro do íntimo da personagem desaparecem *aspas e verbos*, que são índices da presença do narrador. Para melhor compreensão do jogo de focos transcrevemos um trecho do romance: o visto/descrito de fora (em itálico) e o mostrado diretamente do personagem (tipo comum):

> *Bernardo abriu a gaveta, pôs o parabellum no coldre.*
> *Antônio estava de pé. Ele se voltou sem encará-lo, estendeu novamente a mão para o chapéu* e, dos pés à cabeça, vibrou: em seu espírito, a morte se fez carne. Oh! Como pudera ser tão cego! Como pudera supor... *Pôs o chapéu no balcão, vestiu o paletó.* A morte: um perfil de pássaro, aguardando-o na estrada. *Esta a razão da pressa, da exigência de Nestor — não queria que a noite fizesse mais difícil a pontaria de Ubaldo.* Podia ficar, seus móveis não haviam seguido, ali ainda era a sua casa, ninguém o obrigava a partir. [...] E Tereza, a agonia, a espera de Teresa?... *Ubaldo no caminho à espreita. Morte de animal, estrago na plantação, falsa tocaia, tudo ele.*

Como se vê, desapareceram os limites entre o narrador e a personagem; suas vozes se misturam. O novo narrador transforma-se numa personagem virtual, dentro da trama. Uma nova técnica narrativa procura expressar essa mudança, que tem na origem o surgimento de um novo herói: o que emerge do caos, em que o mundo do pós-guerra mergulhou.

Aquele anti-herói fraco/amoral, hesitante, vencido ou enclausurado em si mesmo, que vive nos primeiros livros de Osman, é substituído em *O fiel e a pedra* por um novo homem, o do herói contemporâneo, engendrado pelas forças contraditórias do Existencialismo e Marxismo (e da Linguística). Podemos chamá-lo de herói do "novo épico" — aquele que, apesar da fraqueza e efemeridade inerente ao humano, descobre em si a grande força de resistência aos embates da vida e garante a continuidade/perenidade da Humanidade no Tempo.

Em *O fiel e a pedra* afirma-se, pois, o novo homem, aquele do pós-Positivismo (a quem a ciência roubou seu centro sagrado e reduziu o humano a si mesmo, pura matéria, sem a certeza de valores absolutos que o amparassem). Bernardo Vieira Cedro é esse homem "descentrado", mas dotado de extraordinária força interior, "centrado" em si mesmo.

É o homem que indaga, teme, duvida de si e de suas soluções, que hesita interiormente diante das forças antagônicas, mas que tem aceso em seu íntimo um fogo de indomável força que, nos momentos de crise, o leva a vencer a si mesmo ou aos outros. Já pelas epígrafes que (tal como nas novelas arcaicas) abrem cada capítulo, antecipando os acontecimentos, vai-se criando no espírito do leitor uma atmosfera épica, fronteira à grandiosidade da tragédia clássica. Sua trama registra a história de um homem e de sua mulher: Bernardo e Teresa, habitantes de uma região do Nordeste, onde vivem anonimamente as vicissitudes do dia a dia, as pequenas/grandes tragédias da luta dos desvalidos pela sobrevivência em dignidade.

Através dessa intriga simples (mil vezes explorada pelos romances regionalistas), *O fiel e a pedra* narra a epopeia de um homem. Embora localizado numa zona rural e desenvolvido através de situações decorrentes das relações entre senhores e assalariados, este romance transcende de muito aquele enquadramento do homem no seu complexo natural/social, que foi característico do regionalismo de 1930. No homem Bernardo o que avulta não é apenas a verdade social de seu comportamento determinado por certas coordenadas regionais, mas é a sua vontade psicológica. É a vontade do homem determinada por uma obscura, mas poderosa essência, que molda gestos, decide destinos. *O fiel e a pedra* alimenta-se de húmus mítico. Bernardo seria a projeção do Ulisses homérico, nos dias de hoje.

A trama

A trama romanesca é expressa numa narrativa linear, que se inicia em um momento de crise, quando tudo parece ruir à volta de ambos, Bernardo e Teresa, e que prossegue pelo desenrolar da ação, em sua ordem cronológica. No plano presente da ação, são introjetados continuamente planos de ação retrospectiva, os quais mostram a força atuante do passado sobre o presente. Todos os fatos passados, rememorados pelas personagens, têm sempre íntima relação com algo do presente. O plano presente abarca: a morte do filho de Bernardo e Teresa; o convite de Miguel Benício para Bernardo trabalhar como barranqueiro no Engenho do Surrão; o ódio latente de Nestor Benício por Bernardo; a venda fictícia das casas e do Engenho de Miguel para seu irmão Nestor; o assassinato de Miguel; a guerra sombria e odienta de Nestor contra Bernardo para forçá-lo a transigir e, finalmente, a eclosão da tragédia: o enfrentamento de morte entre Bernardo e Nestor com seus capangas.

O foco narrativo

Toda a trama se enreda através de três focos narrativos, ou melhor, através da visão de três personagens: Bernardo, Teresa e o sobrinho Ascânio. Pela evolução do romance, o casal se confirma como eixo da trama, enquanto Ascânio permanece como que marginal a ela, sem que se perceba realmente qual seu legítimo lugar em meio aos acontecimentos. A insistência na figura de Ascânio, que volta e volta na trama, nos leva a crer que para o romancista se trata de uma presença importante na engrenagem dramática. Mas, na verdade, pelo tratamento que lhe é dado, ele permanece ali como algo circunstancial[106].

O que fica evidente, nesse caso, é que há um contraste importante entre o adulto Bernardo e o adolescente Ascânio. O primeiro é o ser voltado para a ação, para os valores da vida ativa, para o homem consciente de suas relações com o mundo à sua volta e consigo mesmo. O segundo é o ser voltado para a vida interior, para o espírito, para o mistério da existência, do fluir do tempo e para o enigma da morte. Esse dualismo de visões de mundo está permanentemente presente no desenrolar da trama que, como dissemos, tem raízes no Mito.

[106] Cabe aqui abrir um parêntese para informar que, ao ler este estudo publicado, Osman Lins entregou-se a reformular cerca de metade do romance, dando a Ascânio o lugar que lhe cabia de fato na trama. Tal reformulação sai publicada a partir da 2ª ed. (1967). Como curiosidade: segundo nos disse o próprio Osman, Bernardo e Teresa teriam como fonte as figuras de seus tios, e Ascânio era ele mesmo, adolescente. (N. da A.)

O lastro mítico

Os *nomes* dados às personagens são os *índices* que podem levar o leitor a descobrir a relação que existe entre o romance e o seu lastro mítico/histórico, ligado à *ação fundadora* do homem sobre o mundo à sua volta.

Ascânio — Recorrendo à memória dos mitos, descobre-se que Ascânio é figura da mitologia grecorromana. Tal como foi cantado por Virgílio (*Eneida*, séc. II a. C.), Ascânio era filho de Creusa e Enéias; herdou o trono de Lavínio e fundou o reino de Alba, raízes do futuro e poderoso império romano. Ascânio é, pois, nome ligado à ação fundadora de reinos.

Cissone — No romance, ele é filho de *Cissone*, atraente e enigmática mulher, que lembra a figura mítica de Cissei Hécuba. Esta era filha de Cisseu, rei da Trácia. Ao ser engravidada por Príamo, Cissei sonhou que tinha em seu seio uma tocha acesa. Decifrando o sonho, o Oráculo predisse que a criança que ia nascer seria a ruína de Troia. Profecia que se cumpriu com o tempo, pois Páris, ao se apaixonar por Helena, foi a causa da Guerra de Troia e de sua destruição pelos gregos. Em *O fiel e a pedra*, Cissone dá à luz Ascânio, que é um "iluminado", um espírito de escol, diferente dos outros. O contínuo confronto entre a sua personalidade e a de Bernardo é uma das "chaves" para se penetrar na problemática do romance.

Bernardo — Dentro dessa linha de forças, o mais provável é que o nome Bernardo esteja ligado ao de São Bernardo de Clairveaux (séc. XII d. C.), uma das maiores figuras do cristianismo, que fundou a Abadia dos Beneditinos de Clairveaux e pregou a Segunda Cruzada; escreveu um Tratado de Teologia e foi conselheiro de reis e papas. Tal como o santo do século XII, o Bernardo do romance é um homem de coragem, de ação e de objetivos elevados.

Lucinda — É a mãe de Bernardo. Seu nome está claramente ligado ao da deusa romana, *mater-familias*, Juno Licina, termo que indicava o império da luz noturna e consequentemente os fenômenos controlados pela Lua. No romance, Lucinda é a extraordinária mulher, incontestável fonte de vida, base, pedra angular da personalidade de Bernardo.

E na hora do desgoverno ele sentia que essa voz — essa mulher — era a sua lei, um edifício erguido, o seu clarão, seu firme bater de coração.

Cedro — O sobrenome da família, "Cedro", também carrega um grande valor simbólico. Em seu significado literal, Cedro é uma grande árvore de porte majestoso, que chega a ter 40 metros de altura. O mais famoso é o "cedrus Libani" (cedro do Líbano), que produz um tipo de madeira muito resistente à destruição. Muito usado em construções navais. Em sentido figurado, o termo "cedro" significa o que há de mais nobre e elevado nas coisas e pessoas, e é incorruptível ao tempo.

Todos esses elementos se conjugam na formação do caráter de Bernardo. Num crescendo de grande força, o romance vai revelando o seu muito humano herói, preso a um meio estreito, mesquinho e hostil, porém projetando-se ele próprio num plano superior que o nivela aos grandes heróis do mundo, àqueles seres excepcionais que, com sua vontade, determinação e grandeza interior, resistiram às forças que tentaram destruí-los.

Teresa — O nome de sua mulher, Teresa, também aponta para a ação fundadora do ser. Dentro da mesma linha de pensamento, parece evidente que a escolha desse nome se deveu à figura da Santa Teresa de Ávila (séc. XVI), fervorosa e infatigável religiosa espanhola que, com a ajuda de São João da Cruz, fundou a Ordem do Carmelo, abriu 17 mosteiros carmelitas para mulheres e 15 para homens. Ao acompanharmos a presença de Teresa no romance, veremos as fundas relações que ela mantém com a figura dessa famosa santa, cuja força de ação nem o Tribunal da Inquisição conseguiu enfraquecer.

A grandeza humana

Em *O fiel e a pedra*, a vida cotidiana e os mais prosaicos gestos da luta pelo ganha-pão adquirem foros de grandeza épica. Não é mais contra monstros, gigantes ou deuses enfurecidos que o herói moderno precisa oferecer combate. É contra a surda corrupção engendrada pela força que move o novo mundo: o dinheiro, o lucro — símbolos de realização do homem, cidadão do *cyberspace*. Dolorosa e paradoxal realização do ser porque, na maior parte das vezes, exige em troca a destruição do próprio ser e de sua verdade.

A fidelidade de Bernardo à sua verdade mais funda é sua resistência à destruição de seu ser. Embora duvidando de si mesmo, recriminando-se pelas atitudes adotadas, contrariando a vontade dos outros (o pedido de demissão do emprego, por não querer pactuar com o roubo dos seus superiores; a negativa à proposta de Miguel Benício quanto à compra fictícia das casas, etc.), Bernardo não quebra aquela obscura e profunda fidelidade à sua consciência. Leia-se, por exemplo, a cena em que Bernardo enfrenta Nestor Benício e seus cabras — cena que ficará na literatura brasileira como um dos exemplos mais altos da grandeza do homem, ao vencer, ao mesmo tempo, sua própria fraqueza e as forças enormes que, do exterior, investem contra ele. Nessa cena final do romance, torna-se evidente o paralelo que o autor estabelece entre o seu romance e a *Eneida*, ao fazer contrastar o último combate de Enéias, enfrentando Turnus, o heroico filho de Daunus, e o de Bernardo, enfrentando Nestor e seus capangas. É de notar, ainda, que, no romance, Bernardo não é identificado com Enéias (o protegido de Júpiter e herói inviolável devido ao escudo dado por Venus), mas sim com o seu contendor, Turnus, que no supremo momento do combate se vê abandonado dos deuses e até da ninfa Juturna, sua irmã. Assim, é com esse herói desvalido, despojado das forças sobrenaturais e reduzido à dimensão de simples mortal, que o romancista identifica Bernardo. Tanto Turnus, quanto Bernardo, estão consciente do próprio desamparo, todos dois sentem a morte chegar e temem. Tal como Turnus recebe o presságio da morte sob a forma do pássaro agourento, que se arremete contra o seu escudo, Bernardo visualiza a morte próxima como "um perfil de pássaro, aguardando-o na estrada": o perfil de Ubaldo.

Frente ao presságio da morte, Turnus sente-se paralisar:

> Um topor desconhecido enfraqueceu os membros / daquele aterrorizado (herói) e (seus) cabelos erguidos pelo horror; / e (sua) voz estrangu-

lada na garganta./ Os joelhos vergam, o sangue gelado converteu-se em gelo.

Da mesma forma, Bernardo:

> Seu rosto era de gesso, a boca endurecera, como fora difícil falar! E a mão direita pesava... / A paisagem lembrava essas pessoas que agonizavam lúcidas e falam da gélida dormência que se apodera dos pés, das pernas, dos flancos e sobe ao coração, até que um estertor...

Há uma extraordinária lição de vida nessa cena final de *O fiel e a pedra* (principalmente pela dimensão que lhe dá o paralelo estabelecido com o poema virgiliano): não importa o grau e a intensidade dos obstáculos que se ergam diante do homem; não importa o quão abandonado de auxílios exteriores ele esteja, pois o que vale é a sua força interior, é a sua essência. Bernardo fez o que Turnus não conseguiu por sentir-se abandonado dos deuses. Turnus não temia os homens, temia a ira dos deuses:

> Tuas violentas palavras não me atemorizam, feroz (guerreiro); / são os deuses e Júpiter hostil que me aterrorizam.

Turnus não havia descoberto a força que vive latente no homem, à espera de ser usada. Aceita a própria fraqueza, humilha-se, suplica piedade a Enéias... e é vencido.

Em Bernardo, está o herói que teme, que duvida, o herói desvalido de poderes exteriores, o herói que hesita frente às forças que se erguem contra ele, mas que não cede nunca ao mal, por manter-se continuamente fiel a si mesmo, aos seus princípios morais norteadores. O herói que, na defesa desses princípios, mantém uma luta sem quartel à verdade coletiva, quando esta assume a dimensão de uma força negativa e destruidora do ser autêntico.

E foi assim que, ao cabo dos anos, a vida domada parecia-lhe "um velho bicho selvagem, adormecido a seus pés."

Ainda na esfera da simbologia, apontamos para outro artifício no desvendar valores, sem dúvida inspirado em um procedimento épico. Trata-se do primeiro encontro de Ubaldo com Bernardo, no armazém, onde o primeiro e seus capangas forçam a entrada. Notar o gesto de Ubaldo retirando o peso da balança, gesto repetido por Bernardo: "O fiel oscilou e ficou na vertical."

A chave do simbolismo desses gestos vamos encontrar ainda na *Eneida*, quando no início do combate de Enéias e Turnus, Júpiter põe em cada prato da balança o valor dos combatentes, para ver para onde oscilaria a agulha, mostrando o vencedor. Note-se que nas duas vezes em que a balança foi tocada (primeiro por Ubaldo, depois por Bernardo) o fiel manteve-se na vertical. Simbolicamente, o romancista nos diz que aqueles dois homens, aparentemente tão diferentes, têm, no fundo, a mesma força moral, igualam-se como heróis. É esse mesmo Ubaldo que, na cena final, decide do destino de Bernardo, impedindo a última bala que viria matá-lo. É um homem fiel à sua força interior, que soube reconhecer no inimigo um semelhante: "[...] Um macho desses carece viver."

O título

Quanto ao título do livro, Bernardo é o *fiel* (agindo sempre de acordo com seu ser autêntico); Teresa é a *pedra*, "um peso fixando a vida", dando a dimensão definitiva aos gestos, ao mundo de Bernardo. Como pedra também é a vida, que o homem com obstinada paciência deve amoldar, tal qual o fez Bernardo com a pedra que é transformada em mó para o moinho.

> Ah, Teresa, salva-me do mal, de todo o mal!

Elevada é a visão da mulher registrada em *O fiel e a pedra*. Bernardo e Teresa são o Homem e a Mulher, são os seres que se completam e se fundem numa comunhão absoluta, augusta e silenciosa. Em momentos de crise ou de calma, um está sempre no espírito do outro como princípio e como fim da vida.

> Ah, Teresa era silenciosa, era silenciosa, mas o seu era um silencio vivo, um silêncio de fonte, agora sufocado. Como viera acrescentar-se a ele aquela mulher frágil, de que maneira profunda e dolorosa?
>
> [...] Bernardo é as minhas raízes.

Essa profunda comunhão mostra-nos dois seres que parecem integrar uma só realidade vital... forte, serena, abissal. É esse um dos aspectos mais bem realizados no romance, não só como verdade humana, mas também como estrutura estética.

O fiel e a pedra alinha-se entre os mais bem logrados romances da ficção contemporânea brasileira. Em sua essência, é uma mensagem de otimismo vital, um verdadeiro auto-de-fé no Homem. O clima épico-lírico, que dele se evola da primeira à última página, já está bem distante daquela sensação de náusea ou de absurdo que torna asfixiante a atmosfera de certa linha de romances contemporâneos. Sem dúvida já franqueamos as fronteiras de um novo humanismo, uma nova atitude vital simbolizada pela fidelidade visceral de Bernardo à própria essência, ao ser autêntico, contra o qual se erguem as forças destruidoras da ambição, do vício, das paixões descontroladas, mesquinhas e estéreis.

Dados biobibliográficos

Romancista de força maior, contista, ensaísta, dramaturgo, Osman Lins nasceu em 1924 em Vitória de Santo Antão (PE). Ao nascer, perde a mãe e é criado pela avó e por um casal de tios. Em sua terra natal fez os estudos básicos. Em 1941, muda-se para o Recife, onde começa a publicar na imprensa seus primeiros escritos de ficção. Em 1943, entra numa crise de desencanto em relação à sua escrita e suspende sua colaboração nos jornais. Ingressa no funcionalismo público e faz o curso de Finanças na Faculdade de Ciências Econômicas da Universidade Federal do Recife (1944-1946). Durante esse período, começa a escrever um novo romance, no qual trabalha durante cinco anos, mas, ao terminá-lo, relega-o ao esquecimento. Em 1952, tenta novamente assumir-se como escritor e começa o romance *O visitante*. Publicado em 1955, alcançou imediato sucesso de crítica e de público, recebendo o Prêmio Fábio Prado/Academia Pernambucana de Letras e Prêmio Coelho Neto/Academia Brasileira de Letras.

Seguem-se novas publicações e novos prêmios (Prêmio Monteiro Lobato/São Paulo, Prêmio Vânia Souto Carvalho/Recife e Prêmio Prefeitura de São Paulo, concedido ex-aequo a Ricardo Ramos). Nos anos 1960, passa a escrever peças de teatro e se inscreve no Curso de Dramaturgia na Escola de Belas Artes-Universidade de Recife. Em 1961, estreia como dramaturgo com a peça *Lisbela e o prisioneiro*, representada no Teatro Mesbla (RJ), pela Cia. Tônia Carrero/Adolfo Celi/ Paulo Autran. Peça que foi, posteriormente, transformada em filme por Guel Arraes. Ainda em 1961, viaja à Europa, com bolsa-prêmio da Aliança Francesa. Nessa viagem cultural, entra em contato com a arte medieval dos vitrais — a preciosa arte das catedrais, cujos fragmentos de vidro coloridos vão compondo a vida dos santos, as parábolas bíblicas. Apaixonado por essa arte do fragmentário iluminado, que testemunha a cosmovisão religiosa dos homens de ontem, Osman Lins mais tarde tenta transpô-la para a sua criação novelesca. A intenção básica era romper os limites entre a arte espacial e a verbal (ou entre a esfera religiosa e a leiga). O primeiro fruto desse projeto foi "Retábulo da Santa Joana Carolina" (incluído em *Nove, novena*).

Em 1961, ao voltar da viagem, inicia uma nova etapa em sua vida: termina seu primeiro casamento e, como funcionário do Banco do Brasil, transfere-se do Recife para São Paulo, onde prossegue sua fecunda carreira de escritor. Publica *O fiel e a pedra*, cujo sucesso imediato é assinalado pelo Prêmio Mário Sette/UnB/União Brasileira de Escritores. Nesse mesmo ano, a peça *Lisbela e o prisioneiro* é representada no Teatro Municipal de São Paulo, em récita extraordinária, por ocasião da entrega dos Prêmios Sacis, atribuídos aos escolhidos na área teatral de 1961. Em 1963, novo sucesso teatral: *A idade dos homens* (encenada no Teatro Boa Vista). Publica o relato memorialista *Marinheiro de primeira viagem*. *O fiel e a pedra* é lançado em Portugal. Nesse período, conhece a escritora Julieta Godoy Ladeira, por quem se apaixona e com quem se casa em 1964, vivendo ambos um intenso amor. Em 1965, sua peça inédita, "Guerra do Cansa Cavalo" recebe o Prêmio José de Anchieta/Conselho Estadual de Cultura de São Paulo. Em 1966, publica os contos de *Nove, novena*, escrita experimental, que busca a objetividade e simplicidade dos fragmentos de vida que compõem a aventura humana, em seu dia a dia. Como disse o próprio Osman, com essa nova escrita estruturante, ele buscou "a nitidez da arte do vitral", tal como a criou a Idade Média, "época não antropocêntrica, mas teocêntrica, de modo que os artistas [...] tendiam a ver as coisas como se eles não tivessem fixado um único determinado lugar [...], o que levava a uma visão muito mais rica da realidade e não limitava a visão das coisas à condição carnal (do olho humano)." (in Entrevista. Escrita. SP, 1976).

O empenho em transformar a aventura humana numa escrita que expressasse sua verdade mais profunda, de maneira mais plena, foi sempre a meta perseguida obsessivamente por Osman Lins até seu último momento de vida. Faleceu em 1978, depois de um prolongado sofrimento com o câncer que o acometeu. Sua obra representa um dos pontos altos da Literatura Brasileira contemporânea e, já hoje, objeto de uma fortuna crítica que a consagra definitivamente como arte maior.

Publicações

Ficção — *O visitante*, 1955; *Os gestos*, 1957; *O fiel e a pedra*, 1961; *Nove, novena*, 1966; *Avalovara*, 1973; *A rainha dos cárceres da Grécia*, 1976.
Teatro — *Lisbela e o prisioneiro*, 1961; *Capa verde e o natal*, 1967; *Guerra do cansa-cavalo*, 1967; *Santa, automóvel e soldado*, 1975; *O diabo na noite de natal*, 1977.
Ensaio — *Marinheiro de primeira viagem*, 1963; *Guerra sem testemunhas*, 1969; *Lima Barreto e o espaço romanesco*, 1976; *Problemas inculturais brasileiros*, 1977; *La Paz existe?* 1977 (em colaboração com Julieta de Godoy Ladeira); *Evangelho na taba*, 1979 (post.).
Roteiro TV — *Casos especiais* ("Quem era Shirley Temple", "Marcha fúnebre" e "A ilha no espaço"), 1978.

71. OSÓRIO ALVES DE CASTRO

Porto Calendário
Uma saga do Vale do São Francisco[107]

> Nascerão e caminharão sobre a face da terra, para a frente, com as águas do rio. E passarão por muitos portos.

É assim que brotam os homens que povoam este tumultuado *Porto calendário*, romance que o baiano Osório Alves de Castro (paulista por adoção) escreveu nos anos 40 e aguardou vinte anos para sair à luz, na Coleção Terra Forte, pelas mãos de Paulo Dantas.

Romance-testemunho da dura aventura humana no Vale do São Francisco, desde os idos do entresséculos XIX-XX, *Porto calendário* é vivido por heróis ou anti-heróis, homens e mulheres que parecem brotar no mundo com a força natural e espontânea das coisas da natureza, e fundamente identificados com o meio agressivo que os rodeia.

Manejando uma linguagem oral, espontânea, truncada, às vezes hermética, Osório consegue fixar a fluidez da fala dos homens que vivem ou desvivem nas regiões ribeirinhas do Rio São Francisco, onde ele nascera e vivera até, homem feito, mudar-se para São Paulo. Ali, ambiente e criatura, natureza, homem, animais e coisas fundem-se numa só humanidade, tal como a linha rosiana viera expressar e abrir novos caminhos para a descoberta da dimensão regionalista brasileira. Caminho que Osório já vinha trilhando, sem dúvida, por ter sido tocado pelos mesmos "ventos" que tocaram Guimarães Rosa. Curiosa convergência que só o mistério dos aconteceres pode explicar.

---

[107] Fusão de textos publicados in NNC. *O ensino da literatura.* 1966; Revista Alfa. FFM. Marília.1963 e Palestra "Porto Calendário" in Biblioteca Mário de Andrade. SP, 1963; "Jornal de Letras". RJ. Março/1963 e *Caravelle* (nº especial consagrado ao Brasil), França, Universidade de Toulouse, 1965. (N. da A.)

Em conferência, feita na Universidade de Filosofia de Marília, depois da publicação de *Porto calendário*, em 1961, Osório falou dessa convergência e de seu assombro/entusiasmo quando leu, em 1956, *Grande sertão: veredas*; descobriu Guimarães Rosa e se animou a publicar o original guardado na gaveta.

> Quando Guimarães Rosa lançou o *Grande sertão: veredas*, o país inteiro o recebeu espantado, gritando: É um absurdo! É uma invenção! [...] Para mim foi um chamado. Ouvi e atendi à linguagem de um escritor falando para o Universo, com a sua audácia, o seu gênio, a mesma linguagem que ouvi em minha casa, em minha cidade e dos habitantes do grande vale, atualmente visto pelos "experts" do desenvolvimento, caçadores de dividendos, como um simples episódio de trânsito. Encorajei-me à apresentação (de meu romance). Um livro é um filho que o Universo põe em nossas entranhas e tem que nascer. Nasce ou nos mata.

Vencidas as dificuldades editoriais, *Porto calendário* vem a público em 1961, imprimindo, ao lado dos livros de Guimarães Rosa, uma densidade maior à literatura regionalista brasileira. Um, através da metafísica, das transcendentes interrogações do espírito, expressas em uma linguagem inaugural, quase enigmática; o outro, através do caldo de uma rude generosidade, ternura e amor pela humanidade, com que vai moldando suas sofridas personagens. Ambos arrancando do informe uma linguagem oral, truncada, por vezes hermética — mais reinventada estilisticamente por Guimarães e mais espontânea e rude em Osório. Cada qual com a sua arte, tentaram (e conseguiram) fixar a natureza fluida e primitiva da fala dos homens que vivem ou "desvivem" nas regiões ribeirinhas do São Francisco ou no coração do Sertão. Por ocasião do lançamento de *Porto Calendário*, J. Herculano Pires se refere a essa convergência — Osório/Guimarães:

> Osório Alves de Castro se arranca das páginas de Guimarães Rosa para contar as histórias deste *Porto calendário*. É um urucuiano. Nasceu embalado pelos braços do mineiro Rio Urucuia, afluente do baiano São Francisco. Antes, muito antes que Guimarães Rosa escrevesse *Sagarana*, já Osório escrevia suas histórias. [...] Quem leu Guimarães e agora encontra Osório,

há de perguntar: quem nasceu primeiro? [...] Guimarães nasceu primeiro em letra de forma. Mas nesse tempo Osório já era. E quem pode saber se Guimarães também já havia sido? A verdade é que produtos das mesmas águas, ambos não se conheciam (mas pertenciam à mesma região fronteiriça: Minas e Bahia ligadas pelo grande rio).

Na verdade, ambos (cada qual ao seu modo e arte) lograram captar o mundo regional, através de um prisma universal. Osório se autorrevela no seu comovente herói, o Pedro-Voluntário-da-Pátria:

> Converso porque tenho afirmação: vem dos antigos sem rodeios. [...] Tenho represadas na cabeça vozes e vozes confirmando, crescendo aqui no pensamento, como lagamá nas águas.

Na voz do romancista ressoam a idade e a sabedoria dos séculos; e nesta rude saga faz-nos reencontrar muitas das realidades já pintadas por outros, mas dando-nos, delas, outros tons, outras profundezas. Na convergência de ambos os romances — diferentes frutos de terras fecundadas pelas mesmas águas, temos diferentes olhares que devassam um pedaço do Brasil que, desconhecido da maioria dos brasileiros dos centros urbanos, surge para estes como algo tão distante e estranho, como as neves do Himalaia ou os desertos asiáticos; e que, no entanto, é parte do nosso solo, da nossa história, da nossa raça e realidade humana. Sem dúvida, a literatura é dos grandes meios de os brasileiros conhecerem a própria terra — "arquipélago de culturas" (como disse Viana Moog) — e as semelhanças ou diferenças que se conjugam na identidade nacional ainda em processo.

É essa realidade transfigurada em arte, que encontramos na literatura regionalista e o que nos dá *Porto calendário*. Lenheiros, remeiros, santeiros, jagunços, vaqueiros, lenhadores, coronéis, mulheres gastas e sofredoras... pululam no mundo do São Francisco, no alvorecer do século XX. Aí convivem, cada qual com seu destino a aprisioná-los, vivendo no limiar de um mundo de barbárie que começava a findar e, confusamente, pressentindo um outro que nascia com o novo século: um mundo onde a palavra "liberdade" não seria mais confundida com "autoridade", conforme a interpretação dos "donos".

Pedro-Voluntário-da-Pátria, o lenhador e ex-combatente do Paraguai, é ali o símbolo daquele que já nasce condenado à eterna luta pela sobrevivência e à eterna miséria sem horizonte. Valoroso e desvalido, encarando de frente sua condição, Pedro serve generosamente, com o heroísmo anônimo de uma potência que se dessangra aos poucos, esmagado pela terra e pelo poder arbitrário dos superiores. Arregalando "os olhos sujos pelos anos" ele percebe o seu destino de degrau para os outros subirem, e, obscuramente, sente o orgulho de haver feito a sua parte na vida. Não há revolta nos apagados heróis de *Porto calendário*; não há angústia. O que existe é uma profunda aceitação da própria condição humana.

> Barca, temos a mesma sina. Tu, rio acima e abaixo transportando as serventias, eu, cortando lenha e ajudando a vingar Santa Maria da Vitória.

Generoso e doativo, Pedro é um entre os milhares que procuram cumprir seus destinos, lutando de sol a sol, esperando apenas que a rapadura e a farinha não faltassem para as bocas que precisavam ser alimentadas. E também que os homens reconhecessem que ele estava gastando, naquilo que dele exigiam, até a última fibra de seu ser. Porém nada respeita sua luta pela vida. E como a barca se extingue no esforço com que serviu, Pedro-Voluntário-da-Pátria sucumbe no posto que a vida lhe reservara.

> Pau-d'arco se eu pudesse não lhe derrubaria. Mas você está morto. Irei também com você. [...] O tam tam do machado começou a bater seco, compassado e só o rangido dos serra-paus misturava-se no compasso dos golpes. Na cabeça de Pedro-Voluntário-da-Pátria o tumulto dos diálogos perdia-se nos abismos. [...] Estrondando, o tombo da árvore seca misturou-se com um gemido surdo, perdendo-se no silêncio da mata.

Impressionante a contensão dramática com que Osório eternizou aquele pungente final de vida. Só um "gemido surdo" marca o fim daquela caminhada obscura e silenciosa, como a de seus irmãos de sorte, de cujas pegadas anônimas, deixadas no trabalho feito, surgia o progresso e a civilização. O silêncio abafando a dor é o que impera nos tristes heróis são-franciscanos. "Resistir era a honra do remeiro. [...] Ai daquele que se deixasse vencer pelo cansaço e pela dor. Ficaria arrenegado..." Orindo Brotas — símbolo daqueles que escapam ao fatalismo da região e fogem para a "cidade grande" — é outro dos heróis anônimos, alimentados por uma indômita coragem. Nem o seu peito chagado pela vara, "como uma cama de pus onde uma brasa se apagou", fazia-o pestanejar. "Remeiro do São Francisco não pode parar, é como o mundo."

Este *Porto calendário*, com mais agudeza do que certos estudos de psicologia social, mostra-nos que a estrutura do caráter e o estilo de vida do homem são demarcados pelo cenário social que o espera ao nascer. Sua visceral necessidade de preservação individual obriga-o a submeter-se às imposições do meio dominador. Que outra explicação teríamos para justificar a resignada e supersticiosa submissão que marca a massa humana oprimida? Como compreendermos, por exemplo, a patética e dolorosa odisseia do sal, vivida por Orindo Brotas? Triste odisseia que arrasta a barca e seus heróis anônimos rio acima, consumindo léguas e homens com sua voracidade de abutre. Fechando os olhos, parece-nos ver "o São Francisco, barra fora, na retidão arrastando destinos", que são "como ilha mansa no meio daquele sertão isolado e reproduzindo-se com suas próprias forças e continuidade das tragédias".

Dois planos simultâneos e intersecionados forma o corpo desse romance-mural: o *plano humano*, transfigurado artisticamente em sua tragédia e grandeza interior e o *plano sócio-geográfico*, objetivo e poderoso. Os homens, nesse relato febril, nada mais parecem ser do que agentes do poder da Natureza, que decide de tudo e de todos. Testemunhas da própria escravidão, obscuramente assumem-na, adaptam-se a ela, como os cascos limosos das barcas comungam com as águas barrentas e como as lâminas dos machados penetram nos troncos duros, para que a vida de alguém prossiga.

Espécie de "rapsódia bárbara" (como alguém o definiu), *Porto calendário* se desenrola através da luta entre a Natureza e a Lei que pretende se impor, para ali criar uma nova Ordem. Daí a funda relação entre coronéis e jagunços, traições e devoções, injustiças e ambições pessoais que pretendem realizar o bem coletivo. Aparentes paradoxos que, em essência, estão na origem de todas as nações: a aceitação inicial da barbárie como degraus em direção à civilização. É através dessa ótica que podemos entender a presença despótica dos poderosos: Major Conrado Sessenta, Coronel Kelemente, Coronel Bê Martins... e perguntarmos: até que ponto poderiam ser responsabilizados pelo abuso do poder? O autor parece ter-se feito essa pergunta, difícil de responder, quando os vemos agindo naquele mundo primitivo, onde quem não subjuga é subjugado, e onde parece que só a autoridade violenta consegue construir. Daí, talvez, o calor humano com que, em muitos e muitos momentos, o autor os apresenta.

Porto calendário não é um lamento de urucuiano; é um vivo testemunho do mundo contraditório de um Brasil ainda em formação, onde se chocam potentes ímpetos de vida, em luta contra obstáculos a serem vencidos para que um novo mundo seja construído.

Dados biobibliográficos

Romancista, espírito humanista e lutador, autodidata e dono de uma respeitável cultura literária, alfaiate por ofício, Osório Alves de Castro nasceu em 17 de abril de 1898, em Santa Maria da Vitória (Bahia) no médio São Francisco.

Desde cedo aprendeu a desenvolver forças de resistência contra as adversidades do meio rústico e pobre, dominado pelas oligarquias do poder. Cresceu, vendo de perto as transformações do povo do Vale do São Francisco: o progresso de cidades nascendo e crescendo com o comércio de mantimentos ou com a chegada de pequenas fábricas, e o drama de cidades sumindo, devido às grandes migrações de mão de obra, principalmente em direção aos cafezais paulistas.

Na juventude, atraído pelas letras, escreve pequenos artigos ou crônicas na imprensa local, o que lhe valeu problemas com os donos do poder. De caráter íntegro e intransigente, provocou muitas desavenças com autoridades locais.

Já casado, na década de 1930, muda-se para São Paulo. Fixa-se em Marília, cidade interiorana, onde abre a alfaiataria Rex, que se torna ponto de encontro dos intelectuais da cidade. Tornou-se uma pessoa conhecida e respeitada por seu caráter e cultura. Começa a escrever artigos sobre temas do momento e histórias do São Francisco, para o "Diário Paulista" (fundado em Marília por J. Herculano Pires e que teve pouca duração, por razões econômicas). Um desses artigos se tornou polêmico, pois fazia certas críticas ao recém-publicado romance *A quadragésima porta* (1943) de José Geraldo Vieira, nome já consagrado e, na época, residindo em Marília. Essa crítica acabou por aproximar os dois, e o escritor carioca se tornou frequentador do grupo que se reunia na Rex. (Na década de 1960, quando as circunstâncias da carreira universitária levaram-me a acumular a docência na USP com cursos de fim de semana na UNESP-Marília, tive o privilégio de ficar conhecendo e ganhar a generosa amizade de Osório).

Personalidade discreta, riso difícil e fisionomia fechada, na verdade, disfarçavam um coração imenso, que sofria com as desigualdades e injustiças do mundo. Na esteira desse ideal de igualdade e fraternidade, torna-se um dos fundadores do Partido Comunista Brasileiro. Posição política que, apesar de pacífica de sua parte, causou-lhe imensos problemas e constrangimentos na cidade, principalmente durante o período do Governo Militar (pós-1964).

Leitor voraz, emocionava-se e quebrava sua secura aparente, ao comentar passagens ou personagens que o impressionaram em romances dos grandes mestres da literatura universal (Dostoievsky, Faulkner, Romain Rolland, André Malraux e outros). Sua veia de escritor levava-o a escrever sobre a vida e as agruras que deixara no Vale do São Francisco. As histórias se acumulavam e acabaram por formar um todo — um romance que ele não se animava a publicar, até que, em 1956, surgiu Guimarães Rosa, com o espantoso sucesso de *Grande sertão: veredas*. Osório reconhece nele o mesmo húmus humano/telúrico de sua própria criação. No ano seguinte, escreve a J. Herculano Pires, visando uma possível intermediação para publicar o seu "Porto Calendário" escrito há anos. Essa carta foi mostrada a Paulo Dantas que, entusiasmado, transcreve-a na revista "Diálogo", e decide publicar o romance na Coleção Terra Forte, que ele editava na Livraria Francisco Alves. Na carta, Osório fala sobre a matéria-prima de sua escrita romanesca:

> O São Francisco não é somente um reservatório de riquezas materiais. Em três séculos de isolamento, criou também grandes reservas humanas. Com você sabe, venho há vinte anos, com minha incapacidade, procurando reunir, a meu modo, o que sei das coisas de lá. Senti uma ajuda agora, com a coragem e a inteligência de J. Guimarães Rosa. Mando-lhe alguns dos personagens e aspectos, através da minha sapiranga. Um livro é um filho que o universo põe nas nossas entranhas e tem que nascer. Nasce ou nos mata. Os acontecimentos me deram a liberdade e o meu *Porto calendário*, um atleta ou um manipâncio, terá voz clara ou rouca, mas contará muitas coisas passadas, como os dias que vão e vêm, a lua que cresce e míngua, as águas subindo e descendo, e dos homens que são jagunços, são coronéis, são remeiros, são tudo, mas são criaturas sensíveis e têm um mistério que não sabemos bem o que é.

Publicado *Porto calendário*, Osório Alves de Castro prosseguiu em suas costuras e na tessitura de suas história são franciscanas. Chegou a ver publicado o romance *Maria fecha a porta prau boi não te pegar*. Deixou inédito *O Bahiano Tietê* (publicado postumamente em 1990). Faleceu em 9 de dezembro de 1978, em São Paulo. A crítica não chegou a legitimá-lo como ele o merecia. Mas Guimarães Rosa, ao lê-lo, reconheceu-o, e em carta escreveu: "Oh, o homem do São Francisco! Pudesse eu ia lá, em Marília, conversar com ele, três noites e três dias seguidos, sem pausa nem pio, sem fio nem pavio."

Publicações

Porto calendário, 1961 (Prêmio Jabuti/CBL); *Maria fecha a porta prau boi não te pegar*, 1978; e *Baiano Tietê* (1990).

72. OSWALD DE ANDRADE

Memórias Sentimentais de João Miramar[108]
Requiém/sátira da burguesia "Fin de Siécle"

> *Memórias Sentimentais* — por que negá-las? — é o quadro vivo de nossa máquina social que um novel romancista tenta escalpelar com a arrojada segurança dum profissional do subconsciente das camadas humanas.

Nessas palavras, postas "à guisa de prefácio" na apresentação do romance *Memórias sentimentais de João Miramar* (1924), Oswald de Andrade sintetiza a principal linha-de-força de seu projeto literário: "escalpelar", pôr a nu as hipocrisias da "nossa máquina social" (principalmente a da "burguesia endinheirada" paulistana, à qual ele pertencia). Problemática dramática, que o seu espírito jocoso optou por "filtrar" através de uma ótica burlesca/satírica, como fica evidente desde a fala de abertura, entregue ao solene/ridículo acadêmico "Machado Penumbra" — zombeteira alusão a Machado de Assis, o mais alto representante do romance brasileiro, naquele início do século XX.

Para além da evidente relação com a figura machadiana, o prefaciador "Machado Penumbra" é uma espécie de *alter-ego* do próprio Oswald (o João Miramar) e lhe serve de *médium*, não só para caricaturar, em "estilo acadêmico", o descompasso existente entre o "novo" e o "velho" mundo, mas também para chamar a atenção do leitor para uma escrita novelesca que rompia com as antigas estruturas e formalismos linguísticos. O romance se abre com Machado Penumbra apresentando o autor, João Miramar, e seu novo estilo:

---

[108] Fusão de textos: Verbetes "Oswald de Andrade" *in Kindler's Literatur Lexikon.* Vol. V-Zurich.1968 e Dados do Curso "Oswald de Andrade: o poeta e o ficcionista". UBE/Secr. Educação e Cultura. Sto. André-agosto.1973. (N. da A.)

> João Miramar abandonou momentaneamente o periodismo para fazer a sua entrada de homem moderno na espinhosa carreira de letras. E apresenta-se como o produto improvisado e portanto imprevisto e quiçá chocante para muitos, de uma época insofismável de transição. Como os tanks, os aviões de bombardeio sobre as cidades encolhidas de pavor, os gases asfixiantes e as terríveis minas, o seu estilo e a sua personalidade nasceram das clarinadas caóticas da guerra.

Já nessa apresentação é enfatizada a natureza "demolidora" do novo romance: tal como os aviões bombardearam as cidades, a nova escritura "bombardeava" as antigas estruturas linguísticas e narrativas. Sucesso de crítica (pelo que representava de ruptura com a tradição), *Memórias sentimentais...* foi, naturalmente, fracasso de público. As transformações de ideias e costumes se dão sempre lentamente. Corria o ano de 1924, e os horrores da Primeira Guerra Mundial (1914-18) ainda estavam muito vivos na memória do povo — tal como as "loucuras" da Semana de Arte Moderna, realizada no Teatro Municipal em 1922. Na São Paulo provinciana dos anos 10/20, a Semana era ainda lembrada como obra de jovens "de elite", "baderneiros", tidos no conceito geral como loucos ou tolos.

Nesse início do século XX, impunham-se ainda como "mestres" os grandes nomes do romance romântico e os consagrados poetas parnasianos. Abrira-se uma nova visão do Brasil com a literatura regionalista de um Afonso Arinos (*Pelos sertões*, 1898), seguido pelo espanto de *Os sertões* (1902) de Euclides da Cunha — caminho trilhado por Valdomiro Silveira (*Os caboclos*, 1920) e por Monteiro Lobato (*Urupês*, 1918).

Foi nesse clima que Oswald de Andrade estreia com o "romance crepuscular" *Os condenados*, a cujo escândalo seguiu-se *Memórias sentimentais...* que, altamente acolhido pelo "mundo pensante", foi consagrado como fruto de uma nova revolução nas letras ao apresentar, pela primeira vez, "o estilo telegráfico e a metáfora lancinante", como formas de denúncia do desajuste existente entre a nova cultura modernista em ascensão e os valores defendidos pela civilização em decadência. Para Menotti Del Picchia, o romance de Oswald surgira como "um furacão cubista, que desintegra o idioma, faz uma salada de galicismos, idiotismos e barbarismos." Foi nessa linha de exaltação e aplausos que o meio intelectual saudou *Memórias sentimentais...* como o novo estilo narrativo novelesco, influenciado pelas técnicas criadas pela nova/espantosa Sétima Arte — o cinema, que vinha de ser inventado.

Visto hoje, à distância de quase um século, e em meio à obra realizada por Oswald de Andrade, *Memórias sentimentais...* se revela com uma espécie de "ponto de chegada" de um projeto que ele havia iniciado (ainda sem rumo definido) nos idos de 1911, com a fundação de "O Pirralho".

Idealista, impetuoso, exaltado, mas ainda imaturo em seu espírito crítico, Oswald funda esse jornalzinho panfletário, cujo principal alvo era criticar os "velhos costumes" e principalmente o "sentimentalismo passadista" de retardatários românticos (Coelho Neto, Afrânio Peixoto...). Ao mesmo tempo, provincianamente, ele exaltava o "culto da forma" sem pieguismos, como se fazia patente na poesia de Olavo Bilac (com a ousadia do amor sensual) e na oratória de Rui Barbosa. Nesse sentido, Oswald lança, através de "O Pirralho", uma campanha civilista em torno de Rui Barbosa; destaca o papel de "poeta cívico" assumido por Bilac e, em 1915, apoia entusiasticamente a homenagem que foi prestada ao Poeta, pelos estudantes de Direito, ao ser eleito como o primeiro "Príncipe dos Poetas Brasileiros". Em sua curta duração (1911-1915), "O Pirralho" contou com os mais diversos colaboradores críticos (Amadeu Amaral, Emílio Meneses, Voltolino, Cornélio Pires...) e serviu de "fermento" à atração de Oswald pela carreira de escritor.

Os anos de aprendizagem

Nesse período de busca de caminhos, ele faz sua primeira viagem à Europa. Em fevereiro de 1912, embarca no luxuoso vapor Marta Washington (no qual, mais tarde, o seu "João Miramar" também viajaria). Durante sete meses, Oswald percorreu vários países europeus e descobre *in loco* um mundo de sedução que, até então, só conhecera na literatura dos grandes romancistas (Balzac, Flaubert, Zola, Dostoievski e os russos em geral). Em Paris, mais do que o fervilhar da Nova Arte que surgia (os "ismos" com Picasso, movimento Dadá... de expansão ainda restrita a pequenos grupos de iniciados), Oswald mergulha fundo no grande romance francês, oitocentista, principalmente no dos irmãos Goncourt — uma de suas paixões literárias e que ainda eram altamente cultuados na França do início do século. Entre as novidades que surgiam em Paris, Oswald empolgou-se com o Manifesto Futurista do italiano Marinetti e suas liberdades poéticas contraditórias. E, como jovem impulsivo e *bon vivant* que era, foi literalmente seduzido pela brilhante vida noturna da Cidade Luz, ainda em plena Belle Époque, com seus *cabarets*, amores livres e suas sedutoras *coquettes*... — os "paradis artificiels" popularizados pelas "fleurs du mal" baudelairianas.

Dessa dupla experiência européia — a da Arte e da Vida —, resulta que, em sua volta ao Brasil, Oswald traz consigo uma dupla descoberta: a da Poesia Futurista (que ele se empenha em divulgar entre nós) e a de um novo amor: o da estudante francesa Kamiá (Henriette Denise Bouffers), com quem se casa e tem seu primeiro filho.

Sem dúvida, essa primeira viagem foi uma espécie de "Abre-te Sésamo!" na vida e na carreira do Oswald escritor. De volta às atividades jornalísticas, Oswald empenha-se em difundir o Futurismo, o "verso livre", ligado às ideias de "extravagância, desvario, barbarismo". Entusiasmado com a ruptura da ordem métrica e demais excentricidades formais, propostas por Marinetti, Oswald compõe seu primeiro texto rebelde às normas — o poema sem rima, nem metro: "Último Passeio de um Tuberculoso, pela Cidade, de Bonde". A zombaria dos amigos foi tão grande, que ele destruiu o poema e desistiu de ser poeta. (Só voltaria à poesia com *O manifesto pau Brasil*/1925.)

Nasce o romancista

Entregue a uma intensa atividade cultural (frequentando salões literários, fazendo rumorosas reportagens, engajando-se em polêmicas, vivendo novos amores, agitando o provincianismo da São Paulo da época), Oswald visava também tornar-se romancista. Por volta de 1914 (quando eclode a I Guerra Mundial) ele dá início a duas espécies de "diários" nos quais passa a fazer ocasionais registros: em um, através de uma *ótica satírica*, anota vivências íntimas ou observações críticas acerca do que ia acontecendo no seu dia a dia (registro-germe de suas futuras *Memórias sentimentais...* atribuídas a João Miramar); no outro, através de uma *ótica acusadora/dramática*, ia rascunhando cenas patéticas/licenciosas de um assunto-tabu na época: o da prostituição, o do "sexo proibido" pela moral, denunciado como causa de tragédias humanas ("rascunhos" que resultam na trama folhetinesca de *Os condenados*).

Curioso notar que ambos romances, sendo de natureza tão contrastantes (inclusive expressos em diferentes estilos: um crepuscular/decadentista", outro "experimentalista") foram escritos ao mesmo tempo. Segundo dados oficiais, *Os condenados* (publicado em 1922/capa de Anita Malfatti) foi escrito entre 1917 e 1921, e *Memórias sentimentais...* (publicado em 1924/capa de Tarsila do Amaral) o foi entre 1916 e 1922 (sendo reescrito em Paris em 1923).

Tais datas, entretanto, deixam dúvidas, pois outros dados da vida do Autor fazem crer que a escrita de ambos os livros foi iniciada logo após sua primeira viagem a Paris, em 1912. Note-se, por exemplo, que entre 1915 e 1916, vários trechos das *Memórias...* (atribuídas a Miramar) foram publicados nas revistas "A Cigarra" e "A Vida Moderna" (o que leva a concluir que sua redação começara bem antes).

Claro está que essa pequena divergência de datas é de somenos importância na análise da obra oswaldiana (aliás, toda ela marcada por divergências de toda natureza, com o seu entorno sócio-cultural e com a Crítica). O que nos parece importante destacar é o que há de comum entre os dois romances (não por acaso, escritos ao mesmo tempo): para além das evidentes diferenças de estilo, linguagem, atmosfera, enredo, etc... há pelo menos *dois fatores* que os identificam como engendrados por uma mesma *concepção de romance* (o de testemunho de época) e de *visão de mundo* (a do *choque* entre os valores de ontem, decadentes mas vigentes, e os de hoje, inovadores, mas ainda em fase de gestação). Como Oswald o declarou várias vezes, sua grande paixão literária sempre fora *o romance que testemunhava o seu tempo.* Daí sua grande admiração pela obra romanesca dos irmãos Goncourt (*La femme et la societé au XVIII*

Siécle/1857, *Germinie Lacerteux/1865*...) — romancistas que construíram um vasto painel da sociedade francesa de seu tempo e que, como "narradores do presente", declaravam seguir o *método dos historiadores*, "narradores do passado".

Foi este o método básico escolhido por Oswald — o de "historiador", o de testemunha de seu tempo. E por ser fiel a esse compromisso, testemunhou com igual paixão os dois mundos antagônicos, nos quais lhe coube viver simultaneamente: *o mundo antigo*, familiar/patriarcal/religioso/sexófobo, já no ocaso (no qual ele nasceu e cujas "verdades absolutas" lhe formaram o "ser", desde a infância), e o *mundo moderno*, luminoso/amoral/sexófilo, em ascensão, com o fascínio do "novo" desagregador/construtor, desafiando o indivíduo a ultrapassar seus próprios limites. A obra deixada por Oswald de Andrade revela-o como alguém que viveu, de modo profundo e desordenado (entre exultante e agônico), esse choque de transição entre a Ordem Moral de ontem (séc. XIX) e a Desordem Amoral de hoje (séc. XX), principalmente no que se refere ao sexo.

Tentando sintetizar tão complexa problemática (tal como a vemos na obra oswaldiana), apontamos o "interdito ao sexo" (dogma básico da civilização cristã) como a principal linha-de-força da escrita do revolucionário paulistano. Pertencente à geração entresséculos (XIX-XX), que recebeu formação religiosa católica (para a qual sexo era tabu), Oswald teria sido particularmente afetado pelo dogma-base do catolicismo: o "interdito ao sexo" (fora do casamento). Quando passa a viver fora dos "muros familiares" (ao se tornar entusiasta cidadão de um mundo-em-troca-de-pele, às vésperas da eclosão modernista), Oswald descobre uma nova tábua de valores sociais/éticos/estéticos/existenciais. Entre eles o sexo livre do pecado. Como sua biografia revela, a paixão sexual torna-se o "leme" de sua vida (foi homem de muitas mulheres). Por outro lado, sua obra literária revela que essa "paixão" não chegou a destruir sua formação religiosa da infância — daí a constante presença do sexo (ora dramático/proibido, ora jocoso) no universo novelesco que ele foi construindo através dos anos. Lidos através dessa ótica analítica, compreende-se que os dois romances aqui em questão tivessem sido escritos quase simultaneamente, apesar de suas aparentes diferenças de visão de mundo. Em essência, o eixo problemático de ambos é o mesmo: o sexo identificado como algo pecaminoso, visto no primeiro através de uma *ótica trágica* e, no segundo, através de uma *ótica jocosa.*

Em *Os condenados*, a voz que narra é a do Oswald de funda consciência religiosa que, através da "ótica trágica", denuncia o drama do "sexo proibido", explorado pela prostituição. Drama centrado na personagem feminina, a sofredora Alma, explorada por um inescrupuloso *cáften*, prisioneira no "lodaçal da existência", etc. etc. Embora a linguagem narrativa já se mostre "sintonizada" com certas rupturas modernistas, a problemática-eixo é de raiz visceralmente tradicional/religiosa: o sexo ligado a pecado, castigo, sofrimento. Não por acaso, terminado o romance, na última página do volume, há a inscrição latina: *Laus Deo.*

Em análise sobre esse primeiro romance de Oswald — romance de húmus autobiográfico (humanamente corajoso, mas literariamente falho, como a crítica apontou), M. S. Brito conclui: "Romance triste, pessimista. [...] *Os condenados* são um *roman à clef*, romance confessional, catártico, um incontrolável vomitório das confusões interiores de Oswald." (op. cit. pag. 59) Tão importante ele seria para o seu Autor, que este, depois de o ter publicado, reescreveu-o durante anos, transformando-o, afinal, em três volumes: a *Trilogia do Exílio* ("Alma", "A Estrela de Absinto" e "A Escada"). "Nesse tríptico, o romancista expulsa todos os seus fantasmas. É o Oswald que se utiliza do romance, como forma de explicar a vida e portanto orientá-la, como certa vez ele definiu o gênero." (Ibidem pag. 59)

Na mesma linha de romance confessional, *Memórias sentimentais de João Miramar* diferencia-se do anterior, por ter transformado a matéria memorialista em verdadeiro campo de experimentação estilística, explorando pioneiramente os processos narrativos criados pela arte cinematográfica: a simultaneidade das cenas e situações, o contraponto, a descontinuidade ou fragmentação da frase, etc.

No seu todo, *Memórias Sentimentais...* resulta numa panorâmica satírica de São Paulo do início do século XX — visto por um olhar gozador e arguto, que vai pondo a nu os seus contrastes provincianos, suas grandezas e misérias. Panorâmica montada em 163 *flashes* de momentos vividos pelo Autor, ou melhor, por João Miramar. De declarada natureza memorialista, o primeiro *flash* (intitulado pelo neologismo "O Pensioroso") registra um momento de infância ligado à Mãe (o valor absoluto em sua vida). Momento no qual a Religião e o apelo do Sexo se misturam.

> Jardim desencanto / O dever e procissões com pálios / E cônegos / Lá fora / e um circo vago e sem mistérios / Urbanos apitando nas noites cheias / Mamãe chamava-me e conduzia-me para dentro do oratório de mãos grudadas. / — O Anjo do Senhor anunciou a Maria que estava para ser a mãe de Deus. / Vacilava o morrão do azeite bojudo em cima do copo. Um manequim esquecido vermelhava. / — Senhor convosco, bendita sois entre as mulheres, as mulheres não têm pernas, são como o manequim de mamãe até em baixo. Para que pernas nas mulheres, amém.

O texto fala por si: na visão religiosa, mistura-se a ideia de sexo. O "Pensioroso" inicia suas memórias pelo tradicional momento da Ave Maria (oração à Virgem, feita sempre às 6 horas da tarde nos antigos oratórios caseiros, armados na sala de costura). No espírito do menino, durante a reza, misturam-se ecos da vida cotidiana e a devoção à Maria, figura sagrada (não por acaso, "virgem" que "concebeu sem pecado"), que ele aproxima do "manequim" (corpo-objeto usado pelas costureiras) e que realmente se reduzia ao *tronco* do corpo feminino; era recoberto de feltro vermelho e apoiado num pedestal de madeira preta (sem pernas). De maneira alusiva, pitoresca ou caricaturesca, as "memórias" de João Miramar mostram-se sempre contaminadas de malícia sexual e curtição pelos desregramentos de conduta, sempre mescladas a uma certa nostalgia pela perda da antiga Ordem. De maneira jocosa, faz constantes alusões aos "vícios" dos meninos desocupados (masturbação) ou às "brincadeiras" maliciosas das meninas no colégio interno, ou ainda se refere ao professor de "bigodes de arame", que contou aos alunos "que não havia Deus porque Deus era a natureza". Professor que, de repente, sumiu das aulas, porque "foi para o Inferno"...

(Note-se ainda a alusão que já aparece no título: trata-se de memórias "sentimentais").

Romance-invenção, *Memórias sentimentais de João Miramar* só adquire sua plena significação, como literatura e documento, quando inserido em seu tempo — o da primeira revolução modernista (da qual, Oswald foi um dos lideres), numa São Paulo provinciana, em acelerado progresso econômico/cultural/civilizado, mas ainda presa aos valores morais e preconceitos da sociedade patriarcal.

Consagrado de imediato pela Crítica como algo explosivo e renovador da técnica do romance, *Memórias...* não agarrou de imediato o leitor da época, devido exatamente ao insólito de sua linguagem e de sua forma fragmentada (cenas breves da vida cotidiana comum, episódios soltos das viagens de Miramar à Europa, sátiras do "beletrismo oratório" da época, hipocrisia social, etc. etc.).

Na verdade, não foi pela atração (ou importância) dessas "vivências" que *Memórias...* foi consagrado como "marco zero" do romance brasileiro. Mas, sim, pelo que ele criou de inovador na língua portuguesa e na linguagem romanesca, nos idos tempos da revolução modernista. Foi devido ao seu jocoso espírito crítico, que se tornou evidente o vazio e as imposturas de uma burguesia endinheirada, ociosa, cosmopolita. E, em particular, foi ridicularizada uma certa camada de letrados provincianos, pomposos e medíocres.

Livro pioneiro, nas tentativas modernistas de reformulação estilística do nosso romance, *Memórias...* rompeu escandalosamente com os padrões então vigentes, principalmente por fazer sátira dentro da sátira: Oswald incluiu-se como parte do fenômeno observado, incorporou-se no poeta João Miramar e se tornou parte integrante da realidade criticada. A esse romance inaugural dos "novos tempos" seguiu-se uma multifacetada produção (manifestos, polêmicas, poesia, teatro, memórias...), que mostra um homem à procura de si mesmo. Daí a obsessiva presença de sua própria vida, em quase tudo o que criava. Personalidade das mais complexas da nossa literatura, era através da escrita literária que ele buscava seu próprio eu e se queria testemunha do mundo em que vivia. De certo modo, conseguiu-o.

Dados biobibliográficos[109]

Romancista, poeta, contista, panfletário, teatrólogo, ensaísta, polemista, jornalista/repórter, José *Oswald* de Sousa *Andrade* é uma das figuras mais polêmicas do Movimento Modernista brasileiro. Nasceu na capital paulista em 11 de janeiro de 1890. Pertencia à família de posses — grandes fazendeiros da "idade do ouro" do Café (início do séc. XX), quando São Paulo liderava a incipiente economia nacional. O menino Oswald, órfão de pai muito cedo, torna-se o "menino mimado" pela mãe e familiares, criado em ambiente católico praticante, cuja fé mais tarde ele tentaria abandonar, mas sem o conseguir realmente, o que impediu que ele se tornasse, realmente, o grande demolidor de certezas e absolutos, que ele tentou ser, durante toda sua vida de escritor. Fez os primeiros estudos em escolas particulares. Aos 11 anos matricula-se no Ginásio São Bento e faz a Primeira Comunhão.

Forma-se Bacharel em Ciências e Letras. De personalidade expansiva, dispersiva e curiosa, os estudos regulares não o atraíam, mas desde cedo desperta nele a paixão pela leitura e a vocação para a invenção literária. Adolescente, o jornalismo o atrai como plataforma para defesa de ideias. Com 17 anos torna-se repórter do "Diário Popular". Estreia com uma reportagem política: dá cobertura à excursão feita, em 1909, pelo presidente Afonso Pena aos Estados do Paraná e Santa Catarina. Distingue-se como repórter e passa a atuar em vários jornais paulistanos ("A Manhã", "Correio Paulistano", "O Estado de São Paulo", etc.). Em 1911, funda e dirige "O Pirralho", semanário combativo/polêmico/humorístico, em que criticava o passadismo da arte que continuava a repetir velhos estilos. Na São Paulo provinciana da época, os sucessos literários eram ainda as vozes parnasianas (Olavo Bilac, Vicente de Carvalho) e simbolistas (Cruz e Souza, Alphonsus de Guimarães),

---

[109] Fonte de consultas: Suplemento Cultural/OESP N°-493. SP, 06.01.1990 (n° Especial Centenário de Nascimento/Oswald); Andrade, Oswald. *Memórias Sentimentais de João Miramar* (Pref. A. Cândido/Introdução H. de Campos) SP, Difusão Europeia do Livro, 1964; Brito, Mario da Silva. Metamorfoses de Oswald de Andrade. SP, Conselho Estadual da Cultura, 1972. (N. da A.)

difundidas por seus imitadores retardatários. Na oratória, a voz erudita de Rui Barbosa, o "Águia de Haia"... Na Europa, as grandes novidades eram *o cinema*, *a fotografia* (invenções dos irmãos Lumière) e a expansão do *fonógrafo* e da *lâmpada incandescente* (Thomas Edison): Paris era a "Cidade-luz" e sua literatura *fin-de-siècle* era ainda a grande influência na formação do brasileiro culto.

Em 1912, Oswald de Andrade faz sua primeira viagem à Europa, a bordo do "Marta Washington". Entre fevereiro e setembro, visita a Itália, Alemanha, Bélgica, Inglaterra, Espanha e França. Instala-se em Paris, onde é envolvido pela efervescência dos primeiros grupos modernistas, que antecederam a Grande Guerra de 1914 — a que anunciaria o fim do mundo tradicional herdado. Ali, toma conhecimento do "Manifesto Futurista" de Marinetti. Entusiasmado com as "rupturas" linguísticas/sintáticas propostas pelo poeta italiano, ao voltar para o Brasil, divulga-o. Logo depois o abandona, por descobri-lo estéril em suas propostas. Durante a viagem, conhece a jovem bailarina Carmem Lydia (a Landa Kosbach de seu futuro livro *Memórias*). Sendo ela sem religião, fá-la batizar no Duomo de Milão. Em Paris, entra em contato com a boêmia estudantil e com o clima revolucionário que se alastrava no meio intelectual e artístico europeu. Natureza sentimental/impetuosa, apaixona-se pela adolescente francesa Kamiá — coroada rainha dos estudantes em Montmartre. Ao voltar para o Brasil a traz consigo. Esse primeiro período parisiense marcou-o fundamente, pois, a par da grande descoberta do velho/novo mundo (do qual ele se tornaria habitante), ali recebe a notícia da morte de sua mãe — o elo seguro que, desde sempre, o ligara à vida (elo que, talvez, durante toda sua vida, ele tenha procurado reencontrar em cada uma das muitas mulheres que ele foi amando e desamando). Em 1914, Kamiá dá a luz seu primeiro filho, José Oswald António de Andrade, que se tornaria artista plástico.

A partir desse período, sintonizado com as reivindicações revolucionárias, tem início o seu "desenraizamento" da Tradição tal como vira acontecer em Paris, naquele momento em que Picasso vinha de abalar os alicerces da Pintura, com seus quadros "cubistas", rompendo com a *ordem racional* da realidade e impondo a *fragmentação* como nova visão de mundo. Também em Paris, Oswald tomara conhecimento da Poesia Futurista do italiano Marinetti. Entusiasma-se com a proposta futurista e, ao voltar ao Brasil, procura difundi-la. Entusiasmo que duraria pouco. Logo mais, descobre as limitações da proposta de Marinetti e renega o valor que ele lhe dera anteriormente. Prossegue em sua faina de repórter. Decide voltar aos estudos e se matricula na Faculdade de Direito do Largo de São Francisco. Com a eclosão da Guerra de 1914, redobra sua paixão jornalística e multiplica reportagens sobre as greves operárias, notícias da guerra, revolução soviética etc. Nessa época, a dançarina Carmem Lydia vem ao Brasil para uma tournée e Oswald vive com ela um novo caso tempestuoso. Foi durante esse período que ele começa a escrever *Os condenados* (o drama da prostituta "Alma"), que se tornaria o 1° volume da futura trilogia, centrada numa problemática ousada (o sexo proibido), mas numa escritura que, embora escandalosa, era ainda influenciada pela "prosa crepuscular" do entresséculos (XIX-XX).

Seu apartamento, no centro da cidade (a "garçonnière" onde recebia seus amores), torna-se ponto de encontro de debates de jovens intelectuais, empenhados em renovar o mundo. Entre os mais fiéis, estavam Menotti Del Picchia, Guilherme de Almeida, Monteiro Lobato, Vicente Rao, Léo Vaz... Oswald torna-se o "descobridor de talentos", "marisca gênios na multidão, como se fosse um perpétuo empresário do gênio" (in M. Del Picchia, "Carta a Crispim: O. Andrade". Correio Paulistano, 06.11.1920). É o Oswald "que debate teorias e doutrinas, que compra livros e obras de arte, que busca cigarros e perfumes exóticos, prefere "ironias galantes", propõe passeios alucinados e fora de hora, que adquire um *cadillac*, apenas porque era o único automóvel em São Paulo equipado com um cinzeiro; que some de seus companheiros e reaparece, capitalista e *bon vivant*, cercado de argutos e vulpinos homens de negócio, vorazes como tubarões e vigilantes como faróis." (in Mario da Silva Brito. op. cit. p. 23)

Multiplicam-se os amores, como o que o ligou a Deise, figura estranha, fugidia (que participava do diário coletivo da "garçonnière" *O perfeito cozinheiro das almas deste mundo*). Jovem, com quem ele se casou "in extremis" (devido a um aborto provocado). Como escritor, o jornalismo era sua grande paixão. Entre suas reportagens, houve uma especial: em 21 de janeiro de 1917, foi encarregado pelo "Jornal do Comércio"/SP de dar cobertura à Homenagem a Elói Chaves (Secretário da Justiça do governo de São Paulo), feita no Conservatório Dramático e Musical de São Paulo. Foi quando conheceu Mário de Andrade (professor de História da Música), cujo discurso de saudação ao homenageado tocou-o profundamente, pelo fervor nacionalista afirmado. (Navios brasileiros haviam sido afundados pelos alemães e isso ferira os brios nacionalistas de todos). Apresentou-se a Mário e tornaram-se amigos.

Nesse mesmo ano e ainda dentro do clima exaltado da guerra, Mário de Andrade estreia como poeta com o livro *Há uma gota de sangue em cada poema*. Oswald, entusiasmado, proclama-o em artigo "O meu poeta futurista". Louvor equivocado (quanto ao rótulo "futurista") que, por um lado, provocou embaraços ao poeta, mas por outro, levou-o a empenhar-se abertamente na polêmica modernista.

Em 1918, apoia com entusiasmo a Nova Pintura de Anita Malfatti, quando, recém-chegada da Europa (onde estivera em cursos de aperfeiçoamento), ela realiza uma exposição que ficou histórica, devido à reação negativa de Monteiro Lobato, exposta no violento artigo "Paranóia ou Mistificação?". Em defesa da escritora e sua arte, Oswald escreve no "Jornal do Comercio"/SP o artigo "A Exposição de Anita Malfatti" (11.01.1918), exaltando a sua ousada ruptura com os estilos e cânones consagrados pelo passado, mas já ultrapassados.

Em 1919, Oswald de Andrade forma-se Direito, mas não segue a carreira jurídica. Prossegue no jornalismo, empenhando-se continuamente em polêmicas que agitavam o pacato meio cultural paulistano, do início do século XX. Dono de uma extraordinária imaginação inventiva e capacidade de comunicação, Oswald foi um dos arautos da Semana de Arte Moderna de 1922, ao lado de Mário de Andrade, Menotti Del Picchia, Graça Aranha e outros. Congregando figuras que despontavam no Brasil como grandes talentos, em todas as áreas da Arte e da Literatura, o grupo organizador pretendia que esse espetacular acontecimento marcasse época, não só como celebração do

I Centenário da Independência do Brasil (proclamada por D. Pedro I, em 1822), mas também como um novo Grito de Independência, agora cultural e artística, em relação à dominante influência europeia. Afinal, a Semana de Arte Moderna aconteceu no Teatro Municipal de São Paulo, nos dias 13, 15, e 17 de fevereiro de 1922. Oswald participou do Segundo Espetáculo da Semana (15 de fevereiro de 1922) lendo um fragmento do seu primeiro romance, *Os condenados*, em meio à balbúrdia de vaias estrondosas, latidos, miados, cacarejos e outros ruídos, com que a plateia da galeria recebia as apresentações. Em artigo publicado dias depois, no "Jornal do Comércio"/SP, Oswald faz galhofa: "[...] houve, naquela rumorosa sessão, a revelação de algumas vocações de Terra Nova e galinha d'Angola muito aproveitáveis."

Em dezembro de 1922 faz nova viagem para a Europa, época em que tem início sua relação amorosa com a pintora Tarsila do Amaral, cujo atelier estava instalado em Paris. Relação apaixonada, mas entrecortada de obstáculos e que chegaria às núpcias apenas em 1926, quando Tarsila consegue a anulação de seu primeiro casamento. Em 1923, em Paris, Oswald entra em contato com o mundo intelectual e faz uma conferência na Sorbonne, "L'effort intellectuel du Brésil Contemporain". Publicada na *Revue de l'Amerique Latine*, nela se expressa um Oswald sereno, lúcido, contido, que não fazia prever o poeta revolucionário, o romancista desafiante ou o demolidor de princípios que surgiria logo depois, com o *Manifesto Pau Brasil* (1924) e o *Antropofágico* (1928).

Entre sucessivas viagens à Europa, reportagens rumorosas e seu eterno "don juanisme", Oswald vai escrevendo e publicando sua produção literária, sempre causando reações contraditórias de aceitação e repúdio. Do conjunto, destacam-se os romances burlescos/memorialistas *Memórias sentimentais de João Miramar* (1924) e *Serafim Ponte Grande* (1933); e a poesia "cubista" *Primeiro caderno de poesia* (1927).

Em 1929, separa-se de Tarsila. A instabilidade emocional de Oswald impedia ligações duradouras. Nesse mesmo ano, rompe com Mário de Andrade, Paulo Prado e Alcântara Machado (por motivos que não vieram a público). A quebra da Bolsa de Nova York (1929) e a Revolução de 1930 (que levou Vargas ao poder) tiveram grave repercussão em sua vida. Oswald atravessa um sério período de crise financeira e se envolve em investimentos desastrosos. Adere à corrente política de Esquerda; entra para o Partido Comunista. Vive o conturbado período de lutas políticas, tendo ao seu lado, como companheira, Patrícia Galvão, a famosa Pagu, a Passionária, com quem tem seu filho Rudá. Com Pagu, em 1931, funda e dirige o jornal político "O Homem do Povo", que depois de oito números foi empastelado por estudantes de Direito. Como redator do semanário "O Homem Livre", participa ativamente da luta operária e antifascista dos anos que precederam ao Golpe de Estado getulista de 1937. Separado de Pagu, no correr dos anos, Oswald casa-se sucessivamente com a pianista Pilar Ferrer e com a escritora Julieta Bárbara Guerrini, separando-se de ambas. Maria Antonieta Alkmin foi seu último e feliz casamento, definido por ele como "o reencontro materno".

Desiludido com a política, em 1945 Oswald deixa a militância e se volta para a carreira universitária. Com a tese "A Arcádia e a Inconfidência", na Faculdade de Filosofia da USP, obtém o titulo de Livre-Docente. Concorre à Cadeira de Literatura Brasileira mas não obtém o cargo. Em 1950, com a tese "Crise da Filosofia Messiânica", presta concurso, na mesma Faculdade, para provimento da Cadeira de Filosofia, mas não obtém êxito. Candidatou-se por duas vezes à Academia Brasileira de Letras, sem resultado; a primeira, vencido por Menotti Del Picchia e, a segunda, por Manuel Bandeira. Sempre acossado por dificuldades financeiras, viveu seus últimos dias fundamente magoado, por não ter recebido o reconhecimento público de sua atuação na modernização da Literatura Brasileira. Faleceu em 22 de outubro de 1954. O homem desapareceu, mas permanece na memória brasileira, como a "figura mais combatida e mais combativa do Movimento Modernista", que marcou o fim do Brasil tradicional e o nascimento do Novo Brasil, ainda em gestação.

Como ele próprio escreveu, um dia:

> A morte só destrói os medíocres e sobre eles é natural que se olhe e passe. Mas o escritor e o artista a quem o desaparecimento físico não

atinge, devem ser estudados e criticados como se estivessem diante de nós, com a mais ampla liberdade. A sua presença só pode crescer com a morte.

Publicações

Romance — *Trilogia do Exílio: I. Os condenados*, 1922; *II. Estrela de absinto*, 1927, e *III. Escada vermelha*, 1934; *Memórias sentimentais de João Miramar*, 1924; *Serafim Ponte Grande*, 1933; *Marco Zero: I. A revolução melancólica*, 1943, e *II. Chão*, 1945.
Poesia — *Manifesto da Poesia Pau Brasil*, 1925; *Primeiro caderno de poesia do aluno Oswald de Andrade*, 1927; *Cântico dos cânticos para flauta e violão*, 1942; *Poesia reunida*, 1945; *O escaravelho de ouro*, 1946.
Polêmica-ensaio-tese — *Análise de dois tipos de ficção*, 1933; *A Arcádia e a Inconfidência*, 1945; *Ponta de lança*, 1945; e *A crise da filosofia messiânica*, 1950.
Teatro — *Mon coeur balance. Leur ame, Paris*, 1916; *O homem e o cavalo*, 1934; *A morta* e *O rei da vela*, 1937; *O santeiro do mangue*, 1950; e *O rei floquinhos* (O Ubu-Rei), 1953.
Memória — *Um homem sem profissão: Sob as ordens de mamãe*, 1954.

73. OSWALDO FRANÇA JÚNIOR

Jorge, um Brasileiro
Um olhar sobre a condição humana[110]

> As fraquezas e derrotas do homem são conhecidas e a literatura de nosso tempo é hábil em denunciar; mas *essa superação de si mesmo, obtida pela vontade determinada,* é o que temos necessidade de que nos seja mostrado.
>
> (André Gide)

Nessas palavras de Gide (*in* prefácio à *Terre des hommes* de Saint-Exupéry), podemos sentir uma das linhas de força que energizam o romance-chave da obra de Oswaldo França Júnior, *Jorge, um brasileiro*: a "hombridade", a determinação do homem de caráter em submeter sua vontade e ação ao exato cumprimento da tarefa que esperam dele. É essa *hombridade* o grande valor que fundamenta o romance de França Júnior, com a diferença de que, enquanto o cumprimento do dever é exercido pelo herói francês, por idealismo e plena decisão de sua própria consciência, quanto ao papel da ação que lhe cabe no mundo em que vive; o herói (ou anti-herói?) brasileiro o cumpre (até heroicamente!) por obediência absoluta ao mando do Patrão. Embora inconsciente da real importância de sua ação, no contexto social em que vive, cumpre-a com orgulho de homem forte; vencendo, sem fraquejar, todas as dificuldades que se opuseram à sua tarefa. Embora *iguais em valor humano*, as ações de ambos os heróis (o de Saint-Exupéry e o de França Junior) resultam de *culturas opostas*: a do Humanismo (respeito à natureza humana, igual em todos e caracterizada pela "vida do espírito" a ser respeitada em cada um) e a do Mandonismo (relações de mando entre o Poderoso e os desvalidos).

Segundo disse, em certa entrevista, a ideia de escrever um romance

[110] Texto inédito. (N. da A.)

sobre esse brasileiro, homem do povo, lhe ocorreu, no tempo em que viajava para Governador Valadares, envolvido no comércio de cereais. Ali, convivendo com os que trabalhavam no ramo — homens de baixa escolaridade e meio social baixo —, pôde ver de perto a grande energia e disposição de luta pela vida, que os movia. Muito diferente da imagem apática, com que eram mostrados em certa literatura e novelas de TV.

Inclusive, chamou-lhe a atenção a valorização dada pelo meio rude à capacidade de trabalho do homem, ao seu empenho em cumprir as tarefas de que for incumbido; sua devotada lealdade/obediência ao patrão, cujas ordens eram, para ele, absolutas. *Força de trabalho e caráter* davam-lhe mais *status* em seu meio social, do que sua situação econômica. Exatamente o contrário do que, em geral, prevalecia na esfera dos "donos": a indolência, o descaso humano pelos trabalhadores que multiplicavam sua riqueza; a falta de caráter...

Foi, pois, ao descobrir esse homem brasileiro, praticamente ignorado pela sociedade, que França Júnior decidiu escrever um romance que o revelasse. Para a criação do personagem, Jorge caminhoneiro, sem dúvida, serviu-lhe de contraponto ou contraste a sua própria visão de homem: humanista, culto, formado pelos altos valores cultuados no mundo da aviação (onde cada um tem o mesmo valor, formando o todo). Mundo, ao qual França Júnior pertencera, como aviador de carreira, desde adolescente até a idade madura, e do qual se viu repentinamente afastado para sempre, pelo Governo Militar de 1964. Mundo que Saint-Exupéry, escritor e aviador ("sombra tutelar" da escrita de França Júnior), eternizou em sua obra romanesca, centrada na busca do Homem no indivíduo:

> Minha civilização se firma sobre o culto do Homem, para além do indivíduo. [...] O indivíduo não é mais que uma rota. O que importa é o Homem nele. (in *Piloto de guerra*, 1942)

Como contraponto ou contraste a esse mundo de heróis conscientes dos altos valores do espírito e da ação humana, França Júnior escreve *Jorge, um brasileiro.*

Vencedor do Prêmio Walmap/1967 (Júri composto por Guimarães

Rosa, Jorge Amado e Antônio Olinto), *Jorge, um brasileiro* tornou-se, do dia para a noite, a grande sensação em nosso mundo das letras (e logo mais popularizou-se nos meios multimídia: cinema, TV...). Pioneiramente, França Júnior vinha chamar a atenção para a "epopeia anônima", que foi o movimento desenvolvimentista do Brasil dos anos 50/60, com a construção de Brasília e consequente expansão do comércio, para além das regiões já então alcançadas pela civilização urbana. Movimento progressista que dependeu basicamente do heroísmo anônimo de milhares de homens que, pioneiramente, foram abrindo estradas ou picadas em terras virgens do interior do país, para que pudessem passar os caminhões que transportavam as mercadorias do progresso.

Tal como as *caravelas* de Ontem, trazendo os descobridores da Nova Terra, os *caminhões* do Hoje conduziam os novos desbravadores. Motoristas, ajudantes e carregadores de toda espécie, encarregados de levar suas cargas a lugarejos distantes dos grandes centros, engajavam-se numa verdadeira "epopeia sem glória", cujo prêmio era apenas *a consciência do dever cumprido*: chegarem ao destino e entregarem a mercadoria "sã e salva", tal como lhes fora confiada. França Júnior faz, do caminhoneiro Jorge, o grande símbolo do brasileiro anônimo — um "forte", explorado pelos poderosos —, e a quem o Brasil deve sua expansão e progresso.

Como diz Antônio Olinto na introdução ao romance:

> Intenso e espesso, este romance contém um Brasil que mal se percebe, que se adivinha: o Brasil dos motoristas, o das estradas de rodagem, dos caminhões, das cidades que surgem de realidades que avançam. [...] Novo tipo de ficção, mas que mantém inalterada a inflexão de homem-do-povo falando, num estilo descontraído, coloquial, aliterário. [...] Estilisticamente, *Jorge, um brasileiro* é uma façanha. Em jeito de conversa ergue um mundo.

É nesse aparente "jeito de conversa" que se expressa o singular estilo narrativo criado por França Júnior e que faz de seu romance uma obra de arte maior. Tendo como planta-base da narrativa o monólogo/diálogo — desde a primeira palavra de abertura do romance, já se anuncia a "falação" do caminhoneiro Jorge, em conversa com um interlocutor que, até o fim, permanece calado:

> Você sabe como é. E ela se assentou na minha frente e cruzou as pernas. E ficou falando comigo, e perguntando como tinha sido tudo. E eu com aquele cansaço e sem querer falar nada, mas só querendo ficar quieto e sentindo o corpo como se estivesse com sono. E ela falando e com o vestido branco deixando ver as pernas até em cima.

O leitor sente-se logo envolvido naquele "Você" e, ao mesmo tempo, sente-se "perdido", sem saber do que se trata... e vai seguindo a embaralhada falação do narrador que, de maneira confusa, vai contando ao seu interlocutor silencioso o seu enorme cansaço e, afundado na poltrona, sentindo o calor do "sol quente depois da chuva", à espera do patrão que não chegava e ouvindo a falação de D. Helena, mulher do patrão, "mulher distinta", fumando e falando na poltrona em frente, mostrando as pernas, enquanto ele ficava imaginando onde estaria o patrão, que deveria esperá-lo ali, para ouvir as notícias da viagem, da aventura/desventura por ele vivida, no comando da frota de caminhões, com grande carregamento de milho, com data certa de entrega e num tempo de chuvas torrenciais.

Em sua fala moto-contínua e de mistura com outros incidentes, ele vai contando ao seu ouvinte silencioso como tudo aconteceu. A ordem que fora dada pelo patrão, em poucas palavras imperativas e apressadas: Jorge precisava partir, para comboiar uma frota de caminhões com carregamento de milho, que estava em Caratinga, e precisava estar em Belo Horizonte antes da inauguração da Refinadora, dali a uma semana. Isso porque "ele tinha dado a palavra"... não se importando com o fato de que a distância era enorme e as estradas estavam totalmente alagadas.

> O Sr. Mário deixou recado para mim. E eu fui e entrei no escritório. [...] O Sr. Mário veio apressado e já foi falando que o Luís havia passado um telegrama [...] Li o telegrama, e o Luís dizia que estava em Caratinga e não podia seguir caminho por causa das estradas. [...] O Sr. Mário ficou falando

> no telefone com a loura e quando desligou fui falar com ele. [...] Ele foi saindo e falando comigo, e dizendo para eu ir e trazer as carretas. Falei que as estradas estavam ruins demais. Mas ele foi indo para o carro, e eu atrás, e ele falando que tinha dado a palavra dele de que o carregamento iria chegar antes da inauguração. E que faltava apenas uma semana. [...] Ainda falei, outra vez, das estradas. Mas ele estava atrasado e com muita pressa [...] e que era para eu ir lá em Caratinga e trazê-los de um jeito ou de outro.

O transporte se daria de Caratinga a Belo Horizonte (sem estrada de ligação direta) e poderia ser feito, sem problemas, pelas muitas estradas de terras, transversais, se não fossem as chuvas que caíam há semanas, provocando queda de pontes, arrastadas pelas cheias e transformando as estradas em verdadeiros lamaçais, onde os caminhões carregados atolavam e exigiam forças hercúleas para serem desatolados e seguirem viagem, atolando em seguida, mais adiante...

É essa viagem épica/picaresca (na qual se misturam: natureza/máquina/homem) que Jorge vai narrando, num estilo caótico, embaralhado, do tipo caso-puxa-caso — trama difícil de acompanhar, mas que acaba por se revelar, ao "leitor atento", uma *viagem iniciática.* Tal como aconteceu com antigos ou recentes "viajantes" (Ulisses na *Odisseia*; Leopoldo Bloom em *Ulisses* de Joyce ou Riobaldo no *Grande sertão: veredas* de Guimarães Rosa...), o caminhoneiro Jorge, ao final de sua heroica viagem (liderando uma enorme frota de caminhões e uma dezena de heroicos motoristas, em luta com a Natureza), inconscientemente sofrera uma transformação interior. Ainda que confusamente, dava-se conta da falsidade das aparências no "jogo do poder": *a exploração da força-trabalho* dos desvalidos — base da riqueza dos poderosos e a *inconsciência dos explorados* quanto à sua própria força e valor. Ao mesmo tempo em que pressente a superioridade do homem-que-faz em relação ao homem-que-manda. E que a *hombridade* está no Fazer que revela o Ser; e não no Ter. Sua lenta transformação interior expressa uma das linhas-de-força da obra do Autor, segundo suas palavras em certa entrevista:

> [...] a verdade não se demonstra, ela se afirma na ação dos indivíduos unidos por um desejo, uma crença, uma missão que os faz se sentirem mais do que "indivíduos" — homens verdadeiros.

Essa é a lição de vida que energiza o romance e que é transmitida pelos próprios incidentes da trama narrada por Jorge. O escritor não interfere, analisando ou denunciando diretamente a injustiça do sistema do homem-lobo-do-homem, mas o faz através do olhar ingênuo/crítico de Jorge, e de sua gradativa descoberta, não só da falta de caráter de seu patrão (e de outros em posição de mando), mas também da farsa que eram as relações entre os "de cima" e os "de baixo".

Tais alterações no seu ver-o-mundo para além das aparências, vão-se produzindo nele, confusamente, até que, no final do romance, elas se revelam no seu ato súbito e inesperado de macho desafiado pela fêmea: agarra e beija furiosamente a esposa do patrão, "mulher fina, distinta", que, desde o primeiro momento em que ele chegara para dar notícias do sucesso da viagem, fizera-o esperar pelo marido e ficara desafiando-o: sentada na poltrona à sua frente, fumando e com as pernas cruzadas "deixando vê-las até em cima". Descreve afogueado o ardor com que a beijara/apertara (sem que ela resistisse) e em poucas palavras encerra seu relato ao ouvinte silencioso:

> [...] fui saindo e fechei a porta. E fui à garagem dos concreteiros, e pequei minhas coisas que eram poucas, e coloquei tudo dentro das minhas duas bolsas e saí dali. E digo para você que não gosto mais nem de me lembrar dessas coisas, e só me lembro mesmo, quando alguém chega e a gente fica batendo papo [...]

Com a cena final repetindo a cena inicial, revela-se a circularidade repetitiva de um mundo fechado, onde predomina a lei e o poder dos privilegiados sobre o destino dos desvalidos. Circularidade e sujeição, que o caminhoneiro Jorge rompe, com sua decisão de partir.

Escrito dentro de uma atmosfera de transição (anos 1960), em que se chocavam (chocam?) duas visões de mundo — a do patriarcalismo tradicional em declínio (o poder absoluto do senhor sobre o servo) e a do humanismo existencialista (linha de Heidegger: "É o Fazer que revela o Ser."), o romance *Jorge, um brasileiro* se assume como denúncia e projeto de vida.

Seu fluxo narrativo aparentemente desconexo e descompromissado é, em essência, uma veemente denúncia da exploração do homem pelo homem (que estava — está? — na base do sistema imperante em várias regiões do Brasil) e, ao mesmo tempo, se empenha em mostrar que o sentido maior da Vida está em nossa consciência do *estar-no-mundo* e do peso que têm nossos atos e escolhas. Dessa consciência, resultará ou não a plena realização de nosso *ser-no-mundo*. Embora tocado pelos ventos do Existencialismo, Oswaldo França Júnior, em toda sua obra, não procurou desvendar o *enigma do ser* (linha metafísica), mas buscou sempre a *verdade humana* (linha ética) na dimensão do homem e de sua ação sobre o mundo.

Dados biobibliográficos

Romancista, contista, roteirista de TV e cinema, ex-piloto de caça, conferencista, espírito visceralmente humanista, personalidade das mais prestigiadas pelo meio literário brasileiro, Oswaldo França Junior nasceu em Serro (cidade tombada, região serrana de MG), em 21 de julho de 1936, e faleceu em 10 de junho de 1989, aos 53 anos, quando, voltando para Belo Horizonte, de uma conferência realizada na cidade mineira João Monlevade, seu carro desgovernou-se e se precipitou num barranco. Interrompia-se tragicamente uma vida em plena maturidade criadora. Mas sua palavra não desapareceu, permanece viva na obra que ele construiu durante vinte anos de apaixonado labor.

França Junior, desde muito cedo, revelou-se criança ativa, curiosa e fascinada pelas histórias contadas nos serões familiares. Aprendeu a ler antes de ir para a escola. Filho de pai e mãe advogados, vivia cercado de livros, circunstância à qual, mais tarde, ele atribuiria a sua vocação para as Letras. Fez os estudos primários em Serro, continuando-os em Belo Horizonte e Ouro Preto, onde completou o ginásio.

Atendendo ao seu precoce sonho de se tornar aviador, os pais concordaram com seu ingresso na FAB (Força Aérea Brasileira), aos dezesseis anos, e mudança para Barbacena, onde frequentou por três anos a Escola Preparatória de Cadetes do Ar. Prossegue os estudos na área da Aeronáutica: no Rio de Janeiro, Curso de Formação de Oficiais Aviadores, no Campo dos Afonsos; em Fortaleza, Curso de Especialização de Combate em Aviões a Jato; participou da Esquadrilha da Fumaça; em Porto Alegre, mais alguns anos de estudos, especializações e treinamentos que o levam à categoria de Oficial Instrutor no manejo de aviões de combate. Estava consolidada sua carreira como piloto da FAB e oficial aviador especializado em aviões de combate.

Especialização que, em 1964, iria envolvê-lo num dos episódios mais marcantes da História brasileira: o da renúncia do presidente Jânio Quadros, em 25 de agosto de 1961, e o posterior caos político que se instalou no país. O vice-presidente Jango Goulart, ao assumir a Presidência, tomou medidas que encontraram forte resistência das Forças Armadas, que temiam uma revolução comunista no país. Em defesa de Jango, o governador do Rio Grande do Sul, Leonel Brizola, através de emissoras de rádio, desencadeia forte Campanha Legalista (apoiando as medidas de Jango), o que leva o Comando Militar a reagir: decide silenciá-lo e projeta o bombardeio do Palácio do Governo e das torres de transmissão de rádio, para o amanhecer de 31 de março de 1964.

Na ocasião, França Jr. servia no Esquadrão de Combate em Porto Alegre. E, conforme ele revela, anos depois (entrevista para o caderno Ideias e Livros do "Jornal do Brasil", 1987), a ele coube a tarefa de preparar a "missão" que lhe foi comunicada pelo comandante do esquadrão: bombardear o palácio do governo de Brizola. Em suas palavras: "[...] além de ser piloto de esquadrão, eu era chefe de informação. Recebi ordem de calcular o quanto de combustível ia ser usado e quanto tempo os aviões poderiam ficar no ar. Dezesseis aviões foram armados para a operação. Pelos meus cálculos a gente ia pulverizar o Palácio do Governo!". Mas o ataque que estava previsto para as 6 horas da manhã falhou, pois durante a noite de espera "a equipe de apoio, formada principalmente por sargentos, impediu a decolagem dos aviões. Os sargentos esvaziaram os pneus." (apud Suplemento Literário/*Lembranças do Oswaldo França Jr.* /BH, out. 2009, p. 19).

Não houve o bombardeio, mas Jango foi deposto na data prevista: 31 de março de 1964. Teve início o Governo Militar e assinados os Atos Institucionais que sustavam quaisquer direitos adquiridos. Sem nenhuma justificativa, França Jr. viu-se expulso da Aeronáutica, "reformado" como oficial aviador. Do dia para a noite, se vê impedido de exercer sua profissão, pois também as Companhias Comerciais não podiam contratá-lo. Todo o seu mundo construído até aí fora destruído. Urgia começar do zero, encontrar nova profissão e reconstruir sua vida em novas bases. Não mais sobre as coordenadas fixas, nítidas e indiscutíveis do mundo das Forças Armadas, mas sobre as oportunidades que o tempo ou o acaso fariam surgir.

Casado e com três filhos, procurou equilibrar as finanças, tentando inúmeras atividades (publicitário, corretor de imóveis e ações, sócio de frota de táxis, banca de jornais, etc.). Entre as tentativas, ocorre-lhe a ideia de escrever um livro, como possível meio de ganhar dinheiro. Nesse momento, no ex-aviador nascia o escritor, levado, sem dúvida, pela mesma necessidade interior que, anos antes, levara Michel Butor a se assumir escritor: "J' écris pour donner une collone vertebrale à ma vie." (Escrevo para dar um coluna vertebral à minha vida.) É de se notar que o trauma sofrido, com sua expulsão das Forças Armadas e de sua profissão de aviador, deve ter sido de tal ordem que, somente vinte anos depois, já escritor consagrado, ele teve condições de escrever um pequeno romance, *O passo-bandeira*, sobre sua antiga experiência no mundo da aviação.

Desde sempre fora um leitor voraz, apaixonado pela literatura dos grandes Mestres Universais. Esporadicamente escrevera, para a Revista da Aeronáutica, artigos, relatos de casos acontecidos em voos, etc. Quando sediado em Barbacena, escrevera poesias que foram premiadas em concurso. Mais tarde, já escritor de renome, em entrevista com Ziraldo, e falando sobre essa decisão, ele diz: "Quando pensei em ganhar dinheiro escrevendo é porque, inconscientemente, eu vinha sendo um romancista há muito tempo. Inconscientemente vinha trabalhando para isso. Lendo, observando. Mas foi aí nessa ocasião que resolvi, pela primeira vez, realmente escrever um livro." (in TV Minas, 1989).

Foi através de Rubem Braga que, em 1965, tem seu primeiro romance publicado, *O viúvo*, cuja trama lhe fora inspirada por um vizinho que perdera a mulher. Esse romance de estreia teve pouca repercussão: tratava-se de uma editora nova (Editora do Autor) e de autor desconhecido. Dois anos depois, com o segundo romance, *Jorge, um brasileiro*, França Jr. entraria para o rol dos escritores consagrados pela crítica e pelo público. No original, ganha o Prêmio Walmap/1967, cujo júri (composto por Guimarães Rosa, Jorge Amado e Antônio Olinto), por unanimidade, escolheu o romance *Jorge, um brasileiro*, pela originalidade de seu tema (o homem brasileiro comum e seu exercício de vida), pela novidade de sua estrutura ficcional, "estilo de fôlego impressionante" (A. Olinto) e revelação de "um romancista excepcional e original como ninguém" (J. Amado). A partir dessa estreia, abrem-se os caminhos para França Jr. realizar-se como presença de destaque em nosso panorama literário e cultural. Com regularidade, novos livros vão sendo escritos, sempre com o mesmo sucesso de crítica e de público. O Autor se multiplica em palestras, conferências, cursos de literatura, no Brasil e no exterior. Curiosamente, O. França Júnior consagrou-se na Literatura Brasileira como o caso único de um aviador que, "nel mezzo del camin", muda de profissão e se torna escritor (tal como, na Literatura Francesa — embora por causas diferentes —, aconteceu com Saint-Exupéry).

Em 1985, assinada a Anistia, pelo Governo Sarney, França Jr. é reintegrado na Força Aérea, no posto de coronel-aviador reformado. Nesse mesmo ano, viaja para Cuba, onde com outros escritores participa da Comissão Julgadora do Prêmio Casa de las Américas. O resultado dessa experiência (conhecer de perto o cotidiano cubano, sua gente, suas peculiaridades e, inclusive, conhecer o Comandante Fidel Castro, em seu palácio) foi transformado no relato memorialista-romanesco *Amar em Cuba* (1986).

A essa altura, sua obra já havia transposto as fronteiras nacionais e traduzida no exterior (USA, França, México, Alemanha, Cuba, Espanha, Tchecoslováquia). Já atraíra também o interesse dos meios de comunicação de massa: *Jorge, um brasileiro* foi roteirizado para a TV Globo, como "Caso Especial", dirigido por Ziembinski e protagonizado por Antônio Fagundes e Stênio Garcia. O extraordinário sucesso de público desse "caso especial" levou a Globo a transformá-lo na série "Carga Pesada", que durou anos no interesse entusiasmado dos espectadores. Roteirizado para cinema, foi dirigido por Paulo Thiago e com Carlos Alberto Ricelli no papel de Jorge caminhoneiro: A festiva estreia do filme se deu em abril de 1989, com a presença do Escritor, recém-chegado da Alemanha, onde estivera fazendo palestras, como autor visitante.

Por acaso (ou destino marcado?) a alegria dessa estreia foi uma espécie de despedida: dois meses depois, em junho, sua vida terminava na estrada que o reconduzia para casa, em Belo Horizonte. Seu carro despenca num barranco e ele estava sozinho. O homem foi, sua obra fica. Nesse trágico momento, França Jr. já estava consagrado como um dos grandes escritores que, com sua "grande arte", tornara-se testemunha do homem brasileiro e "suas circunstâncias", tal como vividas no século XX.

Publicações

O viúvo, 1965; *Jorge, um brasileiro*, 1967; *Um dia no rio*, 1969; *O homem de macacão*, 1972; *A volta para Marilda*, 1974; *Os dois irmãos*, 1976; *As lembranças de Eliane,* 1978; *Aqui e em outros lugares*, 1980; *À procura dos motivos*, 1982; *O passo-bandeira:* uma história de aviadores, 1984; *As laranjas iguais*, 1985; *Recordações de amar em Cuba*, 1986; *No fundo das águas*, 1987; *De ouro e de Amazônia*, 1989; e *A árvore que pensava* (infantil), 1986.

Fontes de consulta

Cremilda Medina. *Escritor Brasileiro hoje.* SP, Imprensa Nacional Lisboa/ Secr. da Cultura SP, 1985). Suplemento Literário/Minas Gerais/Ed. Especial Oswaldo França Jr, BH maio.1991. Supl. Lit. MG/"Lembranças de Oswald França Jr." BH, out.2009. Carlos Tavares, "Um brasileiro em Cuba" in "Correio das Artes", João Pessoa, nov./dez.1986. Manoel Lobato et alii, "Um Retrato por inteiro" in Supl. Lit. MG. BH, 07.01.1989. Haydée R. Coelho, "O. França Jr. em recortes" in Supl. Lit. MG. BH, 07.06.2007.

74. PAULO DANTAS

Paulo Dantas, Leitor de Euclides e de Rosa[111]

> [...] tocar um texto, não com os olhos, mas com a escrita, abre um abismo entre a crítica e a leitura. [...] Só a leitura ama a obra, mantém com ela uma relação de desejo. Ler é desejar a obra, é querer ser a obra, é recusar duplicá-la para além de toda palavra que não seja a dela própria. (Roland Barthes)[1]

Em raríssimos textos que se pretendem *mediadores* entre determinada obra e o leitor, encontramos tão viva relação com essa definição barthesiana de leitura, como neste *Através dos sertões*[2], de Paulo Dantas. Inclusive, até podemos dizer que a fusão de sua palavra com a terra ou sua identificação com a natureza em bruto (que é uma das marcas de seu estilo de romancista) aqui, neste texto, se fazem sentir muito mais fundas e tocantes do que em obras anteriores (*Capitão jagunço*, *O livro de Daniel...*). E isso, certamente, porque neste *Através dos sertões* se trata de paixões somadas, de experiências fundidas que se transformam em uma só. Experiência manifestada (como diz o autor) em "um fabuloso *fabular de agruras* a desfilar sugestões rosianas e euclidianas. A lição de cada um; seu exato pensamento." (p. 15)

Há muito, escrito e reescrito, "nascido dos arrancos e dos espantos de Euclides e de Rosa", este *Através dos sertões*, recém-publicado (1995), acresce-se de um dado festivo: assinala os 40 anos da entrada de *Grande sertão: veredas* no mundo da Literatura Ocidental, e os quase 100 anos do "espanto" nacional que é *Os sertões*.

---

[111] Publicado na "Revista da Literatura Brasileira", S. Paulo, nº 05 pp. 07-10, 1995; no "Correio das Artes", João Pessoa, 1997, pp. 3-4, e "Opção Cultural", Goiânia, 1998, pp. 07-09. (N. da A.)

Não teria sido necessária a introdução inicial, em que Dantas se confessa leitor apaixonado, há anos e anos, desses dois "monstros sagrados" da literatura, que são Euclides da Cunha e Guimarães Rosa. A candente e explosiva vibração de sua *linguagem mediadora* (que se mantém em alta tensão, da primeira à última página) atravessando *Os sertões* (1902) e *Grande sertão: veredas* (1956), dão-nos bem a dimensão dessa paixão em exercício-de-leitura. Paixão que, para se exprimir como *crítica*, se alicerça em documentos, mapas, cadernetas de campo, cartas, entrevistas, reportagens... E mais, leva o escritor a peregrinar pelos espaços sertanejos (de Canudos e dos "gerais mineiros"), onde se deram as experiências (trágicas em Euclides, mágicas em Rosa) desses dois romances-marcos da nossa literatura.

Escritor telúrico (como Euclides e Rosa), Paulo Dantas conscientemente recusou o "distanciamento" emotivo que (depois da leitura comungante) a postura crítica exige. E misturou sua voz à de seus "mestres", cuja dimensão de demiurgos, ele vai iluminando e comparando entre si, como criadores de mundos que são, a partir da matéria primordial que é o Sertão.

A quem ainda não leu *Os sertões* e *Grande sertão: veredas* (ou leu e não lhes descobriu a grandeza), com certeza, esta fala caudalosa e caótica de Paulo Dantas seduzirá para a leitura e consequente descoberta dessas duas "expressões literárias geniais e oceânicas do grande tema [...] sertão [...] veredas densas da compreensão que se faz verbo, carne, espírito, personagem, história, iluminação, dor, drama, denúncia, restituição. Da ação e mistério, coivara e possessão." (p. 23)

É através desse prisma caleidoscópico que Paulo Dantas vem tentando apreender o mais autêntico no modo de ser brasileiro, tal como essas duas obras magnas de nossa literatura detectaram. E nordestino deslocado para o Sul, o que o tem atraído e desafiado sempre são os aspectos contrastantes, que nos singularizam como povo, e que Euclides da Cunha caracterizou como "contraste até certo ponto providencial entre os dois aspectos predominantes no espírito brasileiro, a refletir-se no binário constituído, de um lado, pela inteligência do Sul, mais bem-aparelhado por um conceito de realidade (urbana); e, de outro lado, pela fantasia poderosa dos nortistas, de onde lhes advém, essencialmente, o gênio poético incomparável."[3]

Sentindo na escritura ficcional o espaço privilegiado, onde esses contrários se fundem, Paulo Dantas, ao avançar de sua leitura ritualística pelos meandros euclidianos e rosianos, vai desvendando o Sertão, como *princípio*, como *magma* da brasilidade. "Há o sertão, existem sertões. Todo o embasamento da alma nacional está neste tema e nas suas variações." (p. 16) Afirmação essa que, num primeiro momento, pode causar espécie a um leitor sulista (principalmente ao citadino), cuja experiência de vida não inclui o Sertão e, portanto, não poderia tê-lo como "originário". Mas, num segundo momento, descobre-se que o fenômeno "sertão", nessas obras, é muito mais amplo do que sua mera dimensão geográfica. Tanto assim que "Euclides apoiou a sua obra numa base territorial geográfica, Rosa no campo existencial, metafísico." (p. 80)

Enfim, já sabemos à saciedade que não existe *um* Brasil, mas *vários* Brasis, e em todos eles pode-se apontar o *sertão* como "origem", na medida em que, seja em Rosa, Euclides ou Dantas (ou em vários outros escritores) ele adquire a dimensão de *princípio de vida* ou de *matéria primordial* informe, que está na origem das formas manifestas da vida. Daí a consabida razão, pela qual ambos os romances, o euclidiano e o rosiano, sendo tão autenticamente *regionais*, são ao mesmo tempo *universais* (como acontece com todas as grandes obras literárias em todas as partes do mundo).

Desenrolando suas leituras em linhas paralelas, Dantas vai iluminando fragmentos dos romances, como que por acaso, e compondo um quebra-cabeças que, ao final, revela ao leitor as semelhanças e diferenças de cada um dos romancistas, enleados por um denominador comum: a *sedução do sertão*. E cada um enfrentando sua luta com as palavras, para domar a realidade em bruto (natureza, homens, animais) e principalmente para apreender na rede verbal o "espírito do lugar". Cada qual com seu estilo — um, *épico*, "em movimentos de prosa sinfônicos" que não admite "os adágios, os andantes descontraídos, os interlúdios amolecidos", que "não fantasia, embora carregue nos períodos, nas frases de belezas verbais inusitadas" (p.31); o outro, mágico, para quem "cada palavra tinha uma sonoridade e um significado como uma ave tem um canto e uma plumagem", e assim fez de "seu livro um grande viveiro de aves raras"; e raras, porque "quando a palavra não existia, ele a criava. Ave palavra." (p. 28)

Difícil resistir à tentação das citações... tal o encantamento que impregna a leitura-escrita de Paulo Dantas, desvelando o Sertão tal como o descobriram e viveram "dois gênios e duas épocas. [...] Juntas, emendadas, variadas. Dois conflitos de cultura. Duas guerras: a primeira a verdadeira; e a segunda interior, psicológica. Entre o Exército e a jagunçagem; entre Deus e o Diabo, ambas nas fronteiras de fogo do bem e do mal [...] sagaranas verdes, sertões penitentes e sagrados." (p. 24)

Aproximando obra e homem, Dantas contrapõe a "angústia social e histórica" de Euclides à "angústia existencial ou metafísica" de Rosa. E traça seus perfis — o de Euclides, austero e triste, "historiador, sociólogo, egresso da farda, engenheiro das *horas calmas* e das estradas abertas"; e o de Guimarães Rosa, o "homem de ambiguidades [...] diplomata, embaixador-jagunço, de porte emérito, gravatinha borboleta, viajor magno", com quem "o sertão viajou pelo mundo inteiro". Ainda sobre Rosa, de quem foi amigo, Dantas revela algo só conhecido dos íntimos — o seu lado esquizoide, surpreendido em certa tarde, quando foi visitá-lo no Itamarati e o encontrou "feito um beato manso, carregando uma imensa cruz", vagando pelos corredores, cantando ladainhas, "debulhando um imenso terço pardo". E Dantas conclui: "Respeitei o transe do amigo. [...] Passava por uma tremenda crise mística, o gênio da humanidade." (p. 99)

Suspendemos aqui nosso rápido percurso por *Através dos sertões* tentando acompanhar a aventura de espírito de Paulo Dantas, "leitor de Euclides e de Rosa". E mais uma vez vimos confirmada a importância que tem o *leitor*, para que a obra atinja sua mais plena realização. A leitura é a arte-de-decifração. Sem ela, isto é, sem o *leitor atento*, toda obra (por maior ou mais perfeita que seja) ficará inconclusa... E quanto maior a obra, maior o número de leitores que ela exige para que todo o seu potencial se transforme em ato, durante a leitura.

Às centenas de diferentes leituras, em diferentes níveis, que há anos vêm sendo feitas sobre essas duas obras cimeiras de nossa literatura — *Os sertões* e *Grande sertão: veredas* —, soma-se agora a desta apaixonada leitura-escrita de *Através dos sertões* que, sem dúvida, atrairá mais e mais leitores para novos percursos.

Notas

1. BARTHES, Roland. *Critique et Verité.* Paris, Seuil, 1966.
2. DANTAS, Paulo. *Através dos Sertões.* SP, Massao Ohno, 1966.
3. Apud DANTAS, Paulo. *Capitão Jagunço.* 5ª ed. SP, Global, 1982 (p. 150).

Dados biobibliográficos

Romancista, jornalista, biógrafo, intelectual apaixonado e polêmico, o sergipano Paulo Dantas Neto nasceu na cidade sertaneja de Simão Dias, em 1922. Fez os primeiros estudos em sua terra e prosseguiu-os em Itabuna e Salvador na Bahia, revelando, desde cedo, grande paixão pela leitura do que lhe chegasse às mãos — folhetos de cordel, cartilhas, novelas de folhetim...

Temperamento inquieto, voluntarioso e apaixonado, ainda adolescente abandona os estudos regulares e volta para sua terra. Mas sua natural inquietude leva-o a viajar. Muda-se para o Rio de Janeiro, onde permanece meses trabalhando como *free-lancer* na imprensa carioca. Sua vocação para as Letras começara cedo: aos 13 anos colaborava no "Tico-Tico"/RJ e nos jornais sergipanos. E, 1937, reuniu essa primeira colaboração para crianças no livro *Mentalidade infantil.* Durante um longo período de doença, em busca de melhor clima e repouso, muda-se para várias cidades (Petrópolis, Campos do Jordão, Belo Horizonte). Nos anos de 1940, fixa residência em São Paulo. Estreia como romancista com *Muralhas cinzentas*, cuja excelente repercussão crítica lhe valeu o Prêmio Afonso Arinos/Academia Brasileira de Letras/1943. Em 1946, publica *As águas não dormem,* volume que inclui seu livro de estreia, ambos de cunho memorialístico. Matéria confessional que se prolonga em *A cidade enferma* (trama que se passa na "cidade hospital" Campos do Jordão, onde Dantas esteve em tratamento). Seguem-se *Chão da infância* e *Purgatório*. Estes últimos voltam-se para a deterioração do universo rural nordestino. "Purgatório" é o nome de um engenho de "fogo morto", onde vegeta uma família decadente, destroçada pela Guerra de Canudos, um clã em desagregação, com seus membros irremediavelmente ilhados, perdidos cada qual em sua agonia. Ambiente propício ao surgimento de videntes, profetas, visionários... Nele já aparece Daniel, menino estranho, beiço rachado, agitado por visões e que será o "profeta" do romance *O livro de Daniel* (1961).

Ainda dentro desse universo rural, bruto e fantasmagórico, Dantas escreve *O capitão jagunço* (1959), que abre uma nova etapa em sua evolução de escritor. Em linguagem de sabor áspero e trama fragmentada (estilo peculiar ao autor), *O capitão jagunço* gira em torno da figura de Antônio Conselheiro e de seu traidor (Jerônimo de Propriá); nele se prolonga a tragédia de Canudos com o horror das matanças.

Simultaneamente à escrita dos romances, Dantas colabora assiduamente em suplementos e revistas literárias. Ligado profissionalmente ao movimento cultural e editorial, foi secretário da Câmara Brasileira do Livro; diretor da União Brasileira de Escritores/SP, escrevente do Fórum de São Paulo e diretor editorial da Livraria Francisco Alves onde, nos anos 1960, criou a Coleção Terra Forte, revelando nomes e romances que passaram a fazer parte da Literatura Brasileira: *Os guaxos* (1960) de Barbosa Lessa (Prêmio ABL e APL); *Major Calabar* (1960) de João Felício dos Santos; *Irmão juazeiro* (1960) de Francisco Julião; *Chão de mínimos amantes* (1961) de Moacir C. Lopes e *Porto calendário* (1961) de Osório Alves de Castro. Nessa coleção, Dantas publica sua "Rapsódia para um filme", *Sertão do boi santo*, escritura emprenhada pela força da vida em bruto, como ele anuncia já na dedicatória

> a Walter Guimarães Motta
>
> Criador de *A morte comanda o cangaço*, que, veloz e disparado, acendeu em mim as ideias e os espantos para a realização deste livro-argumento, cruzamento de literatura com cinema, misturando beatos com cangaceiros, vaqueiros com cantadores, cabras com senhores, numa linha rio-terra-

-forte para ser filmado, em tecnicolor. Dedico e ADIANTE PASSO, com ritmo e continuidade, esta "vida, paixão e morte" de um boi no sertão, de nome Divino.

Visceralmente empenhado em resgatar do esquecimento as raízes sertanejas do Brasil, este rapsódico *Sertão do boi santo* é todo oralidade, resgatando contos e cantos que se misturam em nosso húmus folclórico. Guimarães Rosa, ao lê-lo no original, escreveu:

> Na Vereda Paulo Dantas / vão pastar sete boiadas: / cada boi com cascos de ouro, / com as vassouras prateadas. // Buriti de Paulo Dantas / é um lugar abençoado: / lá, quem colhe nunca planta, / quem planta colhe dobrado. // Paulo Dantas nos Gerais / há de ter muito respeito / Ele é jagunço demais, / guerreia de todo jeito. // Quem brigar com Paulo Dantas / já está morto e enterrado: / com ele não adianta / coragem nem corpo fechado. // Na casa de Paulo Dantas / só tenho satisfação / almoço e fico p'ra janta, / com toucinho no feijão.

A essa "rapsódia" do Boi Santo, seguem-se outros títulos que se incorporam a uma obra que tem seu lugar específico na literatura brasileira. Guimarães Rosa, de quem Dantas se tornara amigo e "adorador", ao definir sua personalidade, escreveu:

> (Paulo Dantas) Sertanejo audaz e estrelado, romancista forte, despejado, homem para espantos e madrugadas, com mancheias de caráter palpável, rijo trovador, galopador, propulsor de assaltos, intimorato mesmo.

Faleceu em pleno outono, repentinamente, em 11 de junho de 2007, aos oitenta e cinco anos. Foi cremado na Vila Alpina (São Paulo) e suas cinzas foram lançadas em Campos do Jordão (SP) onde morou, fez grandes amizades e cujo cenário lhe lembrava algo de sua terra sertaneja.

Publicações

Ficção — *Muralhas cinzentas* (Prêmio Afonso Arinos-ABL/1943); *As águas não dormem*, 1946; *Cidade enferma* (Prêmio Coelho Neto-ABL/1960 e Prêmio Mário Sette-Jornal de Letras/RJ); *Trilogia Nordestina*: (*Chão de infância*, 1953; *Purgatório*, 1955; e *O livro de Daniel*, 1961); *Capitão jagunço*, 1959; *Viaduto*, 1969; e *O lobo do planalto*, 1970.

Biografia — *Tobias Barreto*, 1952; *Coelho Neto*, 1953; *Aluísio Azevedo*, 1954; *Mark Twain*, 1950; *Quem foi Antônio Conselheiro?*, 1966; e *Presença de Lobato*, 1973.

Antologia — *Estórias e lendas do Norte e Nordeste*, 1961; *Rio em tempo de amor*, 1905; *Antologia Euclidiana*, 1965.

Cartas — *Sagarana emotiva* (correspondência com Guimarães Rosa), 1975.

Roteiro — *Sertão do boi santo*, 1963.

Ensaio — *Através do sertão*, 1995.

Livro juvenil — *O menino jagunço*, 1970; e *Inventação de pássaros*, 1982.

75. RADUAN NASSAR

Lavoura Arcaica:
A transgressão do interdito e a escrita-de-Deus[112]

> [...] todas as nossas obras não passam de um esforço desesperado, para dizermos o indizível. (Merleau-Ponty)[113]

Se há romance, no panorama da nossa Literatura, em que se faça sentir esse "esforço desesperado", para expressar o que se oculta na vivência interior do ser, esse é *Lavoura arcaica* (1975) de Raduan Nassar. Sua escritura fragmentada, num primeiro contato, parece o desaguadouro das múltiplas águas, que se misturam no oceano da pós-modernidade, a que diluiu todas as certezas, leis, valores e formas, consagradas pela Razão de ontem e desafia os homens a construírem uma Nova Ordem.

Compacto e breve romance, *Lavoura arcaica* — espécie de febril confissão de um Eu perdido em si mesmo —, desde uma primeira leitura, desafia o "leitor atento" a decifrar sua trama labiríntica, de natureza simbólica ou metafórica, visível fruto de um longuíssimo tempo de gestação de intensas/dramáticas/silenciosas vivências, que vão sendo recolhidas dos atalhos da memória e aprisionadas nas palavras.

Ficção onírica/memorialista, *Lavoura arcaica*, cujas raízes afundam num multimilenar tempo de origem, desde logo se revela, tal como um dique que se rompesse e fosse arrastando, no fluxo da escritura, a labiríntica odisseia de um Eu formado pela Lei Sagrada do Pai, e que, pela força da Paixão, é levado a transgredir o supremo interdito — o do sexo e do incesto —, e a se afastar da Família, da Ordem Patriarcal que, desde sempre, alicerçara sua existência.

---

[112] Texto inédito. Leitura que prometi ao Autor, em 1975, e ficara na promessa, cumprida agora, 35 anos depois. (N. da A.)

[113] In *Fenomenologie de la perception*, 1945. (N. da A.)

Espécie de parábola do filho pródigo, às avessas, *Lavoura arcaica* se abre *in media res*: André, o filho "pecador", que abandonara a casa paterna, é procurado pelo irmão mais velho, Pedro, para levá-lo de volta ao seio familiar.

> Olhos no teto, a nudez dentro do quarto [...] o quarto é inviolável [...] o quarto é um mundo, quarto catedral... [...] eu estava deitado no assoalho do meu quarto [...] quando meu irmão chegou para me levar de volta; minha mão, pouco antes dinâmica e em dura disciplina, percorria vagarosa a pele molhada do meu corpo...[114]

É com essa ambígua cena que o romance tem início, atraindo o leitor para algo incomum, cujo significado imediato lhe escapa, mas que o intriga: depara-se com um eu solitário, fechado em seu "quarto catedral", deitado no chão e que acabara de se masturbar (como num ritual sagrado), quando é surpreendido pela chegada do irmão que viera buscá-lo de volta à família. O significado profundo dessa estranha cena de abertura só será alcançado pelo leitor, ao longo da densa/fragmentada trama narrativa — verdadeiro "palimpsesto" que o desafia a decifrar as mil e uma linhas-de-força, que nele se cruzam. Linhas ou raízes que se perdem no mistério do ser humano e suas paixões.

Sempre conduzido pela voz difusa do Eu-narrador, é de maneira confusa que o leitor vai penetrando num labirinto de aconteceres, que acabam por se revelar como "peças" soltas de um quebra-cabeças, que cabe a ele ir montando para, aos poucos, ao longo de leituras e releituras, ir compondo a trama, toda ela energizada pelo húmus arcaico da Palavra Sagrada do Alcorão (ou do Velho Testamento). Palavra mantida viva pela família — pedra fundamental, sobre a qual o indivíduo se ergue e se constrói.

A partir dessa cena inicial (a chegada do irmão, para levar de volta à família o filho desgarrado), vai-se revelando, fragmentariamente, a profunda/trágica cisão que se dera entre André e a Lei Absoluta do Pai. A teia narrativa vai registrando a fala serena e persuasiva de Pedro,

---

[114] Lavoura Arcaica, RJ, Ed. José Olympio, 1975, p.5. (N. da A.)

intercalada com o passado que volta à memória dolorida/confusa de André; a sua infância alegre, filho de uma família unidíssima, em torno do Amor da Mãe e da Lei do Pai — lei suprema e inflexível, alicerçada nas certezas e verdades absolutas do Livro Sagrado. Lei que estabelecia com rigor os limites entre o bem e o mal, o certo e o errado, justiça e injustiça, o puro e o impuro. De natureza extraordinariamente sensível e introvertida, instintivamente ligado à Natureza — à terra e aos animais da fazenda —, o André-menino vivia em harmonioso convívio com irmãos e irmãs, unidos por valores comuns e indiscutíveis. Convívio de ontem, há muito perdido, e que a chegada de Pedro e sua fala persuasiva traziam de volta:

> [...] o amor, a união e o trabalho de todos nós junto do Pai era uma mensagem de pureza austera guardada em nossos santuários, comungada solenemente em cada dia, fazendo o nosso desjejum matinal e o nosso livro crepuscular, sem perder de vista a claridade piedosa desta máxima, meu irmão prosseguia na sua prece, sugerindo a cada passo, e discretamente, a minha imaturidade na vida, falando dos tropeços à que cada um de nós estava sujeito [...] mas que era importante [...] nos pormos de guarda contra a queda [...] pois bastava que um de nós pisasse em falso para que toda família caísse atrás. (p. 18)

André, calado, ouvia aquela "prece", até que sentiu ímpetos de gritar-lhe: "[...] a nossa desunião começou muito mais cedo do que você pensa [...]" Mas calou-se. O leitor, seguindo aquelas labirínticas lembranças, vai descobrindo que aquele fraterno convívio amoroso e puro seria alterado a partir de certo momento. Em sua pré-adolescência, André passa a ser acometido por crises interiores de intensa religiosidade — ávida busca de total comunhão com Deus e absoluta obediência à Lei do Pai e seus interditos. Religiosidade febril que, na adolescência, vai se transformar em fundo sentimento de culpa, devido a um novo e incontrolado impulso: o do "pecado do sexo". Levado pelo desejo, André transgride a lei do grande interdito. Adolescente, na calada da noite, às escondidas, ele procura o bordel. É o que ele confessa ao irmão, num ímpeto desesperado:

> [...] era lá, Pedro, era lá que eu escapulindo da fazenda nas noites mais quentes, e banhado em fé insolente, comungava quase estremunhado. [...] Pedro, Pedro, era a peta dos meus olhos me guiando para casas tão pejadas, era refocilando ali que eu largava minha peçonha, esse visgo tão recôndito. (p. 69)

E diante do assombro de Pedro, ele apanha do armário uma pequena caixa, de onde tira "uma fita estreita de veludo roxo, esquiva, uma gargantilha de pescoço" e, como que em transe, estende-a para o irmão:

> [...] pegue, Pedro, pegue na mão e pese este objeto ínfimo, este trapo não é mais do que o desdobramento e o sutil prolongamento das unhas sulferinas da primeira prostituta que me deu, as mesmas unhas que me riscaram as costas exaltando minha pele branda [...] (p. 67)

E, como numa torrente, sua voz delirante/agressiva/dolorosa/atropelada foi desdobrando as lembranças do vivido antes da fuga da casa paterna, até que "tudo se apagou num instante" — ele sentira os olhos do irmão "de repente dilacerados, meu irmão chorava minha demência." André silenciou, mas suas lembranças voltam à tona da memória: as alegrias do antigo convívio fraternal; a funda/amorosa ligação com a Mãe — o grande útero familiar; a leitura solene do Livro Sagrado feita pelo Pai, nos serões familiares e as festas que aconteciam no terreno à volta da casa; o vinho bebido por todos como num alegre ritual, a roda dos dançantes se formando ao ritmo da música tocada pela *flauta* soprada pelo velho tio. Estremecendo, André revê a irmã, naquele ontem perdido:

> Não tardava Ana, impaciente, impetuosa, o seu corpo de campônia e flor vermelha feita um coágulo de sangue prendendo de lado os cabelos negros, essa minha irmã que, como eu, mais que qualquer outro em casa, trazia a peste no seu corpo, ela varava então o círculo que dançava. (p. 26).

Cena bela e fortemente erótica, que se vai repetir exatamente igual, no dia da volta de André à casa paterna, quando a família se une em grande alegria para comemorar seu retorno, ignorando o trágico desenlace que os aguardava.

Misturando os tempos, o antes e o depois, numa só voragem, a certa altura, André já não ouve as palavras do irmão e se revê no passado: relembra sua repentina decisão de partir, de assumir o seu "eu", sua própria verdade, libertando-se da Lei do Pai. Foi como se, voltando no tempo, revivesse aquele momento decisivo e se visse como um outro:

> Saltei num instante de repente *para cima da laje que pesava sobre meu corpo*, meus olhos de início foram de espanto, redondos e parados, olhos de lagarto [...] fechei minhas pálpebras de couro para proteger-me da luz que me queimava e meu *verbo* foi um princípio de mundo: musgo, charco e lodo. [...] Pela primeira vez senti o fluxo da vida [...] Tenho dezessete anos e sobre esta pedra fundarei minha igreja particular, a igreja para meu uso, a igreja que frequentarei de pés descalços e corpo desnudo, desnudo, como vim ao mundo. (p. 84)

Esse momento, de descoberta da própria identidade, repete o gesto do Teseu mítico, removendo o rochedo, sob o qual o avô Egeu (quando de seu nascimento e pra protegê-lo dos inimigos) escondera suas insígnias de poder, as sandálias e a espada. Insígnias que o revelariam a si mesmo, quando ele se tornasse bastante forte para remover a pedra.

Nessa fala *moto-continuo*, que funde um tempo no outro e desorganiza a ordem das coisas, André prossegue com as memórias fragmentadas, que ora são reveladas ao irmão, ora são revividas por ele, de maneira convulsa, febril, num atropelo de palavras que, numa primeira leitura, escapam à compreensão do leitor. Há algo, porém, que desde logo se torna evidente: é a dor lancinante que o avassala... sem que se revele claramente sua verdadeira causa. Até que, em meio ao embaralhamento das memórias, aqui e ali, assoma em rápidos *flashes* a "casa velha da fazenda", onde ele se refugiava: "esconderijo lúdico da minha insônia e suas dores", onde ele "trancara, entre as páginas de um missal", a sua "libido mais escura", seu "tormento sacro e profano"... Fora ali que, um dia, *a comunhão de corpos* acontecera. Ato transgressor, incestuoso, vivido por ele como um verdadeiro ritual de renascimento existencial.

> [...] a natureza me fazendo seu filho predileto [...] me tornando feito menino no seu regaço [...] *e era Ana ao meu lado*, tão certo, tão necessário que assim fosse [...] o rosto de um contra o rosto do outro, e só pensando que nós éramos de terra, e que tudo o que havia em nós germinaria em um com a água que viesse do outro [...]

O leitor, arrastado pela avalanche de palavras, que desnudam essa paixão abissal, vai descobrindo a devastação interior de André, quando se vê negado pela irmã amada que, para fugir da culpa, se refugia na religiosidade.

> [...] Ana estava lá, diante do pequeno oratório, de joelhos [...] tinha o terço na mão, corria as primeiras contas, tendo os olhos presos na imagem do alto [...] Vendo seu perfil piedoso, fui me pôr atrás dela, passando eu mesmo, num murmúrio denso, a engrolar meu terço, era a corda do meu poço que eu puxava, caroço por caroço, "te amo Ana" "te amo Ana" "te amo Ana" eu fui dizendo num incêndio alucinado e doce, como quem ora [...] mas era inútil a minha prece, nenhuma vibração, [...] tinha os olhos definitivamente perdidos na santidade [...] caí por um momento numa surda cólera cinzenta [...] (p. 112)

Num repente, ele volta ao presente, e, cedendo à convulsão interior, confessa, ao irmão aturdido, a transgressão do interdito e consequente causa de sua fuga da casa paterna:

> "Era Ana, era Ana, Pedro, era Ana a minha fome", explodi de repente num momento alto, expelindo num só jato violento meu carnegão maduro e pestilento. "Era Ana a minha enfermidade, ela a minha loucura, ela o meu respiro, a minha lâmina, meu arrepio, meu sopro, o assédio impertinente de meus testículos" eu gritei de boca escancarada. (p. 103)

Apela ao irmão para livrá-lo do "cheiro virulento", mas Pedro, assombrado, cobre o rosto com as mãos. Pouco depois, se recompõe, enquanto André enlouquecido continua falando, entregue à "volúpia ardente de uma confissão (que tremores, quantos sóis, que estertores!) até que seu corpo lasso num momento tombasse docemente de exaustão." Afinal, a serena/obsessiva decisão de Pedro, em reconduzir o irmão desgarrado ao seio familiar, acabou por vencer.

> Pedro cumprira sua missão me devolvendo ao seio da família; foi um longo percurso marcado por um duro recolhimento, nós dois permanecemos trancados durante toda a viagem que realizamos juntos, e na qual, feito menino, me deixei conduzir por ele o tempo inteiro. [...] quando chegamos, a fazenda dormia num silêncio recluso, a casa estava de luto, suas luzes apagadas [...] largado na beira da minha velha cama [...] fui envolvido pelos cheiros caseiros que eu respirava, me despertando imagens torpes, mutiladas [...] me passava também pela cabeça o esforço de Pedro para esconder de todos a sua dor [...] ele não poderia deixar transparecer, ao anunciar a minha volta, que era um possuído que retornava com ele à casa [...] para não estragar a alegria e o júbilo nos olhos do meu pai [...] que dali a pouco haveria de proclamar que "aquele que tinha se perdido tornou ao lar, aquele pelo qual chorávamos nos foi devolvido. (p. 143)

O leitor é arrastado pelas palavras de André, aprisionado entre a sua verdade escura e a clara alegria dos que o tinham de volta. Palavras doloridas, que vão sendo tocadas de ternura, pelo júbilo da festa preparada para celebrar sua volta, festa que se repetia exatamente igual à de outrora, celebrando a funda união familiar, e que André descreve agora com as mesmas palavras com que descrevera a de ontem, começando com "a grande roda de homens se formando primeiro, meu pai de mangas arregaçadas arrebanhando os mais jovens, todos eles se dando rijo os braços [...] e logo meu velho tio, velho imigrante, mas pastor na sua infância, puxou do bolso *a flauta* delicada, feita um caule nas suas mãos pesadas." [...] Tudo era vida, alegria, "e quando menos se esperava, Ana (que todos julgavam sempre na capela) surgiu impaciente numa só lufada, os cabelos soltos espalhando lavas [...] toda ela ostentando um deboche exuberante [...] a gargantilha de veludo roxo apertando o pescoço [...] pulseiras nos braços, anéis nos dedos, outros aros nos tornozelos, foi assim que Ana, coberta com as quinquilharias da minha caixa, tomou de assalto a minha festa, varando com a peste no corpo o círculo que dançava." (p. 182)

Subitamente a festa, que ontem fora apenas alegria e vida, é cortada pela tragédia: o "alfange" vibrado pelo Pai, "possuído de cólera divina" (como que enlouquecido por palavras ditas por Pedro ao seu ouvido), atinge "com um só golpe a dançarina oriental". O leitor (tal como os participantes da festa) é atingido em cheio pelo inesperado; sente-se como que atirado no âmago de uma tragédia grega. Tal como em *As bacantes* de Eurípedes (em cujo desenlace o dionisíaco e o trágico se misturam), em *Lavoura arcaica* a jubilosa celebração de Eros e da Vida é inesperadamente interrompida por Thanatos, a Morte. André, aturdido, relembra:

> [...] do silêncio fúnebre que desabara atrás daquele gesto, surgiu primeiro, como de um parto, um vagido primitivo: Pai! E de outra voz, um uivo cavernoso, cheio de desespero: Pai! Eram balidos estrangulados: Pai! Pai! Onde a nossa segurança? Onde a nossa proteção? Pai!
>
> E vi a mãe, perdida, no seu juízo, arrancando punhados de cabelos, [...] batendo a pedra do punho contra o peito. Iohána! Iohána! Iohána! E foram inúteis todos os socorros, e, recusando qualquer consolo, andando entre aqueles grupos comprimidos em murmúrio como se vagasse por entre escombros, a mãe passou a carpir em sua própria língua, puxando um lamento milenar que corre ainda hoje a costa pobre do Mediterrâneo: tinha cal, tinha sal, tinha naquele verbo áspero a dor arenosa do deserto. (p. 187)

E o romance se encerra com esse trágico desmoronamento: era o Pai, "o guia, a tábua solene, era a Lei que se incendiava".

Segue-se num último fragmento, *in memoriam*, no qual André transcreve as palavras com que o Pai definia a Vida: destino que cabe a cada um e que deve ser enfrentado com "olhos amenos", sem questionar, "como não se questionam nos puros planos das planícies as trilhas tortuosas, debaixo dos cascos, traçados nos pastos pelos rebanhos: que o gado sempre vai ao poço." Destino, diante do qual o Pai, ao ser atingido, não pôde manter os "olhos amenos". *Maktub!* Como diria o avô de André.

Lavoura Arcaica e a "Escrita de Deus"

> O mundo é a ficção escrita por Deus [...] A literatura, bem como as demais formas de pensamento e linguagem, são tentativas de decifrar esse Livro, a "escrita de Deus" (Jorge Luis Borges in *El Aleph*)

Ao penetrarmos (e nos perdermos) na teia labiríntica de palavras com que André, o eu-narrador, vai compondo a trama de *Lavoura arcaica*, desde logo nos tocou a funda e estranha *vibração religiosa* de sua prolixa rede de palavras. Vibração que nos trouxe à lembrança o mundo borgiano — não pelo insólito fantasioso desse mundo, mas pela "respiração" religiosa (sacrílega?) que se faz sentir em sua escritura fantástica.

Com o avançar das leituras e releituras do singular romance de Raduan Nassar, daquela primeira impressão "borgiana" restou apenas um fator comum a ambos: o fascínio pelo *poder criador da Palavra* e a interrogação sobre o *Mistério de seu surgimento no mundo dos homens* — "mistério" que só outro Mistério poderia explicar: Deus.

Voltando a caminhos já percorridos, aprofunda-se-nos a certeza de que *Lavoura arcaica* pertence à esfera dos grandes romances, que desafiam o "leitor atento" a decifrá-los. Desde seu surgimento, passou a ocupar um lugar singular na Literatura Brasileira, não apenas pela intensidade com que ali é vivida a "paixão interdita" (o tema-tabu do incesto), mas basicamente pela essencialidade da arte, com que ali se dá a funda interação entre *a paixão vivida ocultamente* e *a escrita ambígua* que, ao mesmo tempo, quer revelá-la e ocultá-la. Dessa interação resulta que a escavação torturada dos "ocultos" das paixões, castradas pela Lei do Pai e expressa por uma escritura de *natureza esotérica*, que se manifesta já pela *estrutura linguística/sintática* da narrativa: frase caudalosa, que se desdobra num só "bloco", em cada capítulo, indo da primeira à última palavra, sem ponto final, nem parágrafos, como que registrando tudo, *diretamente da emoção para a palavra* do eu-narrador. O contínuo embaralhamento de sua escritura labiríntica e a tensão emocional que o percorre da primeira à última página, expressam-se numa linguagem anelante, moto-contínuo, que resulta *na ausência de uma conexão lógica imediata* entre os diferentes dados narrados na trama. "Conexão" que, só através de leituras e releituras, o "leitor atento" acaba por entrever, ao seguir os rastros da exasperada religiosidade que energiza o universo do romance.

O Autor teria tido consciência de que a verdadeira "alma" de sua escritura não seria atingida pela mera leitura episódica. E que, para chegar ao âmago, caberia ao "leitor atento" escavar os interstícios entre as palavras, até atingir o húmus que as energiza. Húmus inequivocamente "árabe" — diferente do que alimenta o arcaico brasílico —, dado que lhe exigiria um conhecimento prévio do fenômeno. Daí, sem dúvida, os "sinais" que ele foi deixando, ao longo da trama labiríntica e que, para serem desvendados em sua totalidade, exigiriam uma equipe de "leitores críticos". Entretanto, o nosso "leitor atento" não desistiu. Desde logo, fora atraído por um dos "sinais" mais evidentes, ao longo da trama novelesca: a profunda/obsessiva atmosfera religiosa/sacrílega que envolve tudo e todos. E, ao seguir esse "sinal", como *seta orientadora*, ele de repente sente naquela escrita tumultuada algo que a ligava à *natureza religiosa da caligrafia árabe* — uma singularidade que lhe serviu como espécie de "chave" para decifrar a natureza esotérica da linguagem ficcional criada por Raduan Nassar. Segundo rezam os textos sagrados islâmicos, o Alcorão é o código que permite ao homem decifrar a Natureza e, nesse sentido, o próprio Alcorão consagra *a caligrafia árabe* como manifestação da Palavra de Deus.

> Língua-corpo da Revelação, o árabe, em sua forma escrita, adquiriu um caráter sacralizado, miraculoso, impondo-se como a única língua de legítima manifestação da Palavra de Deus. [...] Deus está encarnado na Letra. A letra e a escrita são o aspecto fenomênico e compreensível de Deus. [...] Deus escreve. A palavra árabe *escrever* compõe-se das letras K-T-B, signos linguísticos que denotam a atividade divina e o próprio fundamento da realidade que cerca o homem. Aquilo que é, porque "assim está escrito", é o destino: *Maktub.* [...] A escrita de Deus é fundadora de mundos. Se o olho físico e mental do homem acompanha atento as curvas da letra desenhada, seu espírito é elevado em curvas até o espírito universal. [...] Diz um provérbio (*mathal*): "Lê! Teu Senhor é o Generosíssimo que ensinou a escrever com o *câlamo*. Por manter viva a palavra, o *câlamo* é consagrado como instrumento de Deus." (Aida R. Hanania, *A caligrafia árabe*, SP, 1999)

Embora escrevendo em língua portuguesa, Raduan teria tido, como objetivo maior, insuflar em seu texto onírico/catártico o poder fundador e sagrado da caligrafia árabe. Através de sua escrita estilhaçada/metafórica (pontuada de "sinais", como os do Alcorão) visaria eternizar no tempo sua profunda verdade humana/existencial, singular visão de mundo em choque com a Lei do Pai.

Prosseguindo nessa ordem de ideias, deduz-se facilmente que, embora escrevendo com um *instrumento laico* (lápis, caneta, máquina de escrever, etc.), o Escritor se sentiria tal como se usasse o *câlamo* sacralizado por Deus. Um dos "sinais", que levaram o "leitor atento" a essa dedução, foi a referência (por três vezes na trama) à *flauta* soprada pelo "velho tio imigrante", animando as festas familiares. Dedução arriscada, mas que se torna plausível diante da definição dicionarizada de "câlamo": "Tubo ou canudo de palha, usado pela escrita na Antiguidade e feito do *caniço* — planta originária do encontro da Água, do Vento e do Sol, e da qual nasceram duas linhas de expressão: a musical e a escrita, a *flauta* e o *câlamo*." Como se vê, ambas as "linhas" são instrumentos mediadores entre a Natureza e o Céu, e entre o Homem e Deus.

Com esse mesmo sentido, Raduan teria criado a escrita simbólica/metafórica de *Lavoura arcaica* (escrita que se quer fundadora de uma Nova Verdade) e o anuncia já no título do romance: *Lavoura*, aponta para a preparação da terra a receber a sementeira ou plantação, amanho da terra; *Arcaica*, anuncia algo que vem do tempo das origens. Lida através dessa ótica, a trama ficcional labiríntica do romance adquire uma nova dimensão. Segundo seu simbolismo, desde a Antiguidade mais remota (China, Índia, Sião, Cambodja, Islão...) a *lavoura* é universalmente considerada como um *ato sagrado*, um ato de fecundação da terra.

> No cânon budista, *a enxada e o cabo* do arado, que lavram a terra, têm um simbolismo fálico: o sulco feito na terra simboliza o *falo* penetrando na mulher. O fruto da penetração da Terra pelo Céu é o embrião do Imortal. Lavrar simboliza o esforço espiritual da ascese — desse ato sairá o fruto que não morre nunca." (Chevalier & Gheebrandt, *Dictionnaire des symboles*, Seghers, 1973)

É nesse ponto de convergência (*ato terrestre* identificado como *ato sagrado*) que a paixão incestuosa, vivida por André e condenada pela Lei do Pai, pode ser compreendida na dimensão em que ele a vivia: Paixão sagrada.

Em síntese: tudo, em *Lavoura arcaica*, existe através da "escrita de Deus" e na esfera da religiosidade. A começar pelos nomes bíblicos dos personagens centrais: *André* (o eu-narrador), *Pedro* (o irmão mais velho) e *Ana* (a irmã amada/proibida).

Segundo a Bíblia:

Santo André foi um dos doze apóstolos, discípulo de São João Batista, que o levou a conhecer Jesus e tornar-se um de seus fervorosos seguidores. Depois da morte de Cristo, prossegue em seu apostolado por terras de infiéis e, na Grécia, foi perseguido e crucificado.

São Pedro, o irmão mais velho de Santo André, foi por este levado a Jesus, tornando-se um de seus mais ardorosos seguidores. Por sua fé e milagres feitos, Cristo elegeu-o como a pedra-base da Igreja (tal como seu nome o sugeria: Petros/pedra). Tal como Santo André, também foi perseguido e morto na cruz, sendo enterrado no Coliseu em Roma.

Ana era esposa de Elcana e mulher estéril. Para livrar-se da esterilidade, fez promessa a Deus de consagrar ao Seu Serviço o filho que fosse concebido. Atendida, tornou-se mãe de Samuel, o último e um dos maiores juízes de Israel.

No romance, há uma clara correspondência entre os personagens e as figuras bíblicas: *André*, vive crucificado pela paixão incestuosa, frustrada; *Pedro*, o continuador da Lei do Pai, empenhou-se em reconduzir, ao lar, o irmão desgarrado; e *Ana*, negando-se à união incestuosa, não foi mãe, viveu como mulher estéril, e, apesar de se refugiar na fé, para fugir à paixão proibida, acabou sendo atingida pelo "alfange" do Pai enlouquecido.

Lavoura Arcaica e suas "Sombras Tutelares"

> [...] un libro es más que una estructura verbal, o que una serie de estructuras verbales; es el diálogo que entabla con su lector [...] Ese diálogo es

> infinito... El libro no es un ente incomunicado: es uma relación, es un eje de innumerables relaciones. (Borges, *Otras inquisiones*)

O denso/labiríntico universo criado por Raduan Nassar, em *Lavoura arcaica*, é inegavelmente um fascinante "eixo de inumeráveis relações", tal como Borges define a natureza heterogênea do Livro, cujo corpus verbal (grandioso, mediano ou medíocre) tem raízes ou fontes *em obras que o precederam no tempo*. "Nada se cria, tudo se transforma" no universo da Natureza e a da Humanidade. A vida universal é uma labiríntica rede de relações... É na essencialidade da *recriação* das "raízes" que, desde sempre, se revelou o valor ou desvalor da Obra, no tempo à que pertence.

Uma das singularidades de Raduan Nassar, como ficcionista, é a de se anunciar (aberta ou veladamente) como Testemunho da Vida e pertencente à linhagem daqueles que, através dos tempos, vêm sendo os atormentados "arautos" — continuadores/transformadores da Aventura da Escrita, que testemunha/eterniza a Vida. Arautos que, desde sempre têm revelado, ao próprio homem, a aventura humana, em que ele está enredado, e tal como ela vem sendo vivida/escrita pelas milhentas vozes dos Grandes Mestres.

Num "adendo" final ao romance, essa intenção é anunciada claramente na relação das "fontes" que, aqui e ali, teriam influído na elaboração de sua escritura. Em seu alerta ao leitor, Raduan torna mais explícitas essas "relações", transcrevendo frases, que foram por ele "enxertadas" em seu texto e que pertencem a Grandes Mestres, como Thomas Mann, Novalis, Walt Whitman, André Gide, Jorge de Lima e Almeida Faria. Já na epígrafe de abertura do romance, é destacada a presença espiritualista de Jorge de Lima, anunciando uma das raízes do drama vivido no romance: a formação familiar religiosa/coercitiva, mas extremamente amorosa, recebida na infância e que, na adolescência, entra em choque com a paixão incestuosa, proibida mas avassaladora.

> Que culpa temos nós dessa planta da infância,
> de sua sedução, de seu viço e constância?

Ao longo do romance, torna-se claro que a identificação de Raduan com Jorge de Lima se dá na esfera religiosa: a da angustiada *sede do sagrado*, que é marcante na criação literária de ambos. Mas, enquanto a angústia do Poeta vem da sua exigência mística: "restaurar a Poesia em Cristo", a de André, personagem de Raduan, vem de uma visceral ânsia libertária, contra o aprisionamento do Ser pela Lei Divina, dada como Verdade Absoluta. A fermentação dessas Grandes Vozes, na escritura que singulariza a arte de Raduan, é sem dúvida o que torna *Lavoura arcaica* uma presença singular e definitiva nos quadros da Literatura Brasileira.

Embora impossível de se analisar, no limitado espaço desta leitura, as inúmeras linhas de força que ligam *Lavoura arcaica* às vozes maestras que nela ecoam, destacaremos aquelas que nos parecem ser as grandes "Sombras Tutelares" do romance: Novalis, Dostoievski e André Gide.

Novalis

A "sombra" de Novalis, como uma atmosfera densa/sombria, permanece latente/patente ao longo do drama vivido por André, dividido entre sua voluntária *fuga da casa paterna* (cuja Lei ele transgredira) e sua frustração existencial por se sentir *exilado de seu lugar de origem*. Conflito que a certa altura ele revela claramente, repetindo a interrogação do Poeta: Desde a minha fuga, era calando minha revolta [...] que eu, a cada passo, me distanciava lá da fazenda, e se acaso distraído eu perguntasse "*para onde estamos indo?*" — não importava que eu, erguendo os olhos, alcançasse paisagens muito novas, [...] pois haveria de ouvir claramente de meus anseios um juízo rígido [...]: "*estamos indo sempre para casa*".

Dostoievski

Embora não citado no "adendo" final, Dostoievski se faz presente em *Lavoura arcaica*, não só em certos traços da personalidade sensível de André, o eu-narrador, mas principalmente na atmosfera do romance, onde se misturam: uma religiosidade exacerbada (entre mística e sacrílega) e uma obsessiva exigência de liberdade interior, contra os "interditos" impostos às exigências da alma. Liberdade estranhamente ligada ao Evangelho e à Danação. Destaca-se ainda o fervor quase místico que Dostoievski devotava à "terra", à sua força vivificante e sua relação misteriosa com o homem — fervor também presente em André. Se Raskolnikov chega a beijar a terra, como reconhecimento de sua divindade, André, para "amainar" a febre de suas "chagas", busca a solidão do bosque e cava a "terra úmida", para nela enterrar os pés nus. Visto pela ótica dostoievskiana, André, o eu-que-fala em *Lavoura arcaica*, pertence à linhagem do "homem do subterrâneo" — aquele Eu que, isolado e sentindo-se ignorado pelo Outro, entrega-se a um longo e ininterrupto monólogo sobre o próprio Eu, prisioneiro de si mesmo e revoltado contra o mundo que o rejeita. Tanto o universo de Dostoievski quanto o de Raduan são atravessados por paixões desmesuradas e, em geral, silenciadas na alma.

Lembramos, ainda, um dado "físico" que poderia explicar, em parte, a desmesura das paixões, tal como vividas pelo personagem de Raduan e pelos que habitam o mundo dostoievskiano. André, tal como Raskolnikov (*Crime e castigo*) ou o próprio Dostoievski e vários outros personagens seus, sofrem de "epilepsia" (a doença nervosa dos hipersensíveis). É apenas um dado curioso que, por coincidência ou não, é muito frequente nos gênios criadores, que a História registra.

Gide

A presença de André Gide na labiríntica escritura de Raduan Nassar é muito mais extensa ou evidente do que a do genial russo (que, aliás, se tornou conhecido na França dos anos 1920, através da exaltada admiração de Gide). Leituras e releituras (guiadas pelos "sinais" espalhados na trama, pelo Autor) acabam por revelar ao "leitor atento" que, muito mais do que uma "sombra", a presença gideana atravessa *Lavoura arcaica* como uma espécie de "energia existencial".

Há, sem dúvida, um tenso contraponto de ideias e paixões, entre *Lavoura arcaica* e o mundo gideano, tal como se manifesta em seus livros mais reveladores: *Les nourritures terrestres* (1897), *Le retour de l'enfant prodigue* (1907) e *Si le grain ne mort* (1919).

Tal como a de Gide, a obra de Raduan tem o tom de uma confissão permanente. Embora em estilos e linguagens totalmente diferentes, há uma tensão energética a ligar a labiríntica escavação da memória, por André, e a escritura densa/memorialista de Gide. Em ambos, as mesmas marcas da infância (moldada pela leitura familiar/obrigatória de textos bíblicos e seus interditos à livre expansão dos instintos); a mesma funda comunhão com a *terra*, com a natureza livre; e a mesma revolta contra o interdito imposto à fruição da sexualidade (ao homossexualismo de Gide e ao amor incestuoso de André). É principalmente na criação desse contraponto gideano que se revela o alto grau de invenção e autenticidade da arte maior de Raduan Nassar.

Obra de rara intensidade emocional e de singular estilo, *Lavoura arcaica* tem raízes que se perdem no Alcorão e no Velho Testamento, e se nos impõe como crispado testemunho deste nosso caótico tempo presente. Tempo que oscila entre o *arcaico* (os valores fundadores da civilização cristã ocidental) e o *pós-moderno* (ainda em gestação). Raduan Nassar está entre os testemunhos deste nosso tempo de transição, em que uma Nova Cultura e um Novo Homem estão sendo engendrados.

Dados biobibliográficos

Romancista de arte maior, dono de singular personalidade e presença já há muito integrada no panorama da Literatura Brasileira contemporânea, Raduan Nassar pertence à "Geração pós-Guerra" — a que enfrentou o caos cultural "pós-tudo". Nasceu em Pindorama, no interior paulista, em 27 de novembro de 1935, sendo o quinto filho de uma numerosa família de imigrantes libaneses. Seus pais, recém-casados, vieram do sul do Líbano para o Brasil, em 1920. Instalam-se de início no interior do Rio de Janeiro, onde parentes se dedicavam ao comércio de armarinhos — atividade comercial que seu pai exercerá daí por diante com muito sucesso. Um ano depois de chegados, mudam-se para Itajobi, no interior de São Paulo, e algum tempo depois, para

Pindorama, onde a família cresce e os negócios prosperam (a pequena loja do início, posteriormente, se transformaria no comércio de tecidos, Casa Nassar, e se ampliaria com o Bazar Treze).

Desde a infância, Raduan manifestou uma sensibilidade aguçada e instintiva religiosidade, alimentada pela leitura de textos sagrados do Alcorão ou do Velho Testamento que, nos serões familiares, eram lidos por seu pai, e ouvidos silenciosamente pelos oitos filhos sentados à volta da mesa. Cresceu afagado pelo carinho amoroso da mãe e obediente à severidade do pai, que exigia de todos rigorosa dedicação aos deveres cabíveis a cada um e absoluta obediência à Moral consagrada pelas leis e valores sagrados. Muito cedo aprendeu a ler, transformando-se logo num leitor voraz. Seus primeiros estudos foram feitos no Grupo Escolar da cidade. Destacou-se logo, entre os colegas, pelo interesse demonstrado por tudo, e por sua ótima memória. Qualidade que lhe valeu ser sempre escolhido para recitar poesias nas datas comemorativas. Nessa época, segundo ele, viveu "uma das melhores alegrias da infância", ao ganhar do pai um caixote de galinhas-d'Angola, que ficaram aos seus cuidados. Por volta dos 11 anos vive uma fase de funda religiosidade, que o levava a ir à missa e comungar todos os dias. Torna-se coroinha. No ano seguinte começa uma nova fase: a família muda-se para Catanduva, ele inicia o curso ginasial, e começa a trabalhar com o pai.

Em 1950, no último ano do ginásio, passa a sofrer uma série de estranhas convulsões, seguidas de perda parcial da memória. Levado para um hospital de São Paulo, é tratado por um neurologista. Com a memória recuperada, volta para casa e retoma a rotina, mas passa a ter um comportamento introvertido, avesso à escola. Continua os estudos em casa, com a orientação de uma irmã. Entra na fase de descoberta dos grandes clássicos da literatura e aprofunda seu aprendizado do árabe, língua do ambiente familiar. Volta ao colégio, termina o ginásio e inicia o curso científico, já na capital paulista, para onde a família se mudara.

Sua rotina de vida se altera: trabalha de dia com o pai (cuja empresa comercial se amplia) e à noite frequenta o Instituto de Educação Fernando Azevedo. Sua grande paixão é a leitura: lê vorazmente tudo quanto lhe cai nas mãos, desde os grandes escritores aos textos populares. No ano seguinte, troca o curso científico pelo clássico, pois descobrira que sua vocação era para as Letras ou Ciências Humanas.

Em 1955, começa o estudo universitário. Indeciso sobre qual o melhor caminho a seguir, matricula-se em duas faculdades da Universidade de São Paulo: a Faculdade de Direito e a Faculdade de Filosofia, Letras e Ciências Humanas, área de Letras Clássicas. No segundo semestre, abandona o Curso de Letras e passa a frequentar o curso noturno da Faculdade de Direito. Ali conhece os colegas que, com ele, acabariam por formar um coeso grupo de amigos, também apaixonados pelas Letras: Hamilton Trevisan, Modesto Carone e José Carlos Abbate. Todos eles, com projetos de criação literária, formaram um dinâmico grupo de estudos e debates sobre autores e obras da grande literatura de ontem e de hoje. Reuniam-se na Biblioteca Mário de Andrade ou na Biblioteca da Faculdade de Direito. Raduan, em 1957, volta para o Curso de Letras. Logo mais troca-o pelo de Filosofia e frequenta também o de Sociologia. Dedica-se cada vez mais à leitura da Literatura, à criação de textos que iam sendo acumulados e aos encontros com grupo de amigos. Em 1959, abandona a Faculdade de Direito, para dedicar-se exclusivamente às Letras. Frequenta o curso de Estética/ECA-USP.

Em 1960, o falecimento de seu pai abre uma nova fase em sua vida: desliga-se dos negócios da família. Viaja para Matane, no Canadá francês, onde viviam tios e primos que ele quis conhecer. Ali escreve o conto "Menina a caminho", publicado anos depois. Segue como emigrante para os Estados Unidos, onde permanece dois meses e volta ao Brasil. Em 1962, retoma o curso de Filosofia; reaproxima-se dos irmãos e continua voltado para seus projetos literários, mas ainda sem rumo definitivo. Em 1963, concluído o curso na Faculdade de Filosofia, planeja seguir carreira universitária. É convidado pelo Departamento de Pedagogia da USP para o cargo de Assistente de Psicologia Educacional, no campus de São José do Rio Preto. Mas, no início de 1964, viaja para a Alemanha Ocidental, a fim de estudar alemão. Na Berlim ocupada, depara-se com os traumáticos vestígios da II Guerra, terminada há quase vinte anos: as ruínas dos bombardeios ainda intactas, o Muro de Berlim dividindo o mundo em duas facções — liberais e socialistas. Ali, ao ter notícia do Golpe Militar de 31 de março, no Brasil, comunica à USP sua decisão de não assumir o cargo. Abandona o curso de alemão. Decide conhecer a terra de suas origens, viaja para o Líbano e percorre a aldeia de Ibel-Saki, onde seu pai nascera. Volta para o Brasil e, em 1965, compra a Chácara Tapiti em Cotia/SP e ali, em sociedade com Ernst Weber, dedica-se à criação de coelhos. No ano seguinte, passa a presidir a Associação de Criadores de Coelhos. Continua a participar das reuniões com os amigos em casa de Hamilton Trevisan, onde discutem política, literatura e filosofia.

Em constante oscilação de interesses, desiste da criação de coelhos e, com os irmãos, em 1967, em Cotia, funda o "Jornal do Bairro", com a participação de José Carlos Abbate e Ernst Weber, como redatores. Apesar de ser regional, o "Jornal do Bairro" abria espaço a notícias da política nacional e internacional. Nessa época (1968) retoma as leituras do Velho Testamento e do Alcorão, e se aprofunda na escavação do sagrado, segundo os Textos. Volta aos seus escritos esparsos e publica alguns no "Jornal do Bairro" ("Aí pelas três da tarde", "O ventre seco", "Hoje de madrugada"...). Inicia também os primeiros esboços de um romance que mais tarde surgiria como *Lavoura arcaica*. Escreve a primeira versão de *Um copo de cólera*. Participa da equipe Brasilpan (Hélio Polito, Macedo Miranda, Haroldo Holanda e outros) que produzia e apresentava, na televisão, o programa "Encontro Marcado".

Em 1971, foi profundamente abalado pela morte de sua mãe, de quem ele dizia ter herdado o gosto pela natureza e pelos animais. Intensifica as leituras dos livros sagrados, cuja influência se fará sentir em seus futuros livros. Em 1974, por discordar de certas mudanças na editoração do "Jornal do Bairro" (que mantinha uma tiragem mensal de 160 mil exemplares), deixa a direção. Sem outro trabalho à vista, entrega-se à escrita do romance há tantos anos iniciado e interrompido. Conforme ele disse em certa entrevista, escreveu *Lavoura arcaica*, durante seis meses, trabalhando dez horas por dia, numa febril exaltação. Publicado em 1975, tornou-se de imediato um grande sucesso de crítica, sendo contemplado com os maiores prêmios do país: Prêmio Coelho Neto/ABL-Academia Brasileira de Letras; Prêmio Revelação de Autor/APCA-Associação Paulista de Críticos de Arte; Menção Honrosa-Prêmio Jabuti/CBL-Câmara Brasileira do Livro e Menção Honrosa/Prêmio Walmap-Ficção. Em 1978, publica a pequena/densa novela *Um copo de cólera*, contemplada pelo Prêmio Ficção/APCA. A partir de 1982, *Lavoura arcaica* transpõe as fronteiras nacionais: foi publicada em edição espanhola, em Madri. Nesse ano, o conto "Menina a caminho", traduzido para o alemão, é incluído em antologia de contos brasileiros organizada por Kay Michael e publicada em Colônia. Em 1984, na França, a Gallimard publica num só volume os dois livros, *Lavoura arcaica* e *Um copo de cólera.*

Seguem-se, regularmente, reedições brasileiras e traduções estrangeiras. Apesar desse amplo sucesso, Raduan Nassar permaneceu, na esfera da Crítica, como um dos "escritores inclassificáveis". Isso, talvez, devido à singularidade de sua linguagem, em cujas raízes se misturam o húmus árabe e o brasílico. Como disse a ensaísta Leyla Perrone-Moisés:

> A linguagem de *Lavoura Arcaica* é de molde a inibir qualquer metalinguagem. É um discurso tão denso, tão desmesurado em seu lirismo, tão inusitado em suas ressonâncias bíblicas e islâmicas, que um comentário a ele aposto corre o risco de leviandade e insignificância.

Talvez esse desencontro, entre sua arte maior e a Crítica, tivesse sido uma das razões que o levaram a se afastar da carreira literária, a partir dos anos 80. Em 1985, compra a Fazenda Lagoa do Sino (Buri, sudeste de São Paulo) e se transforma em fazendeiro avicultor. De início houve uma geral descrença de que ele persistisse nessa desistência, pois sua obra continuava a atrair a atenção. Em 1987, seu texto "A corrente do esforço humano" é traduzido para o alemão, por Ray-Gude Mertin, e incluído na coletânea de ensaios e depoimentos de escritores latino-americanos (org. Meyer-Clason) e publicada em Frankfurt.

Em 1995, *Um copo de cólera* foi roteirizado para filme, por Aluízio O. Abranches e Flávio R. Tambellini. Em 1998, *Lavoura arcaica* foi transformada em filme, com a direção de Luiz Fernando Carvalho que, para conseguir transformar em imagens a atmosfera densa do romance, em 1997 viaja para o Líbano, em companhia de Raduan. O objetivo era impregnar-se das origens das personagens. Em 1998, isolou-se com sua equipe e artistas (Raul Cortez, Selton Melo, Juliana Carneiro da Cunha,

Simone Spoladore...), permanecendo durante meses em São José das Três Ilhas, lugarejo mineiro, para realizar a filmagem. A estreia do filme se deu em 2001, no 24º Festival Internacional de Montreal/Canadá, sendo premiado como "Melhor Contribuição Artística". No Festival de Biarritz, recebeu o "Prêmio Especial do Júri". No Festival do Rio de Janeiro/2001, recebeu o "Prêmio Ministério da Cultura".

Em 1998, houve certa expectativa quanto à sua carreira de escritor, pois ele integrou a delegação de escritores à Feira de Livro de Paris, da qual o Brasil era o país convidado. Participou de vários debates, um deles com Chico Buarque. Mas até o momento (2010) não se teve notícia de qualquer mudança de rumo. Suas obras continuam sendo reeditadas e lidas, mas o escritor continua silencioso. Ressurgirá de repente com um novo romance? Independente do futuro, a presença marcante de Raduan Nassar na Literatura Brasileira contemporânea já é definitiva. Hoje, escritor "inclassificável", num próximo amanhã sua arte maior será, sem dúvida, "iluminada" pelos avanços do Tempo...

Publicações

Lavoura arcaica, 1975; *Um copo de cólera*, 1978; e *Menina a caminho*, 1994.

Fontes de consulta

CASTELO, José. "Atrás de máscara" in *Inventário de sombras*. RJ, Record, 1999. "Desabafo, Repulsa e Aversão" (30 anos de *Lavoura Arcaica*) in "Rascunho". Curitiba, janeiro/2006.

GOMES, Eustáquio. "Notas à margem de *Um copo de cólera*", in *Ensaios mínimos*. Pontes/Editora UNICAMP. 1988.

MEDINA, Cremilda de Araújo. "Raduan Nassar" in *A Posse da terra* – Escritor Brasileiro hoje. São Paulo, Secretaria da Cultura do Estado de São Paulo, 1985.

"Raduan Nassar". in Arnaldo Nogueira Jr. *Releituras*. http:/www.releituras.com/rnassar_bio.asp (26.09.2007).

WERNECK, Umberto. "Contos de Raduan Nassar" in Supl. OESP. 22.06.1997.

76. RICARDO GUILHERME DICKE

O Salário dos Poetas
O romance-soma da condição humana[115]

> Tudo nos leva a crer que existe um certo ponto de vista em que a vida e a morte, o real e o imaginário, o passado e o futuro, o comunicável e o inefável, cessam de ser entendidos contraditoriamente. (André Breton, *Manifesto do Surrealismo*)

Se há fenômeno que, no âmbito da nossa Literatura, atingiu esse grau de interpenetração de contrários e se transformou num Todo de inabarcável grandeza e fascínio, esse é o romance-inventário *O salário dos poetas* (1999), sétimo título da grande obra que o escritor mato-grossense, Ricardo Guilherme Dicke, começou a construir nos anos sessenta.

Romance invulgar no panorama da literatura brasileira, *O salário dos poetas* é, em essência, um dos romances-soma que escavam a Condição Humana, a aventura/desventura vivida pelo homem, em sua passagem pelo mundo, buscando respostas para o mistério da existência. (Resposta que só a Poesia, as Artes e a Fé lhe poderão dar).

Visão de mundo, entre apocalíptica e genesíaca, a que engendra a "escritura ricardiana" exerce imediata sedução sobre o "leitor atento" e, ao mesmo tempo, é um desafio à compreensão de seu significado maior — pertence à linhagem daqueles livros que só se revelam plenamente a partir da decifração de determinadas "chaves".

É nesse sentido que, lida e relida, a sua densa trama novelesca acaba por se revelar como uma *labiríntica narrativa-rio*, formada por uma incrível multiplicidade de "fontes" ou vozes que, aparentemente díspares ou aleatórias, estão essencialmente interligadas pela problemática-eixo do

[115] Texto inédito. (N. da A.)

universo ali criado: *a obsessiva sondagem da condição humana e do mistério da vida*. Comprovando o fenômeno de que, no mundo da literatura (e das artes em geral), toda criação tem, nas raízes, uma outra criação que a precedeu no tempo, Ricardo Dicke, neste romance, se fez ponto-de-encontro de um sem número de personagens históricos ou fictícios, criados por grandes Mestres da Literatura, das artes, da filosofia... É desse fantástico entrelaçamento de grandes vozes de ontem, com a sua própria voz e visão de mundo de hoje, que resulta a grandeza desse seu romance. Grandeza labiríntica que desafia o "leitor atento" a decifrá-lo.

Embora seja impossível, no breve espaço desta apresentação, tentarmos qualquer "síntese" desse caudal narrativo ou "decifrar" a possível *ordem existencial* oculta sob a *desordem formal* de sua compacta trama novelesca, sugerimos a seguir algumas "setas orientadoras", que talvez possam servir como "ponto de partida" a um possível "leitor atento".

A trama

> Quase sempre é de tarde... Distante, distante, como se fosse muito distante, quanto mais distante melhor... murmura ou pensa a sombra hesitante, meio calva e de terno de linho, com o chapéu panamá na mão, que caminha devagar pela estrada tortuosa, após subir uma encosta abrupta pelo caminho batido, vermelho, pedra e pó, solitária [...]

Assim se abre o romance, *in media res*, seguindo os passos lentos do personagem que desencadeará a trama. Entre descritiva e ambígua, a narrativa se desdobra, labiríntica, à volta de um General latino-americano, ex-ditador, exilado político no Brasil, e que fora deposto por outro ditador, depois de 40 anos de poder férreo e desumano sobre o povo de Chileraquay. Bem recebido, ele fora instalado com seu estranho cortejo de seguranças, médico e servidores, numa grande fazenda em *porto de Cabra*, no Mato Grosso.

É ele a "sombra hesitante" que, naquela "tarde tórrida de verão", sentindo-se desolado pelo exílio e solidão, afastara-se dos seguranças e, perdido em lembranças, vagueava sozinho pelos arredores da fazenda. Sob seus passos, o chão pedregoso, a terra quente, nenhum vento, "nuvens de gafanhotos", "moscas", "sol de chamas" e em "um aberto, jaz algo no meio do chão [...] é a majestade de um cavalo morto, de vísceras coaguladas ao sol [...] um grande e belo cavalo branco que está se tornando negro pasto, urubus espirram de todos os lados..." Como que magnetizado, o General contempla o "cavalo morto" e nele projeta seu próprio destino: a perda da majestade do Poder, o exílio, a ideia de morte...

> Esta ideia de morte que não me abandona... E este sol, que dá vontade de matar gente. Mas aquele tempo acabou, talvez para sempre. Um tiro seco parte do canavial, longe.

Atingido no ventre, o General não morre... E aí começa sua *longa agonia/delírio*, que se torna o motivo desencadeante do caótico caudal narrativo que se derrama, turbilhonante, por cerca de 500 páginas de texto compacto (sem divisão em partes ou capítulos).

Preso em seu leito de agonia, suas vísceras apodrecendo lentamente, o General (ou sua "sombra") dialoga com "sombras" de poderosos déspotas da Antiguidade, que vagavam esquecidos no Mistério da Morte e agora voltam, evocados pelo agonizante.

Ao perder seu Poder despótico e se ver condenado ao exílio, o General, obcecado pelo desejo de se perpetuar no Tempo, *empenha-se em escavar suas memórias e inscrevê-las em Livro*, cujo título, "A Morte de Sardanapalo", ele tirara de um quadro pintado por Delacroix. Ao sentir-se, agora, em luta com a Morte, o General decide fazer a revisão dos originais e contrata um Professor da região, que lhe fora recomendado. É assim que, da memória agônica do General, embaralhada com as reflexões labirínticas do Professor, vão emergindo à superfície das palavras — tal como detritos arrastados por uma enchente — milhentos seres, fatos, delírios... que a grande arte de Ricardo Dicke vai represando, numa gigantesca rede memorialista, fantasiosa ou histórica. Rede, na qual (a par da dramática condenação dos Poderes Despóticos que aviltam os homens) ele tenta aprisionar/decifrar o mistério da vida, da morte, de Deus... Mistério que foge à razão e que, talvez, só a grande poesia (ou o transe dos místicos) consegue vislumbrar. Daí, sem dúvida, ao longo de toda a trama, a repetição das palavras de Pascal: "O silêncio desses espaços infinitos me apavora."

A síntese que ousamos traçar restringe-se aos elementos que, através da labiríntica/torrencial narrativa, permanecem presentes, como sustentáculos da trama: o *General* (a agonia do Poder Despótico), seus *diálogos* com as "sombras" que o visitam (os poderosos assírios da Antiguidade); o *Livro* que ele escreveu ("A Morte de Sardanapalo" — o romance escrito dentro de *O salário...*) e a onipresença do *Professor* ("alter-ego" de R. Dicke e agente da Palavra criadora), *voz denunciadora* do caos deste nosso mundo em mutação e, ao mesmo tempo, *fermento* que estará engendrando o Novo Tempo que virá... Mas que, por enquanto, é pura confusão e enigma.

As relações intertextuais

Genial exemplo da técnica da intertextualidade, *O salário dos poetas* resiste a qualquer tentativa de síntese global (seria como "querer esvaziar o mar com balde"). Sua labiríntica estrutura resulta de um amálgama de tal pluralidade de fontes ou vozes, que torna impossível qualquer tentativa de abarcá-la como um todo. Entretanto, mesmo arriscando-nos à insuficiência ou à deturpação dos dados rastreados, tentaremos apontar os rastros de três grandes "sombras tutelares" que se alternam na torrente novelesca: Faulkner, Sócrates e García Márquez.

O título faulkneriano

O salário dos poetas soa ao "leitor atento" como uma espécie de eco do título do livro de estreia de William Faulkner, em 1926, *Soldier's Pay* ("Paga do Soldado"). Mas enquanto o "soldado faulkneriano" ao voltar da guerra tem como "pagamento" *a perda da memória*, o "poeta ricardiano" é dotado de uma *memória fabulosa*, como o prova a caudalosa narrativa novelesca.

Título talvez escolhido pelo escritor como uma espécie de "sinal", antecipando ao leitor aquilo que ele viria a descobrir: *a comunhão de seu romance com o universo faulkneriano*, com o *homo tragicus* que o habita (ser irremediavelmente condenado ao malogro existencial). E, ao mesmo tempo, a adoção de *certas técnicas* (monólogo interior, fluxo de consciência, formação arbitrária de palavras...) que, a partir de Faulkner — no rastro das invenções de Joyce —, revolucionaram o romance do século XX.

A frase inicial e seu húmus socrático

"Quase sempre é de tarde..." é a frase que abre o romance e que, ao longo da narrativa, é repetida várias vezes, aparentemente solta. Seu sentido só aparece quando o leitor descobre que essa "expressão" fora registrada por Platão (in Livro I-*A República*. séc. IV A. C.), ao se referir a um encontro de Sócrates com amigos, em Píreo. Ali, haviam assistido à "cerimônia de súplicas" à Deusa e se dispunham a voltar para sua cidade, quando Sócrates foi convidado por Polimarco para ficar, pois "*ao cair da tarde"* haveria uma corrida de tochas a cavalo em honra da Deusa e, depois de assisti-la, poderiam se reunir em sua casa para *conversarem*. Sócrates ficou e a *conversa* aconteceu.

O tema-eixo dessa "conversa" — a valorização da Sabedoria, que se aprofunda "no umbral da velhice" — foi sem dúvida o que levou Ricardo Dicke a repetir e repetir, ao longo de sua labiríntica narrativa, a frase-metáfora: *"Quase sempre é de tarde..."* Nela podemos sentir, para além da "conversa socrática" (momento de troca de experiências), a certeza do Autor, de que é na *maturidade* que o escritor atinge sua mais plena consciência-de-mundo e domínio da Palavra que a expressa.

Como curiosidade , relembramos aqui o "diálogo", em que essa frase foi dita, na Grécia, há mais de um milênio.

Reunidos os amigos em casa de Polimarco, o seu velho pai, Céfalo, saúda Sócrates, manifestando a alegria de tê-lo como visitante e poderem conversar:

> [...] quero dizer-te que quanto mais me abandonam os prazeres do corpo, tanto mais aumentam os desejos e as satisfações próprias da conversação.

Prosseguindo na conversa, Sócrates diz a certa altura:

> [...] me agrada muito conversar com pessoas de idade avançada, pois me parece necessário que nos falem de um caminho percorrido e que, possivelmente, também nós tenhamos que percorrer. [...] Com verdadeiro prazer escutaria tua opinião sobre isto, uma vez que te encontras já nessa idade que os poetas chamam de "umbral da velhice". (in Platón. Obras Completas. Madrid, Aguilar, 1977)

Ligada a esse "diálogo", facilmente podemos concluir que, nessa "frase inicial" aparentemente de significado *temporal*, Ricardo Dicke já assinalava, metaforicamente, uma de suas *certezas existenciais*: a de que é na maturidade que o espírito criador alcança sua maior força. Ele próprio, ao escrever o romance, já vivia nesse "umbral da velhice" e, sem dúvida, *a aventura da escrita* se tornara para ele o grande *meio de conversar* com os homens, com o mundo, com a vida... Daí sua recorrente alusão à frase-metáfora inicial, *"Quase sempre é de tarde..."*.

Porto de Cabra — espaço mítico

Sintonizado com uma milenar tradição literária — a de transformar uma região real/natural em *espaço mítico*, onde se desenrolam tramas ou dramas de ficção —, Ricardo Dicke escolheu, como morada do General exilado, a imensa região mato-grossense (com sua pujante natureza devastada/queimada pelos homens) e, nela, criou o *espaço mítico* de "porto de Cabra". Fusão de realidade e fantasmagoria, "porto de Cabra" pertence ao mesmo universo em que se integram dois outros grandes *espaços míticos* da Literatura do século XX: "Yoknapatawpha" de Faulkner (in *O som e a fúria*) e "Macondo" de G. García Márquez (in *Cem anos de solidão*).

Aparentemente gratuita, a expressão "porto de Cabra" (escolhida para nomear o *espaço mítico* onde se desenrolam as tramas), revela sua verdadeira dimensão, quando decifrada em seu valor simbólico. "Porto", evidentemente, sugere *chegadas e partidas* (ações recorrentes na trama). Quanto a "Cabra", é animal pertencente à esfera da Mitologia e associado *à manifestação de Deus*, tal como foi consagrada entre os gregos. Nas cercanias do templo de Delfos, na Grécia, a atenção dos homens foi atraída para um lugar, de onde saíam vapores das entranhas da terra. Vapores que atraíam as cabras, que por ali passavam e as levava a dançarem sobre eles. Intrigados com esses vapores e danças, procuram um oráculo que os interpretasse: tratava-se de uma teofania, uma aparição divina. Os vapores eram mensagens de Deuses, que as cabras recebiam e que o oráculo passou a interpretar.

No romance, Ricardo Dicke seria a "Cabra", recebendo as mensagens cifradas da Vida, e o leitor, o seu "oráculo" decifrador.

O romance dentro do romance — nos rastros de García Márquez

Uma das grandes "sombras tutelares" pressentidas no universo de *O salário dos poetas* é a do genial colombiano García Márquez. Sombra ou Presença que, em meio a dezenas de outras, se manifesta ao longo da torrente narrativa ricardiana. Destacamos aqui apenas duas, entre as situações em que R. Dicke torna mais evidente sua comunhão com a arte do Mestre que o precedeu: *a figura do General* (figura-símbolo do poder despótico dos que dominam a Política) e o *Livro* (escritura misteriosa que guardaria a Verdade oculta da Vida).

General Barahona

A *figura imaginária* do General ricardiano — personagem-eixo da trama novelesca — tem raízes na *figura histórica* do General Simón Bolívar, o Libertador da América, que foi imortalizado por García Márquez no romance *O general no labirinto* (1989). Há, sem dúvida, uma evidente relação entre o General Barahona de R. Dicke e o General Bolívar, reinventado por García Márquez, ambos exercendo o poder despótico durante anos e terminando no exílio e em solidão.

O livro "A Morte de Sardanapalo"

A identificação mais funda do romance de R. Dicke com a obra do Mestre colombiano se dá entre *O salário dos poetas* e o caudaloso *Cem anos de solidão* (1967), com sua fantástica linhagem dos Buendía. Entre ambos, o mesmo embaralhamento de personagens, a mesma presença do sobrenatural e a existência de estranhas ou mágicas dimensões do real, paralelas à realidade concreta. E, como dado essencial dessa identificação, destaca-se a existência de um *livro misterioso*, onde estaria registrado o destino do povo, mas que seria ignorado para sempre.

Em *O general em seu labirinto*, fundindo História e Invenção, García Márquez introduz *o pedido* que Bolívar, ao ser exilado, teria feito ao seu sobrinho: *que escrevesse as suas memórias*, para perpetuá-lo no tempo. Romance-dentro-do-romance, o Livro foi sendo escrito durante anos, mas não chegou a ser concluído, porque o sobrinho perdeu a própria memória. Em *Cem anos de solidão*, o fator de ligação entre os labirínticos sucessos vividos pelos Buendía é a suposta existência de um misterioso manuscrito, "o Pergaminho do cigano Melquíades", no qual estaria a profecia sobre o futuro apocalíptico de todos. Pertence a essa mesma linhagem o livro "A Morte de Sardanapalos", escrito pelo General ricardiano. Livro de memórias que ficara inacabado e que o General, uma vez ferido e preso ao leito, resolve rever. "Revisão" confusa (auxiliado pelo Professor), que se torna o fator desencadeante da embaralhada trama do romance, na qual, em meio a um espantoso caudal de erudição, se misturam as apocalípticas vivências do Professor e os delirantes diálogos do General com os fantasmagóricos generais e imperadores (Sardanapalo, Assurbanipal, Arbaces...) do Império Assírio do século VII a. C.

Embora essencialmente diferentes entre si, esses três projetos de escavação de memórias ou profecias perseguiam o mesmo alvo: *descobrir o sentido oculto da Vida*, mas acabaram frustrados. Tal como em *O general em seu labirinto*, o sobrinho de Bolívar perde a própria memória, em *Cem anos de solidão* o romance se encerra no momento em que o último dos Buendía conseguia decifrar o Manuscrito de Melquíades (profetizando a destruição de Macondo por uma ventania apocalíptica) e, ao mesmo tempo, via desencadear-se à sua volta o "furacão bíblico" que arrasou Macondo e o seu povo.

Da mesma forma, frustra-se a decifração do livro do General Barahona. Em meio ao embaralhamento de memórias e do desatinado diálogo entre o Professor e o coveiro Caravajo, descobre-se o seu mesquinho destino:

> E sobre os originais do livro "Sardanapalo" caíam as merdas negras dos morcegos do alto e veio um vento furioso e desembestado que levou tudo para o fundo das estrebarias e estábulos abandonados.

Finalizando este nosso "vol d'oiseaux" sobre as fabulosas "afinidades eletivas" entre Ricardo Guilherme Dicke e García Márquez, lembramos algo que é fundamental na visão de mundo de ambos: *o poder fundador da Palavra*. Se é verdade que o sobrinho de Bolívar não chegou a concluir o memorial do tio, ou que Macondo e seu povo foram destruídos pelo furacão ou que o livro "A Morte de Sardanapalo" acabou apodrecendo ou mergulhando no silêncio... não é menos verdade que todos esses infaustos acontecimentos foram sendo inscritos num Livro... e, portanto, tornaram-se eternos. A Vida é efêmera, mas a Palavra que a nomeia torna-a eterna.

O "salário" do Poeta seria esse: saber que possui o Poder da Palavra; ser aquele que cria realidades; que denuncia os erros; que constrói ou destrói mundos; que cria Beleza; que torna eterno o que é efêmero...

Romance invulgar, que consagra definitivamente o seu Autor como um grande gênio criador, *O salário dos poetas*, lido e relido, acaba por se revelar uma labiríntica narrativa-rio, onde deságuam as águas de mil e uma fontes criadoras. Romance-soma de grandes Vozes, que se fazem ouvir no Pantheon da Literatura Universal (e de evidente natureza memorialista/confessional/apocalíptica), este se inclui entre os que desafiam qualquer leitura crítico-analítica, que tente abarcá-lo numa síntese global.

Aqui, apenas como "setas orientadoras" ao futuro leitor, registramos abaixo as "vozes" que, em leituras e releituras, conseguimos "ouvir".

Entre as que primeiro se impõem (além das citadas no início desta nossa "leitura") estão as de Lautréamont (o "escritor maldito" de *Cantos de Maldoror*) e de Shakespeare — *Hamlet* —, ambos em longos e delirantes diálogos com os "Coveiros", onipresentes na trama ricardiana.

Sem comentários, registramos abaixo as demais *personas* que, em diferentes situações, povoam o fantástico/real "porto de Cabra" ricardiano: Dante, El Greco, Pascal, Nietzsche, Sardanapalo, Caravaggio, Pablo Neruda, Gabriela Mistral, Maria Antonieta, Luiz XV, Hitler (e dezenas de grandes ditadores do mundo), Sartre, Heidegger, Vargas Llosa, Mozart, Bush (pai), Prestes João, Cristóvão Colombo, Pedro Álvares Cabral, Fada Morgana, Sibila, Platão, Khrisina, Nostradamus, Buda, Evita Perón, Napoleão, Carlos Fuentes, Melgarejo, Glauber Rocha, Murilo Mendes, Heráclito, Jesus, García Lorca, Goethe, John Lennon, Baudelaire, El Greco, Delacroix, Verlaine, Nero, Boticelli, Calígula, Chopin, Webern, Chagall, Prometeu, El Cid, Hermes, Cecília Meireles, Clarice Lispector, Elias, Moisés, El Rey Dom Sebastião, General Statler-Hitlin, Johannes Kepler, Sísifo...

Ricardo Guilherme Dicke, neste romance, rompeu os limites entre História e ficção, verdade e invenção, memória e esquecimento, passado e futuro (confundidos no presente), certezas e dúvidas, grandezas e misérias da condição humana... e amalgamou esses contrastes na linguagem seivosa que jorra, como torrente, de um dique que se rompeu.

Sem dúvida, será consagrado como uma das obras-primas do Romance Brasileiro. O Tempo o dirá.

Dados biobibliográficos

Grande Mestre do romance brasileiro (de dimensão universal, mas neste início do século XXI ainda aguardando o amplo reconhecimento da Crítica), o mato-grossense Ricardo Guilherme Dicke nasceu em Chapada dos Guimarães (MT) em 16 de outubro de 1936, é filho de mãe brasileira e pai alemão de ascendência judaica, que nos anos 1930 (início da ascensão nazista na Alemanha) veio com uma leva de imigrantes para a América do Sul, aportando inicialmente no Paraguai, em região fronteiriça ao Brasil; acabou por se fixar na pequena Vila Raizama, na Chapada dos Guimarães, onde o escritor nasceu e passou a infância.

Sua atração pela literatura começou cedo, ouvindo as infinitas histórias contadas por sua mãe. Aos seis anos, muda-se com a família para Cuiabá, onde fez os estudos básicos em colégio religioso. Desde cedo se torna um leitor voraz e fundamente atraído pela escrita, pela invenção de histórias. Aos 12 anos, começa a escrever pequenos contos, a desenhar e se exercitar em pinturas. Ainda adolescente, descobre a obra de Goethe, que se tornou uma de suas paixões literárias. Outra de suas primeiras paixões de leitura foi a das Sagradas Escrituras. Terminados os estudos básicos, trabalha no Banco da Lavoura de Minas Gerais (1956-59), em Cuiabá. Nos anos 1960, muda-se para o Rio de Janeiro, passando a colaborar na imprensa, como repórter e revisor ("O Globo" de Samuel Weiner), redator (Livros do Mundo Inteiro) e tradutor de livros técnicos (física nuclear, filosofia, pedagogia, linguística...). Entre 1967 e 1971, como artista plástico, estudou pintura e desenho com grandes nomes da área, como Ivan Serpa e Iberê Camargo. Na mesma época, estudou cinema e museologia no Museu de Arte Moderna do Rio de Janeiro. Participou de exposições de desenho e pintura.

Fascinado pela literatura, lê e escreve incessantemente. Em 1961, estreia com o breve romance *Caminhos de sol e lua*, em cujo título já está expressa a oposição/conjunção de elementos, que seria o núcleo problemático de sua obra futura. Mas sua verdadeira estreia como escritor se dá em 1967, quando o seu estranho/denso romance *Deus de Caim*, concorrendo ao Prêmio Walmap de Ficção, foi consagrado como "a grande revelação de uma nova literatura brasileira". O júri que o elegeu era formado por Antônio Olinto, Jorge Amado e Guimarães Rosa, que, em seu parecer, escreveu: "Aí está um romancista de tipo novo, um homem capaz de abalar a nossa ficção." Publicado o romance em 1968, Ricardo Dicke passou a ser conhecido no meio literário como "o autor descoberto por Guimarães Rosa". Na verdade, era um novo romance que surgia engendrado no húmus da terra mato-grossense e energizado por uma extraordinária "bagagem" cultural, por um agudo espírito filosófico e uma visão de mundo de linhagem faulkneriana — a do homem dessacralizado, transformado, pela Ciência, de "alma" em "lama", um ser sedento de vida, mas irremediavelmente condenado à morte. Romance de húmus telúrico/erótico, *Deus de Caim* mostra a condição humana, aprisionada num mundo de paixões primitivas, desencadeadas, como nas tragédias gregas, pelo Destino implacável. Tudo se passa na cidade imaginária de Pasmoso, onde vive a família dos Amarante — núcleo central da tragédia, já anunciada no título, o crime bíblico Caim/ Abel, aqui vivido por Jônatas/Lázaro. A esse drama, vão se misturando fatos comuns do cotidiano, críticas à nossa civilização da máquina e aos poderes mistificadores que a regem, paixões surdas, interrogações abissais ao mistério da Vida/Morte, à existência de Deus, do Diabo, da possível Verdade das coisas... tudo permeado por uma caudalosa herança cultural: Homero, Moisés, Buda, Camus, Beethoven, Einstein, Rembrandt, Chopin, Bach e dezenas de outros pilares da sabedoria e da arte ocidental. Presenças que vão sendo trazidas à tona da trama novelesca, direta ou indiretamente ligadas às situações em foco. Romance labiríntico, de inequívoco húmus naturalista/existencialista/metafísico, *Deus de Caim*, embora ainda em embrião, já apresentava todas as singularidades temáticas e estilísticas que marcariam a obra posterior do autor. Ou seja, narrativa ora contida, ora delirante, que, entremeada de uma fabulosa erudição literária/filosófica, põe em causa todas as verdades absolutas que pretendem dirigir o homem, e contrapõe corpo/espírito, vida/morte, Deus/Diabo, bem/mal, verdade/falsidade, amor/ ódio, sabedoria/ignorância...

No final dos anos 60, quando estreia como escritor, iniciou os estudos superiores na Universidade Federal do Rio de Janeiro-Instituto de Filosofia e Ciência Sociais, onde se formou em 1971. A seguir, realiza especialização em Filosofia (o pensamento de Nietzsche, Heidegger e o Problema do Absoluto, a Fenomenologia de Merleau Ponty...). Pouco depois de formado, volta para Cuiabá. Inicia carreira de professor de Filosofia na Universidade Federal de Mato Grosso-UFMT (cargo do qual seria afastado, mais tarde, no período do Governo Militar). Prossegue produzindo na esfera das artes plásticas; aprofunda-se em estudos filosóficos/religiosos, sempre em convívio com os grandes mestres da literatura e do pensamento.

A despeito do sucesso de *Deus de Caim*, seguem-se dez anos de silêncio literário, até a publicação de novo romance, *Caieira* (Prêmio Remington de Literatura/1977), drama denso de brutalidade, que se passa numa caieira próxima aos rios-irmãos, o das Pacas e o Aguassu. Aprisionados pelo trabalho que lhes garante o "ganho da vida" e, ao mesmo tempo, os mata lentamente, homens e mulheres são ali arrastados por um mesmo destino de miséria, lixo, paixão, sangue e morte. Entre as paixões, há uma que se sobrepõe a todas: a do incesto. Devido ao prêmio, esse novo romance chamou a atenção do público leitor e empolgou. Num dos programas da extinta TV Tupi ("Abertura"), o cineasta Glauber Rocha exibe um exemplar para as câmaras, dizendo com entusiasmo: "Vocês precisam ler este livro!" Mas a repercussão na mídia e na crítica foi mínima. (Ricardo Dicke é um escritor "difícil" e Literatura não é bom produto de mercado...)

Paralelamente à escrita-invenção de sua ficção, entrega-se à análise da obra de Guimarães Rosa, para obtenção do grau de Mestre em Filosofia, na Universidade Federal do Rio de Janeiro. Título conquistado em 1982, com o estudo *Conjunctio Oppositorum no Grande Sertão* (orient. de Gerd A. Bornheim). Apoiado em sólido conhecimento filosófico, desenvolve a análise de *Grande sertão: veredas*, demonstrando que seu principal eixo problemático está no "jogo das polaridades [...] na união dos opostos, o Bem e o Mal, Deus e o Diabo e no mito do Andrógino, a integração do Eterno Masculino e do Eterno Feminino, Homem e Mulher."

Seguem-se novos romances, a espaços regulares: *Madona dos páramos* (Prêmio Ficção de Brasília/1981), trama densa que se desenvolve através da fuga de prisioneiros da Cadeia de Cuiabá — homens rudes que se embrenham por labirínticos caminhos, em busca de uma "terra prometida", onde seriam felizes: a terra da Figueira-mãe, reino das delícias, e que não chegam a alcançar. Como também inalcançável permanece a jovem "sem nome", por eles roubada e levada como prisioneira. Romance-metáfora da existência humana, vista como eterna e fracassada Busca do Ideal, *Madona dos páramos*, já no título, expressa o valor humano mais alto, defendido pela civilização cristã, hoje em crise: "Madona", a mulher-virgem, a Mulher Pura (origem da humanidade), mitificada como valor absoluto a ser preservado (para que uma nova geração mais humana e feliz possa ser engendrada).

Em *Último horizonte*, durante uma longa noite de insônia, um escritor perambula por suas labirínticas lembranças do já vivido, em busca de seu sentido último. Lembranças, sobre as quais paira a presença fantástica do "corvo", marcando o compasso do "tempo que sempre vem, sem que ninguém peça, nem recomende". *A chave do abismo*, poemas de natureza existencialista-religiosa, que escavam a palavra em busca da transcendência do húmus sagrado das coisas e da possível ordem religiosa oculta na vida, no mundo. Em *Cerimônias do esquecimento* (Prêmio Orígenes Lessa/1995), desenrola-se uma longa, profusa e profunda escavação na Memória dos Tempos, desde as origens bíblicas do Antigo Testamento até o caos de nosso tempo. Tal como a Sherazade conseguiu salvar sua vida através do narrar estórias, o Narrador, aqui desdobrado em tensas e ambíguas falas, resgata do esquecimento a Vida vivida e, pela Palavra, lhe dá perenidade.

O tempo, o destino, a predestinação, o sexo, a solidão, a morte, a busca do Pai, do sagrado, do primordial... misturam-se no fantástico universo romanesco que Ricardo Dicke foi construindo durante mais de quarenta anos. *Salário dos poetas*, *Rio abaixo dos vaqueiros*, *Toada do esquecido*... são fragmentos da vida efêmera que, reinventada pela Palavra, se torna eterna — palavras escritas/reescritas no isolamento e que esperaram anos para surgirem em livro. Todos esses títulos são peças e mais peças que, encaixadas uma nas outras, vão compondo o grande "quebra-cabeça" que é a vida (ou o sem-sentido da vida), num mundo como o nosso — amputado de Deus (conforme o revelou a Ciência), arrastado num acelerado processo de mutação e diante do qual, ao homem, só restam palavras, palavras, palavras... que um dia possam re-nomear aquilo que, na origem, teria sido nomeado por Deus.

Apesar da grandeza de sua obra, e continuada produção desde os anos 60, o seu amplo reconhecimento pela crítica e pelo público tem sido escasso. Em 2004, surgem os primeiros sinais, em esfera oficial, desse reconhecimento: a UFMT, "em sessão solene do Conselho Universitário, outorgou ao escritor chapadense, Ricardo Guilherme Dicke, o Título de Doutor Honoris Causa". Essa justa homenagem se deu em 10 de dezembro de 2004, data do 34º aniversário da criação da UFMT. Multiplicam-se os leitores e as referências noticiosas chegam à esfera teatral. Seu romance *Salário dos poetas* é adaptado e transformado em espetáculo que, dirigido por Amaury Tanguará (em co-produção da Cia. D'Artes do Brasil e do Teatro Português *O Bando*), estreia em Lisboa, em 1º de março de 2007, dando início a uma extensa e bem-sucedida temporada que se encerrou no Brasil.

Dono de uma arte maior, que se fez desaguadouro das mil e uma conquistas da escritura contemporânea, o mato-grossense Ricardo Guilherme Dicke veio para ficar, como uma das grandes vozes da Literatura Brasileira do século XX. Voz humana que silenciou no dia 09 de julho de 2008, mas que permanecerá viva no Pantheon dos Grandes Mestres da Literatura latino-americana.

Publicações

Romance — *Caminhos de sol e lua*, 1961; *Deus de Caim*, 1968; *Caieira*, 1978; *Madona dos páramos*, 1982; *Último horizonte*, 1988; *A chave do abismo*, 1989; *Cerimônias do esquecimento*, 1995; *Salário dos poetas*, 1999; *Rio abaixo dos vaqueiros*, 2000; *Toada do esquecido & Sinfonia equestre*, 2006.
Ensaio — *Conjunctio oppositorum no Grande Sertão*, 1982 (publ. 1999).

Em tempo: Em 2004, em conversa telefônica, agradecendo meu interesse por sua obra, Guilherme Dicke disse-me que tinha "mais meia dúzia de originais na gaveta".[116]

[116] Em 2010, *Deus de Caim* foi reeditado pela LetraSelvagem (Taubaté/SP), despertando o interesse dos cadernos e suplementos literários do Brasil. Em 2011, quatro obras inéditas vieram a lume em Cuiabá (Ed. Carlini & Caniato): *Cerimônias do sertão*, *Os semelhantes*, *A proximidade do mar e a ilha*; e *O velho moço e outros contos*. (N. do E.)

77. RUI MOURÃO

Cidade Calabouço[117]
Uma visão de mundo carnavalizante
Apocalipse ou Gênese?

> Vejo na história universal a imagem de uma eterna formação e deformação, de um maravilhoso despertar e morrer de formas orgânicas. [...] A decadência do Ocidente, como fenômeno limitado a um espaço e tempo, resulta em um tema filosófico que, considerado em todo seu peso, implica todos os grandes problemas da realidade. (Oswald Spengler)

É a consciência desse fluir ininterrupto das formas culturais, bem como do contínuo desfazer-se e refazer-se das formas de vida, a invariante que identifica o espírito crítico de nossos tempos: espírito que encontramos atuante da primeira à última página deste novo romance do mineiro Rui Mourão, a alucinada *Cidade calabouço* (1973). Tentando fundir, num só universo ficcional, toda a complexidade do mundo contemporâneo, Rui Mourão recusa a perspectiva racional que interpretava a aventura humana de modo linear (via o suceder da vida e das formas, como uma cadeia rigorosa e infinita de causas e efeitos) e se entrega a uma nova leitura de mundo: a que apreende, em bloco, a caleidoscópica eclosão dos aconteceres.

> — Já vem a escola de samba!
> — A escola de samba!
> — Oba!
> Aos esbarrões encontrões todo mundo já corria se jogava, perseguindo

[117] Fusão de textos publicados in Suplemento Literário OESP. 24.02.1974, Supl. Lit. O Minas Gerais. 23.02.1974; Revista "Explicación de Textos" California Univ. Sacramento. Fev./1975; Revista Iberoamericana. Pittsburgh. Março/1975; "Jornal do Brasil". RJ. 23.02.1974 e Letras Hoje. PUCRGS/P. Alegre, 1969. (N. da A.)

empurrando a emoção que se deslocava mais inalcançável veloz sempre à frente. Mas num permanente irromper transbordar, novos contingentes sempre chegavam da retaguarda e o movimento prosseguia se renovava alimentando, o espaço continuava se abarrotando abarrotado até que a imobilidade veio se deslocando lá da frente e chegou e foi impossível continuar o entestado lançado mergulhar os pés foram se detendo por detrás dos outros pés, as cabeças por detrás das outras cabeças e a ansiedade geral se viu reduzida bloqueada a mera impotência.

Com esse rodamoinho de gente, de uma multidão transbordante, empurrada, arrastada pelo grito carnavalesco, é que se abre o romance do mineiro Rui Mourão, *Cidade calabouço*. Desde essas primeiras linhas, o leitor se sente atirado de chofre em plena loucura de um Carnaval que explode caoticamente numa Belo Horizonte transformada gradativamente numa cidade alucinada/irreal.

Condensa-se neste romance a dupla/entrelaçada problemática que é, sem dúvida, o grande vetor de forças que dinamiza a escritura (ensaística e literária) do autor. Referimo-nos especialmente à *reinvenção de técnicas narrativas* que expressem fielmente o Sistema e o caótico *cyberespace* em que o nosso mundo se transformou, e à *consciência da degradação humana* que está na base do Sistema e seus jogos de poder. Ao caos do Sistema corresponde uma linguagem/estrutura narrativa caótica, montada em blocos fragmentados, soltos, numa desordem que, paradoxalmente, aprisiona os homens, numa "ordem" de rígidos e invisíveis limites. A ideia de *prisão* é uma das imagens recorrentes no universo criado por Rui Mourão, e se faz presente desde seu primeiro romance, *Curral dos crucificados*, cujo título já antecipa sua intencionalidade maior: denunciar a desumanização e aprisionamento dos homens, provocados pelo Sistema. Denúncia que se aprofunda neste *Cidade calabouço*, onde o sem-limite carnavalesco se transforma numa asfixiante prisão, sem frestas para qualquer tentativa de fuga.

Não por acaso, ambos os títulos (Curral e Calabouço) estão ligados, etimologicamente, à ideia de prisão, confinamento. E mais, ambos têm, como objeto, a mesma camada humana, símbolo maior da injustiça social no Brasil: os "baianos", retirantes nordestinos, homens, mulheres e crianças, reduzidos a simples refugo humano pelos "senhores do poder". Injustiça que vem de longe, dos primeiros tempos da colonização do Brasil, conforme o título "Curral dos Crucificados" o evoca. A trama romanesca se passa na Belo Horizonte de hoje, entretanto, a "via crucis" dos baianos retirantes que, rejeitados, ali se cruzam com o dia a dia dos demais personagens citadinos, aponta para a origem da cidade, quando no início do século XVIII era apenas uma região primitiva, chamada "Curral del-Rey" — reduto para contagem e redistribuição do gado que descia da Bahia para abastecer de alimentação as zonas de mineração. No romance, a Belo Horizonte de hoje (vista como "curral dos crucificados") é a parada forçada, não mais do gado, mas das levas de retirantes nordestinos, de "baianos", vindos pelos mesmos atalhos do São Francisco ou de Montes Claros, em demanda das fazendas e indústrias do sul.

Em uma dinâmica simbiose, no romance de Rui Mourão, os contrários se fundem: lucidez crítica e ludismo, consciência estética e humanismo, mito e história, o profano e o religioso... Centrando sua trama num dia de Carnaval — a festa maior da brasilidade —, *Cidade calabouço*, com seu estilo crispado e galopante, encontrou o espaço/tempo ideal para expressar a desordem existencial/ética que mina as relações homem/homem ou homem/sociedade deste nosso tempo caótico. E, se por um lado, há o aspecto bufão do Carnaval, extremamente propício para expressar o que existe de grotesco no homem e no mundo, há também o lado mágico, alucinatório da festa dionisíaca, fusão de forças contrárias: paganismo e misticismo. Na verdade, o insólito mundo carnavalesco que se derrama pelo romance transcende de muito a mera intenção de registrar o Brasil folclórico. Ali, a onipresença do Carnaval é sintoma de um visceral impulso: o de denunciar a desordem ou desagregação dos valores que minam a sociedade atual e revelar as forças inaugurais que se ocultam nessa "festa da nossa cultura", vista pelo autor como "a última morada de Dionísio" na terra.

É lido em sua oculta dimensão mítica, que o romance pode nos revelar o sentido profundo dos acontecimentos alucinatórios, que se vão atropelando na narrativa: o estouro da multidão à chegada da escola de samba, a absurda instalação do alambique em plena avenida, a expectativa à chegada dos retirantes, os volantes musicais da American Company, a flagelação coletiva, a chegada da maconha, o estouro do gado, a histeria das automutilações e suicídios, o ódio de todos contra os retirantes, a chegada delirante de Dionísio e o massacre final dos retirantes...

É neste terrível ato de imolação que, sem dúvida, está a intenção maior do romance: aponta para a formidável força de vida que estaria latente/inerente nos "retirantes" e que só um ritual de imolação/iniciação poderia despertar e pôr em ação para uma nova construção de vida. A leitura do romance através de sua dimensão metafórica ou simbólica nos leva à decifração de seu lastro mítico, expresso nos elementos-chave da trama: *O Carnaval, os retirantes e Dionísio.*

O Carnaval, a grande festa brasileira, constitui o espaço-tempo ideal para a mensagem narrativa: mostrar a explosão das forças naturais e instintivas do homem em choque com as forças sociais disciplinadoras (ou castradoras) de seu livre impulso criador. O Carnaval ("carne vale," etimologicamente, termo associado à "liberação da carne"), desde os primórdios (representado pelas saturnais romanas) significou uma "inversão de mundo", ou o retorno ao Caos primigênio, para que os homens, durante certo período de festas, pudessem fugir às restrições impostas pelo viver comunitário e dar livre expansão às suas energias e instintos naturais.

Ligado, por suas origens, às práticas orgiásticas, o Carnaval simboliza a quebra total de limites e barreiras, e permite ao homem uma volta à vivência "do estado primordial, pré-formal, caótico" (Mircea Eliade). Nesse sentido, vemos o valor dual do fenômeno carnavalesco que, em *Cidade calabouço*, exerce a função de mostrar o *polo negativo* do caos (a agonia ou deterioração da civilização ocidental), e o seu *polo positivo* (a gênese de uma nova ordem ali latente, pela crença na força inaugural da cultura brasílica, prestes a eclodir).

Os retirantes, por sua vez, simbolizariam o húmus brasílico — as forças energéticas da brasilidade ainda em estado larvar. Daí a impassibilidade, resignação e passividade que, estranhamente, singularizam o comportamento de todos os elementos do grupo da família itinerante — os únicos a não se deixarem arrebatar pela loucura carnavalesca.

Dionísio (o deus da orgia, da alegria transbordante e do desregramento dos sentidos, que chega a atingir o estado místico) desempenha no romance a função de "sacerdote" da verdadeira cerimônia iniciática, à que os retirantes foram submetidos por desejo da multidão carnavalesca enlouquecida. O fragmento final do romance expressa tumultuosamente o sacrifício inexplicável, cruento e selvagem dos retirantes, iniciado por Dionísio e continuado pela multidão. Entendido em seu possível sentido metafórico ou alegórico, esse massacre revela-se *ritual de sacrifício* (cerimônia iniciática) visando a revelação do Ser.

Nos rituais primitivos, a iniciação era mais do que uma purificação (como é o batismo cristão). Visava uma verdadeira transmutação do iniciado, e as provas ou sevícias pelas quais este passava eram geralmente de caráter mutilante. A mutilação favorecia a conquista da transformação interior buscada. Daí o alto sentido que, no romance, adquirem as mutilações praticadas. Da mesma forma, os sacrifícios representam a vitória de uma força positiva: a conquista de um poder por parte daquele que sacrifica.

Nessa ordem de ideias, em *Cidade calabouço*, "Carnaval" (grandeza, explosão dos limites e de vida criativa) pode ser entendido como *o potencial à espera da forma*; e "retirantes" (pobreza, amputação de vida criativa, apatia, alienação) é o *brasileiro inconsciente*, prisioneiro do Sistema.

Problemática e estrutura

Essa seria a problemática profunda que energiza a construção de *Cidade calabouço*, dentro das linhas de força que atuam na criação literária pós-moderna: o espírito crítico do nosso tempo, a consciência do fluir ininterrupto das formas culturais que se sucedem desde a origem do mundo, engendradas pelo contínuo refazer-se das formas de vida.

É dentro desse contexto que o romance de Rui Mourão se constrói. Recusando a perspectiva que interpretava de maneira linear a aventura humana, o escritor opta pela fragmentação e cria uma forma estrutural que podemos chamar de caleidoscópica. Os acontecimentos, aparentemente independentes, apresentam-se numa caótica fusão de elementos que se mesclam e interagem uns com os outros, tal como em um caleidoscópio, onde as pedras coloridas atuam entre si, amontoadas umas sobre as outras, dentro dos limites do espaço prismático/espelhado que, afinal, as modifica de mil maneiras, no exato momento em que reflete as sucessivas novas relações que elas estabelecem entre si ao se moverem.

Nessa ordem de ideias, é importante notar que, nessa estrutura caleidoscópica, a não-causalidade (ou a casualidade) é que preside o aparecimento das situações. Todas elas surgem na trama narrativa, como que por geração espontânea. Não se lhes conhece a causa imediata ou remota. Imbricam no espaço carnavalesco que lhes dá dimensão e existência e, por sua vez, constroem esse espaço, que sem elas não existiria. As células dramáticas que tecem a narrativa obedecem ao princípio da não-hierarquia.

Destronado o princípio de *causalidade logicorracional* que determinava a estruturação narrativa do romance tradicional, o *alogicismo* assume a liderança; e a rede de situações e acontecimentos que compõe a aventura humana já não pode ser explicada linearmente, a partir de interpretações lógicas, nem de relatos psicológicos (enredos com princípio, fim e meio bem definidos).

A visão histórica do mundo é substituída pela visão a-histórica ou mítica. E a ambiguidade passa a ser a dominante do novo universo ficcional, tal como ela é a tônica do mundo atual, no que concerne aos nossos esforços para descobrirmos a Verdade real dos acontecimentos ou do Espetáculo em que o mundo se transformou.

Ambiguidade, não-causalidade e estrutura caleidoscópica representam no plano da narrativa os índices de uma consciência de mundo fundamente alerta: a do intelectual empenhado na compreensão do mundo atual e exacerbadamente consciente da precariedade da Verdade que pode ser alcançada a respeito e da Ação que pretenda alterar o rumo das coisas.

Infinitamente distante do estágio rudimentar de civilização (quando as relações entre os homens e o espaço em que se sabiam existentes eram de natureza concreta e objetiva, e assim facilmente compreensíveis), o nosso mundo globalizado (resultado de uma intrincada rede de relações abstratas e infinitamente complexas) escapa por completo à possibilidade de abarcá-lo todo, através do conhecimento lógico integral. Nas fronteiras do caos ou da loucura, a lógica se detém. É o momento em que a Literatura é descoberta como a grande via para um possível conhecimento. É o que nos mostram, com diferentes soluções, alguns dos importantes lançamentos dos anos 1970: *Qadós* de Hilda Hilst, *Água viva* de Clarice Lispector, *Sala de armas* de Nélida Piñon, *O General está pintando* de Hermilo Borba Filho, *Avalovara* de Osman Lins, *Cerimônia da noite* de Myriam Campello, *As crespas chuvas da primavera* de Sarah Pinheiro de las Casas, *Necrológio* de Victor Giudice e outros. Por mais distintas e inconfundíveis que se revelem entre si, tais obras, em essência, apresentam todas a mesma invariante: a tentativa de reter nas malhas da palavra um mundo em caos, o homem em mutação e uma nova ordem em gestação, ainda informe. É o caminho que Rui Mourão vem percorrendo, na construção de sua obra, tal como *Cidade calabouço* o mostra plenamente.

O crítico

É no acurado estudo analítico sobre o processo da escrita de Graciliano Ramos, *Estruturas* (1969), que se revela amplamente a consciência de escritor/construtor que singulariza a arte de Rui Mourão. Nessa abrangente análise, ele se revela sintonizado com as novas correntes teóricas (fenomenologia, formalismo, estruturalismo...) que propõem o estudo das obras literárias, não mais pelo viés psicológico ou humanístico, mas pelo *close reading*, pelo viés de sua construção formal.

Colocando-se, assim, dentro dessa nova perspectiva crítica, Rui Mourão interpreta a obra do mestre nordestino como uma "estrutura objetiva, um ser com vida autônoma", cuja abordagem analítica só tem sentido se partirmos de "um ponto de vista linguístico, estilístico e literário." Porém, de maneira equilibrada, ele não perde de vista a inegável relatividade da obra literária e não chega ao extremo (como certos formalistas) de considerá-la como um valor fechado em si, independente dos "elementos da experiência humana e social que estão na base de sua realização".

Tomando como ponto de partida para a análise as múltiplas gradações do *foco narrativo* (ou ponto de vista), sua análise vai desvendando as mais sutis conotações da intriga articulada pelo romancista, através dos elementos estruturais que a compõem: personagens, jogo temporal, sucessão de "planos narrativos", utilização do "espaço", recursos de linguagem, etc. Destaca argutamente a dialética dos planos narrativos (objetivo e subjetivo), que correm paralelos ou se fundem na estrutura global da obra.

Num verdadeiro corpo a corpo com o texto, sua leitura crítica descobre a ossatura estilística de cada romance, desvenda os vários níveis de significação de cada estrutura narrativa, não apenas no sentido de detectá-las dentro do romance e descrever-lhes o funcionamento, mas sobretudo no de compreender em que medida elas se relacionam com o contexto, isto é, em que medida são condicionadas pela essência daquilo de que são portadoras.

Com esse novo enfoque dos elementos constitutivos da estrutura romanesca, Rui Mourão altera a perspectiva crítica que, via de regra, vinha sendo aplicada pela crítica aos romances regionalistas (crítica de viés sociológico). Por essa nova abordagem, o crítico mineiro preocupa-se em mostrar, não mais qual é a problemática (regionalista ou sociológica expressa na obra graciliana), mas sim quais as relações daquela problemática com as estruturas estéticas da obra. Ou melhor, que tipo de estruturas romanescas foram, por ela, condicionadas. Como disse o crítico Nogueira Moutinho: "[...] *Estruturas: Ensaio sobre o romance Graciliano Ramos* constitui uma verdadeira revolução copernicana na fortuna crítica do grande romancista do Nordeste." (in "Folha de São Paulo", 24.08.1969)

Dados biobibliográficos

Romancista e ensaísta de força maior, pesquisador, intelectual atuante no meio cultural, Rui Mourão nasceu em 1929, em Bambuí, oeste de Minas Gerais. Por circunstâncias familiares, durante a infância viveu e estudou em sucessivas cidades (Formiga, Divinópolis, São João Del Rey). Fixou-se em Belo Horizonte, onde se formou em Direito. Ainda universitário, inicia sua atividade literária, com esparsos artigos em jornais. Em companhia de companheiros da Universidade (Afonso Ávila, Fábio Lucas) funda a revista "Vocação". Escreve a novela *Raízes* que, no original, recebe o Prêmio Cidade de Belo Horizonte/1955. Em 1957, com os mesmos companheiros, funda a revista "Tendências", que acabou se afirmando como um dos órgãos mais importantes do movimento renovador da "geração de 1960" brasileira.

Nessa ocasião, trabalha como assessor de imprensa no Gabinete do então governador de Minas, Juscelino Kubitschek. Ao final da administração Bias Fortes, passa a diretor do Curso de Administração do antigo Departamento de Administração Geral do Estado. Firma-se no jornalismo profissional. Transfere-se para Brasília, em cuja Universidade inicia a carreira docente e realiza mestrado em Letras. Convidado como professor visitante, entre 1966 e 1968 leciona em universidades norte-americanas (Tulane University/New Orleans e University of Houston). Nesse período dedica-se à pesquisa literária.

De volta ao Brasil, passa a exercer cargos culturais: integra a Comissão de Redação do Suplemento Literário O Minas Gerais (do qual era diretor Murilo Rubião); é nomeado diretor do Museu da Inconfidência de Ouro Preto e coordenador de Museus e Casas Históricas do IPHAN. Nessa função, dá início aos estudos e pesquisas para a modernização do Museu da Inconfidência, com a colaboração de especialistas de diferentes áreas culturais. Estudos que culminaram no novo projeto museológico em andamento neste início do século XXI.

Como escritor, sua produção tem se desdobrado em romances, ensaios literários, artigos na imprensa, capítulos de livros, publicados no âmbito nacional e estrangeiro, sobre literatura, sobre acervo, arquivo, museus, casas históricas... Em 1969, publica o denso ensaio crítico *Estruturas — ensaio sobre o romance de Graciliano*, no qual desenvolve um arguto método analítico, na linha do estruturalismo que, na época, se impunha como das correntes críticas mais polêmicas.

Em 1971, o romance *Curral dos crucificados* recebe o Prêmio Cidade Belo Horizonte/1970. Esse sucesso de crítica se confirma com suas obras posteriores. Em *Jardim pagão*, o foco temático é o mito da Busca do Paraíso, que a narrativa desenvolve através do confronto entre Mito e Natureza (mundo apocalíptico *versus* mundo cíclico). Romance metafórico, este expressa a aventura do homem no mundo, sempre à procura de conciliação entre a matéria e o espírito. Ainda dentro dessa busca, *Monólogo do escorpião* revive a rebeldia da "geração dos anos de ouro de 60" — aquela que rompe com a Ordem, buscando plenitude, paz e amor, através da liberdade desenfreada das motos, do sexo livre, da errância... mas acaba derrotada, porque o Sistema a reprimiu. Na verdade, é preciso aguardar a Nova Ordem ainda em gestação. É o que fica implícito na "Carta à Humanidade", escrita para o "homem futuro" pelo "Motociclista Audaz do Trapézio Volante". Em 1991, seu romance histórico *Boca de chafariz* (Troféu Francisco Igreja/UBE-RJ) revive, através de uma ótica carnavalesca, a epopeia de Ouro Preto, desde sua fundação no século XVII (quando foram descobertas as minas de ouro), até os nossos tempos, quando depois da decadência (com o esgotamento das minas, a partir do século XVIII) a cidade transformou-se em documento do passado e foi tombada pela UNESCO como Patrimônio Cultural da Humanidade. Filtrada pela ótica da memória fragmentada de várias personagens (reais ou fictícias), que fizeram a História, a trama novelesca vai redescobrindo nosso passado colonial, através da picaresca mistura de vozes: desde a do fundador (o minerador António Dias) e passando pelas milhentas figuras que, naqueles tempos, andaram por aquelas terras de riquezas e escravidões (Cláudio Manuel da Costa, Tomás Antônio Gonzaga, Tiradentes, Aleijadinho...). Em 1994, *Boca de chafariz* é agraciado com o diploma de Reconhecimento Especial do Prêmio Pégaso de Literatura para Latinoamérica (CERLAC). Segue-se *O alemão que descobriu a América* (biografia romanceada da vida do musicólogo Curt Lange, a quem o Brasil deve a descoberta de um século de atividade musical, que permanecia desconhecida em arquivos mortos). Em 1996, é publicado *Servidão em família* (processo dramático da deterioração do sistema familiar tradicional, sem uma nova ordem de valores à vista). Em 2001, o sucesso de *Invasões no carrossel*, romance-paródia de uma fase crítica da política brasileira: a dos "anos de chumbo" da década de 1960, quando se deu o confronto entre grupos de Esquerda e o Poder constituído. Fundindo realidade e ficção, o romance-sátira faz com que o histórico se confunda com o fantástico... e vai da fala aturdida de Carlos Lamarca ao tempo grotesco do "reinado" de Collor (envolvendo figuras políticas que ainda, neste início do século XXI, estão em cena no Palácio do Planalto). Mescladas à trama política, encaixam-se cenas do drama amoroso de uma mulher, cenas em que se misturam passado e presente, mortos e vivos.

Rui Mourão é uma das vozes que, na Literatura Brasileira, testemunham o nosso tempo em mutação e estão abrindo "veredas" para que um dia (ainda longínquo!) cheguemos ao "grande sertão" da Vida plena.

Publicações

As raízes, 1956; *Curral dos crucificados*, 1971; *Cidade calabouço*, 1973; *Jardim pagão*, 1979; *Monólogo do escorpião*, 1983; *Boca de chafariz*, 1991; *Servidão em família*, 1996; *Invasões no carrossel*, 2000; e *Quando os demônios descem o morro*, 2008.
Ensaio e memória — *Estruturas*, 1969; *Museu da Inconfidência*, 1984; e *O alemão que descobriu a América*, 1990.

78. SAMUEL RAWET

Para Samuel, onde estiver.
Aqui escrevo, com um atraso de trinta anos, a "palavra prometida", num distante Congresso em Brasília, nos idos de 1975. (N. N. Coelho)

A Diáspora do Ser e a Escritura Onírica[118]

> Minha vida é uma experiência total em que procuro conquistar a consciência de minha morte. Acho a vida uma grande aventura. Espero que os idiotas me entendam, [...] Oscilando entre alienação e realidade, a literatura é sempre um caminho de transcendência, que é um *ir além de*, ultrapassa as duas em busca de uma afirmação individual. [...] Sempre falta tudo ao homem, daí sua grandeza. Ele tem que conquistar a cada momento a sua realidade. [...] O homem ainda não existe, ele está sempre no futuro. Daí a grandeza de seu presente. E a miséria." (Entrevista para Farida Issa. "O Globo". 18.04.1970)

Foi através dessa visão de mundo, de húmus existencialista, que Samuel Rawet (precursor da literatura judaica no Brasil) construiu uma obra-paradigma do nosso tempo, e que se insere entre as mais singulares da Literatura Brasileira contemporânea. Na escritura rawetiana, se faz ouvir a voz do "homem absurdo" (definido por Sartre e Camus), aquele que se viu reduzido a si mesmo, num mundo descentrado (desde a perda de seu "centro sagrado" e de todas as ideologias). Mundo paradoxal (criador/destruidor), cujo novo equilíbrio ou recentralização depende exclusivamente dele, *homem-em-processo* e sem paradigmas orientadores. Homem sustentado apenas pela intuição de que é do seu próprio *fazer* que depende a revelação/atuação de seu *ser* autêntico — aquele

[118] Texto-homenagem aos 50 anos de *Contos do emigrante* (1956), início da carreira do escritor, como ficcionista. Fonte de consulta: S. Rawet – *Contos e novelas reunidos*. RJ, Civilização Brasileira, 2004. (N. da A.)

que (como o Deus bíblico) pela *palavra* deverá nomear/"iluminar" o que ainda está nas sombras: *o novo verdadeiro sentido da existência.*

Problemática nuclear do homem ocidental pós-tudo, essa é agudizada em Samuel Rawet pelo húmus judaico que, de modo delirante ou interrogante, está latente ou patente em toda sua obra. Imigrante polonês/judeu, ainda menino veio com a família para o Brasil (escapando ao ódio nazista). Essa traumática diáspora judaica, provocada pelos rumos da História, determinaria a dramática "diáspora interior" do *eu* altamente sensível do menino e do homem Samuel Rawet — espírito contraditório (como sua obra o revela) que, desde sempre, se sentiu rejeitado pelo meio ambiente para o qual fora transplantado. E continuamente desafiado a buscar/assumir sua própria verdade e identidade. Como ele o disse em certo escrito: "Sou eterno imigrante, parto de mim para mim mesmo, de meu corpo para meu corpo, mutável [...]. Percebo que não preciso de respostas para prosseguir. Preciso de perguntas."

Em todos os seus escritos delirantes/oníricos/mágicos, ecoa essa dramática busca do próprio *eu*, cuja verdade última (para além do impossível diálogo humano) estaria no encontro com um valor absoluto (um Deus?) que existiria no Mistério do Ser, no além de todas as religiões, rituais e liturgias. Se há escritor, na Literatura Brasileira, fundamente atingido pela dupla crise (do Sagrado e da Palavra) que se difundiu no "mundo pensante" ocidental do pós-II Guerra, esse foi Samuel Rawet. Sua obra é ímpar em nossa literatura. Toda ela revela a dupla cisão de seu espírito, por sua origem judaica (povo visceralmente fundado na Palavra da Religião) e por sua condição de homem e intelectual atento à cultura herdada e fundamente sintonizado com o espírito pós-moderno — aquele que pôs em questão a Razão consagrada, denunciou a falibilidade da Palavra para expressar a verdade última das coisas e, paradoxalmente, intui que é dessa palavra que o homem depende para renomear e reconstruir o mundo em caos. Essa cisão religiosa/cultural energiza toda sua obra, que se desdobra numa espécie de rodamoinho ou de labiríntico amálgama da cultura/literatura ocidental herdada e das correntes de pensamento mais impositivas que, desde o início do século XX, se vêm cruzando na "cultura mosaico" (Jean Onimus) deste nosso tempo de mutação (F. Capra).

O contexto histórico-cultural

Seu primeiro livro, *Contos do imigrante*, é publicado em 1956. Ano "meio mágico" que iria marcar o fim da Guerra Fria (1945-1956), o *fim definitivo* de todas as certezas absolutas, que fundamentavam a nossa civilização cristã/racionalista e, talvez, o verdadeiro *início* da Era Pós-Moderna, de que somos agentes inconscientes. Apocalipses e gêneses misturam-se nesse período de agudas expectativas. Na esfera do pensamento e da criação literária (sucedendo ao período de quase estagnação criadora dos anos de guerra), o grande canal de difusão do "novo" era ainda a França (seguida depois pela norte-americana e pela eclosão criadora da literatura latino-americana). Nesse momento a mais importante corrente de pensamento a influir na criação do teatro, romance e ensaio, era a do existencialismo (Kierkegaard, Heidegger, Jaspers) via Sartre. Foi nessa linha existencialista que Rawet se iniciou como teatrólogo. Em 1956, Sartre já havia criado o novo teatro e publicado toda sua obra. Albert Camus (notória influência sobre Rawet) já surgira, em 1942, com *O mito de Sísifo*, *O estrangeiro* e *O homem revoltado*, dando uma nova conotação ao "homem absurdo" que, em *A queda* (1956), intensifica a grande pergunta existencial: "Quem sou eu?" (pergunta agônica que atravessa toda a obra rawetiana). Nesse mesmo ano, o grego Kazantsakis escreve a *Carta a El Greco*, o testamento espiritual de um homem em busca de suas raízes ancestrais e que iria influenciar inúmeros espíritos criadores. Abrindo uma nova vereda no espaço existencialista, o mexicano/universal Octavio Paz publica *El arco y la lira* (1956), onde sonda a "otredad", a *divisão interior* do Ser, a alteridade, o Outro latente no Eu — aquele que estaria no limiar do mistério existencial e cuja *palavra* (em lugar da Palavra de Deus, negada pela Ciência) teria a tarefa de revelar a "verdade" última do homem no mundo. (Tarefa à que Rawet se entregou obsessivamente e que também é nervo vital da escritura de Cortázar.) Marcuse (judeu alemão exilado nos EEUU durante a II Guerra) denuncia em *Eros e civilização* (1955/56) a progressiva alienação do indivíduo, engolido pela sociedade do consumo e lucro, com sua *linguagem multimídia* ritual/autoritária/alienante. No Brasil, tem início a Era Kubitschek e o nascimento de Brasília (de cuja construção Rawet participou intensamente, como engenheiro da equipe de Niemayer). Surge *Grande sertão: veredas* (1956) e sua alquimia verbal/iniciática, fundindo o rudimentar terra-a-terra com o metafísico, e revelando a Palavra como criadora da Realidade. (Foi em corpo a corpo com essa palavra essencial/fugidia que Rawet engendrou toda sua obra.) *O encontro marcado* (1956) de Fernando Sabino sonda o vazio das relações humanas no cotidiano sem sentido, onde a vida se cumpre. Desafiando a própria estrutura do sistema vigente, a *Poesia concreta* (Plano Piloto/1956) elimina drasticamente o *verbo*, destrói as "relações" entre as palavras, expressando através da forma poética a ruptura das relações *Homem-Mundo*. Ao mesmo tempo, a *Poesia Práxis* (Espaço Inaugural) redescobre o homem-do-fazer e sua nova tarefa: a da reinventar ou reordenar o novo mundo.

Nesse pós-Guerra Fria redescobre-se o Realismo Absurdo kafkiano, que o pioneiro Murilo Rubião, nos anos 40, já expressara nos contos de *O ex-mágico* (1941-47). Ressurge também o labiríntico *Ulisses* (1922) de Joyce, que escandalizara os anos 1920 com sua espantosa *desconstrução* de todas as tradições herdadas, e fazendo ouvir, em meio ao caos, a voz do Homem (único valor restante) a quem caberia construir a Nova Ordem. O romance norte-americano (de Hemingway a Faulkner) semeia as novas técnicas do romance e uma nova visão das relações homem/mundo. Perdura a influência do romance russo (de Dostoievski a Gorki) escavando o "homem do subterrâneo" e os "humilhados e ofendidos". É também nessa década de 1950 que o argentino/europeu Jorge Luís Borges — contemporâneo de Joyce e de Kafka — passa a ser reconhecido como um dos grandes mestres da literatura ocidental. As ficções borgianas — frutos de uma prodigiosa mescla de imaginação, erudição e alquimia verbal — embaralham ou anulam os limites entre verdade e invenção, real e virtual, realidade e sonho. A visão borgiana (cujos rastros são evidentes na ficção rawetiana) subverte a ordem natural das coisas, afirma *a irrealidade do mundo* — ou, ainda, descreve o mundo, a vida humana, como *um sonho que alguém estaria sonhando*. (Não esqueçamos que Calderón de la Barca, no século XVII, já escrevera *La vida es sueno*) Essa insólita visão de mundo acende, no meio cultural da 2ª metade do século XX, um novo interesse pelo idealismo europeu do século XIX (Berkeley, Schlegel, Novalis...). É inegável que os rastros desse idealismo estão patentes no mundo ficcional de Samuel Rawet — sem que possamos decidir (sem um estudo aprofundado de sua escritura) se a fonte primeira dessa influência teria sido a alemã (principalmente os *Fragmentos* de Novalis) ou a borgiana ou...? Circunstância que, afinal, é irrelevante para a leitura analítica de sua arte. O que mais importa no caso é o poder então atribuído à palavra: o de criar realidades verdadeiras ou falsas. Logo mais, nos anos 60, Michel Foucault (*As palavras e as coisas*, 1966), no âmbito da antropologia, provaria que "O Homem é Linguagem".

Uma leitura abrangente da obra de Samuel Rawet revela-a fundamente sintonizada com esse contexto cultural/literário. Escrita durante cerca de vinte anos, facilmente ela se revela como uma espécie de sorvedouro das grandes vozes-mestras que na literatura e na filosofia falaram do homem e de suas relações com o mistério da existência. O universo criado por Rawet, para além de absorver a herança do passado, mostra-se densamente lastreado pelas ideias-forças pós-modernas "filtradas" por sua aguda sensibilidade e angustiada experiência de vida. Dentre elas, ressaltam principalmente as que puseram em questão as verdades consagradas pela tradição. As que de mil formas denunciam a falsidade das aparências, a incomunicabilidade humana, a insuficiência da palavra para expressar plenamente a "verdade", a alteridade ou duplicidade do Eu (intuição da "otredad", da existência do "outro" interior, a quem cabe revelar a verdade última do "eu"), a angústia existencial ou o pavor metafísico do tempo (atração/repulsa pelo infinito, medo da morte, devido à carência de fé, ausência de Deus e ânsia do sagrado), e a visão onírica do mundo — a ausência de fronteiras entre realidade e sonho, tal como a arte borgiana a sonhou. Em vários de seus ensaios e, principalmente, em "Memória onírica" (in *Alienação e realidade*), oscilando entre hipóteses científicas e reflexões místicas, Rawet interroga, de maneira quase alucinada, o fenômeno do sonho, como uma das vias de acesso ao verdadeiro conhecimento do eu, essa "entidade" inabarcável que nos habita.

Todas essas vivências já se encontram latentes ou patentes nos primeiros escritos de Rawet: a crítica teatral, o teatro e o ensaio. Atraído pelo novo teatro existencialista (focado numa "situação" e não mais num "caráter"), Rawet escreveu algumas peças que obtêm certo êxito, mas que ele vem a condenar, como "frustradas". Seu verdadeiro caminho estaria na ficção de húmus memorialista (ou autobiográfico).

Contos do imigrante

Contos do imigrante (1956) é obra de juventude, mas que surge madura. São "contos" na acepção original do gênero: narração breve de uma situação central. Mas a linguagem já não se desdobra linear e objetivamente como no conto "tout court". Desdobra-se como que entre sombras. Cabe ao leitor ir encontrando os nexos. Esses contos de estreia revelam um autor já de pulso seguro, espírito sintonizado com o mundo à sua volta e ferido pelos "desencontros" que marcam as relações humanas. Esse "desencontro", que é uma das tônicas da cosmovisão rawetiana, nesses primeiros contos, se manifesta impregnado pelo humanismo sombrio/angustiado, presente nos russos, particularmente em Gorki (romancista admirado por Rawet). Já pela epígrafe de Elio Vittorini, transcrita na abertura do volume, denuncia-se a natureza híbrida das narrativas ali reunidas: *misto de memória e ficção.*

> Para evitar equívocos ou mal-entendidos, declaro que, tal como o protagonista deste romance *não é autobiográfico*, da mesma forma a Sicília que o enquadra e acompanha só é Sicília por mero acaso; apenas porque o nome Sicília me soa melhor que o nome Pérsia ou Venezuela. De resto creio que todos os manuscritos se encontram numa garrafa.

Valendo-se da advertência do escritor italiano que — num evidente jogo com o leitor —, nega o lastro de memória existente em seu romance *Gente da Sicília*, Rawet também nega a possível identificação entre as situações narradas no livro e sua própria experiência de vida. Inclusive, com a última frase de Vittorini, "todos os manuscritos se encontram numa garrafa", Rawet estaria antecipando ao leitor a dificuldade (ou impossibilidade?) de acesso de sua leitura à verdade última das "ficções" ali reunidas. Dedução à que se chega ao lembrarmos que um dos significados simbólicos de "garrafa" é a de ser "guardiã de um alto saber secreto" (Dic. Laffont-Bompiani). E se há algo permanente na obra de Rawet é a certeza de que jamais a verdade última do *eu* (ou da obra) pode ser conhecida pelos outros.

Contos do imigrante, tendo como matéria-prima o problema dramático do imigrante judeu, não se reduz à sua face típica, de análise social, como se popularizou na literatura judaica, particularmente anglo-americana. (cf. *Judeus sem dinheiro* de M. Gold). Rawet, sintonizado com o pensamento existencialista, preocupou-se em desvendar o drama oculto, a face humana do ser isolado, hostilizado, desarraigado.

O conto de abertura, *O profeta*, desenvolve-se em torno da problemática nuclear do universo que o autor construiria durante anos: *a incomunicabilidade entre os seres*, a impossível comunicação entre o "eu" e os "outros" com os quais convive. Impossibilidade que gera no indivíduo o profundo sentimento de rejeição e de irremediável solidão interior. Na primeira frase do conto resume-se o drama do personagem central: "Todas as ilusões perdidas, só lhe restara mesmo aquele gesto." Ao avançar da narrativa fragmentada, na qual se misturam os tempos de ontem e de hoje, vai-se conhecendo o drama de um velho judeu, sobrevivente do Holocausto, que vem para o Brasil viver com a família que lhe restava. Mas a imensa distância entre sua dura experiência de vida e a dos felizes familiares (que escaparam ao horror e venceram na nova terra) cavou um fosso que impedia a verdadeira convivência. Distância afetiva aprofundada pelo seu *desconhecimento da língua falada por todos* à sua volta. Inclusive o zombeteiro apelido "Profeta", ouvido em certo jantar, aprofundou nele a certeza da irremediável incomunicabilidade entre ele e os demais. Sentia que ele não passava de um objeto estranho em meio à "normalidade" dos outros. Sem avisar ninguém, decide voltar. O tempo presente do conto é o do momento em que, já no navio prestes a partir para o retorno, ele reflete sobre "aquele gesto" que o condenava para sempre à solidão total. Por sua memória, perpassam e se atropelam as dolorosas vivências do ontem, do hoje e do sempre que o esperavam.

Essa dor, essa sensação de rejeição e desamparo é a marca definidora da galeria de personagens que se sucedem nos contos seguintes: a dolorosa vida de Ida, velha judia, sobrevivente do Holocausto, imigrante, perseguida pelos moleques (*A prece*); *Gringuinho* — o apelido estigma que humilhava o garoto judeu, imigrante que ainda não conhecia a língua da nova terra (conto de evidente lastro autobiográfico). Em *Noturno*, o negro imigrante, tocador de flauta, vida amputada de beleza. Em *Consciência do mundo*, Jano, homem na agonia da morte se interroga sobre o possível sentido de sua existência inútil. Também à espera da morte e assaltado pela agônica interrogação sobre o sentido da vida vivida, o personagem de *Canto fúnebre de Estevão Lopes Albuquerque* é um grito de revolta contra os preconceitos de família e religião que aprisionam o indivíduo e asfixiam sua aspiração à verdadeira vida.

Em *Salmo 151*, a narrativa fragmentada se desenvolve numa densa atmosfera que envolve o "negro Gamaliel" — ledor da Bíblia (crente, no limiar da descrença), que tenta converter o seu vizinho cego, o italiano Caetano, "velho sem religião", repetindo-lhe os salmos bíblicos. Esse conto é um dos pontos altos e dos mais complexos da coletânea. No título já se denuncia a dúvida ou a negação da verdade bíblica: o "Salmo 151" é apócrifo. *O livro dos salmos* termina no cântico 150: "Louvemos o Senhor. Aleluia. / Louvai a Deus no santuário. / Louvai-o no seu firmamento majestoso...". Cântico de exaltação a Deus, que no conto é parafraseado por Gamaliel e ouvido com encantamento pelo velho Caetano que, embora descrente, se deixa fascinar pela beleza, poesia e sonoridade das palavras ditas por Gamaliel: "...enquanto os anjos pairando num céu de diamantes e marfim entoarão aleluias... e os arcanjos, os principados, os querubins, os tronos...". De maneira humaníssima (luminosa/sombria), esse conto denuncia o *esvaziamento do sentido sagrado* da palavra bíblica quando, reduzida a simples e mecânico ritual, lhe resta apenas a beleza sonora e poética das palavras incomuns ou excêntricas.

É no rastro dessa denúncia de "esvaziamento do sagrado" (e do consequente "esvaziamento existencial", que impede as autênticas relações eu/outro), que se sucedem os novos livros de Rawet. A cada título mais e mais se apura a arte maior de sua ficção e ele se vai consagrando como grande escritor da linhagem dos "malditos" — aqueles torturados que, em vários tons, vêm denunciando a irremediável solidão humana.

O diálogo

Sete anos depois de sua estreia (e amplo acolhimento pela crítica), Rawet surge com nova coletânea de contos, *Diálogo* (1963). Entre uma e outra publicação, sua vida tomara novo rumo: mudara-se para Brasília, engenheiro engajado no projeto de construção da nova capital brasileira, com a equipe de Lúcio Costa e Oscar Niemayer. Também algo fundamental mudara em sua arte do conto: a linguagem e a concatenação dos fatos se revelam fundamentalmente sintonizadas com a visão de mundo que, de mil formas, expressa o nosso mundo em transformação.

No titulo da coletânea *Diálogo*, já se denuncia ironicamente o desencontro entre a palavra e a realidade nela referida — a impossibilidade de comunicação humana. No conto-título, "Diálogo" (um diálogo que não há...), expressa-se uma situação emblemática no universo ficcional rawetiano: *a incomunicabilidade entre pai e filho.*

> *Frente a frente.* O apito longínquo da locomotiva e o chiado quase inaudível da caldeira em funcionamento; o palavrão vindo da esquina, [...] A separá-los, apenas a largura de um cômodo e o nevoeiro espesso de incontáveis cigarros. O pai, sentado junto a um armário baixo, apoia o braço em seu tampo, e acomoda a cabeça na mão espalmada. Quando o filho entrara, já ele ali estava, na mesma postura. [...] *Os ruídos nunca o perturbaram, as palavras, sim.*

Nesse espraiar lento de palavras sobre a superfície das coisas —

como numa cena teatral imóvel (aos poucos se transformando numa sarabanda brutal de palavras e emoções) —, vamos descobrindo o abismo de incompreensão que se interpunha entre pai e filho. "Frente a frente", mas incomunicáveis. Para além do ambiente familiar, minuciosamente apreendido e descrito, pressente-se a distância interior, invisível, de violenta incompreensão, em que o pai se fecha, ferindo agudamente o filho. Dominando, como poucos, a arte do suspense, Rawet, centrado nesse enfrentamento imóvel e quase silencioso de pai e filho, faz brotar da memória de ambos todo um incomensurável abismo interior a separá-los. Ficção de raízes autobiográficas? Talvez. Todos os conhecidos incidentes que marcaram a vida de Rawet levam a crer que sim. Circunstância que torna mais evidente o seu pulso de escritor, a sua capacidade de superar sua vivência pessoal e transfigurá-la em uma vivência puramente humana. Os demais contos da coletânea ("Fuga", "O Aprendizado", "A Luta"...) desdobram, como em círculos concêntricos, a mesma problemática da *incomunicabilidade*, sempre em atmosfera mesclada de lucidez e loucura. Ausência de diálogo.

Os sete sonhos

O mais borgiano[119] de seus livros, *Os sete sonhos*, ainda no original, recebeu o Prêmio Guimarães Rosa/1966. Dentro da mesma atmosfera de angústia e solidão dos contos anteriores, neste, Rawet concentra-se no fenômeno da própria escrita ficcional. Nos rastros do pensamento pós-moderno, de que "tudo é linguagem", cria situações insólitas, nas quais desaparecem os limites entre realidade e ficção. Confusão de fronteiras, aprofundada pela "visão borgiana" de que tudo existe porque foi sonhado por alguém. O conto-título da coletânea se inicia exatamente no momento em que o personagem se autodescobre como alguém pertencente a um mundo onírico.

---

[119] Fixamo-nos aqui na possível influência de Borges, embora haja grande afinidade entre Rawet e a visão de Novalis. Ex: "Estamos perto de sermos despertados quando sonhamos". "Estamos ligados ou mais próximos do invisível do que do visível". "Cada nome é uma palavra de encantação, cada espírito chamado é espírito que aparece", etc. Ou seria Cortázar a grande "afinidade eletiva" de Rawet? (N. da A.)

> Precisamente naquele instante o seu mundo era o do sétimo sonho daquela quinta-feira de outubro. Sentado numa poltrona de vime no canto da varanda olhava para o campo atrás da casa e fixava-se particularmente no telheiro do moinho d'água.

Partindo dessa cena (aparentemente nítida e objetiva, de alguém instalado num ambiente familiar), a narrativa vai resvalando para um mundo ambíguo, onde se perdem os limites entre o real e o onírico. Com "plena consciência do que se passava com ele", o personagem, seguido de perto pelo narrador, vai revisitando os "sete sonhos" que ele tivera e que o envolveram caoticamente em experiências que, revividas, passaram a ser para ele mais reais do que o mundo cotidiano, dito "real", em que o hábito o aprisionara.

Os contos que se sucedem ("O Fio", "O Petroleiro Norueguês", "O Logro", "A Morte de Empédocles", "Kelevin"...) giram em torno da mesma problemática: o da *realidade* do sonho e da *irrealidade* do mundo, fora da palavra. O da *alienação* (como única possível via de uma existência humana, em plenitude); *o pavor metafísico da morte* (que, na ausência de Deus, joga o homem no nada); *o processo criador* (a reflexão da linguagem literária sobre seu próprio poder de criar realidades) e outros temas decorrentes da problemática nuclear.

No longo texto que encerra o volume, "Crônica de um Vagabundo", Rawet se entrega, inequivocamente, a um balanço catártico de sua existência, prensada entre a descrença nos homens e a agônica busca de Deus. Trata-se de uma labiríntica narrativa (fusão e memória) que encontraria sua expressão definitiva, anos depois, no delirante *Viagens de Ahasverus*. A identificação entre ambos os textos já pode ser sentida na epígrafe que antecede a narrativa — palavras tomadas do romancista sueco Lagerkvist, in *La Mort d'Ahasverus*, nas quais o sofrimento de Cristo é comparado com aquele sofrido pelo Homem.

> Diz-se que Seu sofrimento e Sua morte representam o maior acontecimento que o mundo já conheceu, o mais significativo. Sim, talvez, é possível. Mas quantos têm sofrido sem que seu sofrimento tenha o menor

valor?

"Crônica de um Vagabundo" inicia-se num tom quase displicente:

> Era uma vez um vagabundo, pronunciou quando ergue a maleta e caminhou em direção à rua. Gostaria um dia de ouvir uma história que assim começasse.

Por dezenas de páginas, numa confusão de vozes narrativas e fusão de memória e ficção, vai-se desdobrando, em atmosfera de sonho ou sonambulismo, a *via crucis* do desalentado caixeiro-viajante. Tal qual o "judeu errante" da lenda, ele não encontra pouso ou alento em lugar nenhum. Vive, anda, age como que emparedado em si mesmo, oscilando entre a indiferença, o cinismo, o ódio, o nojo... Termina o conto no local onde começou, com o viajante consciente da inutilidade de tudo e de si próprio.

> Como identificar o imbecil, o tolo, o idiota, sem desconfiar da própria imbecilidade, tolice, idiotice? Viu-se junto à rodoviária em que havia saltado na véspera.

Enquanto se encaminha para o ônibus, para uma nova e inútil viagem,

> (ele) tem a consciência nítida de quem não vive a própria vida, de personagem defeituosa de um autor sem talento ou preguiçoso. Personagem de Deus, talvez.

O terreno de uma polegada quadrada

Personalidade atormentada pela busca do "outro", de Deus, da verdade última da existência humana, do próprio "eu" e de seu lugar no mundo, Rawet está entre os escritores de arte maior, para quem viver era transformar a vida em palavras. Essa paixão encontra um de seus pontos altos em "O Terreno de uma Polegada Quadrada" (1969), pequena novela que dá título ao volume, onde Rawet muda de ótica. Ou melhor, na "filtragem" de sua visão de mundo, alterna a *visada angustiada* com *o olhar irônico/sarcástico*, expressando-se numa linguagem, que oscila entre uma intencional vulgaridade e a interrogação filosófica da vida. Tal mudança já é anunciada no prefácio, no qual o autor informa que está interessado no problema da "burrice comum, palmar, cotidiana" a qual, conforme ele esclarece,

> [...] tem uma ligação imediata concreta, com a ficção. Ambas participam de um certo deslocamento em relação à realidade, ambas utilizam os mesmos termos para fins distintos. [...] Outro aspecto da burrice é o humor implícito. [...] Sem a capa da ironia ou do sarcasmo, a burrice pode representar um salto no irracional. [...] Tudo isso faz pensar nos *cobles* de Simak e na série de mundos coexistentes, de uma infinidade de esferas dentro da mesma esfera. Faz pensar numa mudança de plano e de espaço. Simples como o salto para ontem ou o coelho que sai de uma cartola. [...] Ouvi falar numa península a leste do país dos Rujuks. Dizem que a burrice humana encontra lá sua expressão máxima. [...] E é por isso que hoje me interesso pela península a leste do país dos Rujuks.

Nesse tom de blague e descaso (onde ecoam "pegadas" do romancista Heinrich Böll), Rawet já antecipa para o leitor o verdadeiro nervo de sua escrita novelesca: a denúncia da *alienação e banalidade* do viver cotidiano e, ao mesmo tempo, põe a nu as feridas da alma dos que se lançam nas *interrogações existenciais sem resposta.* Um texto de Hermann Hesse (uma das grandes "afinidades eletivas" de Rawet) abre o volume:

> Uma vez, na juventude, a luz brilhou para eles; uma vez eles foram videntes e seguiram a estrela; mas então veio a idade da razão e a zombaria do mundo; então veio a pusilanimidade; então vieram os fracassos aparentes, a fadiga e a desilusão; e eles se sentiram de novo perdidos e se tornaram novamente cegos.

Essa epígrafe do romancista alemão (que viveu o apocalipse nazista) anuncia a dramática visão de mundo, que serve de húmus à pretensa ludicidade ou superficialidade da trama rawetiana, sempre "colada" no vulgar cotidiano. A época é a do pós-II Guerra, quando todas as ideologias haviam naufragado no caos e o mundo-das-certezas se via à deriva. Desde a primeira frase, se anuncia a problemática nuclear da novela:

> — Merda, aqui não há uma explosão metafísica, sem uma outra, psicopatológica!

A sequência novelesca se desenvolverá caoticamente, nos rastros desse choque de ideias: a *interrogação existencial* sobre a condição humana, num mundo sem transcendência nem lógica, e a *alienação* dos "acomodados" ao sistema consagrado pela rotina. A cena que se segue torna claro que a metáfora "península" (referida no prefácio, como habitada pela "burrice") é o espaço urbano carioca.

> O resultado de um aperitivo antes do almoço dera naquela explosão. E agora o almoço atrasado, o ponto perdido na repartição (o que não faria para evitar o pedido de que a falta fosse abonada), o atraso no jornal e com o acúmulo de trabalho da véspera, perderia também as duas primeiras aulas no curso noturno. Duas e meia e aquele sol na Praça da República à espera do ônibus que o levasse ao Catete.

Em ritmo moto-contínuo, labiríntico e linguagem que oscila entre a vulgaridade e a densidade filosófica, a trama novelesca vai se desdobrando em cenas entrecruzadas, que se passam no cotidiano atropelado e rotineiro, vivido por um grupo de amigos. De diferentes ocupações e personalidades, todos se igualam por certos fatores comuns: um fundo idealismo (frustrado pelas circunstâncias da vida) e o necessário enfrentamento aos preconceitos raciais ou sociais.

Paulo (presença-eixo, através da qual a narrativa vai se desenvolvendo) — mulato, professor, jornalista, inteligência arguta, idealista, leitor voraz da alta literatura (livros comprados nos sebos), casado com mulher prática que se revolta contra o idealismo, que os condena a uma vida limitada economicamente. Jano (escritor e pensador de linhagem existencialista) já pelo nome simbólico (Jano era uma divindade romana, bifronte, representado com duas faces: uma voltada para o passado, outra, para o futuro) representa o "homem revoltado" dividido entre verdades contraditórias, prisioneiro de um mundo absurdo, tal como o revelara o existencialismo de Heidegger (o do homem que aspira à Vida e se descobre um ser-para-a morte). Guido (médico, casado, vítima de crises nervosas) — espírito aparentemente adaptado ao Sistema, mas no fundo atormentado por recusar o seu lado homossexual. Lolô (jornalista/cronista, trabalhando na imprensa, homossexual assumido) —"o veadinho", "monstro de sensibilidade, amoral, caótico, vítima de traumas e humilhações", cujas agressões, preconceituosas, ele superava, através do deboche ou do cinismo. Elias (judeu, dono de livraria, bom chefe de família, leitor da Bíblia) — presença calma, prestativa, mantendo sempre uma aparente indiferença aos preconceitos ("judeu é isto, é aquilo"), encontra, no "exercício" de escrever Salmos ou teatralizar cenas bíblicas, uma válvula de escape à solidão interior, ao vazio existencial em que vivia, sem que ninguém suspeitasse.

Criaturas em contínuo choque com o meio social preconceituoso em que vivem, todos esses personagens carregam uma espécie de "estigma", perpetuado pela sociedade — a negritude, o pendor filosófico, o homossexualismo, o judaísmo... E todos eles, consciente ou inconscientemente, buscam a autorrealização na leitura e na escrita. Todos se agarram à Palavra. Em diferentes graus, o que ela expressa é a grande interrogação existencial, sempre presente na fala de Jano: "O Ser, Paulo, o Ser!". Misto de autobiografia e ficção, a trama novelesca se desenvolve com as pequenas/grandes tragédias anônimas do cotidiano, um mundo de sonhos e ideais abortados, no qual perduram ecos dos Grandes Mestres (Gide, Rilke, Sartre, Heidegger, a Sabedoria Bíblica...) e certas figuras do cenário brasileiro (Cruz e Souza, Lima Barreto, Faria Brito) que também foram vítimas dos preconceitos. Os demais contos desta coletânea ("Reinvenção de Lázaro", "Madrugada Seca", "Johny Golem"...), em variados tons e ritmos, giram em torno dos mesmos eixos temáticos.

Os livros que se vão sucedendo, *Abama*, *Viagens de Ahasverus à terra alheia*, *Que os mortos enterrem seus mortos*... e seus densos ensaios, tal como pedras jogadas nas águas densas de um lago, vão abrindo sulcos e círculos que, entrecruzados, vão ampliando/aprofundando a dramática problemática-chave do universo rawetriano: a angústia do homem pós-moderno, homem interrogante, condenado à incomunicabilidade, à incompreensão do "outro" e consequente isolamento do "eu". Angústia agravada pelo "ser judeu" — condição ambígua de se sentir, por um lado, um eterno exilado, dividido entre dois mundos; e, por outro, um obscuro "privilegiado" por vivenciar essa condição, como uma "verdade no sangue".

Angústia, incomunicabilidade, incompreensão que ele vai continuamente enfrentando/escavando (e tentando "driblar") através da grande força da Palavra. Fortalecia-o uma certeza que ele sintetizou numa frase: "Percebo que não preciso de respostas para prosseguir. Preciso de perguntas. Deus está no futuro".

Dados biobibliográficos[120]

Contista, novelista, dramaturgo, crítico teatral, ensaísta, engenheiro, escritor singular, considerado como "uma das maiores vozes da literatura contemporânea brasileira" (A.C. Villaça) Samuel Urys Rawet, de origem judaica, nasceu em Klimontov, pequena aldeia próxima de Varsóvia/Polônia, em 23 de julho de 1929. Em 1936, com a escalada do partido nazista, os crescentes atritos da Alemanha com a Polônia, e as ameaças aos judeus, sua família emigra para o Brasil. Ele completara sete anos de idade. Fixaram-se em Ramos, subúrbio carioca. Nesse mesmo ano, ele foi naturalizado brasileiro. Conforme entrevista dada a Flávio Moreira da Costa ("Correio do Povo", Porto Alegre, março de 1974), até os seus vinte e poucos anos morou "nos subúrbios da Leopoldina. Sou fundamentalmente suburbano, o subúrbio está muito ligado a mim. Aprendi o português na rua, apanhando, falando errado — acho até que este é o melhor método pedagógico em todos os sentidos.

[120] Fontes de consulta: *Contos e novelas reunidos* (org. André Seffrin) RJ. Civilização Brasileira. 2004; Jornal "O Globo", 18.04.1970; 06.05.1982 e 28.08.1984; "Correio Braziliense", 27.08.1984; Revista Argumento, maio/junho, 2004; e Revista Shalom, setembro, 1984. (N. da A.)

Aprendi tudo na rua." Sua obra vai mostrar que uma de suas obsessões, como escritor, foi o domínio do português em seu húmus brasileiro — língua que o destino, de um momento para outro, lhe impusera em lugar daquelas (polonês e ídiche) que ele recebera no berço, e que lhe assegurava a identidade de ser-no-mundo. Daí sua visceral necessidade de "religação" com o mundo através da língua, e sua paixão pela leitura, pelo conhecimento, pela cultura. Paixão que o acompanhou sempre, como sua obra testemunha.

Fez os estudos primários e o ginasial em Olaria, e o curso científico em São Cristóvão. Desde muito cedo se sentiu vitalmente atraído pela literatura, teatro e pela escrita literária. Formou-se engenheiro, em 1953, na antiga Escola Nacional de Engenharia/RJ. Em 1949, passa a fazer parte do grupo Café da Manhã — jovens escritores (Fausto Cunha, Renard Perez e outros) liderados por Dinah Silveira de Queiroz. Nessa época, se inicia como crítico teatral na "Revista Branca", dirigida por Saldanha Coelho. O teatro passa a ser sua paixão. Nos anos 1950, venceu um concurso de radioteatro, promovido pela Rádio MEC (Ministério da Educação e Cultura), mas mais tarde considerou seu texto "péssimo". Da mesma forma, com a peça "Os Amantes", levada à cena por Nicette Bruno e Paulo Goulart, em 1957, com muito boa repercussão, mas que também acabou por ser rejeitada por ele. Apesar dessas primeiras experiências negativas (segundo seu exacerbado senso crítico), prossegue tentando a dramaturgia. Em seu arquivo de inéditos, após sua morte, foi encontrada uma extensa produção teatral: *A volta*, *A noite que volta*, *A herança*, *Quando brilham as sombras*, *Farsa da pesca do pirarucu e da caçada do jacu* (experiência teatral frustrada pela Censura). *O lance de dados* e outros. Entre peças adaptadas para televisão, estão: *Vestido de noiva* de Nelson Rodrigues e *Oração para uma negra* de Faulkner/Camus. Sua estreia oficial como ficcionista se deu em 1956, com a publicação de *Contos do Imigrante* — sendo acolhido de imediato pela Crítica e pelo público, como algo novo no conto brasileiro.

A partir de 1957 (início da fundação de Brasília/Governo Kubitschek) trabalhou como engenheiro-especialista no cálculo de cimento armado na equipe de Oscar Niemeyer, Lúcio Costa e Joaquim Cardoso, responsáveis pela construção da nova capital brasileira. Entre seus trabalhos mais importantes nessa área, ele destacou os cálculos para o prédio do Congresso Nacional e para o Monumento aos Mortos da II Guerra (projeto do escultor Ceschiatti e dos arquitetos Marcos Konder e Hélio Marinho). Sua escolha profissional — a de trabalhar com o "invisível" das construções (com o cálculo do "concreto", da força material que as sustenta interiormente) — revela a profunda organicidade de seu espírito, sempre voltado para a sondagem da essência oculta das realidades. Durante um ano ele foi assessor de Oscar Niemeyer, em Israel, no projeto da Universidade de Haifa. A partir dessa época multiplica suas viagens à Europa, à América Latina e por todo o Brasil, numa verdadeira peregrinação cultural.

Entre 1962 e 1969, trabalha como engenheiro na NOVACAP, em Brasília. Reside durante um breve período no Rio de Janeiro, entregando-se intensamente à escrita e publicação de seus livros (inclusive vendendo seu apartamento em Brasília para custear algumas edições). Com largos intervalos de tempo entre eles, novos títulos foram sendo publicados, confirmando amplamente a presença de sua arte maior no panorama da Literatura Brasileira contemporânea. Em 1974, volta para Brasília onde passa a viver cada vez mais recluso. Em 1977, rompe publicamente com os judeus, com o ensaio "Kafka e a mineralidade judaica ou a tonga da mironga do kabuletê." ("Escrita, nº 24, SP, set, 1977). Esse escandaloso rompimento com a comunidade judaica teve naturalmente grande repercussão no meio cultural e suscitou inúmeras interpretações. Gilda Salem Szklo (Sup. Lit. Minas Gerais, 15.12.1984) entendeu-o como um "ato de transfiguração", dentro de seu "itinerário espiritual". Em entrevista com Danilo Gomes (Supl. Lit. Minas Gerais, 1979), Rawet afirmou:

> Meu maior conflito, e não sei se isso me enriquece ou empobrece, é pessoal e ligado à minha condição de judeu ou de ex-judeu, que mandou o judaísmo e ambiência judaica às favas.

Rompeu com a comunidade social, que lhe parecia falsa, mas não com as origens, com as raízes religiosas semitas. A certa altura, disse-o claramente:

> Não, não sou antissemita, porque semitismo não significa necessariamente judaísmo. Sou antijudeu, o que é bem diferente.

Espírito extremado, Rawet parece ter assumido o espírito de seu ancestral homônimo, o Samuel bíblico — o último e um dos maiores Juízes de Israel, que não poupou de repreensão nem os reis Davi e Salomão, quando estes incorreram em falta diante de Deus. Em seus últimos anos, Rawet viveu em voluntária solidão. Em agosto de 1984, é encontrado morto em sua casa, na cidade satélite de Sobradinho (DF). Fora vítima de um aneurisma cerebral. Morreu solitário, como sempre viveu. Alberto Dines, sob o impacto de sua morte inesperada, aos 55 anos, escreveu:

> Mudaram tanto assim os judeus para que seu inventor na moderna literatura brasileira fosse designado como antijudeu? Aquele que optou pelo despojamento, pela humildade, pela singeleza do viver, aquele que era todo pensamento, um despossuído — tal e qual os profetas — dedicado apenas a compreender o mundo, aquela ternura pelo bicho solitário e marginal, poderia ser antissemita? Duvido. Viveu em silêncio, morreu em silêncio, deixou-se destroçar pela vida, como se tivesse muitas para desperdiçar. (in rev. "Shalom", set. 1984).

Na verdade, só aparentemente, sua vida foi "desperdiçada". Em essência, como o mostra sua singular obra, ela foi vivida intensamente, re-ligiosamente, no sentido original do termo "re-ligare": a busca da essencial re-ligação do Homem com Deus. Essa busca agônica sua obra fará perdurar no tempo.

Publicações

Conto — *Contos do imigrante*, 1956; *Diálogo*, 1963; *Os sete sonhos*, 1967 (Prêmio Guimarães Rosa/Fundepar, 1968); *O terreno de uma polegada quadrada*, 1969; *Que os mortos enterrem seus mortos*, 1981; *10 Contos escolhi-*

dos, 1982; *The prophet and other stories*, New Mexico, 1998; e *Contos e novelas reunidos*, 2004.
Novela — *Abama*, 1964; *Viagens de Ahasverus à terra alheia em busca de um passado que não existe porque é futuro e de um futuro que já passou porque sonhado*, 1970.
Ensaio — "*Teatro no Modernismo*" (Oswald de Andrade), 1954; *Consciência e valor*, 1969; *Homossexualismo*: *sexualidade e valor*, 1970; *Devaneios de um solitário aprendiz da ironia*: 1970; *Alienação e realidade*, 1970; *Eu-tu-ele*, 1971; *Angústia e conhecimento: ética e valor*, 1978.
(Contos seus participam de dezenas de antologias de contistas brasileiros, publicadas no Brasil e no exterior)

79. VICENTE FRANZ CECIM

Ó Serdespanto[121]
Viagem a Andara, o livro invisível

Só o Homem pode ajudar o Homem a decifrar o Mundo.

(Teilhard de Chardin)

De húmus teilhardiano, este romance (?) *Ó Serdespanto* aprofunda a presença singularíssima da criação literária de Vicente Franz Cecim no panorama da Literatura Brasileira contemporânea. Tal como os demais livros que o precederam, este se insere entre aquelas "escrituras" que arrastam o leitor para espaços tão envolventes/desafiadores/enigmáticos, que o emudecem... Onde encontrar palavras, que possam transformar o Mistério Existencial ali escavado, em uma decifração verbal esclarecedora? Eis o desafio para qualquer leitura crítica.

Como disse o "velho bruxo" Borges: "A melhor crítica de um poema, de uma ficção, é o outro poema, outra ficção, senão a mesma, escrita de novo pelo comentador."

A escritura de Cecim pertence à esfera dessas obras (como a do próprio Borges) cujo significado último só poderia ser expresso por uma escrita da mesma natureza metafórica, múltipla em sua ambiguidade de raiz.

Na penumbra Andara:
Meditação sobre o Livro, a vida

Do fundo da terra, a Obscuridade rugerreluz.
É isso também a vida. Por baixo.

---

[121] Texto inédito: leitura baseada na ed. portuguesa, Ó *Serdespanto*. Lisboa, Íman Edições, 2001. (N. da A.)

Estranhos veios de ouro atravessando rochas
ainda mais estranhas, fósseis
[...]
alguém vive, alguém escreve
Esse é o ponto de partida, o ponto de chegada.
algo está se movendo, então. Est?á Se,
quem? E o que é, esse algo?

A vida.
E, nela, alguém, que escreve.
E o que escreve, o Livro, é a Ponte, entre a vida-
lá e o vivendo a vida aqui, em mim: alguém, que
escreve.

O Livro é a vida? Não, o Livro não é a vida. É a outra vida.

Com essa escrita sibilina, fragmentada e de impossível compreensão imediata, tem início a viagem visionária de um Eu Interrogante, perambulando pela região imaginária de Andara. Um Eu que, obsessivamente, se empenha em transformar em Palavra as sucessivas e confusas experiências de viagem. Um Eu-viajante que, afinal, não vai sozinho. Ao longo de sua caminhada, vão sendo reveladas, cabalisticamente, certas "sombras visionárias", que o acompanham: Mallarmé (poeta em busca da essência do ser e cujo universo em caos acaba desembocando no vazio ou no hermetismo do estranho *Un Coup de Dés*...); Angelus Silesius (o peregrino angélico, com seu anjo mensageiro e a busca do Cristo que existiria em cada um de nós); Novalis (com seus *Fragmentos* — recolha de sondagens contínuas do Poeta visionário em seu próprio eu profundo, sentido-se no limiar de um Absoluto, onde estariam as respostas para o Mistério da Vida); Holderlin (um mundo poético feito de iluminações súbitas, clareando o abismo do Ser); Borges, Kant, Nietzsche, Kafka, Teilhard Chardin... estão entre as vozes que ecoam entre as veredas de Andara que o Eu viajante vai percorrendo.

A escritura de Cecim prova, como poucas outras, que "Homem nenhum é uma ilha." (T. Merton). Como o sabem, os visionários, desde o início dos tempos, o Homem, esse Ser de espanto, faz parte de um

Todo, que lhe permanece encoberto.

No início deste escrito, ao apontarmos o "húmus teilhardiano" como a energia-força dessa imaginária Andara, visávamos apontar as possíveis relações existentes entre a sua estranha/flutuante natureza (entre física e metafísica) e a da *Noosfera* vislumbrada, como já em processo em nosso tempo, pelo cientista/teólogo/jesuíta Teilhard de Chardin, o mais eloquente visionário cristão da Era da Ciência.

Em sua obra-chave, *O fenômeno humano* (1955), ao analisar, através dos milênios, a evolução/transformação do Universo e do Homem, vai além do pensamento cartesiano ("Penso, logo existo") e procura provar que avançamos sempre "como que em meio às dores de um grande parto", para um *mais-ser*, um ser mais pleno e definitivo, pois o Universo não *está* em evolução, mas *é* uma evolução contínua.

Evolução que, malgrado as aparências, vai se orientando progressivamente para o Espírito. Espírito que no homem se consuma e aperfeiçoa no pessoal (cuja realização suprema é o Cristo Universal) — um centro psíquico e espiritual, mas também absolutamente real, de reunião e consolidação universal. Há uma obra ou missão a ser assumida, neste "olho de furacão", neste momento de crise em que nos encontramos: construir o porvir. "O mundo é também áspero minério a ser polido, até se tornar espelho apto a refletir a face de Deus" (Introdução a *O fenômeno humano*).

É, sem dúvida, para esse momento de mutação em processo, que a criação literária de Cecim aponta. Andara seria essa espécie de "camada de pensamento" que envolve o universo e que está em expansão, através do Homem. A palavra de ordem, hoje, seria "conscientização".

A "grande arte" labiríntica, criada pelo paraense Vicente Franz Cecim, expressa a grande luta que se trava no universo do pensamento, a ser expressa na esfera da linguagem: como encontrar as palavras, que consigam expressar uma nova visão do homem e do mundo? Visão que, por sua vez, construa uma nova realidade, que seja renovação contínua?

Essa vem sendo a tarefa dos poetas e ficcionistas visionários: criar ou recriar palavras na "tarefa adâmica" de dar nome às coisas. É a tarefa que vem sendo realizada por Cecim, desde os idos de 70/80, ao criar a misteriosa Andara que, não acaso, nasceu na região da Amazônia — realidade desmesurada, primordial, longe de ser domada pela civilização. É esse o dado real que primeiro se oferece ao leitor, como lastro concreto, mas inabarcável pela compreensão lógica, em seu encontro inicial com Andara. E depois o arrasta pelos labirintos da imaginação, desafiada pelo enigma da existência humana e do universo.

Andara, região-metáfora da vida...

E onde é? em que geografia é, e está instalada
essa região assim em suas camadas, que não se tocam,
que ainda não se tocariam, entendam,
pois Andara é sempre desmoronamentos
É onde? Ela? A região, esta, negra, sobrevoada
por essas brisas brancas?
Deixem que eu diga
Não é por fora essa geografia.
Deixem que eu lhes diga: Ele é por dentro do humano.
o que vocês já estão fatigados de saber, isso: que Andara
é mais geografia interior, feita de ossos e sonhos, a
carne a residência contendo uns fogos imensos, em nós,
Ora brandos esses fogos
Ei-la, então: a região. E agora já quase instalada
em nós, será bem dentro de nós

No caldeirão de uma escritura labiríntica, a prosa/poesia de Cecim revela-se pura alquimia de visões que fundem o profano e o sagrado, para se lançar, além das realidades imediatas, na escavação metafísica do sentido do Ser e da Vida, num mundo que a Ciência despojou do Sagrado e da certeza da Eternidade no além-vida.

Dados biobibliográficos

Ficcionista, poeta, ensaísta, jornalista, cineasta, Vicente Franz Cecim nasceu em Belém do Pará (Amazônia) em 7 de agosto de 1946.

É filho de Yara Cecim, nascida em Santarém — mágica voz de griô e poeta, que ano após ano vem contando/cantando (e reunindo em livros) os mitos e lendas dessa Amazônia fantástica/misteriosa, que o Brasil conhece tão pouco. A infância do escritor foi alimentada por essa voz materna e por suas histórias resgatadas da memória ancestral da Amazônia. A essa especial circunstância, ele atribui o precoce despertar de seu imaginário e atração pelos mistérios da Natureza e da Vida humana. Muito cedo, torna-se um leitor voraz dos grandes mestres da literatura universal e se sente atraído pela escrita, pela invenção literária. Começou a colaborar na imprensa local e a rascunhar suas primeiras ficções, escritas e reescritas incessantemente.

Em 1979, publicou seu primeiro livro, *A asa e a serpente*, sem grande repercussão inicial, mas que com o tempo acabou se revelando como o livro inaugural da longa "viagem" que o autor vem realizando pelo território mágico de Andara — "região-metáfora da vida onde o sobrenatural emerge em epifania". Em 1980, seu segundo livro, *Animais da terra*, recebe o Prêmio Revelação de Autor/APCA-1981. Seguem-se: *A noite do curau* (1981), primeira versão de *Os jardins e a noite* (Menção Especial/Prêmio Plural-México).

Em 1985, muda-se para a Bahia, onde reside até 1998, quando retorna a Belém e se fixa. Durante esse período vivido em terras baianas, multiplica suas viagens imaginárias por Andara e as reúne no volume *Viagem a Andara* (Grande Prêmio da Crítica/APCA-1988). Segue-se, em 1995, *Silencioso como o paraíso* (reunião de mais quatro livros individuais de Andara). Em 2001, é publicado em Lisboa o grande sucesso de *Ó Serdespanto*, considerado pela crítica portuguesa como um dos melhores livros do ano. Em 2006, é publicado no Brasil, com plena repercussão crítica. Em 2004, publica "versões finais" de *A asa e a serpente* e de *Terra da sombra e do não*. Dando continuidade às suas "viagens" metafóricas, em 2005 publica em Portugal seu primeiro livro em "Iconescrituras" (forma híbrida que funde escritura e imagem): *K O escuro da semente*. Nessa nova forma/estilo, tem ainda inéditos (2010) os livros: "Ó: Desnutrida a pedra", "Sonhos da lua e do sol" e "Breve é a febre da terra". Tem, em processo, um novo *livro visível:* "Lágrima que os olhos não viram", no qual o escritor prossegue suas "viagens". Interrogado sobre sua insólita criação ficcional, Cecim declarou:

> Prefiro interrogar os limites e a existência da própria literatura. E insinuar, para além da literatura fantástica, o advento de uma literatura fantasma. [...] O natural é sobrenatural, o sobrenatural é natural. Foi o que Andara me revelou. Já não faço Literatura: faço Escritura.[...] Andara não é Literatura, é rarefação. Andara é Coisa que viaja por dentro e no sentido inverso: quer retornar dos dedos dos pés ao calcanhar do homem, ali onde ele é mais sensível à Hipótese Onírica e Lúdica e naturalmente Sagrada da vida. Andara quer a Origem, o Antes do ponto em que tudo começou a se perder do Todo, o ponto oculto de nós, homens, que só se consente a nós em relances, vislumbres.

Publicações

A asa e a serpente, 1979; *Animais da terra*, 1980; *Noite do curau ou Os jardins e a noite*, 1981; *Viagem a Andara*, 1988; *Silencioso como o paraíso,* 1995; *Ó Serdespanto*, 2001; *K O escuro da semente*, 2005.
(Todos os títulos vêm sendo revisados, fundidos e refundidos, para novas edições)

80. VICTOR GIUDICE

Necrológio
Um realismo pelo avesso[122]

> [...] só uma vida permanece inalterável e inextinguível: a vida da morte. O mais é fantasia e necrológio.

Fazendo da morte (grotesca ou burlesca) o ato afinal de todas as suas narrativas, o carioca Victor Giudice realiza em *Necrológio* (seu livro de estreia) uma das mais originais desmistificações da "sociedade das aparências", em que vivemos — entre os valores deteriorados (mas ainda vigentes) da Tradição herdada e os novos valores (em germinação caótica). Fantasia e lucidez crítica fundem-se de maneira essencial na escritura deste insólito "necrológio" que, ao invés de ser "o registro dos méritos e virtudes de *pessoas falecidas*" (como reza o dicionário), é o desvendamento tragigrotesco das debilidades, vícios, puerilidades e temores de seres que vivem (ou desvivem?) uma existência amputada de vida autêntica. Isto é, existências que escorrem para a morte, sem nenhuma fresta para a libertação e expansão vital que só o dinamismo criador permite ao Ser.

Crítico e ficcionista, Victor Giudice já era conhecido do público leitor, através de uma ativa colaboração na imprensa especializada de vários Estados (Suplemento Literário da "Tribuna da Imprensa" e "Jornal do Comércio" do Rio; o de "O Minas Gerais", de Belo Horizonte; do "Correio do Povo" em Porto Alegre; no "Mistério Magazine" *de Ellery Queen*, etc.). Daí o pulso firme com que ele (longe de parecer estreante) manipula o complexo corpus verbal que compõe este "necrológio" de

[122] Fusão de textos publicados in Suplemento Literário de "O Estado de São Paulo", 19.08.1973, "Diário de Pernambuco", Recife, 02.09.1973; e Suplemento Literário/"O Minas Gerais", BH, 14.09.1973. (N. da A.)

pessoas vivas e nos dá mais uma face possível da literatura de *transgressão* que vem marcando o nosso tempo. Aquela que, na linha do realismo fantástico-absurdo, se vem propondo como ruptura, como quebra dos valores que sustentam o mundo organizado e já feito que herdamos do passado e que nos compete reordenar em novos termos.

Em face dos esforços desenvolvidos pela ciência e pela técnica, para expulsarem desta nossa civilização cientificista todos os vestígios de mistério, enigma ou fantástico, é curioso verificarmos que, como espontânea reação, mais e mais essas várias expressões do irracional ou do intuitivo se manifestam na arte. Victor Giudice é dos que reagiram e optaram pela transgressão do racional e do ordenado, escolhendo o grotesco como elemento plasmador de sua ficção.

Logicidade *versus* irracionalismo

Em *Necrológio* aparece de maneira inequívoca o gesto de "transgressão" exigido, hoje, ao escritor: a máxima lucidez e coragem para encarar a existência humana e denunciar a esclerose que continua a roer os valores, sistemas e comportamentos que até há pouco regeram (ou regem?) o nosso mundo.

Como disse Olga Savary, em comentário a *Necrológio*:

> (Victor Giudice) Investe contra os mecanismos sociais opressivos, dos quais é vítima e delator. O absurdo e a injustiça são os parafusos da engrenagem desse mecanismo social.
>
> Victor é o repórter atento desse sistema... (in "Tribuna da Imprensa", Rio, 12/13.05.1973)

Escolhendo a perspectiva de um "realismo ao avesso", na linha do fantástico-absurdo, Victor Giudice lhe dá, porém, um tratamento que não é exatamente o mesmo que encontramos, por exemplo, num Júlio Cortázar (com quem ele mantém inúmeras afinidades). Tal como o genial escritor argentino, Victor apreende de maneira satírico-realista a objetividade aparentemente comum do real, onde o fantástico e o absurdo irrompem como elementos integrantes e irredutíveis. Mas seu registro é mais direto.

Sólo viviendo absurdamente se podría romper alguna vez este absurdo infinito.

É o que diz Horácio Oliveira em *Rayuela* de Cortázar, ao se dar conta da mesmice do cotidiano que aprisiona o homem. Diante do mesmo fenômeno, Victor Giudice, em lugar sondá-lo criticamente (como o faz Horácio) ou de expressá-lo de maneira dramática, resolve enfocá-lo em tomada direta e desmistificá-lo através de um contato de choque.

É o caso flagrante do conto de abertura, "O Arquivo", que tem início já na capa do livro. Aliás, a capa foi criada pelo próprio Giudice, que nela utiliza uma técnica de clara sugestão cinematográfica: a antecipação do filme, antes dos letreiros de abertura. Apresentando uma estrutura tipográfica nitidamente determinada pela problemática existencial/ficcional que alimenta a obra, a capa de *Necrológio* joga com a *transgressão* às convenções tipográficas que regem a feitura geral das capas e com a *sátira tragicômica* que é a tônica das narrativas. Sobre um fundo negro, ressalta na parte superior da capa o título *Necrológio*, em grandes letras vermelhas, contrastando com os dois "ós" da palavra, em branco: um representando a face de uma caveira, o outro, uma face brejeira, sorridente, piscando o olho para o leitor. Logo abaixo, já começa o conto, em letras amarelas, destacando-se sobre o fundo preto:

> No fim de um ano de trabalho,
> João obteve uma redução de
> quinze por cento em seus vencimentos.
> João era moço. Aque-

A narrativa continua na primeira folha interna, dando início ao volume (cujas informações catalográficas ficam, assim, situadas após esse primeiro conto):

> le era seu primeiro emprego. Não se mostrou orgulhoso, embora tenha sido dos poucos contemplados. Afinal, esforçara-se. Não tivera uma só falta ou atraso. Limitou-se a sorrir, a agradecer ao chefe.

> No dia seguinte, mudou-se para um quarto mais distante do centro da cidade. Com o salário reduzido, podia pagar um aluguel menor.

E o miniconto prossegue com as absurdas e paradoxais inversões de valores que reduzem um ser a uma simples coisa (o próprio nome do anti-herói é grafado com minúscula: joão), até que, ao final de quarenta anos de trabalho incessante, premiados com sucessivas reduções e já "dessalariado", joão tem sua última "emoção": negam-lhe a aposentadoria.

A emoção impediu qualquer resposta.

> joão afastou-se. O lábio murcho se estendeu. A pele enrijeceu, ficou lisa. A estatura regrediu. A cabeça se fundiu ao corpo. As formas desumanizaram-se, planas, compactas. Nos lados, havia duas arestas.
>
> Tornou-se cinzento.
>
> joão transformou-se num arquivo de metal.

Aí temos um dos processos do absurdo humorístico criado por Giudice: camuflar o trágico sob a capa do cômico, através de uma escritura onde a *tragicidade* do enunciado se choca com a *indiferença* ou impassibilidade da enunciação. É exatamente essa inadequação imagem/conceito (inadequação entre o significado da *mensagem* e o dos *significantes* que a veiculam) o fator que torna mais contundente a denúncia mencionada.

A inconsciência

De linhagem kafkiana, *Necrológio* denuncia pelo riso e pelo grotesco o absurdo existencial em que está aprisionado o homem da sociedade progressista/burocrata/pragmatista que é esta nossa. Sua denúncia é similar à de Kafka em *Metamorfose*, onde a trágica transformação de Samsa Gregor em barata é encarada pelo próprio Samsa e pela família com a maior naturalidade, provocando em todos apenas uma incontida irritação, pelo fato de que tal metamorfose o impedia de prosseguir sua rotina de trabalho, para o sustento geral da casa. De tal maneira estavam todos mergulhados num viver alienante, que nem sequer estranharam a tragédia absurda à que assistiam.

É essa mesma naturalidade que está patente nos contos de *Necrológio*, e que é um dos elementos-chave utilizados pelo autor para intensificar a impiedade e contundência da denúncia. No sentido dessa naturalidade ou indiferença é importante notar que, embora a morte seja aqui o fulcro para onde tudo converge, em nenhuma das personagens aflora a consciência do absurdo-trágico que ela representa. Consciência que, por exemplo, define o homem-pensante do século XX, na linha de um Sartre ou de um Camus — angustiada consciência do divórcio que existe entre o homem e a verdadeira vida, num mundo de atos maquinais, de um cotidiano repetitivo e absurdo, tal como Camus o definiu em *O mito de Sísifo*:

> Acontece que os cenários desabam. Levantar, ônibus, quatro horas de escritório ou de usina, comida, ônibus, quatro horas de trabalho, comida, sono e segunda terça quarta quinta sexta e sábado no mesmo ritmo, esse caminho se segue facilmente a maior parte do tempo. Um dia somente, o "por quê?" se levanta e tudo começa nesse desalento mesclado de espanto. "Começa", isso é importante. O desalento está no final dos atos de uma vida maquinal, *mas inaugura ao mesmo tempo o movimento da consciência.*

Esse "movimento da consciência", esse "começo", esse despertar de uma "vida maquinal" inexiste na literatura do realismo fantástico/absurdo, da qual *Necrológio* é um marcante exemplo. Leia-se, por exemplo, o conto "A Válvula", e esse fenômeno aparecerá bem claro na tragicomédia do Senhor Franciseh ("Com agá, por favor."), que no fim dos quarenta e cinco anos (de imaculada folha de serviços prestados sem uma só falta) foi aposentado e acabou adoecendo estranhamente, dando à luz um reizinho, diante da perplexidade de uma junta médica internacional; e ficando afinal reduzido quase ao tamanho de um inseto, sem que ninguém, nem mesmo sua mulher Alice se espantasse ou horrorizasse com isso — chegando apenas a uma leve curiosidade. Até que o narrado chega ao impacto final:

Só os olhinhos de rei de paus do Senhor Franciseh apareciam nas bordas da privada.

— Licinha... Licinha... Licin

Licinha — donalice — mamãe — patroa — tialice — madrinha — madrinha — vizinha ficou observando.

Alice aproximou-se. Viu a válvula da descarga.

O coração balançou sins e nãos.

Mas a mão cicatrizada disse sim.

A narrativa termina abruptamente aí, mas o desenlace de todo aquele tragicômico absurdo fica evidente na sugestão da válvula pressionada por Donalice e o ser-inseto carregado pela descarga. É ainda o caso do "Grão Medalha", o próspero agiota, depois financista, cujo corpo estranhamente começa a embolorar e gradativamente foi apodrecendo em plena vida e saúde. Ou o caso de outros e outros contos, onde a denúncia em questão torna-se mais profunda do que qualquer outra, feita por via realista "tout court". E isso, pelo fato de ser veiculada através da *imagem* e não, do pensamento reflexivo dissertativo; ou melhor, através da *escritura* e não de linguagem lógico-discursiva. No tragigrotesco universo de *Necrológio*, a degradação, a desumanização, a insipidez, a estultícia ou a estupidez dos homens incorporam-se em *coisas*, em fenômenos concretos, visíveis e palpáveis. (Veja-se o "arquivo de aço"; o "inseto" e a "válvula da descarga"; o "bolor" e o "apodrecimento" do corpo do agiota...). O impacto de sua escritura é causado, assim, pela técnica usada: os fenômenos enfocados são arrancados do domínio do abstrato à que pertencem, para serem integrados de maneira jocosa no plano do real-concreto, onde (devido às circunstâncias em que surgem) adquirem a dimensão do fantástico ou do absurdo.

É essa a função que o *grotesco* exerce no conto "Sinephryza": concretizar o abstrato de determinado relacionamento humano. Trata-se aqui de Bebé, um estranho adolescente, que vive com quatro excêntricas solteironas que "passavam as tardes cochichando o século". Como sempre, o absurdo se revela desde a frase de abertura do conto:

O único acontecimento importante na vida de Bebé foi o assassinato de Tia Sinephryza: ele o cometeu.

E prossegue através do convívio normal, e ao mesmo tempo estranho/ grotesco, que culmina no pueril assassinato da "rainha Siné". Ato gratuito que rompe a excêntrica rotina daquela "mansão refratária à verdade" e que, simbolicamente, faz vir à tona toda a podridão e esterilidade daquele convívio de mistificação. Numa visão fantástico-repugnante do real, o oculto na rede abstrata das relações humanas, e na intimidade existencial de cada personagem, aflora à superfície das próprias paredes:

> [...] ao lado de uma gravura, a alvenaria formava uma protuberância rósea, crescente em violáceos, roxos, criando rugas no cimento liso.
>
> (um tumor?)
>
> o centro amarelou um círculo, aos poucos transbordante em pus e sangue.
>
> (SANGUE?)
>
> Bebé reduzia-se na visibilidade do impossível.
>
> Eram sangue e pus que se mesclavam no furúnculo, escorrendo estrias putrefatas na pintura, repetia-se a infecção.
>
> E logo à esquerda, por detrás e finalmente no teto.
>
> O líquido viscoso vomitava nojos nas cobertas, umedecendo as pernas de Bebé.
>
> A repugnância extraiu terrores paralisantes e impulsionou-o no corredor. Também os sorrisos profanos profanavam-se em purulência.
>
> A moléstia do quarto transmitira-se à casa inteira.
>
> Bebé afundava em fétidas gelatinas e no cheiro insuportável de Sinephryza insepulta.
>
> No salão, a realeza materializava irrealidades no asco da furunculose. As pústulas corrompiam sedas, pratas, cristais, o luxo de uma vida sem vida, deteriorada e inerte, ameaça estática nas pupilas sem brilho, nos bandós imundos, o braço levantado, na xícara de chá: fim de uma ilusão suprema.

Essa cena delirante, em que o abstrato de vivências mórbidas se manifesta na concretude de formas em decomposição, é um dos pontos altos do singular processo estilístico criado por Giudice. Em *Necrológio* a palavra narrativa não vale por si só (embora possa também ser tomada como tal), mas sim pelo que lhe corre através. Isto é, pela problemática que ali está presente como um subtexto a ser descoberto pelo leitor.

A escritura transgressora: um subtexto

Necrológio está entre as escrituras transgressoras que testemunham este nosso tempo em mutação e que, pela ambiguidade das experiências testemunhadas, precisa da cooperação de um "leitor atento" que possa decifrá-las em sua significação maior. Para o "leitor distraído" talvez essa escritura não diga nada, como não disse ao comentarista anônimo de "O Globo" (Rio, 18.02.73) que ao se referir a *Necrológio* diz: "Contos como 'Oz Gueijos', 'Pôquer' e 'A Válvula' atingem o extremo de putrefação cultural. Espremendo-os, nada dizem." (Daí se pode aquilatar o perigo das armadilhas da literatura transgressora...)

Em "Sinephryza", como nas demais narrativas, para além do processo concretizador do abstrato já mencionado, é importante notarmos a grande *ausência* que torna peculiar e caricato o universo ficcional criado por Victor Giudice: a ausência, nas personagens, do *sentido trágico* da vida, isto é, da conscientização do "eu" fraudado em suas mais legítimas aspirações. Suas personagens estão perfeitamente integradas na mais tola e *aplastante* rotina, arrastadas por um verdadeiro processo de desumanização de que elas não se dão conta, e cuja tragicidade o narrador oculta sob o satírico ou o anedótico.

A despeito de sua movimentada ação narrativa, em *Necrológio* as personagens vivem existencialmente estáticas, circunscritas à ordem estabelecida e totalmente ignorantes de que o humano pertence ao movimento incessante do tempo, e não à estagnação do já feito. A nosso ver, um dos exemplos mais contundentes desse processo de aniquilação da *vontade* do homem e de seu *gesto livre* está no conto "Os Pontos de Harmonisópolis". Dizemos, "dos mais contundentes", precisamente porque essa narrativa (que oscila entre o fantástico-absurdo e a ficção científica) mostra uma sociedade perfeita, sob o total controle da técnica e, em essência, profundamente trágica pela indiferença ao humano que ali se afirma.

Ao revelar um lugar ideal (Harmonisópolis), onde a vida atingiu a máxima perfectibilidade, o narrador aos poucos vai desvendando a mais insensata e cruel das existências: funcionalidade impecável no plano da vida material, cuja harmonia só era quebrada no íntimo de cada cidadão, por "um medo. Único e desprezível" — o da "morte limpa" subitamente lançada por um dos milhares de "pontos" invisíveis espalhados por toda a cidade; os quais, sem causa aparente e sem prévio aviso, desintegravam os indivíduos por eles alcançados. É a assepsia da morte e a total indiferença pelo homem.

> Aqui não se mata ninguém. A pessoa morre no momento inconsciente em que deseja morrer ou em que...
> ... em que se torna contrária ao Comando.

Aí temos a arbitrariedade e a indiferença diante da morte do outro; a pulverização do mito da morte, o despojamento da dor ou do horror que tradicionalmente a acompanha, a fechar irredutivelmente o horizonte desta e de todas as narrativas aqui reunidas. No plano episódico, "Os Pontos de Harmonisópolis" satirizam a exacerbação tecnológica no encalço da perfectibilidade da vida humana e mostram o horizonte do mundo rigorosamente fechado à esperança de um futuro melhor para a humanidade. É o que se repete nos demais contos de *Necrológio*.

Entretanto, permitimo-nos concluir que o espírito satírico e a atmosfera desafogada, jocosa e despreocupada, que ali estão presentes, anulam ou neutralizam, no plano ideológico (do autor ou da ficção), aquele sombrio "fechamento" à esperança. É como se Victor Giudice quisesse mostrar as possibilidades latentes no homem para superar tais circunstâncias bloqueadoras. Possibilidades que se transformarão em realidade no momento em que ele adquira, enfim, consciência de si mesmo. Pela sátira e pelo absurdo, o contorno dos fenômenos se torna muito mais nítido e incisivo.

Lido por essa perspectiva, *Necrológio* perde a conotação pessimista e sombria que, para lá do lúdico e do jocoso, suas estórias deixam no espírito do leitor. É preciso irmos além das primeiras camadas e atingirmos as mais profundas, onde se oculta a essencialidade da mensagem ali inscrita: a confiança do escritor no despertar do homem, depois de este ter sido reduzido a "coisa" pela gradativa e inconsciente perda de sua dignidade humana.

A naturalidade na fusão do real e do imaginário, a ruptura com o convencional (com o já conhecido) que Victor Giudice registra em *Necrológio*, obriga o leitor a um novo relacionamento com o texto. A nova concepção de literatura que está presente na diretriz da "transgressão" obriga a uma leitura dinâmica (no sentido de criativa e não, de rapidez) que atinja os vários níveis de significação da escritura, pois é principalmente neste último plano (o do discurso) que se dá a ruptura.

Os "índices" da técnica de ruptura

Leia-se, por exemplo, o conto "Oz Gueijos", onde, enfocando uma burlesca reunião social, Victor Giudice alcança de maneira notável uma dupla desmontagem: a da natural ordem narrativa (pela ruptura total da estrutura linguística e narrativa) e a de certa ordem social (pela visão satírica das "modas" que se sucedem nas reuniões sociais — hoje à base de "queijo e vinho"), fixando a vacuidade, hipocrisia e desnorteamento que caracterizam as fúteis relações sociais.

A transgressão das coordenadas comuns à ordem narrativa pode ser detectada em vários índices: o mais importante seria a *notação fonética* da linguagem que, já a partir do título, predomina em toda a narrativa, denunciando, entre outras coisas, o mimetismo de comportamento à que as convenções sociais obrigam (no caso, a distorção da língua portuguesa por um falar estrangeiro de "alta classe", que acaba sendo imitado por todos os convidados). Outro índice seria a substituição dos nomes próprios das personagens por *sintagmas definidores* de cada personalidade (Homem Gordo, Pintora Baiana, Moça Magra, Homossexual, etc.), ou os *neologismos* que (para lá do ludismo e grotesco infiltrados no texto) revelam no autor uma extraordinária capacidade de síntese na apreensão da realidade. Neles temos, fundidos em uma palavra, comportamentos ou fenômenos bastante complexos (como em "desculpiderreteu-se"; "magdassunto"; "suspirolhantes"; "fuliminolhou"; "gordimobilidade"; "sorrimastigante"...).

Ainda outro índice de transgressão revela-se no desejo de substituir, na escrita, o normal registro linear-progressivo, pelo *registro simultâneo* de fenômenos que na realidade se estão dando simultaneamente. Daí a constante interpenetração de diferentes unidades de pensamento, pela quebra de uma frase em meio, o registro de outra que lhe era simultânea, por sua vez interrompida para o prosseguimento da anterior, etc., etc. Como, por exemplo, na cena em que A Mulher de Branco fala com o marido de Magda sobre pinturas da última vernissage em Paris, e o Homem Gordo, a Dama Obesa e Magda preocupam-se com os queijos que ainda não haviam sido mandados pela "fromagerie":

> Marimagdo surpreendeu-se na observação:
> — Da Bibelô? Mas gláááro, gláááro, glaro que ezdive.
> Denho duas bezas da bindora baiana. Ezda e aguela.
> — Divinass. Gue rebrezendam?
> — Uma, me bareze gue é ezda, rebrezenda um dema de gandomblé. Guando águela.
> — Oz Vinhos.
> Homem Gordo lentelevou-se.
> não zei ao zerdo. Mas não zé bre
> Dama Obesa desajudava Magda. Homem Gordo surripanhou um copo e ogubem. Bezam exbligazões à ardizda. Ela vigou
> bebeu
> de vir. Vai jegar não demora.
> — Não guerem vinho?

Nesse breve fragmento já se pode avaliar a tríplice ruptura provocada por Giudice: ao nível da *escrita* (pelos neologismos e notação fonética dos vocábulos); ao nível da *estrutura linguística* (pela quebra da sintaxe normal) e ao da *estrutura narrativa* (com o registro da interrupção e interpenetração das ações).

Ficcionista da "transgressão", Victor Giudice recusa a estória convencionalmente desenovelada numa *progressão linear*, escalonada por episódios, no sentido de *representar* determinada realidade humano-social e destacar determinada atitude ética, que pode ser apreendida pelo leitor, em percurso horizontal pelo texto.

Em lugar, pois, de se pretender uma representação-de-mundo e oferecer uma mensagem evidente e unívoca, sua prosa ficcional transforma-se em *escritura* e *transgressão-de-mundo*, cuja essencialidade precisa ser descoberta em sondagens verticais.

Em conclusão, Giudice revela-se neste livro de estreia como o artífice da palavra, aquele que procura (na linha de um Cortázar) "desescrever a literatura", romper com o esperado, o convencional, e, através do satírico/fantástico/absurdo, instaurar uma nova ordem no universo literário e, por consequência, no humano.

O museu Darbot: consciência em carne viva[123]

> [...] nossa verdade possível tem de ser ficção. (J. Cortázar)

Essa insólita afirmação de Júlio Cortázar é, sem dúvida, uma das linhas mestras da ficção narrativa do carioca Victor Giudice, ganhador do Jabuti-Ficção/1995, pelo volume de contos *O museu Darbot e outros mistérios*. Livro de estranho título afrancesado, que vem confirmar a arte maior que singulariza a obra do autor e o confirma como um dos nomes a serem incluídos no "primeiro escalão" da Literatura Brasileira contemporânea.

Desde o "kafkiano" *Necrológio* (1972) até este instigante *O museu Darbot* (passando por *Os banheiros*, 1979; *Bolero*, 1985; *Salvador janta no Lamas*, 1989, e pelas dezenas de contos publicados em revistas ou antologias nacionais e estrangeiras, em New York, Polônia, México, Manágua, New Jersey, Budapeste, Hamburgo, Frankfurt, Bogotá, Berlim, Sofia, etc.), Victor Giudice vem se confirmando como um escritor de

[123] Publicado in "Linguagem Viva" nº 67, SP, março, 1995; "Opção Cultural", Goiânia, julho, 1995; Rev. "'Garatuja", SP, janeiro, 1996. (N. da A.)

seiva e garra, pertencente à linhagem dos "inclassificáveis", como Kafka, Cortázar, Borges, Guimarães Rosa, García Márquez e outras figuras inseminadoras que, com maior ou menor genialidade, engendraram o húmus apocalíptico/genesíaco que alimenta certa linha da literatura contemporânea. Linha metafórica ou alegórica, empenhada em levantar a "ponta do véu" da *alienação* em que vive o homem pós-moderno, amputado de transcendência pelo progresso da ciência, e comandado, inconscientemente, não só pelas esferas oficiais ou pelos porões do poder, mas também pela engrenagem burocrática que comanda a sociedade — verdadeiras tramas invisíveis que permeiam o tecido social, anulando as vontades individuais.

Victor Giudice é herdeiro dessa linhagem de escritores cujas obras, por diferentes que sejam entre si, têm pelo menos dois denominadores comuns a identificá-los: um seria o *lúdico e incessante corpo a corpo* com a Palavra nomeadora do real ("palavra" entendida hoje como o único caminho possível para a reinvenção da Verdade que poderá substituir a antiga, posta em questão pelo pensamento pós-moderno); o outro, a certeza da inexistência de fronteiras entre visível e invisível, entre verdade e mentira, entre realidade e ficção (tal como haviam sido estabelecidas pela Razão tradicional).

O que nos leva a concluir que a "luta pela expressão", inerente ao processo de criação literária (ou artística em geral), se dá, hoje, num campo de forças contraditórias em choque (entre estética e ética, real e virtual, aparência e essência) e que não chegam nunca, dialeticamente, à síntese desejada (tese, antítese, síntese).

Em 1982, em uma entrevista, Giudice afirmou claramente:

> Só os historiadores são crentes incorrigíveis de suas verdades. [...] Junto deles surge uma elite marginal de narradores, utilizando a mentira como ingrediente básico de sua receita. [...] Na realidade, não existe mais realidade. O que vemos é um entrelaçamento dissimulado e salutar entre o mundo-objeto e o universo-mentira, confirmando uma interdependência indissolúvel. Nunca mais haverá realidade em seu estado puro, uma realidade isenta de ficção.

Quem duvidará disso, em face das inimagináveis conquistas da cibernética, informática, física... que a cada dia nos são reveladas pelos multimeios de comunicação e que, cada vez com maior eficiência, transformaram a *realidade* concreta do mundo em pura *imagem*?

Enfim, essa interrogação sobre a possível "verdade" do *real*, à que temos acesso, é sem dúvida a problemática nuclear do pensamento do nosso século, em todas as áreas do conhecimento. E principalmente no domínio da Arte e da Literatura, nesse âmbito se inserem as mais diferentes formas ficcionais — desde as mais agônicas (na linha existencialista ou na linha-limite de um Beckett), até a onírica-lúdica-filosófica de um Borges, passando pelo realismo absurdo de um Kafka ou pela "teodiceia épica" (Max Bense) de um Guimarães Rosa. Nessa confluência de problemas situa-se a obra de Victor Giudice, cujo nervo mais sensível é, talvez, a consciência da *contradição* inerente à vida real, cotidiana, e a consequente denúncia "fria" da alienação em que vive o homem moderno.

São exemplares dessa consciência — ou dessa denúncia — o antológico microconto "Arquivo", de *Necrológio* (o.qual, na linha do *realismo absurdo*, nos mostra a gradativa coisificação do "funcionário dedicado", até sua tragicômica transformação final no "arquivo de aço", que fora sempre o seu instrumento de trabalho), e o recentíssimo "Jurisprudência", deste *O museu Darbot* e *outros mistérios*. Na linha do mais rigoroso *realismo documental*, este conto narra a irônica/trágica prisão-por-equívoco de um inofensivo rapaz — prisão que, ao fim de 50 anos, termina com uma absurda "recompensa" que o prisioneiro-por-engano aceitou, com a mesma perplexidade com que aceitara a prisão injusta.

As "afinidades eletivas", que aproximam Giudice de Kafka, fazem-se sentir claramente nesses dois contos que, ao mesmo tempo, mostram a diferença de húmus crítico que os alimenta. Se "Arquivo" se assemelha à *Metamorfose*, devido ao processo de transformação ou metamorfose sofrida e aceita por ambos os protagonistas (um em barata, outro em arquivo), já a postura interior de cada um difere frontalmente: enquanto a desumanização que atinge Samsa Gregor se dá de chofre (ele acorda transformado em barata) e suas possíveis causas permanecem absolutamente desconhecidas (tanto para o personagem como para o leitor), a metamorfose desumanizadora sofrida por joão (coisificado desde a minúscula de seu nome) foi progressiva e suas causas bem definidas: a sua alienação pessoal — sua voluntária autoentrega ao escravizante poder dos patrões, poder que o destruía lentamente e ao qual ele se submetia quase radiante, sentindo-se sempre sumamente grato aos que o destruíam.

Da mesma forma, "Jurisprudência" nos remete à memória de *O processo* de Kafka. Em ambos os contos, o fulcro da narrativa é uma prisão injusta e absurda, que se transforma em pesadelo para os protagonistas (e para o leitor). Mas, enquanto a prisão de Joseph K., ordenada pela Lei, permanece até o fim como um absurdo sem causa, a do simplório Wanderlei giudiciano denuncia-se de imediato, como um *ato arbitrário*, resultante do equívoco de um policial bronco. Equívoco esse que, mesmo depois de descoberto, em lugar de ser assumido pelos responsáveis e feita a justiça, foi transformado em "verdade", pelo espírito de corporativismo dos policiais.

A contundência maior das denúncias patentes ou latentes na ficção giudiciana vem da *contradição* entre a natureza de seu discurso narrativo (objetivo, impessoal, despojado de emotividade, calculadamente "burocratizado" e percorrido por humor) e a natureza de sua "fábula" (a tragédia humana sem horizontes de possível redenção).

Sem dúvida, essa impassibilidade emotiva, com que a tragédia humana é narrada, é uma das marcas da ficção pós-moderna, na medida em que o narrador se quer *identificado* com a *matéria-prima* que sua ação criadora transforma em palavra, em ficção... Ao contrário do romancista "humanista" que procurava (ou procura) *representar* o drama humano de que é testemunha, através de sua própria *indignação* ou *revolta*, o narrador "dialético", pós-moderno, assumindo a alienação imperante, incorpora-se a esse drama, faz-se participante da degradação humana ali patente, com a mesma naturalidade perplexa, passiva e resignada, com que suas personagens degradadas reagem (ou não reagem) às circunstâncias que as oprimem.

Portanto, só indo além da "fábula" e entrando pelos interstícios do texto (aparentemente impessoal e distanciado do drama) é que o "leitor atento" poderá ser tocado pela consciência em *carne viva* do Escritor, que se sente impotente para alterar as *contradições* inerentes à vida que nos cumpre viver e, sem alternativa, assume-as como um destino inexorável, que só a Arte pode enfrentar e talvez mudar.

Não há alegria (a que vem da vida plena) no universo criado por Giudice. Há o humor irônico-cético, por vezes caricato, dos que não veem saída para a atual falência da vida humana. O que impede, porém, que essa visão de mundo negativista se torne asfixiante, é a "costela" ancestral do autor: o prazer lúdico de "contar estórias", tal como o fazia o longínquo contador-de-estórias, cuja inesgotável imaginação fez o encanto da literatura folclórica de todas as regiões do mundo e se eternizou em milenares recolhas de contos, como os de *As mil e uma noites*. A escritura giudiciana, pelo sabor e atração de seu estilo narrativo, está entre as melhores que, entre nós, oferecem uma instigante matéria ficcional que, para além de seduzir de imediato o "leitor distraído", com suas insólitas ou tragicômicas efabulações, desafia o "leitor atento" a descobrir em seu subtexto uma espécie de radiografia do caos-de-valores em que se transformou o mundo contemporâneo.

É desse sabor e dessa atração que estão impregnados todos os contos reunidos neste *O museu Darbot* (espécie de "suma" da ficção giudiciana) — todos eles, pequenas obras-primas do gênero, e cujos temas nucleares abrangem: a *alienação humana* (a que a vida moderna condena os indivíduos, por impedir o convívio harmônico entre as *aspirações* ou *verdades* próprias de cada indivíduo e as *imposições* ou *verdades* da engrenagem social que o limita); o *poder da Arte* (como ato criador *estético*, libertador, que abre possíveis caminhos para o resgate *ético* do humano, que a nossa época está exigindo) e a dialética entre razão e imaginação (confronto que gera a incerteza sobre as verdades consagradas e a certeza da indefinição de fronteiras entre verdade e mentira, história e ficção, visível e invisível...).

Como expressivo ponto de confluência desses temas, destacamos aqui o conto-título do volume, "O Museu Darbot", cuja epígrafe já abre espaço para um enigma: "[...] pintar o nada é um dom de Deus."

Frase atribuída a Jean-Baptiste Darbot, pintor francês que é figura central da narrativa feita pelo "curador de sua obra", um bem-sucedido "marchand" brasileiro, cujo nome não se fica sabendo.

O jogo de enigmas, iniciado pela epígrafe (cujo "nada", em essência, está ligado ao conceito oriental de "vazio" como *potencialidade*, como dimensão metafísica e não, ao conceito ocidental de vazio nulo, negativo), prossegue com a voz narrativa que, logo às primeiras palavras, se enuncia claramente como *onisciente* e solidamente *apoiada em certezas*:

Jean-Baptiste Darbot nasceu em dezembro de 1872, no sul da França, num vilarejo de dois mil habitantes, entre Arles e Avignon. Filho natural de camponeses, foi criado pelo pároco do local, Padre François Dominic Darbeaux. Na certidão de nascimento, datada de 5 de julho de 1873, o sobrenome aparecia modificado para Darbot. Mas é certo que...

O relato biográfico de Jean-Baptiste prossegue com minuciosos registros da vida do pintor, sua vinda para o Brasil, o seu encontro definitivo com o estilo que o faria famoso — o de "representar o nada" (como ele próprio escreveu na contracapa de seu missal), e sua morte solitária e anônima em 11 de agosto de 1921, deixando o porão onde morava abarrotado de telas.

Mas bruscamente outra voz narrativa se faz ouvir: a de um *eu* (também apoiado em informações objetivas e seguras), que se revela não só como autor do "resumo biográfico" que acabáramos de ler, mas também como responsável pela glória póstuma de Jean-Baptiste, na medida em que foi ele que, por acaso, descobriu no porão da casa de seu avô (onde o pintor vivera e morrera) mais de três centenas de telas, que ele se empenhou em restaurar e, também, quase por acaso, conseguiu revelá-las ao mundo da arte, como verdadeiras obras-primas, disputadas pelos melhores museus da Europa e das Américas. Sucesso artístico que transformou um jovem carioca, comum e remediado, num dos "marchands" mais ricos e bem-sucedidos no disputado mercado internacional.

Por essa breve síntese (que obviamente não tem a sedução do discurso narrativo), fica evidente o estilo de "cartório civil" (consagrado pelo realismo oitocentista) e a *intencionalidade verista* de uma escritura que se quer expressão de verdade, ao contar ao leitor as emaranhadas tentativas do eu-narrador para transformar as desconhecidas telas do desconhecido pintor em sucesso mundial, com o auxílio inestimável de uma arguta "marchand" austríaca, Marianne Bogardus, radicada no Brasil. E a narração se espraia, minuciosa, policialesca, labiríntica, numa trama de idas e vindas entre passado e presente (mas sempre apoiada em dados históricos, objetivos, concretos), criando um universo fragmentado, mas coeso em sua verdade. Durante vinte e cinco páginas, damo-nos conta da existência bem-sucedida do narrador — "curador da obra darbotiana", em meio às astúcias e regras do mercado de quadros, reflexões sobre pintura, música, dramaturgia; encontros e desencontros com a crítica de arte, com o amor, a morte, etc. Até que, de certo momento em diante (exatamente nas dez últimas páginas do conto), as verdades e certezas começam a se diluir e a deixar aparecer as mentiras que a narrativa ocultara até ali.

A ordem, inicialmente criada, vai-se transformando em desordem. Realidades, até então mostradas como inequívocas verdades, começam a se desmoronar: datas, cidades, instituições, nomes, pessoas, circunstâncias... são viradas do avesso. O eu-narrador vai desconstruindo o mundo que acabara de construir aos nossos olhos. Sua narrativa vai deslizando do mundo real-histórico, em que se movera até então, para, de maneira absolutamente verossímil, revelar seu avesso, sua verdade autêntica e oculta: como num jogo de espelhos, cada parcela da realidade (que acabamos de conhecer como verdadeira) vai sendo transformada em pura ficção, em mentira. Mas isso, só para nós, leitores (agora cúmplices do eu-narrador), porque, para o mundo-dos-outros, aquela "ficção" já fora definitivamente consagrada como "verdade" e assim continuaria a existir para sempre.

Nesse sentido, "O Museu Darbot" é, em sua essência, uma alegoria (de raízes borgianas e benjaminianas) do mundo contemporâneo, estilhaçado por forças contraditórias, provindas de duas principais fontes, aparentemente inconciliáveis: estética e ética (arte e moral) que buscam uma nova verdade para o mundo. De seu desafiante novelo de interrogações, destacamos a que é feita pelo eu-narrador sobre a possível verdade da obra de arte. Em face do singular processo, através do qual se sabe que o narrador-curador transformou as telas originais (de relatívíssimo valor) em verdadeiras obras-primas (processos que aqui não relatamos para não tirar a surpresa do leitor...), não podemos deixar de confrontá-las com a famosa "teoria da Aura" de Walter Benjamin (in "A Obra de Arte na era da reprodutibilidade técnica", 1936), pela qual a "modernidade" (na medida em que criou a indústria da reprodução mecânica em gravuras, fotos, filmes... e permitiu o acesso do grande público à "grande arte") estaria associada à perda do "halo sagrado" que seria inerente a toda obra de arte autêntica, objeto único e inalcançável, cuja contemplação nos museus despertava, no espírito do contemplador, uma sensação de funda e inconsciente comunhão com algo grandioso (como a "corrente cultural do passado") que misteriosamente chegava até ele.

Diante da emoção despertada em todos pela pintura de Darbot — e, principalmente, depois da desocultação de sua "verdade" última pelo eu-narrador —, cabe interrogar: de onde lhe adviria o "halo sagrado", a "aura" que, inegavelmente, fascinava a todos os seus contempladores? Interrogação que se abre para um campo de infinitas reflexões à espera do "leitor atento" e à qual Giudice teria respondido, talvez, pela boca de uma personagem: "[...] pouco interessa o que Wagner foi ou deixou de ser. O que vale é o Parsifal."

Figura de força maior, Victor Giudice está entre aqueles que — verdadeiros sismógrafos destes "tempos de cólera" —, vêm transformando em ficção (e denunciando metaforicamente) as profundas contradições deste nosso tempo em acelerado processo de metamorfose, dinamizado por forças apocalípticas e genesíacas.

Dados biobibliográficos

Contista, romancista e assíduo funcionário do Banco do Brasil, Victor Giudice nasceu no Rio de Janeiro em 1934. Faleceu em 1998 silenciosamente, sem nenhuma repercussão para além de seu espaço cotidiano. Sua vocação para as letras manifestou-se muito cedo. Desde os tempos de estudante, começou a escrever crônicas e contos para os jornais escolares. Descobre-se escritor, nos anos 1960, escrevendo contos para a imprensa nanica. Em 1971, passa a colaborar com novelas policialescas no "Mistério Magazine" de Ellery Queen (ed. brasileira do Ellery Queen Mystery Magazine, NY). Estreia em livro com os contos de *Necrológio*. Sucesso imediato de crítica, seus contos ultrapassaram as fronteiras nacionais. "O Arquivo" foi traduzido nos EEUU, Argentina, Colômbia, México, Nicaragua, Alemanha, Portugal, Tchecoslováquia, Bulgária e Polônia. Seguem-se novos volumes de contos e romances, com crescente aceitação da crítica, mas limitada difusão entre o grande público, o que é natural, pois, como sabemos, isso depende das circunstâncias do mercado editorial que, para além do valor intrínseco da obra, a transforme em produto comercial lucrativo. Entre distinções e prêmios recebidos por Victor Giudice destacam-se: Prêmio/Ficção 1989-APCA (Associação Paulista de Críticos de Arte) e Prêmio Jabuti, 1995.

Sua obra é das que aguardam, do futuro, o reconhecimento de seu lugar no acervo da Ficção Brasileira do século XX.

Publicações

Necrológio, 1973; *Os banheiros*, 1979; *Bolero*, 1985; *Salvador janta no Lamas*, 1989; *O museu Darbot e outros mistérios*, 1994; e *O sétimo punhal*, 1995.

81. XAVIER MARQUES

Jana e Joel: Um romance "fin de siècle"[124]

> Tendo acabado, mais a tripulação, a descarga do barco que viera da cidade com o trem de uma família em vilegiatura, o barqueiro Anselmo descansava, à meia costa, empoleirado num cavalo-de-pau, vendo flutuar a embarcação, também aliviada, com os mastros longos e finos em árvores secas, os verdugos pintados de alvo como um cinto de espuma e à popa, atrás do chapitéu, em fundo branco, as letras azuis — *Tritão*, nome do barquinho bolineiro.

Nesse longo parágrafo — descansada/detalhada descrição de um fim de dia praieiro —, posto na abertura do romance *Jana e Joel*, já se anunciam, metaforicamente, os elementos que se cruzarão na trama novelesca: a função vital da força-trabalho do barqueiro Anselmo (grande chefe de família); a chegada da "família em vilegiatura" (família rica/generosa que viria ajudar os pobres) e o destaque do instrumento vital, que permite ao praieiro sua luta diária, para o sustento da vida: *o barco*. Esses três fatores, no desenrolar da trama folhetinesca, vão se conjugar em torno do tema central do livro: o casto amor que, desde a meninice, uniu a ingênua Jana e o jovem barqueiro Joel. Amor Romântico que venceu todos os obstáculos e teve um final feliz. Tendo como eixo esse amor juvenil casto/eterno, a trama narrativa vai compondo o painel do ideário ético/social, vigente na época: a integração homem-natureza (patente na onipresença da paisagem praieira nas ações humanas); o trabalho, como fator básico de realização humana (toda a ação narrativa é determinada pelo fazer de cada um), e o equilíbrio social fundado em valores absolutos, que determinam as relações rico/pobre, elite/

[124] Texto publicado in *Convivium* nº1. São Paulo, 1984, e *Verbete do Kindlers Literatur Lexikon* (4 vs.) Zurich, Kindler Verlag, 1965. (N. da A.)

povo, homem/mulher — pacificamente aceitas pela sociedade tradicional (equilíbrio visível na generosidade da "família rica" levando Jana para ser educada na cidade e ser pajem do menino).

Romance escrito por Xavier Marques, destacada presença no meio intelectual baiano do entresséculos (XIX-XX), *Jana e Joel* foi acolhido com entusiasmo pela Crítica carioca e consagrado com o Prêmio Literatura/1899 da Academia Brasileira de Letras. Com ele, Xavier Marques dava início ao romance baiano.

Fruto tardio de um Romantismo alencariano já no ocaso, fundido com as premissas de um Naturalismo adocicado pelo lirismo, *Jana e Joel* insere-se hoje no panorama da Literatura Brasileira, como significativo documento-de-época.

Pertencente à geração *fin-de-siècle* (Coelho Neto, Afrânio Peixoto, Alberto Rangel, Lima Barreto, Afonso Arinos e outros...) Xavier Marques expressa em sua arte a "dormência da criatividade", em que mergulhara a Literatura, em contraste com o tumultuado momento de transformação política: a do Brasil Império em Brasil República, com seus choques e divergências inevitáveis entre o antigo e o novo.

O romance *Jana e Joel* está entre os exemplos mais claros da encruzilhada de caminhos que desafiavam essa geração e que, ao mesmo tempo, lhes exigia o testemunho-de-seu-tempo. De um lado, a valorização do *primitivo* (expressa pela *preocupação regionalista*, empenhada em mostrar os valores de um Brasil rústico, ainda desconhecido dos grandes centros). E de outro, *a atração pelo moderno* (o brilho e cultura de um Brasil urbano, expresso na literatura em *flashes* da vida social, intrigas amorosas, "o sorriso da sociedade", na linha da *belle époque* francesa que lhes servia de modelo).

Dotado de extrema sensibilidade plástica, que se expressa nas iluminadas descrições da paisagem praieira da Ilha de Itaparica, e na narração das simples verdades humanas, vividas pelos personagens, Xavier Marques, ainda atraído pelo culto da língua e pelo refinamento citadino (que o Naturalismo *fin-de-siècle* acentuara), ao mesmo tempo em que supervaloriza a beleza/pitoresco/cor local da região, homens, mulheres e vida praieira, procura atribuir-lhes qualidades, sentimentos ou valores que não lhes pertencem, mas sim ao meio culto. Essa contradição se mostra facilmente no contraste entre a rudeza de vida das personagens (pai Anselmo, a velha Téo e os adolescentes *Jana e Joel*...) e a racionalidade/sutileza com que eles reagem (ou se expressam) aos sucessos positivos ou negativos do dia a dia. Sem dúvida essa "contradição" mostra o quão difícil é a passagem de um sistema de pensamento para outro.

Romance de costumes que se quer exemplar, *Jana e Joel* entrelaça alguns dos desafios de seu tempo: empenha-se na valorização da vida e costumes praieiros (num momento em que a "cidade" começava a se impor como ideal de vida) e exalta o "amor puro" (quando o "adultério" começava a ser tema dos romances realistas, como *O primo Basílio* de Eça de Queirós). Sua trama novelesca se fundamenta numa visão de mundo tradicional — a do mundo burguês-liberal-cristão, anterior à da desagregação das verdades ou certezas absolutas (que acabou por se impor no decorrer do século XX).

Através de um estilo descritivo/narrativo, extremamente rico em nuances, Xavier Marques constrói em *Jana e Joel* um universo alicerçado em valores absolutos (muitos dos quais passaram a ser postos em questão): a integridade-de-caráter, como virtude maior do homem; a castidade e obediência, como qualidades supremas da mulher; o "amor puro" visto como suprema realização do ser humano; a consciência aristocrática de classe: os ricos são superiores aos pobres, e estes se valorizam pelo caráter e pelo trabalho. O trabalho e a interação homem/natureza, vistos como fatores *sine qua non* para a plena realização do ser humano:

Segundo Lúcia Miguel Pereira:

> Sem ser propriamente um regionalista, Xavier Marques pôs em seus livros todo o encanto que lhe inspirava a terra em que nasceu. Encanto que o levou a perpetrar um incrível romance histórico, *Pindorama*. Quer compondo (como em *Praieiros* e na novela *Jana e Joel*) cenas e idílios, em que a vida dos pescadores aparece cheia de poesia, quer estudando os hábitos familiares, o ambiente doméstico (como em *O feiticeiro*), em que se misturam negros e brancos, catolicismo e feitiçaria, sente-se que evoca com prazer a gente e as paisagens da Bahia, que as ama e as deseja fazer amadas. (in *História da literatura brasileira*, RJ, J.O., 1973, p. 277)

Como influências visíveis no estilo e temas de Xavier Marques, estão o lirismo alencariano e a problemática província *versus* cidade, tema central de um dos mais influentes romances da época, *A capital federal* (1893) de Coelho Neto. O romance de Xavier Marques, na linha da novela folhetinesca, tornou-se com o tempo um expressivo documento-de-época, a testemunhar os caminhos de paralisação ou de evolução da Literatura Brasileira, em sintonia com as transformações do tempo.

Dados biobibliográficos

Novelista, contista, ensaísta, jornalista, personalidade atuante no meio cultural e político da Bahia e Rio de Janeiro, no entresséculos e primeira metade do século XX, Francisco *Xavier* Ferreira *Marques* nasceu na Ilha de Itaparica (Bahia de Todos os Santos) em 3 de dezembro de 1861.

Passou a infância e a adolescência em sua terra natal. Desde muito cedo, foi guiado pela família, e depois pelo Cônego Bernardino de Sousa, que o orientou, conforme o sistema educativo da época, para o estudo aprofundado de línguas — português, latim, francês, e para a leitura dos clássicos universais. Xavier Marques recebeu, pois, uma educação de lastro erudito, fundada basicamente na cultura francesa (a grande fonte de cultura europeia da época) sobre a qual se construíra a cultura brasileira, desde os tempos monárquicos.

Adolescente, torna-se leitor voraz dos clássicos antigos e dos escritores que, na segunda metade do século XIX, criavam a literatura realista/naturalista/simbolista (Zola, Flaubert, Maupassant, Dostoievski, Tchekhov...) e que acabaram por integrar a galeria dos novos "clássicos". Seduzido pela literatura, começa a escrever versos que eram mostrados apenas aos íntimos.

Em 1881, aos vinte anos de idade, muda-se para Salvador, em companhia do Cônego e inicia a carreira docente, lecionando em várias escolas da capital baiana. A literatura continua a ser sua grande paixão. Sonha em ser poeta e continua a escrever poesia. Em 1884, publica seu primeiro livro, *Temas e variações*. No ano seguinte, inicia-se no jornalismo, integrando o grupo redator do "Jornal de Notícias". Passa em seguida para o "Diário da Bahia", onde permanece dez anos, tornando-se nome altamente respeitado no meio intelectual baiano e festejado pelo público leitor.

A época era a da grande efervescência humanista e nacionalista, que precedeu a Abolição dos Escravos (1888) e a Proclamação da República (1889). No Âmbito literário, o ficcionista acaba por substituir o poeta. Em 1886, publica seu primeiro livro de contos, *Simples histórias* — cujos ingênuos enredos visavam registrar usos e costumes familiares brasileiros. No mesmo estilo e intenções, no ano seguinte, publica a pequena novela *Uma família baiana*, à qual se segue *Boto e Cia.* — registro de crendices folclóricas e, entre elas, a descrição, com rigor documental, de uma sessão de candomblé, visto como culto bárbaro e exótico. (culto que, trinta e oito anos depois, Mário de Andrade descreveria, carnavalescamente, em seu *Macunaíma*).

Em 1899 (limiar do século XX), publica a novela *Jana e Joel* e recebe o Prêmio do ano, concedido pela Academia Brasileira de Letras (ainda sob a presidência de Machado de Assis). Esse prêmio (contestado por Agripino Grieco, que concorrera com a poesia de *Ânforas*) projeta Xavier Marques como escritor de mérito, muito embora grande parte da crítica relutasse em aceitá-lo como tal. Recusa que, na ocasião, prejudicou sua difusão entre o grande público, mas não impediu sua posterior consagração como o iniciador do romance baiano. Antes dele, Rosendo Muniz Barreto (1845-1857) publicara *Favos e travos* (1872) — tentativa de romance que, em essência, se limitava a descrever certas singularidades da paisagem e gentes da terra baiana. Em 1918, viajando pela primeira vez para o Rio de Janeiro, Xavier Marques entra em contato com a classe intelectual carioca. No ano seguinte, é eleito membro da Academia Brasileira de Letras, na vaga de Inglês de Sousa. Em sua posse é saudado por Goulart de Andrade.

De volta a Salvador, prossegue com a publicação de livros e ativa colaboração na imprensa. Em 1921, é eleito deputado federal e passa a residir no Rio, onde amplia sua atividade como jornalista, escrevendo sucessivamente em diversos órgãos: "Correio da Manhã", "Jornal do Brasil", "Revista da Semana" e "A Tribuna". Ao mesmo tempo, dedica-se à escrita de livros de ficção ou de ensaios. Nos anos 30, já consagrado como escritor, volta a residir em Salvador, onde continua engajado no jornalismo e na criação literária ou ensaística. Por ocasião de seus 80 anos, foi amplamente homenageado, na Bahia e Rio de Janeiro, com conferências e manifestações de governadores e de entidades culturais. Faleceu no ano seguinte, 1942. À sua morte seguiu-se o silêncio e o esquecimento. Nos arquivos, entretanto, permaneceu o registro de sua obra e da extensa bibliografia crítica que, através dos anos, foi sendo publicada sobre sua obra e carreira.

Publicações

Poesia — *Temas e variações*, 1884; e *Insulares*, 1885/1895.

Ficção — (contos, romances e novelas): *Simples histórias*, 1886; *Uma família baiana*, 1887; *Boto e Cia*, 1888 (reeditado em 1922 com o título *O feiticeiro*), *Jana e Joel*, 1899 (Prêmio ABL e em trad. francesa, 1928); *Pindorama*, 1900 (Prêmio IV Centenário do Brasil, publ. Lisboa, 1907); *Holocausto*, 1900; *Maria Rosa e O Arpoador*, 1902; *O sargento Pedro*, 1902; *A boa madrasta*, 1919; *A cidade encantada*, 1919; *As voltas da estrada*, 1930; e *Terras mortas*, 1936. (Todos com várias reedições) Consultar: *Praieiros* (*Jana e Joel — Maria Rosa — O arpoador — A noiva do Golfinho*), São Paulo, GRD/Brasília, INL, 1983.

Ensaio/estudo — *Vida de Castro Alves*, 1911; *A arte de escrever*, 1913; *Dois filósofos brasileiros*, 1916; *Discursos de Xavier Marques e Goulart de Andrade*, 1920; *Ensaio histórico sobre a Independência*, 1924; *Letras acadêmicas*, 1933; *Cultura da língua nacional*, 1933; e *Ensaios I-II* (1944-post.)

BIBLIOGRAFIA

ADONIAS FILHO. *O forte*. RJ, Civilização Brasileira, 1965.

ALMEIDA, José Américo de. *A Bagaceira*. 19ª.ed. RJ, Jose Olympio, 1981.

ALVES DE CASTRO, Osório. *Porto Calendário*. SP, Francisco Alves, 1961.

AMADO, Jorge. *Tenda dos milagres*. SP, Martins Ed. 1969.

______*Os pastores da noite*. SP, Martins Ed. 1964.

ANDRADE, Mário de. *Macunaíma*. (Ed. crítica) SP, Secr. Cultura, 1978

ANDRADE, Oswald de. *Os condenados*. RJ, Civilização Brasileira, 1970.

______ *Memórias sentimentais de João Miramar*. SP, 1924.

ANJOS, Cyro dos. *O Amanuese Belmiro*. RJ, José Olympio/MEC, 1971

ASSIS BRASIL. *Beira Rio Beira Vida*. RJ, Ed. O Cruzeiro, 1965.

BARBOSA, Alaor. *Memórias do Nego-Dado Bertolino D'Abadia*. Goiânia AB-Editora, 1999.

BASTOS, Orlando. *Confidências do viúvo*. SP, Civilização Brasileira, 1981.

BORBA FILHO, Hermilo. *Margem das lembranças*. RJ, Civilização Brasileira, 1966.

______*Deus no pasto*. RJ, Civilização Brasileira, 1964.

______*O cavalo da noite*. RJ, Civilização Brasileira, 1968.

BRANDÃO, Ignácio de Loyola. *Zero* (Romance pré-histórico). Brasília, Ed. Brasilia, 1975.

BRUNO, Haroldo. *O Viajante das nuvens*, RJ, Nova Cultura, 1976.

______*O mistérioso rapto de Flor-do-Sereno*. RJ, Salamandra, 1979.

CALLADO, Antônio. *Quarup*. RJ, Civilização Brasileira, 1967

CÂMARA CASCUDO, Luis da. *Canto de muro*. RJ, José Olympio, 1959.

CARDOSO, Lúcio. *Crônica da casa assassinada*. RJ, Editorial Bruguera, 1959.

CARVALHO, Campos de. *A lua vem da Ásia*. RJ, Editora Codecri, 1977.

CARVALHO, José Cândido. *O coronel e o lobisomem*. RJ, Ed. Cruzeiro, 1964.

CARNEIRO, Caio Porfírio. *Os meninos e o agreste*. SP, Quatro Artes Ed. 1969.

______*Contos escolhidos*. Brasília, INL, 1983.

CECIM, Vicente Franz. *Ó Serdespanto*. Lisboa, Íman Edição, 2001.

CONDÉ, José. *Noite contra noite*. RJ, José Olympio, 1965.

CORÇÃO, Gustavo. *Lições de abismo.* RJ, Agir, 1952.

COUTINHO, Edilberto. *Sangue na praça.* RJ, Edições Codecri, 1979.

DANTAS, Paulo. *Através dos sertões.* SP, Massao Ohno, 1996.

DE PAULA, José Agrippino. *Panamérica.* RJ, Ed. Tridente, 1967.

DICKE, Ricardo Guilherme. *O Salário dos poetas.* Cuiabá, Lei Estadual de incentivo à cultura. 2000.

DONATO, Hernâni. *Selva trágica.* SP, Autores Reunidos. 1959.

DOURADO, Autran. *Violetas e caracóis.* RJ, Editora Guanabara, 1987.

ÉLIS, Bernardo. *Caminhos dos Gerais.* RJ, Civilização Brasileira, 1975.

______*Veranico de janeiro.* RJ, José Olympio, 1966.

FAUSTO ANTÔNIO. *Exumos.* SP, Equipe RG, 1995.

FRANÇA JUNIOR, Oswaldo. *Jorge, um brasileiro.* RJ, Ed. Sabiá, 1967.

FARIA, Otávio de. *Mundos mortos.* RJ, José Olympio, 1949.

______*O senhor dos mundos.* RJ José Olympio, 1957.

FERRAZ, Augusto. *O Branco fatídico.* RJ, Livros do Mundo Inteiro. 1974.

______*O pássaro de chumbo.* Recife, Faundarpe/Cepe, 1990.

______*A armadilha do capeta.* Recife, Bagaço, 2005.

GIUDICE, Victor. *Necrológio.* RJ, O Cruzeiro, 1972.

GUIMARÃES ROSA, João. *Grande sertão: veredas.* RJ, José Olympio, 1956.

JOÃO ANTÔNIO. *Malagueta, Perus e Bacanaço.* RJ, Ed. Civilização Brasileira, 1963.

LEITE, Ascendino. *A viúva branca.* RJ, Organização Simões. 1952.

LIMA BARRETO. *Recordações do Escrivão Isaías Caminha.* SP, Ed. Ática, 1984.

LIMA, José Américo de. *Canudos – A maldição dos excluídos.* Recife, Fundarte, 1997.

LINS DO REGO, José. *Menino de engenho.* 21ª. ed.RJ, José Olympio, 1976.

______*Fogo morto.* 7ª.ed. RJ, José Olympio, 1968.

LINS, Osman. *O fiel e a pedra.* RJ, Civilização Brasileira, 1961.

MACHADO, Anibal M. *João Ternura.* 2ª. ed. RJ, José Olympio, 1968.

MACHADO, Antônio de Alcântara. *Brás, Bexiga e Barra Funda.* SP, Clássicos Saraiva, 2009.

MACHADO, Dyonélio. *Os ratos*. RJ, Ed. Civilização Brasileira, 1966.

MALBA TAHAN. *Contos de Malba Tahan*. SP, Martins Ed. 1925.

MARANHÃO, Haroldo. *O tetraneto Del-Rei*. RJ, Francisco Alves, 1982.

MARQUES, Rebelo. *Oscarina*. RJ, José Olympio, 1959.

MARQUES, Xavier. *Jana e Joel*. RJ, Prêmio Ac. Brasileira Letras/1989.

MATTOS, Cyro de. *Berro de fogo*. RJ, Editora Leitura, 1960.

______*Os brabos*. RJ, Civilização Brasileira/INL-MEC, 1979.

______*Violentos e desalmados*. RJ, Ed. Vozes, 1970.

MONTEIRO LOBATO, José Bento. *Obra Completa*. SP, Brasiliense, s/d.

MOREIRA VERAS, Everaldo. *Canto do sal* (Prêmio Brasília-1984).

MONTELLO, Josué. *Os tambores de São Luis*. RJ, José Olympio, 1975.

MORA FUENTES, José Luiz. *O Cordeiro da casa*. SP, Edições Quiron, 1975.

MOURÃO, Rui. *Cidade Calabouço*. SP, Edições Quiron.

MOURA, Antônio José de. *Dias de fogo*. SP, Global Ed. 1983.

_______*Umbra*. SP, Marco Zero, 1966.

_______*Mulheres do Rio*. SP, Global, 2003.

NASSAR, Raduan. *Lavoura Arcaica*. RJ, José Olympio, 1975.

PALMÉRIO, Mário. *Chapadão do bugre*. RJ, José Olympio, 1965.

PASTURA, Daniel. *Porque mataram Pasolini*. SP, Editora Zanzalas, 1980.

PENA, Cornélio. *Fronteira*. RJ, Ariel, 1935.

PEREIRA, Antônio Olavo. *Fio de prumo*. RJ, José Olympio, 1965.

PINTO, José Alcides. *Trilogia da maldição*. Fortaleza, Imprensa Universitária, 2001.

RAMOS, Graciliano. *Vidas secas*. RJ, José Olympio, 1938.

RAWET, Samuel. *Contos do emigrante*. RJ, Civilização Brasileira, 1956.

REIPERT, Hermann. *Travessa do Elefante, sem número*. SP, Francisco Alves, 1961.

REY, Marcos. *Um gato no Triângulo*. Porto Alegre, L&PM, 1980.

_______*Memórias de um Gigolô*. 2ª. ed. SP, Edibolso, 1970.

RIBEIRO, João Ubaldo. *Sargento Getúlio*. RJ, Artenova, 1975, 2ª.ed.

RUBIÃO, Murilo. *O convidado*. SP, Edições Quiron, 1973.

SABINO, Fernando. *O encontro marcado*. SP, Agir, 1956.

SALES, Herberto. *Os pareceres do tempo*. RJ, Nova Fronteira, 1984.

SCLIAR, Moacyr. *A guerra no Bom Fim*. RJ, Expressão e Cultura, 1974.

SENA, Nicodemos. *A noite é dos pássaros*. Belém, Cejup, 2003.

______A espera do nunca mais. Belém, Cejup, 1999.

SILVA, Deonísio da Silva. *Teresa*. SP, Ed. Mandarim, 1997.

SUASSUNA, Ariano. *Romance d'A Pedra do Reino*. RJ, José Olympio, 1971.

TACITO, Hilário. *Madame Pommery*. SP. Ed. Revista do Brasil, 1919.

VASCONCELOS, José Mauro. *Rosinha, minha canoa*. RJ, José Olympio, 1963.

VILELA, Luiz. *Tremor de terra*. BH, Edição do Autor, 1967.

VEIGA, José J. *Os cavalinhos de platiplanto*. 4ª.ed.RJ, Civilização Brasileira, 1974.

VERÍSSIMO, Érico. *O contador de histórias* (Livro-Homenagem), Porto Alegre, Ed. Globo,1972.

VIEIRA, José Geraldo. *A quadragésima Porta*. RJ, José Olympio, 1943.

_______*A ladeira da memória*. RJ, José Olympio, 1950.

CRONOLOGIA BIOBIBLIOGRÁFICA

Nelly Novaes Coelho nasceu na capital de São Paulo, em 17 de maio de 1922, pouco depois da Semana de Arte Moderna. Pertence ao tronco dos Novaes, um dos mais antigos do Vale do Paraíba. Paixões desde a infância: música e literatura. Faz os primeiros estudos no Externato São José e estudos de piano com professor particular. Adolescente, completa o curso de pianista no Conservatório Dramático e Musical de São Paulo, onde foi aluna de Mário de Andrade, em História da Música, pouco antes de ele se desligar do cargo de Professor Catedrático. Dedica-se intensamente aos estudos de piano; vence o Concurso "Maestro Cantú" (para aperfeiçoamento pianístico na Itália), mas a sonhada carreira de pianista frustrou-se, por circunstâncias adversas (o início da II Guerra Mundial/1939 impede os fundamentais estágios de estudo na Europa e, terminada a guerra, em 1945, os caminhos já eram outros).

"Nel mezzo del camin", já casada e mãe, outro projeto surge: o de tornar-se Professora. Volta aos estudos: Faculdade de Filosofia, Letras e Ciências Humanas (Rua Maria Antônia/SP), área de Letras Neo-Latinas (Licenciatura, 1959). Concluído seus estudos, colaborou com o Prof. Luiz Amador Sanchez, titular do Dept° de Literatura Espanhola e Hispano-Americana.

Em 1960, inicia a carreira de docente universitária, como professora-assistente do Prof. Antônio Soares Amora, área de Literatura Portuguesa. Em 1961, acumula esse cargo com o de professora titular de Teoria da Literatura, na Faculdade de Letras de Marília (onde lecionava nos fins de semana). Segue a carreira universitária: doutora em Letras (USP, 1967), livre docência (USP, 1977). Professora-adjunta (USP, 1981) e professora titular de Literatura Portuguesa (USP, 1985).

Nesse período, inicia-se como crítica e ensaísta literária, colaborando no Suplemento Literário de "O Estado de São Paulo". Especializa-se em Literatura Contemporânea (portuguesa e brasileira). No decorrer da carreira acadêmica, entrega-se à docência e à crítica, publicando em jornais e revistas do Brasil e do exterior.

Como intelectual atuante, desde 1961 participa de congressos e seminários nacionais e internacionais, apresentando comunicações, posteriormente publicadas nos Anais. Em decorrência dessa atividade, torna-se membro de várias instituições culturais: APCA-Associação Paulista de Críticos de Arte (presidente em 1990); UBE-União Brasileira de Escritores de São Paulo; IHGSP-Instituto Histórico e Geográfico de São Paulo; Instituto Internacional de Literatura Ibero-Americano (Pennsylvania/USA); APC-Association pour La Pensée Complexe (convidada por Edgar Morin); Fulbright Alumini Association (Washington-USA); AEILIJ-Associação de Escritores e Ilustradores de Literatura Infantil e Juvenil e membro-correspondente de várias Academias de Letras nacionais.

Em 1964, como bolsista da Fundação Calouste Gulbenkian/Lisboa, faz seu primeiro estágio de estudos em Portugal, em pesquisas para embasamento de sua futura tese de doutorado sobre Aquilino Ribeiro.

Em 1966, inicia a carreira de escritora, com a publicação de *O ensino da literatura*, obra destinada à formação de professores, na área da Literatura, e que propunha princípios teóricos e respectivas práticas analíticas, visando a introdução dos estudos literários, desde as primeiras séries escolares, conforme exigência da nova Lei de Diretrizes e Bases nº 4.024/1961.

A esse livro de estreia seguem-se novos títulos, conforme foram sendo exigidos pelo desdobrar da carreira universitária e intensa participação em congressos, colóquios e estágios de estudos ou docência, realizados no Brasil e no exterior.

Como docente e pesquisadora, em 1970 ministrou curso de Cultura e Literatura Brasileira, na Faculdade de Letras/Lisboa e, em 1979, na UCLA-California University/Los Angeles (bolsista da Fulbright Foundantion/USA). Em 1980, em face do novo *boom* de Literatura Infantil em expansão, criou na USP-Universidade de São Paulo/Área de Letras o curso Estudos Comparados de Literatura Infantil/Juvenil (diurno/noturno, graduação/pós-graduação). Foi uma das pioneiras como docente a trabalhar com a interdisciplinaridade. Ministrou vários cursos de especialização na USP a professores de Ensino Médio a partir da literatura.

Ao longo da carreira, exerceu vários cargos administrativos ou acadêmicos: chefe-suplente do Departamento de Letras Clássicas e Vernáculas da FFLCH/USP; vice-diretora do CEP-Centro de Estudos Portugueses/USP; membro fundador e presidente do CELIJU-Centro de Estudos de Literatura Infantil e Juvenil; diretora do CELAB-Centro de Estudos Luso-Afro-Brasileiros de LIJ; diretora da APCA-Associação Paulista de Críticos de Arte (setor Literatura) e outros.

Sua obra publicada abrange dezenas de livros sobre Literatura Contemporânea, Teoria Literária, Estratégias de Ensino e Educação. Destacam-se *O ensino da literatura*, 1966; *Mário de Andrade para a nova geração*, 1970; *Escritores portugueses*, 1973; *Escritores portugueses do século XX*/Lisboa, 2007; *Literatura e linguagem*, 1974; *Guimarães Rosa*, 1975; *Literatura: arte, conhecimento e vida*, 2000; *A literatura infantil*, 1980; *Panorama histórico da literatura infantil/juvenil brasileira*, 1982 e 2006; *Dicionário crítico de escritoras brasileiras*, 2002; *O conto de fadas* (Símbolos/Mitos/Arquétipos), 2003; *Primeiro dicionário escolar*, 2005, e outros. Dentre as antologias: *Ética, solidariedade e complexidade* (Edgar de Assis Carvalho, Maria da Conceição de Almeida, Nelly Novaes Coelho, Nelson Fiedler Ferrara, Edgar Morin. 1998); *Edgar Morin religando fronteiras* (Edgar Morin, André Baggio, Nelly Novaes Coelho, Humberto Mariotti, Mauro Maldonato. Org: Tania M. K Rosing e Nurimar Maria Falci. 2004).

Sua produção abrange ainda várias centenas de artigos e ensaios sobre literatura contemporânea do Brasil e Portugal, publicados em jornais e revistas nacionais e do exterior.

Entre os prêmios e distinções recebidos, destacam-se: Prêmio Internacional Bocage (Ministério da Educação e Cultura de Lisboa/1966); Prêmio Especial/Ensaio-APCA, 1983; Prêmio Jabuti-Ensaio/Câmara Brasileira do Livro, 1975; Medalha Clara Ramos/UBE-RJ, 1993; Troféu Jaburú-Personalidade do Ano 1998/Conselho Estadual de Cultura, Goiânia; Título de Comendadora/UMATI-Universidade do Minho/Portugal, 1997; Troféu Vasco Prado/10ª Jornada Nacional de Literatura. Passo Fundo/RS, 2003; Medalha Imperatriz Leopoldina/HIGSP, março de 2001, e Comenda D. Pedro I/HIGSP, setembro de 2011.

Aposentada pela USP, em 1992, prossegue em atividade, dedicada à pesquisa e análise da Literatura Contemporânea Brasileira e Portuguesa em produção.

ÍNDICE ONOMÁSTICO

ABBATE, José Carlos 869, 870
ABRAMOVICH, Fanny 631
ABRANCHES, Aluízio O., 375, 871
ADORNO, Teodor W., 63
AGOSTINHO, Santo 256, 373,
AGUIAR FILHO, Adonias 15, 16, 18, 19, 20, 22, 24, 25, 112, 170, 190, 239, 345, 689
ALENCAR, José de 176, 386, 394, 646, 720, 946, 948
ALIGHIERI, Dante 125, 386, 406, 628, 780, 882
ALKMIN, Maria Antonieta, 831
ALMEIDA, Agnaldo 495
ALMEIDA, Guilherme de 659, 661, 828
ALMEIDA, José Américo 139, 295, 296, 485, 492, 503, 554, 562
ALMEIDA, Manuel Antônio de 685, 690
ALPHONSUS, João 44, 181, 249
AMADO, Gilson 784
AMADO, James 438
AMADO, Jorge 23, 24, 135, 166, 167, 181, 236, 244, 246, 249, 284, 290, 296, 344, 443, 445, 449, 452, 554, 610, 611, 775, 783, 835, 842
AMARAL, Amadeu 819
AMARAL, Tarsila do 659, 821, 830
AMIEL, Henri-Frédéric 97
ANDRADE, Carlos Drummond de 112, 181, 277, 327
ANDRADE, Goulart de 949, 950
ANDRADE, João Batista de 142, 704, 705
ANDRADE, Jorge 408
ANDRADE, Mário de 52, 80, 97, 139, 140, 169, 343, 358, 401, 422, 504, 611, 631, 646, 648, 650, 651, 653, 655, 657, 660, 662, 690, 691, 763, 778, 784, 809, 830, 949, 955
ANDRADE, Oswald de 45, 51, 52, 401, 494, 659, 660, 690, 763, 767, 817, 818, 819, 822, 826, 827, 829, 832
ANDRADE, Rudá de 406
ANDRADE, Rodrigo M. F. de 44, 52
ANJOS, Augusto dos 471, 627
ANJOS, Cyro dos 180, 181, 182, 184, 185, 186, 187, 228, 249, 505, 573
ANTONIO, Fausto 259, 260, 261, 263, 264, 267
ANTÔNIO, João 359, 409, 413, 414, 415, 416, 417, 418, 419, 420, 421, 422, 423, 424,

425, 426, 633
ANTUNES, Arnaldo 467
APOLLINAIRE, Guillaume 46
ARAGON, Louis 46, 453
ARAÚJO, Nelson 438
ARGUEDAS, José María 447
ARINOS, Afonso 134, 138, 500, 720, 818, 946
ARRAES, Guel 514, 807
ARROYO, Leonardo 416
ARTAUD, Antonin 471
ASTURIAS, Miguel Ángel 473
ASSIS, Machado de 73, 109, 155, 176, 184, 229, 249, 327, 399, 400, 470, 489, 581, 584, 587, 682, 690, 761, 817, 949
ATHAYDE, Tristão de 95, 178, 241, 270, 388, 485, 565, 612, 661, 777, 784
AUDEN, W. H., 536, 537
AUERBACH, Erich 18
AVANCINI, Walter 680
AZEVEDO, Aluísio 23, 547, 575, 851
BACK, Sílvio 217, 220
BAKHTIN, Mikail 395
BALDWIN, James 634
BALZAC, Honoré de 96, 181, 527, 528, 552, 574, 577, 690, 776, 819
BANDEIRA, Manuel 125, 188, 327, 656, 660, 661, 831
BARBOSA, Alaor 27, 28, 30, 33, 34, 36
BARBOSA, Francisco de Assis 139
BARBOSA, Rui 187, 594, 819, 827
BARCA, Calderón de La 903
BARRETO, Lima 224, 349, 350, 356, 358, 423, 424, 585, 586, 587, 588, 592, 593, 594, 595, 596, 682, 690, 808, 913, 946
BARROS, Couto de 51
BARROS, Eudes 97
BARROSO, Antônio Girão 483
BARTHES, Roland 12, 844
BASTOS, Orlando 787, 788, 789, 790, 791, 792, 793
BATINI, Tito 642
BAUDELAIRE, Charles 43, 471, 882
BAUDRILLARD, Jean 375
BAUMGARTEN, Alexandre Von 59
BEAUVOIR, Simone de 453

BECKER, Cacilda 515
BECKETT, Samuel 113, 118, 547, 698, 703, 709, 736, 737, 747, 938
BELL, Lindolf 623
BELMONTE (Benedito Bastos Barreto) 639
BENJAMIN, Walter 695, 943
BERBERT, João 200
BÉRGSON, Henri 96, 155, 658
BERNANOS, Georges 77, 601, 775, 779, 781
BILAC, Olavo 327, 819, 826
BINS, Patrícia 218, 713
BETTENCOURT, Edmundo 594
BLOCH, Adolfo 423
BOCACCIO, Giovanni 397, 527
BOILEAU, Nicolas 399
BOISDEFFRE, Pierre de 101
BOLÍVAR, Simon 165, 879, 880, 881
BÖLL, Heinrich 911
BOMFIM, Paulo 386
BONAPARTE, Napoleão 165, 459, 882
BOPP, Raul 52, 656
BORBA FILHO, Hermilo 88, 89, 125, 360, 362, 363, 364, 365, 366, 367, 368, 369, 370, 371, 372, 373, 374, 375, 376, 377, 614, 894
BORGES, Jorge Luis 12, 128, 190, 370, 695, 701, 709, 860, 864, 902, 908, 919, 920, 937, 938
BOSH, Jerônimo 165
BOSI, Alfredo 53, 794
BRAGA, Rubem 276, 841
BRAYNER, Sonia 289
BRANCO, Camilo Castelo 176, 327, 581
BRANCO, Barão do Rio 219
BRANDÃO, Ignácio de Loyola 403, 404, 405, 406, 408, 410, 411, 412, 633, 951
BRANDÃO, Raul 602
BRASIL, Francisco de Assis Almeida 34, 101, 102, 106, 108, 109, 110, 111
BRENNAND, Francisco 88
BRETON, André 46, 162, 163, 271, 873
BRITO, Mário da Silva 116, 125, 198, 369, 419, 422, 826, 828
BRONTË, Emily 26, 552
BRUNET, Gabriel 160
BRUNO, Haroldo 315, 317, 318, 319

BRUNO, Nicette 915
BUÑUEL, Luis 68, 699
BURROUGHS, Edgar Rice 124
CALDWEL, Erskine 381, 382, 613, 641
CALLADO, Antônio 54, 55, 56, 57, 58, 60, 61, 409
CAMÕES, Luís Vaz de 27, 326, 450, 619
CAMPELLO, Myriam 894
CAMPOS, Geir 237
CAMPOS, Humberto de 596, 629
CAMPOS, Irmãos 483
CAMPOS, Milton 44
CAMUS, Albert 77, 170, 200, 271, 355, 473, 537, 545, 693, 703, 884, 899, 901, 915, 929
CAPOTE, Truman 634
CAPOVILLA, Maurice 408
CARRDOSO, Joaquim 916
CARDOSO, Licínio 594
CARDOSO, Lúcio 178, 209, 226, 574, 598, 599, 600, 601, 602, 603, 604, 605, 608, 609, 610, 611, 612, 784
CARNEIRO, Caio Porfírio 143, 144, 145, 146, 147, 149, 422
CARONE, Modesto 869
CARPEAUX, Otto Maria 44, 46, 241, 245, 553, 558, 565
CARPENTIER, Alejo 447, 548
CARVALHO, Campos de 158, 160, 161, 162, 163, 165, 166, 167, 168, 359
CARVALHO, Edgar de Assis 957
CARVALHO, Flávio de 453
CARVALHO, Jáder Moreira de 147
CARVALHO, José Cândido de 111, 239, 429, 504, 505, 506, 508, 509, 510, 511, 513, 515, 516, 517
CARVALHO, Luiz Fernando 91, 871
CARVALHO, Vicente de 386, 826
CASAS, Sarah Pinheiro de lãs 894
CASCUDO, Luís da Câmara 151, 153, 154, 155, 156, 157
CASTELO, Augusto Viana do 45
CASTELO, José 872
CASTRO, Ferreira de 766
CASTRO, Fidel 409, 842
CASTRO, Osório Alves de 809, 810, 814, 816, 849
CAVALCANTE, Cláudio 643
CAVALCANTI, Di 46, 453, 659

CECIM, Vicente Franz 919, 920, 921, 922, 924
CECIM, Yara 923
CELA, Camilo José 237
CELSO, Afonso 587
CELSO, Zé 467
CERVANTES, Miguel de 165, 201, 236, 435, 436, 584, 761
CÉSAR, Guilhermino 241, 247
CHAGALL, Marc 46, 711, 882
CHAMIE, Mário 334, 391, 393, 401, 402
CHAPLIN, Charles 165
CHARDIN, Teilhard de 919, 920, 921
CHATEAUBRIAND, Assis 59
CHAVES, Elói 829
CHAVES, Flávio Loureiro 241, 242, 243
CHESTERTON, Gilbert Keith 308
CHOPIN, Frédéric François 68, 882, 884
CHURCHILL, Winston 165
CLAUDEL, Paul 165, 658
COELHO, Nelly Novaes 955, 957
CONDÉ, Elísio 109, 524
CONDÉ, João 524
CONDÉ, José 285, 289, 486, 518, 519, 524, 573, 622
CONSELHEIRO, Antônio 67, 497, 498, 500, 501, 502, 849, 851
CORÇÃO, Gustavo 95, 306, 307, 308, 310, 311, 313, 314
CORONA, Fernando 248
CORRÊA, Nereu 99
CORTÁZAR, Julio 190, 473, 902, 908, 926, 927, 936, 937
CORTEZ, Raul 871
COSTA, Cláudio Manuel da 897
COSTA, Flávio Moreira da 126, 914
COSTA, Lúcio 907, 916
COSTA FILHO, Odylo 236, 237
COUTINHO, Edilberto 231, 233, 234, 235, 236, 240
CRISTO, Jesus 54, 122, 165, 213, 266, 314, 374, 428, 580, 615, 673, 700, 758, 786, 863, 865, 909, 920, 921
CUNHA, Carlos Alberto Nóbrega da 423
CUNHA, Euclides da 486, 489, 497, 498, 499, 501, 503, 552, 720, 818, 844, 845, 846, 847
CUNHA, Fausto 106, 319, 915
CUNHA, Juliana Carneiro da 871

DANTAS, Paulo 293, 573, 809, 816, 844, 845, 846, 847, 848, 850
DARWIN, Charles 42, 57, 102, 161, 162, 163, 165, 189, 587, 614, 685, 726, 751, 755
DEFOE, Daniel 109, 639
DELACROIX, Eugène 875, 882
DERAIN, André 46
DIAS, Cícero 303
DICKE, Ricardo Guilherme 614, 873, 874, 875, 876, 877, 878, 879, 880, 881, 882, 883, 885, 886, 887
DICKENS, Charles 23, 109, 200, 552
DILLINGER III, John 165
DILTHEY, Wilhelm 165
DINIZ, Alcino 514
DONATO, Hernâni 378, 381, 382, 384, 386, 642
DONATO, Mário 639, 640
DINES, Alberto 917
DONNE, John 215
DOSTOIEVSKI, Fiodor 23, 68, 96, 162, 169, 176, 180, 181, 185, 190, 226, 229, 236, 280, 349, 395, 471, 473, 535, 588, 594, 601, 610, 613, 632, 782, 819, 865, 866, 902, 948
DOURADO, Autran 126, 127, 128, 129, 130, 131, 132
DRUMMOND, Décio 125
DUHAMEL, George 165, 658
DUFY, Raoul 46
DUMAS, Alexandre 23, 176, 547, 783
DURRELL, Lawrence 408
DURST, Walter 643
ÉLIS, Bernardo 32, 72, 134, 135, 136, 137, 139, 141, 142, 190, 345
ELIADE, Mircea 891
ÉLUARD, Paul 46, 47
ENGELS, Friedrich 439
ESCRICH, Enrique Pérez 176
FAGUNDES, Antônio 842
FAHEL, Margarida 202
FALCI, Nurimar Maria 957
FARIA, Almeida 864
FARIA, Otávio de 18, 95, 178, 226, 313, 452, 505, 531, 574, 599, 601, 774, 775, 776, 777, 778, 779, 780, 781, 782, 783, 784, 785
FARIAS, Maurício 514
FAULKNER, Willian 16, 18, 23, 25, 28, 102, 109, 111, 113, 126, 190, 192, 193, 199,

200, 201, 226, 236, 248, 333, 362, 375, 381, 470, 471, 473, 574, 577, 632, 665, 703, 723, 815, 876, 878, 883, 902, 915
FAUSTINO, Mário 327
FELIX, Moacyr 125
FERRAZ, Augusto 113, 114, 115, 116, 117, 118, 119, 120, 121, 122, 123, 124, 125
FERREIRA, Athos Damasceno 248
FERREIRA, Bibi 515
FERREIRA, Vergílio 11
FERRER, Pilar 831
FIGUEIREDO, Jackson de 596, 777, 784
FITZGERALD, Fancis Scott 236
FLAUBERT, Gustave 23, 389, 588, 690, 819, 948
FONTES, Amando 228
FONTOURA, Antônio Carlos 680
FONTOURA, João Neves da 304, 305
FORNARI, Ernâni 248
FOUCAULT, Michel 375, 432, 728, 903
FRANÇA JR., Oswaldo, 614, 833, 834, 835, 836, 837, 839, 840, 843
FRANCE, Anatole 181, 640
FREYRE, Gilberto 88, 236, 239, 487, 488, 493, 494, 551, 552, 553, 558, 562, 563, 596, 690
FREUD, Sigmund 68, 98, 226, 561, 574, 576
FUENTES, Carlos 447, 882
FUENTES, Mora 735, 736, 737, 739, 740, 742, 743, 744, 745, 746, 747, 748, 749, 750
GALLEGOS, Rómulo 554
GARCIA, Stênio 842
GASSET, José Ortega Y, 236, 278, 443
GATTAI, Zélia 453
GIDE, André 47, 68, 96, 97, 114, 180, 181, 190, 236, 245, 276, 333, 484, 573, 574, 581, 601, 632, 775, 777, 781, 833, 864, 865, 866, 867, 913
GIL, Gilberto 468
GIUDICE, Victor 894, 925, 926, 927, 928, 930, 932, 933, 934, 935, 936, 937, 940, 943, 944
GOELDI, Oswaldo 46
GODOY, Heleno 330, 331, 332, 333, 334, 335, 703
GOETHE, Johann Wolfgang 125, 132, 165, 215, 226, 613, 780, 882, 883
GOGOL, Nikolai 185, 236, 761
GOLD, Michael 452, 905
GOMES, Danilo 25, 916

GOMES, Dias 515
GOMES, Eugênio 596
GONCOURT, irmãos 97, 400, 588, 658, 820, 821
GONTCHAROV, Ivan 176
GORKI, Máximo 176, 422, 473, 902, 904
GOULART, Jango 840
GOULART, Paulo 915
GOUVÊA, Paulo 248
GUERRINI, Julieta Bárbara 831
GUIMARÃES, Alphonsus de 658, 826
GUIMARÃES, Bernardo 547
GÜIRALDES, Ricardo 554
GRACINDO, Paulo 515
GRAWUNDR, Maria Z., 228
GREEN, Julien 200, 632, 775
GREENE, Graham 170
GRIECO, Agripino 515, 596, 949
GRIMM, irmãos 176
HABERMAS, Jürgen 375
HANANIA, Aida R. 861
HANNA, Thomas 207
HARDY, Thomas 552, 786
HEIDEGGER, Martin 124, 190, 304, 613, 693, 795, 838, 882, 884, 901, 913
HELLMAN, Lillian 634
HEMINGWAY, Ernest 102, 109, 165, 190, 201, 226, 233, 234, 236, 237, 248, 421, 473, 554, 613, 632, 641, 686, 723, 734, 902
HESSE, Hermann 911
HIGHTOWER, Gail 375
HILL, Telenia 235
HILST, Hilda 750, 894
HITLER, Adolf 68, 225, 228, 373, 468, 470, 516, 639, 710, 777, 882
HOLANDA, Aurélio Buarque de 140
HOLANDA, Chico Buarque de 409
HOLANDA, Haroldo 237, 870
HOLANDA, Sérgio Buarque de 45, 596
HORÁCIO, Quinto 401
HOUAISS, Antônio 596
HUGO, Victor 269, 547, 671, 782, 783
HUIZINGA, J. 295

HUSSERL, Edmund 304
HUXLEY, Aldous 245, 248, 528, 574
IBSEN, Henrik 52
IONESCO, Eugène 113, 547
ISSA, Farida 899
IVO, Lêdo 176, 327
JAMESON, Frederic 366, 375
JASPERS, Karl 252, 253, 901
JAGUAR 164
JOBIM, Tom 515
JORGE, Miguel 614, 692, 693, 694, 695, 696, 697, 698, 699, 700, 702, 703, 704
JOUHANDEAU, Marcel 170
JOYCE, James 111, 113, 126, 227, 229, 303, 321, 324, 333, 361, 429, 438, 470, 528, 535, 573, 574, 613, 614, 617, 690, 695, 703, 709, 781, 837, 877, 902
JULIÃO, Francisco 849
JUNG, C. G. 12
JURANDYR, Dalcídio 766
KAFKA, Franz 23, 113, 186, 200, 333, 370, 442, 470, 471, 473, 544, 695, 697, 703, 709, 713, 714, 715, 747, 751, 752, 760, 763, 902, 916, 920, 928, 937, 938, 939
KAMIÁ (Henriette Denise) 820, 827
KAZANTZAKIS, Nikos 365, 369, 377
KIERKEGAARD, Soren 304, 901
KING, Martin Luther 374
KONDER, Marcos 916
KUBITSCHEK, Juscelino 97, 131, 141, 187, 515, 582, 709, 762, 896, 902, 915
LACAN, Jacques 11, 28, 261, 297, 432, 561, 577
LACERDA, Carlos 97, 495, 763
LACERDA, Jorge 23
LABRUNA, Sérgio 623
LADEIRA, César 52
LADEIRA, Julieta Godoy 807, 808
LAGERKVIST, Pär 909
LAWRENCE, D. H. 373
LAUTRÉAMONT, Conde de 70, 165, 471, 882
LEÃO, Pedro Henrique Saraiva 483
LEIRIS, Michel 209
LEITE, Ascendino 93, 94, 95, 96, 97, 98, 99
LENIN, Vladimir Ilitch 439
LEOPARDI, Giacomo 165

LESSA, Barbosa 849, 886
LESSA, Orígenes 228
LESSA, Pedro 400
LIDMILOVÁ, Pavla 623
LIMA, Jorge de 181, 564, 864, 865
LIMA, Oliveira 561, 596
LINS, Álvaro 319, 327
LINS, Osman 239, 622, 795, 796, 797, 799, 800, 802, 804, 806, 807, 808
LISPECTOR, Clarice 24, 112, 120, 125, 190, 210, 275, 345, 703, 709, 882, 894
LLOSA, Mario Vargas 190, 408, 548, 882
LOBATO, Monteiro, 34, 37, 134, 139, 154, 166, 200, 229, 388, 391, 421, 549, 596, 629, 639, 686, 717, 718, 719, 720, 723, 725, 727, 729, 731, 733, 818, 828, 829
LOMBARDI, Bruna 643
LOMBROSO, Cesare 68
LOPES, Paulo Corrêa 248
LOUZEIRO, José 409
LUCENA, Suênio Campos de 58
LUCRÉCIO, Titus 401
LUCKÁCS, Georg 453
LYDIA , Carmem 827, 828
LYOTARD, J. F. 375
MACHADO, Anibal 38, 39, 41, 43, 45, 46, 47
MACHADO, Antônio Alcântara 48, 49, 51, 52, 53, 417, 660, 830
MACHADO, Dyonélio 221, 222, 223, 224, 225, 227, 228, 229, 230, 249
MACHADO, Luis Toledo 53
MACHADO, Maria Clara 47
MAGALDI, Sábato 131
MAJADAS, Wânia de Sousa 625
MALDONATO, Mauro 330, 957
MALFATTI, Anita 453, 658, 659, 730, 821, 829
MANN, Thomas 776, 864
MARANHÃO, Haroldo 321, 322, 323, 324, 325, 327, 328, 329
MARCELINO, Walmor 217
MARCONDES, Octales 229
MARINHO, Hélio 916
MARIOTTI, Humberto 957
MARX, Karl 97, 439, 707
MARCUSE, Herbert 12, 902
MARQUES, Xavier 489, 945, 946, 947, 948, 949, 950

MÁRQUEZ, Gabriel García 28, 60, 126, 127, 190, 370, 408, 473, 474, 479, 548, 578, 635, 876, 878, 879, 880, 881, 937
MARTINS, Wilson 249, 407, 667
MATISSE, Henri 46
MATTOS, Cyro de 189, 190, 191, 192, 193, 195, 196, 197, 199, 200, 201, 202, 203
MALRAUX, André 77, 554, 574, 632, 700, 777, 815
MAURIAC, François 97, 775, 781
MAUPASSANT, Guy de 948
MAUTNER, Jorge 467
MAY, Lourdes 515, 516
MEDINA, Cremilda 437, 546, 706, 843, 872
MEIRELES, Cecília 882
MELLERS, Wilfrid 44
MELO NETO, João Cabral de 327
MELO, Selton 871
MENESES, Emílio 819
MENDES, Oscar 99
MERLEAU-PONTY, Maurice 189, 304, 852
MERTON, T. 920
MEYER, Augusto 248
MEYER-CLASON, Curt 294, 871
MICHAUX, Henri 165
MICHAEL, Kay 871
MIGUEL-PEREIRA, Lúcia 596
MILLER, Henry 215, 360, 361, 362, 369, 377, 470, 613, 635, 643
MILLIET, Sérgio 46, 109, 236, 245, 275, 660, 661
MILTON, John 125, 392
MIRANDA, Macedo 237, 870
MONROE, Marilin 464, 634
MONTAIGNE, Michel Eyquem 401
MONTELLO, Josué 313, 573, 574, 575, 576, 577, 579, 580, 582, 583
MONTENEGRO, Olívio 555, 596, 785
MOOG, Viana 811
MORAIS, Fernando 409
MORAIS NETO, Prudente de 45
MORAVIA, Alberto 634
MOREYRA, Álvaro 24, 581
MORIN, Edgar 38, 956, 957
MOTA, Artur 51

MOTTA, Mauro 236
MOTTA, Walter Guimarães 849
MOURA, Antônio José de 63, 64, 65, 66, 67, 68, 69, 70, 71, 72
MOURA, Reynaldo 248
MOURÃO, Rui 888, 889, 889, 890, 891, 892, 893, 894, 895, 896, 897, 898
MOUTINHO, Nogueira 167, 230, 531, 895
MOZART, Wolfgang Amadeus 68, 882
MÜNCHHAUSEN, Barão de 68
MUNIZ, Ciro Palmerston 334
MUSSOLINI, Benito 68, 783
NABUCO, Joaquim 377, 561
NASSAR, Raduan 852, 851, 852, 853, 854, 855, 856, 857, 858, 859, 860, 861, 862, 863, 864, 865, 866, 867, 868, 869, 871, 872
NAVA, Pedro 44, 181, 425, 661
NEJAR, Carlos 43, 126, 218, 272, 688
NERUDA, Pablo 536, 882
NETO, Coelho 489, 524, 525, 547, 587, 594, 647, 786, 807, 819, 851, 870, 946, 948
NEWTON JUNIOR, Carlos 91
NEWTON, Isaac 68, 528
NIEMAYER, Oscar 902, 907
NIETZSCHE, Friedrich 113, 162, 165, 614, 718, 726, 727, 729, 777, 882, 884, 920
NOVAES, Washington 410
NOVALIS, Friedrich 864, 865, 903, 908, 920
NUNES, Benedito 321, 327
NUNES, Cassiano 401
OLINTO, Antônio 835, 842, 883
OLIVEIRA, Franklin de 363
OLIVEIRA, Nelson de 467
O'NEILL, Eugene 113
ORDOÑEZ, António 234
PAGU (Patrícia Galvão) 831
PALMÉRIO, Mário 139, 430, 505, 622, 663, 664, 665, 666, 667, 669, 670, 671, 672, 674, 676, 677, 678, 679, 680, 681
PANCETTI, José 46, 453
PAPINI, Giovanni 276
PASCIN, Jules 46
PASSOS, John dos 66, 190, 403, 470, 574, 613, 616, 686
PASTURA, Daniel 205, 206, 207, 208, 209, 210, 211
PAULA, José Agrippino de, 454, 455, 456, 457, 458, 459, 460, 461, 462, 463, 464, 465,

466, 467, 469, 614
PAUWELS, Louis 311
PAVESE, Cesare 554
PÉGUY, Charles 95, 96, 97, 775, 779
PEIXOTO, Afrânio 489, 587, 594, 647, 819, 946
PENA, Afonso 826
PENA, Cornélio 26, 169, 170, 171, 172, 173, 174, 175, 176, 177, 178, 226, 313, 359, 505, 574, 601, 605, 611, 784
PEPETELA (Artur Carlos Maurício Pestana dos Santos) 36
PEREIRA, Antônio Olavo 73, 74, 75, 76, 77, 78, 79, 80
PEREIRA, Astrojildo 596
PEREIRA, Lúcia Miguel 596, 947
PERISSÉ, G. 11
PERRONE-MOISÉS, Leyla 871
PESSOA, Fernando 125, 327, 371
PIARALISE, Alberto 642, 643
PICASSO, Pablo 46, 47, 165, 453, 587, 820, 827
PICCHIO, Luciana Stegagno 408
PICCHIA, Menotti Del 659, 661, 818, 828, 829, 831
PIGNATARI, Décio 483
PILATOS, Pôncio 165
PIMENTEL, Osmar 596
PIÑON, Nélida 340, 703, 894
PINTO, José Alcides, 471, 472, 473, 474, 475, 476, 477, 478, 479, 480, 481, 482, 483, 484, 614
PIRES, J. Herculano 810, 815
PIROLLI, Wander 409
PLATÃO 165, 396, 877, 882
PLACER, Xavier 275
POE, Edgar Allan 47, 200
POLITO, Hélio 237, 870
PÓLVORA, Hélio 191
POMBAL, Marquês de 218, 772
PRADO, Décio de Almeida 374, 794
PRADO, Paulo 52, 660, 667, 830
PRESTES, Luiz Carlos 228
PROENÇA, Manuel Cavalcanti 47, 596
PROUST, Marcel 96, 180, 181, 226, 236, 242, 245, 333, 353, 411, 519, 527, 572, 573, 581, 613, 690, 709

PUSHKIN, Alexandre 176
QUADROS, Jânio 55, 59, 139, 276, 840
QUEIRÓS, Eça de 23, 109, 155, 327, 552, 581, 947
QUEIROZ, Dinah Silveira de 915
QUEIROZ, Rachel de 109, 135, 181, 228, 236, 249, 284, 290, 315, 344, 485, 494, 554, 610, 663, 691, 775, 783
QUINTELLA, Ary 421
RABELAIS, François 161, 396, 397
RAMALHO JR., Francisco 408
RAMOS, Graciliano 109, 135, 225, 228, 236, 249, 278, 279, 280, 281, 282, 283, 284, 285, 287, 288, 289, 290, 291, 296, 344, 346, 422, 564, 570, 610, 784, 894, 895
RAMOS, Hugo de Carvalho 134, 335
RAO, Vicente 828
RAWET, Samuel 614, 709, 714, 899, 900, 901, 903, 904, 906, 907, 909, 910, 912, 914, 915, 916, 918
REBELO, Marques 228, 249, 682, 683, 684, 687, 688, 690
REGO, José Lins do 109, 136, 140, 181, 225, 228, 236, 249, 284, 290, 296, 319, 328, 344, 441, 485, 494, 505, 551, 552, 553, 567, 610, 691, 715, 775
REIPERT, Hermann José 349, 350, 352, 354, 357, 358, 359
RENAULT, Abgar 45, 181, 690
REVERDY, Pierre 46
REY, Marcos 409, 614, 631, 633, 635, 638, 639, 640, 641, 643, 644, 645
RIBEIRO, João 595, 596
RIBEIRO, João Ubaldo 34, 427, 430, 432, 433, 436, 437, 438, 439, 440, 441, 442
RICARDO, Cassiano 23, 516
RICELLI, Carlos Alberto 843
RILKE, Rainer Maria 100, 114, 137, 913
RIMBAUD, Arthur 471
RIVERA, Diego 453, 554
ROBBE-GRILLET, Alain 333
ROCHA, Glauber 438, 440, 515, 882, 885
RODRIGUES, Nelson 470, 915
ROMAIN, Rolland, 658, 815
ROMAINS, Jules 42, 46, 658
RONDON, Marechal 237
ROSA, Guimarães 24, 58, 139, 163, 190, 200, 229, 292, 293, 294, 295, 297, 298, 299, 300, 301, 302, 303, 304, 305, 324, 327, 345, 379, 408, 429, 447, 537, 566, 614, 621, 664, 680, 694, 703, 709, 715, 764, 789, 790, 809, 810, 837, 842, 850
ROSING, Tania M. K. 957

ROSTÓLOFF, Ivã Gregoróvitch 590, 591
ROUSSEAU, J. J. 109
RUBIÃO, Murilo 131, 185, 345, 537, 622, 751, 752, 753, 755, 757, 758, 759, 760, 761, 762, 763, 896, 902
RULFO, Juan 408, 447, 473, 548
SABINO, Fernando 131, 269, 270, 271, 272, 273, 275, 277, 407, 902
SALAZAR, António de Oliveira 165
SALES, Herberto 239, 337, 339, 340, 341, 344, 347, 348
SAYEG, J. B. 150
SAINT-EXUPÉRY, Antoine de 77, 833, 834
SANT'ANNA, Affonso Romano de 623
SANT'ANNA, Sérgio 467
SANTARRITA, Marcos 200
SANTOS, João Felício dos 849
SANTOS, Antônio Noronha 596
SANTOS, Roberto 24, 408
SÃO PAULO, Olney Alberto 24
SARAMAGO, José 11, 218
SAROYAN, William 236, 641
SARTRE, Jean-Paul 184, 190, 271, 304, 453, 470, 471, 545, 613, 693, 703, 709, 795, 882, 899, 901, 913
SAVARY, Olga 926
SAVONAROLA, Jerônimo 165
SCHLIEMANN, Heinrich 385, 386
SCHMIDT, Afonso 690
SCHMIDT, Frederico 452, 610, 611, 661, 784, 785
SCHULER, Donaldo 242
SCLIAR, Moacyr 706, 707, 708, 709, 710, 711, 712, 713, 714
SEFFRIN, André 914
SEGHERS, Anna 441, 640, 862
SENA, Nicodemos 765, 766, 767, 768, 769, 770, 771, 772, 773
SHAKESPEARE, William 25, 68, 111, 783, 882
SILVA, Deonísio da 213, 214, 215, 216, 217, 218, 219, 220
SILVEIRA, Ênio 125, 467
SIMENON, Maigret 68
SÓCRATES 165, 396, 876, 877
SÓFOCLES 25
SOUPAULT, Philippe 46
SOUSA, Octávio Tarquínio de 627

SOUZA Cruz e 826, 913
SPINDOLA, Alice 99
STALIN, Josef 373, 447, 452
STEEN, Edla Van 24, 707
STEINBECK, John 102, 109, 190, 201, 226, 236, 248, 381, 452, 554, 613, 632, 640, 686, 723
STENDHAL (Henri-Marie Beyle) 527, 528, 534, 584, 690
STERNE, L aurence 394, 690
STEVENSON, Robert Louis 109, 639
STOCKLER, Maria Esther 468
SUASSUNA, Ariano Vilar 81, 82, 83, 84, 85, 86, 87, 88, 89, 90, 91, 376, 430, 494
SWIFT, Jonathan 109, 161, 470, 640
SZKLO, Gilda Salem 916
SUPERVIELLE, Jules 46
TABUCCHI, Antonio 408
TÁCITO, Hilário 388, 389, 390, 391, 392, 393, 394, 395, 396, 397, 398, 399, 400, 401, 402
TAGORE, Rabindranath 43, 627
TAHAN, Malba 626, 627, 628, 629, 630
TAMBELLINI, Flávio R. 871
TAUNAY, Visconde de 219
TAVARES, Ildásio 200
TÁVORA, Juarez 276
TCHEKHOV, Anton 185, 349, 588, 394, 948
TELES, Lygia Fagundes 703
THIAGO, Paulo 843
TODOROV, Tzvetan 295, 296
TOLSTOI, Leon 25, 176, 226, 572, 574, 772
TORRES, Antônio 237, 409
TREVISAN, Hamilton 869, 870
TRINDAD, Socorro 237
TROYES, Chrétien de 89
TURGUENIEV, Ivan 588, 594
UNAMUNO, Miguel de 236
VALADÃO, Jece 643
VARGAS, Getúlio 46, 228, 303, 427, 452, 549
VAILLANT, Roger 453
VALE, Cyro de Freitas 303
VASCONCELOS, José Mauro de 566, 567, 568, 569, 570, 571, 572
VAZ, Léo 828

VEIGA, José J. 58, 139, 536, 537, 539, 540, 541, 542, 544, 545, 546, 547, 548. 549, 550
VELLINHO, Moysés 225, 241, 243
VELOSO, Caetano 467
VÉRAS, Everaldo Moreira 252, 253, 254, 255, 256, 257, 258
VERÍSSIMO, Érico 216, 225, 228, 241, 242, 243, 244, 246, 248, 249, 573, 585, 611, 641, 715
VERÍSSIMO, José 585
VERNE, Júlio 200
VIEIRA, José Geraldo 526, 527, 529, 530, 531, 532, 533, 535, 573, 622, 815
VILELA, Luiz 613, 615, 617, 620, 621, 622, 623, 625
VLAMINCK, Maurice de 46
VOLTAIRE (François Marie Arouet) 400, 640
YOURCENAR, Marguerite 498
WAGNER, Richard 165, 659, 943
WASSERMANN, Jakob 25, 26, 786
WEBER, Ernst 870
WEINER, Samuel 406, 883
WHITMAN, Walt 658, 864
WILDE, Oscar 38, 40, 534
WOOLF, Virginia 120, 361, 473
ZÉ, Tom 467
ZIEMBINSKI, Z. Marian 842
ZIRALDO 515, 841
ZOLA, Émile 422, 588, 776, 819, 948
ZWEIG, Stefan 326

Esta obra foi impressa pela Gráfica EME, Av. Brig. Faria Lima, 1080, V. Fátima, cidade de Capivari, Estado de São Paulo, Brasil, para a Associação Cultural Letr*aS*elvagem, em abril de 2013.